dtv

»Ich besaß nie den Ehrgeiz, ein guter Mensch zu werden, auch wenn ich eine Zeitlang glaubte, Moral gehöre zu unserer Grundausstattung«. Der Erzähler, der in diesem Buch seine schockierende Lebensgeschichte aufschreibt, ist ein Hochstapler, Lügner und Gauner, ein Fälscher und sogar ein Mörder. Für den Staatsanwalt ist er kein Mensch, sondern das personifizierte Böse. Und Joel selber, der nie an sich gezweifelt hat, fragt sich: »Vielleicht bin ich nur ein Monster«. Geboren ist der unter dem (falschen) Namen Joel Spazierer schreibende Erzähler im Budapest der Nachkriegszeit, auf die schiefe Bahn ist er in Wien geraten, seine kriminelle Karriere hat er in vielen europäischen Ländern betrieben – und in der DDR hat er es sogar zum Professor für Philosophie gebracht. In Wien trifft er, nun über sechzig, seinen Freund Sebastian Lukasser wieder, der ihn ermuntert, seine Lebensgeschichte aufzuzeichnen. Wie er seine Höllenfahrt schildert, wie er die dunkelsten Abgründe seiner Existenz ausleuchtet, das ist von atemberaubender Könnerschaft – ein großer Roman über die Nachtseiten unserer Gesellschaft.

Michael Köhlmeier, geboren 1949 in Hard am Bodensee, lebt als freier Schriftsteller in Hohenems (Vorarlberg) und Wien. Er studierte Germanistik und Politologie in Marburg sowie Mathematik und Philosophie in Gießen und Frankfurt. Er schreibt Romane, Erzählungen, Hörspiele und Lieder und trat erfolgreich als Erzähler antiker und heimischer Sagenstoffe sowie biblischer Geschichten auf. Für seine Bücher erhielt er zahlreiche Auszeichnungen, u.a. den Johann-Peter-Hebel-Preis, den Manès-Sperber-Preis und den Österreichischen Würdigungspreis für Literatur. Zuletzt erschienen ›Idylle mit ertrinkendem Hund‹ (2008), die Romane ›Abendland‹ (2007), ›Madalyn‹ (2010), ›Die Abenteuer des Joel Spazierer‹ (2013) und der Gedichtband ›Der Liebhaber bald nach dem Frühstück‹ (2012).

Michael Köhlmeier

Die Abenteuer des Joel Spazierer

Roman

Deutscher Taschenbuch Verlag

Von Michael Köhlmeier
sind im Deutschen Taschenbuch Verlag außerdem erschienen:
Abendland (13718)
Die Musterschüler (13800)
Bleib über Nacht/Geh mit mir (13855)
Idylle mit ertrinkendem Hund (13905)
Madalyn (14127)
Spielplatz der Helden (14252)
Wie das Schwein zum Tanze ging (62412)
Rosie und der Urgroßvater (62556)

MIX
Papier aus verantwortungsvollen Quellen
FSC® C019821

2. Auflage 2014
2014 Deutscher Taschenbuch Verlag GmbH & Co. KG,
München
Lizenzausgabe mit Genehmigung des Carl Hanser Verlags München

Umschlagkonzept: Balk & Brumshagen
Umschlaggestaltung nach einem Entwurf
von Peter-Andreas Hassiepen, München
Druck und Bindung: Druckerei C.H.Beck, Nördlingen
Gedruckt auf säurefreiem, chlorfrei gebleichtem Papier
Printed in Germany · ISBN 978-3-423-14323-3

ERSTER TEIL

ERSTES KAPITEL

1

Die Männer, mit denen ich manchmal Bier trinke und die keine Ahnung von mir haben, sagen, ich solle unbedingt mit etwas Lustigem beginnen. Ein Mann kommt in eine Bank, hält der Frau am Schalter die Pistole an die Stirn und sagt: Keine Angst, das ist kein Überfall, das ist nur ein Amoklauf. Mein Freund, der Schriftsteller Sebastian Lukasser, der mich mag *und* eine Ahnung von mir hat, rät mir zu einer literarischen Anspielung als Einstieg. Er meint – spricht es aber nicht aus –, das würde mir das Debüt bei den Kritikern erleichtern.

Meine Geschichte beginnt in einer Zeit, von der viele glaubten, sie sei die letzte. Die besten Ärzte des größten Reiches waren für die Herren der Partei und der Armee reserviert; die Besten der Besten für Stalin, Molotow, Malenkow und Berija. Aber sie verkauften, was sie wussten, ans Ausland und wurden verhaftet und vor ein Gericht gestellt. Die Anklage lautete auf Hochverrat und Mord, denn sie hatten durch absichtliche Fehlbehandlung den Tod einiger Herren herbeigeführt – sogar solcher, die gar nicht gestorben waren. Man hat sie, wie Sie mir glauben dürfen, allesamt abgeholt, verhört, gefoltert, hingerichtet, erschossen, liquidiert und aufgehängt.

Meine Geschichte beginnt in Ungarn; auch dort existierten solche Ärzte. Ihr Rädelsführer war Dr. Ernö Fülöp, der Leiter der internen Abteilung an der Semmelweisklinik in Budapest. Er war mitten in einer Operation, als drei Männer im Krankenhaus auftauchten. Er musste einen Assistenzarzt bitten, seine Arbeit zu Ende zu führen. Man brachte ihn in die Zentrale des Staatssicherheitsdienstes, wo ihn die ÁVH-Offiziere Major György Hajós und Oberst Miklós Bakonyi verhörten. Dr. Fülöp wurde vorgeworfen, mit den Moskauer Ärzten unter einer

Decke zu stecken. Er habe versucht, den ersten Sekretär der Partei der ungarischen Werktätigen, den Führer Mátyás Rákosi, während einer Gallenblasenoperation zu ermorden; außerdem unterhalte er Kontakte zum jugoslawischen Geheimdienst, der vermutlich hinter der Verschwörung stecke, wenn es nicht sogar Josip Broz Tito persönlich sei. Dr. Fülöp beteuerte, er sei dem Parteivorsitzenden Rákosi in seinem Leben noch nicht begegnet, ganz bestimmt nicht im OP, und seit Ende des Krieges sei er nicht mehr in Belgrad oder sonst irgendwo in Jugoslawien gewesen, und Tito kenne er nur aus den Zeitungen wie jeder andere Ungar auch. Nachdem man ihn eine Nacht lang verhört hatte, gestand er, es bestehe doch eine Verbindung zum Parteivorsitzenden: Seine Frau nämlich, Dr. Helena Fülöp-Ortmann – eine sehr bekannte Ägyptologin, deren Buch über den Pharao Echnaton in Ungarn ein großer Erfolg war und in mehrere Sprachen übersetzt wurde –, habe zusammen mit einer Cousine von Rákosi die Volksschule besucht; aber das sei dreißig Jahre her. Dieselben drei Männer – Janko Kollár, Lajos Szánthó und Zsolt Dankó –, die schon Dr. Fülöp abgeholt hatten, wurden abermals losgeschickt. Sie schlugen an die Tür der Wohnung Nummer 7 im zweiten Stock des Hauses Nummer 23 an der Báthory utca und zerrten Frau Fülöp-Ortmann durch das Treppenhaus nach unten. Sie schrie, ein Kind sei in der Wohnung, man solle ihr wenigstens erlauben, die Mutter des Kindes zu verständigen. Die Männer meinten, das sei eine Finte, sie wolle sich nur eine Gelegenheit verschaffen, um aus dem Fenster zu springen. Sie wurde wie ihr Mann in das Hauptgebäude der ÁVH in der Stalinstraße 60 gebracht und verhört.

Das Kind in der Wohnung war ich. Damals hieß ich András Fülöp. Ich war noch nicht ganz vier Jahre alt. Mit diesem Tag beginnt meine Erinnerung.

2

Kurz bevor die Männer kamen, hatte mich meine Großmutter auf den Diwan im Salon gelegt und für den Mittagsschlaf zugedeckt. Als ich aufwachte, war ich allein.

Die Wohnung meiner Großeltern war sehr geräumig; Ärzte waren von den Enteignungen ausgenommen, jedenfalls bestimmte Ärzte. Ich rief nach Moma, tappte durch die Zimmer und hatte Durst. Ich schlich vorsichtig zur Küche, weil ich meinte, von dort etwas gehört zu haben. Zugleich aber wusste ich, dass ich immer schon gemeint hatte, von dort etwas zu hören, und das beruhigte mich ein wenig und ließ mich mutig sein. Meine Großmutter war eine junge Frau – sie war damals erst neununddreißig! –, in unserer Familie war es Tradition, dass die Frauen sehr jung Kinder bekamen; sie war ihr Leben lang gewohnt gewesen, bedient zu werden; als Tochter eines Diplomaten und Parlamentariers war sie in einer der schönsten Villen am Rózsadomb aufgewachsen (die nach dem Krieg von der Roten Armee enteignet, in ein Offizierscasino umfunktioniert und ruiniert wurde); nie hatten sie, ihre Mutter und ihre Schwestern selber gekocht, und nun musste sie in dieser »schäbigen Behausung« (auf deren Quadratmeterzahl normalerweise vier Familien untergebracht wurden) allein für ihr, ihres Gatten und ihres Enkels Frühstück, Mittagessen und Abendessen sorgen, und es gehörte zu ihren Nachkriegsgewohnheiten, dabei zu fluchen (eine andere war, sich ins Geschirrtuch zu schneuzen). Wie jeder weiß, sind die Ungarn Weltmeister im Fluchen, und meine Großmutter, mütterlicherseits eine Ungarndeutsche, die in ihren eigenen vier Wänden nie anders als deutsch gesprochen hatte, übertraf den Meister, indem sie ihn mit Verachtung und Raucherbassstimme karikierte. Deshalb dachte ich lange, noch jemand anderer sei in der Küche; jemand, der meiner Großmutter etwas Böses tun wollte – den sie aber jedes Mal besiegte, denn ich sah sie hineingehen, hörte das fremde böse ungarische Gekeife und sah sie mit Tellern und Töpfen wieder herauskommen. Also war ihr nichts angetan worden. Ich war sehr stolz auf sie.

Als ich mich versichert hatte, dass niemand in der Küche war, schob ich einen Sessel vor die Spüle, stellte mich darauf, drehte mit beiden Händen am Wasserhahn und trank – und fühlte mich, wie sich Moma gefühlt haben musste, wenn sie den bösen ungarischen Geist besiegt hatte: muskelstark. Das Wasser ließ ich laufen. Ich wusste, ich würde bald wieder Durst haben. Hungrig war ich auch. Das war leicht. Ich stellte den Sessel vor den Schrank, auf dem die Emailtruhe stand. Ich nahm das große runde Brot, trug es in den Salon, bohrte das Weiche heraus und steckte es in den Mund.

Ich suchte noch einmal, nun gründlicher, die Zimmer nach Moma ab, sogar in die Besenkammer und die Speisekammer schaute ich, duckte mich unter die Schränke, unter die Betten, unter Momas Schreibtisch, der so gut nach ihren Zigaretten roch. Sie war nicht da. Ich rechnete nicht damit, dass sie jemals wiederkommen würde. Ich rechnete damit, dass nie mehr jemand kommen würde.

Auf den Fensterbänken im Salon standen Blumentöpfe mit Zimmerpflanzen. Die hatte ich nie gemocht, weil sie mir den Blick in den Himmel hinauf verstellten und weil manche wie Geisterfinger aussahen. Ich zupfte an den Blättern, bis die Töpfe zu Boden fielen. Die meisten gingen kaputt. Die Pflanzen stopfte ich unter den hohen Schrank mit dem Geschirr; ich wollte sie nicht sehen. Die Erde schob ich zu einem Haufen zusammen. Der war nicht klein. Ich patschte ihn mit den Händen fest. Ich besaß zwei Blechautos, beide rot, eine Limousine, in deren Fensterumrahmungen ich gern meine Fingernägel festhakte, und ein Feuerwehrauto mit ausziehbarer Leiter und einem Löschanhänger und dünnen Gummischläuchen mit winzigen Spritzen.

Ich spielte, bis ich aufs Klo musste. Das konnte ich ganz allein. Ich konnte auch die Spülung bedienen, das hatte mir Moma beigebracht. Ich hätte nur auf die Kloschüssel klettern und an der Kette mit dem Porzellangriff ziehen müssen. Aber ich spielte lieber, krümelte weiches Brot aus der Kruste, trank aus dem Wasserhahn, löffelte aus der Zuckerdose. Als es dunkel wurde, legte ich mich neben meinen Erdhaufen. Ich hätte gern Licht gehabt. Aber ich wusste nicht, wie man Licht machte. Das hatte ich nie beobachtet, und Moma hatte es mir nicht gezeigt. Ich wusste, dass am Abend das Licht von der Zimmerdecke fiel. Aber wie es dort hinaufgekommen war, wusste ich nicht … – Ich werde kindisch, das fällt mir nun selber auf. Die Männer, mit denen ich manchmal zusammensitze und die keine Ahnung von mir haben, würden mich für wehleidig halten, wenn sie das läsen – was sie natürlich nicht tun werden. Wenn ein Erwachsener einen kindlichen Menschen mimen will, ist er kindisch und weiter nichts. Es gibt keine kindlichen Menschen. Ein Mensch mit drei Jahren fühlt sich nicht als Kind. Dass man Kind ist, merkt man erst mit fünf. Und da will man auch schon keines mehr sein. Ich habe mich nie erwachsener gefühlt als damals, war nie vernünftiger gewesen, nie lebensfähiger – nämlich, in der Lage, mich anzupassen. Keine Weinerlichkeit. Keine Angst. Keine Abschweifungen. Keine Empathie. Keine Wahrheit, keine Lüge. Ich hätte mir zugetraut, einen Staat zu lenken.

In gewisser Weise lenkte ich einen Staat. Die beiden Blechautos fuhren stellvertretend für alle Autos, die ich je gesehen hatte, und die Knöpfe an dem Sofakissen waren das Volk, das ruhig und reif das Geschehen beobachtete. Ich sprach zu den Knöpfen – nicht *mit* ihnen, sondern *zu* ihnen –, zweifelte aber nicht, ob es tatsächlich Knöpfe waren oder nicht doch Leute mit Ohren. Es waren keine Leute mit Ohren, es waren Knöpfe. Und die beiden Autos waren nicht alle Autos, die ich je gesehen hatte. Ich begriff den Unterschied zwischen Modell und Realität; begriff auch, dass Modelle nötig sind, um die Realität zu bewältigen. Die Leistung der Erziehung besteht darin, diese Unterscheidung in Frage zu stellen und eine Entscheidung zu erschweren, allein indem eine verlangt wird.

Schon am nächsten Morgen hatte ich mich an mein neues Leben gewöhnt. Damit meine ich, die Erinnerung an mein altes begann zu schwinden. Ich vermisste es auch nicht. Ich war ein anderer. Gegen Mittag hatte ich das Brot zur Gänze ausgehöhlt und machte mich über die Kruste her. Die schmeckte mir sogar noch besser. Ich zerkaute sie zu Brei, den spuckte ich in die Hand, kühlte ihn, indem ich darauf blies, und schleckte ihn auf. Später erfuhr ich, dass es Hyänen genauso mit ihrer Beute halten. Den Erdhügel trug ich ab und baute daraus eine Straße. Die war zugegeben etwas schütter, aber sie zog sich durch den Salon, an den Fenstern entlang bis zur großen Schiebetür. An manchen Stellen flankierte ich sie mit den Scherben der Blumentöpfe – das waren die Städte. Ich trug alle Kissen zusammen, die ich in der Wohnung finden konnte, aus dem Schlafzimmer von Moma und Opa, von den Fauteuils in Momas Arbeitszimmer, von der Sitzbank in der Küche, und reihte sie mit den Knöpfen nach vorne entlang der Straße auf. Am

Abend hatte ich die Zuckerdose leer gegessen. Äpfel waren in einem Korb und Backobst. Und Butter auf dem Fensterbrett. Und ein Stück Käse, ebenfalls auf dem Fensterbrett. Aber der Käse roch ein bisschen komisch.

In der Nacht wachte ich auf. Ich konnte mich nicht erinnern, je mitten in der Nacht aufgewacht zu sein. Ich fürchtete mich nicht. Im Gegenteil, ich fühlte mich stark – mehr als muskelstark: begnadet, auserwählt, mächtig und unbesiegbar.

Das hatte mit einer neuen Erkenntnis zu tun. – Es war Anfang Jänner und ein besonders empfindlicher Winter. Moma mochte es gern warm haben, sie gab viel Geld für Holz aus. Der Kachelofen war gut eingefeuert, aber nach einem Tag waren die Scheite heruntergebrannt, und die Wohnung begann auszukühlen. Ich hatte bis dahin nie gefroren, und wenn ich ins Bett ging, war ich zugedeckt worden, im Sommer wie im Winter. Die Kausalität von Decke zu Wärme war mir also nicht einsichtig. Es war eine bunte Decke mit aufgestickten Tieren, der nicht anzusehen war, dass sie auch noch einen anderen Zweck haben könnte, als schön und weich zu sein. Am Abend aber hatte ich gefroren, und als ich mich zudeckte, fror ich nicht mehr. Und ich fror auch nicht, als ich in der Nacht durch die Wohnung ging und mir dabei die Decke um die Schultern legte.

Im Badezimmer stand ein mannshoher Kristallspiegel mit geschliffenen Kanten. Ich hatte mich oft darin gesehen, mich aber für den, den ich sah, nicht sonderlich interessiert. Ich hatte mit ihm herumgealbert, hatte ihn auf den Mund geküsst und meine Hand auf seine gelegt. Mit einer Decke um die Schultern war er mir nie begegnet. Erst in der Verkleidung erkannte ich in meinem Spiegelbild mich selbst. Ich wusste, der bin *ich* und kein anderer. In einem Märchenbuch hatte ich Bilder von einem Mann gesehen, der eine Decke um die Schultern trug. Dieser Mann war ein König. Moma hatte mir aus dem Buch vorgelesen, aber ich hatte vieles nicht verstanden, und sie war ungeduldig geworden, weil ich immer fragte, und darum hat mir Opa die Geschichte zu Ende erzählt. Der König, erzählte er, stammte aus einer Stadt namens Xanten – wenn man mir in die Augen schaute, konnte ich mir fremde Worte spielend leicht merken –, und er war der stärkste Mann der

Welt; mit einem einzigen Hammerschlag rammte er einen Amboss in den Boden; er tötete einen Drachen und badete sich in dessen Blut und wurde auf diese Weise unverwundbar; er war im Besitz eines Schwertes, mit dem er sich unterhalten und dem er Befehle geben konnte, und einer Kappe, die ihn unsichtbar machte; er besiegte einen Zwerg und bekam von ihm einen Goldschatz geschenkt, weil er ihn am Leben ließ; und schließlich heiratete er die schönste und reichste Frau des Landes. »Dieser König war«, erzählte mir mein Großvater, »begnadet, auserwählt, mächtig und unbesiegbar.« Und weil er sah, dass ich immer noch traurig war wegen Momas Ungeduld, erklärte er mir, zwischen Moma und ihm sei es wie in der Geschichte vom Kalif Storch und dem Großwesir, die er mir am Tag zuvor zu Ende erzählt hatte: Der Großwesir sei dazu da, damit er für den Kalifen spreche, denn der Kalif sei viel zu vornehm, um das selbst zu tun, und so sei es eben auch bei Moma und ihm; er spreche für Moma, und eigentlich kämen alle Geschichten, die er erzähle, von ihr; das hatte ich ihm geglaubt und war nicht mehr traurig gewesen, denn ich wollte lieber, dass mir Moma erzählte als er oder sonst jemand.

Ich stand im Badezimmer vor dem großen Kristallspiegel; nur das Rauschen des Wasserhahns in der Küche war zu hören, wie ein ferner Applaus; von draußen fiel ein wenig Licht von den Straßenlaternen herein; und ich sah mich mit einer Decke um die Schultern und kam mir vor wie der König von Xanten. Ich stolzierte in den Salon zurück und erzählte den Knöpfen an den Kissen, was ich im Spiegel gesehen hatte. Alles kam mir nun anders vor – die Knöpfe, weil ich sie in der Dunkelheit nicht richtig wahrnehmen konnte, wie demütig gesenkte Augenlider; die zerknautschten Körper der Kissen wie die Körper verwundeter Soldaten. Die Möbel waren Schattenbilder, und wie mir schien, zeigten sie als solche erst ihren wahren Charakter: unnachgiebig, rechthaberisch, illoyal, zu Rebellion und Verrat neigend. Ich fegte die Bücher aus den Regalen, soweit ich sie erwischen konnte, und verstreute sie über den Fußboden, denn sie starrten mich an wie eine strammstehende feindliche Armee. Ich verschob den Diwan und kippte die Fauteuils und die Ottomane um – was mühsam war, mir aber wieder einige neue Erkenntnisse brachte, zum Beispiel, dass ich zwischendurch verschnaufen konnte, ohne mit der Arbeit von vorne anfangen zu müssen, wenn ich unter ein Stuhlbein ein Buch schob. Das Tischchen, bei dem die Ottomane gestanden hatte, untersuchte ich genauer. Unter der runden Platte befanden sich mehrere kunstvoll eingepasste Schubfächer. Darin lagen Rauchwaren und Zündhölzer. Wie man mit Zündhölzern Licht zaubern konnte, das wusste ich, denn Moma hatte mir manchmal erlaubt, ihre Zigarette anzuzünden. Aber ich zauberte kein Feuer, ich stieß das Tischchen um, eine Schublade zersplitterte. Schließlich schleppte ich die Kissen ins Badezimmer, breitete sie vor dem Spiegel aus, legte mich darauf, deckte mich mit meinem Königsmantel zu und schlief ein. Ich hörte, wie sich die aufgestickten Tiere regten, und ich hörte sie rufen; aber nicht nach mir riefen sie, in die Welt hinaus riefen sie, und sie bekamen Antwort.

Am nächsten Tag betrachtete ich mein Gesicht im Spiegel und sah im Licht der Sonne, wie es wirklich war. Ich sah meine goldbraunen Locken und sah die vielen goldenen Punkte auf meiner Stirn und meiner Nase und auf meinen Wangen. Mein Gesicht ist mit Sommersprossen übersät! Viele Menschen waren darüber entzückt, als ich ein Kind war, und als ich erwachsen wurde, flößten ihnen die Goldpunkte Vertrauen ein; das brachte Vorteile mit sich – und einen Nachteil: Ich wurde erkannt. Wenn mich einer auch nur einmal gesehen hatte, erkannte er mich jederzeit wieder.

An die letzten drei Tage und zwei Nächte meiner Einsiedelei kann ich mich nicht mehr erinnern.

3

Meine Mutter erzählte mir später, ich hätte vor Kälte, Erschöpfung und Hunger die meiste Zeit geschlafen. Sie wiederholte aber nur, was ihr Dr. Balázs gesagt hatte.

An das Interview mit diesem Arzt erinnere ich mich dagegen sehr genau. Es fand in seiner Privatwohnung statt. In seiner Praxis wollte er mich nicht untersuchen, weil er der Sprechstundenhilfe nicht traute. Er wollte auch nicht nach Ordinationsschluss mit mir dorthin gehen – wenn ein Nachbar oder ein Passant am Abend Licht sähe und Vermutungen anstellte, könnte das gefährlich werden, sagte er zu meiner

Mutter. In der Klinik, in der er manchmal in der Ambulanz aushalf, hätte man wahrscheinlich nach den Hintergründen gefragt und Meldung erstattet. In der Wohnung meiner Großeltern, was naheliegend gewesen wäre, wollte er das Gespräch unter keinen Umständen führen, denn es hätte sein können, dass wieder an die Tür geschlagen wurde – und wie hätte er dann den ÁVH-Leuten erklären sollen, dass er nicht an den todbringenden Konspirationen der Moskauer Ärzte beteiligt sei, wenn sie doch mit eigenen Augen sähen, wie er sich um den Enkel jenes Arztes bemühte, dessen Frau vor dreißig Jahren zusammen mit der Cousine von Mátyás Rákosi in die Volksschule gegangen war?

Er setzte mich auf einen Stuhl in seiner Küche, rückte einen zweiten nah heran, so dass seine Knie die meinen berührten, und fragte mich nach meinem Namen. Er sprach Deutsch mit mir. Als Freund der Familie – so hatte ihn mir meine Mutter vorgestellt – wusste er wohl, dass ich besser Deutsch verstand als Ungarisch. Er sagte nicht: Wie heißt du? Sondern: »Wie lautet dein Name?« Ich antwortete nicht sofort. »Wie heißt du?« war ich schon oft gefragt worden, »Wie lautet dein Name?« noch nie. Ich überlegte, ob beides das Gleiche bedeute, und kam zur Auffassung, es könne nicht das Gleiche bedeuten. Ich liebte Worte und war von ihrer Ökonomie und Einzigartigkeit überzeugt und hielt es für einen nicht anzunehmenden Unsinn, dass es zwei Ausdrücke für eine Sache gäbe. Das Wort »lautet« irritierte mich. Ich kombinierte, es müsse mit »laut« zu tun haben. Also, dachte ich, hatte mich Herr Dr. Balázs – seltsamerweise im Ton einer Frage – aufgefordert, laut meinen Namen zu sagen. Also brüllte ich: »András!«

Das weitere Gespräch stand unter dem Eindruck dieses Missverständnisses. Jede meiner Antworten war für Dr. Balázs ein Beleg dafür, wie verwirrt mein Kopf sei. Ich sah das anders. Ich fand *seine* Fragen merkwürdig und *meine* Antworten klar. Er konnte *meinem* Blick nicht standhalten, ich *seinem* schon. Er erzählte meiner Mutter, ich hätte ihn ununterbrochen angestarrt. Ich sei geschockt und erschöpft. Man müsse sehr vorsichtig und sehr liebevoll mit mir umgehen.

Besonders zu denken gab dem Arzt die Verwüstung im Salon. Er könne sich nicht vorstellen, dass ein Kind in der Lage sei, eine solche Zerstörung anzurichten. Er hätte mich nur zu fragen brauchen. Ich hätte ihn nicht angelogen. Er befürchtete, dass die ÁVH-Leute in die

Wohnung zurückgekehrt seien; womöglich sei es nur einer von ihnen gewesen, ohne Auftrag, mit der bloßen Lust, mich zu quälen. Er untersuchte meinen Körper nach Spuren. Ich musste ihm meinen Hintern entgegenstrecken, und er leuchtete mir mit einer kleinen Taschenlampe in den Anus. Dass er nichts fand, erschreckte ihn mehr, als wenn er etwas gefunden hätte – seine Phantasie spielte ihm Foltermethoden vor, die, wie er meiner Mutter zuraunte, »jede Vorstellung übertreffen«. Aber er tröstete meine Mutter auch: Es werde nicht lange dauern, bis ich alles vergessen hätte; am besten wäre es, das Thema nie mehr anzuschneiden. Nie mehr.

Ich hatte einen Schlussstrich unter mein bisheriges Leben gezogen, um in meinem neuen Leben, in dem es nur mich allein gab, genügend Platz zu schaffen und nicht immer wieder über Erinnerungen zu stolpern. Ich löschte, nicht wie Dr. Balázs prophezeite, die fünf Tage und vier Nächte aus meinem Gedächtnis, sondern alles, was vorher gewesen war. Ich hatte meine Mutter nicht erkannt, als sie mich fand. Sie war schreiend in der Tür zum Salon gestanden, die Hände an den Wangen. Sie hatte nach mir gerufen. Ich war aus meiner Höhle gekrochen, und sie war mir eine Fremde gewesen. Das Menschsein als solches war mir fremd geworden, weil ich mich nicht mehr als Mensch begriff.

Diese Reflexion solle ich unbedingt im ersten Kapitel meiner Geschichte unterbringen, riet mir mein Freund Sebastian Lukasser. Er meinte damit – sprach es aber wieder nicht aus –, dass in den Umständen des Erwachens meines Bewusstseins der Grund für meine – auch das sprach er nicht aus – furchtbare Existenz zu suchen sei und dass ich, wenn ich die obige Anekdote und eine daran anschließende Reflexion an den Anfang meiner Geschichte stellte, mit dem Mitleid meiner Leser rechnen dürfe. Er hätte selbst gern meine Geschichte geschrieben, hat auch schon damit begonnen – und mir daraus vorgelesen. Ich drehte ihm dabei den Rücken zu. Meine Schultern zitterten. Er glaubte, ich sei betroffen von meinem eigenen Leben und müsse weinen. Ich musste lachen. Er liebt mich und will der Welt beweisen, dass ich im Grunde ein liebenswerter Mensch sei. Ich habe ihm die Erlaubnis entzogen, mich erzählend zu retten. Ich möchte unter keinen Umständen meine Person verleihen und sie in einen Romanhelden umbauen lassen.

Meine Mutter, Elise-Marie Fülöp, war eine ehrgeizige Frau, die nach der Devise lebte, dass der Schein die Realität, das Sein aber Fiktion sei. Sie und mein Vater waren Geschwister in dieser Philosophie, und sie haben mich, zweifellos ohne dass sie sich dessen bewusst waren, darin erzogen – wenn sie mich denn überhaupt erzogen haben. Sie studierte Medizin; wollte Anästhesistin werden, nie etwas anderes. Nie hatte sie, wie ihre Kolleginnen und Kollegen, behauptet, deswegen, weil sie den Menschen den Schmerz nehmen wolle, sondern grinsend zugegeben, sie kenne nichts Aufregenderes, als jemanden mit einer Spritze schachmatt zu setzen, und je größer und dicker derjenige sei, desto besser, und hat die Backen aufgeblasen und vorgemacht, wie sich Dickwänste die Schuhe binden – ein Sketch, den ich ihr nicht abnahm, der weismachen sollte, sie könne auch lustig, wenn sie wolle. Aus dem Abstand von fünfundvierzig Jahren betrachtet, so lange habe ich sie nicht mehr gesehen, erscheint sie mir wie zwei verschiedene Personen – eine vor und eine nach unserer Flucht aus Ungarn. Über erstere weiß ich wenig zu sagen; weil sie sich nicht für mich und ich mich nicht für sie interessierte. In Wien befreite sie sich aus Momas Einfluss; von da an war sie eine andere – oder endlich die, die sie eigentlich war.

Dass sie mich gefunden hatte, war übrigens ein Zufall gewesen. Sie hatte nicht vorgehabt, an diesem Nachmittag ihre Eltern zu besuchen. Der Präparierkurs war ausgefallen, und sie wollte ein Stündchen schauen, wie es dem Söhnchen gehe. Sie besaß einen Schlüssel zur Wohnung in der Báthory utca, wo immer noch ihr Kinderzimmer war (sie war achtzehn gewesen, als ich zur Welt kam), und fand mich über und über verdreckt und ein bisschen langsam, aber sonst recht zufrieden und fidel und – wie sie es viel später, wenige Tage nach der großen Katastrophe meines Lebens, ausdrückte – »mit einem erschreckend erwachsenen Ausdruck im Blick«. Eine Nachbarsfrau einen Stock über uns hatte einiges mitgekriegt, allerdings, wie sie versicherte, nicht, dass ich in der Wohnung zurückgelassen worden sei; sonst hätte sie sich »aber selbstverständlich« um mich gekümmert. Ich denke, sie müsste mich gehört haben, denn manchmal hatte ich geschrien – nicht weil ich Angst hatte oder verzweifelt war, sondern um mich zu unterhalten und mir zu bestätigen, dass ich der Bewohner meiner Welt war. Ich erinnere mich nicht, je lauter geschrien zu haben.

Meine Mutter hatte also mit Dr. Balázs telefoniert, der war unverzüglich in die Báthory utca gekommen, und wir waren gemeinsam mit der Straßenbahn zu seiner Wohnung gefahren. Ich hatte mich geweigert, während der Fahrt zu sprechen. Ich saß zwischen den beiden, die Arme hoch unter dem Kinn verschränkt. Immer wieder fragte meine Mutter, wie es mir gehe, und Dr. Balázs sagte, sie solle mich nichts fragen, *er* werde das tun, und sie sagte, ich sei schließlich *ihr* Kind, und er sagte, niemand wisse das besser als er. Ich rechnete mit dem Schlimmsten. Die Worte »abholen«, »verhören«, »foltern«, »hinrichten«, »erschießen«, »liquidieren«, »aufhängen« waren mir durchaus geläufig – zu oft war darüber in unserer Familie gesprochen worden; ich wusste nicht, ob es weh tat, was die Worte meinten; aber ich wusste, dass man hinterher nicht mehr da war. *Ich wollte da sein* – am liebsten, wie ich in den vergangenen fünf Tagen und vier Nächten da gewesen war. Ich war auf alles gefasst, und als Dr. Balázs meine Mutter bat, im Zimmer zu warten, und mich in seine Küche führte (er verfügte nicht über die Privilegien meines berühmten Großvaters und meiner berühmten Großmutter; seine Wohnung bestand nur aus einem Zimmer und der Küche, in der auch eine Badewanne stand), war ich überzeugt, dass ich, nachdem man mich abgeholt hatte, nun verhört, gefoltert, hingerichtet, erschossen, liquidiert und aufgehängt würde. Ich sah mich nach einem Fenster um, durch das ich fliehen könnte. Die Küche hatte kein Fenster. Dr. Balázs fragte mich übrigens hauptsächlich nach meiner Mutter aus. Wann ich sie zum letzten Mal gesehen hätte. Mit wem ich sie gesehen hätte. Ob sie mir manchmal Geschichten erzähle. Von wem sie besonders gern erzähle. Ob sie oft andere Kleider trage. Ob sie oft andere Schuhe trage. Ob sie mir Geschenke mitbringe. Ob sie gern singe. Was Moma über meine Mutter von sich gebe. Hinterher war ich enttäuscht. Wenn ich es bedenke, war ich enttäuscht, dass ich noch lebte.

Mein Großvater wurde nach seinem Verhör eingekerkert und gefoltert, bis er auf allen vieren, bellend und grunzend, vor seinen Häschern im Kreis rutschte. Endlich gestand er, dass er auf Befehl des Intelligence Service und des American Joint Distribution Committee den Ministerpräsidenten der Volksrepublik Ungarn, Genosse Mátyás Rákosi, während einer Gallenblasenoperation mit einer Überdosis Morphium habe vergiften wollen. Meine Großmutter, weil Verabredungsgefahr mit anderen in die Verbrechen involvierten Ärzten bestehe, wurde auf unbestimmte Zeit in Verwahrsam genommen. Man brachte sie nach Szabadsághegy in Buda, in die Villa auf dem Freiheitsberg, wo sie von den ÁVH-Männern Janko Kollár, Lajos Szánthó und Zsolt Dankó mit Zigaretten, Cognac, Konfekt und Beruhigungsmitteln versorgt und bis zu dreimal am Tag vergewaltigt wurde. Nach zwei Wochen kam sie frei. – Sok ház ég belül, de nem látszik kívül – viele Häuser brennen innen, und von außen sieht man nichts.

4

Am 5. März 1953, wenige Tage nach meinem vierten Geburtstag, starb nach zwei Schlaganfällen: Josif Stalin. Erst gab es wieder Gerüchte, Ärzte seien schuld an seinem Tod, und wieder wurden ein paar Dutzend, die meisten Juden, festgenommen, auch Ärzte außerhalb der Sowjetunion.

Mein Großvater saß im Gefängnis; das war durchaus ein Alibi, wenngleich nicht unbedingt ein gutes, denn es waren schon Menschen des Mordes angeklagt worden, die zum Zeitpunkt der Tat längst nicht mehr gelebt hatten. Er hatte Glück – wenn man das sagen darf –, die Anklage gegen ihn wurde von einem Tag auf den anderen fallengelassen, und er kam frei. Das Ganze sei ein Versehen gewesen. Mátyás Rákosi sei nie an der Gallenblase operiert worden. Major György Hajós und Oberst Miklós Bakonyi, die für meinen Großvater zuständigen Offiziere der ÁVH, taten nun, als wären sie in Wahrheit immer seine Freunde gewesen, die ihn in einer schlimmen Zeit vor Schlimmerem bewahrt hätten – das solle er bitte nicht vergessen. Der Weltgeist sei grausam, aber gerecht, das habe sich wieder einmal bestätigt. Das Gute habe gesiegt. Das Böse werde auf den Müllhaufen der Geschichte geworfen. Sie schlugen meinem Großvater auf die Schultern – sanfter, als sie es vor wenigen Wochen getan hatten – und scherzten, ihnen persönlich tue es leid, dass er Mátyás Rákosi nicht tatsächlich vergiftet habe. Mátyás Rákosi war inzwischen selbst in Ungnade gefallen, und man durfte getrost damit rechnen, dass er, wahrscheinlich gemeinsam mit Gábor Péter, dem ebenfalls abgesetzten Chef der ÁVH, der für alle diese bösen Sachen verantwortlich sei, recht bald erschossen würde.

Nun wohnten wir alle zusammen in der geräumigen Wohnung Nummer 7 an der Báthory utca Nummer 23 – Opa, Moma, meine Mutter und ich. Deswegen hatte es übrigens einen lauten Streit zwischen meiner Mutter und Moma gegeben. Meine Mutter wollte erst nicht zu uns kommen und wieder in ihrem Kinderzimmer schlafen. Moma aber bestand darauf, dass sie aus dem Studentenheim ausziehe. Wenn Moma »das Studentenheim« sagte, dann so, als würde sie »das angebliche Studentenheim« sagen. Was sie damit meinte, war leicht zu erraten: dass meine Mutter eine Lügnerin war. Das hatte ich mir immer schon gedacht. Jedes Mal, wenn sie gekommen war, um mich zu besuchen, hatte sie mir »etwas überaus Merkwürdiges« erzählt, das ihr zugestoßen sei. Das Leben ist voller Möglichkeiten, und ein kleiner Spaziergang von der Donau herauf, am Szabadság tér vorbei und in die Báthory utca *muss* nicht, aber *könnte* solches bieten. Ich entdeckte sehr früh die Möglichkeitsform.

Schließlich hatten Moma und ich aber doch den Eindruck gewonnen, dass meine Mutter gern bei uns wohnte. Eines Morgens sah ich sie vor dem großen Spiegel im Badezimmer stehen, nackt, die Arme ausgebreitet, den Kopf nach hinten gebeugt; sie hatte die Augen geschlossen und lächelte, als ob sie sich dennoch im Spiegel sähe. Sie war zufrieden mit sich selbst. Ich erzählte Moma, was ich beobachtet hatte, und wurde dafür gelobt.

Wir lebten nicht schlecht. Major Hajós und Oberst Bakonyi kamen vorbei, um sich von Großvater ein Schreiben unterzeichnen zu lassen, und brachten bei dieser Gelegenheit Speck, Wurst, Kaffee, Wein, Barack und andere gute Sachen mit, eine Gans und ein Käserad, einen Schinken, so groß wie ein Tennisschläger, und für Moma eine Tasche voll Zigarettenschachteln. Gleich dreimal mussten sie die Stiege hinauf- und hinuntergehen. Wenn sie sonst etwas für uns tun könnten, baten sie, müssten wir nur ein Wort sagen. Moma lachte – ich habe es gehört und habe mitgelacht – und sagte, es gebe, wenn sie sich nicht irre, drei Männer in ihrem Verein, einen gewissen Janko Kollár, einen gewissen Lajos Szánthó und einen gewissen Zsolt Dankó, ob es möglich wäre, jedem von den dreien eine Kugel in den Kopf zu schießen. Die Offiziere lachten – ich habe es gehört und habe mitgelacht – und versprachen, sie würden schauen, was sich machen lässt. Mir schenkten sie ein buntes Windrädchen und setzten mich auf die Kühlerhaube ihres schwarzen Pobeda und fuhren mit mir ein Stück die Báthory utca hinunter bis zum Parlament, schnell genug, damit sich die kleinen roten, blauen und gelben Schaufeln drehten, vorbei an der Bäckerei von Ferenc Juhász, der in seiner weißen Schürze auf dem Gehsteig stand und staunte. Meine Mutter lief schreiend daneben her, gab aber bald auf, weil ihr die Luft ausging.

Es war eine gemütliche Zeit. Wir saßen im Salon zusammen, die Betten von Moma und Opa hatten wir in einer lustigen Aktion aus dem Schlafzimmer herübertransportiert, weil Opa nur mit Mühe aufstehen und herumgehen konnte. Er trank Unmengen Wasser. Es waren ihm im Gefängnis nur versalzene Speisen angeboten worden. Der große Durst blieb ihm bis an sein Lebensende. Man stelle sich vor, Opa war verwechselt worden! Man hatte geglaubt, er sei ein Jude! Das erzählte uns Major Hajós und entschuldigte sich dafür in aller Form und mit seltenen Nahrungsmitteln. Er lebte allein, hatte keine eigene Familie, mit seinem Bruder war er verfeindet; er sei oft sehr, sehr einsam, klagte er; deshalb besuchte er uns zwei- bis dreimal in der Woche, setzte sich immer auf denselben Sessel, als wäre er ein Freund des Hauses. Von den Kollegen werde er der »Marder« genannt – »Nyest«; er verriet uns aber nicht, wie er zu diesem Spitznamen gekommen war. Ein Marder sei doch ein sehr schönes Tier, die Menschen müssten ihn nur einmal von der Nähe betrachten, was in der Natur zugegebenermaßen nicht ganz leicht sei, aber es gebe ja auch ausgestopfte Exemplare, zum Beispiel im Museum am Ludovika Platz. Man habe, erzählte er, eigentlich Dr. Benedikt Lázló, den Chefarzt des Krankenhauses der Pester Israelitischen Glaubensgemeinschaft, verhaften wollen, aber weil das andere Kollegen bereits getan hätten und es unerfreulich gewesen wäre, mit leeren Händen dazustehen, sei der Genosse Oberstleutnant János Tárnoki von der HA Technik auf die Idee gekommen, in der Semmelweisklinik nachzusehen, dort sei gemäß seinen Unterlagen ein gewisser Dr. Daniel Eisenberger als Internist beschäftigt, und nachdem der Verräter Gábor Péter von Geburt her auch ein Eisenberger sei, und zwar ein Benjamin, habe man gedacht, es könnte sich bei dem Arzt zum Beispiel um einen Bruder desselben und also wahrscheinlich um ebenfalls einen amerikanisch-zionistischen Agenten handeln. Leider hätten sich die Genossen Kollár, Szánthó und Dankó, die, wie wieder einmal bestätigt, nicht die Zuverlässigsten seien, im OP geirrt und aus Versehen den völlig unschuldigen und in jeder Hinsicht korrekten Genossen Dr. Ernö Fülöp verhaftet. Mein Großvater wollte sagen, dass er höflichst darum bitte, nicht Genosse genannt zu werden; er kam aber nicht dazu, jedenfalls nicht zu Ende damit, denn Moma fiel ihm um den Hals und küsste ihn so leidenschaftlich auf den Mund, dass sich Major Hajós glücklich seufzend umdrehte und meiner Mutter und mir zuzwinkerte.

»Wir sprechen nicht über Politik«, sagte Moma, »wir kümmern uns nicht um den Zustand der Welt.«

»Sehen Sie«, sagte Major Hajós, »bald bin ich auch so weit. Sie sind mein Vorbild, Frau Fülöp-Ortmann! Das dürfte eigentlich nicht sein. Ich bin Geheimdienstmann, ich bin ein Tschekist, einer von den guten alten. Ein Tschekist hat, wenn überhaupt, nur ein Vorbild zu haben: Feliks Edmundowitsch Dzierzynski, den gütigen Vater des mächtigsten Geheimdienstes, den die Welt je gesehen hat, er möge mir vergeben, Gott hab ihn selig. Was rede ich da! Sehen Sie, Sie bringen mich von meinem Weg ab, Frau Fülöp-Ortmann!«

Da erschrak meine Moma und wurde weiß, und mein Großvater hielt seinen Arm vor sie, wie der Fahrer eines Automobils es tut, wenn er plötzlich bremst und seine Beifahrerin schützen möchte.

Aber Major Hajós lachte, lachte so heftig, dass alle Luft aus ihm wich und er am Ende nur noch piepste.

Es war auch eine fröhliche Zeit. Wir verließen nur selten die Wohnung, das war auch nicht nötig, denn wir waren ja reichlich mit leckeren Dingen versorgt. Wir lachten viel, meine Mutter probierte Kleider an, und Opa schnarchte seine komischen Melodien. Er war zu müde, um mir am Abend eine ganze Geschichte zu erzählen, und deshalb musste manchmal Moma seine Märchenstunde zu Ende bringen – nun umgekehrt wie sonst. Der Großwesir war krank, und er bat den Kalifen, vorübergehend seine Aufgabe zu übernehmen. Das Erzählen war nicht Momas Sache, jedenfalls nicht das Erzählen von Märchen für Kinder, aber sie bemühte sich. In ihren Geschichten ging es um Götter mit Tierköpfen, und das erinnerte mich an meine einsamen vier Nächte, in denen mir Wesen erschienen waren, wie ich nie welche gesehen hatte, nicht in Wirklichkeit und nicht auf Bildern. Die aufgestickten Tiere auf meiner Zudecke hatten nach ihnen gerufen, und sie waren gekommen; und nun, so schien mir, riefen sie wieder, und vielleicht spürte Moma, dass sie riefen, und es war ihr unheimlich, weil sie ja nicht wusste, wer da rief. Ihr Widerwille, an meinem Bett zu sitzen, hatte also gar nichts mit mir zu tun, ihre Ungeduld galt nicht mir, sondern meiner Bettdecke mit den Tieren darauf. Ich ärgerte mich über meine Mutter, weil sie mich gefunden und mir dadurch die Möglichkeit genommen hatte, mich mit diesen Tiermenschen näher zu befassen. In der ersten Nacht waren sie an mir vorübergezogen, als wäre ich eine Galerie von Kopfkissen, deren Knöpfe zur Straße gerichtet waren. In der zweiten Nacht waren sie vor mir stehen geblieben und hatten mich betrachtet. In der dritten Nacht war ich lange wach gelegen und hatte mir gewünscht, sie würden mit mir sprechen. Das taten sie auch, aber ich verstand ihre Sprache nicht. Ich war aber zuversichtlich gewesen, dass ich eines Nachts würde sprechen können wie sie oder dass ich in der Wohnung vielleicht Tabletten fände, die mich wie den Kalifen und seinen Großwesir in die Lage versetzten, die Sprache der Tiere zu verstehen. Bei ihrem vierten Besuch ließen sie sich im Halbkreis vor mir nieder. Nach meiner Rettung hatte ich nicht mehr von ihnen geträumt – lange nicht mehr, aber dann wieder.

Ich erzählte Moma von meinen Träumen, und da weinte sie und versprach mir, sie werde es niemandem weitersagen, und drückte mich fest an ihre Brust. Sie verbat Opa, mir in Zukunft seine Märchen zu erzählen – was mich wunderte, es waren ja schließlich ihre Märchen, die er nur an mich weitergab, weil sie selbst zu vornehm dazu war. Außerdem hat sie den Bettüberzug mit den aufgestickten Tieren im Ofen verbrannt. Damit hatte ich gerechnet, fand es aber keine gute Idee. Nicht dass mir die Frösche, die Rehlein und Spatzen, Meister Petz und Meister Lampe, Grimbart, Reineke, Isegrim, Abebar, der Storch, und Nobel, der Löwe, leid getan hätten; ich habe nie mit ihnen gesprochen, nie haben sie sich im Kreis um mich herumgesetzt. Aber es schien mir wahrscheinlich, dass sie es gewesen waren, die *meine Tiere* gerufen oder angelockt hatten. Und als dann einige Nächte vergangen waren, ohne dass mich auch nur eines meiner Tiere am Schlafanzug gezupft hätte, war ich überzeugt, Moma hatte tatsächlich einen Fehler begangen.

Viel wurde in dieser Zeit auch über den toten Josif Stalin geredet und über Männer, die er gekannt hatte und die ebenfalls nicht mehr lebten. Ich prägte mir die Namen ein, wie ich mir die Namen der ägyptischen Götter eingeprägt hatte – Namen habe ich immer verehrt, Namen sind Zauberformeln, man kann sie im Mund drehen wie ein Bonbon und vor sich hin murmeln, während die Haare am Kopf wachsen und die Hände etwas anderes tun. Major Hajós, Moma und mein Großvater sprachen diese Namen zudem aus, als gäbe es ein Geheimnis um sie, das gefiel mir – Nikolai Bucharin, Karl Radek, Lawrenti Beria, Lew Kamenew, Alexei Rykow, Genrich Jagoda, Wladimir Iwanow und Leo Trotzki –, ein Geheimnis eben, wie es um meine Tiere eines gab; wobei ich nicht genau hätte sagen können, worin dieses Geheimnis bestand. Ich war doppelt böse auf meine Mutter; wäre sie nur einen Tag später gekommen, bestimmt hätten mir meine Tiere ihre Namen verraten, und ich hätte sie frei rufen können, wann immer mir danach gewesen wäre, und hätte dafür nicht eine Zudecke nötig gehabt.

Wissen Sie, ich bin nun mehr als fünfundfünfzig Jahre von jener Zeit entfernt; aber wie ich damals empfand, ist mir frisch, und ich empfinde heute nicht anders. Meister Eckhart hat gepredigt, die Seele werde nicht alt. Darüber habe ich erst vor wenigen Tagen wieder nachgedacht. Es könnte meinen: erstens, dass sie jung stirbt; zweitens, dass sie sich – anders als der Körper – nicht in der Zeit und mit der Zeit bewegt; drittens, dass sie ihr einmal gesetztes Alter beibehält, gleich, ob der Körper dieses Alter bereits erreicht hat oder schon darüber hinausgewachsen ist. Dass die Seele jung stirbt, dafür spricht einiges; tatsächlich erscheinen mir die meisten Erwachsenen als seelenlose Wesen, selten aber Jugendliche, nie Kinder. Die zweite Interpretation kommt Eckharts Intention wahrscheinlich am nächsten; er war ja der Meinung (und wurde derentwegen von der Inquisition verfolgt), dass »etwas« in der Seele sei, das »unerschaffen und unerschaffbar« ist, also auch nicht von dem Gott erschaffen, also aus sich selbst heraus göttlich und somit aus der Zeit gehoben, ohne Alter, ewig. Die dritte Deutung ist meine eigene. Jeder frage sich, welches Alter – Menschenalter! – seine Seele habe (ob es so etwas wie eine Seele überhaupt gibt, braucht dabei nicht beantwortet zu werden; auch wenn es sie nicht gibt, kann sie immer noch als Denkmodell dienen – was sie für den Psychologen ja tut). *Meine Seele* ist zwischen vier und sieben Jahre alt, und so alt wird sie bleiben bis an mein Ende. Alles, was ich erlebt habe, bekommt Sinn und Form, wenn ich es aus den Augen des Vier-, Fünf-, Sechs-, Siebenjährigen betrachte und von dessen weltanschaulicher Warte aus analysiere.

Ich schweife ab, ich weiß, und bitte um Nachsicht; aber weil ich nun schon einmal dabei bin, möchte ich eine Begebenheit erzählen, die mich nach sehr langer Zeit wieder mit meinen Tieren zusammenführte und mich mit jenem Mann bekannt machte, der mich einer Gruppe von Menschen vorstellte, die sich regelmäßig treffen, um Bier zu trinken, Karten zu spielen und Witze zu reißen.

Es war im späten November vor anderthalb Jahren; ich war gerade aus Mexiko nach Wien zurückgekehrt und war noch benommen von dem langen Flug. Gegen Abend spazierte ich durch den Stadtpark, die Pensionswirtin hatte mir einen gefütterten Anorak geborgt, den ein Gast bei ihr vergessen hatte. Schnee fiel in dichten Flocken. Erst dachte ich, ich sei der einzige hier, da sah ich vor mir die Silhouette eines Mannes. Er trug einen langen dunklen Mantel und eine Mütze auf dem Kopf. Er stand mitten auf dem Weg, wenige Schritte vom Johann-Strauß-Denkmal entfernt. Als ich ihn überholte, bemerkte ich, dass er die Hand gegen die Brust presste, und hörte ihn schwer und verzweifelt atmen. Ich fragte, ob ich ihm helfen könne. Er bat mich, die Rettung zu rufen, er habe einen Anfall von Angina Pectoris oder sogar einen Infarkt; er habe – merkwürdige Formulierung – »nicht mehr die Reflexe, um zu telefonieren«. Ich tippte 144 in sein Handy, gab den Grund meines Anrufs und unseren Standort durch, und drei Minuten später sahen wir das Blaulicht des Samariterbundes. Ich fragte den Mann, ob ich ihn ins Krankenhaus begleiten solle. Er nickte und griff nach meiner Hand. Es sei eine verdammte Einsamkeit in ihm, flüsterte er, eine wirklich verdammte Einsamkeit. Ob dies der Tod sei. Ich solle ihm bitte meine ehrliche Meinung über den Tod sagen. Ich sagte, meiner Erfahrung nach werde der Tod überschätzt. Das tat ihm gut. Er nickte und kicherte sogar. Auch der Sanitäter, der neben mir im Rettungswagen saß und die Blutdruckmanschette am Arm des Mannes aufpumpte, kicherte. Ich sagte zu dem Mann, ich würde bei ihm bleiben, so lange er es wünsche.

Der Kardiologe im Donauspital stellte erhöhte Troponin-Werte fest und ordnete für den folgenden Tag eine Angiographie an. Der Mann fragte den Arzt, ob es möglich wäre, dass ich über Nacht bei ihm bleibe, ich hätte sein Leben gerettet, ich sei sein Engel, sein Schutzengel. Er glaubte tatsächlich, ich sei ein Engel, gesandt, um über ihn zu wachen. Er wurde auf seine Bitten hin in ein Einzelzimmer gelegt, ein gepolsterter Stuhl wurde neben sein Bett geschoben, darauf verbrachte ich die Nacht.

Er hielt meine Hand. »Wo haben Sie Ihren kleinen Finger verloren?«, fragte er.

Das oberste Glied an meinem rechten kleinen Finger fehlt nämlich. Die meisten Menschen bemerken das gar nicht. »Ach ja, diese Geschichte«, sagte ich, »die erzähle ich Ihnen ein andermal.«

Irgendwann nickte ich ein und sackte vornüber auf die Matratze des Bettes. Ich spürte seine Hand auf meinem Kopf. Er redete im Schlaf. Aus den wenigen Worten, die ich verstand, schloss ich, dass er zu seiner kleinen Tochter sprach. Ich wollte seinen Traum nicht stören und ließ meinen Kopf auf der Bettkante ruhen, er streichelte über mein Haar, und ich schlief ein. Da kamen meine ägyptischen Tiere und setzten sich zu mir, und mir war so wohl zumute, nicht anders als vor über fünfzig Jahren, als sie mir zum ersten Mal in der Báthory utca begegnet waren. Und ich sagte: Warum seid ihr nicht schon früher gekommen? Ihr hättet mir helfen können. Ihr hättet euch mit meinen mexikanischen Tieren besprechen können, damit sie mir in meiner Not beistehen. Und ihr hättet euch mit meinen russischen Tieren besprechen können, damit sie mich nicht so quälen. Auf euch hätten sie vielleicht gehört. Und auf einmal wurde mein Herz bitter. Ihr habt mich im Stich gelassen, sagte ich. Ich war in Russland am Ende meiner Kraft und in Mexiko am Ende meiner Phantasie. Ich bin enttäuscht von euch. Habt ihr mir nicht versprochen, auf mich aufzupassen, damit mir nichts angetan wird und damit ich anderen nichts antue? Habt ihr mir das nicht versprochen? Aber sie sahen mich nur an mit ihren lebendigen, feuchten, glänzenden Augen. Ich habe einfach nur behauptet, sie hätten mir etwas versprochen. Das haben sie ja gar nicht. Und dennoch fühlte ich mich wohl bei ihnen, und im Schlaf wusste ich, dass mein Schlaf tief und erquickend war.

Ich frühstückte mit den Stationsschwestern. Sie klärten mich auf, der Mann sei ein Staatssekretär unserer Regierung, und sie nannten mir seinen Namen. Ich kannte ihn nicht, natürlich nicht; lange war ich nicht in Wien gewesen; in Guadalajara, Tepoztlán und Chihuahua und in den Klüften der Sierra Madre Occidental hatte ich mich nicht für österreichische Politik interessiert; dort habe ich mich für nichts interessiert, womit man in der Welt reüssieren kann.

»Sind Sie wirklich sein Schutzengel?«, fragte eine der Schwestern, sie war nicht älter als zwanzig. »Er glaubt es.« Sie glaubte es auch, das sah ich ihr an.

»Das weiß ich nicht«, antwortete ich. »Aber ich möchte es lieber nicht sein.«

»Warum denn nicht? Es kann doch nicht schlecht sein, wenn man der Schutzengel von einem Staatssekretär ist.«

»Ich kenne ihn ja erst seit ein paar Stunden«, sagte ich. »Wäre Schutzengel zu sein nicht eine Lebensaufgabe?« Ich brachte sie durcheinander, das wollte ich nicht.

»Aber es wäre doch auch eine schöne Aufgabe«, stammelte sie.

»Es ist eine furchtbare Aufgabe«, sagte ich. »Niemand würde gern davon erzählen.«

Ich betrat noch einmal das Zimmer des Staatssekretärs, um mich von ihm zu verabschieden und ihm Glück zu wünschen.

Es sei durchaus erlaubt abzuschweifen; ein Buch sei ein mäandernder Fluss und kein Kanal – belehrte mich Sebastian Lukasser; nur eines: meine Geschichte dürfe ich dabei nicht aus dem Auge verlieren. Was aber, wenn man nicht nur eine Geschichte hat? Wenn man drei, zehn, hundert Geschichten zu erzählen hätte? Tatsächlich bin ich einigermaßen ratlos, wenn ich mein Leben nach Geschichten durchbürste. Ich hoffe, ich stecke den Leser mit meiner Verwirrtheit nicht an; ich werde mein Bestes tun, damit er den Überblick behält, wo ich keinen habe.

5

Wo war mein Vater gewesen? Er behauptete: immer um mich herum. Nachdem mich meine Mutter gefunden hatte, habe sie ihn sofort benachrichtigt. Er sei nicht mehr von meiner Seite gewichen, und er habe von diesem Tag an gemeinsam mit mir, Moma und Opa und meiner Mutter in der Báthory utca gewohnt. Sein Studium habe er unterbrochen. Im Studentenheim und im Sekretariat der Universität habe er angegeben, er müsse ein Semester aussetzen, um seinen Eltern auf dem Hof zu helfen.

Auch mein Vater war ein Lügner. Er meinte, ich komme ihm nicht dahinter. Er vertraute auf Dr. Balázs' Diagnose, dass ich alles, was mit diesen fünf Tagen und vier Nächten zusammenhänge, bald aus meinem Gedächtnis gelöscht haben würde. Lange Zeit wusste ich nicht einmal seinen richtigen Namen. In unserem deutschsprachigen Haushalt wurde er Michael genannt oder Mischa (er sprach nicht besonders gut Deutsch; aber er lernte schnell und war sehr streng zu sich selbst, viel strenger als Moma, die ihm Unterricht gab – was mich vermuten lässt, dass er damals schon vorgehabt hatte auszureisen). Sein – in Ungarn – behördlicher Name lautete: Mihály Vít Šrámek (später in der Schule wurde ich als András Šrámek angemeldet). Er war ein Lügner, der meinte, er könne die Wahrheit im Großen und Ganzen wiederherstellen, indem er mein Unwissen verringerte und mir Naturerscheinungen erklärte, mir wenigstens ihre Namen beibrachte: Elster, Amsel, Buntspecht, Platane, Ulme, Eibe, Neumond, Venus, Jupiter, Sirius, Wetterleuchten, Aal, Spinnenbein, Stier, Ochs, Sternschnuppe, Atom, Magnetismus … Ich war sein begieriger Schüler, der nichts mehr liebte, als von ihm abgeprüft zu werden, wobei wir jeder in eine andere Richtung ins Leere starrten, Frage, Antwort, Frage, Antwort, Frage, Antwort.

Meine Eltern hatten gerade ihr Studium begonnen, als ich zur Welt kam. Mein Vater studierte Rechtswissenschaften, später Wirtschaftswissenschaften. Er musste nebenher arbeiten, weil er von zu Hause kein Geld bekam und auch aus dem staatlichen Stipendiensystem fiel. Er war in Pilisszántó aufgewachsen, einem Dorf am Pilisgebirge, nicht weit von Budapest entfernt. In seiner Kindheit sei zu Hause slowakisch gesprochen worden. Seine außerordentliche Begabung war dem Kaplan des Dorfes und durch dessen Vermittlung dem pfeilkreuzlerischen Bezirksparteisekretär von Pilisvörösvár aufgefallen, der ihn dem Bildungsbeauftragten im Komitat Pest empfahl; der wiederum reichte ihn nach einer Prüfung an einen Berater von Staatspräsident Miklós Horthy weiter, der schließlich dafür sorgte, dass er an einem Gymnasium in Budapest aufgenommen und in einem katholischen Schülerheim untergebracht wurde. Damit war er endgültig und für alle Zeit der Idiotie des Landlebens entrissen.

Meine Großeltern väterlicherseits habe ich nie kennen gelernt, es ist auch nie über sie gesprochen worden. Einmal habe ich eine Bemerkung von meiner Mutter gehört: ihre Schwiegereltern seien verhungert. Ich denke aber, ich habe falsch gehört – dass sie Hunger gehabt hätten, so ist es wahrscheinlich richtig; viele haben während oder nach dem Krieg Hunger gehabt; natürlich habe ich mich verhört. Für seine bäuerliche Herkunft hat sich mein Vater immer geschämt. Er meinte, den Schweinemistgeruch nicht abzukriegen. Zweimal am Tag badete oder duschte er, wenn es ihm möglich war, und rieb seinen Körper mit Kölnisch Wasser ein; und als wir es uns leisten konnten, kaufte er sich so viele Anzüge, Hemden, Schuhe und Krawatten, dass ihre Unterbringung ein Problem war. Vor Anzügen, die älter als ein halbes Jahr waren, ekelte es ihn; Schuhe, die im Schritt Falten zeigten, fand er grässlich; Hemden hätte er am liebsten nach einmaligem Gebrauch entsorgt. Es war ein ewiges Streitthema zwischen meinen Eltern; meine Mutter warf ihm vor, er gebe zu viel Geld für Kleidung aus, und warum er nur die teuersten Sachen kaufe, wenn er sie ja ohnehin nur ein paar Mal trage – worauf er nur lächelte, ein Mann, der mit seinem schweigenden, unverbindlichen Charme die Vögel von den Bäumen locken konnte.

Ich habe auch meinen Vater seit fünfundvierzig Jahren nicht mehr gesehen. Ich weiß nicht, ob er noch lebt. Ich denke, schon. Man hätte mich anderenfalls verständigt. Nur – wer hätte mich verständigt, und wie hätte man es angestellt? Ich würde ihm gern ein paar Fragen stellen und ein paar Vermutungen vorlegen. Zum Beispiel: Bist du sicher, dass *du* mein Vater bist und nicht Dr. Balázs, wie ich lange Zeit befürchtete, oder überhaupt ein anderer? Könnte es sein, dass du mit meinen Großeltern einen Deal hattest: du akzeptierst mich als dein

Kind, heiratest meine Mutter und hast dadurch – wenigstens theoretisch – Anteil an dem Vermögen der Ortmanns, dessen größter Teil 1919, gleich nach der Zerschlagung von Bela Kuns komischer Rätediktatur, in die Schweiz transferiert worden war? Wog das deine Gegenleistung auf? Was heißt überhaupt Gegenleistung? Meine Mutter war ja keine hässliche Frau, die sonst niemand haben wollte. War noch etwas anderes gefordert, als mich als deinen Sohn zu akzeptieren? Und meine letzte Frage: Wann – vorausgesetzt, meine Vermutung trifft zu – war dieser Deal abgeschlossen worden?

Tatsache ist, dass ich meinen Vater zum ersten Mal zu Weihnachten 1955 sah. Ich war sechs und bereits in der Schule. Tatsache ist ferner, dass meine Eltern erst im Dezember 1956, also nach unserer Flucht aus Ungarn, heirateten – wobei »heiraten« nicht ganz zutrifft; sie ließen bei den österreichischen Behörden mich als Andres und sich als Ehepaar Dr. Michael und Dr. Elise-Marie Philip registrieren; erzählten, sie hätten sich von einer Minute auf die andere zur Flucht entschlossen und alles zurückgelassen, also auch ihre Papiere. Das ging leicht; die Österreicher waren damals so begeistert von uns Ungarn und noch begeisterter von ihrer eigenen Hilfsbereitschaft und am meisten begeistert von dem vielen Lob aus aller Welt, dass sie in den ersten Monaten nach unserer missglückten Revolution nicht nur ihre östlichen Grenzen wie Scheunentore aufrissen, sondern zugleich auch die staatsbürgerlichen Grenzen zur Fahrlässigkeit übersprangen. Ob meine Eltern je richtig geheiratet haben, weiß ich nicht. Warum hätten sie es nach ihrer Registrierung als Ehepaar auch tun sollen? Ob sie je ihr Doktorstudium abgeschlossen haben, weiß ich ebenfalls nicht. Warum hätten sie es tun sollen, wenn der Titel genauso durch einfaches Hinmalen von zwei Buchstaben zu kriegen war?

Zu Weihnachten 1955 schenkte mir mein Vater zwei Metallbaukästen der Marke *Märklin*, beinhaltend grüne und rote Lochplatten und Lochleisten, elastische dünne blaue Plastikplatten in drei Größen, Messingschrauben in verschiedenen Längen und Stärken, Messingmuttern, verchromte Achsen, Schraubenzieher, Mutternschlüssel, Zangen, Klemmen, Zahnräder, Ketten und Seile. Es waren die größten und teuersten Kästen, die von der Firma angeboten wurden – der 99er

Bagger I und der Ergänzungskasten 99 a *Der neue Kran*. Solche Dinge waren in Ungarn zwar auch erhältlich, aber nur sehr schwer und zu einem unerschwinglichen Preis. Mein Vater hatte die Kästen in Deutschland – Westdeutschland – besorgen lassen, über »Kanäle«, wie er bescheiden andeutete. Bezahlt hatten Moma und Opa, der Beitrag meines Vaters war die Beschaffung gewesen; aber die hatte eindeutig, und von allen anerkannt, den weitaus größeren Anteil.

Dass ich diesen Mann vom ersten Moment an mochte, hatte aber nichts mit seinem Geschenk zu tun – sicherlich dem wunderbarsten, das ich in meinem ganzen Leben bekommen habe. Er war zwei Tage vor Weihnachten bei uns aufgekreuzt und gleich zu meiner Mutter in ihr Kinderzimmer gezogen. Er war stämmig, kleiner als meine Mutter, schlank in der Mitte, roch nach Harz und Zitrone und hatte einen Gang, für den jede Strecke zu kurz war, denn man konnte nicht genug kriegen, ihm beim Gehen zuzusehen. Gern stand er breitbeinig mitten im Zimmer, die Hände in den Hosentaschen zu Fäusten geballt, so dass sich die Knöchel gegen den Stoff abhoben. Wenn er zuhörte, sah er einen direkt an und lächelte dabei, als ob alles, was man sagte, interessant wäre und nichts auf der Welt interessanter als dies. In seinem Blick war nicht die verständnislose, missbilligende Neugier, die ich oft bei Erwachsenen beobachtet hatte und die weniger am Tun des anderen als an dessen Scheitern interessiert war; ihm war am Gelingen gelegen.

Er brachte mir das Schachspiel bei. Gleich nachdem er mir erklärt hatte, worauf es in diesem Spiel ankam, wen die Figuren darstellten, welchen Stellenwert sie hatten, wie sie bewegt werden durften, spielten wir unser erstes Spiel. Von Anfang an behandelte er mich wie einen gleichwertigen Gegner; er schenkte mir nichts, ließ mir keinen Zug nach, wenn ich ihn einmal getan hatte, diskutierte mit mir meine Fehler; und als ich ihn nach Monaten das erste Mal besiegte, ärgerte er sich – und freute sich.

Er konnte sehr komisch sein. Moma hatte die durch zwei Weltkriege gerettete ehrwürdige Weihnachtskrippe ihrer Kindheit aufgestellt, das waren ein Stall aus Pappmaché und ein Dutzend bunt bemalter Gipsfiguren, die meisten schon etwas angeschlagen (manche fehlten, wie zum Beispiel der Protagonist des Geschehens, das Christkind, oder die Drei Könige). Nach dem Weihnachtsessen setzte mein Vater zwei der goldenen Serviettenringe – Zeugen derselben Vergangenheit – auf zwei übrig gebliebene Debrezinerwürste, stopfte den Zwischenraum mit Salatblättern, Gurkenscheiben und Peperonischoten aus, so dass die Köpfe wie Montezumas Federkrone aussahen (die mir Moma in einem Buch gezeigt und die ich mit Buntstiften abgemalt hatte), klemmte die Würste zwischen die Finger seiner Linken, hüpfte mit ihnen vor die Krippe und rief: »Kopi, kopi, kopi! Mária itt van? – Klopf, klopf, klopf! Ist Maria hier?« Mit der Rechten nahm er die Muttergottes beim Schleier, hoppelte mit ihr aus dem Stall und antwortete: »Mit akkartok csibészek, lépjetek le! – Was wollt ihr Fratzen? Verschwindet!« Worauf die beiden Würste sangen: »Mi vagyunk a három szentkirály, az ajándékokért jöttünk. – Wir sind die Heiligen Drei Könige und wollen die Geschenke abholen.« Moma raufte sich die Haare vor Lachen, meine Mutter rutschte vom Sessel, und ich machte mir fast in die Hose. Auch Opa lachte. Er musste dabei vorsichtig sein, weil in seine Lungen nicht mehr viel Luft passte. Der einzige, der nicht eine Miene verzog, war mein Vater – und darüber mussten wir fast noch mehr lachen als über seinen kleinen Sketch.

Opa sagte: »Wie gut, dass wir dich haben.«

Oh, das waren die schönsten und aufregendsten Weihnachten, die ich je erlebt habe! Und das hauptsächlich wegen meines Vaters. Alle bemühten wir uns, ihm klarzumachen, wie vorteilhaft es für ihn wäre, bei uns zu bleiben. Und er bemühte sich, uns klarzumachen, wie vorteilhaft es für uns wäre, ihn bei uns aufzunehmen. Er polsterte die Ottomane mit Kissen aus, damit Opa wie ein König darauf saß; überall brannten Kerzen – die, wen wundert's, ebenfalls er besorgt hatte; es roch nach Kuchen und Barackpálinka – seine Weihnachtsgeschenke –, und aus dem Radio drang leise Musik, und hätte jemand gesagt, mein Vater habe die Melodien speziell für uns beim Sender bestellt, ich hätte es selbstverständlich geglaubt, und nicht nur ich. Opa erzählte eine Geschichte von Jesus, dem zu Ehren, wie ich erfuhr, die Bürger Ungarns und der übrigen Welt an diesem Tag nicht zur Arbeit gehen mussten, weil er vor fast zweitausend Jahren geboren worden war. Eines Tages sei Jesus einem Mann begegnet, der ziemlich verrückt war. Der lief in der Gegend herum und brüllte die Leute an, er war nackt und verdreckt, und in der Nacht schlief er in Erdhöhlen. Manchmal tobte er so wild, schlug sich selber mit Steinen auf den Kopf, dass man ihn fesseln musste. Aber er riss sich los, und alle fürchteten sich vor ihm. Als Jesus des Weges kam, warf er sich weinend vor ihm auf den Boden und jammerte, er solle ihnen nichts tun. Ihnen? Wieso ihnen? Es war doch nur ein Mann. Ja, eben nicht! Es waren ein paar tausend. Die wohnten alle in diesem einen Mann. Es waren ein paar tausend Teufel, von denen war er besessen. Und diese Teufel hatten eine wahnsinnige Angst vor Jesus und baten ihn, er solle sie doch bitte nicht aus der Gegend vertreiben, weil sie hier so gern seien. Da waren Schweine in der Nähe, zweitausend Stück. Ob sie zum Beispiel in diese Schweine hineinfahren dürften, flehten die Teufel. Jesus sagte, ja, das dürfen sie. Da fuhren die Teufel aus dem Mann heraus und in die Schweine hinein, und die Schweine wurden so verrückt, wie der Mann vorher verrückt gewesen war, und sie rannten über die Wiese hinunter und in den See hinein und ertranken alle. Das sei eine Stelle aus dem Markusevangelium, sagte Opa – Markus 5,1–20. Mama war der Meinung, das sei eindeutig ein Verbrechen von Jesus gewesen, einfach so mir nichts, dir nichts zweitausend Schweine umzubringen, damit habe er eine ganze Kolchose ruiniert. Moma sagte, die seelische Gesundheit eines Mannes sollte auf jeden Fall zweitausend Schweine wert sein. Ich fragte, ob man das Schweinefleisch hinterher noch habe essen können, dann hätte man es verkaufen können, und der Schaden wäre nicht so groß gewesen. Moma gab mir recht, das sei eine gute Frage, sie glaube schon, dass man noch Schnitzel daraus hätte machen können. Mama beharrte: »Also, entweder steckten in den Schweinen zweitausend Teufel, dann war ihr Fleisch ungenießbar, oder es steckten keine Teufel in ihnen, dann war es ein Verbrechen, sie alle umzubringen, außerdem hat es zu der damaligen Zeit noch keine Kühlhäuser gegeben und die Gegend ist bekanntlich ziemlich heiß, also wäre ein Großteil des Fleisches auf jeden Fall verdorben, denn wer bitte soll in wenigen Tagen das Fleisch von zweitausend Schweinen essen!« Opa sagte, er verstehe die Geschichte so, dass neben oder hinter oder vor jedem Menschen mindestens ein Teufel stehe und gehe, manche Menschen seien regelrecht umstellt von Teufeln, dieser hier von zweitausend Teufeln, der arme, arme Mann. Er glaube aber nicht, dass die Teufel *in* dem Menschen steckten, nein, sie seien *außerhalb* von ihm. Wenn ein Mensch *in sich selbst* verschiedene Menschen sei, denke er, hätten es die Teufel schwer. Es sei wohl eher ein Geschenk des Himmels als der Hölle, wenn ein Mensch in sich viele Menschen sei. Er wisse, er drücke sich unklar aus, aber die Sache sei eben nicht klar. Er wolle sagen, wenn einer *in sich selbst noch andere ist*, mit denen er reden könne, solche, die er einst gewesen sei oder einst sein werde oder zur gleichen Zeit sei, dann ertrage er vieles leichter, Dunkelheit, Durst, Einsamkeit, Schmerzen sogar. Dann würden sich die Teufel nicht auskennen und umdrehen. Der Himmel aber würde sich immer auskennen und würde bleiben. »Im Himmel ist jeder von uns viele. Das glaube ich, ja. Der Himmel ist bei uns. Die Teufel müssen uns erst suchen. Und wenn einen die Teufel gefunden haben, dann hängen sie sich an dich, hauen die Klauen in dich hinein, es ist so schrecklich, so unglaublich schrecklich, man wünscht sich eine Minute Ruhe, nur eine Minute, um nach denen zu rufen, die in einem sind, ob sie noch da sind, man hat solche Angst, dass sie nicht mehr da sind. Das ist meine Meinung zu der Geschichte, aber ich weiß nicht, ob sie …« – Da war es sehr still in unserem Wohnzimmer in der Báthory utca, und alle schauten auf den Boden, Moma, Mama und mein Vater und Opa auch, und Moma griff nach Opas Hand. So still war es, dass ich die Kerzen knistern hörte. Schließlich sagte mein Vater, ihn beruhige am meisten, dass der Mann, der am Anfang noch verrückt war, am Ende in sauberen Kleidern und völlig ruhig seiner Wege gehe, und auch er glaube, dass man das Schweinefleisch ohne weiteres hätte essen können, es werde ja gebraten oder gekocht, dabei würden alle Keime vernichtet. Ich sagte, ich sei auch dieser Meinung, ich jedenfalls hätte gern ein Schnitzel davon gegessen.

Am zweiten Feiertag wollte Moma, dass wir gemeinsam zum Városliget fahren und durch den Park zur Vajdahunyad-Burg spazieren, um uns dort den *Anonymus* anzuschauen. Der hatte auf mich immer einen albtraumhaft süßen Eindruck gemacht, wie er auf seiner steinernen Bank saß, breit und finster, die Kapuze über dem Kopf, das Gesicht eine schwarze ovale Höhle, in der eine zerschundene Nase und zwei äpfellose Sehlöcher verborgen waren, in der Hand den Schreibgriffel wie ein Mordwerkzeug. Moma versprach, mir – und natürlich auch den anderen, vor allem aber mir, ihrem Liebling – an diesem Ort eine kleine Geschichte zu erzählen; eine Geschichte aus der glorreichen Gesta Hungarorum dieses anonymen Geschichtsschreibers des 12. Jahrhunderts, von dem man nichts wusste, nichts außer, dass sein Name mit einem P begonnen habe – *P. dictus magister*; was mir jedes Mal einen Schauder bis in den Nacken trieb (als hätte mich beim Anblick dieses mit Grünspan überzogenen Denkmals eine Ahnung von meinem eigenen zukünftigen Leben gepackt). Solche Ausflüge waren immer ein Glück für mich gewesen. Mein Leben verlief ohne Abwechslung; Freunde hatte ich keine, denn Moma wollte nicht, dass ich auf der Straße spielte. Ich ging in schnellem Schritt in die Schule und in schnellem Schritt nach Hause. Ich sprach mit niemandem und sah niemandem ins Gesicht. Deshalb drängte ich jeden Sonntag darauf, zum Városliget zu fahren oder auf den Gellértberg oder zur Fischerbastei zu spazieren. Es war meine Belohnung für eine Woche, in der ich meine Sache gut gemacht hatte. Und war enttäuscht, wenn am Nachmittag meine Großtante Martha aus der Josefsstadt mit ihrem missmutigen Mann bei uns vorbeischaute und Apfelstrudel mitbrachte; oder, seltener, die aufdringlich heiteren Verwandtschaften großväterlicherseits aus der Franzenstadt, die uns einmal sogar in den Park begleitet hatten, was nicht unbedingt schön gewesen war. Seit mein Vater bei uns lebte, hatte ich mich darauf gefreut, ihm das Denkmal des Anonymus zu zeigen und ihm in Anwesenheit der Familie eine der Geschichten aus der Gesta zu erzählen – oder zu erzählen, wie berühmt Moma sei und dass es nicht nur einmal vorgekommen war, dass sie erkannt wurde. Ich hätte einen kleinen Sketch vorspielen können. »Sind Sie nicht Frau Professor Fülöp-Ortmann? Ich habe Sie mir viel älter vorgestellt. Ich bin ein großer Verehrer.« Einer hatte einmal gesagt, er wohne gleich um die Ecke, und war davongelaufen und mit einem Exemplar ihres Buches zurückgekommen und hatte Moma um ein Autogramm gebeten. »Aber ist es wahr, dass Sie dieses wunderbare Werk mit erst achtundzwanzig Jahren geschrieben haben? Sie haben in mir die Leidenschaft für das alte Ägypten geweckt, ich will, dass Sie das wissen. Dieser Echnaton muss ja ein Genie gewesen sein! Er hat Gott erfunden, man stelle sich vor, und jetzt wird er abgeschafft! Arbeiten Sie an etwas Neuem? Wann dürfen wir es lesen?« – Ich konnte Leute nachmachen, es wäre eine Gelegenheit gewesen, meinem Vater zu imponieren. Dann aber deutete er beim Mittagessen an, er würde lieber zu Hause bleiben und sich ein bisschen hinlegen. Und da sagte ich ohne jedes Bedauern: »Ich auch.« Und niemand tadelte mich oder wunderte sich auch nur, man konnte mich verstehen; die Familie hatte ihn ebenso ins Herz geschlossen wie ich. Moma und meine Mutter und auch Opa wären ebenfalls viel lieber zu Hause geblieben; aber es war notwendig, dass Opa ab und zu nach draußen ging, es war Pflicht sogar – hinaus in die frische Luft und ein bisschen unter die Leute, um kleine Gespräche mit Passanten zu führen, über Belanglosigkeiten, das Wetter, die Tauben, die Oper, falls sich einer fände, der sich dafür interessierte, und so weiter. Man müsse viel Geduld mit Opa haben, hatte Dr. Balázs gesagt. Die Geduld dauerte nun schon zwei Jahre.

Ich hatte an diesem Nachmittag also meinen Vater für mich allein. Er legte sich auf die Ottomane und sah mir zu, wie ich auf dem Fußboden saß, mitten in den sorgfältig um mich herum sortierten Teilen, und eine Reihe eiserner Lochleisten erst miteinander, dann mit vier roten Bodenplatten verschraubte und mit Achsen und Rollen und Kurbeln versah. Ich hatte mir einen Plan für einen Kran ausgedacht und mit ihm diskutiert. Er zeigte mir, ohne die Füße vom Rauchertischchen zu nehmen, wie ein Flaschenzug aufgefädelt wurde; wie man eine Beilegscheibe mit Hilfe von zwei Zangen verbiegt, so dass sie wie eine Feder wirkt, was die Mutter daran hinderte, sich im Gewinde zu lockern; und führte mir vor, wie der Graphitabrieb eines Bleistifts bewirkte, dass sich die Rollen auf den Achsen bewegten, als drehten sie sich auf Luft. Kritik aus seinem Mund regte mich mehr an als Lob von wem auch immer. Er versuchte nicht, mir etwas einzureden, und er lobte nicht, was ich selbst nicht als lobenswert erachtete. Er gab mir das Gefühl, ich arbeite an etwas wirklich Großem – nicht in einem kindlichen Sinn, dass irgendwann irgendetwas Großes aus mir werden würde, wenn ich nur selbst daran glaubte, oder ähnliche, im Grunde beleidigende, weil nur dahergeredete und nicht zu belegende Vertrauensvorschüsse; sondern als die nüchterne Einschätzung, mein Spielzeugkran könnte eines Tages als Modell für einen wirklichen Kran dienen.

Mein Vater war der oberflächlichste Mensch, der mir je begegnet ist – oberflächlich in einer weltfreundlich phänomenologischen Ausdeutung: dass er den konkreten Erscheinungen mehr Rechte und größere Attraktivität zusprach als irgendein abstrakter Sinn, der angeblich darunter verborgen liege. Ich wusste nicht einmal, ob er meine Liebe und meine Begeisterung erwiderte; er war nie zärtlich zu mir gewesen, jedenfalls nicht in einem geläufigen Sinn, dass er mich umarmte oder küsste oder liebe Worte an mich richtete. Ich vermisste es auch nicht.

Er kochte uns aus einem Suppenwürfel eine Kanne Brühe auf – auch an die Würfel war er über »Kanäle« gekommen –, goss ein Glas Weißwein dazu, und wir schlürften das Gute aus Teetassen, tunkten Weißbrot ein, das wir auf dem Herd über der Gasflamme rösteten, und er erzählte mir von einem Pferd, das vor fünfzig Jahren in Berlin großes Aufsehen erregt hatte, weil es zählen und rechnen konnte; die Ergebnisse habe es mit Hufschlägen oder Wiehern mitgeteilt. Erst habe man geglaubt, der Besitzer habe das Tier lediglich stur abgerichtet und verständige sich mit ihm über geheime Zeichen. Aber das Pferd – es wurde der »Kluge Hans« genannt – habe auch zählen und rechnen können, wenn sein Besitzer nicht anwesend war. Im Weiteren habe man jedoch herausgefunden, dass es eine Frage nur beantworten konnte, wenn der Fragesteller selbst die Antwort kannte. Wenn ein Kind, das nicht rechnen gelernt hatte, gefragt habe, was sieben und acht sei, habe sich das Pferd nicht geregt. Ein junger Wissenschaftler habe schließlich die Lösung entdeckt: Das Pferd erkannte die Antwort in der Frage. Wenn einer eine Frage stellt, zeigt er unbewusst durch winzigste Zeichen in Mimik und Gestik die Antwort an. Das Pferd sei also gar kein guter Rechner, sondern ein guter Psychologe gewesen. Wenn wir diese Fähigkeit erlernten, sagte mein Vater, könnten wir es im Leben weit bringen. Ich denke, er hat dabei mehr zu sich selbst gesprochen, als dass er seinem Sohn etwas mitgeben wollte – er war erst fünfundzwanzig Jahre alt.

Aber er hat mir ja etwas mitgegeben: *dass es bei der Beantwortung einer Frage nicht darauf ankommt, die Wahrheit zu sagen, als viel mehr, den Frager in Erstaunen zu versetzen, indem man genau das sagt, was er hören will.*

6

Meine Ambition ist es, Ihnen nicht nur mein Leben zu erzählen, sondern auch die eine oder andere Maxime vorzustellen, die ich zur Bewältigung desselben gewonnen habe; und weil ich *die Lüge* als Überschrift zu meiner Existenz wähle – wählen muss, will ich meine sechzig Jahre auf einen Begriff bringen –, möchte ich einige Anleitungen zu deren praktischer Anwendung in meine Biographie einstreuen.

Ich habe das am Ende des vorangegangenen Abschnitts formulierte, erste Gebot meines Lügendekalogs inzwischen schon sehr oft zur Anwendung gebracht; ich bin zu einem Experten auf dem Gebiet der manipulativen nonverbalen Kommunikation geworden. Anders ausgedrückt: Ich durchschaue die Wünsche der Menschen, vor allem jene, die sie vor sich selbst nicht zugeben, und kann ihre Einstellung zu mir steuern, indem ich sie erfülle oder nicht erfülle, je nachdem, ob mir ihre Zuneigung günstig oder ungünstig erscheint. Ich habe für diese Art der Psychologie Talent; ich beobachtete später Mitschüler und Lehrer, lernte schnell und lenkte sie nach meinen kleinen Bedürfnissen; meine Beliebtheit wuchs, meine Noten verbesserten sich, bis sie die besten der Klasse waren.

Mein Gesellenstück allerdings lieferte ich bereits wenige Monate später ab.

Es war ein Sonntag Ende März. Ich war mit Moma und Opa allein, meine Eltern waren mit Freunden, die ein Auto besaßen, ins Grüne gefahren. Es klingelte an der Tür. Moma und Opa sahen einander an. Als es zum zweiten Mal klingelte, sagte Moma, ich solle in Mamas Zimmer warten. Ich ließ die Tür einen Spalt weit offen und lauschte. Ich hörte eine Männerstimme und eine Frauenstimme und hörte, dass Moma sehr aufgeregt war – und hörte immer wieder meinen Namen. Ich ahnte, worum es ging: um meine fünf Tage und vier Nächte. Nach einer Weile verabschiedeten sich der Mann und die Frau. Da trat ich ihnen entgegen.

»Du bist ja hier!«, rief die Frau aus und streckte mir die Hand entgegen wie einem Freund, die Ellbogen durchgestreckt, die Handfläche ebenso – neckisch, kindisch, schlau. Sie war nicht älter als meine Mutter, sah ihr sogar ähnlich, das Blondhaar ähnlich aufgesteckt. Ich fand, sie hatte ein freundliches Gesicht. Das versuchte sie – ich vermutete, wegen ihres Kollegen – hinter einem rechtschaffenen Eifer zu verbergen, den sie wiederum mit Freundlichkeit überspielte, einer anderen Freundlichkeit aber, einer kalkulierten, die nur für mich gedacht war und durch die Eifer und Rechtschaffenheit hindurchschimmern sollten. Was für eine Lust, sie zu beobachten! Sie hielt meine Hand lange fest und nickte. Sie wusste einiges. Alles wusste niemand.

Der Mann war älter, er hatte eine fette Brille im Gesicht und einen Schnauzbart und trug eine Aktenmappe unter dem Arm. Er reichte mir die Hand nicht. Im Vergleich zu seiner Kollegin gab er wenig her.

»Deine Großmutter möchte nicht, dass du mit uns sprichst«, sagte die Frau. »Dafür haben wir großes Verständnis. Wenn du das auch nicht möchtest, gehen wir, und es geschieht sonst nichts.« Letzteres war an Moma gerichtet, die in der Tür zum Salon stand.

»Wir wollen, dass etwas in Ordnung gebracht wird«, sagte der Mann und sah mich dabei zum ersten Mal an; gemeint war wieder Moma; er tat nur so, als ob er mit mir spräche, wahrscheinlich, weil er das Gleiche ein paar Mal schon zu Moma gesagt hatte und nicht einer sein wollte, der immer das Gleiche zur gleichen Person sagt.

Ich war sehr interessiert. »Wollen Sie mich verhören?«, fragte ich.

»Um Gottes willen, nein!«, rief die Frau aus; und wie sie es rief, wusste ich, Moma hatte ihr die gleiche Frage gestellt. »Um Gottes willen, nein«, sagte sie noch einmal und ging vor mir in die Hocke. Ich war für mein Alter durchaus großgewachsen. Ich spürte, wie sich eine Kälte in mir ausbreitete, die war wie die Kälte im Herzen des Königs der fünf Tage und vier Nächte. Nun nahm mich die Frau an beiden Händen und sah mich fest an, so fest, wie sie es sich vorgenommen hatte. »Dir ist etwas sehr Böses zugestoßen«, sagte sie leise, so leise, wie sie es sich vorgenommen hatte, »und wir wollen, dass die Männer, die daran Schuld haben, bestraft werden.«

»Lassen Sie uns bitte einfach in Ruhe«, flehte Moma. Ihre Stimme zitterte. Aber ich glaubte ihr nicht. Ich glaubte nicht, dass sie gleich weinen würde. Sie wollte bluffen. Ich fand es keine gute Methode, den Mann und die Frau loszuwerden. Die beiden waren gekommen, um uns zu helfen – so meine Einschätzung –, und wenn einer von uns zu weinen begänne, wäre das für sie nur ein weiterer Beweis, dass wir ihre Hilfe benötigten.

»Was muss ich tun?«, fragte ich.

»Nur ein paar Fragen beantworten«, sagte der Mann.

»Nein, nein«, unterbrach ihn die Frau hastig, »eben nicht! Wir wollen uns ein wenig mit dir unterhalten. Mehr nicht. Versprochen.«

Moma drängte die Frau beiseite und stellte sich vor mich. »Er ist bitte ein Kind«, sagte sie.

»Eben«, sagte die Frau, »eben«, und nun zitterte *ihre* Stimme. Und *ihr* glaubte ich.

»Ich will es«, sagte ich zu Moma. »Aber nur, wenn du nicht dabei bist.«

Moma stellte uns ihr Arbeitszimmer zur Verfügung. Der Mann staunte, weil hier noch mehr Bücher seien als im Salon, und begutachtete interessiert das russische Perlmuttmesser, das als Brieföffner diente. Aber wieder tat er nur so. Bücher bedeuteten ihm nichts und schöne Dinge ebenso wenig. Er wollte, dass ich Vertrauen zu ihm gewönne, indem er auf eine Gemeinsamkeit außerhalb seiner und meiner Person verwies, nämlich auf die vielen Bücher und sein Staunen darüber und meinen Stolz darauf. Wie leicht war es, ihn zu durchschauen! Ich lächelte, wusste, dass ihn, der von den beiden der Verschlossene und Ehrliche war, dieses Lächeln rühren würde – bisher war mir niemand begegnet, dem es nicht ähnlich ergangen wäre, jedenfalls nicht, wenn ich es darauf abgesehen hatte –; ich lächelte und sagte, Moma würde ihm sicher gern eines ausleihen, wenn er sie fragte. Und nun kippten der Frau die Tränen über die Lider.

Die beiden stellten sich mir vor, der Mann mit einer kleinen Verbeugung sogar; die Namen vergaß ich gleich wieder. Sie waren Beamte der Államvédelmi Hatóság, der Staatsschutzabteilung unserer Staatspolizei, welche, wie sie beteuerten, seit einiger Zeit eine fast durch und durch andere sei, eine nämlich, die ihren Namen wirklich verdiene, eine Organisation zum Schutz der Bürger, und die bald auch umbenannt würde, weil die ÁVH und die ÁVO bei den Menschen mit Recht keinen guten Ruf mehr hätten – dafür trügen einige wenige Verbrecher die Verantwortung, und die würden auch zur Verantwortung gezogen.

Die Frau führte das Verhör – eben, weil sie sich für sensibler hielt als ihren Kollegen und deshalb eine Chance bestünde, mich im Glauben zu wiegen, dass es sich nicht um ein Verhör handelte. Trotz ihrer echten Tränen – nein, ihr war nicht viel an mir gelegen. Sie wollte heimzahlen. Irgendwelchen Leuten wollte sie heimzahlen. Aber sie wollte oder konnte sich selbst nicht eingestehen, dass dies ihr Motiv war. Also brauchte sie einen Grund, der ihren Hass rechtfertigte. Ich war der Grund. Mir war etwas Böses angetan worden. *Einem dreieinhalbjährigen Kind war dieses große Böse angetan worden!* Das konnte nur mit etwas anderem Bösen in Ordnung gebracht werden. Dazu benötigte sie meine Hilfe. Die wollte ich ihr nicht versagen.

»Erinnerst du dich daran?«

»Woran?«

»Wie sagst du selbst dazu?«

»Wozu?«

»Zu dem, was dir passiert ist.«

»Weiß nicht.«

»Du warst dreieinhalb Jahre alt?«

»Stimmt.«

»Also erinnerst du dich doch?«

»Ja.«

»Das ist ungewöhnlich, weißt du das? Die meisten Menschen erinnern sich nicht so weit zurück.«

»Ich schon.«

»Und warum, glaubst du, kannst du das?«

»Weiß nicht.«

»Wirklich nicht?«

»Weiß nicht.«

»Vielleicht, weil etwas sehr Schlimmes mit dir geschehen ist?«

»Weiß nicht.«

»Ist es so?«

»Kann sein.«

»Ist es so?«

»Ja.«

»Möchtest du mit uns darüber sprechen?«

»Weiß nicht.«

»Ist es dir lieber, wenn ich dir Fragen stelle?«

»Ja.«

»Du bist fünf Tage und vier Nächte allein in dieser Wohnung gewesen. Stimmt das?«

»Ja.«

»Was hast du die ganze Zeit gemacht?«

»Nichts Besonderes.«

»Hast du gespielt?«

»Ja.«

»Die ganze Zeit gespielt?«

»Ja.«

»War das nicht langweilig, die ganze Zeit allein zu spielen?«

»Nicht die ganze Zeit war es langweilig.«

»Was heißt das?«

»Hab nicht nur gespielt.«

»Was weiter?«

»Weiß nicht.«

»Immer, wenn du ›Weiß nicht‹ sagst, weiß ich, dass du es doch weißt.«

»Hab nicht nur gespielt.«

»Nicht nur allein gespielt, meinst du?«

»Ja.«

»Mit wem hast du gespielt?«

»Weiß nicht.«

»Mit Puppen?«

»Nein.«

»Womit hast du gespielt?«

Ich antwortete nicht. Mir fiel nichts ein. Ich starrte in den Parkettboden und rührte mich nicht.

»Hast du gespielt, oder hat jemand mit dir gespielt?«, fragte sie.

Der Mann setzte sich mit halbem Hintern auf Momas Schreibtisch, steckte sich eine Zigarette in den Mund und sah mich an. Moma rauchte wie ein Schlot, der Aschenbecher auf ihrem Schreibtisch war voller Kippen. Ich aber beschloss, diesen Mann nicht rauchen zu lassen. Ich schüttelte den Kopf. Er schob die Zigarette in die Schachtel zurück, blieb aber sitzen. Er konnte mir nichts anhaben, weil er mir nichts anhaben wollte. Bei der Frau war ich mir nicht sicher. Ich spürte, dass ich die Kontrolle über das Gespräch verlieren würde, wenn ich ihrer Neugierde nicht bald Futter gab. Also antwortete ich wahrheitsgetreu: »Tiere haben mit mir gespielt.«

»Tiere?«

»Ja.«

»Sind Tiere zu dir gekommen?«

»Ja.«

»Wann?«

»Weiß nicht.«

»In der Nacht?«

»Ja.«

»Richtige Tiere?«

»Nein.«

»Also keine richtigen Tiere?«

»Nein.«

»Tiere, die reden konnten?«

»Ja.«

»Die ein bisschen wie Menschen aussahen?«

»Ja.«

»Die eigentlich Menschen waren?«

»Weiß nicht.«

Sie erzählte sich selbst, was sie hören wollte: dass in der Nacht Männer gekommen seien und dass diese Männer irgendwelche Sachen mit mir angestellt hätten, abscheuliche Sachen, über die zu sprechen mir nicht möglich war. Aber ihre Fragen sprachen es aus. In ihren Fragen lagen die Antworten bereit. Ich habe nichts anderes gesagt als Ja und Nein. Auf alle ihre Fragen Ja oder Nein. Ab und zu, wenn mir danach war, in ihren Augen das Entsetzen zu sehen, das sie in meinen Augen sehen wollten, sagte ich: Weiß nicht. Dem Mann rasten die Finger über den Stenographieblock, und die Frau bekam glühende Wangen. Ich führte sie, indem ich ihnen folgte. Erst dadurch, dass ich ihnen folgte, gestanden sie vor sich selbst ein, was ihnen immer schon klar gewesen war: dass ihr Ziel und ihre Methoden richtig waren – und dass die Strafe, die gewisse Herren an diesem Ziel zu erwarten hätten, gerecht und wunderbar grausam sein würde.

Ich bekam eine bunte, gedrehte Zuckerstange geschenkt und das Versprechen, dass mir eines Tages ein sicherer Arbeitsplatz zugewiesen werde. An der Tür, in Momas Anwesenheit, fragte die Frau – wie nebenher: »Sagen dir die Namen Janko Kollár, Lajos Szánthó und Zsolt Dankó etwas?«

Ohne zu zögern, antwortete ich: »Ja.«

»Und Major György Hajós und Oberst Miklós Bakonyi?«

»Ja.«

»Und wie geht es dir, wenn du diese Namen hörst?«

»Weiß nicht.«

Wenige Tage später wurde uns mitgeteilt, dass die Genannten nicht mehr lebten – abgeholt, verhört, gefoltert, hingerichtet, erschossen, liquidiert und aufgehängt.

7

Was den Deal zwischen Moma und meinem Vater betrifft – zu jener Zeit entschied Moma alle Angelegenheiten der Familie allein –, er sah folgendermaßen aus: Sein Part bestand darin, die Flucht der Familie nach Österreich oder, wenn das nicht möglich wäre, nach Jugoslawien zu organisieren. Moma vertraute ihm. Ich habe die beiden in der Nacht, als Opa und meine Mutter schliefen, in der Küche miteinander sprechen hören. Ich war nie ein guter Schläfer gewesen, ich schlief – wie die Amerikaner sagen – *with one eye open*. Ich roch Momas Zigaretten, schlich mich zur Tür und lauschte. Der vertrauliche Ton zwischen den beiden irritierte mich, weil er anders war als sonst. Ich wusste nicht, was ich davon halten sollte, und weiß es bis heute nicht. Mir ist bekannt, dass Moma Liebhaber gehabt hatte; und aus Andeutungen meiner Mutter schließe ich (über Moma sprach meine Mutter *nur* in Andeutungen), dass sie, als Opa noch einer der berühmtesten Ärzte von Budapest gewesen war, sich auch schon mit Männern getroffen habe und dass Opa darüber nicht unwissend gewesen sei. Bevor ich zur Welt kam, hatte Moma eine Stelle als Assistentin am ägyptologischen Institut der Eötvös-Loránd-Universität inne; sie reiste viel, nach Syrien, Ägypten und in den Irak, und wenn ich die Andeutungen meiner Mutter richtig ausdeute, immer gemeinsam mit ihrem Professor, einem gewissen Dr. Habich, Spezialist für die 18., 19. und 20. Dynastie, das sogenannte Neue Reich. Irgendwann soll es einen Riesenkrach zwischen den beiden gegeben haben, anschließend sei sein Name aus aller Konversation verschwunden – auch aus der zweiten Auflage von Momas Buch, wo es in der ersten noch geheißen hatte: »Für Prof. Dr. Levente Habich, meinen Lehrer und Freund, dem ich alles verdanke.« Moma sei nach dieser Geschichte vorübergehend zu Hause ausgezogen, und Opa habe sich vorübergehend mit einer anderen Frau zusammengetan. Aber als ich zur Welt kam, sei alles wieder gut geworden.

Mein Vater hatte Moma überzeugen können, dass er über Beziehungen verfügte, die es ihm nicht nur ermöglichten, *Märklin*-Metallbaukästen und Suppenwürfel in Ungarn einzuführen, sondern auch Menschen aus Ungarn auszuführen. Im Gegenzug würde er als gleichberechtigtes Mitglied, also auch als erbberechtigtes Mitglied, in die Familie aufgenommen. – So der Deal. Wenn ich recht habe.

Die Zeiten hatten sich geändert. Es schien so. Zunächst schien es so. Mátyás Rákosi war entmachtet, Gábor Péter war verhaftet, sein Stellvertreter und einige Dutzend aus seiner Bande waren mit dem Tod oder mit Gefängnis bestraft worden. Man hörte, dass die Menschen in Russland auf den toten Stalin schimpfen durften; ja, dass, wer das nicht tat, Gefahr liefe, in Ungnade zu fallen. Aber dann änderten sich die Zeiten abermals. Mátyás Rákosi wurde wieder mächtig, und Gábor Péter schickte sich an, seine Arbeit erneut aufzunehmen, und man bedauerte, dass Fachkräfte wie Major György Hajós und Oberst Miklós Bakonyi fehlten und treue Genossen wie Janko Kollár, Lajos Szánthó und Zsolt Dankó naturgemäß nicht mehr in der Lage waren, dem Sozialismus zu dienen, und man zog jene zur Rechenschaft, die ihre Unterschrift unter die Urteile gesetzt hatten.

Im Juni 1956 stand mein Vater eines Morgens plötzlich mitten im Salon, als wäre er aus dem Fußboden gewachsen – ich war gerade im Begriff, mich auf den Weg zur Schule zu begeben –, und sagte, er habe die ganze Nacht nicht geschlafen, aber das sei nicht tragisch. Er entschuldigte sich bei Moma, dass nun leider doch alles sehr geschwind geschehen müsse, und bat sie, es uns zu erklären. Moma legte den Zeigefinger auf ihren Mund und wies Mama und mich in die Küche. Sie wollte nicht, dass Opa zuhörte. In der Küche sagte sie und flüsterte dabei, sie werde uns nichts erklären, dafür sei keine Zeit; wir sollten zusammenpacken, was wir für notwendig erachteten, in exakt zwei Stunden warte an der Ecke Báthory utca/Bajcsy Zsilinszky út ein Lastwagen mit einer blauen Plane auf uns. Um unser Gepäck brauchten wir uns nicht zu kümmern, das würde mein Vater auf verschiedenen Wegen Stück für Stück zu dem Laster schaffen. Mama und ich sollten, und zwar einzeln und in Abständen von drei, vier Minuten, losgehen und uns schnurstracks auf die Ladefläche unter die Plane begeben. Und still sein. Egal, was passiere. Sie und Opa würden als letzte kommen, gemeinsam, weil Opa schwer berechenbar sei und sie es nicht riskieren wolle, ihn allein gehen zu lassen. Außerdem sei die Wahrscheinlichkeit, dass Opa noch immer oder inzwischen wieder observiert werde, sehr groß. Es werde bittschön niemand im Ernst glauben, die beiden freundlichen ÁVH-Leute hätten András – mich – aus einem freundlichen schlechten Gewissen heraus besucht und eine Stunde lang verhört. Mein Vater werde den Laster fahren – wohin, sagte Moma nicht, nicht in meiner Gegenwart.

Ich wollte meine beiden Metallbaukästen mitnehmen – nur sie, sonst nichts. Aber die Teile waren bis auf den letzten eingesetzt und verschraubt zu einer neuen Krananlage, an der ich zwei Wochen gebaut hatte, höher als ich groß. Das Auseinandernehmen und Einräumen hätte mehr als zwei Stunden gedauert. Es war nicht nötig, mir das zu erklären; und ich wusste auch, es würde keinen Erfolg haben, wenn ich Moma bäte, uns mehr Zeit zu geben, oder wenn ich versuchte, durch Weinen oder Schmollen meinen Willen durchzusetzen. Das war außerdem nicht meine Art. Ich legte die Hände auf dem Rücken ineinander, warf einen letzten Blick auf die Konstruktion, drehte mich um und stapelte Unterwäsche, Hemden, Socken, meinen königsblauen Samtpullover und meinen Schlafanzug in den kleinen Pappkoffer, den mein Vater mitgebracht hatte – und war ein anderer, nämlich einer, der keine *Märklin*-Metallbaukästen besaß.

Moma schärfte meiner Mutter und mir ein, Opa ja nicht wissen zu lassen, was vorgehe. Das würde ihn nur unnütz aufregen. Wir sollten so tun, als würden wir wie immer das Haus verlassen, um unserem Tag nachzugehen, ich in der Schule, meine Mutter an der Universität. Sie nahm aus dem Medizinschrank über dem Brotkasten drei Spritzen und ein Dutzend Ampullen mit einem Beruhigungsmittel, feilte die Köpfe von drei Glasfläschchen und zog die Spritzen auf. Sie wickelte alles in Zeitungspapier und verbarg das kleine Paket in der Handtasche unter ihrem grauen Seidenschal. Sobald wir im Lastwagen wären, werde sie Opa eine Injektion in den Oberarm geben, sagte sie. Damit ihm die alte Angst erspart bleibe.

Meine Mutter und ich waren pünktlich bei dem Lastwagen. Wir schlüpften unter die blaue Plane auf die Ladefläche und warteten. Unsere Koffer waren in ein Eck gestapelt, außerdem waren Decken da und einige Flaschen mit Wasser, zwei Brotlaibe und zwei in Zeitungspapier eingewickelte »Salamiprügel« (Opas Lieblingswurst und Lieblingswort). Uns war ein bisschen unheimlich, weil die Plane dicht schloss und wir uns nicht einmal gegenseitig sehen konnten. Und unbehaglich war uns auch; denn wir waren nie, jedenfalls nicht, seit ich mich erinnern konnte, miteinander allein gewesen – abgesehen von den wenigen Minuten, nachdem sie mich gefunden hatte und bis Dr. Balázs gekommen war. Ich spürte ihre Unruhe und sagte, sie könne sich an mir festhalten. Das tat sie auch. Sie umschlang meinen Arm und drückte ihr Gesicht auf meine Schulter. Sie sagte, es tue ihr vieles leid. Ich hatte keine Ahnung, was sie meinte. Sie versprach, in unserem neuen Leben werde sie sich mehr um mich kümmern, ich solle ihr vergeben. Ich hatte wieder keine Ahnung, was sie meinte. Sie atmete tief ein und tief aus, wie es die Gewichtheber tun, bevor sie die schweren Ringe nach oben reißen. Erst vor ein paar Tagen hatte mich mein Vater in einen Gewichtheberverein nach Soroksár mitgenommen. Früher sei er manchmal hierhergekommen, um zu trainieren, hatte er erzählt. Er spiele außerdem gern Fußball. Und Tischtennis auch. Wenn ich Interesse hätte, werde er mich einmal mitnehmen, zum Fußball und zum Tischtennis. Wir hatten nicht viel miteinander gesprochen. Es war schön gewesen.

»Weißt du«, sagte meine Mutter, »du bist ein eigenartiges Kind.«

Ich antwortete nicht.

»Willst du nicht wissen, was ich damit meine?«

Warum sollte ich das wissen wollen? Ich würde dabei nichts über mich erfahren. Ich würde erfahren, warum mich meine Mutter eigenartig findet. Aber wollte ich das wissen? Ich fand sie auch eigenartig. Ich fand alle Menschen eigenartig – alle außer Moma.

»Es geht mir nicht besonders gut, wenn ich neben dir sitze und du nicht mit mir sprichst«, sagte sie.

»Ich spreche ja«, sagte ich.

»Sag einmal etwas Liebes zu mir. Du hast so hübsche Sommersprossen und ein so hübsches Lächeln. Aber alles nicht für mich. Alles nicht für mich.«

Ich dachte, es würde ihr besser gehen, wenn ein Streifen Licht hereinfiele, und tat, was uns Moma strikt verboten hatte, ich zog die Plane ein wenig beiseite.

Sie rückte von mir ab, als dürfe man uns bei Licht nicht eng beieinander sehen. Wenn, dann war ihre Sorge umsonst. Wir konnten sehen, aber nicht gesehen werden. Sie beruhigte sich allmählich.

»Du bist ein eigenartiges Kind«, sagte sie noch einmal. Mehr Erziehung habe ich von ihr nicht erfahren.

Ob mein Vater bereits im Führerhaus saß? Gehört haben wir ihn nicht. Wir lehnten an der Rückwand des Lasters und warteten, bis wir Moma und Opa die Straße heraufkommen sahen.

Moma hatte den Arm um Opa gelegt, und sie lachten, als würden sie sich Witze erzählen. Dann sah ich, wie Moma die Hand von Opa löste, wie sie die Knöpfe ihrer Handtasche öffnete und ohne hinzusehen aus dem Zeitungspapier eine Spritze nahm und wie sie ihm die Nadel mit einem Ruck durch den Ärmel seiner Jacke in den Oberarm rammte. Er schrie auf und stieß sie von sich, starrte sie an und rief »Oh! Oh!« und hastete die Straße hinunter, woher sie gekommen waren. »Oh, du, du auch! Du auch! Oh, Himmel. Oh, heiliger Himmel, du auch!« Moma lief ihm nach, erwischte ihn am Ärmel und drehte sich um ihn herum, weil er auf ihre Hand einschlug und nach ihren Haaren griff und gegen ihre Beine zu treten versuchte. In immer längeren Schritten lief sie um ihn herum, als ob sie mit ihm Karussell spielen wollte oder er mit ihr, und dabei schimpfte sie auf Ungarisch, wie sie es früher in der Küche getan hatte, und hielt die Spritze noch zwischen ihren Fingern wie der *Anonymus* seinen Griffel. Passanten blieben stehen und schüttelten den Kopf und hoben die Hand vor den Mund. Es sah ja auch wirklich komisch aus. Opa schleuderte Moma von sich, sie rutschte aus und fiel hin, und die Spritze rollte über das Pflaster. Ich hörte, wie jemand aus unserem LKW stieg, und sah meinen Vater auf Opa zulaufen. Er umschlang ihn und redete auf ihn ein und presste seine Arme an seinen Körper und hob ihn, der fast einen Kopf größer war als er, hoch und trug ihn, aber nicht zum Lastwagen, sondern hin und her und im Kreis herum, hätte nur der Donauwalzer gefehlt. Immer mehr Leute blieben stehen, aber sie hielten nun deutlich Abstand, und gelacht hat keiner mehr. Ich wunderte mich sehr über Momas Gesicht, wie es sich verzerrte, so dass ich erst meinte, es könne nicht sie sein, Hass war in ihrem Gesicht, aber vielleicht war es nicht Hass, sondern Angst oder Peinlichkeit, oder wie man das bei ihr nennen musste, wahrscheinlich anders, denn sie war der mutigste Mensch der Welt, und dass ihr irgendetwas peinlich sein könnte, wäre mir nicht in den Sinn gekommen. Mein Vater stellte Opa auf den Boden, nahm seinen Kopf zwischen die Hände und küsste ihn auf die Stirn und flüsterte ihm ins Ohr und presste ihm wieder die Arme zusammen. Moma hatte inzwischen eine zweite Spritze aus ihrer Tasche geholt und injizierte sie Opa in den Oberarm. Diesmal wehrte er sich nicht mehr.

Meine Mutter sagte: »Wäre das nicht anders gegangen! Schau weg, András! Mach die Plane zu! Was hat er sich wieder für einen Unsinn ausgedacht!« Sie meinte meinen Vater. Ich sagte, ich wolle die Plane nicht zuziehen, es interessiere mich nämlich. Ich hielt es für sehr wahrscheinlich, dass von nun an unsere Familie nicht mehr funktionieren würde wie bisher.

Ein Mann packte Moma an der Schulter und rüttelte sie und schrie sie an, aber sie sagte ihm etwas mitten ins Gesicht hinein, und da ging der Mann schnell weg, sehr schnell, und drehte sich nicht mehr um. Auch die anderen gingen schnell weg, und keiner drehte sich um. Ich an ihrer Stelle hätte gesagt, wenn Sie nicht sofort verschwinden, geht es Ihnen genauso wie dem alten Mann hier. Vielleicht hat sie das gesagt. Sie stand breitbeinig auf dem Gehsteig und nahm eine Ampulle aus ihrer Tasche und zog die eben gebrauchte Spritze neu auf, die dritte. Die war aber nicht mehr nötig. Opa bekam weiche Knie, er ging nieder und hätte mit der Hand bald den Boden berührt. Moma und mein Vater stützten ihn und führten ihn zum LKW. Opa sagte wieder »Oh! Oh!«, er rief es nicht, er schrie es nicht, er sagte es nur – als würde er irgendetwas anderes sagen und nicht »Oh! Oh!«. Mein Vater kippte ihn auf die Laderampe, hob ihn an den Beinen hoch, drehte ihn auf den Bauch und schob ihn unter der Plane hindurch. Opa sah aus wie ein eingerollter Teppich, das Gesicht lag auf dem welligen Metallboden des Lasters, und als ihn mein Vater von hinten schob, zog es ihm eine Braue und einen Mundwinkel nach unten, und nun sah er aus wie eine Figur aus der Geisterbahn im Vidámpark. Mein Vater drückte gegen Opas Schuhsohlen, bis seine Beine hinten nicht mehr über die Ladefläche standen, warf die Klappe in die Halterungen und zurrte die Plane von außen fest, und es war wieder stockdunkel. Ich hörte Opa neben mir husten und sich verschlucken. Und ich hörte, wie die Türen im Führerhaus zugeschlagen wurden, und der Wagen fuhr ab. Bald schnarchte Opa so laut, dass ich fürchtete, man könnte es draußen auf der Straße hören.

8

So die Version, die ich in Wien, ein halbes Jahr nach dem Oktoberaufstand, erzählte. Bis hierher stimmte sie mit der Wahrheit überein – abgesehen davon, dass ich die Geschichte ein paar Monate vorverlegte, also behauptete, wir seien nicht Anfang Juni, sondern wie die anderen erst im November aus Ungarn geflohen. Aber ich spann weiter – die Fäden der Möglichkeitsform: dass Opa gestorben sei. Gegen Ende der Fahrt habe Moma auch meiner Mutter und mir ein Beruhigungsmittel gespritzt. Zwanzig Kilometer vor der Grenze seien wir stehen geblieben. Männer hätten gewartet, die haben Schilfrollen in den Laster geladen, bis oben hin. Sie haben uns gesehen und stumm gegrüßt, sonst nichts. Wir haben uns zwischen und hinter den Rollen versteckt, und weil das eng war und wir wenig Luft zum Atmen gehabt haben und deshalb Gefahr bestand, dass wir in Panik geraten und zuletzt noch alles auffliegt, hat uns Moma eben eine Spritze gegeben. Mir nur eine halbe. Opa hat keine mehr bekommen. Der hatte ja schon zwei. Ob wir dann weitergefahren seien? Ja, wir sind weitergefahren. Opa ist wahrscheinlich irgendwann aufgewacht und hat Panik gekriegt und hat geschrien. Aber niemand hat ihn gehört. Ja, ich denke, dass er geschrien hat. Warum ich denke, dass er geschrien hat? Weil er den Mund weit offen gehabt hat, als wir ihn fanden. Zu Hause hat er manchmal in der Nacht geschrien, und am Morgen hat er erzählt, er habe geträumt, er sei in einem Sarg gelegen und habe gehört, wie die Nägel eingeschlagen werden, und habe gewusst, wenn der letzte Nagel eingeschlagen ist, wird er tot sein. Ich hatte ihn auch schon während eines Mittagsschlafes schreien hören, und dabei hatte er den Mund ähnlich weit aufgerissen gehabt wie jetzt. Mama und ich haben ihn nicht gehört, weil überall das Schilf um uns herum war und der Wagen geholpert hat und wir wegen der Spritze einen Dusel hatten. Und Moma und mein Vater vorne im Führerhaus haben sowieso nichts gehört wegen des Motorenlärms. Opa ist an einem Herzschlag gestorben. Es ist kein Arzt gekommen, nein. Ich habe keinen Arzt gesehen. Er ist erstickt. Vor Angst ist er gestorben. Vor Müdigkeit gestorben. Ja, er hat gehört, wie der letzte Nagel eingeschlagen wurde. Hundert Meter von der Grenze entfernt, mitten im Feld neben einem Sumpf, mussten wir aussteigen. Mein Vater hatte den Lastwagen nur geliehen. Verabredet war, er solle ihn einfach hier stehen lassen. Später würden Männer kommen und ihn abholen. Als wir ausstiegen, haben wir Opa gefunden. Was wir gemacht haben? Ich weiß es nicht mehr. Stimmt nicht, ich weiß es. Wir haben ihn im Sumpf begraben. Wir haben ihn eingewickelt in die Schilfballen und haben ihn verbrannt. Nein, begraben. In den Sumpf gelegt, und er ist einfach abgetaucht. Nein, mein Vater hat seinen Leichnam den Männern übergeben, die den Laster abgeholt haben, und die haben versprochen, ihn richtig zu begraben. Moma hat ihnen Geld zugesteckt. Ich habe die Männer nicht gesehen. Entschuldigung, ich habe die Männer gesehen. Nein, doch nicht. Ich weiß es nicht. »Ich weiß es nicht!«, rief ich. »Ich weiß es nicht! Ich weiß es nicht! Ich weiß es nicht, ich schwöre!« Und drückte die Hände vors Gesicht. Das hatte großen Eindruck hinterlassen.

Allein in unserer Klasse waren vier Ungarn, an unserer Volksschule in Wien Meidling insgesamt fünfzehn, und jeder von ihnen hatte beeindruckende Geschichten hinter sich, die konnte sich kein Mensch ausdenken. Alle Geschichten waren politisch und heldenhaft – dass der Vater oder ein Onkel oder der Bruder bei der Kiliankaserne oder in der Corvinpassage mitgekämpft oder bei der Zerstörung des großen Stalindenkmals am Rand des Stadtparks mitgeholfen habe oder wenigstens dabei gewesen sei. Einer, ein schmächtiges Engerl, berichtete, wie er eigenhändig, nämlich mit zwei Molotowcocktails in jeder, einen T-34-Panzer in die Luft habe gehen lassen, dass die Helme der russischen Soldaten nur so über die Üllöistraße gehüpft seien; er kannte die Namen von Maschinengewehren – »russische Gitarren« –, Sturmgewehren, Armeepistolen, Geschützkalibern, ML-20, das ist die sowjetische 152-mm-Kanonenhaubitze, oder M-60, die 107-mm-Divisionskanone, und er konnte in einer beeindruckenden Pantomime zeigen, wie man mit einer Handgranate umgeht. Ein anderer wusste von einer Tante Mariska, die bei dem Massaker vor dem Parlament ums Leben gekommen sei, aber nicht, ohne vorher einem Russen einen Pflasterstein an den Slawenschädel gehauen zu haben. Dem hielt ein vierter dagegen, seine beiden Großeltern seien in Mosonmagyarónár in der Nähe der österreichischen Grenze zusammen mit fast sechzig anderen von der Grenzwache erschossen, aber noch am gleichen Tag gerächt worden. Höhepunkt war die Erzählung eines Mädchens aus Miskolc. Sie war Zeugin gewesen, wie die Aufständischen den Leiter der Kriminalpolizei im Blut eines toten Pferdes gewälzt, ihm die Hose heruntergerissen, seinen Penis untersucht und, als sie ihn als beschnitten diagnostiziert, den Mann am Denkmal der russischen Befreiung gelyncht hatten, mit der Begründung, er hänge hier stellvertretend für die Juden Rákosi, Péter, Farkas, Gerö, Revai. Über seinen Penis hängten sie ein Stück Pappe, es waren schließlich auch Kinder anwesend, darauf schrieben sie: Hátra van még a feketeleves. Ich übersetzte: »Die schwarze Suppe kommt erst jetzt.«

Die Geschichten wurden unter den Ungarn an der Schule verschoben und getauscht wie Briefmarken; einer erlaubte dem anderen, Teile zu übernehmen und sie als die seinen weiterzuerzählen. Unsere österreichischen Mitschüler bezahlten fürs Zuhören mit Semmeln, in denen mit Schokolade überzogene Zuckercremstangen steckten, oder mit Orangen oder Feigen vom Naschmarkt – oder für besonders schauerliche Geschichten mit Sammelbildchen von der Fußballweltmeisterschaft 1954 in Bern, wo Ungarn als Favorit selbstverständlich ins Finale gekommen war, am Ende aber Deutschland gewonnen hatte. Ich war der Dolmetscher, selbst erzählte ich nichts; aber aus *meinem* Mund hörten sie die Geschichten, und in *mein* Gesicht schauten sie dabei.

Und dann, eben ein halbes Jahr nach dem Aufstand, als sich die erste Aufregung gelegt und die Grenzen nach Ungarn längst geschlossen worden waren, kamen ein Mann und eine Frau in die Schule, und wir Ungarn wurden allesamt ins Konferenzzimmer zu geviertelten Topfengolatschen eingeladen. Ich habe nicht richtig zugehört, als uns der Direktor die beiden vorstellte, ich nehme an, sie waren Psychologen oder Historiker oder Journalisten oder Leute von der Regierung oder von der Kirche oder von einer Hilfsorganisation. Sie wollten uns interviewen. Ich schätzte die beiden als harmlos ein. Sie sagten, sie würden sich sehr viel Zeit für uns nehmen, für jeden einzelnen von uns. Sie sagten, sie wünschten sich, dass jeder einzelne von uns – vorausgesetzt, unsere Erziehungsberechtigen würden damit einverstanden sein – seine »ganz persönliche Geschichte« erzähle, denn sie hielten es für richtig und wichtig, dass all das, was geschehen sei, nicht vergessen werde. Unsere Geschichten würden, wer weiß, eines Tages veröffentlicht werden, aber wenn, dann auf alle Fälle nicht unter unseren Namen. Das gaben sie uns schriftlich.

Jeder von uns kam dran. Jeder einen ganzen Nachmittag lang. Bei Topfengolatschen und Himbeersaft. Sie nahmen die Geschichten auf Tonband auf, jedem wurde ein Mikrophon vor die Nase gerückt. Als letzten befragten sie mich. Deshalb, weil ich die Erlaubnis meiner Erziehungsberechtigten als letzter abgegeben hatte. Ich habe das Papier selbst unterschrieben. Ich tat es, um die Aufmerksamkeit der beiden von unserer Familie abzulenken. Ich wusste, mein Vater und meine Mutter würden mir verbieten, mit diesen Menschen zu sprechen. Dafür gab es Gründe. Aber – ich wäre der einzige gewesen; ich wäre zu einem Fall geworden; unsere Familie wäre zu einem Fall geworden. Die beiden guten Menschen hätten sich gefragt: Was ist mit denen? Was haben die zu verheimlichen? Wir wollen Gutes. Wollen die nicht auch Gutes? Und wären zu guter Letzt zu uns nach Hause gekommen, um sich diese Fragen beantworten zu lassen. Das wollte ich nicht. Ich erfand irgendwelche Erwachsenenschriften, unterschrieb gleich zweimal, für meine Mutter und für meinen Vater, was nicht notwendig gewesen wäre. Vor beider Namen setzte ich ein Dr mit Punkt.

Meine Eitelkeit ist mit mir durchgegangen. Anstatt irgendetwas zu erzählen, irgendeinen unauffälligen Heldentatenverschnitt, packte mich der Ehrgeiz, die beiden zu lenken, wie ich erst vor einem Jahr zwei andere Schlauberger, nicht so harmlose wie diese, gelenkt hatte: indem ich ihnen auf dem Weg durch ihre gierigen Gehirne folgte und ihnen durch »Ja«, »Nein« und »Ich weiß nicht« als Wirklichkeit bestätigte, was dort als Phantasie archiviert war.

9

Als ich mit den beiden im Konferenzzimmer saß, merkte ich sehr bald, dass ihr Interesse an den Ungarngeschichten inzwischen deutlich nachgelassen hatte. Sie waren nun schon über einen Monat lang zweimal in der Woche in unsere Schule gekommen, die Geschichten waren alle irgendwie ähnlich und durch Tausch und Verschiebung sogar noch ähnlicher geworden, die Rollen waren immer die gleichen – es gab nur heldenhafte Opfer, Wunder und Wunden. Sie hatten längst gehört, was sie hören wollten; und was sie hören wollten, stimmte mit dem überein, was sie sich von Anfang an erwartet hatten. Ich glaube, sie hätten sich die Geschichten selbst ausdenken und niederschreiben können, ein Bastelstück aus dem, was in den Zeitungen gestanden hatte und was im Radio gesendet worden war (aus den Sendungen allein von *Radio Free Europe* wäre genug Material für beliebig viele Lebensläufe zur Verfügung gestanden). Sie hatten die Nase voll von all den politischen Abenteuerromanen, die ebenso wahr wie unwahr sein konnten, in denen Grausamkeiten vorkamen wie im Märchen, bizarr, aber kindertauglich, weil eh nur symbolisch. Vielleicht waren ihnen überhaupt Zweifel an ihrem Plan gekommen. Wer würde sich dafür noch interessieren? Wer würde ein Buch voll solcher Geschichten jetzt noch lesen wollen?

Die erste Frage, die der Mann an mich richtete, war: »Hast du auch einen Helden zum Bruder oder zum Onkel, der in der Kiliankaserne oder in der Corvinpassage gegen die Kommunisten gekämpft hat?«

Die Frau unterbrach ihn zwar gleich und schüttelte tadelnd den Kopf zu ihm hin, aber ich sah ihr an, dass sie das Gleiche dachte.

Ich kam mir blöd vor. Dass ich über einen – ihren – Kamm geschoren wurde, ärgerte mich. Ich hatte mir inzwischen in der Klasse, bei den Österreichern ebenso wie bei den Ungarn und auch bei den Ungarn in den anderen Klassen, auch bei den älteren Schülern, einen guten Ruf erworben. Ohne Frage, ich war der beliebteste Ungar der ganzen Schule; ich möchte sogar sagen, ich war der beliebteste Schüler überhaupt. Alle scharwenzelten in den Pausen um mich herum und versuchten, mich in ihre Gespräche zu ziehen, schenkten mir Briefmarken für meine Sammlung, die nicht existierte – zum Beispiel einen Ersttagsstempel vom Postamt in Traiskirchen mit der 2-Schilling-Sondermarke »Notopfer für Ungarn«, ich habe das Kuvert auf dem Heimweg in einem Gully versenkt –, oder sie teilten ihre Wurstbrote mit mir, brachten mir mit schönen Grüßen ihrer Eltern einen Pullover mit und Filzhausschuhe mit Blechklammern zum Verstellen oder gaben mir von ihren Süßigkeiten ab. Auch wenn mir klar war, dass dies vor allem meinem hübschen Gesicht, meinen mädchenhaft langen kastanienbraunen Haaren und meinem Lächeln geschuldet war, vor allem meinen herzigen Sommersprossen, fühlte ich mich dennoch geschmeichelt. Aber ich hatte der Versuchung der Eitelkeit stets widerstanden. Ich habe mich nicht herumreichen lassen. Im Gegenteil, ich machte mich rar. Ich erzählte nichts von mir. Auf diese Weise blieb ich ihnen rätselhaft. Ich war etwas Besonderes für sie. Obendrein konnte ich fehlerfrei Deutsch sprechen, als einziger Ungar. Sie baten mich, ihr Dolmetscher zu sein, Ungarisch–Deutsch, Deutsch–Ungarisch. Alle wollten etwas von mir, die Schüler wie die Lehrer; das war schon in Ungarn so gewesen. Als irgendwann ein Österreicher aus der letzten Klasse, ein unappetitlicher, eifersüchtiger Prolet, herumposaunte, ich sei in Wirklichkeit gar kein Ungar, meine Eltern hätten längst vor dem Aufstand in Wien gewohnt, wir wollten nur an die vielen guten Sachen herankommen, die man diesen sauberen Helden hinten und vorne hineinstecke, stellten sich alle fünfzehn Magyaren unserer Schule als meine Armee hinter mich, und es kam zu einer Rauferei – aus der ich als Sieger hervorging, nämlich als der einzige, der sich daran nicht beteiligt hatte. Das brachte mir bei den Österreichern ebenso viel Bewunderung ein wie bei den Ungarn und beim Direktor sowieso.

Dass mir nun von Seiten dieses Mannes und dieser Frau so wenig Respekt entgegengebracht wurde, erfüllte mich mit Verachtung und verletzte meinen Stolz. Ich hatte es schon mit anderen Kalibern zu tun gehabt! Ich wollte bei ihnen die gleiche Methode anwenden wie bei dem freundlichen, rachsüchtigen ÁVH-Pärchen: Sie sollten sich die Geschichte, die sie von mir hören wollten, selber erzählen; ich würde sie führen, indem ich ihnen folgte; meine Antworten würde ich nicht aus der Wahrheit, sondern – wie der Kluge Hans – aus den Erwartungen zubereiten, die sich mir in Mimik und Gestik der Fragesteller offenbarten.

Was dabei herauskam, hatte ich nicht gewollt: Ich habe meinen Großvater sterben lassen, habe aus Moma ein unberechenbares, machtlüsternes Monster gemacht – was sie höchstens zu fünfzig Prozent war –, habe meinen Vater zu Momas willenlosem Lakaien degradiert und meine Mutter als ein von Moma unterdrücktes, somnambules, gefühlloses Wesen vorgeführt – was zu dieser Zeit noch höchstens zu zwanzig Prozent zutraf. Und hatte damit die Aufmerksamkeit dieser zwei Heilsbringer erst recht auf mich und meine Familie gehetzt. Immer wieder fragten sie mich, ob ich ihnen »vielleicht doch noch etwas zu sagen« hätte, senkten ihre Stimme und bohrten, als wären ihre Augen Korkenzieher. Sie bestellten mich als einzigen zu einem zweiten und dritten und vierten Termin, nicht in die Schule, sondern in einen schlecht gelüfteten Büroraum im 9. Bezirk mit Blick auf das Hinterteil der Votivkirche, wo sie mir weitere Details über den Charakter meiner Mutter, meines Vater, vor allem aber über Moma aus dem Hirn quetschten und mich zwischendurch in den Arm nahmen, was das Unangenehmste an der ganzen Prozedur war. Und flüsterten mir ihre Fragen dabei ins Ohr.

»Weißt du, dass wir dich sehr gern haben?«

»Weiß nicht.«

»Aber dass du uns vertrauen kannst, weißt du?«

»Weiß nicht.«

»Glaubst du, wir meinen es böse mit dir?«

»Nein.«
»Glaubst du, wir meinen es gut mit dir?«
»Ja.«
»Erinnerst du dich an unser erstes Gespräch?«
»Ja.«
»Du hast uns vom Gesicht deiner Großmutter erzählt.«
»Weiß nicht.«
»Dass es voll Hass gewesen war.«
»Weiß nicht.«
»Voll Hass auf deinen Opa.«
»Weiß nicht.«
»Erinnerst du dich nicht?«
»Nein.«
»Sollen wir dir das Tonband vorspielen?«
»Nein.«
»Du erinnerst dich also?«
»Ja.«
»Ist es dir unangenehm, darüber zu sprechen?«
»Ja.«
»Weil du dich schämst?«
»Ja.«
»Warum schämst du dich?«
»Weiß nicht.«
»Weil du etwas Böses über deine Großmutter sagen könntest?«
»Ja.«
»Was könnte das Böse sein, das du über deine Großmutter sagst?«
»Weiß nicht.«
»Bist du sicher, dass sie deinem Opa nicht vielleicht doch eine dritte Spritze gegeben hat?«
»Weiß nicht.«
»Immer, wenn du ›Weiß nicht‹ sagst, wissen wir, dass du es weißt.«

Sie beabsichtigten, mich einem Arzt vorzuführen, der meinen Körper untersuchen, und einem anderen Arzt, der sich über meinen Geist hermachen sollte. Ich schrie (gespielt) – was ganz falsch war, denn das ließ sie noch neugieriger werden; ich weinte (gespielt) und steigerte damit nur ihre Begeisterung, es hier endlich nicht wie üblich mit heldenhaften Opfern, sondern mit feigen Tätern zu tun zu haben – wenigstens einer feigen Täterin, meiner Moma. Verknallt waren sie in meine Moma.

»Weißt du, was ÁVH heißt?«

»Ja.«

»Was denn?«

»Államvédelmi Hatóság.«

»Und weißt du, was das ist?«

»Die Geheimpolizei.«

»Hat deine Oma mit der ÁVH zu tun gehabt?«

»Ja.«

»Und dein Opa?«

»Ja.«

»Waren Beamte der ÁVH bei euch zu Hause gewesen?«

»Ja.«

»Öfter?«

»Ja.«

»Mehr als einmal?«

»Ja.«

»Mehr als zweimal?«

»Ja.«

»Mehr als dreimal?«

»Ja.«

»Und waren sie freundlich gewesen?«

»Ja.«

»Haben sie etwas mitgebracht?«

»Ja.«

»Was haben sie mitgebracht?«

»Gute Sachen zum Essen. Aber sie waren nur deshalb freundlich, weil sie …«

»Aber sie waren freundlich?«

»Aber nur deshalb, weil sie …«

»Aber freundlich.«

»Ja.«

»Sehr freundlich?«

»Ja.«
»Du kannst akzentfrei Deutsch.«
»Ja.«
»Hat dir das deine Großmutter beigebracht?«
»Ja.«

Ein Verhör kann für den Verhörten etwas sehr Angenehmes sein. Man verfällt in eine Vorstufe von Müdigkeit, die nicht auf Schlaf, eher auf Glückseligkeit zielt; der Unterkiefer senkt sich herab, der Speichel rinnt, die Lider werden schwer; der Rhythmus von Frage und Antwort versetzt einen in einen tranceähnlichen Zustand, die Aufmerksamkeit lässt nach – vorausgesetzt, der Rhythmus wird nicht aufgehalten. Die einsilbigen Antworten fühlen sich an, als würden sie sich selbst geben, als wären sie in Gummi eingepackt und hüpften von allein aus dem Mund. Und wenn sich ein längerer gedanklicher Zusammenhang in eine Antwort drängt und droht, den Rhythmus zu stören, lässt man sich gern das Wort abschneiden und ist froh, wenn das einsilbige Hin und Her weitergeht. Dieser Zustand kann eine Stunde lang andauern oder länger. Wenn er beendet wird, kehrt der Verstand mit einer Klarheit zurück, die schmerzt.

Als mir bewusst wurde, dass diese beiden albernen selbsternannten Staatsanwälte des Jüngsten Gerichtshofs meine Moma nicht nur verdächtigten, mich und meine Mutter zu misshandeln und meinen Vater zu erpressen, sondern auch der Spionage und sogar des Mordes an Opa – der ja noch lebte, nicht fröhlich lebte, aber lebte; dass unsere Flucht aus Ungarn von dieser kommunistischen Hexe nur inszeniert worden war, um ihre eigenen bösen Taten zu verschleiern und womöglich die echten heldenhaften Flüchtlinge auszuspionieren; dass wir also gar nicht abgehauen waren, weil uns das Regime etwas Böses angetan hatte, sondern im Gegenteil, dass wir selbst auf der Seite jener standen, die in Kellern folterten und vergewaltigten; als mir bewusst wurde, dass nicht ich es war, der die beiden führte, indem er ihnen folgte, sondern dass sie mich vor sich hertrieben und ich mich treiben ließ, begann ich zu weinen. Das war nicht mehr gespielt. Ich weinte bitterlich, und nichts konnte mich beruhigen. Ich fühlte mich wie Judas Iskariot, und für einen Augenblick glaubte ich, ich sei Judas Iskariot und in dem muffigen Büro mit dem Ausblick auf die Türme der Votivkirche finde tatsächlich das Jüngste Gericht statt und die beiden seien Erzengel, die mich gleich in die Hölle befördern würden, wo Major György Hajós und Oberst Miklós Bakonyi mit mir das Gleiche anstellten, was sie mit Opa, und Janko Kollár, Lajos Szánthó und Zsolt Dankó das Gleiche, was sie mit Moma angestellt hatten. Ich wollte auf der Stelle in den nächsten Zug steigen und wegfahren, am liebsten zurück nach Budapest, und dort in die Báthory utca laufen zur Nummer 23 und hinauf in den 2. Stock zur Wohnung Nummer 7 und aus Blumenerde Straßen bauen und mir ein Volk aus Kopfkissenknöpfen schaffen und mir meinen Königsmantel umlegen – dieser Weg war eisern verriegelt, in Raum und Zeit.

Fazit: Im Alter von sechs Jahren hatte ich im Kampf gegen zwei mit allen Wassern aus den Quellen unmenschlicher Einbildungskraft gewaschenen ÁVH-Agenten das erste Gebot meines Lügendekalogs gefunden, hatte es auf Anhieb begriffen und tadellos eingesetzt; und anderthalb Jahre später habe ich vor zwei philanthropischen Karikaturen die Kontrolle über dieses Gesetz verloren: Ich habe es angewandt, ohne zu bedenken, dass sein Zweck immer sein muss, die Genasweisten auf *meine* Ziele hin zu lenken, also: *sie zu beherrschen*. Ich habe ein Spiel daraus gemacht. Das war mir unverzeihlich.

Es dauerte fast zehn Jahre, bis ich mich wieder an dieses erste Gebot wagte – dann war es kein Spiel mehr, sondern überlebensnotwendige Taktik.

10

Um mich wieder der Chronologie meiner Erzählung unterzuordnen: Wir waren zu früh geflohen. Das war unser Pech gewesen. Ein halbes Jahr zu früh! Im Juni 1956 interessierte sich in Österreich noch niemand für die armen Nachbarn im Osten; niemand klopfte dir auf die Schulter, wenn du die Verbrechen der ÁVH oder ÁVO angeprangert hast; niemand nahm dich in den Arm, wenn du erzählt hast, du seiest eines ihrer Opfer gewesen. – Wenige Tage vor unserer Flucht war in der *New York Times* die Rede von Nikita Chruschtschow abgedruckt worden, die er am XX. Parteitag der KPdSU gehalten und worin er Stalin einen Wahnsinnigen und einen Massenmörder genannt hatte, der sich auf durch und durch unmarxistische Weise habe vergöttern lassen.

Als wir in Burgenland ankamen, hat uns niemand freundlich empfangen; keine Journalisten richteten von Hochständen aus ihre Teleobjektive auf uns, kein Rotes Kreuz versorgte uns mit heißem Tee und Speckbroten. Wir irrten durch das mannshohe Schilf, gerieten in sumpfiges Gelände, gingen im Kreis und drehten uns im Kreis; wussten nicht, ob wir bereits in Österreich oder schon wieder in Ungarn waren. Alle halben Stunden mussten wir rasten, weil Opa nicht mehr weiterkonnte. Mein Vater nahm mich auf die Schultern, damit ich über die Schilfrohre hinweg sähe, ob irgendwo ein Haus sei oder ein Fuhrwerk. Ein Bauer und seine Frau waren so freundlich, uns ins Dorf mitzunehmen – sie mussten »eh grad hin«. Wir saßen auf einem Anhänger mit Gummireifen, und ein Brauner zog, Mann und Frau gingen daneben her. Wir erzählten ihnen, dass wir aus Ungarn geflohen seien; das interessierte sie nicht. Der Mann nahm die Zigarette, die ihm Moma anbot, und steckte sie sich an den Hut. Vor dem Gemeindeamt setzten sie uns ab. Der Gendarm hat uns nicht geglaubt. Warum bleibt einer, wenn's schlecht ist, und flieht, wenn's besser wird? Überall sind Wunden geschlagen worden, in Österreich auch – überschreitet deswegen ein Österreicher bei Nacht und Nebel die Grenze nach Ungarn? Abgesehen davon, dass es weder Nacht noch Nebel war, als wir in Österreich ankamen, sondern ein sonniger Sommernachmittag, hatte der Mann natürlich nicht die geringste Ahnung, wie die Menschen nur wenige Kilometer von ihm entfernt lebten. Und er wollte es auch nicht wissen. Wir waren zu früh gekommen. Das war unser Pech. (Ein halbes Jahr später hat sich derselbe Gendarm höchstes Lob verdient; ein Bild in den Zeitungen zeigte, wie er eine Medaille aus der dicken Hand von Bundeskanzler Julius Raab entgegennimmt: für sein vorbildliches menschliches Verhalten, ein Held. Moma breitete die Zeitung vor uns aus. »Den kennen wir«, sagte sie, mehr nicht.) Moma empörte sich so lautstark über seine mangelnde Hilfsbereitschaft, dass er uns aus der Wachstube wies – allerdings ohne zu uns zu sagen, wohin wir gehen sollten.

Wir warteten auf der Straße, saßen auf unseren Koffern und ließen uns von den Leuten, die auf ihren Fahrrädern vorbeifuhren, anglotzen. Sie kamen mir vor wie dressierte Affen in Hemd und Hose. Moma sagte, sie wette, der Gendarm telefoniere gerade mit seiner übergeordneten Dienststelle, wir bräuchten uns nur ein wenig zu gedulden, gleich würde jemand kommen und uns nach Wien bringen. In Wien hatte Moma Verbindungen zu Kolleginnen und Kollegen, im Speziellen zu einem Wissenschaftler namens Dr. Hans Martin, der ihr Buch über den Pharao Echnaton »in einem Maße bewundere, das an Götzendienst grenzt«, und ihr erst vor wenigen Monaten seine eigene Dissertation über Echnatons Hauptfrau Nofretete mit eben dieser Widmung nach Budapest geschickt hatte, zusammen mit einem Brief, in dem er – wie Moma urteilte, »völlig unzweideutig« – schrieb, was für ein Gewinn es für ihn und die altägyptische Wissenschaft bedeuten würde, wenn Frau Professor Dr. Helena Fülöp-Ortmann irgendwann ihre Vorlesungen an der Universität Wien halten könnte, und dass er und seine Kollegen alles daransetzten, um sich diesen Wunsch zu erfüllen. Sicher arbeite sie an einem neuen Buch. Alle seien sehr gespannt darauf. Viel zu lange habe sie geschwiegen. Wenn sie einen Gesprächspartner benötige, er würde sich glücklich schätzen. Nichts wünsche er sich mehr, als ihr zuzuhören. – Den Brief und das Buch mit der Widmung hatte Moma in ihr Fluchtgepäck gepackt – »unser Familiensilber«.

Der Gendarm ließ sich nicht blicken, und als Moma wieder an seine Tür klopfte, bekam sie keine Antwort; vielleicht hatte er sich durch eine Hintertür davongemacht, vielleicht hockte er an seinem Schreibtisch und drückte die Daumen in die Ohren. Wir waren für ihn – ich habe genau gehört, dass er sich so ausdrückte – Zigeunergesindel. Komisches Zigeunergesindel wir – Moma blond, Mama blond, mein Vater brünett, Opa weiß und ich braun mit einem Stich ins Rötliche. Ich jedenfalls stellte mir Zigeuner anders vor.

Wir schulterten unsere Bündel, hängten uns an unsere Koffer und gingen in den Abend hinein und taten so, als würden wir zu Fuß und querfeldein direkt nach Wien ins Paradies spazieren.

Das Problem war natürlich Opa. Erstens hatte er immer noch einen leichten Dusel wegen der Spritzen – ich glaube, Moma hat ihm tatsächlich eine dritte verpasst; zweitens eben das Gehen. Er litt unter Lungenproblemen als Folge der Folter. Außerdem hatten sie auf der

Suche nach der Gallenblase von Genosse Rákosi ein Loch in eine seiner Kniescheiben gebohrt, und das spürte er immer noch. Er schreckte sich auch leicht. Wenn ein Rebhuhn aus dem Schilf aufflatterte oder ein Marder ins Unterholz huschte, dann raste sein Puls, und der Blutdruck schoss bis unters Juchhe, und er musste sich kurz hinsetzen oder hinlegen. Das musste er auch ohne Schrecken zwischendurch, eben weil er einen Dusel hatte und erschöpft war, als wäre er am Ende des Lebens angekommen, wo wir doch nur am Ende der Welt waren.

Die Nacht verbrachten wir im Freien auf dem Feld. Es war warm, wir hatten Decken dabei und zündeten ein Feuer wegen der Mücken an und hatten Spaß miteinander. Keine Rede davon, dass Opa böse auf Moma war! Sie erklärte ihm das mit den Spritzen, und er sah es ein. Auch keine Rede davon, dass unsere Familie nicht mehr funktionierte! Moma deckte Opa zu, wickelte ihn ein, ihre eigene Decke rollte sie zusammen und schob sie ihm unter den Kopf. Dafür schlüpfte sie zu mir unter die Decke. Ich lag mit Moma zusammen, neben uns lag Opa wie eine große helle Wurst, und über uns war der Sternenhimmel. Papa hat Witze erzählt. Und das Beste war wieder, dass er selber nicht ein einziges Mal dabei lachte. Er lächelte sein schüchternes Lächeln. Auch Moma sagte: »Wir sind froh, dass wir dich haben.« Meine Mutter saß hinter ihm, den Rücken am Stamm einer Weide. Sie trug ein dünnes Sommerkleid zum vorne Durchknöpfen. Sie legte ihre bloßen Füße auf seinen Rücken und kraulte ihn mit den Zehen. Moma hatte ausreichend Zigaretten mitgenommen, Gott sei Dank, das war ihr das Wichtigste. Ich durfte auch ein paar Mal ziehen. Wir lagen und pafften in die Äste der Weide hinauf – wie die Zigeuner in der Operette, insofern hatte der Gendarm recht gehabt. Moma hatte sich ihr Unterkleid mit Geld ausgepolstert. Als ich sie vor dem Einschlafen umarmte, merkte ich, dass sie um die Hüfte irgendwie komisch hart war. Ich bin in der Nacht aufgewacht – wie jede Nacht, nachdem mich meine Tiere besucht hatten – und habe ihr Hemd hochgezogen und einen Panzer aus Forintscheinen und anderen Papieren gesehen. Ich hatte mir schon vor unserer Abreise gedacht, dass sie ein wenig dicker aussehe als sonst, und dass sie bei der Karussellnummer mit Opa auf die Straße gefallen war, hatte mich eigentlich gewundert, denn sie war von Natur und Statur sehr gelenkig – zum Beispiel, wenn sie tanzte.

Apropos tanzen: Bevor wir uns zum Schlafen in die Decken eingewickelt hatten, haben wir getanzt und gesungen. Sogar Opa hat getanzt – mit mir, mit Mama, mit Papa, am längsten natürlich mit Moma. Sie haben sich nicht an der Taille gehalten, wie wir es getan haben, sondern am Gesicht. Moma hielt Opas Gesicht zwischen ihren Händen, Opa Momas Gesicht zwischen den seinen, und sie haben gesungen, und Mama, Papa und ich haben dazu den Rhythmus geklatscht.

Vögelein, Vögelein,
Trällerndes Vögelein,
Trage du mein Brieflein,
Trage du mein Brieflein
Nach dem Ungarlande heim.

Frag sie, wer wohl schickt es,
Sag ihr, jener schickt es,
Dem in seinem Schmerze
Bricht sein traurig Herze,
Ja, ganz sicher bricht es.

Wir legten uns unter der Weide nieder, und ich bat Opa, eine Gutenachtgeschichte zu erzählen. Er war aber zu müde, und Moma war auch zu müde und meine Mutter auch. Papa sagte, er würde gern erzählen; jetzt, wo wir im Westen seien, eine Wildwestgeschichte, eine amerikanische Wildwestgeschichte. Er war kein so effektvoller Erzähler wie Moma und Opa, seine Geschichte von Billy the Kid hörte sich eher wie ein Bericht an, wie eine längere Nachrichtenmeldung im Radio. Sie handelte von einem Jungen, der im Alter von zwölf Jahren seinen ersten Mord beging; er erschoss einen Mann, weil der seine Mutter beleidigt hatte. Daraufhin musste er fliehen und sich verstecken. Er beteiligte sich an Banküberfällen, ermordete noch ein gutes Dutzend weitere Männer und befreundete sich bis aufs Blut mit einem Mann namens Pat Garrett. Der aber wechselte bald die Seite. Er wurde Sheriff und verriet seinen Freund und beteiligte sich an der Hetzjagd gegen ihn. Am Ende sei Billy the Kid mit seiner Geliebten im Bett gelegen, da habe Pat Garrett die Tür eingetreten und ihn erschossen. Billy war erst einundzwanzig. Es sei, sagte mein Vater, ein unentschuldbarer Verrat gewesen. Damit die Amerikaner nie vergessen, dass man so etwas nicht tun darf, werde die Geschichte bis heute in den Staaten immer wieder erzählt.

Moma, Opa und auch meine Mutter waren über die Erzählung eingeschlafen. Und mein Vater schlief mit seinen letzten Worten ebenfalls ein.

Ich aber stand auf und ging in das Feld hinaus. Ich legte mich weit von den Meinen ins Gras und schaute in den Himmel. Hätte mir einer in Budapest davon erzählt, nie hätte ich ihm geglaubt, dass es so viele Sterne gibt. Es war Neumond und keine Wolke war am Himmel, und auf der Erde brannte kein Licht. Es sah prächtig aus, ohne Frage – dennoch konnte ich mich eine Zeitlang nicht gegen den Gedanken wehren, etwas weniger hätte es auch getan. Alles gab es im Überfluss, Gras, Bäume, Steine, Tiere, Haare und jetzt auch noch Sterne. Es konnte aber genauso gut sein, dass diese Tatsache begrüßenswert war. Andererseits waren das Gras, die Steine, die Tiere und die Sterne wahrscheinlich nicht da, damit wir sie als zu viel oder zu wenig oder gerade recht beurteilten. Ich spann den Gedanken nicht weiter, er spann sich in mir nicht weiter; er konnte es mit den Sternen nicht aufnehmen, zumal ich vermutete, dass ich längst nicht alle sehen konnte. Rechts und links von meinem Kopf ragten die Grashalme empor, ich sah sie aus den Augenwinkeln, sie waren dunkler als der Himmel, dessen Farbe zwischen den Sternen mir zu Anfang eindeutig schwarz, bald jedoch undefinierbar zu sein schien. An ihren Spitzen leuchtete ein winziger Punkt, als ob sich am Ende jedes Halms ein Stern spiegelte. Später warf ich mir vor, dass ich mir unter diesem exorbitant ausgestirnten Himmelszelt nicht Gedanken über mein Leben gemacht hatte, dass ich mir nicht einmal die Frage gestellt hatte: Was wird wohl aus mir werden? Aus einer Antwort hätte sich womöglich ein Leitfaden ziehen lassen. Sicher, man kann diese Frage jederzeit stellen, am helllichten Tag, im Bus, sogar auf dem Klo; aber ich denke, man bekommt nicht in jeder Situation eine brauchbare Antwort. Ebenso wie man es verabsäumt, am Sterbebett eines Freundes denselben zu bitten, er möge einem nach dem Tod eine Nachricht zukommen lassen. Warum fällt das niemandem ein? Dann wäre doch eindeutig bewiesen, dass es ein Leben nach dem Tod gibt. Wenn es eines gäbe, wäre es zum Beispiel nur halb so schlimm, ein Mörder zu sein. Man trifft sich drüben mit den Erschossenen und redet die Sache aus. Ich sah eine Sternschnuppe, die erste in meinem Leben. Die Tatsache, dass die Sterne nicht für uns da waren, machte sie mir noch erhabener. Mit den Gräsern am Rand meines Blickfeldes verhielt es sich nicht anders. Die Erde kühlte meinen Rücken, sie roch anders als am Tag; aus der riesigen, mit Gold und Silber bepunkteten Halle über ihr war nichts zu vernehmen.

Am nächsten Tag sind wir von der Gendarmerie aufgegabelt worden – von zwei schlecht gelaunten Männern, die erst gar nicht von ihren Fahrrädern abstiegen, warum auch. Die haben uns vor sich hergetrieben zu einer Einheit des Bundesheeres und uns dem Offizier übergeben, einem allerdings überaus freundlichen Herrn, der als erstes die beiden darauf aufmerksam machte, dass es sich bei uns um Menschen und nicht um Vieh handle. Wir erzählten ihm unsere Geschichte, er teilte Wurst, Brot und Bier mit uns, ermahnte seine Untergebenen, höflich zu uns zu sein, und lud uns ein, in einem ihrer Mannschaftswagen im Konvoi mit nach Wien zu fahren. Eigentlich sei das Mitnehmen von Zivilisten verboten, aber in unserem Fall pfeife er auf die Vorschriften, sagte er.

So kamen wir an einem heiteren Frühsommertag in Wien an.

»Die Wirklichkeit« – so pflegte ich dreißig Jahre später meine Vorlesungen zu beginnen – »ist ein endloses Gewebe von Sinnhaftem und Sinnfremdem; ersteres adeln wir mit dem einsamen Begriff Wahrheit, für letzteres haben wir unzählige Worte zur Verfügung.« Das habe ich irgendwo abgekupfert. Ebenso wie diese Einsicht: »Alles, was Erinnerung ist, gerät unter das Regime der narrativen Transformation.« Diese beiden Sentenzen waren es übrigens, die mich den Damen und Herren, die in einem fernen, fernen Land über die ausreichende Macht dazu verfügten, für einen Lehrstuhl empfahlen.

Zweites Kapitel

1

Die Soldaten fuhren – uns zuliebe! – auf der Ringstraße einmal um die Innere Stadt herum und setzten uns schließlich, als wären wir ein Staatsbesuch, vor dem Hotel *Imperial* ab. Der Leutnant, dieser kurze, wuchtige Mann mit den weit auseinander stehenden Zähnen und dem Strahlenkranz von Lachfalten – ich könnte sein Gesicht heute noch auf Papier nachzeichnen – drückte jedem von uns zum Abschied die Hand, legte die zweite darüber und sagte, er wünsche sich, dass in diesem Hotel, das weltweit Adolf Hitlers Lieblingshotel gewesen sei, in realistischer Zukunft eine Suite für uns bereitstehe; und verriet uns, er selbst habe ungarische Vorfahren; die Österreicher seien im Grunde patente Menschen, sie würden nach einer Eingewöhnungszeit bestimmt sehr freundlich zu uns sein. – Falls nicht? Bei welcher Macht würden wir uns beschweren können? Seine Adresse gab er uns nicht. Wir haben auch nicht danach gefragt. Das aber sei ein Fehler gewesen, sagte meine Mutter, als die Militärkolonne davonfuhr.

Da entgegnete ihr Moma, feierlich wie bei einer Geburtstagsrede: »Wir brauchen ihn nicht. Wir haben unseren Herrn Dr. Martin.«

Die Stadt war mir vom ersten Spaziergang an vertraut; als hätten wir lediglich eine Runde um Budapest herum gedreht und wären auf der anderen Seite wieder eingezogen – nun minus Kommunismus. Wir schlenderten unter den Bäumen über die Ringstraße, unsere Bündel auf dem Rücken, die Rucksäcke und die Decken, die Koffer in der Hand, Papa zudem Opas Koffer, vorbei an der schwarzen Oper, vorbei am Goethedenkmal mit den Grünspantränen – wie mir das gefiel! Schmutzig waren wir, Opa und Papa unrasiert, Moma und Mama ungeschminkt; unsere Schuhe waren verdreckt, die Kleider voller Grasflecken und zerknittert von der vorangegangenen Nacht auf dem Feld, wo wir so formidabel geschlafen und in unseren Träumen weitergesungen hatten (ich habe Mama und Moma summen hören). Nicht einmal die Zähne hatten wir uns geputzt – wie denn, wo denn? Wir setzten Opa auf eine Bank in dem Park zwischen den spiegelverkehrten Zwillingen des Kunsthistorischen und Naturhistorischen Museums, gleich neben die Kaiserin Maria Theresia auf ihrem hohen Sockel aus grauem poliertem Stein. Mein Vater wollte ihm Gesellschaft leisten, während sich Moma gemeinsam mit mir und Mama um unsere Zukunft kümmerte – wenigstens um unsere nähere Zukunft; für die weitere, sagte sie, würden die Freiheit des Westens und das Schweizer Bankwesen Sorge tragen. Opa und Papa unterhielten sich gern über medizinische Dinge, das heißt, der eine dozierte, der andere hörte zu; aber weil Papa dabei so aufmerksam zuhörte, sagte mein Großvater hinterher immer, sie hätten sich prächtig unterhalten, obwohl mein Vater wahrscheinlich nicht ein Wort beigetragen hatte. Moma gab ihm ein Büschel von den Forint, die sie über ihrem Magen trug; er solle versuchen, sie bei einer Bank in Schilling umzutauschen (der Wechselkurs für den Forint sei »zum Sich-am-Fensterkreuz-Aufhängen« – wörtlich Moma), und Coca-Cola und Wurstsemmeln davon kaufen, so viel wie möglich.

Wir anderen ließen unser Gepäck zurück und gingen weiter – vorbei am Justizpalast, am Parlament, am Rathaus, das mir wie ein riesiger Vogel mit spitzem Kopf und ausgebreiteten Flügeln vorkam, vorbei an der Universität und der Votivkirche (Moma kannte sich prima aus!), hinein in den 9. Bezirk zur Frankgasse Nummer 1, nämlich zum Ägyptologischen Institut, wo sich Moma bei der Sekretärin erkundigte, ob Herr Dr. Hans Martin im Haus sei, und wenn nicht, wie man ihn erreichen könne.

Nachdem uns die Sekretärin allein gelassen hatte, fragte meine Mutter, warum sich Moma nicht vorgestellt habe; sie habe geglaubt, Frau Professor Dr. Helena Fülöp-Ortmann sei eine Berühmtheit in ihrem Fach; wo sonst, wenn nicht hier, könne aus dieser Art von Berühmtheit Kapital geschlagen werden … – Wir waren erschöpft und von der Junisonne überhitzt und hatten erst wenig von der Freiheit des Westens mitgekriegt; die Freundlichkeit des ungarnstämmigen Bundesheersoldaten war aufgebraucht; Moma und Mama waren gereizt;

und alle drei hätten wir gern etwas Deftiges im Magen gehabt – dennoch überraschte mich der streitsüchtige Ton in Mamas Stimme. Und ihr bitterer Mund. Ich rechnete damit, dass Moma mit einer gepfefferten Zurechtweisung reagieren würde, wie sie es schon bei geringeren Anlässen getan hatte, oft in böse herabsetzender Weise. Zum ersten Mal sah ich sie unsicher, ängstlich, verzagt, ertappt, entwaffnet – das soll keine Aufzählung des Gleichen sein, sondern beschreibt die Stufen hinab zur Kapitulation. Wenn ich darüber nachdenke, wann Momas Macht über meine Mutter eingeknickt war, fällt mir diese Szene ein: Mama in ihrem dünnen, grünlich hellen Mantel, den sie sich mit einem Gürtel eng um die Taille gebunden hatte, der hohe, blonde Rossschwanz, die Lippen trompetenhaft geschürzt, die Hände in den Manteltaschen zu Fäusten geballt (was sie von ihrem Mann abgeschaut hatte). Sie führte einen Feldzug.

Ich sagte schnell: »Moma will halt nicht angeben.« Und hatte damit Partei ergriffen – was mir meine Mutter mit einem Naserümpfen quittierte.

»*Ich* an ihrer Stelle *würde* angeben«, stichelte sie weiter. »Wenn es etwas anzugeben gibt, warum bitte soll man dann nicht angeben? Vor allem, wenn es sich auszahlt, und zwar für uns alle.«

»Angeben tut, wer nichts zum Angeben hat«, hielt ich dagegen. Meine Neunmalklugheit war bei meiner Mutter nie gut angekommen; sie war ihr unerklärlich, weil sie sich nie ernsthaft um meine Erziehung gekümmert hatte und sich naturgegebene Intelligenz nicht vorstellen konnte und folglich Einflüsse vermutete, die ihrer Aufmerksamkeit entgangen waren und ihr unheimlich und unappetitlich erschienen.

»Willst du Rechtsanwalt werden?«, fuhr sie mich an. Eine treffende Antwort wäre gewesen: Nein, Richter. Moma mischte sich nicht ein. Das nahm mir den Mut. In einem Handstreich hatte meine Mutter uns beide besiegt. Sie sagte, was sie gesagt hatte, als sie und ich in dem Laster an der Ecke Báthory utca/Bajcsy Zsilinszky út gewartet und meinem Vater zugesehen hatten, wie er Opa hochhob und mit ihm Kreise über die Straße zog: »Wäre das nicht anders gegangen!«

Die Sekretärin kam in Begleitung eines hochgewachsenen Mannes mit langen dunklen Stirnhaaren, die er sich aus dem Gesicht strich, ehe er seine Hand ausstreckte; eigentlich zwischen uns hineinstreckte, gleichsam zur allgemeinen Verwendung, so dass es uns überlassen blieb, wer sie als erster ergriff. Seinen Namen nannte er, mit Titel – Dr. Hans Martin –, und fragte, was er für uns tun könne. *Ich* nahm seine Hand – ich tat es, um Moma abermals aus ihrer Verlegenheit zu retten. Denn so viel wusste ich: Das Handausstrecken wäre ihr Privileg gewesen.

»Ich bin Helena Fülöp-Ortmann«, sagte sie, zeigte, ohne eine Pause zu lassen, auf mich und meine Mutter. »Er ist mein Enkel, sie meine Tochter. Mein Mann und mein Schwiegersohn warten im Park zwischen den Museen. Wir sind hungrig und müde.« Sie sprach langsam und wie von der Bühne herab und beunruhigend monoton. »Wir sind gestern aus Ungarn geflohen. Wir haben die Nacht im Freien verbracht. Wir hoffen, dass Sie, Herr Dr. Martin, uns helfen werden. Aus Ihrem Brief vom 15. April schließe ich, dass Sie bereit sind, es zu tun.«

Hätte mich einer gefragt, ich hätte geantwortet: Nein, er wird uns nicht helfen. Weshalb nicht? Erstens: Weil wir aussahen, wie wir aussahen. Es würde ihm niemand etwas vorwerfen können. Zigeuner. Zigeuner müssen nicht aussehen wie Zigeuner, sie müssen nur welche sein. Zugleich aber war mir bewusst, dass ich ihm unsere Abgerissenheit als nachvollziehbaren, allgemein verständlichen Grund für eine Ablehnung unterschob – eigentlich vorschlug. Möglicherweise schlug er sich im Hader mit sich selbst das Gleiche vor. Suchte gegen seine erste Stimme nach einem Argument, um uns zum Teufel zu jagen: Sicher hatte er keinen Platz bei sich zu Hause – was Wunder, wir waren zu fünft, darunter ein Kind und ein versehrter Mann (was er noch nicht wusste); und kannte auch niemanden, der genügend Platz hatte – das war sehr wahrscheinlich. Aber er hatte gar nicht richtig zugehört. Er wird uns nicht helfen, dachte ich, weil – zweitens – er eine wirre Angst hat. Aber wovor?

Gut – Frau Professor Helena Fülöp-Ortmann stand vor ihm, die Hochverehrte, deren Buch über den Pharao Echnaton er »in einem Maße bewundere, das an Götzendienst grenzt«, die er sich auf einem Lehrstuhl in Wien wünschte, der er seine Dissertation über Echnatons

Frau Nofretete gewidmet hatte – aber all dies reichte nicht aus für seine Verlegenheit, und für seine Angst schon gar nicht. Ich unterschätzte Momas wissenschaftlichen Ruf gewiss nicht; nur: zwischen Bewunderung und dem, was ich in Dr. Martins Gesicht sah, vermochte ich zu unterscheiden – auch wenn ich nicht in Worte hätte fassen können, was es war. Moma schminkte sich gern und parfümierte sich gern, zog gern hohe Schuhe an und Kleider in klaren Farben, die ihre Figur betonten, zeigte sich bei entsprechenden Temperaturen gern in ihrem silbernen Pelzmantel, der sie unnahbar und mondän erscheinen ließ – nun sah sie jünger aus, jugendlicher, aggressiver und verletzlicher. Ihr zerwühltes Haar, ihr von Schweiß glänzendes Gesicht, die verwischten Wimpern, ihre schmutzigen Hände, sogar der feine Schweißgeruch, den sie ausdünstete, all das machte sie aber nur noch anziehender. Die Niederlage verlieh ihr einen Zauber, der mir ans Herz griff – und nicht nur mir. Ich wäre gern ihr Ritter gewesen. Von Sexualität wusste ich nichts, aber bei Geheimnissen kannte ich mich aus. Die meisten Menschen erkennen zwar, wo ein Geheimnis verborgen liegt, aber die wenigsten trauen sich, genauer hinzusehen; weil sie fürchten, am Grunde des Brunnens einen Menschen zu finden, der etwas von ihnen will – und oft nicht nur etwas, sondern alles. Ich sah das Geheimnis in den Augen von Herrn Dr. Martin. Aber ich konnte es nicht deuten. Ich hatte keine Scheu, ihn anzustarren; und er hatte keine Scheu, sich von mir anstarren zu lassen. Ich war ihm in diesem Augenblick marginal wie meine Mutter. Ich habe ihn in den folgenden Wochen sehr genau beobachtet. Er war ein weicher, nachgiebiger, ichbezogener Mann. Eine seiner Schwächen, eine lässliche, aber lästige, weil sie vieles nach sich zog, bestand darin, sich von anderer Schwäche anziehen zu lassen – bezirzen zu lassen – verrückt danach zu sein. Das wusste ich bei unserer ersten Begegnung nicht, aber ich hatte Ahnungen (ein Gran Hellseherei war dabei – ich imaginierte, wie sich die beiden küssten, und als ich sie, am folgenden Tag, tatsächlich dabei beobachtete, taten sie es genau so, wie ich es vorausgesehen hatte – sie nach hinten gebeugt, er nach vorn). Ich spürte die Herzschläge unter seiner Krawatte (einer grünen gehäkelten Wollkrawatte) und spürte seinen tiefen Atem und spürte seinen Hals, als steckte ich in fremder Haut und blickte unter fremden Lidern hervor. Und spürte die Zweifel dieses Mannes, ob er sich auf uns – auf Moma – einlassen sollte. Tu's nicht, dachte ich. Tu's einfach nicht! Tu's nicht!

»Was haben Sie gesagt?«

»Ob Sie uns helfen.«

»Wie denn?«

»Indem Sie uns bei sich aufnehmen zum Beispiel.«

Er reagierte rasch und scharf: »Das kann ich nicht«, drehte sich um und eilte zurück in sein Institut.

Meine Mutter grinste schief. Ihr Gesicht war voll Schadenfreude.

Moma sagte: »Ja, spar du dir deine Nachsicht für die Vollkommenen auf.«

Es fällt mir leicht, mich in den zurückzuversetzen, der ich einmal war. Ich bin mir nicht fremd, ich war mir nie fremd, alle Stationen meines Ichs sind mir gegenwärtig, ich treffe nie einen anderen an als den, der ich immer noch bin. Ich weiß heute mehr als vor dreiundfünfzig Jahren; aber ich bin nicht ein anderer. Eine Entwicklung fand bei mir nicht statt. Ich habe mich nie über mich selbst gewundert, ich bin nie an mir selbst verzweifelt. Ich habe meine Person eben nie einem anderen geliehen und bestimmt nicht ausgeliefert, weswegen ich auch nie in die Verlegenheit geriet, sie als eine veränderte zurückzunehmen. In solchem Leichtsinn liegt die Ursache für den Mangel an Selbstvertrauen bei Erwachsenen. Diese Elenden reden sich ein, sie seien als Kind nicht zur Reflexion fähig gewesen – man habe mit ihnen »machen« können. Mag sein, dass meine Reflexionen intuitiver Natur waren, weil ich die Worte dafür nicht kannte; zugleich aber waren sie durch die Worte nicht eingeschränkt. Ein Wort fasst ein unüberschaubares Feld an Nuancen zusammen, gibt Gelb und Blau im Begriff »Blumenwiese« als eines aus, sagt schlicht »Melancholie«, wo sich der so benannte Zustand bekanntlich bei jeder Person anders und in jedem Moment verschieden äußert. Ich habe mich nie an meinen Mitmenschen gemessen. Das gab mir die Freiheit, sie zu beobachten und mir meine Gedanken über sie zurechtzulegen – und zu archivieren. Ja, ich verfügte als Kind über das Reflexionsvermögen eines Erwachsenen; ich meine, es gibt nur wenige Erwachsene, die es darin mit dem Siebenjährigen aufnehmen können.

Sebastian Lukasser ist Schriftsteller und in den Gedanken vernarrt, Märchen und Mythen bildeten einen Katalog aus Präzedenzfällen, und er fand meinen Fall ausgerechnet in der Figur des Siegfried von Xanten gespiegelt. Wie Siegfrieds Körper durch das Bad im Blut des Drachen unverwundbar wurde, so sei meine Seele in jenen fünf Tagen und vier Nächten gestählt und immunisiert worden.

»Vielleicht bin ich einfach nur ein Monster«, antwortete ich ihm.

Er liebt mich zu sehr, um dem nicht zu widersprechen.

2

Wir breiteten unsere Decken zwischen den kegelförmig gestutzten Thujen aus und aßen Wurstbrote und Mannerschnitten und tranken Coca-Cola (was das Beste war, was ich je getrunken hatte, und das Interessanteste, denn es schmeckte in der Mitte der Zunge ein wenig anders als an ihren Rändern). Es war später Nachmittag. Wir saßen zwischen den Museen im langen Schatten der Kaiserin, und um uns herum jubilierten die Amseln. Moma sagte, sie wolle sich nach dem Essen zusammen mit mir zu einer Polizeistation begeben und um politisches Asyl ansuchen. Opa fand das keine überragende Idee. Mein Vater ebenfalls nicht. Ich kann mich an ihre Argumente nicht mehr erinnern. Ich nehme an, mein Großvater hatte Angst, dem Antrag werde nicht stattgegeben und wir würden zurückgeschickt. Er sagte, in diesem Fall würde er sich das Leben nehmen. Mein Vater wollte ohne Not nicht von einer Behörde registriert werden.

»Wie würdest du dir das Leben nehmen?«, fragte mein Vater.

Meine Mutter fuhr ihn an, sie finde diese Frage wohl das Geschmackloseste, was sie je gehört habe.

Opa widersprach ihr: »Aber warum denn? Er meint es doch in einem medizinischen Sinn. Hab ich recht, Mischa?«

Mein Vater sah ihn an. Er nickte nicht. Er schüttelte nicht den Kopf.

Bis es dunkel wurde, unterhielten wir uns über verschiedene Arten, sich selbst zu töten. Auch Mama beteiligte sich schließlich an dem Gespräch, und sie fand es nicht mehr geschmacklos. Ich lag mit meinem Kopf in ihrem Schoß, sie knapste mit den Fingernägeln in meinen

Haaren herum, als würde sie nach Läusen suchen. (Das habe ich immer gemocht, und später habe ich mich bei meinen Geliebten daran erinnert, die meisten fanden es lustig, alle fanden es zärtlich.)

»Die Frage ist«, sagte Opa, »wie kann man es tun, wenn man in einer Zelle sitzt, womöglich in Handschellen, in der Tür ein Guckloch, durch das du Tag und Nacht beobachtet wirst – wie kann man es in einer solchen Situation tun?«

»Ich würde aufspringen und so schnell ich kann mit dem Kopf gegen die Mauer rennen«, sagte meine Mutter.

»Die Mauer ist höchstens zwei Meter von dir entfernt«, entgegnete Opa. »Du kriegst nicht genügend Geschwindigkeit, du kriegst nur Kopfweh.«

»Nichts essen«, schlug meine Mutter weiter vor. Ich fand das ebenfalls ein probates Mittel.

»Sie schieben dir einen Schlauch in den Magen«, konterte Opa.

»Und wenn man einfach die Luft anhält?«, fragte ich in die Runde.

Wir probierten es aus. Papa besaß eine Uhr mit Sekundenzeiger. Länger als eine Minute schaffte es keiner von uns. Am besten schnitt Papa ab. Das wunderte niemanden.

Zu meiner Freude hatte Papa das Taschenschachspiel mitgenommen. Es war nicht viel größer als eine Zigarettenpackung, die Figuren so zart wie Hemdenknöpfe, sie hatten unten einen winzigen Magneten, so hielten sie auf den Feldern. Ich fragte ihn, warum er das Spiel erst jetzt auspacke. Darauf gab er mir erwartungsgemäß keine Antwort.

Als der Abend kam, verkrochen wir uns in die Zierbüsche. Wir hatten es bei Hellem ausprobiert: Man konnte uns nicht sehen, auch nicht, wenn einer direkt davor stand. Moma und Opa legten sich gemeinsam unter einen Strauch, wir anderen hatten jeder einen eigenen.

Wir waren noch nicht eingeschlafen, da hörten wir Herrn Dr. Hans Martins Stimme rufen: »Frau Dr. Fülöp-Ortmann! Frau Dr. Fülöp-Ortmann!«

Wir fuhren in zwei Taxis zu Herrn Dr. Martins Wohnung nach Hietzing – in der, wie sich herausstellte, überhaupt nicht wenig Platz war. Er wollte uns erst in ein Restaurant führen, aber Opa ging es nicht besonders. Dr. Martin jedenfalls meinte, es gehe ihm nicht besonders; er solle sich lieber ausruhen. Das Restaurant lag gleich gegenüber seiner Wohnung, es habe bis Mitternacht und darüber hinaus geöffnet. Er rief an, und zwei Kellner brachten Braten und Gemüse und Knödel und eine Schüssel Kartoffelsalat und Bier und Coca-Cola und einen kleinen beschlagenen Eimer halbvoll mit bunten Eiskugeln, dazu Waffeln. Opa verschluckte sich schon beim ersten Bissen und hustete heftig – es war garantiert nicht mehr als ein Verschlucken, er hatte eine Tendenz zum Sichverschlucken; Herr Dr. Hans Martin aber meinte, es könne ebenso etwas Ernstes sein, und bestand darauf, einen Krankenwagen zu rufen. Gleich klingelten zwei Sanitäter an der Tür – ich dachte zuerst, es seien schon wieder die Kellner aus dem Restaurant gegenüber, so ähnlich sahen sie den beiden, schwarze Hosen, weiße Jacken, breite goldene Fingerringe – Österreich war wunderbar! Sie hoben Opa auf eine Bahre und brachten ihn ins Spital. Moma und Herr Dr. Martin fuhren mit.

Mama und Papa nahmen derweil ein Bad. Sie wussten nicht, wie der Boiler aufgeheizt wurde, und setzten sich ins kalte Wasser. Mama kreischte, Papa rieb ihr die Haut mit der Fingernagelbürste ab, und sie konnte dabei nicht den Blick von ihrem Spiegelbild lassen. Dann machten sie die Tür zu, und ich hörte, wie sie sich gegenseitig auf den nackigen Hintern klapsten. Hinterher zogen sie sich frische Sachen aus ihren Koffern an, Mama wickelte ein Handtuch um die Haare und knipste sich mit einem Scherchen aus Herrn Dr. Martins Spiegelschrank die Fußnägel zurecht. Die Schmutzwäsche ließen sie im Badezimmer liegen. Ihr Gastgeber würde sicher jemanden kennen, der sich darum kümmerte. Auch ich setzte mich in die Wanne und wusch mich, und hinterher putzte ich mir mit der Zahnbürste von Herrn Dr. Martin die Zähne und träufelte mir von seinem Rasierwasser aufs Haar. Papa und Mama fanden in der Küche eine Flasche Wein, und als Moma und Herr Dr. Martin endlich zurückkamen, waren sie ein bisschen betrunken, was ich daran merkte, dass Mama mit dem Küssen nicht aufhören wollte.

Über zwei Stunden waren Moma und Herr Dr. Martin weg gewesen. Man hatte Opa im Spital behalten. Herr Dr. Martin kannte einen Arzt dort, der habe geraten, Opa eingehend zu untersuchen, das werde aber erst morgen möglich sein; worauf Herr Dr. Martin – erzählte Moma –

verfügt habe, »diesen freundlichen Herrn in der denkbar höchsten Geschwindigkeit gesund zu machen«. Man habe Opa eine Spritze gegeben, und er sei glücklich eingeschlafen, und Moma und Herr Dr. Martin waren zu Fuß nach Hause gegangen. Heiter. Und erleichtert. Nun war es zwei Uhr in der Nacht.

Herr Dr. Martin tat, als wären wir alle miteinander, die ganze Bagage, seine längsten Freunde. Er zündete das Gas unter dem Boiler an, damit wenigstens Moma warmes Wasser habe. Mama und Papa stellte er sein Schlafzimmer zur Verfügung. Es sei ihm eine Freude, sagte er. Dort stand ein Doppelbett mit goldenen Tambourstäben in den Ecken. Er wollte das Bett frisch überziehen, aber Mama sagte, das sei nicht nötig. Und schaute dabei Papa an. Ich habe sie nach unserem Zwischenfall im Ägyptologischen Institut sehr genau beobachtet: Noch nicht einen Blick hatte sie Herrn Dr. Martin gegeben – und nicht einen Moma. Auch kein Dankeschön an unseren Gastgeber, sie zog Papa hinter sich her und verschwand in Herrn Dr. Martins Schlafzimmer. Als wir allein in der Wohnung gewesen waren, hatte sie gesagt, es sei mehr als gerecht, wenn es uns endlich einmal gutgehe, wir sollten uns nur kräftig aus dem Eisschrank bedienen und nichts dabei denken und unsere Schmutzwäsche im Bad einfach in eine Ecke schmeißen. Papa hat die Wäsche aufgehoben und halbwegs zusammengefaltet und neben das Waschbecken gelegt. Mama führte ihren Feldzug weiter.

Während Moma badete, saß ich mit Herrn Dr. Martin in der Küche. Der Tisch imponierte mir, er war zu groß für den Raum und anders als die übrige Einrichtung; seine Platte war aus grünem gesprenkeltem Stein, der in einem Holzrahmen lag. Ich probierte, ihn zu heben, aber er war viel zu schwer. Ich probierte, ihn zu verschieben, aber er war viel zu schwer. Ich fragte Herrn Dr. Martin, ob er schon einmal das Pech gehabt habe, dass ihm ein Teller aus der Hand gerutscht und auf der Platte zerbrochen sei. Er sagte, ja. Ich sagte, ich könne mir vorstellen, der Tisch sei leicht zu putzen, leichter als Holz. Er sagte, genau so sei es und nicht anders. Wir kriegten ziemlich deutlich mit, wie es Mama und Papa in seinem Schlafzimmer miteinander trieben. Herr Dr. Martin blickte vor sich nieder und hörte zu. Die Angst und die Verlegenheit von heute Mittag waren aus seinem Gesicht verschwunden. Ich suchte nach Missbilligung. Fand nichts. Nach Ungeduld. Fand nichts. Er fühlte sich wohl. Wir – Moma, Mama, Papa, ich – würden alle Hölzchen seines Lebensmodells durcheinanderwirbeln, und er war einverstanden damit. Angst, so dachte er, sollte er haben vor dem normierten termitenhaften Dasein, in das er hineinzurutschen drohte, aber nicht vor einem Tag wie diesem! Was – dachte er – was werde ich mir im letzten Atemzug meines Lebens vorwerfen? Sollte man nicht – dachte er – in allen Situationen diese Frage an sich richten? Und was wird die Antwort sein? Du hast zu wenig gelebt! Immer und auf alle Fälle: Du hast zu wenig gelebt! Und er dachte: Fachärzte kümmern sich um ihren Mann, wir haben uns nichts vorzuwerfen, er ist alt, sie ist jung, ich habe meinen Arm um sie gelegt, sie hat ihren Kopf an meine Brust gedrückt, ich werde uns in meinem Arbeitszimmer auf dem Boden ein Bett bereiten, und wir werden es miteinander treiben, wie es die beiden gerade in meinem Schlafzimmer tun … – Wenn Mama betrunken war, wurde sie laut, das war immer so gewesen. An diesem Tag, in dieser Nacht war die Liebe zudem ein Mittel in ihrem Waffengang gegen Moma, und Krieg ist, wie jeder weiß, deutlich lauter als Liebe. Herr Dr. Martin hörte zu, hob seine Mundwinkel und betrachtete seine Hände. Eine Haarsträhne fiel über seine Stirn, er schob sie nicht beiseite.

Nach einer Weile fragte er mich, ob ich schon wisse, in welche Schule ich im Herbst komme, hier in Wien. Er wartete meine Antwort nicht ab. »Die Frage ist ein Unsinn«, stammelte er. »Wie solltest du sie beantworten können.«

»Ja«, sagte ich.

Er sagte, im Prinzip stünden mir alle Schulen in Wien zur Verfügung. Wie erwähnt, neigte ich als Kind dazu, Aussagen, die ich nicht verstand, zunächst wörtlich zu nehmen und in eine visuelle Vorstellung zu übertragen. Es wollte mir aber nicht gelingen, ein Bild von einer Schule zu entwerfen, *die jemandem zur Verfügung steht*. Wie sollte die aussehen, was sollte das heißen? Eine Interpretation konnte lauten, dass jede beliebige Schule der Stadt Wien, wenn ich es nur wollte, allein für mich da sein würde. Ich hielt das nicht für ausgeschlossen. Nicht weil ich dem Westen und seiner Freiheit alles zutraute, sondern weil ich Herrn Dr. Martin vieles zutraute. Er stellte Mama und Papa sein Schlafzimmer zur *Verfügung*, er *verfügte*, dass Opa gesund wurde – warum sollte er nicht *verfügen* können, dass sich eine Schule nur um mich allein und mein Fortkommen kümmerte? Das wäre mir übrigens sehr recht gewesen. Ich fühlte mich nämlich nicht erzogen. (Sebastian hat mir eine Anekdote erzählt, die er in den Tagebüchern Friedrich Hebbels gelesen habe; sie berichtet von einem zehnjährigen Knaben, einem nachmals berühmten Juristen des 19. Jahrhunderts, der von seinem Gesparten bei einem Buchhändler ein Werk über Kindererziehung erstanden und es seinen Eltern mit den Worten übergeben hatte, er wünsche, nach diesem Buch erzogen zu werden. Der Knabe hätte ich sein können. Wenn schon kein Buch, dann wenigstens einen Lehrer. Warum nicht Herrn Dr. Martin?) Ich fixierte ihn. Er hielt stand. Ich traute ihm wirklich viel zu. Er hatte einen respektablen Kopf und schöne Hände. Auch er fand seine Hände schön. Das war nicht zu übersehen. Sie lagen ausgespreizt vor ihm auf dem Tisch. Es hatte etwas Beruhigendes, sich vorzustellen, wie sie in einem Buch blätterten. Ich lächelte ihn an – und hatte ihn gewonnen.

Dass er nie in seinem Leben so schöne Sommersprossen gesehen habe, sagte er. »Hat dir das schon einmal jemand gesagt?«

»Ja.«

»Und freust du dich darüber?«

»Weiß nicht.«

»Magst es nicht gern, wenn man dich lobt?«

»Nein.«

»Das ist ein schöner Zug.«

»Weiß nicht.«

»Aber ich weiß es. Glaubst du mir?«

»Ja.«

»Freust du dich, in Österreich zu sein?«

»Ja.«

»Würdest nicht lieber zurück nach Ungarn?«

»Nein.«

»Nie mehr?«

»Weiß nicht.«

»Glaubst du, wir beide werden gut miteinander auskommen?«

Die richtige Antwort wäre gewesen: Weiß nicht. Wer kann schon in die Zukunft sehen? Gedacht habe ich: Nein. Jedenfalls nicht auf Dauer.

Weil ich voraussah, dass es zwischen Moma und ihm Schwierigkeiten geben würde.

Geantwortet habe ich: »Ja.«

Auf dem Tisch lag eine Zeitung. Ich las: *Auf die unbestätigte Nachricht eines Herzanfalls von US-Präsident Dwight D. Eisenhower hin kam es an der New Yorker Börse zu starken Kurseinbrüchen.* Was ein Herzanfall ist, wusste ich. Ich hatte drei bei meinem Großvater miterlebt – kalkgraues Gesicht, aus dem kein Ton kam. Was eine unbestätigte Nachricht ist, konnte ich mir denken; dass Eisenhower der Präsident der Vereinigten Staaten von Amerika war, wusste ich; von der Stadt New York hatte ich gehört; was man unter Börse und Kurseinbrüchen verstand, wusste ich nicht. Ich war in einem anderen Land. In einer anderen Welt. Ich konnte alles werden. Auch Präsident. Dazu brauchte ich mir nicht erst eine Bestätigung von den Sternen einzuholen. Ich legte meine Hand auf die Zeitung. Nahm sie aber gleich zurück. Dr. Martin sollte nicht denken, es bedeute etwas.

»Magst du Kakao?«, fragte er.

»Ja.«

»Soll ich uns einen aufkochen?«

Ich lächelte wieder. Auch mir stand etwas zur *Verfügung*: mein Lächeln – genauer: mein Lächeln in Kombination mit meinen Sommersprossen und meinen Locken.

»Kennst du Ovomaltine?«, fragte er.

»Nein.«

Er stellte einen Topf auf den Herd, goss Milch hinein und zündete das Gas an. »Ich bin mir sicher, du wirst begeistert davon sein.«

Und das war ich auch. Was für ein Tag! Nach Coca-Cola ein weiteres Nahrungsmittel, von dem ich meinte, nie wieder etwas Besseres zu bekommen.

Ich sagte: »Mein Großvater ist selber Arzt.«

»Oh. Aha. Umso besser«, antwortete er.

Moma kam aus dem Bad und setzte sich zu uns. Die Liebes- und Kriegsgeräusche aus dem Schlafzimmer ignorierte sie ebenso wie Herr Dr. Martin. Sie hatte sich geschminkt und das Hübscheste aus ihrem Koffer angezogen. Herr Dr. Martin wollte eine zweite Flasche aufmachen, um mit ihr auf die Freiheit anzustoßen – und um noch einmal um Vergebung zu bitten wegen seines schroffen Auftretens im Institut. Moma sagte, sie wolle sich am ersten Tag im Westen nicht die Pupille eintrüben. »Szabadság! Freiheit! Freedom! Svoboda!«, rief sie und ließ sich doch ein Glas einschenken.

In der Küche stand ein Kanapee aus rotem Samt, in der Mitte eingesackt, an den Ecken abgewetzt. Herr Dr. Martin und Moma überzogen für mich ein Bett. Sie löschten das Licht, schlossen die Tür, ich hörte ihre Stimmen und schlief ein.

Und wachte auf, nachdem sich meine Tiere von mir verabschiedet hatten. Draußen war es bereits hell. Ich öffnete das Küchenfenster und setzte mich aufs Fensterbrett. Ein feiner Regen fiel. Ich hatte mit den Tieren besprochen, was meine Familie am Tag zuvor zwischen den Museen besprochen hatte: wie man sich in einem ÁHV-Gefängnis das Leben nehmen könnte. Mama war zuletzt auf die Idee gekommen, sich die Schlagader am Handgelenk aufzubeißen. Das Tier mit dem Vogelkopf hatte gehustet. Das Tier mit dem Stierkopf hatte auch gehustet. Die Katze hatte sich verschluckt. Und der große Käfer hatte sich auch verschluckt. Ich lauschte auf die Vögel, die in den Wiener Morgen hineinriefen, und beschloss, nicht mehr an die Tiere in meinen Träumen zu glauben. Sie gehörten nach Ungarn, sie gehörten in die Báthory utca. In die Folterkeller der Államvédelmi Hatóság in der Stalinstraße 60. Nach Szabadsághegy in die Villa auf dem Freiheitsberg. Ich blickte auf eine Ziegelmauer, über die der Efeu wuchs. Im Hof stand ein Autoanhänger mit einer blau lackierten Deichsel. Seine Reifen waren im Unkraut versunken. Verrostete Eisenteile lehnten an der Mauer. Daneben waren Holzpaletten gestapelt, über die eine Plane gelegt war, an den Ecken befestigt mit Steinen. Ich stellte es mir wunderbar vor, in diesem Hof zu spielen, einen Ball gegen die Mauer zu treten oder irgendetwas zusammenzunageln. Ich hatte Sehnsucht nach meinen *Märklin*-Baukästen. Hinter der Mauer ragten Ahornbäume in den Himmel. Einer der Stämme war bis zu den Ästen hinauf gespalten. Hinter den Bäumen standen Villen mit verglasten Veranden hinaus zum Garten. Ein kühler Hauch wehte vom Hof herauf, brachte seine Gerüche mit, ein bisschen Erde, ein bisschen Pflanzenduft. Ich war ruhig und dachte nicht, was in fünf Minuten geschehen wird oder in einer Stunde, und ich war zuversichtlich, dass mir nichts Schlimmes im Leben widerfahren wird. – Sehr lange würde ich nicht mehr von meinen Tieren träumen.

Ich schlich mich ins Schlafzimmer. Mama und Papa lagen mit den Beinen übereinander, sie auf dem Bauch, er auf dem Rücken. Sie war zugedeckt. Sein Penis war klein und hell wie die Schamhaare darum herum. Ich öffnete sein Augenlid. Er merkte es nicht. Ich schlich mich ins Arbeitszimmer. Moma und Herr Dr. Martin lagen eng beieinander, sie in seinem Rücken, den Arm um ihn gelegt. Ich öffnete sein Augenlid. Er merkte es nicht. Ich ging zurück in die Küche, zog die Decke über meinen Kopf und schlief wieder ein.

3

Herr Dr. Martin war um vier Jahre jünger als Moma. Mir kam er älter vor. Er war groß. Wenn er vor mir stand, verdeckte die Unterseite seines Kinns die Hälfte seines Gesichts, und wenn er den Arm ausstreckte, hatte Moma darunter Platz. Und Moma kam mir so jung vor! Ja, seit wir in Österreich waren, kam sie mir so jung vor! Sogar jünger als Mama. Sie hatte nichts wirklich Nettes anzuziehen und borgte sich manchmal von Herrn Dr. Martin ein Hemd; das war ihr viel zu weit, und sie musste die Ärmel hochkrempeln, aber an ihr sah es aus wie die »Kreation eines Modeschöpfers« – Worte von Herrn Dr. Martin. Meine Mutter war eifersüchtig. Sie zupfte an Papa herum. Wenn er zu lange nach Moma sah, hielt sie ihm mit beiden Händen die Augen zu und tat dabei, als wär's nur ein Spaß. Sie war immer auf Moma eifersüchtig gewesen. Weil sich meistens alles um Moma gedreht hatte. Wenn Moma fröhlich war, herrschte Fröhlichkeit; wenn sie geschäftig war, Geschäftigkeit. Wenn wir am Küchentisch saßen und sie die Hände im Nacken verschränkte, verschränkten die Hände im Nacken nacheinander: zuerst Herr Dr. Martin, dann Papa, dann ich und zuletzt Mama. Herrn Dr. Martin dirigierte sie wie der Wind den Schatten der Zweige; die meiste Zeit schwieg er, als wäre er ein schüchterner Gast. Mama versuchte mit unausgesetzter schlechter Laune zu opponieren – eine Plage war sie. Papa war alles und nichts, eine Sphinx mit gelegentlichen milden Meinungen, nicht gleich entschlüsselbaren Witzchen, und wenn es gefragt war, fundierten Erklärungen. Ruhe gab es selten. Volle Aschenbecher und die Spüle voller Gläser und schmutzigem Geschirr.

Ich lernte Kochen. Moma zeigte mir, wie man Kartoffelsuppe mit einem Schuss Essig und Majoran zubereitet, ich glaube, es war die einzige Speise, die sie beherrschte; und es war lange Zeit meine Lieblingsspeise gewesen. Auch Papa hat mir ein paar Gerichte beigebracht. Bratkartoffeln mit Speck zum Beispiel. Er war am Morgen nach mir der zweite, der aufstand. Gerade hatten die Amseln mit ihrem Konzert begonnen. Er setzte sich zu mir in die Küche und erzählte von Bratkartoffeln mit Speck und Butter und dass er als Kind nichts lieber zum Frühstück gegessen habe, mit viel Schnittlauch zum Schluss, vorher aber unbedingt zwei Eier darübergeschlagen. Er erzählte mit Pausen, bewegte seine Zunge im geschlossenen Mund, von einer Backe in die andere, über die Zähne, innen an den Lippen entlang, so dass ich mir einbildete, sehen zu können, wie seine Bratkartoffeln schmeckten – mit Zwiebeln und Speck und Spiegeleiern und Schnittlauch und Paprikagewürz und Pfeffer und Salz und unter keinen Umständen zu wenig Butterschmalz. Ich schrieb mir absichtlich nichts auf, wollte gar nicht das Rezept von ihm haben, wollte seine Erzählung und die Bewegungen seiner Zunge nachkochen. Genau so sagte ich es zu ihm. Er lächelte und sah an mir vorbei, als ob er inzwischen schon an etwas anderes dächte. Er gab mir Geld, sagte, ich solle mich beeilen, lange würden die anderen nicht mehr schlafen, und ich lief zur Hietzinger Hauptstraße und wartete vor dem Fleischhauer Alois Einberger, bis er öffnete. Papa zeigte mir, wie man Kartoffeln schält und zu feinen Plättchen hobelt, wie man Zwiebeln schneidet und anbrät und wie man Eier aufschlägt. Er saß am Tisch, in Herrn Dr. Martins Morgenmantel gehüllt – kein Tag, an dem er nicht fragte, ob er ihn benützen dürfe –, und sah mir zu oder sah an mir vorbei. Wir aßen schnell, die Kartoffeln waren nicht durch, der Speck war verbrannt, das Eiweiß flüssig. Die anderen wachten durch den Geruch auf, wollten auch haben, aber alles war weggeputzt.

Nur selten verließen wir die Wohnung in diesen eineinhalb Wochen, während Opa im Krankenhaus war. Gott, diese Küche, mein Gott! Als wären unsichtbare Drähte kreuz und quer durch den Zigarettenrauch verspannt und die wären angeschlossen an den Strom, und wer sie berührte, würde aufgeladen von Momas Geilheit. Sie gab sich keine Mühe, diese vor uns zu verbergen. Sie schob unter dem Tisch Herrn Dr. Martin die Hand in die Hose. Ich konnte es sehen, Mama konnte es sehen, Papa konnte es sehen. Ihre Stimme war atemlos – die zweite Plage. Ich habe meine Moma immer gern angesehen, und oft habe ich sie angesehen, allein um mich an ihrem Anblick zu freuen; aber in der Báthory utca war sie ein Teil von mir gewesen, und nun war sie das nicht mehr. Nun sah ich, wie schön sie wirklich und für alle Welt war, und sah, dass sie bald gestürzt würde.

Hin und wieder unterbrach Herr Dr. Martin sein Schweigen, hob sein Haupt (was aber niemanden daran erinnerte, dass es immer noch *seine* Küche war, in der wir saßen, aßen, tranken, rauchten, diskutierten, stritten und schliefen) – »Also, ich will euch etwas erzählen, ich will euch jetzt etwas erzählen …« – und marschierte ungeniert durch unser Geplapper hindurch und hinein in sein altägyptisches Labyrinth und verhedderte sich bereits bei der ersten Gabelung, was seinen Redefluss aber nicht hemmte: die dritte Plage. Immerhin erfuhr ich bei diesen Gelegenheiten (und behielt es fürs ganze Leben) von Nun und Naunet, Huh und Hauhet, Kuk und Kauket, Amun und Amaunet, von Re, Horus, Atum, Schu, Tefnut, Geb, Nut, Osiris, Isis, Seth, Nephthys, Thot, Anubis. Aber anders als bei den Geschichten aus der Gesta Hungarorum des Anonymus – wenn der Großwesir im Auftrag des Kalifen sie erzählte! –, gelang es mir nicht, einen narrativen Zusammenhang zwischen diesen Namen herzustellen. Herrn Dr. Martins Ausführungen wiesen nicht eine Spur von Dramaturgie auf, sie zielten auf kein Ende, kannten weder Motiv noch Spannung. In geistesabwesender Vorsicht ergriff er ein Ding nach dem anderen, das auf dem Tisch stand, hob es hoch und setzte es wieder ab. Momas Gesicht hatte einen erschöpften Ausdruck von Geduld.

Nein, Herr Dr. Martin besaß keinerlei erzählerisches Talent. Er kapierte einfach nicht, was bei einer Handlung geschah. Er konnte nicht zwischen Wesentlichem und Unwesentlichem unterscheiden. Er verlor sich bei der Beschreibung der Arm- und Beinbänder des Anubis, hielt es aber nicht für notwendig, sich den Kopf darüber zu zerbrechen, ob derselbe der Sohn des Re oder des Seth war. Ich als Anubis hätte das auf alle Fälle wissen wollen, immerhin hat einer von beiden seinen eigenen Bruder zerstückelt und die Brocken über Äcker, Straßen, Wälder und Städte verteilt. Herr Dr. Martin sprach vor sich nieder, als hätte die steinerne Tischplatte Gucker und Lauscher, und stellte Momas Selbstbeherrschung wahrhaftig auf eine steinerne Probe und Mama jedes Mal vor die Entscheidung zwischen Schreikrampf und Lachkrampf. Papa hörte zu, und, wie mir schien, mit Interesse – soweit von seinem Gesicht überhaupt etwas Verlässliches abzulesen war. Ich gab es bald auf, einen Handlungsfaden zu finden, und nahm mir Papa als Beispiel. Ich dachte, eigentlich tut Herr Dr. Martin das Gleiche wie die amerikanischen Schlagersänger im Radio, nach denen Mama ständig die Sender absuchte: Er macht Musik mit Worten, die keiner versteht und keiner zu verstehen braucht. Er hatte eine angenehme Stimme; ich lauschte, ohne auf den zähen Inhalt zu achten, und die fremden Namen und Begriffe prägten sich mir ein, wie sich Mama die fremden Worte und Melodien einprägten, und ich hätte die Götternamen jederzeit aufsagen können, wie Mama jederzeit *Don't Be Cruel* von Elvis Presley oder *I Almost Lost My Mind* von Pat Boone oder *True Love* von Bing Crosby und Grace Kelly hätte nachsingen können. Die Toleranz, die sie ihren Idolen entgegenbrachte, ließ sie Herrn Dr. Martin gegenüber nicht walten: Sie verrollte die Augen und zischte in Papas Ohr hinein – erst auf ungarisch, dann demonstrativ auf deutsch –, sie habe nie in ihrem Leben jemanden getroffen, der ein so langweiliges Zeug daherrede. Da hat sie Moma zurechtgewiesen, und obwohl ihr die Geschichten, die leider keine waren, nicht weniger auf die Nerven gingen, bat sie Herrn Dr. Martin weiterzuerzählen und legte ihm die Hand an die Wange. Ich sah ihre Verzweiflung und sah die Hoffnungslosigkeit, wie sie einen befällt, wenn man ahnt, dass alles falsch ist, was man sagt und tut. Er könne nicht anders, verteidigte sie ihn; wenn er einen Gedanken einmal begonnen habe, müsse er ihn zu Ende führen, sonst werde er verrückt. »Und wir werden verrückt, *wenn* er ihn zu Ende führt«, konterte Mama. Worauf Moma sagte: »Er muss sich von mir erholen, und das kann er nur, wenn er denkt. Also, lass ihn denken!« – »Dazu braucht er uns aber nicht«, giftete Mama nach und seilte sich ab ins Bad und ließ sich in der Wanne aufweichen. Und Moma ging schließlich auch – ins Arbeitszimmer, wo sie Schleifen vor dem Schreibtisch ihres Geliebten drehte und wartete, dass er endlich zu ihr komme, vergebens.

Papa und ich blieben und hörten Herrn Dr. Martin zu. Papa blickte, wie es seine Art war, an ihm vorbei, und ich tat wie er. Länger als eine Stunde dauerte die Revolte unseres Gastgebers selten. Hinterher berichtete er den Frauen – Mama frisch gebadet, nach Seife und Rasierwasser duftend, Moma verweint –, wir drei hätten uns prächtig unterhalten. Mama sagte und kam nicht los von ihrem eigenen Gesicht, das sich in dem halboffenen Fensterflügel spiegelte: »Die beiden haben nicht zugehört, das sollten Sie mir ruhig glauben, sie tun nur so, so tun sie immer, sie hören nie zu!« Aber Papa konnte in einem Test auf den Heller genau nacherzählen, was ihm Herr Dr. Martin vorerzählt hatte – viel besser als dieser sogar, was zugegebenermaßen keine Kunst war.

Moma stellte sich hinter Herrn Dr. Martin und fuhr mit den Fingerspitzen über seine Schläfen und fragte: »Hast du jetzt genug gedacht, Schäck?«

Er lächelte und verdrehte sich im Sitzen und schaute zu ihr auf: »Ja, jetzt habe ich genug gedacht.«

Moma aber lächelte nicht. Sie legte ihre Wange auf seinen Kopf und lächelte nicht.

»Warum interessiert dich nicht, was ich denke?«, fragte er.

»Ich interessiere mich für dich«, sagte sie, »und nicht für deine Gedanken.«

»Aber meine Gedanken, das bin ich.«

»Nein, das bist du nicht. Ich weiß das, Schäck.«

»Ich will ein Buch schreiben. Eine altägyptische Genesis. Einen altägyptischen Hesiod. Ich will dir und deinem Buch Konkurrenz machen, verstehst du?« – Er verzog sein Gesicht, was zunächst freundlich aussah, aber dann über die Unterlippe ins Schäbige rutschte. »Oder«, sagte er, »sollen wir es gemeinsam schreiben?«

Moma antwortete nicht und sah ihn nicht an.

»Und wessen Name steht auf dem Buchdeckel, was denkst du? Dein Name oder mein Name?« Bosheit war nun in seiner Stimme, und ich wusste nicht, worauf sie abzielte.

»Deiner an erster Stelle natürlich«, sagte sie kleinlaut, ich hoffte vergebens auf ihren Zorn. »Du bist der Brillant in unserem Dunstkreis. Das sage ich nicht nur, das meine ich auch so.«

»Wann wollen wir damit beginnen?«

»Sofort, wenn du willst, Schäck.« Sie beugte sich zu seinem Ohr nieder und flüsterte: »Komm doch mit ins Arbeitszimmer, komm doch!«

Er schob sie von sich weg. »Nein, nein, spazieren wir durch Schönbrunn. Ich kann vorzüglich denken beim Gehen. Ich erzähle dir von meiner Idee, und du hörst zu. Du erzählst mir von deiner Idee, und ich höre dir zu. Oder anders, oder so oder so oder anders. Wie du es wünschst. Ganz, wie du es wünschst.«

»Ich habe keine Ideen, Schäck, das weißt du.«

»Oh, das sagst du nur. Du hast wunderbare Ideen. Jeder kennt dein Buch. Jeder wartet auf dein nächstes. Ich kann dir helfen, deine Hemmung zu überwinden. Alles, was wir brauchen, ist jemand, der am Ende entscheidet, welche Idee die bessere ist, deine oder meine.«

Für Moma war dieses Spiel eine Qual. Sie wusste, er würde nicht nachgeben, und sie fand keinen Weg auszusteigen. »Also gut, Schäck. Wer soll das entscheiden? Klären wir eben auch das noch.«

»Er«, sagte Herr Dr. Martin und zeigte auf mich. »András! Ihn nehmen wir mit auf unseren Spaziergang.«

Spaziergänge und Ideen interessierten Moma nicht. Sondern dies: Herr Dr. Martin war bisher nicht verheiratet gewesen. Das »bisher« hieß, er war dreimal kurz davor gestanden. Zweimal mit derselben Frau sogar. Dazwischen war eine andere gewesen. An diese andere musste er immer wieder denken. Moma wollte alles über sie wissen. Ob sie in Wien lebe. Ob er sie manchmal treffe. Ob sie inzwischen nur mehr Freunde seien, sie und er. Ob er mit ihr korrespondiere. Ob er in der Nacht an sie denke. Ob er Fotos von ihr besitze. Ob er ihr auch so viel über seine Ideen erzählt habe? – Nein, nein, nein, nein, nein, nein, nein.

Endlich verschwanden die beiden im Arbeitszimmer, und bald darauf verließen auch Mama und Papa die Küche. Und ich öffnete das Fenster ganz und schaute hinunter in den Hof und stellte mir vor, wie ich den Anhänger vom Unkraut befreite, und schaltete das Radio ein und drehte es so laut, dass der Mann, der über der Mauer in den Gärten arbeitete, die Nachrichten mithören konnte, und dachte darüber nach, warum Mama von ihrem eigenen Spiegelbild so sehr in Bann geschlagen wurde, ob sie sich selbst so gut gefiel oder ob eine Zauberkraft durch einen Spiegel oder ein spiegelndes Fenster oder einen Metallstreifen hindurch ihre Augen an ihre Augen klebte und sie sich dagegen nicht wehren konnte.

Opa fehlte niemandem. Moma besuchte ihn trotzdem jeden Nachmittag im Krankenhaus. Mama war nur einmal dort, Papa angeblich öfter. Auch Dr. Martin besuchte ihn. Ich nicht. Es war alles viel einfacher ohne Opa. Als er entlassen wurde, konnten wir nicht mehr länger in Herrn Dr. Martins Wohnung bleiben.

4

Herr Dr. Martin fand ein Zimmer für uns, in der Nähe vom Urban-Loritz-Platz, draußen am Gürtel. Es lag im Parterre, hatte vier Fenster auf die Straße hinaus und sollte nur vorübergehend Unterkunft für uns sein – bis Moma endlich die Schweizer Angelegenheit geregelt hätte, in deren Folge wir »mit links zwei große Wohnungen in feinster Lage mieten könnten«, wie sie sich ausdrückte. (Warum sie die Fahrt in die Schweiz immer wieder hinausschob? Auf unserem elenden Weg durch das Schilf zur österreichischen Grenze hatte sie – gesungen fast hatte sie, dass sie als erstes, wenn wir freien Boden unter den Füßen hätten, in die noch freiere Schweiz fahren würde, um die größte aller Freiheiten, genannt: das viele Geld, zu holen. Die Antwort liegt auf der Hand: Sie wollte Herrn Dr. Martin nicht allein lassen, auch nicht für ein paar Tage, sie glaubte ihm seine sieben Nein nicht.) Mama war empört und stampfte fluchend durch die Küche, als wäre sie hier zu Hause und Herr Dr. Martin ihr Gast. Wie das bitte gehen solle, zu fünft in einem Raum! Was er sich um Himmels willen dabei gedacht habe! Er könne gleich auch das Schlachtbeil mitliefern und einen Strick für sie.

Es ging.

Das Zimmer war sehr groß, ein kleiner Saal. Keine Heizung. Klo am Gang. Kein Bad, keine Dusche. Wir verhängten den Raum mit Leintüchern, die uns Herr Dr. Martin spendiert hatte (ebenso wie die wenigen Möbel; Betten waren genügend vorhanden, das Zimmer hatte vor uns als Schlafstelle für Schichtarbeiter einer Baufirma gedient). Jeder hatte seinen eigenen Platz. Meiner war ohne Fenster. Opa und Moma bekamen den größten Teil. Mama und Papa den mit dem Waschbecken und dem Herd. Wer hat das Zimmer bezahlt? Ich nehme an, Herr Dr. Martin hat Moma Geld vorgestreckt. Wie sollte es anders gewesen sein?

Opa redete fast gar nichts mehr. Das hatte wahrscheinlich mit den Tabletten zu tun. Die meiste Zeit waren er und ich allein. Mama und Papa bemühten sich, eine gute Arbeit zu finden, wenn möglich etwas Festes und etwas Schwarzes, so dass keine Steuern abgezogen wurden. Sie war in Budapest knapp vor ihrem Abschluss gestanden und deshalb gar nicht erfreut über unsere Flucht gewesen. Über den Studiengang meines Vaters war ich mir nicht recht im Klaren, nicht einmal, ob er noch studierte – oder je studiert hatte. Er half manchmal am Westbahnhof aus, ich weiß nicht, was er dort tat, irgendetwas mit Paketen. Er zeigte mir seine Muskeln, sagte, seine Arbeit sei wie Stemmen, nur dass man dafür ein bisschen Geld bekomme. Meine Mutter arbeitete in einer Molkerei und brachte Milch, Käse und Butter mit nach Hause und stank danach. An manchen Tagen besuchte sie Veranstaltungen an der Universität, das heißt, sie schlich sich in den Hörsaal.

Ich besaß zwei Hosen und Unterwäsche und drei Paar Socken und zwei Hemden, ein weißes und ein hellblaues mit dunkelblauem Kragen und dunkelblauen Manschetten, welches mir I a stand und das ich besonders mochte. Die schmutzige Wäsche weichte ich in kaltem Seifenwasser ein, knetete sie, spülte sie und legte sie auf die Fensterbänke oder über die Schnüre, die durch den Raum gespannt waren. Ich hätte auch gern Opas Wäsche versorgt, aber das wollte er nicht. Er zeigte mir, wie man die Hemden im noch feuchten Zustand glättete, so dass sie fast wie gebügelt aussahen; zeigte mir, wie man einen Knopf annäht und wie man ein Loch im Socken stopft. Die Hosen solle ich sorgsam im Bug falten und unter das Leintuch legen und eine Nacht darauf schlafen.

»András«, sagte er einmal, »mir geht so viel durch den Kopf. Lauter Gedanken, die mir im Leben nicht durch den Kopf gegangen waren. Ich mache mir manchmal Vorwürfe, dass wir dich nie mit dem lieben Gott bekannt gemacht haben. Dann bin ich wieder froh darüber. Einmal so, einmal so. Weißt du, was mir heute gleich nach dem Aufwachen in den Sinn gekommen ist? Nämlich der Gedanke: Der liebe Gott hat alles geschaffen, was ist. Hab ich recht?«

»Weiß ich nicht«, sagte ich.

»Es ist so, glaub mir. Wer soll es denn sonst erschaffen haben? Aber dann bin ich erschrocken, weißt du. Alles, was ist, hat er erschaffen. Was er nicht erschaffen hat, ist nicht. Aber sich selbst hat er doch nicht erschaffen. Also ist er nicht. Verstehst du?«

»Nein, das verstehe ich nicht.«

»Du meinst, das ist nicht wichtig. Was denkt er sich denn da, meinst du. Für dich ist es nicht wichtig, für Moma auch nicht und für deine Mutter und deinen Vater auch nicht. Ich mache mir Sorgen, weil es für mich auf einmal wichtig ist. Ich habe mir gedacht, uns hat einer erschaffen, der nicht ist. Stell dir das vor! Was soll aus solchen wie uns werden? Ich habe mich nicht getraut, die Augen zu öffnen. Kannst du dir denken, warum ich mich nicht getraut habe?«

»Keine Ahnung, ich lüge nicht, ich habe wirklich keine Ahnung.«

»Ich habe gedacht, es sitzt jemand neben meinem Bett, der wartet, bis ich aufwache, um mich abzuholen. Nämlich Gott, der nicht ist, sitzt neben meinem Bett, und wenn er mich berührt, bin ich auch nicht mehr.«

»Nur ich bin hier, Opa, sonst ist niemand hier.«

»Erinnerst du dich an die Geschichte von den zweitausend Teufeln, die Jesus aus einem Mann ausgetrieben hat?«

»Die dann in die Schweine hineingefahren sind?«

»Ich denke, jeder Teufel hat sich ein kleines Stück aus dem Mann herausgerissen, bevor er ihn verlassen hat. Einen kleinen Bissen. Damit er etwas von dem Mann hat. Zweitausend kleine Bissen! Zweitausend kleine Bissen!«

»Soll ich für uns etwas Süßes einkaufen? Beim Westbahnhof haben sie einen neuen Kiosk gebaut, dort gibt es die guten Schwedenbomben aus dem Hause Niemetz, rot eingepackte und blau eingepackte, im Silberpapier, sie schmecken aber beide gleich. Ich kann uns sechs Stück holen. Im halben Dutzend sind sie billiger. Willst du das?«

»Ja, das hätte ich gern, András. Aber noch etwas muss ich dir sagen: Es gibt das Gute und das Böse, den Himmel und die Hölle. Meine Sorge ist: Man kann sich an beide gewöhnen. An den Schmerz kann man sich nicht gewöhnen. Aber man kann sich an den gewöhnen, der einem die Schmerzen zufügt. Man sitzt mit ihm an einem Tisch und lacht mit ihm. Kannst du dir das vorstellen, András? Teufel sind viele, darum sind sie bei uns. Gott ist nur einer, darum sind wir bei ihm. Brauchst du Geld, András?«

Ich besorgte uns sechs Schwedenbomben, er aß vier, ich zwei. Ich wischte ihm die cremige Zuckermasse von der Nasenspitze. Er war Dr. Ernö Fülöp, der Leiter der internen Abteilung an der Semmelweisklinik in Budapest, eine Kapazität, ein Kapazunder, oder wie Moma sagte: ein »Kapuzenwunder«, begnadet, auserwählt, mächtig und unbesiegbar, der infolge eines Irrtums am 4. Jänner 1953 von den ÁVH-Männern Janko Kollár (wie Moma später recherchierte: verheiratet, zwei Töchter, hingerichtet am 22. Mai 1953 an einem unbekannten Ort), Lajos Szánthó (ledig, bei seiner Schwester wohnend, hingerichtet am 22. Mai 1953 an einem unbekannten Ort) und Zsolt Dankó (verheiratet, einen Sohn, damals gerade einen Monat alt, Selbstmord im Gefängnis am Belgrád rakpart Nr. 5) verhaftet und in die Zentrale des Staatssicherheitsdienstes in der Stalinstraße 60 gebracht und dort von Major György Hajós und Oberst Miklós Bakony (irgendwann 1954 verschwunden und nie mehr aufgetaucht) verhört und von deren Schergen (Identität unbekannt) gefoltert worden war. Ich dachte, ob es ihm vielleicht guttun würde, wenn ich ihm sagte, ich hätte die Märchen des Großwesirs lange Zeit sehr vermisst? – Aber es wäre nicht die Wahrheit gewesen. *Warum lügen, wenn man nicht muss.*

Moma kam selten. Sie blieb auch über Nacht weg. Opa weinte wieder viel. Er wollte nicht hinaus an die Luft; nicht einmal ans Fenster stellte er sich, obwohl es viel zu sehen gab – Autos, Fußgänger, Fahrradfahrer, Fuhrwerke manchmal. Auch viel zu hören gab es. Vor unserem Zimmer war eine Bushaltestelle, ich hätte die Köpfe der Wartenden berühren können. Ich belauschte Männer, die ihre Frauen miteinander verglichen; Frauen, die über den Körpergeruch ihrer Männer klagten; Schüler, die einander Vokabeln abfragten; zwei Männer mit Hüten, unter denen sie über Politik redeten, was mich beunruhigte. Ein junger Mann pfiff ein Lied, eine junge Frau blies ihren Zigarettenrauch in mein Gesicht hinauf. Ein Paar rechnete in so liebevollen Worten ihr Monatsbudget durch, dass ich es den beiden gleichtun wollte und die Münzen und Scheine unseres Haushaltsgeldes auf meinem Bett ausbreitete. Es war traurig wenig Geld in der Börse! Moma hatte mir die Aufgabe übertragen, die billigsten Läden in der Umgebung zu finden. Aber auch die billigsten Läden waren zu teuer. Ich habe eingekauft und gestohlen. Die guten Sachen habe ich gestohlen, Schokolade, Brausepulver, Bonbons, manchmal eine eingeschnürte Wurst; einmal einen Kranz Bananen – in dieses Geschäft traute ich mich nicht mehr, es lag im 1. Bezirk, ich schob den Kranz unter mein Hemd und rannte durch die Innenstadt und über die lange Mariahilferstraße hinauf bis zum Gürtel und setzte mich in die Halle des Westbahnhofs, um auszuschnaufen, es waren aber zu viele Leute dort, und ich traute mich nicht, eine Banane zu essen, also ging ich nach Hause, und Opa und ich aßen alle auf einmal auf und versprachen einander, den anderen nichts zu verraten. Die Schalen stopfte ich draußen in einen Gully; aber erst, nachdem ich mit den Zähnen das Weiche herausgekratzt hatte.

Opa legte sich am helllichten Tag ins Bett und bat mich, die Rollos herunterzulassen. Es war stockfinster. Das hielt ich höchstens zwei Stunden aus, dann schlich ich mich davon. Das Weinen machte mich außerdem wütend. Es machte uns alle wütend. So kam es, dass ich Opa manchmal anschrie. Ich tat es nur, wenn ich mit ihm allein war. Als ich aber merkte, dass ich mich darauf zu freuen begann und ungeduldig wurde, bis Mama und Papa endlich aus dem Zimmer waren, tat ich es nicht mehr. Ich wollte – –

Stopp! – Herr Dr. Martin hatte mich irgendwann, als ich mit ihm allein in seiner Küche saß, gefragt: »Was willst du einmal werden, András?« »Etwas Besonderes«, hatte ich geantwortet. »Du bist so schön«, sagte er, »aus dir kann alles werden. Schönheit vergisst Schönheit. Vergiss die Schönheit nicht! Die schönsten Dinge des Lebens sind die am wenigsten wichtigen. Wenn die Menschheit zur Vernunft gekommen ist, wird es ein Ministerium für Schönheit geben, das verspreche ich dir.

Ich kann mir keinen besseren Minister vorstellen als dich. Was denkst du darüber?« – »Weiß nicht«, antwortete ich. »Die Welt«, hatte er darauf erwidert, »legt sich über dich wie der Ozean über eine Muschel. Schau halt zu, dass keine Verwechslung stattfindet!« Ich dachte in der Nacht über diesen Satz nach und kam schließlich dahinter: Herr Dr. Martin wollte mir imponieren, das war alles. Er dachte, ich sei bereits etwas Besonderes, ich sei für die anderen ein rätselhafter Mensch, und dass es eine Auszeichnung für einen Menschen bedeute, wenn er für rätselhaft gehalten wird. Vielleicht hatte ihm Moma von meinen vier Nächten und fünf Tagen erzählt, vielleicht auch nicht; vielleicht wollte er mir aus den gleichen Gründen imponieren, wie es viele andere wollten: die »pure Unschuld« soll auf einen aufmerksam werden, damit man nicht mit den anderen im sauren Ozean untergeht. Ich schüchtere ein, ich will es nicht, aber ich schüchtere ein; so war es immer gewesen. Die Leute meinen, sie müssten sich mir gegenüber feinschmeckerisch ausdrücken. Herr Dr. Martin, selbst durch und durch rätselfrei, meinte das auch: »Die Welt legt sich über dich wie der Ozean über eine Muschel.« Oder: »Alles in der Welt hat einen sorgfältig ausgewählten Sinn.« Ich wusste genau, was er damit sagen wollte. Und ich wusste, er hatte unrecht. (Das wusste ich, lange bevor unser atheistischer Naturgeschichtelehrer am Gymnasium in Feldkirch ein Beispiel nach dem anderen für den Unsinn der Schöpfung aufzählte: »Die Giraffen haben Kreislaufprobleme wie der Mensch, nur um besser an die Blätter heranzukommen, die außer ihnen keiner frisst – wo bitte ist hier ein Sinn?«) Ich habe jeden Tag gelebt, als wäre er ein erster Entwurf. Als gäbe es die Möglichkeit beliebig vieler Korrekturen. Als käme am Abend ein Freund und legte die Hand auf meine Schulter und sagte: Probier es morgen noch einmal. Ich kam in der Nacht vor unser Haus und sah erschrocken den Mond am Ende der Straße. Ich stand auf der Schwelle und starrte zu ihm hinauf. Was tat ich hier? Was hatte ich hier verloren, mit dem Hausschlüssel und dem Wohnungsschlüssel in der Hand? Wie stellt man sich in der Nähe des Urban-Loritz-Platzes das Schicksal vor? Und wie folgt man in der Märzstraße den Vorschriften für ein gutes Leben und wie in der Löhrgasse und wie in der Goldschlagstraße? Als wir in Hietzing bei Herrn Dr. Martin gewohnt hatten, war ich manchmal, wenn mich Moma zum Gemischtwarenladen geschickt hatte oder zum Fleischhauer Einberger, vor einer der Villen stehen geblieben und hatte mir gesagt, du musst nur an der Tür klingeln und eintreten und fragen, ob man dich aufnimmt. Hatte vertraut auf mein Lächeln und die Sommersprossen und die Locken. Ich war ein Kind und doch keines, aber wer wusste das schon. Nehmt mich auf, ich bin verlorengegangen. Sie hätten nicht nein gesagt.

– – ich wollte im Leben jemand sein. Ein Mann mit einem Namen. Dem die Leute alles glauben. Der Papiergeld in den Taschen herumträgt. Der ein gewichtiges Auto fährt. Irgendwann war ich in der Nacht durch die Innenstadt strawanzt, über die Kärntnerstraße, wo die Huren standen und mich fragten, ob ich meine Mama suche, und sagten, sie würden gern von so einem wie mir die Mama sein; da sah ich vor dem Hotel *Astoria* ein Auto stehen, wie ich noch nie eines gesehen hatte. Es war länger als die anderen und war rot, das Verdeck war nach hinten geklappt, die Windschutzscheibe hatte einen Rahmen aus glänzendem Stahl und bog sich ohne Zwischenverstrebung um die Ecken herum zu den Türen; nur zwei Sitze hatte es, die waren aus weißem Leder. Der Kühlergrill sah aus wie ein Haifischgebiss. Die winzigen Schrammen im Chrom funkelten wie Edelsteine. Das Heck mit der Kofferraumklappe bot so viel Platz, dass man einen Liegestuhl hätte daraufstellen können, und an seinem Ende erhoben sich rechts und links zwei steile Flossen. Die Armaturen waren in dunkles, hochglänzendes Holz eingelassen; da waren ein Spender für fünf einzelne Zigaretten, ein vergoldeter Zigarettenanzünder, eine über dem Beifahrersitz eingehängte Parfümflasche mit Sprühknopf, eine Halterung für zwei Trinkgläser, ein Autoradio mit Sendern Millimeter an Millimeter. Ich beugte mich über die Flanke und legte meine Hände an das Lenkrad, das mit weißem, porösem Leder überzogen war. Hinterher rochen sie nach Rasierwasser, herb und fremd. Auf der Seite des Wagens war ein dunkler Streifen, darauf stand sein Name: Cadillac Eldorado Biarritz. Wie aus einer anderen Welt gesandt, nicht totes Ding, nicht lebendiger Organismus, so ruhte der Cadillac unter einer Laterne, als hätte ihn nicht ein Besitzer darunter geparkt, sondern als wäre die Laterne seinetwegen hierhergestellt worden. Die anderen Autos wahrten respektvollen Abstand vor und hinter ihm. Ich setzte mich auf den Bordstein. Ich wollte ausharren, bis der Besitzer kam, den ich mir als Diener dieses Autos vorstellte, und ihn bitten, mit mir eine Runde zu fahren. Und wenn er mich fragte, warum ich das wünsche, würde ich sagen: Ich habe noch nie etwas so Schönes gesehen wie dieses Auto.

Eines Morgens begleitete ich Moma zum Bäcker – sie war frisch gebadet und in neuen Kleidern und bestens gelaunt in unserem Zimmer erschienen, die anderen schliefen noch –, und als wir am Gürtel entlanggingen, fragte ich sie, ob sie in Herrn Dr. Martin verliebt sei und ob sie von uns weggehen und mit ihm zusammenziehen wolle. Es war kein Vorwurf in meiner Frage. Ich war auf ihrer Seite. Ich an ihrer Stelle hätte nicht gezögert. Sie blieb mitten auf dem Trottoir stehen und sah erst mich an, dann den Himmel, dann wieder mich; als wäre ihr in diesem Moment von höherer Stelle demonstriert worden, dass ihr Enkel eine einzige Enttäuschung sei. Sie schlafe gern mit ihm, antwortete sie kalt. Ob ich damit etwas anfangen könne. Ich konnte nichts damit anfangen. Da hat sie mich aufgeklärt. Gründlich und detailreich. Wir spazierten an der Bäckerei vorbei, und Moma referierte. Es sei wahrscheinlich eine Schweinerei, dass sie so mit mir rede, sagte sie, aber die ganze Sache sei schließlich eine Schweinerei, und irgendwann müsse es sowieso geschehen. Es sei gescheiter, eine Großmutter übernehme das als sonst jemand. Außerdem sei es vernünftig, mit siebeneinhalb schon Bescheid zu wissen, in diesem Alter würden einem Buben die Hormone noch nicht den Blick auf die Tatsachen vernebeln.

»Je früher, desto besser«, lachte sie. »Dann hat man mehr davon. Denn im letzten Atemzug wird man sich nur eines vorwerfen: dass man zu wenig gelebt hat.«

Hinterher wusste ich fünfundsiebzig Prozent von allem.

Am selben Abend lernte ich meine ersten Freunde in Wien kennen. Emil hieß der eine; er war vierzehn und Sohn einer Prostituierten, deren Revier beim Urban-Loritz-Platz begann und über die stadtnähere Gürtelseite bis zur Neustiftgasse reichte. Franzi hieß der andere; sein Vater arbeitete in einer Schlosserei im 15. Bezirk, die Mutter in einer Fabrik für Watte und Verbandszeug in Penzing. Franzi war schon fünfzehn und groß, aber Emil war ihm überlegen, was Intelligenz und

Entschlusskraft betraf, aber auch in sportlicher Wendigkeit. Sie nahmen mich auf, von diesem Abend an stand ich unter ihrem Schutz. Ich hatte nicht darum gebeten. Sie hatten mich darum gebeten. Ich erzählte ihnen irgendeine Geschichte – dass meine Eltern Diplomaten seien und Parlamentarier und steinreich und in der Welt herumführen und Präsidenten besuchten, zum Beispiel Dwight D. Eisenhower, bei dem sie sich erkundigten, wie es ihm nach seinem Herzanfall gehe. Es folgte ihr Verhör; ich antwortete mit Ja und Nein und Weißnicht. Ich merkte bald, dass die beiden die Reichen dieser Welt nicht ausstehen konnten und dass wenigstens der Vater von Franzi die Hälfte von ihnen an Laternenpfählen hängen sehen wollte, darum gab ich ihren Vorurteilen Munition: Meine Eltern, sagte ich, hätten mich abgeschoben, sie würden sich einen Scheißdreck um mich kümmern, seien nur hinter ihrem verdammten Geld her (kurz überlegte ich, ob ich erzählen sollte, mein Vater habe seinen eigenen Bruder umgebracht und zerstückelt und das Fleisch über Straßen, Wiesen und Wälder verteilt – das kam mir aber übertrieben vor); ich sei zu einer Frau gebracht worden, die ich Tante nennen sollte, das hätte ich aber nicht getan, und darum sei ich weitergeschoben worden zu einer anderen Tante, die habe versucht, mich zu schlagen, aber ich hätte zurückgeschlagen und sei abgehauen, zuerst in einem Lastwagen, anschließend zu Fuß durch Sumpf und Schilf. Ich hätte irgendwo in einer Wiese übernachtet und Zigeunerlieder gesungen, genau wie der amerikanische Westernheld Billy the Kid. Zurzeit würde ich mit fremden Leuten zusammenleben, die aber freundlich zu mir seien und mir versprochen hätten, mich zu verstecken, falls man mich suchte, einer von ihnen sei ein Ägypter. Ich sagte, ich könne auch Ägyptisch, und zählte die Namen der Götter auf, die ich an Herrn Dr. Martins Küchentisch gehört hatte, hängte sie aneinander, gab ihnen eine Melodie, als sagte ich einen alltäglichen Satz wie »Heute habe ich beim Bäcker Schwarzbrot und einen Liter Milch gekauft«, und zeigte dabei mit dem Finger auf die Bäckerei vis-à-vis: »Re horus atumschu tefnutgeb nut Osiris Isis Seth Nephthys thotanubis.« Und Slowakisch könne ich auch – »Kto nie je so mnou, ten je proti mne«; das war der Wahlspruch des slowakischen Boxers Július Torma, den mein Vater verehrte: »Wer nicht für mich ist, ist gegen mich.« Dass ich Ungarisch sprach, verriet ich ihnen nicht. Ich hätte

Emil und Franzi weismachen können, ich stamme vom Mond, mein Vater sei ein Krokodil und meine Mutter ein Lenkrad, sie hätten mir geglaubt. Es war aufregend, die Macht meines Lächelns, meiner Sommersprossen und meiner Locken zu spüren – und die Macht des Erzählers, der den Weg durch seine Geschichten kennt und weiß, was bei einer Handlung geschieht.

Franzi musste bald nach Hause, er hatte Angst vor seinem Vater und allen Grund dazu. Ich spazierte mit Emil am Gürtel entlang, den gleichen Weg, den ich am Morgen mit Moma gegangen war. Er legte seinen Arm um mich. Er war dünn und drahtig und nicht viel größer als ich und hatte starke Hände und einen grausamen Zug um den Mund, der mir gefiel. Ich konnte mir vorstellen, dass er den Franzi quälte – nicht mit den starken Händen, sondern mit gelegentlichem Liebesentzug. Er wolle mich seiner Mutter vorstellen, sagte er.

Sie wartete in einem Café auf ihn, eine kleine pummelige Frau mit schwarz gefärbten Haaren. Sie nahm Emil in den Arm und küsste ihn und malte ihm ein Kreuzchen auf die Stirn. Ich beneidete ihn, weil er eine Mama hatte, die ihn anscheinend ohne Unterbrechungen liebte und ihm mir nichts, dir nichts eine Gulaschsuppe bestellte und eine Coca-Cola dazu. Ich gab ihr die Hand, bog mich zu einem Diener und sprach mit ihr, als wäre sie eine hochstehende Person. Das war nicht Berechnung. Was hätte ich mir von ihr erwarten können? Ich tat es gern. Bei allen Fremden tat ich so. Selber hatte man ein gutes Gefühl dabei, weil die Welt um einen herum durch Höflichkeit und Freundlichkeit deutlich größer und sinnreicher wurde, ähnlich wie bei Föhnstimmung, wenn man Dinge am Horizont sehen kann, die man sonst nicht sieht. Emils Mama war so gerührt von meinen Manieren, dass sie auch mich an sich drückte. Ich lächelte und wusste, meine Sommersprossen leuchteten golden. Sie bestellte auch mir eine Coca-Cola und eine Gulaschsuppe und sagte, sie sei glücklich, dass Emil einen neuen Freund gefunden habe und dazu einen wohlerzogenen. Mir flüsterte sie ins Ohr: »Pass ein bisschen auf ihn auf, Hans-Martin.« – Nun ja, ich hatte mich bei Franzi und Emil als Hans-Martin vorgestellt. Originell war das nicht, das gebe ich zu; das Kennenlernen war halt schnell gegangen. Sie glaubten, es sei ein doppelter Vorname.

Ich kam in dieser Nacht erst spät in unsere Wohnung zurück. Emil hatte mich nach unserem Besuch in dem Café noch ein bisschen in die Gegend eingeführt, es waren ja Schulferien, und er durfte so lange aufbleiben, wie er wollte; bis zur Alserstraße waren wir spaziert und wieder zurück. Er hat mir viel erzählt, ich habe zugehört. Er wisse, dass wir beide sehr gute Freunde würden, sagte er, das wisse er sonst bei keinem so schnell, aber bei uns beiden sei es gar nicht anders möglich. »Willst du wissen, warum ich das weiß?«

»Wenn du es mir sagen willst.«

»Weil ich normalerweise ein verlogener Fuchs bin. Wenn ich jemanden nicht gut kenne, sage ich prinzipiell nicht die Wahrheit. Weil das besser ist. Bei dir habe ich aber die Wahrheit gesagt, und das ist für mich das Zeichen. Und jetzt zeige ich dir etwas, was ich noch niemandem gezeigt habe.«

Er führte mich in einen Hinterhof. Dort sei eine ehemalige Werkstatt, sagte er, dort würden sich er und Franzi manchmal treffen. Das Dach war an einer Seite eingestürzt, das konnte ich in der Dunkelheit sehen. Es roch scharf wie nach angebranntem Fleisch, nach Maschinenöl und nach öliger Erde. Er öffnete die Tür, ich solle warten. Dann liefen wir wieder zur Straße zurück. Im Schein einer Laterne zeigte er mir ein Ding, eine faustgroße Halbkugel, aber eher flach. Das sei ein Saugnapf.

»Von einem Profi«, sagte er. »Du drückst ihn auf eine Fensterscheibe, und darum herum ritzt du mit einem scharfen Nagel einen Kreis in das Glas, und mit einem Ruck ziehst du daran, dann ist ein Loch in der Scheibe. Und es macht keinen Lärm.«

»Und warum macht man das?«

»Dann kannst du mit der Hand hineingreifen und das Fenster von innen aufmachen und einsteigen.«

»Hast du schon einmal?«

»Irgendwann werde ich.«

Mein Vater und meine Mutter machten sich Sorgen; Papa mehr um Mama als um mich. Sie schrie mich an, wo ich gewesen sei, ob ich im Begriff sei, eine kriminelle Karriere zu starten. Sie hackte auf mich ein, die Unterarme vom Körper abgespreizt, als hätte sie Skistöcke in den Händen und würde gleich über einen Abhang hinunterrasen (in einer

Zeitung hatte ich ein Bild von einem Skirennfahrer in eben dieser Haltung gesehen). Rase du nur über deinen Abhang hinunter, dachte ich, ich werde unten nicht auf dich warten. Ich sagte, ich würde mir von nun an nichts mehr vorschreiben lassen. Da lachten sie beide. Aber es war ein beeindrucktes Lachen, das heißt: ein Staunen. Ich steckte noch so tief in der Rolle des abgeschobenen Diplomatenkindes, das zur Rebellion konvertiert war, dass ich sie zu Hause automatisch weiterspielte. Das war ein Fehler.

Lass niemals eine Überschneidung zwischen deinem wahren und deinem erlogenen Ich zu! Vermeide, Teile aus deinem wahren Leben in dein erlogenes zu übernehmen! Der Lügner muss in jedem Moment wissen, wer er ist – dieser oder jener. Lügen setzt Selbsterkenntnis und Selbstbehauptung voraus. Lügen soll nicht Träumen von einem anderen Ich sein, sondern wohlkalkulierte Konstruktion eines solchen. – Die Frage ist, zu welchem Zweck. Darüber wird noch zu reden sein.

5

Am folgenden Tag zeigten mir Emil und Franzi, wie sie sich gegenseitig befriedigten. Sie fragten, ob sie es bei mir auch machen sollten. Da sagte ich Nein. Und ob ich es bei ihnen machen wolle. Da sagte ich Ja. Es ging schnell. Sie meinten, ich könne es sehr gut. Von nun an spielten wir dieses Spiel mehrmals am Tag. Wir verdrückten uns in den Hinterhof in die ehemalige Werkstatt mit dem eingestürzten Dach. Es gefiel ihnen, dass ich es immer gleich machte. Ich setzte mich auf einen Sessel, und sie standen vor mir. Ich besorgte es ihnen auch gleichzeitig, das mochten sie besonders gern. Ich solle sagen, wer von ihnen den tolleren Schwanz habe. Ich sagte, ich sehe und greife eigentlich keinen Unterschied.

Bei unserem nächtlichen Spaziergang am Gürtel entlang zum Café, wo seine Mama auf ihn wartete, sagte ich zu Emil, seiner gefalle mir besser. Er antwortete, das habe er sich eh gedacht, ihm wäre aber lieber, ich würde es dem Franzi nicht sagen, er sei leicht gekränkt und gleich haue es ihn derart ins Unglück, das könne man sich nicht vorstellen. Zum Beispiel schlage er im Unglück mit dem Kopf gegen eine Wand.

Dann tue er ihm so leid, das könne man sich nicht vorstellen. Ich dachte, der grausame Zug um Emils Mund müsse etwas anderes bedeuten oder auch nichts. Bisher hatte er nur nette Dinge über seinen Freund Franzi gesagt, und auch über mich würde er nur Gutes sagen. Er war – anders, als ich es eingeschätzt hatte – ein besserer Mensch als Franzi. Das irritierte mich, weil mir in der Beurteilung der beiden offensichtlich ein Fehler unterlaufen war.

Emil habe ihr alles über mich erzählt, sagte seine Mama. Sie bestellte für uns wieder Gulaschsuppe und Coca-Cola und für sich selbst einen Cognac. Sie trug ein rotes Jäckchen mit einem weißen flauschigen Kragen, in dem ihr runder Kopf steckte wie in einer Schaumkrone. Sie könne sich gar nicht beruhigen, rief sie aus. Dass Eltern ihren Kindern so etwas antun! Eines aber habe sie nicht verstanden: seien meine Eltern Ägypter oder Russen? Russen, sagte ich.

»Und Russisch kannst du also logischerweise auch.«

»Ja«, sagte ich.

»Russisch, Slowakisch, Ägyptisch …«

»… und Deutsch«, vervollständigte ich.

»Und wie alt bist du?«

»Neun«, log ich.

Sie rauchte eine Zigarette nach der anderen. Ab und zu ließ sie Emil ziehen. Er wollte eine ganze. Sie schlug ihm auf die Finger, als er nach dem Päckchen griff.

Sie habe sich Folgendes gedacht, sagte sie schließlich: »Du kannst bei uns wohnen, wenn es dich nicht stört, mit dem Emil in einem Zimmer zu schlafen. Viel Platz haben wir nicht.«

Ich stand auf, verbeugte mich und sagte, das gehe leider nicht; die Leute, bei denen ich wohne, hätten eine leidende Großmutter, auf die ich in der Nacht und am Vormittag aufpassen müsse, während die anderen arbeiteten; das hätte ich den Leuten versprochen; sie seien auf mich angewiesen. Aber ich sei sehr dankbar für die Gulaschsuppe und die Coca-Cola.

»Die kriegst du von nun an jeden Abend hier serviert«, sagte sie.

Ich sah ihr an, dass sie erleichtert war; und Emil sah ich an, dass auch er erleichtert war. Beide wollten sie den Vorschriften eines guten Lebens folgen.

Sie winkte einer Frau, die draußen am Café vorbeiging, und warf ihr einen Handkuss zu. »Von ihr habe ich letzte Nacht geträumt«, flüsterte sie, als könnte es die Frau durch die Fensterscheibe hindurch hören. »Dabei habe ich in Wirklichkeit nicht richtig von ihr geträumt, das war anders. Wie war das gleich? Ich habe es vergessen. Nein, jetzt weiß ich es wieder. Ich habe etwas anderes geträumt …«

»Mama«, unterbrach sie Emil.

»Hör doch! Ich habe etwas anderes geträumt. Ich habe geträumt, dass ich in einem fremden Bett gelegen bin und eingeschlafen bin, und dann habe ich geträumt … erst jetzt kam der richtige Traum, verstehst du …«

»Mama, bitte!«

»Aber warum denn, Kleiner! Das ist interessant, dass man träumt, man träumt. In dem Traum im Traum habe ich von ihr geträumt. So ist es richtig. Nur das wollte ich sagen, nur das.«

»Mama, das interessiert niemanden«, sagte Emil.

»Mich interessiert es aber.«

»Mich auch«, sagte ich.

»Wirklich?«, rief sie. »Es ist ein komisches Gefühl, ein ziemlich komisches Gefühl. Deshalb denke ich, es war nicht mein eigener Traum, und bin erschrocken, als ich sie jetzt gesehen habe. Du verstehst das, gell?«

»Ja«, sagte ich.

»So etwas habe ich jedenfalls noch nie geträumt«, sagte Emil. »Das wüsste ich!«

»Ich schon«, sagte ich.

»Wirklich?« Sie legte den Arm um mich und drückte mich an sich. »Seither komm ich nicht von dem Gedanken herunter, dass sie auch von mir geträumt hat, und ich wüsste gern, was sie geträumt hat. Aber das kann man einen wohl nicht fragen, oder?«

»Ich könnte sie fragen«, sagte ich.

Emil leckte seinen Zeigefinger ab und fuhr damit an der Unterlippe seiner Mama entlang; der Handkuss hatte den Lippenstift verwischt. Er tat es sehr konzentriert. Sie blickte ihn ernst an. Er sie ebenso. Erst nickte er, dann sie.

Franzi und Emil fragten mich, ob ich auch zwei anderen Freunden, eigentlich Halbfreunden, einen runterholen könnte. Nur, wenn ich wolle, natürlich. Franzi schlug vor, von denen Geld zu verlangen. Drei Schilling für einmal. Ich sollte die Hälfte kriegen, die andere Hälfte würden sich er und Emil teilen. Ich war einverstanden. Schon nach einer Woche kamen so viele Buben in die alte Werkstatt, dass wir den Preis auf fünf Schilling erhöhten. Und alle fragten mich, ob sie es mir auch machen dürften. Immer sagte ich nein. Ich ekelte mich nicht, ich schämte mich nicht, es strengte mich nicht sonderlich an, ich fürchtete nicht um meinen Ruf, es war ja nicht meiner, sondern der eines gewissen Hans-Martin Sowieso – einen Familiennamen hatte ich nie genannt. Ich fand es sehr interessant, ein Ich ins Leben zu schicken, das es nicht gab und um das ich mich folglich nicht zu sorgen brauchte. Nicht einmal vor dessen Absterben fürchtete ich mich.

Wir verdienten nicht schlecht. An manchen Tagen hatten wir bis zu fünfzehn Kunden. An mich ließ ich niemanden heran. Emil und Franzi passten auf mich auf. Ich wollte auch mit keinem reden. Franzi sagte, ich sei ein Russe, niemand hier könne meinen Namen aussprechen. Wenn einer blöd kam, zeigte er ihm den Hunderternagel, den er an einer langen Schnur um den Hals mit sich herumtrug. Er sparte auf ein Messer. Zu Hause durchwühlte ich Opas Sachen und fand eine Zigarrenkiste. In die gab ich mein Geld. Die Münzen wickelte ich in eine Socke, damit mich ihr Klimpern nicht verrate. Auch ich sparte auf etwas, wusste nur nicht worauf.

Eines Abends kamen Emil und Franzi mit einem Erwachsenen. Der Mann sei vierzig, flüsterte Franzi mir zu, und nicht weniger Schilling habe er mit ihm ausgehandelt. »Für ein Mal. Sonst ist kein Unterschied.«

Beim nächsten Treffen brachte der Mann zwei andere Männer mit. Die wollten je achtzig Schilling zahlen, wenn ich ihren Penis in den Mund nähme. Ich tat es. Franzi lief nach draußen. Ich hörte, wie er sich übergab. Als wir drei wieder allein waren, sagte er, er sei raus aus dem Spiel, rannte davon und war weg. Ich bin ihm nie wieder begegnet. Emil sagte, es sei ihm recht, wenn der Franzi nicht mehr dabei sei, der halte das nicht durch, das mache ihn fertig, das könne man sich nicht vorstellen. Emil hatte nichts dagegen, wenn ich Franzis Anteil bekäme.

Die Buben schickte Emil von nun an fort. »Hat weiter keinen Sinn mehr«, sagte er zu mir, »hat wirklich keinen Sinn mehr, oder?«

Die Männer hatten nur am späten Abend Zeit, sie brachten neue Freunde mit; ich wusste aber nicht, ob es wirklich Freunde waren, manche sagten Sie zueinander. An den Vormittagen passte ich auf Opa auf, kaufte Zwiebeln und Faschiertes ein und kochte Haschee mit Nudeln, dazu gab es einen Tomatensalat mit fein gehackten Zwiebeln, die Soße aus Essig, Öl, Zucker, Salz und Pfeffer. Die Nachmittage hatte ich frei. Ich trieb mich in der Stadt herum, schaute mir die Auslagen der Geschäfte an, malte mir aus, wie Mama und Papa in den schönen Kleidern und Anzügen aussähen, wenn wir erst viel Geld hätten. Und stellte mir vor, wie ich aussähe, wenn ich erst ein Mann wäre. Kleidergeschäfte mochte ich am liebsten. Kleider und Schaufensterpuppen animierten mich zum Träumen; manchmal war ich derart in mir versponnen, dass ich die Zeit vergaß und ganz aus der Welt war und mich erst wieder orientieren musste, wo ich war, wann ich war, wer ich war.

Der Volksgarten in der Innenstadt gefiel mir besonders. In seiner Mitte stand ein Tempel, dorthin setzte ich mich und dachte nichts. Es waren regnerische Tage und schwüle Tage. Zwischen den Säulen des Tempels saß ich im Trockenen und dachte nichts, zählte drei Herzschläge und atmete ein, zählte drei Herzschläge und atmete aus. Darüber war ich glücklich wie über eine wertvolle Erfindung, die den Menschen die Stunden erleichtern könnte. Mir war, als sähe ich durch die Zeiten hindurch – was in einer Minute geschähe, was in der nächsten, in der übernächsten, bis eine Stunde voll wäre, ein Tag, ein Jahr, zehn Jahre; und alle war ich, der in einer Minute, der in der nächsten, der in der übernächsten, der in einem Tag und der in zehn Jahren. Alle war ich und niemand. Ich war niemand – niemand, bis die Tauben zu meinen Füßen landeten und mich ansahen. *Non fui; fui; non sum; non curo.* Latein sprechende Tauben. *Bin nicht gewesen; bin gewesen; bin nicht mehr; keine Sorge.* Sie ließen mich aus den Augen und flatterten davon.

Wenn der letzte Freier gegangen war und Emil sich verabschiedet hatte, trottete ich manchmal zum Westbahnhof. Um zwölf fuhr der Nachtzug nach Frankfurt am Main ab. Es herrschte eine Aufregung, die mich ansteckte, am liebsten wäre ich mitgefahren; schön gekleidete Männer und Frauen trugen Koffer oder ließen sich die Koffer tragen. Ich ging an den Waggons entlang, vierundzwanzig waren es, die meisten Schlafwagen, deren Fenster von innen verhängt waren, in den Türen standen die Schaffner mit ihren beschrifteten Mützen und rauchten und unterhielten sich. Auch ein Speisewagen war dabei, durch die Scheiben schimmerten die Lampen auf den Tischen wie große Perlen. Ich stellte es mir herrlich vor, durch die Nacht zu fahren und zu dinieren. Am meisten aber beeindruckte mich die Lokomotive, eine Dampflok mit neun Achsen und einer Gesamtlänge, von Puffer zu Puffer, von vierzig großen Schritten. Es musste ein Glück sein, von ihr in die Welt hinausgezogen zu werden.

Ende August fuhr Moma zusammen mit Herrn Dr. Martin nach Zürich. Sie blieben eine Woche. Als sie zurückkamen, war Moma euphorisch. Ein riesiger Haufen Geld warte auf uns, sagte sie, ein wirklich riesiger Haufen, viel, viel mehr, als sie sich erträumt habe; ein bisschen Geduld müssten wir allerdings haben, ein bisschen etwas Bürokratisches sei noch zu erledigen, aber dann. Ich fragte sie, ob sie im Speisewagen gegessen hätten, und sie nickte und formte ein andächtiges Gesicht dabei. Und ich tat, wie sie tat.

Von nun an besuchte sie uns nur noch alle zwei, drei Tage. Sie brachte mehr Geld mit als bisher. Herr Dr. Martin war offensichtlich sehr beeindruckt gewesen von der heiligen *Schweizerischen Bankgesellschaft SBG* und auch sehr beruhigt über die Meldungen, betreffend den Vermögensstand der Familie Ortmann aus Budapest, als deren legitime Vertreterin Frau Dr. Fülöp-Ortmann von den Direktoren des Züricher Mutterhauses anerkannt worden war. Moma rechnete damit, in spätestens einem halben Jahr Zugriff auf das Geld zu haben. Herr Dr. Martin war bereit, uns bis dahin zu unterstützen. Was übrigens nicht zur Folge hatte, dass Mama und Papa aufhörten zu arbeiten und immer wieder nach immer besseren Stellen zu suchen. Auch ich ging weiter meinem Gelderwerb nach. Ein Unterschied zu vor Zürich: Unsere Mahlzeiten wurden deutlich umfangreicher. Papa zeigte mir, wie man einen Rindsbraten zubereitet – mit Püree und Karottengemüse und grünem Salat; wie man Tafelspitz kocht und Apfelkren anrührt; wie aus Kohlrabi ein leckeres Gemüse wird; weiters: Apfelmus,

Zwetschkenkompott, Birnenkompott mit Zimtstange und Griesschnitten mit Staubzucker. Moma aß nie mit, probierte nur und spendierte hin und wieder eine Flasche Wein und mir eine Coca-Cola. Einmal bezahlte ich den Nachtisch von meinem Geld: fünf rosarote Punschkrapfen aus der Konditorei AIDA in der Wollzeile. Ich sammelte nämlich interessante Geschäfte, wo ich Kunde werden würde, wenn ich viel Geld hätte.

6

Emil sagte: »Wenn sie jemand bei der Polizei anzeigt, kommen sie ins Gefängnis.«

»Und ich?«, fragte ich.

»Wahrscheinlich in ein Heim.«

»In was für ein Heim?«

»Nichts Gutes auf jeden Fall.«

Er wollte nicht mehr, dass ich es bei ihm machte. Schon lange wollte er es nicht mehr.

Er sagte: »Wir könnten zu ihnen sagen, wir zeigen sie bei der Polizei an. Natürlich nur, wenn du das willst. Ich würde es schon wollen.«

»Was tun sie, wenn wir das zu ihnen sagen?«, fragte ich.

»Sie werden zahlen, damit wir sie nicht bei der Polizei anzeigen.«

»Viel zahlen?«

»Mehr als jetzt auf jeden Fall.«

Er meinte, es sei auf die Dauer nicht gut für mich, was die Männer mit mir machten.

Er sagte: »Wir könnten es erst einmal bei einem probieren.«

»Bei wem?«

»Bei dem mit dem schwarzen Anzug. Der hat auf jeden Fall am meisten Geld.«

»Warum hat der am meisten Geld?«

»Wenn einer immer im schwarzen Anzug ist.«

»Was ist dann?«

»Dann hat er immer ein wichtiges Geschäft.«

Der mit dem Anzug war später dazugekommen; das heißt, er war nicht auf Empfehlung der anderen dazugekommen, sondern Emil hatte ihn mitgebracht.

Emil verlangte tausend Schilling von ihm. Der Mann zitterte an den Händen bis zu den Ellbogen hinauf und versprach, er bringe morgen das Geld. Emil sagte, er solle sich nur nicht einbilden, er könne abhauen, man wisse genau, wo er wohne und wie er heiße, und wo er arbeite, wisse man auch. Er zählte an seinen Fingern auf, fing beim kleinen Finger an – ich hätte beim Daumen angefangen. Ich erfuhr, dass der Mann Ingenieur Herbert Kraft hieß und der Leiter einer Landwirtschaftlichen Genossenschaft war und dass er verheiratet war und zwei Kinder hatte und dass er extra meinetwegen zweimal in der Woche von Niederösterreich nach Wien fuhr. Er habe nicht so viel Geld, sagte er mit schwacher Stimme und blickte nur mich an und sagte: »Ich will ehrlich sein.« Wie lange er brauche, um es aufzutreiben, fragte Emil. Er könne es überhaupt nicht auftreiben, sagte er und wieder, dass er ehrlich sein wolle. Wie viel er denn auftreiben könne. Höchstens fünfhundert. Sie einigten sich auf siebenhundert. Am nächsten Tag kam er und gab Emil das Geld, nahm mein Gesicht zwischen seine Hände und sagte, dass ich sein Darling sei. Wir sahen ihn nicht wieder.

Bei den anderen Männern ging Emil ähnlich vor. Als da waren: der Besitzer einer Zementfabrik in Hernals, der Besitzer einer Blechwalzerei, der Chef einer Anwaltskanzlei in der Innenstadt, ein Ministerialbeamter, ein Priester, den Emil nur »Papst« nannte, der Leiter eines Elektrizitätswerks, ein pockennarbiger Parteifunktionär, der Besitzer von zwei Konditoreien in der Inneren Stadt und in Wieden, der Besitzer eines Damenbekleidungsgeschäfts am Ring und ein kleiner wuchtiger Kettenraucher, von dem Emil nur wusste, dass er bei seiner Mutter wohnte, die eine berühmte Frau sei, etwas beim Burgtheater oder bei der Oper. Einer zahlte glatt die tausend, die anderen handelten Emil herunter auf fünfhundert, sechshundert, siebenhundert, achthundert. Einer drohte, er werde uns eher umbringen, als auch nur zehn Groschen rauszurücken. Das koste ihm bei dem Dreck, der wir seien, kein Gewissen. Emil sagte, er müsse nichts zahlen.

Bevor wir die Werkstatt zum letzten Mal verließen, schlugen wir alles kaputt, was kaputtzuschlagen war. Mitten in den Scherben teilten wir das Geld. Emil sagte, in diesem Fall, weil er die Idee gehabt habe, sei fifty-fifty gerecht. Ich war einverstanden. Alles in allem besaß ich nun 2874 Schilling. Mehr als Mama und Papa zusammen.

»Bei mir fängt nächste Woche die Schule an«, sagte Emil, »dann habe ich keine Zeit mehr.«

»Was heißt das?«, fragte ich.

»Dass wir uns wahrscheinlich nicht mehr sehen.«

»Und am Abend im Café bei deiner Mama auch nicht?«

»Ich kann nicht so lange aufbleiben. Gehst du nicht in die Schule?«

»Ich weiß nicht. Aber ich glaube nicht. Und am Nachmittag hast du auch keine Zeit?«

»Eher auch nicht.«

»Überhaupt nicht mehr?«

»Eher nicht.«

»Und wenn ich am Abend allein ins Café zu deiner Mama gehe?«

»Eher nicht.«

»Ich hätte gern für sie eine Schachtel Zigaretten gekauft.«

»Sie hat eh genug.«

»Und das mit dem Fenster, hast du das schon gemacht?«

»Was denn?«

»Mit dem Saugnapf und dem scharfen Nagel. Wir könnten es machen, wenn du willst.«

»Das ist nichts«, sagte er, »das ist nichts«, und drehte sich um.

Bis zum Oktober war ich die meiste Zeit allein. Ich spazierte durch die Stadt. Oder fuhr mit der Straßenbahn. Ich gab zu Hause meine Zeiten an und war ausnahmslos pünktlich. Das hatte zur Folge, dass sich keiner mehr einmischte. Kindern ging ich aus dem Weg. Ich konnte mich nicht entschließen, Geld auszugeben. Wofür? Nach Süßem war ich nicht so verrückt, wie ich mir anfangs eingebildet hatte. Manchmal kaufte ich eine Coca-Cola. Ich schaute in die Schaufenster von der Spielwarenhandlung Kober am Graben. Ich überlegte, ob ich hineingehen und fragen sollte, ob sie den 99er »Bagger I« und den Ergänzungskasten 99 a »Der neue Kran« hätten. Aber bei dem Gedanken war mir nicht wohl, darum ließ ich es. In einem Geschäft in der Kärntnerstraße sah ich einen Anzug in der Auslage, den ich mir sehr elegant an meinem Vater vorstellen konnte. Er war dunkelblau und hatte feine

Streifen, fast weiße, und vorne zwei Knopfreihen und breite Schultern. Auf dem Puppenkopf saß ein Hut, auch der hätte meinem Vater gestanden. Ich hatte schon die Klinke in der Hand.

Nicht dass ich das mit den Männern besonders gern gemacht hätte, aber irgendwie fehlten sie mir doch. Dabei hatte ich kaum mit ihnen gesprochen; die ägyptischen Götternamen hatte ich manchmal aufgesagt und die Namen der Männer um Josif Stalin, anders betont und auseinandergerissen und russisch eingefärbt, wie ich mich an die Russen in Budapest erinnerte, die im Parterre in der Báthory utca gewohnt hatten – »Genrichja godaleo trotz kiwlad imiriwan owka radeknikbuch arina lawrent iberia …« Meistens hatte ich aber nur genickt oder den Kopf geschüttelt oder mit der Schulter gezuckt oder nichts. Einige von ihnen hätten sich gern mit mir unterhalten – über Fußball oder ein neues Auto, das sie sich zugelegt hatten und in dem sie gern mit mir in der Gegend herumfahren würden, ins Weinviertel zum Beispiel oder auf den Semmering, mit dem kleinen Russen, dem hübschen kleinen Russen, dem armen, hübschen kleinen Russen; das waren die Guten, die sich schämten; die anderen redeten auch mit mir, aber anders … – Das Sentiment, das ich nicht aus den Zeilen herauskriege (merken Sie es?), stammt übrigens von heute; wobei ich nicht sicher bin, ob es ein originäres, ernst zu nehmendes Gefühl ist oder ob nicht eher meine allmählich erlahmende Exzentrizität einem Klischee Platz macht, das für Erinnerungen solcher Art eben Sentimentalität vorsieht. – Ich habe gewartet. Ich war nicht verstört – denken Sie das nicht! –, auch nicht ängstlich. Die Männer gingen neben mir in die Hocke, plauderten drauflos und strubbelten mir über die Haare, gaben mir Ratschläge und Belehrungen, als wäre ich ein Lausbub, der gerade über den Zaun geklettert war, um seinen Ball zu holen. Ich habe sie nicht angesehen. Wenn sie meinen Kopf am Kinn hoben, um mein Gesicht zu betrachten, habe ich die Augen zugedrückt. Alles an den Männern war mir fremd und uninteressant, aber ihr Geschlechtsteil war mir vertraut, und ich freute mich darauf, es zu sehen. Alles an ihnen war mir nicht geheuer oder war mir unverständlich oder lächerlich oder belanglos; das Weiche, das in meiner Hand fest wurde, rechnete ich mir zu, nicht ihnen; ich durfte nur meinen Blick nicht davon abwenden – wie ein Kletterer in einer Felswand, wenn ihn ein Schwindel erfasst und er sich auf einen engen Fleck nahe vor seinen Augen konzentriert.

Emil vermisste ich bald nicht mehr, auch seine Mama nicht, nicht einmal ihr lustiges Pfeifkessellachen, auf das ich jeden Abend gehofft hatte, auch nicht die Gulaschsuppe und die Coca-Cola. Und bald war ich auch froh, dass die Männer mich nicht mehr besuchten, dass ich mich nicht mehr in die zerfallene Werkstatt zu schleichen brauchte, wo es nach Moder und scharfem Teer roch.

Was wir im frühen Herbst 1956 aus Ungarn erfuhren, über Radio oder über die Zeitungen, war deprimierend – insofern, als es nur gute Nachrichten waren. Die ÁVH sei aufgelöst worden oder werde demnächst aufgelöst; die Demokratie stünde unmittelbar bevor; die Bösen würden bestraft, die Guten belohnt werden. Irgendwann sagte Opa, es wäre vernünftiger gewesen, wir wären geblieben. Wie bequem doch die Möbel in der Báthory utca gewesen seien. Nicht einmal Moma widersprach ihm.

Im Oktober brach in Ungarn die weltberühmte Revolution aus. Im November wurde sie niedergeschlagen. Flüchtlingen, die keine Papiere bei sich hatten, wurden in Österreich ohne viele Fragen, ohne große Recherche, ohne böse Blicke, oft aus dem Ärmel heraus, neue ausgestellt. Mein Vater sagte, er sehe darin eine Chance, ein neues Leben zu beginnen. Etwas anderes, glaube ich heute, hat er nie gewollt.

7

Mein Vater hatte einen Plan. Und dieser Plan ließ sich in drei Worten zusammenfassen: *Noch einmal fliehen.*

Moma blieb bei Opa in Wien, und wir drei, Mama, Papa und ich, fuhren zurück ins Burgenland – wieder nach Andau, das inzwischen wie sein Gendarm weltberühmt war, weil dort eine Brücke über den sogenannten Einserkanal führte, welcher mitten im Schilf um den Neusiedlersee Österreich von Ungarn trennte. Über diese Brücke flohen Tausende in die Freiheit; wir drei waren die einzigen, die in die andere Richtung gingen, und wir taten es in der Nacht, damit uns niemand sähe – die österreichische Grenzwache nicht, die ungarische Grenzwache nicht, die Fliehenden nicht, die Journalisten aus aller Welt nicht und die hilfsbereiten Österreicher nicht.

Wir schlichen über die Brücke, duckten uns, so dass unsere Körper hinter dem Holzgeländer verschwanden. Auf der anderen Seite verdrückten wir uns ins Schilf und aßen unsere Wurstbrote. Mehr war nicht. Gegen fünf Uhr in der Früh kamen die ersten, Frauen ohne Gepäck. Sie rannten in ihren genagelten Schuhen über die Brücke, dass es klang, als werde aus allen Rohren geschossen. Drüben johlten sie. Als nicht zurückgejohlt wurde, standen sie still um den hölzernen Aussichtsturm herum, den das österreichische Bundesheer neben dem Kanal errichtet hatte. Der Turm war um diese frühe Tageszeit nicht besetzt. Daraufhin schritten sie eilig ins Feld hinein und johlten nicht mehr.

Wir waren in dicke Mäntel gepackt, die hatte Moma organisiert, schäbig, aber warm. Ein stachliger Wind blies, unter ihm hockten wir im Schilf eng beieinander; ich zwischen Mama und Papa kriegte die Wärme aus ihren Lungen ab. Jeden von uns hatte Moma mit einem kleinen Koffer ausgestattet – je weniger einer bei sich trägt, so ging das Gerücht, desto freundlicher würde er empfangen. An der Größe des Gepäcks könne man ablesen, wie viel einem die Freiheit wert sei. In der Nacht vor unserer Abfahrt aus Wien hatte ich meinen Mantel präpariert; hatte das Innenfutter eines Ärmels ein Stück weit aufgetrennt und mein Geld eingenäht, die Scheine. Am nächsten Morgen war ich zum Märzpark gelaufen und hatte die Münzen unter einem Strauch vergraben. Vierundneunzig Schilling. Aufgeteilt auf zwei Socken. Ich sagte zu den Münzen, sie sollten bitte nicht eifersüchtig auf die Scheine sein und bitte nicht in der Erde versinken, ich würde sie hier nicht verrecken lassen, ich würde bestimmt kommen und sie holen, ich wüsste nur noch nicht wann. Das Papiergeld spürte ich in der Achselhöhle, es war immer bei mir, und es fühlte sich sehr gut an.

Gegen sechs Uhr tauchten die nächsten Flüchtlinge auf. Sie kamen langsam näher, gaben keinen Laut von sich, auch nicht, als sie schon über der Brücke waren. Etwa dreißig Männer, Frauen und Kinder waren es. Hinter ihnen fielen wir nicht auf. Inzwischen hatten sich auf der anderen Seite Soldaten und Leute vom Roten Kreuz postiert. Wir hatten Glück und wieder Glück und ein drittes Mal Glück. Erstens, weil es nun noch heftiger stürmte und regnete, mit Schnee dazwischen, und deshalb noch weniger nachgefragt wurde als sonst. Zweitens, weil uns nicht einer der großen Mannschaftswagen zugeteilt wurde, sondern ein Privatauto – man denke sich nur: Eben jener freundliche ungarnstämmige Leutnant, der uns ein halbes Jahr zuvor nach Wien chauffiert hatte, war wieder da mit seinen Leuten! Papa hat ihn an der Stimme erkannt. Was würde der wohl gesagt haben, wenn er uns registriert hätte? Und das dritte Glück: Nur wenige Tage nach unserer »Flucht« sprengten ungarische Soldaten die Brücke von Andau in die Luft. (Später fragte ich meinen Vater, warum wir nicht frischweg auf der österreichischen Seite im Schilf gewartet und uns dort unter die Flüchtlinge gemischt hätten, es wäre auf das Gleiche hinausgelaufen, aber nicht gefährlich gewesen. – Das würden er und Mama als Betrug gesehen haben, antwortete er.)

Vor den Vertretern des Roten Kreuzes sagten wir aus, wir hätten uns von einer Minute auf die nächste entschlossen zu fliehen, wir hätten alles zu Hause gelassen, auch unsere Papiere. Mama hatte mir eingeschärft, ich solle nicht reden, sondern nur starren; starren, wie ich damals gestarrt hätte. Man hat uns umarmt und uns Geld in die Tasche gesteckt. Mama und Papa trugen sich als Frau Dr. Elise-Marie und Herr Dr. Michael Philip und mich als Andres Philip ein.

Zunächst brachte man uns im Flüchtlingslager Traiskirchen unter, Männer und Frauen getrennt, Papa und ich zusammen mit zwanzig anderen in einem Raum. Nach zwei Tagen zog Papa nach Illmitz zu einem Bauern, und Mama und ich fanden Unterkunft bei einer hübschen netten Friseuse in Mattersburg, die den Winter nicht leiden konnte und sich auf den Sommer freute, weil im Sommer in ihrem Garten Hortensien, Löwenmaul, Begonien und Rosen blühten. Sie hatte über einen Lesezirkel einen Stapel Illustrierte abonniert – und Micky Maus. An ein Heft erinnere ich mich: Auf dem Umschlag war Donald abgebildet, Schneebälle fliegen an seinem Kopf vorbei, er ist sichtlich schlecht gelaunt. Der Geldspeicher von Dagobert Duck beeindruckte mich. Ich stellte mir vor, in ähnlicher Weise würde Momas Geld in der Schweiz gelagert.

Mama und ich halfen Frau Buchta in ihrem Laden. Ich habe zum Beispiel Haare zusammengekehrt. Frau Buchta erlaubte mir, mit den Haaren zu experimentieren. Ich legte mir hinter dem Haus ein Depot an. Zuerst wollte ich die Haare nach Farben sortieren. Aber sobald Haare am Boden liegen, sehen sie alle ähnlich aus, jedenfalls die kurz geschnittenen, außer sie sind hellblond oder schwarz – aber wer ist schon hellblond und wer schwarz? –, und wenn sie im Freien auf der Erde liegen, sieht ein Schopf aus wie der andere; und wenn man sie mit Erde und Sand und Asche vermischt, verlieren sie das Haarhafte. Frau Buchtas Freund, der einen 56er DKW Cabriolet, beige mit Stoffdach, besaß und auch über andere Dinge viel wusste, vor allem über den Sternenhimmel, sagte, Haare seien eine Art Dünger. Darum vermischte ich sie mit Erde und Sand und Asche und Schlamm, mit nassem Heu und zerbröseltem Schilf und Sägemehl. Ein anderer Dünger sei Blut, sagte er. Ich ging zum Fleischhauer, dem ich vom ersten Tag an sympathisch war, weil ich die Namen verschiedener Rinderteile kannte – Filet, Hochrippe und Beiried – und gleich bei meinem ersten Besuch mit ihm über ein Rezept für ein Butterschnitzel diskutiert hatte, und erklärte ihm, dass ich eine Spezialerde für Blumen zubereiten wolle, worauf er mir eine Bierflasche halb voll mit frischem Schweineblut gab und mir riet, zerstoßene Eierschalen dazuzugeben und das Sägemehl wegzulassen, stattdessen Torfmull unterzuheben, ruhig viel Torfmull und altes Laub und Pferdeäpfel, und dass ich den Haufen mehrmals am Tag umschaufeln und gegen die Kälte mit Schilf abdecken solle. Ein richtiger Haufen war es nicht. Eine richtige Schaufel benötigte ich dafür nicht; ein Nachbar von Frau Buchta schenkte mir eine Kinderschaufel aus Blech, die genügte. Am Morgen nach dem Frühstück ging ich mit einem Kübel und meiner Schaufel los und sammelte die Pferdescheiße von den Wegen auf. Die Hälfte verwendete ich für mein Experiment, die andere streute ich über Frau Buchtas Rosenbeete. Das war fair, immerhin wohnten wir umsonst bei ihr, auch zum Essen steuerten wir nichts bei. Ihr Freund sagte, bis zum Sommer sei meine Erde womöglich schon durch, wenn ich weiter so fundiert daran arbeite; aber bald verlor ich das Interesse.

Mama ließ sich zeigen, wie man Haare schneidet. Sie stellte sich geschickt an, und einer der Männer, ein Korbbinder, der drei Angestellte befehligte, ließ sie an seinen Kopf und war hinterher zufrieden und sagte, er werde sie seinen Angestellten weiterempfehlen. Ich wurde im Haarewaschen unterrichtet. Ich bekam einen Schemel, auf den stellte ich mich, die Kundinnen legten ihren Kopf nach hinten in eine entsprechend geformte Schüssel, ich goss aus einer Kanne lauwarmes Wasser über die Haare, rieb sie mit Spezialseife ein und massierte sie schaumig. Die Attraktion aber war, wenn Mama und ich zweistimmig sangen, wir bewegten uns im Rhythmus des Liedes, ich massierte im Rhythmus, sie schnippelte. Am besten kam *True Love* an; sie war Bing Crosby, ich Grace Kelly. Diesen und zwei andere Songs aus Herrn Dr. Martins Küchenradio übten wir am Abend in unserem Zimmer und studierten dazu unsere Choreographie. Das Trinkgeld wollte mir Mama allein überlassen. Ich sagte, ich bestehe darauf, dass wir fifty-fifty teilen. Einige Kundinnen wollten, dass ich mir von ihnen die Haare waschen lasse; sie sagten, nie hätten sie ein so vollkommenes Kastanienbraun in so vollkommenen Wellen gesehen, was man damit anfangen könnte, mein Gott. Frau Buchta sagte, wenn ich nicht wolle, müsse ich nicht. Ich wollte nicht. Die Frauen waren deswegen aber nicht gekränkt. Ob sie wenigstens mit ihren Fingern durch meine Haare fahren dürften. Das ließ ich zu. Eine Frau wollte, dass ich mich neben sie stellte und dass wir uns im Frisierspiegel betrachteten. Sie schaute auf mein Bild, ich auf ihres.

Meine Mutter und ich schliefen in einem Bett, es gab nur eines. Ich dachte, das würde ich nicht können, und in den ersten Nächten lag ich lange wach. Ich lauschte ihrem dünnen Schnarchen und empfand Schadenfreude, wenn sie zuckte. Ich glaubte, das rühre von bösen Träumen her, und die gönnte ich ihr, und wieder wurde mir bewusst, wie wenig ich sie kannte. Bisher hatte dieser Gedanke immer ein bisschen Ekel mitgebracht; diesmal nicht. Eltern erzählen ihren Söhnchen und Töchterchen gern von ihrer eigenen Kindheit – und sei es nur, um dem realen Tyrannen einen virtuellen Kumpanen beizugesellen; meine Mutter war für mich immer ohne Herkunft gewesen. Sie hatte mir nie eine Geschichte erzählt von »als ich klein war«. Ich war aus ihr geworden, aber niemand hatte mir je gesagt, dass dies auch nur irgendeine Bedeutung habe – für sie oder für mich. Nun entdeckte ich die

Haut an ihrem Oberarm, die Wärme und den Geruch, und schließlich kroch ich näher an sie heran. Es war kalt in dem Zimmer, die Wände waren zugig. Bis zur Hälfte der Nacht reichte die Glut in dem kleinen, verzierten Kachelofen draußen im Laden, die Tür ließen wir offen. Ich atmete, wie sie atmete, ahmte ihr Schnarchen nach und schlief ein. Ich schlief ein in ihrem Rücken und wachte auf an ihrer Brust.

Ich sagte: »Ich habe geträumt, wir beide liegen in deinem Bett in der Báthory utca.«

»Liegen wir aber nicht«, sagte sie.

»Außerdem habe ich im Traum geträumt, ich träume.«

»Das kenn ich. Das habe ich auch schon geträumt. Und was hast du im Traum in deinem Traum in der Báthory utca geträumt?«

»Dass wir hier in *diesem* Bett liegen.«

»Wie soll das gehen?«, sagte sie. »Was du redest! In der Báthory utca wussten wir nicht, dass dieses Bett überhaupt existiert.«

»Ich hab's in Wirklichkeit gar nicht geträumt. Ich habe dich angelogen.«

»Und warum?«

»Weil es lustig ist. Ich könnte den Frauen davon erzählen. Bestimmt lachen sie. Ich bringe sie durcheinander. Das mögen sie. Wir kriegen Trinkgeld.«

»Nein«, sagte sie.

»Ich würde aber gern«, sagte ich.

»Nein«, sagte sie.

Meine Mama war ein ernster Mensch. Man kann auch sagen, sie war ein humorloser Mensch. Im Gegensatz zu mir, der ich in der Wahrheit stets nur eine Option gesehen habe, sah sie in der Lüge keine. Klar, sie hat hin und wieder gelogen, aber sie hat sich jedes Mal binnen kurzer Frist selbst korrigiert. Sie sagte: »Ich will mich korrigieren, ich habe vorhin nicht die Wahrheit gesagt.« Sie sagte nicht, ›ich habe mich geirrt‹ oder ›ich habe etwas missverstanden‹, wie sich die Lügner – die ungeschickten – verteidigen, wenn man ihnen dahinterkommt. Sie gab zu, die Wahrheit nicht gesagt zu haben, und gestand damit zugleich die Absicht zur Lüge. Und ihren Doktor wollte sie auf alle Fälle machen; davon sprach sie eine Zeitlang jeden Tag, dann nur noch einmal in der Woche, dann nicht mehr.

»Warum darf ich nicht?«, fragte ich.
»Du gibst vor, etwas zu sein, was du nicht bist.«
»Was denn? Ich erzähle nur einen Traum.«
»Den du aber nicht geträumt hast.«
»Was ist schlimm daran?«
»Du machst dich damit interessanter, als du bist.«
»Alle halten mich für interessant. Merkst du das denn nicht?«
»Nein.«
»Aber es ist wahr, sie halten mich für interessant!«
»Dann sag ihnen, dass du nicht interessant bist.«
»Aber ich bin interessant!«
»Wie willst du das wissen?«
»Du könntest es mir sagen.«
»So etwas sage ich zu dir nicht.«

Und mit Ironie konnte sie auch nicht umgehen. Ich weiß, das gilt als Zeichen mangelnder Intelligenz. Das ist aber eine sehr ungerechte Betrachtungsweise und von Lügnern erfunden, die ihre kleinen Verstöße gegen das achte Gebot gern als Ironie bezeichnen, um die Lüge als solche und somit ihre großen Verstöße ins Licht einer Geistesleistung zu stellen.

»Ich habe einen anderen Namen«, sagte ich.
»Das weiß ich«, sagte sie.
»Und wie lange muss ich *diese* Unwahrheit sagen?«

Wenn uns Mama in der Báthory utca besucht hatte, hatte sie mich übertrieben groß angeschaut und in übertrieben raunendem Ton von »etwas überaus Merkwürdigem« erzählt, was ihr auf dem Weg zu uns zugestoßen sei. Ich hatte ihr kein Wort geglaubt, ausgerechnet ihr nicht. Ich hatte gedacht: Warum lügt sie? Und weil alles, was einem zum ersten Mal begegnet, zum Inbegriff wird, war sie für mich der Inbegriff der Lügnerin gewesen. Das Gegenstück zu Moma, der ich wiederum alles geglaubt hatte. Ausgerechnet ihr! Weil sie mich fester an ihre Brust drückte und ihr Busen üppiger und wärmer war als der von Mama; weil Moma lauter lachen und lauter fluchen konnte und weil sie Zigaretten rauchte. Dass die kleinen Geschichten von dem »überaus Merkwürdigen« kleine Geschenke für mich hätten sein sollen, darauf war ich nicht gekommen.

»Bis ans Ende, nehme ich an. Unser wirklicher Name ist hier nicht zu halten und unser wirklicher Stand auch nicht.«

Beim Frühstück entschuldigte sie sich bei mir: für meinen Namen, für ihren Namen, für den Namen meines Vaters, für ihren Doktortitel, für seinen Doktortitel und für alle anderen Annehmlichkeiten, die Flüchtlingen vor dem weltbekannten Aufstand nicht gewährt worden waren und die wir uns durch Lügen erschlichen hatten.

Mama und ich haben oft über Papa gesprochen, vor dem Einschlafen. Dass sie ihn vermisse, sagte sie, und dass er ein gutes Herz habe und einen scharfen Verstand, und ich vermisste ihn auch. Er war einer, den man nicht viel merkte, wenn er anwesend war, der einem aber sehr fehlte, wenn er nicht anwesend war. Einmal haben wir ihn in Illmitz besucht; Frau Buchtas Freund hat uns in seinem DKW chauffiert. Papa sah kräftig und glücklich aus. Er arbeitete mit Tieren und war hochgeschätzt. Bei dieser Gelegenheit durften Mama und Papa eine Runde mit dem DKW fahren. Sie stellten sich beide sehr geschickt an. Ich hätte auch dürfen, aber ich wollte nicht, weil es nicht ernst gewesen wäre. Mit Papa spielte ich einige Partien Schach. Über Opa haben Mama und ich auch manchmal gesprochen. Über Moma nicht ein Wort.

Im Burgenland blieben wir von Ende November bis knapp vor Weihnachten. Die Feiertage verbrachten das Ehepaar Dr. Michael und Dr. Elise-Marie Philip mit Sohn Andres in Wien – nämlich in Momas und Opas neuer Wohnung in Döbling, einem der teuersten und vornehmsten Bezirke der Stadt. Meinen achten Geburtstag am 11. Jänner 1957 feierten wir bereits in *unserer* neuen Wohnung in Meidling; welches ein armer Bezirk ist, dort aber in der Nähe vom Hetzendorfer Friedhof, in der Elisabethallee, die ins hochnäsige Hietzing hinüberführte und dementsprechend mit durchaus prächtigen Villen ausgestattet war. In einer von denen hatte Moma für uns eine Dreizimmerwohnung gemietet – »für vorläufig«, wie sie sagte, womit sie meinte: bis wir das Geld geteilt haben und ihr endlich tun könnt, was ihr wollt. Die Aufteilung des Geldes und der Wertpapiere, und was sonst noch alles im Schweizer Exil über fast vierzig Jahre gereift war, zog sich bis in den Sommer hin. Woran es lag, weiß ich nicht. Nach dem Tod von Opa ging alles sehr schnell. Wir sind aber nicht aus der Elisabethallee ausgezogen. Die Wohnung war nicht schlecht, und an das weniger Gute haben wir uns gewöhnt.

Die Nachmittage auf dem Hetzendorfer Friedhof mochte ich besonders gern, wo ich Namen von den Gräbern in mein Notizbuch abschrieb und mir auf diese Weise eine brauchbare Sammlung zulegte.

8

Ich will an dieser Stelle – als ein Intermezzo – eine Geschichte einfügen, die ich eigentlich nicht verraten dürfte, denn ich habe versprochen, sie bis »in die Unendlichkeit« für mich zu behalten. Unendlichkeit ist allerdings ein Begriff, der außerhalb der Mathematik keine vernünftige Entsprechung aufweisen kann, also nichts weiter darstellt als eine Redensart. Deshalb deute ich leichten Herzens mein Versprechen dahingehend um, dass ich schweigen wollte, bis die in die Geschichte involvierten Personen nicht mehr leben – das tun sie schon lange nicht mehr.

Als Moma ihr berühmtes Buch über den Pharao Echnaton schrieb, war sie achtundzwanzig, ein Wunderkind der Wissenschaft. Ein Exemplar in ungarischer Sprache liegt vor mir, es umfasst 234 Seiten, ist reich bebildert und kommt mit wenigen Fußnoten aus. Das Nachwort hat Levente Habich verfasst, Momas Doktorvater – und damaliger Liebhaber. Ihm ist das Buch auch gewidmet.

Moma hat es nicht geschrieben. Sie hat Assistenzarbeit geleistet. Die war aber erheblich. Habichs Original erstreckte sich über 700 ziemlich mühsame Seiten, dazu kam ein editorischer Apparat von 150 Seiten. Moma hat das Manuskript auf das Wesentliche zusammengestrichen und ins allgemein Verständliche umformuliert. In Habichs Fassung hätte das Buch die Universität wahrscheinlich nie verlassen.

Levente Habich war, ohne zu wissen, dass auch Sigmund Freud am gleichen Thema arbeitete, über die Beschäftigung mit dem »Ketzerpharao« Amenhotep IV aus dem 14. Jahrhundert vor Christi, besser bekannt als Echnaton, auf die Frage nach dem Ursprung der monotheistischen Religion und einer sich daraus entwickelnden allgemein menschlichen Moral gestoßen. Dieser Herrscher hatte alle Götter abgeschafft, ihre Kultstätten schleifen lassen, die Priester entmachtet, den Glauben an ein Leben nach dem Tod verboten und nur einen Gott gelten lassen – Aton, der keine Erscheinung kennt, also unsichtbar ist und durch die Sonnenscheibe lediglich symbolisiert wird. Nach seinem Tod wurde sein Name aus den Annalen des Reiches gelöscht, und Ägypten kehrte zu seiner alten Religion zurück. Erst im 19. Jahrhundert wurde er wiederentdeckt. Habich hatte viele Jahre zu diesem Thema gesammelt. Als Freud seinen ersten Aufsatz über Echnatons folgenschwere Revolution veröffentlichte und weitere Ausführungen ankündigte, meinte er, damit sei seine These abgeschlossen, die da lautete: Moses sei in Wahrheit ein Priester des Echnaton gewesen, der den Eingottglauben des Pharao an die im ägyptischen Exil lebenden Israeliten weitergegeben habe. Er hatte sich Weltruhm erhofft, nun hielt er weitere Ausführungen seinerseits nicht mehr für nötig; er würde als ein Epigone dastehen, als ein Zuspätgekommener. Er verfiel in Schwermut und wollte sich nicht weiter mit diesem Stoff beschäftigen. Aber eine vierundzwanzigjährige Studentin überzeugte ihn davon, dass Freud vielleicht *vor ihm* diesen sensationellen Gedanken zu Papier gebracht habe, dass aber bis heute keine ausführliche Lebensbeschreibung dieses Echnaton existiere und dass die Menschen um Himmels willen wissen wollen, wer dieser Mann gewesen sei, der unsere Moral erfunden hat – und auch wer seine Frau gewesen sei, Nofretete, die ihn zu dieser Großtat ermutigt habe.

Professor Habich verliebte sich in die Studentin und berief sie zu seiner Assistentin – und nahm seine Arbeit wieder auf. Und war glücklich.

Heraus kam etwas anderes, als sich seine Muse gewünscht hatte. Nicht eine Biographie über Echnaton und Nofretete und deren gemeinsamem Sohn Tutanchamun war es – das war es auch, aber zugewuchert von einem Gestrüpp aus Zitaten und Querverweisen, Wiedergaben von verschiedenen Theorien und deren Widerlegungen, von Quellendiskussionen und Kulturvergleichen, von Vorgeschichten und Rezeptionsgeschichten, von detaillierten Ausgrabungslisten und verschiedenen Interpretationen durch Wissenschaftler aus aller Welt – kurz, ein ungenießbares Konvolut, das seine Kollegen mit Sicherheit loben, aber mit Sicherheit nicht lesen würden, nicht einmal die Kollegen.

Die Studentin sagte: »Ich würde es anders machen.«

Der Professor fragte: »Wie denn?«

Und dann machte sie es anders.

Das Ergebnis fand Professor Habich zunächst »sehr hübsch«, seinen Namen wollte er unter dieses Werk natürlich nicht setzen. Er schenkte es Moma als eine Art Morgengabe. Der Mann war vierzig Jahre älter als sie und bis zur Trottelhaftigkeit verliebt. Er glaubte weder daran, dass sie sich um eine Veröffentlichung bemühen, noch dass das Buch je einen Verlag finden würde. Er nahm es als ihre Dissertation an, gab ihr die beste Note und schrieb einen Begleitbrief, falls sie sich an irgendeinem Institut auf Gottes weiter Welt um eine Stelle bewerben wolle. Nachdem ihm Moma den Laufpass gegeben und das Buch doch einen Verlag gefunden und bei seinem Erscheinen viel Beachtung erfahren hatte, viel mehr als jemals eines seiner Bücher, ging er gerichtlich gegen sie vor. Momas Buch wurde von einem Experten mit Habichs Manuskript verglichen, und der Professor bekam nicht recht. Seine Arbeit wurde als »Vorarbeit« bezeichnet; die Tatsache, dass er das Nachwort (das war der Begleitbrief) verfasst hatte, wurde als »Einverständnis« gewertet. Mit seiner Klage, hieß es, versuche er, »an der ehemaligen Geliebten Rache zu üben«. Als Vierteljude tat sich Professor Habich schwer, seinen Argumenten das nötige Gewicht zu verleihen. Er verließ Ungarn 1942 und zog in die USA.

(Sebastian hat ein Exemplar des Typoskripts von Habichs Arbeit in der Nationalbibliothek ausheben lassen und Momas Buch parallel dazu gelesen. Frau Dr. Fülöp-Ortmann, meinte er, habe nicht einen einzigen eigenen Gedanken eingebracht; ihre Arbeit bestehe in der Kürzung ganzer Kapitel ebenso wie einzelner Sätze; sie habe Habichs Formulierungen übernommen und nur an wenigen Stellen Übergänge hinzugefügt, damit die Schnitte nicht allzu abrupt ausfielen. Sein Urteil: eine sehr gute Lektorin.)

Momas Buch wurde ein riesiger Erfolg. Bis heute erschien es allein in Ungarn in über zwanzig Auflagen, und es wurde in fünfzehn Sprachen übersetzt. Moma rückte nach dem Abgang von Habich auf dessen Lehrstuhl nach; sie hielt Vorlesungen und leitete Seminare, wurde zu Kongressen eingeladen und sprach immer über das gleiche Thema, über das sogenannte Neue Reich, die 18., 19. und 20. Dynastie, und schon nach kurzer Zeit hatten auch die Spezialisten vergessen, dass dies das Spezialgebiet eines gewissen Professors namens Habich gewesen war – nach kurzer Zeit war Professor Habich vergessen.

Durch Habichs Klage war ihr Verhältnis publik geworden. Opa hatte zwar davon gewusst, war aber bereit gewesen, es zu tolerieren, solange sein Ruf nicht darunter leide. Nun, meinte er, leide er darunter. Die beiden trennten sich. Opa zog zu einer Kollegin von der Semmelweisklinik, mit der er schon seit längerem eine Beziehung unterhielt; Moma blieb mit Mama in der Báthory utca zurück. Mama war damals elf Jahre alt, und Ungarn befand sich im Krieg an der Seite des Deutschen Reiches.

Fast sieben Jahre lang lebten Moma und Opa getrennt. Der Grund, warum sie wieder zusammengingen, war ich. Moma war der Meinung, meine Mutter sei mit ihren achtzehn Jahren zu jung, um ein Kind aufzuziehen, und sie selbst mit sechsunddreißig nicht zu alt, um eine Ersatzmutter zu sein. Und Opa hatte wohl auch nichts dagegen, den Großvatervater zu spielen. Die Beziehung zu seiner Kollegin führte er eine Weile fort, bis sie schließlich nicht mehr fortzuführen war.

Auf die Geschichte von Momas Buch hat mich Herr Dr. Martin aufmerksam gemacht. Ich weiß nicht, wie er sie rausgekriegt hat. Dass Moma sie ihm gebeichtet hat? Selbstpreisgabe als eine Form von Erpressung – »Ich habe mich ganz vor dir entblößt, das verpflichtet dich, bei mir zu bleiben!« –, dass dies ihre Absicht war? (Sebastian hält es für wahrscheinlich. Er hat viel übrig für psychischen Masochismus. Ich erinnere mich an einen Spaziergang, ich war fast sechzehn, er fünfzehn, als er mir mit solcher Inbrunst von Dostojewskis *Erniedrigte und Beleidigte* erzählte, dass ich ihn entgeistert fragte, ob er sich eine Leidenschaft ganz ohne Schmerz überhaupt vorstellen könne. Seine Antwort: »Nein.« Ob eine Leidenschaft ohne Schmerz wenigstens wünschenswert sei? Seine Antwort: »Nein.«)

Ich begriff, dass Herr Dr. Martin mit dieser Geschichte eine Waffe gegen Moma in der Hand hatte.

9

Als wir aus dem Burgenland nach Wien zurückkehrten, fanden wir Moma in einem jämmerlichen Zustand vor. Sie hatte abgenommen, rauchte noch mehr und konnte keine Ruhe geben und keine Ruhe finden. Opa lag nur im Bett, er sagte, sie sei verrückt geworden, die arme Frau. Manchmal streune sie in der Nacht durch die Stadt, und sie vernachlässige sich. Wenn sie etwas esse, müsse sie sich gleich übergeben. Der Grund: Herr Dr. Martin hatte sich wieder mit der Frau zusammengetan, an die er immer hatte denken müssen. Seine sieben Nein waren sieben Lügen gewesen. Er hatte sich nicht *wieder* mit ihr zusammengetan; er war die ganze Zeit über mit ihr gewesen; nicht mit ihr *zusammen* gewesen war er, das nicht, aber »mit ihr gewesen«. So drückte sich Moma aus. Er habe diese Frau in seinem Herzen und in seinem Kopf gehätschelt. Die ganze Zeit. Sie schluchzte, sie fluchte, und sie verteidigte Herrn Dr. Martin gegen Mamas Analysen und Papas Vorbehalte, und wenn ihn Opa gegen meine Eltern in Schutz nahm, sagte sie: »Du bist der einzige, der mich versteht, Ernö.« Moma war bloß eine Affäre gewesen, mehr nicht. Heute frage ich: Was hatte sie sich eigentlich erwartet? Ich glaube dies: Dass Herr Dr. Martin zu ihr und Opa zieht, dass sie zu dritt zusammenleben. Dass sie warten, bis Opa stirbt. Und dass auch Opa darauf wartete zu sterben. Ohne Bitterkeit. Dass er vielleicht sogar damit einverstanden war, wenn Herr Dr. Martin sein Nachfolger und Erbe würde. Aber Herr Dr. Martin hatte sich nur an Moma satt machen wollen. Er verlobte sich heimlich mit jener und besuchte weiter Moma. Und irgendwann hatte er es vor Moma zugegeben. Und er war dabei sehr brutal gewesen. Er hatte gesagt: »Du ekelst mich an.« Er hatte eine Woche nichts mehr von sich hören lassen. Aber nach dieser Woche war er wieder gekommen. Und Moma hatte ihn nicht weggeschickt, und er war geblieben. Bis er wieder zu ihr sagte, sie ekle ihn nur an.

Herr Dr. Martin hatte sich nur satt machen wollen. Diesen Satz hörte ich immer wieder, immer wieder, geflüstert, geschrien, kalt ausgesprochen, zärtlich gehaucht, in Weinkrämpfen herausgewürgt. Sie sagte, sie will sterben. »Ich will sterben. Warum gibt mir niemand den Gnadenschuss? Ich werde nie von ihm loskommen! Ich werde nie wieder frei sein! András, komm her! Liebst du mich, András? Nimm das scharfe Fleischmesser, hau es mir ins Herz! Man wird dich nicht ins Gefängnis sperren, du bist ja noch ein Kind. Er hat sich nur satt machen wollen, und jetzt ist er satt. Er hat alle Freiheit aus mir herausgefressen. Die Freiheit wohnt im Herzen, András. Meines ist leer gefressen. Drum nimm das Messer, András, das scharfe! Es gibt nur eine Freiheit, die heißt Tod!«

Darum habe ich mich von Döbling aus auf den Weg nach Hietzing gemacht, um mit Herrn Dr. Martin zu sprechen. Zu Fuß durch den Schneematsch bin ich gegangen. Wie der Büßer und Pilger, über den in einer Geschichte des Anonymus berichtet wird. Beten konnte ich nicht, nicht einen Wortlaut kannte ich. Ich bereitete mir eine Rede vor, während ich ging – wie der Büßer und Pilger seine Verteidigung vor dem Herrn –, schrieb mit klammen Fingern die Straßennamen in mein Notizbuch – Billrothstraße, Krottenbachstraße, Abzweigung zum Türkenschanz Park, Wattgasse durch Ottakring und Penzing bis nach Schönbrunn und auf der Linzerstraße nach Hietzing. Keiner in unserer Familie kannte Wien so gut wie ich. Ich sprach laut mit mir selbst, war einmal ich, einmal Herr Dr. Martin, einmal versuchte ich ihn, einmal versuchte er mich zu überzeugen. Ich hatte die besseren Argumente. In meinem Spiel gab er nach. Aber was das bedeutete, wusste ich nicht. Wie sollte er nachgeben? Indem er zu Moma zurückkehrte? Indem er irgendetwas unternahm, damit sie ihn nicht mehr so sehr liebte? Ich dachte, man kann dieses Problem mit Reden lösen; sie hat nur nicht richtig geredet mit ihm; sie hat nie richtig geredet mit ihm; er wird nur darauf warten, dass sie richtig mit ihm redet; und ich dachte, ich kann mit ihm reden, ich kann es besser als jeder andere aus unserer Familie. Meine Füße waren nass bis über die Knöchel, und meine Haare trieften, vom Himmel fielen Schnee und Regen, und ich hatte vergessen, meine Mütze mitzunehmen.

Herr Dr. Martin war nicht zu Hause. Vom Stiegenhaus aus konnte ich in die Gärten sehen. Es war der gleiche Blick wie von der Küche aus, nur um ein paar Grad verschoben. Schnee lag. Keine Fußspuren waren zu sehen. Immer noch stand der Autoanhänger mit der blau lackierten Deichsel im Hof. Es tat mir leid, dass ich nur selten dort draußen gewesen war. Dass ich nie über die Mauer geklettert war, hinüber in den Park, wo der Ahornbaum mit dem gespaltenen Stamm wuchs. Ich mochte Schnee, ich mochte den Winter eigentlich lieber als den Sommer; erst vor kurzem hatte ich festgestellt, dass an einem sonnigen Wintertag die Schatten etwas Dunkelblaues an sich haben.

Ich setzte mich auf die Stufen und wartete.

Als er mich sah, kullerten ihm die Tränen heraus. Er nahm mich in die Arme. Sein Weinen galt mir, das merkte ich wohl. Es hätte auch sein können, er weinte, weil alles so gekommen war oder weil ihm manches leid tat. Aber er weinte aus Freude, weil er mich sah. Wenn ich irgendwann genügend Kraft habe, dachte ich, werde ich keine Umarmung mehr zulassen, nicht eine einzige, egal von wem; und niemandem würde ich erlauben, mir in die Haare zu fahren, sie gehörten mir.

Er führte mich in die Küche und stellte uns Milch für eine Ovomaltine auf und rubbelte mit einem Handtuch meinen Kopf trocken, hängte meine Hose über das offene Backrohr, stopfte meine Schuhe mit Zeitungspapier aus und gab mir seinen Bademantel. Er sagte nichts, wischte sich immer wieder mit dem Ärmel übers Gesicht und schneuzte sich in sein Taschentuch. Er trug Sachen, die ich nicht kannte. Vornehme Sachen. Einen Anzug mit einer weinroten Weste darunter. Seine silberne Gürtelschnalle war seitlich verschoben. Er meinte, ich sei zu ihm gekommen, weil ich es zu Hause – das hieß für ihn: mit Moma – nicht mehr aushalte. Darum hatte er geweint: weil ich ihn als Exil gewählt hatte. Für zwei Stunden lang glaubte er, er könnte ein Freund in meinem Leben werden. Ein halbes Jahr zuvor hätte es mir gefallen. Er hätte mir beigebracht, wie man sich Sachen aus einem Buch abschreibt, die man sich merken möchte. Wer würde mir das im Leben beibringen? Er wäre mit mir durch die Stadt von Denkmal zu Denkmal gegangen und hätte mir die entsprechenden Geschichten erzählt; später hätte er mir das Autofahren gezeigt; ich hätte von ihm Ägyptisch und mit ihm Russisch gelernt und Englisch und Französisch dazu und Geometrie.

»Wir haben uns viel zu selten miteinander beschäftigt«, sagte er nun. Wir wärmten unsere Hände an der Tasse und sahen einander an. »Wenn das alles längst vorbei sein wird, werde ich an diese Monate zurückdenken als an die Zeit, als ich András kennen gelernt habe.«

»Andres. Jetzt Andres.«

»Es wäre schön, wenn wir beide weiter in Kontakt blieben. Ich würde mir das sehr wünschen. Du auch?«

»Ja.«

»Bist du inzwischen in der Schule?«

»Nein.«

»Nein? Nein! Es ist ein Verbrechen, nicht alles zu unternehmen, um jemanden wie dich zu fördern. Das denkst du doch auch, oder?«

»Weiß nicht.«

»Natürlich denkst du das. Du bist gescheiter als wir alle miteinander.«

Er konnte nicht sitzen bleiben, er war viel zu aufgeregt. Mit der Tasse in der Hand ging er durch seine Küche, die blitzblank aufgeräumt war (keine Erinnerung an uns). Nicht ich hielt ihm eine Rede, sondern er mir – oder eher er sich selbst, denn er nahm keine Rücksicht darauf, dass ich ein Kind war, von dem unmöglich erwartet werden durfte, dass es alle Worte kannte, die er verwendete. Dass er viel über uns nachgedacht habe, sagte er, über Moma, Mama, Papa, und auch viel über sich selbst nachgedacht habe. Dass er nie etwas Ähnliches erlebt habe wie im letzten halben Jahr. Dass ein anderer Mensch aus ihm geworden sei.

»Und das wusste ich am ersten Abend schon. Nein, schon als ich euch im Institut gesehen habe, wusste ich, wenn ich mich auf diese Menschen einlasse, wird ein anderer Mensch aus mir werden. Ich wusste, ihr werdet alle Hölzchen meines Lebensmodells durcheinanderwirbeln. Kannst du dir das vorstellen?«

»Weiß nicht.«

»Und ich war einverstanden damit! Das ist es ja! Ich war einverstanden gewesen! Angst hatte ich vor etwas anderem gehabt. Angst hatte ich vor dem normierten termitenhaften Dasein gehabt, in das ich hineinzurutschen drohte. Ich bin vierzig. Vierzig! Ich habe die Universität praktisch nie verlassen. Ich war nie im Ausland, außer zweimal in Ägypten. Und was habe ich dort erlebt? Ich war zusammen mit Ägyptologen in einem Kongresshaus und zusammen mit Ägyptologen im Hotel. Und was habe ich mit ihnen gesprochen? Genau das Gleiche, was ich mit meinen Kollegen und Kolleginnen und meinen Studenten im Institut bespreche. Was werde ich mir im letzten Atemzug vorwerfen? Sollte man sich diese Frage nicht in jedem Augenblick des Lebens stellen? Nicht erst am Schluss? Was meinst du?«

»Weiß nicht.«

»Doch, das sollte man! So habe ich gedacht. Und was wird die Antwort auf diese Frage sein?«

»Weiß nicht.«

»Die Antwort wird sein: Du hast zu wenig gelebt! Du lebst zu wenig. Immer und auf alle Fälle wird die Antwort sein: Du hast zu wenig gelebt! Ich will dir eine Geschichte erzählen. Und du sollst mir sagen, ob ich richtig oder falsch gehandelt habe. Ob ich richtig oder falsch handle. Wozu du mir rätst, das werde ich tun.«

Er hielt ein Selbstgespräch, sprach mit selbstgefälliger Feierlichkeit, erzählte sich selbst von sich selbst und brauchte dazu mich, um sich gnädigerweise einbilden zu dürfen, eines dieser Selbste sei nicht er, sondern ein anderer. Und genauso mühsam erzählte er. Er bewegte die Hände, als würde er etwas Kleines auspacken. Und in dem Kleinen war ein noch Kleineres, das er ebenfalls auspackte. Und so weiter. Am meisten langweilte ich mich, wenn er nach ausgefallenen Worten und Wendungen suchte; und dass er danach suchte, um mir zu imponieren, machte die Langeweile nicht erträglicher. Er spielte seine Bewunderung für sich selbst mir zu und erwartete, dass ich sie an ihn zurückspielte. Wie konnte dieser Mensch nur so schlecht erzählen! Er konnte nicht ums Verrecken zwischen Wesentlichem und Unwesentlichem unterscheiden. Dass sie – Moma und er – schon am ersten Abend, als sie auf dem Weg vom Krankenhaus nach Hause waren, nicht hätten aufhören können, sich zu küssen. Folgendes habe er gesagt: Lass uns gemeinsam eine Vergangenheit schaffen, die der Erinnerung wert ist! Diese Leidenschaft! An jeder Ecke. Mitten auf dem Gehsteig. Nicht einmal unter einen Baum hätten sie sich gestellt. Folgendes habe er gesagt: Lassen wir es nicht zu, dass irgendetwas den Reiz dieses Geheimnisses zerstört! Diese Leidenschaft! Auf der Straße hätten sie sich geküsst, mit freier Sicht in alle Richtungen. Dass er nie so geküsst worden sei in seinem Leben. Und dass er sich gedacht habe, was habe ich sonst alles nicht gehabt in meinem Leben.

»Alles war zu wenig, habe ich gedacht, alles ist zu wenig. Immer alles zu wenig.«

Dass er aber heute nicht mehr so denke.

»Man kann nicht sein Leben nach dem ausrichten, was man eventuell – eventuell!! – im letzten Augenblick denken wird. Auf diesen letzten Augenblick ist gepfiffen, wenn das Leben davor ein Irrsinn war. Ein glücklicher letzter Augenblick gegen ein irrsinniges Leben – was soll das für ein Tausch sein? Die Wahrheit kann nur ein richtiges Leben sein. Ein rechtschaffenes Leben. Man kann ein Leben nicht auf einer Illusion aufbauen! Und schon gar nicht auf einer Lüge! Ein Leben dauert Millionen und Abermillionen Augenblicke. Ich will ein richtiges, ruhiges, geregeltes Leben haben, ein geregeltes Einkommen und eine ruhige, geregelte Karriere. Dafür will ich gern im letzten Augenblick jammern. Ein Augenblick dauert nicht lange. Weißt du, wie lange ein Augenblick dauert?«

»Ja.« Ich schloss die Augen, schlug sie auf und schloss sie wieder. »So lange.«

»Was bist du für ein lieber kleiner Mensch«, sagte er, und ich hörte seiner Stimme an, dass ihm wieder die Tränen herunterrannen, und ich dachte, diesmal gelten sie ihm selbst, wahrscheinlich haben sie nie mir gegolten. »Was bist du für ein lieber kleiner Mensch, András.«

»Ich heiße jetzt Andres.«

Ich saß auf dem Kanapee, das mit rotem Samt überzogen, in der Mitte eingesackt und an den Ecken abgewetzt war und das ich wirklich gut kannte und das sich freute, dass ich wieder hier saß. Herr Dr. Martin stand vor mir, die Unterseite seines Kinns verdeckte die Hälfte seines Gesichts.

»Muss ich ein schlechtes Gewissen haben?«, fragte er.

»Weiß nicht.«

»Weil ich die friedliche Seite der Schönheit will?«

»Weiß nicht.«

»Ich bildete mir ein, sie gibt mir alles, was sie hat. Aber sie gab mir gerade so viel, wie ich zu empfinden glaubte. Verstehst du den Unterschied?«

»Weiß nicht.«

»Sie hat in Wahrheit nichts gegeben, sie hat nur genommen. Verstehst du, dass ich mich gegen deine Moma zur Wehr setzen muss?«

»Ja.«

»Weil sie mich sonst auffressen würde?«

»Ja.«

»Würdest du das an meiner Stelle zulassen?«

»Nein.«

Er setzte sich neben mich auf das Sofa und erzählte die Geschichte von Momas Buch. Und ich zweifelte nicht einen Augenaufschlag lang an seiner Absicht, nämlich: dass ich Moma davon berichten sollte. Dass er mir das Versprechen abnahm, ihr nichts, nicht ein Wort über unser Gespräch zu melden, nahm ich als ein weiteres Indiz dafür, dass er genau das wollte. Auch er war ein Lügner. Und wie mancher Lügner glaubte er, nichts animiere einen mehr zur Lüge, als wenn man einen Schwur auf die Wahrheit leistet. Moma sollte wissen, dass er bereit war, ihr Geheimnis zu verraten. Dies war eine Drohung. Vielleicht eine Gegendrohung. Womit sie ihm drohte, wusste ich nicht.

Zu Hause erzählte ich Moma, dass ich Herrn Dr. Martin besucht hätte und dass er von mir verlangt habe, ich solle ihm die Hose aufknöpfen und seinen Penis in den Mund nehmen.

Darauf hin ruinierte Moma seine Karriere, seine Verlobung, sein Leben. Sein Versuch, Momas Autorschaft an ihrem Buch in Zweifel zu ziehen, wurde als besonders niederträchtig bezeichnet.

10

Es gibt gerade unter Geistesmenschen nicht wenige, die meinen, für die Lüge Partei ergreifen zu müssen, weil diese unter Umständen der Wahrheit, der *wahren Wahrheit* nämlich, mehr diene als die redlichste Abgleichung von Aussage und Tatsache. Ihr Argument ist bekannt: Jeder habe seinen eigenen Blick auf die Dinge, es könne bei Liebe und Kampf (den angeblichen Lieblingsbetätigungen des Menschen) keine Objektivität geben; also bestehe zwischen sogenannter Wahrheit und sogenannter Lüge lediglich ein Farbunterschied. Sie nennen als Zeugen Kurosawas Film *Rashomon* oder den weder von mir noch von ihnen gelesenen *Don Quixote* oder – erstaunlich selten – »die eigene Erfahrung«. Die Feinspitze dieser Schule treten sogar an, die Lüge zu veredeln, indem sie vorschlagen, die sie fassende Möglichkeitsform als Triumph des menschlichen Geistes über die Materie zu begreifen: Was ist, ist auch ohne uns; was hingegen *sein könnte,* ist es kraft innerer Zustimmung, also irgendwie sogar mehr. Andere definieren politisch und behaupten, was Wahrheit genannt werde und was Lüge, unterscheide den, der Macht habe, von dem, der keine habe – in der Welt, im Staat, im Betrieb, in der Familie, im Bett. Über die Strecke eines Gesprächs sind die einen wie die anderen zufrieden, im Bösen das Gute entdeckt zu haben. Sie verfügen über einen differenzierenden Geist, darum sind sie Geistesmenschen. Man braucht sie nicht anzulügen, sie tun es selbst – ihnen zuzustimmen genügt. Sie sind im Aussterben begriffen. Sie haben die Präambel nicht kapiert: *Der Lügner muss zu sich selbst ehrlich sein, sonst geht er unter.*

Die Männer, mit denen ich manchmal Bier trinke, haben keine Ahnung von mir, weil sie keine Ahnung haben wollen, und sie wollen keine Ahnung von mir haben, weil es für ihr Leben nicht dringlich ist. Das ist mir angenehm. Wenn wir in der Nacht auseinandergehen, ist einer dem anderen keines weiteren Gedankens mehr wert. In Abwesenheit bin ich für sie »der Joe«, habe ich mir sagen lassen; wenn sie sich mit mir unterhalten, nennen sie mich respektvoll Sie und »Joel« oder »Herr Spazierer«.

Wenigstens einer von ihnen hat Geld, ein Bauunternehmer; sehr viel Geld, muss ich annehmen, denn er verpulvert es in Rumänien, Russland, Afrika bei der Jagd auf Wölfe, Bären, Zebras. Seine Frau will Schriftstellerin werden. Ich habe erzählt, dass ich mit einem Schriftsteller befreundet bin und dass er mich animiere, ein Buch zu schreiben, da hat er »zugegeben«, seine Frau möchte auch eines schreiben. So sind wir auf das Thema gekommen. Er ist ein Zyniker, der in den menschlichen Niederlagen einzig und allein schlechtes Theater sieht – und ein geschickter Lügner ist er auch. Er tut vor uns, als wäre er von seiner Frau, ihren Ideen, ihrem Roman (von dem es erst den Titel gibt: *Die Katzen von Castiglione della Pescaia*) begeistert; lässt uns aber durch dieselben Worte merken, dass diese Begeisterung in Wahrheit Sorge sei, ein Gut-Zureden eigentlich, ein loyales Mithelfen beim nutzlosen Versuch, auf diesem aufgeweichten Boden Selbstbewusstsein zu errichten – und sagt damit ein Dreifaches. Erstens: Ich glaube nicht eine Sekunde an ihren Roman, an ihre Ideen, an sie. Zweitens: Ihr dürft ruhig wissen, was ich in *wahrer Wahrheit* von meiner Frau halte, aber ihr sollt es selber herausfinden, damit ich meine Niedertracht euch anhängen kann. Drittens: Ich stehe trotz allem zu meiner Frau. Wobei ich vermute, dass dieses unausgesprochene und nur von uns zu denkende *trotz allem* das Kernstück seiner Welt- und Menschanschauung darstellt, die wiederum folgendermaßen lauten könnte: Ich bin der Überzeugung, dass alle gleich sind, und ich kann nichts dafür, wenn sie es nicht sind, will aber meinen Glauben, auch zum Preis der Selbstbeschädigung, aufrechterhalten, weil ich nämlich Humanist bin – Beweis: Ich schieße nur auf Tiere. Als wir uns darüber unterhielten, womit ich mein Buch beginnen solle, und die Runde mir riet, auf alle Fälle mit etwas Lustigem, sagte ich, ohne den Großwildjäger aus dem Visier zu lassen: »Ein Mann erschießt seine Frau, weil er ihre Minderwertigkeitskomplexe nicht mehr länger erträgt. Was halten Sie davon?« – Wir lachten; er auch. Alle waren wir der Meinung, es wäre ein gelungener Anfang für einen Roman, wenn jemand jemanden in einem lustigen Zusammenhang erschießt. Jeder hat eine Szene beigesteuert. Die mir die lustigste erschien, habe ich in den Anfang genommen.

Einmal hörte ich jemanden sagen: Wir verlieren unsere Unschuld in dem Moment, in dem wir begreifen, dass uns nicht alle Welt liebt. Ich habe sofort verstanden, was er meinte, und wusste, ich habe meine Unschuld bis heute nicht verloren und würde sie nie verlieren.

DRITTES KAPITEL

1

Eine Woche vor den Sommerferien 1958 – es war am Freitag, den 4. Juli (ich habe ein amtliches Dokument mit diesem Datum vor mir) – sah ich, als ich aus der Schule trat, auf der anderen Straßenseite einen Mann stehen, an dem mir nichts bekannt vorkam – nichts bis auf die Bewegung, mit der er die Zigarette zum Mund führte, die Bewegung, mit der er die Asche weit vom Körper abklopfte, und die Art, wie er den Rauch seitwärts ausblies. Ich wusste, es war Major György Hajós, jener ÁVH-Offizier, der meinen Opa in der Budapester Stalinstraße verhört und anschließend den Folterknechten übergeben hatte und hinterher so beschämt darüber gewesen war – wo es sich obendrein um »ein närrisches Versehen« gehandelt hatte! –, dass er Moma und Opa auf Knien um Vergebung gebeten und unsere Familie über Monate hinweg mit den leckersten Dingen versorgt hatte. Er hatte einen schwarzen breitkrempigen Hut auf dem Kopf und einen buschigen Vollbart im Gesicht, ebenfalls schwarz (wie ich annahm, gefärbt, denn seine Haare waren in Budapest blond gewesen), und eine getönte Brille mit dicken Rändern wie der Pandabär im Tiergarten von Schönbrunn. Weil ich mir bei diesem Menschen nicht vorstellen konnte, dass er zufällig hier stand, ich also dachte, dass er meinetwegen gekommen war, überquerte ich die Straße und ging direkt auf ihn zu. Er drehte sich um und schritt schnell davon. Aber ich lief hinter ihm her, und als er ebenfalls zu laufen begann, rannte ich, so schnell ich konnte, und erwischte ihn am Ärmel. Er riss mich an sich und packte mich an Nacken und Stirn. Wenn ich nur einen Laut von mir gäbe, breche er mir das Genick, zischte er – auf Ungarisch. Ich sagte – auf Deutsch: »Das glaube ich nicht.« Und ich hatte recht. Er fragte mich, woran ich ihn erkannt hätte. Ich antwortete – diesmal in unserer gemeinsamen Muttersprache –, an ihm selbst. Es dauerte eine Weile, bis er verstand; am Ende lachte er laut, und eine Frau, die uns gerade mit ihren Einkaufstauschen am Arm überholte, drehte sich zu uns um. Was ihn auf der Stelle verstummen ließ. Er zog mich neben einem Wirtshaus in die Einfahrt und postierte sich hinter mir, von draußen sollte man nur meinen Rücken sehen. Er war klein und ich für meine neuneinhalb Jahre groß; er duckte sich und blickte immer wieder an mir vorbei auf die Straße.

»Du lügst«, sagte er. »Du hast mich beobachtet. Das ist der Name der Wahrheit. Wie sollte sie sonst heißen? Hast du mich gestern schon gesehen? Jemand hat dir gesagt, dass ich es bin. Wer hat dir das gesagt?«

»Warum haben Sie sich die Haare gefärbt?«, fragte ich. »Und warum haben Sie sich einen Bart wachsen lassen?«

»Und sonst noch Fragen? Was willst du von mir?« Er bemühte sich, gefährlich zu klingen. Aber er war nur ängstlich.

»Gar nichts«, antwortete ich. »Ich frag nur. Es geht mich nichts an. Manche Männer haben einen Bart, manche keinen. Fragen darf man.«

»Und warum bist du mir nachgelaufen?«

»Ich weiß nicht. Weil ich Sie von Budapest her kenne. Ich treffe nicht oft Leute, die ich von Budapest her kenne. Und wenn einer läuft, läuft man automatisch hinterher.«

»Läuft man automatisch hinterher? Tut man das? *Ich* weiß das nicht. Wo steht das geschrieben? Nirgends steht das geschrieben. Oder steht das irgendwo geschrieben? Hast du mit jemandem über mich gesprochen? Dass ich in Wien bin?«

»Wie soll das gehen? Ich habe Sie erst vor fünf Minuten getroffen. Ich war in der Schule. Sie brauchen sich nicht den Kopf zu zerbrechen, niemand erkennt Sie.«

»Du jedenfalls *hast* mich erkannt. Du meinst, weil du schlauer bist als die anderen?«

Darauf antwortete ich nicht.

Er fragte, ob ich schreien werde, wenn wir auf die Straße treten.

»Nein.«

Ob ich davonlaufen werde.

»Nein.«

Er streckte den Kopf aus der Einfahrt, schaute nach links und rechts. Es war Mittag, und kein Mensch war zu sehen. Wir überquerten die Gasse, weil drüben Schatten war, unsere Schuhe hinterließen Abdrücke auf dem weichen Asphalt. Major Hajós' Stirn färbte sich rosa, Schweißperlen standen darauf, das Haar klebte an seinen Schläfen wie Entengefieder. Warum er die Jacke nicht ausziehe, fragte ich, und den Hut nicht abnehme. Er habe viel durchgemacht, sagte er, unsäglich viel. Ich solle ihm nicht böse sein, das Schaf sehe in allem den Wolf. Aber nun gehe es aufwärts. Er sei sehr einsam in Wien, schon seit über einem Jahr habe er mit niemandem gesprochen. Der Mensch werde unter dieser Last trübsinnig und misstrauisch. Und vor ein paar Tagen habe er mich zufällig auf der Straße gesehen, einen wie mich vergesse man nicht, das Herz sei ihm aufgegangen. Vor dem Einschlafen sage er das einzige Gedicht auf, das er kenne, nur um ein bisschen Zwiesprache zu halten.

»Kennst du Dániel Berzsenyi? Hast du von ihm in der Schule gelernt? Nicht in der österreichischen Schule, in der ungarischen Schule, meine ich. Den Einsiedler von Nikla! Was ist das! Was ist das mit euch! Unseren größten Dichter! Ich bin in Nikla geboren. Ich werde Nikla nie wiedersehen. Ist mir auch egal. Ist mir nicht egal. Ist mir egal. Hervad már ligetünk, s díszei hullanak. Tarlott bokrai közt sárga levél zörög. Nincs rózsás labirinth, a balzsamos illatok közt nem lengedez a Zefír … Weiter weiß ich nicht. Was für ein schönes Gedicht! Ich habe weitergewusst, aber das schwere Leben hat alles aus mir herausgeprügelt.«

Er hielt meine Hände fest und küsste sie und nahm die Sonnenbrille ab, um mir seine Tränen zu zeigen (was mich nicht wunderte, hatte ich doch die Erfahrung gemacht, dass Küsse und Tränen zusammengehörten, jedenfalls, wenn ich der Geküsste war). Er würde mich gern in eine Konditorei einladen und mit mir ein bisschen plaudern, nur aus diesem Grund habe er vor der Schule auf mich gewartet, ich dürfe mir nichts anderes denken; er sei einsam; aber jetzt traue er sich nicht mehr, in eine Konditorei zu gehen, wo man ihn, wie bewiesen, mit einem Blick erkenne.

»Aber«, sagte ich, »nicht einmal Ihre Schwester würde Sie erkennen!«

Er sah mich an, schob mich von sich, ließ mich aber nicht los. »Abgesehen davon, dass ich keine Schwester habe.« Der Druck an meinen Oberarmen verstärkte sich.

»Oder Ihr Bruder.«

»Der ist in Ungarn.« Nun war seine Stimme scharf und gierig, wie ich sie von Auseinandersetzungen mit Moma in Erinnerung hatte. »Wieso soll mein Bruder hier sein? Ist er hier? Woher weißt du, dass mein Bruder hier ist? Ist er mir nachgeschickt worden?«

Moma hatte keine Angst vor ihm gehabt, und darum hatte ich auch keine. »Kann ich jetzt gehen?«, fragte ich.

»Ja«, sagte er und bog wieder in den Jammerton ein, »natürlich. Geh! Geh jetzt! Warum gehst du nicht? Schau meine Hände! Wo sind sie? Sie sind in der Luft, weit weg von dir. Ich halte dich nicht. Halte ich dich etwa? Nein, ich halte dich nicht. Geh!«

Mir fiel ein, dass er mir in Budapest ein hübsches buntes Windrädchen geschenkt und mich auf die Kühlerhaube seines schwarzen Pobeda gesetzt hatte und mit mir über die Báthory utca hinunter bis zum Parlament gefahren war. Das Windrädchen hat mir übrigens die Frau weggenommen, die wie er für die ÁVH arbeitete, dort aber gegen ihn und seine Leute, wie sie uns mehrfach versicherte. Das Ding sei ein Beweis und müsse deshalb eingezogen werden. Und noch etwas fiel mir ein: dass in unserer Familie nach dem Besuch der Frau und ihres Kollegen kolportiert worden war, Major György Hajós und Oberst Miklós Bakonyi sowie deren Untergebene Janko Kollár, Lajos Szánthó und Zsolt Dankó seien allesamt abgeholt, verhört, gefoltert, hingerichtet, erschossen, liquidiert und aufgehängt worden.

»Ich dachte, Sie sind tot«, sagte ich.

»Das denken einige von den Mäusefängern«, presste er durch die Zähne und kicherte dabei.

»Wenn Sie nicht wollen, dass Sie jemand erkennt, ist es praktisch, wenn man denkt, Sie sind tot.«

»Ja, du hast recht, es ist ein Vorteil für mich, wenn man glaubt, ich sei verreckt. O Unglück, ich danke dir, wenn du allein bist! Meistens bist du aber nicht allein.«

Er legte seinen Arm um mich, aber ziemlich grob, und sagte, ich sei ein kluger Fickó, ich solle seine Nervosität entschuldigen, er habe eben viel durchgemacht. Und wollte mich nun doch in eine Konditorei einladen. »Falls du nichts anderes vorhast.«

Auf der anderen Straßenseite stand ein Mann mit verschränkten Armen, der beobachtete uns, und ich schätzte, er hätte gern eingegriffen. Major Hajós sprach viel zu laut; ich hatte schon einige Male bestätigt bekommen, dass lautes Ungarisch für einen Österreicher wie böses Schimpfen klingt. Ich hätte nur rufen müssen, hallo, der Mann tut mir etwas, und dieser Tag wäre gewesen wie alle meine österreichischen Tage bisher, nämlich: ohne Major Hajós. Er solle bitte nicht nervös werden, sagte ich stattdessen, zu Hause warte niemand auf mich. Meine Hausaufgaben hätte ich bereits in der Schule in mein Heft geschrieben, jetzt am Schulschluss sei's eh nur eine Rechenaufgabe gewesen, meine Eltern seien bei der Arbeit und Moma wohne irgendwo anders. »Und Opa ist tot.«

»Das tut mir leid«, sagte er und drückte mich wieder an sich, diesmal sanfter – da ging der Mann auf der anderen Straßenseite weiter. »Ich bin glücklich, dass ich dich getroffen habe. Heute ist mein Glückstag. Das wäre endlich einmal gerecht. Wer weiß, es ist erst kurz nach Mittag. Glückstag gilt bis zum Einschlafen. Wenn das Glück eine Sekunde vor dem Einschlafen kommt, ist der ganze Tag ein Glückstag. Wünschst du mir Glück? Ja, du wünschst mir Glück. Habe ich dich erschreckt?«

»Nein.«

»Nicht ein bisschen?«

»M-m.«

»Ich mag Süßes, vor allem nach dem Mittagessen. Hast du schon zu Mittag gegessen? Was frag ich, Dummerle, du kommst ja direkt von der Schule. Gehen wir ein Stück! Ich lade dich ins berühmte *Café Landtmann* ein, das ist ein sicherer Ort, dort sitzen immer zwei oder drei österreichische Geheimpolizisten, weil das Parlament und das Rathaus in der Nähe sind und die österreichischen Politiker in Ruhe ihren großen Braunen trinken wollen oder ihren kleinen Schwarzen. Dort gibt es auch Wiener Schnitzel, wenn du das magst, ich bin nicht begeistert davon, und hinterher kannst du etwas Süßes essen. Und ich esse gleich etwas Süßes.«

Wir gingen zur Haltestelle, er einen halben Schritt vor mir, schwer, o-beinig, armrudernd, schwitzend. Er ließ mich nicht aus den Augen.

Während der Fahrt in der Stadtbahn und in der Straßenbahn sprachen wir nicht miteinander. Ich saß neben ihm auf der Bank, so wollte er es; die meiste Zeit lag seine kleine, plumpe Hand auf meiner Schulter. Wenn sich unsere Blicke begegneten, nickte er zustimmend. Wobei ich keine Ahnung hatte, welchem Umstand seine Zustimmung galt.

Ich kam an diesem Tag nicht mehr nach Hause – an diesem Tag nicht und auch nicht an den folgenden achtundvierzig Tagen. Es wurde nach mir gefahndet; nach der ersten Woche wurde ein Bild von mir in DIN-A3-Größe gedruckt und in fünfhundert Exemplaren an Litfaßsäulen und Baumstämmen, in Lebensmittelgeschäften und an Haltestellen aufgehängt – Überschrift: »Andres Philip ist abgängig. Wer hat ihn gesehen? Er ist neuneinhalb Jahre alt und sehr freundlich. Beobachtungen bitte dem nächsten Polizeiposten melden!« Den Text hat Mama verfasst, zusammen mit Papa hat sie die Blätter ausgetragen. Nach drei Wochen besuchten zwei Beamte meine Eltern und meldeten, die Polizei habe die Hoffnung aufgegeben.

2

Major Hajós hauste in einer ehemaligen Waschküche, die sich im Hinterhof eines Mietshauses befand und von allen Seiten mit Holunder und Brennnesseln zugewachsen war, so dass man sie, wenn man durch das Tor in den Hof trat, zunächst gar nicht sehen konnte. Davor wuchs eine Platane. Auf dem flachen Dach der Waschküche reckten sich Birkenstämmchen in den engen Himmel, die Dachrinnen waren vermoost und von vermodertem Laub verstopft, die Mauern bröckelten. Dicht unter dem Dach waren zwei winzige Fensterchen, die Scheiben eingeschlagen, die Höhlen voll Ruß, Scherben und Spinnweb. Im Inneren zog sich ein steinernes Waschbecken über die Länge einer Wand. Elektrisches Licht gab es hier nicht. Auch am Tag war es dunkel und klamm. In der Mitte des Raums ragte ein Rohr mit drei Wasserhähnen aus dem betonierten Boden, bei zweien war der Drehverschluss abmontiert. Neben dem Rohr war ein Gully, durch den das Wasser abfließen konnte. Ein Feldbett und ein Koffer standen an der Wand, das war alles.

Ich sollte auf dem Boden schlafen. Major Hajós besaß eine Pistole, ein schwarzes Ding mit einem dünnen runden Lauf. Er sagte, sie sei geladen, und es habe einige Schlaumeier gegeben, die versucht hätten, durch das Loch in das Innere hineinzuschauen, und die hätten dort tatsächlich etwas gesehen, aber nur ganz kurz, wirklich ganz kurz nur, und dann hätten sie nie mehr etwas gesehen.

»Ich denke, ein Schlaumeier von dieser Sorte bist du nicht, oder?«

»Mich interessiert gar nicht, was in dem Loch drinnen ist«, sagte ich.

»Es gibt nichts Uninteressanteres als das, was in diesem Loch drinnen ist«, sagte er.

»Das habe ich mir gedacht.«

»Du bist wirklich ein kluger Fickó.«

Darum fragte ich auch nicht, ob vielleicht irgendwo ein zweites Feldbett wäre oder wenigstens eine zweite Zudecke. Ich legte mich auf den Boden, so weit wie möglich von ihm weg, rollte mich klein und schob mir meine Schultasche unter den Kopf. Er stöhnte und schmatzte und ächzte in der Nacht, und seine Zähne rieben aneinander, ich meinte, sie müssten ihm gleich aus dem Kiefer brechen. Er furzte und schrie auch manchmal, und ich wachte dauernd auf und schlief schließlich nicht mehr ein. Weil mir langweilig war, trank ich Wasser. Davon musste ich aufs Klo. Major Hajós hatte mir erklärt, für die kleine Notdurft sei das Gebüsch hinter der Waschküche hervorragend geeignet, bei der großen Notdurft müsse man sich von Mal zu Mal etwas überlegen. Ich wollte nach draußen zu den Büschen, aber die Tür war abgesperrt. Er schlief wohl auch nicht besser, als ich geschlafen hatte, denn allein das Geräusch der Klinke weckte ihn. Mit einem Satz war er bei mir und drückte seine Hand auf meine Nase und meinen Mund.

»Wolltest du gehen?«

Ich konnte nicht antworten. Ich strampelte mit den Beinen und schlug mit den Armen aus und tat übertrieben, als ginge es um mein Leben. Ich dachte, das muss ich jetzt tun und nicht erst in einer Minute, wenn ich keine Kraft mehr dazu haben würde; er soll denken, ich sterbe gleich. Er ließ mir Luft, schob mich aber an die Wand und presste seine Hände links und rechts von mir gegen die Mauer und klemmte mich zwischen seinen Armen ein. Ich konnte nur seinen Umriss vor mir sehen und seinen Mund riechen.

»Ich muss aufs Klo«, sagte ich. »Klein.«

»Du darfst mich nicht anlügen«, sagte er. »Ich tu dir nichts. Aber ich habe Sorge, dass du schreist. Verstehst du meine Sorge?«

»Die verstehe ich, ja.«

»Schrei also bitte nicht.«

»Tu ich nicht.«

Er gab mich frei und strich mir mit dem Daumen über die Stirn. »Little férfi. I wish you a good life. Die Zukunft bringt Gutes dem Zuversichtlichen. Ami elmúlt, elmúlt.«

Ich wusste nicht, ob er sich an meinen Namen erinnerte oder ob er ihn überhaupt je gekannt hatte. Es war wohl so, dass es in diesem Raum für mich keinen Namen gab. Wenn man nur zu zweit ist, hat man keinen Namen nötig.

»Ich muss dringend«, sagte ich. »Bitte!«

Er sperrte auf, zündete sich eine Zigarette an, und wir schlugen unter dem Vollmond unser Wasser ab, er an die Platane auf der einen, ich in die Büsche auf der anderen Seite der Tür.

»Ich verstehe dich ja auch«, sagte er. »Jeder Mensch hat das Recht zu pissen, jeder, egal, ob bei Tag oder bei Nacht. Es ist etwas Furchtbares, wenn man jemandem verbietet zu pissen. Meistens kann man damit mehr erreichen als mit Hunger oder Schlafentzug oder Lärm. Wer dir das Pissen verbieten kann, der hat absolute Macht über dich. Ich weiß schon, du fragst dich, warum lebt der einflussreiche Major Hajós, der nur so zu machen braucht und alle Nasen schauen geradeaus, warum vegetiert der in diesem Loch, wo er spielend im Hotel Sacher residieren könnte. Ja, das habe ich, ich habe tatsächlich im Hotel Sacher gewohnt, und zwar auf feinste Art und Weise. Du kennst die Menschen nicht. Die Menschen denken nicht über sich selbst nach, das tun nur wenige. Sie denken über andere nach. Sie schauen sich nach anderen um. Und nach mir schauen sich viele um, das kannst du mir glauben. Az erdőnek füle van, a mezőnek szeme van. Darum bin ich aus dem vornehmen Hotel Sacher ausgezogen. Und am Ende bin ich hier gestrandet, ein winziger Splitter eines Wracks. Muss mir jeden Abend das Hirn aussaugen, wo ich am nächsten Morgen scheißen soll. Hab ein Dach über dem Kopf, nur um mir zu beweisen, dass ich einen Kopf habe. So ein Leben habe ich mir nicht gewünscht.«

Er zupfte ein Stück von der dünnen Rinde der Platane ab und zerrieb es zwischen seinen Fingern. »Was ist mit diesem Baum los? Ist er krank? Hat er einen Ausschlag?«

Ich sagte, es sei eine Platane, und es sei ganz normal, Platanen häuteten sich.

»Sie häuten sich? Ein Baum, der sich häutet? Das habe ich noch nie gehört, dass sich ein Baum häutet. Eine Schlange häutet sich.« Er wischte hastig die Hände an seinen Hosenbeinen ab.

Er versicherte mir wieder, dass ich bald zu Hause sein würde und dass ich es nicht bereuen würde, ihm einen Gefallen getan zu haben. Seine Stimme wurde wackelig, und mit wackeliger Stimme fragte er mich, ob ich gern Geld in der Hand halte, einen Schein, zwei Scheine, drei Scheine. Ich sagte, ja, gern.

»Und jetzt«, er hatte die Zigarette so weit heruntergeraucht, dass der Filter angekokelt war und stank, »lass uns ein Stückchen schlafen, mein kleines Blümchen.«

»Ich kann nicht«, sagte ich. »Ich friere.«

Er gab mir seine Decke, und ich wickelte mich darin ein. Ein paar Stunden habe ich geschlafen und im Schlaf das Desinfektionsmittel gerochen.

In aller Frühe verließen wir den Hof. Major Hajós band mir ein Tuch über den Kopf, damit man mich nicht an meinen Haaren erkenne, die seien auffällig, weil viel zu lang und lockig wie bei einem Girl, dazu in einer Farbe, mein Gott, und er verbat mir, auch nur ein Wort zu sprechen, wenn Menschen in der Nähe seien. Außerdem solle ich den Kopf gesenkt halten, damit nicht jeder gleich meine Sommersprossen sehe.

Wir gingen durch die Innenstadt, die um diese Zeit leer war, und hinunter zum Donaukanal. Dort traf Major Hajós einen Mann, der ebenfalls einen Bart hatte und einen Hut auf dem Kopf und eine Sonnenbrille auf der Nase. Aber er war hell gekleidet, auch der Hut war hell; darum würde er sicher weniger auffallen als Major Hajós, war meine Meinung. Die beiden redeten nur knapp miteinander; sie tauschten Briefumschläge aus, drehten einander den Rücken zu, um nachzusehen und nachzuzählen, was darin steckte, und spuckten am Ende ins Wasser. Ich spuckte auch. Major Hajós gefiel das, er presste meinen Kopf an seine Seite und lachte und rief über den Donaukanal in die Sonne hinein: »My son! He is my son! I love you, my son!« Der andere war weg.

Major Hajós war auf einmal prächtig gelaunt. Wir kauften Brot und Käse und zwei Flaschen Milch – das heißt, er gab mir Geld und ich kaufte, weil er kein Wort Deutsch konnte – und frühstückten auf der Straße. Er hatte eine Art zu essen, die meiner Mutter sehr missfallen hatte. Er sagte, wir müssten uns beeilen, denn bald könnte er sich in Wien zusammen mit mir nicht mehr blicken lassen. Was das heiße, fragte ich, und wobei wir uns beeilen müssten und wann ich endlich nach Hause dürfe.

Er sagte, Milch schmecke am besten, wenn man einen Schluck sehr lange im Mund behalte und die Milch im Mund immer wieder über die Zunge fließen lasse. »Dann wird sie süß, als wäre sie gezuckert. Probier es aus!«

Er hatte recht.

In einem Papiergeschäft nahe beim Michaelerplatz besorgte ich auf seine Anweisung hin: einen großen Bogen durchsichtiges Millimeterpapier, eine Handvoll Bleistifte verschiedener Stärken, ein Farbband für eine Schreibmaschine, schwarze Tusche und ein Päckchen Büroklammern.

Als ich wieder auf der Straße war, sagte ich, die Frau im Geschäft habe mich komisch angeschaut und die Frau beim Kreisler auch schon, und das nur, weil ich ein Kopftuch trage. Major Hajós seufzte und knurrte irgendetwas, nahm mir aber schließlich das Tuch ab und sagte, ich solle halt meine Hände irgendwie vors Gesicht halten oder so tun, als ob ich Fliegen von meinem Gesicht verscheuchte.

»Du kannst nichts dafür, aber an deinen Sommersprossen erkennt dich jeder. Du wirst nie im Leben verlorengehen.«

Ich sagte: »Wenn ich die Hände vors Gesicht drücke oder so tue, als ob ich Fliegen verscheuche, wo gar keine Fliegen sind, fällt das viel mehr auf.«

Er nickte und blickte sich um und drückte mich schon wieder an sich. Die eine Hälfte meines Gesichts wurde von seiner Jacke abgedeckt und die andere Hälfte von seiner Hand. Das sah aus, als habe er mich sehr, sehr lieb. »My son«, sagte er. »You are my son.«

Ich fragte, was das heiße. Er sagte, das sei Englisch und gleichzeitig Amerikanisch und heiße, ich sei sein Sohn.

Und der war ich auch.

In dem Kuvert, das er von dem Mann unten beim Donaukanal bekommen hatte, war ein Pass. Den zeigte er mir, als wir wieder in der Waschküche waren.

»Das ist unser Pass«, sagte er.

»Warum unser?«

»Jetzt kannst du etwas lernen«, sagte er und war dabei so fröhlich, dass ich ebenfalls ein bisschen fröhlich wurde. Er holte aus seinem Koffer eine Taschenlampe und eine Lupe. Draußen war ein strahlender Julitag, aber in der Waschküche benötigte man eine Taschenlampe, um genau zu sehen. »Ich kann dir gar nicht sagen, wie gern ich mache, was ich gleich mache. Ich könnte es immer machen, von morgens bis abends, ohne Zweck, einfach aus Freude.«

Er breitete alles, was er brauchte, auf dem Betonboden aus – den Pass, die Dinge, die wir in dem Papiergeschäft gekauft hatten, die Lupe, die Taschenlampe und: einen Stapel Fotos, auf denen sein Kopf zu sehen war, allerdings ohne Bart. Der Pass war ein österreichischer und lautete auf den Namen *Helmut Rosenberger*. Das Foto darin zeigte einen Mann mit einem hageren Fledermausgesicht, er war nur im Hemd und trug eine Krawatte.

»Wahrscheinlich im Sommer aufgenommen, als es heiß war«, sagte ich.

Major Hajós nickte und nickte eine lange Zeit weiter, und mir war klar, er nickte gar nicht meinetwegen. Ich solle die Taschenlampe halten und nicht wackeln, sagte er. Mit einem kleinen Messer bog er vorsichtig die zwei hohlen Nieten auf, mit denen das Foto von Herrn Helmut Rosenberger im Pass befestigt war, und steckte sie in die Brusttasche seines Hemdes.

»Welches Bild von mir gefällt dir am besten? Lass dich nicht von der glatten Haut irritieren. Erst kommt der Pass, und dann kommt der Mensch. Ich werde mein Gesicht dem Pass angleichen. So gehört es sich. Also welches?«

Ich zeigte auf ein beliebiges Bild, und er sagte, genau dieses gefalle ihm auch am besten. Er legte sein Foto über das Foto von Herrn Helmut Rosenberger und schnitt es mit dem Messer auf die gleiche Größe zurecht. Vorsichtig bohrte er nun zwei Löcher in zwei Ecken. Das Foto von Herrn Rosenberger war im Pass zweimal abgestempelt worden, einmal mit einem schwarzen Farbstempel, einmal mit einem Druckstempel. Beide hinterließen über einer Ecke je einen Viertelkreis. Major Hajós schnitzte ein Streichholz zu einer feinen Spitze, nahm die Lupe und zeichnete mit Tusche und Streichholz den Teil des Farbstempels auf seinem Foto nach. Dann bog er eine Büroklammer auf und drückte mit ihrer Hilfe von hinten Punkte auf das Bild, die vorne exakt wie das Viertelrund des Druckstempels aussahen. Am Ende befestigte er das Foto mit den Nieten im Pass.

»Siehst du einen Fehler?«, fragte er und gab mir die Lupe.

»Ich sehe nichts.«

»Es ist immer ein Fehler dabei. Schau genau!«

»Ich sehe nichts.« Ich sah wirklich nichts.

»Immer ist ein Fehler dabei«, sagte er und lachte laut und warf die Fäuste in die Luft, als hätte er gerade einen Boxkampf gewonnen. »Nur bei mir nicht! Bei mir nicht! Weil ich ein Meister bin! Der beste, den Államvédelmi Hatóság je hervorgebracht hat!« – Schnell drückte er sich einen Finger an dem Mund. – »Verzeih mir, my son, verzeih mir! You are my son and my friend. Und jetzt kommst du dran. Freust du dich?«

Ich wusste aber nicht, was er meinte, und fragte, ob das heiße, dass ich jetzt nach Hause gehen dürfe.

»Nein«, herrschte er mich an, »das heißt es nicht.«

Auf der letzten Seite des Passes war ein behördlicher Vordruck. Hier stand: *Kinder* und dahinter ein Doppelpunkt.

»Jetzt folgt das eigentliche Kunststück«, sagte er. »Das bisher war nur eine Spielerei. Wie heißt du eigentlich, my son? Ich habe es vergessen. Nein, sag es mir nicht. Ich will es nicht wissen. Vermeide ein Wissen, das du zu nichts verwenden kannst. Jedes Wissen zieht dich in etwas hinein. Und man soll sich nur in etwas hineinziehen lassen, wenn es unbedingt notwendig ist. Ich werde aus dir einen Robert basteln. Robert ist doch ein schöner Name, den gibt es in Amerika genauso. Wir nehmen das *Ro* von *Ro*senberger und das *ber* von Rosen*ber*ger und das *t* von Helmut. Gibt zusammen *Robert*. Herbert wäre auch möglich. Aber Robert ist besser. Ist doch besser, oder?«

»Weiß nicht.«

»Wäre dir Herbert lieber?«

»Weiß nicht.«

»Ich weiß es. Einer weiß nicht, einer weiß. Ergo gilt, was einer weiß.«

Er legte das transparente Millimeterpapier auf den mit Schreibmaschine getippten Namen des Passbesitzers und zeichnete mit einem Bleistift die genannten Buchstaben auf einer Linie nach, wobei er besonders auf die Abstände achtete, schnitt ein Stück aus dem Schreibmaschinenfarbband und legte es auf der letzten Seite neben *Kinder* und den Doppelpunkt. Über das Farbband breitete er das Millimeterpapier mit meinem neuen Namen und drückte mit der Büroklammer geduldig Punkt an Punkt die Linien der Buchstaben nach.

»Wann bist du geboren? Das Jahr genügt.«

»1949.«

Er suchte im Pass die entsprechenden Ziffern, dazu ein *ge* und ein *b* und pauste mit der beschriebenen Methode mein neues Geburtsdatum hinter meinen neuen Namen. Am Ende konnte ich lesen:

Kinder: Robert, geb. 14.9.1949

»Das bist jetzt du, my friend, my son, I love you, my son«, sagte er. »Ich habe dich am 14. September zur Welt kommen lassen, weil das mit den Zahlen einfacher war.«

»Und was muss ich tun, Herr Hajós?«, fragte ich.

»Sprechen«, sagte er. »Aber ich bin jetzt nicht mehr Herr Hajós, ich bin jetzt Herr Rosenberger, Helmut Rosenberger, Beruf Maschinenschlosser, geboren am 23.5.1909 in Linz, röm.-kath., verheiratet. Für dich bin ich: Papa. Du bist mein Sohn Robert. Und du musst für mich sprechen. Ich kann nämlich nicht sprechen, weißt du.«

»Und warum können Sie nicht sprechen?«

»Weil ich taubstumm bin.«

Und damit auch das amtlich war, druckte er vorne unter seinen neuen Namen neben die Rubrik *Besondere Kennzeichen: taubstumm*. Das kleine *a* holte er sich von *kath*.

»Komm in meine Arme, mein Robert, mein Sohn, Robi, mein Robi! Sag Papa zu mir!«

Er lachte unbändig und umarmte mich und wirbelte mich herum, und weil ich nicht hätte behaupten können, dass keine Herzlichkeit dabei war, sagte ich es. Und – wie soll ich es erklären? – dass wir beide nun denselben Namen hatten, verwandelte die Stadt um mich herum, sogar den Himmel über ihr in etwas Fremdes, und dieses Fremde meinte es wahrscheinlich nicht gut mit mir; was mich wiederum einsehen ließ, dass es besser wäre, mich mit Herrn Helmut Rosenberger zusammenzutun.

Die Arbeit an dem Pass hatte gerade drei Stunden gedauert. Mehr Zeit war nicht nötig gewesen, um aus uns beiden andere Menschen zu machen.

3

Er war der Meinung, wir seien für die Reise nicht angemessen gekleidet. Er traute sich aber nicht, in der Stadt etwas zu kaufen. Unter Garantie hätten meine Eltern inzwischen die Polizei verständigt, weil ich nicht nach Hause gekommen sei. Wahrscheinlich würden längst die Bahnhöfe kontrolliert. Nach fünf Sätzen war seine gute Laune dahin. Er schimpfte mich, weil ich den kleinen Spiegel nicht ruhig halte, was aber nicht stimmte, er war es, der nicht ruhig war. Seine Hand mit dem Rasiermesser zitterte, und er schnitt sich gleich dreimal: in die Oberlippe, am Kinn und unter dem Ohr.

»Wien ist eine Falle!«, heulte er aus seiner kleinen Mundhöhle heraus – ja, er heulte, und das war hässlich. »Wie bin ich nur in diese Falle geraten! In dieses Loch! In diesen Spott!«

Sein Gesicht schimmerte nach der Rasur weiß wie Butter. Ich konnte mir leicht vorstellen, dass jeder auf der Straße ihn anstarren würde, wie man auf eine Reklametafel starrt: Hier seht, hier steht ein böser Mann!

Ich sagte: »Wenn uns die Polizei erwischt, tu ich einfach, als hätte ich nichts mit Ihnen zu tun und wär einfach nur von zu Hause abgehauen. Ich streite ab, dass wir uns kennen, ist das eine Idee?«

»Vor der österreichischen Polizei fürchte ich mich doch gar nicht! Die würde ich doch küssen. Nein, küssen würde ich sie nicht. Niemand will die Polizei küssen. Aber ich würde sie küssen, ich schon. Was soll ich tun? Was soll ich nur tun!«

Und nun geriet er völlig außer sich; schimpfte und wimmerte und kläffte in einem Kauderwelsch gegen unsichtbare Leute an, hastete an den Wänden entlang, das Rasiermesser zwischen den Fingern; bald schrie er zur Decke hinauf, bald flüsterte er vor sich nieder, so dass mir ganz elend wurde vor Sorge um ihn. War er gerade noch offen gelaunt gewesen und hatte mir sogar etwas vorsingen wollen, etwas aus einer italienischen Oper, wie er mit gespielter Tenorstimme angekündigt hatte, verwandelte er sich in wenigen Minuten in einen Mann, der keinen Stolz mehr besaß, kein Schwert, kein Zutrauen, kein Fünkchen Mut. Auf die Knie fiel er nieder und küsste den Betonboden, faltete die Hände, hob sie empor, zählte Namen von Männern auf, ein Dutzend oder mehr, die alle für Schmerz und Tod standen – das sagte er zwar nicht, aber wie er die Namen mit den diversen Dienstgraden davor aussprach, wusste ich, bei welcher Organisation sie im Mitarbeiterverzeichnis aufschienen und dass jeder von ihnen für diese beiden schrecklichen Dinge stand. Am Ende kauerte er in einem Winkel, das Rasiermesser mit beiden Händen umklammernd, und bat mich, ich solle nach Hause gehen und meiner Mutter und meinem Vater alles beichten, die Wahrheit, die ganze Wahrheit; er werde hier warten, bis die österreichische Polizei ihn in Gewahrsam nehme; alles sei besser, als von den Männern gefunden zu werden, deren Namen und Ränge er wieder herunterleierte wie Worte aus einem Gebet an den Teufel.

»Ist mein Kopf schwarz, oder wächst Helles nach?«, schluchzte er.

Ich hielt die Taschenlampe über ihn und antwortete wahrheitsgemäß: »In der Mitte ist ein Streifen.« Da weinte er hemmungslos.

Ich räusperte mich und fragte mit fröhlicher Stimme, wohin denn die Reise gehen solle und ob er ein Auto habe oder ob wir mit dem Zug reisen. »Fahr ich auch mit?«, fragte ich.

Er gab mir keine Antwort, atmete so heftig, dass ich fürchtete, gleich würde ein spitzer Knall aus seiner Brust zu hören sein und dann nichts mehr. »Sie kennen jeden Ungarn in Wien«, wimmerte er, »sie kennen auch dich, Robi, glaube mir, sie kennen dich und deine Mutter und deinen Vater und deine Großmutter, und sie wissen alles über deinen Großvater. Und sie stellen die richtigen Fragen, dafür sind sie bekannt. Warum sollte ein Kölyök wie du nach der Schule nicht nach Hause gehen? Warum sollte ein Kölyök wie du über Nacht wegbleiben? Du hast einen anständigen Vater und eine gute Mutter. So einer läuft nicht von zu Hause weg. Also hat dich jemand entführt. Warum aber sollte ein Österreicher einen ungarischen Buben entführen? Was kann ein Österreicher von dir wollen? Österreicher tun Ungarn nichts. Aber Ungarn tun Ungarn etwas. Gibt es einen Ungarn, der den Buben kennt? Ja, es gibt einen Ungarn, der den Buben kennt. Was bin ich nur für ein dummes Arschloch!« Er schlug sich mit den Knöcheln auf den Kopf und gab sich Ohrfeigen und boxte gegen die eigene Brust und knurrte gegen sich selbst: »Bassza meg a kurva anyád!«

»Wenn Sie den Hut auf dem Kopf behalten, sieht man den Streifen nicht«, sagte ich. »Oder ich könnte ein bisschen von der Tusche draufgeben. Das tu ich gern. Soll ich?«

»Wo ist Ungarn?«, rief er aus, und es klang, als wollte er mir nun doch etwas vorsingen, aber nichts aus einer italienischen Oper. »Wo? Wo? Weißt du, wo Ungarn ist, Robi?«

»Ja, das weiß ich.«

»Hier ist Ungarn!«

»Nein, hier ist Ungarn nicht.«

In Wien waren wir, und draußen sangen die Amseln und zwitscherten die Spatzen, und wenn ich die Tür einen Spalt weit öffnete, drang die süßeste Sommerluft herein. Major Hajós verlor jedes Ansehen bei mir.

»Ich weiß, wo man schöne Sachen zum Anziehen kaufen kann«, sagte ich. »Wenn Sie mir Geld geben, besorge ich alles. Was haben Sie für eine Kleidergröße? Hemden kaufe ich, einen Anzug für Sie, Schuhe und eine Krawatte und für mich auch etwas, wenn es Ihnen recht ist.«

Er blieb in seinem Winkel hocken, aber er funkelte mich bereits wieder an. »Und wenn sie dich erwischen, virágocsk?«

»Sage ich nichts.«

»Nur wenige können nichts sagen. Idióta! Lo'fasz ein seggedbe! Und wenn du mich verrätst? Bunkó, menj vissza anyádba! Was ist dann?«

»Das tu ich nicht.«

»Könnte sein, könnte nicht sein, könnte sein, könnte nicht sein, es gibt in dem kleinen runden Loch in Wahrheit doch etwas Interessantes zu sehen!«

»Ich will es aber nicht sehen. Es interessiert mich ganz bestimmt nicht, Major Hajós.«

»Und wenn du einfach abhaust? Und das Geld für dich behältst, anstatt einen Anzug für mich zu besorgen? So! Ha! Jetzt?«

»Das tu ich nicht. Ich verspreche es.«

Ich hielt ihm meine Hand hin. Erst überlegte er lange, bevor er sie nahm, und dann wollte er sie nicht mehr loslassen.

»Darf ich Sie auch etwas fragen?«, sagte ich.

»Jaaa«, seufzte er, »ich bin doch kein Unmensch. Jaaa.« In einem einzigen Vokal schrumpfte er vom bösen Tyrannen wieder zum kümmerlichen Tropf. »Ja, mein Robi, ja, frag nur.«

»Wohin fahren wir?«

»Nach Oostende.«

»Wo ist das? Was tun wir dort?«

»Du tust gar nichts dort, Robi.«

Ich sollte ihn lediglich auf der Fahrt begleiten. Sobald wir in Oostende angekommen seien, werde er mir eine Rückfahrkarte nach Wien geben. Und Geld werde er mir auch geben, sehr viel Geld. Er freue sich schon darauf zu sehen, wie sehr ich über das viele Geld erschrecke. Allein durch Deutschland zu fahren, traute er sich nicht. Er konnte nur vier Worte Deutsch, und Ungarisch wagte er nicht zu sprechen. Darum sei er taubstumm, darum sei ich sein Sohn Robi und er mein taubstummer Vater Helmut Rosenberger.

»Und was tun Sie in Oostende?«

»Ich steige auf ein Schiff und fahre nach Amerika.« Er schrie auf, stürzte wieder sein Gesicht in die Hände. »Amerika, Amerika, nimm mich auf! Immer habe ich von dir geträumt und immer in lobenden Worten von dir gesprochen und nicht nur heimlich! Nimm einen armen Mann wie mich auf! Please! I hope. I am a good man. I want to be a good man. Help me, please, America, help me!«

»Hören Sie auf!«, rief ich. Er war sofort still.

Einmal hatte er sich besonders heftig mit Moma gestritten, und zwar: weil Moma Schafskäse nicht mochte. Er hatte drei Kilo davon mitgebracht und ein Kilo Honig. – »Juhsajt!«, hatte er gerufen, als wäre unsere Wohnung ein Marktstand. »Vorzüglichster Juhsajt! Solchen kriegen Sie in ganz Budapest nicht! Und wenn Nikita Chruschtschow persönlich Ungarn besuchte, er bekäme nicht diese Qualität serviert! Sie müssen einen Löffel Honig darüberträufeln, Frau Fülöp-Ortmann! Juh-, -sajt, mez. Hören Sie, wie das klingt! Juh-, -sajt, mez. Hören Sie doch zu!« – Ob es das *juh* sei oder das *sait*, was sie störe, bohrte er weiter, oder das *u* oder das *ai*, und ließ auf keinen Fall gelten, dass Moma Schafskäse als Ganzes einfach nicht mochte. Die Gesundheit!, quälte er sie weiter, der Mensch sei zu selbiger verpflichtet, und es sei nachgewiesen, dass Schafskäse … Er versuchte, Opa hineinzuziehen – »Herr Doktor, Sie als Internist …« –, redete, schnaufte, keuchte, gab Meinungen über Lunge, Herz, Dickdarm, Venen und Nieren, Blut und andere Flüssigkeiten ab. Wurde zuletzt grob, sehr grob und zynisch. Als er gegangen war, waren sich Moma und Opa einig, dieser Mann sei jederzeit in der Lage, aus der vernünftigsten und menschlichsten Sache Dummheit und Brutalität herauszupräparieren. Die vielen Verhöre hätten ihn für alle Zeiten und für alle Welt verdorben, sagte Moma, er sei nach Worten und Silben süchtig wie der Hamster nach dem Rad.

Ich hielt die Taschenlampe auf ihn und sah mir sein feistes, käsiges Gesicht an, das zwischen den Jackenaufschlägen versunken war, sah durch seine Verzweiflung hindurch und seine Angst hindurch, durch seinen erbarmungswürdigen Scharfsinn und seine Grausamkeit und meinte, etwas zu entdecken, das tiefer lag als seine Tränen und Albträume: das Zwinkern eines pedantischen Schelms – so geht's, siehst du, so wird's gemacht, fürchte dich nicht vor meinen Schmerzen, fürchte dich nicht vor deinen Schmerzen, ich bin bei dir, und du bist bei mir … –, und das war das Hässlichste, was ich je gesehen hatte: eine Lüge ohne Sinn und Ziel und Zweck.

Ich sagte: »Beruhigen Sie sich doch, Herr Hajós! Rauchen Sie eine Zigarette, bitte! Bitte, beruhigen Sie sich! In zwei Stunden habe ich eingekauft. Dann komme ich zurück. Dann ziehen wir uns um. Dann gehen wir zum Westbahnhof. Sie gehen auf der einen Seite der Straße, ich auf der anderen Seite. Dann sehen wir uns immer, aber kein Mensch denkt sich, die gehören zusammen. Ist das eine Idee? Den

Westbahnhof kenne ich auswendig. Ich kenne auch viele Züge. Um Mitternacht fährt einer nach Frankfurt. Das liegt in Deutschland.«

Um Mitternacht saßen wir im Zug nach Frankfurt am Main; Major Hajós in einem hellgrauen Zweireiher und hellgrauen lackierten Schlüpfschuhen, ich in einem weißen Leinenanzug und einer beigen Krawatte mit umbrafarbenen Querstreifen, dazu ein weißes Hemd und weiße Segeltuchschuhe. Auch einen Strohhut habe ich spendiert bekommen. – Sebastian, du hättest mich sehen sollen! Wie ein kleiner Lord sah ich aus.

Im Speisewagen gab es leider nur Würstchen zu essen und nicht mehr den Zwiebelrostbraten, der auf der Speisekarte stand; außerdem war es stickig und heiß, und wenn man das Fenster herunterließ, drang der Qualm der Lokomotive herein. Major Hajós war schon drauf und dran, sich zu empören, schließlich besaßen wir Fahrkarten erster Klasse. Ich hatte inzwischen gelernt, in seinem Gesicht zu lesen, die Wut erkannte ich darin, ehe sie ausbrach. Schnell nahm ich seinen Kopf in meine Arme, als wäre er mein lieber Vater, und streichelte über seinen Rücken und flüsterte ihm ins Ohr, ob er denn um Himmels willen vergessen habe, dass er taubstumm sei. Der Kellner starrte uns an und wartete auf die Bestellung. Ich konnte mir nicht denken, dass er einer von unseren Feinden war. Ich vollführte mit den Händen Phantasiegebärden vor Major Hajós' Gesicht, wie wir es uns ausgemacht hatten, weil Taubstumme angeblich auf diese Art miteinander sprechen; er gestikulierte zurück, und ich sagte: »Zweimal Frankfurter Würstchen mit Kren und Senf, ein Bier für meinen Vater und eine Limonade für mich.«

4

Nichts reden zu dürfen, war für Major Hajós ein Fluch. Ihm war von Berufs wegen das letzte Wort garantiert gewesen; ihm war von Berufs wegen freigestanden, Nasen, Lippen und Zähne zu zerschlagen, wenn ihm etwas nicht passte; und wenn er in Ausübung seines Berufes schwieg, konnte das sehr viel heißen, und seine Untergebenen waren aufgerufen, sein Schweigen zu interpretieren. Nun musste er den

Mund halten, und ein neuneinhalbjähriger Knabe, Enkel eines Mannes, den zu foltern er seinen Untergebenen Befehl gegeben hatte, sorgte dafür, dass er ihn auch tatsächlich hielt.

Gegen fünf Uhr morgens wurde an die Tür unseres Schlafwagenabteils geklopft. Wir waren im Bahnhof Salzburg, die Zöllner gingen durch den Zug und kontrollierten Papiere und Gepäck. Ich lag in der oberen Liege, war in Unterhosen und Unterhemd, hatte geschlafen im Takt der Räder und Schienen und wusste im ersten Moment gar nichts. Major Hajós stand neben den Stockbetten, stramm, bleich und stumm in einer Rasierwasserwolke, das Haar zu einer herzzerreißenden Tolle über die Mitte gekämmt, unseren Pass in seinen Händen. Ich sprang herunter, öffnete die Tür und sagte zu den beiden Beamten, mein Vater könne nicht sprechen und er könne auch nicht hören, reichte ihnen den Pass und deutete auf die Eintragung unter seinem Namen. Ich legte Tapferkeit und Pflichtbewusstsein in meine Stimme und meinen Blick. Die beiden Beamten würden uns nichts tun. Aber den Koffer wollten sie kontrollieren. Major Hajós und ich fuchtelten uns wieder gegenseitig mit den Händen vor dem Gesicht herum, er gab dazu würgende Laute von sich, das machte Eindruck. Im Koffer war seine Aktenmappe und darin seine Brieftasche und darin ein sehr dickes Bündel Geld – Schilling, D-Mark, Dollar. Darüber wollten sie mehr wissen. Ich sagte, mein Vater und ich besuchten in Frankfurt meinen Onkel – während ich sprach, überlegte ich, ob ich erzählen sollte, der Onkel sei krank am Herzen und mit dem Geld werde seine Operation bezahlt, dachte aber gleichzeitig: Ich, wäre ich an der Stelle der Beamten, würde diese Geschichte nicht glauben, und fuhr fort: »Mein Onkel hat ein amerikanisches Auto für uns gekauft, das holen wir ab, einen Teil bezahlen wir in Dollar, einen Teil in D-Mark, einen Teil in Schilling.« Ob mein Vater das Auto von Frankfurt nach Wien überstelle, fragte einer der Beamten, und beinahe wäre ich in die Falle getappt. »Nein, ich«, rief ich und lachte, und sie lachten mit, und Major Hajós lachte auch, und sie strichen mir über die Haare, alle drei. Und das war's.

In Frankfurt übernachteten wir in einem Hotel in der Nähe vom Bahnhof, und am nächsten Tag fuhren wir nach Trier. In Trier aßen wir Schweinebraten mit einem Kloß und Blaukraut, Major Hajós zum Nachtisch zwei Kirschkuchen. Am frühen Nachmittag stiegen wir in einen Bummelzug, und in dem ging's weiter nach Luxemburg. Major Hajós trampelte hinter mir her durch die Waggons, hielt mich am Ärmel fest; ich kam mir vor, als würde ich ihn am Narrenseil führen. Den Zöllnern erzählte ich wieder irgendeine Geschichte, die habe ich aber vergessen, und Major Hajós und ich fuchtelten uns dabei gegenseitig vor dem Gesicht herum; den Koffer verlangten sie nicht zu sehen. Major Hajós war sehr zufrieden mit mir. Als wir wieder allein waren, fragte ich ihn, ob er seine Pistole dabeihabe. Er gab mir keine Antwort, lächelte auch nicht hinterhältig, womit ich gerechnet hatte. Er tat, als ob er wirklich taubstumm wäre. Ein zweites Mal fragte ich nicht.

In Luxemburg hob er bei einer Bank Geld ab. Er sagte mir nicht wie viel; ich vermutete, es war sehr viel; er musste seinen Pass zeigen. Das tat er und redete dabei mit dem Herrn am Schalter, der konnte Deutsch, ich übersetzte und kam aus dem Staunen nicht mehr heraus: Major Hajós war nicht mehr Helmut Rosenberger; sein Pass war nicht unserer, sondern ein ungarischer, den er die ganze Zeit irgendwo versteckt hatte – wahrscheinlich dort, wo er auch seine Pistole versteckte –, und fragte lieber nicht. Er war nun József Rigó, der im Herbst 1956 vor den sowjetischen Panzern aus Ungarn geflohen war. Von nun an war er auch nicht mehr taubstumm. Er brauche mich aber noch, sagte er, er könne nicht nur nicht Deutsch, sondern auch nicht Französisch sprechen und Englisch gerade einmal fünfundvierzig Worte, wenn er sich nicht verzählt habe; bei den Belgiern aber gebe es einige, die Deutsch könnten, aus welchen Gründen auch immer, deshalb brauche er mich noch ein Stück weiter als Dolmetscher.

»Ungarisch ist eine traurige Sprache«, sagte er, und ich verstand, was er meinte: Ein Ungar in der Welt ist ein einsamer Genosse.

Am dritten Tag unserer Reise kamen wir endlich in Oostende an. Wir hätten einen Tag nur für uns, sagte Major Hajós; ich dürfe mir aussuchen, wie wir diesen Tag verbringen. Das war klar für mich: Ich wollte das Meer sehen. Wir spazierten zu Fuß an den Strand, es war nicht weit.

Das Meer war schön, es machte mich nicht nervös, aber auch nicht glücklich. Major Hajós vermutete, es sehe überall auf der Welt ähnlich aus, es sei eben Wasser und sonst nichts. Wir gingen in die Stadt zurück, Major Hajós drängte von einem Geschäft in das nächste, hatte die Fäuste voll Papiergeld, kaufte aber nichts, prüfte nur. Später setzten wir uns im Hafen vor ein Café und aßen Schinkenbrot und Käsebrot und tranken Bier und Limonade, und Major Hajós aß einen Schokoladenkuchen, und wir schauten auf die großen Schiffe. Was wäre das Meer ohne die Schiffe.

Wir saßen und schwiegen und lauschten auf die Möwen und die Menschen mit ihren Sprachen, als hätte jeder seine eigene. Ich betrachtete Major Hajós' kleine gekreuzten Füße unter dem Tischchen, er war aus den Schuhen geschlüpft. So harmlos sahen sie aus, ungelenk, die großen Zehen in den rot-grün gerauteten Socken aufgerichtet; weder zum Weglaufen noch zum Nachlaufen waren diese Füße geeignet. Vom Wasser her wehte ein angenehmer Wind, ich fischte die Zitronenscheibe aus meinem Limonadenglas, rieb mir die Finger damit ein und roch daran. Möwen und Tauben ließen sich von den Gästen mit Krümeln füttern. Spatzen nahmen ungeniert zwischen den Sesseln und Tischchen ihre Staubbäder. Mitten auf dem Platz stand eine Krähe. Sie war anmutig und unbekümmert und über alle anderen Vögel erhaben; ein Krähenreiter sollte man sein, dann ginge es dahin.

Irgendwann sagte Major Hajós: »Die Pistole war nicht geladen, sie war kaputt, der Hahn war gebrochen. Ich habe sie in Wien durch einen Kanaldeckel geschickt, jetzt schrecken sich die Ratten.« Er zog aus der Gesäßtasche den Pass von József Rigó. »Und noch etwas wolltest du wissen, habe ich recht? Den hier, mit dem ich mein Geld abgehoben habe, den habe ich in meiner Arschfalte versteckt. Nicht gelogen! Riech dran! Da siehst du, wie gut es sein kann, einen fetten Arsch zu haben von den vielen Süßigkeiten. Der grausame, aber gerechte Weltgeist hat mir den Speck an der rechten Stelle wachsen lassen. Nichts auf der Welt ist nur schlecht, ich auch nicht, Robi.«

»Jetzt wieder Andres«, sagte ich.

»Morgen wird mir mein Ticket zugestellt und die erwähnten Kleinigkeiten, um die der Mensch nicht herumkommt, wenn er sich in der Freiheit etablieren möchte. Willst du mit mir kommen nach Amerika? Musst mir nicht gleich antworten. Schlaf eine Nacht darüber, mein kleiner Freund. Wir beide würden in die Staaten passen, das weiß ich. Ich würde alles tun, damit ein großer Mann aus dir wird. Immer fröhlich gelaunt im weiten Land, das fördert einen jungen Menschen. Schlaf eine Nacht darüber. Morgen frage ich dich wieder.«

Er stand auf, was ihm Mühe kostete, quetschte den Rest seines Schokoladenkuchens zwischen die Seiten des Passes, ging in Socken über den Platz und schob József Rigó, der vor den sowjetischen Panzern aus Ungarn geflohen war, durch den Kanaldeckel.

Am nächsten Tag fragte er mich noch einmal.

Nachdem wir uns die Stadt angesehen hatten und in ein Gasthaus und ein Kaffeehaus eingekehrt waren, hatte er sich zwei Anzüge gekauft und zwei neue Koffer und Hemden und Schuhe und Stapel von Socken, Unterwäsche und Pullover, ein Taschenschachspiel und Zigaretten und Schokolade, die belgische sei die beste der Welt. Wir standen an der Straße, die zum Hafen führte, um uns herum junge Lindenbäume, einen Koffer trug er, einen ich. Seinen alten hatte er zwischen den Segelbooten ins Wasser geworfen.

»Wir haben genügend Zeit, um auch für dich etwas Schönes zu kaufen«, sagte er. »Der Sohn soll nicht weniger Garderobe besitzen als der Vater.«

Ich sagte: »Nein.«

Da nahm er mir den Koffer ab, drehte sich um und war davon. Er hat mir kein Geld gegeben, wie er versprochen hatte. Er hat mir keine Retourfahrkarte nach Wien gekauft, wie er versprochen hatte. Er ging und drehte sich nicht mehr nach mir um.

Ich war froh, dass er weg war. Sehr froh war ich, dass er weg war!

Da stand ich und war frei. Neuneinhalb Jahre alt war ich. Und war frei.

In der Nacht hatte mich Major Hajós geweckt, wir schliefen zusammen in einem Doppelbett, er hatte Angst. Er hat geweint. Er weinte ins Kopfkissen hinein, die Knie angezogen, den Hintern in die Luft gestreckt. Ab morgen, sagte er – flüsterte er, auch traute er sich nicht, das Licht anzuschalten –, ab morgen werde er ein anderer sein. Ob ich glaube, ein Mann könne von einem Tag auf den anderen ein anderer sein. Ich antwortete, das wisse ich nicht, ich sei ja noch kein Mann. Er habe solche Angst, ein anderer zu werden. Wenn man einmal ein anderer werde, schniefte er, könne man dieser andere nicht lange bleiben, bald müsse man ein dritter anderer werden und so weiter und so weiter. Er wisse das. Wenn einer das wisse, dann er. Man ist nicht, der man ist, sondern der Darsteller dessen, der man sein möchte, und wenn das nicht gelingt, gibt es kein Zurück. Hu, hu! Versuchen Sie doch zu schlafen, Major Hajós, sagte ich. Er könne nicht schlafen. Ob ich ihm nicht eine Gutenachtgeschichte erzählen wolle. Ich sagte, ich wisse keine. Ob *er* mir eine Gutenachtgeschichte erzählen dürfe. Was für eine Gutenachtgeschichte denn, fragte ich. Ein Märchen, sagte er, aber ein wahres Märchen. Wenn es unbedingt sein muss, sagte ich. Ja, es muss unbedingt sein, sagte er, und da war seine Stimme auch schon wieder fest und böse geworden. Und dann erzählte er mir das Märchen von dem Mann, der viele war, weil er einmal ein anderer geworden ist, am Ende aber doch nur eine Kugel abgekriegt hat. Das Märchen habe ich mir gemerkt, obwohl ich bis heute nicht sicher bin, ob es mir Major Hajós tatsächlich erzählt hat oder ob ich es geträumt habe; dass er vielleicht in dieser Nacht in meinen Traum gekrochen war und in meinem Traum ins Kissen geweint und in meinem Traum das Märchen erzählt hat … – Und weil der Bub, der ich mit neuneinhalb Jahren gewesen war, gerade so dasteht, mitten in Oostende, auf einer Straße, die von jungen Lindenbäumen gesäumt ist, frei, ohne Geld, ohne ein Stück Brot, und weil ihm im Augenblick rein gar nichts durch den Kopf geht, möchte ich, bis wieder Leben in ihn einkehrt, Major Hajós' Märchen von dem Spaßmacher Karl Wiktorowitsch Pauker erzählen, der viele war, weil er einmal ein anderer geworden ist, am Ende aber doch nur eine Kugel abgekriegt hat.

Es war einmal ein Mann, der hieß Karl Wiktorowitsch Pauker. Er lebte in der Stadt Lemberg in Galizien. Er war Friseur, und es war ihm eine Freude, die Menschen nachzumachen. Wenn eine Frau die Haare sich frisieren oder ein Mann den Bart sich schneiden ließ, dann spielte er über den Spiegel nach, was der Kunde oder die Kundin vor ihnen gesagt hatte. Oder er spielte nach, wie Bürgermeister Adam Kilar am Sonntagvormittag über den Marienplatz stolzierte. Oder wie der berühmte Gelehrte Salomon Buber mitten auf der Straße überprüfte, ob die Buben den Hals gewaschen hatten. Oder wie Enni Rappaport, das stadtbekannte Kräuterweiblein, am Markt die verwelkten Blättchen von ihren Sträußchen abzupfte und dabei schimpfend ihren Speichel verteilte. Alle konnte er nachmachen, und niemand war ihm böse, wenn er von ihm nachgemacht wurde, denn er machte die Menschen im Nachmachen besser, als sie im Original waren.

Dann brach der Erste Weltkrieg aus, und Karl Wiktorowitsch Pauker wurde zur Armee eingezogen. An der Front machte er Freund und Feind nach und brachte Freude den einfachen Soldaten und den Offizieren. Er wurde gefangen genommen und nach Moskau verschleppt und nach dem Krieg von den Bolschewiki befreit – auf sein Wort hin, dass er sich ihnen anschließe, denn zu jener Zeit gab es wenig zu lachen, und das wenige kam von ihm. Nach dem Tod des Genossen Lenin wurde Karl Wiktorowitsch Pauker der Leibwächter von Josif Stalin.

Der Vater des Vaterlandes wollte den Friseur immer um sich haben, denn es gab immer noch nicht viel zu lachen, aber er lachte nun einmal gern, und Karl Wiktorowitsch sollte ihn zum Lachen bringen. Er schickte ihn zu den Prozessen und ließ sich nachspielen, wie Kamenew das Todesurteil aufgenommen hatte und wie Bucharin, wie Rykow, Radek, Pjatakow. Und Stalin lachte. Der Friseur machte nach, wie sich Sinowjew vor die Genossen des Erschießungskommandos auf den Boden geworfen, ihnen die Stiefel geküsst und wimmernd darum gebettelt habe, ihn mit seinem Freund Josif Wissarionowitsch telefonieren zu lassen, es könne sich doch nur um ein Missverständnis handeln, und wie er endlich Zuflucht genommen habe bei der alten jüdischen Klage Höre, Israel, unser Gott ist der einzige Gott … Barukh Schem Kawod, Malkhutho le'Olam va'Ed! – Stalin sei vor Lachen fast erstickt, und Karl Wiktorowitsch habe Erste Hilfe leisten müssen mit Herzmassage und Mund-zu-Mund-Beatmung.

Aber dann kam alles heraus. Der Friseur, hieß es, plane heimlich Anschläge gegen hohe Herren der Partei und der Armee, er habe eine Technik des Witzes entwickelt, die nachweislich zum Totlachen führen könne. So leid es dem Vater des Vaterlandes tat, den Mann zu verlieren, der ihn in einer Zeit, in der es wenig zu lachen gab, zum Lachen gebracht hatte, unterschrieb er das Todesurteil gegen seinen Leibwächter und Narren.

Da stand ich also und dachte nichts. Dann hörte ich die Uhr schlagen.

Ich schlenderte zum Strand hinunter; die Menschen, die mir begegneten, lächelten mir zu; die Möwen schrien und vollführten ihre eckigen Flüge; ich hörte die Schiffe tuten. Keine Wolke war am Himmel, die Sonne stand über dem Wasser; ich hatte weder Durst noch Hunger, und es juckte mich nicht an Stellen, wo ich nicht hinlangen konnte; es roch nach Meer, nach gebratenem Fisch und gebrannten Mandeln. Ich zog die Schuhe aus und ging barfuß über den Sand. Ich krempelte die Hosenbeine hoch und stellte mich ins Wasser.

Ich war glücklich.

5

Ich wanderte am Strand entlang, bis die Häuser weniger wurden, dafür größer und schöner, manche mit Türmchen und Geländerchen vor den Fenstern, alle mit ausladenden Veranden, auf denen Männer und Frauen saßen und aßen, Zigaretten und Zigarren rauchten und mit Gläsern anstießen. Kinder spielten im Sand, warfen einander den Ball zu. Ein Mädchen in einem weißen Kleid, mit einem Rossschwanz mit weißer Schleife fing den Ball auf, drehte sich zu mir, fragte mich etwas; ich verstand sie aber nicht und lächelte sie an und nickte. Sie faustete den Ball zu mir. Ich war ungeschickt, vermochte ihn nicht zu fangen und stieß ihn mit dem Fuß zu ihr zurück. Sie hob ihn auf, zögerte und warf ihn hinter sich, ohne sich umzudrehen. Sie war etwa in meinem Alter und redete mit mir, nun langsamer, gestikulierte dabei und formte die Worte überdeutlich mit dem Mund, wie man es bei Taubstummen oder Fremden tut. Ich hatte nie jemanden in dieser Sprache reden hören. Ich zuckte mit den Schultern und sagte auch etwas – dass ich mit meiner Schwester und meinem Bruder hier sei und dass wir unsere Eltern abholten, die morgen mit dem Schiff aus Amerika kämen –, ungarisch und deutsch. Sie trat nahe an mich heran, zeigte mit dem Finger auf ihre Brust und sagte »Claudine« und zeigte auf meinen Strohhut. Die anderen Kinder hinter ihrem Rücken kicherten und feixten. Ich lachte mit, deutete auf meine Brust und sagte »Michael« und reichte ihr meinen Hut. Sie setzte ihn vorsichtig auf, präsentierte sich ihren Freundinnen und Freunden und gab ihn mir mit ernstem Gesicht zurück. Eine Weile sah sie mich neugierig an, dann lief sie den anderen hinterher auf eine majestätische Villa zu, über deren Fenstern rotweiße Sonnensegel gespannt und über deren weiter Veranda rot-weiße Sonnenschirme verteilt waren.

Ich sah nicht mehr hin, wusste auch so, dass die Kinder mir nachblickten und über mich sprachen; ich ging weiter am Strand entlang, die Schuhe an den Schnürsenkeln zusammengebunden und über eine Schulter gehängt, die Jacke unter dem Arm. Von der Veranda der Villa führte ein Steg über hohen Pfählen bis zum Wasser und ein Stück ins Wasser hinein zu einem überdachten weißen Rondell. Am Steg entlang verlief ein Rohr, das in Duschen und Wasserhähnen endete. Ich trank aus einem der Hähne. Das Wasser war warm. Ich ließ es so lange laufen, bis es kalt kam. Ich hielt den Kopf unter den Strahl, und als ich die Augen wieder öffnete, war die Sonne untergegangen. Ich ging weiter.

Bald war ich allein. Ich sah keinen Menschen und sah kein Haus, nur das Meer, den Strand und die Dünen. Am Horizont war ein dünner grünlicher Streifen zu sehen. Ich zog mich aus, legte meine Sachen sorgfältig über einen Büschel hohen harten Grases, damit sie mit dem Sand nicht in Berührung kamen; die Schuhe stellte ich nebeneinander. Nackt lief ich zum Meer und watete hinein, bis mir das Wasser an die Brust reichte. Ich schwamm, leckte nach dem Salzwasser, tauchte mit dem Kopf unter. Wenn ich mich auf den Rücken legte, sah ich die Sterne über mir. Ich war ein prima Schwimmer, in Budapest war ich im Sommer oft mit Papa an der Donau gewesen, im Winter im Császár-Komjádi-Bad, wo Papa jemanden kannte, der ein Auge zudrückte, denn eigentlich hatten Leute wie wir dort nichts verloren. In Wien war ich der beste Schwimmer in meiner Klasse, hatte das Fahrtenschwimmerabzeichen längst erworben, als meine Mitschüler sich erst um den Freischwimmer bemühten. Ein Lehrer hatte gesagt, er würde mich im nächsten Jahr gern für die Wasserballjugendmannschaft gewinnen. Ich schwamm zurück zum Strand, schlüpfte in meine Unterhose, die anderen Sachen wollte ich erst anziehen, wenn meine Haut trocken war. Meine Haare und mein Hals klebten vom Salzwasser, das war nicht angenehm. Ich ging den Weg zurück, den ich gekommen war. Bei dem

Steg, der zur Villa mit den rot-weißen Schirmen führte, stellte ich mich unter die Dusche. In allen Fenstern brannte Licht, auf der Veranda war niemand. Wie viele Menschen wohnten in diesem Haus? Ich fror und zog mich an, auch meine Jacke und meine Schuhe. Hemd und Hose waren feucht, vom Wasser zog klamme Luft herauf, und zum ersten Mal – tatsächlich zum ersten Mal, seit Major Hajós sich umgedreht hatte und davongegangen war – kam mir der Gedanke, ich müsse ja irgendwo die Nacht verbringen. Vor der Veranda stand eine Reihe von Strandkörben. Sie waren zu kurz, um sich darin auszustrecken, aber das war nicht nötig. In der Schublade unter einem der Sitze fand ich ein Badetuch, damit deckte ich mich zu. Meine Jacke rollte ich zusammen und schob sie mir unter den Kopf. Ich schlief gleich ein.

Und wie ich erwartet hatte, kamen meine Tiere. Seit zwei Jahren waren sie nicht mehr bei mir gewesen, das war eine lange Zeit, fast ein Viertel meines Lebens. Ich fragte sie, ob sie beleidigt seien, weil ich damals im Wachen beschlossen hatte, nicht mehr an sie zu glauben. Sie waren nicht beleidigt. Kein bisschen. Sie gaben mir den Rat, ich solle sehr früh am Morgen aufwachen und am Strand vor der Villa auf und ab gehen, bis die Kinder herauskommen; ich solle Claudine einen wunderschönen Tag wünschen, die Hände auf dem Rücken verschränken und mich nicht vom Fleck bewegen – ich würde schon sehen.

Ich gehorchte meinen Tieren, und Claudine lud mich zum Frühstück auf die Veranda ein.

Ihr Vater konnte ein wenig Deutsch, und ich erzählte meine Geschichte, und er übersetzte für seine Frau und seine Tochter. Ich lächelte, bis ich das Gefühl hatte, mein Gesicht müsse gleich zerbersten. Ich sagte, meine Schwester, ihr Mann und mein Bruder seien Langschläfer, sie lägen in den Federn, die Faulen; ich aber hätte nicht schlafen können, weil ich mich so sehr auf meine Eltern freue, die fast ein halbes Jahr in Amerika gewesen seien, wo sie meinen Onkel besucht hätten und wohin wir alle miteinander im Herbst ziehen würden; Mama und Papa hätten auch schon ein hübsches Haus gefunden, in einem Brief hätten sie ein Foto geschickt.

»Und wohin zieht ihr?«, fragte Claudines Vater. »In welchen Staat, in welche Stadt?«

Ich kannte aber keinen Staat und keine Stadt in Amerika. Leicht hielt ich seinen Blick aus, denn: Ich war satt – Rührei mit Schinken, Käse und Tomaten, drei Scheiben dunkles Brot mit roter und gelber Marmelade, eines mit Honig, dazu eine Tasse Milchkaffee, eine Tasse Kakao und ein Glas Orangensaft. Ich stand auf, verneigte mich vor Claudine und ging davon, ohne die Frage ihres Vaters beantwortet zu haben.

Noch ehe ich außer Sichtweite war, tanzte ich über den Strand, hüpfte und sprang und johlte, ich konnte nicht anders, ich hatte einen zufriedenen Bauch und einen zufriedenen Kopf, meine Zukunft sah ich vor mir und dass sie in der ganzen Welt spielen würde, in allen Städten und Ländern, und dass ich Glück haben würde, nur Glück, und wüsste ich einmal nicht aus noch ein, würde ich mich einfach irgendwo hinlegen und mich zusammenrollen und schlafen und auf meine Tiere warten, die mir immer und überall aus allem heraushalfen.

Als die Mittagsglocken läuteten, ging ich zum Bahnhof, dessen riesiges halbrundes Fenster mir schon bei unserer Ankunft gefallen hatte, stellte mich bei einem der Schalter an und fragte den Beamten, ob er Deutsch spreche. Er verwies mich an einen Kollegen, und ich erzählte, dass meine Schwester, ihr Mann und mein Bruder mich geschickt hätten, sie wollten in der Stadt Schokolade kaufen, und ich solle mich derweil erkundigen, wie wir am besten nach Wien kommen. Er lächelte und sagte Monsieur zu mir und dass die belgische Schokolade die beste sei und dass wir am günstigsten mit dem Oostende-Wien-Express fahren, wir müssten nicht umsteigen, und ob er mir also vier Fahrkarten ausstellen solle. Ich sagte, nein, meine Schwester verwalte das Geld, das sei auch der Grund, warum sie sich immer mit ihrem Mann und meinem Bruder streite. Er lächelte wieder, als könnte er von ähnlichen Schwestern berichten, und schrieb mir die Abfahrts- und Ankunftszeiten auf ein Stück Papier. Ich bedankte mich artig und musste an mich halten, damit ich ihm nicht weitere Details über meine Schwester, deren Mann und meinen Bruder erzählte.

Der Zug fuhr am Abend los, und am folgenden Nachmittag würde ich in Wien sein. Dass ich kein Geld besaß, bereitete mir nicht die geringste Sorge.

Den Rest des Tages verbrachte ich wieder am Strand, blieb aber auf Abstand zu der Villa mit den rot-weißen Sonnensegeln. Am meisten hätten mich zwar der Hafen und die Schiffe interessiert – eines ragte über die Häuser empor, zwei Schornsteine, massiv wie die Konservendosen eines Riesen, weiß schimmernd in der Sonne, mit blauen Streifen, dazwischen ein goldenes Wappen –, aber ich fürchtete, Major Hajós zu begegnen; ich wusste ja nicht, ob sein Schiff bereits abgelegt hatte. Und wenn es dieses wäre? Am Nachmittag spazierte ich zum Bahnhof zurück, ich hatte keine Uhr und kein Gefühl für die Zeit und fürchtete, den Zug zu verpassen. Ein weiterer Tag in Oostende hätte mich gelangweilt; außerdem sollte die Sorge von Mama und Papa und Moma nicht unnötig verlängert werden. Und Hunger hatte ich und Durst. Die Meerluft und die Sonne riefen einen solchen Appetit in mir auf, dass alles an mir und in mir unruhig wurde und ich gar nicht die Leute ansehen durfte, die in Brote bissen und in Äpfel; mir schien, alle Leute bissen in Brote und Äpfel. Mein Instinkt sagte mir, am Bahnhof wäre leichter etwas zu ergattern; wobei ich keine Idee hatte, wie ich das anstellen sollte.

Neben dem Eingang zur Halle stand ein kleines Häuschen aus bemaltem Sperrholz und Dachpappe, einer Almhütte nachgebildet. Ein Mann und eine Frau brieten darin Würste. Eine Seite des Daches war nach oben geklappt, ich schätzte, weil es die beiden sonst vor Hitze nicht ausgehalten hätten. Es war ein furchtbar heißer Tag. Meine Jacke hatte ich am Strand im Sand vergraben, ebenso die Krawatte; morgen würde ich zu Hause sein, ich war auf diese Sachen nicht mehr angewiesen. Am liebsten hätte ich auch die Hose und die Schuhe weggeschmissen, in einen Kanaldeckel gestopft und das Hemd und den Hut gleich hinterher, ich wollte nichts von dem behalten, was mir Major Hajós bezahlt hatte. Ich stand vor dem Bratwursthäuschen und schaute die Frau an – eine Minute, zwei Minuten, ich hatte die Bahnhofsuhr im Blick. Die Frau sagte etwas in der Sprache, die ich nicht verstand. Drei Minuten. Sie sagte wieder etwas. Ich schaute sie nur an. Nun fragte mich der Mann etwas. Ich ignorierte ihn, starrte weiter nur sie an; nahm alles aus meinem Blick heraus, alles Bittende, alle Neugierde, als wäre die Frau ein Stück Holz und ich an Holz nicht interessiert. Vier Minuten. Sie hielt es nicht aus, sie drehte sich weg; aber lange hielt sie es auch nicht aus, mich nicht anzusehen. Der Mann war der bessere Mensch von den beiden. Er schnitt ein Stück Weißbrot auf, dick und lang wie mein Unterarm, klemmte drei von den leckeren braunschwarzen Würstchen hinein, strich Senf darüber und reichte es mir. Ich sagte nichts, nickte auch nicht, hielt das Brot in der Hand, schaute weiter die Frau an. Und endlich griff sie hinter sich in den Kasten, der voll Eis war und aus dem Wasser über den Platz vor dem Bahnhof rann, und gab mir eine gelbe Limonade. Ich küsste Zeigefinger und Mittelfinger und legte sie mir aufs Herz und verbeugte mich und lächelte nicht. So machte es Papa manchmal, wenn er Dankbarkeit spielte, und lächelte auch nicht.

6

Bis Frankfurt am Main ging's glatt. Erst war ich durch den Zug geschlichen, vom letzten Waggon zum ersten und wieder zurück und wieder vor, so war die Zeit kürzer geworden; wenn ich den Schaffner sah, verschwand ich auf der Toilette. In der Nacht verdrückte ich mich in ein leeres Abteil. Irgendwann rüttelte mich jemand an der Schulter. Zwei Polizisten standen über mir und ein Schaffner, aber ein anderer, ein deutscher. Sie fragten, wer ich sei, warum ich hier sei, was passiert sei und ein paar andere Sachen; wie ich hieße, wo meine Eltern seien, wo ich wohnte. Ich antwortete »Ja«, »Nein« und »Weiß nicht« oder gar nicht. Der Schaffner packte mich am Arm und schrie mich an, solche wie mich habe er gefressen, und schubste mich vor sich her aus dem Zug hinaus. Dass wir in Frankfurt waren, sah ich an dem Schild. Die Polizisten folgten uns. Auch auf dem Bahnsteig ließ mich der Schaffner nicht los; er zerrte mich an den Zugfenstern entlang, in denen ich ein paar Gesichter sah, und dabei beschimpfte er mich weiter und riss mich hin und her; einmal ging ich ihm zu langsam, einmal zu schnell, einmal zu weit weg von ihm, dann war ich ihm wieder zu nah, und immer wollte er, dass ich ihm antwortete; aber ich antwortete nicht. Plötzlich holte er aus und schlug mir die Hand so wuchtig gegen das Gesicht, dass ich zur Seite springen musste, sonst wäre ich umgefallen. Einer der Polizisten drängte sich dazwischen und fuhr ihn an, er solle das lassen, er solle die Finger von mir lassen, das sei von nun an die Angelegenheit der Polizei. Es war das erste Mal in meinem Leben, dass ich geschlagen worden war, und ich wusste nicht, was ich damit anfangen sollte, und dachte, ich will lieber keine große Sache daraus machen, sonst verliere ich den Überblick und kann nur an mein Gesicht denken, das auf einer Seite sehr heiß wurde. Der Schaffner drehte sich weg von uns und sprach mit einem Fahrgast, der das Fenster geöffnet hatte, und jede Wette, die beiden zogen über mich her. Ich hatschte zwischen den Polizisten durch die riesige Halle, über die sich Dächer aus Glas wölbten, unheimlich hohe Dächer, fünf, wenn ich richtig gezählt habe; das war mir nicht aufgefallen, als ich mit Major Hajós hier gewesen war. Um mich abzulenken, zählte ich alles Mögliche, die Schwellen, die Laternen, die Tauben, die über unseren Köpfen flogen, und eben die Glasgewölbe. Als wir am Ende des Geleises angelangt waren, fuhr der Oostende-Wien-Express ab. Die Polizisten fragten mich, ob ich Hunger hätte. Ich sagte, ja. Der eine griff in seine Umhängetasche und nahm eine viereckige Blechbüchse heraus und gab mir sein Wurstbrot. Ich schlang es gierig hinunter, als wäre ich am Verhungern; das tat ich absichtlich, weil sie noch mehr Mitleid mit mir haben sollten.

»Er wird auch Durst haben«, sagte der andere.

»Ich hol ihm etwas«, sagte der eine.

Wir standen am Kopf des Bahnhofs vor einer langen Reihe von Geleisen, ich konnte nicht abschätzen, wie viele es waren, und hatte jetzt auch keine Lust mehr zu zählen. Nicht weit von uns entfernt wartete ein Zug, der war nicht so lang wie der Express und war schäbiger als dieser und hatte eine Diesellok. Ich sah den Fahrdienstleiter mit der Kelle in der Hand zum Bahnsteig gehen. Ehe er die Kelle hob, rannte ich los. Ich hörte die Trillerpfeife, der Zug fuhr an, ich sprang auf den Perron des letzten Waggons und duckte mich hinter das Gestänge.

Mein Herz raste, und es dauerte lange, bis ich einen klaren Gedanken zustande brachte. Der Kopf tat auf einer Seite furchtbar weh, das Gesicht brannte, meine Lippe fühlte sich wie etwas zum Essen an und die Backe und die Umgebung des Auges waren pelzig und geschwollen. Ich nahm mir fest vor, auch weiter nicht an den Schlag zu denken; ich wollte in der Nacht meine Tiere um ihre Meinung und ihren Rat fragen und sie bitten, es irgendwie in Ordnung zu bringen. Mehr konnte ich ohnehin nicht tun. Ich freute mich auf meine Tiere, und bald freute ich mich auch über die Sonne, die zwischen den Häusern blitzte. Erst jetzt fiel mir auf, dass ich meine Schuhe im Oostende-Wien-Express vergessen hatte. Ich war in Socken. Und war froh, dass wieder ein Stück weg war.

So etwas sollte mir nicht noch einmal passieren. Deshalb fuhr ich nur ein paar Stationen weit und wartete auf einen nächsten Zug, zuerst in einer Stadt namens Aschaffenburg, das war schon nach einer halben Stunde. Ich hangelte mich von einer Stadt zur nächsten, und es ist mir nichts ähnlich Böses mehr passiert. Aschaffenburg – Würzburg – Nürnberg – Roth.

Am Nachmittag kam ich in die kleine Stadt Hilpoltstein. Ich hatte keine Ahnung, ob ich auf dem Weg nach Wien war oder weg von Wien, und der Hunger war auch wieder da. Die Socken hatte ich ausgezogen und in die Hosentasche gesteckt. Barfuß würde ich weniger auffallen als in Strümpfen. Ich fiel trotzdem auf. Es waren nicht viele Leute auf der Straße, aber die runzelten die Stirn. Ich konnte nur mit Mühe auseinanderhalten, was wichtig für mich war und was nicht, weil ich nur ans Essen dachte, und beim Essen gibt es genau genommen nichts zu denken. Die Leute kamen mir alle wie Verwandte von dem Schaffner aus Frankfurt vor. Die linke Gesichtshälfte tat immer noch weh, und die Lippe und das Auge waren immer noch heiß und dick. Ein Schaufenster spiegelte mein Gesicht. Ich sah, warum ich auffiel. Ich wollte fort von den Häusern und den Leuten und marschierte drauflos, bis ich beim letzten Haus angekommen war, und ging weiter an der Landstraße entlang. Irgendwann hielt ein Auto ein paar Meter vor mir. Der Fahrer stieg aus und fragte, ob etwas mit mir sei. Ich lief in das Weizenfeld hinein, was unangenehm war, weil ich auf die Halme trat und die harten Stoppeln meine Füße piekßten.

Das Feld grenzte an einen Wald, an ihm entlang führte ein Weg, der war weich und kühl, mit altem Laub bedeckt und Streu. An manchen Stellen ragten Felswände aus dem Wald empor, die Landschaft wurde hügelig, ich ging schnell und wusste nicht, warum ich schnell ging. Vor Sonnenuntergang würde ich ohnehin nicht in Wien sein – vielleicht würde ich nie wieder in Wien sein. Ich kam zu einem Bach und trank, bis nichts mehr in mich hineinpasste, und watete durchs Wasser. Ein kühler Wind kam auf. Ich freute mich wieder meines Lebens; aber leider nicht lange, denn der Abendschatten und der weiche kühle Weg und das Wasser im Bauch nahmen den Hunger nicht fort. Als die Sterne am Himmel standen, legte ich mich neben einen Baumstamm. Es war ähnlich wie damals, als Moma, Opa, Mama, Papa und ich aus Ungarn geflohen waren, nur dass wir damals Salamiwurst, einen Brotlaib vom Bäcker Szegedi, Tomaten, Paprika, Karotten und Reste von den vorgekochten Töltött káposzta bei uns gehabt hatten. Ich sah wieder eine Sternschnuppe und eine zweite. Im Liegen war's mit dem Hunger besser. Ich hatte keine Ahnung, warum das so war. Ich stand auf, ging ein paar Schritte, und tatsächlich meldete sich der Hunger wieder; ich legte mich hin, und er beruhigte sich. Das war interessant. So bin ich eingeschlafen.

Meine Tiere besuchten mich nicht. Das warf ich ihnen vor, als ich aufwachte und die Gedanken noch nicht zueinandergefunden hatten. Es ist aber nicht günstig, mit einem Vorwurf den Tag zu beginnen; das kann man sich leisten, wenn man zu Hause sitzt und zwei oder drei Frühstückssemmeln auf dem Tisch liegen und ein Teller mit Schinken und Käse danebensteht – darum nahm ich den Vorwurf sofort zurück und sagte, ich hätte mich nur versprochen und sie sollten bitte nicht böse auf mich sein. Die Luft war frisch, die Vögel zwitscherten, und auf einmal war ich wieder voll Zuversicht, als sähe ich bereits den Bauernhof mit seinem Gemüsegarten vor mir – den ich gar nicht sehen konnte, denn er lag auf der anderen Seite des Waldes, ich konnte gar nichts von ihm wissen. Ich fühlte einen Drang, den Wald zu betreten, und dachte, das ist nun der Ratschlag meiner Tiere. Im Wald ging es aufwärts und abwärts, und überall lagen Zweige und Tannennadeln, die durch meine Socken stachen. Der Weg am Feld entlang wäre viel angenehmer gewesen, aber ich dachte, ich muss meinen Tieren treu sein. Es war ein schmaler Waldrücken, der auf der anderen Seite an eine Wiese grenzte. Durch die schlängelte sich ein Bach, gesäumt von Weiden. Ich kühlte meine Füße im Wasser. Der Boden war mit runden Steinen bedeckt, die an den schattigen Stellen glitschig waren. Ich sah Fische. Mein Vater hatte mir erzählt, man könne Fische durchaus auch roh essen; aber so groß war mein Hunger doch nicht.

Bei dem Bauernhof, zu dem mich meine Tiere führten, war ein Hund, der bellte und sprang auf mich zu. Aber ich war schneller beim Gemüsegarten als er. Außerdem konnte ich mir nicht vorstellen, dass mich meine Tiere einem Hund ausliefern würden. Der Garten war eingezäunt, wahrscheinlich gegen Rehe aus dem Wald, und der Zaun war zu hoch für den Hund. Ich riss wahllos Gemüse aus dem Boden, alles, was ich erwischen konnte, Karotten, Kohlrabi, Radieschen, Zwiebeln, Lauch, grüne Tomaten, Blumenkohl. Vielleicht benahm ich mich dabei wie der Bauer oder die Bäuerin und meine Bewegungen waren dem Hund vertraut; jedenfalls hörte er mit dem Bellen auf und sah mir nur zu. Es war ein schwarz-braun-weißer mit aufmerksamen Augen und einem netten Gesicht. Ich redete mit ihm, sagte, er gefalle mir und er solle mich bitte gehen lassen, ich sei mit etlichen Tieren befreundet. Er wedelte mit dem Schwanz und hielt den Kopf schief. Mir kam sogar der Gedanke, ihn mitzunehmen. Ich wäre nicht so allein gewesen. »Du hättest es gut bei mir«, sagte ich. »Ich würde mich um dich kümmern.« Ich zog mein Hemd aus und wickelte die Sachen hinein, band die Ärmel darum herum zu einem Knoten und stieg über den Zaun. Der Hund beobachtete mich, er bellte nicht und folgte mir nicht. »Willst du es dir nicht doch überlegen«, sagte ich. »Wenn du willst, lauf einfach hinter mir her.« Ich ging langsam zum Wald zurück, setzte mich am Bach auf ein sonniges Plätzchen und sortierte meine Beute. Der Hund war bei seinen Leuten geblieben. Die Karotten schmeckten am besten, am zweitbesten die Radieschen und der Kohlrabi, weniger die grünen Tomaten und der Blumenkohl. Vom Lauch und den Zwiebeln nahm ich nur einen Bissen, den Rest warf ich ins Wasser. Meinen Hut hatte ich bei dem Baum vergessen, unter dem ich in der Nacht gelegen hatte; war der also auch weg.

Eine Stunde später hatte ich Bauchschmerzen, dass ich meinte, ich könnte keinen Schritt mehr tun. Ich krümmte mich zusammen und ging in die Knie. Erst musste ich furzen, dann hatte ich Durchfall. Ich war schon weit vom Wasser entfernt, und das tat mir jetzt leid, denn ich hatte nichts, um meinen Hintern richtig zu putzen, und hätte mich gern gewaschen und auch meine Unterhose. Aber ich traute mich nicht zurück. Ich war nie ein großer Freund der Schokolade gewesen, aber ich wusste, dass Schokolade wirksam gegen Durchfall war, aber woher ich Schokolade kriegen könnte, wusste ich nicht. Und der Hunger war auch nicht weniger geworden. Gegen den hätte Schokolade ebenfalls geholfen.

Am Mittag erreichte ich einen Weiher. Ich zog mich aus, schrubbte meine Sachen mit Sand, breitete sie in die Sonne und sprang ins Wasser und schwamm eine Runde. Ich fühlte mich nicht mehr einsam und auch kräftiger. Ich legte mich auf einen warmen Stein, die Sonne tat meinem Bauch gut; ich blickte in die Baumkrone, die meinem Kopf Schatten gab, und wartete, dass Hemd, Hose und Unterhose trockneten. Das dauerte und dauerte, und ich war darauf gefasst, dass jemand kommt. Ich schwamm wieder in den Teich hinein, nur um etwas gegen die Langeweile zu tun. Meine Haut trocknete viel schneller als der Stoff, das war auch nicht uninteressant. Als die Sachen endlich trocken waren, sahen sie schäbig aus, zerknittert und nicht mehr schön weiß. Die Socken ließ ich liegen, die waren zu nichts mehr nütze, die Sohlen ein einziges Loch. Ich achtete darauf, mich in Richtung der Mittagssonne zu halten; wusste nicht warum, der Süden war mir die sympathischere Richtung. Wo Wien war, wusste ich nicht.

Am Anfang zählte ich die Tage und Nächte. Aber ich geriet durcheinander, grübelte, ob Donnerstag oder erst Mittwoch oder schon Freitag sei. Ich gab es schließlich auf, darüber nachzudenken; die Luft, der Himmel, die Blätter der Bäume, der Vogelhall zwischen ihren Stämmen, sie waren die gleichen am Mittwoch wie am Donnerstag oder am Freitag, und den Hunger kümmerten die Namen der Tage sowieso nicht. An manchen Orten bildete ich mir ein, schon einmal gewesen zu sein. Menschen mied ich. Bei Beeren kannte ich mich nicht aus, auch nicht bei Pilzen. Sauerampfer aß ich, der schmeckte nicht schlecht, satt wurde ich davon nicht. Ich streifte durch die Wälder, vor offenen Feldern war mir bang. Von weitem sah ich Traktoren und Heumännchen und Männer und Frauen bei der Arbeit. Ein Bauer fuhr am Waldrand entlang, er saß auf einem Wagen mit Gummireifen, ein Pferd zog ihn. Ich ging im Schutz der Bäume neben dem Fuhrwerk her, hoffte, der Bauer würde etwas fallen lassen, was ich hätte essen können. Er war wahrscheinlich auf dem Weg, etwas abzuholen; er fuhr leer, nur seine Tasche lag auf der Ladefläche, eine alte Ledertasche, vielversprechend aufgebläht. Ich verließ meine Deckung und kletterte von hinten auf den Wagen. In der Tasche steckten eine Thermosflasche, zwei Äpfel, eine Zwiebel, zwei kurze Würste und Brot. Ich nahm Wurst, Brot und

Äpfel, hüpfte vom Wagen und war wieder im Wald verschwunden. Der Mann hatte mich nicht bemerkt.

Einmal traf ich mit einem Dachs zusammen – heute weiß ich, dass es ein Dachs war, damals wusste ich es nicht. Ich war über einen niedrigen Felsen gesprungen und neben ihm gelandet. Er fauchte mich an und zeigte sein Gebiss. Er bewegte sich in kleinen ruckartigen Schritten auf mich zu, blieb immer wieder stehen, als wollte er mir eine Chance geben. Sein Gesicht, fand ich, war nicht zornig, sondern ernst und besorgt. Ich tastete mich langsam rückwärts davon. »Ich kenne Tiere«, sagte ich. Ich sagte es einfach, damit er Bescheid wusste; nicht, um ihm zu drohen. Den Gestank hatte ich lange in der Nase.

An den Abenden riss ich belaubte Äste und Zweige ab, warf sie zu einem Haufen und kroch darunter. Die Insekten plagten mich. Mit ihnen ließ sich nicht reden.

Wo keine Menschen sind, wird man nicht satt. Manchmal schlich ich mich doch wieder in Gärten und zog Karotten aus der Erde; vom anderen Gemüse ließ ich die Finger. Ich bin auf einen Baum geklettert und habe Kirschen gegessen, viel zu viel davon, sie schmeckten so gut, aber haben nicht gutgetan. Einmal kam ich zur Mittagszeit zu einer kleinen Kirche mit einem Zwiebelturm und Verzierungen, die auf einer Anhöhe thronte wie eine Prinzessin. Ich wollte mich nur ein bisschen im Schatten ausruhen. Um die Kirche herum wuchsen Kastanienbäume, nicht einen Vogel hörte ich, keine Grille, kein Rascheln der Blätter. Die Tür stand weit offen, ein kühler muffiger Weihrauchduft strömte heraus. Ich setzte mich in die erste Bank. Über dem Altar hing ein Bild, das zeigte einen nackten Mann, der an einen Baumstamm gefesselt war. In seinen Armen, seinen Beinen, in der Seite und im Hals steckten Pfeile, aber sein Blick war, als ob er recht unbeschadet lebte und über manches nachdachte. Links von ihm fiel ein goldener Lichtstrahl zur Erde, an dessen Spitze eine Frau schwebte, die einen Säugling im Arm trug und mit schweren goldenen unbequemen Tüchern behangen war; rechts von ihm war ein Loch, dort brodelte es und glühte. Über der Glut hing an eisernen Haken ein schreiender Mann, ebenfalls nackt, wobei nicht klar war, weswegen er mehr schrie, wegen der Hitze oder den Haken, die das Fleisch an seinem Rücken und Hintern durchbohrten, oder wegen der Schlange, die aus dem Feuer emporschnellte und in seinen Bauch biss. Der Priester kam aus der Sakristei und riss vor Schreck die Hände an den Mund. Ich sagte, ich hätte Hunger, ob er etwas zu essen für mich habe. Er gab mir die gesamte Mahlzeit, die ihm seine Köchin in verschiedenen kleinen Töpfen mitgegeben hatte, ein Stück Rinderbraten mit Püree, einen Gurkensalat und zum Nachtisch Apfelmus mit Rosinen. Ich fragte, warum er ein so grausliches Bild in seiner Kirche aufhänge. Er sagte, bei einem wie mir müsse man ganz von vorne anfangen, und dazu habe er die Zeit nicht. Er erzählte aber doch. Er zog ein Brot aus seiner Soutane, das hatte er abzweigen wollen; zupfte kleine Brocken ab, einen für sich, einen für mich. Der, auf den mit Pfeilen geschossen worden war, sei der heilige Sebastian; die Frau mit dem Kind die Gottesmutter; der über dem Höllenfeuer brät, einer von denen, die auf den Heiligen geschossen hätten. Der Priester stellte mir keine Fragen – wer ich sei, wer meine Eltern seien und so weiter; wahrscheinlich, weil er keine Probleme haben wollte. Ich war ihm dankbar. Die Mahlzeit hielt fast zwei Tage vor, dafür träumte ich in zwei Nächten von dem Bild über dem Altar. Schließlich kam wieder der Hunger, und alles andere war unwichtig.

In einem Dorf stahl ich ein Brot aus einem Laden; aber ich hatte nichts davon, denn die Bäckersfrau lief hinter mir her, und ich verlor den Wecken. Er hatte gerochen, meine Güte! In einem anderen Dorf ging ich in den Laden und sagte, ich hätte Hunger. Die Verkäuferin sah mich entgeistert an und schenkte mir einen Stollen Schwarzbrot und ein Stück Käse und schnitt mir satte zwanzig Zentimeter von einer Wurst ab. Bis zum Abend war ein Fest, ich aß alles auf einmal weg und wartete, dass sich meine Därme regten. In einem anderen Dorf wurde ich von Kindern mit Steinen beworfen; ein großer spitzer traf mich an der Braue; das Blut rann mir über das Gesicht und tropfte auf Hemd und Hose. Am nächsten Tag stürzte ich über einen Felsen, zerriss mir das Hosenbein bis übers Knie und holte mir eine tiefe Schürfwunde an der Wade, die sich entzündete und eiterte. Der Unterschenkel schwoll an, und die Fliegen waren hinter mir her und die Mücken sowieso.

Eines Nachmittags humpelte ich durch den Wald und kam zu einer Brücke, die aus steinernen Bögen gebaut war; der mittlere Bogen war eingestürzt, und ich konnte auf dem Weg nicht weitergehen. Ich war erschöpft und stumpfsinnig vom Hunger und vom Schmerz in meinem Bein und dachte, hier würde ich also sterben. Aber verdursten wollte ich nicht. Ein wenig unterhalb des Weges führte ein Pfad zum Bach hinunter. Und da stand eine Hütte, rundherum verwachsen, ich wäre fast daran vorbeigegangen, ohne sie zu sehen. Die Tür war nur angelehnt. Schaufeln und Pickel lagen in einer Ecke, in der anderen war Sand aufgeschüttet; der war gerade angenehm, um den Kopf draufzulegen. Ich beschloss, über Nacht hier zu bleiben. Ich hatte schon lange nicht mehr unter einem Dach geschlafen, und durch den Himmel zuckten Blitze, und die ersten Tropfen fielen, und die waren dick und schwer. Wenn ich nicht mehr aufwachte, würde es mir auch gleich sein. Ich rutschte über den Abhang zum Bach hinunter, überlegte, ob ich doch versuchen sollte, mit der Hand einen Fisch zu fangen und ihn roh zu essen. Ich kniete mich nieder, steckte den Kopf ins Wasser und trank. Wäre ich eine Minute nur geduldig gewesen, hätte es genügt, das Gesicht gegen den Himmel zu recken und den Mund aufzusperren. Ein Wolkenbruch ging nieder, wie die Welt noch keinen erlebt hatte; ich war nass, als hätte ich mich im Bach gewälzt.

Als ich zur Hütte zurückkam, stand ein Neger unter dem Vordach.

7

Das war Staff Sergeant Hiram Winship. Er wollte aber nicht mehr Soldat sein. Darum war er davongelaufen. Bei dieser Gelegenheit hatte er einen Mann niedergeschossen. Ob der Mann gestorben war oder nicht, konnte er nicht sagen; es war ihm auch egal. Das erzählte er mir aber erst in der Nacht – wobei »erzählen« nicht ganz das richtige Wort ist. Jetzt deutete er auf seine Brust, wie es Claudine am Strand von Oostende getan hatte, und sagte langsam: »Hiram. America. I am Hiram from America.« Das kriegte ich zusammen. Ich tat es ihm nach: »Andres. Andres Philip. Wien. Ich bin Andres Philip aus Wien.« Er kriegte es auch zusammen. »Andrew. Andrew Philip from Vienna. Corporal Andrew Philip, welcome to Nowhereland!« Wir konnten einander vom ersten Händedruck an gut leiden.

Es ist erstaunlich, wie viel man erzählen kann, auch wenn einem nichts weiter als Hände, Füße, Grimassen und »Puff«, »Wow«, »Krrr«, »Boing«, »Patsch«, »Flutsch«, »Gluck-gluck«, »Zack«, »Päng« und ein paar Dutzend ähnlicher onomatopoetischer Laute zur Verfügung stehen, auf die man sich in dem Moment einigt, in dem man sie erfindet. So etwas kann nur der Mensch. Als das Gewitter vorüber war und die Sonne wieder brannte, hängte Staff Sergeant Winship meine nassen Sachen unten beim Bach in einen Strauch, seine legte er sorgfältig auf einen Stein. Wir schwammen in dem Loch unterhalb des Wasserfalls, und mir war, als kennten wir uns schon lange – was wahrscheinlich an meinem leeren Bauch lag; leere Bäuche reduzieren alles auf die Gegenwart, und wenn plötzlich ein Mensch vor einem steht, denkt man sich, der stand immer schon hier. Er konnte kein Wort meiner Sprache und ich nicht eines seiner.

Er besaß einen Rucksack voll mit brauchbaren Dingen – unter anderem waren darin: Streichhölzer, ein flacher Kochtopf, ein Schlafsack, ein paar Sachen zum Wechseln, Nähzeug, Verbandszeug, ein Messer und eine Pistole, Salz und eine Landkarte, groß genug, um mich darin einzuwickeln. Essbares hatte er leider nichts dabei. Er schien sich nicht zu wundern, dass ein neuneinhalb Jahre alter Junge allein und barfuß in zerfetzter Hose und Hemd durch den Wald vagabundierte. Oder er hat sich doch gewundert und wollte nur nicht fragen. Ich denke, man hat mir inzwischen alles angesehen. Angst hatten wir beide keine, er nicht vor mir, ich nicht vor ihm und sonst auch keine. Ich hörte aus seiner Stimme heraus, dass er bereit war, sich um mich zu kümmern. Das genügte mir. Ich dachte, dieser Mann wird mich vielleicht nach Hause bringen.

Oh, es wurde eine himmlische Nacht, und mir kam der Gedanke, ich sei in Wirklichkeit gestorben, vom Blitz erschlagen worden oder verhungert, und Staff Sergeant Winship sei einer der Engel, von denen in der Gesta Hungarorum des Anonymus berichtet wird und über die Opa gesagt hatte, ich solle erst gar nicht versuchen, sie mir vorzustellen, so anders als wir sähen sie aus. Staff Sergeant Winship sah auf jeden Fall anders aus als jeder Mensch, der mir bisher begegnet war. Er war groß, und sein Gesicht war so schwarz, dass ich mir, als wir in der Nacht vor der Hütte saßen, bisweilen einbildete, ich spreche mit einem weißen kurzärmeligen Unterhemd und einer khakifarbenen Hose.

Die Nacht begann mit einem köstlichen Mahl, und dieses Mahl dauerte lange, sehr lange. Wie wir zu all den Delikatessen gekommen waren, ließ mich allerdings daran zweifeln, dass Staff Sergeant Winship tatsächlich ein Engel sein könnte.

Dass Engel morden, war mir bekannt; dass sie an einer fremden Haustür klingeln, mit angedeuteter Waffengewalt eintreten und alles Essbare, was zu finden war, mitnehmen, davon hatte ich nie gehört. Genau das hat Staff Sergeant Winship getan.

Aber von Anfang an: Nach dem Schwimmen hat er sich zunächst hübsch gemacht, hat sich rasiert, sein Uniformhemd angezogen, seine Uniformjacke, hat sich die Uniformkrawatte umgebunden und sein Käppi mit dem blau-weißen Abzeichen aufgesetzt. Unser Ziel war ein Dorf, es lag unterhalb des Berges, etwa eine Stunde zu Fuß von unserer Hütte entfernt. Wir konzentrierten uns auf das erste Haus; es stand abseits, war schmal, hatte ein steiles Dach, einen angebauten Schuppen und einen langen Gemüsegarten zum Weg hin. Staff Sergeant Winship deutete mir, ich solle mich hinter dem Zaun verstecken, aber genau beobachten, was jetzt gleich geschehe. Dazu zeigte er zweimal auf mich – das hieß »du«; legte die Zeigefinger auf seine Augen – das hieß »sehen«; und zeigte zweimal auf sich selbst – das hieß »ich«. Er schlenderte lässig durch den Garten, stellte sich breitbeinig vor der Haustür auf und zog an der Klingel. Ein Mann in Unterhemd und Unterhose öffnete. Im Inneren des Hauses brannte bereits Licht, draußen war's im Westen noch hell. Staff Sergeant Winship sagte mit dröhnender Stimme, wobei er deutlich sichtbar eine Hand an die Pistole in seinem Gürtel legte: »US Army Military Police, Sir! Your house is not listed!« Der Mann klappte den Mund auf und zu und bat ihn stumm herein. Fünf Minuten später war Staff Sergeant Winship wieder draußen, über seiner Schulter hing der gefüllte Rucksack. Er ging um das Haus herum zum Schuppen und kam mit zwei Fahrrädern zurück, eines für mich, ein Damenrad, eines für sich, das Herrenrad, und wir fuhren lustig davon. – Das war's gewesen.

Im Rucksack befanden sich: eine Leberwurst und eine Krakauerwurst; ein kalter Schweinsbraten; ein Keil Käse, so groß, dass man damit einen Güterzug hätte abbremsen können; zwei Brotlaibe, ein weißer schmaler und ein dunkler runder; ein ordentlicher Streifen Speck und ein Karton Eier; sechs Äpfel, ein Bündel Karotten, zwei große braune Zwiebeln, zwei Gurken; ein Glas Senfgurken, ein Glas mit kleinen weißen in Essig eingelegten Zwiebeln; ein Tütchen Pfeffer; ein Ast Tomaten; eine Tube Senf; ein in Papier eingewickeltes faustgroßes Stück Butter, eine Tüte Malzkaffee, drei Flaschen Bier und zwei rote Schachteln Zigaretten, eine voll, eine halbvoll, Marke Overstolz, und eine Flasche Schnaps. Nicht zu vergessen, Walnüsse.

Nun begann die himmlische Zeit! Wir machten es uns vor der Hütte gemütlich, zündeten ein Feuer an, um die Mücken zu verscheuchen und um den Speck und die Eier im Topf zu braten. Es roch so köstlich, dass ich vor Aufregung zitterte. Staff Sergeant Winship zeigte mir an, ich solle vorher ein Stück Brot mit Käse oder Wurst essen oder etwas von den anderen Sachen probieren, alles sei für mich; aber das wollte ich nicht, ich wollte durchhalten. Da hatte ich so viel über die ägyptischen Götter erfahren und die erlesenen Speisen, die man ihnen ins Grab gelegt hat, und über die Fressereien an mittelalterlichen Höfen wusste ich ebenfalls Bescheid – zum Beispiel während der Hochzeiten von Siegfried und Kriemhild und Gunther und Brünhild am Burgunderhof zu Worms oder am Hof von König Etzel in Ungarn; aber nie war von Spiegeleiern mit Speck berichtet worden, dazu ein Butterbrot und eine Tomate, eine Senfgurke und ein Apfel, Quellwasser, und nicht zu vergessen die Walnüsse, die Staff Sergeant Winship mit dem Knauf seiner Pistole aufschlug. Wie kann ein Mensch mehr Glück haben! Und auf einmal sah ich die wunderbare Wahrheit: Staff Sergeant Winship war zu mir geschickt worden! Was denn sonst! Meine Tiere hatten ihn zu mir geschickt. Eine andere Erklärung wäre an den Haaren herbeigezogen gewesen.

Staff Sergeant Winship – er bat mich immer wieder, ihn Hiram zu nennen, was ich aber ablehnte, denn »Staff Sergeant Winship« klang würdiger, und ich konnte nicht genug kriegen, Dienstrang und Namen auszusprechen, weswegen auch er mich nicht mehr nur Andrew, sondern Corporal Andrew Philip nannte – meinte, es wäre weniger gefährlich, in der Nacht zu reisen und am Tag zu schlafen, und auch angenehmer wegen der Hitze. Er zeigte mir auf der Landkarte, was sein Ziel war: die Tschechoslowakei. Ich zeigte ihm auf der Landkarte, dass ich nach Wien wolle. Er überlegte kurz, nahm seinen und meinen Zeigefinger in die Hand und hüpfte, als wären sie Beinchen, quer durch Österreich. Bei Wien ließ er meinen Finger los und hüpfte allein weiter nach Ungarn. Übersetzung: Ich fahre mit dir bis Wien und von dort allein weiter nach Ungarn, anstatt in die Tschechoslowakei – was mich wiederum nicht wunderte, denn meine Tiere stammten schließlich aus Ungarn. Ich dachte an meinen Vater, wie er in der Báthory utca seinen Spaß mit der Weihnachtskrippe vorgeführt hatte, und ich freute mich darauf, ihm von Staff Sergeant Winship zu erzählen. Es war wunderbar, einen vollen Bauch zu haben!

Er hatte ein kariertes Flanellhemd in seinem Rucksack, von dem schnitt er die Ärmeln ab und nähte daraus zwei Mokassins für mich. An den Fahrrädern hingen dreieckige Ledertaschen für Werkzeug. Daraus machte er die Sohlen. Er flickte mir auch den Riss in meiner Hose zusammen, rieb den Topf mit Sand aus, bis er blitzte, kochte Wasser auf und reinigte meine Wunde. Er schob mir ein Stück Holz in den Mund, damit ich darauf biss, und goss Schnaps über meine Wunde. Sehr tapfer war ich nicht. Er legte fachmännisch einen Verband an, nicht zu locker, nicht zu fest. Ich hatte mir schon vor Tagen einen Dorn in die Ferse eingetreten. Er versprach, ihn mir herauszuziehen und mich zu verarzten, sobald die Sonne aufgehe. Einen Kamm besaß er nicht, er selbst hatte kurz geschorenes Haar; er versuchte, mit den Fingern meinen Schopf zu ordnen; es gelang ihm nicht, bei mir oben war alles verfilzt und verzaust und voll Dreck, Erde, Sand, Tannennadeln. Ich zog das ärmellose Flanellhemd über, stopfte es mir in die Hose.

Gegen zwei Uhr in der Nacht fuhren wir los. Ich hatte mich eine Stunde in der Hütte hingelegt, den Kopf auf dem Sandhaufen, wie ich es mir vorgenommen hatte. Hinterher war ich munter, als hätte ich einen Tag und eine Nacht durchgeratzt. Die Lampe an meinem Rad war kaputt, darum fuhr ich knapp hinter Staff Sergeant Winship her. Das war bequem für mich; ich musste mich um nichts kümmern und durfte meinen Gedanken nachhängen, und abwärts ging's auch. Als wir aufs Feld kamen, sahen wir den großen Sternenhimmel so voll wie nie.

Es war höchste Zeit, dass ich einmal gründlich über meine Tiere nachdachte. Und als wär's mir zusammen mit dieser Ermahnung von den Sternen herunter direkt in den Kopf gefallen, glaubte ich auf einmal zu wissen, wer meine Tiere waren. Nämlich: genau jene Wesen, die mir zum ersten Mal in den Verhören, die ich mit Moma angestellt hatte, begegnet waren und von denen Herr Dr. Martin so ausführlich und langatmig erzählt hatte. Sie sahen ihnen nicht nur ähnlich – worüber ich mich schon früher gewundert hatte –, *sie waren es persönlich!* Über diesen Gedanken erschrak ich so sehr, dass es mir die Arme verriss und ich beinahe vom Fahrrad gefallen wäre. Oft war ich allein mit Herrn Dr. Martin in der Küche gesessen. Er zeigte mir Bücher, in denen die ägyptischen Götter abgebildet waren – zum Beispiel Re, ein braungebrannter Mann in einem grünen Ruderleibchen und einem weißen Rock, mit einem Raubvogelkopf, auf dem die Sonne balancierte, die von einer Schlange umwickelt war. Und nun, da ich unter dem größten Sternenhimmel, den ich je gesehen hatte, hinter Staff Sergeant Winship herfuhr, war ich mir sicher, genau dieses Menschtier in meinen ersten Träumen gesehen zu haben. Re sei für die Sonne verantwortlich, hatte Herr Dr. Martin erzählt, oder sei selber die Sonne, das wusste ich nicht mehr so genau. Er fährt jeden Tag in einem goldenen Boot über den Himmel, und in der Nacht gleitet er in eine Höhle hinab, wo lauter Ungeheuer auf ihn lauern, gegen die er gemeinsam mit seinen Freunden kämpfen muss. Das gefährlichste Ungeheuer heißt Apophis und ist eine Mischung aus Schlange und Schildkröte. Bisher habe immer Re den Kampf gewonnen. Aber das sei nicht ausgemacht. Wenn Re nur ein einziges Mal verliere, komme der Tag nie mehr zurück, und die Welt bleibe finster und kalt. Zum Glück springt jedes Mal kurz vor Tagesanbruch der älteste Zauberer auf das Boot und hilft Re. Dieser Zauberer ist ein Mann mit dem Kopf eines Windhundes, seine Ohren stehen senkrecht in die Luft hinauf und sind an den Enden eckig geschnitten, und er hat einen Schwanz, dessen Spitze gespalten ist. Gut gefielen mir auch die anderen Freunde von Re; zum Beispiel Abi, der in ein Pantherfell eingenäht ist und immer wieder verbrannt wird und trotzdem nicht stirbt; oder Ammit, die Totenfresserin, die dafür sorgt, dass unter der Erde nicht mehr Menschen liegen, als oben stehen, sie hat einen Krokodilskopf, sieht vorne wie eine Löwin aus und hinten wie eine Nilpferdfrau; oder Babi, der einem Affen ähnelt und in den Därmen der Menschen lebt und ihnen dort Unannehmlichkeiten bereitet (vielleicht rührte mein Bauchweh ja gar nicht von dem Kohlrabi, den Radieschen, den Zwiebeln und dem Blumenkohl her). Und dann eines Tages sind die Götter allesamt vertrieben worden, niemand durfte mehr zu ihnen beten, ihre Bilder wurden zerstört, und wer weiter etwas von ihnen hielt, der wurde abgeholt, verhört, gefoltert, hingerichtet, erschossen, liquidiert und aufgehängt. Und wer hatte das befohlen? Genau jener Pharao Echnaton, über den Moma ihr berühmtes Buch geschrieben hat! Deswegen erschrak ich ja so sehr. Nachdem Echnaton gestorben war, seien die Götter nämlich zurückgekehrt, hatte Herr Dr. Martin mit hämischer Freude berichtet, und nun wurden alle abgeholt, verhört, gefoltert, hingerichtet, erschossen, liquidiert und aufgehängt, die weiter etwas von Echnaton hielten. Als ich hinter Staff Sergeant Winship durch die Nacht fuhr, war mir sehr bange, und ich musste denken, die Wesen und Unwesen mit den Tierköpfen und den Tierbeinen und Tierhintern haben es bestimmt nicht gern gesehen, dass Moma ausgerechnet über ihren Widersacher ein Buch geschrieben und diesen darin auch noch gelobt hat, so viel ich wusste. Vielleicht haben sie mich ja nur ausgesucht, um an Moma heranzukommen; das schien mir sogar sehr wahrscheinlich.

Ich saß auf einem Fahrrad, das hatte eine Klingel und eine Lenkstange und eine Kette und zwei Treter, aber es hätte auch ein goldenes Boot sein können. Am einfachsten wäre es gewesen, Staff Sergeant Winship zu fragen. Das tat ich nicht. Die Götter sind in die Tiere geschlüpft, von nichts anderem erzählten diese Geschichten; vielleicht – dachte ich – vielleicht bin ich ein Tier, das in einen Menschen geschlüpft ist, wahrscheinlich sogar. Ja, das hielt ich für sehr wahrscheinlich, alles sprach dafür. Der Gedanke beruhigte mich.

Der Weg führte inzwischen wieder durch den Wald; er war breiter und mit feinem Schotter bedeckt, und obwohl nur wenig Licht durch die Bäume drang, war es hier angenehmer zu fahren als auf dem Feldweg, der nur aus zwei Fahrrinnen bestanden hatte. Staff Sergeant Winship drehte sich zu mir um und fragte, wie ich mich fühle und ob wir uns ausruhen sollten, und er lachte laut in die Nacht hinein. Er winkte mich neben sich, das war mir recht. Wir waren an Dingen vorbeigekommen, die mir Angst eingejagt hatten. Oder waren es gar keine Dinge, sondern irgendwelches Mischleben gewesen, halb Mensch, halb Tier, halb Baum, halb Fels, auf deren nachtdunkler Haut sich im

Vorbeifahren Augen und Mäuler bewegt hatten und Finger, als würden sie in die Luft hinein Klavier spielen oder Schnüre verknoten wollen? An zweien kamen wir vorbei, die taten, als wären sie haushohe Felsbrocken, einer forderte den anderen zum Tanz auf, und mir war, als hätte ich diesen Moment schon einmal erlebt, und mir fiel auch ein, wo das gewesen war, nämlich in Burgenland nahe der ungarischen Grenze, als sich Opa vom Boden erhoben hatte, um Moma zum Tanz zu bitten. Er hatte sich an dem dünnen Stamm eines Bäumchens festgehalten, und das Bäumchen hatte sich von ihm weggebogen, und er hatte es gebeten, es solle nicht brechen, bevor er auf sicheren Beinen stehe. Wie sich Re, von den Schlangenpeitschenhieben des Apophis verwundet, auf seinen Stock stützte, hatte er mich da nicht an Opa erinnert, als er sich an dem Bäumchen festhielt? Und Abi in seinem Pantherfell, sah er nicht aus wie Major Hajós mit seinen gefärbten Haaren? Und hatte Major Hajós nicht immer behauptet, er sei Opa in den schlimmsten Tagen beigestanden, ohne ihn wäre er nicht mehr am Leben? Das Gleiche, so hatte mir Herr Dr. Martin erzählt, sage an jedem Morgen Abi zu Re, wenn sie aus der Unterwelt der Nacht auftauchen. – Ein Grauen breitete sich in mir aus, und ich zweifelte an allem; alles war gleich weit weg von mir und unerreichbar für mich, aber ich war erreichbar für alles.

An Staff Sergeant Winship zweifelte ich nicht. Ich blickte zu ihm hinüber, und er blickte zu mir herüber. Ich hielt es für wahrscheinlich, dass ich ohne ihn gestorben wäre. Ich wünschte, er würde mich nie verlassen. Und wenn er mich verlassen müsste, dann sollte er mir doch wieder begegnen, irgendwann in meinem Leben.

Ich hatte bei offenen Augen dahingedämmert und war nicht vom Fahrrad gefallen. Die Sonne schimmerte durch die Bäume, es roch nach Heu, die Amseln sangen, und die Spatzen zwitscherten dazwischen, auch eine Taube hörten wir.

Wir bereiteten gemeinsam das Frühstück zu, gestikulierten aber kaum, wir waren zu müde. Mir war heiß von innen. Einen Riesendurst hatte ich. Nach dem Essen zog mir Staff Sergeant Winship den Dorn aus dem Fuß und legte einen neuen Verband an meine Wunde und rieb die aufgekratzten Mückenstiche mit Schnaps ein. Wir schoben die Räder in den Wald, deckten sie mit Zweigen zu und verkrochen uns ins Gebüsch. Ich durfte im Schlafsack liegen.

Als würden sie es nicht mögen, dass über sie nachgedacht wird, kamen meine Tiere lange, sehr lange nicht mehr zu mir. Erst nachdem ich – inzwischen ein älterer Herr – im Wiener Stadtpark bei Schneegestöber einem Staatssekretär unserer Republik begegnet war, an dessen Brust gerade recht unfreundlich gepocht wurde, besuchten sie mich wieder – nach über fünfzig Jahren: der Jüngling mit dem Vogelkopf; der Mann mit dem Hundekopf; der alte Affe, der sich in seinem Fell drehte und wand; die Frau, die aus vielen Tieren zusammengesetzt war, die abwechselnd aus ihrem Körper aufstiegen wie Blasen; und die Kamele, die in Wahrheit keine Kamele waren, die Kröten, die in Wahrheit keine Kröten waren; die Wölfe, Bären, Zebras und die langbeinigen Katzen … In diesem Traum am Ende meiner Abenteuer war ich wieder vier Jahre alt, und ich hörte den Wasserhahn rauschen, in der Küche in der Báthory utca Nummer 23/7 in Budapest.

8

Ich hatte Fieber, als ich erwachte. Staff Sergeant Winship hob mich auf den Gepäckträger, über den Sattel legte er den zusammengerollten Schlafsack, so dass ich den Kopf darauf betten konnte, und schob beide Räder tief in den Wald hinein. Er zeigte mir mit Gesten und Lauten, dass er einen Bach oder sonst ein Gewässer suche. Ich bekam nicht viel mit, weil ich müde war und dumm und mir das wehmütige Herz bis in die Kehle hinauf drückte.

Wir erreichten eine Senke, wo sich mitten im Wald ein kleiner Bach zwischen Felsen und bemoosten Baumstämmen staute. Die Ränder waren matschig, das Wasser sickerte ins Erdreich. Hier war es kühl und schattig. Das Sonnenlicht hatte mir weh getan. Während ich unter einem Baum lag, baute Staff Sergeant Winship aus Zweigen einen Unterschlupf. Manchmal legte er mir ein feuchtes Tuch auf die Stirn und gab mir aus seiner Blechtasse zu trinken. Ich mochte den Tonfall seiner Stimme und mochte seine Zähne. Er werde losfahren, deutete er und zeigte mir auf seiner Uhr, dass er in drei Stunden wieder bei mir sei. Er lasse alles hier, auch sein Messer und unseren Proviant, nur den Rucksack nehme er mit. Er rasierte sich, zog seine Uniform an, band sich die Krawatte um, steckte die Pistole in den Gürtel und fuhr davon. Es war so still um mich herum, dass ich noch lange das Knacken hörte, wenn er mit dem Rad über kleine Äste fuhr.

Als ich zu mir kam, war Staff Sergeant Winship schon längst wieder zurück. Er hatte Aspirin besorgt und eine Flasche Wundbenzin, Puder und Verbandszeug. Auch Wäsche für mich hatte er mitgebracht, einen Kamm, eine Schere, Seife und Hose, Hemd und Jacke, letzteres gebraucht, aber frisch gewaschen und einiges zu groß, was aber nicht störte. Und zu essen war reichlich in seinem Rucksack, Kartoffeln zum Beispiel und eine große Flasche Milch. Ich schluckte die Tabletten und ließ mir wieder ein Stück Holz zwischen die Zähne schieben, als er mit dem Benzin meine Wunde ausputzte, diesmal tiefer und gründlicher als zuvor. Es hat sehr weh getan, und manchmal schrie ich auf, wenn er den Eiter herauskratzte, bis es blutete. Er bestäubte die Wunde mit Puder und verband sie. Er schnitt mir die Haare. Ich hatte einen Schorf auf dem Kopf, dem war nur beizukommen, wenn sie alle weg waren. Er machte ein Feuer, wärmte Wasser und wusch mich mit Seife von Kopf bis Fuß ab. Ich zeigte ihm dafür, wie man es anstellte, dass Milch schmeckt, als wäre sie gezuckert. Er gab mir recht. Ich fühlte mich wohl, und wären nicht die Mücken gewesen, ich hätte zu Staff Sergeant Winship gesagt, es gehe mir sehr gut.

Ich sagte es trotzdem, er war schließlich nicht schuld an den Mücken. Ich sagte: »Gut.«

Er sagte: »Good.«

Ich wischte ein Stück Boden frei und ritzte mein Wort in die Erde. Er seines.

Ich sagte: »Go-od?«

Er: »No. Good.« Bei meinem Wort sagte er: »Gat?«

Ich sagte: »Nein. Gut.«

Er sagte: »No – nein?«

Ich sagte: »Ja.«

Er: »Yes.«

Er klatschte mit der flachen Hand an den Stamm der Eiche, unter der wir saßen: »Tree.«

Ich antwortete: »Baum.«
Er schöpfte mit den Händen Wasser: »Water.«
Ich: »Wasser.«
Ich warf einen Stein in die Dunkelheit: »Stein.«
Er: »Stone.«
Ich tastete meinen Kopf ab: »Kopf.«
Er: »Head.«

Ich hatte Träume, in denen Richtungen verschoben wurden und die mir Angst machten, mehr kann ich dazu nicht sagen. Ich wachte auf, weil es gut roch. Staff Sergeant Winship briet ein Stück Fleisch über der Glut. Er lachte wie das Gurren einer Taube, schnitt ein Ende vom Fleisch ab und reichte es mir an der Messerspitze. Er lachte und sagte: »Gut!« Ich aß und sagte: »Good!« Ich schob den Bissen im Mund herum, um den sauren Geschmack vom Fieber wegzuwischen. Ich trank zwei Tassen Milch und rollte mich wieder in den Schlafsack. Staff Sergeant Winship rauchte eine Zigarette, trank Bier und summte vor sich hin.

Wir blieben in der Senke, bis ich gesund war und etliche Tage darüber hinaus. Wenn es nach mir gegangen wäre, hätten wir diesen Platz nie verlassen. Staff Sergeant Winship wechselte regelmäßig den Verband, und bald war dieser nicht mehr nötig. Das Fieber rührte nicht von meinem eitrigen Bein her, das war ein Glück; ich hatte mich in den Nächten erkältet. Hemd und Hose hatte Staff Sergeant Winship von einer Wäscheleine gestohlen. Er zog immer wieder los und kam voll bepackt zurück. Unter anderem waren zwei weiße Bettüberzüge und zwei Kissenbezüge dabei, ebenfalls von einer Wäscheleine. Der Militärschlafsack war zu warm, aber ohne sich zuzudecken, war es gegen Morgen zu kalt. Von nun an schlüpften wir jeder in einen Überzug; die Kissenbezüge zogen wir uns wie Kapuzen über den Kopf, für Mund und Augen schnitten wir Schlitze hinein, so konnten uns die Mücken nichts mehr anhaben. Wir lebten fürstlich, schlugen uns den Bauch voll; ich bereitete Bratkartoffeln mit Butter, Zwiebeln, Speck und Spiegeleiern zu, leider hatten wir kein Paprikagewürz und keinen Schnittlauch. Staff Sergeant Winship zeigte mir, wie man mit bloßen Händen Forellen fängt, wie man sie ausnimmt und auf Ruten steckt und über dem

Feuer grillt. Dazu gab es geröstetes Brot, das wir pfefferten und an der Speckschwarte rieben. Immer wieder musste ich mir an den Kopf greifen, weil es so interessant war, ohne Haare zu sein. Ich nahm mir vor, sie mir nie wieder wachsen zu lassen. Dann wäre ich auch das Problem los, dass mir die Leute dauernd darüberstrichen, dachte ich. Staff Sergeant Winship hatte einige Sachen mitgebracht, die er, schätzte ich, nicht auf seine übliche Weise erworben haben konnte, das Aspirin zum Beispiel und Schreibzeug und einen Stapel Schulhefte. Ich nahm an, diese Sachen hatte er gekauft, das Geld dafür aber auf die übliche Weise beschafft. Wir saßen abwechselnd im Schatten und in der Sonne und brachten uns gegenseitig neue Worte bei und wiederholten die alten. Staff Sergeant Winship hatte ein Ungarisch-Heft und ein Deutsch-Heft, ich ein Englisch-Heft. Im Nu war ein Heft vollgeschrieben, und ein neues musste aufgeschlagen werden.

Ich notierte Worte und Wendungen und erfuhr auf diesem Weg einiges über Staff Sergeant Winships Leben. Dass er aus Vicksburg im amerikanischen Staat Mississippi stammte (ich riss eine Ecke aus meinem Heft, notierte mir Stadt und Staat und steckte den Zettel in die Hosentasche; falls ich wieder in eine Situation wie am Strand von Oostende mit Claudines Vater käme). Dass Vicksburg in irgendeinem Krieg eine wichtige Rolle gespielt habe. Dass er drei Brüder und vier Schwestern habe – Frank, Skip, Holly und Sarah, Leah, Savata, Marge; dass er der Älteste sei. Dass die anderen nie aus Mississippi herausgekommen seien. Dass er seine Familie seit sechs Jahren nicht mehr gesehen habe. Dass seine Mutter Bücher lese, aber eine schlechte Brille habe. Leah sei die Schönste, sie schreibe ihm manchmal, sie heirate bald, ihren Mann kenne er nicht. Dass sein Vater ein Stück größer sei als er und viel stärker, ein stattlicher, »good« aussehender Mann – »a handsome fellow«. Dass er mit seinem Vater manchmal geboxt habe. Dass er im Krieg auf der anderen Seite der Welt in einem Kampfflugzeug geflogen und mit dem Fallschirm abgesprungen sei und dass er mindestens fünfzehn Männer getötet habe und drei Frauen, aber wahrscheinlich viel mehr Menschen. Den fünfzehn Männern und den drei Frauen habe er in die Augen gesehen, den anderen nicht. Bei den drei Frauen habe er gedacht, es seien Männer. Zwei Männern habe er in den Kopf geschossen, den anderen in die Brust, den Bauch, die Beine, überallhin. Kinder habe er nicht erschossen. Die Männer, auf die er geschossen habe, seien alle viel kleiner als er gewesen. Er habe sich manchmal mit frischem weißem Brot den Schweiß abgewischt, vom Gesicht, vom Bauch, von den Armen, sogar vom Arsch, weil das amerikanische Brot nach nichts schmecke und Schweiß aus Butter, Wasser und Salz bestehe. Ein Freund von ihm habe sich gleich nach dem Aufwachen je ein Steak rechts und links unter die Achseln gebunden und dann gegen den Feind gekämpft, gegen Mittag habe er das Fleisch gewendet, am Nachmittag wieder gegen den Feind gekämpft und am Abend habe er das Fleisch verspeist, und er habe gesagt, nicht einmal in den feinen Restaurants von Charleston würde einem ein besseres Tenderloin-Steak serviert. Ich fragte Staff Sergeant Winship, was sein Freund dazu gegessen habe, Kartoffeln oder Nudeln oder Reis, einen Salat vielleicht oder Gemüse, ich könne mir auch ein Spiegelei vorstellen oder Backpflaumen. Er beruhigte mich und überlegte lange, während er mit dem Finger auf mich zeigte, und sagte schließlich: »Corn chips.«

Ich suchte weiße und dunkle Kieselsteine in verschiedenen Größen und verschiedenen Formen; ich zeichnete ein Gitter in den Lehmboden, belegte die Quadrate abwechselnd mit Blättern, die einen waren die schwarzen, die anderen die weißen Felder. Ich brachte Staff Sergeant Winship das Schachspiel bei. Das war etwas Gutes, was ich ihm getan hatte.

Staff Sergeant Winship legte sich mittags gern in den Schatten und schlief eine Stunde. Unser Bach floss zwischen Felsen hindurch, wo er sich in finster grünen Becken staute, dann breitete er sich aus und war klar und flach. Einmal machte ich mich auf, watete in seinem Bett, die Hose zog ich über die Oberschenkel, das Hemd band ich über dem Bauch zusammen, folgte den Blättern, die sich in kleinen Strudeln drehten. Sonnenstrahlen drangen durch die Baumkronen bis auf die Kieselsteine im Wasser; die leuchteten golden wie das Geld im Speicher von Dagobert Duck. Eine Schulklasse flinker Kaulquappen wich vor meinem Fuß zurück. Ein Frosch saß starr auf dem Teppich eines breiten Blattes, ein Auge war auf mich gerichtet, das andere auf den Stamm einer Tanne, über den, hinauf und hinab, Tausende Waldameisen eilten. Es roch nach Harz und Moder und sonnenbeschienenem Holz. Ein Eichhörnchen blickte von einem Ast auf mich herab. Von weitem hörte ich einen Specht trommeln. Ich verließ den Wald und kam zu einer Wiese, die war über und über mit Blumen bedeckt. Schmetterlinge flatterten um mich herum. Libellen flogen mir voran; wenn ich stehen blieb, verharrten sie in der Luft, bis ich mich wieder bewegte. Ich setzte mich ins Gras. Feine weiße Blüten rieselten auf meine Beine, die sah ich mir genau an. Sie bestanden aus fünf Teilen, zwei oben wie die Köpfe eines doppelköpfigen Engelchens, zwei auf den Seiten wie dessen Flügelchen und unten, der breiteste Teil, wie ein Kleidchen in Form eines Schwalbenschwanzes. Alles zusammen war nicht größer als ein Viertel meines kleinen Fingernagels. Um den Stamm der prächtigsten Blume schlang sich eine Winde. Ihre Blüte war das Schönste, was ich in meinem Leben gesehen hatte – eine makellos weiße Glocke, die in einem hellgrünen, an den Rändern braun gerahmten Schaft steckte. In ihrem Kelch schimmerte ein zartes Zitronengelb; daraus erhob sich ein weißer Stempel. Eine Wespe stand flügelschlagend in der Luft im Inneren der Blume, sie berührte die Wände an keiner Stelle.

Ich hatte mir früher schon manchmal Gedanken gemacht, ob Pflanzen über ihr Leben nachsinnen, was sie zum Beispiel vom Verwelken halten, oder über die Frage, wann eine Blume tot ist – wenn sie abgeschnitten wird oder wenn sie verwelkt –, oder ob man die Geschichte einer Wolke nacherzählen könnte, wie sie entsteht, wie sie sich wandelt, wie sie vergeht, und ob das überhaupt einen Sinn hätte – ich gebe zu, das war nicht meine eigene Idee, mein Vater hat mich darauf gebracht. Ich legte mich in die Wiese, verschränkte die Hände im Nacken und schloss die Augen und sah mein Blut, scharlachrot.

Als ich in unser Lager zurückkehrte, hatte Staff Sergeant Winship Malzkaffee mit Milch aufgekocht; dazu gab es Wurstbrot, Karotten und Tomaten. Ich durfte an seiner Zigarette ziehen. Am Abend saßen wir an unserem Feuer, nackt, in den Bettüberzug gehüllt, den weißen Kissenbezug wie eine spitze Kapuze über dem Kopf; wir sahen aus wie zwei Gespenster.

Staff Sergeant Winship brachte mir ein Lied aus seiner Heimat bei. Er schrieb den Text in mein Heft und erklärte mir die Worte und wie man sie ausspricht; ich schrieb die deutsche und ungarische Übersetzung in seine Hefte, und dann sangen wir gemeinsam:

Irene good night Irene good night
Good night Irene Good night Irene
I'll see you in my dreams

Some times I live in the country
Some times I live in town
Some times I take a great notion
To jump in the river and drown

Irene good night Irene good night
Good night Irene Good night Irene
I'll see you in my dreams

9

Der Lügner darf keine Autorität, nicht einmal die einer Idee, über sich dulden. – Unter diesem Aspekt betrachtet, war ich stärker und einsamer als Staff Sergeant Winship. Er glaubte an etwas; ich an nichts.

Er glaubte an das Böse. Der Name des Bösen lautete: Amerika. Ich sagte, *er* sei Amerika. »You are America.« Er antwortete: »No!« Ich: »You are US-Military Police, Sir!« Er: »No, I'm not the devil. Yes, I'm playing with the devil. But this is something completely different!« Natürlich kannte ich das Wort *Teufel*, aber ich konnte damit so wenig anfangen wie mit dem Wort Gott, mir kam vor, jeder verstand darunter etwas anderes, und es dauerte lang, bis ich aus seiner Pantomime erriet, was Staff Sergeant Winship mit *devil* meinte. Er legte die Fäuste an die Schläfen, stellte die Zeigefinger wie Hörner auf, streckte seine rosige Zunge heraus und verrollte die Augen; er tat, als ob er mich an der Gurgel packen und in unser Feuer reißen wollte, über dem die Forellen an Spießen brieten, und stieß dabei so schreckliche Laute aus, dass ich fürchtete, er habe sich tatsächlich in einen anderen verwandelt und finde nicht mehr zurück.

Staff Sergeant Winship war Soldat und wollte nicht mehr Soldat sein und wollte nicht mehr in den Krieg ziehen. »War!«, rief er. »War in Germany! War in Korea! War in Suez! War in Libanon!«

Er tanzte mir vor, was *War!* bedeutete. Er war das Flugzeug und die Bombe, war das Gewehr und die Patrone, die Granate und die Explosion, er hatte Angst und machte Angst, hatte Schmerzen und fügte Schmerzen zu, mordete und wurde gemordet. Er konnte das wirklich sehr gut, und ich hätte mir gewünscht, ich würde seine Sprache besser verstehen oder er meine; ich hätte bestimmt viel über die Welt erfahren, über den Krieg und den Frieden, und hätte zu Hause einige seiner Geschichten als die meinen ausgeben können ... – Da fiel mir ein, dass ich schon lange nicht mehr an Mama und Papa und Moma gedacht hatte.

Und als würde er mir in den Kopf hineinsehen, fragte Staff Sergeant Winship, ob mich meine Mutter liebe. Er ballte eine Hand zur Faust, hielt sie mir vors Gesicht und sagte: »Mother. This one is your mother. O.k.?« Nun ballte er die andere Hand. »This one is Andrew. Right?« Mit der Mutter-Hand streichelte er über die Andrew-Faust und murmelte Schmeicheleien. Er sah mich mit großen Augen an – große Augen bedeuteten zwischen uns: Ich will etwas von dir wissen. Es konnte nichts anderes heißen als: Liebt dich deine Mutter? Er wusste nicht einmal, ob meine Mutter lebte. Ein Bub, der im Wald herumstreicht, zerschunden, halb verhungert, Schorf am Kopf, Eiter am Bein – wäre es nicht naheliegend gewesen, ihn für ein Waisenkind zu halten? Oder dass ihn seine Eltern fortgeschickt hatten. Oder dass seine Eltern eingesperrt worden waren, ohne dass sie ihrem Kind vorher hätten Bescheid sagen können. Oder dass sie ausgewandert waren und ihn zurückgelassen hatten. In der Schule war von einem vierzehnjährigen Ungarn aus Veszprém erzählt worden, der, weil er ein ungeduldiger Mensch war, vorausgelaufen sei und es in der letzten Sekunde über die Grenze geschafft habe, während sein Vater, seine Mutter und seine Geschwister von der Grenzwache verhaftet worden seien; er habe ihnen über den Graben hinweg zugewinkt und seither nichts mehr von ihnen gehört. Ich wollte Staff Sergeant Winships Frage nicht mit Ja oder Nein beantworten, das hätte ich ehrlich nicht können, man denke nur: Ich hätte ihm von Frau Buchtas Friseurladen in Mattersburg erzählen müssen und von deren Freund, der sehr zuvorkommend gewesen war und Mama in seinem 56er DKW Cabriolet, beige mit Stoffdach, hatte fahren lassen; ich hätte ihm von den Spaziergängen durch das Schilf am Neusiedlersee erzählen müssen, als mir Mama den Schmerz erklärte und auch erklärte, wie man ihn besiegt; und wenn schon, hätte ich ihm auch von ihren Gemeinheiten erzählen müssen und dass sie bei jedem Menschen den wunden Punkt fand im Handumdrehen. Ich sagte aber doch: »Ja.«

Ich betrachtete gern Staff Sergeant Winships Gesicht. Wenn er sprach, war alles darin in Bewegung, glitzerte und glänzte; wenn er schwieg, erstarrte es zu schwarzem Stein. Ich hatte nie einen Menschen kennen gelernt, dessen Gesicht so lange ohne jede Regung auskam. Am Anfang hatte ich manchmal befürchtet, er sei böse auf mich und wolle stur kein Wort mit mir reden, und ich wusste nicht warum. Später glaubte ich, er sei geistesabwesend, denke an etwas weit Entferntes, seinen Kontinent, seinen Bundesstaat, seine Stadt, die Straßen darin, Randolph Street, wo er aufgewachsen war. Schließlich kam ich zur Auffassung, er ist, wie er ist. Das bedeutete nichts, hat mich aber beruhigt. Ich nahm mir vor, diesen Trick auch sonst anzuwenden. Alles ist, wie es ist. Daran gibt es nichts auszusetzen. Ich ahmte ihn nach. Wir saßen an unserem Feuer, und unsere Gesichter waren zwei Steine, ein schwarzer und ein weißer.

Am zwölften Tag unserer Freundschaft – wenn ich richtig gezählt habe – verließen Staff Sergeant Winship und ich das Lager im Wald. Wir waren stark, gesund, ausgeschlafen und satt. Nach weiteren drei Tagen erreichten wir Passau.

Bevor wir die Stadt betraten, schoben wir unsere Fahrräder in die Donau und schauten zu, wie sie untergingen. Ich habe nicht verstanden, warum wir das tun mussten, ich war traurig und hatte ein schlechtes Gewissen; wer konnte schon sagen, was dort unten vor sich ging. Staff Sergeant Winship salutierte, als sich das Wasser über der Lenkstange seines Rades schloss. Aber er war an diesem Morgen mit anderen Dingen beschäftigt, als die Bedeutung des Lebens zu entziffern. Er hatte sich wieder hübsch gemacht, hatte sich rasiert und gründlich mit Seife abgeschrubbt und sein Uniformhemd angezogen, das er tags zuvor gewaschen und in der Sonne aufgespannt hatte; auch die Uniformjacke zog er an, obwohl es schon um diese Tageszeit viel zu warm dafür war, und das Käppi setzte er auf. Gleich nach dem Aufstehen hatte er die Schuhe mit einer Speckschwarte eingerieben und so lange poliert, bis sich die ersten Sonnenstrahlen darauf spiegelten. Ich hatte mich, seinen Anweisungen folgend, ebenfalls herausgeputzt, die Fingernägel geschnitten und ausgekerbt, die Zähne saubergerieben. Der Schorf auf meinem Kopf war abgeheilt, die Haare ein Stück nachgewachsen und dicht wie ein Fell. Wir beide sahen gut aus. Wir bestätigten es uns gegenseitig und haben dabei nicht gelogen. Aber blank waren wir. Alles hatten wir weggefuttert und besaßen keinen Knopf. In der Stadt, erklärte mir Staff Sergeant Winship, sei es »no good«, auf die übliche Weise unser Zeug zu beschaffen. Hinter Passau würden wir außerdem Deutschland verlassen, und in Österreich habe »US-Military Police« nichts mehr zu melden, niemand fürchte sich dort vor seiner Jacke, seiner Hose und seinem Käppi.

Die Geschäfte hatten noch geschlossen; wir drehten eine Runde, schauten uns die verzierten Häuser an; mir gefiel besonders die Stelle, wo zwei Ströme zusammenflossen, einer grün, einer hellbraun wie Malzkaffee mit Milch. Bei der Promenade setzten wir uns auf eine Bank, die von Bäumen und wucherndem Gebüsch gedeckt war. Staff Sergeant Winship sagte, heute würde »a big thing« stattfinden, und ich sei bei »big thing« der wichtigste Mann.

»Today you are the most important man, Corporal Andrew Philip!«

In einer Allee, die in die Promenade einmündete, war eine Filiale der Sparkasse Passau; die Bäume schirmten mit ihren Kronen die Straße ab. Ich hätte nichts anderes zu tun, als kurz nach Öffnung langsam auf die Tür zuzugehen, langsam den Schalterraum zu betreten und langsam zu fragen, ob ich eine Sparbüchse geschenkt bekomme, eine rote oder blaue oder grüne, und mich nicht zu entscheiden, bis ein Gespenst erscheine.

Das war leicht.

Hinter dem Schalter war ein Mann damit beschäftigt, Geld zu zählen, im Büro daneben saß eine Frau, die Tür stand offen. Ich war der erste Kunde. Ich sagte, und sprach dabei langsam, ich hätte zu meinem Geburtstag zehn Mark geschenkt bekommen und die würde ich gern sparen, denn meine Tante habe gesagt, wenn ich das Geld nicht alles auf einmal ausgäbe, könne sie sich vorstellen, ab und zu fünfzig Pfennig oder manchmal sogar eine Mark draufzulegen, und mein Onkel, also der Mann von meiner Tante, habe etwas Ähnliches gesagt. Der Bankbeamte trug eine mächtige Schildpattbrille und einen Schnauzer und hatte nicht das geringste Interesse an mir und meiner Geschichte. »Sehr gscheit«, nuschelte er, ohne mich anzusehen. »Kostet sechzig Pfennig.« Wie Staff Sergeant Winship vorausgesehen hatte, stellte er drei Büchsen in drei verschiedenen Farben vor mir auf. Ich prüfte eine nach der anderen, schüttelte sie und hielt sie mir ans Ohr und hatte mich, wie besprochen, nicht entschieden, als das Gespenst zur Tür hereinkam. Es lief schnurstracks auf mich zu, auch die Hand war unter dem weißen Leintuch verborgen, die Pistole aber war deutlich zu sehen; es riss mich an sich, drückte mir die Waffe an die Schläfe und flüsterte mir ins Ohr, ich solle sagen, her mit tausend Mark, wenn nicht, würde ich erschossen. Ich sagte es und verzog mein Gesicht, als fürchtete ich, sterben zu müssen. Das Gespenst beförderte mich nahe an den Schalter heran, damit jeder deutlich sehen konnte, dass hier kein Fasching war. Der Mann griff in die Kasse und zählte hurtig zehn Hunderter vor, Angst war ihm nicht anzusehen. Das Gespenst nahm das Geld und zog mich hinter sich her durch die Halle – der Lauf der Pistole war an meiner Schläfe – und flüsterte mir ins Ohr, ich solle weinen und um Hilfe schreien. Tat ich. Ich solle sagen, wenn jemand die Polizei riefe, würde ich erschossen. Sagte ich. Im Hinausgehen befahl mir Staff Sergeant Winship, ich solle rennen, rennen, rennen und bei der Promenade im Gebüsch auf ihn warten, gleich wie lange es dauerte. Wir liefen in verschiedenen Richtungen davon. Ich sah, wie er im Laufen die Tücher herunterriss und von sich schleuderte.

Ich verkroch mich tief in das Gebüsch, rieb mein Gesicht mit Erde ein und auch meine Hose und mein Hemd und wartete. Erst am Nachmittag tauchte Staff Sergeant Winship auf. Ich hörte ihn schon von weitem unser Lied pfeifen. Er setzte sich auf die Bank und fragte in die Luft hinein, ob ich hier sei. Ich setzte mich neben ihn. Er lächelte mich an, sehr zufrieden sah er aus. Er hatte Speckbrote und Coca-Cola mitgebracht und für sich Zigaretten und Schokolade. Er klopfte auf die Brusttasche seiner Uniform. Ich wusste, das hieß: Hier steckt unser Geld.

Außerdem hatte er neue Kleider für uns besorgt, für sich einen Anzug mit Hut, Hemd und Schuhen, für mich das Gleiche – und: ein hellgrünes Mädchenkleid mit Rüschenärmeln, dazu passende Sandalen und ein buntes Kopftuch und einen lila Lackgürtel. Ich schob meine alten Sachen ins Gebüsch und deckte sie mit Erde zu, wusch mir Hände und Gesicht am Fluss und zog mich um. Ich sei für heute, nur für heute, die Tochter seines Bruders Frank und dessen deutscher Frau, sagte Staff Sergeant Winship.

Ich nickte.

Ich solle mir einen Namen für mich ausdenken.

Ich sagte: »Irene.«

Er sagte: »Irene Winship. Good. You are my niece Irene. Hey, Irene! How are you?«

Ich sagte: »Very well, thank you. You are my uncle Hiram. Hey, Hiram!«

Er: »My nice niece Irene.«

Ich: »My handsome uncle Hiram.«

Wir spazierten durch die Stadt und taten groß, die Leute grüßten uns, wir grüßten zurück; wir leckten Eis, Erdbeere, Vanille, Nuss, Schokolade; wir schlenderten extra langsam an der Sparkasse vorbei – davor stand ein Polizeiauto, ein Polizist wartete im Schatten neben der Eingangstür; Staff Sergeant Winship grüßte freundlich und wurde militärisch zurückgegrüßt, als wäre er ein Vorgesetzter. Angst hatten wir beide keine, er nicht vor mir, ich nicht vor ihm, und sonst auch keine; er wusste, dass ich ihn nicht verraten würde; ich wusste, dass er mich nicht erschossen hätte.

10

Bei Sonnenuntergang verließen wir die Stadt. Die Bubensachen, die Staff Sergeant Winship für mich eingekauft hatte, waren dunkel, damit ich in der Nacht nicht gleich auffiele. Ich zog sie an, als wir die letzten Häuser hinter uns gelassen hatten. Die Mädchensachen wollte er nicht wegwerfen, ich war derselben Meinung, er steckte sie in den Rucksack. Ich stampfte mir die neuen Schuhe zurecht, zog sie aber nach ein paar Schritten wieder aus, band sie an den Schnürsenkeln zusammen und hängte sie mir über die Schulter; meine Fußsohlen waren wie schwarzes Leder. In der Dämmerstunde rauchten wir Zigaretten gegen die Mücken, bald waren nur mehr das Wasser, der Wind und wir. Wir wanderten an der Donau entlang, sangen unser Lied und unterhielten uns, staunten über die flinken Fledermäuse und lernten weiter an unseren Sprachen. Man glaubt nicht, wie leicht der Mensch eine Sprache begreift und sich ihre Worte merkt, wenn er in der Nacht zu zweit neben einem Fluss geht! Staff Sergeant Winship wollte, dass ich ihm einige bestimmte Sätze ins Ungarische übertrug, nämlich: »Mein Name ist Hiram Winship. Ich bin Soldat der United States Air Force. Ich bin Staff Sergeant. Ich wünsche politisches Asyl. Ich habe keine Waffe.« Er leuchtete mir mit Streichhölzern. Ich schrieb die ungarische Übersetzung in großen sauberen Buchstaben in sein Heft, und wir übten die Aussprache.

Nach Sonnenaufgang krochen wir irgendwo unter und schliefen bis Mittag. Wir hielten uns von den Menschen fern, verdösten den Tag im Schatten. Wenn wir in der Nähe eines Dorfes waren, besorgte ich im Laden etwas zu essen. Staff Sergeant Winship wollte sich von niemandem anschauen lassen, er blieb in unserem Versteck und gab mir Geld. Er kam mir auf einmal schüchtern vor, beinahe ängstlich. Es hatte lange gedauert, bis ich verstand, in seinem Gesicht zu lesen. Nun meinte ich, darin Wehmut zu erkennen, Sorge und Zweifel und manchmal sogar Verzweiflung. Ich kaufte Zigaretten, weil ich ihm etwas Gutes tun wollte. Die Frau im Laden fragte, für wen die seien. Ich sagte, für meinen Vater. Die Frau sagte, sie kenne mich nicht. Ich sagte, meine Eltern, meine Schwester und ich seien auf Besuch hier. Bei wem? Auf der Durchreise. Wohin? Sommerfrische an der Donau. Mit dem Zug oder mit dem Auto? Mit dem Auto, einem 56er DKW Cabriolet, beige mit Stoffdach. Woher? Aus Wien. Welche Sorte? Ich zeigte auf irgendeine und sagte: »Die da.« Am Ufer planschten Kinder, ich überlegte, ob ich die Schuhe und die Hose ausziehen und zu ihnen hüpfen sollte. Aber Staff Sergeant Winship wartete auf mich, und es machte mir Freude, mich um ihn zu kümmern. Ich schnitt ihm das Brot, legte Käse oder Wurst darauf, zerteilte die Tomaten, hackte die Gurke in Würfel, öffnete seine Bierflasche, zündete seine Zigarette an. Ich wusch unsere

Sachen im Fluss und legte sie über das Gebüsch, wie er es mir gezeigt hatte. Wir lernten ein bisschen und unterhielten uns und lernten wieder. Er wollte wissen, wann und warum meine Familie aus Ungarn nach Österreich gezogen sei. Ich antwortete, ich wisse es nicht, ich sei zu klein gewesen, man habe mich einfach mitgenommen. In der Abenddämmerung marschierten wir weiter – vorbei an einem Kruzifix, das am Ufer stand, Sträußchen vertrockneter Blumen darunter; vorbei an blau, gelb und rot gestrichenen Bienenstöcken; vorbei an Booten, die kieloben in der Wiese trockneten. Lange Kähne, auf denen Baumstämme befördert wurden, zogen lautlos an uns vorüber; an Deck war eine Wäscheleine gespannt, daran hingen Hemden und Hosen und zwei Leintücher. Auf einem der Kähne küssten sich ein Mann und eine Frau. Im Kuss winkten sie herüber. Ein Bussard kreiste über uns mit reglosen Flügeln. Selten begegneten wir Leuten; wenn uns jemand entgegenkam, zog Staff Sergeant Winship seinen Hut tief ins Gesicht.

Irgendwann, mitten in der Nacht, banden wir eine Zille los und ließen uns den Strom hinabtreiben. Wir legten uns auf den Rücken und betrachteten die Sterne und repetierten Vokabeln und Wendungen, und bald sprachen wir nicht mehr. Am Tag wechselten wir uns mit Schlafen und Wachen ab, in der Nacht dachten wir nach. Ich fragte ihn, ob er vor irgendetwas Angst habe. Er antwortete, er habe vor nichts Angst. Ich fragte, ob er als Kind Angst gehabt hätte. Er antwortete, seit seinem fünften Jahr habe er keine Angst mehr gehabt. Erst in der Stadt Linz gingen wir wieder an Land. Ich zog die Mädchenkleider an und band mir das Kopftuch über die Haare. Wir besorgten uns am Bahnhof vorschriftsmäßig Fahrkarten, setzten uns in den Zug, und drei Stunden später – am 19. August, um 13 Uhr 42 – kamen wir in Wien am Westbahnhof an.

Ich hätte Staff Sergeant Winship gern die Stadt gezeigt, ihre Sehenswürdigkeiten und den Hetzendorfer Friedhof mit den bemerkenswerten Namen auf den Grabsteinen; aber er wollte am Abend schon wieder weiter. Deshalb einigten wir uns darauf, dass ich ihn zu einem Besuch in den Wurstelprater einlud. Zunächst aber führte ich ihn über den Gürtel, vorbei an unserer ehemaligen Wohnung mit den fettigen

Fenstern, vorbei an der eingesunkenen Werkstatt, wo Emil, Franzi und ich unser Geld verdient hatten. Beim Märzpark drückten wir uns durchs Gebüsch.

Ich musste nicht suchen. Ich scharrte und fand. Mein Geld war da. Die Socken allerdings waren arg mitgenommen und kaum noch als Socken zu erkennen. Alle vierundneunzig Schilling waren da, Einschillingmünzen, Zweischillingmünzen, Fünfschillingmünzen, verschiedene Groschen. Nicht ein Stück war in die Erde abgesunken. Ich wusch es am Brunnen und steckte es ein. Es war ein schönes Gefühl zu spüren, wie mein Geld an mir zog. Ich wollte an diesem Nachmittag alles ausgeben. Ich war zuversichtlich, das Geld würde damit einverstanden sein.

Wir fuhren mit der Straßenbahn zum Prater; waren beide wenig gesprächig, vermieden es, einander anzusehen, saßen nebeneinander und starrten und störten uns nicht daran, dass wir angestarrt wurden.

Die erste Ausgabe war fürs Riesenrad. Die Fahrt dauerte sehr lange. Danach schoss mir Staff Sergeant Winship eine gelbe Stoffblume. Ich traf nicht. Wir fuhren mit der Achterbahn, das war für uns beide eine Mutprobe. Wir fuhren mit der Geisterbahn, das war keine Mutprobe. Ich kaufte gebrannte Mandeln, die warfen wir uns gegenseitig zu. Staff Sergeant Winship bewegte sich zur Musik, die von den Karussellen und den Schaukeln, den Schießbuden und den Autodromen dröhnte, und ich tat wie er. Aber wir verloren schnell die Freude daran.

Sehr interessant war die automatische Handlesemaschine. Auf die Metallplatte müsse man die Hand legen, die Handlinien würden mit Hilfe des elektrischen Stroms untersucht – so stand auf einem Schild; nach einer halben Minute sei die Maschine mit ihrer wissenschaftlichen Berechnung fertig, und ein Blatt Papier werde durch einen Schlitz nach außen geschoben; darauf stehe die Zukunft. Ich las Staff Sergeant Winships und meine Zukunft laut vor und übersetzte sie; beide Zukünfte waren nichts Besonderes. Wir aßen Eis und gleich darauf jeder eine Debrezinerwurst mit Semmel und Senf, dazu tranken wir Coca-Cola. Bei einem Kiosk erstand ich ein kleines Reiseschachspiel, ähnlich dem, das mein Vater besaß. Ich hatte sieben Schilling und fünfzehn Groschen übrig, dafür kaufte ich Schokolade für Staff Sergeant Winships Reise, die fünfzehn Groschen ließ ich in einen Gully fallen.

Am Abend saßen wir auf einer Bank in der Praterallee und warteten, dass die Sonne unterging. Schließlich sagte Staff Sergeant Winship, er werde jetzt aufbrechen. Er holte meinen dunklen Anzug aus dem Rucksack und die Schuhe. Ich gab ihm das Reiseschachspiel. Er fragte nicht, ob ich mit ihm gehen wolle. Wir reichten einander die Hand. Dann ging er durch die Praterallee und drehte sich nicht mehr um. Und ich ging in die andere Richtung, das leichte Bündel unter dem Arm.

In dieser Nacht schlief ich in der alten Waschküche, in die mich Major Hajós vor über einem Monat gebracht hatte. Ich träumte von Staff Sergeant Winship, aber der Zusammenhang war mir unklar. Am Morgen zog ich den Anzug an, die Mädchenkleider ließ ich liegen, und machte mich auf den Weg.

Mama und Papa und Moma haben in den folgenden Tagen viel geweint. Vor Freude, und weil ihnen, wie Mama sagte, der Schmerz wieder frisch wurde, an den sie sich schon fast gewöhnt hätten. Mama und Papa benachrichtigten die Polizei, und zwei Beamte verhörten mich. Ich erzählte aber niemandem, was geschehen war. Ein Arzt untersuchte mich, und ein zweiter Arzt untersuchte mich; sie fanden nichts und überwiesen mich an einen Psychiater in der Innenstadt gegenüber der Pestsäule; der testete mich und meinte, man solle mich in Ruhe lassen; ich hätte ein Trauma, vielleicht könne ich mich tatsächlich an nichts erinnern, vielleicht wolle ich nicht, auch das müsse ich dürfen. Ich war allen rätselhaft, und ein bisschen fürchteten sie sich vor mir. Ich wünschte mir den Winter mit seinen pflaumenblauen Schatten im Schnee.

VIERTES KAPITEL

… in dem vor anderem von der Freundschaft die Rede sein wird. (Sebastian hat vorgeschlagen, gelegentlich eine »barocke rhetorische Figur« in die Erzählung einzuflechten, auch damit der belesene Leser in seiner Vermutung bestärkt werde, es handle sich bei meinem Leben um einen »Schelmenroman«.)

1

Einer der Männer, mit denen ich Bier trinke und Karten spiele, möchte zum Beispiel mein Freund werden. Er ist später zu uns gestoßen und spricht wenig. Er fragte mich neulich, ob wir gemeinsam einen Nachtspaziergang durch den Prater »unternehmen« wollen. Aus der Formulierung schloss ich, dass es länger dauern sollte. Es war später Herbst und schon streng. Er schnaubte Dampf aus seiner wachsbleichen Nase und erzählte mir von seinen Sünden, und dass er Lossprechung von mir erhoffe. Nur meinetwegen nehme er an unseren Abenden teil. Einer habe mich ihm empfohlen. Wenn ihm jemand helfen könne, dann Joel Spazierer.

Er ist verheiratet und hat eine Geliebte und betrügt seine Frau *und* seine Geliebte mit einem verheirateten Mann, zu dem er seit zehn Jahren eine Beziehung unterhält, und ist gleichzeitig eifersüchtig bis ins Wahnhafte, weil er argwöhnt, seine Geliebte treffe sich mit Liebhabern. Eines Abends sei er mit jenem Mann im Hotel gewesen, erzählte er mir (zwei getrennte Zimmer, eines unbenutzt); sie hatten Sex, und auf dem Heimweg, als er wieder allein war, überkam ihn die Eifersucht; er rief bei seiner Geliebten an und machte sie nieder. Seiner Frau hatte er gesagt, er verbringe den Abend mit uns bei Bier und Karten; sie lag im Bett, als er nach Hause kam; er streichelte sie wach und flüsterte in ihr Ohr, dass er sie sehr liebe, und schlief neben ihr ein. Am Morgen hatte er das Gefühl, ein verdammter Sünder zu sein. Es war Sonntag, und er ging in den Dom, um zu beten, das hatte er seit seiner Kindheit nicht mehr getan. Als er die Kirche betrat, hörte er über die Lautsprecher den Priester rezitieren: »Herr, ich bin nicht würdig, dass du eingehst unter mein Dach, aber sprich nur ein Wort, so wird meine Seele gesund.« Er war erschüttert, auch deswegen, weil es komisch war wie im Kabarett, er aber nicht um alles in der Welt den Verdacht wegwischen konnte, Gott habe soeben zu ihm gesprochen. Er, ein weitgehend nüchterner Tierarzt im einundvierzigsten Lebensjahr, sah sich plötzlich mit der Gewissheit konfrontiert, dass der Schöpfer von Himmel und Erde in diese Kirche herabgestiegen war, allein, um ihn zu treffen. Er habe ihn spüren können, die Luft sei dicker gewesen als sonst, er habe mit den Händen gewedelt und es sei gewesen, als bewege er sie durch Wasser. Eine Frau neben ihm habe um Atem gerungen, und der Organist habe für eine Sekunde sein Spiel unterbrochen. Er stellte sich in die Schlange zur Kommunion an, ließ sich die Hostie reichen, wartete den Segen ab und eilte davon. Er fasste Vorsätze und hoffte auf Erleichterung.

»Und ich?«, fragte ich. »Was kann ich in dieser Angelegenheit für Sie tun?«

Er drehte sich um und ließ mich stehen.

»Sie sind kein böser Mensch«, rief ich ihm in die Nacht hinein nach. »Sie sind nur ein Narr!«

Mehr an Lossprechung hatte ich nicht zu bieten.

Er hat nicht aufgegeben, um meine Freundschaft zu werben. Weswegen ich auf ihn zurückkommen muss. – Nun aber weiter in meinem »Schelmenroman« …

Ende des Sommers 1961 zogen wir um, fort aus Wien. Meine Mutter hatte eine Stelle als Anästhesistin bekommen, und zwar im Krankenhaus der kleinen Stadt Feldkirch in Vorarlberg, im Westen Österreichs. Auch mein Vater hatte eine lukrative Arbeit gefunden, in der Nachbarstadt Bludenz, bei der Textilfirma Getzner, Mutter & Cie, wo er innerhalb eines Jahres zum Verkaufsleiter aufstieg. Zusammen mit dem Anteil aus Momas Schweizer Vermögen waren wir breit aufgestellt.

Wir mieteten eine Wohnung mitten in der Stadt in der Beletage eines Bürgerhauses – hohe Räume, gewölbte Fenster, zwei Badezimmer, ein Salon und drei Schlafzimmer. Im Korridor stand auf einem Wandtischchen ein Telefon. Es war schwarz und hatte hohe Gabeln. Als erstes riefen wir bei Moma an, aber sie nahm nicht ab. Am Abend versuchten wir es wieder, hatten abermals kein Glück. Als Mama und Papa schliefen, wählte ich noch einmal ihre Nummer. Moma hob ab und nannte mit verschlafener Stimme ihren Namen. Ich legte auf.

Am besten gefiel mir die Küche. In ihrer Mitte stand ein Herd mit fünf elektrischen Platten und zwei Röhren. Man konnte um ihn herumgehen, und über ihm war wie ein Baldachin ein Dunstabzug an der Decke, er war umringt von einer Messingstange, an der Kellen, Schaufeln, Pfannen, Vorleggabeln und Stieltöpfe hingen. Der Herd war verwahrlost, unsere Vormieter hatten ihn nicht zu schätzen gewusst, hatten sich sogar angeboten, ihn herauszureißen, bevor wir einzogen. Ich putzte ihn drei Tage lang, scheuerte die emaillierten Seitenwände, polierte das Messinggestänge, das über ihm und um ihn herumlief, wienerte die Platten und kratzte die angebrannten Reste aus den Backröhren. Als Einstandsmenü gab es einen Rinderbraten in Rotweinsoße, dazu einen Serviettenknödel, Rotkraut mit Äpfeln und Kastanien und einen Gurkensalat mit Dill, als Nachtisch ein Chaudeau. Papa und ich waren die Köche. Schon in Wien hatten wir öfters gemeinsam gekocht. Unsere Handgriffe waren aufeinander abgestimmt; wir hackten, schnitten, rührten, blanchierten, wendeten, kosteten schweigend; und wenn das Essen serviert wurde, war die Küche aufgeräumt und blitzblank. Während der Woche hatte er wenig Zeit, darum kochten wir nur an den Wochenenden im Duett. Ich war viel allein. Ich genoss es, im Salon einen Sessel an ein Fenster zu schieben und hinunter auf den Marktplatz zu schauen, der zu beiden Seiten von Arkaden gesäumt war. Manchmal saß ich drei Stunden, ohne mich zu bewegen. Wäre ich ein Poet wie Sebastian, die Nachmittage hätten mich animiert, Gedichte zu schreiben. Sebastian sagt, in einem Gedicht dürfe man heutzutage getrost auf eine Meinung verzichten. So gesehen hätte ich mich vortrefflich zum Lyriker geeignet; ich fand zwar sehr schnell heraus, was die anderen für Meinungen hatten und was sie für dieselben zu tun bereit wären, leistete mir aber nur in seltenen Fällen eine eigene. Ich hatte – wie mein Vater – viel übrig für materielle Dinge.

Unsere erste größere Anschaffung war ein gebrauchter Opel Kapitän P 2,6; er hatte erst wenige Kilometer auf dem Tacho, war hochglänzend rostrot, hatte ein weißes Dach und war ausgestattet mit Zigarettenanzünder, Weißwandreifen, Lenkradschaltung, einem Autoradio Marke Blaupunkt und einer durchgehenden Sitzbank vorne sowie einem Fuchsschwanz an der Antenne und einem Sonnenschutz aus grünem Plexiglas über der Windschutzscheibe. Außer dem Opel, das möchte ich erwähnen, standen ernsthaft noch ein Ford Taunus 17m und ein Mercedes Benz W 112 mit Sechszylindermotor zur Auswahl. Ernsthaft deswegen, weil auch der Name Cadillac Eldorado Biarritz in die Diskussion geworfen wurde – von mir. Immerhin hat mein Vater Bilder beschafft, das schönste Auto auf der ganzen Welt, das fand auch meine Mutter, und mein Vater sagte: »Wartet noch ein Weilchen!« Für den Ford Taunus 17M sprach meiner Meinung nach das kleine m, das »Meisterstück« bedeutete, und ich meinte, das müsse man ernst nehmen; und er hatte einen »Vierzylinder-Viertakt-V-Motor mit Ausgleichswelle«, was sich bis in den Schlaf hinein vor sich hersagen ließ. Für den Mercedes plädierte zunächst meine Mutter; der entschlossene Kühlergrill gefiel ihr und auch die Ansätze von Heckflossen, aber er war mit Abstand der teuerste, natürlich abgesehen vom Cadillac – was für meinen Vater durchaus ein Grund gewesen wäre, ihn zu nehmen. Schließlich hatten wir uns – jeder ohne das Gefühl der Niederlage – auf den Kapitän geeinigt; er hatte ebenfalls Heckflossen, sah amerikanischer aus als der Mercedes und das Meisterstück, und zum Vor-sich-her-Sagen gab es bei ihm auch etwas – »3-Gang-Hydramatic-Getriebe und Servolenkung«.

An den Sonntagen fuhren wir in der Gegend herum, ich saß vorne zwischen Mama und Papa, die Landkarte auf den Knien; wir fuhren in die Schweiz hinüber, Vierwaldstätter See, Via Mala, oder kurz nach Liechtenstein, um unter der Burg einen Kaffee zu trinken; wir fuhren nach Norden zum Bodensee und weiter ins schwäbische Land hinein bis zum Schwarzwald oder nach Süden in die Berge – zum Beispiel über endlose Serpentinen einer Hochalpenstraße zu einem Stausee auf 2037 Meter über dem Meeresspiegel, wo wir die nackten Füße ins

Gletscherwasser hängten und wetteten, wer es am längsten aushielt. Einmal fuhren wir während der Woche nach Zürich, um nach unserem Konto bei der SBG zu sehen. Wir aßen in dem berühmten Restaurant *Kronenhalle* ein Rahmgeschnetzeltes mit Rösti, dazu einen lauwarmen Krautsalat und zum Nachtisch Nusseis mit schwarzer Schokoladensoße (zu Hause kochte ich das Geschnetzelte nach, die Rösti gelangen mir nicht). In dem nicht minder berühmten Warenhaus Jelmoli kauften wir einen Picknickkorb mit allem Drum und Dran, den konnten wir bei unseren Ausflügen gut gebrauchen … als wären wir frisch auf die Welt gekommen, als wüssten wir nichts von Wien, nichts von Moma, nichts von Opa (nach Angaben des Arztes, den Mama ins Gebet genommen hatte, war Opa verhungert, er hat einfach nichts mehr runtergekriegt); nichts von Ungarn, nichts von den eineinhalb Millionen Karteikarten, die in der ÁVH-Abteilung Nyilvántartási Osztályon archiviert waren – darunter eine über Mama, eine über Papa, eine über mich. Über all das sprachen wir nicht ein Wort. Hier war die Sonne heller, die Luft reiner, das Wasser durchsichtiger und der Schweizer Zucker süßer. Als wären wir gesattelt und gepolstert gegen Katastrophen jeder Art – während sich der Wirbel bereits drehte, der sich am Ende innerhalb weniger Sekunden zum Orkan erheben und mich für immer aus diesem Leben katapultieren würde.

Papa hatte inzwischen ausreichend Deutsch gelernt; seinen Akzent bekam er nie los, was aber bei seiner Arbeit kein Handicap war. Seinen – eigentlich unwahrscheinlichen – Aufstieg verdankte er bestimmt auch der Lüge, er sei Doktor der Ökonomie, gewiss aber der Fähigkeit, zuzuhören und seinem Gegenüber das Gefühl zu geben, sich endlich einmal ausbreiten zu dürfen, ohne an Zeit und Thema erinnert zu werden. Er war immer der Meinung gewesen, die Vorschläge der anderen seien die besseren; seine Aufgabe sah er darin, diese Vorschläge umzusetzen – indem er ihre konkrete Erledigung delegierte, denn er war auch der Meinung, die anderen könnten besser umsetzen als er. Er hörte zu. Das konnte niemand so elegant wie er. Elegant zuhören – ich habe diese Kunst geübt. Er war gepflegt, roch sympathisch, manikürte sich die Fingernägel, hatte blendend weiße Zähne, die er jeden Abend, bevor er zu Bett ging, mit Salz abrieb; bewies täglich seinen Geschmack in der Garderobe; verlor nie die Contenance. Hörte zu. Bot an. Nickte.

Beugte sich vor. Setzte einen Blick auf, als denke er über das Gehörte nach. Wenn ihn jemand etwas fragte, ließ er sich mit der Antwort Zeit und signalisierte damit, dass es die Frage wert sei, mehr als die üblichen Gedanken dafür aufzuwenden. Das steigerte seine Beliebtheit bei Vorgesetzten und Untergebenen. *Wer zu schnell Antwort weiß, schätzt das Niveau der Frage als gering ein und somit auch das Niveau des Fragers.* Zu Hause erzählte er nur selten von seiner Tätigkeit; nie habe ich ihn etwas Negatives sagen hören. Er lobte. Er kam abends nicht weniger frisch von der Arbeit zurück, als er nach dem Frühstück zu ihr aufgebrochen war. Die Firma blühte und wuchs.

Mama war so viel beschäftigt, dass ich sie manchmal tagelang nicht sah, weil sie entweder die Wohnung verließ, bevor ich erwachte, und kam, nachdem ich bereits schlafen gegangen war, oder weil sie im Krankenhaus übernachtete. Sie war glücklich, siebenhundert Kilometer von ihrer Mutter entfernt zu leben. Der Zug nach unten um ihren linken Mundwinkel war nicht verschwunden, aber die Bitterkeit hielt sich in Latenz. Sie war glücklich mit Papa, der immer schöner und erlesener wurde; sie war glücklich, Menschen mit einer Spritze schachmatt zu setzen, je größer und dicker, desto besser. Und sie war glücklich über ihren Entschluss, sich nicht mehr um mich zu sorgen. Längeren Gesprächen mit mir wich sie aus. Sie machte mir keine Vorschriften, widersprach mir nicht. Ich bildete mir ein, sie beobachte mich heimlich. Sie tat, als wäre ich erwachsen.

Ich spazierte an der Ill entlang – so hieß der Fluss – bis hinunter zum Rhein und auf den Wegen kreuz und quer durch die Auwälder. Mit vierzehn rasierte ich mich zum ersten Mal. Ich sah aus wie sechzehn, und meine Stimme näherte sich der Stimme eines Mannes an. Als John F. Kennedy ermordet wurde, war der Stimmbruch vollzogen.

2

Ich besuchte das humanistische Gymnasium. An manchen Nachmittagen war ich Gast in einem katholischen Schülerheim, wo ich zu Mittag aß und anschließend im Studiersaal meine Hausaufgaben erledigte und in der Pause Tischtennis spielte. Unser Klassenvorstand hatte meinen Eltern vorgeschlagen, mich für die Tage, wenn sie selbst zu viel zu tun hätten, als Externen anzumelden. Damit ich nicht so viel allein sei – und damit auch andere »an seiner Intelligenz und seinem lieben Wesen Anteil nehmen dürfen«. Mir war es recht.

Das Heim hieß Tschatralagant, nach dem Hügel, an dem es stand; es wurde von Kapuzinern geleitet. Ich war einer von vier Externen, die nach dem Abendessen nach Hause zurückkehrten – da waren der Sohn eines Richters, er galt als schwer erziehbar; weiters ein schüchterner, schmächtiger Bauernbub, der am Abend mit dem Bus ins nächste Dorf zum Hof seiner Eltern fuhr; und der »reichste Schüler, der je das Gymnasium besucht hat« (stand so im Jahresbericht der Schule!), ein blonder Kerl in meinem Alter, der eine Klasse über mir war. Er wohnte in Liechtenstein, wo seine Eltern eine Villa und einen Weinberg besaßen.

Der Richterssohn, der Liechtensteiner und ich, wir kamen, wenn wir wollten, und wenn wir nicht wollten, kamen wir nicht. Abgerechnet wurde nach Besuchstagen, drei unserer Tage kosteten mehr als ein ganzer Monat für einen Internen; der Bauernbub war umsonst. Wir hatten uns an die Vorschriften zu halten, solange wir uns auf dem Territorium des Heimes aufhielten, mehr wurde von uns nicht verlangt. Ich war beliebt. Die anderen drei nicht. Ich war bei den Schülern beliebt und bei der Heimleitung. Die Patres in ihren braunen Kutten, mit der Kapuze am Rücken und dem Strick um den Bauch, konnten sich nicht sattsehen an mir. Sie nahmen mich in ihre Mitte, schüttelten entzückt den Kopf über jedes Wort, das ich von mir gab, luden mich als einzigen ins Paterzimmer zum Essen ein, lasen mir aus der Heiligen Schrift vor und beobachteten dabei mein staunendes Gesicht. Auch über Markus 5,1–20 diskutierten wir. Sie fragten mich, wie ich die Stelle mit dem Besessenen und den zweitausend Schweinen auslegte. Ich stellte die Theorie auf, dass neben, hinter oder vor jedem Menschen mindestens ein Teufel stehe und gehe, und manche Menschen seien eben umstellt von zweitausend Teufeln, wie dieser arme, arme Mann. »Teufel sind viele, darum sind sie bei uns, Gott ist nur einer, darum sind wir bei ihm.« Sie nannten mich einen kleinen Schriftgelehrten und lachten. Nur der Pater Präfekt lachte nicht.

Sie hätten mich gern als Internen gehabt, ganz und gar, mit Haut und Haar und Tag und Nacht; auf einen wie mich hätten sie »gehofft, seitdem das Heim besteht«, sagten sie zueinander, aber so laut, dass ich es hören konnte. Ich war freundlich, lächelte, hörte zu, nickte, beugte mich vor, setzte einen nachdenklichen Blick auf und ließ mir mit meinen Antworten Zeit, als wären es die Fragen wert, mehr als die üblichen Gedanken dafür aufzuwenden. Daraus schlossen sie auf einen tief in meiner Seele verankerten Glauben an ihren Gott, einen »natürlichen Glauben«, was unendlich mehr sei als ein »erworbener Glaube«; denn der natürliche – so der Pater Präfekt – entspringe »aus der Gnade und nicht aus der Bemühung – wie bei 99,999 Prozent der intelligenzfähigen Bipeden«. Zu solchen Wendungen verstieg sich dieser Mann in meiner Gegenwart; wie Herrn Dr. Martin und Major Hajós und etliche andere drängte es ihn danach, vor mir anzugeben und anzudeuten, auch er sei einer von denen, zu denen er mich rechnete – was auch immer das für welche sein mochten.

»Die Gnade ist der *Taufname* des Zufalls«, fuhr er mit Singsang in der Stimme fort, »und ich weiß, dass du weißt, was ich damit meine. Weißt du es, Andreas?«

»Weiß nicht«, sagte ich und lächelte in mich hinein und in mir hinunter. Nachdem man mir glaubhaft dargelegt hatte, dass – a: auch ich eine Seele besitze, und – b: außer Gott nur ich allein wissen könne, wie diese aussehe, hatte ich mir über deren Form den Kopf zerbrochen und war schließlich zur Anschauung gelangt, meine sei ein Brunnenschacht ohne Wasser, wo sich alle möglichen Allegorien – dieses Wort kannte ich natürlich nicht – aufhielten, zum Beispiel der Regen, den ich vor meinen Spaziergängen beschwor, nicht zu fallen, oder unser Opel Kapitän P 2,6 oder der Herd in unserer Küche oder ein Fischrezept, das ich immer wieder memorierte, bis ich es schmecken konnte, oder der königsblaue Samtpullover, den ich vor ein paar Wochen verloren hatte und mit dem ich mich manchmal unterhielt, aber auch Staff Sergeant Winship, den ich vor Entscheidungen um Rat fragte, und selbstverständlich meine ägyptischen Tiere und eben auch eine Sammlung von Worten, die an allen Ecken blinkten und glitzerten wie die Taler in Dagobert Ducks Geldspeicher – Liebe, Treue, Wahrheit, Mut, Weisheit –, Worte, die ich hochschätzte, obwohl ich sie nicht verstand, und von denen ich mir nicht vorstellen konnte, sie jemals in ehrlicher Absicht zu gebrauchen. Zu denen sortierte ich nun auch die Gnade.

»Weiß nicht«, sagte ich zum zweiten Mal. Ich war mir gewiss, der Präfekt würde diese Antwort für blitzklug und tiefgründig halten.

»Ja, Apostel Andreas, genau so«, sagte er, seine Augen große Kreise Blau.

Am nächsten Tag winkte er mich nach dem Mittagessen zu sich, legte den Zeigefinger dorthin, wo in seinem orangefarbenen Bart der Mund vermutet werden durfte, und raunte mir zu: »Nein, Andreas, umgekehrt! Der Zufall ist der *Spitzname* der Gnade! So ist es! Genau so. Ist das gut?«

Ich antwortete nicht.

Was ihn verunsicherte. »Die Gnade ist etwas Herrliches, der Zufall etwas … eher Niedriges.«

Ich antwortete wieder nicht.

Was ihn noch mehr verunsicherte. »Die Gnade kann schwer lasten, wie ein Fluch kann sie lasten. Ich weiß. Und du weißt auch. Aber ich weiß auch.«

Ich sah ihn an – diesmal ohne zu lächeln –, als wäre er ein Stück Holz und ich an Holz nicht interessiert, und ließ ein wenig Leid an meiner Unterlippe zerren. Er war verwirrt, verlegen, beschämt, entgeistert und begeistert. Ich spürte, wie sich der Seelenschacht in mir mit den hysterischen Träumen dieses Mannes füllte. Er starrte in mich hinein; was er sah, erschütterte ihn, als wäre der Schöpfer von Himmel und Erde herabgestiegen, allein, um ihn zu treffen.

»Gott sei meiner Seele gnädig«, flüsterte er.

Ich hatte keine Vorstellung davon, was er meinte, und tat wieder, als schaute ich tief in mich hinein. Wie konnte ein Mensch nur annehmen, dort unten sei der Sitz des wirklichen Lebens, in diesem Loch! Er nahm meine Hände, hob sie an seinen Bart und küsste sie. Er sah in der Verzweiflung den wahren Weg zum Heil – oder hätte in ihr gern diesen Weg gesehen – und war verzweifelt, dass er diese wahre Verzweiflung in sich nicht spürte.

Die Internen schliefen zu je vierzig in zwei Schlafsälen, teilten sich kaltes Wasser und Steintröge und mussten die meiste Zeit den Mund halten, was *Silentium* genannt wurde. Wenn sie das Heim verließen, um in die Schule zu gehen, dann in Zweierreihen. Eine andere Möglichkeit rauszukommen gab es nicht; es sei denn eine außerterminliche Beichte im nahen Kapuzinerkloster, was aber unangenehm war, wie ich mir sagen ließ, denn jeden Samstag kamen die Beichtväter ohnehin vom Kloster herauf, und man musste vor der Heimleitung die Dringlichkeit einer zwischenzeitlichen Absolution begründen, und das hieß, die entsprechende Sünde nennen – auf welchem Weg der Präfekt doch noch Einblick in die Herzen seiner Zöglinge gewann, denn als Ziehvater durfte er nicht gleichzeitig Beichtvater sein.

Eine Zeitlang fand ich diesen Drill interessant und habe mich ihm freiwillig unterworfen. Ein paar Mal bin ich sogar über Nacht im Heim geblieben.

Gebeichtet habe ich auch. Einmal. Später erfuhr ich, dass zur Beichte eigentlich nur zugelassen sei, wer die heilige Taufe empfangen habe. Ich wusste nicht, was Taufe bedeutet, und nicht, was heilig. Ich hatte auch nicht gewusst, was Beichte bedeutet. Ich hatte es nur ausprobieren wollen. Ich hatte überhaupt keine Ahnung von Religion. Es ging auch nicht in meinen Kopf hinein, dass im Irgendwo-Nirgendwo einer sein soll, der allmächtig und allwissend ist, den aber noch nie jemand gesehen oder gehört hat, vor dem aber alle eine wahnsinnige Angst haben. Ich kannte eine Menge biblischer Geschichten, das schon, Opa hatte sie mir erzählt, manche auch Moma. Aber ich wusste nicht, dass die Erzählungen von Adam und Eva, von Jakob und seinen Söhnen, von Moses und dem Pharao, von König Salomon und König David, von Esther, Judith, Ruth, von Herodes, Johannes dem Täufer und Salome, von Anas, Kaiphas, Pontius Pilatus, von Jesus und den Aposteln einschließlich Judas Iskariot – ich wusste wirklich nicht, dass diese Geschichten als einzige echt waren und darum viel mehr wert als die Geschichten aus der Nibelungensage oder aus der Gesta Hungarorum oder die Sagen der ägyptischen Götter, von denen Herr Dr. Martin berichtet, oder die lustigen Anekdoten über Stalin, Bucharin, Radek, Trotzki und Sinowjew und andere Genossen, mit denen Major Hajós uns die Zeit im Zug nach Oostende verkürzt hatte, oder das Märchen von dem Spaßmacher Karl Wiktorowitsch Pauker, der immer so große Angst gehabt hatte. Ich betrat den Beichtstuhl, kniete mich in die Bank, schwieg und wartete. Hinter dem Holzgitter bewegte sich ein Kopf, der roch nach Tabak. Ich solle endlich beginnen, sagte eine

Stimme, er habe nicht ewig Zeit. Ich fragte, womit. Ob ich denn noch nie gebeichtet hätte. Ich sagte, nein. Ob ich der Ungar sei. Ich sagte, ja. Da wurde die durch den Bart gefilterte Stimme lebhaft und wach: Er habe schon viel von mir gehört, nur das Beste; ob ich sicher sei, dass ich in meinem Leben überhaupt eine Sünde begangen hätte, ihm sei erzählt worden, ich sei der liebenswürdigste Schüler, der je das Heim besucht habe, man halte mich für einen kleinen Heiligen, »der kleine Heilige aus dem kommunistischen Reich des Bösen«. Er schmunzelte und schmunzelte gleich nicht mehr – ich denke, weil er fürchtete, mit dem Schmunzeln seine eigenen hochfliegenden Gedanken zu kompromittieren. Ich sagte, sicher sei ich mir nicht – weil ich ja auch nicht genau wusste, was eine Sünde ist. Ich war der letzte an diesem Beichttag, und die Stimme flüsterte, ich dürfe mir ruhig Zeit lassen, ich dürfe alles sagen, alles, alles, alles, es werde niemand erfahren, es bleibe ein ewiges Geheimnis zwischen mir, dem Beichtvater und Gott, das Beichtgeheimnis zu wahren sei das strengste Gebot, das Gott einem Priester auferlege, und in die Hölle gestoßen werde, wer es breche, ich solle ihm einfach mein Leben erzählen, von Anfang an, er werde aussortieren, was Sünde sei und was nicht. – Das tat ich.

3

Der Liechtensteiner hieß Leif Lundin und wurde wegen seiner Haare »der Gelbe« genannt. Er war ein schlaksiger Kerl mit wundroten Lippen, der an den Werktagen viel zu nobel gekleidet war – dunkelblauer Blazer, beige Baumwollhose, weiße Segeltuchschuhe, ein Seidentuch unter dem Hemdkragen. Seine Jause brachte er nicht wie wir in die Schule mit, sondern holte in der großen Pause beim Metzger Marte oder im Käsegeschäft Moll telefonisch vorbestellte belegte Brötchen ab, die auf den Namen seines Vaters in Kredit geschrieben wurden. Seine Eltern stammten aus Schweden, er war in Dänemark geboren, wo die Lundins den größten Teil ihrer immobilen Besitzungen hatten. Im Jahresbericht des Gymnasiums wurde er – »der reichste Schüler …« – als »dänischer Staatsbürger mit Muttersprache Schwedisch« geführt. Herr Lundin war mit seiner Familie nach Liechtenstein gezogen, um Steuern zu sparen. Ihm gehörten eine Strumpffabrik in Aarhus, die erste Großbäckerei Norddänemarks, ebenfalls in Aarhus, zwei Aquavitfabriken, eine in Aalborg, eine in Kopenhagen, die größte Fleischfabrik von Stockholm, eine Fleischfabrik in Göteborg, weite Zuckerrübenäcker in Westfalen plus mehrere Raffinerien; außerdem war er an verschiedenen Lebensmittelbetrieben in der Schweiz, in Frankreich, Holland, Deutschland, Schweden und Norwegen beteiligt. Sein Sohn wusste über alles sehr genau Bescheid. Die Fabriken seien vom Großvater geerbt, der Vater habe sich hingegen auf Geld spezialisiert, auf freies Geld, die Fabriken liefen eher nebenher. Leif erklärte mir, was eine Aktie ist und was an der Börse geschieht und wozu die Börse eigentlich gut ist und warum es ratsam ist, Aktien zu kaufen, wenn man freies Geld hat, und erklärte mir auch, was er und sein Vater unter freiem Geld verstehen, nämlich solches, das man im Moment nicht braucht und deshalb in der Zukunft ablegt – nichts anderes sei eine Aktie: schriftlich garantierte Zukunft, was nichts anderes heiße als eine Zukunft, die garantiert größer, schöner, mächtiger sei als die Gegenwart. Zudem werfe eine Aktie Dividenden ab, die würden aufs Neue in Aktien veranlagt. Auch was Dividende ist, brachte er mir bei, und auch, was in diesem Zusammenhang die Worte »abwerfen« und »veranlagen« bedeuten.

Nach meiner Beichte ging ich nicht mehr nach Tschatralagant; woraufhin auch Leif nicht mehr hingehen wollte. Er wünschte, dass ich sein Freund werde. Ich sei der einzige an der Schule, der sich wie er für Geld interessiere, fasste er die Argumente für diese Freundschaft zusammen. Die anderen hätten keine Ahnung vom Geld, sie meinten, es sei nur zum Großtun und Einkaufen in der Welt. Er schlug vor, ich solle ihm helfen, seine Modellflugzeuge zusammenzubauen, dafür werde er mich bezahlen. Ich erkannte in seinem Gesicht einen Zug, der auf etwas hindeutete, das sich erst in einem frühen Entwicklungsstadium befand, aber eines Tages den Charakter dieses Burschen ausfüllen würde. Eigenschaften dieses Charakters würden unter anderem Rachsucht und Dankbarkeit sein. Ersterer wollte ich entgehen, letztere mir sichern.

Von nun an verbrachte ich zwei, drei, sogar vier Nachmittage in der Woche in Liechtenstein. Die Villa der Familie Lundin befand sich außerhalb von Vaduz in einem Weinberg, sie war in drei Stufen in den Hang gebaut, wenig reizvoll, die Trakte waren einstöckig oder ebenerdig und nahmen viel Fläche in Anspruch, das Ganze sah aus wie eine Ansiedlung mehrerer Bungalows. Unterhalb des Hauptgebäudes, mit der Straße durch einen gepflasterten Vorplatz verbunden, der durch ein fernsteuerbares Eisentor halbiert war, befanden sich zwei Garagen, eine breite für vier Autos und eine kleine, die als Werkstatt diente; in letzterer hielten wir uns auf. Der Schlüssel lag unter einem Stein. Ich dürfe jederzeit kommen, egal, ob jemand zu Hause sei oder nicht; wenn nicht, solle ich einfach über das Tor klettern, das Hauspersonal und auch Herr Wohlwend seien informiert. Leif besaß neun Modellflugzeuge – darunter einen Doppeldecker, einen Dreifachdecker, einen Segelflieger mit großer Spannweite und einen originalgetreuen Boeing B-17 aus dem Zweiten Weltkrieg, der am Bauch mit bleistiftstumpengroßen Bomben bestückt war, die mit Hilfe eines Funkgeräts abgeworfen werden konnten und in der Luft in einer roten Flamme verpufften. Sein Vater bastelte manchmal mit oder sah uns dabei zu. Er brachte mir bei, wie man mit einem Lötkolben umgeht und wie man mit der Zunge eine Batterie testet. Ich wiederum bewies ihm, dass der Graphitabrieb eines Bleistifts die Räder besser schmierte als Öl. Er war ein löwenköpfiger Mann, der die ersten Schritte nach Verlassen seines Wagens mit breiten Beinen machte und mir gern den aufgestellten Daumen zeigte. Er tat einiges, um seinem Sohn in puncto Beliebtheit behilflich zu sein, bezahlte Klassenfeiern, einmal sogar einen Skitag in Lech am Arlberg. Angeblich soll er auch die Neuausstattung der Turnhalle finanziert haben. Sein Sohn war nicht beliebt und wurde es nicht, und ich war sein einziger Freund.

Leifs Mutter trug uns Limonade und belegten Pumpernickel in die Garage. Sie war deutlich jünger als ihr Mann, eine große, breitschultrige, hellgesichtige Frau, die ihren Mantel nicht auszog. Sie hatte einen starken Akzent und sprach langsam, als wäge sie jedes Wort ab, und das tat sie auch, sie konnte schöne Sätze sagen, ich hörte ihr gern zu. Sie sprach nur mit mir. Wenn sie zuhörte, glich sie einer Eule. Glotzaugen und ein Schnabelmündchen. Mit Leifs jüngeren Schwestern hatte ich wenig Kontakt. Janna war erst sieben, besuchte die erste Klasse Volksschule, ein dünnes, stupsnasiges Mädchen. Olivia misstraute mir, das spürte ich, sie tauchte vor der Garage auf, spähte durchs Fenster und lauschte. Wenn ich ihr zulächelte, drehte sie sich weg; wenn ich sie ansprach, antwortete sie nicht. Auch Herr Wohlwend besuchte uns hin und wieder. Er blieb in der Tür stehen, spöttelte über uns und spendierte uns eine Old Gold. Er sei die rechte Hand des Vaters, stellte ihn Leif vor. Dunkelhaarig und kurz geschoren war er und hatte Brauen wie ein Querbalken über der dunklen Nase, als hänge ihm ein Hammer im Gesicht. Ich versuchte, ihn zu beeindrucken. Ein zweites Mal versuchte ich es nicht mehr.

Leif war begeistert von Reichtum. Er besaß ein Buch über die reichsten Männer der Welt.

»John Davison Rockefeller senior war erst neunzehn Jahre alt, als er ins Ölgeschäft eingestiegen ist!«, rief er mit ebenso viel Verzweiflung wie Bewunderung in der Stimme und schlug mit der flachen Hand auf das Bild des Mannes, dessen Gesicht mir ohne irgendeinen Zug besonderer Klugheit, Cleverness oder Ehrgeiz erschien. »Das heißt, ich hätte gerade noch vier Jahre Zeit! Aber wir stecken in der Schule! Mit zwanzig war er Multimillionär! Und er hat nichts geerbt! Mit fünfzehn war er Hilfsbuchhalter gewesen. Bei uns gibt es kein Öl. Ich könnte tun, was ich will, es gibt einfach kein Öl hier. In Liechtenstein wäre es am profitabelsten, man würde eine Bank gründen, wie Mayer Amschel Rothschild« – er blätterte eilig zum Kapitel über die Rothschilds, wo das Porträt eines Mannes mit Platte und weißem Haarkranz zu sehen war, auf dessen Brust ein Orden in Form eines Kreuzes prangte und der aus panischen Augen am Betrachter vorbeischaute, als stünde in dessen Rücken ein Abgesandter der Államvédelmi Hatóság. »Er hieß übrigens Mayer mit Vornamen, Amschel Mayer mit Vornamen, nicht Amsel, sondern Amschel, ich hab's nicht falsch ausgesprochen, schau her: Amschel. Die haben tolle Namen gehabt, findest du nicht auch? Aber in Liechtenstein gibt es schon einen Haufen Banken, und ob man noch eine gründen soll, was meinst du?« – Und er gab mir Einblick in den Kern seiner Philosophie des Kapitalismus: »Ich will nicht nur einfach erben, das werde ich sowieso. Am besten wäre es, einer zu sein wie Henry Ford« – ein Mann wie ein Gespenst, blass, silbern, schmallippig – »in Amerika ist das ein normaler Name, in Amerika gibt es Tausende, die so heißen, das ist wie Leif Lundin in Schweden. Der Ford hat mit fünfzehn seinen ersten Verbrennungsmotor gebaut, in unserem Alter! Seine Eltern waren Farmer, er ist nicht aufs Gymnasium gegangen, hat keine Ahnung von Latein oder Griechisch gehabt und hat alles allein bewerkstelligt. Ich will schon erben, nicht, dass du mich falsch verstehst, Erben ist wie Anlauf nehmen beim Weitsprung, wer erbt, darf Anlauf nehmen, wer nicht erbt, muss aus dem Stand springen.« Seine größte Bewunderung aber galt Guido Henckel von Donnersmarck – das Foto im Buch zeigte einen erstaunt und zugleich empört vorausblickenden Mann mit einem wie mit der Brennschere ondulierten Matratzenbart –, dieser »Wirtschaftskapitän« habe unglaublich viel geerbt und unglaublich viel dazuerworben, Eisenhütten, Zinkhütten, Kohlebergwerke, Papierfabriken, Walzwerke. Seinen vollständigen Namen spulte Leif mit fast religiöser Hingabe vor mir ab: »Guido Georg Friedrich Erdmann Heinrich Adelbert Graf Henckel Fürst von Donnersmarck – genannt ›Der Henckel‹ oder ›Der Donnersmarck‹!«

Es war aufschlussreich, sich mit Leif zu unterhalten. Zum Beispiel war mir bisher nicht klar gewesen, was für eine Bedeutung die Zukunft für den Menschen hat, wo es sie doch gar nicht gibt, genau genommen. Er hatte auch zu dieser Frage eine fest umrissene und mit seinem Vater abgestimmte Meinung. Die Zukunft, gaben mir Vater und Sohn recht, gebe es nicht, noch nicht; und die Vergangenheit gebe es auch nicht, nicht mehr. Die Gegenwart sei der Punkt, in dem Zukunft und Vergangenheit sich treffen, aber ein Punkt sei bekanntlich so viel wie nichts, also gebe es die Gegenwart ebenfalls nicht; womit bewiesen sei, dass die Zeit nicht existiere. Es sei also persönlicher Geschmack, wo einer leben wolle, in der Gegenwart, in der Vergangenheit oder in der Zukunft. – Das leuchtete mir ein.

»Und das Geld, das man in der Gegenwart braucht?«, fragte ich.

»Das Gegenwartsgeld«, erläuterte mir Leif, »hat man in der Brieftasche und zu Hause im Safe. Man soll nie zu wenig Geld in der Brieftasche haben. Du musst immer mehr Geld in der Brieftasche haben als der andere. Sonst wirst du irgendwann dastehen und warten, bis die Bank öffnet, und dann kann es sein, dass du der zweite bist.«

Wenn Leif und ich nicht bastelten oder uns über die Zukunft unterhielten oder über das Geld, lernten wir für die Schule – was für uns beide von Vorteil war, für mich, weil ich den Stoff der Klasse über mir mitbekam, für Leif, weil ich viel schneller kapierte als er und er sich von mir bequem alles erklären lassen konnte. »Wir beide«, sagte er, und nicht nur einmal sagte er das, »wir beide könnten sehr reich werden, wenn wir uns zusammentun.«

Fünf Franken gab mir Leif pro Besuch. Er bezahlte in bar. Kein einziges Mal musste ich ihn daran erinnern. Wenn ich mir den Mantel oder die Jacke anzog, griff er in seine Hosentasche und holte ein Fünf-Franken-Stück hervor. Von Dezember 1964 bis zu den Sommerferien 1965 verdiente ich bei ihm 295 Franken.

Meine Mutter wollte wissen, wo ich mich an den Nachmittagen herumtreibe und warum ich nicht mehr koche. Sie war im Krankenhaus angerufen worden, man habe Grund, sich um mich zu sorgen. Das war nun etwas, woran sie überhaupt nicht interessiert war. Zuerst habe sie geglaubt, es sei ein anonymer Anrufer, sie wollte ihm gerade, wie sie meinem Vater und mir versicherte, erklären, wie bei ihr die Musik spielt, als er sich als der Pater Präfekt vom Schülerheim Tschatralagant vorstellte. Warum sorgen, habe sie gefragt, schließlich sei ich in jedem Fach der Klassenbeste, die Lehrer seien begeistert von mir; sie, respektive ihr Mann, sei erst vor wenigen Tagen beim Elternsprechtag gewesen; vorbildlicher als dieser Sohn könne ein Sohn nicht sein, außerdem koche er zwei- bis dreimal in der Woche, und hinterher sei die Küche blitzblank aufgeräumt; das sei tatsächlich etwas unheimlich, falls er meine, deshalb solle sie sich sorgen, aber mit dieser Sorge könne sie gut leben. – Sie habe das Besetztzeichen gehört, er hatte aufgelegt.

»Ich habe einen Freund gefunden«, sagte ich. »Ich denke, das ist meiner Entwicklung förderlich. Wir schmieden gemeinsam Pläne und denken über die Welt und die Zukunft nach. Habt ihr zum Beispiel Folgendes gewusst: Wenn jemand vor hundert Jahren eine Aktie von Standard Oil gekauft und es so eingerichtet hätte, dass von den Dividenden immer neue Aktien gekauft werden, und wenn er nicht eine Minute mehr gearbeitet hätte, und sein Ururenkel würde das Portfolio heute auflösen, dass diese Aktie mehr als tausendmal so viel wert wäre, habt ihr das gewusst? Das hat mir Leif Lundin erklärt, er ist der reichste Schüler, der je das Gymnasium besucht hat. Ich kann viel von ihm lernen.«

Sie sah mich lange an, sah durch mich hindurch, und wie ich sie kannte, auch durch die Wand hindurch und sagte schließlich: »Führst du mir den Schlaumeier einmal vor?«

Am nächsten Tag nahm ich Leif mit nach oben. Sonst wartete er immer unten auf der Straße, wenn ich nach der Schule meine Tasche zu Hause ablegte. Ich sagte, ich wolle ihm etwas zeigen, wusste aber nicht, was das hätte sein sollen; bei uns gab es nichts, was ihn hätte interessieren können. Meine Mutter hatte ihren freien Tag, sie hatte bis Mittag geschlafen, barfuß im Morgenmantel mit der Kaffeetasse in der Hand stand sie im Gang, als ich die Tür aufsperrte.

»Das ist Leif«, sagte ich.

Er gab ihr die Hand, und das war's. Dann hakte er die Daumen lässig in die Gürtelschlaufen. Kein Wort hat er mit ihr gesprochen. Die Wangen hat er schmal gemacht, noch schmaler. Und schmale Augen hat er gemacht. Hob den Kopf, als ob es auf der Zimmerdecke etwas zu lesen gäbe, was seine Vorurteile bestätigte. Mir fiel ein, dass alles, was in unserer Wohnung stand, die eleganten Möbel, die mein Vater in Zürich ausgesucht hatte – zwei Stunden lang hatte er in Katalogen geblättert –, die Teppiche, die aus Griechenland bestellt werden mussten, wo sie von einem exklusiven Händler direkt aus Persien bezogen wurden, die Vorhänge, die Lampen aus Italien; *dass alles, was wir außerhalb unserer Haut waren*, aus dem Vermögen bestritten wurde, das Momas Vater in der unvordenklichen Vorzeit des Jahrhundertbeginns erworben und in der Schweiz deponiert hatte, darunter bestimmt auch Aktien. Immer wieder war in unserer Familie darüber gesprochen worden; ich war doch dabei gewesen, war in der Filiale in der Züricher Bahnhofstraße in einem Lederfauteuil, buchenlaubfarben wie Papas Schuhe, gesessen und hatte die Ohren gespitzt, als uns der nette Herr von der *Schweizerischen Bankgesellschaft SBG* vorrechnete, was unser war, und uns dazu gratulierte – wie konnte ich das vergessen haben! Und ich erzählte meinen Eltern von Standard Oil und anderem naseweisen Zeug, und Leif Lundin tat vor meiner Mutter, als hätte er höchstpersönlich das Geld erfunden!

Bevor ich mich auf Leif eingelassen hatte, war ich mit einigen aus meiner Klasse im Schwimmbad gewesen, ich war Kopf voraus vom Fünfmeterbrett gesprungen, und es war applaudiert worden; oder ich war mit zwei Burschen in die Illschlucht hinuntergeklettert, und wir hatten unsere Silche und Haken nach Fischen ausgelegt und hatten auf einer Kiesbank ein Feuer gemacht und es mit ausgetrocknetem Schwemmholz gefüttert, und ich hatte ihnen gezeigt, wie man einen Fisch ausnimmt und auf eine Rute steckt und über der Glut brät. Für ein Mädchen aus Leifs Klasse interessierte ich mich, ihre braunen Haare rahmten ihr Gesicht ein, und wenn sie lächelte, verzog sie den Mund zu einer Welle, das war schön anzusehen, und aus der Art, wie sie meinen Namen aussprach, schloss ich, dass sie sich für mich interessierte. Ich fühlte mich sehr wohl in ihrer Gegenwart, oft trug sie ein blaues, enges Jäckchen und Slipper mit Kunststoffabsätzen, und sie hatte flaumige Arme. Wenn sie ging, löste sie nur langsam den Blick, ihr Körper drehte sich davon, aber ihre Augen blieben noch eine Weile bei mir. – Viele hatten meine Freunde sein wollen.

Auf der Straße fragte ich Leif – es war ein warmer, sonniger Nachmittag Anfang März –, ob wir nicht ausnahmsweise nach draußen gehen sollten, durch den Auwald an der Ill entlangspazieren, wir könnten Stöcke schnitzen oder Schleudern schneiden und mit Kieselsteinen auf Bäume schießen oder einen Ball mitnehmen und ihn beim Gehen vor uns hertreiben und einmal, einmal wenigstens nicht über Geld reden – letzteres sagte ich nicht, aber die Stöcke, die Schleudern, die Bäume und der Ball meinten genau das. Er wollte in der Garage bleiben, und dass ich gefragt hatte, verstimmte ihn noch mehr. Sein Blick wurde fanatisch, ein Tyrann, der kein Schielen duldet, kein Wegschauen, der Beute machen will. Ich sagte, es tue mir leid, und setzte mich neben ihn in den Bus nach Liechtenstein. Ich nahm mir vor, am Wochenende allein einen langen Spaziergang zu unternehmen und anschließend ausgiebig zu kochen, Tafelspitz mit Spinat und Bratkartoffeln, Apfelkren, Semmelkren und eine Schnittlauchsoße dazu und als Nachtisch Vanillepudding mit Himbeersirup. Aber es freute mich dann doch nicht.

Was freute mich eigentlich? – Geld.

4

Leifs schulische Leistungen verbesserten sich »dramatisch«. Sein Vater bot mir an, mich für meine »intelligenteste und brüderlichste« Nachhilfe zu bezahlen. Ich solle es aber seinem Sohn nicht verraten und auch nicht seiner Frau, sie würden es bestimmt als Eingeständnis einer Niederlage werten.

Herr Lundin und ich waren zufällig vor der Tür der Villa aufeinandergestoßen, als er mir diesen Vorschlag unterbreitete. Ich wollte mich gerade rechtfertigen, was ich hier oben zu suchen hätte, dass Leif mich gebeten habe, uns ein paar Flaschen Limonade zu holen. »Du sollst dich hier zu Hause fühlen«, unterbrach er mich und legte seine Hände auf meine Schultern und wiederholte, was er schon ein paar Mal zu mir gesagt hatte, nämlich, wie glücklich die Menschen in diesem Haus seien, dass Leif mich zum Freund habe, seine Frau sei glücklich, Olivia und Janna seien glücklich, sogar das Personal sei glücklich, aber besonders glücklich sei er, der Vater. Er sei leider im Begriff zu verreisen. Herr Wohlwend chauffiere ihn nach Zürich-Kloten, von wo aus er nach London fliege und übermorgen weiter nach Stockholm, dort bleibe er eine Woche, anschließend fliege er nach Helsinki, kämpferischen Verhandlungen entgegen, Finnland habe eine wirtschaftsstarke Zukunft vor sich, er wolle sich Fläche sichern, ich solle Finnland nicht aus den Augen verlieren und ihm die Daumen drücken, er werde mir berichten. Das teilte er mir im Eiltempo mit und in einem Tonfall, als wäre ich sein mit allen geschäftlichen Details gewaschener Sekretär, vertrauter als Herr Wohlwend. Er hatte die Brieftasche bereits in der Hand – »Was man gleich erledigen kann, soll man gleich erledigen!« –, da klingelte im Haus das Telefon. Er sagte: »Moment, schon rennt der Mohr im Hemd«, legte die Brieftasche auf das Fensterbord neben der Tür und lief hinein. Die Fächer waren aufgebläht und steckten voll Frankenscheinen. Ich zog zwei Zwanziger heraus und schob sie mir in die Hosentasche.

Ich wollte eben auch für die Zukunft vorsorgen. Warum nicht mit dem Gegenwartsgeld anderer? Schließlich hatte ich die Zukunft bei den Lundins erst richtig schätzen gelernt. Herr Lundin hatte mir mit Worten, so breit und vertrauensselig wie sein Schädel, geschildert, wie es in Europa aussehen wird, wenn endlich die Handelsgrenzen gefallen und die verschiedenen Währungen abgeschafft und durch eine gemeinsame ersetzt sein würden: unbegrenzte Produktion, absolute Freiheit, uneingeschränktes Glück. Vater und Sohn standen nicht nur mit einem, sondern mit beiden Beinen in der Zukunft, und sie blickten zurück in die Gegenwart, wo sie mich in der kleineren ihrer beiden Garagen auf einer Werkzeugkiste sitzen und staunen sahen. Ihre Gesichter, die sonst so verschieden waren – Leifs Gesicht eng, blass und immer etwas missmutig, das seines Vaters vage begrenzt, gütig, heiter, feist –, ähnelten einander in solchen Momenten zum Verwechseln. Herrn Lundins Vision präsentierte ein Zusammenleben ohne Staat; gigantische private Versicherungsinstitute würden gegründet werden, sie würden die Aufgabengebiete von Polizei, Militär, Schulbehörde, Alterspflege etc. besetzen und neu gestalten. Abermillionen Franken, die heute, anstatt sie in sinnvolle Projekte zu investieren, als Bürokratenfutter verbraten würden, könnten nach Abschaffung der Staaten direkt in die Geldbörse des Bürgers wandern, der, weil er für einen Teil davon keine gegenwärtige Verwendung habe, Aktien kaufe und damit Zukunft schaffe. »Nenne mir einen vernünftigen Grund, warum zwischen die Bürger und das Geld ein Staat gestellt werden soll!« Geld brachte Segen. Geld heilte Wunden. Geld vollbrachte Wunder. Geld tat Gutes. Wenig Geld führte den einen oder anderen vielleicht in Versuchung, viel Geld jedoch führte zur Erlösung. Geld regte meine Einbildungskraft an, die bisher kaum zum Einsatz gekommen war, und wenn, dann um zu lügen. Geld hingegen war die pure Wahrheit. Geld hat die Zeit nicht erschaffen, aber es sorgte dafür, dass ihr die Luft nicht ausging. Im Geld war die Zukunft wesentlich enthalten. In jeder Münze, in jedem Schein. Was mir Herr Lundin auch schlüssig vorführte: »Was sagt Geld? Hier, nimm diesen Schein und halte ihn an dein Ohr! Was sagt er? Hörst du? Er sagt: Du *wirst* mich ausgeben. Du *wirst* für mich bekommen, was du dir wünschst. *Du wirst, du wirst, du wirst!* Behalte den Schein.« Die Zukunft wurde für mich zum Feld der Gewissenserforschung, wie es die Vergangenheit für den Katholiken war, der sich auf die Beichte vorbereitete. Und ich machte dabei eine Entdeckung: *In meiner Zukunft war ich allein.* Ich sah mich auf Reisen, sah mich im Freien übernachten oder in leeren Häusern irgendetwas tun, sah mich in leeren Gastgärten sitzen und durch leere Alleen an einem Fluss entlanggehen – nicht ein einziger Mensch begegnete mir, ich führte keine Telefonate, ich sah kein Licht in den Fenstern der Häuser, ich hörte keine Stimmen und sah keinen Schatten eines Mannes oder einer Frau. Vor einer Welt, die mich als einzigen Bewohner hatte, fürchtete ich mich nicht. In so einer Welt war ich schließlich zum Bewusstsein erwacht; und den Verdacht, dass die Anwesenheit von anderen eigentlich der Ausnahmezustand sei, habe ich nie loswerden können. Ich hatte nie das Gefühl, ich bin zusammen mit euch, sondern immer: ihr seid zusammen mit mir.

Auch wenn meine Vorstellung von der Zukunft eine andere war, das Vertrauen in die Zukunfthaftigkeit des Geldes teilte ich mit Vater und Sohn Lundin. Ich hatte bis dahin keine Gelegenheit als ausreichend günstig erkannt, meine gehortete Barschaft – inzwischen waren es zusammen mit dem Wiener Geld mehr als 4000 Schilling – auszugeben, sie war reine Zukunft. Ich wartete immer noch auf den richtigen Zeitpunkt – wie der Mann, dem der Teufel eine Zauberuhr schenkt, mit der er die Zeit anhalten könne, wenn er meinte, glücklich zu sein; allerdings unter der Geschäftsbedingung, sollte er sie bis an sein Lebensende nicht angehalten haben, werde er in die Hölle abtransportiert.

Herr Lundin entschuldigte sich, der Anruf sei leider sehr wichtig, aber auch sehr erfolgreich gewesen. Er tänzelte auf seinen für diese Körperfülle ungewöhnlich zarten Füßen und zeigte mir an der einen Hand den aufgestellten Daumen, an der anderen Zeigefinger und Mittelfinger zum Victory gespreizt. Ob ich mir seinen Vorschlag überlegt hätte.

Ich sagte: »Ja, Herr Lundin, das habe ich, ich will mich bemühen, Leifs schulische Leistungen nicht nur zu halten, sondern sogar zu steigern.«

Er nickte, mit nichts anderem war gerechnet worden; nahm, noch während ich sprach, seine Brieftasche vom Fensterbord, schlug sie auf und gab mir, als ich mein Sätzchen abgespult hatte, einen Fünfziger, zwei Zwanziger und einen Zehner.

»Fürs erste. Und bedanke dich nicht! Wo Dank ist, ist auch Undank, und reiche Männer wie ich schaffen sich viele Undankbare, weil sie niemals so viel geben, wie sie geben könnten.«

Als er, seine Aktenmappe unter dem einen, einen dünnen hellen Mantel unter dem anderen Arm, über die Steintreppe nach unten eilte, wo Herr Wohlwend neben dem Mercedes wartete und seine Old Gold paffte, rief er, ohne nach mir zu sehen: »Wir beide, wir beide, Master Anders Philip, wir beide sollten einmal ausführlichst miteinander reden! Und jetzt hol dir aus dem Eisschrank, was ihr braucht!«

Hundertvierzig Franken in fünf Minuten! Und der Tag war noch nicht zu Ende.

Ich betrat das Haus, zum ersten Mal übrigens. Es roch nach Kaffee und Rasierwasser. Der Flur war nicht kleiner als unser Wohnzimmer, an den Wänden hingen Gemälde, die Landschaften zeigten, die meisten Dünen mit Meer und Dünen ohne Meer. Ich öffnete eine der Türen und betrat einen riesigen Raum mit einem Kristalllüster an der Decke. Unter den Atelierfenstern zog sich eine burgunderrote Polsterbank hin, sieben Meter lang oder mehr, mit Einbuchtungen und Ausbuchtungen versehen, die als Liegen verwendet werden konnten und auf denen Dutzende bunte Kissen aufgereiht waren. In einer Ecke, zusammengerollt unter einer Decke, lag Frau Lundin, und wie es schien, schlief sie. Ich erkannte sie an ihren Haaren und an ihrer Hand, eigentlich an dem Ring an ihrer Hand. Leise verließ ich das Zimmer und legte die Tür ins Schloss. Ich fand die Küche und nahm zwei Fanta-Flaschen aus dem Kühlschrank. Meine Mutter versteckte ihr Haushaltsgeld in einer Tasse im Küchenkasten, so hatte es auch Moma gehalten und auch meine Großtante Martha aus der Josefsstadt in Budapest, wie sie überall stolz und töricht herumerzählt hatte. Ich öffnete eine der schmalen Türen über der Spüle, fuhr mit der Hand nach hinten und tastete das Geschirr ab. In einem Milchtopf fand ich eine Rolle Banknoten. Zwei Zehner steckte ich ein.

Und auch das war noch nicht alles an diesem Tag.

In der Garage fragte mich Leif, ob ich es irgendwie anstellen könnte, dass er in seiner Klasse nicht mehr »der Gelbe« genannt werde. Er fürchte, dass der Name auf die ganze Schule übergreife und schließlich nicht mehr zu stoppen sei und ihm womöglich lebenslang anhänge. Ähnlich sei es bei dem Amerikaner Benjamin Siegel gewesen, der im Spielbankgeschäft steinreich geworden sei; er sei ein brutaler Erpresser und Mörder gewesen, ein Gangster erster Sorte, und jeder hätte ihn gefürchtet, aber jeder hätte ihn »Bugsy« genannt, trotzdem er es ausdrücklich verboten habe. Wie er denn wünsche, genannt zu werden, fragte ich. Bei seinem Familiennamen, gern mit dem Artikel davor: der Lundin.

»Ich gebe dir fünfzig Franken, wenn du es fertigbringst«, sagte er.

Ich sagte, ich wolle sehen, was sich machen lässt. Fügte aber hinzu: »Gib mir fünfundzwanzig gleich, und fünfundzwanzig, wenn ich es geschafft habe.«

»Und wenn du es nicht schaffst«, fragte er, und zum ersten Mal glaubte ich, Schüchternheit bei ihm zu erkennen, »gibst du mir dann die fünfundzwanzig zurück?«

»Nein«, sagte ich, »die gebe ich dir nicht zurück. Einen Vorschuss gibt man nicht zurück.«

Vertrauensvoll blickte ich in die Zukunft …

5

… und nun, dort angekommen, weiß ich nicht, wie ich in meiner Geschichte fortfahren soll – ein Bienenschwarm an Gedanken und kein Plan, wohin ich die Waben meiner Erinnerungen bauen soll und will. Was ich bisher erzählt habe, zielt auf die Katastrophe am Ende dieses Kapitels. Und was ich weiter und bis zum heutigen Tag erlebte, ist nähere oder fernere Folge derselben. Er könne mir bei diesem Teil nicht helfen, sagt Sebastian. Deshalb nicht, weil er selbst darin vorkomme – die Begründung ist vorgeschoben; ich verstehe ihn. Über die Lundins habe ich mit Sebastian nie gesprochen, vorher nicht, nachher nicht. Und sosehr ich mir wünsche, dass du mein Buch liest, Sebastian, von hier ab lass dieses Kapitel aus!

Beim Leser muss ich mich entschuldigen – wieder einmal entschuldigen –, sollte er auf den folgenden Seiten die Klarheit und Stringenz der vorausgegangenen Teile vermissen; für diese Tugenden zeichnet allein Sebastian verantwortlich; in selbstloser Freundschaft hat er Abschnitt für Abschnitt korrigiert und mit mir durchgesprochen und für eine unverantwortlich lange Zeit seine eigene Arbeit hintangestellt – als könnte die Niederschrift meines Lebens mein Leben heilen …

Das Schicksal der Familie Lundin ist so eng mit meiner Person verbunden, dass ich nicht widersprechen dürfte, wenn einer sagte, *ich sei dieses Schicksal*. Eine Familie, eine Familie, eine Familie – was ist das? Ich will von Kopfhängerei nichts wissen, wollte ich nie. Um mir selbst Mut zu machen, möchte ich, bevor ich mich wieder der Chronologie meiner Geschichte unterwerfe, in ein paar schnellen Sprüngen über die Jahre vorauseilen und skizzieren, was aus einigen von ihnen geworden ist – nachdem ich aus ihrem Leben getreten war. Die Stimmen der guten Welt, die ich bisweilen in mir höre, flüstern mir ein, das sei ich den Lundins schuldig.

Zunächst Leif – er enttäuschte seinen Vater nicht. Er blieb dem Geschäft erhalten. Nach der Matura studierte er in Zürich an der ETH Chemie, und prompt bot man ihm nach der Promotion eine führende Stelle in der Entwicklungsabteilung eines deutsch-schweizerischen Lebensmittelbetriebs an – dessen Aktienmehrheit sein Vater besaß. Leif wird beschrieben als ein Dandy mit einem blasierten Akzent, »ein Schakal in Armani und Christian Dior« (meine Informantin hatte eine Zeitlang in derselben Abteilung gearbeitet wie er). Er war nicht beliebt, wieder nicht, auch hier nicht, bemühte sich inzwischen aber nicht mehr darum. Mit Arroganz machte er wett, was ihm an Zuneigung mangelte. Er heiratete die Tochter eines Baseler Patriziers, zwei Buben kamen zur Welt, die Familie lebte erst in Basel, später in Köln.

Leif gründete sein eigenes Labor und brachte es innerhalb von vier Jahren auf zwanzig Angestellte, jeder ein hochqualifizierter Chemiker, Pharmazeut oder Biologe. Von Anfang an unterhielt er enge Kontakte zur *Deutschen Forschungs- und Versuchsanstalt für Luft- und Raumfahrt*, in deren Auftrag er Experimente zur Herstellung von Astronautennahrung durchführte. Das Produkt sollte klein sein und wenig wiegen, in Wasser zu einem lockeren Teig aufquellen, aus genügend Fetten, Proteinen und Vitaminen bestehen, leicht verdaulich sein und besonders lecker schmecken, weil der Mensch in der Schwerelosigkeit wenig Appetit habe – auf jeden Fall aber müsse es die russische Kosmonautennahrung übertreffen. Leif war natürlich interessiert, dass seine Patente nicht nur in der Raumfahrt Verwendung fänden, sondern zum Beispiel auch bei der Behandlung von Patienten mit Essstörungen, bei Adipositas und Obesitas, aber auch als Diätalternative, wenn Männer und Frauen etwas für ihre Figur tun wollen.

Er war vierunddreißig, als er zum ersten Mal Afrika bereiste, Angola, Sambia, Malawi, Südafrika. Und Mosambik. Das Land befand sich im Bürgerkrieg, die Infrastruktur war zerstört, Hungersnot herrschte. Er kam als ein anderer Mensch zurück – seine eigenen Worte. (Ich weiß das von einem seiner ehemaligen Geschäftspartner, den ich irgendwann – nicht zufällig – kennen lernte und der keine Ahnung von mir und keine Meinung über mich hatte.) Nach weiteren Aufenthalten in Simbabwe und Sambia entschloss er sich, in einem dieser Staaten an der Grenze zu Mosambik eine Fabrik zur Erzeugung von künstlichen Lebensmitteln zu errichten. Weite Gebiete Mosambiks waren wegen der Minen nicht betretbar, es würde lange dauern, die zerstörte Landwirtschaft wieder aufzubauen, bis dahin würden Hunderttausende Menschen verhungern. Leif züchtete in seinem Labor einen Proteinteig, der sich beliebig verarbeiten ließ, zu Brotähnlichem, Brei oder Fleischähnlichem, der nahrhaft und vitaminreich war und in großen Mengen und billig produziert werden konnte. Und zunächst schien sich alles nach seinen Wünschen zu entwickeln. Er gewann Robert Mugabe, den damaligen Ministerpräsidenten von Simbabwe, für sein Projekt, der ihm in Mutare, direkt an der Grenze zu Mosambik, ein Areal (umgeben von einem Wald lila blühender Bäume) zur Verfügung stellte. Leif traf mehrere Male mit Mugabe zusammen, beschrieb ihn als einen gebildeten Mann, dessen Pläne für sein Land und für Afrika realistisch und moderat seien und sich von den radikalen Träumereien eines Nelson Mandela unterschieden. Zum letzten gemeinsamen Mittagessen habe ihn der Ministerpräsident auf Schwedisch begrüßt: »Jag hoppas, min vän, att Du tycker om struts-kött piri piri!« – »Ich hoffe, mein Freund, Sie mögen Straußenfleisch Piri Piri!« Leif widmete all seine Zeit und Energie diesem Projekt, er gründete eine internationale Hilfsorganisation, die auf der ganzen Welt Spenden sammelte, 1988 wurde *brain to eat*, wie sich die Organisation inzwischen nannte, für den alternativen Nobelpreis vorgeschlagen.

Leifs Plan ging nicht auf. Er verlor einen Großteil seines Vermögens. Mitte der neunziger Jahre wurde sein Betrieb von Mugabe enteignet und er des Landes verwiesen. Zur gleichen Zeit wurde in Deutschland gegen ihn wegen Spionage für die ehemalige Sowjetunion ermittelt, zu einer Anklage kam es nicht. Seine Frau reichte die Scheidung ein. Heute lebt Leif mit seiner zweiten Frau, einer Dänin, in Kopenhagen und verwaltet, was vom Erbe seines Vaters übrig geblieben ist.

Was wäre aus ihm geworden, hätte er mich nie kennen gelernt?

Sein älterer Sohn, John Künzel (nach der Scheidung der Eltern hat er den Familiennamen seiner Mutter angenommen), ist deutscher Abgeordneter für die Grünen im EU-Parlament; sein jüngerer Sohn Walter (ich weiß nicht, ob Künzel oder Lundin) unterrichtet an einer Schule in Overath bei Köln.

Übrigens: Es war kinderleicht, Leifs Mitschülern den »Gelben« auszureden. Nach zwei Wochen war er »der Lundin«. Ich hatte mit jedem einzelnen aus seiner Klasse gesprochen, hatte gesagt: »Der Lundin möchte nicht ›der Gelbe‹ genannt werden. Ich möchte es auch nicht.« Mehr war nicht nötig gewesen. Das Mädchen, dessen Mund sich beim Lächeln zu einer Welle verzog – sie hieß Edith –, bat ich ein zweites Mal darum; aber nur, weil ich wieder diese radikale Abneigung gegen Leif in ihrem Blick sehen wollte; und weil ich ihr zeigen wollte, dass ich diese Abneigung teilte.

Oder Leifs Schwester Olivia – sie hat mich von Anfang an durchschaut. Ich spürte, dass sie mich durchschaute, aber ich wusste nicht, was sie sah oder was überhaupt zu sehen gewesen wäre. Sie war ihrem Vater ähnlich, hatte den gleichen wuchtigen, gedrungenen Körperbau. Im Schulhof stand sie allein. Im Frühjahr 2000 war ihr Name – Olivia Marxer-Lundin – häufig in der Presse zu lesen; sie wurde zu Talkshows ins Fernsehen eingeladen, einmal bei einem bekannten deutschen Moderator, diese Sendung habe ich zufällig gesehen. Sie war inzwischen sechsundvierzig, hager im Gesicht, Kleidung und Frisur nahe am Exzentrischen. Sie war Anwältin in einem sensationellen Prozess gewesen und hatte sich die Feindschaft der halben Nation zugezogen. Sie hatte den Entführer des vierjährigen Bankierssohns Frido Zethrin verteidigt. Der Fall erregte die deutsche und internationale Öffentlichkeit über Monate. Geld war nie gefordert worden, das Kind war nie gefunden worden. Der Angeklagte behauptete, es lebe, aber er wisse nicht wo und nicht unter welchen Umständen. Olivia trat vor Gericht sehr offensiv auf, manche Kommentatoren meinten, auf skandalöse Weise politisch und untergriffig, in Andeutungen auf bekannte Persönlichkeiten verweisend und sich immerzu am Rand des Strafbaren bewegend. Sie behauptete, hohe Politiker, Industrielle, Zeitungsherausgeber, Medienmogule, Vertreter von Justiz und Kirchen steckten hinter der Entführung, man habe es mit der Parallelgesellschaft eines gigantischen Kinderpornorings zu tun. Der Talkmaster fragte sie, warum sie Juristin geworden sei. Sie antwortete mit einem Zitat: »Wer die Menschen fürchtet, liebt das Gesetz.«

6

Der Vater – Per Albin Lundin – veröffentlichte 1989 seine Memoiren. Als er ein Jahr später starb, ging der zweitreichste Mann Skandinaviens. Ich habe mir die deutsche Übersetzung vor ein paar Monaten über ein Internetantiquariat besorgt. Er hatte das Buch von einem jungen Schriftsteller schreiben lassen, dessen Name steht unter dem Titel auf der Innenseite. Im Nachwort schreibt derselbe, das Buch sei nach Hunderten Stunden Interviews entstanden. Auf dem Umschlag ist das Bild eines sehr alten lächelnden Mannes zu sehen, das Gesicht von stürmischen Koteletten eingerahmt. Ich komme in dem Buch auch vor, ohne jedoch beim Namen genannt zu werden.

Per Albin Lundin wurde 1908 in Stockholm geboren, als jüngstes von sechs Kindern. Der Vater war Viehhändler, er gründete den ersten fleischverarbeitenden Betrieb in Schweden, der nicht auf dem Land, sondern in der Stadt seinen Sitz hatte, die erste Fleischfabrik also. Dieser Mann hat vor jedem und bei jeder Gelegenheit verkündet, dass er das Land hasse und die Bauern hasse und das Produkt, das er in seiner Fabrik herstelle, entweder auf dem Teller oder gar nicht sehen wolle. Er war ein Kapitalist, der sich ausschließlich ums Geld und den Handel kümmerte und nicht um die Ware. Herr Lundin hat sich an die Devise seines Vaters gehalten. Er habe nicht ein einziges Mal eine Produktionsstätte besucht, er habe nur gehandelt, Betriebe an die Börse gebracht, Betriebe verkauft und gekauft, auf Gewinn und Verlust spekuliert und Märkte erschlossen. Dass sich seine Tätigkeiten hauptsächlich im Lebensmittelbereich entfalteten, sei mehr Zufall als Familientradition, er hätte sich auch auf die Pharmaindustrie konzentrieren können – beide Bereiche seien krisenstabil –, »Der Mensch ist hungrig und krank«.

Herr Lundin war vierzig, als er seine zukünftige Frau kennen lernte, sie entstammte einer kleinbürgerlichen Familie, ihr Vater war Beamter in der Bezirksverwaltung von Stockholms län. Vor seiner Heirat, erzählt er in seinem Buch, sei er ein waghalsiger Mann gewesen; ausführlich schildert er seine Segeltouren entlang der Küste Norwegens, seine Aquavitschluckwettbewerbe mit Dockarbeitern in Stockholm, eine Expedition mit Freunden nach Spitzbergen, die zu einem Desaster geriet, bei dem ein Mann seinen rechten Unterschenkel einbüßte, Ballonfahrten über die Ostsee und seinen ersten Fallschirmabsprung aus einer Cessna 172 über Umea. Mit der Gründung einer Familie sei die Sorge in sein Leben eingezogen – Sorge, dass den Kinder etwas zustoße, dass seiner Frau etwas zustoße, ob seinen Kinder die Anerkennung entgegengebracht werde, die sie seiner Meinung nach verdienten, dass die Familie einen guten Ruf habe und den guten Ruf erhalte und ob die Familie geliebt werde. Um der Familie den Vater zu erhalten, habe er mit der Fliegerei und Fallschirmspringerei aufgehört. Wenn er zu Hause gewesen sei – und er habe seine Geschäfte so organisiert, dass er nicht nur am Wochenende und im Urlaub mit der Familie zusammen sein konnte, sondern dazwischen immer wieder eine ganze Woche oder zehn Tage –, habe er sich um alles gekümmert, die Familie sei sein Hobby geworden, er habe die Kinder gewickelt, habe gekocht und gebügelt – den Bügelgeruch habe er geliebt –, er ging einkaufen, machte Frühstück, brachte die Kinder zur Schule, wenn sie den Bus verschlafen hatten, organisierte Geburtstagsfeten. Seine geschäftliche Kühnheit kontrastierte mit seiner häuslichen Ängstlichkeit, nach außen zeigte er Ellbogen, im Haus war sein Ton weich und zärtlich (wie ich mich erinnere, oft weinerlich). Er häufte Vermögen auf Vermögen, kaufte marode Betriebe auf, sanierte sie und verkaufte sie weiter, spekulierte geschickt und glücklich an der Börse; sein Ziel war es, dass die Familie bis in die vierte Generation – von ihm ab gerechnet – leben könne, ohne dass einer die Hand rühre. Seine Kinder, Enkel und Urenkel sollten selbständig werden wie er und erfolgreich wie er und ein eigenes Vermögen gründen wie er, aber vor dem Hintergrund größtmöglicher finanzieller Abgesichertheit und: in Erinnerung an ihn.

Viel erfahre ich aus seinen Memoiren über die Einsamkeit. Er nennt sie nicht beim Namen. Er war endlich in seiner Zukunft angelangt. Man muss so einem prachtvoll antizipierten Tempus gerecht werden, also darf man unter keinen Umständen am Ziel derselbe sein, der man auf dem Weg dorthin gewesen war; man muss ein Angekommener sein; man muss wenigstens so tun, als ob das Ende – trotz allem vor allem – aus Freude besteht und bevölkert ist, sonst landet das Leben, vom Leben selbst verdaut, tatsächlich im Arsch.

Irgendwann Ende März 1965 bat er mich, ihn auf einem Spaziergang zu begleiten. Die Nachmittagssonne schien durch den Dunst, und Herr Lundin wollte mit mir diesmal nicht über Geld und Zukunft, sondern über den »Sinn des Lebens« sprechen.

Als wir mitten im Ried aus seinem Mercedes stiegen, war er sehr verlegen und stammelte, die Welt sei eigentlich zu groß, um über sie nachzudenken, und wenn er ehrlich sei, habe er keine Vorstellung, was für einen Sinn *das Leben* haben könnte, und meistens sei ihm das auch wurscht. Aus dem weichen moosigen Boden spitzte das erste Gras, hellgrün, unsere Schuhe und die Säume unserer Hosen wurden feucht. Ich rechnete damit, dass er mir gleich *sein Leben* erzählen würde, die *Blüten seiner Sünden*, wie ich es bei der Beichte in Tschatralagant getan hatte. Ein bisschen erzählte er, aber seine Sünden erzählte er nicht. Er gab mir noch einmal hundert Franken – weil ich so ausdauernd mit Leif lerne. Ich solle darauf achten, dass ich meine Natürlichkeit nicht verliere. »Natürlichkeit ist ein großes Geschenk«, sagte er, seine Augen flitzten dabei über mein Gesicht, »das ist wie Anlauf nehmen beim Weitsprung, wer sie besitzt, dem wird erlaubt, Anlauf zu nehmen, wer sie nicht besitzt, muss aus dem Stand springen.«

Wir gingen ein paar Schritte, er rauchte vier Zigaretten hintereinander, dann fuhren wir zurück. Wie er das Lenkrad hielt und vor sich hin, erst auf die Wiese, dann auf die Straße, starrte, erschien er mir als der traurigste Mann auf der Welt; als wäre ihm gerade die Erkenntnis gekommen, dem größten aller Schwindel aufgesessen zu sein.

Er fuhr an der Auffahrt zu seinem Anwesen vorbei, sagte, es würde mir sicher recht sein, wenn er mich nach Hause bringe. Immer wieder schickte er Seufzer gegen die Windschutzscheibe. Die Beamten an der Grenze kannten ihn, sie winkten ihm schon von weitem zu und winkten ihn stolz lächelnd durch. Er blieb trotzdem stehen, kurbelte das Fenster herunter, nannte einen der Uniformierten beim Namen und fragte ihn, wie es seiner Frau gehe. Der gehe es wieder blendend, bekam er zur Antwort. »Danke, dass Sie nachgefragt haben!« – »Richten Sie ihr schöne Grüße von mir aus!« – Eine Weile lächelten seine Lippen, als wir weiterfuhren, aber bald kamen wieder die Seufzer. In Feldkirch parkte er in der Marktstraße vor unsrem Haus. Wahrscheinlich hatte ihm Leif irgendwann gesagt, wo wir wohnen. Die Hände behielt er lange auf dem Lenkrad.

»Ich kann«, sagte er endlich, »ich kann einen großen Mann aus dir machen. Es muss eine Freude sein, in einen Menschen zu investieren, der es wert ist. Ich habe diese Freude nie erlebt, aber ich würde sie gern erleben. Ich bin überzeugt, dass deine Eltern alles für dich tun, was ihnen möglich ist. Aber ich denke, mir ist mehr möglich. Nur, sag mir, was fange ich mit meiner Sehnsucht nach dieser Freude an? Dem Menschen werden Chancen gegeben, aber ich glaube, es werden ihm nicht sehr viele Chancen gegeben. Darum ist es wichtig, sie zu erkennen. Manche meinen, sie hätten nie eine Chance gehabt, aber wenn man ihr Leben gründlich untersuchen würde, könnte sich herausstellen, sie haben sie nur nicht erkannt. Andere halten für ihre große Chance, was in Wahrheit der Weg in ihr Verderben ist. Nimm als Beispiel den Fall von Oberst Stig Wennerström, über den zurzeit die schwedischen Zeitungen berichten, als gäbe es nichts anderes auf der Welt als den Prozess gegen diesen Mann. Er hat sein Land an die Sowjets verraten, weil er glaubte, damit der Welt einen Gefallen zu tun. Dass man etwas Böses tut, um etwas Gutes zu tun – kann das in einen Kopf hineingehen? Sie werden ihn wahrscheinlich lebenslänglich einsperren, und wer weiß, womöglich muss Tage Erlander den Hut nehmen. Weißt du, Anders, ich habe Angst, Leif könnte mich enttäuschen. Er sagt, du überflügelst jeden in der Klasse an Intelligenz und Klugheit, und das glaube ich ihm gern, ich beobachte dich nun auch schon seit einiger Zeit. Du wirst in ein paar Jahren mit Auszeichnung, bestimmt als Klassenbester, die Matura absolvieren, daran zweifelt niemand. Du könntest eine Klasse überspringen und Leifs Banknachbar werden, das lässt sich arrangieren. Ihr würdet gemeinsam zur Matura antreten. Du wirst der Bessere sein. Leif besitzt einen weichen Charakter. Du nicht. Ich glaube, du kannst sehr viel ertragen. Ich bin ein recht passabler Menschenkenner, das ist der wahre Grund meines Erfolgs, denke ich. Wie wird Leif reagieren, wenn er geschlagen wird? Wer alles ertragen kann, darf alles wagen. Leif bewundert dich. Er beneidet dich nicht, du bist sein Vorbild. Aber was dann? Du wirst studieren. Was wirst du studieren? Und wo? In Innsbruck? Oder in Wien? Oder in Zürich? Wie wäre es mit Harvard? Oder Yale? Oder Stanford? Ein junger Mann muss sehr talentiert sein, um an einer dieser amerikanischen Universitäten studieren zu dürfen. Und er muss viel Geld haben, sehr viel Geld. Ich habe sehr viel Geld, und ich habe die Chance, aus dir einen großen Mann zu machen. Ich bin der reichste Mann in diesem Land, und ich habe die Chance, der Welt etwas Gutes zu tun. Aber was rede ich! Du hast mich zum Nachdenken gebracht, Master Anders Philip. Du hast mich zum Nachdenken gebracht, dafür bin ich dir dankbar. Man darf nicht dahinleben, ohne nachzudenken. Und du hast mich zum Nachdenken gebracht.« – Wobei ich nicht die geringste Ahnung hatte, wie ich das angestellt haben könnte. Außer »Ja«, »Nein« und »Weiß nicht« habe ich in seiner Gegenwart kaum etwas von mir gegeben.

Wenn wir einander von nun an begegneten, sagte er, unseren kleinen philosophischen Nachmittag habe er nicht vergessen. Und ich setzte ein entsprechendes Gesicht auf – ein Gesicht, das ich für ein entsprechendes hielt.

7

Mit Frau Lundin habe ich nur einmal gesprochen – ich meine, mit ihr allein –, am Samstag vor Pfingsten 1965. Ich war mit dem Bus hinüber nach Liechtenstein gefahren. Weil ich Lust auf Geld hatte. Aber Leif war nicht da. Er war mit seinen beiden Schwestern und seinem Vater über die Feiertage nach Mailand unterwegs; ich hatte es vergessen. Als ich unten am Eisentor stand, fiel es mir wieder ein, aber ich hatte schon geklingelt. Frau Lundin war allein im Haus. Sie sah mich durchs Fenster und rief mir zu, ich solle heraufkommen. Aus Übermut rief ich zurück, *sie* solle *herunterkommen*, ich lade sie zu einem Eis ein. Ich hörte, wie sie jauchzte. Sie stöckelte über die Stufen, die Knie eingeknickt, als balanciere sie über etwas Weichem. Die Haare trug sie offen, den Schlüsselbund schwenkte sie um einen Finger.

»Wo auch immer, nur bitte nicht hier in Liechtenstein!«, raunte sie mir gespielt verschwörerisch durch das Gitter zu, ehe sie öffnete.

Wir fuhren in ihrem MG Midget (grün, offenes Verdeck, Speichenräder), ich legte den Ellbogen ins Fenster, und sie gab mir eine Sonnenbrille. Sie hatte eine ganze Sammlung im Handschuhfach. Diese sei die gleiche, wie sie der Polizist in Hitchcocks *Psycho* trage, sagte sie. Ob ich den Film gesehen hätte. Hatte ich nicht. Wir fuhren über die Grenze nach Feldkirch und zur Schattenburg hinauf und setzten uns in das Café neben dem Minigolfplatz. Es war viel los, Männer, Frauen, Kinder warteten, bis sie bei den jeweiligen Bahnen drankamen, den Schläger in den Händen. Frau Lundin bestellte einen Eiskaffee, ich ein großes gemischtes Eis. Sie könne keine unwichtigen Sachen von sich geben, sagte sie, dafür fehlten ihr die unwichtigen deutschen Vokabeln, sie koche gern und backe gern, ihr Mann aber meine, sie habe es nicht nötig, zu kochen und zu backen, er wolle nicht für Personal bezahlen, das nur herumstehe. Ich sagte, ich koche und backe auch gern.

Sie war ziemlich wuchtig in den Schultern, das war mir bisher nicht aufgefallen, ich hielt es nicht für unwahrscheinlich, dass sie zuschlagen konnte.

»Ich habe mich entschlossen, nicht mit nach Mailand zu fahren.« In gebeugter Haltung saß sie mir gegenüber, den Eisbecher zwischen ihren Unterarmen, und sah mich an. »Das war Intuition, ich habe gewusst, es würde heute etwas passieren.« Sie rückte den Sessel näher heran, berührte mit ihren Fingerspitzen meine Brust, atmete mir Kaffeeduft ins Gesicht: »Janna erzählte mir heute Morgen einen Traum. Darf ich mit dir darüber sprechen, Andres? Ich möchte so gern.«

»Ja, Frau Lundin«, sagte ich.

»Und ich langweile dich wirklich nicht?«

»Nein, Frau Lundin«, sagte ich.

Ihr Mund war klein, und wenn sie die Lippen geschlossen hielt, schien er höher als breit. »Janna«, sagte sie, »wachte um sechs auf und weckte mich, und wir setzten uns in die Küche. Sie hat geträumt, sie steht mit ihrer kleinen blauen Leiter am Bahnhof in Kopenhagen und wartet auf mich. Die hatte ihr Herr Wohlwend gebastelt, als sie vier war, weil sie so gern überall hinaufgestiegen ist. Erst ist die Leiter klein, aber jedes Mal, wenn sie nach ihr sieht, ist sie ein Stück gewachsen. Und wärmer ist sie auch geworden. Und schließlich ist die Leiter so groß wie das Rohr bei unserem Kachelofen und so heiß, dass sie sich das Jäckchen ausziehen muss, weil sie schwitzt. Aber sie traut sich nicht, zur Seite zu gehen. Sie hat Angst, die Leiter könnte ihr gestohlen werden. Außerdem hat sie Angst, ich würde sie nicht erkennen ohne ihre Leiter und an ihr vorbeigehen in dem großen Bahnhof. Janna hat mich gefragt, warum sie solche Dinge träumt. Sie war durcheinander und unglücklich und hat ihren Mund nach unten gezogen. Ich habe zu ihr gesagt, sie soll sich freuen, wenn sie träumt. Träume tun einem nichts, aber manchmal sind sie so spannend, dass man um sechs Uhr in der Früh die Mama aufwecken muss, um sie zu erzählen. Aber ich konnte sie nicht beruhigen. Was denkst du darüber, Andres?«

Nichts wusste ich über Janna. Leif hatte nie ein Wort über sie verloren, sein Vater auch nicht. Ich hatte sie oben im Haus kreischen hören, und ihre Puppenkleider und Frisierköpfe waren seit einem Monat über die Terrasse verstreut. Einmal war sie mir über den Weg gelaufen, raus aus der Haustür, über die Steintreppe hinunter im Galopp, den braunen Wollrock hoch über dem Bäuchlein, und hurtig an mir vorbei, der ich gerade aus der Garage kam, und hatte um die Ecke geschaut und mir ihre breiten Schneidezähne gezeigt. Als ich ihr viele Jahre später begegnete, war ihre Brust tätowiert, ein Pegasus mit Flügeln von Achselhöhle zu Achselhöhle entlang der Schlüsselbeine wie ein gesticktes bleifarbenes Hemd, und sie wusste nicht, wer ich war.

»Hat die Leiter mit Janna gesprochen?«, fragte ich.

Frau Lundin löffelte eilig ihren Eiskaffee und trank in einem Zug das Glas Wasser aus. »Ich denke, ja. Ich denke, das hat die Leiter, ja, Andres, das hat sie. Du sagst das einfach dahin … was soll ich denken … du sagst das einfach dahin. Woher weißt du das?«

»Weiß nicht, Frau Lundin.«

»Mein Mann und Leif haben dich mir und Janna weggenommen. Aber eigentlich gehörst du zu uns, das weiß ich. Das stimmt doch, oder?«

»Ja, Frau Lundin.«

»Leif hält mich für ein bisschen blöd. Hat er immer schon. Schon, als er so alt war wie Janna. Stell dir das vor! Ein Bub von sieben Jahren, der seine Mama für ein bisschen blöd hält! Olivia spricht nicht mit mir, aber sie spricht mit niemandem. Und wenn sie spricht, versteht man nichts. Leif sagt, ihr beide werdet Kompagnons werden und Geld in Tonnen, nicht in Kilo verdienen. Das sagt mein Mann auch. Sie berichten mir, was für Ideen du hast. Hast du Ideen, Andres? *Sie* haben Ideen. Ich halte gerade so viel von Ideen! Ich halte auch nicht viel von Leif. Es wird nie der Mensch aus ihm werden, den er sich vorstellt. Und von Olivia halte ich auch nicht viel. Ich traue ihr nichts zu. Außer Trotz und Zorn. Aber was wird sie damit anfangen können? Sie kann nur das Gegenteil von dem zeigen, was sie empfindet. Mit wem soll ich über Janna sprechen und über ihren Traum? Ich habe viel über dich nachgedacht, Andres. Ich glaube, viele Menschen denken viel über dich nach. Wenn ich euch in der Garage besucht habe, habe ich dich beobachtet. Wie du dich auf Leif konzentriert hast! Man kann sich auf Leif nicht konzentrieren. Du kannst es. Du bist der außerordentlichste Mensch, dem ich je begegnet bin. Weißt du, was die Leiter im Traum zu Janna gesagt hat? Sie hat gesagt, sie muss keine Angst haben, es gibt jemanden, der auf sie aufpasst. Ich habe zu Janna gesagt: Janna, das bin ich, ich bin das, Janna, deine Mama. Sie hat den Kopf geschüttelt, und ich habe gedacht, sie hat recht, ich bin es nicht, ich wäre es nur gern. Ich habe hier nichts verloren, Andres, ich gehöre nicht hierher. Auf und davon sollte ich, jetzt gleich. Aufstehen und weg, weg, weg! Mein Leben, mein Leben … Ich habe gesagt: Wer passt auf dich auf, Janna? Sie sagte, sie wisse es nicht genau, und war traurig, dass sie es nicht genau wusste. Du bist mir eingefallen, Andres. Ich weiß, Janna meint dich. Ich kann nicht wissen, was für ein Leben du haben wirst, ich hoffe, es wird ein glückliches Leben sein für dich und für alle, die mit dir zu tun haben. Vielleicht triffst du Janna in deinem Leben das eine oder andere Mal. Willst du auf sie aufpassen, Andres? Bitte. Ein bisschen wenigstens?«

Es war ein über und über blauer Tag mit vielen zwitschernden Vögeln darin. Die Sonne wärmte meinen Rücken, sie war 150 Millionen Kilometer entfernt, und sie benutzte den Stoff meiner dunkelbraunen Jacke mit den Schulterklappen, um mir die Nachricht zu überbringen, ich solle keine andere Last auf mich laden als ihre Wärme.

»Ja«, sagte ich, »das will ich gern, Frau Lundin. Ich will gern auf Janna aufpassen, wenn ich ihr irgendwann in meinem Leben begegne.«

Weitere viele Jahre später, nachdem ich sie so lange gesucht und endlich wiedergefunden hatte und wir im Zug durch Mexiko fuhren, was ihr größter Wunsch gewesen war, in dem berühmten *El Chepe* von Los Mochis nach Chihuahua, und wir über alles Mögliche redeten, eben auch über ihren Kindertraum von der blauen Leiter, an den sie sich noch als vierzigjährige Frau in jeder Einzelheit erinnerte (sie wusste natürlich nicht, dass mir ihre Mutter davon berichtet hatte), und wir aus dem Fenster schauten, hinunter in die Schluchten der Barranca del Cobre, in den Kupfer-Canyon, an dessen Flanken wir entlangfuhren und den wir immer wieder auf schmalen Holzbrücken querten, was mich in einen erregenden Schauder versetzte, denn mir war, als schwebten wir, und sie mir, unbeeindruckt vom Schwanken der Waggons, ein botanisches Büchlein in der Hand, das sie in einer deutschen Bibliothek in Mexico City geklaut hatte, die Flora erklärte, die weißstämmigen Elefantenbäume, die Boojum, die sich wie zwanzig Meter hohe Gespensterfinger in den Himmel krallten, die mexikanische Blaupalme, die verschiedenen Kakteenarten – als endlich ein Friede war, den ich als Friede deutete und nicht als letztes Luftholen vor der letzten Katastrophe; da erinnerte ich mich an Meister Eckhart und dass er gepredigt hatte, die Seele werde nicht alt, manche Kinder hätten die Seele eines Greises und manch alter Mann und manch alte Frau die Seele eines Kindes, und ich wühlte in meinem Rucksack und holte das Buch mit seinen ausgewählten Predigten und Traktaten heraus, das ich in einer Bibliothek in Berlin geklaut hatte. Deine Seele, Janna, sagte ich, ist für immer so alt wie das kleine Mädchen mit der Leiter am Bahnhof von Kopenhagen, und sie ist bemalt wie deine Brust und dein Rücken. Sie fragte, ob ich immer noch glaube, dass sie gesund werde, und ich sagte, ja, das glaube ich. Ja, das glaube ich, Janna, und verzeih mir alle bösen Worte, die ich je zu dir gesagt habe. Aber du hast ja recht gehabt, sagte sie. Verzeih mir, sagte ich. Verzeih du mir auch, sagte sie. Ich habe in meine Hände gehaucht und habe sie an ihre Ohren gelegt … – Aber all das würde erst in einer weiten Zukunft geschehen.

»Versprichst du mir das, Andres?«

»Ja, Frau Lundin.«

»Gibst du mir deine Hand darauf?«

»Ja, Frau Lundin.«

Wir reichten uns die Hand über Eisbecher und Eiskaffee hinweg. Sie hielt sie fest.

»Versprich es bei dem Gott.«

Ich versprach es.

»Weißt du, wer der Gott ist, Andres?«

»Nein.«

»Ich weiß es auch nicht. Die Engel wissen es und die Tiere. Ich glaube, die Tiere wissen es auch. Was meinst du?«

»Weiß nicht.«

Im Züricher Zoo hatte ich mich mit einem Gorilla unterhalten, er hatte mir nahe an den Käfigstäben zugehört und mir geantwortet, sehr leise, kaum zu verstehen, ich habe seine Worte mit Kuli auf meinen Hemdsärmel geschrieben und rätselte seither an ihnen herum. Immer wieder nahm ich mir vor, noch einmal nach Zürich zu fahren, um dem Tier mit den mächtigen Gesäß- und Beinmuskeln und dem silbernen Rücken mitzuteilen, was für Überlegungen ich über seine Worte angestellt hatte.

»Bin ich komisch?«, fragte Frau Lundin.

»Nein.« Dachte: Weiß nicht.

»Eigenartig?«

»Nein.« Dachte: Weiß nicht.

»Verrückt?«

»Nein.« Dachte: Weiß nicht.

»Du hast es versprochen«, sagte sie. »Weißt du, was das bedeutet?«

Sagte: »Weiß nicht.«

»Dass Janna von nun an in diesem Versprechen wohnt. Weißt du, was passiert, wenn du dein Versprechen brichst, Andres?«

Sagte: »Weiß nicht.«

»Du wirst kein gutes Leben haben, wenn du das Versprechen brichst.

Und Janna auch nicht. War es ein Fehler, dass ich dir dieses Versprechen abgenommen habe, Andres?«

Sagte: »Weiß nicht.«

Was wusste ich noch nicht? Zum Beispiel, dass Chruschtschow in Moskau immer mehr an Boden verlor und seine Verbündeten im ZK aus ihren Ämtern gedrängt wurden, dass Leonid Breschnew die endgültige Entmachtung des Kremlchefs vorbereitete und die Rehabilitierung jener Ärzte verschoben oder unterbunden wurde, die kurz vor Stalins Tod wegen Hochverrats und absichtlicher Fehlbehandlung mit Todesfolge an hohen Herren der Partei und der Armee verurteilt und hingerichtet worden waren. – Und was noch nicht? Was in der nächsten Sekunde passierte:

Eine Hand schlug auf meine Schulter und riss mich herum. Der fuchsige Pater Präfekt und der Pater Beichtvater standen hinter mir, letzterer mit einem Bart so groß und braun wie ein Bienenschwarm. Der Präfekt schüttelte mich am Nacken und deutete mit dem Finger auf Frau Lundin.

»Er ist ein Teufel!«, lachte er, aber ein aufrichtiges Lachen war es nicht. »Er ist ein kleiner Teufel! Nehmen Sie sich vor ihm in Acht! Er ist ein hübscher Teufel und gar nicht so ein kleiner Teufel!« Er boxte mich zwischen die Schulterblätter, dass mein Kopf nach vorne schnellte. »Er meint, er kann mit seinem Charme die Vögel von den Bäumen locken. Kann er das? Vielleicht. Ganz sicher aber kann er die Krokodile aus dem Schlamm holen.« Und nun war sein Lachen doch noch ein aufrichtiges geworden, aber ein sehr böses. »Man sollte ihn an seinen Haaren aufhängen und ihm die Sommersprossen jede einzeln herausbrennen!«

Der Pater Beichtvater zog ihn an der Kutte von mir weg. »Lass ihn!«, flehte er. »Gehen wir, lass ihn, er ist es nicht wert.« Da wusste ich, er hatte das strengste Gebot, das ihm von seinem Gott auferlegt worden war, gebrochen und seinem Kompagnon erzählt, was ich ihm im Beichtstuhl erzählt hatte, und dafür würde er nach seinem Tod in die Hölle gestoßen werden.

Bevor Leif und seine Familie in die Sommerferien nach Dänemark fuhren, fragte ich Herrn Lundin, ob er mir einen Rat geben könne. Ich würde gern Aktien kaufen, wisse aber nicht, wie man das anstelle. Er werde sich ein Arrangement überlegen, flüsterte er mir zu. Wäre nicht nötig gewesen, es gab weit und breit niemanden, der uns hätte hören können.

Am nächsten Tag fuhr er mit mir nach Vaduz.

Die Bank seines Vertrauens sei die *BIL, die Bank in Liechtenstein,* die gehöre dem Fürsten persönlich, ob ich mit ihr einverstanden sei. War ich. Er empfehle Aktien von *Nestlé,* ob ich einverstanden sei. War ich. Weil ich zu jung für ein offizielles Bankgeschäft war, schlug er vor, die Aktien über ein anonymes Konto zu kaufen. Ich hatte nichts anders zu tun, als mir ein Kennwort auszudenken und meine 6000 Schilling einzuzahlen (die Lundin'schen Franken hatte ich bei einer Sparkasse in Feldkirch umgetauscht). Als mir die Formulare vorgelegt wurden, hörte ich einen der Angestellten zu seinem Kollegen sagen, seine Frau und er hätten am selben Tag Geburtstag. *Am selben Tag* fand ich ein schönes Kennwort. Ich schüttelte den Herren die Hand und bekam ein steifes Papier überreicht, das Juxte genannt wurde. Die dürfe ich unter keinen Umständen verlieren. Und das Kennwort dürfe ich unter keinen Umständen vergessen.

Einen Tag lang dachte ich darüber nach, wo ich die Juxte verstecken sollte. Ich zweigte eine Bierflasche von meiner Mutter ab, spülte sie mit Seifenwasser aus und trocknete sie mit dem Föhn. Sie war mit einem luftdichten Verschluss aus Porzellankopf, Gummiring und Drahtbügel versehen. Ich rollte das Dokument zusammen, zerschnitt mein wasserdichtes Regencape, umwickelte das Papier mit einem Stück davon, verklebte es mit einer ganzen Rolle Klebstreifen und schob es in die Flasche. Die Flasche verpackte ich ebenfalls in einen Streifen vom Cape und verschnürte das Ganze zu einem zylinderförmigen Paket. Bei der Haushaltswarenhandlung Furtenbach gleich neben uns in der Marktstraße besorgte ich ein verzinktes Ofenrohr, eine Metallsäge, einen Lötkolben, einen kleinen Spaten und ein Zehn-Meter-Messband. Das Rohr sägte ich auf die entsprechende Länge zurecht, den übrigen Teil bog ich auf, hämmerte ihn flach und schnitt zwei kreisrunde Scheiben aus. Die lötete ich vorne und hinten auf die Öffnungen. Ich spazierte mit meinem Rucksack auf dem Rücken und dem Spaten über der Schulter an der Ill entlang bis zum Rhein, das ist ein Weg von zwei

Stunden. Dort stand am Rand des Auwaldes ein altes Grenzhäuschen, wo ich noch nie jemanden gesehen hatte. Ich befestigte das Messband an der Hauskante, schritt zwischen die Bäume hinein und zog das Band bis an sein Ende. Ich justierte es exakt in der Flucht der Hauswand. Nun grub ich ein Loch, einen halben Meter tief. Ich umwickelte das Ofenrohr mit dem Rest meines Regencapes, legte es in die Grube, schüttete diese zu und stampfte die Erde fest. Darüber verstreute ich Lärchennadeln, Zweige und Laub. Zuletzt ritzte ich mit meinem Taschenmesser das Kennwort in den Stamm der Buche, die sich hoch über das Haus erhob.

Von nun an wollte ich mit den Lundins nichts mehr zu schaffen haben.

8

In diesem Sommer lernte ich Sebastian Lukasser kennen. Er stand eines Mittags vor der Tür. Herr Professor Reichert – unser Lateinlehrer und Klassenvorstand – habe mich ihm empfohlen, sagte er. Ich sei erstens auch ein Wiener, zweitens der Zuverlässigste aus der Klasse, um ihn kompetent über den Stand des Lernstoffs zu informieren. Sebastian und seine Eltern waren am Beginn der Ferien von Wien nach Vorarlberg übersiedelt, seinem Vater war eine Stelle als Musiklehrer an unserem Gymnasium angeboten worden.

Ich hatte Krautfleckerln gekocht, es roch lecker aus der Wohnung heraus, und ich lud ihn zum Essen ein. Er half mir, den Salat zuzubereiten, viertelte die Tomaten, während ich die Zwiebeln hackte. Wir redeten über Griechisch und Latein, über Mathematik und Physik und über Literatur. Er war ein Stück kleiner als ich, stämmig in den Schultern, hatte einen runden Kopf und war in der Lage zu sagen, was er sagen wollte. Ich brauchte mir weder Interpretationen zurechtzuzimmern noch Halbausgesprochenes laut oder still zu ergänzen. Wie ich lernte er gern, und wenn ihn an der Schule etwas störe, dann, dass zu wenig Stoff angeboten werde. Er hätte gern mehr über Literatur erfahren oder über Geschichte. Mathematik war sein Lieblingsfach. Allein in der Mathematik, erklärte er mir, könne man seriös von einem

Beweis sprechen und sonst nirgends im Leben, auch nicht in der Kriminalistik und in der Juristerei. Ich sagte, mir mache Geometrie am meisten Freude, zum Beispiel die Berechnung jedes beliebigen Punktes mit Hilfe der Koordinaten x/y/z. Er stimmte mir zu. Damit lasse sich Himmel und Erde berechnen.

Seine Eltern hatten in einem Dorf in der Nähe ein Haus gemietet, das lag nicht weit von der Ill und den Auwäldern entfernt, wo ich so gern spazieren ging. Nach dem Essen sagte ich, ich würde ihn nach Hause begleiten, und es stellte sich heraus, dass er den Auwald schon recht gut kannte, weil er ebenfalls ein Spaziergänger war.

Wir gingen in schnellem Schritt an der Ill entlang bis zu ihrer Mündung in den Rhein, wo das Grenzhäuschen stand und meine Juxte begraben lag, setzten uns auf einen der großen Felsbrocken im Wasserfall und ließen uns die Sonne ins Gesicht scheinen. Sebastian erzählte mir, dass er Schriftsteller werden wolle oder Musiker wie sein Vater; dass er normalerweise in den Ferien arbeite, diesmal aber nicht, weil er zu Hause beim Umbau helfe; dass seine Mutter bei der Arbeiterkammer eine Stelle bekommen habe, eine ähnliche wie in Wien, wo sie für die Gewerkschaft tätig gewesen sei; dass sein Vater ein Jahr in Amerika gelebt und mit den Größten des Jazz zusammengearbeitet habe, mit Wes Montgomery, Chet Baker, Joe Pass – keinen der Genannten kannte ich. Er lese zur Zeit Dostojewskis *Schuld und Sühne* und entdecke an sich selbst viel von der Hauptfigur Rodion Raskolnikow, was ihn beunruhige, aber eigentlich auch nicht, er stelle es sich wunderbar vor, wie Raskolnikow zu sein, aber eigentlich auch nicht, denn es sei ein furchtbares Leben. Ich kannte auch Raskolnikow nicht. Er fuhr fort, aber das sei genau das Tolle an der Literatur, dass sogar das furchtbarste Leben einem großartig vorkomme, weil es in einem Buch erzählt werde. Genau das wolle er erreichen. Beim Jazz sei es ähnlich, sagte er. Die meisten Musiker führten ein furchtbares Leben mit Alkohol, Drogen und Schulden, aber wenn man ihre Musik höre, gehe es einem hinterher besser als vorher. Was ich davon hielte, fragte er. Ich sagte, dass mir bisher nie solche Gedanken durch den Kopf gegangen seien, dass ich es aber großartig fände, wenn einem solche Gedanken durch den Kopf gingen.

Irgendwann hatten wir Hunger und machten uns im Licht des späten Nachmittags auf den Weg durch den Wald, der an den meisten Stellen licht war, der Boden mit Farnen bewachsen. Ich war immer nur auf den Wegen gegangen, Sebastian marschierte quer unter den Bäumen hindurch und über die moorigen Streuwiesen. Er wusste über Vögel Bescheid, wir tauschten unser Wissen aus. Wir hatten beide nie einen Eisvogel gesehen. Er erzählte mir von Wien, dass er und seine Eltern außerhalb vom Westbahnhof in der Penzingerstraße gewohnt hätten und dass er ein halbes Jahr bei seinem Paten in Innsbruck und ein halbes Jahr in Lissabon gelebt habe, als seine Eltern vorübergehend nach Kreta gezogen seien. Mir gefiel seine Kleidung. Sie sah abenteuerlich aus, ein Lumberjack aus grünem Schnürlsamt mit grünen Lederbünden an den Ärmeln und um die Hüfte, ein weißes amerikanisches T-Shirt, wie damals niemand eines hatte; das Wort T-Shirt hörte ich von ihm zum erstem Mal und ließ es mir erklären. Seine Füße steckten in derben hohen Schuhen. Er sagte, die besten seien die von der Tiroler Firma Hanwag. Wir setzten uns neben einen Baum und tauschten. Seine waren mir ein bisschen eng, meine ihm ein bisschen weit. Aber es ging. Jedenfalls, bis wir bei ihm zu Hause waren. Ich sagte, ich werde mir genau solche Schuhe besorgen und ob das der Grund sei, dass er sich nichts um die Wege schere. Er sagte, wenn ich ihm das Geld und meine genaue Schuhgröße gäbe, werde er sich darum kümmern, sein Pate und dessen Frau lebten in Innsbruck, über sie komme er günstig an die Ware heran, sein Pate sei ein bekannter Mann, dem überall Prozente abgezogen würden.

Das neue Heim der Lukassers war ein Bauernhaus mit einer Scheune, die groß genug war, um darin sechs VW-Käfer zu parken. Sebastian sagte, der Vermieter habe ihnen freie Hand gelassen, sie dürften am Haus und an der Scheune verändern, was ihnen passte.

»Wir haben uns vorgenommen, bis zum Ende der Sommerferien fertig zu werden.«

»Ich würde euch gern dabei helfen«, sagte ich.

Von nun an war ich jeden Tag in dem Haus in der Gemeindegutstraße Nummer 6 und half mit, die Scheune auszuräumen, die Küche zu weißeln, die Wände in den Zimmern zu tapezieren, die Böden abzuschleifen und die Türen und Fenster zu malen. Ich berichtete Mama und

Papa, dass ich einen besseren Freund gefunden hätte, und sie waren zufrieden damit, mich nur frühmorgens, spätnachts und an den Wochenenden zu sehen.

Sein Vater, erklärte mir Sebastian, sei in Jazzkreisen ein berühmter Mann, ein weltberühmter Mann sogar. Herr Lukasser sprach nie über Musik. Mir gegenüber hat er sich von Anfang an verhalten, als gehörte ich dazu. Als wäre ich ihnen zugelaufen. Er war handwerklich sehr geschickt, und ich war es auch, mehr als Sebastian, und bei komplizierten Dingen bat er mich, ihm zu helfen. Er konnte einen halben Tag lang kein Wort sagen und auf einmal und ohne Stichwort eine Stunde durchreden; was mich aber nicht störte, denn ich hörte ihm gern zu. Besonders amüsant fand ich es, wenn er seine »Mutmaßungen und Gesichtspunkte« propagierte, zum Beispiel betreffend die Verleihung des Empire-Ordens an die Beatles oder die Johnson-Doktrin oder die Zusammensetzung von Maggi und Coca-Cola oder die angeblichen Plänen von Mao Tse-tung, den Weltmarkt mit linksdrehenden Schrauben und krank machenden Fahrradsätteln zu überschwemmen, oder die angeblichen Pläne der CIA, Fidel Castro mit vergifteten Schuheinlagen zu beseitigen, oder den Föhn in Vorarlberg im Vergleich zum Föhn in Wien oder den Wüstenwind, der vor wenigen Tagen feinen rötlichen Staub gebracht hatte, oder die Gnade Gottes in Form eines Lackanstrichs ohne Blasen und Nasen. Die disparatesten Verbindungen stellte er her, kurvte vom Obersten zum Niedrigsten, vom Weltall und dessen ewigen Bedingtheiten als Beweis für Pfusch am Bau zur ordinären Nagelbettentzündung als Metapher – Seitenblick zu Sebastian – für Schuld und Sühne und verstieg sich dabei in eine so komische Radikalität, dass ich mich am Boden hätte kugeln wollen. Er war kleiner noch als Sebastian und drahtig, hatte krauses Wuschelhaar, und wenn er sich besonders heftig echauffierte, rannten die Finger seiner linken Hand gegeneinander um die Wette. Frau Lukasser und Sebastian fanden ihn ebenfalls komisch, woraus ich schloss, dass es seine Absicht war, komisch zu wirken – was aus seinem Vortrag nicht so ohne weiteres zu erschließen war. Einmal brachte Frau Lukasser vier leere Bilderrahmen aus der Stadt mit, die sie von einer ihr wildfremden Frau geschenkt bekommen hatte; sie sagte, sie würde gern von mir, Sebastian, ihrem Mann und von sich selbst Fotos machen lassen und sie ins renovierte Stiegenhaus hängen. Da nahm Herr Lukasser einen Rahmen, hielt ihn sich vors Gesicht und stellte sich an die Wand. »Selbstporträt mit Bilderrahmen«, sagte er. Es hat eine Zeit gedauert, bis wir den Witz verstanden, und dann war ich mir nicht ganz sicher. Aber gelacht haben wir, dass wir noch am nächsten Tag Muskelkater im Bauch hatten. Ich konnte mir vorstellen, dass Herr Lukasser und mein Vater sich ausgezeichnet verstehen würden.

Es gab viel zu tun, und wir arbeiteten von morgens um sieben bis in den Abend; aber nie herrschte Verbissenheit; wenn uns danach war, warfen Sebastian und ich die Sachen von uns, steckten den Kopf unters Wasser und zwitscherten ab in die Stadt, und niemand war uns böse. Wenn wir nach drei Stunden zurückkamen, waren wir stark wie Ochsen und motiviert wie Fußballer aus der Nationalmannschaft. Oder wir liefen um die Wette hinüber zur Ill und legten uns ins Bachbett, das in diesem Sommer nur wenig Wasser führte.

An den Abenden nach der Arbeit spielten wir vor der Scheune Tischtennis. Herr Lukasser hatte irgendwann mitten auf der Straße eine Schachtel mit einem halben Dutzend Tischtennisbällen gefunden – sagte er. In der Scheune schraubte er eine Spanplatte von der Wand, die legte er über zwei Böcke, darauf stellte er ein Brett, das sollte als Netz dienen. Schläger gab es keine, aber jede Menge Schneidbretter. Der Vermieter und seine Familie waren gewohnt gewesen, ihr Abendbrot nicht vom Teller, sondern von Schneidbrettern zu essen, und mit denen ging's ganz flott. Wir spielten auf der geteerten Einfahrt zur Scheune. Sebastians Mutter richtete Käse, Wurst und Brot auf den Steinstufen zum Haus an, dazu Tomaten und Gurken und einen großen Krug Waldmeisterlimonade. Sie protokollierte jedes Spiel in einen Block, verwendete dazu verschiedene Buntstifte – sie war blau, ihr Mann rot, Sebastian grün und ich Kuli. Wir spielten Turnier, Sebastians Vater in Unterhose und Unterhemd. Am Anfang gewann immer er, dann holte Sebastian auf und überholte ihn schließlich. In den letzten Wochen vor Schulanfang blieb jedes Mal Frau Lukasser als Siegerin am Platz. Sie war irgendwann darauf gekommen, ihr Schneidbrett dünn mit UHU zu bestreichen, das machte die Oberfläche gummiartig, so dass sich die Bälle anschneiden ließen. Nun hatten wir keine Chance mehr gegen sie. Herr Lukasser war stolz auf seine Frau und verbot Sebastian und mir, unseren Schläger ebenfalls mit Klebstoff zu bestreichen, schließlich habe sie das Copyright auf diese Idee.

Wenn wir nach unserem Tischtennismatch in der Dämmerung vor der Scheune saßen, holte Herr Lukasser seine honigblonde Gitarre aus dem Haus und wechselte in fingerflinker Geschwindigkeit Akkorde und Melodien wie Mutmaßungen und Gesichtspunkte, und manchmal spielten Vater und Sohn gemeinsam. Zum ersten Mal hörte ich von Django Reinhardt, der nur zwei Jahre älter als wir gewesen war, als er bei einem Brand zwei Finger seiner Griffhand eingebüßt habe und trotzdem der beste Gitarrist aller Zeiten geworden sei. Ich nahm mir vor, Musik zu lieben und vieles andere auch.

Meine Eltern hatten Pläne für den Sommer. Das Ziel der ersten Urlaubsreise ihres Lebens sollte das Mittelmeer sein, Italien. Ich habe den Namen des Ferienortes vergessen, irgendwo an der Adria. Weder meine Mutter noch mein Vater hatten je das Meer gesehen, und sie wollten es unbedingt sehen, am liebsten gleich nach dem ersten Augenaufschlag des Tages, wenn sie im Bett die Arme aufstützten, und hatten deshalb ein Hotel ausgesucht mit »großen Fenstern hin zum ewig blauen Wasser«, wie ihnen im Reisebüro versichert worden war. Zehn Tage sollte der Urlaub dauern. Sie hatten bisher nicht unterschrieben, wollten nicht über meinen Kopf hinweg entscheiden, wollten erst meine Vorschläge abwarten – allerdings: Spanien sei zu weit, und der Norden komme nicht in Frage. Ich sagte, ich würde am liebsten hierbleiben und den Lukassers beim Renovieren ihres Hauses helfen, und log, ich hätte bereits mit Sebastians Eltern darüber gesprochen, sie würden sich freuen, wenn ich in dieser Zeit bei ihnen wohne. Ich rechnete damit, dass Mama und Papa auf Anhieb damit einverstanden sein würden, dass zumindest Mama in Wahrheit froh wäre, wenn ich nicht mitführe; die Tatsache, dass sie beim Reisebüro die Hotelbuchung für drei Personen noch nicht in Auftrag gegeben hatten, wertete ich als ein Indiz dafür. Mama weinte. Darauf war ich nicht gefasst. Sie spielte nicht Weinen. Sie sagte, nun gebe sie die Hoffnung auf, dass aus uns je eine richtige Familie werde. Und gleich verschätzte ich mich ein zweites Mal. Anstatt dass sie in Wut überwechselte, worauf ich gefasst war, und die Lukassers verfluchte, die ihr den Sohn wegnehmen, sagte sie,

sie würde Sebastian und seine Eltern gern zum Abendessen einladen. Es war das erste Mal, dass meine Eltern jemanden zum Essen einluden. Ich geriet dadurch in Verlegenheit; meine Mutter würde sich bei Herrn und Frau Lukasser bedanken, dass ich bei ihnen wohnen dürfe, und Herr und Frau Lukasser würden nicht wissen, wovon sie redete.

Am Abend in der Gemeindegutstraße trat ich vor die beiden hin, überbrachte die Einladung meiner Eltern, setzte mein Lächeln auf, und ohne eine Pause zu lassen oder den Tonfall zu ändern, fügte ich hinzu: »Ich habe heute meine Eltern angelogen. Sie wollen gemeinsam mit mir zehn Tage nach Italien in den Urlaub fahren, ich aber möchte lieber hierbleiben und Ihnen helfen. Ich sagte, Sie hätten mir angeboten, in dieser Zeit bei Ihnen zu wohnen. Nun bitte ich Sie, mich aufzunehmen und vor meinen Eltern so zu tun, als hätten Sie Ihr Angebot gestern schon ausgesprochen.«

Irgendwann erzählte mir Sebastian, warum sein Vater nur selten lachte. Lachen verleite dazu, unvorsichtig zu sein, er aber müsse in jedem Moment seines Lebens vorsichtig sein, damit ihn der Alkohol nicht wieder packte. Nun lachte Herr Lukasser, und er konnte sich lange nicht beruhigen.

Frau Lukasser sagte: »Uns ist's recht.«

In dieser Nacht schlief ich bei Sebastian in dessen neuem Zimmer – es war das erste, das fertig geworden war. Wir spielten Schach und redeten, bis die Sonne aufging. Ich sei der aufrichtigste Mensch, dem er je begegnet sei, sagte er.

»Nein«, sagte ich.

Die Buße für ein mögliches Versagen würde sein, nur von den Lundins und Leuten ihres Schlages zum Freund begehrt zu werden.

9

Am letzten Ferientag im September fuhren Sebastian und ich mit dem Zug nach Zürich, um den Zoo zu besuchen. Ich hatte ihm von den Gorillas im Menschenaffenhaus erzählt und dass ich mit dem mächtigsten, dem »Silberrücken«, nah am Käfig gesprochen und er mir in seiner Sprache geantwortet habe. Wir studierten die halbe Nacht über den Aufzeichnungen, die ich von meinem Hemdsärmel in ein Heft übertragen hatte. Es waren Worte! Sebastian glaubte mir, dass ich die Geschichte nicht einfach erfunden hatte. Es waren nicht irgendwelche sinnlosen Laute, es waren Worte. Bestimmte Anordnungen von Vokalen und Konsonanten zu Silbenreihen kamen mehrmals vor – zum Beispiel »Ham-o-üo-wa« oder »Hu-hu-mosch«; und dies war für mich ein Indiz, dass es sich um Worte handelte oder wortähnliche Gebilde, was wiederum den Schluss zuließ, dass wir es mit einer Sprache zu tun hatten. Ich erklärte Sebastian, dass mit Hilfe dieser Methode, nämlich nach überdurchschnittlicher Häufigkeit von Silben und Silbenkombinationen zu suchen, die ägyptischen Hieroglyphen entziffert worden seien; belehrte ihn weiters, dass Hieroglyphen »Gottesworte« bedeuteten und dass dieses Verfahren zum ersten Mal beim *Stein von Rosette* angewendet worden sei, einer Tafel, in die ein Schreiber vor über 2000 Jahren nicht, wie von den Wissenschaftlern erwartet und erhofft, irgendwelche Gebete oder Zauberformeln oder eine Weltanschauung oder tatsächlich Gottesworte gemeißelt habe, sondern einen Erlass über Steuererleichterungen für Soldaten und Beamte. Ich wusste auch, wie der Mann hieß, dem die Entzifferung dieser Schrift gelungen war: Jean-François Champollion.

»Als er nicht viel älter war als wir beide, Sebastian, konnte er Griechisch, Latein und Hebräisch fast ohne Wörterbuch lesen und Arabisch, Spanisch und Türkisch fließend sprechen. Seit seiner Kindheit hatte er nur ein Ziel: Er wollte wissen, was auf dem Stein von Rosette steht. Er hat Tag und Nacht gearbeitet, hat diese Methode erfunden, ist dabei fast blind geworden, hat dauernd Kopfweh gehabt und ist oft ohnmächtig geworden und hat es endlich geschafft und war bitter enttäuscht, dass da nur eine Mitteilung vom Finanzamt zu lesen war. Aber immerhin hatte er auf diese Weise Altägyptisch gelernt, und er brachte von nun an anderen Wissenschaftlern Altägyptisch bei. Und bald konnte man auch andere Sachen lesen, die man vorher nicht hatte lesen können.«

»Auch Gottesworte?«, fragte Sebastian.

Ich war glücklich, in seinem Gesicht Interesse zu sehen – für die einzige Sache, über die ich mehr wusste als er. Er schlief auf einer Matratze am Fußboden, ich in seinem Bett. Wir wechselten Nacht für Nacht ab. Durch das offene Fenster wehte die kühle Nachtluft, ich konnte Sterne sehen zwischen den Zweigen des Nussbaumes, der neben der Scheune wuchs, und hörte ein Käuzchen rufen und hörte Sebastian durch die Nase atmen und hörte die Dachbalken knacken und hörte in meinen Ohren die Niagarafälle und das Rufen fröhlicher Menschen an ihren Ufern.

Wir frühstückten im Zug. Sebastians Mutter hatte uns Äpfel und Käsebrote in einen Rucksack gepackt und eine Thermosflasche mit Milchkaffee, aus deren Schraubdeckel wir abwechselnd tranken. Die Nussschokolade überließ ich Sebastian. Er hatte seinem Vater und seiner Mutter je zwei Zigaretten geklaut; wir rauchten zum Fenster hinaus – erst die seines Vaters, *Favorite* – und führten das Gespräch weiter, über dem wir eingeschlafen waren. Ich erzählte, dass die Ägypter schon vor fünftausend Jahren auf Tafeln und Papyrus geschrieben hatten und dass für den Verfasser des Steins von Rosette die ersten schriftlichen Zeugnisse seiner eigenen Kultur weiter zurücklagen als für uns sein Stein und dass der berühmte Pharao Tutanchamun auf die Cheopspyramide blickte wie wir auf den Propheten Mohammed und seinen Koran. Sebastian hatte in einem Buch gelesen, dass Jericho die älteste Stadt der Welt sei, ihre Mauern seien 8000 Jahre vor Christi Geburt errichtet worden. Ich steuerte die Felsenmalereien von Altamira bei, die vor 40 000 Jahren entstanden waren, und Sebastian ergänzte, dass der Mensch vor eineinhalb Millionen Jahren gelernt habe, das Feuer zu beherrschen. Als der Zug nach einer Stunde in Sargans hielt, dachten wir bereits über das Universum nach, das zehn Milliarden Jahre alt war und in alle Richtungen auseinanderflog oder nicht auseinanderflog, das wussten wir nicht genau, denn es gab auch andere Vermutungen. Ich schrieb die Zahl 12 000 000 000 in mein Heft (das hatte ich mitgenommen, falls der Gorilla wieder mit mir reden wollte). Sebastians Pate war Universitätsprofessor für Mathematik, von ihm hatte er eine Menge Informationen über das Weltall und über Zahlen erhalten. Zum Beispiel: Eine der größten Zahlen sei eine Eins mit hundert Nullen. Ein amerikanischer Mathematiker habe seinen neunjährigen Neffen gefragt, wie er diese Zahl nennen solle, und der habe »Googol« geantwortet. Seither heißt die Zahl Googol. Sebastian gab zu bedenken, dass man den Ausdruck »eine der größten Zahlen« eigentlich nicht verwenden solle (ich strich die Formulierung sofort aus), denn man könne Googol mit Googol multiplizieren, und das ergebe eine viel größere Zahl. Tatsächlich gebe es eine Zahl, die heiße Googolplex, das sei zehn hoch Googol, und dieser Ausdruck stelle eine so große Zahl dar, dass das gesamte Universum, und wäre es bis an den Rand mit Ziffern vollgepackt, jede nicht größer als ein Atom, nicht Platz genug böte, um sie auszuschreiben. Aber auch diese Zahl könne man, wie man Lust dazu habe, mit sich selbst multiplizieren und das Ergebnis als Potenz darübersetzen und das neue Ergebnis wieder nach oben nehmen, jahrelang – Googolplex hoch Googolplex hoch Googolplex und so weiter –, und dann dürfe man getrost behaupten, man stehe erst am Anfang. Und noch etwas hatte ihm sein Pate vorgerechnet, in einer sternklaren Nacht, als sie auf einem Berg in der Wiese gelegen und den Himmel betrachtet hatten: Wenn man die Sonne in einem Maßstab von 1: 10 Milliarden verkleinert, so dass sie einen Durchmesser von 14 cm hat, also wie eine große Orange, dann befindet sich die Erde zu ihr in einem Abstand von 15 m und hat den Durchmesser eines Stecknadelkopfes. Der Jupiter ist so klein wie ein Kirschkern und kreist in einem Abstand von 80 Metern, Pluto misst nur einen halben Millimeter und ist 600 Meter weit entfernt. Proxima Centauri, der unserer Sonne nächstgelegene Stern, nämlich in Wirklichkeit 40 Billionen (40 000 000 000 000) Kilometer, wäre 4000 Kilometer von der Orange entfernt, von unserem Zugabteil aus gerechnet, irgendwo in Zentralafrika. Die Milchstraße hätte in diesem Modell auf der Erde keinen Platz. Ich wusste, dass die Milchstraße einen Durchmesser von 100 000 Lichtjahren hatte, das war im Physikunterricht erwähnt worden, und ich hatte es mir aufgeschrieben. Sebastian rechnete vor, dies sei, in Kilometer umgerechnet und ein bisschen aufgerundet, ein Einser mit achtzehn Nullen. Er konnte nicht auswendig sagen, wie diese Zahl hieß, glaubte aber, es sei eine Trillion, auf jeden Fall sei es praktischer, in Lichtjahren zu rechnen als in Kilometern. Und dann das Unglaublichste: Alles, was es gibt – dieser Eisenbahnwaggon, die Häuser dort draußen, die Planeten, die Sonne, die hundert Milliarden Milchstraßen, jede angefüllt mit hundert Milliarden Sternen und einem schwarzen Loch in der Mitte, das wiederum eine Masse von Millionen bis Milliarden Sternen hat – dies alles war beim Urknall zusammengepresst auf ein Kügelchen von einem Quadrilliardstel Millimeter Durchmesser, das ist eine Eins mit dreißig Nullen unter dem Bruchstrich.

»Glaubst du das alles?«, fragte ich erschöpft.

»Eigentlich nicht«, antwortete er. »Es ist so eine Angeberei, so eine elende Angeberei! Aber ich *weiß*, dass es stimmt.«

»Woher weißt du das?«

»Es ist wissenschaftlich bewiesen.«

»Wer hat es bewiesen?«

»Das weiß ich nicht.«

»Wer hat dir gesagt, dass es bewiesen ist?«

»Mein Pate.«

»Ist er glaubwürdig?«

»Ja.«

»Woher weißt du das?«

Wir fuhren an einem See entlang. So früh am Morgen waren schon Schiffe auf dem Wasser. Die Segel stachen wie winzige weiße Dorne in den Himmel. Die Männer und Frauen dort draußen, ob sie gerade frühstückten? Hatten sie frisches Weißbrot besorgt, ehe sie an Bord gegangen waren, ein Glas Honig, ein Glas Himbeermarmelade, ein Viertel Butter? Der Wind glitt über den See und riffelte das Wasser, das gegenüberliegende Ufer war dicht bewaldet und fiel ab in hellen Streifen Fels, dort war die Sonne noch nicht über dem Berg. Ich wäre gern auf eines der Boote eingeladen worden, zu einer frischen Semmel mit Butter und Honig, zu einer Tasse Kaffee mit Milch von *Bärenmarke*. Ich konnte nicht Henry Fords Erben im Schlaf hersagen, aber ich traute mir zu, jeden beliebigen Menschen wenigstens eine Stunde lang zu verzaubern. Als ich die Schiffe sah, so rein, so reich, beladen mit Zukunft, juckte es mich in den Fingern, neues Kapital anzulegen. Anstatt auf Sebastian zu hören, der mir von seinem Paten erzählte, was der für ein gebildeter Mann sei und was der erlebt habe, vor dem Krieg, nach dem Krieg, während des Krieges, und dass wir ihn über ein Wochenende in Innsbruck besuchen könnten, stellte ich mir vor, wie ich mir vom Herrn und von der Dame, beide in Weiß (und Claudines Mutter und Vater am Strand von Oostende nicht unähnlich), das Schiff zeigen ließe, die Kajüten in lackiertem Holz, die Bordküche, ausgestattet mit kupfernen Töpfen, und wie ich in günstigen Augenblicken in Jackentaschen und

Schubladen griffe und Scheine herauszauberte und diese in meiner Faust zerknüllte. Und wäre zufällig Sebastian an der Promenade gestanden, ich hätte mich umgedreht und später behauptet, er habe sich geirrt. Und er hätte sich ebenfalls gedacht, er habe sich geirrt; denn was, bitte, hatte sein Freund mit diesen verwöhnten, unbrauchbaren Menschen zu tun, die ihre Zeit mit arrogantem Aussehen vergeudeten.

Erst vor wenigen Tagen hat mich Sebastian in einer Mail gefragt: »Wen siehst du vor dir, wenn du an den denkst, der du vor fünfundvierzig Jahren warst?« Ich habe eine halbe Nacht lang über die Wahrheit nachgedacht und mit einer Formulierung geantwortet, die mir ästhetisch gelungen erschien: »Ich sehe einen jungen Mann, der deutlich älter ist als seine Jahre, aber unschuldiger, als mit sechzehn einer noch sein kann; der keinerlei Vorstellung hat von dem, was auf ihn zukommt, kaum Wünsche; dem die Zwecke weniger wert sind als die Schönheit der Gesten, die den Zwecken scheinbar dienen.« Und habe mir gedacht: Auf diesen Menschen konnte man und kann man nicht bauen; von gemeinsamen Abenteuern musste und muss abgeraten werden. Sebastians Frage war eine von acht Fragen, die er seinem elektronischen Brief angefügt hatte mit der Bitte, sie ihm *schriftlich* zu beantworten, vorausgesetzt, ich wolle das. Er meinte, das schaffe Distanz – auch Distanz zwischen uns beiden –, und dies sei gut. Er nimmt meine Ambition, in einem Buch mir selbst über mein Leben Rechenschaft abzulegen, sehr ernst und hat – obwohl er das bestreitet – noch nicht den Gedanken aufgegeben, mir diese Arbeit abzunehmen und mich in eine Romanfigur zu verwandeln. Er ist ein komischer Heiliger, der – und auch das bestreitet er – felsenfest an die Heilkraft seiner Kunst glaubt. Tatsächlich Distanz schafft seine Anrede; er nennt mich Andres, nach wie vor Andres, an Joel will er sich nicht gewöhnen. Ich bin mir, wie am Anfang erklärt, rückblickend in keiner Phase meines Lebens fremd, ich sehe vom Vierjährigen bis zum Sechzigjährigen keine qualitative Veränderung; mein Name aber ist mir unpassend, nicht wie ein Hemd, aus dem ich herausgewachsen bin, sondern wie eines, das mir nie gehört hat. Das mag daran liegen, dass ich schon gut zwei Handvoll Namen in meinem Leben getragen habe; für *Joel Spazierer* habe ich mich aus freien Stücken und gleich zweimal entschieden, und dabei möchte ich bleiben.

Sebastian hatte mir auf einem unserer Spaziergänge durch den Auwald bei Matschels von Jack London erzählt und von dem Roman *Abenteurer des Schienenstrangs,* in dem der Schriftsteller über sein Leben als Tramp berichtet. Er hatte mir Stellen daraus vorgelesen, die ihm besonders gefielen, zum Beispiel, als Jack vom Bremser eines Güterzuges erwischt und am Kragen gepackt wird und wie er schildert, was man tun muss, um sich zu befreien: *Ich brauche nur den Kopf unter seinen Arm zu ducken und mich herumzudrehen. Ehe er es weiß, sitzen seine Finger, die mich jetzt festhalten, selber fest. Wenn ich mich zwanzig Sekunden lang gedreht habe, wird ihm das Blut unter den Nägeln hervorspritzen, die feinen Sehnen werden reißen und alle Muskeln und Nerven zerquetscht werden, bis alles eine einzige blutige, schmerzende Masse ist. Versucht es einmal, wenn euch jemand am Kragen hat!* – Wir haben es ausprobiert und geübt. Man wisse nie, wofür das einmal nützlich sein könne, sagte Sebastian. Auch er lebte in der Zukunft, er konnte sich als Zwanzigjährigen imaginieren, als Dreißigjährigen; ich denke, selbst der sechzigjährige Schriftsteller, der er heute ist, mit seinem Hinkebein und seinem glücklich operierten Prostatakrebs, wäre ihm in seiner *vorausblickenden* Lebensübersicht kein Fremder gewesen. Aber, schrieb er mir in dieser Mail, wenn er *zurückblicke,* treffe er an jeder Station auf jemanden, den er in enervierender Arbeit erst umschreiben müsse, um ihn Ich zu nennen. Er neigt dazu, die Welt kurioser zu machen, als sie eh schon ist – ich nehme an, um sein eigenes Außenseitertum abzumildern. Einer wie ich, bei dem Leben und Ansichten so weit auseinanderklaffen, muss ihm unheimlich sein und auch ein Ärgernis; er verdächtigt mich der Mutwilligkeit, als wollte ich mit meinem Dasein irgendjemandem das Gegenteil beweisen, das Gegenteil von irgendetwas. Jack London, ich wette, wollte beweisen, dass er ein anderer Kerl war, als sein pummeliges Gesicht vermuten ließ. Ich war mit meinem Gesicht immer zufrieden gewesen; gerade, weil es so viele auf eine falsche Fährte führte.

Bald interessierte ich mich nicht mehr für die Segelboote und ob auf ihnen gefrühstückt wurde oder nicht und ob die Dame und der Herr in Weiß gekleidet waren und aussahen wie eine Dame und ein Herr am Strand von Oostende; ich hatte ein mulmiges Gefühl vor den kommenden Tagen, wenn wir uns wieder in der Schule versammelten und das neue Schuljahr begänne. Ich wusste nicht, wie ich den abwehren sollte, der Henry Fords Erben im Schlaf hersagen konnte – und ob ich ihn überhaupt abwehren wollte. Wenn Sebastian, dachte ich, wenn er alles über mich wüsste, würde er an allem zweifeln, am Ernst meines Denkens, an der Integrität meiner Art zu sprechen, an unserer Verbundenheit und auch an meiner Begegnung mit dem Häuptling der Gorillas.

»Jetzt könnten wir die zweite rauchen«, sagte ich.

Er zog die Zigaretten aus der Brusttasche seines Lumberjacks – die seiner Mutter, *Smart Export* –, zündete sie an, reichte mir eine herüber, und wir rauchten wieder zum Fenster hinaus.

»Es gibt die Zeit gar nicht«, sagte ich. »Die Zukunft ist noch nicht, die Vergangenheit ist nicht mehr, und die Gegenwart ist der ausdehnungslose Punkt, in dem Zukunft und Vergangenheit zusammenstoßen, sie existiert also ebenfalls nicht.«

Sebastian nickte, als hätte er gerade das Gleiche gedacht. »Und nicht einmal das«, sagte er. »Nicht einmal das. Denn der Punkt, in dem die Zukunft und die Vergangenheit zusammenstoßen, ist bei mir ein anderer als bei dir. Du stehst etwa dreißig Zentimeter von mir entfernt. Du schaust mich an. Was du siehst, geschieht aber nicht jetzt, sondern ist bereits geschehen. Das Licht braucht eine gewisse Zeit, um sich von meinem Gesicht zu deinen Augen zu bewegen. Diese Zeit kann man sich leicht ausrechnen.«

Und er rechnete sie aus. Ich borgte ihm dazu mein Heft und meinen Kuli (ich habe das Heft aufgehoben; ich sehe seine Handschrift auf Seite 6; den Eintrag auf Seite 8 habe ich in einem anderen Leben getan). In einer Sekunde legt das Licht 300 000 Kilometer zurück. Für drei Kilometer braucht es eine Hunderttausendstel Sekunde, für drei Meter eine Hundertmillionstel Sekunde und für dreißig Zentimeter folglich: »Was du in meinem Gesicht siehst«, sagte er, »ist seit einer Milliardstel Sekunde vergangen.«

»Und was bedeutet das?«

»Wahrscheinlich nichts.«

»Ich glaube«, sagte ich, »es bedeutet doch etwas.«

Fünfundvierzig Jahre später haben Sebastian und ich dieses Gespräch fortgeführt; wir erinnerten uns beide sehr gut daran. Ich sagte: »Das bedeutet, dass wir allein sind.« Er sagte: »Ich habe dir damals angesehen, dass du genau das denkst, und ich war enttäuscht von dir. Es ist so unendlich spießig, das Universum als Metapher für unser Dasein herunterzuziehen, das tun alle.« Das Bebildern von Gedanken gehört in die Kindheit dieser Gattung; erwachsene Denkweise vollzieht sich in Begriffen. Sebastian war immer erwachsen. Ich berichtete ihm von einem Artikel, in dem ich erst vor kurzem gelesen hatte, dass sich das Universum höchstwahrscheinlich in alle Zukunft ausdehnen werde und dass in Milliarden von Jahren alle Sterne erloschen sein und die Temperaturen sich nahe dem absoluten Nullpunkt bewegen werden, dass sich die Himmelskörper so weit voneinander entfernt hätten, dass mit unseren Augen, die es dann freilich nicht mehr gebe, der Himmel schwarz und leer erschiene, und sagte: »Ich wäre gern spießig. Auch damals wäre ich gern spießig gewesen. Mein ganzes Leben lang wäre ich gern spießig gewesen« – »Das weiß ich«, sagte er, und ich glaube, er war beschämt.

Wie Sebastian und ich uns wiedergetroffen haben, nach so vielen Jahren? Ich wusste, dass er in Wien lebte. Seit Mitte der neunziger Jahre lebte er hier. Ich habe das dem Klappentext eines seiner Bücher entnommen, und einmal hatte ich ein Porträt über ihn im Radio gehört, in dem er von seiner Zeit in Amerika und seiner Rückkehr nach Österreich erzählte. Ich hätte mich über den Verlag mit ihm in Verbindung setzen können oder über den Österreichischen Rundfunk oder über den PEN-Club oder eine der Interessensvertretungen. Dies wäre mir aber als zu mutwillig erschienen. Als ehemaliger (zwar nicht ordentlich aus dem Amt geschiedener) Inhaber eines Lehrstuhls für wissenschaftlichen Atheismus möchte ich an den zwingenden Zauber des Zufalls glauben. Was, wenn ich ihm einen Brief geschrieben und er mir nicht geantwortet hätte? Darauf wollte ich es nicht ankommen lassen. Anders als der rothaarige Präfekt aus dem Schülerheim Tschatralagant, dessen Beruf es war, an den Gott und an des Gottes Willkür zu glauben, halte ich den Zufall nicht für etwas Niedriges, sondern tatsächlich für eine Gnade, auf deren Blindheit zu vertrauen sich lohnen könnte. Und es hat sich gelohnt. Ende Februar letzten Jahres ging ich eines Mittags die Singerstraße hinunter, da sah ich im Fenster des kleinen italienischen Restaurants, in dem ich schon köstliche Spaghetti Aglio Olio e Peperoncino gegessen und einen toskanischen Rotwein getrunken hatte, Sebastian sitzen und sich mit einem Mann unterhalten. Letzterer gestikulierte lebhaft, Esprit und Intelligenz waren ihm anzusehen, er hatte eine entfernte Ähnlichkeit mit Groucho Marx. Ich stellte mich in den Eingang der Apotheke vis-à-vis und beobachtete die beiden. Sie waren befreundet, daran bestand kein Zweifel. Ich schätzte nicht, dass sie darüber hinaus geschäftlich miteinander zu tun hatten. Sie verabschiedeten sich vor dem Lokal, ohne einander die Hand zu geben, was den Eindruck von freundschaftlicher Vertrautheit verstärkte. Sebastian ging die Singerstraße hinunter, überquerte den Ring und betrat den Stadtpark. Ich folgte ihm. Am Vormittag hatte es geregnet, nun schien eine kräftige Sonne über der Stadt. Er setzte sich auf eine der Bänke, die dicht an dicht die Wege säumten, streckte die Beine aus, schloss die Augen und ließ sich das Gesicht wärmen. Dieser Tag hatte es mit den Zufällen! Es war nämlich gerade die Stelle, wo einige Monate zuvor der Herr Staatssekretär in meiner Gegenwart seinen Herzinfarkt erlitten hatte und ich ihm als ein Engel erschienen war; und bestimmt war das der Grund, warum ich in eine heilige Stimmung geriet – deren Pathos allerdings nur wenige Sekunden anhielt. Ganz ohne Spur wollte ich diese Stimmung aber nicht ziehen lassen; ich schlich mich an Sebastian heran, stellte mich vor ihn in die Sonne und sagte:

»Wenn unsereinem Gott begegnete, wäre es unsereinem nur peinlich.«

Er erschrak. Er war eingenickt. Mein Kopf war ein Schattenriss gegen die Sonne. Er erkannte mich nicht.

»Es ist ein Zitat«, sagte ich. »Es stammt aus einem Ihrer Bücher, Herr Lukasser.«

»Das ist mir schon klar«, sagte er.

»Und was bedeutet dieser Satz?«

»Ich habe keine Ahnung.«

»Sie schreiben etwas und wissen nicht, was es bedeutet?«

»Ich erinnere mich nicht mehr, was ich mir dabei gedacht habe.«

»Ich hingegen weiß, was dieser Satz bedeutet. Ich weiß es besser, als

Sie es je gewusst haben. Wahrscheinlich hatten Sie nie eine Vorstellung, was dieser Satz bedeutet.«

»Möglich. Ich habe dazu keine Meinung.«

»Wenn ich mich recht erinnere, hatten Sie vor fünfundvierzig Jahren zu den meisten Dingen eine sehr klare Meinung.«

»So gut kannten wir einander?«

Eine kleine Sorge war ihm damals gewesen, er könnte sich nach den Bekanntschaften mit Rodion Raskolnikow, Fürst Myschkin, Nastassja Filippowna Baraschkowa, Alexej Karamasow und dem Nihilisten Kirillow mit einem Freund aus wirklichem Fleisch und wirklichem Blut nicht zufriedengeben. Ich bin mir nicht sicher, ob er mich jemals als einen solchen hat gelten lassen.

»Sehen Sie mich an«, sagte ich. »Wollen Sie mich verleugnen?«

»Was für ein Wort!«, rief er aus. »Und warum bitte sollte ich das tun?«

Ich trat etwas beiseite, mein Gesicht war nun in der Sonne. »Aus den bekannten Gründen.«

Da wusste er, wer ich war.

»Wie geht es deinem Auge?«, sagte ich. »Als wir uns das letzte Mal gesehen haben, hast du eine Augenbinde getragen.«

Er sah mich an, dann nahm er meine Hand und drückte sie gegen sein Herz. »Es war eine Netzhautentzündung, nur etwas Kleines.«

Er hat sich sofort daran erinnert.

In den großen Sorgen seines Lebens – dem Alkoholismus seines Vaters; den Gefechten mit seiner Frau; der Trennung von seinem Söhnchen; der Angst vor dem Blutdruckmessgerät; den Panikattacken; dem schweren Autounfall in Vermont; seiner Morphiumabhängigkeit und dem Entzug mitten in den Badlands von North Dakota; Heimweh; Einsamkeit; als seine Mutter sich von der Welt abwandte; als sein Roman *Nausikaa* von der Kritik verrissen wurde; dem Krebs; dem Selbstmord des Vaters; dass Ronald Reagan einen Riesenblödsinn machen könnte; dass George W. Bush noch mehr Riesenblödsinn machen könnte; dass die Wolke von Tschernobyl bis in die Lunge seines Sohnes reicht; dass er selbst und seine Kunst nur Durchschnitt sein könnten; Krankheit und Tod seines Paten; dem Herzinfarkt von dessen Frau; dass ihm durch Aktienabstürze viel Geld verlorengegangen ist; dass eine rechtsradikale Partei ins österreichische Parlament gehievt wurde; als er sein Notizbuch verloren hatte; als er in North Dakota allein vor seiner Hütte stand und fürchtete, verrückt zu werden – hat mich Sebastian nicht vergessen.

Der Silberrücken im Züricher Zoo gab mir übrigens nicht einen Blick.

10

Bis in den November hinein hielt ich durch. Ich vermied es, mit Leif zu sprechen, stellte mich im Schulhof mitten in einen Kranz von Mitschülern, unterhielt mich mit ihnen so leise, dass sie nahe genug rückten, um den von draußen nicht zu mir durchzulassen. Er passte mich im Stiegenhaus vor unserer Wohnungstür ab, beschimpfte mich, weinte, roch sauer, versuchte mich zu erpressen, indem er drohte, sein Vater werde durchsetzen, dass ich von der Schule fliege, entschuldigte sich umgehend, bot mir Geld an, wedelte mit Frankenscheinen vor meinem Gesicht. Ich sagte, ich wolle nichts mehr von ihm wissen, ich hätte genug von ihm und genug von seiner Familie, ich hätte mich nie im Leben so unfrei gefühlt wie an den Nachmittagen in der Garage, außerdem hätte ich einen wirklichen Freund gefunden, einen intelligenten Freund, dem man nicht alles hundertmal erklären müsse, bis er es endlich kapiere. Er riss an meinem Ärmel, drohte, sein Vater werde durchsetzen, dass Sebastian von der Schule fliege und dessen Vater gleich mit ihm, dieser verrückte Musikmann, entschuldigte sich von neuem, flehte mich an, seine Beschimpfungen zu vergessen, er wolle sich ändern, sein Leben wolle er ändern, und schlug vor, er werde auch Sebastian als Freund akzeptieren, Sebastian Lukasser sei herzlich eingeladen, ebenfalls für Geld, versteht sich, in der Garage an den Fliegern zu basteln. Nicht um alles in der Welt würde ich jemals wieder diesen Ort betreten, sagte ich.

Aber an einem Samstagnachmittag im November fuhr ich mit dem Bus nach Liechtenstein. Ich handelte eine neue Bezahlung aus, das Doppelte der alten, dazu belegten Pumpernickel und Limonade, die ich mir selber aus dem Kühlschrank holen durfte – bei welchen Gelegenheiten ich Frankenscheine aus der Tasse im Küchenkasten zog. Herr Lundin bezahlte mich wieder für Nachhilfe, nannte mich wieder »Master Anders Philip« und zeigte mir wieder den aufgestellten Daumen. Schön, dass ich hier sei, sagte er, er könne mich verstehen, trotzdem: schön, dass ich hier sei.

Über die Weihnachtsferien fuhren die Lundins zum Skifahren nach St. Moritz. Am zweiten Feiertag nahm ich im Badezimmer einen der Saugnäpfe von der Wand, an denen die Handtücher hingen, steckte meinen Zirkel und eine Taschenlampe ein und fuhr nach Liechtenstein. Zwei Stationen vor dem Lundin'schen Anwesen stieg ich aus dem Bus. Ich kletterte über das Tor, es war Abend, das Haus war dunkel. Ich ritzte mit der Zirkelspitze einen Kreis in das Gangfenster neben der Haustür, drückte den Saugnapf in die Mitte und riss fast lautlos ein Loch aus dem Glas. Es funktionierte genau so, wie es mir Emil beschrieben hatte. Ich öffnete das Fenster und stieg ein. Major Hajós hatte vor mir geprahlt, dass Eltern gern die Geburtsdaten ihrer Kinder als Zahlencode für den Safe verwenden; dies wissend, hätten er und seine Kollegen ein Vermögen aus konfiszierten Häusern und Wohnungen des Klassenfeindes gewonnen, er höchstpersönlich habe in der Villa des Lederfabrikanten Krisztofer Hajnal in Vizivaros vier Safes mit Hilfe der Geburtstage von dessen vier Töchtern geöffnet, der Inhalt werde ihm einen würdigen Start in Amerika ermöglichen. Mir war bekannt, wann Leif geboren war, und ich hatte, ohne Verdacht zu wecken, die Daten von Olivia und Janna aus ihm herausgelockt. Auch wo der Safe war, hatte er mir während unseres Disputs über Gegenwartsgeld anvertraut, nämlich hinter dem einzigen Gemälde im Hausflur, auf dem nicht nur Landschaft mit Dünen und Meer zu sehen war, sondern der berühmte im Sand versinkende Leuchtturm von Rubjerg Knude an der Westküste Dänemarks. Ich hob das Bild von der Wand, hielt die Taschenlampe mit den Zähnen fest und drehte den Knopf auf der Stahltür nacheinander auf die Ziffern von Jannas Geburtstag – 26-5-58. Die Tür sprang auf, und ich räumte das Geld ab, das sich darin befand, es dürften um die 3000 Franken gewesen sein. Mitten im Abzählen ging das Licht an, und Frau Lundin stand vor mir. Sie trug einen weißen Bademantel, und sie schrie, nicht laut schrie sie, kurze hohe Schreie waren es, und sie war auch schon bei mir und sperrte mich zwischen ihren Armen an die Wand. Der Gürtel ihres Bademantels fiel ab, und ich sah auf ihren nackten Körper. Ich wollte mich unter ihren Armen davonducken, rutschte aber auf den Geldscheinen aus und fiel hin, und sie warf sich über mich und presste meinen rechten Arm mit ihren Knien und ihrem ganzen Gewicht auf den Boden. Und auf einmal stand noch eine Person in der Tür. Auch sie trug einen weißen Morgenmantel. Erst erkannte ich sie nicht. Es war die junge Frau, die im Haushalt half und die Bebe genannt wurde. Sie hatte einen Gegenstand in der Hand, ich konnte ihn nicht abwehren, nur den Kopf wenden konnte ich, sie schlug damit gegen meine Schläfe und noch einmal und noch einmal und noch einmal. Frau Lundin schrie: »Bebe, Bebe! Hör auf, du bringst ihn ja um!« Sie stieß Bebe zur Seite und wand ihr das Ding aus den Händen, es war ein silberner Kerzenständer. Sie brüllte Bebe an, dass sie eine ganz dumme Idiotin sei, die nicht einen Gedanken in ihrem Spatzenhirn habe. Ich versuchte, mich aufzurichten, aber ich kam nicht hoch, ich spürte, wie mir das Blut in die Haare und den Nacken hinunterfloss und in die Augen und wie die Luft aus meiner Brust wich, ohne dass ich sie hätte aufhalten können, und verlor das Bewusstsein. Gleich war ich aber wieder da. Frau Lundin hielt nun eine Pistole in beiden Händen, die richtete sie auf mich und weinte dabei. Sie ging neben mir in die Hocke, und Bebe ging auf die Knie, und beide redeten mit mir. Bebe tupfte mir mit ihrem Bademantel das Blut vom Gesicht und sagte, es tue ihr leid, dass sie mich so zugerichtet habe, und Frau Lundin fragte mich, was denn in mich gefahren sei, ich sei doch kein Verbrecher, warum ich plötzlich ein Verbrecher sei. Ich sagte, ich wisse es auch nicht, riss ihr die Pistole aus der Hand und schoss ihr zweimal ins Gesicht. Bebe lief davon, und ich lief hinter ihr her. Ich trieb sie in eine Ecke der Küche und zielte auf sie, die Pistole mit beiden Händen haltend, aber ich schoss nicht.

»Lass mich doch bitte leben«, flehte sie.

Sie setzte sich auf einen Stuhl und weinte und sagte immer wieder: »Lass mich bitte, bitte leben.«

Ich wusste nicht, was ich mit der Pistole tun sollte, und steckte sie in den Gürtel. Dann habe ich mir den Kopf mit kaltem Wasser abgewaschen und die Mütze aufgesetzt, die Pistole habe ich neben Frau Lundin auf den Boden geworfen und bin aus dem Haus und davon.

ZWEITER TEIL

FÜNFTES KAPITEL

… in dem Dispute geführt werden angesichts des Todes. (Am Ende auch über Meister Eckharts Satz: »Man findet wohl niemand, der nicht jemand so gern leben sähe, dass er nicht willig für ein Jahr ein Auge entbehren oder blind sein wollte, wenn er hernach sein Auge wiederhaben und seinen Freund so von dem Tode erlösen könnte.«)

1

Ich sah alle Lügen vor mir, als wären es Wege auf einer Landkarte. Keiner führte hinaus. Ich konnte nicht davonkommen.

Ich lief hinunter zu den Garagen, kletterte über das Tor und wandte mich nach links der Stadt zu. Jeder Schritt in diese Richtung würde einen Tag weniger, jeder Schritt in die andere Richtung einen Tag mehr Gefängnis bedeuten. Ich rechnete mit zehn bis zwanzig Jahren. Sebastians Vater hatte uns von einem Fall in Italien erzählt, wo ein Jugendlicher fünfzehn Jahre eingesperrt worden war, weil er einen Mann und eine Frau erschossen hatte, und von einem anderen Fall in der Stadt Swan Hill in Australien, wo zwei Freunde, so alt wie Sebastian und ich, eine Farmerin, deren Geld sie unbedingt haben wollten, mit einem Eisenrohr erschlagen und dafür sogar fünfundzwanzig Jahre bekommen hatten. Ich hatte nur *einen* Menschen getötet, Bebe habe ich nicht getötet – obwohl es mir sehr schwer gefallen ist und ich gegen dieses wohlige Gefühl, endlich einmal etwas Endgültiges zu tun, ankämpfen musste; und den *einen* Menschen hatte ich erschossen und nicht erschlagen; und jemanden zu erschießen, dachte ich mir, wird bestimmt weniger schwer bestraft, als jemanden zu erschlagen, weil beim Erschießen nur ein Finger einmal oder zweimal umgeknickt werden muss, was im Bruchteil einer Sekunde, also fast automatisch, geschieht.

Ich versuchte mir den Mann vorzustellen, der ich mit sechsundzwanzig und sechsunddreißig sein würde. Ich griff meine Taschen nach Dingen ab, die mich an mich selbst erinnerten. Die Geldbörse mit Schillingen und ein paar Schweizer Franken, meinen Fahrtausweis für den Bus. Meinen Personalausweis. Ein Taschentuch, das ich selbst gewaschen und selbst gebügelt hatte, meinen Schlüsselbund. Taschenlampe, Zirkel, Saugnapf. Der Mann mit sechsundzwanzig und der Mann mit sechsunddreißig würden diese Gegenstände auch nach zehn oder zwanzig Jahren einwandfrei als die ihren erkennen. Mir war, als gingen die beiden neben mir her. Sie waren stark und gesund, ihr Gang war schlendernd und geduldig, sie hatten keine Narben und hatten das Lachen nicht verlernt und verbrachten Tage, ohne an den zu denken, der sie vor zehn und zwanzig Jahren gewesen waren. Ich konnte tun, was ich wollte, erleiden, was andere wollten, sie würden bleiben, die sie waren; und wenn ich wieder frei sein würde, wäre ich der eine oder der andere. Ich erinnerte mich an die Weihnachtsfeiertage vor zwölf Jahren, als zum ersten Mal mein Vater bei uns aufgetaucht war und wir, nun tatsächlich eine Familie, in der Báthory utca um den geschmückten Tisch saßen, bis auf Opa, dem mein Vater auf der Ottomane die Kissen gerichtet hatte. Opa hatte gesagt, wenn einer in sich selbst noch andere sei, mit denen er reden könne, solche, die er irgendwann einmal gewesen sei oder irgendwann einmal sein werde oder zur gleichen Zeit sei, dann ertrage er vieles leichter, Dunkelheit, Durst, Einsamkeit, Schmerzen sogar. Nun wusste ich, was er damit gemeint hatte. Ein paar Schritte blieben die beiden an meiner Seite, dann ließen sie mich. Aber ich wusste auch, sie würden jederzeit wiederkommen, wenn ich nach ihnen riefe.

Eine Hälfte meines Gesichts war ohne Gefühl. Das Blut lief mir den Hals hinunter, übers Schlüsselbein, auf den Rippen spürte ich es, weiter unten versickerte es im Unterhemd. Aus einem Nasenloch rann Rotz, dünn wie Wasser, auch in die Kehle hinunter rann er und schmeckte, als gehörte er nicht zu mir, ich hatte zu wenig Spannung im Hals, um den Rotz auszuspucken, und schluckte ihn hinunter. Ich zog die Mütze auf der einen Seite bis zum Kinn, auch das Heben der Hände war nicht so einfach, wie es bisher gewesen war. Bei jedem Schritt hörte ich ein Geräusch, wie wenn in meinem Kopf zwei Steinplatten aneinanderkratzten. Ich hielt es für möglich, dass mein Schädelknochen gebrochen war, und traute mich nicht, den Kopf zu bewegen, und traute mich auch nicht, die Stelle abzutasten, auf die Bebe mehrmals mit dem Kerzenleuchter eingeschlagen hatte. Für einen Moment hielt ich es sogar für möglich, dass ich erschlagen worden war und nicht Frau Lundin erschossen und dass alles, was ich nun erlebte, genau der katholischen Theorie von einem Leben nach dem Tode entsprach, über die ich mich immer gewundert und an die zu glauben ich mich eine Zeitlang wirklich bemüht hatte. Wussten die Toten, dass sie sich im Leben nach dem Tod befanden? Kein Auto war auf der Straße. Kein Licht in den Häusern, die weiter unten im Tal standen, dort hatten sie gestanden. Standen sie dort noch? Die undurchsichtige Dunkelheit und die Stille waren womöglich Einstimmungen auf das Jenseits, in das hinüber ich gerade unterwegs war und das ich mir, gleich wie die Zukunft, als ich mich vor langer Zeit mit dem reichsten Mann in diesem Land über sie unterhalten hatte, als ein Ich-in-Nichts phantasierte.

Endlich sah ich die Laternen am Ortseingang von Vaduz.

Ein Mann kam mir entgegen. Er trug einen langen dunklen Mantel und hatte einen Hut auf dem Kopf. Ich fragte ihn, wo in der Stadt die Polizei zu finden sei, meine Tante wohne nämlich in dem Haus gleich daneben – plapperte weiter, als hielten allein meine Worte die Zeit zusammen –, ich sei leider zu früh aus dem Bus gestiegen, ich wolle sie über die Weihnachtsferien besuchen, sie sei die Schwester meiner Mutter, ich sei heute Nachmittag mit dem Zug aus Wien angekommen, meinen Koffer hätte ich in Feldkirch am Bahnhof untergestellt, er sei so schwer wegen der Weihnachtsgeschenke, mein Onkel hole ihn morgen ab, ich sei das erste Mal in Liechtenstein. Ich sprach laut und deutlich und langsam und wandte dem Mann die heile Seite meines Gesichts zu. Er sagte, er wolle mich gern hinführen, er spaziere ohnehin nur in den Abend hinein, er könne genauso gut in die andere Richtung gehen, er freue sich, freundlich gefragt zu werden, das sei heutzutage nicht mehr selbstverständlich, heutzutage meine jeder, der andere wolle nichts von ihm wissen, aber das sei nicht wahr, die Menschen interessierten sich füreinander, der Mensch ohne Mensch sei nicht einmal ein Tier. Ich sagte, ich halte viel von Höflichkeit, meine Eltern hätten mich zur Höflichkeit erzogen. Ah, das glaube er nicht, sagte er und lachte dabei so fröhlich, dass mir vorkam, es werde ein bisschen wärmer, als fahre ein Föhnstoß zwischen uns beiden hindurch, was nicht sein konnte, denn die Temperatur hatte angezogen, und feiner Schnee fiel; er glaube nicht, dass die positiven Eigenschaften eines Menschen angelernt oder anerzogen seien, sie seien angeboren, sagte er. Das Gute müsse Krümel für Krümel gesammelt und über Generationen weitergegeben werden, oft müsse es vor dem Bösen versteckt werden, dann gebe es wieder Zeiten, da wolle jeder moralisch ordentlich sein, und andere Zeiten, da werde das Gute verdächtigt, ein besonders raffiniertes Böses zu sein, und diese ganze Prozedur sei nichts anderes als ein Umweg der Natur, um zu *einem* guten Menschen zu kommen. Was ich davon halte, er wolle gern meine Meinung wissen. Ich konnte sein Gesicht nicht erkennen, die Krempe seines Hutes legte einen Schatten darüber, das Licht der Straßenlaterne rückte uns nahe aneinander und hüllte uns in seinen schmalen Kegel. Ist das nicht ungerecht, sagte ich, so viele Menschen sind Diener eines einzigen. Nein, nein, nein, widersprach er und erklärte es mir, aber ich konnte nicht behalten, was er weiter ausführte, Blitze zuckten durch mein linkes Auge, und aus der Brust drängte etwas nach oben in meinen Hals, das sich wie ein Wollknäuel anfühlte, und ich musste höchste Konzentration aufbieten, es untenzuhalten. Für kurze Momente sah ich seinen Mund unter dem Schatten des Hutes, sah, wie sich die Lippen bewegten. Am Ende lachte er wieder und sagte, nun sei ihm doch noch ein guter Abend gelungen, und das verdanke er mir. Und mir ging es besser, die Blitze verschwanden, und mein Hals war frei. Der Mann breitete die Arme aus und beschrieb mir den Weg. Ich verneigte mich, aber nur ein wenig, damit mein Kopf nicht von den Schultern fiel, und dankte, und er verneigte sich ein wenig und dankte auch. Dann ging ich weiter.

Ich zwang mich, nicht zu taumeln. Ich nahm Zirkel und Lampe aus der Tasche, ließ sie zu Boden fallen und drückte sie mit dem Schuh in einen Gully, das Gleiche tat ich mit dem Saugnapf aus unserem Badezimmer – das ich nie wiedersehen würde. Sebastians Vater hatte gesagt, wenn die beiden Australier die alte Frau auf der Farm nur erschlagen hätten, ohne es auf ihr Geld abzusehen, einfach nur erschlagen, weil sie auf einmal Lust gehabt hätten, jemanden zu erschlagen, in diesem Fall wären sie nicht fünfundzwanzig Jahre eingesperrt worden, sondern höchstens zwanzig oder nur fünfzehn. Sie hatten 76 australische Dollar erbeutet, und wegen Geld einen Menschen auszulöschen sei verwerflicher, als es rein des Auslöschens wegen zu tun. Ich schob auch meinen Schlüsselbund in den Gully und meine Geldbörse, zerriss den Fahrtausweis für den Bus und streute die Schnipsel darüber. Ich zerriss auch meinen Personalausweis, das Foto zerrieb ich mit dem Schuh, bis nur feuchte Krümel übrig waren, die niemand vom Straßendreck unterscheiden konnte, die Ausweisfetzen steckte ich in den Mund und schluckte sie hinunter.

Als ich noch nicht in der Schule war, hatte mich mein Vater zur Hochzeit seiner Cousine Sofia nach Esztergom mitgenommen. Sie wollte unbedingt in der Basilika heiraten, weil dort auch ihre Großmutter geheiratet hatte. Verwandtschaft aus Štúrovo, vom tschechoslowakischen Ufer der Donau, wurde erwartet, ein Dutzend Ausreisegenehmigungen war bereits seit einem Jahr beantragt worden. Wir fuhren aber nicht mit der Eisenbahn, wie mein Vater Moma versprochen und wofür sie ihm Geld gegeben hatte, sondern erst mit der Straßenbahn bis ans Ende von Budapest, und von dort gingen wir zu Fuß an der Landstraße entlang. Mein Vater versuchte, mir die Zeit zu verkürzen, indem er mir jeden Baum und Strauch erklärte, an dem wir vorüberkamen, die Namen nannte, die Besonderheiten aufzählte und mich abprüfte, wie er wusste, dass ich es gerne hatte. Er winkte mit den Armen, wenn ein Auto kam, damit es anhielte und uns mitnähme. Wir gingen den ganzen Tag, wir kamen durch Péterhegy und Ürön und durch Pilisborosjenö, und es wurde dunkel, und schon waren wir in die Nacht hineingeraten und kein Auto hatte angehalten, und ich hatte gedacht, wir kehren nie wieder heim.

Es bereitete mir inzwischen größte Mühe, die Füße zu bewegen, und es fiel mir immer schwerer, je weiter ich ging. In meinem linken Auge erlosch das Licht in sanfter Geschwindigkeit, und mein linkes Ohr verschloss sich, bald hörte ich dort keinen Ton mehr. Vielleicht war zu meiner Linken das Reich der Toten, und ich ging an der Grenze entlang. Auch meine Stimme folgte mir nicht mehr, sie gab unaufgefordert Laute von sich, wie ich sie nie gehört hatte, und ich war beunruhigt deswegen, weil ich glaubte, darin Worte unterscheiden zu können, und mir kam auch vor, dass meine Stimme zornig klang, ich war aber nicht zornig, kein bisschen zornig war ich. *Er wollte Leif Lundin besuchen. Er glaubte, sein Freund sei bereits aus St. Moritz zurück. Er sah Licht im Haus und klingelte. Aber niemand öffnete ihm. Er kletterte über das Tor. Dazu hatte ihn Herr Lundin aufgefordert, falls man sein Klingeln im Haus nicht bemerkte. Die Haustür stand offen. Er hörte Stimmen. Laute Stimmen. Es waren Frau Lundin und ihre Hausangestellte Bebe. Die beiden hatten Streit. Einen heftigen Streit. Frau Lundin schrie, Bebe sei eine dumme Gans, die nicht einen Gedanken in ihrem Spatzenhirn habe. Von da an weiß er nichts mehr. Er weiß erst wieder, dass er Frau Lundin erschossen hat. Wie es dazu gekommen war, weiß er nicht. Wem die Waffe gehörte, weiß er nicht. Warum er keinen Personalausweis und keinen Fahrtausweis bei sich hatte, obwohl er mit dem Bus über die Grenze gefahren war? Nein, er weiß nicht, wo die Sachen hingekommen sein könnten. Er hatte diese beiden Ausweise immer bei sich.*

Der Mann stand immer noch unter der Laterne und blickte mir nach. Ich winkte ihm, und er winkte zurück. Er holte weit aus mit seinem Arm, wie es mein Vater auf der Straße nach Esztergom getan hatte. Mir war kalt, besonders kalt an meiner blutigen Seite. Als wehte ein Eiswind durch meinen Mantel und meine Rippen und unter dem Schlüsselbein hindurch und ziehe die warme Luft aus meinen Lungen ab und nähme sie mit sich fort.

2

Zwei Beamte waren auf der Wachstube, ein junger mit einem blassen breiten Gesicht und nach oben gekrümmten Mundwinkeln und ein älterer, der auch bei der Hitze, die im Büro herrschte, seine Mütze auf dem Kopf behielt.

Ich sagte: »Ich habe einen Mord begangen.« Und ging in die Knie und fiel nach vorne und landete in Länge vor ihnen auf dem schmutzigen Parkett, und die Beine fingen mir an zu zittern.

Der ältere Beamte zupfte mir mit spitzen Fingern die Mütze vom Kopf. Im Gesicht des jüngeren konnte ich lesen, wie ich aussah.

Sie griffen mir unter die Arme und zogen an meinen Beinen und schleppten mich zu einer Bank, auf die legten sie mich. Sie schoben mir eine zusammengerollte Decke in den Nacken und tupften mir mit einem feuchten Handtuch das Blut vom Gesicht und vom Hals. An den Kopf trauten sie sich nicht. Der Ältere sagte: »Nicht den Kopf, an den trau ich mich nicht, lassen wir lieber den Kopf!«

Ob ich überfallen worden sei, fragten sie. Das wisse ich nicht, antwortete ich und wiederholte, dass ich einen Mord begangen hätte. Sie glaubten mir nicht. Ob ich ein Glas Wasser wolle. Ich nickte. Sie räumten den Verbandskasten aus, der an der Wand hing. Fast alles, was sich darin befand, verbrauchten sie an meinem Gesicht. Der Jüngere jammerte und war nervös. Der Ältere telefonierte mit einem Arzt. Der kam nach wenigen Minuten.

Er war ein sehr großer Mann mit groben Schuhen, die dicke steife Sohlen hatten und bei jedem Schritt auf den Boden klappten wie Bretter. Er sah mich lange an, leuchtete mir mit einer dünnen Taschenlampe in die Pupillen, in die Nasenlöcher und in die Ohren, verzog dabei sein Gesicht, wie es Handwerker tun, wenn sie an etwas Feinem arbeiten. Er gab mir Befehle. »Zähl die Wochentage auf!« Ich zählte sie auf. »Zähl die Monate auf!« Ich zählte sie auf. »Rechne acht mal sieben aus!« Ich nannte das Ergebnis. Ich fragte, ob er auf diese Weise feststellen wolle, ob ich bei Sinnen sei oder schon verrückt. Er sagte, richtig, das wolle er auf diese Weise feststellen, und wie er sehe, sei ich bestens bei Sinnen und nicht verrückt. Er gab mir eine Spritze in den Arm.

Ich sagte zum dritten Mal: »Ich habe einen Mord begangen.« Diesmal nannte ich Namen und Adresse. Sie wussten, wer die Lundins waren, alle drei wussten es.

Der junge Polizist telefonierte und fuhr los. Ich lag zwischen seinem Kollegen und dem Arzt, und wir warteten. Ich sagte nichts mehr. Sie fragten, ich sagte nichts. Sie sagten, ich brauche ihnen nicht zu antworten, der Richter komme gleich. Ihm müsse ich antworten.

»Wir sollten ihn unbedingt fragen, wie er heißt«, sagte der ältere Polizist zum Arzt. »Er hat keine Papiere bei sich.«

»Es hat keinen Sinn«, sagte der Arzt. »Er hört uns nicht mehr.«

»Wir sollten ihn trotzdem fragen«, sagte der Polizist. »Der Richter wird als erstes wissen wollen, wie er heißt, und wir haben vergessen, ihn zu fragen.«

»Er hört uns nicht mehr«, sagte der Arzt. »Es ist sinnlos, glaub mir.«

»Wie heißt du?«, fragte mich der Polizist. »Wie heißt du? Willst du mir nicht sagen, wie du heißt?« Erst fragte er schüchtern, schließlich verzweifelt. »Wie heißt du? Sag, wie du heißt! Du musst mir sagen, wie du heißt! Hörst du mich nicht? Was schaust du mich an und tust gleichzeitig, als ob du mich nicht hörst!«

»Das eine hat mit dem anderen nichts zu tun«, sagte der Arzt. »Er hört dich nicht.«

Ich hörte sehr gut, aber ich wollte nicht antworten, ich wollte, dass der Arzt recht hatte, weil sein Gesicht von schwerer Traurigkeit geprägt war.

»Aber er hat die Augen offen«, sagte der Polizist. »Er schaut, er bewegt die Augäpfel und schaut. Jetzt schaut er mich an, jetzt dich. Hört er mich nicht?«

»Er hört nichts mehr«, sagte der Arzt. »Sieh dir seine Augen an! Eines ist größer als das andere. Das ist ein schlechtes Zeichen. War das vorhin auch schon? Das bedeutet Hirnaustritt. Und was ihm aus der Nase und aus dem Ohr rinnt, ist Gehirnflüssigkeit. Bei ihm hat Liquorrhö eingesetzt. Ganz schlecht. Jemand hat ihm den Schädel eingeschlagen. Und wenn das Auge hervortritt, ganz schlecht, eine Blutansammlung hinter dem Augapfel, die drückt das Auge nach vorne, Protusio bulbi, ganz schlecht.«

»Aber wir müssen wissen, wie er heißt«, sagte der Polizist, »das müssen wir unbedingt wissen!«

»Wie lautet dein Name?«, brüllte mich der Arzt an.

Ich brüllte zurück: »Andres!«

Ich bin ein Tier, in Menschenhaut gefangen, bald werde ich erlöst.

Der Richter und der junge Polizist kamen nach Mitternacht. Sie waren bereits beim Tatort gewesen und hatten auch mit Bebe gesprochen.

Der Richter warf einen kurzen Blick auf mich und fragte den Arzt, ob ich vernehmungsfähig sei. Er hatte den Mantel falsch zugeknöpft. Der Arzt zuckte mit der Achsel. Mit hoher Wahrscheinlichkeit liege eine Schädelfraktur vor, sagte er. Es sehe schlecht aus. Aber reden könne ich.

Der Richter wandte sich an mich, sah aber an mir vorbei, als er sprach: »Frage eins: Was ist mit dem Geld?«

»Weiß nicht«, sagte ich.

»Frage zwei: Wie alt sind Sie? Frage drei: Wie heißen Sie? Bitte!«

Ich antwortete nicht, und er fragte noch einmal.

Ich sagte: »Gleich sage ich es Ihnen.«

»Wissen Sie nicht, wie Sie heißen und wie alt Sie sind?«

»Gleich weiß ich es.«

»Sie haben das Geld liegen lassen«, sagte er.

»Weiß nicht«, sagte ich.

»Sie haben das Geld am Tatort vergessen.«

»Weiß nicht.«

»Viel Geld.«

»Weiß nicht.«

Er setzte sich auf den Sessel, auf dem der Arzt gesessen hatte. Er hatte ein spitzes Ohr, und die Haare standen ihm in die Höhe, weil er seine Mütze so heftig vom Kopf gezogen hatte, als er von draußen hereingekommen war. Das sah lustig aus. Ich blickte auf seinen Rücken, der wie ein krummer Hund mit abgewetztem Pelz war, und das war so komisch, dass ich dachte, jetzt sei es höchste Zeit zu lachen. Und ich wollte auch lachen. Nichts anderes wollte ich als lachen. Aber auf einmal war wieder irgendetwas mit meiner Stimme los, sie gab Töne von sich wie Bellen und Miauen, zwischen Miauen und Bellen war es, und änderte sich in Grunzen, Rasseln und Stöhnen, als balgten sich Hund und Katz, Schweine, Affen und Schlangen in meiner Gurgel, zuerst waren die Schweine die Starken, sie machten sich über Hund und Katz her, wurden aber von den Affen mit ihrem Gekreische vertrieben, nur hatten die Affen nicht auf die Schlangen geachtet, die von den Bäumen herunterhingen und sie erwürgten und sich an ihnen prall fraßen. Der Richter stieß einen Angstschrei aus, sprang auf und übergab sich auf den Fußboden, einmal und gleich noch einmal drauf. Dabei stand er breitbeinig, den Oberkörper vorgebeugt, die Hände presste er auf die Schenkel, und ein Furz ging ihm los. Er hustete und spuckte und eilte zu dem Waschbecken neben dem großen hellgrün angemalten Heizkörper und spülte sich den Mund aus und fluchte über die Sauerei.

»Wissen Sie inzwischen, wie alt Sie sind?«, fragte er mich, nachdem er sich Hände und Gesicht gewaschen hatte. »Mich interessiert nur, ob Sie schon achtzehn sind. Sind Sie achtzehn?«

Ich antwortete nicht. Der junge Polizist, steinweiß im Gesicht, kam mit einem Eimer und einem Putzlumpen und wischte das Erbrochene auf.

»Oder schon neunzehn? Eher neunzehn, stimmt's?« Er suchte die Blicke der anderen: »Wie alt ist er? Hat er euch gesagt, wie alt er ist?« Sie wichen ihm aus, schauten mich an und zuckten mit den Achseln. »Wie alt schätzt ihr ihn?«

»Achtzehn«, der junge Polizist.

»Mindestens achtzehn«, der ältere.

»Denk ich auch«, der Richter.

»Eher neunzehn sogar«, der Arzt.

»So sehe ich es auch«, sagte der Richter. Er gab dem jungen Polizisten Zeichen, dass er sich mit dem Aufwischen beeilen solle. »Entsetzlich, wie es hier stinkt!«, schimpfte er, obwohl ja er schuld daran war, dass es hier stank. Er muss sehr viel gegessen und getrunken haben an diesem Abend, der Fußboden war voll mit seiner Kotze, sogar an den Schreibtischbeinen waren Spritzer. Er öffnete ein Fenster und sagte, er wolle nun mit mir allein sein.

Als die Polizisten und der Arzt in den Nebenraum gegangen waren, sagte er, wieder ohne mich anzusehen: »Ich habe noch nie bei der Arbeit gekotzt. Das werden sie vor Gericht aussagen, die drei, dass ich gekotzt habe, die beiden Polizisten und auch der Arzt. Und das wird gegen dich verwendet werden. Rein gefühlsmäßig. So sind die Geschworenen. Das nimmt Geschworene mit, wenn ein Jurist kotzen muss, glaub mir. Wie oft hast du geschossen?«

»Weiß nicht.«

»Einmal?«

»Ja.«

»Zweimal?«

»Ja.«

»Dreimal?«

»Ja.«

»Sechsmal?«

»Ja.«

»Siebenmal?«

»Ja.«

Er war von Zahl zu Zahl immer leiser geworden, oder meine Ohren waren schlechter geworden, nun kam er nahe an mich heran und drückte die Augen fest zu, damit er mich nicht sehen musste, und hielt sich seinen fetten Zinken mit der Faust zu, damit er mich nicht riechen musste, und flüsterte, mir kam jedenfalls vor, dass er flüsterte:

»Du siehst beschissen aus, Jimmy. Und du riechst nach Tod. Es wäre besser für dich, wenn du krepierst.«

Dann drehte er sich von mir weg, holte tief Luft, zog die Hose aus und wusch einen Kotzfleck heraus. Er hatte erbärmlich verbeulte Knie und Krampfadern.

»Kann sein, dir steckt ein Knochensplitter im Hirn«, sagte er, und seine Stimme klang sachlich. »Das gibt es. Ich habe einmal einen solchen Fall gehabt. Der war blitzartig weg. Das war ein harmloser Autounfall. Ich freue mich auf deinen Prozess, Jimmy. Den machen wir beide unter uns aus. Du und ich. Die hier wissen natürlich, dass ich nicht der Untersuchungsrichter bin, und es ist ihnen wurscht. Der Herr Untersuchungsrichter sitzt zu Hause bei seiner Familie. Ich bin der Herr Staatsanwalt. Darf ich mich vorstellen. Ich dürfte eigentlich nicht hier sein, und mit dir sprechen dürfte ich überhaupt nicht. Aber meine Güte! In so einem kleinen Land. Der Richter ist mein Freund. Ich werde dafür sorgen, dass man dich aufhängt, Jimmy. Du hättest dir für deine Sauerei ein anderes Land aussuchen sollen. In Liechtenstein steht auf Mord die Todesstrafe. Egal, wie alt du bist, für mich bist du mindestens achtzehn. Das werde ich beweisen. Und mit achtzehn darf man dich aufhängen. Ich kann alles beweisen, was ich will. Wir haben es hier nicht mit der Mathematik zu tun, sondern mit der Juristerei. Und wann ist in der Juristerei eine Sache bewiesen? Wenn Richter und Geschworene sie glauben. Die Kollegen meinen, der Beweis sei das Schwierigste. Das Schwierigste ist, *etwas beweisen zu wollen*. Ich will, Jimmy. Ich will beweisen, dass du ein erwachsener Mann bist, der einen grauenvollen Mord begangen hat.«

Den größten Teil seines Vortrags war er in Unterhosen vor mir gestanden, nun stieg er zurück in seine Hose und zog den Gürtel zusammen.

»Darf ich auch etwas sagen?«, sagte ich.

»Aber bitte. Wir beide sind allein, niemand hört uns, niemand wird bezeugen können, was ich sage und was du sagst. Hier sind nur wir zwei. Nur du und ich.«

Er wandte sich zu mir, drückte wieder die Augen zu und die Faust vor die Nase, damit er mich nicht sehen und nicht riechen musste. Ich stützte mich auf meine Ellbogen, um näher bei seinem Ohr zu sein. Viel Stimme stand mir nicht mehr zur Verfügung.

»Ich will Folgendes sagen: Könnten Sie mich nicht bitte leben lassen, Herr Staatsanwalt? Lassen Sie mich bitte leben! Wenn alles gut wird und meine Locken wieder so schön sind, wie sie vorher waren, und meine Sommersprossen wieder wie Goldpunkte leuchten und meine Augen, die alle Menschen so zauberhaft finden, wieder klar sehen können, werde ich Ihnen die Hose aufknöpfen und Ihren Penis streicheln, und wenn Sie wollen, werde ich ihn in den Mund nehmen, Sie werden eine Freude an mir haben, und ich werde es niemandem verraten. Bitte lassen Sie mich leben!«

Er öffnete die Augen und glotzte mich an, und ich versuchte zu lächeln. Ich hatte dabei das Gefühl, als bewegten sich nicht meine Lippen auseinander, sondern zwei Teile meines Schädels, wie wenn ein Mann mit seinem Bowiemesser quer eine Melone spaltet. Der Herr Staatsanwalt übergab sich zum dritten Mal. Es war Galle, und die spie er mir übers Gesicht.

»In Gottes Namen, verreck«, sagte er, und das tat ich …

3

… und träumte, ich wachte auf und läge an einem Sommerabend auf einer Wiese, ich wäre gesund und nicht beschmutzt und hätte keine Schmerzen, wäre frei und könnte gehen, wohin ich wollte, und sei's in die weite Welt hinaus, und hätte keinen Staatsanwalt zum Feind. In einem Polster aus Blüten wie doppelköpfige Engelchen, zwischen weißen Blumenkelchen und hohen Gräsern, deren Ähren über mir wippten, lag ich, roch den Duft der Erde, hörte das Rasen der Mücken und schaute in den blauen Himmel, der in seiner höchsten Höhe golden war.

Wer immer in diesem Augenblick bei mir ist, weil er mein Buch in

Händen hält und diese Zeilen liest, dem will ich es sagen: Aus dem Goldenen heraus löste sich eine Gestalt in einem weißen Gewand, und ich erkannte Staff Sergeant Winship, der in ein weißes Leintuch gehüllt war wie damals, als er die Filiale der Sparkasse in Passau überfallen und mich als Geisel genommen hatte. Und Staff Sergeant Winship schwebte zu mir herab, und ich hörte seine Stimme, die mir so lieb war: Ich bin durch den Himmel geflogen, sagte er, hinauf und hinunter, nach rechts und nach links, vor und zurück in den Koordinaten x/y/z, zwischen den Planeten hindurch, die wie rote Blutkörperchen in unseren Adern sind, vorbei an Proxima Centauri, an Beteigeuze, Deneb, Wega und Atair, vorbei an roten Riesen, weißen Zwergen, gelben Sonnen und hinein ins Zentrum der Milchstraße und hinüber zur großen und zur kleinen Magellan'schen Wolke und hinaus zum Pferdekopfnebel und weiter zum Andromedanebel – und, stell dir vor, Corporal Andrew Philip: Überall habe ich den Gott getroffen, auch in meinem Blut, es gibt nichts auf der Welt, worüber man sich mehr wundern müsste als über einen Menschen, der nicht an den Gott glaubt. Die Kugeln der Sterne lagen vor ihm wie vor uns das Brot, und er hat mit mir über dich gesprochen. Staff Sergeant Winship stülpte sich den weißen Kissenbezug zu einer Kapuze über den Kopf, weil die Mücken dreist waren, und berichtete, der Gott habe ihm erklärt, wie ich sei, wie ich tief in mir drinnen sei, nämlich wie wenn ein Fiebermesser auf dem Boden zerschellt, zahllose quecksilbrige Punkte von Ichs, die rinnen und irren zusammen und fliehen wieder auseinander. Aber ich solle mich deswegen nicht sorgen, auch der Himmel sei nicht ein Stern allein, sondern alle Sterne, ein wahres Sternen-Schneegestöber sei der Himmel.

Der Himmel ist weit, der schon, dieser Angeber, dieser scheinheilige, aber die Erde ist nah – so hörte ich eine Stimme von unter mir aus dem Boden rufen. Es war Major György Hajós. Grasbüschel wurden in die Tiefe gerissen und wieder ausgespien, ich sah einen Kopf, abgedeckt mit schwarz gefärbten Haaren, der sich aus dem Boden nach oben bohrte, eine käsige Stirn, ein Gesicht, einen Hals in weißem Kragen und schwarzer Krawatte, Schultern und Brust in schwarzem Sakko, zwei Arme in schwarzen Ärmeln zogen sich nach, und bald hatte sich der Mann aus der Erde befreit. Mit einem Taschentuch wischte Major Hajós Erdkrümel von seinen Schuhen und setzte sich neben Staff Sergeant Winship ins Gras. Schenk ihm kein Vertrauen, Fickó, sagte er, die Kommunisten glauben weder an den Gott noch an den Teufel. Nicht einmal an den Weltgeist glauben sie. Sie tun nur so. Er beugte sich zu mir herüber und umarmte mich flüchtig. Sei klug, mein Kleiner, und nimm mich als Beispiel und Vorbild und nicht den Negru. Ich will dir eine Geschichte erzählen. Nein, nein, keine Gutenachtgeschichte diesmal. Nein, nein, nicht das Märchen von Karl Wiktorowitsch Pauker. Ich lebe zusammen mit meiner Frau und ihren zwei Kindern in Sylvan Lake nahe von Red Deer in der Provinz Alberta in Kanada. Irgendwann saßen wir vor meinem Haus, meine Familie, die Familie meiner Schwägerin, die Familie meines Schwagers, die Familie meiner Nachbarn, und wir tranken Whiskey und Bier, und ich habe an dich gedacht. Hab gedacht an: Robert Rosenberger. Der beste Name auf dein Gesichtchen, glaube mir. Hab gedacht, la naiba, was ist wohl aus meinem Robertchen Rosenbergerchen geworden. Was wir beide nicht alles erlebt haben! Daran habe ich gedacht mit dem ganzen Hirnschmalz, was in meinem Kopf ist. Und, listen to me, auf einmal war eine Pause in dem Gespräch zwischen den vielen Leuten vor meinem Haus. Plötzlich war es still. Alle haben zu mir herübergeguckt. Das hat geheißen: Der hat etwas Wichtiges zu sagen, jetzt gleich, sag es endlich! Das war, weil auf meinem Gesicht die Sehnsucht nach dir gestanden hat. Da kannst du nicht einfach den Mund halten und nichts sagen. Und irgendetwas sagen, was weniger als nichts ist, kannst du erst recht nicht. Also habe ich gesagt: Herhören, Mesdames et Messieurs, friends and neighbours! Und sie haben hergehört. At that moment I decided to be, what I am. Ich. Bin. Ein. Teufel. I am a devil. Je suis un diable. Das habe ich gesagt. Und denk dir, Fickó, sie haben mir auf der Stelle geglaubt. Ich habe mich entschieden, und seither bin ich ein zufriedener Mann. Es genügt mir, der zu sein, der ich bin. A horse with two heads wins no races. Ich genieße großes Ansehen in der Gemeinde. Ich bin aus Gold sozusagen. Gold mit Flecken. Aber Rost kann Gold nicht schaden. Nem fog aranyon a rozsda. Ich kann die kanadische Hymne singen, französisch und englisch. Ô Canada ! Terre de nos aïeux! O Canada! Our home and native land! Ich vermittle Jagdhütten und Fischerhütten und wickle seriöse kleine Geschäfte ab. You can't please everyone, but try it. Ich kann mit allen. Auch mit den Indianern. Mit einem von ihnen bin ich befreundet, er beschafft mir Kunsthandwerk, das ich an zwei Shops auf den Flughäfen von Winnipeg und Minneapolis liefere. Er hat mir ein paar Worte in der Sprache der Algonkin beigebracht. Mich nennt er Amoskeag. Das bedeutet: der kleine Fische fängt. Und das heißt: ein seriöser Mann. His wife gave me the name Essipan, which means the funny one or the joker. She died. Ich werde zu Diskussionsabenden eingeladen, wo ein Professor einen Vortrag hält. Der Professor kommt von Montreal herauf, dans le désert, er hat auch schon in Schweden vor der Akademie gesprochen, sur l'univers. Le monde est tout ce que nous avons. Denk dir, Fickó, er behauptet, dass die Welt in ein paar Milliarden Jahren abdanken wird, und die einzige Strafe für alles Unrecht, das je geschehen ist, wird lauten: Es wird einfach insgesamt ein bisschen wärmer sein, egy kicsit, that's all. Ist das so schlimm? Ist das wirklich so schlimm? Du hättest es gut bei mir gehabt, Fickó. Du wärst mein Lieblingssohn gewesen. Ich hätte dich allen vorgezogen. Und das, was du jetzt am Hals hast, je-je-je, hättest du dir erspart. Aber: Ki mint veti ágyát, úgy alussza álmát. Wir hätten Ungarisch sprechen können und hätten miteinander Englisch und Französisch gelernt. I embrace you, my son Robert Rosenberger, c'est pas la mer à boire. Ein böser Kopf ist nicht unbedingt ein schlechter Kopf. Nincs olyan hitvány eszköz, hogy hasznát ne lehetne venni. Es gibt kein so schlechtes Werkzeug, das nicht irgendwie benutzt werden könnte. Du kannst viele Namen tragen, jeden Titel, den du dir wünschst, kannst viele Adressen haben, kannst sprechen in allen Sprachen der Welt, aber du musst *ein* Mann sein, für *einen* musst du dich entscheiden, Fickó. Ein Teufel zu sein ist nicht so schlimm. Mach es nicht wie der Spaßmacher Karl Wiktorowitsch Pauker, der meinte, er könne alle sein!

Ich wandte mich von ihm ab und fragte Staff Sergeant Winship, ob er dort oben den Gott erwartet habe.

Wenn er ehrlich sein wolle, antwortete er ruhig mit dunkler Stimme und merkwürdigerweise auf Ungarisch, allerdings im Tonfall von der ungarischen Norm abweichend, wenn er ehrlich sein wolle, und das wolle er, müsse er sagen, er habe den Gott dort oben nicht erwartet, nein. Er sei tatsächlich inzwischen Kommunist und ein hoher Parteifunktionär der Magyar Szocialista Munkáspárt, er habe etliche Orden erhalten und ein eigenes Büro in dem Parteigebäude in der Népköztársaság útja, und zwar im Keller, wo er die Züge der Földalatti unter seinen Füßen höre, was ihn an seine Heimat Vicksburg erinnere und an das Rauschen von Yazoo River und Mississippi, wenn sie ihre Wasser im späten Frühling miteinander mischen. Selbstverständlich glaube er nicht an den Gott und auch nicht an den Teufel. Allerdings habe er den Gott gesehen und mit ihm über mich gesprochen, daran lasse sich nicht rütteln. Der Gott habe ihm von unserer nächtlichen Begegnung unter der Laterne auf der Straße nach Vaduz erzählt. Selbstverständlich habe mir der Gott nicht geglaubt, dass ich meine Tante in Liechtenstein besuchen wollte, aber das spiele keine Rolle, die Wahrheit werde ohnehin überschätzt. Die Höflichkeit werde unterschätzt, und die Wahrheit werde überschätzt. Außerdem werde die Wahrheit oft mit der Wirklichkeit verwechselt, und viele Menschen, wenn sie glaubten, die Wahrheit gefunden zu haben, meinten, sie könnten sich die Wirklichkeit sparen. Selbstverständlich kränke das den Gott. Die Wahrheit komme vom Menschen, damit könne der Mensch anfangen, was er wolle, sie sei Seines; die Wirklichkeit aber komme von dem Gott.

Staff Sergeant Winship hob sich in die Höhe und schwebte vor mir in seinem weißen Tuch, die Füße gerade so viel über der Erde, dass er das Gras nicht berührte, und sagte, er habe mir eine Botschaft zu überbringen: Der Gott sehe es genauso wie der komische blasse Teufel. Er wolle sich nur noch um mich kümmern, um mich allein. Von heute an bräuchte ich mir keine Sorgen mehr zu machen, nie mehr, und auch keine Angst müsse ich haben, nie mehr. Ich würde nicht verrecken, gewiss nicht in seinem Namen. Dies sei die Botschaft.

Damit flog Staff Sergeant Winship nach oben davon, und ich legte mich zurück in die Sommerwiese, zwischen die Blumenkelche und die hohen Gräser, die nun über mir zitterten, und schlief ein und träumte, ich schlafe, und wusste im Schlaf, mir war soeben ein Anfang widerfahren.

Der Gott meldete sich übrigens bei der Staatsanwaltschaft; er habe aus der Zeitung von meinem Fall erfahren und er sei, wie er sich ausgerechnet habe, der erste gewesen, der mir nach meiner Tat begegnete. Er wurde im Prozess als Zeuge geladen. Er hielt zu mir. Er sei ein alter Mann, sagte er zum Richter, und er habe viel erlebt und viel gehört und viel gesehen; er könne einen guten Menschen von einem bösen unterscheiden, und ich sei ein guter Mensch. Der Staatsanwalt unterbrach ihn: Eine diesbezügliche Frage sei nicht gestellt worden, das Gericht sei an Fakten interessiert und nicht an Philosophie. Was Gelächter im Saal zur Folge hatte.

Dann sah ich ihn erst wieder viele Jahre später am anderen Ende der Welt.

4

An einem frühen Morgen nach meiner Tat – am Morgen des nächsten oder des übernächsten Tages oder später, ich weiß nicht, wie lange ich ohne Bewusstsein war – öffnete ich die Augen, und es war wie der Blick in ein Buch, und nur ein Gedanke stand da geschrieben: Ich bin tot. Und auf der nächsten Seite: Neugierde, was das ist. Ich fürchtete mich nicht. Schmerzen hatte ich nicht. Hunger hatte ich nicht, aber Durst hatte ich. Ich lag auf dem Rücken in einem Spitalsbett, an meinen Gelenken Handschellen, die über eine dünne Kette mit dem Eisenrahmen des Bettes verbunden waren. In meinem rechten Unterarm steckte ein Infusionsschlauch; mein Kopf war mit Verbandszeug eingewickelt, nur Augen, Nase und Mund schauten heraus; in der Nase steckte ebenfalls ein Schlauch; auf meiner Brust klebten Saugnäpfe an Kabeln eines Elektrokardiographen. Meine Mundhöhle fühlte sich für die Zunge wie trockenes, rissiges Holz an.

Neben dem Bett saß meine Mutter.

»Jetzt bist du wieder der, der du mit vier Jahren gewesen bist«, sagte sie und gab mir Tee in einer Schnabeltasse zu trinken. »Aber wer warst du in der Zwischenzeit? Weißt du es selbst nicht? Wer weiß es? Wer bist du? Bist du mein Sohn?«

Solche Dinge sagte sie, während mich die kleinen Schlucke Tee glücklich machten. Dass ich ihr fremd sei, sagte sie, als sie mir den Mund abtupfte, fremder als jeder beliebige Mann, der ihr auf der Straße begegne. Sie hielt ein Stück Papier in den Händen, auf das sie nun nach jedem Wort einen Kuss drückte. Ich hätte sie gern danach gefragt, aber mir fiel nicht ein, wie das Wort Papier mit den Lippen zu formen wäre. Ich versuchte es; die Lippen schlossen sich, aber weil ich spürte, dass sie sich nicht mit einem ›P‹, sondern mit einem ›M‹ öffnen würden, ließ ich es. Sie hielt mir das Papier vor die Augen. Es war eine Fotografie. Ich war darauf zu sehen, als Baby – ein in unserer Familie wohlbekanntes Bild: meine Mutter, eine sehr junge Frau in einem weiten hellen Kleid mit kurzen Puffärmeln, trägt mich auf den Armen, aber nicht wie eine Mutter ein Kind trägt, sondern wie ein Schulmädchen ihren Ranzen vorne auf die Brust schnallt, wenn er ihr für den Rücken zu schwer ist. Moma hatte das gesagt: »Er war zu groß für dich«, hatte sie gesagt. Ich hatte ihr fast den Bauch gesprengt, und als ich endlich auf der Welt war, habe ich ihr Muskeln an Armen und Schultern wachsen lassen.

»Das sind wir beide«, schluchzte sie, »wir waren Mutter und Kind. Und später nie mehr, nie mehr. Moma hat dich mir weggenommen.« Ob ich mich an unsere letzte halbe Stunde in Budapest erinnere. Als wir hinten in dem Laster gesessen hätten; sie wisse, es sei eine angespannte Stimmung gewesen, aber damals seien wir auch Mutter und Kind gewesen. »Und dann noch einmal, nur noch einmal, in Burgenland, die unbeschwerteste Zeit in meinem Leben.« Ob ich manchmal an den Friseurladen in Burgenland denke, wo wir in der Nacht immer so lange geredet hätten, bevor wir einschliefen, beide in einem Bett. Wir hätten nie nach Wien fahren sollen, sagte sie, und nie hierher in den Westen. Und sagte, dass ich einen erschreckend erwachsenen Ausdruck im Blick hätte; wie damals, als sie mich nach meinen fünf Tagen und vier Nächten in der Báthory utca gefunden habe.

»Sag mir die Wahrheit!«, flehte sie mich an. »Sag mir die Wahrheit, András!«

Ich wollte antworten, die Wahrheit werde überschätzt und die Höflichkeit werde unterschätzt; das wollte ich sagen, aber aus meinem Mund kamen die Worte: »Dornenfahrt … in … das … Blaubeet …«

Meine Mutter starrte mich an, riss die Hände an den Mund und schrie auf. Ich wollte dazwischenrufen, ich hätte eigentlich etwas anderes sagen wollen, aber es wurde daraus: »Der Fall … kommt … vor … den … Stab … und … heuer … noch … die Fahrt … dann mag ich den … Moment gleich paaaa …«

Sie warf sich über mich und weinte und küsste in die Schluchten der

Wundverbände hinab, wo wahrscheinlich ein wenig Haut von meinem Gesicht zu sehen war. Ich nahm ihren feinen Milchgeruch wahr, und mir fiel ein, dass sie immer so gerochen hatte, erst jetzt fiel mir das ein. Ich dachte, nun wäre eine Gelegenheit zu testen, ob der Gott tatsächlich auf meiner Seite stünde oder ob alles nur ein Traumgerede von ihm gewesen war. Ich sagte ihm, er solle mir helfen, ich wolle erst klein anfangen, erst einmal nur mit ›Mama‹. Ich bemühte mich: »M... M...«, traute mich und baute weiter aus: »Mmmmaaa ...«, aber spürte, es würde gleich wieder etwas anderes daraus werden, weil sich im Hals ein ›t‹ meldete, das nach oben drängte, und hinter dem ›t‹ ein ›e‹, und dass daraus zwingend ›Mathematik‹ würde, die ja gar nichts hier zu suchen hatte, und ich hielt weiter das »Mmmmaaa ...« und fasste den Gott in meinen Gedanken fest bei den Armen, damit er nicht vergesse, dass er in diesem Moment von mir auf sein Wort hin geprüft werde, das Staff Sergeant Winship in seiner Vertretung mir gegeben hatte, und dass er bitte nicht versagen solle, weil ich sonst das Vertrauen in ihn verlöre, und nun gelang es mir: »Mama.«

»Mein András!«, rief sie.

Und ich sagte noch einmal: »Mama.«

»Mein lieber kleiner András«, schluchzte sie, »mein Liebling, mein Herzblatt«, und lachte zugleich, »mein armer Liebling«, und bedeckte die wenigen Hautflecken zwischen den Verbänden mit ihren Küssen.

Ich dachte, ich möchte jetzt sagen, dass sie sich das Herz nicht mit Sorgen beschweren müsse, weil ich das auch nicht tat. Aber wie sollte sie sich das Herz leicht halten, wenn ihr Sohn ein Mörder war und selber halbtot gehauen! Da war mir auf einmal, als würde mir der Gott die Macht verleihen, in das Nichts hinein seine süße, farbenreiche, satte Wirklichkeit zu gründen, und zwar schlicht, indem ich ein Wort aussprach und hinter dieses erste Wort ein zweites setzte und so weiter. Dass ist, was ich sage. Und dass sonst nichts ist. Dass ich darauf vertrauen darf, dass nach dem einen Wort das nächste sichtbar wird, wie wenn Schritt für Schritt der Weg vor deinen Füßen entsteht, wo bis dahin nichts gewesen ist, nicht einmal Nebel oder Grau, nicht einmal Nichts.

Ich fing an und wusste nicht, was am Ende dastehen würde: »Es ... ist ... besser ... wenn du ... mich ... wenn du mich nicht mehr besuchst.« – Da war es besser, wenn sie mich nicht mehr besuchte.

Ich sagte und wusste wieder nicht, wie das Ende aussieht: »Dann haben wir … nichts mehr … miteinander … zu tun.« – Da hatten wir nichts mehr miteinander zu tun.

Sie schlug die Knöchel gegeneinander: »Aber warum denn, András? Du bist doch mein Kind! Ich steh zu dir, egal, was du getan hast. Bleib bei mir! Gehst du weg? Für immer? Sehen wir uns wieder, wenn wir gestorben sind, András? Sehen wir uns nach dem Tod wieder?«

»Willst du das?«, fragte ich. Da wollte sie es.

»Das will ich, bitte, bitte, das will ich«, flehte sie.

»Dann will ich … es … auch«, sagte ich. Und da wollte ich es auch.

Sie legte ihren Kopf auf meine Achsel und weinte und weinte, ohne ihre Stimme zu zügeln, weinte auf dem Buchstaben Ä, der ihr rein, und nur durch ihre Atmung unterbrochen, aus dem Mund fuhr wie im Märchen der Geist aus der Flasche. Ich streichelte ihr übers Haar. Ich fühlte mich wohl! Und der Gott hatte den Test bestanden!

Meine Mutter und ich waren nicht allein in dem Raum. Ein Uniformierter stand an der Wand, den bemerkte ich erst jetzt. Es war der junge Polizist. Er schaute auf den Boden vor seinen Füßen und bewegte sich nicht. Ich sah die Tränen, die ihm über die Wangen liefen.

Ich sagte nun doch zu meiner Mutter, und sagte es so laut, dass der Beamte mithören konnte: »Sorge dich nicht, Mama. Es kann mir nichts passieren.« Von Wort zu Wort erinnerten sich die Buchstaben und die Laute an sich selbst, und ich berichtete, dass mir der Gott begegnet sei, und bald konnte ich fast wieder sprechen wie zuvor, und ich erzählte, dass mir einer seiner Abgesandten versprochen habe, dass ich nicht verrecke und dass ich nie im Leben Angst zu haben brauche.

»Mein Andres«, sagte sie, »én András. Kedves András.« Dabei betrachtete sie sich in dem Spiegel über dem Waschbecken der Wand gegenüber, zog einmal rasch die Wangen ein und konnte den Blick nicht von ihrem Bild lösen.

An den Tagen, an denen Mama, Papa und Moma als Zeugen aufgerufen waren, weigerte ich mich, im Gerichtssaal zu erscheinen.

Den jungen Polizisten befahl der Herr Staatsanwalt ebenfalls in den Zeugenstand. Seinen Namen habe ich mir gemerkt: Polizeimann Paulus Vogt, wohnhaft in Schaan. Er trug vor Gericht einen dunklen Anzug und nicht seine Uniform, und er nickte mir freundlich zu. Das sei korrekt, er habe an diesem Morgen im Krankenhaus Dienst gehabt und er habe geweint, sagte er aus. Er habe meinetwegen geweint. Ich hätte ihm leid getan. Das sei korrekt, ich hätte ihm mehr leid getan als meine Mutter. Ob er mich als zurechnungsfähig und im Vollbesitz meiner geistigen Kräfte erlebt habe. Das habe er. Jedes Wort, das ich mit meiner Mutter gesprochen hatte, wollte der Herr Staatsanwalt von Polizeimann Paulus Vogt wissen. Der Mann aus Schaan hatte ein tadelloses Erinnerungsvermögen. Er gab den Dialog zwischen mir und meiner Mutter wieder, wie ich ihn hier wiedergegeben habe. Mein anfängliches Stammeln ließ er aus, und auch was ich über den Gott gesagt hatte. Noch einmal schaute er zu mir herüber, trotz seiner nach oben gekrümmten Mundwinkel sah er nun nicht mehr aus, als ob er lächelte. Er hatte sein Haar mit Wasser gekämmt. Er mochte mich. Mit mattem Schritt verließ er den Zeugenstand.

Meinen Vater habe ich nicht mehr wiedergesehen. Meine Mutter auch nicht.

5

Ich wurde gesund. Mein Haar wuchs über die Narben, schöner denn je. Mit den Augen sah ich so gut wie vorher, mit den Ohren hörte ich so gut wie vorher. Gesicht und Hände waren sehr weiß, und die goldenen Punkte sehr golden. Kopfschmerzen hatte ich keine mehr. Die Wörter auf den Lippen waren wieder dieselben wie die Wörter im Kopf. Ich schlief ohne Träume, und an den Tagen beschäftigte ich mich mit nichts. Ich saß in meiner Zelle und dachte wenig. Ich lernte wieder, nichts anderes zu tun, als geradeaus zu schauen und nach drei Herzschlägen ein- und nach ebenso vielen auszuatmen. So verbrachte ich viele Nachmittage. Das Essen war pünktlich. Unterhaltung führte ich abends mit den Wärtern. Von denen gab es vier. Mit einem spielte ich Schach. Er kam in meine Zelle und brachte einen Stuhl mit. Ein Brett war mit einem Scharnier an der Wand befestigt, das ließ sich zu einem Tisch hochklappen. Nach Dienstende schenkte er uns beiden einen Becher Bier ein und zündete mir eine Zigarette an, das durfte ich selber nicht. Zehnmal verlor er, einmal gewann er. Er schickte seinen Kollegen, der spielte besser. Wir setzten als Gewinn Schokolade und Zigaretten.

Die Zelle war schmal und lang und roch nach feuchtem frischem Kalk und geöltem Holz; es war ein sauberer Geruch, ich mochte ihn. Die Toilette war hinter einem Vorhang. Wenn ich auf der Pritsche lag, konnte ich durch das Fenster unter der Decke in den Himmel sehen. Im Sommer waren die Sterne klar und nah, um drei Uhr früh voller Mitteilungen. Ich wusste, dass die Welt Reue von mir erwartete, und wartete selbst auf diese Empfindung. Um eine Empfindung handle es sich. Das versicherte mir mein Anwalt, ein rätselhaftes Lächeln in dem Bogen seiner Lippen, Lippen wie die einer Frau, auch so rot. Einsicht allein genüge nicht, sagte er. Ich empfand nichts. Darüber war ich glücklich wie über eine wertvolle Erfindung, die den Menschen das Leben erleichtern könnte. Tauben landeten auf dem Fensterbrett vor den Gittern und gurrten: *Non fui; fui; non sum; non curo. – Bin nicht gewesen; bin gewesen; bin nicht mehr; keine Sorge.* Sie ließen mich aus den Augen und flatterten wie Schatten davon, und endlich, als der Morgenhimmel stahlblau und ohne silberne Punkte war, schlief ich ein.

Im März war ich aus dem Krankenhaus entlassen und in das Gefangenenhaus überstellt worden. Mit niemandem von draußen hatte ich seither gesprochen – Ausnahme mein Anwalt Dr. Wyss. Moma hatte kommen wollen. Ich wollte sie nicht sehen. Sie sei extra von Wien hierhergefahren. Ich wollte sie nicht sehen. Ich befürchtete, Sebastian würde einen Besuch im Spital beantragen. Ich hätte es nicht über mich gebracht, ihn abzulehnen. Ihn habe ich vermisst, als einzigen. Es wird ihn verlegen machen, wenn er das liest. Weil er glaubt, ich sage das, um ihm zu schmeicheln? Und er hat recht. Ich bin ein Schmeichler. Menschen, die mit so wenigen Gefühlen haushalten müssen wie ich, sind Schmeichler. Ich bemühe mich in meiner Erzählung, *eine* Wahrheit einzuhalten, womit ich meine: mich für eine Wahrheit zu entscheiden, wann immer sich eine zweite oder dritte oder beliebig viele weitere als Option anbieten – über die Mordnacht und die Monate danach aber haben Sebastian und ich nicht gesprochen. Er fürchtet sich davor. Er fürchtet, es könnte ihm keine Entschuldigung für mich einfallen und er müsste sich eingestehen, dass ich eben doch ein Monster bin. – Bleib bei deiner gnädigen Umschreibung, dass mein Leben ein Schelmenroman sei!

Dr. Wyss war von meiner Mutter engagiert worden. Er habe ihr versprechen müssen, es mir nicht zu sagen. Manche Versprechen, sagte er, halte er, manche eben nicht. Er sprach eine Spur zu leise. Zu den Sitzungen schleppte er ein großes Aufnahmegerät, zwei Mikrophone mit Stativen und eine Schachtel voll Tonbänder mit. Alles, was wir sprachen, nahm er auf. Erst als ich ihm erzählte, wie ich an Pfingsten mit Frau Lundin im Café am Minigolfplatz oben bei der Schattenburg gesessen und wie sie mir Jannas Traum erzählt hatte, schaltete er das Gerät ab und sagte, zu diesem Thema mache er sich besser nur Notizen.

Am meisten interessierte ihn Frau Lundins Satz: »Ich habe hier nichts verloren, ich gehöre nicht hierher, auf und davon sollte ich, jetzt gleich, aufstehen und weg, weg, weg, mein Leben, mein Leben …«

»So hat sie gesagt?«

»Ja.«

»Wörtlich?«

»Ja.«

»Und wirklich: ›… mein Leben, mein Leben …‹?«

»Ja.«

»So vor sich hingesagt oder ausgerufen? ›… mein Leben, mein Leben …‹ oder ›Mein Leben! Mein Leben!‹?«

»So vor sich hingesagt, eher.«

»Sind Sie sicher?«

»Nein, sicher nicht.«

»Sie könnte es auch gerufen haben?«

»Ja.«

»Verzweifelt gerufen?«

»Weiß nicht.«

»Aber über den Wortlaut sind Sie sich sicher?«

»Ja.«

»Absolut sicher?«

»Ja.«

»Könnte es sein, dass Sie sich den Satz deshalb so gut gemerkt haben, eben weil ihn Frau Lundin so nachdrücklich gesagt hat?«

»Kann sein, ja.«

»Also exakt, wie ich sagte, dass sie ihn mit Verzweiflung gesagt hat?«

»Ja.«

»Auch mit Zorn? Kann das sein? War sie zornig? Ob das sein kann.«

»Ja.«

»Mit Zorn also auch.«

»Ja.«

»Eher mit Zorn oder eher mit Verzweiflung?«

»Beides.«

»Könnte es sein, dass sie den ersten Teil mit Zorn, den zweiten Teil mit Verzweiflung gesagt hat?: ›Ich habe hier nichts verloren, ich gehöre nicht hierher, auf und davon sollte ich, jetzt gleich, aufstehen und weg, weg, weg‹ – dieses mit Zorn und ›mein Leben, mein Leben‹ mit Verzweiflung? Kann das sein? Ob das sein kann. Ich frage nur, ob es sein kann.«

»Ja, kann sein.«

»Genau so war es, nehme ich an.«

»Ja.«

Er nickte und schrieb. Eine Seite voll. Währenddessen synchronisierte ich Atmung und Herzschlag, sah geradeaus und dachte nichts.

Endlich fuhr er fort: Für das Geld, das man neben der Leiche gefunden habe, würden sich der Richter und die Geschworenen besonders interessieren. Ich wollte ihm die Wahrheit sagen; dass ich das Geld mit Hilfe von Jannas Geburtsdatum aus dem Safe genommen hatte und dass ich nur zu diesem Zweck nach Liechtenstein gefahren sei, ich nämlich der Meinung gewesen sei, die Lundins seien in St. Moritz. Er ließ mich nicht zu Wort kommen. Brüllte mich sogar nieder. Ihn interessiere die Wahrheit, ja, ja, ja – aber, wie ich bestimmt schon gemerkt habe, die Wahrheit in einem weiteren Sinn; also, was der Richter und die Geschworenen für die Wahrheit halten *könnten*. Und das *könnte* sich folgendermaßen darstellen: Frau Lundin wollte auf und davon, weg, weg, weg, aber ihr habe der Mut gefehlt, diesen großen Lebensschritt allein zu tun; sie habe versucht, mich, den Angeklagten, zu gewinnen, mit ihr zu gehen; sie habe mich, den Angeklagten, umgarnt und mir Komplimente gemacht, mich den außerordentlichsten Menschen genannt, der ihr je begegnet sei und ihr je begegnen werde. Aber der Angeklagte sei darauf nicht eingegangen. Darum versuchte sie es bei Bebe. Bei ihrer Hausangestellten war sie offensichtlich erfolgreicher. Die beiden hatten gerade gemeinsam den Safe geleert, als der Angeklagte dazwischenkam. – Was ich davon halte.

»Weiß nicht«, sagte ich.

»Könnte es so gewesen sein?«

»Nein.«

»Woher wissen Sie das?«

»Weil es nicht so war.«

»Wissen Sie, warum Frau Lundin nicht mit ihrer Familie nach St. Moritz gefahren ist?«

»Nein.«

»Wissen Sie, was Frau Lundin und Bebe miteinander gesprochen oder *besprochen* haben, bevor Sie ins Haus gekommen sind?«

»Nein.«

»Also wissen Sie auch nicht, ob die beiden beabsichtigten, den Skiurlaub der Familie auszunützen und den Safe auszuräumen und mit dem Geld abzuhauen?«

»Weiß ich nicht, nein.«

»Also könnte es so gewesen sein? Ich frage nur, ob es so gewesen ein *könnte*. Könnte es?«

»Ja.«

»Hat Bebe Geld eingesteckt?«

»Nein.«

»Woher wollen Sie das wissen?«

»Woher soll ich das wissen?«

»Könnte es sein, dass Sie es nicht wissen, weil Sie das Bewusstsein verloren haben?«

»Weiß nicht.«

»Könnte es sein? Könnte, könnte, könnte!«

»Ja.«

»Haben Sie das Bewusstsein verloren, weil Ihnen Bebe den Kopf eingeschlagen hat?«

»Ja.«

»Könnte es sein, dass Bebe Ihnen den Kopf eingeschlagen hat mit der Absicht, dass Sie das Bewusstsein verlieren?«

»Ja.«

»Könnte es sein, dass Bebe Ihnen den Kopf eingeschlagen hat, um Sie zu töten?«

»Ja.«

»Wissen Sie, warum Bebe Sie töten wollte?«

»Nein.«

»Könnte es sein, um einen Zeugen zu beseitigen? Könnte das sein? Nur, ob es sein *könnte*. Und damit man nicht gleich weiß, wer der ist, der da liegt, darum hat sie Ihre Papiere verschwinden lassen. Könnte das sein?«

Ich antwortete nicht.

»Ich habe Sie nicht gefragt, ob Sie es wissen, ich habe gefragt, ob es so gewesen sein *könnte*? *Könnte* es so gewesen sein?«

Ich sagte: »Darf ich Sie auch etwas fragen? Warum ist es besonders verwerflich, jemanden wegen Geld zu töten? In Australien haben zwei Burschen eine alte Frau erschlagen und ihr 76 australische Dollar gestohlen. Sie haben fünfundzwanzig Jahre dafür gekriegt. Wenn sie die Frau einfach nur des Auslöschens wegen getötet hätten, würden sie nur fünfzehn Jahre gekriegt haben. Das habe ich nicht verstanden.«

Er zog eine nachdenkliche Grimasse, in der er eine Weile verharrte, neigte seinen Kopf, so dass ich auf seinen Scheitel schauen konnte, klar gezogen war der. Quer über seine Stirn verliefen Falten, der Heiterkeit oder der Bitternis. Ich beeindruckte ihn, allein schon wegen der Art, wie ich formulierte. Schließlich antwortete er leise: »Notwehr ist ein guter Grund zu töten. Hass ist ein guter Grund. Eifersucht ist ein guter Grund. Gekränkte Ehre. Ungerechtigkeit. Immer ist dem Täter etwas angetan worden. Wenn er aber nur des Geldes wegen tötet, ist ihm nichts angetan worden.«

»Und wenn jemand tötet, und er hat keinen Grund?«, fragte ich.

»Warum sollte er es dann tun?«

»Einfach, damit es getan ist.«

»Das gibt es nicht«, sagte Dr. Wyss.

Ich sagte: »Wollen Sie nicht wissen, warum ich es getan habe?«

»Nein, das will ich nicht wissen. Und ich bitte Sie, es mir nicht zu sagen. Weil ich sonst aus innerer Überzeugung die Verteidigung niederlegen müsste.«

»Sie wollen Bebe drankriegen, stimmt's?«

»Ja«, sagte er.

»Und dann?«

»Wird sie vor Gericht gestellt. Wegen Diebstahls und versuchten Mordes. Versuchter Mord ist so viel wie Mord. Und Bebe ist älter als achtzehn. Sie, Andres, haben aus Notwehr geschossen, wissen Sie das nicht mehr? Aus Versehen haben Sie Frau Lundin getroffen und nicht Bebe, wissen Sie das nicht mehr? Sie haben Bebe treffen wollen. Hätten Sie nicht geschossen, hätte Bebe Sie erschlagen. Wissen Sie das nicht mehr, Andres? Bebe kommt vor Gericht.«

»Und dann?«

»Wird sie ein Kollege verteidigen.«

»Und dann?«

»Wird er Sie beschuldigen.«

»Und dann?«

»Werden Sie unter Umständen ein zweites Mal vor Gericht gestellt. Das ist sehr selten, kann aber sein.«

»Und dann?«

»Verteidige ich Sie ein zweites Mal. Und so weiter und so weiter, wenn Sie wollen, bis ans Ende aller Tage.«

6

Dabei bin ich mir nicht einmal gewiss, ob dieses Gespräch stattgefunden hat. Es könnte auch sein, dass ich es geträumt habe. Das glaube ich aber nicht. Vielleicht habe ich es *imaginiert*. Das halte ich für möglich. Es fiel mir unsagbar schwer, Dr. Wyss zuzuhören; er sprach viel zu leise, und es gelang ihm nicht, von mir zu sprechen, so dass ich glauben konnte, ich sei gemeint. Ich habe mich gelangweilt, als wäre in einem neuen Naturgesetz definiert worden, dass eine Minute zusammen mit Herrn Dr. Wyss ein Jahr daure. Ich blickte in sein Gesicht, sah, wie sich seine fraulichen Lippen darin in Zeitlupe bewegten, hörte seine Stimme, hörte vor dem Gitterfenster die Amseln, die von diesem Menschennaturgesetz nicht betroffen waren, roch in der Sommerabendluft Heu und den Staub vom Asphalt kurz nach dem Regen – und habe die Konsonanten und die Vokale in der Rede des Anwalts anders zusammengebaut, bis herauskam, was ich oben wiedergegeben habe. So könnte es gewesen sein. Aber dann denke ich wieder, es war nicht so. Denn später vor Gericht hat Dr. Wyss in eben dieser Art argumentiert und damit eine Zeitlang Richter und Geschworene beeindruckt. Vielleicht habe ich das Gespräch tatsächlich imaginiert, aber auf hellseherische Weise; dass ich in meiner Zelle an seinen Lippen und aus den Klängen seiner Stimme bereits gesehen und gehört habe, was diese Lippen und diese Stimme erst Monate später im Gerichtssaal vortragen würden. Übernatürliches gibt es. Auf unserer Fahrt nach Zürich waren Sebastian und ich uns einig, dass die Zeit in Wirklichkeit nicht existiere, wir waren in diesem Punkt mit Herrn Lundin einer Meinung gewesen; dass die Zeit mit ihrer Vergangenheit, Gegenwart und Zukunft lediglich die trügerische Wahrnehmung desjenigen sei, der sich in ihr bewege; dass jedoch, von einer höheren Dimension aus betrachtet, nur allgemeine Gegenwart, also eine alles umfassende Gleichzeitigkeit herrsche (ich hätte Staff Sergeant Winship danach fragen sollen; wenn er sich mit dem Gott unterhalten hatte, waren sie unter Umständen auch auf dieses Thema zu sprechen gekommen; das habe ich leider versäumt). Kann sein, dass ich vor lauter Langeweile in diese höhere Dimension gerutscht bin und gehört habe, was in einer niedrigeren erst in der Zukunft gesagt werden wird. Bei seinen weiteren Besuchen in meiner Zelle habe ich Dr. Wyss nicht mehr zugehört. Ich konnte nicht! Ich hab's einfach nicht fertiggebracht; auch nicht, als er sagte, es gehe um Leben und Tod, und ich ja wusste, er meinte mein Leben und meinen Tod.

Er erinnerte mich an Herrn Dr. Martin, auch an den Pater Präfekt erinnerte er mich; und wenn ich es recht überlegte, ein wenig auch an Herrn Lundin und in gewisser Weise an Major Hajós – ich habe an anderer Stelle darauf hingewiesen: das waren alles Männer, die vor mir angeben wollten. Solche sind mir in meinem Leben immer wieder begegnet, auch Frauen; und bei allen erging es mir ebenso: Ich konnte ihnen nicht zuhören, ich hab's nicht fertiggebracht. Auch bei Frau Lundin hatte ich mich ähnlich gefühlt – in etwas hineingezogen nämlich, was angeblich das Meine sei, ganz sicher aber nicht das Meine war. Ich weiß schon, was ›angeben‹ bedeutet: Man will sich größer machen als der andere. Das ist die normale Angeberei, und sie benötigt Zuschauer und Zuhörer: ›Seht her, ich bin größer als der!‹ Die Angeberei, von der ich hier spreche, kann sich hingegen erst entfalten, nachdem alle anderen gegangen sind. Sie sagt: ›Sieh her, ich bin fast so groß wie du.‹ Und wissen Sie, was das Entsetzliche daran ist? Das ›fast‹. Es soll nämlich beteuern: ›Ich werde nie so groß sein wie du und will es auch gar nicht.‹ Aber: ›Ich bin größer als die anderen. Deshalb nimm mich als den Deinen auf!‹ Und ich sehe mich als Zwangsmitglied in einem Club, der nur meinetwegen gegründet, nur meinetwegen geheim gehalten, dessen Mitgliedschaft nur meinetwegen als ein hohes Privileg betrachtet wird; und dessen Präsident unangefragt ich bin. Vor solchen Menschen ekelt mir, vor ihrer untadelig selbstlosen und dabei so selbstgefälligen Art! Ihre Hingabe bestürzt mich! Und was sich in ihrer Iris spiegelt, wenn sie mich ansehen, davor ekelt mir noch mehr. Ich bin ein hundsprimitiver Mensch – hört! –, von dem nichts erwartet werden darf; dessen Schweigen nichts weiter bedeutet, als dass er nichts zu sagen hat; der nichts weiß und nichts wissen will; der wenig fühlt und wenig fühlen will; dessen Gesichtsausdruck nicht interessant ist, schon gar nicht, wenn er nicht zuhört! Die Sommersprossen unter meiner Nase lassen auf vermehrte Melaninproduktion meiner Pigmentzellen schließen und sonst auf nichts.

Dr. Wyss hat sich später für die Art, wie er vor Gericht meine Verteidigung geführt habe, geschämt. Bereits wenige Tage nach dem Prozess hat er sich selbst öffentlich dafür getadelt. Und hat mich denunziert. Hat herumerzählt, ich hätte »einen teuflischen Einfluss auf ihn ausgeübt«, dem er sich »nur mit Mühe entziehen konnte« – wie er in einem Artikel in der *Neuen Zürcher Zeitung* zitiert wurde (Wochenendausgabe vom 18. März 1967, Titel: »Herrn Urians Prozess«). Also dass ich es gewesen sei, der ihm die Wörter im Kopf verdreht, ich, der ihm diese bösartige Strategie ins Hirn eingepflanzt habe! Das allerdings kann ich ausschließen. Ich habe niemals Bebe etwas Böses gewünscht. Ich habe nie im Leben jemandem etwas Böses gewünscht.

(Auch nicht Ernie Terrell, der ausgerechnet in der Nacht vor der Urteilsverkündung gegen meinen Liebling Mohammad Ali boxte und ihn, um ihn zu verspotten, bei jedem Schlagversuch mit seinem Geburtsnamen »Cassius Clay« anrief, weswegen Ali die volle Zeit von fünfzehn Runden ausnützte und ihn absichtlich nicht k.o. schlug, damit er länger leide. Der Kampf fand in Texas statt und wurde live im Fernsehen übertragen; ich durfte ihn zusammen mit den Wärtern mitten in der Nacht ansehen, weswegen ich am nächsten Tag im Gerichtssaal sehr müde war, oftmals gähnen musste und zwei-, dreimal einnickte; was mir in dem erwähnten Zeitungsartikel prompt als »teuflische Kaltherzigkeit« ausgelegt wurde.)

Der Prozess hat nicht mich, aber meinen Anwalt Dr. Kurt Wyss ruiniert. Er war ein großer, kräftiger Mann gewesen, Anfang vierzig, ein wenig geckenhaft gekleidet, der übertrieben gepflegt roch und gegen eingebildete Mundfäule Pfefferminzdrops lutschte. Er schrieb mir einen langen Brief in die Strafanstalt, dreizehn mit Hand geschriebene Seiten; ich habe nicht die Geduld aufbringen können, ihn zu lesen. Nach meinem Fall war er nicht mehr als Strafverteidiger tätig. Irgendwann soll ihm sogar von der Anwaltskammer die Lizenz entzogen worden sein. Wegen etwas anderem aber. Hatte mit mir nichts zu tun. Der Mann hat nicht gut geendet.

Es war Sommer, der unvergleichliche Sommer 1966! Nie hatte ich einen Sommer erlebt, in dem ein ähnlich aufregendes Wetter herrschte: ein mildes Wehen am Morgen, das eine berauschende Duftmischung in meine Zelle trug – frisches Brot vom Bäcker ein Stück weit oberhalb des Gefangenenhauses, nachtfeuchte Erde aus dem Hof, Tannenharz vom Wald unter dem Fürstenschloss, Kaffee aus dem Fenster des Aufenthaltsraumes der Wärter unter mir; bewegungslose, glühende Stunden mittags und nachmittags und am Abend Gewitter und Wolkenbrüche wie in den Tropen. Ich stellte mich auf den Stuhl und schaute zur Straße hinunter, wie der Regen vom Asphalt zurücksprang, sah den Schatten eines Gesichts in dem mit Spinnweb überzogenen Fenster des Hauses auf der anderen Seite. Wenn sich die Wolken ausgeregnet hatten, schien die Sonne vom Westen in meine Zelle hinein und über meine Pritsche und hinterließ ein goldenes Geblendetsein in meinen Augen. Der Tag ging hin, und die Berge rückten näher und wurden violett. In der Nacht lag ich auf meiner Pritsche und zählte die Blitze im Rechteck meines Himmels, und wenn der Donner einsetzte, als würde der Himmelsbaum im Stamm bersten, und mit dem Donner das Trommeln und Prasseln des Regens, durchwallten mich Freude und Lebenslust, und ich glaubte, nie seliger gewesen zu sein, und wusste, wenn das Gewitter vorbei sein würde und in der Ruhe der Nacht nur das *Tschia, tschia!* der Schleiereule ertönte, würde ich immer noch auf meiner Pritsche liegen, und nichts auf der Welt besäße die Macht, mich zu stören.

Und das Schönste an diesem Sommer: Den Wärtern des Gefangenenhauses Vaduz wurde ein Fernsehapparat bewilligt, ein Schrankmöbel, das man mit zwei Seitwärtsrollläden verschließen konnte und auf dem ziemlich scharf drei Sender zu sehen waren – ein schweizerischer, ein österreichischer und ein deutscher; und nachdem ich der einzige Gefangene war, der länger als eine oder zwei Nächte hier untergebracht war, und außerdem ein »lässiger Hegel« sei, meinten die Wärter, es könne niemand etwas dagegen haben, wenn ich ab und zu mit ihnen fernsehe, zumal sie niemanden um Erlaubnis fragten. Boxkämpfe liebten wir besonders – Cassius Clay, der nun Muhammad Ali hieß, gegen Henry Cooper oder gegen Brian London, im September gegen Karl Mildenberger und im November gegen Cleveland Williams; oder die Tour de France, Gewinner: Lucien Aimar; aber auch Nachrichtensendungen haben wir uns angesehen, manche hintereinander in allen drei Sendern – Unruhen in China, Demonstrationen gegen den Vietnam-Krieg in Deutschland oder die Berichte über einen achtzehnjährigen Schüler aus Arizona, der fünf Frauen und ein Mädchen erschoss, allein weil er berühmt werden wollte.

Höhepunkt des Sommers war die Fußballweltmeisterschaft und der Höhepunkt derselben das Endspiel England gegen Deutschland. An Spannung kaum auszuhalten, als Geoff Hurst in der 101. Minute das Tor zum 3:2 für England schoss, ein verlogenes Tor freilich, was von einer Minute auf die andere bewirkte, dass wir, die wir zuerst für England geschrien hatten, nun für Deutschland brüllten – für Franz Beckenbauer, Lothar Emmerich, Helmut Haller, Siegfried Held, Horst Dieter Höttges, Wolfgang Overath, Karl Heinz Schnellinger, Willi

Schulz, Uwe Seeler, Hans Tilkowski und Wolfgang Weber; was aber nichts nützte, denn England gewann 4:2 und war somit Weltmeister. Mit verschwitzten Gesichtern saßen wir bis spät in die Nacht hinein im Aufenthaltsraum und diskutierten das Spiel und tranken Bier und rauchten filterlose Zigaretten, spielten Schach, ich spielte um Zigaretten, und weil ich immer gewann, hatte ich immer genug davon. Oftmals, wenn ich in meine Zelle gebracht wurde, zwitscherten draußen die ersten Vögel, und ich atmete Alkohol und verbrannten Tabak in mein Kopfkissen.

Das Schönste des Sommers 1966, sagte ich, sei der Fernseher gewesen? Es gab etwas Schöneres! Irgendwann kam der Wärter, den ich Herr Andreas nannte, weil er es sich so wünschte, in meine Zelle und warf nachlässig ein Transistorkofferradio auf meine Pritsche. »Einem Schlaumeier abgefasst«, sagte er. »Wegen Ruhestörung. Gehört jetzt niemandem.« Dazu eine Hosentasche voll Batterien. Das Radio hätte über ein Kabel an einer Steckdose angeschlossen werden können, aber erstens sind Stromkabel im Gefängnis nicht erlaubt, zweitens gab es zumindest in den Zellen dieses Gefängnisses keine Steckdosen. »Dreh die Lautstärke nicht weiter als bis 2«, riet mir Herr Andreas. Wenn mein Prozess beginne, müsse ich ihn wieder zurückgeben. Er sagte ›der Radio‹. Herr Andreas mit dem hufeisenförmig nach unten gekrümmten Schnurrbart und den karikaturhaften Tränensäcken wäre auch gern Mitglied gewesen – in meinem Club.

Es war eines der Marke Donauland, zweifarbig, rot und vanille, mit einem Tragegriff, zwei jeweils auf einen Dreiviertelmeter ausziehbaren Antennen, Druckknöpfen für UKW, KW, MW und LW, einem gezähnten Ein-aus- und Lautstärkeregler an der Seite und vorne einem großen Rad, um die Sender einzustellen – Beromünster, Luxemburg, Wien, Lisboa, RIAS Berlin, Warszawa, Beograd, Innsbruck II, Vatikan …

Ich hörte ununterbrochen Radio; am Morgen, noch bevor ich die Augen öffnete, streckte ich den Arm aus und drehte das Rädchen nach unten, erfuhr aus den Sechsuhrnachrichten, was die Welt bewegte, und ließ mir anschließend von einem Mann namens Günther Lessiak, der die Morgenmusik zusammenstellte, einen erfolgreichen Tag wünschen.

An den Abenden suchte ich nach Hörspielen oder einfacher Tanzmusik, in der Nacht lauschte ich den Morsesignalen und den fremdländischen Sprachen, die in Wellen von Gepfeife und Rauschen auftauchten, versanken und wieder auftauchten; oder staunte mit pochendem Herzen über rätselhafte, immer zweimal ausgesprochene Mitteilungen an rätselhafte Zuhörer: »Achtung, Hausfrau, der Wasserhahn tropft! Achtung, Hausfrau, der Wasserhahn tropft!« oder: »Die Liebesnächte in der Rudolf-Hilferding-Straße bleiben auf ewig unvergessen! Die Liebesnächte in der Rudolf-Hilferding-Straße bleiben auf ewig unvergessen!« oder: »Der Maus ist tot! Der Maus ist tot!«

Oft saß ich auf meiner Pritsche, bis der Himmel hell wurde, und schrieb in mein Heft. Ich erzählte mir meinen Tag und wunderte mich dabei, dass es so viel zu beschreiben gab, obwohl doch gar nichts geschehen war. Ich hörte die Vögel am Morgen und fühlte mich in Einheit mit dem Herzen der Welt.

Wenn Dr. Wyss mich in meiner Zelle besuchte, versteckte ich das Radio und mein Heft im hintersten Winkel meines Kastens und schob einen Stapel Anstaltsunterhosen davor.

Ich habe mich inzwischen erkundigt, was ein Schelmenroman ist. Darin wird von einem Helden erzählt, der Schreckliches tut und Schreckliches erleidet, für ersteres nicht zur Verantwortung gezogen wird und an letzterem nicht zugrunde geht, weil eigentlich nicht sein Schicksal interessiert, sondern das seiner Zeit, womit alle Menschen gemeint sind – außer ihm. Ich möchte aber nicht für andere herhalten, das wirst du verstehen, Sebastian; und wenn ich nicht untergehen will, dann nicht, weil man mich noch als Exempel braucht.

7

Ich passe schon lange auf eine Gelegenheit, Ihnen von dem Tierarzt weiterzuerzählen und von dessen Bemühungen, mein Freund zu werden. Sie erinnern sich? Nun scheint mir der Zeitpunkt günstig. Das Vorangegangene hat mich erschöpft, und ich darf mir über den Herbst und den Winter eine Pause gönnen – einen Urlaub von der Vergangenheit, den ich, mit Ihrer Erlaubnis, gern in unserer Gegenwart verbringen möchte, bevor ich dann im Frühling zurück ins Jahr 1967 zu meinem Prozess am Fürstlichen Landgericht in Vaduz springe, gerade rechtzeitig zum Plädoyer des Herrn Staatsanwalts. Günstig ist der Zeitpunkt, über den Tierarzt zu sprechen, auch insofern, als sich zweifach an das Vorangegangene anknüpfen lässt: Auch er drängt darauf, Mitglied in »meinem Club« zu werden, und auch ihm war Gott erschienen; und obwohl er, anders als ich, von IHM ohne Artikel spricht, nehme ich doch an, dass es sich um denselben handelt, schließlich spielen unsere Geschichten in der gleichen Gegend; das heißt, wir haben es weder mit afrikanischem oder karibischem Voodoo-Zauber noch mit hinduistischer Vielheit, nicht mit Shintoismus oder Buddhismus zu tun – sondern mit Christentum.

Er heißt Gert Manger, und es war ihm peinlich, dass ihm der Gott vor der versammelten Kirchengemeinde mitten im Dom von St. Stephan in den Nacken geblasen hat. Nachdem ich auf unserem Nachtspaziergang durch den Prater versucht hatte, ihn davon zu überzeugen, dass ich nicht kompetent und nicht willens sei, ihn von seinen Sünden loszusprechen, und er in Trotz und Panik davongelaufen war, hatte er mich noch in derselben Nacht angerufen (ich habe ihm meine Nummer nicht gegeben, ich weiß nicht, woher er sie hat) und mich gebeten, am nächsten Morgen mit ihm zu frühstücken. Wir trafen uns im *Café Landtmann* neben dem Burgtheater, er kam in Jeans, Lodenjanker und Lodenmantel. Ich hatte seit zwei Tagen nichts gegessen und einen wenig vornehmen Appetit, ich gebe es zu, bestellte nacheinander ein Omelett mit allem, ein paar würzige Würstchen mit Senf, eine Portion Lachs mit Krenobers, ein Schwarzbrot mit Butter und Schnittlauch, eine Semmel mit Orangenmarmelade und eine mit Honig, Joghurt mit Früchten, dazu eine Kanne Tee und eine Kanne Kaffee und einen halben Liter Grapefruitsaft und zum Schluss ein kleines Stück Nusstorte und einen Espresso. Er trank nur einen großen Schwarzen, bestand aber darauf, mich einzuladen.

Wir fuhren in seinem Defender zum Lainzer Tiergarten hinaus, gingen an den brachen Wiesen entlang und in den Wald hinein, ließen die Hermes-Villa zur Linken und wanderten den Berg hinauf in Richtung Hubertuswarte. Knöcheltief lag das Herbstlaub auf dem Weg, Raben und Krähen gaben unter den Vögeln den Ton an, Hochnebel zog über die Baumwipfel, es war klamm, und wir waren die einzigen Spaziergänger. Als der Weg steiler wurde, bat er mich, langsamer zu gehen. Er trainiere zwar und habe eine zufriedenstellende Kondition, wolle mit seinem Puls aber nicht über 115.

Moralisch setze ihm am meisten zu, schloss er an unser nächtliches Gespräch an, dass er sich in sechs verschiedene Männer aufgespaltet sehe – in den Ehemann und Vater, dessen Last und Freude seine Frau und seine Tochter und deren ideelles und materielles Wohlergehen seien; in den Liebhaber, der seiner Geliebten Außergewöhnlichkeit in Form von nahezu täglichem, nahezu tödlichem Streit biete; in den Lover des Mannes, mit dem er seit zehn Jahren eine homosexuelle Beziehung unterhalte, dem Professor seines Lebens, der aus niederen Verhältnisse stamme, als Ingenieur in einer Werkzeugfabrik arbeite und mit dem er Gespräche führe, die sein Selbstbewusstsein stärkten. Dann sei er, viertens, der Tierarzt, dessen Ruf, da dürfe er sich nichts vormachen, der eines beflissenen, pedantischen und wenig phantasievollen Biedermannes sei. Fünftens sei er der Außenseiter in unserer Mittwochabendrunde im Gasthaus *Wickerl* in der Porzellangasse, dort, wie er hoffe, ein klein wenig geheimnisvoll, um diesen Eindruck bemühe er sich jedenfalls. Und, sechstens, begegne er seit seinem Erlebnis im Dom sich selbst als einem neuen, von den anderen Ichs gesonderten Individuum, dazu könne er allerdings nicht viel sagen. Ich solle mir aussuchen, wie ich ihn nennen wolle. Herr Manger oder Gert; ich dürfe mir aber auch gern einen neuen Namen für ihn ausdenken. »Einen Nickname.« Wie bei einer Selbsthilfegruppe im Internet. »Geben die Herrschaften im *Wickerl* ihren richtigen Namen an? Ist Joel Spazierer Ihr richtiger Name?« Sein Lover nenne ihn Nama-Nama. Am Beginn ihrer Beziehung seien sie gemeinsam für vierzehn Tage nach Namibia gefahren. Sie hätten ihren Bungalow nur verlassen, um Obst und Präservative einzukaufen. Das Gefühl, Ausgestoßene zu sein, habe ihn in eine Sphäre des Glücks gehoben, die er seither nie mehr erreicht habe. Gern wäre er nach diesen zwei Wochen gestorben. Seither vergehe keine Umarmung, bei der sie sich nicht vornähmen, gemeinsam abzuhauen, nach Namibia, und diesmal für immer. Ihr Gruß laute: ›Falls wir Schluss gemacht haben, kann ich mich nicht daran erinnern.‹ Er nenne ihn Nasitangala, das sei der Name eines klugen Hasen aus einem nigerianischen Märchen. Aber manches könne er mit ihm nicht besprechen. Zum Beispiel, dass Gott ihn erwischt habe. Er fühle sich seit jenem Sonntagmorgen im Dom als ein anderer. Als ein ihm selbst durch und durch Unverständlicher. Als wäre er gestorben, diesmal tatsächlich. Und wäre im Jenseits gelandet. Und die Menschen um ihn herum wären nur mehr Erinnerungen an die Menschen. Seine Frau weiß nichts von der Geliebten und nichts vom Lover. Der Lover weiß nichts von der Geliebten. Und die Geliebte weiß nichts vom Lover. Seine Kunden wissen gar nichts, und die Männer im *Wickerl* wissen nur, dass er einen Herzinfarkt gehabt habe.

»Sie, Joel, wissen nun als einziger alles. Was sagen Sie dazu?«

Nichts sagte ich dazu. Wir gingen unter den hohen Buchen. Die Stämme waren blank bis weit hinauf. Erst sehr hoch oben schlossen sich die entlaubten Äste und Zweige zu einem Dach, ein Stickwerk, durch das der Himmel schimmerte.

»Die Herrschaften, die sich an den Mittwochabenden im *Wickerl* mit Ihnen treffen, Joel, erwarten etwas von Ihnen«, fuhr er fort, nun drängend und auch ein wenig ängstlich, wie mir schien. »Und ich bin als letzter dazugestoßen, die anderen haben einen Vorsprung! Hat jeder Ihnen als einzigem sein Geheimnis preisgegeben? Ist es so?«

Man trifft sich nicht mit Joel Spazierer, Herr Manger – das hätte der Großwildjäger geantwortet, Gerhard Fries, 58, Unternehmer, Kabelherstellung –, hören Sie, man trifft sich nicht *mit ihm*. Man trifft sich. Das ist ein Unterschied! Und Florian, 53, (seinen Nachnamen weiß ich nicht), Kraftfahrer bei Senta-Trans Güterbeförderung GesmbH in Währing, ehemaliger Kettenraucher, ehemals schwer übergewichtig, hätte gesagt: Wir trinken Bier und spielen Karten, sonst ist nichts, jedenfalls nicht, dass ich wüsste, und das wüsste ich, aber ich weiß es nicht. Und Mihailo Moravac, 43, Verkäufer bei Netty & Prenn Computer-Handels-Gesellschaft in der Brigittenau, keiner Risikogruppe zuzurechnen: Wir erzählen Witze und essen etwas Kleines, und das ist es auch schon, und wir politisieren, aber keine Religion. Und Pezi Vogel, 78, pensionierter Handelsakademielehrer, Diabetiker und Hypotoniker: Wir politisieren, das trifft's, und erwarten, dass jeder hie und da das Bier und die Achterln für die Runde bezahlt, und das tut auch jeder hie und da, aber mehr erwarten wir nicht von niemand, und auf der

Straße verabschieden wir uns hinterher, und jeder geht, wohin er geht, und weiß nicht, wohin der andere geht. Und Wolfgang, 36, (auch seinen Nachnamen weiß ich nicht), Beamter bei der MA 45 Wiener Gewässer, mit 120 kg der Schwerste in der Runde: Wir erwarten von ihm, dass er manchmal beim Kartenspiel gewinnt und dass er manchmal einen Witz erzählt. Dr. Christof Dittl, Kardiologe, 60, hatte Herrn Manger bereits alles erklärt, in unserer Gegenwart sogar: Jeder von diesen Herren, hatte er mit feierlich angerührter Stimme gesagt, hat einen Herzinfarkt erlitten. Die Herren haben in der Reha dreimal in der Woche miteinander geturnt, und wenn sie im Fitnesssaal auf den Hometrainern gesessen sind, haben sie Erfahrungen mit ihren Beta-Blockern, mit ihren Blutgerinnungshemmern und den Blutdrucksenkern ausgetauscht, und sie haben ihre systolischen und diastolischen Werte, ihre Pulsfrequenzen und ihre Cholesterinwerte miteinander verglichen, HDL und LDL. Sie haben einander erzählt, wie es ist, mit dem Helikopter über die Stadt ins AKH geflogen oder mit Blaulicht durch die Stadt ins Donauspital gefahren zu werden. Oder wie es ist, wenn einem ein Zivi Nitroglyzerin in den Mund sprüht und dabei ›Scheiße!‹ sagt und man genau mitkriegt, was er damit meint. Und wie es ist, wenn man einen oder zwei Stents gesetzt bekommt oder wenn einem der Brustkorb aufgesägt und eine Vene aus dem Bein gezwickt und ein Bypass gelegt wird. Und sie haben einander erzählt, wie sie sich den Tod vorstellten. Und jetzt sind sie wieder auf dem Damm. – Und nicht viel hätte gefehlt, und die Herren hätten im Chor gerufen: Jawohl, wir sind wieder auf dem Damm! Wir erwarten nichts, und es wird nichts von uns erwartet, und wir erwarten von niemandem etwas! Deshalb treffen wir uns beim *Wickerl* in der Porzellangasse! – Und in die Runde verkündete Dr. Dittl, übergewichtig, reduzierter Raucher, Vater an Herzinfarkt gestorben, Onkel an Herzinfarkt gestorben, Schwester zwei Stents: Herr Dipl.-Tzt. Gert Manger, 41, ist zu uns gestoßen, weil ich ihm als sein Arzt empfohlen habe, sich nach seiner Reha einer solchen Gruppe anzuschließen. Und zum Schluss erklang wieder der Chor: Wir nehmen Sie auf, Herr Dipl.-Tzt. Manger, weil Ihr Arzt Sie uns empfohlen hat, der ja schließlich auch einer von uns ist!

Ich knöpfte den Mantelkragen um den Nacken, ein eisiger Wind blies durch den Wald herauf, und ich sagte: »Die Welt ist banal. Es gibt keinen Gott. Was Sie im Dom erlebt haben, war ein Blutdruckabfall oder eine besonders heftige Extrasystole oder eine von den hinterhältigen Panikattacken, wie sie nach Herzoperationen nicht selten sind. Alle sogenannten Gottesbeweise sind widerlegt worden. Es gibt ihn nicht. Er kann unser Leben nicht verändern. Wir müssen ihn nicht fürchten, und wir müssen ihn nicht lieben. Er kümmert sich nicht um uns, und wir brauchen uns nicht um ihn zu kümmern. Begegnung mit Gott ist Mangel an Gesundheit. Sind Sie nicht heilfroh darüber?«

»Sie haben keinen Herzinfarkt gehabt«, sagte er nur.

Hätte ich ihm erzählen sollen, wie ich Dr. Wolfram bei seinem Infarkt im Stadtpark zur Seite gestanden und er mich in die Mittwochabendgruppe eingeführt und durchgesetzt hatte, dass ich als einzig Nichtbetroffener aufgenommen wurde; und dass er mich bis heute für seinen Schutzengel hält – und zwar nicht in einem übertragenen Sinn (was bei einem Sozialdemokraten eine bemerkenswerte Leistung ist, finde ich)? Ich hatte kein Interesse, einen eifersüchtigen Tierarzt durch den Lainzer Tiergarten zurück zu seinem Auto zu begleiten und stumm neben ihm zu sitzen, bis er mich bei der nächsten U-Bahn-Station ablädt. Dr. Wolfram ist inzwischen vom Staatssekretär zum Minister aufgestiegen. Seither hat er keine Zeit mehr, am Mittwochabend im *Wickerl* herumzuhocken. Mich allerdings trifft er zwei Mal in der Woche zum Frühstück; er lädt mich in die Radetzkystraße in sein Büro ein, wohin uns sein Chauffeur frische Semmeln und Kipferln bringt, früh um halb sieben, für mich außerdem eine Pfanne mit Ham & Eggs mit viel Schnittlauch und in Butter schwimmend, keine Ahnung, wo er die auftreibt. Dr. Wolfram ist für die Gesundheit in unserer Republik verantwortlich (also auch für meine). Vom Bundeskanzler vor die Wahl gestellt, entweder das Ministerium für Verkehr, Innovation und Technologie oder das Gesundheitsressort zu übernehmen, habe er sich, auch aufgrund seiner Erfahrungen mit dem Infarkt, für letzteres entschieden – und gibt mir damit zu verstehen, dass er weiter unerschütterliches Vertrauen in seinen Schutzengel hat; sonst hätte er nicht bereits nach einem Monat seit dem Ereignis ja zu diesem Karrieresprung gesagt. Zugleich aber sollte ich wissen, dass er meine Zuständigkeit als eine begrenzte sieht.

»Was fehlt?«, fragte Manger.

»Ich weiß nicht, was Sie meinen.«

»Was ich Ihnen noch nicht über mich erzählt habe.« Er selbst gab die Antwort: Dass er erst vor kurzem eine winzige, aber sehr hübsche Wohnung im 1. Bezirk gemietet habe und sich dort manchmal mit seiner Geliebten treffe – mit seinem Geliebten nicht, sie bevorzugten ein Schwulenhotel am Währinger Gürtel, dessen Atmosphäre sie in eine andere Welt versetze, und das sei ihnen beiden recht.

»Ich suche auch etwas zu mieten«, sagte ich.

»Soll ich mich umhören?«, fragte er begeistert.

»Wenn es Ihnen keine Umstände macht.«

»Nein, gar nicht. Ein Tierarzt kennt fast nur Leute, die ihm gern einen Gefallen tun. Ist es dringend?«

»Einigermaßen.« Bevor der Winter kommt, hätte ich dazusagen können.

»Wie groß?«

»Muss nicht groß sein. Zwei Zimmer. Ein Zimmer.«

»Eher ein Büro? Sie wollen ein Büro. Schlicht oder repräsentativ?«

»Schlicht.«

Wir rafften unsere Mäntel um uns und setzten uns vor der Hubertuswarte auf eine Bank.

»Und sonst weiß ich nichts über Sie«, sagte er, nachdem er mich lange angesehen hatte. »Außer, dass Sie ein schlichtes Büro suchen. Zu welchem Zweck auch immer. Sind Sie verheiratet? Haben Sie Kinder? Ich weiß nicht einmal, was Sie von Beruf sind. Wie alt sind Sie? Nur dass Sie ein schlichtes Büro suchen und dass Sie keinen Herzinfarkt gehabt haben, weiß ich.«

Ich schwieg – mit dem Risiko, ihm nun noch kostbarer zu erscheinen.

»Sehen Sie doch!«, sagte ich.

Auf der anderen Seite des Weges lauerte eine Katze neben dem Stamm einer Buche, ein grauer Tiger. Sie hatte uns ihr Gesicht zugewandt, zeigte aber kein Interesse an zwei Gottespilgern. Ihre Augen blinkten gelb. Nur wenig Bewegung ging durch ihren Köper. Die Ohren waren spitz aufgestellt, das Licht, das zwischen den Bäumen hindurchschien, schimmerte darin und färbte die Haut wie Porzellan. In ihrer Haltung und ihrem Gesicht war ein Ernst, den ich gern auch in mir gefühlt hätte.

»Schöne Schuhe haben Sie«, sagte Manger.

»Marc O'Polo«, sagte ich.

»Blaue Wildlederschuhe mit roten Bändern! Ich würde mich das nicht trauen. Wissen Sie jetzt, was ich meine? Ich traue mich, parallel drei Liebesbeziehungen zu unterhalten, aber ich traue mich nicht, blaue Wildlederschuhe mit roten Bändern zu tragen. Das ist ein Urteil über einen Mann, das ist ein Urteil. Ich glaube, ich habe noch nie so schöne Schuhe gesehen. Ich wusste gar nicht, dass Marc O'Polo auch Schuhe hat. Ich habe ein paar Hemden von Marc O'Polo. Und ein Shirt oder zwei.«

»Doch, doch, Marc O'Polo hat auch Schuhe«, sagte ich – sagte aber nicht, dass ich mich zusätzlich auch traute, Schuhe zu stehlen.

»So schöne Schuhe«, rief er. »Gürtel weiß ich, dass Marc O'Polo anbietet, schöne Gürtel sogar.«

»Und eben auch Schuhe.«

»Sehr schön. Wirklich sehr, sehr schön.«

»Ich könnte die Schnürsenkel gegen schwarze austauschen. Das wäre nicht so extravagant«, sagte ich.

»Auf keinen Fall!«, rief er aus. »Tun Sie mir das nicht an!«

8

Manger lud mich zu sich nach Hause zum Mittagessen ein. Er und seine Familie besaßen ein Häuschen mit einem Garten in Döbling. Der Eingang führte durch einen Rosenbogen aus verrostetem Eisen. Die Rosenstöcke waren zurückgeschnitten; auch an der Hauswand wuchsen Rosenranken an Spalieren empor. Über das Haus ragte eine Tanne, und in der Wiese stand ein Wolf – aus Gusseisen, wie Manger beruhigte.

Seine Frau öffnete uns. Sie hatte wellige Haare und einen leicht schief stehenden Schneidezahn, sie sah wie eine Farmerin aus, das kam mir in den Sinn. Sie lachte mich freundlich an, ihre Hand schnellte mir entgegen, und es bestand kein Zweifel, dass sie mich erwartet hatte. Heute sei ihr freier Tag, sagte sie, und endlich lerne sie mich kennen. Sie trug Militärhosen und ein schlammfarbenes Jäckchen mit einer

Menge Reißverschlüssen, um den Hals hatte sie ein rotes Cowboytuch mit weißen Punkten gewunden, in ihren Haaren war der Abdruck eines Hutes.

Essen war vorbereitet, ein Wiener Suppentopf mit Schwein, Rind, Huhn, Gelben Rüben, Karotten, Sellerie, Lauch, Kartoffeln, Nudeln und Liebstöckelblättern (woher um diese Jahreszeit?), dazu Weizenbier und Waldmeisterlimonade. Wir schlüpften mitsamt Schuhen in monströse Filzpatschen, die wie Mäuse aus einem postatomaren japanischen Horrorfilm aussahen, und setzten uns in die Küche. Der Tisch hatte eine Schieferplatte in der Mitte, darauf stellte Frau Manger den Topf, und wir schöpften uns in Schüsseln. Das war alles so schnell gegangen, dass die Brille ihres Mannes noch vom Nebel draußen beschlagen war, als wir schon den Löffel in der Hand hielten. Annkathrin habe heute Unterricht bis in den Nachmittag hinein, sagte Frau Manger, als wüsste ich längst, dass Annkathrin ihre Tochter ist; sie esse in der Schule, außerdem sei sie Vegetarierin, sie halte es für »völlig absurd«, dass ein Tierarzt Tiere esse, und dass zwei Tierärzte Tiere essen, komme ihr wie ein Witz aus einer Show von Stermann und Grissemann vor. Frau Manger wahrte das Sie, nannte mich aber beim Vornamen. Ich durfte daraus schließen, dass sie mich für einen engen Kumpel ihres Mannes hielt; wogegen jedoch sprechen musste, dass er mich nicht duzte, sondern ebenfalls siezte, was sie sich wahrscheinlich damit erklärte, dass ich ein Kauz sei; und tatsächlich deuteten kleine Neckereien darauf hin, dass sie mich für einen solchen hielt. Manger hatte mir von seiner Frau nichts erzählt, außer dass er sie in der erwähnten Nacht wach geküsst und angelogen hatte, er sei mit uns Bier trinken gewesen, derweil er sich von einem klugen nigerianischen Hasen in den Arsch hatte ficken lassen. Sie habe sich in ihrer Arbeit auf die Bauernhöfe in der Umgebung spezialisiert (ich nahm an, was im Suppentopf schwamm, war Bakschisch), während er – auch das hatte er mir nicht erzählt – den großen Haufen Geld mit einer Tierklinik in der Innenstadt scheffle, wo er auf zwei Stockwerken ein Dutzend Angestellte unterhalte, fünf Kollegen und Personal in Gummihandschuhen und Beißschutz an den Unterarmen. Ihre Fingernägel waren bis auf die Kuppen heruntergeschnitten und hatten unsaubere Ränder, ihr Gesicht war ungeschminkt. Aber sie wirkte nobel – wegen ihrer langsamen Bewegungen, zum Beispiel, wenn sie mir Suppe nachschöpfte, und ihrer bedächtigen Art zu sprechen. Ich phantasierte, das Haus sei geerbt und einst das Wochenendhaus ihrer Eltern gewesen. Sie setzte selbstverständlich voraus, dass sie von ihrem Mann vorgestellt worden war. Er nannte sie Marithér, was wohl eine Abkürzung von Maria Theresia war. Sie war mir sympathisch. Ich ihr auch. Und sie tat mir nicht leid, wie ich befürchtet hatte. Mir dämmerte, dass ich von ihrem Mann oft genug als Alibi benutzt worden war. Ich war sein bester Freund. Ein später Freund, aber sein bester Freund, aufgetaucht aus dem Nichts. Ein väterlicher Freund, ich war schließlich zwanzig Jahre älter als er. Ich glaube, Frau Manger war der Meinung, ihrem Mann tue ein väterlicher Freund wohl; und war auch der Meinung, meine Kauzigkeit (die sie sich nur aus den Erzählungen ihres Mannes zusammengebastelt haben konnte) bewahre ihn vor allzu selbstloser Hingabe; wozu er neigte, wie sie wissen musste. Und als hätte sie meine Gedanken gesehen oder gehört, sagte sie: Reine Mädchenfreundschaften habe sie bei Frauen ihres Alters nie beobachten können, reine Bubenfreundschaften bei Männern schon.

Was sie damit meine, fragte ich.

»Gert hat mir erzählt, wie Sie mit ihm gestern Nacht einen Diskurs über den Sternenhimmel geführt haben. In pubertäre Entzückung war er geraten.«

Manger blickte mir gerade ins Gesicht. *Ein guter Lügner ist ein guter Stratege und ein guter Komponist. Er muss die Hauptgeschichte kennen, darf ihr aber nicht alles geben. Ohne Nebenhandlungen keine Hauptgeschichte. Manchmal muss er den Eindruck vermitteln, ein schlechter Erzähler zu sein, der zwischen Wesentlichem und Unwesentlichem nicht unterscheiden kann. Aus unerfindlichen Gründen schließen die meisten Menschen von Ungeschicklichkeit auf Ehrlichkeit.* – Eine Geliebte würde ihm seine Frau wahrscheinlich verzeihen, einen Geliebten nicht. Irgendwann wird er die Geliebte preisgeben, um den Verdacht auf sie abzulenken. Vielleicht war ich auch ein Teil des Ablenkungsmanövers – die reine Bubenfreundschaft. Frau Manger hatte keine Ahnung von Buben.

»Die Sterne, die Sterne haben leider keine …«, sie wusste nicht, was sie sagen wollte, oder es war ihr entfallen.

»… leider keine BVD/MD, gegen die man wacker animpfen könnte«, ergänzte ihr Mann, bemüht witzig.

Bei unserem Nachtspaziergang durch den Prater hatte der Himmel aufgeklart, und der von dem Gott verwundete Mann neben mir war in Ausrufe ausgebrochen, das Sternenfirmament sei sein Leben lang ein Trost für ihn gewesen oder Ähnliches und ob ich je das Kreuz des Südens gesehen hätte oder das Nordlicht, woraus ich fälschlicherweise geschlossen hatte, dass er wenigstens die Namen der Sterne des Orion wusste, der sich über das südliche Segment spannte.

»Gert kennt sich wirklich blendend bei den Sternen aus«, log ich und gab ihr damit zu verstehen, dass ich ihn nicht gering schätzte, und ihm, dass er sich auf mich verlassen könne.

»Nur Wissenschaftler und Buben kennen sich ›blendend‹ bei Sternen aus«, sagte sie.

Ihr Blick traf auf meinen, und sie wurde ernst; weil sie meinen Ernst sah und weil sie sonst noch einiges zu sehen glaubte, und ich sah ebenfalls einiges. Ein bisschen fragte sie mich aus, mehr aus Höflichkeit denn aus Neugierde. Ich sagte die Wahrheit, dass ich erst seit einem Monat wieder in Wien sei, dass ich beabsichtige, über den Winter zu bleiben, und dass ich eine kleine Wohnung suche.

Sie war nun sehr verlegen, wich meinem Blick aus. Ihre Verlegenheit war echt.

Ich habe in meinem Leben immerhin ein paar Leute kennen gelernt, denen der Gott erschienen ist – oder einer seiner Abgesandten – oder der Teufel erschienen ist – oder einer seiner Abgesandten. Ob es ihnen genützt oder geschadet hat, weiß ich nicht. Allen fiel es schwer, darüber zu sprechen. Denn sobald sie ein Wort dafür fanden, glaubten sie auch schon nicht mehr daran. Manche kontaktierten einen Psychiater, sagten dem aber nicht die Wahrheit, indem sie zwar den Zustand beschrieben, der ihnen zusetzte, den Gott, den Teufel oder deren Abgesandte aber davon subtrahierten. Und ich habe in meinem Leben ein paar Mörder kennen gelernt – nicht nur im Gefängnis.

Plötzlich griff sie nach der Hand ihres Mannes, erschrak über ihre eigene Geste. Das Erschrecken aber war nicht mehr echt. »Du bist genau genommen eh nie dort«, sagte sie, wobei sie flüsterte. Er habe auch schon daran gedacht, flüsterte er – ebenso demonstrativ – zurück.

So kam es, dass ich, keine Stunde nachdem ich das Haus der Mangers betreten hatte, den Schlüssel für ihre Mansardenwohnung am Minoritenplatz hinter dem Burgtheater überreicht bekam. Manger zeigte mir auf seinem I-Phone ein paar Bilder – Dachschrägen, ein breites Bett, eingezäunt von Kissen, ein putziger Schreibtisch mit Messingwinkeln, eine Säule, an der afrikanische Masken hingen, Schrägfenster mit Blick auf das Dach der Minoritenkirche, eine Kochecke im Stil der *Frankfurter Küche* von Margarete Schütte-Lihotzky, wie mir Manger mit hochgezogenen Brauen mitteilte (vor ihm habe der Direktor eines Wiener Museums hier gewohnt, er habe die Einrichtung von ihm abgelöst – Internetanschluss ja, Fernseher nein) – alles in allem: ein Winterparadies für einen alten weltzufriedenen Mann wie mich. Ich brauchte keine Miete zu bezahlen und keine Betriebskosten, ich brauchte nicht zu putzen, das übernahm eine polnische Putzfrau, ich brauchte nicht zu sagen, wie lange ich blieb, denn ich durfte bleiben, so lange ich wollte. Frau Manger war froh, dass ihr Mann glücklich war, endlich einen Kumpanen zu haben; und er meinte, nun sei ich mit nahezu einklagbarer Garantie sein Freund. – Der Gott hatte seine Hand über mich gehalten und dafür gesorgt, dass ich an diesem Tage nicht hungern und dass ich über den kommenden Winter nicht frieren musste.

Frau Manger brachte mich in ihrem silbergrauen Audi zur U-Bahn-Station Heiligenstadt. Sie hatte mich eigentlich in die Stadt und bis vor die Haustür am Minoritenplatz fahren und mir die Wohnung zeigen wollen. Ich hatte abgelehnt. Wenn einem an einem einzigen Tag so viel Gutes widerfahre, sagte ich, müsse der Mensch ein wenig mit sich allein sein.

»Ich bin mir sicher, Gert hat Ihnen von seiner Freundin erzählt«, sagte sie, nachdem sie den Motor abgeschaltet hatte. »Aber Sie wissen wahrscheinlich nicht, dass ich es weiß. Behalten Sie es für sich. Die Sache ist kein großes Drama, aber ein kleines schon. Und Sie könnten darin eine Rolle spielen, Joel, deshalb sollten Sie Bescheid wissen. Sie sind seine Chance, von ihr loszukommen. Das weiß er nicht. Aber ich weiß es. Er leidet sehr unter dieser Beziehung. Ich gebe ihr die Schuld an seinem Infarkt. Dieses Nest jedenfalls soll in Zukunft für sie gesperrt sein.«

Ich schwieg. Sie sah mich an mit einem Blick, der sagte: Ohne Worte ist sogar noch besser als mit. Ein paar Minuten, dann stieg ich aus.

Ich ging zu Fuß. Der späte Nachmittag dämmerte. Ich kannte mich aus. Moma und Opa hatten hier in der Nähe gewohnt. Von hier aus war ich – mehr als fünfzig Jahre war es her – an einem Wintertag den weiten Weg durch Schneeregen und Matsch bis nach Hietzing zu Herrn Dr. Martins Wohnung gegangen, um Moma vor ihm zu retten. Erst wollte ich den gleichen Weg noch einmal gehen. Aber ich fand keinen Reiz in der Erinnerung. In keiner Erinnerung. Ich kehrte um und setzte mich am Perron der U-Bahn auf eine Bank und dachte nichts.

Als ich bereits über einen Monat am Minoritenplatz wohnte, wartete eines Abends – es war kurz vor Weihnachten, im Stiegenhaus roch es nach Kerzenwachs und Tannennadeln, nach süßem Lebkuchen und Punsch – Marithér vor der Tür. Sie saß auf der Stiege, die von der letzten Liftstation hinauf ins Dachgeschoss führte, sie war geschminkt, trug Stiefel mit hohen Absätzen und hatte gar nichts von einer Farmerin an sich. Ich kam gerade von einem Spaziergang durch die Stadt zurück. Ob ich eine Stunde für sie übrig hätte, fragte sie. Es gebe etwas, was sie seit langer, langer Zeit belaste, worüber sie aber mit niemandem bisher gesprochen habe; nein, mit ihrem Mann habe es nichts zu tun, auch nicht mit seiner Geliebten, diese Sache sei überstanden und ausgestanden; es betreffe nur sie selbst. Mit mir, so bilde sie sich jedenfalls ein, könne sie darüber sprechen, als einzigem. Für einen Kauz hielt sie mich nicht mehr …

Nun aber ist mein Urlaub in die Gegenwart beendet.

9

»Hohes Gericht, sehr geehrter Herr Vorsitzender, sehr geehrter Herr Verteidiger, meine sehr geehrten Damen und Herren Geschworenen.

Die Frage lautete nicht: Womit haben wir es zu tun? Sondern: Mit wem haben wir es zu tun? Ersteres stand von Anfang an fest: Mord. Es gibt ein Geständnis, es gibt eine Zeugin; die Analyse des Tatorts erbrachte eindeutige Ergebnisse, ebenso die medizinischen Befunde. Der Anwalt des Angeklagten hat zwar versucht, Geständnis und Tat zu relativieren und die Zeugin zu diskreditieren. Aber nichts davon hat der Herr Vorsitzende zugelassen. Somit können wir sagen: Der Fall ist geklärt. Er ist geklärt, weil er von Anfang an klar war. Nur eine einzige Sache ist noch zu erörtern: das Strafmaß. Dies aber zwingt uns, die Frage zu beantworten: Mit wem haben wir es zu tun?

Frau Pongratz hat ein bedenkenswertes Bild gefunden. Ich zitiere aus ihrer Aussage: ›Hans-Martin ist ein Zwischending zwischen einem Engel und einem Teufel.‹ – Sie kann sich nicht an den richtigen – ich sage lieber: den gegenwärtigen – Namen des Angeklagten gewöhnen, was für den Psychiater und Gutachter Prof. Dr. Toren ein Indiz dafür ist, dass sie in den vergangenen Jahren sehr oft über ihn gesprochen, also sehr oft seinen vermeintlichen Namen genannt und im Stillen wohl auch sehr oft an ihn gedacht hat, denn nur so präge sich ein Name derart ins Gedächtnis ein, dass er sich trotz besseren Wissens immer wieder in den Vordergrund dränge. Das heißt, der Angeklagte, der ihr in Wahrheit nicht öfter als ein Dutzend Mal begegnet ist, vermutlich weniger, hat einen tiefen Eindruck bei ihr hinterlassen. Wir fragen uns, warum. – Ich zitiere weiter Frau Pongratz: ›Hans-Martin hat in wenigen Augenblicken meine Zuneigung gewonnen. Er hat mich gerührt, wissen Sie! Wenn er vor mir saß, konnte ich nicht anders, ich musste ihn dauernd anschauen. Ich hätte ihn am liebsten dauernd geküsst. Ein verlorenes Kind, Sie können sich das nicht vorstellen. Mir war, als würde ich ihn schon lange kennen. Und wenn der Himmel etwas mit mir vorhat? Warum denn nicht? Dass ich mein Leben gut machen kann, wenn ich diesen Bub unter meine Fittiche nehme. Genau das habe ich gedacht, dafür schäme ich mich nicht. Auf jedes Wort von ihm habe ich gewartet, und ich habe mir jedes Mal gedacht, er sagt genau das Wort, auf das ich gewartet habe. Es war so. Ist das nicht seltsam? Ich habe mir gedacht, das ist ein Wunder. Aber wenn ich in der Nacht aufgewacht bin und an ihn gedacht habe, und das ist oft vorgekommen, dann war es genau umgekehrt. Ich habe gedacht, mir ist nie so ein fremder Mensch begegnet. Ich meine, jemand, in den man so wenig hineinschauen kann. Und er war mir unheimlich, und ich habe mir vorgenommen, dem Emil gleich beim Frühstück zu sagen, dass er ihn nicht mehr trifft, lieber. Aber vierundzwanzig Stunden später war er wieder da und saß mir nachts im Café gegenüber und war höflich, niemand hat je einen höflicheren Menschen gesehen. Er hat mich wie eine Dame behandelt, und wer tut das schon bei jemandem wie mir, und mir ist es wieder nicht anders gegangen, als dass ich ihn am liebsten dauernd geküsst hätte. Ich hätte ihm den Schlüssel zu unserer Wohnung gegeben, wenn er mich gefragt hätte. Alles hätte ich ihm anvertraut, mein Geld, mein Sparbuch, meine Tabletten. Wenn ich ihn anschaue, ist er ein Engel, wenn ich die Augen zumache, ist er ein Teufel. Das geht mir sogar jetzt in diesem Gerichtssaal so. Er ist ein Zwischending zwischen Engel und Teufel.‹ – So weit Frau Pongratz' Aussage, wie sie vollständig im Protokoll aufgeführt wird.

Tatsächlich hat Frau Pongratz dem Angeklagten angeboten, bei ihr und ihrem Sohn zu wohnen. Nämlich, nachdem er ihr ins Gesicht hinein, und ohne dabei rot zu werden, gesagt hatte, dass er ein Russe und von seinen Eltern verstoßen worden sei. Er sei den weiten Weg von Russland bis nach Wien zu Fuß gegangen, hat er ihr erzählt, hatte in seinem kindlichen Alter sämtliche Länder beim Namen genannt, Ukraine, Polen, Tschechoslowakei, manchmal habe ihn ein Pferdekarren, manchmal ein russischer Schützenpanzer, ein andermal ein Slowake auf seinem Motorrad mitgenommen. Er habe sich durch den Eisernen Vorhang geschmuggelt und sei schließlich in Wien bei Ägyptern untergetaucht, die illegal in einem leerstehenden Haus wohnten, wo er für Kost und Logis auf die alte Großmutter aufpasse. Ein höchst unwahrscheinliches Szenario, finden Sie nicht auch? Und Frau Pongratz? Ist Sie ihnen als eine naive, leichtgläubige Person erschienen? Mir nicht. Im Gegenteil. Ihre Lebensumstände, will mir scheinen, haben sie zu einem skeptischen, abgeklärten, bisweilen sarkastischen Menschen werden lassen, dem niemand mir nichts, dir nichts etwas vormachen kann. Aber ihm, dem Angeklagten, hat sie geglaubt, alles hat sie ihm geglaubt, die tollsten Geschichten. Warum? Auch sehe ich in ihr nicht eine Person, die ihre Zuneigung allzu leicht verschenkt. In den Angeklagten war sie vom ersten Augenblick an vernarrt. Warum? Der Angeklagte ist ein Lügner, und er ist ein Verführer.

Ich bin mir im Klaren, dass eine solche Aussage für einen Juristen eigentlich nicht statthaft ist. Der Jurist sagt: In diesem oder jenem Punkt hat der Angeklagte gelogen. Und dafür hat er einen Beweis vorzulegen. Er behandelt die Lüge als *einen* Aspekt des Verhaltens. Wenn ich einen Menschen einen Lügner oder einen Verführer nenne, meine ich hingegen seinen *gesamten* Charakter. Wir haben es jedoch mit einem besonderen Fall zu tun, dessen juristische Erfassung über das Juristische hinausweist. Unser Charakter ist, wie ein großer Mann sagte, unser Schicksal. Der Charakter des Angeklagten ist aber leider nicht nur *sein* Schicksal, sondern wurde zum Schicksal von etlichen Menschen, die mit ihm in Verbindung traten – so auch von Frau Lundin.

Wir haben Frau Pongratz' Sohn Emil gehört. Der Vorsitzende dieses Verfahrens war so feinfühlig und klug, bei dessen Aussage die Öffentlichkeit von der Verhandlung auszuschließen, weil das, was er uns im Detail zu erzählen hatte, deren sittliche Empfindungen in einer Art verletzt hätte, wie es nicht zu verantworten gewesen wäre. Wir erfuhren von sexuellen Praktiken, an kranken Männern verübt, über die die meisten von Ihnen bis an ihr Lebensende im Unklaren geblieben wären, hätte das Los sie nicht zu Geschworenen bestimmt. Emil, der in kindlicher Verirrung sich zwar nicht an diesen Schändlichkeiten beteiligt, aber doch aus Neugierde dabei zugesehen hatte, hatte sich bald voll Ekel abgewandt – wie schon vorher sein Freund Franz Klaubauf, der aus gesundheitlichen Gründen nicht zur Verhandlung erscheinen konnte, aber im Rechtshilfeweg vernommen wurde und bei dieser Gelegenheit schilderte, dass er bis heute Albträume habe, die von den wenigen Treffen mit dem Angeklagten herrührten. Prof. Dr. Toren, der beigezogene Sachverständige, hat bestätigt, dass bereits eine einzige Begegnung mit einem außergewöhnlich bösen Menschen zu traumatischen Störungen führen könne, die unter Umständen und bei Nichtbehandlung ein Leben andauern. Wobei ich zugebe, den Ausdruck ›böser Mensch‹ hat er nicht verwendet; er sprach von einer moralisch und ethisch devianten Persönlichkeit, was aber, wie er einräumte, in eine nichtwissenschaftliche Sprache übersetzt das Gleiche bedeute.

In Übereinstimmung mit seiner Mutter hat Emil Pongratz ausgesagt, der Angeklagte habe damals behauptet, er sei neun Jahre alt. Emil hatte ihm das geglaubt, ebenso wie seine Mutter. Frau Pongratz, bei allen Vorbehalten gegenüber der Tätigkeit, mit der sie ihren und ihres Sohnes Lebensunterhalt und dessen Ausbildung finanziert, ist für die Staatsanwaltschaft eine glaubwürdige Person und insofern eine wertvolle Zeugin, als wir sie – wahrscheinlich und leider wegen ihres ›Berufes‹ – für besonders menschenkundig halten. Sie hatte den Angeklagten sogar auf älter geschätzt, auf zehn Jahre. Er hingegen behauptet heute, er sei damals erst sieben gewesen. Er macht sich also um zwei oder drei Jahre jünger. Wem wollen wir glauben?

Wie auch immer. Als Siebenjähriger oder als Neun- oder Zehnjähriger hat er sich sowohl als Prostituierter als auch als sein eigener Zuhälter betätigt. Er hat seine Freier zu sexuellen Praktiken verführt, die sich nicht einmal deren perverse Gehirne hätten ausdenken können, um sie anschließend zu erpressen und ganze Monatslöhne aus ihnen herauszuholen. Es ist der Staatsanwaltschaft gelungen, zwei dieser Freier ausfindig zu machen. Die beiden Herren waren unter Wahrung ihrer Anonymität bereit auszusagen. Ich selbst habe ein Gedächtnisprotokoll der Gespräche mit ihnen verfasst und es dem Gericht vorgelegt. Daraus geht hervor, dass der Angeklagte kalt und brutal drohte, das Leben der beiden Herren zu ruinieren, wenn sie nicht zahlten. Ich glaube nicht, dass unsere Gesellschaft einen vergleichbaren Fall von Verderbtheit vorzuweisen hat.

Ohne Zweifel gab und gibt es ähnliche, ohne Zweifel schlimmere Widerwärtigkeiten in der Geschichte der Justiz, aber es ist doch etwas anderes, ob man solcher Unmoral bei einem erwachsenen Mann wie zum Beispiel dem Frauenmörder Max Gufler begegnet, der vor zehn Jahren in Österreich zu lebenslanger Haft verurteilt wurde und im vergangenen Jahr im Kerker starb, oder bei einem Kind wie dem Angeklagten. Und was ist daran anders? Dies meine Antwort: Aus Gufler ist die Bestie *geworden*; das Böse hatte viel Zeit, in diese Person einzudringen und sich in ihr zu entfalten. Er war ein liebes, fröhliches Kind, wird uns berichtet; im selben Alter, als der Angeklagte bereits sein Schandgewerbe betrieb, erlitt Gufler bei einem Unfall eine schwere Schädelverletzung, in deren Folge sich Irrsinn zeigte, der ihn am Ende in eine Bestie verwandelte. Der Angeklagte aber ist nicht zu dem *geworden*, als der er sich Ihnen heute präsentiert – *er war immer so*. Er war so als Zehnjähriger, als Neunjähriger, als Siebenjähriger. Das Böse ist nicht in ihn eingedrungen – es wohnte von Anfang an in ihm. *Er ist das Böse.*

Die Staatsanwaltschaft ist bei den Überlegungen, das Strafmaß betreffend, sich ihrer Verantwortung im höchsten Maße bewusst. Zweimal hat sie darum gebeten, den Prozessbeginn zu verschieben, um dem Gericht auch jene Zeugen zu präsentieren, deren Aussagen vielleicht nicht bei der Klärung der Schuldfrage, umso mehr aber für die Bestimmung des Strafausmaßes notwendig sind.

Zu diesen Zeugen gehören auch Frau Dr. Dorothea Vries und Herr Dipl.-Ing. Gustav Blecha. Die beiden haben im Frühling 1957 an mehreren Wiener Schulen eine Feldstudie durchgeführt, die Auskunft geben sollte über das Leben und die Leidensgeschichte der Ungarnflüchtlinge. Nach ihren Angaben haben sie Hunderte Schüler interviewt, viele Geschichten seien einander ähnlich gewesen, an die meisten Schüler erinnern sie sich heute nicht mehr. An den Angeklagten allerdings erinnern sie sich sehr genau. Und das ist kein Wunder, hat er ihnen doch eine Geschichte aufgetischt, bei der ihnen die Grausbirnen aufstiegen. Unter anderem hat er aus seiner Großmutter eine kommunistische Furie gemacht, die im Auftrag des kommunistischen Geheimdienstes nach Österreich gekommen sei, um die ehrlichen Immigranten zu bespitzeln. Er hat sie weiters beschuldigt, am Tod ihres Mannes wahrscheinlich mehr als nur beteiligt gewesen zu sein – und das, obwohl der Großvater des Angeklagten zu dieser Zeit mehr oder wenig fröhlich lebte. Die Geschichte, die der Angeklagte vor den staunenden Wissenschaftlern ausbreitete, ist so ungeheuerlich, dass ich mir in meiner Einfalt zunächst sagte, sie muss wahr sein oder zumindest Teile davon müssen wahr sein, denn so etwas kann sich niemand ausdenken, schon gar nicht ein Kind. Frau Dr. Vries und Dipl.-Ing. Blecha sagten vor Gericht aus, sie hätten damals ähnlich gedacht. Nachgegangen sind sie den Geschichten allerdings nicht.

Die Staatsanwaltschaft hingegen hat diese Mühe auf sich genommen und dabei vielleicht nicht die ganze Wahrheit, aber einige interessante Fakten ans Tageslicht befördert. Zunächst konnten wir in Erfahrung bringen, dass sowohl die Großmutter des Angeklagten als auch der Großvater in Ungarn im Gefängnis saßen. Dem Großvater, einem Internisten, wurde vorgeworfen, er habe bei einer Operation infolge einer groben Fahrlässigkeit oder sogar vorsätzlich den Tod eines Patienten herbeigeführt. Warum die Großmutter eingesperrt war, konnten wir nicht eruieren. Sie selbst gab vor Gericht darüber keine Auskunft. Nun neigen wir in politischen Dingen zur Schwarzweißmalerei und sind gern bereit, von vornherein als unschuldig anzusehen, wer hinter dem Eisernen Vorhang ins Gefängnis gesperrt wird. Tatsächlich hat aber auch das kommunistische Ungarn Gesetze, die nicht nur der Aufrechterhaltung der Diktatur dienen, sondern wie bei uns auch der Aufrechterhaltung des zivilen Lebens. Verbrecher werden auch drüben eingesperrt. Auch wenn es zu dieser Verhandlung nicht direkt in Beziehung steht, ist es doch aufschlussreich zu wissen, dass sowohl die Großmutter als auch der Großvater des Angeklagten im Sinne der auch bei uns geltenden Gesetze Kriminelle sind. Auf die Mutter und den Vater werden wir später näher eingehen.

Frau Dr. Vries erinnert sich sehr genau an eine Frage, die sie dem Angeklagten damals gestellt hatte: ob er sicher sei, dass die Leute, die behaupteten, seine Eltern zu sein, tatsächlich seine Eltern sind. Worauf er geantwortet habe, er wisse es nicht. Als sie die Frage wiederholte, habe er nicht anders geantwortet. Was weiter geschah, schilderte uns Frau Dr. Vries. Ich zitiere aus dem Protokoll: ›Ich sagte, er müsse sich im Klaren darüber sein, dass wir uns an die Polizei wenden, wenn er uns weiter im Unklaren lasse. Da fing er an zu schreien. Ich sagte, er müsse keine Angst haben, die Polizei werde dafür sorgen, dass ihm diese Leute nichts antun. Er sprang auf, rannte zum Fenster, riss es auf, kletterte auf das Sims und sagte, wenn ich nicht auf der Stelle schwöre, nicht zur Polizei zu gehen, springe er, und wenn er überlebe, behaupte er, wir hätten ihn gestoßen. Ich sagte zu ihm: Ich glaube dir nicht. Wir glauben dir nichts mehr. Du bist ein Lügner. Du bist ein böser, böser Lügner!‹ Frau Dr. Vries und Herr Dipl.-Ing. Blecha müssen sich den Vorwurf gefallen lassen, verantwortungslos gewesen zu sein. Sie hätten sich selbstverständlich unverzüglich entweder an den Direktor der Schule oder an die Eltern des Angeklagten oder tatsächlich an die Polizei wenden müssen. Herr Dipl.-Ing. Blecha begründet diese Unterlassung folgendermaßen – ich zitiere: ›Wir hatten Angst vor ihm. Das ist die Wahrheit. Eine blöde Angst. Wenn wir ihn nicht in Ruhe lassen, wird er uns auch nicht in Ruhe lassen. Da haben wir ihn in Ruhe gelassen.‹ Dipl.-Ing. Blecha hat sogar Angst vor den Sommersprossen des Angeklagten. Das hat Heiterkeit im Saal hervorgerufen. Er ist der Meinung, es seien keine Sommersprossen. Ich gebe zu, sie sehen nicht wie solche aus. Aber ich bin kein Mediziner, ich bin nur Jurist.

Übrigens: Auch Frau Dr. Vries und Herr Dipl.-Ing. Blecha haben den Angeklagten für mindestens zwei Jahre älter geschätzt, als er selbst angibt. Sie glaubten damals, seine Eltern hätten sein Alter vor den Behörden herabgesetzt, weil sie sich dadurch größere Zuwendungen erhofften. Je kleiner die Kinder waren, desto leichter war es für die Flüchtlinge, Mitleid zu erregen und Hilfe jeder Art zu bekommen. Ich habe den Angeklagten verschiedenen Fachleuten vorgeführt, Ärzten, Juristen, Polizisten, Psychologen, Priester, allesamt haben ihn auf mindestens zwei Jahre älter geschätzt.

Die Staatsanwaltschaft führte einen Briefwechsel mit dem zuständigen Bürgermeisteramt der Stadt Budapest, was eine höchst aufwendige Sache war. Allerdings hatten wir Glück und gerieten schließlich an einen besonders freundlichen und hilfsbereiten Beamten, der zudem hervorragend Deutsch schreibt. Um mich kurz zu halten: Trotz umfangreicher Bemühungen konnte kein Eintrag über die Geburt oder die Taufe eines Knaben gefunden werden, der den Namen des Angeklagten trägt und ungefähr das von ihm angegebene Alter hat.

Ich habe – mag man es mir als Übereifer ankreiden – beantragt, Untersuchungen zur Altersbestimmung aufgrund des Mineralisationsgrades des Zahndentins am Angeklagten vorzunehmen. Leider ist dem Antrag nicht stattgegeben worden.

Ich appelliere an Sie, meine sehr geehrten Damen und Herren Geschworenen, und an Sie, sehr geehrter Herr Vorsitzender, die Sie über das Strafmaß zu befinden haben, der Lüge nicht zum Sieg zu verhelfen! Ich bin davon überzeugt, dass der Angeklagte zum Zeitpunkt der Tat das achtzehnte Lebensjahr längst vollendet hatte, dass also die Artikel 22 und 25 des Gesetzes vom 1. Juni 1922, betreffend Abänderung des Strafrechtes, der Strafprozessordnung und deren Nachtrags- und Nebengesetze, in welchen geregelt wird, wer als Jugendlicher zu gelten und mit welchen Strafen ein solcher zu rechnen hat, in diesem Fall nicht von Belang sind und deshalb auch nicht Anwendung finden können; dass der Angeklagte ohne Einschränkung als Erwachsener zu gelten hat, der für seine Tat zur Verantwortung gezogen werden kann und somit auch mit der Strafe rechnen muss, die in unserem Land für Mord vorgesehen ist.

Der Angeklagte ist ein Verführer, und er ist ein Lügner. Er war bereits als Kind ein Lügner. Er ist als Lügner zur Welt gekommen. Damit wenden wir uns dem – von der Tat abgesehen – düstersten Kapitel unserer Geschichte zu.

Ich behaupte: Die Lüge ist dem Angeklagten angeboren. Er hat sie geerbt, wie wir von Adam die Sünde geerbt haben, nur dass Adams Sünde an die gesamte Menschheit weitergegeben wurde und dabei beträchtlich verdünnt worden ist. Wir alle lügen. Die einen öfter, die anderen weniger oft. Die Lüge gehört nicht einem allein. Deshalb glaube ich eigentlich, die Sache nicht zu treffen, wenn im Fall des Angeklagten von Lüge gesprochen wird. Wir müssten ein neues Wort erfinden. Mit den mehr oder weniger harmlosen Flunkereien, derer wir uns täglich schuldig machen, hat diese ›satanische Weltverneinung‹ nichts zu tun.

Dieser Begriff stammt nicht von mir. Ich bin nur ein Jurist und kein Philosoph und schon gar nicht ein Theologe. Diesen Begriff hat, wie Sie sich erinnern werden, Pater Edelbert eingeführt, der Präfekt im Schülerheim Tschatralagant, in dem der Angeklagte eine Weile seine Tage verbracht hat, um für die Schule zu lernen. Und er hat uns diesen Begriff erklärt. Laut biblischer Auffassung, führte er aus, ist Luzifer, der Satan, aus dem Licht und der Liebe Gottes verstoßen worden, und das komme einer Verneinung Gottes und der Schöpfung gleich, einer universellen Verneinung sozusagen, und nichts anderes sei das Böse. Der Theologe erklärte uns weiter, wir Menschen, ohne Ausnahme, würden im Laufe unseres Lebens immer wieder von dieser Verneinung angesteckt wie von einer Krankheit, die einen gefährlicher, die anderen weniger gefährlich; das heißt, das Böse dringe in uns ein – wie es in den Mörder Max Gufler im Laufe seines Lebens eingedrungen ist. In den meisten Fällen gelinge es unseren Selbstheilungskräften, unserem moralischen Immunsystem, mit diesem Bazillus fertig zu werden. Sehr selten – ich gebe wieder, was der Theologe sagte – geschehe es, dass Satan selbst auf der Welt erscheine, häufiger, dass er einen von den Seinen schicke – zu Eva ins Paradies den Samiel, den Beelzebub zu dem alttestamentarischen König Ahasja und in Goethes Faust den Herrn Urian zum Hexentanz in der Walpurgisnacht.

Wie gesagt, ich bin kein Theologe, aber ich finde, in einem katholischen Land wie Liechtenstein, das von einem christlichen Fürsten nach christlichen Grundsätzen vortrefflich geführt wird, sollte auf die Ausführungen eines Kirchenmannes gehört werden.

Großen Eindruck hat der Zeuge Herr Dr. Hans Martin hinterlassen. – Ja, er heißt tatsächlich so! Perfiderweise hat der Angeklagte, als er sich als Prostituierter, Zuhälter und Erpresser betätigte, diesem Mann, bevor er ihm die Ehre nahm, den Namen gestohlen. – Großen Eindruck deshalb, weil er uns an seinem Leben demonstrierte, was die Lüge als satanische Weltverneinung anzurichten im Stande ist. Wir haben einen gebrochenen Mann im Zeugenstand gesehen, einen Mann, der alles verloren hat, seinen Beruf, seine Ehre, sein Glück. Aus eigener Schuld, wie er sagte. Was war sein Vergehen? Nichts anderes als sein menschenfreundliches Herz. Er hat einer Kollegin – einer vermeintlichen Kollegin! – und deren Familie in der Not geholfen.

Im Sommer 1956 waren sie nach Österreich gekommen. Sie behaupteten, sie seien geflohen. Vor wem geflohen? Zu dieser Zeit herrschte in Ungarn politisches Tauwetter, die liberalen Kräfte um Imre Nagy, dem späteren Idol des Aufstandes und Chef einer freien Regierung, gewannen an Einfluss, nachdem Nikita Chruschtschow in der Sowjetunion die Entstalinisierung eingeleitet hatte. Der grausame, verhasste ungarische Diktator Rákosi war zum Rücktritt gezwungen worden – alles wurde im Sinne der Freiheit besser. Und in dieser Zeit flohen sie? Genau in dieser Zeit. Vor wem? Vor was? Wie auch immer, Herr Dr. Martin hat sie bei sich aufgenommen. Eine Kollegin lässt man nicht im Stich. Auch wenn sie mitsamt ihrer Familie antanzt, auch wenn sich die Familie aufführt wie die Axt im Walde. Mehrere Wochen hat er sie in seiner Wohnung untergebracht, anschließend habe er die Wohnung renovieren lassen müssen. Für eine Kollegin tut man alles, das ist eine Frage der Ehre. Er war ein Bewunderer ihres Buches über einen ägyptischen Pharao. Das Buch soll das Beste sein, was zu diesem Thema geschrieben wurde.

Ich bin kein Ägyptologe, ich bin nur ein Jurist. Als Jurist aber bin ich ein Spürhund, und ich habe herausgebracht, dass dieses berühmte Buch gar nicht von der Großmutter des Angeklagten geschrieben worden ist, sondern von jemand anderem. Sie hat es gestohlen und als das ihrige ausgegeben. Lüge, satanische Weltverneinung.

Für seine Güte hat Herr Dr. Martin bitter bezahlen müssen. Ohne jeden Grund hat ihn der Angeklagte beschuldigt, ihn, das Kind, das nie ein Kind gewesen ist, sexuell missbraucht zu haben – just zu jener Zeit, als der Angeklagte sich als Prostituierter, Zuhälter und Erpresser betätigt hatte. Gegen eine Anschuldigung dieser Art kann sich ein Mann nur schwer zur Wehr setzen. Herr Dr. Martin konnte es nicht. Er ist zusammengebrochen.

Ein halbes Jahr später, als der Aufstand in Ungarn ausbrach, haben sich der Angeklagte, sein Vater und seine Mutter – wir trauen unseren Ohren nicht! – auf den Weg nach Ungarn gemacht. Alle wollten aus Ungarn heraus, sie wollten hinein. Warum? Sehr einfach: Um gleich darauf wieder herauszumarschieren. Weil die Ungarnflüchtlinge damals in Österreich auf – wie heute ein jeder einsieht – unverantwortliche Weise gehätschelt wurden. Seien wir ehrlich: Sie haben alles gekriegt, man hat ihnen die guten Dinge förmlich aufgedrängt. Und sie haben genommen. So auch der Vater und die Mutter des Angeklagten.

Und woran waren die beiden besonders interessiert? An neuen Identitäten. Was haben die österreichischen Behörden getan, wenn da einer kam und unter Tränen sagte, er sei um sein Leben gerannt, auf und davon, hinter ihm die Panzer und Kalaschnikows, habe alles zurückgelassen, sein ganzes Hab und Gut und eben auch seine Papiere? Sie haben gesagt: So, dann setz dich erst einmal hin, trink erst einmal einen Kaffee, iss erst einmal einen Apfelstrudel und dann erzähl: Wie heißt du, wer bist du, was hast du für einen Titel? Und die Behörden haben alles geglaubt, weil sie sich offenbar nicht vorstellen konnten, dass jemand in so einer Lage lügt.

Die Mutter und der Vater des Angeklagten aber haben gelogen, gelogen, dass sich die Balken biegen. Sie haben sich andere Namen gegeben, und sie haben sich Titel angeeignet. Frau Doktor. Herr Doktor. Es hat nie eine Frau Doktor, es hat nie einen Herrn Doktor gegeben! Wir begrüßen die Entscheidung sowohl des Krankenhauses in Feldkirch, die Mutter des Angeklagten zu entlassen, als auch der Firma, bei der der Vater des Angeklagten beschäftigt war, in gleicher Weise gegen ihn vorzugehen.

Lüge! Satanische Weltverneinung! Von den Großeltern auf die Eltern, von den Eltern auf den Angeklagten weitergegeben. Was sind das für Menschen? Und dann Mord. Hinterher ist man immer klüger. Man hätte es aber vorher schon wissen müssen! Diese Verderbtheit, diese existentielle Amoralität kennt keine Grenzen. Wer mit solcher Skrupellosigkeit lügt, betrügt, das Leben unbescholtener, angesehener Menschen zerstört, der mordet auch, und er tut es, um sich zu bereichern.

Der Mörder kommt in der Nacht, und er lässt seinem Opfer keine Chance. Wenn der Lügner erst als Mörder kommt, ist es zu spät. Gegen die Lüge aber können wir etwas tun. Wer lügt, hat einen nötig, der ihm glaubt. Und dieser macht sich ebenso schuldig. Wer dem Lügner glaubt, öffnet dem Mörder die Tür. Meine sehr geehrten Damen und Herren Geschworenen, sehr geehrter Herr Vorsitzender, glauben Sie ihm nicht!

Hinterher ist man immer klüger. Hoffentlich ist man hinterher klüger!

Nein, ein Zwischending zwischen einem Engel und einem Teufel ist der Angeklagte nicht. Und dennoch hat Frau Pongratz mit einem recht: mit dem kleinen Wörtchen *Ding*. Frau Pongratz ist gewiss eine einfache und ungebildete Frau, und darüber, wie sie für sich und ihren Sohn den Lebensunterhalt bestreitet, möchte ich hier kein Urteil abgeben, aber aus ihren Antworten konnten wir schließen, dass sie ein Gespür für Menschen hat und darüber hinaus ein Gespür für so manches, was sich ohne weiteres nicht mit Logik und Verstand begreifen lässt. Frau Pongratz hat einen inneren, ihr selbst wahrscheinlich nicht bewussten Widerwillen, den Angeklagten als einen Menschen zu bezeichnen. Sie spricht von Engeln und Teufeln. Das mag man als Unsinn abtun, aber es zeigt uns nur ihre Unsicherheit im Umgang mit und ihr Erstaunen vor dem Angeklagten. Als Menschen will sie ihn nicht sehen, sehen will sie ihn als Ding. Damit ist eigentlich alles gesagt. An ein Ding moralische Kriterien anzulegen, darauf würde niemand kommen. Die arme Frau Lundin hat vielleicht an die Barmherzigkeit des Angeklagten appelliert. Ein Ding aber kennt keine Barmherzigkeit.

Ich sagte, es entsetzt uns, wenn wir solcher Unmoral in einem Kind begegnen. Wir können es nicht glauben. Und ich will Sie beruhigen: Wir brauchen es auch nicht zu glauben. Wir müssen unseren Blick auf den Angeklagten zurechtrücken, um einen gehörigen Winkel allerdings, und schon sehen wir klar: Er ist kein Kind, er war nie ein Kind, und auch wenn ich bereits die Empörung höre, die gleich, ausgehend von der Verteidigerbank, einige gute Herzen ergreifen wird, sage ich es nun doch, spreche ich es endlich aus: Er ist kein Mensch, und er war nie ein Mensch.

Wir haben tatsächlich die Möglichkeit, hinterher klüger zu sein. Wir leben in einem glücklichen Land. Wir leben in einem wohlregierten Land. Liechtenstein hat sich nicht vom Wahnsinn, und – sprechen wir es aus – nicht vom Teufel anstecken lassen. Wir sind nicht mit fliegenden Fahnen zu Hitler übergelaufen, und schon am Ersten Krieg haben wir uns nicht beteiligt. Die kluge Politik des Fürsten hat aus dem kleinen Bauernländchen vor dem letzten Krieg eines der reichsten Länder im heutigen Europa werden lassen. Wohlhabende Männer wie Herr Lundin kommen zu uns und lassen uns Anteil nehmen an ihrem Reichtum. Wir können nicht zur Tagesordnung übergehen, wenn ihre Frauen hier bei uns ermordet werden.

Im Gegensatz zu vielen anderen, heute sogenannten modernen Ländern haben wir die Todesstrafe nicht abgeschafft. Wir sind – ebenfalls im Gegensatz zu vielen anderen, heute sogenannten modernen Ländern – in der Vergangenheit niemals leichtfertig mit diesem Instrument der Durchsetzung von Gerechtigkeit umgegangen. Wie Sie wissen, fand die letzte Hinrichtung im Jahr 1785 statt. Barbara Erni, eine notorische Diebin, wurde mit dem Schwert enthauptet. Die Richter erkannten, dass in dieser Frau das Böse hauste. Und sie wussten, dass das Böse nicht zu beruhigen ist, dass jedes weitere Verbrechen schwerer wiegt als das vorangegangene.

Hohes Gericht, sehr geehrter Herr Vorsitzender, sehr geehrter Herr Verteidiger, meine sehr geehrten Damen und Herren Geschworenen, ich beantrage, wie es das Liechtensteinische Strafgesetz bei Mord zwingend vorschreibt, für den Angeklagten die Todesstrafe, die durch den Strang zu vollziehen ist.«

10

Jeden Morgen, wenn ich in den Gerichtssaal geführt wurde, schaute ich nach links hinten. Dort saß Sebastian. Wie hat er das angestellt? Er muss die Schule geschwänzt haben. Wie haben sie ihm das durchgehen lassen? Was hat er sich für eine Entschuldigung geschrieben? Er schaute mich nicht an. Das konnte ich verstehen. Deswegen war ich ihm nicht böse. Er war da, das genügte. Er hatte eine neue, männliche Art, sich zu räuspern. Ich kannte ihn heraus unter allen.

Und eines Tages war er nicht mehr da. Und am folgenden Tag war er auch nicht da. Und dann, am letzten Tag der Verhandlung, als der Staatsanwalt und der Verteidiger ihre Plädoyers hielten, saß er wieder an seinem Platz. Über dem rechten Auge trug er eine schwarze Klappe. Die schönste Zeit meines Lebens, dachte ich, war der Sommer, als ich den Lukassers geholfen hatte, ihr Haus in der Gemeindegutstraße in Nofels herzurichten; als Sebastian und ich die Nächte hindurch bis zum Morgen miteinander geredet hatten, über alles, auch über Freundschaft. Und wir waren uns einig gewesen, dass wir bereit wären, ein Auge für den anderen zu geben, könnte man damit das Leben des anderen retten. Daran dachte ich, als der Herr Staatsanwalt seine Rede hielt; manchmal drehte ich mich um, sah zwischen den Köpfen der Besucher Sebastians Gesicht mit der Augenbinde und war glücklich.

SECHSTES KAPITEL

1

Ich bekam zwölf Jahre. Noch am Tag der Urteilsverkündung wurde ich in einem gepanzerten Wagen in die Schweiz und an deren anderes Ende gefahren. Den Namen der Strafanstalt will ich nicht nennen. Man nahm mir meine Sachen ab, gab mir Graues und sperrte mich in den Keller in eine Einzelzelle. Dort blieb ich einige Tage. Ich habe gezählt, habe mich verzählt und nicht mehr weitergezählt. Man vergaß, mich zu füttern. Zum Verhungern reichte es nicht. Am Ende schlief ich nur. Wusste nichts, als man mich weckte. Ich denke, das ist der glückseligste Schlaf, ja.

Mir wurde das »Sechserhaus« zugewiesen, ein »interessantes neues Abenteuer«, wie mir der Wärter launig mitteilte. Er legte mir Handschellen und Fußschellen an, einen »Hamburger« – wie er mir erklärte –, und dirigierte mich, mit dem Zeigefinger zwischen meine Schulterblätter tippend, vor sich her in den überdachten Innenhof, wo ich für einen Moment so geblendet war, dass ich stolperte – in der Zelle war nur ein Schimmer durch ein zweifaustgroßes Loch gedrungen, von der Sonne am Tag, von den Scheinwerfern in der Nacht –, und schubste mich weiter in den zweiten Stock hinauf zu einer der beiden Galerien rechts und links. Die Stufen und der Boden waren aus Metallgittern, an denen man mit den Sohlen leicht hängen blieb und durch die man nach unten sehen konnte. Zwischen den Stockwerken war ein Drahtnetz gespannt, »gegen die Verzweiflung«, wie mir der Wärter zu seiner Erklärung veranschaulichte, indem er die Arme wie ein Turmspringer ausbreitete und sich über die Brüstung beugte. Eine Zelle reihte sich an die andere. In den Türen klafften Öffnungen mit Klappen, die nun nach außen gekippt waren. Kalter Gestank wehte mir entgegen. Es war Nachmittag, die Zellen waren leer, die Herren seien bei der Arbeit. Das Sechserhaus war die letzte Zelle hier heroben.

Der Wärter schloss auf, befreite mich von den Fesseln und sagte, ich solle besser nichts anfassen, mich am besten mitten in den Raum stellen und warten. Ich solle am Anfang mit den anderen »Meiggeli« (Mädchen – so nannten die Wärter die Insassen, wie ich lernen würde) nicht viel reden, aber auch nicht nichts reden. Ich solle nicht den Starken markieren und auf keinen Fall den Schwachen. Ein neues Meiggeli mache alles falsch und müsse in den ersten Tagen und Wochen viel büßen. Wie wir die Betten untereinander aufteilten, interessiere ihn nicht, da mische er sich nicht ein. Ich meinte, plötzlich Unbehagen in seiner Stimme zu spüren, ein Schaudern, als wäre er hier der Neue und nicht ich; ich konnte mich aber auch irren, nur mit Mühe verstand ich sein Schwyzerdütsch, und gar nicht deuten konnte ich die Melodieführung dieser Sprache, was die Entschlüsselung von Gefühlsregungen sehr erschwerte. Der Zellenvater sei »streng, aber gerecht«, informierte er mich weiter, schaute mich dabei aus zusammengezwickten Augen von unten herauf an; der Zellenvater genieße das »Große Image«, bei den Gefangenen ebenso wie beim Herrn Direktor. Ich fragte, wer der Zellenvater und was das »Große Image« seien. Er wischte es weg und zog eine Grimasse. Ich solle abwarten, wie er mir erlaube, ihn zu nennen, davon hänge einiges für mich ab. Er sei schon neugierig. Er rate mir, mich mit dem Zellenvater »einvernehmlich« zu stellen. Ihn zum Feind zu haben, könne »meine Gesundheit wesentlich beeinträchtigen«.

Er ließ mich allein und schloss hinter sich ab. Ich hörte ihn draußen pfeifen. Innen waren weder Schnalle noch Schloss, wie ein Gesicht ohne Augen und Mund war die Tür.

Ich hatte bei mir: Bettüberzug, Ersatzkleidung und Filzpatschen und einen Stoffbeutel mit aufgedrucktem Namen der Anstalt und aufgedruckter Nummer (970), in dem waren mein Schreibheft und zwei Bleistifte. Und das Transistorradio. Die Wärter in Liechtenstein hatten vergessen, es zurückzufordern, oder hatten es mir stillschweigend geschenkt. Nur: ohne Batterien. Eigentlich müsste es zur »Habe« gehen, hatte der Wärter gesagt, als er mir die persönlichen Sachen aushändigte, die erlaubt waren, aber ohne Batterien sei es eh wie nichts; ich solle es dem Zellenvater als Geschenk anbieten; falls er es ablehne, werde es eingezogen und mir bei meiner Entlassung zurückgegeben.

Halbblöd vor Hunger war ich. Und voller Erwartungen. Auch freudige Erwartungen waren darunter. Soll mir einer sagen, dass er sich auf ein neues Leben nicht auch freut, gleich wie dieses Leben aussehen wird! – Es war der 24. März 1967.

In dem Raum befanden sich drei Zweistockbetten aus Metall, ein Tisch, fünf Stühle, eine Toilette hinter einem geblümten Vorhang, ein Waschbecken und drei Blechschränke mit je zwei schmalen Spindtüren. Es roch nach Ammoniak, muffiger Wäsche, Abwaschwasser und Rasierwasser. An den Wänden entlang zog sich ein Regal, auf dem standen in akkurater Ordnung: Gläser, Büchsen, Fläschchen, Kästchen, Körbchen mit Kugelschreibern, Brillenetui, Kamm und Zahnbürste, Schalen mit Pomade, Rasierseife und Rasierwasser, Micky-Maus-Hefte. In einer Ecke lagen eine kurze Hantel und ein Stapel dazugehöriger Eisenscheiben. An einem Nagel hing ein Expander. Über die Matratzen waren Leintücher gespannt, die Wolldecken scharfkantig zusammengelegt, die Kopfkissen aufgeschüttelt und in der Mitte eingedrückt, so dass zwei Zipfel in die Höhe standen. (Ich würde lernen: Kopfkissen waren nicht erlaubt, Zierkissen schon; mit einem sanften Handkantenschlag verwandelte sich ein Kopfkissen in ein Zierkissen.) Das Fenster, nicht größer als der Oberkörper eines starken Mannes und von außen mit Eisenstangen längsgestreift, war hoch oben unter der Decke. Nichts weiter war darin zu sehen als ein rechteckiger dreigeteilter Ausschnitt des wolkenlosen Himmels eines späten Nachmittags im Schweizer Frühling.

Ich zog die Schuhe aus, schlüpfte in die Patschen und stellte mich mitten in den Raum. Niemand sollte behaupten, ich sei in seine Sphäre eingedrungen; wobei dies zu vermeiden bei der Enge der Zelle nicht einfach war, denn hätte ich auch nur den Arm ausgestreckt, wären meine Finger bereits in die Hoheit eines der Betten eingedrungen. Ich wollte mich bemühen, das Problem mit den fünf Stühlen klein zu halten.

Ich stand, das Gesicht der Tür zugewandt, stand einen halben Schritt hinter der Deckenlampe, damit ich, falls es Abend wäre, wenn meine zukünftigen Genossen kämen, von ihr ausgeleuchtet würde und nichts Heimliches, Hinterhältiges von mir ausginge, sollte mich jemand durch den Spion in der Tür von draußen beobachten. Ich stand unbeweglich, die Hände nicht zu nahe bei den Taschen, aber auch nicht zu weit weg, es sollte mir keine Absicht unterstellt werden können. Ich lächelte nicht, und betrübt schaute ich auch nicht drein. Ich stand und wartete. Eine Stunde stand ich. Dachte erst viel, mit zunehmender Entspanntheit weniger, schließlich nichts.

2

Als erste kamen die Spanier – Quique Jiménez und Juan Manuel Luengo Díaz. Sie arbeiteten auf den Feldern vor der Anstalt und hatten vor den Internen frei. Sie brachten immer wieder Sachen von draußen mit, im Frühling Karotten und Radieschen, im Herbst Tomaten, Paprika, Maiskolben und Obst (welches verboten war, weil Alkohol daraus gebrannt wurde, ein »Aufgesetzter«). Manchmal gab es Schokolade und andere Süßigkeiten, die ihnen von Bewohnern der Umgebung zugeworfen wurden, oder Zigaretten und Stumpen. Die meisten Wärter tolerierten das.

Quique Jiménez sprach ausreichend Deutsch, um sich nicht nur über das Essen, die Arbeit, das Muskeltraining, die Räusche und die Frauen, sondern auch über das Heimweh im Allgemeinen und im Besonderen nach seinem Heimatstädtchen La Almunia de Doña Godina in der Nähe von Zaragoza zu unterhalten. Er war fünfundvierzig, klein, breit, muskulös, konnte lufteinwärts und luftauswärts lachen, was ich bis dahin nie gehört und gesehen hatte – er sagte, man müsse im Leben Zeit sparen –, konnte mit einer schnellen Bewegung der Lippen eine brennende Zigarette in der Mundhöhle verschwinden lassen und ohne zu schlucken eine Literflasche Wasser austrinken. Er trainierte mehrmals täglich mit den Hanteln und dem Expander und absolvierte hundert Liegestütze über dem Rahmen seines Bettes und war ein starker Schnarcher, weswegen, nach Intervention des Zellenvaters, regelmäßig Ohrenwachs an unser Haus ausgegeben wurde. Er hatte im Tessin den Besitzer eines Hotels erschlagen, als er von diesem beim

Einbruch erwischt worden war. Er war auf einen Berg geflüchtet und mit der Absicht, sich zu töten, über einen Felsen gesprungen, hatte überlebt, war zusammengeflickt und zu lebenslanger Haft verurteilt worden. Siebeneinhalb Jahre waren inzwischen »abgefetzt«; wegen guter Führung hatte sein Fall Chancen, nach weiteren siebeneinhalb Jahren günstig begutachtet zu werden.

Juan Manuel Luengo Díaz war auf Jiménez angewiesen und wurde anständig von ihm behandelt. Er sprach nicht ein Wort Deutsch. Man nannte ihn Dissi. Oder Mäx. Er war ein paar Jahre jünger als sein Freund, schmächtig, nervös, hübsch, rassig, draußen wahrscheinlich ein Frauenliebling; er lachte nie und vermied, es mit uns anderen zu tun zu kriegen. Ohne Jiménez war er verloren und scheu wie ein Häschen. Er soll für den Tod einer Frau und deren minderjährigen Sohnes verantwortlich gewesen sein, Näheres habe ich nicht herausgekriegt. Auch als ich mich später in seiner Sprache mit ihm unterhielt, blickte er immer zuerst zu Jiménez, ehe er etwas sagte. Seine häufigste Frage: »¿Qué quieres decir?« Seine häufigste Antwort: »También creo.« Man konnte sich bei ihm nicht vorstellen, dass er auch nur eine Haselrute umknickte.

Jiménez hielt mir die ausgestreckte Hand hin. Luengo Díaz nickte nur, schob sich an mir vorbei, kroch in ein unteres Bett, rollte sich in die Decke und zur Wand. Ich schüttelte Jiménez' Hand und stellte mich vor, sagte aber nur meinen Namen und dass ich aus Liechtenstein überstellt worden sei. Er fragte, ob ich einen Keks wolle, ich sagte, gern. Er griff in eines der Kästchen, die auf dem Regal standen, und bot mir eine mit Schokolade überzogene Waffel, Marke *Kägi-fretti*, an. Ich brach mir ein Halbes ab – was mir Beherrschung abverlangte, ausgehungert wie ich war – und dankte. Er steckte sich die andere Hälfte in den Mund, und wir sahen uns beim Kauen an. Er sagte etwas auf spanisch, dann auf deutsch, dass er gern Süßes habe, ob ich auch. »Ich auch«, sagte ich. Er bot mir noch einmal an.

Als Nächster wurde der Italiano gebracht – ein schlanker Mann im Unterhemd, kleiner als ich, das Haar lang und schwarz und hinter die Ohren gekämmt, ganovenhafte Koteletten, streitsüchtige Augen, eine Zigarette im Mund, an der er vor der Tür einmal heftig zog, ehe er sie zwischen den Fingern zerkrümelte. Er maulte dem Wärter nach und grüßte Quique Jiménez mit Handschlag und Luengo Díaz mit einem Klaps auf den Hintern. Und grüßte auch mich. Zwinkerte mir zu. Fragte nicht. Als wäre ich kein Fremder.

Er hieß Luca Rotolo. Er war ein Dieb und ein Einbrecher, ein Hochstapler, Heiratsschwindler, Handtaschenzieher und Betrüger, er hatte mit Drogen gehandelt und Mädchen zur Prostitution »überredet« und war, obwohl erst Ende zwanzig, neunmal vorbestraft. Wie lange er insgesamt sitzen musste, weiß ich nicht. Er machte ein Geheimnis um sich und redete doch mehr von sich als jeder andere. Später bekam ich gesteckt, dass er auch wegen Totschlags verurteilt worden war. Er habe zugesehen, seelenruhig, wie ein Junkie, der seine Schulden bei ihm nicht bezahlen wollte, an einer Überdosis von demselben Morphium starb, das er ihm in der aufgezogenen Spritze in die Hand gegeben hatte. Er sprach reines Hochdeutsch, mindestens drei Schweizer Dialekte, perfekt Italienisch; Französisch nicht besonders, wie er sagte, aber immerhin sei es ihm bisher ohne Mühe gelungen, jede Pariserin zwischen vierzehn und sechzig aufzureißen. Er spreizte die Hände ab, vollführte einen kleinen Tanzschritt und schnalzte mit der Zunge – wie ein Animateur in einer zwielichtigen Bar. Er arbeitete in der Wäscherei; was für unsere Zelle günstig war, weil wir über ihn öfter, als das Reglement vorsah, zu frischer Wäsche kamen. Sein Wunsch allerdings war es, in die Kfz-Werkstatt überstellt zu werden. Aber das wünschten sich die meisten.

Als letzte kamen der Zellenvater und der Adlatus. Sie wurden von zwei Wachbeamten begleitet. Dem Adlatus nickten sie nur zu, vom Zellenvater verabschiedeten sie sich förmlich, boten ihm einen guten Abend und eine gute Nacht und nannten ihn »Vater«.

Der Adlatus war einen Kopf größer als Jimenez, etwa in dessen Alter und ebenso mit Muskeln beladen, aber nicht wohlgeformten, sondern unebenen, falsch trainierten. Sein Gang war gebeugt und vorlastig, das Gesicht schmal, fleckig und schwarz gepfeffert. Er hatte lange Komikerzähne, an den Rändern angefault, und roch danach. Er grüßte nicht, sah niemanden an und setzte sich an den Tisch. Ich trat zu ihm, sagte, ich wolle mich vorstellen, mein Name sei Andres Philip, ich sei österreichischer Staatsbürger und aus Liechtenstein hierher überstellt worden. Er blickte mich kurz an und nuschelte etwas. Seine Stimme war hoch und dünn und sein Dialekt ausgeprägt, seine Sprechweise verschliffen, so dass ich nicht einmal hätte sagen können, ob es etwas Freundliches oder etwas Unfreundliches war; es war für mich kaum als eine Sprache zu erkennen. Meine Hand streifte er nur an.

Der Italiano boxte ihn in den Arm und sagte: »Bruchsch choa Angscht ha, s isch bloss äs Rehli.« Er lachte und winkte mich zu sich, nahm meine Hand und legte sie dem Adlatus auf den Kopf und strich mit ihr über das fettige Haar. »Ai, ai, äs Rehli. Ai. Ai! Und är do, är isch äs Bärli.« Und lachte bis ins Falsett hinauf. Der Adlatus zog den Kopf weg und boxte ihn nun ebenfalls und grinste und wurde rot im Gesicht.

Sein Name war Niculin Beeli. Er war ein Dutzend Mal vorbestraft wegen Drohung und Nötigung nach Art. 181 StGB und sexueller Nötigung nach Art. 189 StGB, mehrfach wegen schwerer Körperverletzung, Widerstands gegen die Staatsgewalt, Haus- und Landfriedensbruchs. Vor seiner jetzigen Gefängnisstrafe hatte er sechs Jahre in verschiedenen Gefängnissen zugebracht, in Deutschland drei Jahre, ein Jahr in Nordafrika, zwei Jahre in der Schweiz in einem anderen Kanton. Auch in einem Irrenhaus war er gewesen, in Frankreich ein halbes Jahr, dort war er ausgebrochen.

Der Italiano setzte sich zu ihm und ließ sich von ihm Tabak und Papier geben. Er drehte Zigaretten, wie von einer Maschine gerollt, und reihte sie vor ihm auf, knuffte ihn immer wieder in die Seite, keckerte sein Lachen und sprach übermäßig laut mit ihm wie mit einem Schwerhörigen in dem mir unverständlichen Dialekt, als äffte er ihn nach. Der Adlatus grinste weiter. Ich fühlte, dass er mich beobachtete.

Der Mann sei in einem Bergdorf in Graubünden aufgewachsen, erzählte mir später der Direktor. Er selbst sei von seiner Herkunft mit ihm vergleichbar. Auch deshalb und natürlich, weil er wie wir anderen im Sechserhaus nicht verheiratet sei und auch sonst keinen Anhang habe, habe er ihn für diese Gemeinschaft ausgewählt. Auch so einer müsse eine Heimat haben, erst recht so einer. Seine Muttersprache sei Rätoromanisch, im Hochdeutschen habe er eine stolpernde Zunge. Er könne sogar lieb sein. Aber auch verrückt.

Verrückt erlebte ich ihn bald. Es war knapp vor Arbeitsschluss, ich saß allein in der Zelle, weil mir bisher keine Tätigkeit zugeteilt worden war, da kam ein Wärter und sagte, ich würde jetzt für eine Viertelstunde verlegt. Ich fragte, warum. Er sagte, darauf brauche er mir keine Antwort zu geben. Er brachte mich nach draußen, richtete mir grob den Kopf, damit ich nur geradeaus sehen konnte, und führte mich in eine leere Einzelzelle. So gerade hatte er mir den Kopf aber nicht richten können, dass ich nicht in einem schnellen Blick den Adlatus und den Italiano gesehen hätte, die in unsere Zelle geschlüpft waren, ehe der Wärter mit dem Fuß die Tür ins Schloss geworfen hatte. Als wir am Abend beieinander waren, redete der Adlatus in einem fort, verhaspelte sich an den seltsamen Krachlauten seiner Sprache, trank alle paar Minuten aus dem Wasserhahn und fing mit Jiménez einen Streit an, aus dem bestimmt eine Schlägerei geworden wäre, hätte der Zellenvater nicht ein Machtwort gesprochen. Dem Zellenvater habe er sich untergeordnet, als einzigem, eben wie einem Vater.

Mit dreizehn Jahren, erzählte der Direktor weiter, seien dem Adlatus an einem einzigen Tag »Mama und Täta« weggestorben, das dürfe man nicht vergessen; sie hätten sich ein Auto gekauft – wozu nur! –, und bei ihrem ersten Ausflug durch die Via Mala seien sie von der Straße abgekommen und in die Schlucht gestürzt. Da sei er von seinen Bergen herabgestiegen und gleich weitermarschiert durch die Schweiz hindurch und nach Frankreich hinunter. In Marseille habe er zum ersten Mal wieder den Mund aufgemacht und es gleich mit der Polizei zu tun bekommen, weil er in einen Lebensmittelladen eingebrochen war. Nach Abschiebung und Verbüßung seiner Strafe sei er abermals losgezogen, habe ein paar Jahre in Algerien gelebt und dort für Lohn Leuten, die nicht zahlen wollten, die Finger geknickt. Dieser Mann habe immer einem gedient und viele geschlagen; dem Vater habe er gedient, die Geschwister habe er geschlagen; den Kreditoren habe er gedient, die Debitoren habe er geschlagen.

Getötet hatte der Adlatus niemanden, er als einziger im Sechserhaus.

»Aber wenn ich ehrlich bin«, räumte der Direktor ein, »war stets damit zu rechnen gewesen. Wie bei vielen, denen ich hier begegnet bin, ein Zufall schuld war, dass sie jemanden getötet haben, war bei ihm der Zufall schuld, dass er nicht längst zum Mörder geworden war.«

Dass hingegen der Zellenvater zum Mörder geworden war, sei noch nicht einmal ein Zufall gewesen, sondern habe allein mit dessen Physiologie zu tun. Der Zellenvater sei in jeder Beziehung ein Opfer seines eigenen Körpers gewesen.

3

Er war zwei Meter groß, hatte einen Kopf, auf den ein gewöhnlicher Hut nicht passte, und wer diesen Kopf – zum Beispiel zum Zweck eines Schwitzkastens – umfassen wollte, brauchte weit Platz bis in beide Arme hinauf. Das Haar wuchs wild, und die Augen waren blau. Ein Bauch prallte unter seiner Brust, die war zusammengesetzt aus zwei grau behaarten Muskelplatten. Das Hemd trug er offen bis zum Nabel. Hals hatte er kaum. Hinter einer seiner Hände hätte er zwei unserer Gesichter verbergen können. Seine Oberarme sprengten die standardisierten Anstaltshemden und Anstaltsjacken; in der anstaltseigenen Schneiderei wurden Sondergrößen nur für diesen einen Mann zusammengenäht. Unter der Haut seiner Schultern und seines Nackens bäumten sich bei den simpelsten Bewegungen, dem Abtropfen eines Teebeutels oder beim Zähneputzen, die Muskeln auf, als kröchen Raubtiere über das Skelett. Er war ausgebildeter Automechaniker und leitete die Kfz-Werkstatt des Gefängnisses. Der Adlatus war dort einer seiner Untergebenen. Es ging die Sage, der Zellenvater habe dessen Leben gerettet, als er einen LKW, der schlecht aufgebockt war und zur Seite kippte, so lange gehalten habe, bis der Adlatus unter dem Laster hervorgekrochen sei. Anschließend hätten in Anwesenheit des Direktors zehn Mann das Gleiche versucht, seien aber gescheitert. Seither habe ein »besonderes Verhältnis« zwischen dem Adlatus und dem Zellenvater bestanden, was ihn – rechtfertigte sich vor mir der Direktor – schließlich auch dazu bewogen habe, die beiden in eine Zelle zu verlegen, als Kern der Familie sozusagen.

Der Zellenvater stand in der Tür, atmete schwer, starrte mir gerade ins Gesicht und wartete, dass ich auf sein Starren reagierte. Er wollte mir die Chance geben, mich vor ihm zu präsentieren. Eine Sekunde überlegte ich. Dann lächelte ich und verneigte mich und stellte mich vor. Die Hand streckte ich nicht aus. Es wäre sein Privileg gewesen. Es war genau genommen nur der Gedanke einer Verneigung, gerade ein Heben und Senken der Augenlider und ein Versteifen des Nackens, keine Geste der Unterwürfigkeit, keine Schleimerei; er sollte auf eine innere, mir womöglich gar nicht bewusste, auf keinen Fall aber berechnende Erregung von Sympathie schließen. Um ihn auf diesen Gedanken zu lenken, atmete ich hörbar ein, aber nicht in einem Zug, sondern von einem Stocken unterbrochen, das als ein Seufzen verstanden werden konnte, und zwar als ein kindliches Seufzen, ausgelöst durch den Anblick des Vaters. Der, dachte ich, der ist ein Mann, der ein Leben lang gewohnt war, auf seine Mitmenschen und deren innere Vorgänge, ihre Instinkte und Affekte zu achten, weil sie trotz seiner monumentalen Erscheinung seine Kraft unterschätzten und sich, manche sogar wegen seiner monumentalen Erscheinung, zu Unüberlegtem hinreißen ließen; ein solcher Mann, dachte ich, hat gewiss – wie das Berliner Pferd mit dem Namen der »Kluge Hans«, von dem mir mein Vater erzählt hatte – eine sondergleichen hohe Lesefähigkeit von Körpersprache ausgebildet, so dass ich erwarten darf, er wird meine Reaktion auf sein Starren, gerade weil sie minimal gehalten war, richtig deuten; nämlich, wie ich es beabsichtige: als innere, unbewusste Erregung von Sympathie.

Er antwortete mit einem Lächeln, das seinerseits nur der Gedanke eines Lächelns war. Er sagte: »Also sind wir jetzt komplett. Und brauchen den sechsten Stuhl.«

Er wies mir das Bett unter dem Adlatus zu.

Er sah, dass ich Hunger hatte, und legte den anderen nahe, mir ein Viertel ihres Abendessens zu überlassen. Es gab zwei gebratene Knödelscheiben mit Kohlrabigemüse in Mehlsoße, dazu Mischbrot mit Margarine und Salz, zu trinken Wasser mit ein bisschen Himbeersaft. Als ich immer noch nicht satt war, schenkte mir Quique Jiménez, auch in Dissis Namen, alle *Kägi-fretti*, und der Italiano spendierte mir eine halbe Tafel *Suchard Mocca*, und der Zellenvater teilte mit mir die Banane, die er vor kurzem vom Direktor persönlich zu seinem fünfundfünfzigsten Geburtstag geschenkt bekommen hatte.

Der Adlatus gab mir eine von den Zigaretten, die ihm der Italiano gedreht hatte, widerwillig und erst auf einen zweiten Blick des Zellenvaters hin. Nach einem weiteren zweiten Blick schob er den Tisch unter das Fenster, legte Zeitungspapier darüber, und ich stieg hinauf, in Socken, um zum Fenster hinaus zu rauchen. Der Zellenvater fragte den Adlatus, ob er denn nicht mit mir gemeinsam rauchen wolle. Der schüttelte nur den Kopf und wurde wieder rot. Quique Jiménez stellte sich zu mir. Mehr als zwei Zigaretten auf einmal durften pro Stunde in der Zelle nicht geraucht werden. Und geraucht werden durfte nur auf dem Tisch und zum Fenster hinaus. Das war nicht Hausordnung nach dem Direktor, sondern Zellenordnung nach dem Zellenvater.

Der Adlatus nannte ihn »Boss« – was aber klang wie »Oss« oder »Hoss« oder gar nur »Hss«. Der Italiano und die Spanier sagten »Vater« zu ihm. Wenn wir in seiner Abwesenheit über ihn redeten, war er für uns, auch für den Adlatus, »der Zellenvater« oder »der liebe Zellenvater«. Nichts ironisch Gemeintes war dabei.

Alle Welt wusste, ein Angriff auf diesen Mann würde für den Angreifer verheerend enden, und er selbst wusste das auch. In seiner Gunst zu stehen bedeutete, den sichersten Platz in diesem Teil der Welt einzunehmen. Ich wollte in der Nähe des Zellenvaters sein – nicht nur in der Zelle, sondern auch tagsüber bei der Arbeit.

In der Anstalt waren eine Großküche, eine Gärtnerei und eine Bäckerei untergebracht, weiters Wäscherei, Schneiderei, Schlosserei, Tischlerei, dieser angeschlossen ein Atelier, in dem altes Kinderspielzeug, das aus der gesamten Schweiz einlangte, renoviert wurde, und die Kfz-Werkstatt. Der Zellenvater war ein Gerechter, wollte es, musste es sein, vor uns, vor dem Direktor, vor der Anstalt, gewiss aber vor sich selbst. Jiménez hatte mich über die Macht des Zellenvaters aufgeklärt, dass er einen großen Einfluss darauf habe, wer welcher, vor allem wer seiner Abteilung zugewiesen werden sollte. Der Direktor berate sich mit ihm, und was die Werkstatt betreffe, habe er bisher nie gegen den Zellenvater entschieden.

Ohne Zweifel verstand der Italiano mehr von Autos als ich. Dennoch rechnete ich mir mein Unwissen als Vorteil an. Der Italiano wollte aus der Wäscherei herauskommen, die feuchte Laugenluft und das niedere Ansehen dieser Abteilung machten ihm zu schaffen. Seine Motivation war, sich zu verbessern. Meine Motivation würde Begeisterung für die Sache sein.

Ich sagte: »Ich möchte Automechaniker werden.«

»Das würde jeder gern«, ätzte der Italiano und rückte sich damit noch weiter nach hinten, denn er sah in *jedem* einen Konkurrenten, und *jeder* sind viele.

»Was verstehst du von Autos?«, fragte mich der Zellenvater.

»Ich habe zu Hause oft an unseren Autos gearbeitet, zusammen mit meinem Vater.«

»Wie viele Autos habt ihr denn gehabt?«

»Vier. Nicht auf einmal natürlich. Hintereinander.«

»Und was für?«

»Einen Opel Kapitän P 2,6 mit 3-Gang-Hydramatic-Getriebe und Servolenkung. Später einen Ford Taunus 17m Vierzylinder-Viertakt-V-Motor mit Ausgleichswelle. Nach einem Jahr aber schon einen Mercedes Benz W 112 mit Sechszylindermotor, aber den haben alle 112er-Modelle, im Gegensatz zu den 111ern …«

»Und der vierte?«

»Der vierte?« Es war ein Risiko. Aber eigentlich war es keines. »Ein Cadillac Eldorado Biarritz 1959.«

Einen Augenblick war es sehr still in unserer Zelle.

»Ho, und das ist jetzt verlogen!«, trumpfte der Italiano auf. »Von dem hat es nur tausenddreihundert Stück gegeben. Und ausgerechnet ihr habt einen gehabt? Ho, also ich frag mich wirklich, warum du in der Tfissen hockst. Wo ich Argent hätte, dass ich mir einen Cadillac Eldorado Biarritz 1959 kaufen könnte, nein, mein Sohn wär nicht hier, das kann ich schwören! Du bist ein abgeputzter verlogener Hund. Wir wollen hier keinen abgeputzten verlogenen Hund.«

»Ich gebe zu, es war gelogen«, antwortete ich schnell. »Wir haben keinen Cadillac Eldorado Biarritz 1959 gehabt. Aber wir hätten gern einen gehabt.«

Da lachten alle, jeder auf seine Art und jeder in seiner Absicht. Der Adlatus gab mir einen leichten Stüber und steckte eine seiner Zigaretten in die Brusttasche meines Hemdes. Ein Punkt auch von ihm.

Der Zellenvater lachte nicht. Er setzte sich und blickte vor sich ins Leere. Ich sah, er spielte Theater. Seine Entscheidung war getroffen. Er wollte sie lediglich mit einem kleinen Melodram rechtfertigen. »Einen Cadillac Eldorado Biarritz 1959 hätte ich auch gerne gehabt«, sagte er.

»Aber repariert hast du einen, oder?«, fragte ich und legte ein wenig Verzweiflung in meine Stimme, ein Gewürz, nicht mehr, eine süße Brise Verzweiflung.

»Nein, nie«, sagte er, und es war eine Genugtuung für mich zu hören, dass er meinen Ton aufnahm und wir beide in diesem Moment eine Lügenparade abzogen. »Ich gehöre leider nicht zu den glücklichen Mechanikern, die in ihrem Leben einen Cadillac repariert haben.«

»Und wenn wir einen in die Werkstatt kriegen? Lieber Gott«, rief ich aus, »lieber Gott, mach, dass es so ist!«

Das hatte genügt. Dass ich, der jüngste Insasse dieser Anstalt, der sein Sohn hätte sein können, vor ihm, der zwar der »Zellenvater« oder der »Vater« genannt wurde, in Wahrheit aber nicht mehr die Chance haben würde, einen eigenen Sohn zu zeugen, dass ich in Anwesenheit eines Haufens abgebrühter Mörder, Vergewaltiger, Diebe, Zuhälter und Totschläger zum lieben Gott flehte, er möge in eine Gefängniswerkstatt einen Cadillac zum Reparieren schicken – das genügte dem Zellenvater.

»Mit größerer Begeisterung eines Schülers kann nicht gerechnet werden«, fasste er, nachdem er die Geschichte vor dem Direktor umständlich, aber Wort für Wort nacherzählt hatte, sein Ansuchen, mich in die Werkstatt übernehmen zu dürfen, zusammen. Und beide lachten herzlich. Ich hatte gewonnen. Und war nun beider Liebling.

Einmal im Monat oder nach Bedarf und Bedürfnis war der Zellenvater beim Direktor in dessen Büro eingeladen. Dort erstattete er Bericht über das Leben im Sechserhaus und in der Werkstatt. Der Direktor hielt den Zellenvater für einen weisen Mann, für eine Art Indianerhäuptling – und der Zellenvater arbeitete mit zur Schau gestellter Bedächtigkeit diesem Bild zu. Das Amerikanische war dem Direktor viel wert und auch anzusehen. Der Zellenvater ließ über einen Wärter anfragen, ob es dem Direktor genehm sei, wenn er bei seinem nächsten Besuch mich mitbrächte. Es war dem Direktor genehm. So saßen der Zellenvater und ich in dem Büro, das wie die Kapitänskajüte eines alten Segelschiffs eingerichtet war – Glasschrank aus rotem Kirschholz, in dem Schiffsmodelle ausgestellt waren, ein Sekretär, auf dem ein alter Globus thronte, an den Wänden alte Landkarten, ein zweiter Glasschrank voll mit Büchern, deren Rücken die gleiche Farbe hatten wie der Whisky in den Gläsern des Zellenvaters und des Direktors. Der Direktor hatte einen gestutzten blonden Vollbart, einen aufgezwirbelten Schnauzer und eine von der Frühlingssonne rot gebrannte Stirn. Seine Stimme war ein tiefer Bass, der mich an einen Nachrichtensprecher von AFN Frankfurt erinnerte, dem ich im Gefängnis in Liechtenstein gern zugehört hatte, leider ohne ihn zu verstehen. Dass ich Gymnasiast gewesen war, beeindruckte ihn. Ob ich Griechisch und Latein gelernt hätte, fragte er. »Ja, Herr Direktor«, antwortete ich, wie mir der Zellenvater eingeschärft hatte. Ob wir den Ovid gelesen hätten. Ich sagte die üblichen Verse aus den *Metamorphosen* auf: »Aurea prima sata est aetas, quae vindice nullo, sponte sua, sine lege fidem rectumque colebat …« Er stimmte mit ein. Ob wir den Homer gelesen hätten. Ich sagte den Anfang der *Ilias* auf: »Μῆνιν ἄειδε, θεά, Πηληϊάδεω Ἀχιλῆος οὐλομένην, ἣ μυρί᾽ Ἀχαιοῖς ἄλγε᾽ ἔθηκε …« Er stimmte mit ein.

Der Zellenvater war stolz, als wäre ich tatsächlich sein Sohn. Und der Direktor fasste Mut, weiter daran zu glauben, dass im Sechserhaus eine Familie entstehe. Ich tat diesen beiden Männern gut.

Als wir in unsere Zelle zurückgebracht wurden, sagte der Zellenvater zu mir: »Halt dich an mich, Andres. Wenn etwas ist, sag es mir und sonst niemandem. Und schluck nichts, wenn dir einer etwas anbietet.«

»Was soll ich nicht schlucken?«, fragte ich.

»Und wenn dir einer zu nahe kommt, sag es mir, soll er es spüren.«

»Was heißt ›zu nahe kommt‹?«, fragte ich.

Beide Fragen beantwortete er nicht.

»Und wenn du in der Nacht den Elenden kriegst, den jeder hie und da kriegt, ich auch, dann brauchst du dich nicht zu schämen. Wir schauen, dass wir dich irgendwie in der Berufsschule anmelden können. Willst du das?«

»Ja, Vater«, sagte ich.

4

Das Transistorradio hatte der Zellenvater ohne großen Dank als Geschenk angenommen. Die Wärter lieferten ihm Batterien. Als Gegenleistung erwarteten sie sich sein gutes Wort beim Direktor. Das Radio wurde gleich zum wichtigsten Gegenstand in unserer Zelle. Es stand mitten auf dem Tisch, die Teller beim Abendbrot und Frühstück gruppierten sich darum herum. Wir hörten Wunschkonzerte und Nachrichten. Vor allem Nachrichten, jede Stunde Nachrichten; auf allen Sendern, die wir kriegen konnten: Nachrichten auf Deutsch, Nachrichten auf Spanisch, die hat uns Quique Jiménez, Nachrichten auf Italienisch und Französisch, die hat uns der Italiano übersetzt. Und über jede Meldung haben wir diskutiert; kaum hatte jeder von uns seine Meinung abgegeben, war schon eine Stunde vergangen, und die nächsten Nachrichten lieferten neuen Stoff. Wir erfuhren – und ich habe es in mein Heft notiert –, dass ein Schweizer Flugzeug einen Berg in Zypern gerammt hatte, wobei 126 Menschen ums Leben gekommen waren; dass die Amerikaner Muhammad Ali den Weltmeistertitel aberkannt hatten und er wegen Wehrdienstverweigerung zu fünf Jahren Gefängnis und 10 000 Dollar Strafe verurteilt worden war; dass ein Arzt aus Südafrika einem Mann namens Louis Washkansky das kranke Herz herausgeschnitten und ihm dafür das gesunde Herz eines Mannes namens Denise Darvall eingenäht hatte, der bei einem Autounfall tödlich verunglückt war; dass der arabisch-israelische Krieg nur sechs Tage gedauert und mit einer erbärmlichen Niederlage Jordaniens, Ägyptens und Syriens geendet hatte. Und wir erfuhren, dass nun endlich und endgültig festgelegt worden war, wie lange eine Sekunde dauert: genau so lange wie die Zeit, in der von heißem Cäsium ausgesandte Mikrowellen 9.192.631.770 Mal schwingen.

Es dauerte Sekunde für Sekunde doch noch eine lange Woche, bis ich endlich zur Arbeit zugelassen wurde. Quique Jiménez meinte, dies sei eine Disziplinierungsmaßnahme. Der Direktor sei ein falscher Hund. Er markiere den freundlichen Kumpel, schiebe die Sauereien den Wärtern zu, und was positiv sei, ziehe er auf sich. Wir sollten nie vergessen, dass der Direktor der liebe Gott sei, und im Unterschied zum Teufel gewähre der liebe Gott eine Bitte niemals sofort. Ich fragte, woher er das wisse. Er antwortete, er sei Spanier und katholisch, klappte die Zigarette in den Mund, blies den Rauch aus den Nasenlöchern, schwenkte den Kopf wie einen Weihrauchkessel von links nach rechts und brummte ein Lied, ich vermutete ein Kirchenlied. Das war lustig.

Die Woche war nicht lustig. Nicht, weil ich daran zweifelte, ob ich tatsächlich zum Zellenvater in die Werkstatt versetzt würde, sondern wegen der Langeweile. Und an der war einer schuld.

Jeden Morgen, bevor er die Zelle verließ, nahm der Adlatus heimlich die Batterien aus dem Radio und steckte sie am Abend, wenn er zurückkehrte, heimlich wieder zurück – heimlich nicht vor mir, sondern vor dem Zellenvater und den anderen. Ich fragte ihn: »Warum tust du das? Was hast du davon, wenn ich vor Langeweile verrückt werde? Würde ich dir die Batterien wegnehmen?« Und antwortete mir selber: »Nein, würde ich nicht.« Er sagte nichts. Zog nur den Mundwinkel über die Stockzähne.

Acht Stunden war ich in der Zelle allein. Der Italiano, der Zellenvater und der Adlatus aßen im Gemeinschaftsraum des Fünfertrakts zu Mittag, die Spanier, weil schönes Wetter war, draußen bei den Feldern. Ich versuchte es mit Schlafen und schlief eine Stunde. Versuchte es mit Gehen, schritt fünf Beinwechsel von der Tür zum Fenster, fünf Beinwechsel vom Fenster zur Tür, und das zweihundert Mal. Ich konnte mich nicht gegen das Zählen wehren. Zählte sogar die Atemzüge. Ich dehnte den Expander zwanzigmal vor der Brust und zwanzigmal hinter dem Nacken, ich legte mich auf den Rücken und stemmte die Hantel, zehnmal mit der Linken, zehnmal mit der Rechten. Ich kletterte auf das Bett von Quique Jiménez, spreizte mich, wie er es tat, mit Händen und Füßen in den Metallrahmen und stemmte dreißig Liegestütze. Ich versuchte mich zu erinnern, wie es während der Untersuchungshaft gewesen war, als ich noch kein Radio besessen hatte. Manchmal war ich vierundzwanzig Stunden hintereinander allein gewesen. Und das hatte mich nicht gestört. Es war sogar vorgekommen, dass es mir unangenehm und lästig war, wenn sich Herr Andreas zu mir setzte, um mir etwas Zeit abzunehmen, wie er sich ausdrückte, oder wenn ich zu den Wärtern in ihr Zimmer eingeladen wurde, um mit ihnen einen Kaffee zu trinken und eine Zigarette zu rauchen. Als wäre ich die gesamte Strecke von vierundzwanzig Stunden in eine Tätigkeit vertieft, die unteilbare Konzentration beanspruchte, so hatte ich mich gefühlt. Derweil ich in Wahrheit nichts tat. Nicht einmal bewegt hatte ich mich. War auf dem schmalen Bett gesessen, ohne mich an der Wand anzulehnen. Eine mönchische Gleichgültigkeit war in mir gewesen, ich war frei gewesen von allem, vor allem von der Erfahrung der Zeit. Am Anfang war mir Frau Lundins Gesicht erschienen, unbeweglich wie auf einer Fotografie, festgehalten in jenem Moment, als sie begriff, dass ich die Waffe nicht einfach nur auf sie richtete, sondern dass ich abdrücken würde. Irgendwann hatte mich ihr Bild zum letzten Mal besucht, und ich war auf meinem Bett gesessen, frei, ohne Gedanken, auch ohne Gedanken an Mama und Papa und Moma und Opa. Vergangenheit und Zukunft waren kleiner geworden, ihre Horizonte waren einander näher gerückt, bis sie von der Gegenwart, dem schwarzen Loch mitten in der Zeit, verschluckt worden waren. – Ich versuchte, mich in diesen Zustand zu versetzen. Es gelang mir nicht.

»Warum tust du mir das an?«, fragte ich den Adlatus am Abend. »Du schenkst mir Zigaretten von deinen guten, die die besten sind, die es gibt, warum nimmst du mir die Batterien weg?«

Er grinste nur.

Am nächsten Morgen probierte ich es anders. »Warum tust du das, Niculin?«, fragte ich. Natürlich war es Berechnung, seinen Vornamen auszusprechen. Das hatte niemand getan, seit ich in dieser Zelle war, jedenfalls nicht in meiner Anwesenheit, und ich würde den Namen wahrscheinlich vergessen haben, wenn ich ihn nicht in mein Heft geschrieben hätte.

Seine Reaktion auf den Klang seines eigenen Namens war erschütternd. Er weinte. Still. Das Augenwasser überschwemmte seine Wangen, und seine übertrainierten, knotigen Schultern bebten. Er blickte sich rasch um, ergriff meine Hände und küsste sie.

»He, Niculin!«, sagte ich. »Niculin, gibst du mir jetzt die Batterien?«

Er lächelte wie das hässlichste glückliche Kind und sagte nun doch etwas. Es hörte sich an wie: »Säbitschä!«

Dass ich ihn nicht verstanden hätte, sagte ich. »Niculin, sag's noch einmal! Noch einmal, Niculin!«

»Sä bitschä! Säg bittschö!«

Ich glaubte, er meine »Sag bittschön!«, also sagte ich: »Bittschön.«

Da legte er die Batterien in meine Hand und hielt meine Hand, bis ich sie ihm entzog.

Die Männer, die in der Werkstatt arbeiteten, wurden »Gehülfen« genannt; ich vom ersten Tag an »Mechaniker«, obwohl ich einen Abschrot nicht von einem Spitzstöckel und ein Sperrhorn nicht von einem Gesenk unterscheiden konnte, schon deshalb nicht, weil ich weder wusste, was das eine noch was das andere war. »In der Kfz-Werkstatt«, hieß es von nun an, »sind fünf Gehülfen und zwei Mechaniker beschäftigt: der Zellenvater vom Sechserhaus und 's Rehli« – das Rehlein.

In der Werkstatt rangierte ich also vor dem Adlatus. Seine Aufgabe war: zu tun, was ihm gesagt wurde. Sah er ein Problem, durfte er es nicht von sich aus angehen, sondern musste es dem Zellenvater vortragen; kam ihm die Idee, anstatt einer V-Naht eine X-Naht zu schweißen, hatte er dies vom Zellenvater prüfen zu lassen, ehe er die Azetylenflasche auch nur von der Seite anschaute. Ich hingegen bekam schon bald Aufgaben gestellt, zu deren Lösung mir ausdrücklich erlaubt war, eigene Entscheidungen zu treffen und auszuführen. Und den Zellenvater durfte ich – als einziger! – »Meister« nennen. Ich erzählte es dem Wärter, der mich damals aus dem Bunker geholt hatte. Er tippte mit zwei Fingern an seine Kappe, als ob ich ein Oberst wäre.

In der Zelle aber herrschte die alte Hierarchie. An der Spitze stand der Zellenvater; nach ihm kam lange nichts, dann der Adlatus; ihm folgte Quique Jiménez – diese drei schliefen in den oberen Betten. An vierter Stelle stand der Italiano, er schlief unter dem Zellenvater. Unter dem Adlatus hatte bis zu meinem Eintritt niemand geschlafen. Dissi war der letzte; sein Bett war unter dem seines Freundes Quique Jiménez. Ich nahm in der Zelle also den zweitletzten Platz ein. Diese Reihung wurde eingehalten – bei der Essensausgabe, beim Tischtennis und Boccia während der Hofstunde nach dem Mittagessen, bei der Reservierung der Hanteln und des Expanders und bei der morgendlichen Toilettensitzung.

Ich wusste nicht, was Amphetamine sind. Das hat mir der Italiano erst viel später erklärt. Und hat mir angeboten: Speed, »Schpiddi«, Pervitin. »Adolf Hitler hat das genommen und Benito Mussolini.« Der Führer habe sogar veranlasst, dass es an die Soldaten der Wehrmacht verteilt wurde, damit sie keine Angst hätten und keinen Hunger und spielend zwei Tage und zwei Nächte wach bleiben könnten. Jeden Morgen, oder besser gesagt jeden Mittag, denn Hitler sei ein Langschläfer gewesen – allein deshalb sei er ihm schon sympathisch, sagte der Italiano –, habe sich der Leibarzt des Führers auf dessen Bettkante gesetzt und ihm eine Injektion verpasst, da sei der Führer schlagartig frisch geworden. Und die GIs in Vietnam seien ebenfalls auf Pervitin, das wisse er aus erster Hand. Ich habe trotzdem nichts genommen. Wie die Pillen ins Gefängnis gelangt waren, darüber kicherte und schwieg der Italiano.

Eines Abends kam der Adlatus nicht gemeinsam mit dem Zellenvater, sondern früher und zusammen mit dem Italiano, und er war in einem Zustand, wie ich ihn bis dahin nicht erlebt hatte. Auch der Italiano war aufgekratzt und albern und tanzte in seiner Animateurnummer an den Betten entlang, sang Rock 'n' Roll, die Hand vor dem Mund, als hielte er ein Mikrophon zwischen den Fingern, ixte die Beine und wackelte mit dem Hintern; er erzählte einen Witz nach dem anderen, plapperte vor sich in die Luft hinein. Der Adlatus aber war außer sich, nie fand ich diesen Ausdruck treffender; seine Bewegungen waren zackig, plötzlich und heftig. Wenn er nach dem Tee griff, schnellte seine Hand über das Ziel hinaus und fegte den Becher vom Tisch. Dabei versuchte er, sich zusammenzunehmen. Er knetete die Lippen, als bete er, raufte die Hände, ballte die Fäuste, warf den Kopf zurück und stieß seine hohen langen Töne aus. Quique Jiménez und Dissi verzogen sich gleich nach dem Abendessen ins Bett. Quique deutete mir an, ich solle tun wie sie, er verdrehte die Augen und faltete die Hände, als bitte er mich im Namen der Heiligen Jungfrau von Guadalupe inständig, auf ihn zu hören. Ich kannte mich nicht aus. Ich suchte den Blick vom Zellenvater. Der aber hatte viel zu tun, er pfiff leise durch die Zähne, legte seine Ersatzhose neu zusammen, ebenso das Ersatzhemd, als gälte es den Koffer zu packen für eine Weltreise. Er gab sich bedächtig und geistesabwesend und sagte schließlich, ohne den Italiano, den Adlatus oder mich anzusehen, er wolle nicht bis Lichtaus warten, und falls er gestern versprochen habe, heute Abend einen Jass zu klopfen, möge man ihn entschuldigen, er sei einfach zu müde. Er gähnte künstlich und klopfte sich mit der Faust gegen die Brust und schmatzte. Ich kannte mich wirklich nicht mehr aus. In meiner Ahnungslosigkeit fragte ich den Adlatus, was mit ihm sei, ob er sich nicht wohl fühle, ob ich nach einem Wärter rufen solle. Er sah schrecklich aus, die Haut um den Mund und um die Stirn waren grünlich weiß und feucht, die Augen groß und gelb und mitten darin ein winziger schwarzer Punkt. Er eilte zum Wasserhahn, trank, dass ich meinte, er müsse gleich platzen. Und brüllte: »Huraseich, ebbada isch an Scheiß, an Scheiß isch da!«, und begann mit seinem Auf- und Abgehen, fünf Schritte hin, fünf Schritte her. Und ging bis spät in die Nacht hinein.

Irgendwann in der Nacht erwachte ich, weil ich spürte, dass sich die Matratze auf einer Seite nach unten wölbte. Der Adlatus hatte sich auf mein Bett gesetzt. Er war ruhiger geworden, aber seine Hände zitterten noch. Er hielt mir eine von seinen Selbstgedrehten hin und deutete auf das Fenster. Wir stiegen auf den Tisch und rauchten. Er bemühte sich, deutlich und hochdeutsch zu sprechen und sich nicht zu verhaspeln. Nach jedem zweiten Wort hielt er inne und atmete durch. Dass er auch gern einen Cadillac Eldorado Biarritz 1959 hätte, er auch. Dass er nicht glaube, dass ich ein abgeputzter verlogener Hund sei, er nicht. Dass er sich freue, dass ich hier sei und unter seinem Bett schlafe. Und ob ich wisse, wie viel PS der Cadillac Eldorado Biarritz 1959 habe.

»Dreihundertfünfundvierzig«, antwortete ich.

Und ob ich wisse, dass Elvis Presley drei davon besitze.

»Nein, weiß ich nicht.«

Und zwar einen roten, einen weißen und einen blauen.

Er machte eine Pause. Im Licht der Scheinwerfer sah ich, wie er sich vorredete, was er gleich sagen wollte. Er hielt meine Hand fest, wie er sie gehalten hatte, als er mir die Batterien gab. Und ob ich wisse, dass der Cadillac Eldorado Biarritz 1959 mit einem elektrischen Radioantennenheber, mit elektrisch verstellbaren Sitzen, elektrischem Kofferraumöffner, elektrischem Fensterheber und Servolenkung ausgestattet sei. Ja, das wisse ich, sagte ich. Und ob ich schon jemals einen gesehen hätte. Ja, sagte ich. Er auch, sagte er, in Madrid. Ich in Wien, sagte ich. Er freue sich, dass wir beide Kollegen seien in der Werkstatt, sagte er. Ob ich weiter böse auf ihn sei wegen der Batterien.

»Nein«, sagte ich, »ich bin nicht böse.«

Ob ich mir ganz sicher sei.

Ich tat, als ob ich lachte, und sagte: »Wenn du mir noch eine von deinen Selbstgedrehten gibst, bin ich mir ganz sicher.« Erst wollte ich wieder seinen Namen anhängen, aber in der Vorsicht dachte ich, es wäre besser, es nie wieder zu tun.

Wir stiegen vom Tisch herunter, er gab mir zwei Zigaretten, ich legte sie unter mein Kopfkissen.

In der ersten Dämmerung wachte ich noch einmal auf. Ich bildete mir ein, ich hätte den Adlatus brüllen hören. Ich zupfte das Wachs aus meinen Ohren und lauschte. Hatte er schlecht geträumt? Oder ich? Wahrscheinlich hatte ich schlecht geträumt. Wie hätte ich ihn durch das Wachs hindurch hören sollen? Dissi zuckte mit einem Bein. Quique Jiménez schnarchte tief aus dem Rachen heraus, manchmal setzte sein Atem aus, und endlich krachte die Luft wie durch ein zersplitterndes Sperrholzbrett in ihn hinein. Der Zellenvater blies beim Ausatmen die Backen auf und schmatzte nach. Aus dem Bett vom Italiano hörte ich nichts. Über einen Vogel vor dem Fenster wäre ich sehr dankbar gewesen. Schön wäre auch das Rascheln von Blättern gewesen. Die Luft, die durchs Fenster fiel, roch nach Teer vom Dach der Wäscherei. Ich pfiff leise. Der Italiano drehte den Kopf zu mir. Er war wach gelegen. Der Adlatus brüllte. Ich drückte das Wachs zurück in meine Ohren.

Aber ich konnte nicht mehr einschlafen. Ich hätte gern das Radio eingeschaltet und auch einen Nachtvortrag gehört, gleich zu welchem Thema. Nach Lichtaus war es streng verboten, das Radio einzuschalten. Zellenordnung nach dem Zellenvater. Aber wenn einer nicht schlafen konnte, borgte er es sich dennoch aus und legte das Ohr auf den Lautsprecher. Das Radio stand nicht auf dem Tisch. Ich nahm an, der Italiano hatte es bei sich. Ich rechnete ein bisschen.

1 Minute = 60 Sekunden. 1 Stunde = 3600 Sekunden. 1 Tag = 86 400 Sekunden. 1 Jahr = 31 536 000 Sekunden. 12 Jahre (inkl. Schaltjahre) = 378 777 600 Sekunden. 1 Sekunde = 1000 Millisekunden, 1 Millisekunde = 1000 Mikrosekunden, 1 Mikrosekunde = 1000 Nanosekunden, 1 Nanosekunde = 1000 Pikosekunden, 1 Pikosekunde = 1000 Femtosekunden, 1 Femtosekunde = 1000 Attosekunden, 1 Attosekunde = 10^{-18} Sekunden = 0,000 000 000 000 000 001 Sekunden. Also hatte ich,

vom Beginn an gerechnet, 378 777 600 000 000 000 000 000 000 Attosekunden Haftzeit vor mir. Allerdings hatte sich diese Strecke, während ich den letzten Satz dachte, um ungefähr 30 000 000 000 000 000 000 Attosekunden verringert.

5

Die Vormittage waren von nun an meiner Ausbildung gewidmet. Der Zellenvater wählte verschiedene Arbeiten aus, bei denen ich ihm assistieren sollte. Er führte mich in Grundsätzliches ein, zeigte mir an einem Ford, was ein Viertakt-Dieselmotor, und an einem VW Käfer, was ein Boxermotor ist. Eine Kundschaft brachte einen Wagen, dessen Motor sich nicht abstellen ließ, obwohl sie den Zündschlüssel gezogen hatte. Der Motor lief unruhig und stank nach faulen Eiern. Was war geschehen? Die Kundschaft hatte anstatt Benzin Diesel getankt. Dieselmotoren, lernte ich, benötigen keine Zündung, weil sich der Dieselkraftstoff bei hoher Kompression selbst entzündet, weswegen sich der Motor durch Abziehen des Zündschlüssels auch nicht abschalten ließ. Welche Maßnahmen mussten ergriffen werden? Tank leeren und reinigen, Motor mit Benzin durchspülen.

Der Zellenvater erklärte mir jeden Handgriff, und ich hatte seine Worte zu wiederholen. Wenn er eine Zylinderkopfdichtung ausgebaut hatte, baute er sie wieder ein, und ich sollte sie von neuem ausbauen. Wenn ich mich ungeschickt anstellte, baute er sie ein zweites Mal ein und ich sie wieder aus; und das so lange, bis ich es konnte. Ich stellte mich nicht ungeschickt an. Das sagte auch der Adlatus. Das Angenehme an seinem Lob war, dass er es immer in Zigaretten umrechnete. Der Zellenvater besaß ein altes Lehrbuch mit vielen Abbildungen, *Europa Lehrmittel: Fachkunde für Kraftfahrzeugmechaniker*, das auf manchen Seiten so verdreckt war, dass man kaum die Buchstaben erkennen konnte. Ich lernte die Kapitel auswendig, er fragte mich ab. In der Nacht, wenn das Licht gelöscht war und die anderen ihr Wachs in den Ohren hatten, hörte ich ihn in die Dunkelheit hinein fragen: »Was für eine Funktion haben die Kolbenringe?« Und er hörte mich in die Dunkelheit hinein antworten: »Die Kolbenringe sollen den Verbrennungsraum gegen das Kurbelgehäuse abdichten. Dadurch wird vermieden, dass Gase in das Kurbelgehäuse eindringen und eine Leistungsverminderung und Ölverschlechterung hervorrufen.« Sein Ziel war es, dass ich irgendwann die offizielle Lehrlingsprüfung ablegte. Ob das überhaupt möglich war, wusste er nicht. Die Wärter versprachen immer wieder, sie würden sich erkundigen. Aber vergaßen es. Und der Zellenvater versprach, dieses Thema bei seinem nächsten Besuch im Büro des Direktors zur Sprache zu bringen. Ich fand, es wäre eine schöne Aussicht, als Mechanikermeister aus dem Gefängnis entlassen zu werden.

Der Sommer 1967 war außergewöhnlich heiß, das sagten alle, auch Peter Schär von der Wetterprognose im *Schweizer Radio*, in das der *Schweizerische Landessender Beromünster* seit kurzem umbenannt war. (Peter Schär mochten wir gern, weil er über das Wetter redete, als wäre es etwas Lustiges, und sich immer mit einem Reim verabschiedete.) An manchen Nachmittagen konnte man es in der Werkstatt vor Hitze kaum aushalten. Die Gehülfen bockten die Autos draußen auf dem Vorplatz auf, schoben ihre Werkzeugwagen ins Freie, spannten Planen auf, um die Sonne abzuhalten, und an besonders heißen Tagen war es ihnen erlaubt, einen selbstgebauten Sprühkopf auf den Wasserschlauch zu schrauben und sich einmal in der Stunde durch künstlichen Regen Abkühlung zu verschaffen. Ich zerlegte derweil Vergaser, baute die Düsen aus, zog sie durch ein Benzinbad und blies sie mit Druckluft sauber oder suchte mir aus der Kiste mit den kaputten Anlassern brauchbare Teile, um einen »Altneuen« zusammenzubauen. Diese Arbeiten konnte ich jedoch nur drinnen tun. Der Zellenvater stellte mir eine andere Tätigkeit frei, draußen bei den anderen. Aber ich war zufrieden. Ich bewegte mich wenig, atmete flach und trank viel Wasser. Es war ein sinnvolles Leben. Ich wirkte gern an der Veränderung von Dingen mit. Obwohl mir an Veränderung im Prinzip nichts lag. Die Werkstatt war hell, und ich hörte die Stimmen der Gehülfen draußen auf dem Platz, ihr Hämmern und Schleifen, das Aufheulen der Maschinen und Motoren. Die Tore standen offen, ich sah ihre Hinterköpfe und ihre nackten braunen Rücken. Manchmal rief einer nach mir, ob ich ihm neue Zylinderlaufbuchsen bringe, oder ein anderer bat mich, mich ins Auto zu setzen und Gas zu geben, damit er die Drehzahl des Motors einstellen könne. Sie erdichteten Aufträge für mich, um mir eine Gelegenheit zu geben, auf den kühleren Vorplatz zu treten und etwas frische Luft zu schöpfen und mich unter ihren Regen zu stellen.

Die Kfz-Werkstatt war mit der Arbeit, die im Gefängnis anfiel, bei weitem nicht ausgelastet; neunzig Prozent der Kundschaft kam aus den umliegenden Gemeinden. Wir waren zwar nicht billiger als die freien Werkstätten, aber merkwürdigerweise hielt man uns für seriöser. Wir wurden mit Problemfällen konfrontiert, vor denen die draußen kapituliert hatten. Nicht selten kamen Gesellen von Betrieben der Umgebung, um sich bei uns nach Ersatzteilen umzusehen. Das hatten wir nicht gern, das brachte Unruhe. Wir mussten die Werkstatt verlassen, damit kein Kontakt zwischen uns und den Freien zustande kam. Wir standen draußen auf dem Vorplatz vor der verschlossenen Tür, während die Kunden im Beisein eines Wärters unser Lager durchstöberten, als hätten sie, nur weil sie frei waren, jedes Recht darauf. Der Preis für das jeweilige Ersatzteil wurde von den Wärtern ausgehandelt, die keine Ahnung hatten und eigentlich nur danach bemaßen, ob ein Ding sauber war und glänzte oder nicht. Aber es waren auch schöne Viertelstunden, weil wir gemeinsam fluchten. Oft fanden wir Zigarettenpackungen, wenn die freien Kollegen gegangen waren.

Nach einem halben Jahr übertrug mir der Zellenvater die Verantwortung für unser Lager. Ich reinigte und hämmerte alte Zündkerzen zurecht, kratzte Ablagerungen von den Elektroden der Verteilerköpfe, prüfte und korrigierte bei Bedarf die Kontaktabstände an den Unterbrechern, ölte und schmierte, schmirgelte und zog nach, lötete Armaturenlämpchen und fräste neue Gewinde, entrostete und sorgte mit Graphitstaub dafür, dass sich Schrauben wieder »wie Butter« drehten. Mir wurde die Wartung der gebrauchten Ersatzteile für die Motoren übertragen. Das hieß, die Gehülfen – auch der Adlatus – hatten alle Teile, die sie ausbauten, bei mir abzuliefern und mussten, bevor sie neue Teile anforderten, erst mich fragen, ob ich reparierte alte Teile des verlangten Typs, also Altneue, auf Lager hätte. Ich führte über jeden Gegenstand Buch.

Weil ich mich nie beschwerte und auch bei Temperaturen von vierzig Grad in der Werkstatt arbeitete und dabei immer bestens gelaunt war, beantragte der Zellenvater beim Direktor, dass ich mich zweimal in der Woche am Abend nach dem Essen eine halbe Stunde lang im Osthof aufhalten dürfe. »Sonst geht uns über den Sommer unser bester Mann ein«, argumentierte er. Er hätte es nötiger gehabt als ich.

Der Antrag wurde genehmigt. In dieser halben Stunde war ich allein.

Ich setzte mich mit dem Rücken an die Mauer des Fünfertraktes, der Hof lag im Schatten, ich steckte das Wachs in die Ohren und sah in den Himmel hinauf. Am Abend war es oft gewittrig, manchmal regnete es, manchmal gingen in dieser kleinen halben Stunde zwei Wolkenbrüche nieder mit blauestem Himmel dazwischen. Um bei Regen ins Haus zurückzudürfen, hätte erneut ein Antrag gestellt werden müssen, was riskant war, denn es hätte sich hier um die Ausnahme einer Ausnahme gehandelt. Mich störte der Regen nicht. Im Gegenteil. Und wenn meine Sachen bis zur Nachtruhe nicht trocken waren, legte ich sie unters Leintuch und schlief darauf, wie es mir Opa gezeigt hatte. Der Himmel hatte Sensationen zu bieten. Es kam vor, dass die östliche Hälfte in schwarzem Qualm stand, während im Westen fleckenloses Gold war. Und es kam vor, dass sich die Sphären tauschten, so dass am Ende der halben Stunde der Westen schwarz und der Osten strahlend war. Wenn Blitze über das Firmament hasteten, hörte ich den Donner gedämpft durch das Wachs in meinen Ohren. Und wenn es still war, war es sehr still.

Keiner aus dem Sechserhaus hatte je Besuch bekommen. Wir seien die Einsamsten der Einsamen, sagte der Direktor. Keiner hatte eine Frau. Quique Jiménez war als einziger verheiratet gewesen; nach seiner Tat wollte seine Frau nicht mehr mit ihm sein und hat sich scheiden lassen. Es wurde viel über Frauen geredet. Besonders an den Wochenenden, wenn wir zwanzig Stunden in der Zelle waren. Ich hatte nie ein Mädchen gehabt – darunter verstand ich: geküsst. Mehr verstand ich darunter nicht. Ich war sehr neugierig, das gab ich gerne zu. Sie haben mich nicht ausgelacht. Ich erinnere mich an einen gemütlichen Sonntagnachmittag im Herbst, an dem einer nach dem anderen von seiner ersten Berührung einer Frau erzählte, nur um mich zu trösten. Wo doch gar kein Trost nötig war. Der Italiano schwärmte von den Frauenbrüsten, wenn sie einen körnigen Hof hätten und flache Warzen, und dass er es gern habe, wenn man ihnen das Gewicht ansehe. Er steigerte sich hinein und erzählte Szenen, die ihm bald niemand mehr glaubte. Der Zellenvater sagte, für heute sei es genug.

»Wrum dänna!«, brauste der Adlatus auf, und es war das erste Mal, dass ich ein Gegenwort zum Zellenvater von ihm hörte. »Ar ka des so guat. Do isch man mittadri. Und ma heat öppis zum Schtudiera und zum Nochschtudiera.«

Studieren und Nachstudieren seien immer zu begrüßen draußen, drinnen aber nicht, beendete der Zellenvater jedes Reden für diesen Tag.

Beim Frühstück sagte der Adlatus, noch bevor er die anderen zurückgegrüßt hatte, studieren müsse jeder immer, draußen und drinnen, das sei eben so, nämlich Natur.

Wenn ich allein am Abend im Hof saß – die Wärter vergaßen, dass die Ausnahme eigentlich nur für den Sommer gelten sollte (oder vergaßen es nicht), und so genoss ich dieses Privileg über den Herbst und den Winter und weiter in den Frühling hinein –, habe ich wenig nachgedacht, überhaupt wenig gedacht und gar nicht studiert. Aber es waren Empfindungen in mir. Ich glaube, es war, wie es Sebastian ergeht, wenn er eine Musik hört, die er besonders liebt: dass ein großes Weltgebäude in ihm entsteht, eine Kathedrale, er diese aber nicht mit seinen Gedanken erfasst, also Stein für Stein, Spitzbogen für Spitzbogen, sondern in einer einzigen Empfindung, die mit dem gesamten Wortschatz eines Menschen nicht übersetzt werden könnte. In meinen Empfindungen war ich selbst nicht anwesend, es ging nicht um mich. Ich spürte den Abend, ich war der Abend; ich spürte den Flug der Mauersegler, ich war dieser Flug; ich spürte den Föhn vom Süden, ich war der Föhn. Ich habe immer bedauert, dass es mir nicht gelang, Musik zu mögen. Sie war mir immer gleichgültig gewesen. Warum? Jedem Geräusch konnte ich nachspüren, wenn ich mir die Zeit dafür nahm, und ich konnte mich jedem Geräusch anverwandeln; Musik aber blieb mir gleichgültig. Vielleicht, weil sie mit der Absicht gemacht war, nicht gleichgültig zu sein. Musik – dieser Gedanke war mir gekommen, als

Sebastian und seine Mutter andächtig still geworden waren und dem Vater zuhörten, wie er auf der Gitarre spielte, obwohl er jeden Abend vor ihnen spielte und sang – Musik war ein Erkennungszeichen der Menschen untereinander. Sie sagte: ›Hörst du? Ich bin hier. Ich bin einer von euch.‹

Am Geburtstag des Direktors gingen die Wachbeamten am Abend nach dem Essen von Zelle zu Zelle und öffneten die Türen, und aus allen Lautsprechern des Hauses ertönte der Gesang einer Frauenstimme. Dissi wusste und teilte es uns über Quique Jiménez mit, dass es Maria Callas war, die eine Arie aus der Oper *Norma* von Vincenzo Bellini sang. Mir erschien es als unverantwortlich, die Zellen zu öffnen, ich rechnete mit Lärm und Aufstand und fürchtete, dass der Mann, der mir schon zweimal einen Kassiber zugesteckt hatte, auf dem stand, er träume jede Nacht davon, das hübsche Rehlein zu ficken, in unsere Zelle stürmte und dem Zellenvater nichts anderes übrigbliebe, als ihm das Genick zu brechen. Aber es war nichts zu hören außer dem Gesang von Maria Callas und dem Chor, der sie begleitete, und nicht einer hat seine Zelle verlassen. Fünf Minuten spendierte uns der Direktor zu seinem Geburtstag, dann wurden die Zellen wieder geschlossen. Die Folge war, dass Dissi den Rest des Abends die Hände nicht vom Gesicht nahm; ich sah, wie die Tränen zwischen seinen Fingern hindurch und über die Handrücken sickerten. Der Italiano verkroch sich in sein Bett, Quique Jiménez stand auf dem Tisch und rauchte eine nach der anderen zum Fenster hinaus. Der Zellenvater war zu Stein geworden, er saß auf meinem Bett und starrte ins Leere. Und der Adlatus? Und ich? Ich musste an den Staatsanwalt denken und dass er gesagt hatte, ich sei kein Mensch. Damit hatte er mich sehr gekränkt. Und ich hatte mir gedacht, das werde ich ihm irgendwann heimzahlen.

Am liebsten war mir das Geräusch der Geräuschlosigkeit, das war schon immer so gewesen. Wenn ich im Winter, die schwarze Masse des Fünfertraktes in meinem Rücken, auf das Gespinst des Stacheldrahts über der Mauer sah, das der eben aufgetauchte Vollmond versilberte, brauchte ich nicht die Zeit zu messen, ich war die Zeit.

Das Ohrenwachs, in ein Stück Papier gewickelt, trug ich immer bei mir. In der Nacht drückte ich es tief in meinen Kopf hinein. Ich bestach den Italiano mit Nussschokolade, die ich gesammelt hatte, und er brachte mir aus der Wäscherei eine Wollmütze mit. Ich schnitt das Kopfteil ab, so dass nur die ringförmige Krause übrig blieb, die stülpte ich mir über die Augen. Ich sah nichts, und ich hörte nichts. Und es war, als hätte ich in den Nächten weit und breit niemanden um mich.

6

Das Wachs war ein Produkt der Firma *Ohropax*. Der Erfinder hätte dafür den Friedensnobelpreis verdient. Der Preis war 1966 nicht verliehen worden und wurde auch 1967 nicht verliehen; angeblich, weil das norwegische Komitee niemanden für würdig genug erachtet hatte, wie wir im Radio hörten. Es gab Leute, die haben die israelischen Kommandanten Mosche Dajan, Jitzchak Rabin und Uzi Narkis für den Friedensnobelpreis vorgeschlagen. Der Italiano meinte dagegen, man hätte den Preis Gamal Abdel Nasser verleihen sollen, weil der wenigstens versucht habe, den Juden eines übers Haupt zu braten. Der Adlatus sagte, er sei eindeutig für die Juden, er kenne die Araber, die Araber seien »verreckte Chaiba, gottverreckte«. Wenn er raus sei, das schwöre er, werde er sich freiwillig zur israelischen Armee melden oder zum Mossad. Quique Jiménez sagte: »Die Juden nehmen nur Juden.« »Lass ihn«, beruhigte der Zellenvater. »Er meint es gut. Er will Gutes tun. Er will nur helfen.« Das sagte er oft, wenn der Adlatus streitlustig war. Und zum Thema rief er aus: »Gibt es Krieg und Frieden denn nur in der Politik? Schaut die Kommission denn gar nicht in die wirkliche Welt hinein, in die Häuser, in die Stuben, in den einzelnen Menschen hinein?« Ich bin noch heute davon überzeugt – und der Zellenvater war ebenfalls davon überzeugt –, dass ohne *Ohropax* in unserer Zelle der Krieg ausgebrochen wäre, und der hätte nicht nur sechs Tage gedauert. Die Theorien des Herrn Direktors in Ehren – aber: Das Gute im Menschen folgt keinem Naturgesetz; es wird vom Menschen gefördert, und zwar ausschließlich, indem das Böse zurückgedrängt wird. Und *Ohropax* halte ich für einen der wirkungsvollsten Zurückdränger des Bösen; letztlich nicht weniger wirkungsvoll als der französische Diplomat René Cassin, der 1968 den Friedensnobelpreis bekommen hat, nämlich für die Abfassung der Allgemeinen Erklärung der Menschenrechte der Vereinten Nationen, was ohne Zweifel eine großartige Sache war, aber, machen wir uns nichts vor, reine Theorie, während die kleinen, in Watte gepackten rosa Wachskugeln eine tatsächliche Friedenswaffe waren, unkompliziert in der Anwendung und billig.

Aber der Friede hatte seinen Preis. – Ich plapperte nach, was wir im Radio gehört hatten. Nie wieder habe ich so viel Radio gehört wie zu jener Zeit, das ist wahr, und dieser Satz ist damals oft gefallen: wenn über den Krieg in Vietnam gesprochen wurde oder über die Studentenrevolten in Frankreich und Deutschland oder eben über die Situation im Nahen Osten, nachdem Israel den Gaza-Streifen und die Sinai-Halbinsel von Ägypten, die Golan-Höhen von Syrien und das Westjordanland von Jordanien erobert hatte, oder wenn über die Ermordung von Martin Luther King und Robert Kennedy gesprochen wurde oder über den Einmarsch der Warschauer-Pakt-Staaten, einschließlich Ungarn, in die Tschechoslowakei, oder wenn es um die atomare Aufrüstung der Supermächte ging, deren katastrophale Folgen auch vor der neutralen Schweiz und somit auch vor unserem Haus nicht haltmachen würden. (Als wäre unser Gefängnis mit den zwei Stacheldrahtzäunen, drei Meter und fünf Meter, und der acht Meter hohen Mauer darum herum eine Idylle. – Was es in gewisser Weise auch war.) »Der Friede hat seinen Preis.« Der Zellenvater hat diesen Satz dem Radio nachgeplappert, und Quique Jiménez hat ihn dem Radio nachgeplappert und ich ebenso. Ich habe ihn lange nicht verstanden.

Irgendwann im November, es regnete seit Tagen – ich erwähne das, weil wir bei offenem Fenster schliefen und der Regen auf das darunterliegende Dach der Wäscherei trommelte –, wachte ich in der Nacht auf, und ich dachte, ich hätte im Schlaf geschrien. Ich konnte mich aber an keinen Traum erinnern, und es war auch keine Aufregung in mir oder ein drückendes Gefühl, wie man es nach einem Albtraum verspürt. Ich löste das Wachs aus den Ohren und zog die Binde von den Augen und sah im Schein des Fensters eine Gestalt an der Wand stehen. Zuerst meinte ich, es sei nur ein Schatten, wie ein halbes verzogenes Rad; dass irgendetwas vors Fenster gefallen war und seinen Schatten zu uns hereinwarf. Plötzlich aber streckte sich der dunkle Fleck an der Wand, und da sah ich, es war der Italiano. Er stieg auf den Tisch, und ich dachte, er kann nicht schlafen und möchte eine Zigarette rauchen, was ich selber schon oft getan hatte. Er war nackt. Das war ungewöhnlich. Ganz nackt zogen wir uns eigentlich nie aus, der Zellenvater duldete das nicht. Quique Jiménez sagte einmal im Spaß, er verbiete es deshalb, weil er selber einen Kleinen habe; da hatte ihm der Adlatus eine Seite blau geschlagen. Das war vor meiner Zeit gewesen. In der Hand, das konnte ich erst jetzt erkennen, hielt der Italiano sein Kissen, er hatte an die Ränder Spitzen und Bögen gehäkelt. Er wand es unten um den Fensterflügel und schlug mit der Faust dagegen. Ich hörte, wie das Glas brach, gedämpft durch das Kissen hörte ich es, gerade, dass es den Regen ein wenig übertönte. Ich konnte mir aber nicht erklären, warum er das tat. Immer wieder war darüber geredet worden, wie man aus dem sichersten Gefängnis der Schweiz ausbrechen könnte. Was für ein Trick sollte das sein, nackt die Fensterscheibe einzuschlagen? Ich rückte vorsichtig näher an den Rand der Matratze, um besser beobachten zu können. Über mir bewegte sich der Adlatus in seinem Bett. Ich dachte, er wird von dem Schlag aufgewacht sein, was jedoch ziemlich unwahrscheinlich war, wenn er das Wachs in den Ohren hatte. Oder er war schon wach gewesen. Jetzt setzte er sich auf, jetzt drehte er sich. Ich sah seine nackten Unterschenkel über den Bettrand hängen. Der Italiano hielt mit einer Ecke seines Kissens eine Scherbe von dem Fensterglas in der Hand, sie war lang und glitzerte im Licht eines der Scheinwerfer, die in der Nacht auf das Gebäude gerichtet waren. Er flüsterte zum Bett des Adlatus hinauf, und von oben kam Geflüster zurück. Ich verstand nicht, was sie sagten, der Regen war zu laut. Der Italiano stieg vom Tisch herunter und drückte sich in die Ecke, er hob einen Arm und fuhr sich in einer schnellen Bewegung mit der Glasscherbe über das Handgelenk. Er ließ die Scherbe und das Kissen fallen, das Glas zersplitterte am Boden. Ich hörte ihn schluchzen, er rutschte mit dem Rücken an der Wand nach unten und rollte sich ein. Das Schluchzen war nicht viel anders als der Regen, es würde einem, der gerade aufwachte, nicht auffallen. Der Adlatus sprang vom Bett herunter und hob den Italiano auf, und die beiden rangen miteinander. Erst dachte ich, der Adlatus hat wie ich alles beobachtet und wollte dem Italiano helfen. Auch der Adlatus war nackt. Seine Hinterbacken glänzten und waren wie zwei lange glatte Köpfe. Er hielt dem Italiano den Mund zu und klemmte ihn zwischen seine Beine und Ellbogen in die Ecke, sein Körper war wie ein Sperrgitter. Nun dachte ich nicht mehr, dass er ihm helfen wollte. Im Prasseln des Regens war kein Geräusch zu hören. Und jetzt sah ich das Blut. Der Italiano riss sich los und streckte den Arm hoch in die Luft, der Arm sah schwarz aus. Ich erschrak darüber so sehr, dass ich unvorsichtig wurde und mich aufrichtete, und das bekam der Adlatus mit. Er ließ den Italiano los, fuhr herum, beugte sich nieder, packte mich am Hals und an der Schulter und zerrte mich aus dem Bett. In der gleichen Bewegung hob er eine Scherbe und das Kissen vom Boden auf, presste mich an den Körper des Italiano und uns beide gegen die Wand und würgte mich. Er hielt die Scherbe mit dem Kissen fest, damit er sich nicht verletzte, drückte sie gegen meine Halsschlagader und flüsterte zum Italiano, wenn er nicht auf der Stelle die Wunde an seinem Arm abbinde, werde er mich, das schwöre er, umbringen, egal, was mit ihm geschehe. Wenn er abtreten wolle, bitte, aber dann gemeinsam mit mir. Mit was denn abbinden, jammerte der Italiano. Mit seinem Socken, zischte der Adlatus, mit dem Socken zum Beispiel. Der Italiano war zwischen mir und der Wand eingeklemmt, er wand sich unten heraus, zitterte sehr an den Armen und atmete hastig, und ich meinte, er werde gleich ohnmächtig niedersinken und liegen bleiben und verbluten. Die Spitze der Scherbe hatte meine Haut am Hals verletzt, ich merkte, dass ich auch blutete, aber wie stark, wusste ich nicht. Der Italiano schluchzte weiter und redete leise vor sich hin mit klappernden Zähnen, italienisch, wie ich meinte. Er tat, was ihm der Adlatus befohlen hatte. Er zog sich einen Socken aus seinen Kleidern, die über seiner Bettkante hingen, und band ihn um seinen Oberarm, wobei er auch die Zähne zu Hilfe nahm. Der Boden war voll Blut, und mein Hemd war voll Blut. Er solle sich waschen, flüsterte der Adlatus, und der Italiano wusch sich beim Wasserhahn das Blut ab, vom Arm und von seiner Brust und seinem Bauch. Der Adlatus schlug mir mit der Faust auf den Kopf, nicht fest, und ließ mich los. Er schlitzte mit der Scherbe ein Stück vom Leintuch meines Bettes ab und verband dem Italiano die Wunde. Er hieß uns, die Scherben und das Blut vom Boden aufzuwischen. Ich solle sagen, in der Nacht habe der Wind eine Scheibe zerschlagen und der Italiano und ich hätten die Scherben wegwischen wollen, damit niemand hineintrete, und dabei habe sich der Italiano verletzt, befahl der Adlatus. Ob ich ihn verstanden hätte. »Ja«, sagte ich und fragte: »Und die Wunde an meinem Hals? Was soll ich sagen, woher die kommt?« Ich solle den Hemdkragen zuknöpfen, flüsterte er. Und dass alles halb so schlimm sei. Er wusch sich ebenfalls am Brunnen, stieg in seine Unterhose, zog sich das Hemd über und kletterte in sein Bett zurück.

Während wir den Boden wischten, flüsterte ich ins Ohr vom Italiano: »Was ist denn passiert?«

»Das sag ich dir nicht.«

»Warum nicht?«

»Du bist der Nächste, dann weißt du es von selber.«

»Bei was bin ich der Nächste?«

»Dann weißt du es von selber.«

»Woher weißt du, dass ich der Nächste bin?«

»Dann weißt du es von selber.«

»Was weiß ich dann selber?«

Aber er sagte nur wieder, dass ich es dann von selber wüsste. Es hatte keinen Sinn weiterzufragen. Die meiste Arbeit ließ er mir, er konnte einfach nicht, er setzte sich auf einen Stuhl und zitterte und klapperte mit den Zähnen und fluchte. Dass er fluchte, beruhigte mich ein wenig.

Meine Unterhose war nass, weil ich mich vor Schrecken angemacht hatte – was ein Problem war, denn es war meine zweite Unterhose, die erste hatte ich in die Wäsche gegeben –, und mir fiel auf, dass meine Stimme anders klang als sonst, soweit man bei Flüstern so eine Aussage überhaupt treffen kann; ich meine eher, meine Stimme hat geklungen, wie wenn jemand in mir flüsterte, ich selber aber stumm wäre. Der ganze Mensch in meiner Haut fühlte sich anders an als sonst, weniger vertraut als der Anstaltsschlafanzug darum herum; dieser Mensch war mutig und bewegte sich mutig, wie er den Boden wischte und dabei Obacht gab, nicht in eine Scherbe zu treten, den Mund verzog er zu einem Feixen, das für niemanden gedacht war, denn niemand konnte es in der Dunkelheit sehen, aber ich konnte es spüren, und es war einfach nicht wegzukriegen, als wäre ich ein Kumpan dessen, der mich gequält hatte. Meine Stimme, sogar im Flüstern, war der Stimme des Adlatus ähnlich, die ruckartige Sprechweise. Der Italiano war wenigstens er selber geblieben. Wobei mir das Zittern und Zähneklappern auf die Dauer etwas übertrieben vorkamen.

Alles war so leise vor sich gegangen, dass die anderen nicht aufgewacht waren. Es sah jedenfalls aus, als schliefen sie. Ich wusste, wie der Zellenvater und Quique Jiménez und Dissi im Schlaf aussahen, und so sahen sie aus. Der Adlatus und der Italiano meinten auch, keiner von ihnen habe etwas mitgekriegt. Wir sollen uns ins Bett legen und ebenfalls schlafen, gab der Adlatus Anweisung. Morgen werde alles halb so schlimm aussehen. Und das Maul halten. Das Maul halten. Das Maul halten. Gute Nacht.

Der Zellenvater und Quique Jiménez lagen wie immer auf dem Rücken und schnarchten die Zellendecke an. Dissi krümmte sich an der Wand, die Knie fast am Kinn. Er hatte sich nach meinem Vorbild eine Augenbinde genäht und sich eine Mütze über den Kopf gezogen, sogar zwei.

Aber sie schliefen nicht. Keiner von ihnen schlief. Auch der Zellenvater schlief nicht. Und es war nicht die erste Nacht, in der sie wach lagen, der Zellenvater, Quique Jiménez und Dissi. Der Ahnungslose war allein ich gewesen. Keine Ohren verschlossen die kleinen wächsernen Friedensstifter besser als meine.

7

Am nächsten Tag beim Mittagessen erfuhren wir, dass der Italiano in der Wäscherei einen Wutanfall bekommen und einem Mithäftling den Arm bis zur Schulter hinauf verbrüht hatte. Er bekam dafür vierzehn Tage Bunker, die Hälfte davon bei Wasser und Brot. Der Zellenvater brummte, daran sei nur das Pervitin schuld; aber als ich fragte, was das genau sei und was er meine, gab er mir keine Antwort.

Nach dem Essen fragte mich der Adlatus, ob ich die 500er Benelli ausprobieren wolle. Er habe endlich die Erlaubnis bekommen, mit mir den Hof in Länge und Breite abzufahren. Tatsächlich war ich ihm tagelang damit auf den Nerven gelegen; ich hatte nie ein Motorrad gefahren, und ich hatte mich in den Anblick dieser Maschine verliebt, dass ich bald meinte, mir nichts Schöneres in der Welt vorstellen zu können, als auf diesem italienischen Wunderding zu sitzen und Gas zu geben. Gestern noch hätte ich mir nichts mehr auf dieser gottverdammten Scheißwelt gewünscht.

Jetzt sagte ich: »Nein.«

Er fragte, warum nein. Ich sagte, sagte es aber leise, damit es der Zellenvater und die anderen Gehülfen nicht hörten, ob er denn noch alle Tassen in seinem Oberstübchen habe, mich zu fragen, nach dem, was in der Nacht passiert sei, ich wolle nichts mehr mit ihm zu tun haben, absolut nichts, er sei mir zuwider wie ein Haufen Hundescheiße, ich sei nie in meinem Leben einem Menschen begegnet, den ich so zum Kotzen gefunden hätte wie ihn.

Er lachte und sagte, das finde er wahnsinnig gelungen, was ich sagte, packte mich an der Hand und zog mich in den Hof hinaus. Ich drehte mich nach dem Zellenvater um, aber der zeigte mir nur seinen Rücken, und ich traute mich nicht, nach ihm zu rufen, denn der Adlatus hatte wieder die gelben Augen mit dem winzigen schwarzen Punkt in der Mitte und war wieder grün um den Mund und an der Stirn, und ich fürchtete, er werde mir die Finger knicken, wenn ich jetzt auch nur ein Wort noch von mir gäbe.

Er zeigte mir, wie man startete, wie man kuppelte, wie man die Gänge einlegte, was man beim Bremsen beachten musste. Aber er war nicht bei der Sache, sagte dreimal hintereinander das Gleiche, ich wollte nicht wissen, bei welcher Sache er war. Immer noch hielt er mein Gelenk umklammert.

Erst drehten wir eine Runde, und ich saß hinter ihm. Er sagte, ich solle jetzt an die Lenkstange und er setze sich nach hinten, deswegen habe er die ganze Scheiße schließlich organisiert.

Ich fuhr langsam, es ging eh, war nicht viel anders als Fahrrad fahren, nur dass die Lenkstange breiter war, und es wäre nicht nötig gewesen, dass der Adlatus seine Arme um meine Brust legte. Aber er tat es. Und griff mir mit der linken Hand in die Hose hinein und presste mein Geschlecht so fest zusammen, dass ich laut aufgeschrien habe. Mit der anderen Hand umklammerte er meine rechte Hand und gab Gas, und der Motor heulte auf und die Maschine machte einen Satz nach vorne, und wir rasten über den Hof und weiter die Gütereinfahrt hinunter, wo wir uns eigentlich nicht aufhalten durften. Ich konnte mich nicht gegen ihn wehren, er presste meine Hoden zusammen, und das ist ein Schmerz, der einem jede Hoffnung nimmt. Ich blickte hinter mich, sah das verschwitzte, merkwürdig verzogene Gesicht des Adlatus mit den flachen gelben Augen und den kleinen schwarzen Nieten darin. Und sah weit weg von uns den Zellenvater im Tor zur Werkstatt stehen. Ich rief nach ihm. »Meister!«, rief ich, »Meister! Vater! Vater! Hilfe!« Aber er drehte sich um, ging hinein in die Werkstatt und verschwand in der Dunkelheit. Wir rasten die fünfzig Meter über die geteerte Einfahrt entlang und weiter geradeaus über den gekiesten Streifen vor den Zäunen und der Mauer. Knapp vor dem Dreimeterzaun ließ mich der Adlatus los, griff an die Lenkstange und zog die Bremse. Das Motorrad schlitterte, ich sprang ab, rollte über den Kies, schürfte mir die Hände auf. Den Adlatus schleifte es samt der Maschine über das Gras, einen halben Meter vor dem Zaun blieb er liegen. Die Maschine überschlug sich. Es war ihm nichts passiert und der Benelli auch nicht. Die Lenkstange hatte sich in die Erde gebohrt, sonst war nichts. Er stand auf und lachte mich aus.

Ich sagte, er sei ein Arschloch und ich würde ihn beim Zellenvater hinbrennen. Er sagte, er werde mich heute Nacht ficken. Ich sagte: »Wenn du mich noch einmal anrührst, bringe ich dich um.« Ich stampfte den Weg zurück zur Werkstatt. Der Italiano, dachte ich, hat den Mann in der Wäscherei nur deshalb verbrüht, damit er in den Bunker gesperrt würde.

Von nun an ließ er nicht ab von mir. Wann immer sich eine Gelegenheit ergab – und mit Hilfe eines gewissen Wärters ergaben sich Gelegenheiten –, drückte er mich gegen eine Wand, sagte »mies Rehli«, fuhr mit seiner Zunge über mein Gesicht, packte mein Gelenk und rieb meine Hand an seiner Hose. Einmal würgte er mich, wie er mich in der Nacht gewürgt hatte, als der Italiano mit aufgeschnittenen Pulsadern am Boden gekauert war, drückte mich gegen die Wand und masturbierte mit der linken Hand, was ihm nicht leichtfalle, wie er sagte, und es deshalb »siachr« länger dauern würde als mit der rechten. Wenn ich nicht wegschaute, werde er mir eine Schachtel *Mary Long* schenken.

Ich wünschte mir, dass der Italiano bald zurückkehrte. Aber seine Strafe wurde verlängert, weil er einem Wärter ins Gesicht gespuckt hatte.

An den Abenden fragte ich den Zellenvater, ob ich nach Lichtaus zu ihm in sein Bett kommen dürfe. Und er antwortete jedes Mal: »Wir müssen ein bisschen lernen, wir zwei, du hast recht.« Wenn ich bei ihm lag, mimte er einen besonders strengen Tonfall, sprach laut genug, so dass ihn jeder verstehen und sich von der Harmlosigkeit unseres Gesprächs überzeugen konnte.

»Ob die Kupplung o. k. ist, prüft man?«

»Indem man die Handbremse zieht, den Motor startet, einkuppelt, den vierten Gang einlegt, auskuppelt und Gas gibt.«

»Stirbt der Motor ab?«

»Ist die Kupplung o. k.«

»Heult der Motor auf?«

»Sind wahrscheinlich die Kupplungsscheiben dahin.«

»Maßnahmen?«

»Getriebe vom Motorblock lösen und ausbauen. Kupplungsscheiben auswechseln und Kupplungsdruckplatte prüfen. Getriebe einbauen.«

»Aufwand?«

»Zirka drei Stunden.«

Währenddessen nahm er mich in seine mächtigen Arme, drückte sanft meinen Kopf gegen seine Brust und streichelte mir über den Hinterkopf. Er tat das mit solcher Zartheit, roch dabei angenehm nach Rasierwasser, dass sich jeder andere Mensch an meiner Stelle sehr wohl gefühlt hätte, wer weiß, sogar glücklich gewesen wäre. Ich war es nicht. Trotzdem bedankte ich mich bei ihm für das Glück. Ob ich mich tatsächlich für das Glück bedanke, fragte er flüsternd in mein Ohr hinein. Ja, flüsterte ich zurück. Niemand bedanke sich für das Glück, nur sein Andres. Ob ich die Geschichte kenne, als er einmal ein Leben gerettet habe. Das Leben vom Adlatus, sagte ich, jeder kenne die Geschichte. Sie sei wahr, sagte er. Jeder wisse, dass sie wahr sei, sagte ich. Ich solle zuschauen, dass ich auch einem Menschen das Leben rettete, sagte er. »Leben gegen Leben. So ist das. So und nicht anders. Lass dir nichts anderes einreden. Leben ist Bewegung. Wer sich nicht bewegt, existiert nicht. Wenn man stillsteht, lebt man nicht, sondern denkt höchstens, man lebt. Aber wenn man sich bewegt, braucht man Platz, und dann ist oft ein anderer im Weg.«

Und sagte laut: »Aus dem Auspuff steigt beim Gasgeben blauer Rauch. Ursache?«

»Durch eine undichte Stelle gelangt Öl in den Verbrennungsraum.«

»Maßnahme?«

»Zylinderkopf ausbauen und prüfen, warum Öl in die Verbrennungsräume gelangt.«

»Welche Möglichkeiten?«

Über meine Antworten hinweg flüsterte er mir wieder ins Ohr. Dass ich sein Liebling sei. Dass es niemand wagen solle, mich anzugreifen. Dass wir beide die einzigen hier seien, die an den lieben Gott glaubten. Dass er noch eine gute Tat tun müsse, danach sei er mit dem lieben Gott quitt, und der liebe Gott würde ihm verzeihen. »Jedes Leben ist für sich das erste und zugleich das letzte Leben. Lern das auswendig!«, flüsterte er. »Jedes Leben ist für sich das erste und zugleich das letzte Leben«, flüsterte ich zurück, und laut sagte ich: »Kolbenringe zu reparieren hat keinen Sinn, man muss sie ersetzen, und die neuen muss man genau prüfen, denn oft werden einem gebrauchte untergejubelt.«

Ich hatte am Anfang geglaubt, ich sei in dieser Gesellschaft im Vorteil, weil ich über ein großes Talent verfügte: nämlich über die Menschenkenntnis eines Mannes, der selbst mit wenigen Gefühlen ausgestattet ist und deshalb nicht leicht in Situationen manövriert werden kann, in denen er von denselben beherrscht und betrogen wird. Ich hatte mich bei meinem Einstand getäuscht: Nicht der Zellenvater reagierte wie der Kluge Hans, sondern der Adlatus. Alle hatten vor irgendetwas Angst, der Italiano, Dissi, Quique Jiménez, besonders der Zellenvater; alle konnten sich über irgendetwas freuen – der Italiano über Nudelgerichte, Dissi über Chöre, Soprane und Tenöre, Quique Jiménez über Schokolade und dunklen französischen Tabak, der Zellenvater über Sportübertragungen jeglicher Art – nein, der Adlatus hatte vor nichts Angst, und ich hatte nicht feststellen können, dass er sich über etwas freute. Mir fiel die Geschichte aus der Bibel ein, die Opa erzählt hatte. Angenommen, dachte ich, während der Zellenvater neben mir die Backen aufblies und nachschmatzte, angenommen, ein einziges von den zweitausend Schweinen, die Jesus aus dem Mann ausgetrieben hatte, war übrig geblieben, es war am Rand gestanden und hat sich unauffällig verhalten und war den anderen nicht in den See nachgelaufen und hatte also überlebt. Mit einem Teufel in seinem Leib. Und dieser Teufel hatte, bevor er den Mann verließ, ein Stück Mensch aus ihm herausgebissen, wie Opa vermutete, und hatte nun das Stück im Leib. Es waren also in einem: ein Schwein, ein Teufel, ein Mensch. Und jeder wollte sein, der er war. Und sie hatten sich geeinigt: Einmal sehen wir aus wie ein Schwein, ein nächstes Leben lang sehen wir aus wie ein Teufel, ein übernächstes Leben lang sehen wir aus wie ein Mann. Aber immer sind wir Schwein, Teufel, Mensch in einem. Und sie haben sich fortgepflanzt bis herauf zum Adlatus. Der Adlatus hatte vor nichts Angst – und hier baue ich spätere Erkenntnis in meine Interpretation ein –, denn instinktiv erfasste er, dass der Zellenvater die eigenen Wunden weniger fürchtete als die Wunden seiner Gegner, weil er die Erfahrung gemacht hatte, dass seine Kraft im äußersten Fall von den Instinkten der Selbsterhaltung nicht abgebremst würde. Dieses Wissen und sein Gewissen würden den Zellenvater davon abhalten, Gewalt anzuwenden – noch einmal in seinem Leben Gewalt anzuwenden –, und wäre es auch, um seinen Liebling zu beschützen.

Wenn er eingeschlafen war, stemmte ich vorsichtig seinen Arm von meiner Seite, stieg herunter von seinem Bett und kroch in meines – unter dem des Adlatus. Das Wachs steckte ich nicht mehr in meine Ohren.

8

Der Zellenvater stand mit dem Rücken zur Werkstatt vor der Werkzeugwand, den Kopf im Nacken, ich war am anderen Ende der Halle und hatte ihn im Blick. Ihm war eine Erhöhung des Budgets in Aussicht gestellt worden, weil in letzter Zeit einige saubere Aufträge eingegangen waren. Da stieß er plötzlich einen Schrei aus, warf die Arme in die Luft, der Kuli und der Schreibblock flogen in hohem Bogen über die Hebebühne, und sackte in sich zusammen. Einer der Gehülfen sprang zu ihm, kniete neben ihm nieder und fühlte seinen Puls. Als ich bei ihm war, hatte er das Bewusstsein wiedererlangt. Er setzte sich auf, die Beine ausgestreckt und gegrätscht vor sich, hatte einen Ausdruck fremden Erstaunens im Gesicht, ich meinte, er erkenne mich nicht. Er zeigte auf mich und lächelte verschämt, und ich wusste, er war wieder angekommen. Jemand solle den Boden aufwischen, brummte er und erhob sich, wehrte meine Hilfe ab, das sei ja lebensgefährlich, wenn einer auf dem Öl ausrutsche. Seine rechte Hand zitterte, die Finger krampften sich ineinander. Tatsächlich hatte einer der Gehülfen Kühlwasser verschüttet, das mit dem Schmierfett und dem Öl, das sich in jeder Werkstatt am Boden ablagert, einen Schmer bildete. Was ich gesehen habe, habe ich gesehen. Der Zellenvater war nicht ausgerutscht.

Er wollte nicht darüber sprechen. Und wollte nicht, dass ich mit jemandem darüber spreche. Aber die Gehülfen redeten, und so erfuhr auch der Adlatus davon. Er war nicht in der Werkstatt gewesen, hatte im Hof an einem Citroën DS 21 gearbeitet. Ich schärfte den Gehülfen ein, sie sollten ihren Mund halten; aber am Abend in der Zelle wussten Quique Jiménez und Dissi davon.

Nach Lichtschluss wünschte sich der Zellenvater, dass ich mich zu ihm lege. Er war bedrückt, wollte es mir aber nicht zeigen. Ich glaube, er fürchtete, er könnte einschlafen und nicht mehr aufwachen. Er sagte, was schon Major Hajós in meinem wüsten Sterbetraum zu mir gesagt und was im selben Traum Staff Sergeant Winship bestätigt hatte, dass nämlich der Mensch in seinem Leben nur für einen einzigen anderen Menschen Sorge tragen müsse und nicht für mehrere, für eine Sechserzelle voll Menschen oder für eine Gemeinde oder für die ganze Welt, sondern nur für einen einzigen. Er legte meine Hände zwischen seine Hände und flüsterte in mein Ohr.

»Aber woher sollen wir wissen, wer der Richtige ist?« Seine Stimme zitterte am Ende jedes Wortes. »Wer sagt es uns? Es sagt uns ja niemand. Und wenn man es endlich weiß, ist es vielleicht schon zu spät. Ich denke, du bist dieser Mensch für mich, Andres. Und nun bleibt mir nur so wenig Zeit.«

Einen Monat nach dem ersten Zusammenbruch folgte der zweite – am 1. August 1968. Er war schwerer. Ich war seit 494 Tagen in der Schweiz; die Zeit der Untersuchungshaft mitgerechnet, seit insgesamt 930 Tagen im Gefängnis. Die Eidgenossen feierten an diesem Tag die Gründung ihres Bundes, und in unserer Vollzugsanstalt wurde ein offenes Abendessen veranstaltet, spendiert von *swiss morning*, einer Textilfirma aus Zürich. Im großen Besucherhof waren Tische und Bänke aufgestellt, es gab ein Menü aus vier Gängen: eine dicke blonde Suppe, Salat mit geröstetem Weißbrot, Pariserschnitzel (auf *Kägi-fretti*-Größe zurechtgeschnitten, damit wir sie mit unserem Weichblech-Kinderbesteck essen konnten), dazu Pommes frites und Blumenkohlgemüse und als Nachtisch ein Schlag Schokopudding mit einem Schlag Vanillesoße; zum Trinken Tee oder Himbeersaft; außerdem für jeden zwei ovale filterlose Zigaretten. Um uns vierhundert Männer herum standen achtzig Wachbeamte, keiner von ihnen unbewaffnet. Nach dem Essen hielten der Direktor und der Gefängnispfarrer je eine kurze Ansprache. Beim Absingen der Schweizer Hymne fiel der Zellenvater vornüber. Er wurde in bewusstlosem Zustand in die Krankenstation gebracht und blieb dort fast einen Monat. Er hatte sich beim Sturz das Schultergelenk ausgerenkt und das Schlüsselbein gebrochen. Man stellte einen Gehirntumor bei ihm fest.

In der Nacht kam es zum Kampf zwischen Quique Jiménez und dem Adlatus. Der Grund war ich. Der Spanier schlug dem Adlatus eine blaue Schulter, der Adlatus würgte ihn dafür fast zu Tode. Einmal ging die Klappe in der Tür auf, und ich sah die Brillengläser eines Wärters blitzen. Die Klappe wurde geschlossen, nichts geschah, und der Kampf ging weiter. Irgendwann saßen Quique Jiménez und der Adlatus in verschiedenen Ecken am Boden, atmeten schwer und tranken Wasser. Dissi räumte die Zelle auf, betete dabei laut auf den Fußboden nieder. Ich legte mich ins Bett vom Zellenvater.

Das Bett stand Kopf an Kopf zu dem von Quique Jiménez. Er hatte die Hantel neben sich liegen, den Kampf um sie hatte er gewonnen. Der Adlatus brüllte, Dissi betete – *Padre nuestro, que estás en el cielo, santificado sea tu Nombre, venga a nosotros tu reino, hágase tu voluntad en la tierra como en el cielo* … Ich flüsterte zu Quique hinüber, ich wisse mit neunzigprozentiger Sicherheit, dass der Adlatus ein Tier und ein Teufel sei, und erzählte ihm die Geschichte von Jesus und den zweitausend Schweinen. Er antwortete, ihm genüge, wenn er ein Mensch sei. In Abständen von Viertelstunden brüllte der Adlatus und brüllte die Nacht hindurch. Am Morgen war er prächtig gelaunt. Er schmierte mir Margarine aufs Brot und zeigte einem nach dem anderen seine faulen Zähne, was bei ihm Lächeln war. Ich sah den Mann, ich sah das Schwein, ich sah den Teufel.

Es wurde uns mitgeteilt, dass der Italiano im Bunker versucht habe, sich mit einem Bein seiner Hose zu strangulieren, und dass er in die Krankenstation verlegt worden sei. Quique und ich glaubten das nicht. Wir meinten, er habe geblufft. »Wie soll das gehen, bitte!«, sagte er. »Und wie könnte es gehen?«, fragte ich. »Nichts essen?« »Ho, sie holen dich raus und legen dir einen Schlauch in den Magen«, sagte er. »Ich würde aufspringen und so schnell ich kann mit den Kopf gegen die Mauer rennen.« »Die Mauer ist höchstens zwei Meter von dir entfernt«, sagte ich. »Ich war dort, ich weiß es. Du kriegst nicht genügend Geschwindigkeit, du kriegst nur Kopfweh. Und wenn man die Luft anhält?« Wir probierten es. Ich war besser. Aber funktionieren würde es nicht, darüber waren wir uns einig. In der Krankenstation, hieß es, sei es schön wie draußen.

In der Nacht schlugen sich die beiden wieder, und in den folgenden Nächten war es nicht anders. Quique Jiménez hatte eine gebrochene Nase davon und Blutergüsse an Rücken, Brust und Armen; das linke Auge des Adlatus war zu einem blauschwarzen Vulkan aufgequollen, eine Lippe war eingerissen, und er hatte sich auf die Zunge gebissen und lispelte. In manchen ihrer gegenseitigen Blicke war Einverständnis, und ich dachte, sie kämpften gern.

Dissi erwartete von mir, dass ich den Kampf beendete, und er betete in der Nacht dafür. Er wusste, wie ich den Frieden herbeiführen sollte. Ich wusste es auch. Für ihn war das Sechserhaus die Hölle, und er betete zu seinem Vater-unser-Gott, er möge ihn bald daraus auferstehen lassen, um welchen Preis auch immer.

Das Sechserhaus war ein Experiment des Direktors, das seine Lebens- und Weltsicht als richtig beweisen sollte. Das hat er mir zwei Monate später, nachdem das Experiment auch nach seinem Urteil gescheitert war, sehr ausführlich dargelegt, die Füße mit den zweifarbigen Cowboystiefeln auf seinem Schreibtisch überschlagen. Himmel, viel erzählte er mir, um vor mir und vor sich selber anzugeben – und um darzulegen, warum sein Experiment eben doch ein gutes und, genau genommen, eben doch nicht gescheitert sei!

Er, hochbegabtes neuntes Kind einer Bauernfamilie aus dem Engadin, sei, anstatt Pfarrer zu werden, wie vom Dorfgeistlichen vorgesehen, in die USA abgehauen und habe bis in die frühen sechziger Jahre hinein an der University of Chicago Psychologie und Erziehungswissenschaft studiert und sich mit Bruno Bettelheims Milieutherapie, Wilfred Bions Gruppenanalyse und Melanie Kleins Objektbeziehungstheorie beschäftigt (er tat, als spräche er mit einem Kollegen, während er mir, einem nicht zwanzigjährigen Gefangenen, Whisky nachgoss) und in seiner Master-Thesis, eingereicht bei ersterem, versucht, in der Theorie zu erläutern, warum die gegenseitige Beaufsichtigung und Reglementierung von Kindern innerhalb einer von einem starken Vater behüteten Großfamilie die wirkungsvollste Art der Erziehung hin zur Menschlichkeit sei. Die unvergleichlichen Grausamkeiten des 20. Jahrhunderts, schwadronierte er wichtigtuerisch, dürften durchaus mit dem Zerfall der Großfamilie und der Familie überhaupt sowie mit drastisch verringerten Stillzeiten erklärt werden, wofür Stalin und Hitler, beide mehr oder weniger Einzelkinder vielbeschäftigter Frauen, sozusagen lebende, das heiße, inzwischen, dem Himmel sei Dank, nicht mehr lebende, Indizien seien. Jedenfalls habe er, aus Amerika zurückgekehrt, in seiner Bewerbung um die Stelle des Direktors dieser Justizvollzugsanstalt die Ambition kundgetan, hier die Erkenntnisse seiner amerikanischen Studien auf ihre praktische Wahrheit hin zu überprüfen, und habe damit seine Mitbewerber, die in ihren Vorstellungen allesamt im 19. Jahrhundert stecken geblieben seien, allesamt »meilenweit« ausgestochen. Sein kühnstes Experiment – vertraute er ausgerechnet mir an – habe eben darin bestanden, die Einsamsten der Einsamen und Gefährlichsten der Gefährlichen zusammenzulegen, um am krassen Beispiel zu beweisen, dass sich in der Gemeinschaft das Gute durchsetze, nämlich weil es ein biologisch verankertes Überlebensprinzip sei und sich deshalb durchsetzen müsse; dass es sich also quasi naturgesetzlich durchsetze. Was der Vater in der Familie, sollte der Zellenvater in der Zelle sein – in unserem Fall sei dies eben Johann Brühlmeier gewesen.

Da hatte ich – einen knappen Monat nach seinem Tod! – zum ersten

Mal seinen wirklichen Namen gehört und auch erfahren, warum er einsaß. Ich denke, ich bin es ihm schuldig, dass ich seine Geschichte, kurz zusammengefasst, erzähle.

Er stammte aus Solothurn, hatte dort eine Kfz-Werkstatt besessen und sich neben seiner Arbeit dem Sport gewidmet, erst dem Kugelstoßen, Hammerwerfen und Speerwerfen, schließlich mit größter Begeisterung dem Stemmen. Zweimal war er Schweizer Meister der obersten Gewichtsklasse im Reißen, Stoßen und Drücken gewesen. Ein drittes Mal trat er nicht mehr an, auch nicht, als ihm eine Teilnahme bei den Olympischen Spielen in Aussicht gestellt wurde. Stattdessen trainierte er die Jugend.

Seine Schwester, fünf Jahre jünger als er, arbeitete im Büro der Werkstatt. Die beiden zankten sich oft. Wenn es möglich war, gingen sie einander aus dem Weg. Bei Familienanlässen trank sie ein bisschen zu viel. Es bestand aber kein Grund zur Sorge.

Er stellte einen Betriebswirt ein. Das Unternehmen war zu groß geworden, als dass es weiterhin von nicht dafür ausgebildeten Kräften geführt werden konnte. Der neue Mann war nicht übermäßig höflich zu den Kunden und nicht allzu gepflegt und hatte nur wenig Manieren. Der Schwester gefiel er, und nach wenigen Monaten waren sie verheiratet.

Der Schwager sah die Arbeit lockerer, als sie der außerfamiliäre Angestellte gesehen hatte. Er kam später und ging früher und borgte sich ab und an Geld aus der Kasse. Lange Zeit erwuchsen daraus keine gröberen Probleme, keine jedenfalls, die von der Schwester nicht ausgebügelt werden konnten. Der Bruder verbot ihm, sich im Büro mit dem elektrischen Rasierapparat zu rasieren. Nichts wirke abstoßender auf die Kundschaft.

Der Schwager kaufte sich ein Motorrad und hatte plötzlich eine Menge Freunde. Die wollten ihre Maschinen günstiger repariert und gewartet haben. Auch das war lange Zeit kein größeres Problem. Es gab viel Anlass für Feste. Viele Freunde, viele Geburtstage. Die Schwester trank nun auch während der Woche.

Wenn die Schwester betrunken war, benahm sie sich widerlich, fand der Bruder. Und der Schwager fand das auch. Bald war sie nur noch betrunken. Der Schwager sagte: Jemanden, der sich so benimmt, den muss man behandeln wie jemanden, der sich so benimmt. Und so behandelte er sie. Er verlieh sie an einen seiner Kumpane weiter. Und er schlug sie und gab ihr böse Namen. Der Kumpan tat das Gleiche.

Der Bruder knöpfte sich die beiden vor, denn er meinte, er müsse für seine Schwester Sorge tragen. Die beiden ließen sich nichts sagen, sie gingen auf ihn los, beschimpften ihn, schlugen ihn. Er nahm den Schwager in den Schwitzkasten und schleuderte seinen Körper hinter sich hin und her, bis das Genick abriss. Den Kumpanen trat er in den Bauch und schlug seinen Kopf auf den Asphalt.

Der Anwalt plädierte auf Notwehr und Körperverletzung mit Todesfolge. Die beiden aber waren so entsetzlich zugerichtet, dass der Richter und die Geschworenen dem Staatsanwalt folgten, der auf Mord erkannte, und zwar mit einer Grausamkeit durchgeführt, die in dieser Gegend einmalig sei, wie weit man in der Geschichte auch zurückblicke.

Er wurde zu lebenslanger Haft verurteilt.

9

Eines Nachmittags, der Zellenvater war noch immer in der Krankenstation, hatte der Adlatus einen VW-Bus in Arbeit und musste sich beeilen, weil der Kunde ungeduldig war und sich bereits beschwert hatte. Er fragte, ob ich ihm beim Einbau des neuen Auspuffs behilflich sein könnte. Als ich mich niederbeugte, um mich auf die Rollplatte zu legen, schüttete er mir Altöl über den Kopf und sich selbst auch gleich und rief, bevor ich auf den Beinen war, den Wärter und bat ihn, ob wir beide früher als gewöhnlich duschen dürften. Wir bekamen eine Extraportion Seife und einen Eimer Gesteinsmehl, mit dem wir uns die Haut abrieben, außerdem den Schlüssel für den Wasserspender, mit Hilfe dessen wir, so lange wir wollten, warmes Wasser hatten. Zum Duschen begleitete uns wie immer einer der Wachbeamten. Diesmal der, der immer grinste, wenn er mich gemeinsam mit dem Adlatus sah, der gewisse. Unsere Kleider mussten entsorgt werden, wir bekamen neue ausgegeben. Zufällig waren es nicht alte aufgekochte, sondern wirklich neue, fabrikneue. Am Ende der Prozedur waren wir sauber und frisch wie schon lange nicht. Der Wärter meinte, es rentiere sich nicht mehr, zur Arbeit zurückzukehren, andere müssten weitermachen, und führte uns in die Zelle. Ich sagte, ich wolle nicht in die Zelle, ich sträubte mich dagegen, ich schrie. Ich schrie, der Adlatus wolle mich umbringen. Der Wärter zog mir den Gummiknüppel über die Schulter und schlug mir in den Nacken und in die Kniekehlen, so dass ich niederfiel, und gemeinsam mit dem Adlatus hob er mich hoch, und sie stießen mich in die Zelle, und der Wärter schloss hinter uns ab. Der Adlatus brachte mich unter sich, ich lag mit dem Gesicht zum Fußboden, er stellte das eine Knie auf meinen Nacken, das andere in mein Kreuz. Er riss mir die fabrikneuen Kleider herunter, legte sich auf mich, drückte mit der einen Hand meinen Nacken nach unten und umklammerte mit den Fingern der anderen meinen Kehlkopf.

Als die Spanier kamen, saß er am Tisch und nähte einen Knopf an seiner Jacke an. Ich war auf dem Klo. Den Vorhang vorgezogen, blieb ich dort sitzen bis Lichtaus.

In der Nacht weckte ich den Adlatus und bedeutete ihm, dass ich eine Zigarette rauchen wolle. Wir stellten uns auf den Tisch.

Er gab mir Feuer und hielt die Flamme vor mein Gesicht. »Tgei bi che ti eis!«, flüsterte er.

»Darf ich etwas sagen?«, flüsterte ich zurück – was mir im Hals weh tat, ich hatte Sorge, dass in meinem Kehlkopf etwas gebrochen oder verschoben war.

»Tgei bi che ti eis«, wiederholte er. Ich wollte nicht wissen, was es hieß. Der Wolf versteht den Fuchs ja auch nicht und umgekehrt.

Einmal, ebenfalls nachts, am Beginn meiner Zeit war das gewesen, waren Quique Jiménez und ich hier auf dem Tisch gestanden und hatten zum Fenster hinaus geraucht und in die Sterne geblickt, und ich hatte einen passenden Satz gefunden. Ich sagte: »Darf ich etwas sagen?« Er sagte: »Dime!« Und ich: »Wenn ich die Sterne sehe, denke ich, was wird einmal aus mir werden.« Und ich fand auch das richtige Gesicht dazu: Ich blickte ihm nicht in die Augen, sondern auf den Mund. Probieren Sie das einmal aus! Sie werden sehen, in Kombination mit einem passenden Satz wird diese Kleinigkeit garantiert als

Melancholie gedeutet, und es gibt nichts, was einem einsamen Mann nähergeht als Melancholie. Major Hajós hat mir diesen Mechanismus erklärt und ihn im Schein seiner Taschenlampe vorgeführt; es sei ein Trick, den er gern bei Verhören angewendet habe, wenn ihm ausnahmsweise nicht die Rolle des Bösen, sondern des Guten zugefallen sei. In Quique Jiménez' Augen stand das Wasser, und er drückte meine Hand. Ich presste meinen Daumennagel in seinen Daumen, und er den seinen in meinen. Das war von nun an unser Zeichen. Wenn uns niemand beobachtete, griff er schnell nach meiner Hand. Und ich griff nach seiner, wenn ich es wieder einmal für nötig hielt, seine innere Verbundenheit mit mir aufzufrischen. Der Halbmond eines Daumennagels, in die Haut gestanzt, war das Sigel unseres Paktes. Deshalb hatte er sich mit dem Adlatus geprügelt. – Nun, zusammen mit dem Adlatus unter dem Fenster, entzog ich meinem Gesicht jede Regung. Ich bin aus Aluminium, dachte ich, ich bin aus Aluminium. Als ich auf dem Klo gesessen war, hatte mir dieser Satz Trost gegeben.

»Du weißt nicht, wer ich bin, Niculin Beeli«, sagte ich, nicht mehr flüsternd, aber heiser, so dass es klang, als flüstere ich. »Mit gondolsz miért nem mndtam el senkinek? Mert valami retteneteset követtem el. – Du weißt nicht, wer ich bin, und du weißt nicht, warum ich hier bin. Niemand von euch weiß es. Was denkst du, warum ich es niemandem erzählt habe? Weil ich etwas sehr Schreckliches getan habe. Wenn du wüsstest, was ich getan habe, dann würdest du mir mitten ins Gesicht kotzen, wie mir der Staatsanwalt mitten ins Gesicht gekotzt hat. Glaubst du, in diesem Haus hier ist einer, dem ein Staatsanwalt ins Gesicht gekotzt hat? Ganz gleich, ob du von nun an lieb zu mir bist, auch ganz gleich, wenn du zu mir böse bist und mir weiterhin über irgendjemanden deine Kassiber schickst, auch ganz gleich, ob du auf einmal zu mir bist, als wäre ich gar nicht da. Ich sage dir, du wirst bald viel dafür zahlen wollen, mir nie in deinem Leben begegnet zu sein. Wenn du mich loswerden willst, musst du mich umbringen. Tu's gleich! Warte nicht. Du bist der einzige in unserer Zelle, der keinen Menschen getötet hat. Du kannst es nämlich nicht, Niculin Beeli. Man muss es können. Ich kann es. Mit mir ist der Gott. Ich mach, dass du in Gottes Namen verreckst. – Ès èn megteszem az Isten nevèben, hogy te megdöglesz.«

Was der Staatsanwalt in seinem Plädoyer gesagt hatte, dass ich kein

Mensch sei, das hat mich beschäftigt. Ich habe darüber nachgedacht, ob er vielleicht recht hatte. Ich sah auf jeden Fall wie ein Mensch aus, wie ein besonders gelungener sogar. Ich war ein schöner junger Mann. Ich war groß und anmutig gewachsen, war schlank und hatte Muskeln dort, wo sie passten. Ich hatte einen eleganten Gang und ebenmäßige feingliedrige Hände. Meine Zähne waren makellos, ich wendete viel Zeit auf, sie zu pflegen, was im Gefängnis nicht immer einfach ist (weswegen ich mich der Methode meines Vaters, sie mit Salz zu reinigen, entsann). Ich besaß eine angenehme Stimme, man hörte mir gern zu, auch wenn ich nichts Besonderes sagte. Und was die Intelligenz betraf, hatte ich bis dahin, mit Ausnahme von Sebastian, niemanden getroffen, zu dem im Vergleich ich nicht besser abgeschnitten hätte. Ich war weder hochmütig noch eitel, und wenn ich in dieser Art über mich nachdachte, tat ich es ohne Überheblichkeit. Meine Höflichkeit, meine Freundlichkeit, mein Charme waren oft genug gelobt worden. Ich zählte mir all das nur deshalb auf, weil der Staatsanwalt gesagt hatte, ich weise keine oder zu wenig Kennzeichen eines Menschen auf und dürfe somit nicht der Gemeinschaft der Menschen zugerechnet, und was er nicht aussprach, aber außer Zweifel meinte, auch nicht wie ein Mensch behandelt werden. Er urteilte auch, ich sei, was Menschlichkeit betreffe, nicht lernfähig. Er habe in seinem Leben Bestien getroffen, die schlimmere Dinge verbrochen hätten als ich, aus ihnen seien mit der Zeit Menschen geworden, weil sie Menschen waren, sie seien also bloß zum Menschsein zurückgekehrt. Und er erklärte auch, was er unter Menschlichkeit verstehe. Dass einer in der Lage sei, wenigstens für eine kurze Zeit, von sich abzusehen und sich in einen anderen Menschen hineinzuversetzen, mit ihm zu leiden, sich mit ihm zu freuen, mit ihm zu hoffen, mit ihm zu wissen, wenn er am Ende ist … Mir sprach er diese Fähigkeit ab.

Dann kehrte der Zellenvater zurück ins Sechserhaus. Er hatte abgenommen und trug den Arm in einer Schlinge. Seine Stimme war leise und undeutlich, sein Blick unsicher und, wie mir schien, von verwirrender Güte. Er bat, in einem der unteren Betten schlafen zu dürfen. Ich tauschte mit ihm. Das heißt, ich hatte in seiner Abwesenheit ohnehin in seinem Bett geschlafen.

Auch der Italiano war wieder bei uns. Quique deutete mir an, er sei jetzt frei von Gift, man habe ihn einer Entziehungskur unterzogen. Ich fragte nicht nach, weil ich nicht nachfragen wollte.

Am folgenden Tag schmuggelte ich einen Schraubenzieher aus der Werkstatt in die Zelle. Es war Anfang September und schwül. Der Italiano und Dissi saßen im Unterhemd, der Adlatus, Quique Jiménez und der Zellenvater mit bloßem Oberkörper um den Tisch. Wir aßen unser Schweineschmalzbrot mit den Essiggurken und tranken den Himbeersaft. Ich studierte die Haut an der Brust des Zellenvaters, merkte mir einen Punkt, zog den Schraubenzieher aus dem Ärmel und stieß ihn in sein Herz. Er sah mich nicht an, gab einen letzten puppenaugenblauen Blick ins Leere, dann schloss er den Mund und fiel zu Boden. Den Schraubenzieher, der nur wenig blutig war, drückte ich dem Adlatus in die Hand. Ich sagte, er solle mich damit erstechen. Wenn er sich traue. Er traute sich nicht. Da machte ich Geschrei. Ich schlug gegen die Tür, der Zellenvater sei ermordet worden, schrie ich. Der Adlatus habe den Zellenvater ermordet, schrie ich. Drei Wachbeamte stürmten mit Knüppeln und gezogenen Faustfeuerwaffen in die Zelle und überwältigten den Adlatus. Dabei hatte er sich nicht gewehrt, keinen Ton hatte er von sich gegeben. Den Zellenvater hat der Essensdienst hinausgetragen. Quique Jiménez, Dissi, der Italiano und ich wurden einer nach dem anderen verhört, zuerst vom Direktor, später von der Polizei. Das dauerte bis in die Nacht hinein. Wir sagten aus, der Adlatus habe wegen eines Streits den Zellenvater erstochen. Jeder von uns hatte es gesehen. Anders geht das ja nicht auf so engem Raum.

Zum Prozess waren wir vier als Zeugen geladen. Es waren kleine Auftritte; am längsten der von Quique Jiménez, er war auch der erste, der aufgerufen wurde. Der Staatsanwalt stellte mir ein paar Fragen, der Richter ein paar und auch der Pflichtverteidiger. Die Verhandlung wurde in Schwizerdütsch geführt, ich musste immer wieder nachhaken. Ich antwortete mit »Ja«, »Nein« und »Weiß nicht«.

Ich scheute mich nicht, Niculin Beeli anzusehen. Der Zellenvater hatte recht gehabt, wir beide, er und ich, waren die einzigen gewesen, die an den Gott glaubten. Niculin Beeli war ein Manifest eines stoischen Atheismus. Er saß auf der Anklagebank, trug einen dunkelblauen Anzug. Er hielt meinem Blick stand, drehte den Kopf nicht beiseite, aber, wie ich vermutete, nicht weil er einen letzten Kampf gewinnen wollte, sondern weil er mich gar nicht wahrnahm. Später erfuhren wir, dass er, wie erwartet, lebenslänglich bekommen hatte. Man war allgemein der Ansicht, das hätte er mit der Zeit auch ohne einen Mord zusammengekriegt. Der Italiano meinte, er sei beim Prozess bis obenhin voll mit Valium gewesen oder mit Librium oder sogar mit Luminal, vielleicht habe er auch eine Riesentüte Haschisch geraucht oder sich vorher einen Schuss Heroin gesetzt; also wenn man ihn frage, sei es Heroin gewesen, es gebe nichts Besseres. »Chi ha la testa nelle nuvole non vede più la terra.«

10

Ich liebe Sprachen! Das war immer so gewesen. Bestimmt in Erinnerung an mein Paradies, als ich mit Staff Sergeant Winship im Wald lebte und wir uns gegenseitig unsere Vokabeln und unsere Grammatik beibrachten und abfragten, dabei auf dem Rücken im Schatten lagen und Overstolz pafften. Später hatte ich aus der Schulbibliothek ein Englischbuch geklaut und die Vokabeln auswendig gelernt, nur leider nicht richtig ausgesprochen, weil ich niemanden kannte, der es mir beigebracht hätte. Anregende Wörter waren darunter – *prayer, surprise, cloud* –, rätselhafte – *neighbourhood, annoyance, marriage* –, lustige – *knickerbockers, permissible, squeamish* – und solche, die mir Staff Sergeant Winship beigebracht hatte und die hier wiederzufinden mich glücklich machte – *knife, fork, spoon* … Ich freute mich – und freue mich noch immer – über jedes neue Wort, gleich aus welcher Sprache. Durch wie viele Köpfe war es gewandert, um mich zu finden! In einem halben Dutzend Sprachen kann ich heute kleine freundliche Unterhaltungen führen, dazu in einem halben Dutzend eine lange Nacht mit einem Freund oder einem Feind, einer Freundin oder einer Feindin Fundamentales disputieren. Alle Sprachen setzen Gold in Umlauf, heißt es. Sebastian sagt, alle schönen Worte schließen mehr als nur eine Bedeutung in sich. Also: Sprichst du eine Sprache, sprichst du gleich zwei!

Nun hatte ich ungestört die Möglichkeit, mit Hilfe meiner Zellengenossen Spanisch, Französisch und Italienisch zu lernen, und ich brannte darauf, es zu tun. Bei unserem ersten Treffen teilte ich dem Direktor mit, dass dies mein innigster Wunsch sei. Ich wolle meine Zeit im Gefängnis nutzen, um zu lernen – Kfz-Mechaniker und vor allem Sprachen. Er klatschte in die Hände. Damit, sagte er, hätte ich den Beweis für die Richtigkeit seines Entschlusses erbracht, mir trotz meiner Jugend das »Große Image« zu übertragen. Sprachbücher für Italienisch und Französisch befanden sich in der Bibliothek, eines für Spanisch gab er in Bestellung, ebenso entsprechende Wörterbücher. Weiters nahm er meine Anregung auf, das ehemalige Sechserhaus als »Viererhaus« zu belassen. Und es war mir erlaubt, wöchentliche Umschlüsse mit Häftlingen aus der italienischen und französischen Schweiz sowie einem Totschläger aus Argentinien abzuhalten, damit ich die neuen Sprachen nicht nur aus dem Mund von Quique Jiménez, Juan Manuel Luengo Díaz und Luca Rotolo hörte. Ferner machte er mich darauf aufmerksam, dass seit einem halben Jahr ein sympathischer junger Türke wegen schweren Betrugs einsitze, der Interesse zeige, Deutsch zu lernen, was mir, falls ich mich nicht überfordert fühle, die Möglichkeit gebe, mein Taschengeld aufzubessern und gleichzeitig selbst ein wenig Türkisch zu lernen. Angeblich sei Türkisch eine einfache und schöne Sprache, in der zum Beispiel Taxi »Taksi« geschrieben werde, und das stimme doch optimistisch, oder? Er habe einst, seufzte der Direktor, die Ambition gehabt, in allen Sprachen seiner Insassen wenigstens die Formel einer Begrüßung sprechen zu können, die er dann am 1. August über Lautsprecher verlesen würde, ähnlich wie der Papst den Segen *urbi et orbi* am Ostersonntag …

Noch etwas: Ich bekam den Spind, der sich abschließen ließ, und den Schlüssel und das Armkettchen dazu, die vor mir der Zellenvater getragen hatte.

Von nun an trafen der Direktor und ich uns einmal im Monat. In seinem Büro. Nachmittags. Bei Kaffee, Kuchen und Whisky. Er habe, setzte er mir wieder und wieder auseinander, einen Beurteilungskatalog, bestehend aus zehn Kriterien, zusammengestellt – Verlässlichkeit, Intelligenz, Umgänglichkeit, Beliebtheit, Vertrauenswürdigkeit, Wissbegierigkeit, Fähigkeit zuzuhören, Entschlusskraft, Gemeinschaftssinn und Moralität. Von den fünf in Frage kommenden Kandidaten hätte ich die höchste Punkteanzahl erreicht. Er gebe zu, bei Antritt meiner Haftzeit sei er skeptisch gewesen, er habe ja auch den Artikel in der NZZ gelesen, in dessen Überschrift ich als »Herr Urian« bezeichnet wurde, worunter er sich nichts vorstellen habe können und erst nachschlagen musste, wobei herauskam, was er sich ohnehin gedacht hatte, nämlich der Teufel; so sei das eben bei den Zeitungen, schnell was geschrieben und womöglich auf ewig punziert – well, für die drei Wochen Bunker zu Beginn entschuldige er sich in aller Form, Schwamm drüber. Neuester Stand: Ich sei sein bester Insasse.

Alles war gut. Was ist die Wahrheit, wenn sie in so vielen Sprachen so verschieden klingt? Auf sie pocht doch nur, wer fürchtet, ohne sie in der Welt nicht zurechtzukommen.

Der Italiano strahlte wieder die Hoffnung aus, eines Tages in den Kreis der Reichen und Großen aufgenommen zu werden. Er zog einen Drogenhandel auf, diesmal systematisch. Woher er das Gift bezog, verbot ich ihm, mir zu verraten. Außerdem verbot ich ihm, mit Pervitin zu dealen, das habe zu nichts Gutem geführt. Wenn es wahr sei, dass Heroin eine Glücksdroge sei, urteilte ich, solle er sich darauf und auf ähnliche Substanzen beschränken. Dafür, dass ich ihm die Erlaubnis dazu gab, lieferte er ein Drittel des Gewinns an mich ab. Es war nicht viel, aber es sicherte schwarzen Tabak für Quique, Dissi und mich, und *Kägi-fretti*, so viel wir in uns hineinstopfen mochten, und ein bisschen Gespartes blieb obendrein übrig. Um auf einen besseren Schnitt zu kommen, streckte der Italiano das Heroin, er verwendete dafür eigentlich alles, was weiß und pulvrig war, zerstoßenes Aspirin oder Traubenzucker.

Es begann ein goldenes Zeitalter. Ich lernte Sprachen und beendete meine Lehre als Kfz-Mechaniker. Ein Dieb aus Luzern brachte mir Jiu-Jitsu bei, ich las Bücher über die Mondfahrt, den Urknall und die Anfänge der Chemie, und ich teilte mein Wissen mit. Alle waren zufrieden. Dissi lernte Deutsch bei mir, mit dem Italiano alberte ich herum, mit Quique unterhielt ich mich über philosophische Fragen wie Gerechtigkeit und Treue und spielte Schach mit ihm – er nahm mich systematisch in die Lehre, besorgte sich über die Bibliothek ein Buch mit neunundneunzig Meisterpartien (Roman Mertens und Theo Fries: *Von den Meistern lernen*, Stuttgart 1957) und repetierte sie mit mir; die zwanzig interessantesten lernte ich auswendig und spielte sie mit verbundenen Augen. Zwei Dinge müsse ich unbedingt beachten, um auf die Siegerstraße zu kommen und dort zu bleiben, schärfte er mir ein: Erstens dürfe ich den Gegner nicht hassen, das lenke mich mehr ab als ihn; zweitens solle ich, auch mit Freunden, nie umsonst spielen. Schach sorge für Spannung und Entspannung in einem; dafür seien viele Menschen gern bereit, zu bezahlen. Schach sei eine seriöse Möglichkeit, schnell ein wenig Geld zu verdienen. Auf das große Geld, philosophierte er weiter, könne man getrost ein Leben lang warten, das kleine brauche man immer, und immer sofort.

Nicht ein einziges Mal kam es zum Streit im Viererhaus. Die Meldungen, die ich monatlich beim Direktor ablieferte, brauchten nicht geschönt zu werden. Ich brachte diesem Mann Glück, indem ich seine Lebens- und Weltsicht als richtig bestätigte. Dafür bekam ich die Vergünstigungen, um die ich ansuchte. Wenn ein Häftling etwas auf dem Herzen hatte und nicht mehr aus noch ein wusste, schickte man ihn zu mir. Wenn ich helfen konnte, half ich. Ich war Anfang zwanzig und galt als weiser Mann. Und so kam es, dass ich eines Abends vor Weihnachten dem Direktor die Wahrheit sagte. Dass ich den Zellenvater getötet hatte. Dass ich ihm damit einen tiefen Wunsch erfüllt hätte, nämlich für jemand anderen zu sterben. Dass er nun damit rechnen dürfe, dass ihm der Gott verzeihe. Und dass ich den Zellenvater nicht zuletzt vor einem elenden traurigen Tod bewahrt hätte. Ich wusste, dass meine Beichte keine Folgen haben würde. Alles war besser, als es vorher gewesen war, daran würde die Wahrheit nichts ändern. Aber der Direktor wollte nicht, dass ich mich weiterhin in seiner Strafvollzugsanstalt, und auch nicht, dass ich mich weiterhin in der Schweiz aufhielte. Er stellte den Antrag, mich nach Österreich zu überstellen, und dem Antrag wurde schließlich stattgegeben. In seiner Beurteilung beschrieb er mich als den besten Häftling, den er je gehabt hatte, in jeder Hinsicht: Verlässlichkeit, Intelligenz, Umgänglichkeit, Vertrauenswürdigkeit usw.

So kehrte ich nach fünf Jahren in der Schweiz wieder nach Österreich zurück.

Auch die österreichische Strafanstalt möchte ich nicht nennen. Die Verpflegung in der Schweiz war besser. Ich war endlich wieder in einer Einzelzelle untergebracht wie während der Untersuchungshaft in Liechtenstein. Meine Sprachstudien setzte ich fort. Ich hörte auf Langwelle spanische, französische und italienische Sendungen und entwickelte ein eigenes Lernprogramm. Probieren Sie einmal Folgendes aus: Hören Sie Nachrichten, und sprechen Sie dem Sprecher nach, und versuchen Sie, so eng wie möglich an ihn heranzukommen! Das Ziel ist, dass es klingt, als würden Sie gemeinsam mit dem Sprecher die Nachrichten verlesen. Diese Methode wandte ich bei Nachrichten in den genannten Fremdsprachen an. Ich nützte das Angebot, die Matura nachzumachen, und bestand mit Auszeichnung. Das Lernen und die Arbeit in der Kfz-Werkstatt und mein Muskeltraining füllten meinen Tag aus, nachts schlief ich prächtig. Ich gewann einen neuen Freund, den Gefängnispfarrer. Mein Schicksal war ihm angelegen. Auch der Direktor der Anstalt war der Meinung, man müsse einem Menschen wie mir die Chance geben, neu anzufangen. Es bestehe für Gefangene mit besonders guter Führung die Möglichkeit, eine neue Identität anzunehmen; dass ich also einen neuen Namen bekäme, einen neuen Pass, einen neuen Staatsbürgerschaftsnachweis, eine neue Geburtsurkunde. Der Direktor fragte, ob ich daran interessiert sei. Ich sagte, das sei ich. Üblich sei es, sagte er, den Vornamen zu behalten und nur den Familiennamen zu ändern. Ich solle mir in Ruhe einen neuen Familiennamen ausdenken.

Auf seinem Schreibtisch lag aufgeschlagen der *Kurier*. Die Überschrift über einem Artikel lautete: *Agentendrehscheibe Wien*. Darunter stand: »Ein Spaziergänger im Wiener Volksgarten belauschte einen tschechischen und einen bundesdeutschen Agenten. Aus dem Gespräch sei hervorgegangen, dass ein hoher Wiener SPÖ-Politiker seit Jahren an tschechische Behörden Informationen liefere.« Die Identität des »Spazierers« sei der Zeitung bekannt, hieß es am Ende des Artikels.

Ich sagte zum Direktor: »Ich möchte Spazierer heißen.«

»Wollen Sie nicht etwas eingehender darüber nachdenken?«, fragte er. »Den Namen tragen Sie Ihr Leben lang.«

»Nein«, sagte ich, »ich würde gern Spazierer heißen.«

Dem Gefängnispfarrer gefiel der Name. Er war Mitte dreißig, sah aus wie ein Apostel, besuchte das Gefängnis einmal in der Woche, immer donnerstags, hielt Gottesdienst, hörte die Beichte und übernachtete in einer der Zellen. Er fragte, ob es ein jüdischer Name sei. Das wisse ich nicht, sagte ich.

Er sagte: »Ich denke, es ist nicht schlecht, wenn die Leute meinen, es sei ein jüdischer Name. Dann fragen sie nicht. Bestehst du auf deinen Vornamen? Ist es wichtig für dich, dass du weiter Andres heißt?«

»Ich heiße nicht Andres«, sagte ich. »Ich heiße András.«

»Vielleicht wäre es nicht schlecht«, sagte er, »wenn du das Jüdische mit einem jüdischen Vornamen betonst.«

Bei seinem nächsten Besuch brachte er eine Liste mit jüdischen Vornamen mit. Wir entschieden uns für Joel.

Am 20. Mai 1974 – an meinem neuen Geburtstag – wurde ich nach acht Jahren und fünf Monaten wegen besonders guter Führung vorzeitig aus dem Gefängnis entlassen. Rudolf Jungwirth, der Gefängnispfarrer, lud mich in seine Wohnung nach Wien ein, damit ich dort bliebe, bis wir etwas für mich gefunden hätten, Arbeit und Wohnung. Er richtete mir auf seinem Sofa im Wohnzimmer ein Bett und schenkte mir zwei Hemden und eine Jeans, wir hatten die gleiche Statur. In der Küche stand ein kleiner Schwarz-Weiß-Fernseher, wir schauten uns an, wie Muhammad Ali seinen Rivalen George Foreman in der 8. Runde durch K. o. besiegte. Der Kampf fand in Kinshasa, Zaire, statt. Er wurde berühmt als *The Rumble in the Jungle*. Wir tranken Bier und rauchten Zigaretten, *Smart Export*; sie waren von nun an auch meine Marke. Dieser Abend hat viel zu unserer Freundschaft beigetragen. Zwei- oder dreimal versprach er sich und nannte mich bei meinem alten Namen. Am folgenden Tag schon nicht mehr.

Aus der Küche rief er: »Joel, magst du Tee oder Kaffee?«

Ich antwortete: »Rudi, du alter Schwarz-Weiß-Kragen, Kaffee mag ich!«

Ich bat ihn, hinausgehen zu dürfen und die Semmeln fürs Frühstück zu besorgen. Er war ein geduldiger Mensch, wartete eine Stunde, bis ich zurückkam. So viel gab es zu sehen! Nichts gab es, was nicht wert gewesen wäre, angesehen zu werden!

Ich war ein neuer und ein freier Mensch.

Ich war Joel Spazierer – fünfundzwanzig Jahre alt, geboren am 20. Mai 1949 in Wien, Alsergrund; mein Vater, Hermann Spazierer, meine Mutter, Edith Spazierer, geborene Reisinger, waren am 17. August 1962 gestorben, als sie – ich war gerade dreizehn Jahre alt – mit ihrem neuen Auto in die Schweiz gefahren waren und in der berüchtigten Via Mala in Graubünden von der Straße abkamen und in die Schlucht stürzten. Ich ließ mir Gesichts- und Kopfhaare wachsen, bis mir die kastanienbraunen Locken über die Schultern hingen und der Bart bis auf die Schlüsselbeine reichte. Und ich besorgte mir eine Sonnenbrille, wie der Polizist in *Psycho* eine hatte.

Alles kann aus uns werden!

SIEBTES KAPITEL

Alles kann aus uns werden? – Das ist doch ebenso eine Drohung wie eine gute Hoffnung, habe ich recht? Das heißt doch nur: Wir wissen es nicht. Und wissen es eine Minute vorher nicht. Eine Sekunde vorher nicht. Wir stehen auf einem Fleck, die Füße nebeneinander, die Hände an der Hosennaht, und rühren uns nicht; wir fragen uns, wie sind wir hierhergekommen, irgendetwas geschieht hier, und wir wissen nicht was; wir holen Luft, um etwas zu sagen, und sagen etwas anderes, als wir sagen wollten – vielleicht etwas, das die Zuhörer erschüttert und bezaubert in einem, so dass sie in sich blicken und den Kopf schütteln und einander zuraunen, so hätten sie die Sache noch nicht betrachtet. Und schon ist aus uns etwas geworden. Der Verkünder einer guten Hoffnung zum Beispiel – und dabei haben wir doch nur ein Märchen erzählt … – Auch davon wird in diesem Kapitel berichtet.

1

Auch Rudi Jungwirth hatte eine Brille, eine wie John Lennon, aber in seiner war Fensterglas, und er trug sie nur in der Freizeit – an den Sonntagen zum Beispiel, nachdem er am Morgen am Altar der Alserkirche in der Josefstadt die Messe gelesen und von der Kanzel gepredigt hatte; da zog er sein Priestergewand aus und die Bluejeans an, strubbelte sich die Haare auf, und wir fuhren zusammen mit seiner Freundin in deren gelbem R4 in die Wachau oder ins Weinviertel oder zum Neusiedlersee hinunter oder einfach ohne Plan über die Landstraßen. Hemma hatte hüftlanges blondes Haar, in das sie Zöpfchen und bunte Wollfäden flocht und mit Perlen beschwerte, damit sie es weit schwingen konnte; sie war groß und dünn, hatte kaum Busen und einen schönen Hintern, um den sie sich immer ein wenig sorgte. Sie studierte

Politologie und Germanistik und schrieb an einer Hausarbeit über den österreichischen Bürgerkrieg 1934, hatte aber ihre Zweifel, ob solche Rückschau nicht »von den Problemen der Gegenwart« ablenke, weswegen sie nicht recht vorankam. Wer ich gewesen war, wusste sie nicht. Rudi konnte phantastisch lügen; aus dem Nichts heraus hatte er eine Geschichte in die Luft gestellt – wie er und ich uns zum ersten Mal begegnet seien, und zwar auf einem Seminar in Krems, wo ich über meine Sozialarbeitertätigkeit in einem Gefängnis in der Schweiz referiert hätte, sogar Details aus meinem »Vortrag« zitierte er vor ihr.

Als Hemma nach unserem Picknick auf der Decke im Gras unter einem Baum eingeschlafen war, fragte ich Rudi, ob es für einen katholischen Priester inzwischen erlaubt sei, eine Freundin zu haben. (Es hätte mich gewundert, wenn nichts davon im Radio berichtet worden wäre.) Noch nicht, gab er zur Antwort, aber es werde nicht mehr lange dauern, es gebe Signale aus Rom. Nach der arg rigiden Enzyklika Sacerdotalis Caelibatus von 1967, in der es heiße, den priesterlichen Zölibat hüte »die Kirche wie einen strahlenden Edelstein in ihrer Krone«, habe Papst Paul VI. kalte Füße bekommen und sei nun zu einem Kompromiss bereit, nicht gleich Ehe, aber eine Art gesegnetem Beisammensein, eine Art Ehe-Limbus. Ihm persönlich sei das völlig »powidl«, bekannte er vor mir, er stehe mit Gott im Dialog, und Gott habe ihm auf die Frage, ob er dürfe, geantwortet, er solle nicht bei Paul VI., sondern bei Paulus 1 Korinther 13,13, nachlesen, dort stehe klipp und klar: *Nun aber bleibt Glaube, Hoffnung, Liebe, diese drei; aber die Liebe ist die größte unter ihnen* – also auch größer als der Glaube an die katholische Kirche und an die Enzykliken ihrer Päpste. Er liebe Hemma, und Hemma liebe ihn, und damit sei für sie beide das Problem keines mehr.

Wir drei sahen aus wie Rockstars oder wie bolivianische Revolutionäre.

Im Oktober, als das neue Semester an der Universität begann, trat ich eine Stelle als Hausmeister in dem Studentenwohnheim zum Heiligen Fidelis an, das zum Erzbischöflichen Priesterseminar in der Boltzmanngasse im 9. Wiener Gemeindebezirk gehörte und Quartier auf zwei Stockwerken eines Jugendstilhauses bezog. Es war so heruntergekommen, dass der Witz ging, es werde von Engeln zusammengehalten. Rudi hatte mir diesen Posten verschafft. Für mich habe der Unfalltod meiner Eltern gesprochen, sagte er, und wir grinsten uns einen, weil ja wir zwei uns diese Tragödie ausgedacht hatten, um nachvollziehbare Verwandte aus meiner Biographie zu tilgen. Vor dem Sekretär des Erzbischofs habe er mich zudem als einen »auf gewisse Art Erleuchteten« beschrieben. Der Sekretär des Erzbischofs stecke schon seit etlichen Jahren in einer Glaubenskrise, er lechze nach Transzendenz. Ich müsse gefasst sein, eines Tages von ihm zum Nachmittagstee eingeladen zu werden.

Pfarrer Rudolf Jungwirth war fürwahr ein vorbildlicher Lügner, und dazu ein hoch reflektierter! Gott habe ihm zugestanden, selbst zu entscheiden, was Lüge und was Strategie auf dem Weg hin zum Guten in der Welt sei. Wenn er seine runde Nickelbrille trug, zwickte er gern beim Reden die Augen zusammen und zeigte ein bisschen Zünglein, was seinem Gesicht einen immer erstaunt ironischen Ausdruck verlieh. Ich half ihm beim Putzen in der Sakristei; das tat er einmal in der Woche, und es wäre nicht nötig gewesen, denn selbstverständlich bezahlte die Pfarre eine Putzfrau. Er wolle damit an Jesus erinnern, der seinen Jüngern die Füße gewaschen habe, und gleichzeitig wolle er den fetten Bonzen vom Dechanten aufwärts, die meinten, sie seien etwas Besseres, durch sein Vorbild im wörtlichen Sinn eines auswischen. Während wir putzten, predigte er mir. Eben zum Beispiel über die Lüge. Spätestens seit dem Vietnamkrieg und der Mondlandung, klärte er mich auf, sei auch dem frömmsten Seelchen klargeworden, wie mit Hilfe des Fernsehens und der modernen Statistik die Wahrheit zu einem Instrument der Lüge umgepolt werden könne. Warum, bitte, solle der umgekehrte Weg nicht ebenfalls zum Erfolg führen, nämlich indem die Lüge zu einem Instrument der Wahrheit veredelt würde? Ich stimmte ihm zu und sagte, bei Kühlschrank und Wärmepumpe sei es auch so, dass dieselbe Methode in beiden Richtungen funktioniere.

»Wir besitzen die Lüge«, dozierte er gegen den Staubsauger an, »damit wir frei entscheiden, wozu wir sie gebrauchen. Auch die Lüge kommt von Gott!«

Ich widersprach ihm nicht. In dem polierten Messkelch konnte ich ja sehen, wie aus gottgeschaffener Natur die Lüge wuchs: der da, der sich in der konvexen Rundung verzerrt spiegelte, der mit den rostbraunen, über die Schultern fallenden Zapfenlocken, die den Hals und die Ohren verbargen, der mit dem dichten schwarzen Bart, der die Wangen unter sich begrub und nicht eine Ahnung von Kinn und nur wenig von Lippen ließ – nichts sprach dafür, dass ich der war. Sogar die verräterischen Goldpunkte auf der Stirn waren verdeckt. Setzte ich obendrein die Ray Ban auf, hätte nicht einmal ich selbst mich von den vielen Studenten unterscheiden können, die an den letzten sonnigen Oktobertagen vorwiegend vor den Instituten für Politologie, Soziologie, Germanistik, Theaterwissenschaft und Psychologie anzutreffen waren, und die wiederum eins zu eins jenen Theologen gleichsahen, die in ihren Zimmern Landkarten von Lateinamerika und Porträts von Che Guevara an den Wänden hängen hatten und *Der kleine Prinz* von Saint-Exupéry und Gedichte von Ernesto Cardenal lasen. Wir alle sahen gleich aus. Ich hätte jeder von denen sein können. Das war mir recht – und darin bestand *meine* Lüge: Ich wollte tatsächlich *ein anderer sein* und nicht nur, wie Rudi meinte, *wie ein anderer aussehen*. Denn auch der, der ich unter Bart und Haaren war, der war ich in Wahrheit nie gewesen, und der, der ich in Wahrheit war, den hatte nie einer gesehen.

Unter unseren Studenten, so berichtete mir Rudi, sei einer, der es als seine christliche Pflicht erachte, dem Sekretär des Erzbischofs Bericht zu erstatten, was im Heim los sei. Gut so. Bisher laufe alles wie geplant. Es werde bereits, wie wir erwartet hatten, gerätselt, ob ich tatsächlich Jude sei, und es herrsche, wie wir ebenfalls erwartet hatten, große Freude darüber, dass, falls ich einer sei, ich mich an sie gewandt hätte; die Apostel, unter ihnen zweifellos einige Erleuchtete, seien schließlich ebenfalls Juden gewesen. Ich solle halt ab und zu, riet er mir, den einen oder anderen irgendwie erleuchteten Satz von mir geben. Er überreichte mir ein Taschenbuch aus der »wohlsortierten Bibliothek« des Seminars mit Texten von Meister Eckhart (*Eckhart. Auswahl und Einleitung Friedrich Heer*, Frankfurt a. M., 1956). »Erleuchteteres« sei weit und breit nicht zu kriegen. Aber ich solle es nicht übertreiben. Ein Satz alle vierzehn Tage oder einer pro Monat genüge. Und wenn ich in dem Büchlein nichts fände, solle ich es ihm melden, dann gebe er mir ein Kräutlein aus dem »wohlsortierten Garten Gottes« zu rauchen, das einen zwar nicht die Engel sehen lasse, aber fast.

Meine Bezahlung als Hausmeister war dürftig, dafür aber wohnte ich frei und allein in einem eigenen Zimmer und hatte nichts weiter zu tun, als die Putzfrau zu kontrollieren (was nicht nötig war), kleinere Reparaturarbeiten zu erledigen, das Telefon zu kassieren, wenn einer der Studenten es benutzte, und für Fragen aller Art ein Ohr zu haben. Eine Werkstatt stand mir zur Verfügung; sie befand sich im Parterre, gleich neben meinem Zimmer, hatte große Fenster zum Hof hinaus, wo eine stattliche Birke wuchs, und war gut ausgestattet mit Werkzeug und Maschinen zur Metall- und Holzverarbeitung. Ich reparierte Sessel und Türen für Kleiderkästen, verlötete Kabel in Toastern und Radios und wechselte den Keilriemen bei der Waschmaschine aus, die in einer Ecke in der Werkstatt stand und von allen kostenlos benutzt werden durfte.

Mein Zimmer war nicht größer als die Zelle in der Schweiz, aber die Tür hatte auch innen ein Gesicht. Es war hell, hatte blassgescheuerte Dielen und ein Fenster ohne Gitter zu einem kleinen Park hinaus und war spartanisch eingerichtet. Toiletten und Duschen befanden sich am Gang. Außerdem war auf jedem Stockwerk eine Gemeinschaftsküche.

Ich immatrikulierte mich an der Universität und inskribierte in Welthandel (weil es das einzige Fach war, in dem die »Welt« vorkam), schaute auch manchmal bei einer Vorlesung vorbei, setzte mich, wenn die Tage trüb waren, in die Nationalbibliothek und las in Büchern über Astronomie, betrieb zu Hause mit Hilfe meines alten Transistorradios weiter meine Sprachübungen – Italienisch, Spanisch, Französisch, Türkisch –, schlief viel und füllte die Zeit mit dem Gefühl, frei zu sein.

Die meisten jungen Männer, die im Heim wohnten, zu zweit oder zu dritt in einem Zimmer, selten allein, wollten Priester werden und besuchten zusätzlich zu ihren Vorlesungen an der Uni das Priesterseminar; nur wenige begnügten sich mit einer Zukunft als Religionslehrer. Zwei, fand ich bald heraus, hatten weiter reichende Ambitionen, sie strebten Universitätskarrieren an. Der eine wollte ein berühmter Moraltheologe, der andere ein berühmter Dogmatiker werden; sie waren in Vorbereitung, um in den Jesuitenorden einzutreten. Vor diesen beiden, flüsterten meine Instinkte, solle ich mich in Acht nehmen – wenngleich aus verschiedenen Gründen.

An den Abenden saßen wir in der unteren Küche zusammen (in der oberen war der Wasserdruck so gering, dass es fünf Minuten dauerte, bis der Teekessel voll war), und ich fragte in die Runde, was der Grund sei, warum sie die Wissenschaft von dem Gott betrieben. Ob sie ihn schon einmal gesehen hätten. Ob er schon einmal oder zweimal oder mehrere Male mit ihnen gesprochen habe. Oder ob es jemanden gebe, für den sie geradestehen könnten, den der Gott zu ihnen geschickt habe. Darauf bekam ich nur negative Antworten. Ich sagte: »Ihr studiert also fünf Jahre lang und ergreift für ein ganzes Leben diesen Beruf, verzichtet darauf, zu heiraten und Kinder zu kriegen, und das alles für einen Mann, den keiner von euch je gesehen und je gehört hat?« – »Ja und?«, sagte einer. »Wir wissen nicht einmal, ob es ein Mann ist«, ein anderer. – »Ist es«, sagte ich, »gemessen an diesen Voraussetzungen, nicht wahrscheinlicher, dass es ihn gar nicht gibt?« Und so versuchten sie, mir zu beweisen, dass es ihn gibt. Daraus, so erklärten sie mir, bestehe im Wesentlichen die Theologie. Es waren interessante, lehrreiche Abende. Sie nannten mich einen *Advocatus Diaboli*. Auf ihre Frage, ob denn ich dem Gott schon einmal begegnet sei, antwortete ich, ja, das sei ich; führte freilich nicht aus, wann das gewesen war und in welcher Lage ich mich damals befunden hatte. Bis auf die zwei Jesuiten glaubten mir alle, und sie schienen sich nicht zu wundern. Einer der beiden, der Moraltheologe, war traurig, dass er mir nicht glauben konnte, und gab dafür sich selbst und nicht mir die Schuld; ich rechnete damit, dass er mich früher oder später beiseiteziehen und seinen Seelenkampf und Seelenkrampf vor mir ausbreiten würde. Er war, wie mir bald gesteckt wurde, der Zuträger des erzbischöflichen Sekretärs.

Ich glaube, ich habe dem Lerneifer dieser zukünftigen professionellen Gottesdiener ordentlich das Feuer angepustet, mehr als es Berufung, Prüfungsangst und Ehrgeiz vermochten. Am Ende nannten sie mich nicht mehr den Anwalt des Teufels, sondern den des Engels, *Advocatus Angeli*, weil sie der Meinung waren, ich hätte sie mit meinen Fragen, Gleichnissen und Sentenzen, wenn nicht gar zu besseren Menschen, auf alle Fälle aber zu besseren Theologen gemacht.

Ich war frei!

Und ich besaß einen Pass. Und eine Geburtsurkunde. Und einen Staatsbürgerschaftsnachweis. Und einen Meldeschein. Und eine Lohnsteuerkarte. Und eine Sozialversicherungsnummer. Ich war frei, freier als alle: Denn den, der ich nun war, hatte ich mir selbst gewählt. Den Pass trug ich eine Zeitlang immer bei mir. Er war grün und mit goldenen Buchstaben bedruckt. Oben stand: *REISEPASS. REPUBLIK ÖSTERREICH.* In der Mitte prangte der Wappenadler der Republik mit den gesprengten Ketten an seinen Klauen, und in den Klauen hielt er Hammer und Sichel. Darunter stand: *PASSEPORT. REPUBLIQUE D' AUTRICHE.* Und: *PASSPORT. REPUBLIC OF AUSTRIA.* Innen war er mit Stempelmarken und meinem Foto versehen und vom Bezirksamt Alsergrund abgestempelt.

2

Hemma wohnte in einer schönen und komfortablen Drei-Zimmer-Altbauwohnung in der Nähe vom Volkstheater. Die Wohnung gehörte ihren Eltern, sie war mit alten Möbeln eingerichtet und roch nach altmodischer Seife. Besonders gut gefiel mir die Küche. Sie war geräumig, zwei Sofas standen hier übers Eck, ein Esstisch für sechs Personen und in der Mitte ein Herd, der mich an unseren Herd in Feldkirch erinnerte. Ich hatte große Lust zu kochen. Wir gingen zusammen zum Naschmarkt, kauften Gemüse und Fleisch ein, indischen Reis und Gewürze, und ich phantasierte ein Menü zusammen, während Rudi noch schnell mit Hemmas Auto ein paar Flaschen vom guten Messwein aus der Sakristei der Alserkirche holte und Hemma sich in Richtung Innenstadt um den Nachtisch kümmerte. Sie sei ein bisschen kleptomanisch veranlagt, gurrte sie und zog die Wangen vamphaft ein. Sie brachte eine Palette voll leckerer Törtchen mit – aus dem Café *Imperial*. Dort würden ohnehin nur die Großkotzigen verkehren, und von Hochwürden Rudolf Martin Maria Jungwirth habe sie gelernt, dass eher ein Kamel durch ein Nadelöhr gehe, als dass ein Großkotz in das Reich Gottes gelange; also könnten die ruhig etwas von ihrem Zuckerwerk abgeben, sie würden schlanker werden und passten am Ende doch noch durch des Nadelöhr. Sie trug eine Bluse, deren Muster Eidechsenhaut imitierte. Ich sagte, das *Imperial* sei das Lieblingshotel von Adolf Hitler gewesen. Sie küsste mich für dieses weitere überzeugende Argument und öffnete dabei ein wenig ihre Lippen. Aber ich nicht meine. Auch, weil ich Rudi an der Tür hörte.

Nach dem Essen, das gelobt wurde, drehte Rudi einen karottengroßen Joint. Es war das erste Mal, dass ich Marihuana rauchte. Die beiden waren entzückt von meinem Unwissen. Zuerst spürte ich nichts, nur ein Brennen in der Brust, weil ich, Hemmas Anweisung folgend, den Rauch so lange in den Lungen behielt, bis nichts mehr zum Mund herauskam. Als zweites fiel mir auf, dass mir süßer Kuchen nie so gut geschmeckt hatte. Hemma sagte, das sei nur eine der Sinneserweiterungen, die Marihuana zu bieten habe. Ich fragte Rudi, wie er an den Stoff gekommen sei.

»Ablass der Sünden«, sagte Hemma.

»Etwas in dieser Art«, sagte er.

»*Eine Art* katholischer Dealer«, äffte sie ihn nach.

»*Eine Art* reuiger Sünder«, äffte er sich selbst nach.

»*Eine Art* dankbarer Christ.«

»Ein auf *seine Art* guter Mensch.«

»Mit einem verdammt schlechten Ruf.«

»Ich verstehe euch nicht«, rief ich. »Sagt es mir oder sagt es mir nicht, aber haltet mich nicht zum Narren!«

Eben so ein Typ, rückte Rudi heraus, pro forma Student, seit einem Jahr an der Nadel, der arme Wurm, der sich halt auch irgendwie über Wasser zu halten versuche in diesem gierig schlingenden schluckenden Meer. Der ärmste von Jesu Brüder sei er – und so weiter. Ich hatte vom Italiano eine Ahnung mitgekriegt, was einer in diesem Geschäft verdienen konnte, wenn er auf Zack war.

Hemma sagte, sie müsse aufs Klo und sich übergeben, und zu mir sagte sie, das sei völlig normal, so wirke Marihuana eben bei Frauen während der Periode. Als wir allein waren, sagte ich zu Rudi, das Kraut schmecke mir sehr gut, bestimmt würde es mich erleuchten, ob er mich mit dem Typen zusammenbringen wolle, ich würde ihm ebenfalls gern unter die Arme greifen.

Rudi klemmte die Tüte zwischen den kleinen Finger und den Ringfinger, formte mit beiden Händen einen Hohlraum, sog den Rauch ohne Zwischenhalt im Mund direkt in die Lunge und schaute mich aus einem Auge streng an, während er die Luft anhielt und das Auge sich allmählich mit Wasser füllte. Schließlich sagte er, die Stimme tief in der Kehle: »Wenn du zwischendurch etwas Gutes haben willst, wende dich an *mich*, Joel. An *mich*!«

»Ist es gut, wenn mein Beichtvater zugleich mein Dealer ist?«, gab ich zu bedenken.

»Ich bin nicht dein Beichtvater«, sagte er, und Hemma, die gerade vom Klo zurückkam, sagte: »Er ist auch nicht mein Beichtvater, Joel, er meint es nicht persönlich«, und Rudi sagte zu mir: »Ich bin auch nicht Hemmas Beichtvater, nein, das bin ich nicht, sie hat recht«, und sie sagte: »Aber Joel seiner könntest du ruhig sein, finde ich«, und er sagte: »Warum könnte ich Joels Beichtvater sein und deiner nicht?«, und ich sagte auch: »Ja, warum könnte er mein Beichtvater sein?«, und Hemma sagte: »Weil ihr beide nicht gemeinsam eine Sünde begeht.«

Wir lachten, aber nicht wegen der Fragen, wessen Beichtvater Rudi sein könnte und wessen nicht und warum und warum nicht, sondern einfach nur, wenn wir uns ansahen. Eine Stunde lang lachten wir, wenn wir uns ansahen, als stünde im Gesicht des anderen die ganze Peinlichkeit der eigenen gottgesegneten Existenz geschrieben; und schwiegen eine weitere Stunde und starrten auf unsere Gedanken, an denen es nichts zu sehen gab, weil sie jede Beziehung zu den sichtbaren Dingen verloren hatten, und aßen am Ende alles Brot weg und kratzten den angebrannten Reis aus dem Topf. Mir war, als wäre ich zwei: einer, der nichts, und einer, der alles über mich wusste, und ich erzählte – nämlich dem, der nichts über mich wusste, und sonst erzählte ich es niemandem –, dass ich noch nie mit einer Frau geschlafen hatte. Hemma nickte, legte ihre Faust in ihre Armbeuge und wiegte und drehte sie wie einen Kinderkopf und zog eine Schnute dazu und summte und strich mit ihren langen glatten Haaren über die Kinderkopffaust, und Rudi sagte, das sei ein zu ernstes Thema, als dass man es high erörtern sollte.

In dieser Nacht schliefen wir bei Hemma in der Küche, ich auf dem einen Sofa, Rudi und Hemma auf dem anderen. Sie probierten Sex miteinander, aber es gelang anscheinend nicht recht.

Rudi glaubte an den Gott wie ich an den Sonnenaufgang im Osten; und er glaubte, dass der Gott, was seine göttlichen Erfindungen betreffe, am meisten stolz nicht auf den Himalaja sei oder auf den Pazifik, nicht auf die Ringe des Saturn und nicht auf die schwarzen Löcher im Nebel der Milchstraße, auch nicht auf die Lichtgeschwindigkeit oder die Zellteilung, nicht auf die Entropie und nicht auf den Urknall, sondern auf die Liebe. Und zwar nicht auf diese unpraktikable hysterische, verlogenerweise *geistig* genannte Liebe des Menschen zu ihm, seinem Herrn, wie sie die offizielle Kirche verkünde, sondern auf die leibliche Liebe des Menschen zu Seinesgleichen, wie »ER« sie höchstpersönlich in unsere Körper eingeknetet habe und von der uns in der Bibel erzählt werde, besonders eindringlich in Genesis 19,30–38, wo die beiden Töchter Lots ihrem Vater ordentlich Wein einschenken, bis er betrunken ist, und sich dann auf ihn setzen und sich von ihm schwängern lassen, nicht, wie uns oberschlaue Exegeten weismachen wollen, weil kein anderer Mann zur Verfügung gestanden habe und es eine Schande für sie gewesen wäre, kinderlos zu bleiben – was für eine lächerliche Erklärung! –, sondern weil die Schwestern, wie jede moderne Psychologie aus dem Hemdsärmel erklären könne, nach der Katastrophe von Sodom in den Lebenstaumel der Überlebenden verfallen und dabei so geil geworden seien, dass sie sich den nächstbesten Schwanz gegriffen hätten, und das sei eben der ihres Vaters gewesen. Unserem wunderbaren, von Ewigkeit zu Ewigkeit waltenden Schöpfer sei nur eines heilig: das Leben, und das Leben – »Hör mir zu, Joel!« – das Leben, das sei Sex. Sex sei ein Menschenrecht, und es sei eine heilige Pflicht, all jene zu bekämpfen, die dieses Menschenrecht mit ihren blutigen Faschistenstiefeln treten. Ich sei in Gottes Augen ein Sünder, weil ich so lange enthaltsam gelebt hätte.

Beim Frühstück schlug er vor, ich solle zunächst zu einer Prostituierten gehen.

»Ich denke«, sagte er, »die Sache hat in deinem Kopf inzwischen eine Dimension angenommen, die dich in die Nähe lästerlicher Götzenanbetung drängt. Das ist nicht gesund. Du musst es ruhig angehen. Sex dient dazu, nervöse Depressionen abzubauen, und nicht, sie aufzubauen. Sex ist banal.«

Ebenso wie die Welt banal sei. Und es sei eine Gemeinheit Gott, dem Schöpfer, gegenüber, das Banale als niedrig zu erachten. Das sei die Sünde schlechthin. Daraus entstehe der Faschismus, nämlich aus der

Sucht des Menschen, dass immer etwas los sein müsse, dass sie mit dem, was ist, einfach nicht zufrieden sein könnten. Jeder Tag solle ein Feiertag sein! Und weil 99,999 Prozent von allem banal sei, sei Gott zu 99,999 Prozent banal. Die Tätigkeit einer Hure, so seine Erfahrung, enthalte nicht weniger Priesterliches als seine eigene Tätigkeit. Zwei bezahlte Stunden bei einer behutsamen Professionellen würden meine Komplexe nachhaltiger lockern als zwanzig bezahlte Stunden bei einem Psychoanalytiker oder zweihundert Vaterunser, das gebe auch jeder ehrliche Psychoanalytiker und jeder ehrliche Priester zu.

Er zog vor Hemma eine Show ab; er konnte ihr ja nicht sagen, dass meine Enthaltsamkeit andere Gründe hatte.

Die beiden legten zusammen, und Rudi begleitete mich in den Tiefen Graben zum Hotel *Orient*. Das sei ein Stundenhotel, in dem sich heimlich Paare träfen, weil ihre Liebe von der Gesellschaft nicht toleriert werde und deshalb unbeobachtet, im Verborgenen, geheim bleiben müsse.

In der Bar saßen drei Prostituierte. Rudi schien wenigstens eine von ihnen zu kennen. Sie war groß und feist und vierzig, hatte hoch auftoupierte schwarze Haare und schwarz umrahmte Augen, nofretetehaft in die Schläfen hinaus geschminkt. Sie nannte sich Yvonne und nahm mich mit über die enge Stiege hinauf in ein Zimmer. Ohne ein Wort zog sie sich aus.

Ich war fünfundzwanzig Jahre alt und hatte in meinem Leben nur eine Frau nackt gesehen: Moma.

»Komm schon«, sagte die Frau. »Hab keine Angst. Ich habe auch keine. Und ich hätte viel mehr Grund dazu als du. Du bist ein gutaussehender Mann. Komm zu mir, halten wir uns fest.«

3

In der nächsten Frühe, einem Wintertag mit Schneematsch, Regen und scharfem Wind, war ich tatsächlich mit der Straßenbahn nach Döbling gefahren. Ich trug die geölte Segeltuchjacke, die mir Rudi über den Winter geborgt (und nie mehr zurückgefordert) hatte. Innen war sie mit einem einknöpfbaren wollenen Futter ausgestattet, ein Segen.

Eine Mütze wäre gut gewesen. Noch passte mein Besitz in einen kleinen Koffer. Es dauerte eine Weile, bis ich mich wieder zurechtfand. Schließlich entdeckte ich die Kaasgrabengasse und dort das Haus Nummer 4, eine wuchtige Villa mit erhöhtem Erdgeschoss und zwei Stockwerken, von zwei Türmchen flankiert, an deren von Grünspan übergossene Dächer ich mich gut erinnern konnte. Neben der Klingel zur Wohnung im ersten Stock stand: Dr. Ernö Fülöp und Dr. Helena Fülöp-Ortmann – dasselbe Schildchen, mit Schreibmaschine getippt und unter einen durchsichtigen Plastikstreifen geklemmt, wie vor dreizehn Jahren.

Es war halb acht Uhr und noch dunkel. Im ersten Stock sah ich kein Licht brennen. Momas Wohnung nahm das gesamte Stockwerk ein, ihr Schlafzimmer lag nach hinten hinaus – vorausgesetzt, sie hatte alles so belassen wie damals. Am Grundstück entlang des Gehsteigs zog sich ein Eisengitter mit Speerspitzen obendrauf. Um diese Zeit waren viele Menschen auf der Straße, sie gingen zur Arbeit oder fuhren mit dem Auto, es wäre schwer möglich gewesen, über den Zaun zu steigen, ohne aufzufallen. Das Tor war abgesperrt. Ich suchte mir einen Baum auf der anderen Straßenseite, wo ich mich unter einen Ast stellen und das Haus einsehen konnte. Ich wartete. Als es hell wurde, verließ ich meinen Posten und spazierte die Straße hinauf, gerade so weit, dass ich die Fenster im ersten Stock im Blick behielt, drehte mich um und ging in die andere Richtung und so ein paar Mal hin und her. Meine Schuhe waren nicht dicht, ich bekam bald nasse Füße. Außerdem hatte ich Hunger.

Irgendwann bildete ich mir ein, Licht aufflackern zu sehen. Ich überquerte die Straße, um näher beim Haus zu sein. Im selben Moment wurde das Tor geöffnet, und ich wechselte schnell die Richtung. Ich wollte nicht den Eindruck erwecken, ich bewegte mich auf den Eingang zu. Es war Moma. Es ergab sich, dass wir ein Stück nebeneinander hergingen.

Ich hatte sie seit unserer Abreise aus Wien nicht mehr gesehen und nur drei- oder viermal mit ihr telefoniert. An dem Tag, an dem sie bei meinem Prozess als Zeugin geladen war, hatte ich meine Anwesenheit im Gerichtssaal verweigert. Mein Anwalt, Dr. Wyss, berichtete mir, der Staatsanwalt habe sie gefragt, was sie darüber denke, dass ich sie nicht sehen wolle. Auch Mama und Papa habe er diese Frage gestellt; sie hätten geantwortet, sie seien sehr traurig deswegen. Moma aber habe gesagt, sie an meiner Stelle hätte das Gleiche getan. Nein, sie sehe darin nicht die geringste Missachtung ihrer Person. Im Gegenteil. Was »im Gegenteil« heiße, habe der Staatsanwalt wissen wollen. Moma habe geantwortet: Sie glaube nicht, dass er das verstehen könne. Und damit hatte sie recht gehabt. Er verstand es nicht. Auch Dr. Wyss verstand es nicht. Und ich auch nicht. Und sie natürlich auch nicht. Aber wie ich meine Moma kannte, hatte sie es in einer Weise vorgebracht, die jeden überzeugt sein ließ, dass zwischen ihr und mir ein besonders buntes Band gespannt sei. Der Staatsanwalt suggerierte in seinem Plädoyer, es könne sich nur um ein teuflisches Band handeln. Moma würde sich nie auf die Seite der anderen gestellt haben.

Sie öffnet den Schirm, und ich ziehe den Hals ein, um den Speichen auszuweichen. Sie sagt, dass ein Sauwetter sei, und hebt den Arm, als wolle sie mich unter ihren Schirm einladen. Sie sieht gut aus. Die Haare sind honigfarben. Sie stülpt die Kapuze über den Kopf. Sie hat die Augen geschminkt und die Lippen, das macht sie älter. Aber wie sie mich anschaut, wirkt sie jünger als vor dreizehn Jahren. Sie lächelt, und ich lächle zurück. Sie erkennt mich nicht. Ich versäume den Moment, ihr zu antworten. Sie nickt mir einen Gruß zu und marschiert davon. Von hinten sieht sie aus wie eine junge, gut trainierte Frau. Sie trägt Stiefel mit hohen Absätzen und einen langen dunkelblauen taillierten Mantel. Ihre Bewegungen sind heftig. Sie zwirbelt den Schirm. Über Pfützen hüpft sie. Ich folge ihr.

Sie wartet bei der Straßenbahnstation. Ich stelle mich nicht weit von ihr neben die Schienen. Sie weiß, dass ich sie ansehe. Deshalb lächelt sie. Sie weiß, dass ich ihr Lächeln zu deuten versuche. Neben mir sprechen zwei Männer über einen terroristischen Überfall auf das OPEC-Hauptquartier und dessen anschließende Besetzung, die erst gestern beendet worden sei. Die Terroristen hätten sich vom Hotel Sacher verköstigen lassen. Unser Innenminister habe sich vom Chef der Terroristen am Flughafen mit Handschlag verabschiedet. (Ich hatte keine Zeitungen gelesen, kein Radio gehört, und wenn im Fernsehen Nachrichten gesendet wurden, hatte ich weitergeschaltet.) In der Straßenbahn setze ich mich neben sie. Wir sprechen nicht miteinander, schauen geradeaus. Ich beobachte sie aus dem Augenwinkel. Ob sie noch lächelt. Sie lächelt. Sie lächelt für den Fall, dass ich sie aus dem Augenwinkel beobachte. Bei der Votivkirche steigt sie aus. Der Schneeregen ist dichter geworden, der Wind stärker. Ich laufe ihr nach, sage, falls sie in die gleiche Richtung ginge wie ich, böte ich mich an, ihren Schirm zu halten, vielleicht bekäme ich auf diese Weise auch etwas von der Trockenheit ab. Ich finde, das ist eine charmante Formulierung. Sie sagt, sie gehe ins *Landtmann* frühstücken. Das sei auch meine Richtung, sage ich.

Sie sagt: »Das glaube ich Ihnen nicht.«

Sie lädt mich zum Frühstück ein. Sie meidet meine Augen. Sie schaut auf meinen Mund. Sie hat an Souveränität verloren. Ich bestelle einen großen Braunen und eine Buttersemmel. Sie spricht den Kellner mit seinem Vornamen an. Er solle ein Frühstücksmenü für mich zusammenstellen, mit einem großen Braunen und einer Buttersemmel würde ich gewiss nicht satt werden. Ich sitze ihr gegenüber. Der Tisch ist für sie reserviert. Auf einem Kärtchen steht: *Prof. Dr. Fülöp-Ortmann.*

Ich sage: »Wenn Sie jemanden erwarten, störe ich Sie bestimmt.«

Sie sagt und spricht dabei so leise, dass ich mich vorbeugen muss: »Ich erwarte gar niemanden.« Sie weiß nicht recht, wie sie das Gespräch weiterführen soll.

Am schönsten ist sie in ihrer Melancholie, so war es immer gewesen – wenn sie am Tisch gesessen war, die Hände vor sich auf der Platte verschränkt, die Augen auf das Fenster gerichtet.

Sie fragt, ob ich studiere. Ich sage, ich studiere Politologie und Germanistik, ich würde gerade an meiner Hausarbeit schreiben, über den österreichischen Bürgerkrieg 1934, aber ich hätte meine Zweifel, ob solche Rückschau nicht von den Problemen der Gegenwart ablenke, weswegen ich nicht recht vorankäme.

Sie sucht in ihrer Handtasche nach Zigaretten. Sie bietet mir eine an. Ich nehme ihr die Streichholzschachtel aus der Hand und gebe uns Feuer. Unsere Köpfe sind nahe beieinander. Sie riecht nach *Nivea*-Creme, so hat sie immer gerochen, schon in Ungarn. Mein Vater hatte ihr die blauen Dosen besorgt, über seine »Kanäle«, zusammen mit Suppenwürfeln und *Märklin*-Baukästen. Dass ich schöne Haare hätte, sagt sie. Obwohl ihr Männer mit langen Haaren nicht gefielen. Ihre Stimme ist tonlos bis auf ein mitschwingendes Pfeifen aus ihren Raucherbronchien. Ich achte darauf, dass meine Stirn bedeckt bleibt. Sie betrachtet die Sommersprossen über meiner Nase. Sie erkennt mich nicht. Und sei's auch nur, weil sie es nicht für möglich hält. Plötzlich wird sie sehr ernst. Sie erkennt mich nicht, aber sie denkt an mich. Das Leben sei sehr kurz, sagt sie, nicht länger als eine lange Beichte.

Der Kellner bringt das Frühstück. Omelett mit allem, Würstchen mit Senf und Gulaschsaft, Lachs mit Kren, ein Rollmops, Schnittlauchbrot, zwei Semmeln, rote Marmelade, gelbe Marmelade, Honig, eine Kanne Tee und eine Kanne Kaffee, ein Glas Grapefruitsaft und einen Apfelstrudel. Sie beobachtet mich beim Essen und zupft sich hier etwas ab und dort etwas ab und raucht eine dritte und eine vierte Zigarette.

Ob meine Freundin in Döbling wohne, fragt sie. Nein, sage ich. Was ich denn so früh dort draußen zu suchen hätte.

Ich sage: »Ich habe keine Freundin.«

»Wenn Sie sich den Bart und die Haare schneiden lassen, werden Sie bald eine haben.«

»Meinen Sie?«

»Ich weiß es.«

Nun tue ich wie sie. Ich schau ihr auf den Mund und nicht in die Augen. Hat Major Hajós auch mit ihr über die Verhörmethoden bei der ÁVH gesprochen? Oder hat sie die Methode, Vertrauen durch Melancholie zu erzeugen, während ihrer Verhöre durchschaut und sich vorgenommen, in eigener Sache ähnlich zu verfahren, wenn sie je wieder Gelegenheit für eine eigene Sache haben würde? Sie tippt mit ihrem Finger auf meinen Handrücken. Als wolle sie mich aus meiner Geistesabwesenheit wecken.

»Was denken Sie?«

Ich sage die Wahrheit: »Ich habe noch nie eine Freundin gehabt.«

»Und woran liegt's?«

»Ich weiß es nicht.«

»Und ich soll Ihnen das glauben?«

Ich sage nichts.

»Ihr seht alle gleich aus«, sagt sie. Ihre Stimme ist aus den Fugen.

Sie kippt in den Ton, der für ihre Wut reserviert ist und der mich als Kind glauben ließ, in der Küche sei jemand, gegen den sie kämpfe. »Jedenfalls eure Köpfe.«

Ich frage, ob sie Ungarin sei. Sei sie nicht, lügt sie.

»Ihr seht alle aus wie Terroristen«, sagt sie.

»Die Terroristen sehen aus wie wir«, sage ich. »Wenn wir anders aussähen, würden sie auch anders aussehen. Es ist ihre Tarnung.«

»Politik interessiert mich nicht«, sagt sie.

»Mich auch nicht«, sage ich.

»Und trotzdem studieren Sie Politikwissenschaften?«

»Weil dort die schönsten Studentinnen sind.«

»Mich interessiert nicht Politik, und mich interessiert nicht, was war«, sagt sie. »Mich interessiert nur, was ist.« Sie klopft mit ihrem Zeigefinger gegen ihre Brust. »Was hier drinnen ist in diesem Augenblick. Auch die Studentinnen der Politikwissenschaften interessiert das am meisten, glauben Sie mir.«

So ist sie ohne mich, denke ich. So war sie, bevor ich war. Einmal habe ich mitgehört, wie meine Mutter meinem Vater die Geschichte erzählte, als Moma ihren Mentor und späteren Geliebten, den »Herrn Professor Levente Habich«, kennen gelernt hatte; nämlich nicht im Seminar in Budapest, sondern in dem Städtchen Quedlinburg in Deutschland, wo die beiden 1936 an den Feierlichkeiten zum 1000. Todestag von Heinrich I. teilgenommen hatten. Der sagenhafte König der Ostfranken hatte im Jahr 933 die als unbesiegbar geltenden Ungarn geschlagen, und als eine Art später Versöhnung war eine Delegation von ungarischen Archäologen eingeladen worden, Professoren und Studenten. Heinrich Himmler, der die Feierlichkeiten leitete, gratulierte Habich zu seiner bezaubernden Begleitung, worauf die Studentin klarstellte, dass sie dem Herrn noch gar nicht vorgestellt worden sei. Also Heinrich Himmler war es gewesen, der Moma und Prof. Habich zusammengeführt hatte.

Es hat aufgehört zu regnen. Die Sonne kommt durch. Sie legt einen Streifen Licht über unseren Tisch, den der Kellner immer wieder abräumt und auffüllt. Immer wieder bestellt Moma etwas. Mineralwasser, Tee, Kakao, ein Ei. Wenn der Tisch leer ist, heißt das, dass wir gleich aufbrechen werden. Ich sehe Angst, Melancholie, Erregung.

Sie hält meine Hand fest. »Ki vagy te?«

»Ich verstehe Sie nicht.«

»Nézz rám!«

»Ich verstehe Sie nicht.«

»Du hast recht«, sagt sie. »Ich bin Ungarin. Und du?«

»Ich verstehe nicht, was Sie meinen.«

Sie hält meine Hand fest, damit ich nicht in meine Jackentasche greife. Ich hätte gar nicht genug Geld bei mir, um das alles zu bezahlen. Sie winkt dem Kellner. Sie ist schöner, wenn sie nicht ernst ist. Das war immer so gewesen. Es ist ein schmaler Streifen zwischen Heiterkeit und Melancholie, auf dem sich ihre Schönheit entfaltet. Ich kenne sie. Sie ist meine Moma. Aber ich bin nicht mehr der, der ich war. Das macht alles anders. Ich bin Joel Spazierer. Ihre Melancholie rührt mich nicht, ihre Angst verwandelt mich nicht in ihren Ritter, ihre Erregung lässt mich nicht in Verlegenheit geraten.

Als wir in Richtung Burgtheater gehen, hakt sie sich bei mir unter und fragt, was ich am Abend vorhätte. Ob ich die Musik liebte. Ich weiß, dass sie nicht viel von Musik hält. Sie will, dass ich sie besuche. Sie besitze eine bezaubernde Aufnahme von Leonard Bernstein, mitgeschnitten bei den Salzburger Festspielen in diesem Sommer, er dirigiere die achte Symphonie von Gustav Mahler mit den Wiener Philharmonikern. Ein Freund, mit dem zusammen sie die Aufführung gesehen habe, habe ihr das Band besorgt. Wenn ich wolle, spiele sie es mir vor, auf Platte sei das Konzert noch nicht zu haben. Außerdem habe sie einen sehr guten Wein. Und sie sei eine passable Köchin, wenn sie sich anstrenge. Sie werde eine Kleinigkeit herrichten.

Ich verspreche zu kommen. »Nichts liebe ich mehr als Musik und einen guten Wein und ein gutes Essen«, sage ich.

»Hast du eine Lieblingsspeise?«, fragt sie.

»Kartoffelsuppe mit einem Schuss Essig und Majoran.«

Ich drehe mich um und gehe davon.

Sie bleibt vor dem Burgtheater stehen und schaut mir nach, wie ich die Ringstraße überquere und im Schnellschritt in Richtung Rathaus davoneile. Als hätte ich mich verspätet. Sie winkt mir nach. Zweimal drehe ich mich nach ihr um. Zweimal winkt sie mir nach.

So habe ich meine Moma zum letzten Mal gesehen. Ich habe sie am Abend nicht besucht.

Stattdessen habe ich Hemma besucht. Es war ein Donnerstag. Rudi hatte seinen Termin im Gefängnis. Hemma war die erste Frau, mit der ich Sex hatte.

4

Rudi hatte nichts dagegen, dass ich mit seiner Freundin schlief. Er schlug vor, dass wir es zu dritt machten. Das wollte aber Hemma nicht. Zu viert schon, zu dritt nicht. Wenn eine zweite Frau dabei wäre, würde sie es gern tun. Sie allein mit zwei Männern, das wollte sie nicht.

Die Terroristen, die das Bürogebäude der OPEC gegenüber der Universität gestürmt und besetzt hatten, waren tatsächlich vom Hotel Sacher mit leckeren Speisen versorgt worden. Und waren zusätzlich von einem Dealer mit Amphetaminen versorgt worden, damit sie wach blieben. In der Straßenbahn waren sie von ihrem Hotel zum Schottentor gefahren, jeder von ihnen einen Sportsack über dem Rücken voll mit Waffen und Sprengstoff, die Wachen vor dem OPEC-Büro hatten sie freundlich eingelassen, und sie hatten sich in den ersten Stock begeben, wo elf Minister, hauptsächlich aus arabischen Staaten, und fast fünfzig OPEC-Vertreter über eine Erhöhung des Erdölpreises diskutierten. Nach zehn Stunden, drei Toten und zwei Schwerverletzten merkten die Terroristen, dass natürliche Begabung nicht ausreichte, um wach zu bleiben. Sie wussten ja nicht, wie lange die Verhandlungen mit den österreichischen Regierungsbehörden dauern würden. Einer von ihnen, ein Deutscher, hatte Verbindungen zu einem ortsansässigen Dealer und telefonierte. Aber der Dealer brachte das Gift nicht selbst vorbei, davor hatte er zu viel Schiss; er schickte seine Schwester. Die wusste von allem nichts, sie las keine Zeitungen, sie hörte kein Radio, und wenn im Fernsehen Nachrichten gesendet wurden, schaltete sie weiter. Ihr Bruder drückte ihr ein Paket in die Hand und instruierte sie. Zu den Beamten vor dem Gebäude solle sie sagen, sie habe eine Lieferung für den Herrn Carlos. Der Beamte werde sie zu Herrn Anis Al-Nakasch, dem Sekretär von dem Herrn Carlos, führen. Der werde das Päckchen entgegennehmen, und sie könne gehen. Das sei alles. Sollte sie wider Erwarten jemand fragen, woher das Päckchen stamme und was es beinhalte, solle sie sagen, sie wisse es nicht, jemand habe sie wenige Minuten zuvor auf der Straße angesprochen und ihr tausend Schilling dafür gegeben, dass sie das Päckchen abliefere. Der Bruder gab ihr einen Tausender, damit sie ihn vorzeigen könne. Den müsse sie ihm allerdings zurückgeben. Als Lohn würde sie fünf Gramm besonders gutes Heroin bekommen, versprach er ihr. Sie hieß Lore Hartmann und war ein bisschen mit Hemma befreundet. Nach dieser Geschichte traute sie sich nicht mehr auf die Straße. Sie war stundenlang von der Polizei verhört worden. Ihr war aufgetragen worden, sich in Bereitschaft zu halten. Hemma sagte, man müsse sich um sie kümmern. Sex beruhigt und hilft, nervöse Depressionen abzubauen. Sie schlug Lore als vierte vor. Rudi war einverstanden. Ich auch.

Den Jahreswechsel 1975/76 verbrachten wir gemeinsam in Hemmas Wohnung. Lore sagte hinterher, dies seien die schönsten Stunden ihres Lebens gewesen, wir seien für sie Mama, Papa, Bruder, Schwester, Ehemann, Geliebte und Geliebter, Freundin und Freund gewesen. Sie war rundlich und sah wie ein Bauernmädchen aus. Bei der kleinsten Aufregung bekam sie rote Backen, klar abgegrenzte Flecken mit weißer Haut rundherum, als hätte sie sich das Gesicht erfroren. Sie war heroinabhängig. Während dieser knappen Woche in Hemmas Wohnung lebte sie von den fünf Gramm, die sie von ihrem Bruder bekommen hatte. Sie spritzte sich in die Armbeuge und in die Venen unterhalb des Handgelenks und band sich dabei den Arm mit dem Frotteegürtel von Hemmas Morgenmantel ab. Sie besaß nur eine Spritze, eine »altmodische« aus Glas mit mehreren Nadeln zum Aufschrauben, die sie zusammen mit einem Feuerzeug, einem Löffel, einem Röhrchen Vitamin C und einem Päckchen Zigarettenfilter in einem hübschen Holzkistchen verwahrte. Rudi kochte das Besteck nach jedem Gebrauch aus. Die Nadelspitzen waren schon stumpf und hatten zum Teil Widerhaken. Die habe sie am liebsten, sagte sie. Rudi reinigte die Einstichstellen an ihrer Haut mit Alkohol, stäubte Cibazol-Puder darauf und klebte Heftpflaster darüber oder legte ihr einen Verband an. Sie sagte, das sei nicht nötig, sie sei jung und gesund und habe gute Abwehrkräfte, außerdem wirke H entzündungshemmend. Die meiste Zeit waren Rudi und sie allein in Hemmas Arbeitszimmer, während Hemma und ich uns im Schlafzimmer aufhielten und uns an *Scrabble* abmühten – auf Englisch. Hemma hatte das Spiel aus London mitgebracht; mit je einem *Langenscheidt* in der Hand kamen wir lustig über die Runden, und es hatte zudem einen Wert, jedenfalls für mich, denn seit meinen Einstiegskursen bei Staff Sergeant Winship hatte ich, außer in der Schule (und dort hatten wir hauptsächlich Shakespeare und Oscar Wilde in deutscher Sprache gelesen), kaum Gelegenheit gehabt, mich mit der englischen Sprache zu befassen – was ich als ein großes Manko empfand, denn Englischkenntnisse waren eine Notwendigkeit, wollte man in die Welt hinaus, und das wollte ich irgendwann.

Wir kochten gemeinsam und legten uns nach dem Mittagessen und nach dem Abendessen zusammen in Hemmas Doppelbett. Es war schön zu viert, aber auch anstrengend, und der Gerechtigkeitsgedanke beeinträchtigte die Freude. Die Nächte verbrachten Hemma und ich in ihrem Bett, und Rudi und Lore schliefen in der Küche, getrennt, jeder auf einem Sofa. Rudi sagte, im Schaf sei er Individualist, Eremit und Anarchist. Manchmal kam Lore in der Dunkelheit angetorkelt und legte sich zwischen Hemma und mich. Gegen zwei Frauen mit einem Mann hatte Hemma nichts einzuwenden. Wenn man es im Halbschlaf treibt, lernte ich, gehen ohnehin andere Dinge in einem vor.

Hemma hätte das Heroin gern ausprobiert. Lore bot ihr an, sie zu fixen. Rudi zog Hemma nach draußen, an der Garderobe nahm er ihren Mantel vom Haken, ohne ihren Arm loszulassen, sie warf mir einen flehentlichen Blick zu, aber ich schaute durch sie hindurch.

Als Lore und ich allein waren, bot sie mir einen Schuss an. Sie klopfte etwas von dem Pulver auf den Löffel, tat Ascorbinsäure dazu und träufelte Wasser darauf. Sie hielt die Feuerzeugflamme darunter, bis die Flüssigkeit aufkochte, und zog das Gemisch durch einen Zigarettenfilter in die Spritze. Ich erinnerte mich an den Italiano, der immer damit angegeben hatte, er handle nur mit dem Stoff, hüte sich aber davor, selber davon zu probieren. Aber er hatte eben doch probiert. Zuerst durch die Nase, dann über die Spritze. Er war dabei glücklich gewesen. Er sagte hinterher, er sei durchs Paradies gewandert. Ich glaubte ihm. Er roch sogar glücklich. Im Rausch hatte er wie ein hässlicher

Idiot ausgesehen. Lore sah nicht hässlich aus, wenn sie sich gespritzt hatte, sie sah aus wie eine Schlafwandlerin und dabei sehr drollig, auch wenn ihr der Rotz aus der Nase rann. Sie sah aus, als könnte sie nicht bis drei zählen. Ich hatte außer mit dem Italiano und Lore noch mit keinem Fixer zu tun gehabt. Es stand also fifty-fifty, hässlich oder drollig, dumm in beiden Fällen. Das war mir zu riskant. Ich konnte auf keinen Fall zulassen, wie ein hässlicher Idiot auszusehen. Und drollig?

Nach dieser Woche hatten Rudi und ich genug voneinander. Das heißt, Rudi hatte genug von mir, denke ich. Das hat mir leid getan. Auch war nicht mehr die Rede davon, mich seinem Dealer vorzustellen. Und Hemma hielt zu Rudi. Ich sagte, mir würde es genügen, wenn wir uns nur an den Donnerstagen sähen. Ich schlug Heimlichkeit vor. Aber das wollte sie nicht. Eine Lüge sei immer eine Illusion, sagte sie und trat nahe an mich heran, ich sah an ihren Schläfen leise den Puls schlagen. Illusionen seien wie Heroin für die Seele, erst paradiesisch, zuletzt ruinös. Ich wollte sagen, das höre sich an wie von einem alten Hopi-Medizinmann, aber sie ließ mich nicht zu Wort kommen, küsste mich und steckte mir ihre Zunge tief in den Mund und bewegte sie darin lange im Kreis. Sie und Rudi hatten sich vorgenommen, ein neues Leben zu beginnen. Die Gerüchte aus Rom, dass der Papst die Priesterehe tatsächlich bald freigebe, hätten sich verdichtet, sie würden beide von vorne anfangen. Ob ich mir vorstellen könnte, Kinder zu haben. Darüber hätte ich nie nachgedacht, sagte ich.

»Siehst du«, sagte sie.

Sie wollte Rudi nicht betrügen.

So ergab es sich, dass ich öfter mit Lore zusammen war.

Und so ergab es sich, dass ich Lores Bruder kennen lernte – Cookie; wenn er einen richtigen Vornamen hatte, habe ich ihn nie gehört.

Er war ein schmächtiger Nervenhobel mit einer gelbgetönten Brille. Er konnte nicht stillstehen, und sitzen konnte er schon gar nicht. Er hatte einen scharf ausrasierten Oberlippenbart, drehte sich seine Zigaretten mit einer kleinen Maschine und konsumierte Kokain durch die Nase. Koks mache nicht süchtig, sagte er, das sei erwiesen. Die Herrschenden würden Kokain verteufeln, weil ihnen die Völker der Dritten Welt nicht das Monopol darauf überließen wie bei Tabak und Kaffee und Bananen. Dabei kratzte er sich die Unterarme und schniefte durch die Nase und wusste nicht, was und wen er anschauen sollte.

»An primitiven Nadlern, die dich heute überfallen und sich morgen wundern, dass du ihnen kein Dope mehr verkaufst, bin ich nicht interessiert. Ich sehe in der Droge ein wertneutrales Hilfsmittel, ähnlich wie ein Schweizermesser. Man kann damit so, und man kann damit so. Jeder Mensch muss sich hin und wieder etwas stärken, auch Tarzan und Einstein. Und nicht immer geht das allein mit Weißbrot und Honig. Sterben kann man an allem. Du kannst auch an Mehl sterben, wusstest du das nicht? Muss dir nur ein Hundertkilosack vom zweiten Stock auf die Marille fallen.«

Er habe Beziehungen zu verschiedenen politisch aktiven Gruppen, prahlte er. Worin deren Aktivität bestand, wollte er mir nicht verraten – nur so viel: Sie operierten »klandestin«. Einiges tue sich. Die Genossen hätten eine gewisse Aufmöbelung nötig. »Sie warten auf das Gift. Sie brauchen es, Mensch!« Seit dem OPEC-Bullshit könne er sich dort aber nicht mehr blicken lassen. Er werde mit größter Wahrscheinlichkeit von der Polizei observiert. Jetzt säßen die Genossen auf dem Trockenen. »Der Mensch hat eine Verantwortung.«

Ich bot ihm an, ihn zu vertreten. Halbe-halbe. Er war einverstanden. Mir vertraue er, sagte er. Wenn er über eine Gabe verfüge, dann über die Gabe der Menschenkenntnis.

Und über die Gabe, alles Mögliche in kurzer Zeit zu beschaffen – Heroin, Kokain, Codein, Mescalin, Valium, Librium, Captagon, das brandneue Flunitrazepam, LSD, Psilocybin und die feinsten Zauberpilze, aber auch Barbiturate und selbstverständlich Haschisch, Marihuana – und Amphetamine aller Art.

»Auch Pervitin?«, fragte ich.

»Sowieso. Brauchst du das? Sag's mir, Joel!«

»Ich nicht«, sagte ich. »Aber Adolf Hitler und Benito Mussolini haben es genommen, und Hitler hat es sogar an die Soldaten der Wehrmacht verteilen lassen, damit sie keine Angst hatten und keinen Hunger und spielend zwei Tage und zwei Nächte wach bleiben konnten. Gleich nach dem Aufstehen hat ihm sein Leibarzt eine Injektion verpasst. Und die GIs in Vietnam waren ebenfalls auf Pervitin.«

»Hervorragend«, rief er aus, »den Spruch merk dir!«

So bin ich in dieses Geschäft eingestiegen. Ich habe nicht viel vom Frühling mitgekriegt, nicht viel vom Sommer, war nicht nachts auf den Kahlenberg gestiegen, um die Sterne zu beobachten, und habe am Morgen nicht die Raben und Spatzen gefüttert. Aber nicht schlecht verdient habe ich. Wenn ich nicht für meine Kundschaft unterwegs war, verbrachte ich die Nächte bei Lore in ihrem kleinen Zimmer Parterre hinaus auf die Burggasse, und wenn ich die Nacht über auf der Straße gewesen war, frühstückten wir miteinander. Sie bezog ihren Stoff direkt von ihrem Bruder. Ich solle nicht ihr Checker sein, sagte sie. Sie mochte sich an mich kuscheln, auf Sex hatte sie wenig Lust. Wenn sie sich fixte, ging sie aufs Klo. Sie wollte nicht, dass ich ihr dabei zusah. Mich hätte es nicht gestört. An den Tagen tat ich meinen Dienst im Heim, und ab und zu ließ ich mich auch im Institut für Welthandel sehen. Eines Morgens klingelte es an Lores Tür. Ich war gerade nach Hause gekommen und hatte Kaffee gekocht. Lore zog sich ihren Wintermantel über und öffnete. Ich hörte eine Männer- und eine Frauenstimme. Es waren Polizeibeamte. Ob sie hereinkommen dürften, fragten sie. Mehr habe ich nicht mitbekommen. Ich bin in Hemd und Hose, die Schuhbänder offen, durch das Fenster davon und in der Straßenbahn bis zum Ring gefahren, dort umgestiegen und weiter in den 9. Bezirk und ins Heim. Ich rechnete damit, dass Lore eine polizeiliche Fragestunde nicht durchstehen, dass sie das Spiel mit »Ja«, »Nein« und »Weiß nicht« nicht beherrschte und schon bald aussagen würde, dass sie heroinsüchtig sei und mit einem Dealer zusammenlebe – auch, weil sie sich wünschte, dass wir zusammenlebten, und es ihr schon guttun würde, es wenigstens auszusprechen. Ich hatte den Behörden nie geglaubt, dass sie mein vorhergehendes Leben aus den Akten löschen würden. Ich rollte den Pass und die anderen Papiere zusammen und steckte sie in ein Ersatzabflussrohr und klemmte das Rohr unter mein Waschbecken, so dass es aussah, als gehöre es dorthin. Zwei Tage traute ich mich nicht, das Heim zu verlassen. Aber Lore hat mich souverän aus ihrer Sache herausgehalten. Ich habe sie nicht mehr gesehen. Meine (Rudis) Jacke hat sie bei ihrem Bruder abgegeben.

»Sie kann dich verstehen, Joel«, sagte Cookie. »Sie hat mir alles gebeichtet. Meine Schwester beichtet mir alles, weißt du. Wir sind sehr eng, wir beide, weißt du. Ihr habt euch gestritten, sie war schuld, und du hast einen Schlussstrich gezogen. Ausgezeichnet. Sie kann dich verstehen. Mir ist es, ehrlich gesagt, auch lieber so. Ich finde es schon beschissen genug, dass sie an der Nadel hängt, da muss sie nicht auch noch mit einem Dealer zusammen sein.«

Zwei Jahre später erzählte mir Pfarrer Rudolf Jungwirth, Lore habe mir nicht zumuten wollen, zu einer heroinsüchtigen Frau zu stehen, die obendrein von der Polizei verdächtigt werde, Kontakt zu Terroristen zu haben. Anders als Hemma knüpfte Rudi den Entschluss, ein neues Leben zu beginnen, nicht an die Bedingung, seine anderen Beziehungen aufzugeben. Er hatte nichts gegen Illusionen und nichts gegen Seelenheroin, obwohl er kein Hopi-Medizinmann war, sondern ein katholischer Priester. Er besuchte Lore heimlich. Er hatte sie die ganze Zeit heimlich besucht. »Sie hat dich geliebt, Joel«, sagte er, »und sie liebt dich noch immer.«

»Aber ich liebe sie nicht«, sagte ich.

»Ihr seid alle gleich«, sagte er.

»Wen meinst du?«, fragte ich.

Cookie redete viel, philosophierte wie ein Rentner, hatte zu allem etwas zu sagen und wusste von fast gar nichts irgendetwas. Stofftanken bei ihm war eine Tortur. Seine Küche war dreckig. Ich wollte nichts angreifen. Ich wollte mich auf nichts setzen. Wenn ich ihn verließ, schleifte ich mit den Schuhsohlen über den Asphalt, damit nichts an mir haften blieb. Alles an ihm war gelb – sein Gesicht, seine Brille, seine Finger vom Nikotin, das Resopal auf seinem Küchentisch, die aufgerissenen Packerln mit den Spaghetti, seine Zähne.

Er zog sich aus dem Straßengeschäft zurück und überließ es ganz mir, die Drogen an den Verbraucher zu bringen. Er hatte ein neues Betätigungsfeld entdeckt, das lukrativer war, für ihn und in der Folge auch für mich. Er richtete sich in seiner Küche ein Labor ein, wo er das Kokain, das Heroin und das Morphium streckte. Auch dafür lieferte er eine Philosophie: Er wolle gegen Gier und Maßlosigkeit kämpfen. Er streckte mit allem, was weiß oder grau oder braun oder rosa war und nichts kostete und nicht unmittelbar zum Tode führte.

5

Als ausreichend reines Heroin galt laut Cookie, »wenn die Probe zu achtzig Prozent und weniger *nicht* aus Heroin besteht«. Das Gleiche sagte er über Kokain. Kokain war nicht besonders gefragt. Seine Zeit kam erst später. Musiker waren an einer Mischung interessiert, einem Morphkoks oder Speedball. So etwas war allerdings nicht billig. Gut gingen LSD und alle Arten von Speed, am besten die verschiedenen Cannabisprodukte. Marihuana brachte den meisten Profit, weil die größte Nachfrage bestand. Cookie baute das Gras selber an, und das erhöhte die Gewinnspanne wesentlich. Er zog bei sich zu Hause eine Zwischenwand ein, bestückte den Raum mit Wachstumslampen und Erdtöpfen und züchtete, wie er sagte, einen hohen THC-Gehalt in die Pflanzen ein, weswegen – das solle ich der Kundschaft zu bedenken geben – es besser sei, beim Fachmann zu kaufen, als selber anzubauen. Ich verstand nichts davon. Ich rauchte auch nichts mehr.

Insgesamt betreute ich achtzehn fixe Kunden und ein Dutzend wechselnde über die Stadt verstreut, vom Spittelberg zum Karlsplatz, vom Donaukanal zum Praterstern. Es waren sichere und ruhige Kunden, zuverlässige, keine verrückten Nadler, die mich heute überfielen und sich morgen wunderten, dass ich ihnen kein Dope mehr verkaufte. Die meisten hatte ich von meinem Vorgänger, einem ewigen Psychologiestudenten, geerbt, der für Cookie gelaufen war, weil er sich eine Elektrogitarre kaufen wollte und einen Verstärker und eine größere Box und ein besonders gutes Mikrophon und so weiter. Er lud mich zu sich ein, das Zimmer war voll mit E-Gitarren, Kabeln, Lautsprechern und Schlagzeugteilen. Er wohnte nicht weit von mir, in der Nacht hätten wir uns von Fenster zu Fenster brüllend unterhalten können. Diese Vorstellung fand er sehr komisch. Oftmals beendeten wir unsere Tour mit einem Whisky, er spielte mir auf einer der Gitarren vor. Ich sagte, das habe keinen Wert, ich verstünde nichts von Musik.

»Aber du magst Musik.«

»Nein.«

»Gar keine Musik?«

»Nein.«

»Wirklich gar keine Musik?«

Irgendwann hatte er genug von der Dealerei und wollte aussteigen, aus »Gewissensgründen«. Er habe als Zwanzigjähriger große Pläne für sein Leben entworfen, nun sei er achtundzwanzig und nichts davon habe er verwirklicht, er sei eine verachtenswerte Kreatur, die nur Leid über die Menschen bringe, eine verkrachte Existenz, ein Versager, die Songs von Bob Marley hätten ihm das klargemacht. Er hatte einen Ausschlag im Gesicht, der unter den Straßenlaternen aufblühte, als würden die Pusteln von innen beleuchtet, und weinte und schniefte vor sich hin. Er verabschiedete sich von seinen Kunden mit Kuss und Handschlag und pries mich als einen gütigen Menschen, der nicht nur am Profit interessiert sei, sondern am Wohlergehen seiner Kunden, mit mir könne man auch über andere Dinge reden. Ich wusste nicht, was er damit meinte. Vor Sonnenaufgang übergab er mir alles Gift, das er bei sich hatte – außer einem Briefchen Kokain, ein paar Löschblättern mit Acid und einer halben Handvoll Valium. Er wollte kein Geld von mir. Ich setzte mich auf eine Bank am Donaukanal und schaute in den Himmel, wo die Venus aufging und noch eine kleine Weile hatte, ehe ihr die Sonne den Glanz nahm.

Von politischen Aktivitäten meiner Kunden – wie Cookie angedeutet hatte – merkte ich nicht viel. Sie waren zwar alle gegen den Vietnamkrieg und gegen Gerald Ford; sie hörten Jimi Hendrix' *The Star-Spangled Banner*, wenn sie sich mein Marihuana reinzogen, und *Brown Sugar* von den Rolling Stones, wenn sie sich mein Heroin spritzten, aber dass sie in irgendwelchen linken Organisationen »klandestin« tätig waren, weswegen sie eine gewisse Aufmöbelung nötig hätten, davon habe ich nichts mitgekriegt, und ich bin sicher, sie hätten mir davon erzählt, die meisten von ihnen waren Plaudertaschen, die nicht aufhören konnten, sich selbst und jedem anderen ihre Existenz redend zu bestätigen. Ich schlug das Wort in einer Buchhandlung im Duden nach – es bedeutet: unbeobachtet, im Verborgenen, geheim. Ja, sie wollten nicht beobachtet werden, wenn ich ihnen das Brieflein zusteckte und sie mir das Geld, sie setzten sich die Pumpe im Verborgenen, und sie hielten es vor ihren Familien geheim, dass sie einen Großteil des Geldes, das ihnen monatlich überwiesen wurde, in Rauschgift investierten.

Politisch war nur einer von meinen Kunden. Und er nicht besonders. Das heißt, er war der Freund einer Politischen. Später erfuhr ich mehr.

Er war Italiener. Ich traf ihn regelmäßig in einem Café am Spittelberg, das bis zwei Uhr nachts offen hatte. Irgendwann rückte er heraus: Er brauche etwas Gutes. »Ho bisogno di qualcosa di buono.« Er konnte nur wenig Deutsch. Ich nützte jede Gelegenheit, mit ihm Italienisch zu sprechen: »Ho tante cose buone. Ich habe eine Menge guter Dinge.« Das war eine Freude für mich. Seit meiner Schweizer Zeit hatte ich meine Lieblingssprache nur im Radio gehört und den Moderatoren und Moderatorinnen der RAI nachgesprochen. »Da me riceverai il meglio. Von mir bekommst du das Beste.«

Er kaufte Haschisch und Gras und Valium und Captagon. Nichts von den harten Sachen. Heroin sei etwas für Idioten, sagte er, und Kokain etwas für Kapitalisten. Und für Musiker, sagte ich. Er sei weder das eine noch das andere, sagte er. Captagon war ein Amphetamin-Derivat und legal über Krankenschein erhältlich; die Ärzte verschrieben es nur ungern, ebenso wie Valium. Viel war damit nicht zu verdienen.

Bald trafen wir uns nicht nur nachts zur Übergabe und zum Bier, sondern auch am Tag zu einem Spaziergang durch den Prater mit Frisbeespielen auf der Wiese oder zum Schachspiel im Café oder zum Flippern oder zum Billard bei *George* in der Ungargasse. Er wäre für Moma ein Beweis gewesen, dass wir alle gleich aussahen. Er war etwa so groß wie ich, hatte dunkle Haare wie ich, ebenfalls lang bis auf die Brust, und einen dunklen Vollbart. Die Sommersprossen fehlten – jedenfalls an den Stellen, die sichtbar waren.

Mit ihm war gut spielen, er begriff, dass es nichts auf der Welt gab, das größere Ernsthaftigkeit erforderte als zu spielen. Normalerweise vermied ich es, mit meinen Kunden mehr als das Nötigste zu reden. Sie halten dich am Ärmel fest, und schon bist du mitten in ihrem Leben, wo du bestimmt nicht hinwolltest. Ihn mochte ich, er schüttete mich nicht mit Jammermüll zu. Wenn wir spielten, redeten wir nicht. Seine sanfte Gleichgültigkeit gefiel mir; wobei ich mit Gleichgültigkeit nicht Desinteresse meine, sondern das Gegenteil davon, nämlich die Gabe – ja, es ist ein Gabe, kein Bemühen kann es schaffen –, alles gleich gelten zu lassen, das heißt, auch sich selbst nicht über die Dinge zu erhöhen. Wer das kann, der kann spielen. Wir entdeckten in einem öffentlichen

Innenhof im 4. Bezirk eine Tischtennisplatte aus Beton, besorgten uns Schläger, Bälle und ein Netz. Bei den Angaben schauten wir einander in die Augen, außer Zahlen fielen keine Worte. Hinterher drückten wir uns kurz aneinander und gingen jeder in eine andere Richtung davon, und am nächsten Tag, ohne dass wir uns verabredet hätten, trafen wir uns wieder.

Er hieß Riccardo Fantoni, studierte Ingenieurswissenschaften an der TU, stammte aus Turin, war, wie er sich ausdrückte, ein Sohn der Arbeiterklasse – »un figlio del proletariato« – und mit einem Auslandsstipendium der Pellicano-Werke ausgestattet. Der Stoff, so vertraute er mir an, sei nicht für ihn, sondern für seine Freundin. Sie befinde sich mitten in ihrer Abschlussarbeit, sie studiere Politologie und brauche das Captagon für den Endspurt und das Gras und das Valium, um nach ihrem Sechzehnstundentag auf Speed schlafen zu können. Sie wolle so schnell wie möglich mit ihrem Studium fertig werden, um sich der Praxis zu stellen. Mehr erzählte er nicht von ihr.

Ich sagte: »Captagon ist großartig, Riccardo, dagegen kann niemand etwas einwenden. Aber es ist nicht das Beste. Angenommen, sie braucht *mit* Captagon zwei Monate, bis sie mit ihrer Arbeit fertig ist. Kann das sein?«

»Ein halbes Jahr. Ein halbes Jahr ist realistisch.«

Wir saßen zwischen dem Kunsthistorischen und dem Naturhistorischen Museum auf dem Sockel vom Maria-Theresia-Denkmal; im Park wuchsen die gleichen, zu Kugeln zurechtgeschnittenen Büsche wie vor zwanzig Jahren, als Moma, Opa, Mama, Papa und ich hier lagerten, Wurstsemmeln aßen und Coca-Cola tranken und uns auf eine Nacht im Freien einrichteten und über die Möglichkeiten debattierten, sich in einem Gefängnis der ÁVH das Leben zu nehmen, ehe Herr Dr. Martin kam und uns aus unserer Lage befreite und zu sich nach Hause führte.

»Nein«, sagte Riccardo, »realistisch ist ein Jahr. Allegra muss sich ja auch noch auf die mündlichen Prüfungen vorbereiten. Ein Jahr ist realistisch.«

»Also gut«, sagte ich, »angenommen, Allegra braucht *mit* Captagon *ein* Jahr bis zu ihrem Abschluss, dann habe ich etwas, damit braucht sie nur ein *halbes* Jahr.«

»Und was ist das?«

»La miglior droga del mondo! Es ist das Gleiche, das Hitler und Mussolini genommen haben und die Soldaten der deutschen Wehrmacht und das auch die GIs in Vietnam genommen haben, damit sie spielend zwei Tage und zwei Nächte wach bleiben konnten. Es ist das Beste, was es gibt.«

»Hitler? Mussolini? Die Amerikaner? Sei un fascista?«

»Ich? Ob ich ein Faschist bin? Ich? Mein Name ist Joel Spazierer. Glaubst du, jemand mit so einem Namen ist ein Faschist?«

Er wusste nicht recht, was ich meinte, aber er entschuldigte sich und kaufte mir vier Tabletten Pervitin ab. Eine fünfte gab ich ihm umsonst.

In derselben Nacht fand ich Cookie fix und fertig in seiner Küche vor. Er zitterte, das Schwarze in seinen Augen war wie ein Stecknadelkopf so klein. Ich glaubte, er habe eine Überdosis gezogen. Er rauchte zwei Bidis gleichzeitig und fragte mich, ob ich an Gott glaubte. Er glaube nämlich ab heute an ihn, ab heute 23 Uhr 37 glaube er an Gott. Wir hätten eine unbeschreibliche Sau gehabt, wir beide, erklärte er mir und drückte mich an seine stinkende Brust, oder aber Gott habe die Hand über uns gehalten. Er glaube letzteres, seit heute 23 Uhr 37 glaube er, Gott halte die Hand über uns beide. Er habe Gustel (einen befreundeten Dealer) getroffen. Zwei seiner Fixer seien heute Nachmittag an seinem Stoff krepiert und eine Fixerin liege im Koma. Und warum? Überdosis. Weil der Stoff zu rein gewesen sei. Und Gustels Stoff sei weniger rein als unserer! Inzwischen enthalte ein Schuss maximal zehn Prozent Heroin, das sei Gülle. Die Zeiten hätten sich in kürzester Zeit um das Doppelte verschlechtert, die Moral sei um die Hälfte eingebrochen. Ich solle ihm auf der Stelle alles Heroin zurückgeben, er müsse es behandeln. Sein Gewissen befehle ihm, den Stoff um das Doppelte zu strecken. Der Preis pro Gramm bleibe natürlich der gleiche. Er habe schließlich Lores Entzug zu finanzieren. Er habe sie nach Kalksburg gebracht, persönlich, so etwas müsse professionell durchgezogen werden, er könne das nicht, er sei zu sensibel, um zuzusehen, wie seine Schwester auf dem Affen reite. Sie habe angefangen, sich in die Halsschlagader zu fixen, weil die Venen an ihren Armen inzwischen alle verholzt seien und die Wirkung auf dem Weg von Hals zu

Hirn nicht so krass abnehme wie von Arm zu Hirn. Ohne ihn hätte sie den Herbst nicht überlebt. Er habe immer dafür gesorgt, dass sie den besten Stoff bekomme. Reines Heroin, das sei nachgewiesen, schade keinem Organ. Aber reines Heroin sei nicht zu bekommen. Außerdem wisse heute kein Mensch mehr, wie reines Heroin zu dosieren sei, nicht einmal die Ärzte. Er besuche sie regelmäßig. Ob er ihr schöne Grüße von mir ausrichten solle.

»Das wird ihrer Genesung nicht förderlich sein«, sagte ich.

»Da könntest du recht haben«, sagte er.

Ich dürfe aber um Gottes willen nicht herumerzählen, dass er ab heute 23 Uhr 37 an Gott glaube. Das würde wiederum dem Geschäft nicht förderlich sein.

»Ich werde es nicht herumerzählen«, sagte ich.

In meinem Zimmer im Heim nahm ich das Rohr, in dem ich meinen Pass und meine Papiere versteckt hatte und wo ich nun auch mein Geld aufbewahrte, unter dem Waschbecken hervor, setzte mich mit einer Tasse Tee ins Bett und glättete und zählte die Scheine. Ich hatte nichts von dem Drogengeld ausgegeben. Ich besaß hundertvierundsechzigtausend Schilling. Ich schob das Geld in das Rohr zurück. Am nächsten Tag lötete ich es mit Blechscheiben zu und vergrub es im Augarten in der Nähe des Flakturms. Die Stelle bezeichnete ich genau in meinem Heft, verwendete dafür aber Umschreibungen, mit denen ein Unbefugter nichts würde anfangen können.

Ich beschloss, mit der Dealerei aufzuhören. Vor drei Jahren und fünf Monaten war ich aus dem Gefängnis entlassen worden. Birken färben ihr Laub im Herbst auf eigentümliche Weise. Zwischen frühlingshaft grünen tauchen von einem Tag auf den anderen gelbe Blätter auf, manche so hell, dass sie vor dem Hintergrund des Abends weiß erscheinen. Stamm und Äste präsentieren ihr Schwarzweiß in schärferem Kontrast als zu den anderen Jahreszeiten. Die Blätter fallen, die feinen Zweige werden sichtbar, dadurch wirkt der Baum zarter, zugleich wegen der Verästelung widerstandsfähiger selbst als die Eiche, die rasch zu altern scheint, weil sie sich der welken und dürren Blätter nicht entledigt, sondern sie wie Schuppen runzeliger Haut über den Winter behält. Auf die herbstliche Pracht der Birke hatte ich mich während dieses Sommers gefreut und auch während des Sommers davor. Auf dem

Heimweg vom Augarten dachte ich ans Gefängnis, an meine tägliche halbe Stunde, die ich hinter dem Fünfertrakt verbringen durfte. Dort war neben der Gefängnismauer eine Birke gewachsen. Sie war jung gewesen, und ich hatte gedacht, welche Verfärbungen würde sie wohl als ausgewachsener Baum vorzuzeigen haben, und wie würde der Teppich aus Gold und Gelb um sie herum aussehen, wenn sie alle ihre Blätter abgeworfen hätte. Und hinter der Mauer, drüben in der Freiheit, war eine Pappel gewachsen, und einmal, es war Anfang November gewesen, saß ich im Nebel, an die Wand des Fünfertrakts gelehnt, aber der Nebel war erst dünn und lag tief, die Krone der Pappel ragte über ihn hinaus und wurde von der untergehenden Sonne beschienen und schimmerte golden durch den sich verdichtenden Schleier. Ich wusste, ich würde diesen Augenblick nie vergessen. Vor meinem Fenster im Heim stand eine ausgewachsene Birke, und nun war ich drüben in der Freiheit und hätte sie betrachten dürfen, solange ich wollte, nicht nur eine halbe Stunde am Tag, aber ich habe es verabsäumt; ich habe es verabsäumt, ihr zuzusehen, wie sie sich in den Winter wandelte, nicht in diesem Herbst hatte ich ihr zugesehen und nicht im vorangegangenen. Das warf ich mir vor. Was, dachte ich, wenn ich vor dem nächsten Herbst sterbe?

6

Apropos Gott.

Ernst Koch – so hieß jener Student und angehende Jesuit, der ein berühmter Moraltheologe werden wollte (nicht, dass ich mit ihm den engsten Kontakt im Heim gehabt hätte; ich erzähle von ihm und setze seinen Namen kursiv, weil er über eine längere Zeit meines Lebens von Bedeutung für mich sein würde) – zitierte C.G. Jung. In einem Radiointerview soll dieser gesagt haben, er habe es nicht nötig, an Gott zu *glauben*, er *wisse* es. Das gefiel mir. Ich sagte: »Mir geht es genauso. Ich glaube nicht, aber ich weiß, dass es ihn gibt.«

Die Theologen verstanden mich falsch: Sie meinten, ich hätte C.G. Jung falsch verstanden.

Wir saßen in der unteren Küche des Heims. Einer hatte ein Erdäpfelgulasch gekocht, sehr lecker, halb Frankfurter, halb gut gewürzte Schweinswürste, Zwiebeln, speckige Kipflerkartoffeln, alles scharf angebraten und mit Suppe und einem Schuss Essig abgelöscht, ordentlich süßes und scharfes Paprikapulver dazu und Pfeffer, Salz und Lorbeerblätter, das Ganze zwanzig Minuten bei kleiner Flamme gekocht, am Schluss Kümmel darübergestreut – ein Rezept seiner Mutter, einen hohen Kompanietopf voll, ich habe drei Teller gegessen. Dazu haben wir Weizenbier der Marke *Schneider Weiße* getrunken, drei Kästen hatte der Sekretär des Erzbischofs, ein Bayer aus Passau, spendiert. Es war der 20. Mai 1978, Joel Spazierers Geburtstag, er wurde neunundzwanzig Jahre alt.

Ich habe zwei Bücher geschenkt bekommen – *Die offenen Adern Lateinamerikas* von Eduardo Galeano und den *Sonnengesang* des heiligen Franz von Assisi, einen schmalen Band mit Holzschnitten; außerdem eine Krawatte, eine Teetasse mit meinem aufgemalten Namen, eine Mundharmonika, Hauspatschen aus Filz, von der Mutter jenes Studenten genäht, der für mich das Gulasch gekocht hatte, mit einem Brief, in dem sie sich bei mir für den guten Einfluss bedankte, den ich auf ihren Sohn ausübte; weiters zwei Flaschen Wein und eine Flasche Bauernschnaps. Ernst Koch schenkte mir ein Medaillon zum Aufklappen, in dem sich eine Miniatur vom heiligen Antonius von Padua befand (dem einzigen Heiligen, wie er mir später gestand, der je auf seine Bitten reagiert habe, allerdings auf *jede* seiner Bitten und *prompt*, weswegen er ihm fast ein wenig unheimlich sei, denn schließlich heiße es ja von Satan, er erhöre jeden ernst gemeinten Ruf, und zwar sofort).

Mein Kommentar zu C. G. Jung löste eine heftige Diskussion aus. Es könne nicht sein, dass der Mensch etwas wisse, es aber nicht glaube, hieß es. Wenn man etwas wisse, bedeute das im Letzten, dass es bewiesen sei – was dann der Glaube noch für eine Rolle spiele. Worauf ich antwortete: Wer so spreche, demonstriere nur, wie wenig Kraft er dem Glauben zubillige; wenn jemand die Kraft habe, etwas zu glauben, *was er nicht wisse*, müsse er auch die Kraft haben, etwas *nicht* zu glauben, *was er wisse*.

»Willst du uns ein Beispiel nennen?«, fragte einer.

Ich tat, als würde ich nachdenken, und nickte und sagte dann: »Das will ich. Jeder von uns, die wir hier sitzen, *weiß*, dass unser Universum vor etwa zwölf Milliarden Jahren im Urknall – oder wie ihr es nennt: im Schöpfungsakt – entstanden ist. Alles, was es gibt – dieser Tisch, diese Sessel, die Häuser der Stadt, die Planeten, die Sonne, die hundert Milliarden Milchstraßen, jede angefüllt mit hundert Milliarden Sternen und einem schwarzen Loch in der Mitte, das wiederum eine Masse von Millionen bis Milliarden Sternen festhält – dies alles war beim Urknall zusammengepresst zu einem Kügelchen von einem Quadrilliardstel Millimeter Durchmesser, das ist eine Eins mit dreißig Nullen unter dem Bruchstrich. Das *weiß* ich. Aber ich *glaube* es nicht.« Und mit einer Prise Verzweiflung in der Stimme konkretisierte ich: »Ich kann es nicht glauben!« Und zu guter Letzt zitierte ich Meister Eckhart, tat aber so, als wäre es von mir: »Unter der Erde versteht man die Finsternis, unter dem Himmel das Licht.«

Sie waren erschüttert. Vier Streichhölzer wurden gleichzeitig angerissen, als ich mir eine Zigarette zwischen die Lippen steckte.

Damit war Ernst Koch und seinem C.G. Jung die Show gestohlen. Das Gegenteil hatte ich beabsichtigt. Er litt darunter, dass ihm zu wenig Anerkennung zuteilwurde. Er glaubte, dass eine große Zukunft als Moraltheologe für ihn möglich wäre, wenn er es nur geschickt anstellte, und fürchtete, er könne sich diese Zukunft durch Ungeschicklichkeit in der Selbstvermarktung vermasseln. Er hatte nicht die geringste Vorstellung, wie die Selbstvermarktung eines Theologen aussehen könnte, und auch nur ein diffuses Bild davon, was man sich unter einem *berühmten* Moraltheologen vorstellen dürfe, war aber voll Ehrgeiz und bereit, im Dienst seiner Karriere Methoden anzuwenden, die von seiner eigenen Disziplin mit himmlischem Donner verurteilt würden. Nur: Er kannte keine solchen Methoden. Und weil er – wenigstens – ahnte, dass ich »mit anderen Wassern gewaschen« sei (er hatte mich einmal auf den Kopf zu gefragt, ob dieser Ausdruck auf mich zuträfe, und ich hatte ihn gerade angesehen und gesagt: »Ja.«), schloss er sich mir an und fragte mich um Rat bei den diversen Intrigen, die, wie er sich einbildete, gegen ihn gesponnen würden oder die er selbst spinnen wollte. Sein Gegner war der zweite Anwärter auf den Eintritt in den Jesuitenorden, der Dogmatiker – ich nenne ihn so, weil ich seinen Namen vergessen habe. Wobei ich sagen müsste: sein virtueller Gegner. Dieser Ausdruck wurde damals noch nicht verwendet, er trifft die

Beschreibung dieses Kampfes aber genau. Ernst Koch hatte eine Neigung zum Monologisieren. Wenn er mich in meinem Zimmer besuchte, ging er die vier Meter auf und ab, defilierte zwischen meinem Bett und dem Waschbecken vorbei und redete vor sich hin. Monologisieren ist nicht richtig: Er führte einen Dialog, ein Streitgespräch zwischen ihm selbst und dem Dogmatiker, und es war faszinierend zuzuhören, weil nämlich nicht festgelegt war, wer diesen Streit gewinnen würde; seine Redekunst ließ keinen Bluff zu, sie war eine echte Kunst, und sie zwang ihn, fair zu sein; wenn der Dogmatiker am Wort war, strengte er sich nicht weniger an, als wenn er selbst dagegenhielt. Der Mann hat sich auf diese Dialoge vorbereitet! Er hat Argumente gesammelt für die Rede des einen und für die Rede des anderen; er war außer sich, wenn er eine elegante Wendung für den Dogmatiker fand, und hat, anstatt sie einfach zu ignorieren, in blinder Wut die Bibel blutig geblättert, um darin einen Hammer zu entdecken, mit dem er die – fiktive! – Rhetorik seinen Gegners ein für alle Mal vernichten könnte. Ich habe bei diesen Gelegenheiten eine Menge komischer Sachen gelernt, zum Beispiel, dass sich im Mittelalter die klügsten Köpfe fast tausend Jahre lang darüber gestritten haben, ob die Idee eines Dinges – eines Tisches, eines Sessels, der Häuser der Stadt, aber auch die Idee der Liebe oder die Idee der göttlichen Dreifaltigkeit – ebenso tatsächlich, also mit Händen greifbar und abwägbar, unabhängig vom Menschen existiere wie das reale Ding selbst (wenn es denn real war) oder ob es sich bei der Idee bloß um den Namen dieses Dings handle, den man weder angreifen noch auf eine Waage legen könne und den es ohne den Menschen, der ihn ausgedacht habe, nicht gebe. Die eine Schule nenne man die »Realisten«, die andere die »Nominalisten«. Ernst Koch war Nominalist, er meinte, sein Zorn zum Beispiel liege *nicht* irgendwo im metaphysischen Raum als tatsächlicher Gegenstand herum; der Dogmatiker dagegen war Realist, für ihn waren die Ideen wirklicher sogar als die wirklichen Dinge. In einer großartigen – fiktiven – Wechselrede führte mich Ernst Koch in den scholastischen Universalienstreit ein.

In der realen Konfrontation mit dem Dogmatiker verkrampfte er sich, verhaspelte sich und war voll Hass, den man ihm obendrein im Gesicht ansah. Ich tröstete ihn, indem ich ihm versicherte, der Dogmatiker könne ihn genauso wenig leiden wie er den Dogmatiker. Aber es war kein ausreichender Trost, denn auch hier zeigte der Dogmatiker seine Überlegenheit, weil er sich, wenn es tatsächlich so war, jedenfalls nicht anmerken ließ, dass er etwas gegen den Moraltheologen hatte, er war immer sachlich und höflich gewesen – beides allerdings auf eine schwer nachweisbare herablassende Art.

Bei meinem Geburtstag wollte ich Ernst Koch eine Möglichkeit verschaffen, sein rhetorisches Talent auszubreiten, und fragte ihn deshalb coram publico, ob er *wisse*, dass es den Gott gebe.

Er wurde rot im Gesicht und antwortete leise: »Nein, ich *weiß* es nicht, Joel. Ich *glaube*. Ich glaube es mit meiner ganzen Kraft. Und ich bete jeden Tag um diese Kraft. Aber *wissen*, nein, *wissen* tu ich es nicht …«

Während meiner Frage hatte der Dogmatiker die Küche betreten. In der Hand hielt er einen Blumentopf mit einer Bonsai-Eiche, darum herum gelbes Krepppapier.

»Mein verehrter Spazierer«, rief er mir entgegen, »da bin ich ja im rechten Moment gekommen. Alles Gute zum Geburtstag! Sie erwähnten einmal, dass Sie die Pflanzen, insbesondere die Bäume, lieben, was, zugegeben, das Misstrauen des Theologen weckt, argwöhnt er hinter solcher Passion doch den Pantheisten.« Und mit einem Blick – nicht auf Ernst Koch, sondern auf das Medaillon mit dem heiligen Antonius von Padua: »Nun, mein Bäumchen können Sie sich zwar nicht um den Hals hängen, und Gebete erhört es auch nicht. Aber egal, wohin Sie das Leben führt, mein Lieber, zwei Handbreit Platz werden Sie wohl immer besitzen. Das Bäumchen ist ein Wunder, es braucht nur ein paar Tropfen Wasser täglich und, wie mir versichert wurde, ein bissel Liebe. Auch die lässt sich wohl überall auftreiben. Und nun gleich in medias res: Die Existenz Gottes ist natürlich längst bewiesen; und das nicht mit Hilfe von ekstatischen Visionen und Offenbarungen, die unbestreitbar wunderbar und für den, dem sie geschenkt werden, das größte nur denkbare Glück darstellen; auch nicht mit Hilfe von Schönheit und Pracht der Natur und des Universums, wie uns die Pantheisten« – dabei drohte er mir spaßig mit dem Zeigefinger – »schmackhaft machen wollen; auch nicht als Folge der ansonsten vernünftigen Abschätzung, es sei eher möglich, dass ein Wirbelsturm, der über einen Schrottplatz tobt, die herumliegenden Trümmer zu einem Traktor samt

Bauer zusammensetze, als dass ein so komplexes Gebilde wie das Universum zufällig entstanden sei – nein, ich sage: Die Existenz Gottes wurde *logisch* bewiesen, *a priori*, und meine damit schlicht und einfach: Gott *ist*, wie eins und eins zwei *ist*.«

Er war in allem Ernst Koch konträr: Er war klein, dick, feistgesichtig, obwohl mit eingesunkenen Schläfen, hatte mit seinen neunundzwanzig Jahren bereits eine Glatze, fürchtete sich vor nichts, zweifelte weder an sich selbst noch an seiner Kirche und war nicht weniger eloquent als der Moraltheologe, wenn dieser allein in seinem Zimmer oder vor mir in meinem Zimmer auf und ab ging, nur dass sein Redetalent durch ein größeres Publikum nicht gehemmt, sondern sogar stimuliert wurde. Wahrhaftig, er quietschte vor Originalität! Mir fiel ein, was Ernst Koch einmal zu mir gesagt hatte: Der Dogmatiker *sei* nicht der Teufel, aber er habe ihn *in sich* und wahrscheinlich nicht nur einen von der Sorte, sondern eine Schar davon, sein Wissen auf den verschiedensten Gebieten, nicht nur der Theologie, sei so umfassend, dass als Erklärung nur hinreiche, Satan habe ihm als Gegengeschäft ein Heer von Zuträgern zur Verfügung gestellt. Aber doch nicht etwa ein paar Tausend wie bei Markus 5,1–20, fragte ich. Da war der Moraltheologe Ernst Koch sehr erschrocken. Er habe bitte nur einen Witz gemacht, stammelte er.

Ob ich, fragte mich der Dogmatiker mit einer Verbeugung, die seine Hosenbeine lüpfte und schwarz-grüne Kniestrümpfe sehen ließ, ob ich, gleichsam als zusätzliche Schleife um sein Geburtstagsgeschenk, den Gottesbeweis des heiligen Anselm von Canterbury hören wolle. Er wisse natürlich, dass der heilige Thomas von Aquino seine Bedenken gehabt habe, aber ein Bedenken sei keine Widerlegung, und die sogenannte Widerlegung des Immanuel Kant dürfe dem Theologen nicht mehr gelten als ein Rattendreck, denn dessen *Kritik der reinen Vernunft*, worin er sich an Anselms Beweis vergreife, stehe bekanntlich bis heute auf dem *Index Librorum Prohibitorum*.

Es waren nicht genügend Sessel vorhanden. Um genau zu sein, zwei fehlten. Der Dogmatiker, der es vorzog, beim Referieren zu stehen und seinen Oberkörper vor- und zurückzubiegen, gab seinen Sessel frei – und ich bot mich an, auf dem Boden zu sitzen.

»Uhhhhh!«, rief der Dogmatiker als Beginn seiner Rede, hob die

Arme und verdrehte die Augen, klatschte in die Hände und lachte uns aus. »Ich lache euch aus«, rief er. »Und wisst ihr warum?«

»Sag es uns! Sag es uns!«

»Weil ihr ein Haufen Thomasse seid. Weil ihr nichts glaubt, außer es ist logisch. Hab ich recht? Ich habe recht. Die Logik ist die große Möglichkeit für den Menschen, zum Glück zu gelangen, sagt Averroes, den wir getrost gelten lassen dürfen. Sie gibt dem Denken und der Wahrheit ein Gesetz.«

Ich saß im Eck, mein Blick auf den Dogmatiker war von den Weißbierflaschen verstellt, die auf dem Tisch standen, so dass ich sein Gesicht durch das Glas hindurch in wandelnder Verzerrung und wandelnder Farbe wahrnahm.

»Stellen wir uns zunächst auf die Seite des Atheisten«, hob er an. »Sie lachen, meine Herren? Warum lachen Sie? Wo bittschön steht geschrieben, dass es in einem Priesterseminar keine Atheisten gibt? Jetzt lachen Sie noch mehr, wie schön. Miteinander reden und lachen, sich gegenseitig Gefälligkeiten erweisen, zusammen schöne Bücher lesen, sich necken dabei, aber auch sich Achtung erweisen, mitunter auch streiten – das alles seien Zeichen der Liebe, sagt der heilige Augustinus. Nun, Anselm erzählt uns also von einem Atheisten, einem Narren, der Gott leugnet. Dieser Tor sagt: ›Gott ist das, worüber hinaus nichts Größeres gedacht werden kann. Das heißt, Gott existiert, aber er existiert nur im Verstand und nicht in der Wirklichkeit. Also existiert er nicht.‹ So behauptet unser Atheist.«

In der Ecke, wo ich saß, verliefen die Heizungsrohre nach oben, in ihnen gurgelte das Wasser, als steige es aus einer Zisterne, und das Geräusch mischte sich mit der Stimme des Dogmatikers, so dass sie bald nicht mehr als die seine zu erkennen war.

»Der Satan«, übernahm nun diese Stimme die Rede, und es war ohne jeden Zweifel die Stimme von Major György Hajós, »der Satan aber ist dasjenige, unter das nichts Niedrigeres gedacht werden kann.« Und trotz der Verzerrung durch die Weißbierflaschen konnte ich das Gesicht vom Adlatus Niculin Beeli identifizieren, das sich über das Gesicht des Dogmatikers schob. »Heißt das, dieses Niedrigste des Niedrigen existiert nicht in Wirklichkeit, sondern nur in unserem Verstand? O nein! Denn unsere Gedanken sind mächtig, und weil sie mächtig sind, sind wir in der Lage, etwas zu denken, das noch niedriger ist als das, was nur in unserem Verstand existiert. Wir können denken, dass dieses Niedrigste des Niedrigen, eben Satan, in der Wirklichkeit existiert. Wenn aber etwas gedacht werden kann, das niedriger ist als das, unter das nichts Niedrigeres gedacht werden kann, dann ist das, unter das nichts Niedrigeres gedacht werden kann, etwas, unter das eben doch etwas Niedrigeres gedacht werden kann. Daher: Dasjenige, unter das nichts Niedrigeres gedacht werden kann, ohne jeden Zweifel Satan, existiert in Wirklichkeit und nicht nur in unserer Phantasie. Das aber heißt …« – an dieser Stelle erhob ich mich und setzte mich auf die Tischkante und blickte nahe ins Gesicht des Dogmatikers, der nun wieder aus seinem eigenen Gesicht und mit seiner eigenen Stimme und nur noch zu mir sprach – »… das aber heißt, Gott *ist*, wie eins und eins zwei *ist*.«

Er gab Zeichen, damit einer einen Sessel für ihn frei gebe, sank darauf nieder, wischte sich mit dem Handrücken die Stirn, so dass ihm der Schweiß über den Daumenballen und den Puls in den Ärmel floss, und fand unter Seufzern den Abschluss, wobei er sich wieder nur an mich wandte, als wäre ich der einzige Mensch in diesem Raum, der bei ihm genügend Wertschätzung genoss, um aus den logischen Schlüssen auch die theologische Folgerung zu hören: »Dazu braucht Anselm keine Natur, kein Universum, keine Vision, keine Offenbarung, keinen Kirchenvater, nicht einmal das Evangelium, sondern bloß ein bissel von der Logik. Diese steht nun wirklich jedem zur Verfügung, einem Bantu-Neger, der nie ein Buch gelesen, genauso wie einem Eskimo, der nie in seinem Leben einen Baum gesehen, oder einem Blinden, der nie in die Sterne geblickt hat. So einfach und gerecht macht's uns Gott. Amen. Jetzt Sie, Spazierer!«

Aber Ernst Koch ließ mich nicht zu Wort kommen. »Und wo kommt die Liebe vor?«, rief er und stellte sich vor den Dogmatiker, und seine Stimme zitterte. »Wo, Herr Magister, wo kommt in Ihrer Welt die Liebe vor? Diese Frage ist offen.«

Und was antwortete dieser? Er wischte sich noch einmal über die Stirn. »Mensch, Koch«, seufzte er, »nehmen Sie sich zusammen! Sie machen sich lächerlich.«

»Nein, nicht mehr!«, beharrte der Moraltheologe. »Ich will die großen Fragen stellen. Ich will keine Angst mehr haben, vor nichts und niemandem. Ich bin frei! Ich bin endlich befreit! Wie ist er? Wie tritt er uns gegenüber? Ich will es endlich wissen! Ich nehme gern in Kauf, in der Logik unterlegen zu sein. Aber in der Liebe will ich nicht verlieren. Ich möchte gern der Dumme sein, wenn ich geliebt werde. Gottes geliebtes Kind will ich sein.«

»Und wo, glauben Sie, begegnen Sie ihm?«

Ich hätte ihnen antworten können, dem Dogmatiker und dem Moraltheologen und den anderen Studenten: Man begegnet dem Gott unerwartet nachts unter einer Laterne. Sie hätten gefragt: Erkennt man ihn? Ich hätte geantwortet: Sofort erkennt man ihn. Sie hätten gefragt: Woran? An ihm selbst, hätte ich sie belehrt.

7

In den folgenden Nächten sah ich die beiden Asmodis auf dem Nachhauseweg vom Spittelberg an Ecken stehen. Oder sie lehnten an einer Hauswand, zeigten mir den Rücken, und erst wenn ich auf ihrer Höhe war, wandten sie mir ihre Gesichter zu, und ich erkannte das offene, fromme Lachen von Major Hajós und das verkrampft bittere Maul vom Adlatus Niculin Beeli. Ein anderes Mal stand Major Hajós auf den Schultern des Adlatus und hatte einen langen, schottisch karierten Mantel über wie die Stelzengeher in einem Zirkus, und der Adlatus streckte seine Schnauze zwischen zwei Knöpfen heraus und die Hände aus den beiden nächstunteren Lücken. Oder sie begleiteten mich ein Stück, indem sie neben mir ein Rad nach dem anderen schlugen, Major Hajós rechts, der Adlatus links, ich dazwischen mit ausgebreiteten Armen. In der vierten Nacht hüpften sie vor mir her, als hätten sie Sprungfedern in den Sohlen, und ich fragte sie: Seid ihr etwas, das man darf fragen? Das sind wir, antworteten sie. Da sagte ich zu ihnen: Ihr erfreut mich. Ihr macht mir das Leben schöner. Ich hoffe am Tag, euch des Nachts zu treffen. Ein Heimweg ohne euch wäre langweilig. Leider kann ich nicht mit euch spielen. Wollt ihr mir das glauben? – Sie entgegneten: Glauben tun wir das. Aber mit wem willst du denn sonst spielen? Du hast niemanden mehr. – Ich suche mir wieder jemanden, sagte ich, das wird nicht so schwer sein. – Das ist das Schwerste überhaupt, gaben sie zu bedenken, und ihre Stimmen waren aufgeregt und klangen besorgt, sie blickten einander an und nickten: Das Schwerste überhaupt. Weißt du das denn nicht? – Ich glaube sogar, sagte ich, ich möchte gar niemanden zum Spielen mehr. Ich möchte nicht mehr spielen. – Nicht mehr? Was denn sonst? Was soll das heißen? Was willst du denn sonst tun? – Ich bin neunundzwanzig Jahre alt, sagte ich, und habe mich noch nie verliebt. Es muss schön sein, sich zu verlieben. – Du bist neunundzwanzig Jahre alt, und du hast dich noch nie verliebt, sagten sie, und erst jetzt fiel mir auf, dass sie gleichzeitig dasselbe sagten, oder nicht ganz gleichzeitig, der Adlatus sprach Major Hajós um ein weniges hinterher, wie ich es tat, wenn ich am Radio meine fremden Sprachen übte. Du hast dich bisher nicht verliebt, und du wirst dich auch weiterhin nicht verlieben, du musst einsehen, dass es für dich zu spät dafür ist. – Und warum ist es zu spät für mich? – Weil du dich für die Freiheit entschieden hast. – Wann habe ich mich dafür entschieden, fragte ich. Ich kann mich nicht erinnern. – Du weiß ja gar nicht, was Liebe heißt, kicherten sie, du würdest es ja nicht einmal merken, wenn du dich verliebst. – Das ist nicht wahr, empörte ich mich, ich weiß es wohl! Ich habe gesehen, wie sich Mama in Papa verliebt hat. Ich habe gesehen, wie sich Moma in Herrn Dr. Martin verliebt hat, und ich habe gesehen, wie sich Moma im *Café Landtmann* in mich verliebt hat, weil sie mich für einen anderen gehalten hat. – Aber das gilt doch alles nicht, riefen sie, das ist doch alles anderen passiert und nicht dir! Dir wird dieses Glück nicht passieren, niemals! Und ist es wirklich ein Glück? Schau ihm nicht nach! Schon ist es um die Ecke. Spiel mit uns! Wir sind immer da. Wir verlassen dich nicht. Wenn du an etwas Not hast, musst du nur pfeifen. Steck zwei Finger in den Mund und pfeife, dann kommen wir. Wir können dich berühmt machen. Wir können veranlassen, dass man dich auf Schultern trägt. Wärst du daran interessiert? Wir könnten Manipulationen vornehmen, in deren Folge die Menschen all ihre Hoffnungen in dich setzen. Wäre das nach deinem Geschmack? Wir könnten dir Worte in den Mund legen, die deine Zuhörer erschüttern und bezaubern in einem, so dass sie in sich blicken und den Kopf schütteln und einander zuraunen, so hätten sie die Sache noch nicht betrachtet. Ist das ein Angebot? – Ich möchte trotzdem nicht mit euch spielen, sagte ich. Da schrumpften sie seufzend zu Katz und Marder zusammen, die liefen hinter mir her, bis ich vor dem Erzbischöflichen Priesterseminar in der Boltzmanngasse ankam und den schweren eisernen Schlüssel ins Schloss steckte und mit so viel Kraft umdrehte, dass es im Gemäuer krachte bis hinauf unters Dach zu den schlafenden Tauben und hinunter in den Keller zu den schlafenden Mäusen. Das Rotkehlchen aber war schon wach und begrüßte mich.

Ich war zum Nachtmenschen geworden. Nie legte ich mich vor vier Uhr ins Bett. Ich erinnerte mich der nächtlichen Spaziergänge als Siebenjähriger, wenn ich meinen Hurendienst abgeleistet hatte und nicht nach Hause wollte, weil ich noch die Penisse vor mir sah, wenn ich die Augen schloss, und ich mich, ehe ich zu Bett ging, ein bisschen mit ihnen unterhalten wollte, die meine Freunde waren und im Grunde nichts zu schaffen hatten mit diesen Männern.

Ich lockte den Kater zu mir, hielt ihm die Faust hin, und er boxte mit dem Kopf dagegen. Ich hob ihn auf meinen Arm und nahm ihn mit zu mir in mein Zimmer. Ich öffnete das Fenster, damit er nach Belieben kommen und gehen konnte.

Der Kater und ich, wir wärmten einander über den Winter. Und ich lernte seine Sprache.

Im Frühling wechselte ich vom Spittelberg hinüber in den 2. Bezirk; der war zu jener Zeit ziemlich heruntergekommen, und in den Beisln hielten sich in der Nacht keine Studenten auf, sondern Huren, Zuhälter, Spieler, Säufer, Schläger und Angestellte oder Besitzer von Geisterbahn, Achterbahn, Hippodrom, Autodrom, Schießbuden und Zuckerwatteständen vom Wurstelprater. Die Katze begleitete mich ein Stück, blieb stehen und miaute leise. Und sah mich an. Ich dachte, sie will mich warnen. Ich dachte, sie halte es für besser, wenn ich nicht weiterginge. Als begänne hier ein unheimliches Revier und eine Zukunft, die betreten zu haben mir irgendwann leid tue. Ich strich ihr über den Kopf und kraulte sie am Kinn und sagte, ich würde mich auskennen, sie brauche sich nicht zu sorgen. Sie erhob sich auf ihre Hinterbeine, breitete die Vorderbeine aus, als wolle sie mit mir tanzen, drehte sich einmal um ihre eigene Achse, so dass ihr rotes Halstuch wippte, drückte mir ein Auge und ging wieder nieder und verschwand. Der Marder löste sie ab, er lief nun vor mir her. Wenn ich stehen blieb, blieb er ebenfalls stehen. Er neigte den Kopf zur Seite, spähte nach mir und rieb sich die Stiefelchen. Drohte mir eine Gefahr, dachte ich, so würde mir seine Familie zu Hilfe kommen, aus der ganzen Welt würden sie anreisen, im Flugzeug, im Schiff, in der Eisenbahn, aus Ungarn und Kanada, wenn es sein musste. Von nun an begleitete er mich durch die Nacht. Mardersprache lernte ich auch.

Das *Nachtcafé Vera* in der Nähe vom Prater gefiel mir besonders gut. Es roch nach einer Mischung aus Bierdunst, Zigarettenrauch, angebranntem Pfeffer, Pissoir und Bohnerwachs. Zwei Billardtische standen hier und ein Flipperautomat und ein paar einarmige Banditen. Ich wurde zum Stoßspiel und zum Pokern eingeladen. Zum Schach bald nicht mehr, weil ich immer gewann. Quique Jiménez hatte gute Erziehungsarbeit geleistet. Ein kleines Taschengeld verdiente ich mir dennoch. Ich wurde nicht gefragt, wer ich bin, woher ich komme, was ich bei Tag treibe, womit ich mein Geld verdiene, wo ich wohne. Ich sagte, mein Name sei Joel, und sie nannten mich Joe.

Einer der Schachspieler, wegen seiner Frisur Mecki genannt, gekleidet wie aus dem Büchschen, Anzug mit Weste, in süßem Rasierwasser dünstend, war anhänglich, wollte mein Freund sein; auch er fragte mich immer wieder, ob ich an etwas Not habe. Er hielt mich für traurig.

»Was meinst du, was mir fehlt?«, fragte ich ihn.

»Eine Handvoll Hilfe hat jeder nötig.«

»Drogen? Ich nehme keine Drogen.«

»Kein Wort weiter! Wer Hilfe nötig hat, weiß, dass er Hilfe nötig hat, und er weiß auch, welche Hilfe er nötig hat. Und vielleicht hast du ja schon jemanden, der dir hilft. A boy's best friend is his mother.«

»Verrat's mir, komm, Mecki«, neckte ich. »Was für eine Hilfe könntest du mir geben?«

»Wenn du eine Braut brauchst. Nur ein Beispiel.«

»Und weiter?«

»Oder wenn du eine Braut nicht mehr brauchst.«

»Und noch?«

»Weißt du eigentlich, wie viele Neger in Wien leben? Mehr! Viel mehr! Die drängen aus dem schwarzen Kontinent herauf, ficken unsere Frauen, schlagen unsere Männer mit ihren Riesenschwänzen tot, bildlich gesprochen. Du gehst friedlich in der Nacht über die Praterallee. Ist es verboten, friedlich in der Nacht über die Praterallee zu gehen? Bitte, zeig mir den Paragraphen! Also! Es ist dein verbrieftes Recht, in der Nacht friedlich über die Praterallee zu gehen, wenn du das willst. Das ist Demokratie und Republik. Und plötzlich hörst du etwas. Der Mond scheint, du hörst etwas, aber du siehst nichts, trotzdem der Mond scheint. Wie gibt's das? Zauberei? Es redet, wie wenn ein Gummihund knurrt, aber du siehst nichts. Du drehst dich dahin, drehst dich dorthin. Nichts. Das ist der Neger in der Nacht. Da muss man Licht machen. Das kannst du auf konventionelle Art mit einer Taschenlampe tun. Dann weiß der Feind, wo du dich befindest. Besser ist, du hast etwas, das knallt. Aber ich seh schon, little Joe, eine Puffen hast du nicht nötig. Doch eher eine Braut. Hab ich recht? Lass es mich wissen, Joe! Ich zeig dir Fotos.«

Man konnte im *Nachtcafé Vera* ein »Zack-Zack Spezial« bestellen, das war ein Steak mit einer geschmolzenen orange-gelben Scheibe Texaskäse, einem Spiegelei, Pommes frites, zwei gerösteten Paprikascheiben und zwei Birnenspalten aus dem Glas. Mir schmeckte das. Vera, die Besitzerin, bat mich, ich solle bei ihr an der Bar essen. Sie war eine große, scharfschultrige Frau um die fünfzig, schwarzhaarig, Flaum auf der Oberlippe, auch sie sorgte sich um mich. Ich solle Mecki nicht ernst nehmen, sagte sie, er sei ein guter, hilfsbereiter Haberer mit einer etwas zu groß geratenen Goschen, der zu viele amerikanische Spielfilme gesehen habe.

Die Gäste, die bis zwei Uhr in der Nacht durchhielten, bekamen einen Schnaps gratis. Eine der Prostituierten, die zwischendurch aufkreuzten, um einen kleinen Schwarzen zu trinken, eine Hübsche mit einer Mireille-Mathieu-Frisur, nahm mich beiseite und sagte, mit mir mache sie es um die Hälfte und ohne Gummi, weil ich wie sie auch ein Hübscher sei, sie gebe mir, falls nötig, Kredit.

»Du wirst bestimmt eine Frau finden«, tröstete Vera. »Müsste jede glücklich sein, einen wie dich zu haben. Ich versteh's nicht. Ich versteh's einfach nicht! Sie begegnet dir, du wirst sehen. Du musst nur Geduld haben, mein Lieber. So ungern ich es sage: Geh besser irgendwo anders hin. Hier herein kommt nichts Gescheites, nichts für dich.«

»Aber ich fühl mich bei dir hier sehr wohl«, sagte ich.

Mecki und ich waren immer die letzten, die gingen, selten vor halb vier. Ich schätzte ihn um die Mitte dreißig. Auf die Finger seiner Faust hatte er rechts *Love*, links *Hate* tätowiert. Er trank wenig Alkohol, sein Achtel Rot stand zwei Stunden lang vor ihm, er nippte, und nach zwei Stunden bestellte er ein neues. In der Zwischenzeit aß er zwei Zack-Zack Spezial und trank Tee. Sein heller polierter Kopf wirkte ausgeschlafen, ministrantenhaft, appetitlich, die Nacht konnte ihm nichts anhaben. Merkwürdigerweise zog er die Fliegen an. Wer mit Mecki redete, hatte es mit Fliegen zu tun. Vor ihm auf der Bar stand ein umgedrehtes Bierglas. Das war sein Fliegengefängnis. Er fing die Fliegen mit der Hand, mit der rechten wie mit der linken, keine entkam ihm, und verfrachtete sie unter das Glas. Man müsse ihnen von vorne kommen, sagte er. »Dann starten sie in deine Hand hinein.« Am Ende der Nacht bewegten sich zwanzig Fliegen innen an der Glaswand.

Er lachte gern und laut: »Ich sehe aus wie der Tim aus *Tim und Struppi* und hätte immer gern ausgesehen wie Robert Mitchum in *Die Nacht des Jägers* oder wie Robert De Niro in *Taxi Driver* oder am liebsten wie Norman Bates. Was kann man machen! Für alle drei bin ich der am weitesten entfernte Typ.« Die Fliegen unter dem Glas wandten ihre Köpfe mit den Facettenaugen ihm zu, wenn er sprach: »Hör zu, little Joe! Ich weiß nicht, wie du unter deiner vielen Wolle aussiehst. Hitler hätte gern ausgesehen wie Siegfried. Aber frage dich: Was hat Siegfried zusammengebracht und was Hitler? Wer ist hier der Meister und wer der Lehrbub? Und Hitler hat weder eine Tarnkappe gehabt noch ein Schwert, dem er Befehle hätte geben können. Was soll's! Letztendlich sind sie beide gescheitert. Warum? Weil sie Skrupel hatten. Hitler war einer der skrupulösesten Menschen der Menschheitsgeschichte. Warum? Wenn man keine Idee hat, ist es leicht, keine Skrupel zu haben. Mit der Idee kommen die Skrupel. Je größer die Idee, desto größer die Skrupel. Und Hitler hatte die größte aller Ideen. Er wollte die Reinheit der Haut, weltweit. Das ist eine Idee, so groß eben wie die Welt. Da kann auf einzelne Kontinente keine Rücksicht genommen werden. Genauso groß waren seine Skrupel.«

»Hitler war rauschgiftsüchtig«, sagte ich.

»Jesus Christus auch.«

»Das wusste ich nicht.«

»Er hatte jedenfalls Einstiche an Händen und Füßen.«

»Hör dir nicht seinen Unsinn an«, sagte Vera, streichelte über Meckis Stehfrisur und stimmte in sein Gelächter ein. »Such dir ein anderes Café, Joe, wo keine einsamen Psychopathen herumsitzen, sondern schöne Mädchen.«

»Du unterschätzt ihn«, sagte Mecki.

»Unterschätze ich dich?«, fragte sie.

»Weiß nicht«, antwortete ich.

Mecki bewies sein gutes Herz, indem er die Fliegen befreite, bevor wir nach Hause gingen. Sie stoben auseinander, und ihre Nachfahren kamen in der folgenden Nacht, und auch sie ließen sich von ihm fangen.

Irgendwann im Frühling – bei Föhn schob Vera die Fenster nach oben, und die laue Luft zog herein, und ich war glücklich, und hätte ich des Teufels Uhr besessen, ich hätte sie angehalten – tauchte gegen Mitternacht Riccardo Fantoni auf. Bei ihm war eine Frau mit dunklen langen Haaren, dunklen starken Brauen, die über der Nase nahe zueinander wuchsen, sie trug ein rotes Strickkleid, dessen Ärmel ihre Hände verbargen. Den Nacken hatte sie vorgeschoben, was streitsüchtig wirkte. Sie setzten sich in eine der Logen und bestellten je eine Suppe und ein Glas Rotwein. Riccardo bemerkte mich nicht.

Ich bat Vera, ob ich servieren dürfe, schlich mich mit dem Tablett heran, beugte mich zwischen die beiden und sagte: »Ciao, Riccardo! Ciao, Allegra!«

Wir blieben bis fünf Uhr. Vera gab mir den Schlüssel, ich solle absperren und ihn durch den Türschlitz werfen; was wir tränken, gehe aufs Haus.

Ich schlief in dieser Nacht nur wenige Stunden. Der Kater weckte mich; er schlug mir die Krallen ins Hemd, abwechselnd einmal die eine Pfote, dann die andere. Auf dem Rand des Waschbeckens saß das Rotkehlchen. Es war zurück von seiner Winterreise, so früh in diesem Jahr und fröhlich, als wäre es nur meinetwegen gekommen. Ich streckte den Finger aus, und es setzte sich darauf. Von nun an kam es jeden Tag zum Fenster hereingeflogen, pickte Körner und Krumen und trank Wasser aus der Schale, aus der auch der Kater trank. Ich hörte das Flattern der Flügel und das schnelle Zünglein des kleinen Tigers. Und Rotkehlchensprache lerne ich auch.

Ich war verzaubert, und ich wusste es.

8

Am meisten beeindruckte mich ihr Mund. Wenn sie zuhörte, zog er sich in die Breite und in den Winkeln ein wenig nach unten, dabei legte sie den Kopf schräg nach hinten und blickte mich aus schmalen Schlitzen heraus an. Es war ein Ausdruck schmerzlicher, hingabebereiter Leidenschaft; eine Lust zu leiden – ich fand keine andere Deutung und konnte gar nicht genug darüber staunen, denn dass ein Mensch gern leidet, davon hatte ich noch nie gehört, und ich hätte es nicht für möglich gehalten. Dieser Ausdruck zeigte sich aber nur, wenn sie zuhörte, und nur, wenn sie *mir* zuhörte. Ich war sehr neugierig auf dieses Gesicht und wollte sie immer wieder zuhören sehen, darum redete ich und redete und redete – und redete viel Unsinn, das heißt, ich spannte Dinge zusammen, die nicht zusammengehörten, verglich kreisende Himmelskörper mit den Blutkörperchen in unseren Adern, die weißen Blutkörperchen Sonnen, die roten Planeten, behauptete, Existenz sei nichts anderes als Bewegung, und ohne Bewegung seien die Dinge lediglich gedachte Dinge, anwesend, aber nicht vorhanden. »Wer sich nicht bewegt«, dozierte ich schlafwandlerisch, »existiert nicht. Aber wenn man sich bewegt, braucht man Platz, und dann ist oft ein anderer im Weg.« »Und was heißt das?«, fragte sie. »Das heißt … irgendwas, ja«, sagte ich. Ich schätzte, ich würde besser wegkommen, wenn ich der Droge einen Teil der Verantwortung für meine Verwirrtheit zuschöbe, zumal Allegra ja auch gern davon nahm, immerhin war ich eine Zeitlang ihr Dealer gewesen, also gab ich einen Hinweis in diese Richtung, woraufhin Riccardo zurückschnellte und sich hinter sie beugte und heftig den Zeigefinger auf seine Lippen presste.

Wir drei hatten uns für den folgenden Mittag – gemeint war drei Uhr nachmittags – im Café *Altwien* in der Bäckerstraße im 1. Bezirk zum Essen verabredet. Ich war schon eine Stunde früher dort. Ich versuchte, mit Gefühlen fertig zu werden, die ich nicht kannte, von denen ich aber wusste, dass sie zum Menschen gehörten wie Riechen und Schmecken; Gefühlen, die mit größter Wahrscheinlichkeit den anderen Gästen, die hier saßen, mehr oder weniger geläufig waren wie mir Italienisch und Französisch, Spanisch, Ungarisch, ein wenig Türkisch und Schwyzerdütsch. Ich hielt Verliebtheit tatsächlich für eine Art Sprache; aber ich wusste nicht, wer sie einem beibringen und wie man sie alleine mit sich üben könnte. Alles schien mir an diesem Tag voll Bedeutung zu sein – ein Fahrrad, das ich auf dem Weg vom Heim in die Innenstadt an einem Baum im Volksgarten lehnen sah und das wohl schon lange dort lehnte, denn über sein Vorderrad bog sich eine frische grüne Ranke und kringelte ihren Trieb zu den Speichen hinauf; oder die Marlboroschachtel auf einer der Parkbänke, in der eine vergessene Zigarette steckte, inzwischen braun, weil ein Regen drübergegangen war; oder die Mondsichel über dem Parlament, weiß und fransig wie eine Wolke. Genau so war mir Verliebtheit vom Italiano beschrieben worden, und Quique Jiménez hatte schwer nickend bestätigt, dass sie bei ihm Ähnliches ausgelöst habe. Es roch nach einem neuen Leben, und alles um mich herum schien mich zu meinen. Die Reste vom Herbstlaub gaben ihren letzten Duft nach Moder in die Sonnenwärme frei. Die Vergangenheit brauchte einen nicht mehr zu interessieren. Ich habe die ersten Stare gehört, die aus Afrika zurückgekehrt waren, so früh schon in diesem Jahr, wie das Rotkehlchen. Was gewesen ist, ist gewesen. »Gott ist ein Gott der Gegenwart. Wie er dich findet, so nimmt und empfängt er dich; nicht als das, was du gewesen, sondern als das, was du jetzt bist«, sagte Meister Eckhart zu mir, zu mir allein. Und ich sagte zu ihm: »Es gibt nichts auf der Welt, worüber man sich mehr wundern müsste als über einen Menschen, der nicht an den Gott glaubt.«

Sie war noch schöner als in der Nacht in *Veras Café*. Ihr Gesicht war blass, sie hatte hohe, chinesisch anmutende Wangen. Ihre Stimme war etwas kurzatmig, und meine war es auch. Sie setzte sich zwischen mich und Riccardo, ihm wandte sie den Rücken zu. Ich dachte: Nein, es wundert mich tatsächlich nicht, es war überfällig; alles in meinem Leben geschieht zu meinem Wohl und zur rechten Zeit; ehe mir die Sehnsucht nach diesem Gefühl weh tun kann, verliebe ich mich, und alles wird gut werden; nicht Riccardo Fantoni wird Allegra heiraten, wie er mir einmal dargelegt hat, als wir nach einem Tischtennismatch im Schatten auf der Mauer saßen und uns gegenseitig Tschiks drehten, sondern ich werde sie heiraten; ich werde lernen, zwischen Gut und Böse zu unterscheiden, und mein bisheriges Leben wird sein, als hätte es wahrhaftig ein anderer gelebt oder gar keiner.

Ich sprach italienisch, sie deutsch. Sie sprach sehr gut deutsch, mit nur wenig Akzent. Schließlich sprach ich ebenfalls nur deutsch. Riccardo beteiligte sich nicht mehr am Gespräch; er saß da, die Arme verschränkt, und blickte zur Decke, den Kopf weit in den Nacken gelegt, so dass sein Adamsapfel hervorsprang.

Dabei gelang es mir nicht, ihr über eine längere Strecke zuzuhören, es gelang mir einfach nicht. Ihr Gesicht erzählte mir etwas anderes, und dieses andere wollte ich herauskriegen. Sie sprach über Politik, über große Umwälzungen und brennende Gefühle für die Erniedrigten und Beleidigten von Peru bis Detroit, von Angola bis Berlin und Wien und über ihre Bewunderung für alle, die sich aufgelehnt hatten, von Spartakus bis Antonio Gramsci, von Pancho Villa bis Lumumba, von Ernst Thälmann bis Che Guevara, und dass ich unbedingt die Genossen kennen lernen müsse. Ob ich das wolle. Ja, das wolle ich, sagte ich. Sie sprach vom »grausamen, aber gerechten Handwerk des Weltgeistes« und von Aldo Moro, der heute – ja, heute, vor wenigen Stunden erst, ob ich denn nicht Radio höre? – in Italien von den Brigate Rosse entführt worden sei und der diesem grausamen Handwerk zum Opfer fallen werde wie seine fünf Leibwächter, was die Genossen klar und deutlich verurteilten, aber in letzter logischer Konsequenz doch nicht verurteilten – es sei bereits eine Pressemitteilung versandt worden. Ob ich Lust hätte, an einem Schulungsseminar über Dialektik teilzunehmen. Ja, das hätte ich, sagte ich. Sie sprach von lachenden Kubanern und dem schönen Zerfall alter imperialistischer Villen und Limousinen, die gleichsam die Klasse gewechselt hätten und nun tapfer und edel dem Tod entgegensähen. Ob ich Interesse hätte, Kuba kennen zu lernen. Ja, das hätte ich, sagte ich. – Und was sagte ihr Gesicht? Du bist wie ich, sagte es, hab ich recht? Schwör mir, dass ich recht habe, schwöre es mir, bitte, schwöre es mir!

Wir blieben bis zum Abend im *Altwien* und verabschiedeten uns auf der Straße. Riccardo nannte mich »Amico mio«. Allegra sagte: »Ciao, Joel«, wobei sie das e betonte und dehnte und mir damit einen neuen Namen gab – Joeel.

In der Nacht wartete ich bei Vera.

Und Allegra kam. Allein.

Wir setzten uns in die hinterste Ecke bei den Billardtischen und hielten uns an den Händen. Sie sagte, sie sehe in meinem Gesicht etwas, das sie nicht für möglich gehalten habe. Und das wolle sie immer wieder sehen.

»Du bist wie ich«, sagte sie, »habe ich recht? Schwör mir, dass ich recht habe! Ich darf das den Genossen nicht erzählen. Erzähl es du ihnen auch nicht, bitte!«

»Wann sollte ich es denn deinen Genossen erzählen?«, sagte ich. »Bei welcher Gelegenheit denn?«

»Und sag es auch nicht Riccardo, bitte.«

»Warum soll ich es Riccardo sagen? Und was soll ich ihm nicht sagen?«

»Ich habe solche Angst gehabt. Ich habe mich verflucht, weil wir nichts ausgemacht hatten. Mein Gott, wenn ich dich nie mehr gesehen hätte! Ich weiß gar nichts von dir, nur deinen Namen, nur deinen Vornamen. Und du weißt von mir nur meinen Vornamen. Ich habe zu Riccardo gesagt, ich möchte allein sein, und bin in der Stadt herumgegangen und mit der Straßenbahn gefahren, und immer habe ich nach dir Ausschau gehalten. Ist die Frau hinter der Bar Vera, der das Café gehört? Sie schaut sehr freundlich. Dreh dich nicht um, sie schaut jetzt grad herüber. Sie sieht es gern, dass du mit mir bist. Ich bestelle noch etwas für uns. Soll ich Alkohol bestellen? Ich bestelle einen Tee. Oder eine Cola. Oder einen Espresso? Was trinkst du? Ich trinke, was du trinkst.«

Wir schlichen uns in mein Zimmer in der Boltzmanngasse. Der Kater verzog sich in einen Winkel, das Rotkehlchen auf die Vorhangstange. Als ich mit Hemma geschlafen hatte und mit Lore, war mir gewesen, als kennte ich es längst, als hätte ich viel Sex hinter mir, und beide hatten gesagt, ich sei ein guter Liebhaber, und auf meine Frage, was sie damit meinten, hatten sie präzisiert: ein erfahrener Liebhaber, eben einer, der die Frauen kennt; und sie hatten sich nicht darüber gewundert. Allegra war die erste. Und ich stellte mich an wie beim ersten Mal. Sie fragte, ob sie meine erste sei, und ich sagte ja. Sie wunderte sich nicht. Sie legte den Kopf schräg nach hinten, ihr Mund zog sich in die Breite, und sie blinzelte mich aus engen Augen an. »Ich glaube dir«, sagte sie.

Ich erzählte ihr mein Leben. Von meinen Eltern erzählte ich, die in Graubünden mit dem Auto in eine Schlucht gestürzt und umgekommen seien. Dass mich meine Tante aus Solothurn in der Schweiz zu sich genommen habe. Sie war bei einem Coiffeur angestellt und bewohnte das Hinterzimmer des Ladens. Ich war dreizehn und schlief mit ihr in einem Bett. Im Winter ließen wir die Tür zum Frisiersalon offen. Bis zur Hälfte der Nacht reichte die Glut in dem kleinen Kachelofen. Dann heiratete meine Tante den Besitzer einer Autowerkstatt, der war ein Riese, hatte einen Kopf, auf den kein Hut passte. Er nahm mich als Lehrling und war immer gut zu mir. Wir hatten den besten Ruf im Kanton, einmal haben wir sogar einen Cadillac Eldorado Biarritz 1959 repariert, von dem hat es nur tausenddreihundert Stück weltweit gegeben. Wenn meine Tante betrunken war, benahm sie sich nicht schön. Ihr Mann sagte: Jemanden, der sich so benimmt, den muss man behandeln wie jemanden, der sich so benimmt. Der Streit war mir bald zu viel, darum bin ich weg. Ich will, dass aus mir etwas wird.

»Aus uns kann alles werden«, sagte Allegra.

»Wiederhol das!«, sagte ich.

»Alles kann aus uns werden.«

Sie zog zu mir. Das heißt, wir schlichen uns in der Nacht ins Heim, und zu Mittag schlich sie sich hinaus. Weil mein Zimmer im Parterre gleich neben dem Eingang lag und die braven Theologen nachts schliefen und mittags im Seminar aßen und den Gott studierten, blieb unser Kommen und Gehen unbemerkt. Allegra arbeitete tagsüber in der Bibliothek, ich reparierte in der Werkstatt das Moped eines Kaplans aus dem Burgenland. So lernte ich auch die Sehnsucht kennen.

Einmal, als ich auf ihr lag, meine Unterarme unter ihren Schulterblättern und ihrem Nacken, und ihren Kopf an meinen Hals drückte, sprang der Kater aufs Bett und breitete sich über das Kopfkissen, gähnte, zeigte mir sein Raubtiergebiss, schleckte sich über die Nase und schaute mich an mit unauslotbarem Ernst.

»Woran glaubst du, Joeel?«

»An das Weltall«, antwortete ich gern.

»An das Weltall kann man doch nicht glauben, mein Liebling! Was für einen Sinn soll dieser Glaube haben?«

»Ich weiß, dass es da ist.«

»Ein Stein ist auch da, Joeel. Und wenn du tief in ihn hineinschaust, findest du darin wieder ein Weltall. An etwas, das ohnehin da ist, braucht man nicht zu glauben.«

»Aber stell dir vor, Allegra, einer könnte ausrechnen, dass wir Menschen genau zwischen der kleinsten Kleinheit eines Atoms und der größten Größe des Universums stehen, zwischen 10^{-11} Millimeter und 300 Trilliarden Kilometer. Das würde mich freuen, wenn es so wäre, das würde mich wirklich freuen, wenn wir beide dort stehen würden, Allegra.«

»Das ist Physik oder Sternenwissenschaft. Die ist weder gut noch schlecht, caro mio. Der Mensch aber hat Bewusstsein. Er macht Geschichte, und die muss einen Sinn haben. Wenn du mir vom Weltall erzählst, denke ich, es ist nur dein Weltall. Die Geschichte aber gehört allen. Deshalb muss man sich um die Geschichte kümmern. Du bist ein eigenartiger Mensch, Joeel.«

»Das bin ich nicht. Das will ich nicht sein. Sag das nicht, Allegra, bitte, sag das nicht.«

»Es gibt niemanden, der so ist wie du, Joeel. Darum weiß ich nicht, ob ich mich in dich verlieben soll. Ich weiß nicht, ob es Liebe ist, was ich für dich empfinde. Aber wenn es Liebe ist, ist es das Heftigste, was ich je empfunden habe.«

Der Kater mochte sie nicht. Sie bemühte sich um ihn, brachte ihm Leckereien mit. Wenn sie ihn streichelte, schlug er zu. Das Rotkehlchen blieb draußen auf dem Fensterbrett sitzen, wenn sie im Zimmer war, und wenn sie den Finger nach ihm ausstreckte, flog es davon. Wir stritten uns wegen der Tiere, und als dann auch noch der Marder zum Fenster hereinkroch und mit gekrümmtem Rücken und gefletschten Zähnen und ohne Furcht vor ihr Stellung bezog, lief sie schreiend zur

Tür hinaus und auf die Straße und lief davon und betrat mein Zimmer nicht mehr wieder. Ich konnte sie verstehen. Ich konnte aber auch meine Tiere verstehen. Sie waren eifersüchtig.

Von nun an verbrachten wir die Nächte im Hotel *Fürstenhof* beim Westbahnhof. Wir teilten uns die Rechnung. Der Besitzer des Hotels gab uns das Zimmer für den halben Preis. Das Zimmer hatte kein Fenster. Er riet uns zu heiraten. Alles werde dadurch einfacher. Er sei seit dreißig Jahren verheiratet. Die Ehe sei besser als ihr Ruf. Ich fragte Allegra, ob sie mich heiraten wolle. Gleich auf der Straße vor dem Hotel fragte ich sie. Sie ging weiter und gab keine Antwort, einfach weiter Richtung Mariahilfer Straße ging sie, drei Schritte vor mir her. Wenn ich sie einholen wollte, ging sie schneller. Später sagte sie, es sei der glücklichste Moment in ihrem Leben gewesen.

Am Tag war ich im Heim und tat pflichtbewusst meinen Dienst. Die Studenten staunten wegen meiner Tiere. Sie fragten sich: »Wie ist es möglich, dass Katze, Marder und Rotkehlchen friedlich in einem Zimmer zusammenleben?« Der Sekretär des Erzbischofs erfuhr davon. Er teilte mir über Ernst Koch mit, er sei mehr als erstaunt, erlaube mir aber, die Tiere weiter in meinem Zimmer zu behalten, und nannte mir einen Termin, an dem er mich zum Nachmittagstee in das Erzbischöfliche Palais hinter dem Stephansdom einlade.

9

Allegra war Tochter und einziges Kind von Edoardo Pellicano, dem Besitzer eines der größten Autozuliefererbetriebe von Turin und damit von ganz Italien. Außerdem war er seit drei Jahren im Kaffee- und Kakaohandel tätig und importierte seltene Nüsse und Süßgewürze wie Vanille und Tonkabohnen aus Asien, Afrika und Lateinamerika. Unter dem Namen *Caffè ristretto* konnte man in Turin, Mailand, Rom, Florenz und Triest Kaffeehäuser und Konditoreien finden, die verschiedene Schokolade- und Kaffeesorten anboten, was damals in Europa nicht üblich war. Kommerziell und strukturell an *McDonald's* sich orientierend, beabsichtigte er, den Amerikanern in Italien zuvorzukommen und eine eigene nationale Fast-food-Kette aufzubauen. Nur kein Junk!

Wer einen *Bugatti* oder einen *Maserati*, einen *Lamborghini* oder einen *Ferrari* fahre – oder sich vorstellen könne zu fahren –, wer seine Anzüge bei *Gucci*, die Handtaschen bei *Prada*, die Schuhe bei *Salvatore Ferragamo* kaufe – oder sich vorstellen können zu kaufen –, der würde sich, auch wenn er es eilig habe, nicht mit einem Kaffee aus dem Pappbecher und einem pinkfarbenen Donut zufriedengeben. Das Autozubehör, so würde mir Signore Pellicano erklären, während er seinen Arm um mich, seinen künftigen Schwiegersohn und Erben, legte, sei die Pflicht, der Kaffee und das Süße die Kür.

Allegra liebte ihren Vater und litt unter dieser Liebe, weil sie ihn zugleich hasste. Die Liebe kam aus ihrem Herzen, der Hass aus dem Kopf. In letzterem war sie Kommunistin – mit anarchistischen Neigungen und einer Gier nach Klassenverrat. Ihr Vater war immerhin der sechstreichste Mann Italiens, ein Lebensspieler, der über alles in der Welt lachen konnte, über die großen Augen der Armen nicht weniger als über den großen Dünkel der Reichen. Außerdem warf sie ihm ihrerseits Klassenverrat vor. Er war der Sohn eines ehemals bekannten Kommunisten, der 1921 gemeinsam mit Amadeo Bordiga und Palmiro Togliatti den PCI gegründet und bis zu seiner Verhaftung durch die Faschisten als Sekretär von Antonio Gramsci gearbeitet hatte. Edoardo Pellicano hielt das Andenken an seinen Vater hoch, indem er die Stadtverwaltung von Turin geschmiert hatte, damit sie ein Sträßchen nach dem Alten benenne. Er war mit dem Verleger und Multimillionär Giangiacomo Feltrinelli befreundet gewesen und hatte sich über dessen dandyhaften Linksradikalismus amüsiert, auch dann noch, als sich Feltrinelli beim Anbringen einer Dynamitladung an einem Hochspannungsmast aus Versehen selbst in die Luft sprengte – was Allegra für eine Lüge des Klassenfeindes hielt, sie war überzeugt, er war ermordet worden. (Es sei erwiesen, legte sie mir haarklein dar, dass an seinen Händen keine Spuren einer Sprengung festgestellt wurden – »Oder glaubst du, er hat das Dynamit mit drei Meter langen chinesischen Essstäbchen angebracht?« – und dass der Kopf Merkmale von Schlägen mit einem dumpfen Gegenstand aufgewiesen habe; weiters seien einige der Ermittler Mitglieder der Geheimloge »P2« gewesen, die bekanntlich enge Verbindungen zur *Democrazia Cristiana* und zur Mafia unterhalte, und die hätten Beweismaterial verschwinden lassen.)

Feltrinelli hatte Allegra zu ihrem achtzehnten Geburtstag das *Bolivianische Tagebuch* von Che Guevara geschenkt; er war dem Revolutionär in Kuba begegnet und hatte das Buch nach dessen Tod in seinem Verlag herausgebracht. Sie fuhr nach Kuba, war auf Vermittlung von Feltrinelli für eine Woche Gast der Partido Comunista de Cuba und wurde von José Ramón Machado Ventura, dem ersten Sekretär der Partei der Provinz Havanna, betreut. Seither sehnte sich Allegra nach etwas, wofür es sich zu sterben lohnte.

»Ich im Gegenteil bin wie mein Kater, mein Marder und mein Rotkehlchen«, flüsterte ich ihr zu, »ich will nicht sterben, es gibt nichts, wofür ich sterben wollen würde.«

»Aber es gibt einiges, wofür dein Kater, Marder und sogar dein Rotkehlchen töten wollen würden«, antwortete sie ebenso leise, aber aus scharf geschnittenen, bitteren Lippen; einem Ausdruck, an den sie und ich nicht glaubten – ihre Genossen aber schon.

Apropos Genossen.

Allegra bekam viel Applaus, als sie das Podium verließ, so viel Applaus, dass sie noch einmal vor das Mikrophon trat und sich bedankte. Sich als Abkömmling der Hochbourgeoisie dem Kampf der Arbeiterklasse anzuschließen, sagten die Genossen, erfordere Kraft und Selbstlosigkeit. Die Genossin Allegra Pellicano, sagte der Genosse Vorsitzende, sei wahrlich ein Vorbild, einer Rosa Luxemburg gleich, die nicht die Augen verschließe vor dem Unrecht in der Welt und nicht zurückschrecke vor dem »grausamen, aber gerechten Handwerk des Weltgeistes«. Der Saal klatschte, dass es nur so knallte.

Dann sagten die Genossen, nun solle ich meine Geschichte erzählen. »Genossinnen und Genossen, wir bitten den Genossen Riccardo Fantoni ans Rednerpult«, kündete mich der Genosse Vorsitzende an.

Die Genossen, die neben Allegra und mir saßen, klopften mir auf die Schultern und sangen, und bald sangen alle im Saal:

Avanti o popolo, alla riscossa,
Bandiera rossa, Bandiera rossa.
Avanti o popolo, alla riscossa,
Bandiera rossa trionferà.

Bandiera rossa la trionferà
Bandiera rossa la trionferà
Bandiera rossa la trionferà
Evviva il comunismo e la libertà.

»Bitte, lüge für mich«, flüsterte mir Allegra zu. »Ti prego, mio amante, menti per me! Sei ein anderer, nur für ein paar Minuten, bitte! Bitte!«

Ich hatte zum ersten Mal in meinem Leben ein Mikrophon vor mir. Es wurde still im Saal. Meine Füße standen nebeneinander, meine Hände lagen an der Hosennaht. Alle sahen zu mir auf. Neben mir saßen an einem Tisch der Vorsitzende des Ausschusses für internationalen Bildungs- und Jugendaustausch und ein Genosse und eine Genossin vom Zentralkomitee, hinter mir an der Wand hingen Marx, Engels, Lenin in Schwarzweiß und Leonid Breschnew in Farbe und Uniform mit unzähligen Orden auf der Brust. Ich sah, wie Allegra in der ersten Reihe den Kopf nach hinten legte, wie sich ihr Mund in die Breite zog, ihre Augen lange Schlitze wurden. Als wir mit dem Taxi in den Villenvorort Mauer zum Schulungsheim der Kommunistischen Partei gefahren waren, hatte ich gedacht, wir besuchten eine Frühlingsparty von linken Studenten, wie sie an jedem Wochenende zu Dutzenden stattfanden. Erst jetzt kapierte ich, wie viel dieser Abend für sie bedeutete, dass ihr Auftritt eine lange geplante öffentliche Konversion war, eine Taufe, ein Verrat an ihrer Familie, ihrer Klasse, ihrem bisherigen Leben; sie hatte Vertrauen in mich, dass ich ihr diesen Auftritt nicht vermasseln und dass ich die Rolle, die für den Genossen Riccardo Fantoni vorgesehen war, gut spielen würde, besser sogar, als Riccardo selbst es könnte. Ich sah die erwartungsvollen Augen der Genossen, die auf das Gesicht des Genossen Fantoni gerichtet waren, weil sie etwas zu hören hofften, das anders sein würde, italienisch nämlich, und italienisch hieß originell, mutig, bunt, auf unkonventionelle Weise erhellend, eurokommunistisch eben. Und ich sah in den Gesichtern des Vorsitzenden des Ausschusses für internationalen Bildungs- und Jugendaustausch und der beiden Mitglieder des Zentralkomitees auch Sorge, denn sie waren ein Wagnis eingegangen, die Genossen Pellicano und Fantoni hier sprechen zu lassen – und mir war klar, dass der Genosse Fantoni alle im Saal sehr enttäuschen würde, wenn er sich als ein anderer herausstellte als der, den sie gern hätten …

Meine Füße standen nebeneinander, meine Hände lagen an der Hosennaht, ich sagte: »Il volto è un buon servo ed un cattivo padrone«, steckte zwei Finger zwischen meine Lippen und pfiff.

Und schon waren sie da.

Ihr werdet eure Chance schon noch bekommen, kérem várjon, sagte der Marder und drängte sich vor den Kater und das Rotkehlchen, aber jetzt bin ich dran, das müsst ihr einsehen. Vor Genossen zu sprechen ist meine Spezialität, nicht eure. Oder glaubt einer von euch, er kennt sich im grausamen, aber gerechten Handwerk des Weltgeistes besser aus als ich? Aber wenn ihr mir Ratschläge geben wollt, so will ich sie gern berücksichtigen. Ich, wenn ich reden würde, sagte der Kater, würde ihnen einiges zumuten, das wird ihnen schmeicheln, weil du ihren Mut würdigst; ich würde in sachlichem Ton sprechen, dann werden sie einander zuraunen, so hätten sie die Sache noch nicht betrachtet, allerdings ein wenig italienisch eingefärbt würde ich sprechen. Und du, fragte der Marder das Rotkehlchen, was würdest du tun, my sweet kiss on the ass? Sag schnell, sie warten. Ich? Ich weiß nicht, sagte das Rotkehlchen, ich würde vielleicht ein Märchen erzählen. Ein Märchen würdest du erzählen, fragte der Marder. Warum ein Märchen? Das wird die Genossen erschüttern, sagte das Rotkehlchen, und Allegra wird es bezaubern. Ich danke euch, sagte der Marder, thank you, merci, ich danke euch von Herzen. Er erhob sich auf seine Hinterbeine und streckte sich, dass es knackte und sirrte, ächzte und klirrte. Die Haut dehnte sich, der Pelz auf seinem Rücken sträubte sich auf. Sein Körper wuchs auf seinen kurzen Beinen über sich selbst hinaus und hinauf bis zum Rednerpult empor, und endlich war seine Schnauze vor dem Mikrophon. Genossen, sagte er mit ruhiger, sachlicher Stimme, ein wenig italienisch eingefärbt, Genossen, ich weiß, ich mute euch einiges zu, ich möchte euch ein Märchen erzählen. – Und dann erzählte mein Marder das Märchen von dem Spaßmacher Karl Wiktorowitsch Pauker, der viele war, weil er einmal ein anderer geworden ist, am Ende aber doch nur eine Kugel abgekriegt hat. Er erzählte es, wie es die Art der Marder ist, von hinten nach vorne:

»Nerran dnu Rethcäwbiel nenies negeg Leitrusedot sad re beirhcsretnu, ettah thcarbeg Nehcal muz, bag nehcal zu ginew se red ni, Tiez renie ni nhi red, nereilrev zu Nnam ned, tet Sednalretav sed Retav med se diel os. Ennök nerhüf Nehcaltot muz hcilsiewhcan eid, tlekciwtne Seztiw sed Kinhcet enie ebah re, Eemra red dnu Ietrap red Nerreh ehoh negeg Egälhcsna hcilmieh enalp, se Sseih, Ruesirf red. Suareh sella mak nnad reba …«

Die Genossen und Genossinnen saßen lange ruhig da und stierten vor sich nieder. Schließlich erhob sich der Vorsitzende, trat neben mich ans Rednerpult, zog das Mikrophon zu sich hinüber und sagte: »Danke, Genosse Fantoni, deine Geschichte hat uns erschüttert und bezaubert in einem. Du hast uns einiges zugemutet, das ist wahr. Aber wir haben dich verstanden. Wir dürfen nie nachlassen in unserer Vorsicht und in unserer Selbstkritik. Der Mensch ist ein Tier, das hat Darwin nachgewiesen. Es ist die Aufgabe aller fortschrittlichen Kräfte in der Gesellschaft, das humanistische Erbe, wie es uns auch in den Märchen der Völker begegnet, zu verteidigen.« Er klatschte, und allmählich stimmten alle ein.

»Grazie, compagno Fantoni, per aver mentito per me. Grazie, amore mio!«, flüsterte Allegra. »Grazie, amore mio!«

»Per te mento volentieri«, sagte ich.

Riccardo war schon vor einer Woche nach Italien gefahren; gleich, nachdem ihm Allegra mitgeteilt hatte, dass sie nicht mehr mit ihm zusammen sein wolle.

10

Zum Schluss dieses Kapitels ein paar Zitate von Meister Eckhart, mit denen ich – sie als meine eigenen Gedanken ausgebend – den Sekretär des Erzbischofs beim Nachmittagstee beeindrucken wollte:

– *Als ich geboren wurde, da wurden alle Dinge geboren.*

– *Die wichtigste Stunde ist immer die Gegenwart.*

– *Die Natur der Seele ist so zart, dass sie sich nur wenig Gedanken um ihren Platz macht, als ob sie gar nicht dort wäre.*

– *Die Neigung zur Sünde ist nicht Sünde, aber sündigen wollen.*

– Der Mensch ist ein himmlischer Mensch, dem alle Dinge nicht so viel sind, dass sie ihn berühren können.

– Der Geist, der abgeschieden ist, dessen Adel ist so groß, dass, was immer er schaut, wahr ist und, was immer er begehrt, ihm gewährt ist. Der Mensch, der in voller Abgeschiedenheit steht, der wird in die Ewigkeit entrückt, dass ihn nichts Vergängliches mehr bewegen kann, dass er nichts mehr empfindet, was leiblich ist, und er heißt tot für die Welt, denn ihm schmeckt nichts, das irdisch ist.

ACHTES KAPITEL

1

Was heißt: Etwas hat einen Sinn? Allegra meinte, Dinge, die sein können oder sind, ohne dass der Mensch ist, die haben keinen Sinn und können keinen haben und brauchen auch keinen zu haben. Eben das Weltall zum Beispiel. Aber wenn etwas tatsächlich einen Sinn hat, darf es nicht nur ein Begriff sein, es muss einen Namen haben und ist entweder gut oder böse. Da musste ich für mich denken: Also hat das Leben eines Menschen in jedem Fall einen Sinn. Und musste weiter denken: Also kommt niemand darum herum, in seinem Leben nach Gut und Böse zu suchen. Und ich suchte. Das wird Ihnen seltsam erscheinen und wird Sie sogar abstoßen: ein Mörder, ein Lügner, ein Dieb – und der borgt sich Philosophie aus, um Gewissenserforschung zu betreiben?

Ein paar schöne Märztage hatten wir, bis das Wetter über die Osterwoche eintrübte. Wir spazierten auf den Kahlenberg und blickten über Wien, setzten uns mit dem Rücken an einen Holzzaun, an dem entlang das Gras vom vorangegangenen Jahr stand, nun gelb und borstig. Die Latten waren warm von der Sonne und wärmten meinen Rücken. Über uns in der weiten, erst wenig grünen Dolde einer Buche rief eine Taube – Gru-gru gru! Gru-gru gru. Allegra legte ihren Kopf in meinen Schoß, ich strich mit dem Daumen über ihre kräftigen Brauen. In einer perfekten Geraden lagen ihre Lippen aufeinander, die zwei Kerben zwischen ihren Brauen waren scharf gezogen. Ebenso wie ich nie in den klaren Nachthimmel schauen konnte, ohne erschüttert zu sein durch die bare Existenz der Sterne, wunderte ich mich immer über Augenbrauen, Nasenflügel, Mundwinkel und Stirnfalten, weil in ihnen die Seele, dieses theoretische Konzept, dieser reine Begriff, auf ihre reale Existenz hinzuweisen schien. Aber ist es so? Wie groß ist der Einfluss der Gedanken und Gefühle auf die Konturen eines Gesichts? Wie groß ist der Einfluss der Taten auf die Kerben zwischen den Augenbrauen, auf die Linien von den Nasenflügeln zu den Mundwinkeln, auf das Gewicht der Augenlider, auf die Art, wie sich die Augenlider über die Iris senken, auf die Form des Kinns, auf die Entscheidung der Oberlippe, beim Lächeln erst die linke oder die rechte Seite zu heben? Woher stammt die Fähigkeit eines Gesichts, im Betrachter Assoziationen von magischer Befehlskraft aufzurufen, so dass er sich von dessen Anblick nicht lösen will und kann? Allegras ernste Züge erzählten mir von einer Zukunft, in der ich nicht mehr allein sein würde, in der mir verziehen sein würde, so dass mich nicht in der Nacht und nicht am Tag Tiere heimsuchten und ich nicht am Rand des Waldes gehen musste, in dem die verrückten Dämonen hausten – in dem aber auch eine schattige Senke war, wo ein Bach sich staute und am Morgen die Sonne durch goldene Zweige brach und ein schwarzer Mann in einer Uniform der amerikanischen Armee und ein neunjähriger Vagabund in zerlumpten Fetzen die Tage und Nächte verbrachten, als wären sie die ersten und einzigen Menschen auf der Welt …

»Warum weinst du?«, fragte ich.

»Weil ich glücklich unglücklich bin«, antwortete sie.

»Ist das etwas Schönes?«, fragte ich.

»Es ist das Schönste«, sagte sie.

Eine Welle der Hingabe hob mein Herz, und beinahe hätte ich geredet und Allegra alles erzählt.

»Kochst du heute Abend etwas für uns?«, fragte sie und zwinkerte gegen die Sonne.

Kann man einem Gesicht ansehen, ob der Mensch gut oder böse ist? Ein Schriftsteller wie Sebastian Lukasser zum Beispiel – er muss mit dem Handwerk analytischer Zergliederung ausgestattet sein, wie sollte er sonst in seiner Arbeit das Wesen der Dinge sichtbar werden lassen? Aber auch über ausreichend Erfahrung von Auge und Ohr und der anderen Sinne muss er verfügen, damit er die unendlichen Erscheinungsformen der Dinge würdigen und in eine Ordnung bringen kann: Sieht er, sah er je in mir einen bösen Menschen? Nein, behüte! Er hätte sich sonst von mir abgewandt. Stattdessen sorgt er sich um mich. Was sieht er, was sah er in meinem Gesicht? Sich selbst?

Was sah Allegra in meinem Gesicht? War darin auch nur ein einziger wahrer Gedanke abgebildet? Also etwa dieser: Ich werde sie heiraten; ich werde mit ihr nach Italien ziehen; vielleicht kann ich ihren Namen annehmen – Joel Pellicano; es wird mir gelingen, das Vertrauen ihres Vaters zu gewinnen, ich werde an hoher Stelle in sein Geschäft eintreten, ich werde reich und sorglos werden und ein reiches, sorgloses und abenteuerarmes Leben führen; was ich gewesen bin, wird erlöschen … – Nein, behüte! Diese Gedanken las sie nicht in meinem Gesicht. Sie hätte sich von mir abgewandt. Ich spiegelte in mein Gesicht, was ich in ihrem Gesicht sah. »Du liebst mich«, sagte sie.

All diese Gedanken, weil ich heute beim Frühstück in der Zeitung ein Interview mit dem kanadischen Regisseur David Cronenberg gelesen habe, worin er sagt, die Essenz des Kinos sei das menschliche Gesicht. Diese kleine Bemerkung, auf die weder der interviewende Journalist noch Cronenberg selbst weiter einging, berührte mich wie eine elementare Wahrheit. Verhält es sich in der Wirklichkeit genauso wie im Film? Gleich, welcher Plot uns erzählt, welche Landschaft uns gezeigt wird, an welchen Dialogen man uns teilhaben lässt, alles bezieht Bedeutung einzig aus den Gesichtern, in die wir blicken? Ich hatte mich an den vorösterlichen Spaziergang hinauf zum Kahlenberg erinnert und eilig meinen Kaffee beiseitegeschoben und den Laptop aufgeklappt, um die Bilder und Gespräche festzuhalten, die wie die Schmetterlinge eines Déjà-vu in mir aufflatterten. Danach rief ich Sebastian an (er hat mir erlaubt, ihn zu kontaktieren, wann immer ich beim Schreiben seinen Rat benötige) und fragte ihn, ob es etwas wie eine zwischenmenschliche Mechanik der Gefühle gebe, die sich an den Physiognomien der Beteiligten ablesen lasse. Selbstverständlich, antwortete er ohne Verzug (was mich wunderte, denn meine Formulierung erschien mir selbst vieles andere als klar); er glaube sogar, dass die meisten Gefühle auf mechanische Weise ausgelöst und aufgebaut würden, nämlich als ein Austausch, eine Addition, eine Multiplikation von sinnlichen Reizen. Und ob er es für möglich halte, fragte ich weiter, dass auf diese Weise ein Gesicht bald gar nicht mehr von der Person erzähle, sondern eine ganz andere Geschichte – eine Geschichte, die für den Betreffenden nicht weniger rätselhaft ist als für den, der in dieses Gesicht blickt? Das halte er für möglich, sagte er.

In den schönsten Augenblicken war so viel Leid in Allegras Gesicht geschrieben, dass ich sie an mich drücken musste und ich tatsächlich drauf und dran war, ihr mein Leben zu beichten.

Ich sagte: »Was bedrückt dich?«

»Gar nichts«, gab sie zur Antwort. Und ich glaubte ihr. Sie hob den Kopf ein wenig, die Augen waren lange Schlitze. Dass das Leben nur lebenswert sei, wenn es weh tue, sagte dieses Gesicht. Aber das hatte nichts zu bedeuten, gar nichts. Sie zog die Beine an und rollte sich zur Seite, das T-Shirt rutschte ihr aus den Jeans.

»Und was bedrückt *dich*?«, fragte sie und gab sich selbst die Antwort: »Als ich dich das erste Mal sah, dachte ich, du bist der einsamste Mensch, dem ich je begegnet bin. Deine Einsamkeit bedrückt dich, habe ich recht?«

»Nein, du hast nicht recht«, sagte ich, und es war, wie ich heute im Rückblick auf mein Leben behaupten darf, die Wahrheit.

»Schade«, sagte sie und kicherte – etwas atemlos und hoch in den Tönen, wie es ihre Art war, »es hätte mir gefallen« und meinte wahrscheinlich damit, sie sei froh, dass es einsamere Menschen gebe als mich.

Ich nahm mir nicht unbedingt vor, ein guter Mensch zu werden. Aber ich wollte lernen, zwischen Gut und Böse zu unterscheiden. Man denkt, das sei einfach. Und es ist auch einfach, wenn man das Leben der anderen betrachtet und beurteilt. Stalin war kein guter Mensch. Das weiß jeder. Sein Narr war ebenfalls kein guter Mensch, sonst hätte er über die Verzweifelten nicht laut gelacht und seine Witze gemacht. Aber hat Karl Wiktorowitsch Pauker jemandem einen Schraubenzieher ins Herz gestoßen? Obendrein jemandem, der ihn geliebt hat? Nicht, dass wir wüssten. Ernst Koch, der Moraltheologe in Ausbildung, hatte eine interessante Theorie, die er irgendwann, wenn er als Uniprof europaweites Ansehen erworben habe und von Staatsmännern um seine Meinung gebeten würde, in einem Buch ausbreiten wollte. Beim Jüngsten Gericht, dies seine Überlegung, werden wir nicht gefragt, was wir Böses, sondern nur, was wir Gutes getan haben. Gott habe nur die Gabe, Gutes zu tun, in unsere Seele gelegt und nicht die Gabe, Böses zu tun. Gott interessiere sich, daraus folgend, nur für das Gute. Der Theologe las mir Matthäus 25,14–30 vor: »Das Himmelreich ist wie mit einem Mann, der auf Reisen ging: Er rief seine Diener und vertraute ihnen sein Vermögen an. Dem einen gab er fünf Talente Silbergeld, einem anderen zwei, wieder einem anderen eines, jedem nach seinen Fähigkeiten …« Die ersten beiden machten satte Geschäfte und verdoppelten, was ihnen anvertraut worden war, der letzte vergrub sein Talent. Als der Herr zurückkam, beschenkte er die ersten, den letzten bestrafte er. »Werft den nichtsnutzigen Diener hinaus in die äußerste Finsternis! Dort wird er heulen und mit den Zähnen knirschen.« Die Geschichte sei ein Gleichnis, also nicht wörtlich zu nehmen. Es gehe selbstverständlich nicht um Geld. Es komme darauf an, das Gute zu vermehren. Den ersten beiden sei dies gelungen, dem letzten nicht. Das Böse sei nichts anderes als die Unterlassung des Guten. »Und wie wissen wir, was das Gute ist?«, fragte ich. »Das wird uns gesagt oder gezeigt«, antwortete Ernst Koch. »Gott nimmt uns beim Finger und weist unseren Finger in die Richtung, die er für die richtige hält.« – Als Allegra und ich an diesem Frühlingstag vor den Osterferien auf dem Kahlenberg waren, dachte ich, ein Glück, dass ich sie gefunden habe, nun wird ein guter Mensch aus mir. Der Wind und die Donau – wir konnten von unserem Platz aus sehen, was der Wind mit der Donau anstellte, dass er sie glitzern ließ wie Schlangenhaut …

»Denkst du, wir gehören zusammen?«, fragte sie und zog sich das T-Shirt über den Kopf, so dass ihre kleinen Brüste frei wurden.

»Mhm«, sagte ich.

Sie fragte weiter, ob ich mir vorstellen könnte, mit ihr Kinder zu haben. Ich sah ihr Gesicht nicht und sagte, das könne ich mir vorstellen. Sie fragte, ob ich lieber einen Bub oder ein Mädchen hätte. Ich antwortete, einen Bub *und* ein Mädchen. Sie sagte, sie würde das Gleiche antworten, wenn ich sie fragte.

»Meinst du«, fragte ich, »du meinst also, erst wenn eine Entscheidung zwischen Gut und Böse möglich ist, hat etwas einen Sinn?«

»So meine ich es«, antwortete sie und zog sich das T-Shirt vom Gesicht, und ich sah, dass sie sich ein bisschen für ihre Fragen schämte und froh über den Themenwechsel war. »Das sollte man auf die Parlamente schreiben und auf die Justizpaläste, auf die Opernhäuser, die Universitäten und die Banken.«

Allegras Wohnung hatte hundert Quadratmeter. Sie lag im 1. Bezirk in der Singerstraße und bestand aus einem riesigen Raum, in dem Küche, Schlafzimmer und Arbeitszimmer ineinander übergingen. Ihr Vater hatte die Wohnung gekauft. Sie lag im vierten Stock, durch die breite Fensterfront konnte man das Dach des Stephansdoms sehen, aus dessen Ziegeln ein Fischgrätmuster gebildet war. Wenn das Dach von der untergehenden Sonne angestrahlt wurde, sah es aus wie ein golden-grün-weißer Teppich, der über die Spitzen der Stadt gelegt war. Allegra hatte ein breites Bett. Ich fühlte mich wohl darin. Ich schlief lange. Allegra besorgte nach dem Aufstehen Brot und Milch. Die meiste Zeit waren wir nur in Unterhosen oder nackt. Wir stritten uns nie. Allegra wunderte sich darüber. Weil sie ein streitsüchtiger Mensch sei, an und für sich. Sie las viel. Ich sah ihr zu. Ich kochte. Nudeln mochten wir. Ich vergaß zu rauchen. Weil sie nicht rauchte.

Am Karfreitag – Aldo Moro, ein Opfer des Handwerks des Weltgeistes, befand sich seit acht Tagen in Gefangenschaft der Brigate Rosse, und zwar, wie die Welt später erfuhr, in einem Appartement in Rom in der Via Montalcini hinter einer Bücherwand in einem schmalen Raum, der mit Schaumstoff ausgeschlagen war, und wurde von einem jungen Mann und einer jungen Frau mit Biscotti, Caffè Latte und Kassetten eines Radiomitschnitts der Heiligen Messe aus dem Petersdom versorgt – am Karfreitag 1978 fuhr Allegra früh am Morgen mit dem Zug zu ihren Eltern nach Turin. Sie wollte die Feiertage und ein paar weitere Tage in Italien verbringen, ein großes Familientreffen würde stattfinden, das ziehe sich hin und werde wie immer sehr lustig werden. Sie hatte mich gefragt, ob ich mitkomme. Ihre Eltern würden sich freuen. Sie habe ihnen am Telefon erzählt, dass sie sich von Riccardo getrennt habe und dass ich Waise sei und Welthandel studiere und Italienisch spreche und dass alles aus mir werden könne. Ich begleitete sie zum Südbahnhof. »Bitte, komm mit«, sagte sie und hängte sich bei mir ein und stützte sich so fest auf meinen Unterarm, dass ich es bis ins Schlüsselbein hinauf spürte. »Du hast niemanden, du wirst traurig sein und einsam. Es hält dich hier doch nichts, ich bezahle alles.«

2

Weil ich nicht wusste, was ich mit dem frühen Tag anfangen sollte, setzte ich mich in die U-Bahn und fuhr über den Gürtel in den 8. Bezirk hinüber. Ich wollte Rudi besuchen. Ich wusste, dass am heutigen Tag sein Gott ermordet wurde, und dachte, vielleicht freut er sich, wenn ich ihm sage, dass es mir leid tut, vielleicht vermisste er ein bisschen Trost. Ich schätzte, an einem solchen Tag würde er seine Zeit in seiner Kirche verbringen; Rudi wollte bestimmt kein Feigling und auch kein Verräter sein wie die Apostel, die eingeschlafen waren, während ihr Gott so furchtbare Angst vor den Römern hatte, dass er sein Blut aus der Stirn herausschwitzte.

Rudi stand am Altar in Turnschuhen, Kasel und Stola, das Kreuz war mit einem violetten Tuch verhüllt. Ein Ministrant assistierte ihm. Ich war der einzige Gast. Wenn er im Gefängnis die Messe gelesen hatte, war ich hin und wieder dabei gewesen, feierlich hatte er es nie aufgezogen, meistens hatte er die Stola einfach über die Schnürlsamtjacke gelegt, und anstatt Hostien waren auch schon abgezupfte Brotbrocken verteilt worden, und in das Vaterunser hatte er eigene Gedanken hineinimprovisiert. Er sah mich beim Segen an, als kennte er mich nicht. Danach verschwand er zusammen mit dem Ministranten in der Sakristei, und ich blieb in der Holzbank sitzen und wartete, die Ellbogen auf die Knie gestützt. Es war kalt und still. Der Weihrauchduft mischte sich mit dem Moder- und Kalkgeruch der Wände. Es war erst acht Uhr, Rudis Gott lebte noch. Um drei Uhr nachmittags, das wusste ich, fand die Hinrichtung statt. Ich hätte gern eine geraucht.

Nach einer Weile kam Rudi und setzte sich neben mich. Aber er sagte nichts. Und Brille trug er keine. Und die Haare aufgestrubbelt hatte er nicht. Auch er stützte die Ellbogen auf die Knie.

»Hast du etwas gegen mich?«, fragte ich ihn.

»Ich weiß es nicht, wenn ich ehrlich bin«, antwortete er sofort, als hätte er auf diese Frage gewartet. »Ich glaube, du hast einen schlechten Einfluss auf mich. Ich muss dir aus dem Weg gehen. Was willst du?«

»Warum habe ich einen schlechten Einfluss auf dich? Was habe ich getan?«

»Ich weiß es nicht«, sagte er und seufzte. »Ich versuche, ein guter Mensch zu sein.«

»Genau das will ich von nun an auch versuchen.«

»Das glaube ich dir nicht«, sagte er.

»Es gibt eine Methode, da geht das automatisch«, sagte ich. »Tut es dir leid, dass wir uns nicht mehr sehen?«

»Irgendwie schon. Ich weiß es nicht. Es war eine lustige Zeit.«

»Wie geht es Hemma? Tut es ihr leid, dass wir uns nicht mehr sehen?«

»Ich denke, sie ist froh, dass sie dich nicht mehr sieht.«

»Aber warum denn?«

»Ich weiß es nicht, Joel. Du brauchst meine Hilfe nicht mehr. Warum bist du gekommen? Die Heilige Andacht bedeutet dir doch nichts.«

»Der Erzbischöfliche Sekretär hat mich zum Nachmittagstee eingeladen. Du hast mir gesagt, ich soll mich bei dir melden, wenn es so weit ist.«

»Ich habe davon gehört. Er glaubt, du seiest eine Art heiliger Franziskus. Joel, halte die Menschen nicht zum Narren! Die meisten verdienen es nicht.«

»Ich weiß nichts über den heiligen Franziskus«, sagte ich. »Könntest du mir von ihm etwas erzählen? Damit ich nicht blank dastehe, wenn ich den Tee trinke.«

»Es heißt, du hast Tiere in deinem Zimmer in der Boltzmanngasse. Tiere, die sich normalerweise nicht miteinander vertragen. Joel! Eine Katze, einen Marder und einen Vogel!«

»Ein Rotkehlchen. Es ist ein Rotkehlchen.«

»Es heißt, du sprichst mit den Tieren. Aber nicht, wie normal ein Mensch mit Tieren spricht, sondern anders. Was ist das wieder für ein Trick, Joel?«

»Ein Trick? Und warum ›wieder‹?«

»Es sind abgerichtete Tiere, habe ich recht? Anders kann es nicht sein. Wie soll es anders gehen! Was willst du beweisen? Dass zwischen den Tieren und den Adamgesichtigen kein Unterschied ist? Du machst den Leuten Angst. Woher hast du die Tiere? Vom Film? Woher? Sag mir das!«

»Sie sind mir zugelaufen, Rudi. Ich wüsste nicht, dass sie abgerichtet wären. Kann man einen Marder oder ein Rotkehlchen überhaupt abrichten? Wenn sie wollen, können sie jederzeit gehen. Ich lasse das Fenster immer offen. Im Frühling ist das kein Problem. Wenn sie einander auffressen wollen, können sie einander auffressen. Ich bin die meiste Zeit nicht zu Hause.«

Durch die halbrunden Seitenfenster hoch oben im Kirchenschiff schienen die ersten Sonnenstrahlen des Tages. Über dem Altar erhob sich ein Aufbau aus braunem Marmor, der die gesamte Hinterwand der Kirche ausfüllte. Sechs Säulen ragten davor in die Höhe, jede mit einem goldenen Kapitell geschmückt. Neben den Sockeln standen überlebensgroße Figuren aus Gips oder weißem Stein, das konnte ich von der Bank aus nicht entscheiden, Männer und Frauen in wallenden Gewändern und in Haltungen und mit Mienen, als wären sie mitten in einer Diskussion, und jeder von ihnen würde gerade das Wort führen. Wenn sie plötzlich reden könnten, wäre ein furchtbares Durcheinander. Das Altargemälde innerhalb des Aufbaus bestand aus drei Teilen: Unten in der Mitte war eine Frau mit einem Kind im Arm zu sehen, sie war von einem goldenen Strahlenkranz umgeben, ich nahm an, das war die Gottesmutter mit ihrem Sohn Jesus. Dieses Bild war nicht sonderlich interessant, und ich konnte mir nicht vorstellen, dass die weißen Figuren über die Mutter mit dem Kind diskutierten. Darüber und mindestens viermal so groß wuchs das eigentliche Altarbild empor. Im oberen Drittel saßen ein alter und ein jüngerer Mann, beide in bodenlange Gewänder gehüllt, der alte in ein grünes, der jüngere in ein rotes, wobei der jüngere den Oberkörper entblößt und die rechte Hand wie zum Schwur erhoben hatte. Zu ihren Füßen lagerten zwei Frauen, die sangen und sich auf einer Harfe und einem anderen Instrument begleiteten. Im Zentrum des Bildes kämpften zwei Engel, der eine hatte weiße Flügel, der andere schwarze. Es war naheliegend, dass die weißen Figuren über die beiden Engel debattierten. Wer siegt in diesem Kampf? Warum kämpften die beiden überhaupt? Gibt es etwas zu gewinnen? Mit Riccardo hatte ich über Sport reden können, über das Boxen redeten wir besonders gern. Wir waren um Muhammad Ali besorgt, er hatte bei seinem letzten Kampf, den wir in einem Beisl am Spittelberg im Fernsehen mitverfolgt hatten, unkonzentriert gewirkt, gelangweilt, geistesabwesend, unambitioniert, depressiv. Wir vermuteten, die Schmach des Kampfes gegen den japanischen Wrestler Antonio Inoki lastete auf ihm; diese Konfrontation war unentschieden ausgegangen und offensichtlich geschoben und nichts weiter gewesen als eine Geldbeschaffungsaktion, Ali sechs Millionen, Inoki vier Millionen Dollar … – Womöglich kämpften die Engel gar nicht, sondern lagen einander glücklich in den Armen. Eindeutig war das nicht.

»Heute Nachmittag stirbt dein Gott«, sagte ich. »Tut es dir leid um ihn?«

»Joel«, sagte Rudi und sah mich nun zum ersten Mal an, »du hast etwas vor, oder jemand anderer hat etwas vor, und du bist nur der Ausführende. Ich weiß nicht, was es ist. Und es ist besser, wenn ich es nicht weiß. Du machst den Menschen Angst, manchen Menschen machst du Angst. Ich möchte, dass dir das klar ist.«

»Wem mache ich denn Angst, Rudi?«

Jetzt erst sah ich links neben einer der weißen Figuren eine Gestalt stehen, sie war in einen schwarzen Mantel gehüllt, hatte ein Tuch über dem Kopf und drückte sich gegen die Wand. Ich hatte nicht bemerkt, woher sie gekommen war.

»Wer ist das?«, flüsterte ich.

»Jemand möchte beichten«, flüsterte Rudi zurück.

»Erklär mir, was die Beichte ist«, sagte ich.

»Ach, das weißt du«, sagte er, »das weiß jeder. Viele hältst du zum Narren, aber mich nicht.«

»Bitte, Rudi«, sagte ich, »du warst immer anständig zu mir. Geh jetzt nicht! Sie kann warten. Erzähl mir, was geschieht bei der Beichte!«

»Wer beichten möchte, erforscht sein Gewissen und gesteht seine Sünden und bereut seine Sünden, und wenn das geschehen ist, gibt der Priester die Lossprechung, und die Seele ist wieder rein. Willst du mich in eine theologische Diskussion verwickeln, Joel? Bei mir funktioniert das nicht, bei mir nicht.«

»Und wenn einer stirbt und nicht gebeichtet hat, was wird aus dem? Angenommen, er hat etwas Böses getan.«

»Er kommt in die Hölle.«

»Und wie ist es dort?«

»Du machst dich lustig über mich, Joel.«

»Die Hölle«, erklärte mir Pfarrer Rudolf Martin Maria Jungwirth,

»ist ein Loch. Das Loch ist mit Lava gefüllt. Es brodelt und glüht in dem Loch. Über der Glut hängen die Bösen an eisernen Haken. Sie schreien. Sie sind nackt. Die Haken durchbohren ihr Fleisch. Die Haut schmilzt in der Hitze und tropft herunter. Schlangen schießen aus der Lava empor und hauen ihre Giftzähne in den Bauch der Bösen. Hoch über dem Loch, am unteren Rand des Himmels, ist ein Balkon. Dort stehen die Guten und sehen zu. Sie freuen sich über die Qualen der Bösen. So ist die Hölle. Genau so und nicht anders.«

Wir unterhielten uns eine Weile über verschiedene Dinge – wie die Arbeit im Heim ist, wie es mit dem Studium vorangeht –, sprachen über Lore und über früher, ein bisschen predigte Rudi, das gefiel mir.

Schließlich sagte er: »Ich kann die Frau nicht mehr länger warten lassen, Joel, das sollst du verstehen. Sie möchte beichten.«

»Ist es gut, Rudi?«, fragte ich. »Ist es gut? Ist es wieder gut zwischen uns?«

Er stand auf und hielt mir die Hand hin, und ich nahm sie gern. »Der Sekretär des Erzbischofs hat eine positive Meinung von dir, der immerhin«, sagte er. »Ich wette, er will dich dem Erzbischof persönlich vorstellen.«

»Und was soll der von mir wollen?«

Rudi grinste, und es war wieder seine alte Art. »Wenn du diese beiden zum Narren hältst, soll es mir recht sein, Joel. Sag ihnen, du bist tatsächlich Jude. Sag ihnen, du bist einer aus dem Stamm Benjamin. Über Benjamin hat sein Vater Jakob gesagt: Er ist ein reißender Wolf, des Morgens wird er Raub fressen und des Abends wird er Beute austeilen. Genesis 49,27. Zitier das. Das wird sie beeindrucken. Soll ich's dir aufschreiben?« Er hielt meine Hand, nun schon viel zu lange. Und er war der dritte nach Major Hajós und dem Zellenvater, der sagte: »Der Mensch ist dazu da, um für einen anderen Sorge zu tragen. Nur für einen. Nicht für eine ganze Kirche oder die ganze Christenheit oder alle Menschen. Wir sind nicht Jesus. Der hat sich um alle gesorgt. Der konnte das. Ein Genie. Wir sind du und ich. Kleine Scheißer. Ich bin gemacht worden, damit ich mich um Hemma sorge. Ich weiß das. Ich weiß nicht, ob sie gemacht worden ist, um sich um mich zu sorgen. Weißt du, für wen du gemacht worden bist?«

»Weiß nicht«, sagte ich. »Wie weiß man es?«

»Man weiß es«, sagte er und ließ meine Hand los. »Bitte mich nicht, Hemma von dir zu grüßen, ich würde deine Bitte nicht erfüllen. Der Vatikan war nicht gnädig mit uns, musst du wissen. Ich werde mein Priesteramt niederlegen und Hemma heiraten. Hast du jemals an Selbstmord gedacht?«

»Ich glaube nicht. Nein.«

»Das wusste ich. Jeder Mensch denkt irgendwann in seinem Leben an Selbstmord. Nur der Andres Philip nicht.«

»Mein Name ist Joel Spazierer«, sagte ich, kehrte ihm den Rücken und ging.

»Ich habe gelesen«, rief mir Rudi nach, »ich habe gelesen, ein Mann soll an der Totenbahre von Charlie Chaplin Ehrenwache gehalten und hinterher gesagt haben, Chaplin sei der einzige Gottesbeweis, den er gelten lasse.«

Meine Schritte hallten. Das gefiel mir. Ich hatte mir erst vor kurzem ein paar Stiefel mit hohen harten Absätzen gekauft. Dabei war mir der Gedanke gekommen, den Menschen, Göttern und Tieren Europas den Rücken zu kehren und nach Mexiko auszuwandern.

3

Angenommen, ich wäre anschließend nicht ins Heim in der Boltzmanngasse gegangen. Sondern ich wäre in die Straßenbahn gestiegen, zum Ring gefahren und weiter zur Oper und von dort die Kärntnerstraße hinauf zu Allegras Wohnung spaziert. Wie ich es vorgehabt hatte. Ich besaß einen Schlüssel. Der Kühlschrank war voll. Ein Fernseher stand dort. Ich hatte im Programmheft Filme angestrichen, die ich sehen wollte – *Der Malteser Falke* mit Humphrey Bogart oder *Gesprengte Ketten* mit Steve McQueen oder *Der Hofnarr* mit Danny Kaye. Die Wohnung war mit Etagenheizung ausgestattet, das Novemberwetter im März würde mir nichts anhaben können. Ich hätte mich zwischen den Filmen in die Badewanne gelegt. Hätte an nichts gedacht.

Aber ich ging in die Boltzmanngasse. Und deshalb beginnt hier eine neue Geschichte. Ohne Zweifel hat der Gott mich beim Finger genommen und meinen Finger in die Richtung gewiesen, die er für die richtige hielt.

Am späten Nachmittag – Rudis Gott war inzwischen gestorben, und die Menschen, die an ihn glaubten, bangten, er könnte nicht mehr zum Leben zurückfinden und die Welt bleibe ohne ihn finster und kalt – saß ich in meinem Zimmer und hörte Radio, als das Telefon läutete. Der Apparat hing draußen im Gang gegenüber meiner Tür. Erst wusste ich nicht, wer sprach, dann erkannte ich in der hysterischen Stimme den Psychologiestudenten, der mich in das Geschäft des Rauschgifthändlers eingeführt hatte. Er wisse nicht, was er tun solle, kreischte er, er rufe von der Telefonzelle vor seiner Wohnung an, oben bei ihm liege eine Fixerin, erst achtzehn oder neunzehn, er habe ihr einen Schuss Heroin gesetzt und sie sei ins Koma gefallen. Er kriege sie einfach nicht mehr auf die Beine, er habe Panik, sie werde ihm gleich abkratzen. Er kreischte, dass die Membran vor meinem Ohr schepperte. Ich hörte ihm nicht länger zu, hängte auf, und in zwei Minuten war ich bei ihm, er wartete unten auf der Straße vor dem Tor, trippelte auf und ab.

Das Mädchen hatte dünne blonde Haare und einen indianischen Poncho um die Schultern. Das Gesicht und die Hände waren wie Kalk, die Lippen blau, die Augen traten hervor und waren halb geöffnet, die Pupillen winzig. Sie atmete so flach, dass es kaum wahrzunehmen war. Ich hob sie hoch und bemühte mich, mit ihr ein paar Schritte zu gehen, die Knie sackten ihr ein, der Kopf fiel nach vorne, es war, als ob kein Leben mehr in ihr wäre. Ob er Kokain oder Speed habe, fragte ich. Kokain habe er, sagte er. Er solle eine Spritze herrichten, sagte ich. Er tue das nicht, sicher nicht, sicher nicht, schrie er, er rühre nichts mehr an, nie mehr rühre er von dem Zeug etwas mehr an, er werde das Koks und das H ins Klo spülen, jetzt sofort.

»Dann stirbt sie«, sagte ich und ließ sie los. Sie sackte vor meinen Füßen nieder, der Poncho rutschte nach oben und bedeckte ihr Gesicht. Darunter trug sie nichts. Ihr Oberkörper war tätowiert, ein Pegasus mit Flügeln von Achselhöhle zu Achselhöhle entlang der Schlüsselbeine wie ein gesticktes fahlblaues Hemdchen.

Der Psychologiestudent – ich weiß seinen Namen nicht, wusste ihn nie – legte die Sachen neben sie auf den Fußboden, ein Briefchen mit dem Stoff, eine Spritze, einen Löffel, ein Feuerzeug, eine Handvoll Zigarettenfilter.

»Spritz du ihr«, sagte er. »Ich kann das nicht, ich zittere zu sehr.«

»Reib ihr die Arme«, sagte ich, »heb sie hoch! Sie muss sich bewegen!«

Das Arschloch heulte und biss sich auf die Knöchel, aber er tat, was ich ihm gesagt hatte. Ich schüttete etwas von dem weißen Pulver auf den Löffel, gab ein paar Tropfen Wasser dazu, hielt die Flamme darunter, bis sich das Koks verflüssigte und kochte, und zog die Spritze durch einen Filter auf.

»Hast du etwas von deinem Whisky?«, fragte ich das Arschloch.

Er nickte, legte das Mädchen vor mich auf den schmutzigen Fußboden nieder, griff hinter einen Lautsprecher und reichte mir eine Flasche *Four Roses*.

»Ein Tempotaschentuch!«

»Hab ich nicht.«

»Klopapier!«

Er brachte mir eine Rolle. Ich schüttete Whisky über das Papier und rieb ihr damit die Unterarme ab, versuchte auch, ihr etwas von dem Schnaps einzuflößen. Die Unterarme waren gepunktet von Einstichen, wie ein Reißverschluss sah das aus, verkrustet, eitrig, entzündet. Ich öffnete ihren Mund, indem ich ihr mit Zeigefinger und Daumen die Wangen zusammendrückte, und blies ihr meine Luft in die Lungen und presste ihr mit Kraft und mit beiden Händen stoßweise gegen die Rippen. Ich rieb und klatschte die Haut an ihrem Hals, bis ich meinte, die Schlagader zu sehen. Ich stach ihr die Nadel in die Carotis und drückte langsam den Kolben nieder. Ihre Brust bäumte sich auf, ihre Hände zitterten, ihre Arme und Beine zuckten und schlugen aus, und langsam kam sie zu sich. Sie stützte sich auf die Ellbogen und kotzte mir über das Hosenbein.

»Wir müssen einen Arzt rufen«, sagte ich.

Das wollte das Arschloch unter keinen Umständen.

»Ich bring sie ins AKH«, sagte ich.

»Aber warum denn? Sie ist da. Schau, sie ist ja wieder da! Wir bringen sie raus und setzen sie vorne im Arne-Carlsson-Park auf eine Bank. Die wird schon, die ist zäh. Ich kenn sie. Du kannst dir nicht vorstellen, wie zäh die ist! Dort ist sie an der frischen Luft, das ist hundertmal besser als in dem Scheiß-AKH. Du hast das unheimlich super hingekriegt, ich hätte das nicht gekonnt, ich geb dir alles Gift dafür, das vergesse ich dir nie! Da kriegst du saftige Zehntausend dafür. Sie ist eh da, schau, sie ist da! He, du! Was lieferst du für einen Scheiß ab, Mensch! Komm, lach! Lach doch! Lachen ist gesund! Lach! Lacht sie? Sie lacht eh.«

Sie hatte die Augen aufgeschlagen und starrte vor sich hin und hechelte und würgte.

»Wie heißt sie?«, fragte ich.

»Janna«, sagte er. »Janna heißt sie.«

Kann sein, ich erkannte sie erst jetzt, kann sein, ich hatte sie gleich erkannt – an den breiten Schneidezähnen, bestimmt auch daran; oder an dem Blick, den sie damals, sie war sechs oder sieben gewesen, in meine Richtung geschickt hatte, ehe sie um die Ecke der Garage davongelaufen war in ihrem braunen Wollrock; der Blick, der nun der gleiche war, voll unwissender Neugier. Sie war keine sehr hübsche Frau geworden, das tat mir leid. Sie hob langsam die Hand und wischte sich die Kotze und den Speichel vom Mund.

»Siehst du, sie ist völlig Okay«, sagte das Arschloch.

»Janna – wie weiter?«, fragte ich.

»Lundin. Janna Lundin heißt sie.«

»Woher kennst du ihren Familiennamen? Kennst du sie näher? Warum kennst du sie näher? Lüg mich nicht an! Hast du etwas mit ihr?«

»Ich? Nie! Niemals! Bin ich verrückt?« Er nahm keine Rücksicht darauf, ob sie uns zuhörte oder nicht. »Ich hab sie einmal gefickt, da habe ich nicht gewusst, dass sie verrückt ist. Jetzt weiß ich es. Sie ist eine Verrückte! Schau sie an! Ich hab nichts mit einer Verrückten! Ich ficke keine Verrückten, Menschenskind! Schau dir an, wie sie tätowiert ist! Die ist verrückt nach Nadeln …«

»Und als du etwas mit ihr gehabt hast, war sie nicht tätowiert?« Ich nahm auch keine Rücksicht.

»Was redest du da! Klar, sie war tätowiert.«

Ich schlug ihm die Faust in den Magen, und er sackte zusammen, ich trat ihn mit dem Stiefel gegen die Schläfe, und er jammerte, er stützte sich mit der Hand am Boden auf, wollte aufstehen, ich brach ihm mit dem Absatz die Finger. Das tat ich, damit er es sich merkte. Und ich tat es, weil Janna der Mensch war, für den ich Sorge tragen sollte. Ich hob sie hoch und trug sie hinunter auf die Straße und trug sie zwischen den Autos hindurch über die Straße zur Telefonzelle, dort setzte ich sie auf dem Asphalt ab, lehnte ihren Rücken an die Zelle und rief die Rettung an, atemlos vor Anstrengung. Ich zog sie wieder auf die Beine, stellte mich hinter sie, hielt sie unter den Armen umschlungen und ging mit ihr auf und ab, das heißt, ich schob ihre Beine vor mir her und sagte, sie solle reden, irgendetwas solle sie reden, oder sie solle singen oder einfach nur Ahhh sagen. Ich sprach mit ihr und senkte dabei meine Stimme, weil das beruhigend klingt. Ich versprach ihr, dass sie es überleben werde, und überredete die Sanitäter vom Samariterbund, mich mit ins AKH zu nehmen.

»Ich habe ihrer Mutter versprochen, dass ich auf sie aufpasse«, sagte ich.

Vor dem Arzt im Krankenhaus stritt ich ab, so etwas gesagt zu haben. Die hätten mich falsch verstanden, sagte ich. Ich hätte die junge Frau auf der Straße gefunden, vor dem Arne-Carlsson-Park hätte ich sie gefunden und zu der Telefonzelle geschleppt. Ihr hätte ich versprochen, auf sie aufzupassen, ihr hätte ich es versprochen, nicht ihrer Mutter. »Ihre Mutter kenne ich nicht, woher soll ich ihre Mutter kennen?«

»Also sind Sie ihr Schutzengel«, sagte der Arzt, »das ist ein großes Glück für einen Menschen, wenn er einen Schutzengel hat.«

Er erlaubte mir, draußen zu warten, bis die Behandlung abgeschlossen sei, und erlaubte mir schließlich sogar, über Nacht an Jannas Bett zu sitzen.

Die Schwester brachte mir einen bequemen Stuhl und ein dickes Kopfpolster zum Unterlegen und eine Thermoskanne mit Tee und einen Teller mit ein paar Scheiben Sandkuchen. Wenn ich etwas Deftigeres wünsche, solle ich klingeln.

Janna hing am Tropf. Ich weiß nicht, was ihr injiziert wurde. Sie schlief. Irgendetwas Kreislaufstabilisierendes. Sie hatte den Kopf mir zugewandt und die Augen geschlossen. Sie war blass, aber nicht mehr totweiß. Ich hielt ihre Hand, manchmal strich sie mit dem Daumen über meine Haut, es war wohl mehr ein Reflex. Die Einstichstellen an ihrem Unterarm waren mit Jod bepinselt und verbunden, über den Einstich am Hals war ein Pflaster geklebt worden. Sie schnarchte leise. Ich hatte den Arzt gebeten, sie in ein Einzelzimmer zu legen, ich würde dafür aufkommen. Er hatte mich angesehen und genickt und war dabei sehr ernst gewesen. Für eine Nacht gehe das aufs Krankenhaus, hatte er geantwortet. Einem Schutzengel stehe das zu.

An der Kopfseite des Bettes brannte hinter einer Blende eine schwache Neonröhre, die warf einen Schimmer von Licht, und ich dache daran, wie ich meine Stiefel gekauft hatte, Stiefel aus spanischem Leder, die mein letztes Geld gekostet hatten, whiskyfarben, und nun war ich pleite. Die Stiefel hatten mich an Mexiko erinnert, als ob ich schon dort gewesen wäre, ich hatte meine Nase an das Leder gehalten und mir eingebildet, ich erinnere mich an den Ledergeruch, und nun sah ich das bleiche Mädchen im Bett liegen, und ich erzählte ihr, während sie schlief und leise schnarchte, wie wir beide in den weiten Horizont der Freiheit auswandern würden, wenn sie erst das Gift aus ihrem Körper ausgeschwitzt hätte, wie wir beide, sie die Tochter einer Ermordeten, ich der Mörder ihrer Mutter, ein bedingungsloses Leben führen würden, ein Leben, wie das Leben ist, ohne Sicherheit, ohne Plan, ohne Glück, ohne Uhr und pünktliches Frühstück, ausgestattet nur mit unserem Atem und der Sonne, die am Morgen aufgeht, am Tag wie ein weißes Loch brennt und am Abend unter den schartigen Rand der Erde sinkt.

»Ich trage für dich Sorge«, sagte ich.

Ihr Poncho passte zu meinen Stiefeln, und dann muss wohl mein Kopf aufs Bett gesunken sein. Ich träumte von Fledermäusen, die aus den Bäumen fielen und sich in unsere Hälse verbissen und Löcher in unsere Halsschlagadern schlugen, und nun wusste ich, dass ich träumte, denn so etwas traute ich der Wirklichkeit nicht zu. Als schwebte ich unter der Zimmerdecke, sah ich meinen Oberkörper vorgebeugt und meinen Kopf auf ihrem Bett liegen und wachte auf und sah sie wach liegen.

»Wer bist du?«, fragte sie.

»Ich heiße Joel Spazierer«, sagte ich.

»Kenn ich dich?«

»Nein, du kennst mich nicht. Und du bist nicht tot. Falls das deine nächste Frage ist.«

»Wie spät ist es? Habe ich keine Uhr?«

»An deinem Arm ist keine.«

»Dann hat mir jemand meine Uhr geklaut.«

»Ich schau zu, dass du sie wiederkriegst.«

»Wer bist du? Warum bist du hier?«

»Ich habe dich gefunden.«

»Ich habe Durst.«

Ich schenkte ihr Tee ein, und sie trank.

4

Am nächsten Tag gegen Mittag verließen Janna und ich das AKH. Der Arzt, der die Entlassung angeordnet hatte, riet ihr, sich mit einer Drogenberatungsstelle in Verbindung zu setzen, sie solle sich für eine Entziehungskur anmelden. Er gab ihr einen Zettel mit einigen Telefonnummern. In der Straßenbahn saß sie neben mir und sagte nichts, starrte vor sich hin, in sich versunken, das Gesicht viel zu weich für ein Menschengesicht, der Rücken krumm, die Schultern nach vorne gefallen. Ich fragte sie, wo sie wohne. Sie zuckte mit der Achsel. Ob sie bei mir wohnen könne, fragte sie und sah mich nun doch an. Zwei Nächte nur oder eine. So lange, wie sie wolle, könne sie bei mir bleiben, sagte ich. Ob ich auch an der Nadel hinge, fragte sie. Das nicht, sagte ich, aber ich könne ihr Stoff beschaffen. Allerdings fände ich das keine gute Idee. Sie auch nicht, sagte sie. Ob sie sich schon einmal einen Entzug überlegt habe. Habe sie. Ob sie meine, jetzt sei der richtige Zeitpunkt dafür. Ja, meine sie. »Dann Rock 'n' Roll!«, sagte ich und stieß ihr den Ellbogen sanft in die Seite und lächelte sie an. Sie holte tief Luft und nickte und lächelte zurück.

Über die Osterfeiertage war niemand im Studentenheim. Ich sagte, sie dürfe in meinem Bett schlafen, ich würde mich auf den Fußboden legen. Ich rief bei Cookie an und schilderte ihm die Situation. Als er kam, war Janna eingeschlafen.

»Wenn sie aufwacht, geht es los«, sagte er.

Er hatte eine Palette mit Fruchtjoghurt mitgebracht, vier Tafeln Nussschokolade, Kartoffelchips und Schokokekse, Coca-Cola und Ovomaltine, Bananen, ein paar Liter Milch, Suppenwürfel, einen Doppelliter Rotwein und eine Schachtel Dominal Schlaftabletten. Dazu drei Fläschchen Hustensaft, ausreichend Paracetamol und Aspirin gegen Gliederschmerzen sowie zwei Handvoll Magnesiumtabletten gegen eventuelle Muskelkrämpfe und Vitamin C für allgemein. Und Codein und Valium. Und für mich ein halbes Dutzend Pervitin. Damit ich fit bliebe. Und einen Stapel Comics. »Du hast lange leere Meter vor dir«, sagte er. Für den äußersten Notfall gab er mir ein Briefchen mit relativ sauberem Heroin.

»Was bin ich dir schuldig, Cookie?«, fragte ich.

»Das geht aufs Haus«, sagte er. »Gib mir Bescheid, wie es ausgegangen ist. Lore lässt ausrichten, sie hat literweise Bananenmilch in sich hineingeschüttet. Bananenmilch ist ihr Geheimtipp. Soll ich sie von dir grüßen?«

»Ja«, sagte ich.

Es ging die Sage, ein kalter Entzug sei wirkungsvoller. Ein kalter Entzug heißt: kein langsames Ausschleichen, sondern sofortiger Abbruch, kein Ersatzgift, nur Schokolade, Chips, Ovomaltine und Suppe – und Bananenmilch. Manche behaupten, nur ein kalter Entzug sei erfolgreich. Ärzte warnen davor. Es könne tödlich ausgehen; schon geschehen, wenn sich einer schon länger als ein Jahr täglich Heroin spritzt. Junkies halten dagegen, je näher du beim Tod warst, desto stärker wirst du.

Janna war neunzehn und seit zwei Jahren auf Heroin, und von Anfang an hatte sie sich gespritzt. Keine sanfte Annäherung über die Nase. Mehr erzählte sie von sich nicht, mehr fragte ich sie nicht. Außer, dass ich in Mexiko gewesen sei, erzählte ich von mir nichts. Und sie fragte auch nicht. Von Mexiko erzählte ich ihr, um sie abzulenken – wie ich Reiten gelernt hätte und dass ich in einem Museum gewesen sei, in dem hundert Jahre alte Indianerskalps ausgestellt waren, und so weiter … Darüber schlief sie immer wieder ein.

Ich schlich mich in den Flur und rief bei der Nummer an, die mir Allegra gegeben hatte. Allegras Mutter nahm ab. Allegra sei gerade in die Stadt gegangen, ob ich in einer Stunde noch einmal anrufen könne.

Ich sagte, leider nein, ich müsse gleich aufbrechen, ich hätte mich mit Freunden zu einer Wanderung verabredet, ich würde wieder anrufen, wenn ich zurück sei, in etwa vier oder fünf Tagen.

Sie habe Angst, sagte Janna, als sie aufwachte. Ich nicht, sagte ich. Ihr Mund war verkrustet und die Lippen rissig. Es sei wie eine heftige Grippe, sagte ich, viel mehr sei es nicht. Sie habe gehört, sagte sie, dass Süchtige auf Entzug sehr gemein sein könnten. Sie dürfe ruhig gemein zu mir sein, sagte ich. Sie nickte und zog die Schultern ein. »Dann Rock 'n' Roll«, sagte sie mit leiser weinerlicher Stimme und holte tief Atem.

Nichts begann. Wir saßen nebeneinander auf meinem Bett und lasen Comics. Janna hatte die Micky-Maus-Hefte auf ihre Seite gelegt, ich die Asterix-Hefte auf meine Seite. Ich hatte uns in der Küche mit dem Handmixer einen Krug Bananenmilch zubereitet, etwas Honig dazu und Zitronensaft. So saßen wir nebeneinander, lasen leise, lasen uns Stellen vor, tranken den süßen Brei und warteten auf die Symptome des Entzugs, von denen wir beide nicht wussten, wie sie sein würden.

Gegen drei Uhr nachmittags sagte Janna, sie sei müde und wolle eine kleine Runde schlafen. Ich setzte mich auf den Boden und nahm die Micky-Maus-Hefte mit. Sie schlief zwei Stunden. Der Affe weckte sie.

Sie schwitzte im Gesicht, und die Augen tränten und sahen noch blasser aus, wasserblau wie bei einer Greisin. Sie schluckte auch unentwegt Spucke. Wichtig sei Wasser, sagte ich und füllte ein Glas an meinem Waschbecken. Jetzt gehe es los, sagte sie. »Jetzt geht es endgültig los.« Das Klo war am Gang. Aber sie wollte das Zimmer nicht verlassen. Sie fürchtete sich. Ich besorgte einen Plastikeimer aus der Küche. In einer Minute war ich zurück. Sie schüttete Wasser in sich hinein, unten lief es aus ihr heraus. Ich drehte ihr den Rücken zu. Die ersten zwei, drei Male genierte sie sich, dann nicht mehr. Das Haar hing ihr in feuchten Strähnen über Stirn und Schläfen. Ihre Pisse roch metallisch. Ich schüttete sie ins Waschbecken und spülte nach. Ich wusste nicht, ob ich sie allein lassen konnte und wie lange und was passieren würde. Als ich in der Küche gewesen war, hatte sie sich die Grinde am Arm aufgekratzt. Das Gift gehe ihr weniger ab als die Nadel. Es sei interessant, dass ihr das Gift gar nicht abgehe. Sie gähnte in einem fort. Sie könne nicht anders. Ihr Kiefer knackte. Es würde ihr guttun, ein bisschen etwas Spitzes gegen die Haut zu drücken, sagte sie, einfach nur dagegendrücken, kein Blut, das verspreche sie. Ich hatte nichts Spitzes. Eine Stricknadel zum Beispiel, sagte sie. Wozu braucht einer wie ich eine Stricknadel? Sie ging auf und ab, von der Tür zum Fenster. Mit stelzigen Beinen. Den Gürtel und die obersten Knöpfe ihrer Jeans geöffnet. Spazieren gehen wollte sie nicht. Auf keinen Fall wollte sie nach draußen. Sie hatte Angst, dass sie sich nicht auskenne. Wir sind im 8. Bezirk, sagte ich. Den kenne ich nicht, sagte sie. Wir aßen eine Tüte mit Chips auf. Cookie hatte gesagt, Chips seien Medizin. Sie kriegt die Scheißerei, hatte er gesagt, da muss sie Salz zu sich nehmen. Wir tranken eine Limonade. Das tat gut. Es ist eh nicht so schlimm, sagte sie. Wenn schon eine Limonade guttut, kann es nicht so schlimm sein, oder? Was meinst du? Ich habe keine Ahnung, sagte ich. Sex tut gut, sagte sie. Eine Freundin habe auch einen Kalten durchgezogen, und der sei halb so schlimm gewesen, sie habe die ganze Zeit Sex gehabt, keinen besonders geilen Sex, aber Sex. Ich will keinen Sex, sagte ich. Ich auch nicht, sagte sie. Ihre Hände waren nass und weiß und kalt, und sie gähnte in einem fort, und ihr Kiefer knackte. Sie legte sich ins Bett, ich deckte sie zu, nichts schaute heraus, nur ihre Nase. Sie klapperte mit den Zähnen. Sie konnte nicht liegen bleiben. Das war unmöglich. Sie musste sich bewegen. Ich legte ihr die Decke um. Inzwischen war Nacht. Sie weinte. Sie weinte in einem Ton, den ich widerlich fand. Ich wünschte, sie sähe besser aus. Ihre Waden waren hässlich dünn. Die Beine waren hoch, das Becken war breit. Warum hast du dich tätowieren lassen? Weiß nicht. Darf ich raten? Langeweile? Sie hatte das Bild auf der Brust einer Freundin gesehen und wollte das gleiche haben. Die Freundin, die sich den Entzug mit Sex erleichtert hat? Nein, die nicht. Erzähl mir einen Witz. Sie weinte wieder. Um Mitternacht übergab sie sich in den Eimer. Ich muss es ins Klo schütten, sagte ich, du bist also zwei Minuten allein, ist das o.k.? Bitte, nur eine Minute. Geh mit, sagte ich. Das traute sie sich nicht. Du bist in einem Studentenheim, sagte ich, im 8. Bezirk und in Wien. Wir sind allein hier. Die Studenten sind in den Ferien nach Hause gefahren. Sie übergab sich noch einmal.

Ich lief mit dem Eimer in den Gang, schüttete ihn ins Klo, spülte ihn in der Dusche aus. Als ich zurückkam, hatte sie sich zum dritten Mal übergeben. Auf den Fußboden. Ich wischte die Kotze mit einem Handtuch auf, sie half mir nicht dabei, ich wusch das Handtuch im Waschbecken aus und hängte es ans Fenster. Es war nicht viel gewesen, dünnes Grünes. Jetzt sei das Schlimmste vorbei, sagte sie. Sie sei ruhiger. Ich schlaf jetzt. Wie spät ist es? Ich weiß nicht. Jemand hat mir die Uhr geklaut. Eine Stunde schlief sie. Ich konnte nicht schlafen. Ich trank etwas Milch und Rotwein. Ich hoffte, meine Tiere würden kommen und mir beistehen. Das Fenster war offen.

Sie wachte auf und weinte gleich wieder. Wollen wir uns etwas ausmachen, sagte ich. Was denn? Dass wir einander nichts erzählen. Ja, das will ich auch. Ich will nichts von dir wissen. Ich auch nichts von dir. Ich will nicht, dass du etwas von mir weißt. Ich will auch nicht, dass du etwas von mir weißt. Ich muss aufs Klo, sagte sie. Ich muss aber groß. Dringend. Es zerreißt mich. Ich trau mich nicht vor dir. Ich ging vor die Tür. Ich hörte, dass sie Krämpfe hatte. Sie stöhnte und schrie. Ich holte drei Rollen Klopapier, mehr waren in der Toilette nicht. Daran hatte ich nicht gedacht. Und Cookie hatte auch nicht daran gedacht. Sie stand vornübergebeugt und heulte und schrie und brüllte. Das Wasser tropfte ihr aus den Augen und aus der Nase und aus dem Mund. Ich habe Krämpfe, gib mir etwas, heulte sie. Ich sah, wie sich ihr Bauch bewegte. Es war, als kröchen daumengroße Käfer unter ihrer Haut. Und in den Beinen habe ich auch Krämpfe. Hat er dir nichts Krampflösendes dagelassen? Ist er ein Arzt? Ich verreck! Was soll ich mit Chips und Cola! Gib mir wenigstens ein Valium! Sie sackte auf die Knie nieder und zur Seite und versuchte zu kotzen, aber es kam nichts mehr. Schau, schrie sie, was ist das? Um Gottes willen, was ist das? Die Krämpfe in ihrem Bauch waren so heftig, dass sich ihr Körper verbog und nach hinten spannte. Nun waren keine Käfer unter ihrer Haut, nun waren es Schlangen, die einander bekämpften. Es ist nichts, sagte ich. Das gehört dazu. Ich hatte von Fixern gehört, die sich die Seele aus dem Leib gekotzt haben, die sich vollgeschissen haben, und endlich hat ihnen einer ein kleines Spritzchen mit ihrem Zeug gegeben, und fünf Minuten später kamen sie frisch rasiert und blühend wie nach einem Achtstundenschlaf aus dem Badezimmer und sagten, wohin gehen wir heute

Abend. Cookie hatte den Höhepunkt auf fünfunddreißig bis vierzig Stunden nach dem letzten Schuss veranschlagt. Das hieß, Janna hatte noch eine Strecke vor sich.

Ich zog sie an den Händen in den Gang hinaus und zur Dusche. Ich sperrte hinter uns zu und drehte in einer der Kabinen das Wasser auf. Ich zog ihr die Kleider aus, achtete darauf, dass nichts kaputtging, sie hatte nichts anderes bei sich. Ich hob sie hoch und schleppte sie unter die Dusche. Sie schlug mit Armen und Beinen um sich. Als das Wasser auf sie niederprasselte, sackte sie zusammen. Ich zog den Vorhang vor. Das warme Wasser tat ihr gut. Ich klaubte ihre Kleider auf, ging in die Werkstatt und stopfte sie in die Waschmaschine. Es war kein Waschmittel da. Ich holte das Haarshampoo aus meinem Kasten, rief, ich komme gleich, bekam keine Antwort, ließ eine Handvoll Shampoo in die Waschmaschine laufen und schaltete ein.

Ich seifte Janna mit Shampoo ab. Sie wolle noch eine Weile unter der Dusche bleiben, sagte sie, eine Viertelstunde. Ich solle ruhig ins Zimmer gehen und mir keine Sorgen machen.

Ich hatte keine Handtücher mehr. In der Werkstatt suchte ich einen Draht, fand aber nur einen großen Nagel und bog ihn zu einem Dietrich zurecht. Ich rannte hinauf zum Zimmer von Ernst Koch. Die Tür zu öffnen war ein Kinderspiel. Ich nahm die Handtücher aus seinem Kasten, merkte mir, wie sie gelegen hatten, nahm die Flasche mit dem *Tabac*-Rasierwasser, und die zwei abgepackten Seifen nahm ich auch. Und auch seine Zudecke nahm ich mit. Und eine Wolldecke dazu. Ich warf einen Blick in seinen Schreibtisch. Hier herrschte eine penible Ordnung. Obenauf lag sein Pass.

Ich gab in den Wassereimer Shampoo und Rasierwasser und wischte mein Zimmer und den Gang bis zur Dusche. Aber es stank immer noch. Ich holte mir aus der Küche sämtlichen Tee, den ich fand, schüttete ihn in einen tiefen Teller. Den Teller stellte ich mitten in mein Zimmer und zündete den Tee an. Ich tröpfelte etwas Wasser darauf, damit ordentlich Rauch aufstieg. Das nahm den Gestank einigermaßen. Als Janna aus der Dusche zurückkam, wirkte sie ruhiger.

Eine Stunde oder zwei oder drei schliefen wir.

Irgendwann in der Nacht wachte ich auf. Janna kniete auf dem Fußboden und beugte sich über mich.

Sie sagte: »Magst du im Bett liegen? Sollen wir tauschen?«

Ich legte mich aufs Bett, und sie blieb am Boden. Später zog ich sie ins Bett und hockte mich wieder auf den Boden. Ich las im Schein meiner Schreibtischlampe die Comics noch einmal durch. Ich überlegte, ob ich den Tieren pfeifen sollte. Aber was hätten sie für mich tun können? Hätten sie mit mir gewacht? Ich hörte ein wenig Nachtprogramm im Radio. Ich nahm eine halbe Valium.

Nach weiteren zehn Stunden Schlaf zog sich der Affe von Janna zurück.

Am Mittwoch nach Ostern – Rudis Gott war seit drei Tagen wieder am Leben – kamen die ersten Studenten aus den Ferien ins Heim. Ernst Kochs Sachen hatte ich gewaschen und zurückgebracht, die Rasierwasserflasche mit Wasser aufgefüllt. Er würde nichts merken. Janna schlief viel. Ich sagte, wenn sie sich ruhig verhalte, könne sie bleiben. Sie aß Joghurt. Am Donnerstag fing die Uni an. Tagsüber waren wir allein und ungestört.

Am Freitag verließen wir zum ersten Mal das Haus. Die Welt kam uns draußen sehr hell vor. Die Sonne schien, es war ein schöner Frühlingstag, voll von linden Gerüchen und Vogelgezwitscher, wie damals, als ich mit Allegra auf dem Kahlenberg gewesen war. Janna ging auf zittrigen Beinen und war gleich außer Atem. Wenn sie blinzelte, war etwas Hübsches in ihrem Gesicht, in dem so wenig Farbe war wie in keinem Gesicht, das ich je gesehen hatte. Wir fuhren mit der Straßenbahn bis zum Burgtheater und spazierten durch den Volksgarten. Vor dem Theseustempel setzten wir uns auf die Stufen, und ich erzählte ihr, dass ich hier als Kind mit den Tauben lateinisch gesprochen hätte. Sie lachte fröhlich und übermütig. Sie würde sich gern ordentlich die Zähne putzen, sagte sie, am liebsten eine halbe Stunde lang. Ich sagte, mein Vater habe sich die Zähne mit Salz geputzt.

»Schmeckt das nicht grauslich?«, fragte sie.

»Salzig halt.«

»Und warum ist das ein Vorteil für die Zähne?«

»Das wirkt wie Schmirgelpapier, wenn man eine Autokarosserie lackiert.«

»Kannst du so etwas?«, fragte sie.

»Ja, ich bin gelernter Automechaniker.«

Am Abend war ich beim Sekretär des Erzbischofs eingeladen. Janna versprach mir in die Hand, dass sie im Zimmer bleiben werde. Als ich in der Nacht zurückkam, war sie nicht mehr da. Den Bonsai hatte sie mitgenommen.

5

Ich ging hinüber zum Arschloch. Die Haustür war offen. Ich wartete auf der Stiege über seiner Wohnung. Kurz nach Mitternacht kam er. Nachdem er aufgeschlossen hatte, trat ich aus dem Dunkeln, drängte ihn in die Wohnung und kickte die Tür hinter uns zu. Schachteln standen herum, Wäsche lag am Boden, es stank nach Kief und Abwasch. Vor Angst konnte er nicht einmal schreien. Er hyperventilierte, hielt sich die Arme vors Gesicht und ging vor mir auf die Knie. Ich solle ihm nichts tun, bettelte er atemlos. Seine Hand sei kaputt, er sei nicht versichert, er könne nie wieder seine Hand richtig verwenden. Das müsse doch genügen. Er streckte mir die verletzte Hand entgegen, sie war mit einem dreckigen Verband umwickelt. Ob Janna bei ihm gewesen sei, fragte ich, und meine Stimme war sehr ruhig und freundlich. Worüber ich mich selber wunderte. Nein, sagte er, er schwöre es, ich solle ihn in Frieden lassen. Ich sagte, ich würde es nicht dulden, wenn er mich anlüge; man könne mit mir über sehr vieles reden, nur anlügen dürfe er mich nicht. Er solle jetzt nichts überstürzen, sagte ich, er solle sich setzen und mit mir eine *Smart* rauchen und mir von seiner Musik erzählen, von einer neuen Gitarre zum Beispiel, die er sich gekauft habe oder kaufen wolle, und dann solle er mir die Wahrheit sagen, in Ruhe und Vernunft. Was er von dem Vorschlag halte. Nach einer Viertelstunde gab er zu, Janna sei bei ihm gewesen und habe ihn gotterbärmlich angebettelt, und er habe nicht anders können, als ihr einen Schuss zu geben, umsonst, bewusst umsonst, nicht einen Schilling habe er für das H verlangt. Ich sagte, ich sei sehr erleichtert, dass er mir die Wahrheit gesagt habe, und bat ihn, ihr in Zukunft nichts mehr zu geben. Wenn sie bei ihm aufkreuze, solle er mich bitte anrufen. Er war auch sehr erleichtert.

»Versprichst du mir das?«, fragte ich.

»Ich verspreche es dir«, sagte er und wollte mir die Hand küssen. Das wollte ich aber nicht.

»Keiner von euch hält ein Versprechen«, sagte ich leise, so leise, dass er es nicht verstehen konnte.

»Was sagst du?«, fragte er. »Was hast du gesagt? Ich habe dich nicht verstanden.«

Ich marschierte quer durch die Innenstadt und über den Donaukanal in den 2. Bezirk, es war schon nach eins. Mir schien, es roch nach Föhn. Ich liebte diesen Geruch. Er erinnerte mich an Feldkirch und an die Spaziergänge zusammen mit Sebastian durch Matschels an der Ill entlang. Sebastian liebt den Föhn. Er habe bei Föhn das Gefühl, in der weiten Welt zu sein. Bei Vera herrschte noch Betrieb. Sie freute sich, mich zu sehen. Sie habe schon Angst gehabt, ich sei ihr untreu geworden. Sie beugte sich über die Bar und flüsterte in meine Haare hinein, gleichzeitig habe sie auch gehofft, ich sei ihr untreu geworden. Und fragte, ob ich noch mit der netten Frau zusammen sei, die passe zu mir. Ich antwortete nicht und zwinkerte auch nicht zurück, als sie zwinkerte. Ich bestellte ein Zack-Zack-Spezial und setzte mich zu Mecki. In dem Bierglas vor ihm war ein Dutzend Fliegen. Ich müsse ihn um etwas bitten, sagte ich. Dazu sei er da, antwortete er. Ich sagte, ich würde nach dem Essen gehen und draußen auf ihn warten, er solle in einer Stunde nachkommen. Ob ihm das recht sei. Er nickte, und wir machten es so.

Auf dem Weg zu ihm redeten wir nicht. Er hatte eine kleine Wohnung in einer der Seitenstraßen, die zum Prater hinführten. Inzwischen blies der Föhn heftig. Dass ich eine Waffe bräuchte, sagte ich. Er nickte, schaltete das Licht über dem Küchentisch an, das sehr hell war, und verschwand und kam mit einer schweren Kiste wieder. Er packte aus und stellte Stück für Stück vor:

»Eine 44.er Magnum. Eine teure Kanone. Irres Gerät. Auf hundert Meter haut sie jedem Wagen den Motorblock durch. Damit kannst du auch einen Panzer knacken. Klingt gut, ha? Ja, sie ist eine Prinzessin. Ein Bananenfresser vom Mexikoplatz wird dafür glatt 6000 aus der Tasche reißen. Qualitätsware. Verkaufe ich nur an sympathische Leute. Gefällt sie dir? Ich finde sie nur ein bisschen unhandlich für ein schnelles Geschäft. Dafür habe ich etwas Besseres, eine 38.er Stupsnase, schön handlich. Ist ein schönes kleines Ding. Alles vernickelt. Klapp einmal die Trommel heraus! Mit einer Magnum schießen sie in Afrika Elefanten den Arsch weg. Die Magnum ist eine zuverlässige Waffe. Die meisten kleinen Dinger sind empfindliche Spielzeuge. Die Stupsnase aber ist robust. Mit der kannst du wie mit einem Hammer Nägel in die Wand reinhauen. Der Lauf verzieht sich nicht. Die arbeitet sehr präzise. Das ist ein echtes Meisterwerk mit einem kräftigen Durchschlag. Oder reizt dich mehr eine Automatic? Das hier ist ein 25.er Colt Automatic. Ein schönes Stück. Ich sag dir, ein superschnelles Ei. Ein Schuss im Magazin, ein Schuss im Lauf. Wenn du durchgeladen hast, liegst du immer vorn. Hier etwas Heißes, eine 38.er Walther. Hat acht Schuss im Magazin. Das ist eine klare Sache. Viele Burschen wollen eine Walther und sonst gar nichts. Diese Walther ist noch besser als die legendäre P 38. Im Zweiten Weltkrieg haben nur Offiziere eine Walther bekommen. Na, ist das ein Schätzchen?«

Die Szene kam mir bekannt vor, und aus seinem Grinsen schloss ich, dass er meinte, ich wüsste, warum mir die Szene bekannt vorkomme. Gegen Schluss seines Monologs machte er mit der Hand eine Leierbewegung, als spule er einen allgemein bekannten Text ab. Erst als ich auf dem Rückweg durch die Stadt war, fiel mir ein, dass er wortwörtlich aus dem amerikanischen Film *Taxi Driver* zitiert hatte. Da musste ich schmunzeln.

Ich nahm die 38.er Walther. Und zwei Schachteln Patronen. Er riet mir zu einem Schalldämpfer. Auch den nahm ich. Ich ließ mir zeigen, wie man die Waffe lädt, wie man sie sichert und entlädt und wie man den Dämpfer aufschraubt. Er machte es mir vor, ich machte es ihm nach. Ich solle die Waffe mit beiden Händen halten, sagte er. Das tat ich und schoss ihm schnell hintereinander zwei Kugeln in den Kopf.

Ich schaltete das helle Licht aus und ging.

Vor dem Haus des Arschlochs war es vier, ich hörte die Uhr vom Türmchen des Priesterseminars schlagen, ein liebes Geräusch, das mich durch meine Tage und Nächte im Heim begleitet hatte. In der Wohnung oben brannte Licht. Das Fenster war offen. Es war warm wie im Mai. Musik hörte ich. Ich klingelte. Das Arschloch schaute zum Fenster heraus. Ich rief, er solle mich hereinlassen. Er wollte nicht. Ich sagte, in Ordnung, also komme ich morgen gleich in der Frühe. Er sagte, er wolle auch nicht, dass ich morgen käme. Ich sagte, in Ordnung, also komme ich übermorgen. Er verschwand vom Fenster, das Licht im Flur ging an, und er öffnete die Haustür einen Spalt. Was ich ihm sagen wolle, könne ich auch hier sagen. Er solle mich hereinlassen, sagte ich. Nein, sagte er. In Ordnung, sagte ich, ich komme morgen. Er ließ mich herein. Er habe aber Besuch, sagte er.

»Wen denn?«, fragte ich. »Janna Lundin?«

Wie ich auf die Idee komme! Einen Freund.

Das war mir nicht recht. Ich wollte umdrehen. Wer immer der Freund war, ich hatte nichts mit ihm zu schaffen und er nichts mit mir. Aber der Freund kam schon die Stiege herunter, ein großer dicker Mann mit krausen Haaren wie ein Mopp. Er fragte das Arschloch, was los sei, ob er Hilfe brauche. Ich stand direkt unter der Lampe.

»Ich weiß, wer du bist«, sagte er plötzlich. Unverkennbar war sein Vorarlberger Dialekteinschlag. »Du bist Andres Philip. Ich dreh durch! Ich dreh wirklich gleich durch!«

Ich fragte, ob er ein Freund von Janna sei, ob er Janna das Heroin besorge, ob er mir sagen könne, wo Janna sich befinde, ob sie wohlauf sei, ob er mich zu ihr führen könne.

Er rannte über die Stiege nach oben, was aber kein Rennen war, sondern ein groteskes Wackeln. Ich sei ein Wahnsinniger, schrie er, ich hätte Jannas Mutter umgebracht, er würde mir niemals sagen, wo Janna sei, ob ich sie auch umbringen wolle. Ich lief hinter ihm her, stellte ihn vor der Wohnungstür und schoss ihm in den Hinterkopf. Nichts von dem Schuss war zu hören, außer ein *Blob!* wie in der Sprechblase eines Comics – genauso hatte Mecki über das Schießen mit Schalldämpfer referiert. Der mächtige, unförmige Körper rutschte zu Boden und kippte zur Seite, die Haare standen ab, als wären sie elektrisch aufgeladen. Am Geländer stand das Arschloch. Er war hinter uns her über die Stiege hinaufgerannt, Augen und Mund offen wie auf einem Kinoplakat, die Pickel in seinem Gesicht glühten. Ich schoss ihm in die Brust und in den Hals und in den Bauch, als er am Boden lag.

Ich ging hinunter zum Donaukanal und warf die Pistole ins Wasser.

Als ich mein Zimmer hinter mir absperrte, schlug die Uhr vom Türmchen dreimal, das hieß, es war eine Viertelstunde vor fünf Uhr.

Ich wollte mir diese Uhrzeit merken, wusste aber nicht zu welchem Zweck. Ich zog mich aus und legte mich ins Bett und schlief gleich ein. Es war eine kurze Nacht und für längere Zeit das letzte Mal, dass ich in diesem Bett schlief.

6

Die Genossen Allegra Pellicano und Riccardo Fantoni wurden ausgewählt, als Gäste der Kommunistischen Partei Österreichs und der Freien Deutschen Jugend (FDJ) der Deutschen Demokratischen Republik (DDR) bei den Weltfestspielen der Jugend und Studenten vom 27. Juli bis zum 5. August 1978 in Havanna, Kuba teilzunehmen. Der Auftritt der beiden Genossen im Schulungsheim der KPÖ in Mauer hatte großen Eindruck hinterlassen, besonders die Märchenrede des Genossen Fantoni habe »eine heftige, aber letztlich fruchtbare und wertvolle Diskussion« ausgelöst.

Allegra war in Italien vom Entschluss des Zentralkomitees der Partei verständigt worden. Sie sprach mit Riccardo, und er schlug vor, Joel Spazierer solle mit Riccardos Pass nach Ost-Berlin und von Ost-Berlin nach Havanna reisen, schließlich sei es ja auch Joel Spazierer gewesen, dessen Vortrag eine letztlich fruchtbare und wertvolle Diskussionen ausgelöst habe. Wenn die Wiener Genossen den Fantoni und den Spazierer nicht voneinander unterscheiden konnten, würden es die deutschen und die kubanischen Grenzschützer auch nicht können.

Allegra kam mit Riccardos Pass aus Turin zurück. Ein bisschen würde man an Joel Spazierers Äußerem herumbessern müssen, die Augenbrauen stutzen, Bart und Haare ein wenig dunkler färben, die Sommersprossen auf der Nase überschminken – die auf der Stirn wurden von den Haaren bedeckt. Von nun an sprachen Allegra und ich nur noch italienisch miteinander. Auch weil dies in Zukunft unsere Sprache sein würde.

Zwei Wochen nach Ostern kam Allegra also wieder nach Wien. Es war dies ihr letztes Auslandssemester, und sie wollte sich besonders anstrengen. Auch ich war nun öfter an der Uni. Eine Prüfung wenigstens wollte ich ablegen. Vera erzählte mir, die Polizei sei bei ihr gewesen und habe sie und die Gäste nach Mecki ausgefragt. Sie habe auch mich genannt, als eine Art Stammgast. Sie gab mir den Namen des zuständigen Beamten und die Adresse der Behörde. Dort stellte man mir ein paar Fragen, interessierte sich aber weiter nicht für mich.

Das Festival auf Kuba stand unter dem Motto »Für antiimperialistische Solidarität, Frieden und Freundschaft«. Zwanzigtausend Jugendliche aus hundertfünfzig Ländern wurden erwartet. Um uns, die wir keiner Partei angehörten, bemühte man sich besonders. Im Flugzeug von Ost-Berlin nach Havanna wurde zweimal warmes Essen serviert, erst Königsberger Klopse in weißer Soße mit Kapern und Salzkartoffeln, später ein scharfer Eintopf mit schwarzen Bohnen und Wurzelgemüse. Allegra und ich saßen leider nicht nebeneinander, und weder ihre Nachbarin noch mein Nachbar war bereit, die Plätze zu tauschen.

Um uns die Zeit zu verkürzen, wurden Dokumentarfilme über einige Helden der Freiheit gezeigt. Der erste Beitrag erzählte von dem antiken Sklavenbefreier Spartakus, der ein Gladiator gewesen war und siebzig Jahre vor der Geburt Christi von den Römern hingerichtet wurde. Zusammen mit anderen Leidgenossen war er aus einer Gladiatorenschule ausgebrochen und durch das Land gezogen und hatte Sklaven von den Latifundien um sich gesammelt, bis sein Heer auf 200 000 Mann angewachsen war. Auf seinem Zug von Süden nach Norden lieferte er dem römischen Heer zahlreiche Schlachten, die er alle für sich entschied. Das Anliegen des Spartakus war es, die Sklaven in ihre Heimatländer zurückzuführen, wo sie in Würde leben sollten, über sich keinen Herrn, unter sich keinen Knecht.

Schließlich schickte der Senat acht Legionen, um die Aufständischen zurückzuschlagen. Spartakus wurde nach Süden gedrängt, an der Straße von Messina wollte er nach Sizilien übersetzen, wurde aber verraten und von den heranrückenden Soldaten vernichtend geschlagen. Er und sechstausend seiner Leute wurden gefangen genommen und entlang der Via Appia gekreuzigt.

Interessant war auch der Beitrag über den französischen Revolutionär Jean Paul Marat, ohne dessen Zeitung *Ami de Peuple* die Revolution nicht gesiegt hätte. Interessant auch das Leben von Patrice Lumumba, dem ersten Ministerpräsidenten des unabhängigen Kongo. Er war ein normaler Briefträger gewesen, irgendwann hatte er genug von der Grausamkeit der belgischen Kolonialherrschaft und ging in die Politik. In einer großartigen Rede in Anwesenheit des belgischen Königs Baudouin I. prangerte er dessen Herrschaft an. Bald darauf wurde er ermordet.

In weiteren Filmen wurde uns von Wladimir Iljitsch Uljanow, genannt Lenin, erzählt, dem Vater der Sowjetunion, von Ho Chi Minh, dem Vater der Demokratischen Republik Vietnam, und von Rosa Luxemburg, der deutschen Revolutionärin, die auf dreifache Weise von Rechtsradikalen ermordet worden war, einmal niedergeschlagen mit einem Gewehrkolben, dann in den Kopf geschossen und schließlich in einen Kanal geworfen.

In den beiden längsten Filmen wurden der kubanische Revolutionär Ernesto Che Guevara und der deutsche Kommunistenführer Ernst Thälmann vorgestellt. Von Che Guevara hatte mir Allegra schon ausführlich erzählt. Ich hatte viele Fotos von ihm gesehen, auf dem berühmtesten habe er Haare wie ich, hatte sie einmal gesagt. Che wollte allen Menschen helfen, der ganzen Welt wollte er helfen. Er sah sehr lässig aus, aber ich hielt nicht allzu viel von ihm. Er kam mir unstet vor und sein Handeln schien mir wenig überlegt, er fing immer etwas an und brachte es nicht zu Ende. Er war Arzt, bekleidete nach der Revolution zunächst den Posten des Generalstaatsanwalts und des Oberaufsehers in einem Gefängnis, leitete eine Zeitlang die kubanische Nationalbank, anschließend war er Industrieminister. Am Ende habe er jede Konvention hingeworfen und sei nach Afrika und Bolivien gezogen, um dort an der Seite der Ärmsten der Armen die Revolution voranzutreiben. Ich glaubte, es war leichter, ihn zu einem Gott als zu einem interessanten Menschen zu machen.

Besser gefiel mir der deutsche Ernst Thälmann. Der blieb am Boden und bei einer Sache, er war stur und ließ sich von Niederlagen nicht unterkriegen. Auch mühsame Kleinarbeit und Vereinsmeierei waren ihm nicht zu blöd, nie verlor er das Ziel einer klassenlosen Gesellschaft aus den Augen. Er war nicht unnachgiebig aus Schwäche und nicht tapfer aus Furcht. Er war stark genug, das Unglück anderer zu ertragen, aber er wollte es nicht ertragen. Es gab zwar kein heldenhaftes Foto von ihm wie von Che Guevara, aber ein Held war er trotzdem. Und zwar der größte Held der Deutschen Demokratischen Republik. Ich gewann sogar den Eindruck, ohne ihn wäre in diesem kleinen Land längst alles verloren. Jeder in der Deutschen Demokratischen Republik kannte Ernst Thälmann. Schwerindustriebetriebe waren nach ihm benannt, ebenso Offiziersschulen und normale Schulen und Kindergärten, außerdem Fußballclubs, Handballclubs, Schachclubs, Ruderclubs, aber auch Volkshochschulen, Lesezirkel, Volkstheatergruppen und regionale Musikvereine. Auf Briefmarken wurde sein Porträt gedruckt und auf Münzen. Der wichtigste Platz in Ost-Berlin trug seinen Namen und der schönste Park und das höchste Denkmal auch. Die größte Jugendvereinigung des Landes waren die Ernst-Thälmann-Pioniere mit ihren roten Halstüchern. Drei Filme sind über ihn gedreht worden. Aber nicht nur in der Deutschen Demokratischen Republik war er hochverehrt. In Tadschikistan war ein Dorf nach ihm benannt worden, in Birobidschan eine Kolchose, in der Ukraine eine Siedlung, und in der legendären Schweinebucht auf Kuba lag die Ernst-Thälmann-Insel. Und er sei nicht so streng wie Dr. Ernesto Che Guevara gewesen, sondern durchaus gemütlich und habe, wie es sich für einen Hamburger gehöre, gern ein Bier und einen Korn getrunken. Gern habe er die Hand seines Gegenübers genommen und die Finger zu einer Faust gefaltet. »Beter inne wiede Welt as in'n engen Buch, see de Jung un lött een fleegen«, war sein Wahlspruch. An Weihnachten zersägte er den Christbaum und brachte das Holz einem arbeitslosen Arbeiter, damit dessen Familie wenigstens am Heiligen Abend eine warme Stube habe. Die Nazis verschleppten ihn in ein Konzentrationslager. Sie wollten, dass er seine Genossen verrate, sie folterten ihn wie keinen zweiten, aber er blieb standhaft. Sie erschossen ihn und verbrannten ihn samt seinen Kleidern, was Zeugen daraus schlossen, dass der Rauch dunkel gewesen sei.

Am Ende dieses Heldenkatalogs, auf Leinwand vorgestellt im Luftschiff der Deutschen Demokratischen Republik über dem Atlantik, bekam jeder von uns ein schmales Buch geschenkt, in dem die Lebensgeschichten der Vorbilder nun auch in schriftlicher Form vorlagen.

In Havanna wohnte ich in einem Hotel zusammen mit Afrikanern. Es war nicht erlaubt, dass Männer und Frauen, die nicht verheiratet waren, in einem Zimmer schliefen. Weil unsere Hotels an verschiedenen

Enden der Stadt lagen, sahen Allegra und ich uns während der ganzen Woche nur zweimal und nur kurz. Sie war wütend.

Ich teilte ein Zimmer mit einem Mann aus dem Senegal. Sein Name war Lamine N'Doye. Er war groß und tiefschwarz. Wir sprachen Französisch miteinander. Er brachte mir einige Worte und Wendungen in Wolof bei, der Umgangssprache der Senegalesen. Er hatte ein Chamäleon mitgebracht, weil die Hotels voll Ungeziefer seien. Lamine war schon einen Tag vor mir in Havanna angekommen. Er erzählte, er habe seine Sachen und das Chamäleon im Zimmer abgestellt und sei vier Stunden spazieren gegangen. In dieser Zeit habe *dieu de la mouche* alles aufgefressen, was sich bewegte und kleiner als ein Daumennagel war. So mache er es immer und überall. Die Welt sei voll Wanzen und Käfern und Blutsaugern. Das Chamäleon saß auf dem Kleiderschrank und beäugte mich. Seine schuppige Haut sah sehr alt aus, sein krummer Rücken unfreundlich. Ob ich mich in der Nacht vor *dieu de la mouche* fürchten müsse, fragte ich. Lamine schüttelte nur den Kopf. »Il est notre gardien. Il tue nos ennemis.« Er erzählte mir, er und sein Chamäleon seien schon seit einem Jahr auf Reisen, überall auf der Welt seien sie gewesen, in Amravati, in Chelyabinsk, in Sucre, in Edmonton, in Alice Springs, und überall habe er von den Schicksalsschlägen Afrikas berichtet, von der belgischen Handabhackerei, von der deutschen Volksvernichtung durch Hunger und Durst, von der holländischen, englischen, französischen Ausbeutung und Unterdrückung, von der arabischen Sklavenhatz, von den menschenfressenden Diktaturen und den korrupten Kaisern. In Kuba werde er in einer Arbeitsgruppe im Rahmen der Weltfestspiele der Jugend und Studenten auftreten, und er wisse, man werde ihn lieben und respektieren, wie man ihn überall auf der Welt geliebt und respektiert habe.

Wir beide hatten es gemütlich miteinander. Wir schwänzten die meisten Veranstaltungen und spazierten durch Havanna und bewunderten die alten amerikanischen Autos. Lamine verstand viel von Autos. Auch er hatte schon einmal in seinem Leben einen Cadillac Eldorado Biarritz gesehen, in Dakar, der habe einem Araber gehört. Wir setzten uns nebeneinander auf eine Gehsteigkante und sahen einem alten Mann mit weißen Haaren und weißem Schnauzbart zu, wie er unter einen türkisfarbenen Buick aus den fünfziger Jahren kroch und den Auspuff löste. Ich fragte den Mann auf Spanisch, ob wir ihm helfen könnten. Er teilte uns zu Handlangerarbeiten ein und gab uns Limonenwasser zu trinken.

Bei der großen Friedenskundgebung im Baseballstadion saßen Lamine und ich auf einer der breiten Längsseiten und sahen vor uns das sogenannte lebende Bild von Che Guevara. Tausend junge Kubaner in verschiedenfarbigen Hemden duckten und drehten sich, so dass sich ihre Rücken, ihre Bäuche und ihre Seiten als Farbpartikel zum Gesicht des Revolutionärs fügten. Ich dachte, nun würden uns auf die gleiche Weise auch die anderen Helden der Freiheit gezeigt, über die wir im Flugzeug unterrichtet worden waren. Aber es wurde nur Che Guevara gezeigt. Sonst wurde getanzt und gesungen, und Reden wurden gehalten. Als wir nach fünf Stunden das Stadion verließen, sah ich Allegra vor mir in der Menge. Ich rief ihr zu, sie rief mir zu, wir versuchten, zueinander durchzukommen, es gelang uns nicht.

Eine kurze chronologische Zusammenfassung:

Am 9. Mai war Aldo Moro nach fünfundfünfzig Tagen Geiselhaft von den Brigate Rosse erschossen worden. Seine Leiche wurde im Kofferraum eines Wagens auf halbem Weg zwischen dem Sitz des *Partito Comunista Italiano* und der *Democrazia Cristiana* abgelegt.

Am 24. Juli waren Allegra und ich von Wien im Zug nach Ost-Berlin gefahren, wo wir einen Tag blieben, um anschließend gemeinsam mit dreihundert parteilosen Genossen aus Belgien, Frankreich, Italien, Österreich, Holland, Dänemark, Schweden, Norwegen und der Schweiz nach Havanna zu fliegen (die in einer kommunistischen Partei organisierten Genossen flogen in einer anderen Maschine).

Am 11. August kehrten wir wieder nach Wien zurück.

Am 25. August wurde Riccardo in Turin festgenommen. Ihm wurde vorgeworfen, an der Entführung und Ermordung von Aldo Moro beteiligt gewesen zu sein. Er wurde nach Rom in ein Untersuchungsgefängnis gebracht. Er war das erste mutmaßliche Mitglied der Brigate Rosse, das nach Aldo Moros Tod verhaftet wurde. Er verweigerte die Aussage.

Ende September gab sein Anwalt – ausgesucht und bezahlt von dem Turiner Großindustriellen Edoardo Pellicano – überraschend eine Pressekonferenz, bei der er behauptete, sein Mandant habe mit der Sache nichts zu tun, er sei während der Zeit von Aldo Moros Gefangenschaft gar nicht in Italien gewesen, sondern: auf Kuba. Als Beweis legte er Riccardo Fantonis Pass vor, in dem sich Einreisestempel in die DDR mit Datum 25. Februar 1978, Einreisestempel in die Republik Kuba vom 27. Februar desselben Jahres plus ein handschriftlicher Vermerk eines kubanischen Grenzbeamten sowie Ausreisestempel aus Kuba mit Datum 9. August, Einreisestempel in die DDR vom 10. August und ein Einreisestempel nach Österreich vom 11. August befanden.

Riccardo wurde freigelassen. Am selben Tag tauchte er unter. Niemand hat jemals wieder etwas von ihm gehört.

Das mit dem Pass habe ich gedeichselt.

Nachdem Riccardo verhaftet worden war, überlegte Allegra, wie wir ihm helfen könnten.

»Warum willst du ihm überhaupt helfen?«, fragte ich.

»Weil er immer noch mein Genosse ist«, antwortete sie.

»Die Kommunisten haben die Brigate Rosse verurteilt«, sagte ich, »entschiedener als die Democrazia Cristiana. Sie haben nicht gesagt, der Mord an Aldo Moro sei das grausame, aber gerechte Handwerk des Weltgeistes. Nein, das haben sie nicht gesagt. Die KP hat die Brigate Rosse Verbrecher genannt, Kriminelle, Mörder. Die Kommunisten haben sich mehr für Moro eingesetzt als seine eigenen Leute, habe ich im Radio gehört.«

»Ich bin keine Kommunistin mehr«, sagte sie.

»Aber warum ist Riccardo dann immer noch dein Genosse, wenn du keine Kommunistin bist?«

»Riccardo ist mein Freund. Ist er dein Freund nicht? Ihr habt Tischtennis gespielt und über das Boxen geredet, und er hat dir seinen Pass geliehen, damit du nach Kuba fahren konntest. Er hat dir seinen Namen geliehen.«

»Ich weiß nicht recht«, sagte ich. »Vielleicht ist *er* mein Freund, aber *ich* bin wahrscheinlich sein Feind. Wär ich er, wär ich mein Feind. Ich habe ihm sein Mädchen ausgespannt.«

»Ich bin kein Mädchen, ich bin eine Frau, und ich war nicht seine Frau.«

»Was warst du von ihm?«

»Seine Geliebte und seine Genossin.«

»Und was bist du von mir?«

»Ich bin deine Frau.«

»Und du wünschst dir, dass wir ihm helfen?«

»Das wünsche ich mir.«

Ich bat sie, mich allein zu lassen. Ich nahm ihr das Versprechen ab, nicht an der Tür zu lauschen. Sie solle eine Stunde in der Stadt spazieren gehen. Ich sperrte das Zimmer trotzdem ab und zog die Vorhänge vor. Der Stephansdom ist das Haus des Gottes, und ich wollte nicht, dass irgendetwas, was des Gottes ist, Zeuge wird. Ich setzte mich an Allegras Schminktisch, steckte zwei Finger in den Mund und pfiff.

Nacheinander kamen sie unter dem Bett hervorgekrochen. Der Größe nach – erst der Kater, dann der Marder, zuletzt das Rotkehlchen. Leider, wandte sich der Marder an die anderen, nachdem ich dargelegt hatte, worum es ging, leider muss ich euch abermals bitten, mir die Sache zu überlassen, denn ich bin als einziger kompetent und habe als einziger eine Idee. Er erklärte mir, was ich tun solle. Stempeln, sagte er. Es gibt nur wenige Dinge, die wahrer sind als ein Stempel. Niemand kennt jemanden, der je gefragt hätte, ob ein Stempel wahr ist oder nicht. Und wenn gleich fünf oder sechs oder sieben Stempel auf einer Seite im Pass sind, zwei oder drei gleiche, die anderen verschieden, alle kreuz und quer und zum Teil übereinander, dann ist es, als hätten der Gott und der Teufel gestempelt, und nicht einmal ein Major der Állmavédelmi Hatóság würde es wagen, eine Frage zu stellen. Erfinde irgendwelche Stempel, schneide sie aus einem Korken oder aus Linoleum, beschmiere sie mit Kugelschreibertinte, die du mit einem Tröpfchen Terpentin verdünnst und mit ein bisschen Mehl mischst, damit sie nicht klebt und damit sie verbraucht aussieht! Und dann leg los! Das Rotkehlchen riet, ich solle auf einem der kubanischen Stempel ein Palmenblatt abbilden und auf dem Stempel der DDR ein Eichenblatt. Der Kater meinte, es wäre günstig, rote, schwarze, blaue und grüne Kulis zu verwenden und die Farben zu mischen, und schlug weiters vor, wenigstens einen Stempel zusätzlich mit einer erfundenen Unterschrift zu bekräftigen.

Ich rief Allegra, bat sie um grüne, schwarze, rote und blaue Kugelschreiber, von jedem am besten zehn Stück, weiters um eine kleine Tasse Mehl, eine kleine Tasse Wasser, ein Fläschchen Terpentin, ein Skalpell, zwei Dutzend Weinkorken, ein großes Stück Linoleum und einen Stapel Papier. Sie besorgte die Dinge, und ich schloss mich wieder ein. Nach zehn Stunden ohne zu rauchen und ohne etwas zu essen war ich fertig. Über die tatsächlichen Stempel in Riccardos Pass hatte ich andere Stempel gedrückt, und zwar in einer Anordnung, dass die wahren Einreisedaten in die DDR und nach Kuba nicht mehr gelesen werden konnten. Auf meinen Stempeln aber, solchen mit Palmenmotiven und solchen mit Eichenblattmotiven und ein paar anderen dazu, konnte man mehrfach und deutlich erkennen, dass der Inhaber des Passes zu einer bestimmten Zeit Österreich verlassen, die DDR betreten, die DDR verlassen und die Republik Kuba betreten und zu einer bestimmten Zeit die Republik Kuba verlassen, die DDR betreten und die DDR verlassen hatte und schließlich wieder in Österreich angekommen war – und diese bestimmten Zeiten bewiesen: dass Riccardo Fantoni vom 16. März bis zum 9. Mai 1978 *nicht* in Italien gewesen war, sondern in Kuba, ergo mit der Entführung und Ermordung Aldo Moros nicht in Zusammenhang gebracht werden konnte.

»Warum, Joeel«, fragte Allegra, »gibst du dir solche Mühe mit der Kugelschreibertinte und dem Mehl und dem Terpentin und verwendest nicht einfach ein Stempelkissen?«

»Weil das Echte oft nicht so echt aussieht wie das Falsche«, zitierte ich Major Hajós.

Allegra fuhr nach Italien zurück und übergab den Pass an Riccardos Anwalt.

7

Das Abenteuer auf Kuba hatte mir wohlgetan – besonders die Nachtspaziergänge mit Lamine N'Doye, während der er mich in Wolof unterwies, und auch die Versteckspiele mit seinem Chamäleon, das sich in die Farben der Tapete, der Vorhänge, von Lamines T-Shirt und meinem Rucksack einfügte –, aber es hatte mich auch abgelenkt von meinen philosophischen Gedanken. Ich hatte in den Wochen und Monaten vor unserer Reise nach Kuba Gefallen an philosophischen Gedanken gefunden, und die Aufgabe, die allein meine Aufgabe ist, eben im Sinn von Ernst Kochs Interpretation von Matthäus 25,14–30, wollte ich nicht aus den Augen verlieren. Ich hatte inzwischen keine Zweifel mehr, dass sich daraus tatsächlich eine praktikable Möglichkeit ergeben könnte, trotz allem ein guter Mensch zu sein. Mit »trotz allem« meinte ich die megalomanen Überlebenstriebe, die unausgesetzt in unseren Lungen, Adern, Nerven, Därmen ihren Lärm veranstalten mit der Absicht, die anderen Erdgenossen erzittern zu lassen. Es erleichtert das Leben wesentlich, wenn man alles darf, solange man sich nur um einen einzigen Menschen kümmert. Wer das einsieht, kann durchatmen.

Allegra, wie gesagt, fuhr bald, nachdem wir aus Kuba in Wien angekommen waren, weiter nach Turin, in ihrer Tasche Riccardos Pass. Ihre Auslandssemester waren beendet, ihr Studium wollte sie in Italien abschließen, in Mailand, in Rom, in Florenz. (Ich wusste nie genau, was sie eigentlich studierte. Wenn ich fragte, sagte sie jedes Mal, zwischen uns gebe es wichtigere Themen zu bereden.) Ich versprach, am 1. September nachzukommen, sobald ich meinen Job im Studentenheim abgeleistet und gekündigt hätte. Wir waren uns einig, unsere gemeinsame Zukunft in Italien aufzubauen. Noch in diesem Jahr wollten wir heiraten. Allegras Eltern hatten einen Hochzeitstermin im Oktober vorgeschlagen; der Oktober sei wettermäßig der stabilste, der blaueste Monat und für ein Nachmittagsfest im Park ihrer Villa am Gardasee ideal.

Die drei verbleibenden Wochen in Wien wollte ich nutzen, um nach Janna zu suchen. Ich hätte ihr gern noch einmal etwas Gutes getan, aber diesmal etwas, das länger anhielte. Vielleicht würde allein schon die gute Absicht beim Jüngsten Gericht in Rechnung gestellt werden. Die Leere ist endlos. Das empfand ich, als ich wieder in meinem Bett in der Boltzmanngasse lag. Darum stand ich bald auf und ging hinaus. *Ein jeder behalte seine gute Weise. Wechsel der Weise macht Weise und Gemüt unstet.* Meister Eckharts Taschenbuch war mit dem Bonsai verschwunden. Das Türmchen schlug drei Uhr. Ich war unfähig, an den Tod zu glauben, es war eine natürliche Unfähigkeit, so sagte ich dazu, eine Unfähigkeit, die sich erwachsene Menschen nicht eingestehen: Ich weiß, dass ich sterben werde, aber ich glaube es nicht. Jeder Glaube ist voll Hoffnungslosigkeit. Ich will nicht mit gesenkter Stirn gegen den Gott rennen. Ich wollte aber auch nicht unter der Laterne warten, bis er mir wieder begegnet. *Er bleibt beständig in der Nähe; und kann er nicht drinnen bleiben, so entfernt er sich doch nicht weiter als bis vor die Tür.* Ich fand es als einen Vorteil, für jemanden verantwortlich zu sein, der einem nicht allzu viel bedeutete.

Ich wusste nicht, wohin ich gehen sollte. Ich schlenderte am Donaukanal entlang, dort trafen sich die Fixer mit ihren Dealern, und im August lief das Geschäft die ganze Nacht hindurch bis in den Sonnenaufgang. Manche waren meine Kunden gewesen. Ob jemand eine Janna Lundin kenne, fragte ich und beschrieb sie. Ich sagte: »Kennt ihr eine, die bei sich zu Hause einen Bonsai stehen hat?« – »Ja«, sagte einer, »so eine kenne ich, eine dünne blonde Blasse.« – »Was hast du mit ihr gemacht, ha?« – »Ich? Nichts.« – »Und du?«, fragte ich den anderen. – »Ich? Ich kenn sie nur vom Sehen. Weil sie mit ihm geredet hat. Mit mir hat sie nicht geredet, nur mit ihm.« – »Wo wohnt sie?« – »Keine Ahnung.« – »Und wo steht ihr Bonsai? Du hast gesagt, du hast den Bonsai gesehen.« – »Den hat sie bei sich gehabt. Den wollte sie verkaufen. Wer braucht so etwas?« – »Du warst bei ihr!« – »Nein.« – »Gib's zu!« – »Nein.« – »Sagst du die Wahrheit?« – »Ja.« – »Mit wem zieht sie herum?« – »Weiß nicht.« – »Und du? Weißt du, mit wem sie herumzieht?« – »Nein.«

Der eine lang und krumm, der andere sein Schatten.

»Denkt nach«, sagte ich, »überlegt es euch bis morgen. Morgen komme ich wieder.«

In der folgenden Nacht waren sie zu fünft. Sie warteten bereits auf mich. Sie waren ausgestattet mit Baseballschlägern und Ketten. Und einem Hund. Und was ich verstehen konnte: mit einer Lust zu töten. Der Sekretär des Erzbischofs hatte mir beim Nachmittagstee in der Residenz von den Leiden Jesu Christi erzählt. Man hätte ihn einfach aufhängen können. Aber man hatte ihn ans Kreuz genagelt. Man hätte ihn einfach ans Kreuz nageln können, aber man habe ihn vorher gegeißelt. Man hätte ihn einfach geißeln können, aber man habe ihm zusätzlich eine Krone aus Dornen auf den Kopf gedrückt. Man hätte ihm einfach die Dornenkrone aufsetzen können. Aber man verspottete ihn obendrein und spuckte ihn an. »Wenn Menschen töten wollen«, erklärte mir der Sekretär des Erzbischofs, und während er sprach, schüttelte er kaum merklich den Kopf, »wenn sie den festen Entschluss gefasst haben zu töten, wenn sie darüber nachgedacht und sich darauf vorbereitet haben, dann wollen sie vorher quälen.« Das könne durch die gesamte Geschichte der Menschheit beobachtet werden, davon werde in den antiken Sagen erzählt, das berichte die Geschichte der Christenverfolgung unter Kaiser Claudius und Kaiser Nero bis zu Trajan und Diokletian, dies belegen die zugegebenermaßen schändlichen Hexenverbrennungen ebenso wie die Lager von Auschwitz und Treblinka und Stalins Gulag, und vom gegenwärtigen Bürgerkrieg in Nicaragua höre man Ähnliches. Er habe viel darüber nachgedacht, warum das so sei. Seine Antwort: Der Tod sei nichts weiter als ein Punkt, ein Trennpunkt zwischen Sein und Nicht-Sein. Der Tod sei schneller erledigt als ein Wimpernschlag. Damit aber könnten sich Menschen, die töten wollen, nicht zufriedengeben. Jemanden zu töten sei ein Genuss. Darum schicken sie dem Tod die Qual voraus. Die fünf stellten sich um mich herum auf, damit ich ihnen nicht entkommen konnte. Der Nagel und sein Schatten postierten sich in meinem Rücken, ihre Aufgabe war es, mich zu Fall zu bringen, falls ich zu fliehen versuchte. Die drei vor mir waren Dealer, die selber an der Nadel hingen, ich kannte sie flüchtig. Der erste hatte grindig aufgeschürfte Schläfen, die Haare waren bis zum Zenit des Schädels hinauf geschoren; er trug eine weiße, mit Spitzen verzierte Frauenbluse, darunter nichts als seine kreuz und quer tätowierte Haut; statt eines Gürtels hatte er sich ein rotes Tuch umgebunden, dessen Enden bis zu den Knien reichten; er war barfuß. Der mit dem Bullterrier am Lederriemen, der zweite, steckte in einer engen schwarzen Lederhose, die deutlich sein Geschlechtsteil abzeichnete, sein Oberkörper war bloß und behaart; seine Finger steckten in Handschuhen mit funkelnden, pyramidenförmigen Nieten über den Gliedern. Der dritte, der mit der Kette und dem Baseballschläger, hatte oben keine Zähne, er streckte die Zunge durch die Lücke, weil er ohne Unterbrechung das Zahnfleisch ausprobieren musste. Er sprach. Dass sie sehr gern tun, was sie gleich tun. Dass sie mir sehr gern sagen, was sie gleich tun. Weil es sein kann, dass ich nicht mitkriege, was sie tun. Wie das Werkl enden wird, wissen sie nicht. Weil sie das dem Hund überlassen. Sie bereiten mich für den Hund vor. Das ist es, was sie tun. Ich hatte den Sekretär des Erzbischofs gefragt, ob es sich tatsächlich so verhalte, dass Jesus Christus für alle Menschen gestorben sei, also dass er sich für alle Menschen zuständig und verantwortlich gefühlt habe, für die Huren und Diebe, die Mörder und Lügner ebenso wie … – »… ebenso wie für den Sekretär des Erzbischofs«, ergänzte er, ohne zu lächeln, und ich lächelte auch nicht. Ja, sagte er, so verhalte es sich, für alle Menschen sei der Heiland gestorben, für alle, die zu seiner Zeit lebten, für alle, die vor seiner Zeit gelebt hatten, und für alle, die nach seiner Zeit leben würden. Ob man sich vorstellen könne, wie sich jemand fühle, der etwas so Herrliches tue, fragte ich. Er sah mich lange an, endlich sagte er: »Bei jedem anderen würde ich gehässige Ironie hinter dieser Frage vermuten. Bei dir nicht, Joel Spazierer. Lachen ist die Fratze der Lüge, das Antlitz der Wahrheit ist ernst.« »Ich lache fast nie«, sagte ich. »Deine Frage überrascht mich und überrascht mich zugleich auch nicht«, fuhr er fort. »Sie überrascht mich, weil sie noch niemand gestellt hat. Sie überrascht mich nicht, weil sie mich beschäftigt, seit ich denken kann. Ich glaube, es muss ein unbeschreiblich schönes Gefühl sein, sich für die Menschheit zu opfern, ein Gefühl, das an Glückseligkeit übertrifft, was Menschen erleben können.« Wie Heroin, musste ich denken. So ähnlich jedenfalls hatte mir Lore das Gefühl beschrieben, wenn sie den Gürtel vom Oberarm löst und das Gift in ihr Hirn eindringt. Der mit dem Bullterrier fragte, ob ich bereit sei. Sein Tier bäumte sich auf und fletschte die Zähne. »Bereit wofür?«, fragte ich. Der mit den aufgeschürften Schläfen trat nahe an mich heran. Ich spürte seine Fingerspitze in meiner Halsgrube. »Sag's selber«, sagte er. Irgendwo jammerte ein Kind, das man jäh aus dem Schlaf gerissen haben mochte. Ich hatte den Sekretär des Erzbischofs gefragt, ob er ein Bild des gekreuzigten Christus habe, das er mir schenken wolle. Er zog eine Schublade auf und legte eine Kollektion vor mich auf den Tisch. Auf einem der Bilder waren die Augen des Erlösers schmale Schlitze, sein Mund zog sich in die Breite und in den Winkeln ein wenig nach unten, den Kopf hatte er schräg nach hinten gelegt, und er blickte mich aus schmalen Schlitzen heraus an. Es war ein Ausdruck schmerzlicher, hingabebereiter Leidenschaft. Dieses Bild steckte ich ein.

»Wofür schlagt ihr mich?«, fragte ich.

»Wofür sollen wir dich denn schlagen?«, fragte der mit der Zahnlücke zurück. Er setzte sich auf die Gehsteigkante und band sich kräftig die Schuhe und polierte sie mit einem Tempotaschentuch, auf das er spuckte.

Dass sie mich für Janna schlagen sollen, dachte ich. Weil mir das eventuell angerechnet würde beim Jüngsten Gericht. Und wenn es ohnehin geschähe, hätte es etwas Gutes.

Sie schlugen mich, und ich benötigte drei Tage, um wieder auf die Beine zu kommen, und sechs Wochen, bis die Spuren in meinem Gesicht und an meinem Körper verblasst waren. Cookie half mir. Er besorgte Antibiotika, eine Tetanusspritze, Wundsalbe, Verbandszeug und Schmerzmittel und blieb eine Nacht, in der ich fieberte, bei mir.

8

Darum fuhr ich erst Ende September nach Turin.

Mit Allegras Eltern vertrug ich mich bestens. Sie hielten mich für den idealen Schwiegersohn. Weil ich keine Eltern mehr hätte, sagte Allegras Mutter – Sonja, eigentlich Sofronia –, wolle sie mich Sohn und nicht Schwiegersohn nennen. Sie war groß, von Natur dunkel, färbte ihr Haar aber blond und trug es lang und hinter die Ohren gekämmt. Sie hatte die gleichen starken schwarzen Brauen wie ihre Tochter. Ihre Haut war von künstlicher Sonne gebräunt und etwas ledern, ihre Zähne weiß wie Zahnpasta. Sie stammte aus Bozen in Südtirol und sprach sehr gut Deutsch, wollte aber nicht Deutsch sprechen, Deutsch klinge, als würden vertrocknete Äste zerbrochen, Italienisch dagegen sei weich und geschmeidig wie Mozzarella Burrata. Sie interessierte sich für Musik und Kunst und freute sich, dass ich genau davon keine Ahnung hatte. Das gebe ihr Gelegenheit, vor mir zu prahlen, schäkerte sie. Sie wolle mich in die Schönheit einführen. Ich hörte zu, sah sie direkt an und lächelte, als ob alles, was sie sagte, interessant wäre und nichts auf der Welt interessanter als dies. Ich beugte mich vor, ließ mir mit meinen Antworten Zeit, denn die Fragen waren es wert, mehr als die üblichen Gedanken dafür aufzuwenden.

Mit Allegras Vater verbrachte ich viele Stunden am Tag. Ich besuchte mit ihm die Pellicano-Werke, setzte mir einen gelben Plastikhelm auf, was nicht notwendig gewesen wäre. Er stellte mich den Führungskräften vor und war beeindruckt, weil ich nicht nur Italienisch, sondern auch Französisch und Spanisch und für eine anspruchslose Unterhaltung ausreichend Türkisch sprach. Dass ich obendrein Schwyzerdütsch beherrschte, dürfe man nicht hoch genug veranschlagen, die Schweizer seien mächtig, hätten aber einen Minderwertigkeitskomplex und seien deshalb rachsüchtig. Beim Abendessen erfand ich eine Geschichte, wie ich zu all diesen Sprachen gekommen sei; sie geriet mir, denke ich, recht eindrucksvoll. Sogar Violetta, das Dienstmädchen, blieb mit den schmutzigen Tellern in den Händen stehen, um bis ans Ende zuzuhören. Die Geschichte war komisch und rührend in einem, leider habe ich sie vergessen. Dass ich auch Ungarisch konnte, erwähnte ich nicht.

Allegras Vater war kleiner als seine Frau, ein ordentliches Stück kleiner sogar. Er trainierte täglich seinen Körper mit Hanteln, Expander und Sandsack, hatte die Figur eines Boxers und einen kurzen aggressiven Hals. Er liebte Witze. Mit mir sprach er, als kennten wir uns schon lange, besser als Allegra und ich; als wären wir beide Kumpane aus Kindertagen, die Frösche mit Zigaretten zum Platzen gebracht hatten. Sein Plan war, mich als Hauptverantwortlichen seiner Süßwaren- und Kaffeekette *Caffè ristretto* aufzubauen. Als meine Hobbys gab ich Astronomie und Boxen an, das eine aktiv, das andere passiv. Vor den Sternen hatte er Respekt wie fast alle Menschen und keine Ahnung wie fast alle Menschen. Übers Boxen redete er ausgiebig. Er verstand viel davon. Er erweiterte meinen Heldenkatalog um die Generation vor Muhammad Ali – Joe Louis, Rocky Marciano, Sugar Ray Robinson, Floyd Patterson, Sonny Liston. Bereits nach einem Monat bezog ich ein Büro der Firma *Caffè ristretto* in der Via Conte Giambattista Bogino gegenüber der Nationalbibliothek. Eine Sekretärin unterstützte mich in meiner Eingewöhnung, eine Dame um die fünfzig, die mich zur Begrüßung dreimal auf die Wangen küsste.

Allegras Mutter bat mich, mir die Haare und den Bart schneiden zu lassen; ihr Mann meinte dagegen, er finde es lobenswert, die Insignien der jugendlichen Wildheit solange wie möglich sichtbar zu halten. Allegra stimmte für Haare und Bart, sie kenne mich nicht anders, und anders wolle sie mich nicht kennen lernen. Wir bewohnten zwei verschiedene Zimmer, in der Nacht schlichen wir zueinander.

Ich legte Wert auf Kleidung, besuchte zusammen mit Allegra den Schneider; auch Schuhe solle ich mir anfertigen lassen, meinte ihre Mutter.

Für Freitag, den 27. Oktober, war der Hochzeitstermin festgesetzt worden, der standesamtliche und der kirchliche, letzterer in der Cattedrale di San Giovanni Battista. Ein paar Tage vorher fuhren wir zu viert in Edoardos Jaguar (Mark X, Baujahr 1970, weinrot, Stoffverdeck, Weißwandreifen mit rotem Streifen, Armaturenbrett in Vogelaugenholz) nach Sirmione am Gardasee, wo in der Ferienvilla der Pellicanos direkt am See das große Fest stattfinden sollte. Hundert Geschäftsleute waren angesagt. Das Fest hatte Tradition, der Geldadel Europas, versicherte mir Edoardo, werte eine Einladung oder keine Einladung als Indiz dafür, ob man immer noch dazugehörte oder noch nicht dazugehörte oder nicht mehr dazugehörte oder wieder dazugehörte. Edoardo wollte bei dieser Gelegenheit die Hochzeit seiner Tochter bekannt geben und zugleich Joel Spazierer als zukünftigen Chef von *Caffè ristretto* vorstellen.

Am späten Vormittag trafen die ersten Gäste ein. Das Haus hatte ein riesiges Foyer, von dem die Zimmer abgingen. Eine geschwungene Freitreppe führte hinauf in den ersten Stock, wo Sonjas und Edoardos Schlafzimmer war und Allegra und ich zwei Zimmer bewohnten. Ich hatte mir einen Smoking ausgeliehen, trug schwarze Lackschuhe, rauchte Davidoff in einer Zigarettenspitze; mein zukünftiger Schwiegervater hatte mir rubinrote Manschettenknöpfe geborgt, die zur rubinroten Fliege passten. Ich stand oben am Geländer und beobachtete die Paare, die vom Gastgeber und der Gastgeberin begrüßt wurden.

Und dann sah ich Leif und an seiner Seite Janna, sie in flachen Schuhen und einem schimmernd grünen Kleid mit langen Ärmeln, das Haar zu einem kecken Turm toupiert. Und mit einem Schlag wurde mir klar, dass Edoardo immer wieder von Leif Lundin gesprochen hatte, allerdings ohne seinen Namen zu nennen: von dem jungen dänischen Lebensmittelunternehmer, der eventuell bei *Caffè ristretto* einsteigen werde, was uns den nordeuropäischen Markt erschließen helfe; dass er mit diesem jungen Dänen, dessen Betriebe bereits in dritter Generation in Familienhand lägen, in Zürich und Frankfurt zusammengetroffen sei, dass sie ernste und wertvolle, zum Teil zu Herzen gehende Gespräche geführt hätten bis spät in die Nacht hinein und weit über das Geschäftliche hinaus; dass er in ihm endlich wieder einmal einen Mann getroffen habe, dem es in erster Linie nicht ums Geld, sondern um das Produkt gehe, der verstanden habe, dass ein Nahrungsmittel etwas Heiliges sei, dass ein zivilisierter Mensch Brot nicht wegwerfe und dass Kuchen und Kaffee Kulturgüter genannt werden dürften.

Janna würde mich erkennen, und Leif würde mich erkennen. Was Janna zu erzählen hätte, würde nicht aufwiegen, was Leif zu erzählen hätte. Ich ging zurück in mein Zimmer und zog mich um und nahm mein Transistorradio vom Nachttisch. Allegra war im Bad, ihre Eltern begrüßten unten die Gäste. Ich durchsuchte Allegras Zimmer nach Geld, fand ein paar Scheine, Schilling und Lira. Im Schlafzimmer ihrer Eltern fand ich im Kleiderschrank den Safe. Ich stellte Allegras Geburtstagsdaten ein und öffnete. Alles begegnet mir zweimal, dachte ich, kann sein, ich handhabe es beim zweiten Mal richtig, kann sein, ich handhabe es falsch. Ich konnte mir nicht denken, warum die Pellicanos in ihrem Ferienhaus so viel Geld aufbewahrten, zu viel jedenfalls, als dass sie Anzeige erstatten würden. Da waren englische Pfund, Lira natürlich, amerikanische Dollar, französische Francs, Schweizer Franken, Deutsche Mark, spanische Pesetas, Schwedenkronen, österreichische Schilling, russische Rubel – ich raffte die Scheine und Bündel an mich, stopfte sie in meine Hosentaschen und Hemdtaschen und Jackentaschen, schob sie mir unters Hemd. Ich schlich in die Küche, steckte einen Laib Brot, eine Flasche Wasser und mein Radio in einen Leinensack und verließ das Haus durch die Hintertür. Es war auch etwas Gutes getan, Janna meinen Anblick und meine Identität zu ersparen, dachte ich. Ich fuhr mit dem Bus nach Verona und von Verona mit dem Zug nach Wien. In der Toilette des Zuges wickelte ich das Geld in eine Zeitung und verstaute es unten im Leinensack, das Radio, das Brot und die Flasche Wasser legte ich darüber.

Am Semmering, hundert Kilometer vor Wien, stieg ich aus dem Zug. Weil ich Angst hatte.

In Leoben waren nämlich zwei Männer aufgetaucht, einer mit einer schwarzen Mütze auf dem Kopf, brutales Kinn, die Hände in den Taschen seiner Lederjacke, der andere langhaarig, eingedrückte Nase. Erst gingen sie gemeinsam durch den Zug, dann einzeln, der eine in diese Richtung, der andere in die entgegengesetzte. Mir schien, sie sahen sich alle Reisenden an, nur mich nicht. Bald war ich der einzige in meinem Waggon. Signore Pellicano würde vielleicht nicht die Polizei verständigen, eben weil er, würde er den Diebstahl melden, hätte angeben müssen, woher das viele Geld stamme, und wohl auch hätte nachweisen müssen, dass er es versteuert habe; aber ein Mann wie er würde nicht einfach zusehen, wie ihm der Safe leergeräumt und die Tochter sitzengelassen wird. Ich wechselte den Waggon, setzte mich einer Frau gegenüber. Die beiden Männer kamen wieder, diesmal blieben sie vor mir stehen, sahen mich aber wieder nicht an, raunten sich etwas zu, ich konnte nicht bestimmen, in welcher Sprache, dann trennten sie sich. Die Frau blickte mich an und zuckte mit den Achseln. In Mürzzuschlag stieg sie aus. Und am Semmering stieg ich aus.

Es war neblig und schon Nacht, der Zug hielt auf offener Strecke. Als der letzte Waggon an mir vorüberfuhr, freute ich mich auf das Gefühl, keine Angst zu haben, und auf die Stille, die folgen würde. Die Stille war gewaltiger, als ich gedacht hatte. Nicht weniger die Dunkelheit. Ich ging auf den Schwellen, den Leinensack über der Schulter, orientierte mich mit den Schuhen an den Geleisen. Immer wieder drehte ich mich um, damit ich nicht von einem Zug überrascht würde. Ich stolperte, ich strauchelte, ich fiel hin. Ich hatte keinen Hunger und keinen Durst. Müde war ich auch nicht. Ich versuchte es mit lautem Reden. Um mir die Angst vor dem Ungewohnten zu nehmen. Mir fiel nichts ein, was ich mir hätte erzählen wollen. Ich sah Lichter im Tal, ich ging an kleinen Bahnhöfen und Haltestellen vorbei, sah Fahrdienstleiter hinter Fensterscheiben in Lichtkegeln sitzen und lesen.

Ich ging über Brücken und merkte erst, als ich sie hinter mir gelassen hatte, dass ich über Abgründe gegangen war. Ich ging durch Tunnel, und die Dunkelheit drinnen unterschied sich von der Dunkelheit draußen nur durch den Geruch. Ein Zug kam mir entgegen. Seine Lichter huschten über mich. Ein Güterzug kam mir entgegen, der war dunkel und laut. Ich hörte weit unten im Tal Autos fahren. Ich hörte das Käuzchen rufen. Ich hörte die Kohlmeisen piepsen – ziwi-ziwi, ziwi-ziwi –, es war Morgen.

Die Füße taten mir weh vom Gehen auf dem groben Schotter. Auf einer Wiese standen Heuschober im Nebel. Beim ersten trat ich die Tür ein. Zur Hälfte war eine Holzdecke eingezogen. Oben lag Heu. Ich verkroch mich, trank den letzten Schluck, legte das Brot und das Geld unter meinen Kopf, drückte das Transistorradio an meine Brust und schlief ein.

Ich wachte auf, weil ich Stimmen hörte. Ich spähte durch die Ritzen in der Bretterwand und sah zwei Männer über die Wiese heraufkommen. Erst dachte ich, es seien wieder die beiden aus dem Zug. Aber es waren alte Männer. Sie lachten und trugen Heugabeln über der Schulter. Ich stieg von meinem Hochstand herunter und lief davon. Ich achtete darauf, dass der Schober den Blick auf mich verstellte. Erst als ich im Wald war, hörte ich zu laufen auf. Ich hockte mich hinter einen Stamm und sah den Männern zu. Den Leinensack schob ich unter den Farn. Mit einer Hand suchte ich nach einem Stein. Ich fand einen Brocken, so groß wie mein Brot. Mein Hosenbein war aufgerissen. Das Schienbein schmerzte. Es war hell, wolkig und kalt. Ich trug Kordhosen, eine dünne Jacke und ein langärmeliges Hemd. Der Hunger zog mir den Magen zusammen. Die Männer gingen an dem Schober vorbei und am Wald entlang. Als ich sie nicht mehr sah, zog ich den Leinensack unter den Blättern hervor und stieg weiter durch das Unterholz.

Es war schwer vorwärtszukommen. Vermooste Klötze und verfaulte Äste lagen übereinander, und das Gelände war steil. Ich musste aufpassen, dass ich nicht ausrutschte. Ich setzte mich unter eine Tanne, holte das Brot aus dem Sack und biss die Kruste auf. Ich zupfte das Weiche heraus und kaute es, bis es süß wurde. Ich kaute die Kruste, spuckte den Brei in meine Hand und schleckte ihn auf. Ich schaltete das Radio ein und suchte einen Sender. An der Grenze zwischen Brasilien und Paraguay war mit einer gewaltigen Sprengung der Bau des größten Wasserkraftwerks der Welt begonnen worden, die Präsidenten der beiden Staaten hatten gleichzeitig auf einen Knopf gedrückt. In Rom wurde der neue Papst Johannes Paul II. in sein Amt eingeführt. Palästinenser, Israeli und Amerikaner verhandelten. Wieder überlegte ich, das Geld zu zählen, wieder hatte ich keine Nerven dazu. Die Hälfte des Brotes aß ich auf, dann ging ich weiter.

Felsen erhoben sich vor mir, je höher ich im Wald aufwärtsstieg. Ich fand einen Felsüberhang, ich kletterte hinunter. Unten war modriges, trockenes Laub. Ich zog mich an Wurzeln wieder nach oben, riss Zweige von den Bäumen, sammelte Laub und Reisig ein und schob den Haufen in die Höhle. Ich aß den Rest des Brotes, ließ mich hinunter, grub mich ein und schlief.

9

Etwas bewegte sich über mir. Ich hörte Knacken und Rutschen und Schnaufen. Etwas war drauf und dran, zu mir herunterzusteigen. Gib mir ein Zeichen, bitte, damit ich weiß, wo du bist, hörte ich sagen. Ich wurde gesucht. Von wem? Es war ein Mann wie ein Bär, genauer: Es war ein Bär mit dem Gesicht eines Mannes. Er erhob sich auf die Hinterbeine. Ich bin der, dessen Geschichte du so schön erzählt hast, sagte er. Darf ich mich vorstellen, nicht erschrecken, bitte: Karl Wiktorowitsch Pauker, der Sowjetkomiker. Kennst du den? Hitler und Stalin treffen einander zu Verhandlungen. Hinterher geben sie eine Pressekonferenz. Fragt ein Journalist: Was haben Sie beschlossen? Antwortet Hitler: Wir bringen sechs Millionen Juden um und einen Zahnarzt. Warum einen Zahnarzt, fragt der Journalist. Siehst du, flüstert Stalin Hitler zu, keiner fragt nach den Juden. Während er sprach, verwandelte sich Herr Pauker in einen Jockey in Reitstiefeln, Reithose und Reithelm, eine Gerte baumelte an seinem Gürtel. Ich habe dir etwas mitgebracht, das hast du in Kuba vergessen, sagte er. Er hielt ein Paket unter dem Arm, genauer: irgendetwas in Zeitungspapier Eingewickeltes. Er setzte es vor mich hin und packte es aus. Es war Lamine N'Doyes Chamäleon, *dieu de la mouche*. Warum hast du mich nicht aus den Klauen des Mohren befreit, schimpfte es. Ich, in der Gewalt eines Brikettkopfes! Ich habe dich gewarnt, die Neger strömen herauf in den Norden und ficken unsere Frauen, und die weiße Rasse stirbt aus. Sprach das Chamäleon mit Meckis Stimme. He, sagte es und klatschte mir seine klebrige Zunge ins Gesicht und zog mir die Nase in die Länge, die Frage aller Fragen lautet doch wohl: Warum hast du mich erschossen? Musste das unbedingt sein? Denkst du, ich hätte dich verpfiffen? Denkst du, jemand hätte je aus mir herausgekriegt, wem ich meine Puffen verkaufe? Hast du eine Ahnung, wie demütigend es ist, mit derselben Waffe erschossen zu werden, mit der keine Stunde später zwei Arschlöcher erschossen werden? Er hat es halt getan, hörte ich Major Hajós aus dem Mardermaul antworten. Mon Dieu! Ich habe ihm dazu geraten, ich war es. Was sagst du jetzt? Shut me down! Also lass ihn in Ruh! Geh nach Hause in die Hölle! Bazd meg az anyád! Der kleine Liebling steht unter meinem Schutz! Ist das verstanden worden? Es gibt Operationen, die absolut keine Zeugen dulden. Ich verlange nicht, dass du das kapierst. In Ordnung, in Ordnung, in Ordnung, antwortete das Chamäleon kleinlaut, ich habe mich geirrt. Die Frage aller Fragen lautete nicht: Womit habe ich es zu tun? Sondern: Mit wem habe ich es zu tun? Ich dachte, es geht um eine Sache. Aber es ging immer nur um dich. Nicht streiten, bitte! Offen sein und Vertrauen haben, versuchte Karl Wiktorowitsch Pauker zu beschwichtigen. Inzwischen sah er aus wie ein Gendarm, graue Uniform mit breitem braunem Koppel. Aber Bärengesicht, das schon! Wir sind hier zusammengekommen, sagte er, weil wir über den kleinen Liebling und die Verletzung an seinem Bein sprechen wollen. Vergesst das nicht! Was für eine Verletzung denn? Die Wunde, siehst du sie nicht? Da ist Rost hineingekommen, Rost von den Schienen der Österreichischen Bundesbahnen. Schlecht, ganz schlecht! Schnell verwandelte er sich in einen Arzt mit großen, groben Schuhen, die dicke steife Sohlen hatten. Er leuchtete mit einer Taschenlampe auf mein Bein und verzog dabei sein Bärengesicht. Ich tippe auf Lymphangitis. Roter Strich? Tatsächlich. Das ist ein schlechtes Zeichen. Steh auf, schlaf nicht ein, hörte ich das Rotkehlchen zwitschern, du musst dich bewegen, sonst stirbst du! Der Kater gab ihm recht: Du darfst dich nicht aufgeben, beweg dich! Der Marder widersprach: Gerade nicht! Dann verstreut sich das Gift nur umso schneller in seinem Körper. Halt dich an mir fest, sagte die Katze, ich zieh dich heraus, wenn du nicht mehr gehen kannst. Ihr dummen Säue, fuhr sie das Chamäleon an, er verreckt hier, das ist beschlossene Sache, und ich schau ihm dabei zu, ich bleib bis zum Ende der Veranstaltung und glotze ihn an und fresse ihm die Fliegen vom Gesicht. Ich verlasse ihn nicht, auch wenn er Blut schwitzt. Weil ich endlich kapiert habe, worum es geht! Diese Verletzung, sagte Karl

Wiktorowitsch Pauker, inzwischen ein Staatsanwalt in Robe und schwarzer Krawatte. Halt, halt! Die ist nicht zwingend tödlich. Zwingend tödlich hingegen sind das Erschießungskommando und der Friseur. Warum der Friseur? Siehst du, keiner fragt nach dem Erschießungskommando. Bleibt bei mir, sagte ich, verlasst mich nicht. Ich bleibe bei dir, sagte der Marder. Un ami, c'est quelqu'un qui sait tout de toi, et qui t'aime quand même. Ich auch, sagte der Kater. Ich auch, sagte das Rotkehlchen. Schön wäre es, wenn du mit uns teilen wolltest, sagte der Marder, ich meine das Geld. Ich weiß gar nicht, wie viel es ist, antwortete ich, ich habe nicht die Nerven gehabt, es zu zählen. Ach, ihr Tiere von der Boltzmanngasse, sagte ich, schaut zu, dass ihr selber davonkommt! Lauft, lauft! Lauft, was eure Sohlen hergeben!

Ich hatte Fieber. Mein Bein war geschwollen und glühte. Mir war kalt. Es regnete. Ich stieg aus der Höhle, schüttelte Laub und Zweiglein ab und trottete durch den Wald. Den Sack mit dem Radio und dem Geld presste ich an mich. Ich erreichte einen Weg, auf dem ging ich talwärts und war wieder beim Schienenstrang. Jenseits davon dehnte sich ein Tal, bis sich die Sicht im Nebel verwischte. Weit entfernt am Gegenhang stand ein prächtiges Gebäude im Wald. Wie ein Sanatorium sah es aus. Wie ein Grandhotel in alten Filmen. Ich ging auf den Schienen, bis ich eine Station erreichte. Hier war niemand, kein Beamter, kein Fahrgast. Ich nahm den Weg, der ins Tal führte und weiter am Gegenhang hinauf zu dem prächtigen Gebäude, es schien im Nebel zu schweben.

Ich war so geschwächt, dass mich schon das Atmen Mühe kostete. Meine Kleider waren durchnässt, ich klapperte mit den Zähnen und zitterte vor Kälte. Ich wusste, was man zu einem wie mir hier sagen würde. Ich schlich mich um das Haus herum. Niemand war zu sehen. Es war wohl sehr früh noch, ich hatte das Gefühl für Zeit verloren. Aus den Schornsteinen stieg aber schon Rauch auf. Daran wollte ich teilhaben. Ich schlug mit dem Ellbogen die Scheibe eines Kellerfensters ein, klappte den Rahmen nach innen, stieg durch die schmale Öffnung und zog den Leinensack nach.

Ich landete im Paradies, im Grandhotel *Panhans* am Semmering.

Hier war es warm. Hier gab es zu essen. Hier fand ich Stapel leerer

Kartoffelsäcke, auf die ich mich legen, mit denen ich mich zudecken konnte. Hier fand ich ein verlorenes, fensterloses Abteil, nicht viel länger als ich groß, nicht viel breiter als ich breit. Der Eingang war wie der Eingang zu einer Hundehütte. Irgendwann war hier Kohle gelagert worden. Inzwischen hatte die Direktion das Haus auf Ölheizung umgestellt. Ich musste mich an den Tanks vorbeizwängen, um zu meinem Loch zu gelangen.

Ich erkundete die Kellerräume. In einem wurden Äpfel, Kartoffeln und Dörrobst gelagert, auf mehreren Regalen stand Eingewecktes – Essiggurken, Paradeiser, Kürbisgemüse, Oliven in Öl und viel mehr. In einem anderen Raum hingen Würste und geräucherte Schinken von der Decke und lagerten Käseräder auf Tischen. Der Weinkeller erstreckte sich gar über drei Gewölbe. Im Bierkeller waren Kisten und Fässer gestapelt. Auch ein Regal mit Schnäpsen gab es hier. Auch einen Wasserhahn fand ich.

Ich reinigte die Wunde an meinem Bein, kratzte den Dreck und den Eiter mit der Scherbe einer Schnapsflasche ab, bis das reine Blut floss, und goss Williamsbirne darüber. Die Scherbe behielt ich mir als Messer. Ich hängte meine Kleider über die Heizungsrohre. Ich würde nicht mehr frieren müssen. Ich breitete in meiner Höhle Kartoffelsäcke aus, umwickelte mein Radio und mein Geld mit Kartoffelsäcken, damit es mir als Kopfkissen diente, und deckte mich mit Kartoffelsäcken zu. Morgen, dachte ich, morgen werde ich mein Geld zählen. Ich hatte viel Zeit. Aber wozu brauchte ich Geld? Im Dämmer des heranrollenden Schlafes beschloss ich, bis an mein Lebensende hier zu bleiben.

Unterdessen legte im Iran ein Generalstreik gegen Schah Reza Pahlavi die gesamte Erdölindustrie des Landes lahm; begingen im Dschungel von Guyana 921 Mitglieder der Sekte *Tempel des Volkes* unter Anleitung ihres Führers Jim Jones Selbstmord; beschloss die EG-Gipfelkonferenz in Brüssel ein Europäisches Währungssystem; wurde an den ägyptischen Staatspräsidenten Muhammad Anwar as Sadat und an den israelischen Ministerpräsidenten Menachem Begin in Oslo der Friedensnobelpreis übergeben. Die Invasion der vietnamesischen Streitkräfte beendete in Kambodscha das Regime der Roten Khmer. Der Europameister im Weltergewicht, der Österreicher Josef »Joe Tiger« Pachler, verlor seinen Titel durch technisches K.o. in der 10. Runde an den Briten Henry Rhiney. – Und endlich waren trotz sparsamen Einsatzes die Batterien in meinem Radio aufgebraucht.

Ich blieb über Weihnachten und ein Stück ins neue Jahr 1979 hinein.

Siebzig Tage war ich geblieben, wie ich mir später nachrechnete.

Ich hatte an Silvester das Orchester oben im Tanzsaal spielen hören, hatte durch das enge Kellerfenster die Leuchtraketen in den Himmel steigen sehen, hatte den Donauwalzer im Radio gehört und die Pummerin, die große Glocke vom Wiener Stephansdom, hörte die Damen und Herren lachen und singen, hörte die Gläser klingen, wenn sie auf das neue Jahr anstießen.

Dann hörte ich zwei Kinder über den schwarzen Mann reden, einen Bub und ein Mädchen, und der Bub behauptete, er habe ihn gesehen, nämlich hier im Hotel, nämlich im Keller. Das Mädchen weinte. Da wusch ich mich am Wasserhahn, rieb meine Haut ab, wusch meine Kleider und verließ früh am Morgen das große Haus.

10

In Wien kaufte ich einen Aluminiumkoffer der Marke *Rimowa*, weiters drei Anzüge in dem feinsten Herrenbekleidungsgeschäft in der Kärntnerstraße, einen dunklen, einen grauen und einen hellen, dazu ein halbes Dutzend Hemden, Socken, Unterwäsche, Pullover, einen warmen Wintermantel und drei Paar Schuhe. Ich bezahlte mit Dollar. Das versöhnte den Verkäufer mit meinem Aussehen. Ich kaufte Shampoo und Seife, Zahnbürste und Zahnpasta, Salz, Fingernagelbürste, Fingernagelschere und Fingernagelfeile, Parfum, Deo und Rasierwasser und besuchte das Amalienbad in Favoriten. Eine Stunde lang stellte ich mich unter die Dusche und bürstete mich ab. Ich kleidete mich aus meinem neuen Koffer, wählte den grauen Anzug und die Wildlederstiefel. Meine alten Kleider warf ich in den Mülleimer, die Schuhe hinterher. Nun ging ich zum Friseur und ließ mir die Haare kurz schneiden und den Bart abrasieren. Während der Prozedur hielt ich die Augen geschlossen. Nachher erkannte ich mich nicht mehr. Oder: Ich erkannte mich wieder. Ich fuhr mit dem Taxi zum Hotel *Imperial* und nahm mir eine Suite. Darin hing ein mannshoher Spiegel, der war umrahmt mit Gold. Die Badewanne wurde gespeist von goldenen Hähnen, sie war gebaut für zwei Personen. Ein Fernseher war im Bad und ein Fernseher war im Schlafzimmer und einer im Livingroom. Das Essen wurde mir auf Wunsch aufs Zimmer serviert, in der Bar gab es Whisky und Cognac, Grappa und Calvados und einiges mehr. Im Kühlschrank lagerten Champagner und Lachs und Kaviar. Ich setzte mich aufs Bett und begann, mein Geld zu zählen. Aber ich hatte wieder keinen Nerv dafür.

Am späten Nachmittag spazierte ich in die Stadt. In dem Papiergeschäft nahe dem Michaelerplatz besorgte ich einen großen Bogen durchsichtiges Millimeterpapier, eine Handvoll Bleistifte verschiedener Stärken, ein Farbband für eine Schreibmaschine, schwarze Tusche und ein Päckchen Büroklammern, außerdem Klebstoff und eine Lupe. In einem anderen Geschäft fand ich eine Taschenlampe. Ich aß im Restaurant des *Imperial* einen Tafelspitz mit Apfelkren, Rösti und Spinat, trank dazu einen leichten Weißwein und zum Abschluss einen Vogelbeerschnaps. Schon um neun legte ich mich ins Bett und schlief.

Am nächsten Morgen fuhr ich mit dem Taxi in die Boltzmanngasse. Ich wartete vor dem Studentenheim, bis einer heraustrat. Ich nickte ihm zu, lächelte, dankte und betrat das Gebäude. Die Studenten waren bereits in ihren Seminaren. In der Werkstatt bog ich mir einen Dietrich zurecht. Ich öffnete die Tür zum Zimmer von Ernst Koch, öffnete seinen Schreibtisch und nahm seinen Pass heraus. Dann verließ ich das Haus und blickte mich nicht mehr um.

In einem der Geschäfte für medizinische Geräte in der Nähe des alten AKH kaufte ich ein Skalpell. Anschließend stöberte ich in einem Buchantiquariat bei der Freyung. Ich entschied mich für den Band *Die Österreichisch-Ungarische Nordpol-Expedition in den Jahren 1872–1874* von Julius Payer, erschienen in Wien 1876 bei dem k. k. Hof- und Universitäts-Buchhändler Alfred Hölder. Das Buch war leinengebunden, smaragdgrün, goldbedruckt. Es kostete 250 Schilling. Ich fragte, ob sie eine Biographie des Kommunisten Ernst Thälmann hätten. Der Verkäufer blickte mich mit halb herabgelassenen Augenlidern an, griff in ein Regal und übergab mir *Ernst Thälmann. Ein Beitrag zu einem politischen Lebensbild* von Willi Bredel, erschienen 1948 im Dietz Verlag in Berlin. Es kostete 56 Schilling.

Es schneite. Ich trug einen Mantel mit Schaffellfutter und Stiefel mit Schaffellfutter. Auf meinem kurzhaarigen Kopf hatte ich eine Mütze, die Hände steckten in gefütterten Handschuhen. Mir fehlte es an nichts. Ich frühstückte im *Café Landtmann*: Omelett mit allem, Würstchen mit Senf und Gulaschsaft, Lachs mit Kren, ein Rollmops, Schnittlauchbrot, zwei Semmeln, rote Marmelade, gelbe Marmelade, Honig, eine Kanne Tee und eine Kanne Kaffee, ein Glas Grapefruitsaft und einen Apfelstrudel.

Ich bezahlte mit D-Mark. In der Mariahilferstraße kannte ich ein Fotogeschäft, vor dem ein Automat stand. Ich schoss vierundzwanzig Automatenfotos. Auf allen hatte ich den Kopf ein wenig nach hinten gelegt, die Augen waren schmale Schlitze, ein melancholisch zartes Leid formte meinen Mund zu einem Bogen.

Gegen Mittag ging ich zurück ins Hotel und machte mich an die Arbeit.

Ernst Koch war am *2. September 1952* in *Tulln an der Donau* geboren. Von Beruf war er *Theologe*. Sein Wohnort war *Wien*. Sein Pass hatte die Nummer *D 0180958*. – Was ich hier *kursiv* schreibe, war von einem Beamten mit Schreibmaschine in den Pass eingetragen worden.

Wie es mir Major Hajós beigebracht hatte, breitete ich zuerst die Dinge auf dem Bett aus, die ich in dem Papiergeschäft gekauft hatte, die Lupe, die Taschenlampe und die Fotos. Vorsichtig bog ich die zwei hohlen Nieten auf, mit denen das Foto von Ernst Koch im Pass befestigt war. Die Nieten steckte ich in meine Brusttasche. Ich legte das Foto über meines und schnitt meines zurecht. Ich tat, wie es mir Major Hajós vorgeführt hatte. Ich malte und presste mit dem Ende einer Büroklammer die Stempel auf mein Bild und befestigte es im Pass.

Nun druckte ich mit dem Schreibmaschinenfarbband einen zweiten Vornamen hinter *Ernst* – nämlich: *Thälmann*. Dazwischen setzte ich einen Bindestrich. Der schien mir wichtig. Für das *T* verwendete ich das *T* aus *Tulln* als Vorlage, für das *h* das *h* aus *Koch*, für das *ä* das *a* aus *an* – die zwei Punkte malte ich freihändig –, für das *l* das *l* aus Tulln, das *m* führte ich aus dem *n* aus *Tulln* fort, das *a*, wie bekannt, die beiden *n* dito.

Ich hieß nun: *Ernst-Thälmann Koch.* Schließlich plazierte ich vor

Koch das große *D* aus der Passnummer und das kleine *r* aus Ernst und dahinter einen Punkt. Und war somit Akademiker.

Die Österreichisch-Ungarische Nordpol-Expedition hatte ich ausgewählt, weil der Band den stärksten Buchdeckel von allen Büchern hatte, die in dem Antiquariat auflagen. Ich löste vorsichtig mit dem Skalpell das Blatt, das innen an den Buchdeckel geklebt war. Ich legte meinen Pass auf den Buchdeckel und zeichnete seine Konturen nach. Mit dem Skalpell schnitt und schabte ich eine Vertiefung heraus, gerade so viel, dass der Pass darin Platz hatte und bündig war mit dem Rand. Dort sollte *Joel Spazierer* auf andere Zeiten warten. Ich legte das Blatt über den Pass und verklebte es an den Rändern. Meine Geburtsurkunde und meinen Staatsbürgerschaftsnachweis versteckte ich auf die gleiche Weise im hinteren Buchdeckel. Das Buch packte ich in meinen Reisekoffer.

In der Nacht trank ich Whisky, setzte mich aufs Bett und zählte mein Geld. Ich rief bei der Rezeption an und fragte, für wie lange ich ein Päckchen im Safe des Hotels deponieren könne. Für alle Zeiten, war die Antwort, wie ich sie in diesem Hotel auch erwartet hatte. Ich behielt mir 5000 Schilling, 5000 D-Mark und 5000 amerikanische Dollar, den Rest des Geldes wickelte ich ein zu einem Paket, schrieb meinen alten Namen darauf und brachte ihn nach unten. Der Direktor des Hotels – Dipl.-Ing. Gerold Staudacher – bestätigte mir schriftlich den Erhalt und legte das Paket vor meinen Augen in den Safe des Hotels, und zwar in ein Extrafach.

Am nächsten Tag stieg ich in den Zug nach Berlin. Während der Fahrt las ich die Biographie des berühmtesten und beliebtesten deutschen Kommunisten aller Zeiten und büffelte mir zurecht, was ich glaubte, brauchen zu können. Vor der deutsch-deutschen Grenze warf ich das Buch zum Fenster hinaus. Ich bat die Grenzbeamtin der Deutschen Demokratischen Republik um politisches Asyl. Sie starrte auf meinen Pass und fragte, ob ich tatsächlich mit Vornamen Ernst-Thälmann heiße.

»Ja«, sagte ich, »Ernst-Thälmann, wie der große Arbeiterführer. Er war mein Großvater.«

DRITTER TEIL

NEUNTES KAPITEL

… in dem ich noch einmal die Chronologie durchbreche und in der Geschichte vorausspringe, wieder bis nahe an die Gegenwart heran; natürlich auch, weil ich hier einiges zu erledigen habe; aber vor allem, um Ihnen durch eine Zäsur in der Erzählung zu verdeutlichen: dass ich am 20. Januar 1979, einem kalten, sonnigen Sonnabend, nachmittags gegen vier, an der DDR-Grenzübergangsstelle Probstzella nicht nur in ein anderes Land wechselte, sondern in eine andere Welt. Davon aber in den nächsten Kapiteln mehr. – Nahe der Gegenwart: Das ist dreißig Jahre später, der Winter 2008 …

1

Ich habe nichts zum Inventar der Wohnung am Minoritenplatz beigetragen; alles hier gehörte dem tierärztlichen Ehepaar Marithér und Gert Manger.

Mein gesamter Besitz passte in zwei Koffer. Er bestand aus Kleidung (darunter drei Anzüge, auf die ich besonders achtgab; sie waren schon alt, ließen mich aber immer noch sehr elegant aussehen, und darauf konnte ich aus verschiedenen, nämlich durchaus praktischen Gründen nicht verzichten), einem Stapel Notizbücher, meinem Radio und ein paar Büchern (selbstverständlich *Die Österreichisch-Ungarische Nordpol-Expedition* mit meinen amtlichen Identitäten; und dann noch ein zerfledderter Band, bei dem die Deckblätter fehlten, eine Reisebeschreibung durch Mexiko von einem französischen Dichter; und natürlich den Band mit den ausgewählten Predigten und Traktaten von Meister Eckhart). Den kleineren der beiden Koffer kennen Sie, es ist eben jener Alukoffer von *Rimowa,* inzwischen – nach dreißig Jahren! – war er arg verbeult und zerkratzt; der andere war ein größeres Stück derselben Firma, aber neueren Datums, mit vier Rollen und einer Griffstange zum Ausziehen. Ich besaß keine Handtücher, keine Bettüberzüge, keine eigene Kaffeetasse. Aber die Kästen waren ja voll mit feiner Ware, und Besteck und Geschirr gab es genug, um Freunde einzuladen. Das Beste: Die Wohnung ließ sich prachtvoll heizen. Seit einiger Zeit fror ich. Zweimal am Tag legte ich mich in die heiße Badewanne. In dieser kalten, windigen Jaherszeit verließ ich die Wohnung nur ungern. Ich suchte mich nicht zu beschäftigen, es genügte mir, wenn ich am Tisch saß. Ich lebte in einem still schlummernden Frieden.

Gert Manger besuchte mich und brachte mir jedes Mal ein paar Sachen mit, Leckereien und Eingewecktes, einen Bauernspeck von einer Kundschaft, Lebzelten vor Weihnachten. Leider kein Brot. Seine Tierarztpraxis befand sich fünf Gehminuten von der Wohnung entfernt. Er fragte, ob ich eine junge Katze haben wolle. Wir kamen aber nicht mehr darauf zurück. Auch über den Gott, und dass er ihm erschienen war, sprachen wir nicht mehr. Irgendwann war er länger geblieben, bis in die Nacht hinein. Und hatte weniger gesprochen als sonst. Er war aber nicht damit herausgerückt. Ich wusste, was er wollte.

Seine Frau wollte das Gleiche.

Aber weil sie fest damit rechnete, dass auch ich mit ihr ins Bett gehen wollte, dass es also, wie von ihr vorgesehen, geschehen würde, war ihr Wunsch nicht drängend – jedenfalls nicht so drängend wie ihr Gewissen, das, wie sie mir noch im Stiegenhaus erklärte, seit fünfzehn Jahren darauf warte, erleichtert zu werden. Allerdings könne sie nicht mit irgendjemandem darüber sprechen, an die katholische Kirche glaube sie nicht mehr und in die Beichte habe sie nie großes Vertrauen gehabt. Sie gestand mir, ihren Schwiegervater getötet zu haben. Und hatte dabei ein entgeistertes Lächeln im Gesicht, das sie selbst wohl für ein entwaffnendes Lächeln hielt und als ein solches vor dem Spiegel für mich zusammengebaut hatte. Gert Mangers Vater war ein schwerkranker, sehr leidender Mann gewesen, den die Krankheit und das Leid in einen Teufel verwandelt hätten. Sie sei damals vor ihren Abschlussprüfungen an der Uni gestanden, jungverheiratet, nicht schwanger, Gert sei gerade im Begriff gewesen, seine Praxis aufzubauen, und sie habe sich – sicher leichtgläubig, leichtsinnig, gutwillig – angeboten –

nein, Gert habe sie in keiner Weise dazu gedrängt, sie habe es freiwillig getan –, zu Hause zu bleiben und den Vater zu betreuen. Der sei nicht mehr aus dem Bett gekommen. Die Details der Pflege wolle sie mir ersparen. Irgendwann während seines Mittagsschlafes habe sie ihm das Kopfkissen aufs Gesicht gedrückt. Außer dass er einen Arm und ein Bein gehoben habe, sei keine Gegenwehr bemerkbar gewesen. Das schlechte Gewissen habe sich erst nach Jahren gemeldet. Lange Zeit sei ihr die Sache gar nicht wie ein Mord vorgekommen. Eher wie aufräumen. Ein Mord aus Barmherzigkeit.

»Und jetzt du«, schlug sie vor.

Da lagen wir miteinander im Bett, und ich hatte ihr gerade gesagt, ich könne mich nicht erinnern, jemals mit so viel Lust mit einer Frau geschlafen zu haben, die so viel Lust gehabt hatte, mit mir zu schlafen.

»Was meinst du?«, fragte ich.

»Dein Mord«, sagte sie.

»Wie kommst du auf die Idee, ich könnte jemanden ermordet haben?«

»Ich habe es dir angesehen, wie du es mir angesehen hast«, antwortete sie und stand auf. Ich bewunderte die kleine Delle, die sich bildete, wenn sie beim Gehen die Hüftmuskeln anspannte. Sie wandte mir weiter ihren Rücken zu. »Du bist ein Mörder? Ich weiß, dass du es bist. Hast du den Menschen umgebracht, den du in Mexiko begraben hast? Für den Sorge zu tragen du bestimmt warst? Eine schöne Formulierung. Du siehst, ich habe sie mir gemerkt. Ist es so? Dann wären wir gleich. Es würde uns guttun, darüber zu sprechen.«

Das war auf den Busch geklopft, mehr war es nicht.

»Nein, das habe ich nicht«, sagte ich.

»Wen hast du denn getötet?«

»Willst du es wirklich hören?«, fragte ich.

»Das will ich«, sagte sie.

Ich erzählte ihr die Geschichte von dem Mann, der von einer Geschäftsreise früher nach Hause gekommen war, und während er mit seiner Frau sprach, ihren Liebhaber durch das Küchenfenster im Garten entdeckte und seine Pistole Marke *Mauser* holte und ihn erschoss, woraufhin die Frau meinte, es bleibe ihr nichts anderes übrig, als vor der Polizei die Version ihres Mannes, nämlich dass es sich um einen

Einbrecher gehandelt habe, zu bestätigen – die Ehe habe nicht mehr lange gehalten.

Marithér nahm mir die Geschichte natürlich nicht ab, sie war enttäuscht; aber die Geschichte war ja auch nicht erzählt worden, um geglaubt zu werden, sondern um ihr ein Schlupfloch zu lassen und vor mir andeuten zu dürfen, auch ihre Geschichte müsse nicht unbedingt wahr sein. – Was ging mich das Leben und Sterben eines alten Tyrannen an?

Marithér redete gern über Sex. Und sie redete gern beim Sex. Ich kriegte schnell heraus, dass sie sich wünschte, schockiert zu werden. Erst meinte ich, sie wolle lediglich frivole Worte hören. Das wollte sie auch, ja. Aber die schockierten sie bald nicht mehr. Außerdem bin ich auf diesem Gebiet nicht sehr begabt. Die Wahrheit schockiert. Während sie auf mir saß, was ihre Lieblingsstellung war, erzählte ich ihr von ihrem Mann; dass er nicht nur eine Freundin habe, sondern auch homosexuelle Beziehungen unterhalte; dass er sich seit Jahren mit einem Liebhaber treffe, von dem er Nama-Nama genannt werde und den er Nasitangala nenne, wie ein Hase in einem nigerianischen Märchen heiße. Sie lachte über meine Originalität. Das zusammen mache den Sex mit mir für sie einmalig. »Es bläst mir das Hirn weg!«

Hinterher lud sie mich zu *McDonald's* ein. Ich bin nicht wählerisch. Ich habe nichts am Magen. Mein schlanker Körper wird durch Cheeseburger mit Cola und Pommes nicht in Mitleidenschaft gezogen. Beim Essen redeten wir über Belanglosigkeiten.

»Was hast du denn mit deinem Finger gemacht?«, fragte sie.

Sie berührte den Stumpf des kleinen Fingers meiner rechten Hand und betrachtete ihn.

»Ach«, sagte ich, »das erzähle ich dir bei einer anderen Gelegenheit.«

Warum begehen nur wenige Menschen einen Mord? Haben Sie sich diese Frage nie gestellt? Die meisten hätten Grund und Groll genug, jemanden zu beseitigen. Wenn man – wie ich – sechzig Jahre alt geworden ist, hat man so viel erlebt, dass sich der Mord mit Gewissheit irgendwann als die nächstliegende Lösung für ein Problem angeboten hat. Warum tun es nur wenige? Weil die Sache auffliegen könnte? Weil man ein schlechtes Gewissen haben würde? Wenn der Mörder tatsächlich ein schlechtes Gewissen hätte, ich meine eines, das ihn so sehr martert, wie es den Orestes oder den Rodion Raskolnikow gemartert hat, würde er sich dann nicht der Justiz stellen, damit eine weltliche Strafe die innere Not lindere? Orestes hat es getan, Raskolnikow hat es getan. Sind wir weniger gewalttätig als die Menschen vor uns? Die Leibeigenschaft und die Sklaverei sind abgeschafft, die Strafgerichtsbarkeit wurde humaner, Attentäter werden nicht mehr gevierteilt und verbrannt wie Robert François Damiens, sondern Psychologen vorgeführt und in Anstalten für psychisch abnorme Rechtsbrecher eingeliefert und dort lebenslang bei kalorien- und vitaminreicher Kost behandelt. Wir kümmern uns mit besonderer Aufmerksamkeit um Kinder und Alte; Behinderte zu pieksen oder auch nur auszulachen, gilt als besonders niederträchtig. Wenn alkoholisierte Jugendliche in der U-Bahn einen Mann zu Tode prügeln, weil er keine Zigaretten für sie hatte, singen Zeitungskommentatoren das Klagelied, was diesen Kindern von der Gesellschaft angetan wurde, dass sie so werden mussten. Dieser Gewaltverzicht ist beispiellos in der Menschheitsgeschichte, und dennoch erscheint er im Vergleich zu unseren Ansprüchen immer noch dürftig. Unser Wunsch, jegliche Gewalt, die nicht durch eine unabhängige, mehrfach abgesicherte, demokratische Justiz legitimiert ist, restlos auszumerzen, grundiert unsere Weltbilder. Andererseits: Zu keiner Zeit sind so viele Menschen durch kriegerische Gewalt, durch Pogrome, durch eine gezielte Politik des Hungers, durch politische, religiöse und ethnische Verfolgung, Holocaust, Holodomor, Nanking, Killing Fields, Völkermord in Ruanda, Srebrenica, durch Plünderung und Ausbeutung umgebracht worden wie im 20. Jahrhundert. Mit Stalin hatte Roosevelt gescherzt, hatte ihn »Uncle Joe« genannt, fand ihn gemütlich und sympathischer als Churchill, und 1943 bei der Konferenz von Teheran hatte er ihn (darauf pochte meine Freundin Dr. Birgit Jirtler, die menschenliebende Ur-Kommunistin und Professorin für Biologie an der Humboldt-Universität zu Berlin) mit folgenden Worten begrüßt: »Wir heißen ein neues Mitglied in unserer demokratischen Familie willkommen!« Hätte sich derselbe Roosevelt lachend zum Beispiel mit der Mörderin und drogensüchtigen Prostituierten Toni Jo Henry fotografieren lassen? Sie hatte nur einen Menschen erschossen, einen einzigen, und war dafür im Jahr der Teheraner Konferenz auf dem elektrischen Stuhl hingerichtet worden. Stalin hatte Millionen Morde befohlen und als junger Bandit wahrscheinlich selbst etliche begangen – er war auch am Tod meines Großvaters schuld. Und Roosevelt hatte immerhin den Auftrag zum Bau der Atombombe erteilt. Und Churchill hatte den Befehl ausgegeben, alle deutschen Städte über einer gewissen Einwohnerzahl dem Erdboden gleichzumachen. Wie geht das? Einem konventionellen privaten Mörder wie mir und konventionellen privaten Mörderinnen wie Marithér Manger oder Toni Jo Henry soll die Scham über Hunderte Millionen Ermordeter aufgebürdet werden? Nur weil wir nicht in der Königsloge des Welttheaters sitzen? Ich weiß schon, Sie meinen, ich betriebe hier Satire, ich überspitzte, um Sie herauszufordern. Trotz all der Leichenberge im Rücken, bei deren Produktion kein allzu großes schlechtes Gewissen und keine allzu pfeffrig brennende Scham angefallen waren, können Sie sich ein moralfreies Sprechen über Mord ohne satirische, also moralisch umso rigidere Hintergedanken nicht vorstellen. Sie meinen, ich möchte Sie schockieren. Aber warum sollte ich das? Und warum gerade Sie? Ich kenne Sie nicht. Sie sind weit von mir, in Raum und in Zeit. Ich könnte Ihren Schock nicht genießen – falls ich so etwas im Sinn hätte. Ich bin allein, während ich dies schreibe, lebe in der Abgeschiedenheit. Ich war vor einigen Jahren gemeinsam mit einem Mann in einem Abteil im Zug von Moskau nach Jekaterinburg gesessen, wir waren über die Nacht gefahren, hatten uns am Wodka gewärmt, und er hatte mir sein Leben erzählt. Er war in einem Dorf im Ural aufgewachsen. Als Dreizehnjähriger war er Zeuge eines Massakers geworden. Zwei verfeindete Familien hatten einander eine Schießerei geliefert. Dabei war niemand am Leben geblieben. Die Verwundeten waren am Ort des Geschehens gestorben. Es war niemand mehr da, der die Miliz oder die Sanität hätte rufen können. Das Haus, vor dem das Massaker stattfand, lag außerhalb des Dorfes, und er, erzählte mir der Mann, war mit dem Fahrrad unterwegs gewesen, als die ersten Schüsse fielen. Er sei zu aufgeregt gewesen, um sich zu verstecken. Als alles vorbei gewesen sei, als niemand mehr geschrien oder gestöhnt habe, sei er zwischen den Toten hindurch über den Hof gegangen. Irgendetwas in ihm habe ihm befohlen, den Toten die Pistolen aus den Händen zu winden, und dasselbe in ihm habe ihm befohlen, auf die Toten zu schießen. Auf jeden Toten habe er ein paar Schüsse abgefeuert, dann sei er mit dem Fahrrad nach Hause gefahren. Später in seinem Leben habe er Morde begangen, mehr als zwei, mehr als drei, mehr als vier, er wollte mir nicht sagen, wie es gewesen war, warum und wo, er kicherte, als würde er von seinen Alkoholräuschen erzählen. Keiner dieser echten Morde habe ihm ein schlechtes Gewissen gekostet, die falschen Morde aber schon. Er habe es nie verwunden, dass er auf Tote geschossen habe. Mit Geheimdiensten hatte dieser Mann in seinem Leben nichts zu tun gehabt; niemand hatte ihn fürs Morden ausgebildet, niemand hatte ihm Tipps gegeben, wie das schlechte Gewissen zu überlisten wäre. Von den großen Morden in der Welt hatte er keine Ahnung.

Zweimal in der Woche, immer nachmittags, besuchte mich Marithér. Ich genoss diese drei Stunden sehr. Ich gebe zu, auch weil ich hinterher zum Essen eingeladen wurde. Die Frage nach Lüge oder Wahrheit stellte sich nicht; wir erzählten einander, aber nichts, was der eine gegen den anderen je verwenden könnte; wir liebkosten einander nicht, wir genierten uns vor Küssen, aber der Sex tat uns sehr gut.

2

Mein größtes und einziges Problem war das Geld.

Einmal: Es war ein Samstag und ich wusste, Marithér würde mich heute nicht besuchen und morgen nicht besuchen, und ich würde heute nicht und morgen nicht zu *McDonald's* eingeladen. Mein Kalorienbedarf würde also nicht gedeckt werden. Die letzten beiden Male war sie nach dem Sex eingeschlafen und hatte es hinterher eilig gehabt, so dass wir das Essen »verschieben« mussten. Das hatte mich verstimmt.

Ich ging ins Café des Hotels *Imperial*. Ich gab meinen Mantel nicht in der Garderobe ab, ich erinnerte mich, in diesem Haus wollte die Garderobiere gleich bezahlt werden. Ich war außer mir, jeder Tritt, jede Handbewegung war mit Unsicherheit und Ungenauigkeit und einem inneren Flattern getan. Zudem befand ich mich in jenem Zustand schlechter Laune, der – so meine Beobachtung an mir selbst – nach etwa vier Tagen Hungern seinen Höhepunkt erreicht, ehe Lethargie und Stumpfheit den Mann einfangen und knebeln und seine Gedanken zäh fließen lassen wie Sirup. Ich trug meinen braunen Anzug mit dem feinen Fischgrät, in dem ich erfahrungsgemäß dem Klischee des wohlhabenden Exzentrikers nahe war, und war zu vielem entschlossen, voll Trotz, aber auch voll Vertrauen, der Gott werde mich nicht verhungern und nicht verzweifeln lassen; wobei das Vertrauen von der massiven Forderung, er möge sich endlich in einem etwas großzügigeren Maß um mich kümmern, nicht zu unterscheiden war. Ich bewegte mich langsam, damit mir nicht schwindelig würde und meine Erscheinung nicht an einen Irren denken ließe, aber auch nicht zu langsam, was womöglich den Eindruck des Betrunkenseins erweckt hätte. Ich bildete mir ein, unangenehm zu riechen. Obwohl ich mich ausgiebig geduscht und abgeseift hatte. Meine Mundhöhle fühlte sich pelzig an, die Zunge hatte jede Geschmeidigkeit verloren. Der Hals war ein offenes, trockenes Rohr hinunter in den Magen. Wenn man hungert, soll man Petersilie kauen, das wirke gegen den Mönchsatem. Bei mir reichte es nicht einmal für Petersilie.

Es war zehn Jahre her, seit ich das letzte Mal in diesem edlen Haus gewesen war, und es war sehr unwahrscheinlich, dass mich ein Kellner oder ein Gast kannte. Ich achtete dennoch darauf, in niemandes Blickfeld zu geraten; ich bin der Typ, der angesprochen wird; ich musste mich vor Missverständnissen und Anbiederungen hüten, in meinem Zustand neigte ich zu aggressiven Antworten und zu Gewalt. Ich sagte zum Kellner, ich nähme das Frühstück vom Buffet, bestellte Tee *und* Kaffee *und* eine heiße Schokolade. Ich ließ mir ein Omelett aus vier Eiern mit Paprika, Zwiebeln, Tomaten, Champignons, Käse und Schnittlauch braten, häufte auf einen Teller Schinken, Bratwürstchen, Käse, Tomaten, Gurken, Leberwurst, Brot, viel Brot und Butter, auf einen zweiten French Toast mit Ahornsirup und einer Handvoll kross gebratener Speckscheiben, schenkte mir ein Glas Grapefruitsaft ein, trank es am Buffet im Stehen, ein nächstes Glas, diesmal Orangensaft, ein weiteres Glas, diesmal Ananassaft, auch eine Flöte Sekt genehmigte ich mir, um meinem Kreislauf den Startkick zu geben. Ob ich ein kleines, kurz angebratenes Steak haben könnte, fragte ich nach diesen ersten Gängen. – Meine schlechte Laune war triumphal besiegt. Wenig ist nötig, um aus mir einen guten Menschen zu machen (ich bin tatsächlich der Meinung, guter Mensch, gutes Essen und gute Laune bedingen einander gegenseitig).

Der Kellner jedenfalls war begeistert von mir; von der Figur her hielt er mich für einen Filmschauspieler, vom Gesicht her für einen Wissenschaftler oder einen Schauspieler, der einen Wissenschaftler spielte, oder einen Schriftsteller oder einen Schauspieler, der einen Schriftsteller spielte. Er lächelte, als wisse er die Ironie der Situation zu schätzen. Wir sprachen Englisch miteinander, kurz wechselte ich ins Französische; er hielt mit und war noch mehr begeistert, nun auch von sich selbst. Zwei Drittel seiner Zuvorkommenheit rechnete ich freilich meinem Anzug an. Zum Nachtisch aß ich das nicht genug zu lobende, kalorienreiche Müsli, darein mengte ich frisch geschnittene Früchte, Ananas, Birnen, Äpfel, Kiwi, Mangos und in Saft eingelegte Mandarinen, gleich zweimal nahm ich mir.

Es war eine Lust, und ich hatte keine Ahnung, wie ich aus der Sache herauskommen könnte.

Ich holte mir einen Stapel Zeitungen, bat im Stillen den Gott um eine Idee, und las im Feuilleton der *Frankfurter Allgemeinen Zeitung* einen literarischen Beitrag über die Folgen der Nichtraucherschutzgesetze in den verschiedenen europäischen Ländern. Der Text war als Groteske gemeint und wahrscheinlich von einem Raucher geschrieben. Unter anderem berichtete er, dass in Irland, seitdem in Lokalen nicht mehr geraucht werden dürfe, die Zechprellerei sprunghaft zugenommen habe. Warum? Die Wirte wiesen ihre Gäste darauf hin, dass vor dem Lokal Tische mit Aschenbecher stünden, wo sie in Ruhe und legal eine anheizen dürften – etliche Gäste wurden anschließend im Lokal nicht mehr gesehen.

Genau so löste ich mein Problem, nachdem ich den Kellner um eine Zigarette gebeten hatte. – Aber ist es nicht demütigend, als sechzigjähriger Mann zu solchen Tricks greifen zu müssen, nur um sich einmal satt zu essen? Auf dem Weg nach Hause musste ich in einer Tour rülpsen; ich hatte zu schnell und zu gierig und zu viel gegessen.

Es kam vor, dass ich, während Marithér im Bett lag – auf dem Bauch, Arme und Beine vom Körper abgespreizt, der Hintern in einen breiten

Frieden versunken –, nicht zur Toilette ging, wie gemurmelt, sondern in der Garderobe in ihrem Mantel nach Münzen suchte, um mir davon am nächsten Morgen zwei oder drei Semmeln zum Frühstück zu kaufen.

Ich hatte sie im Verdacht, sie wisse genau, wie es um mich stand. Einmal schlug sie ein Spiel vor. Wir könnten so tun, als wäre die Wohnung ein Puff für Frauen, ich sei ein fix angestellter Gigolo, sie eine Freierin, sie zahle für Sex. Ich sagte, solche Spiele ekelten mich an. Sie wurde rot, ihre Lippen zitterten, sie entschuldigte sich, sagte, sie habe es nicht böse gemeint. Von nun an redeten wir beim Sex nicht mehr. Es war ohnehin schon weniger geworden und auch immer weniger originell, wir hatten begonnen, uns zu wiederholen.

Sie war einundzwanzig Jahre jünger als ich, aber oft verhielten wir uns, als wäre ich ein Teenager und sie würde mich in die Welt und in die Liebe – und auch in die Lüge – einführen. Am Anfang hatte ihr das gefallen. Nun nicht mehr. Sie wollte gehalten und gestreichelt werden.

»Du besitzt eine Jugendlichkeit, als wärst du fünfunddreißig«, sagte sie. »Stell dir vor, ich wäre vierzehn!«

Sie wollte, dass ich mir Komplimente ausdenke, nie gehörte, nie gelesene. Sie wollte kindisch sein. Ich wollte das nicht.

Ich fragte: »Hast du wirklich deinen Schwiegervater umgebracht?«

»Natürlich nicht«, brauste sie auf.

Ich beschloss zu stehlen.

Ich wollte bescheiden und sorglos über den Winter kommen. Und mich gut ernähren. Das beste Olivenöl kaufen und nicht ein günstiges; Steaks beim *Radatz* und nicht bei irgendeinem Fleischhauer; im Restaurant wollte ich keinen Blick auf die rechte Seite der Speisekarte werfen. Einen neuen Anzug wollte ich mir kaufen, ein paar neue Hemden, einen neuen Mantel, ein paar neue Schuhe. Nachdem ich schon das *Imperial* nicht mehr betreten durfte, wollte ich wenigstens, wann immer ich Gusto hatte, im *Landtmann* oder im *Bristol* oder im *Sacher* frühstücken. Ich lebte in einer kleinen Luxuswohnung in Wien im 1. Bezirk, dem Traum eines russischen Oligarchen und seiner Geliebten, und zupfte meiner Geliebten Zweieuro-, Eineuro- und Fünfzigcentstücke aus dem Mantelsack – und hatte Hunger!

Marithér erzählte mir hin und wieder von ihrem Beruf. Sie tat es, um mir zu zeigen, dass sie nicht nur der Mensch war, den ich kannte, nicht nur die Frau, die über ein großes Sortiment an feinster Unterwäsche verfügte, sich trotzdem gern und schnell nackt machte, die Strümpfe aber anbehielt. Ihr Mann hatte mir aufgezählt, sechs verschiedene Personen zu sein; er litt darunter so sehr, dass sein Gott mitten im Dom von St. Stephan, mitten in der Heiligen Messe herabgestiegen war, um ihm ein Zeichen zu geben, das gedeutet zu bekommen der Stigmatisierte sich von mir erhofft hatte. Die Multiplizität der Persönlichkeit seiner Frau war nicht weniger fortgeschritten als seine, dachte ich mir, aber Marithér litt nicht darunter, sie war stolz darauf. Sie war Hausfrau, Gattin und Mutter; sie war meine nach Moschus duftende, erlesen gekleidete Geliebte; und sie war Tierärztin, die plumpe Bauernhosen und Bauernjanker trug, die geblähte Kühe aufstach, Schafböcken die Hoden abzwickte, Hundescheiße nach Parasiten untersuchte, Katzen die Milben aus den Ohren schabte und Pferdekrankheiten behandelte, die rätselhafte Namen hatten wie Druse, Mauke, Leist, Schale und Spat. Ich vermutete, dass sie einen oder zwei weitere Geliebte hatte, bei denen sie vielleicht nicht so raumgreifend duftete und sich nicht so erlesen kleidete, die im Augenblick etwas hintanstanden, weil ich ein Interessanter und Neuer war, auf die sie aber nicht verzichten wollte. Ich wollte ihr Gelegenheit bieten für eine weitere Sünde. Damit sie mit ihrem Mann gleichziehen könnte.

Ich entschloss mich zur Wahrheit. Ich sagte: »Ich brauche Geld.«

Wie ich erwartet hatte, reduzierte sich an ihr: die Farbe ihrer Haut, die Mimik, die Freundlichkeit ihrer Augen.

»Ich will keines von dir borgen«, sagte ich. »Ich möchte, dass du mir hilfst, welches zu stehlen.«

Die Farbe kehrte zurück. »Das hat noch nie jemand zu mir gesagt«, lächelte sie.

»Ich meine es nicht so, wie du es verstehst«, sagte ich.

»Wie meinst du es?«

»Ich meine es, wie ich es sage. Kein Spiel.«

Die Farbe blieb, die Mimik belebte sich sogar, aber die Freundlichkeit verschwand restlos aus ihrem Blick, und ihr schiefer Zahn deutete auf nichts Mädchenhaftes hin. Die Unwahrheit sei ein überwältigender

Beleg für die Mangelnatur des Menschen. Es habe eine Zeit gegeben – dies hatte einer meiner Studenten herausgefunden und in einem Referat vorgetragen –, in der sei zwischen Lüge und Irrtum nicht unterschieden worden. Erzählte einer eine Geschichte und sie entsprach nicht der Wahrheit, sagte keiner, die ist gelogen; man anerkannte, dass diesem Menschen etwas fehlte und er in die Welt hinein erfinden wollte, was ihm fehlte. Marithér begriff, dass ich aus dieser Zeit stammte, dass ich uralt war. Aber dann wurde die Lüge erfunden. Als die Wirklichkeit erfunden wurde, wurde die Lüge erfunden. Die Lüge ist Diebstahl an der Wirklichkeit, so wie die Wirklichkeit eine Verkürzung, Verwesentlichung, eine Abstraktion des Paradieses ist.

»Hast du kein Geld?«, fragte sie.

»Keines.«

»Wovon lebst du? Wovon hast du gelebt, seit du hier wohnst, meine ich?«

»Du hast mich manchmal zu *McDonald's* eingeladen. Manchmal habe ich in teuren Hotels gefrühstückt und die Zeche geprellt. Manchmal habe ich Münzen aus deiner Manteltasche gefischt.«

Sie atmete schwer, hielt sich die Hand vor den Mund, um zu verhindern, dass sie hyperventilierte. »Wenn er schwul ist, gut, gut, bin ich eben eine Diebin.« So drückte sie es aus.

Du bist eine Lügnerin und eine Mörderin, hätte ich hinzufügen wollen; komplettieren wir die Dreifaltigkeit des Bösen. Wer nicht oben steht, muss rechnen.

3

Sie fragte, was sie zu tun habe. »Was ist mein Part?«

Ich hatte keine Idee. Dabei ist es geblieben. In ihren Manteltaschen waren von nun an keine Münzen mehr. Und ihre Besuche wurden seltener.

Knapp vor Weihnachten kam ich am Abend nach Hause und fand einen Brief unter der Tür durchgeschoben. Er war von Marithér – oder von Gert? –, war auf einem Computer getippt und ausgedruckt und nicht mit der Hand unterschrieben – nur: »Die Mangers«. Sie teilten mir mit, dass ich bis Ende Februar aus der Wohnung ausziehen müsse, weil »Eigenbedarf bestehe«.

Der Tierarzt war seit längerem nicht mehr an den Mittwochabenden im *Wickerl* aufgetaucht, und besucht hatte er mich auch nicht mehr. Ich sah ihn nicht wieder. Und die Tierärztin sah ich auch nicht wieder.

Auf dem Naschmarkt verwickelte ich einen Händler in eine Diskussion darüber, ob von den getrockneten Ananas die wunderbar gelb leuchtenden besser oder weniger gut schmeckten als die unansehnlichen verschrumpelten, eher bräunlichen. Er ließ mich von beiden kosten. Die hässlichen waren die billigeren. Ich aß, nahm gleich ein zweites Mal. Ich sagte, ich sei ein Augenmensch. Er bat mich, die Augen zu schließen, und gab mir eine dritte Probe. Wir kamen überein, das Hässliche schmecke besser als das Schöne. Das Schöne sei mit Zucker aufgepäppelt, sagte er, für die Deutschen. Ob es sich bei den Feigen ähnlich verhalte, fragte ich. Nein, sagte er, die türkischen seien zwar schöner, aber nicht süßer, die griechischen süßer, aber nicht schön, gezuckert seien beide nicht. Und er gab mir zu kosten. Er ließ mich auch getrocknete Erdbeeren probieren und Korinthen und getrocknete steirische Äpfel. Er hielt mich für einen Experten, für einen Tester, einen vom Gesundheitsamt oder vom *Falter*, der Stadtzeitung. So kam ich auf eine nicht zu unterschätzende Kalorienanzahl. Allerdings, wegen des vielen Zuckers quälte mich der Hunger eine Stunde später umso unbarmherziger.

Ich kehrte zum Naschmarkt zurück, die Stände hatten inzwischen geschlossen, die blechernen Rollläden waren heruntergelassen, aber die Abfalltonnen waren noch nicht geleert worden. Die Tonnen waren so hoch, dass auch ein großer Mann wie ich nicht hineinsehen konnte. Leidensgenossen führten mir vor, was zu tun war. Sie stemmten sich am Rand hoch und balancierten sich auf dem Bauch über der Öffnung; und griffen hinein und holten angeschlagenes, angefaultes Obst und Gemüse heraus oder einen halben Kebab oder ein angebissenes Kipferl vom Dinkelbäcker ein Stück weiter vorne. Damit wollte ich lieber eine Weile warten. *Wir treten stets als Schüler in die verschiedenen Lebensalter ein, und oft fehlt es uns an Erfahrung trotz der Jahre.*

Ich ging am *Amacord* vorbei, einem Bistro, in dem ich vor zehn Jahren abends gern an der Bar gesessen und Averna oder Martini getrunken hatte, sah durchs Fenster ein Paar von einem Tisch aufstehen, der Mann half der Frau in den Mantel, sie ging voraus ohne Dank, und als sie schon bei der Tür war, legte er eine Handvoll Münzen als Trinkgeld auf den Tisch. Ich betrat die Bar, sah mich um, klaubte die Münzen auf und ging wieder. Bei dem Würstelstand in der Nähe der Sezession aß ich zwei Frankfurter mit Kartoffelsalat und einer Essiggurke. Ich aß wieder viel zu hastig. Für ein Getränk reichte es nicht mehr.

Über einige Tage besorgte ich mir auf ähnliche Weise kleines Geld und Essbares; suchte den Boden nach Münzen ab, das kann sich rund um Würstelstände, Taxiplätze und auf Obst- und Gemüsemärkten durchaus lohnen. Ich griff in Mäntel, die in Restaurants an Garderoben auf dem Weg zur Toilette hingen, und fand ein paar Münzen darin. Ich stahl aus Brotkörben, Einkaufstaschen und Lieferwägen, Sandwichs von Theatertheken und Obst von den Ständen auf den Märkten; schlich mich zu Vernissagen oder Empfängen.

Einmal, wieder auf dem Naschmarkt, an einem Samstag, als sich die Besucher drängten, zog ich einem Mann die Brieftasche aus den Jeans, es war spielend leicht. Aber es waren nur 32 Euro darin. Ich kaufte beim *Billa* ein und bereitete mir ein Festessen zu: Kartoffeln- und Selleriestreifen in Öl und Butter gebraten, zwei Butterschnitzel aus gemischtem Faschiertem, Schwein und Rind, scharf gewürzt, dazu eine Joghurt-Sauerrahm-Soße mit Dill, zum Trinken dunkles Nährbier, zwei Flaschen. Zum Nachtisch Ziegenkäse und Schafskäse und dunkle Schokolade, in eine Joghurt-Sauerrahm-Soße geraspelt. Das war mein Mittagessen.

In der Nacht wachte ich auf, weil ich vom Essen geträumt hatte. Der Hunger blieb, der Traum sickerte ins Dunkel zurück, wo er sich weitere Ratschläge holte, mich zu quälen.

Ich legte mich in die Badewanne und ließ heißes Wasser über mein Knie einlaufen. Das mochte ich. Das Knie wurde rot, und ich hielt es kaum aus vor Hitze. Ich erinnerte mich an den Sommer 1958, als ich neun Jahre alt war und in der Frühe am Strand von Oostende spazieren ging, mit einem gewaltigen Appetit im Bauch, und als das Mädchen, das Claudine hieß, auf mich zutrat und mich zum Frühstück auf die Veranda ihrer Eltern einlud, wo rot-weiße Sonnenschirme verteilt waren. Im Gegensatz zu ihrem Vater und ihrer Mutter, die mir, eine Zeitlang wenigstens, meine Geschichten glaubten, hatte sie von Anfang an verstanden, dass ich ein Vagabund war, hatte sich nicht von meinem feinen weißen Anzug und dem kecken Strohhut täuschen lassen. Auch meinen Namen hatte sie mir nicht geglaubt. Als ich ihn vor ihren Eltern aussprach, hatten ihre Lippen gezuckt. Nun war sie eine alte Frau – wenn sie noch lebte. Ich war mir damals sicher gewesen, dass sie die Begegnung mit mir ihr Leben lang nicht vergessen würde. Das hatte mich mit dem befriedigenden Gefühl einer erwachsenen Abgebrühtheit erfüllt. Ich wünschte, ihr zu begegnen. Sie würde mich zum Essen einladen, weil sie verstünde, dass ich noch immer ein Vagabund war.

Was war das Beste, das Sie je in Ihrem Leben gegessen haben?, würde sie mich fragen, denn sie würde mich gern zum Besten einladen.

Spiegeleier mit Speck, würde ich antworten, dazu Butterbrot und Tomate, Senfgurke und einen Apfel, Quellwasser, und nicht vergessen: Walnüsse.

Mein Köstlichstes, würde sie erzählen, um meinen Appetit zu steigern, mein Köstlichstes war ein deutsches Menü. Man glaubt es kaum, gelten die Deutschen doch als mittelmäßige Köche. Ein Rheinischer Sauerbraten, stellen Sie sich vor, mein lieber Freund, ein Schulterstück vom Rind vier Tage in Rotwein eingelegt, die Soße mit Lebkuchen eingedickt und mit halbierten Haselnüssen und Rosinen verfeinert, dazu Blaukraut mit Äpfeln und einen Serviettenkloß mit Muskatnuss und viel gehackter Petersilie. Und Weißwein. Sicher ein Stilbruch: Rotweinsoße und Weißwein. Aber es muss Weißwein sein. So sind die Deutschen. Zum Nachtisch Apfelmus, simples Apfelmus mit einer Haube Preiselbeerkompott. So sind die Deutschen. Wenn Sie mich jetzt zum Essen einladen könnten, mein Freund, was würden Sie für mich kochen?

Eine toskanische Brotsuppe, *pappa al pomodoro*, mit fein geschnittenen Tomaten und Stangensellerie und mit Mozzarella überbacken, würde ich antworten.

Und das wäre alles?

Ja! Ja! Davon aber eine große Schüssel, die nie leer wird. Eine Zauberschüssel.

Ich schlief ein mit dem Gefühl, zu viel gegessen zu haben. Ich träumte von nackten Menschen, über die noch nicht entschieden war, ob sie essen oder gegessen würden; Gesichter, Stimmen, Thoraxe, Hände, Schenkel verschmolzen zu einer hautfarbenen, murmelnden Mauer. Am Morgen war mir, als hätte ich einen fremden Traum geträumt. Ich fand in der Bettritze eine Zigarette. Mir wurde schlecht davon.

Eine Woche lang aß ich nichts. Lag nur im Bett.

Ich hatte nicht einmal Geld, um zu telefonieren. Mitte Jänner stapfte ich durch Schneeregen am Ring entlang, vorbei am Parlament und am Naturhistorischen und am Kunsthistorischen Museum, der Weg schien mir endlos, ging weiter zur Oper und weiter am Ring entlang, überquerte den Schwarzenbergplatz, ging durch den Stadtpark, bis ich endlich das Gebäude des Finanz- und Gesundheitsministeriums erreichte.

Im Vorzimmer des Vorzimmers des Ministers für Gesundheit hieß es, Dr. Wolfram sei nicht im Haus, ein Termin wäre frühestens in drei Wochen möglich. Ich sagte, ich käme morgen am Vormittag wieder, mein Anliegen sei in einer Minute erledigt. Das habe keinen Sinn, wurde mir geantwortet. In Ordnung, käme ich morgen am Nachmittag wieder, sagte ich. Ich solle ihm einfach glauben, sagte der Herr im Vorzimmer des Vorzimmers, und die Dame neben ihm nickte, auch morgen Nachmittag habe der Minister keine Zeit. »In Ordnung, komme ich übermorgen«, sagte ich. »Richten Sie Dr. Wolfram aus, sein Schutzengel sei hier gewesen.« Der Herr nickte und notierte, was leicht zu merken war.

Ich kam wieder und wurde vorgelassen.

»Ich habe extra für dich einen Termin abgesagt«, empfing mich der Minister. Ich erinnerte mich nicht, dass wir per du waren. »Was kann ich für dich tun?«

»Ich habe Hunger«, sagte ich.

Wie ich das meinte.

Wörtlich.

Er hatte abgenommen, sein Gesicht hatte eine gesunde, ebenmäßig bleiche Farbe. Er laufe fünf Mal in der Woche eine Stunde, sagte er. Er trug keine Krawatte, die oberen beiden Knöpfe seines Hemdes waren offen, darunter hatte er ein grellrotes T-Shirt. Er rief seinen Sekretär und trug ihm auf, mir einen Monatsblock mit Essenskarten für die Kantine der beiden Ministerien auszuhändigen. Der Sekretär verschwand kurz und übergab mir ein Kuvert, machte aber den Minister – nicht mich! – darauf aufmerksam, dass die Kantine heute bereits geschlossen habe und dass samstags und sonntags kein Betrieb sei. Dr. Wolfram zog seine Brieftasche heraus, darin war aber kein Geld, nicht ein Scheinchen, er öffnete sie vor mir, Kreditkarten steckten in den Fächern, aufgereiht wie die Muster eines Vertreters für Tapeten. Er rief noch einmal den Sekretär und bat ihn, er möge ihm zweihundert Euro borgen. In der Börse des Sekretärs befanden sich nur sechzig Euro, zehn benötige er selbst für das Taxi. Der Minister rief seine Sekretärin, die steuerte hundert Euro bei. Weitere fünfzig Euro gab mir der Portier. Aus der Art, wie sich Dr. Wolfram unten am Portal der Ministerien von mir verabschiedete, schloss ich, er »gehe davon aus« (Lieblingsverb!), dass wir beide nun quitt seien. Ich sah ihn in der Zeitung und im Fernsehen, leibhaftig sah ich ihn nicht mehr wieder.

Zu Hause briet ich mir ein Lachssteak, kochte Kartoffeln in Salzwasser, die ich anschließend in Butter und Petersilie schwenkte, dazu reichte ich mir Karottengemüse, mit einer Vanilleschote gekocht. Ich bereitete mir als Zwischenspeise einen bunten Salat zu und als Nachtisch Joghurt mit Früchten. Ich trank zwei Gläser Barolo, am Ende einen Espresso und einen Grappa (ein Minifläschchen vom *Schönbichler* in der Wollzeile). Am späten Nachmittag schenkte ich mir einen Whisky ein (*Johnny Walker Black Label*) und einen zweiten, dazu etwas dunkle Schokolade. Anschließend unternahm ich einen langen Verdauungsspaziergang durch die Stadt.

Von den zweihundert Euro aus dem Gesundheitsministerium war nicht ein Cent übrig geblieben.

4

Ich habe nie an mir selbst gezweifelt. Ein Begriff wie Selbstbetrug erschien mir als eine Absurdität, als ein Lockwort von Therapeuten; niemand Fremdem habe ich auf Anhieb vertraut. Niemandem habe ich mich preisgegeben. Ich hielt es für ein Menschenrecht, alles tun zu dürfen, um nicht durchschaut zu werden. Ich war ein Mann von unbesiegbarem Zweifelsinn, der aber ausschließlich nach außen gerichtet war. Wer an allem zweifelt, also auch an sich selbst, der spielt nur den Zweifler, er relativiert seinen Zweifel bereits im Akt des Zweifelns; er ist ein Opportunist ohne Aussicht auf Nutzen. Ich wollte nie etwas aus mir machen. Ich wollte nur sein. Was mir gegeben wurde, nahm ich an. Ich habe mich nicht dafür angestellt. Ich hielt nicht viel von Stolz und Pochen auf Würde. Ich wollte nicht nützlich sein. Wer Pläne verfolgt, dem verwandeln sich die Menschen in Freund und Feind, die Menschen verlieren ihre Gesichter, sie tragen Masken, obwohl sie keine tragen müssten. Ich verfolgte keine Pläne. Ich konnte stundenlang dasitzen, ohne etwas zu tun, ohne etwas zu denken. Ich wollte den leichtesten Weg gehen. Wem ich gefiel, dem gefiel ich, wem ich nicht gefiel, dem gefiel ich nicht; ich forcierte nicht das eine und versuchte nicht, das andere auszubügeln. Ich hatte keine Überzeugungen. Ich besaß nie den Ehrgeiz, ein guter Mensch zu werden; auch wenn ich eine Zeitlang glaubte, Moral gehöre zu unserer Grundausstattung. Ich habe mich bemüht, für einen einzigen Menschen Sorge zu tragen, wie ich es versprochen hatte. Oft war ich fahrlässig gewesen. Oft habe ich ausgerechnet jenem Menschen Vorhaltungen und Vorwürfe gemacht, um den ich mich sorgen wollte und nichts weiter, von dem ich Böses abwenden, dem ich nicht etwas Böses antun wollte. Und dann – die Vorhaltungen und Vorwürfe, die eine ganze Welt gegen mich hätte sammeln können, habe ich in Tagen der Verzweiflung, der Hoffnungslosigkeit, in Stunden brachialen Vernichtungswillens auf diesen einen Menschen gebündelt. In Zorn war ich geraten wie nie zuvor in meinem Leben. Ich habe Janna zur Sau gemacht. Ich habe sie klein gemacht, habe sie angeschrien, ohne mich wäre sie nur Dreck, Dreck, Dreck. Sie schluchzte. Ich sagte, sie sehe hässlich aus, wenn sie weine, hässlicher als sonst, ob sie sich selbst denn gar nichts wert sei. Sie werde in sich gehen, jammerte sie, ich solle ihr noch eine Chance geben. Ich habe ihr mit höhnischen Worten, die ich mir selbst nie zugetraut hätte, bewiesen, dass sie unfähig sei, unschuldig zu sein, unfähig sei, Mitleid zu empfinden, unfähig sei zu empfinden. Was hast du aus dir gemacht? Schau dich an! Schau dich im Spiegel an! Wie alt ist diese Frau? Achtundvierzig? Sie ist achtundvierzig? Tatsächlich? Warum sieht sie dann aus wie sechzig? Du siehst aus wie eine kranke Sechzigjährige. Ich nannte sie tyrannisch, wo doch ich tyrannisch war; ich nannte sie heimtückisch, wo doch ich der Heimtückische war. Ich nannte sie oberflächlich, wo doch ich der Inbegriff der Oberflächlichkeit war. Ich war von einer Bitterkeit erfüllt, die ich bis dahin in meinem Leben nicht in mir gespürt hatte. Ich habe mich in der Nacht selbst im Spiegel betrachtet und mir gesagt: Nein, dies ist nicht der Mensch, der in dir steckt und solches Unheil anrichtet. Woher kommt der, der in dir steckt und solches Unheil anrichtet? Wie konntest du es zulassen, dass er in dich hineinkroch, um solches Unheil anzurichten? Du bist doch ein anderer. Warum fütterst du ihn weiterhin? Wie wirst du ihn wieder los? Dreimal bereits waren wir in die Berge zu den Tarahumaras gefahren und hatten uns diese Menschen angesehen, die übrig geblieben waren von den ebenso mysteriösen wie ominösen Nachfahren der Azteken, die ein ebenso ominöser wie bemitleidenswerter französischer Dichter als die Heilsbringer aller Fixer dieser Welt beschrieben hat – dreimal schon waren wir hier gewesen, ohne irgendeinen Effekt, ohne irgendeinen Erfolg! Nicht diese Menschen mit dem traurigen Blick, die sich uns in ihrer Tracht präsentierten, weil ihnen eingeredet wurde, die Tracht erhöhe das Trinkgeld, lieferten die Löschblattfetzen mit LSD, dem heruntergekommenen Vetter des heiligen Peyote, sondern die Touristen tauschten es untereinander, LSD gegen Heroin, dazu hätten sie nicht nach Mexiko zu fahren brauchen, von Kanada herunter, von Dänemark herüber oder aus Wien. Und jedes Mal waren wir nach Mexico City zurückgekehrt, nach Coyoacán in das blaue Haus, das zur Hälfte als Jugendherberge, zur Hälfte als Hotel betrieben wurde. Und ich war bitter geworden. Und ich war böse geworden. Ich habe, ohne etwas zu empfinden, zugesehen, wie der Mensch, für den Sorge zu tragen ich dem Gott versprochen hatte, sich die Nadel in die Innenseite des Oberschenkels stach, und der Dämon in mir hat mir eingeflüstert, es sei meine Pflicht, Janna niederzumachen. Du musst den Sucht- und Giftteufel in ihr zerbrechen, er hat sich um sie gelegt zu einer harten, arroganten Kruste. Wenn du die harte, arrogante Kruste zerbrichst, kommt die Janna zum Vorschein, die echte Janna. Die hier ist nicht die echte Janna, die hier darfst du demütigen, die hier sollst du demütigen, die hier ist nicht Janna, die nicht. Und ich antwortete: Sie ist doch gar nicht arrogant, nein, das ist sie doch gar nicht. Aber ihr Verhalten ist arrogant, entgegnete der Dämon, sie ist es vielleicht nicht, die sie jetzt ist, die ist nicht die echte Janna, vergiss das nicht. Genauso wie du nicht ich bist, hätte ich dem Dämon antworten sollen. Ich aber habe gegrinst über den Narren, der ich gewesen war, als ich die tiefste Kammer in meinem Herzen für Janna geöffnet hatte, für sie, die nicht gewusst hatte, wer ich bin – vergebliche Jahre lang nichts davon gewusst hatte, bis ich es ihr wenige Stunden vor ihrem Tod offenbarte.

Wenn der gute Weg beschwerlich wurde, verließ ich ihn. Ich vertraute nur jenen Schneisen, die ich selbst in den Wald geschlagen hatte; die anderen benützte ich; aber mit Vorsicht. Ich war immer überzeugt, die Lüge sei tägliches Lebenshandwerk; ohne sie begebe sich ein Mann in fremde Hände. Die Lüge ist die am wenigsten aufwendige Form der Abweichung vom Guten. Darum wählte ich sie immer als erstes. Ich bin Menschen begegnet, die hielten die Lüge für verabscheuungswürdiger als den Mord. Sie waren Lügner und keine Mörder. Von der großen Lüge sind beeindruckt, die in der kleinen Lüge versagen. Die eine große Lüge, die *Lebenslüge*, gibt es nicht; sie setzt sich zusammen aus vielen kleinen Lügen. Wenn die kleinen Lügen schief sind, kracht das große Gebäude in sich zusammen. Das Gute und das Böse definiert immer ein anderer. Ob dies sinnvoll ist oder nicht, definiert auch immer ein anderer.

Gibt es Menschen, denen die Wahrheit tatsächlich etwas bedeutet? Mir ist nie einer begegnet. Ich habe viele Menschen getroffen, die von mir erwarteten, dass ich ihnen die Wahrheit sagte, das schon. Wenn ich aber genauer nachfragte und untersuchte, was sie darunter verstehen könnten, stieß ich jedes Mal nur wieder auf Begriffe. Und was können Begriffe einem schon bedeuten? Wenn ich mich bemühte, aus den Begriffen lebendige Begebenheiten zu herauszulösen, war nichts zu finden. Nichts Rühmliches jedenfalls. Meistens ließ sich »Sag mir die Wahrheit!« in »Tu, was ich will!« übersetzen. Das »Unterwirf dich der Wahrheit!« hieß: »Unterwirf dich mir!« Wo der Verstand die Rolle des Herzens spielt oder das Herz die Rolle des Verstandes, herrscht Verwirrung, die entweder vom Verstand oder vom Herzen gewollt ist, und zwar mit dem Zweck, andere zu täuschen. Mittelmäßige Lügner gehen gern so vor. Der Verstand werde stets vom Herzen getäuscht, heißt es aus ihrem Mund – aber ist das die Wahrheit? Wer schmeichelhafte Dinge auf gefällige Art sagt, ohne davon zu profitieren, ist lächerlich und wird verachtet; wer dagegen davon profitiert, hat recht und gilt als klug und charmant. Ich galt den Menschen, denen ich begegnete, als klug und charmant. Sie hielten mich für einen Profiteur und Sieger. Dabei spielte ein Begriff wie Wahrheit nie eine Rolle.

Ich besaß Jannas Mütze. Darin war ihr Geruch. Ich hatte sie nicht ihretwegen aufgehoben. Ich hatte vergessen, sie wegzuwerfen oder sie einfach liegenzulassen, als ich aufbrach. Immer wieder war die Mütze da gewesen, lag zwischen den Hemden, hatte sich im Futter des Koffers versteckt, fand sich in der Tasche meines Mantels wieder. Sie erinnerte mich nicht mehr an Janna, sie erinnerte mich an sich selbst. Die Mütze war in drei Farben gestrickt, obenauf war ein Bommel, innen ein Futter aus Vlies, um den Wind abzuhalten. Janna hatte sie tief über die Ohren gezogen. Die Ohren, sagte sie, seien an ihrem Kopf das einzige, was friere.

Wenn ein Ofen in der Nähe war, legte ich die Hände darauf, bis ich die Hitze nicht mehr aushielt, und dann wärmte ich ihre Ohren. Das war in einem kleinen Bahnhof in der Barranca del Cobre auf der Sierra gewesen, als wir das erste Mal aus dem Zug gestiegen waren, um die Tarahumaras zu suchen und zu besuchen, was sich Janna so sehr gewünscht hatte; auch in einer Bar in Creel war ein Ofen gewesen, ein gusseiserner aus den neunziger Jahren des neunzehnten Jahrhunderts, gebaut in Leipzig; und das war auch bei Ruben und Itzel Obrador in Tepoztlán so gewesen, denen wir uns als Mann und Frau vorgestellt und die uns über Nacht ihre geheizte Stube zur Verfügung gestellt hatten, die einzigen, die länger als eine Stunde freundlich zu uns waren; und das war im Lesesaal einer kleinen deutschen Bibliothek in Mexico City so gewesen, wohin wir geflüchtet waren, weil draußen ein Sturm von den Bergen in die Ebene hinunterbrauste, der sogar die Augäpfel kalt werden ließ. Im Zug von Los Mochis nach Chihuahua erzählte ich Janna die Geschichte von dem Mann im Zug von Moskau nach Jekaterinburg. Dass er, als wir an unserem Ziel angekommen waren, mir ein Messer mit einer Holzklinge geschenkt hatte. Er habe es für seinen Sohn geschnitzt, hatte er gesagt, aber der würde es gewiss nicht zu schätzen wissen. Mein Sohn ist weich, hatte er gesagt, und dass ihm das einerseits gefalle, andererseits missfalle. Einerseits sei dies beruhigend, weil das Leben seines Sohnes wahrscheinlich gesetzt und zufrieden verlaufen werde. Er werde sich eine wuchtige Frau suchen, die sich um ihn kümmere. Andererseits wolle er sich nicht vorstellen, wie sein Sohn von einer wuchtigen Frau gehätschelt werde. Ich sagte zu dem Mann: Dein Sohn wird glücklich werden, und auf das Messer werde ich achtgeben. Er bedankte sich bei mir, bedankte sich, dass ein Fremder wie ich seine Sprache gelernt habe. Natürlich hast du nicht an mich gedacht, als du Russisch gelernt hast, sagte er, du hast nicht an mich denken können, wie wäre das möglich gewesen ohne Hellseherei, aber an irgendwelche russische Menschen musst du gedacht haben, niemand lernt eine Sprache und spricht sie nur mit sich selbst. Diese russischen Menschen sind nur Gedanken gewesen, aber ich, sagte er, ich habe mich von einem Gedanken in einen wirklichen russischen Menschen verwandelt. Durch Gottgedanken und Gebete verwandle sich das Messer eines Tages von einem Holzmesser in ein wirkliches Messer, sagte er und küsste mich auf den Mund. In deiner Hand wird es geschehen, in der Hand meines Sohnes nicht.

Hat er dich wirklich auf den Mund geküsst?, fragte Janna.

Auf den Mund, ja.

Sie wischte sich die Lippen ab und küsste mich auf den Mund.

So?

So ähnlich, sagte ich.

Hast du das Messer noch?

Ja.

Zeigst du es mir?

Ich zeigte es ihr.

Aber das ist ja ein ganz normales Messer, sagte sie. Es ist kein Holzmesser.

Dann hat es sich schon verwandelt.

Du schwindelst.

Ja.

In Jannas Mütze eingewickelt war das Buch jenes französischen Dichters, der einen poetischen Bericht über seinen Besuch bei den Tarahumaras geschrieben hatte – ein verhängnisvolles Buch, wie ich fand, weil seinem Aufruf so viele Menschen gefolgt waren, die meisten mit roten Tüchern um die Stirn. Die Deckblätter fehlten, die ersten Seiten und die letzten Seiten fehlten. Als ich Janna nach so vielen Jahren Wanderschaft durch so viele Länder in Wien wiedergefunden hatte, in einer aufgelassenen Garage in der Nähe vom Westbahnhof, in der Avedikstraße, gleich bei den Geleisen, da besaß sie nur, was sie an ihrem abgemagerten Körper trug, das enge Samtröckchen, das enge Jäckchen aus rosa Kunstleder und dieses Buch. Das habe ihr einer vermacht. Wer? Einer eben. Das Buch war Hoffnung und letzter Trost für sie gewesen. Der Autor sei wie sie heroinsüchtig gewesen, wie sie und wie der, der ihr das Buch vermacht habe. Der Franzose habe sich selbst mit Hilfe des Giftes aus dem Peyote der Tarahumaras geheilt. Das Gift führe das Ich zu seinen wahren Quellen zurück, schreibe er in dem Buch. Wenn man einen solchen visionären Zustand erreicht habe, sei es ausgeschlossen, dass man wie zuvor die Lüge mit der Wahrheit verwechsle. Man habe dann gesehen, woher man komme und wer man sei, und man zweifle nicht mehr an dem, was man sei. Das Gift werde von den Nachfahren der Azteken in der Sierra Madre Occidental einmal im Jahr in einem geheimen Ritual eingenommen, um sich von den bösen Taten der bösen Geister zu reinigen. Wem es erlaubt sei, an dem Ritual teilzunehmen, der werde geheilt. Worauf ich im verzweifelten Übermut meiner verzweifelten Mission vorgeschlagen hatte, nach Mexiko zu fahren und die Tarahumaras zu suchen und zu besuchen. Ich war es, der den Vorschlag gemacht hatte. Ich. – Lange bin ich geblieben, Janna für immer …

Noch drei Nächte durfte ich in dem warmen, weichen Bett in der Dachwohnung am Minoritenplatz hinter dem Burgtheater schlafen, noch drei Tage durfte ich über die Badewanne verfügen, sie mit heißem Wasser volllaufen lassen und mich hineinlegen; noch drei Tage durfte ich mich an den Küchentisch setzen und Radio hören. Noch einmal ließ ich mich von den Männern im *Wickerl* zum Essen und Trinken einladen. Ich hatte ihnen gesagt, ich werde verreisen, den Kontinent verlassen und, falls meine Pläne aufgingen, nicht wiederkommen. Zurück nach Mexiko? Ja, vielleicht zurück nach Mexiko. Warum vielleicht, was steht denn noch zur Debatte? Nichts, eigentlich nichts. Also Mexiko? Ja, Mexiko. Der reiche Großwildjäger schenkte mir eine Flasche edlen Cognac, der habe fünfzehn Jahre lang in einem Fass und seit weiteren fünf Jahren in seinem Keller auf mich gewartet; Florian, der Kraftfahrer bei Baer-Trans Güterbeförderung GmbH in Währing, brachte einen Kuchen mit, den seine Lebensgefährtin gebacken hatte, ein Blech mit verschiedenen Fruchtabteilungen, wir aßen alle davon; Mihailo Moravac, der Verkäufer bei der Nike Computer-Handels-Gesellschaft in der Brigittenau, überreichte mir ein Sudoku-Buch für die Reise, vier Schwierigkeitsgrade, Auflösung hinten; Pezi Vogel, der pensionierte Handelsakademielehrer, sagte, es tue ihm leid, dass wir beide uns nicht näher kennen gelernt hätten, einmal habe er überlegt, mich zu sich nach Hause zum Essen einzuladen, aber er sei eben Witwer und Alleinversorger und es hätte nur ein aufgewärmtes Reisfleisch gegeben; Wolfgang, der Witzbold von der MA 45 Wiener Gewässer, brachte ein gerahmtes Foto mit, auf dem wir alle zu sehen waren, wie wir uns im *Wickerl* um die Bar drängten, jeder hatte mit Filzstift auf seine Brust unterschrieben; und schließlich Dr. Christof Dittl, der Kardiologe, er gab mir die Hand und wünschte mir alles Gute.

Ich dachte, dies sei ein letzter Abschied.

5

Ende Februar – meine Koffer hatte ich nach meinem letzten Frühstück bei Frau Berchtel, der Hausbesorgerin, untergestellt – schlug ich dem Gott vor, er solle mir entweder unter einer Laterne entgegentreten und mir mitteilen, dass er mir seine Hilfe aufkündige – er brauche mir auch keine Gründe dafür anzugeben –, oder aber er möge mir eine Tür öffnen. Wenn letzteres, bitte vor dem Abend. Länger konnte ich die Koffer bei Frau Berchtel nicht stehen lassen. Ich überließ mich meinen Füßen und seinem Willen und seinem Weg. Der Gott könne keine Landschaft erschaffen, die ganz von ihm verlassen sei, heißt es in einer Sprüchesammlung, und: alles Geschehen sei ein Sicherfüllen. Ich ging in die Innenstadt zum Stephansplatz und die Singerstraße hinunter (vorbei an dem Haus, in dem Allegra gewohnt hatte) und – sah durch das Fenster der *Cantinetta La Norma* Sebastian vor einem Teller Spaghetti sitzen.

Er unterhielt sich mit einem Mann. Das heißt, er hörte ihm zu. Ich stellte mich in den Eingang der Apotheke gegenüber und beobachtete die beiden.

Ich habe ihn sofort erkannt. Ein bisschen fester war er geworden, was ihm, ehrlich gesagt, nicht gut stand. Die Haare hatten sich an den Ecken weit über die Stirn hinauf zurückgezogen. Der alte entschlossene Ausdruck war in seinem Gesicht. Der hatte sich sogar verstärkt.

Sebastian hinkte ein wenig. Es war, als drückte ihn der Schuh und er wolle mit jedem Schritt den Fuß darin zurechtrücken. Er ging sein gewohntes Tempo, im Stadtpark setzte er sich auf eine Bank in die Sonne.

Sebastian wohnte in der Heumühlgasse in der Nähe des Naschmarkts. Wir wunderten uns beide darüber, dass wir uns nicht längst schon über den Weg gelaufen waren. Er hatte Zeit für mich.

Ihm gehörte eine Wohnung unter dem Dach, sehr gemütlich, sehr geschmackvoll eingerichtet, vier Zimmer, eine geräumige Küche. Daraus durfte geschlossen werden, dass es ihm – finanziell zumindest – gutging. Von der Bibliothek aus führte eine Wendeltreppe aufs Dach, dort hatte er sich ein Schreibhaus bauen lassen – vier mal vier Meter, schätzte ich, zwei Schreibtische, eine Bücherwand, ein Sofa, eine Stereoanlage von Bang & Olufsen, ein Laptop von Apple. Es war der schönste Raum in seiner Wohnung, große Fenster nach zwei Seiten, viel Papier. Eine Tür führte hinaus aufs Dach. Im Winter sei es draußen zu kalt, im Sommer zu heiß, aber im Frühling – »Du wirst sehen!« – sei es so schön, dass er sich auch nach zwölf Jahren nicht daran gewöhnt habe. – Dies war nun mein Zimmer.

Er zeigte mir, wie die Waschmaschine und der Wäschetrockner im Badezimmer funktionierten und wie die Regelung der Heizung und wie der Herd in der Küche; setzte mich in Kenntnis, dass zweimal in der Woche, Dienstag und Donnerstag, jeweils nachmittags eine Zugehfrau saubermache und die Wäsche richte. Meine Schmutzwäsche solle ich einfach zu seiner in den Korb im Bad geben. Ob ich gern Roggenbrot äße. Er habe ein Dutzend kleine Laibe im Tiefkühler eingefroren, am Abend nehme er einen heraus, zum Frühstück sei er wie frisch. Er könne im Morgenmantel frühstücken und müsse vorher nicht aus dem Haus.

Von früher redeten wir nicht. Wir neckten einander, wie wir es früher getan hatten, das schon. Ich bemerkte vieles an ihm, was mich an ihn erinnerte. Ihm ging es nicht anders bei mir. Die Ironie fand ich wieder an allen Ecken und Enden seines Gesichts. Die Art, wie er mich ansah, wenn ich sprach, nicht in die Augen sah er mir, sondern auf den Mund. Er hatte immer noch eine Vorliebe für herbstliche Farben in Hemden und Hosen, Flanell und Schnürlsamt.

Ich kochte uns etwas aus dem Gemüse, das ich im Kühlschrank fand, Sardellenpaste war da, auch eine halbe Tube Tomatenmark und ein angebrochenes Paket Bandnudeln. Er war sehr zufrieden mit dem Ergebnis. Er trank keinen Alkohol. Er bot sich an, bei einem der Lokale auf dem Naschmarkt ein paar Flaschen Bier zu holen. War nicht nötig. Seit etlichen Jahren kämpfe er wieder mit den Zigaretten. Nachdem er mehr als zehn Jahre nicht mehr geraucht habe. Wir rauchten eine von den seinen, eine gute alte starke Camel. Zum Fenster hinaus rauchten wir. Die nächste rauchten wir oben auf dem Dach. Die Kippen drückten wir in Erdtöpfe aus Aluminium, die entlang der Mauer aufgestellt waren. Im Sommer wüchsen hier Paradeiser, sagte er. Ein bisschen experimentiere er mit Paradeisern. Die schmeckten gut, seien gesund und machten nicht dick. Er beneide mich um meine schlanke Figur. Einen Hometrainer habe er sich angeschafft. Aber er sei zu faul. Außerdem fürchte er sich vor nichts mehr als vor der Langeweile, und es gebe nichts Langweiligeres, als eine Stunde lang auf einem Fahrrad zu sitzen, das kein Fahrrad sei. Ich schlug ihm vor, er solle mich für Kost und Logis als seinen Koch anstellen. Er würde nur Gesundes zu essen bekommen, und das regelmäßig.

Ich schlief in einem sauberen, nach Lavendel duftenden Bett und blickte hinaus auf die Sterne.

Am Morgen erklärte ich ihm meine Lage. Dass ich keinen Beruf hatte, keine Bleibe, nicht eine Münze Geld. Und dass nichts in Aussicht sei. Dass ich nie Sozialversicherung eingezahlt hatte. Dass ich auf nichts Anspruch hatte. Dass ich aber bei Sinnen sei.

Er sagte: »Ich weiß nicht, wie lange wir beide es zusammen in einer Wohnung aushalten. Aber bis dahin kannst du hierbleiben. Und wenn es dich nicht stört, sollst du gern mein Gast sein.«

Ich möchte eine Bemerkung über das Roggenbrot einfügen: Es festigte eindeutig die Freundschaft. Es verströmte eine feine säuerliche *odeur*, hatte einen breiten, die Zungenränder stimulierenden Geschmack und harmonierte mit der leicht gesalzenen Butter, als wären Butter und Brot zur gleichen Zeit vom selben Meister erfunden worden. Sebastian sagte, es schmecke tiefgefroren und aufgetaut sogar besser als frisch aus dem Ofen. In den folgenden Wochen durfte ich mich überzeugen, dass er recht hatte. Manchmal sägte ich es in gefrorenem Zustand in Scheiben und legte die Scheiben auf die heiße Herdplatte. So entwickelte es einen malzigen Geschmack. Und die Küche roch wie bei einer fürsorglichen Familie. Zum gerösteten Brot aß ich einen Boskopapfel und trank ein Glas Weizenbier. Da wird, sobald man den Fernseher aufdreht, in jedem Kanal eine Kochshow geboten – Jamie Oliver, Alfons Schuhbeck, Tim Mälzer, Sarah Wiener –, komplizierte, ernährungswissenschaftlich abgesicherte Rezepte werden vorgestellt und analysiert und vor Publikum in Kunstwerke auf Tellern verwandelt, aber nie wird von einem Gericht aus geröstetem Roggenbrot, Boskop und Weizenbier berichtet; nie, dass der Mensch sich davon ernähren kann; nie, dass aus dieser blonden, oliv-, ocker- und umbrafarbenen Komposition eine Viertelstunde Glück entstehen kann.

Ich lernte Sebastians Freunde kennen; seine engsten, Robert und Hanna Lenobel, er Psychoanalytiker, sie Besitzerin einer jüdischen Buchhandlung in der Innenstadt. Robert Lenobel war jener Mann, den ich zusammen mit Sebastian in der *Cantinetta La Norma* gesehen hatte; dort träfen sie einander einmal in der Woche zum Mittagessen und palaverten hauptsächlich über Politik. Robert hatte eine kleine Ähnlichkeit mit Groucho Marx, vom Äußeren her und in seinem Wesen, fand ich. Nie hatte ich ihn anders gesehen als in schwarzem Anzug, weißem Hemd und schwarzer Krawatte. Er liebte es, sein Gegenüber in eine gedankliche Möbiusschleife zu locken und sich dabei zu amüsieren. Sein Lieblingswitz war der: Zwei Juden streiten sich, wessen Rabbi frommer sei. Sagt der eine: Meiner betet sogar, wenn er nicht muss. Sagt der andere: Und meinem erscheint Gott im Traum. Antwortet der eine: Wenn dein Rabbi das behauptet, ist er ein Lügner. Darauf der andere: Gott würde doch niemals einem Lügner im Traum erscheinen. Mit diesem Witz teste er die Menschen, erklärte er mir, als Sebastian und ich zum ersten Mal bei Lenobels zu Hause zum Abendessen eingeladen waren. Wer nicht lache, habe den Witz nicht verstanden, denke aber immerhin darüber nach, in der Hoffnung, ihn eines Tages zu verstehen. Wer zu laut lache, habe den Witz ebenfalls nicht verstanden. Es war ein liebevoll vorbereiteter Abend, der Tisch aufwendig gedeckt und mit Efeu verziert. Es gab Lammkoteletts mit Wirsinggemüse und Salzkartoffeln, als Vorspeise einen Heringssalat, als Nachspeise einen Käsekuchen. Die Lenobels hatten eine Tochter und einen Sohn, beide um die zwanzig, beide wohnten bei ihren Eltern. Mit dem Sohn, Hanno, verstand ich mich sehr gut. Er studierte Technik und war deshalb ein wenig isoliert in der Familie (Hanna sagte über ihren Mann, er sei eine »technische Wildsau«). Er war beeindruckt, als ich ihm erzählte, dass ich gelernter Automechaniker sei (Sebastian war ebenfalls beeindruckt, als er das hörte). Er liebte Autos, besaß einen gebrauchten BMW aus präelektronischen Zeiten, an dem er herumbastelte, was die schwarzen Ränder an seinen Fingernägeln bewiesen. Robert und Hanna hatten – wie Sebastian – kein Auto. Klara, die Tochter, machte mit einem Jahr Verspätung ihre Matura, Verspätung deshalb, erklärte sie mir, noch ehe ihre Mutter das Wort zu Ende gesprochen hatte, weil sie ein Jahr in Amerika gewesen sei, in Los Angeles, wo sie ihr Englisch aufgebessert und Spanisch gelernt habe. Sie beeindruckte ich, indem ich den Rest des Abends mit ihr Spanisch sprach. Sie wollte nach der Matura zunächst in Israel Sprachen studieren, Hebräisch und Arabisch, und sich anschließend, sie wusste nicht in welcher Universitätsstadt, auf eine Laufbahn als Diplomatin vorbereiten. Hanna Lenobel hatte Interesse an Sebastian, dies war jedenfalls mein Eindruck. Wobei das Interesse nicht unbedingt erotischer Natur war. Einmal gewesen war? Er lag ihr am Herzen. Sie hatte einen kupfern gefärbten Lockenkopf; gleich als sie uns an der Tür begrüßte, fragte sie Sebastian, wie sie ihm gefalle, und warf dabei die Haare über die Ohren. Sie war die einzige an diesem Abend, die mir reserviert begegnete.

Ich lernte auch Evelyn Markard kennen. Eines Nachmittags, ich hatte mich oben eine Stunde hingelegt und wollte mir einen Espresso machen, Sebastian war in der Stadt, um Bücher zu kaufen, oder spazierte durch den Prater oder beides, stand sie in der Küche und klimperte mit dem Schlüsselbund an ihrem Finger. Wir starrten einander an, wussten nicht, wer mehr recht hatte, den anderen zu fragen, was er hier suche. Ich sagte, ich sei ein Freund von Sebastian. Und sie, sagte sie, sei Sebastians »problematische Beziehung«. Wie sie den Begriff betonte, schloss ich, sie glaube, er habe ausführlich mit mir über sie gesprochen, und zwar in ebendiesen Worten. Das heiße, präzisierte sie, sie lebten zusammen, aber getrennt und in einer nun schon seit fünf Jahren andauernden Phase des Schlussmachens. Ich schätzte sie auf Mitte vierzig, sie war sehr schlank, tiefe Kerben zogen sich von der Nase zu den Mundwinkeln, ihre Unterarme waren sehnig. Sie hatte die Figur eines jungen Mannes, die Kleidung war entsprechend, Jeans und ein kariertes Männerhemd, Ärmel nach oben gekrempelt, ihre Bewegungen wirkten maskulin, zackig, gezielt, als wären sie Teil eines erprobten Ablaufs, zu dem es keine Alternative gab.

»Ich habe noch seine Schlüssel und er meine«, sagte sie. »In Zukunft werde ich klingeln.«

Wir setzten uns in die Bibliothek und tranken grünen Tee, den sie zu stark aufgebrüht hatte. Sie nahm mir das Erzählen ab. Sie war Kuratorin in einem historischen Museum, verwaltete eine Million Fotografien oder weniger. Ich war spaßig, sie lachte nicht oft.

Sie wartete nicht, bis Sebastian zurück war. Als ich einen Punkt machte, stand sie auf, und in der gleichen Bewegung schlüpfte sie in ihre Jacke. An der Tür schlug ich vor, dass wir am Abend zu dritt etwas unternehmen. Die Deutschen wollen immer etwas unternehmen, sagte sie.

»Du hast eine Katze, stimmt's?«, sagte ich, um sie aufzuhalten. »Ich seh's an den Haaren auf deiner Jacke. Einen Kater?«

»Kein Kater.«

»Ich mag Katzen, und Katzen mögen mich. Ich kann mich um sie kümmern, wenn du einmal wegmusst.«

»Warum sollte ich wegmüssen?«

»Oder ihr wollt gemeinsam wegfahren, du und Sebastian.«

»Womit wegfahren? Wir haben beide kein Auto.«

»Man kann auch mit dem Zug wegfahren oder mit dem Flugzeug. Und ich passe derweil auf die Katze auf. Wie heißt sie?«

»Wer?«

»Die Katze.«

»Pnin. Nach einem russischen Roman.«

»Sprichst du Russisch?«

»Nicht ein Wort. Ich muss jetzt gehen. Das soll jetzt nicht unhöflich sein.«

Ich hörte sie über die Stiege hinunterlaufen, wie ein Kind, mehrere Stufen auf einmal nehmend, über die letzten drei, vier hüpfend. Als liefe sie vor mir davon.

6

Sebastian brachte Bier und Wein und Zigaretten mit. Er räumte seine Sachen vom Küchentisch, den Laptop, seine Notizbücher, ein mittelgroßes und ein kleines; in das kleine schrieb er Wörter und Wendungen, die er irgendwo las, in das mittelgroße Einfälle, Ideen, Konstruktionen seiner Geschichten, Essays, Romane. Er sei froh, dass ich sein Arbeitszimmer belegte, hatte er mich beschwichtigt. Erstens habe er fast nichts zu tun, ein umfangreicher Roman sei erst vor kurzem erschienen, und etwas Neues sei ihm zum Glück oder Unglück bisher nicht eingefallen. Zweitens animiere ihn die Küche zur Zeit mehr zum Schreiben als sein Arbeitszimmer; jeder Ort der Welt animiere ihn mehr zum Schreiben als sein Arbeitszimmer; ich sei also genau zur rechten Zeit gekommen – um den Geist des alten Romans zu besänftigen und ihn endlich aus dem Haus zu komplimentieren. Damit Platz werde für eine neue Geschichte (dass er dabei an *meine* Geschichte dachte, damals schon, wäre eine Unterstellung; obwohl: Auf der Suche nach literarisch Verwertbarem halte ich Sebastian Lukasser für erbarmungslos, rücksichtslos, skrupellos).

Wir hatten uns vorgenommen, bis in die Nacht hinein Schach zu spielen. Ein langes Abendessen mit Schach. Dazu legte Sebastian Klaviermusik von einem französischen Komponisten an der Wende vom 19. zum 20. Jahrhundert auf, den Namen habe ich nicht behalten; dessen Ambition sei es gewesen, Hintergrundmusik für ein Kaufhaus zu schreiben, herausgekommen sei Kunst. Ob wir es wie früher bis zum

Hahnenschrei schafften, über dem Brett zu sitzen, das würden nicht Kraft und Müdigkeit entscheiden, fürchtete ich, sondern die Langeweile, die ich hinter den Schweigeminuten vermutete, die unser Zusammensein nach den ersten Tagen bedrückten. Ohne dass wir es ausgesprochen hatten, war dieser lange Abend als Chance gedacht, uns aus unserer Befangenheit zu lösen. Ich wäre dieser Prüfung gern ausgewichen, hatte deshalb versucht, Evelyn zu überreden, mit uns zu sein.

Ich freute mich auf das Bier. Und auf die Zigaretten. Außerdem hatte Sebastian eine Spezialität aufgetrieben: eine DVD mit dem größten Boxkampf aller Zeiten – Muhammad Ali gegen Joe Frazier am 1. Oktober 1975 auf den Philippinen, called *Thrilla in Manila*. Nach Alis Aussage hatten Frazier und er den Ring als kräftige Fighter betreten und als gebrochene Greise verlassen. Sebastian erzählte, er habe in Brooklyn eine Zeitlang über einem Gym gewohnt, dessen Besitzer seine Freunde gewesen seien. Die DVD behielten wir uns vor, falls uns das Schachspiel nicht so viel Vergnügen bereiten sollte wie vor fünfundvierzig Jahren, als wir in der Gemeindegutstraße Nummer 6 in Nofels gespielt hatten, bis der Himmel hell geworden war. Damals hatte ich verloren, jedes Mal. Sein Pate, der Mathematikprofessor, hatte ihm das Spiel im Alter von zehn Jahren beigebracht und ihm ein paar gefinkelte Tricks gezeigt, die ich nicht durchschaute und auf die ich sogar noch hereinfiel, nachdem er sie mir erklärt hatte.

Ich hätte inzwischen einiges dazugelernt, warnte ich Sebastian, sagte freilich nicht, wo und von wem ich unterrichtet worden war. Ich hatte ihm bisher nichts von mir erzählt. Und wohnte nun immerhin seit zehn Tagen hier. Er hatte auch nicht viel erzählt. Seine Biographie stand nicht zur Disposition. Meine ja.

Wir spielten auf dem alten Brett mit den alten Figuren. Ein schwarzer Läufer und zwei weiße Bauern fehlten. Statt des Läufers stellten wir eine Streichholzschachtel zwischen Springer und Dame, die Bauern ersetzten wir durch Würfelzucker. Ich gewann die erste Partie und gewann auch die zweite. Quique Jiménez hatte tatsächlich gute Erziehungsarbeit geleistet. Der Unterschied in der Didaktik des Mathematikprofessors und der des Gefängnisinsassen bestand darin, dass ersterer das Spiel zum Zweck des ästhetischen Genusses gespielt hatte und nicht in der Absicht, damit Geld zu verdienen, letzterer aber nur.

Quique Jiménez' Motive erleichterten es dem Spieler, zwischen Wesentlichem und Unwesentlichem zu unterscheiden; der Sinn nach dem Schönen hingegen lässt sich ohne große Gewitztheit ablenken und irreführen. Meine zweite Lehre hatte ich bei Frau Prof. Jirtler absolviert. Ihre stärksten Gegner bis zu meinem Erscheinen an der Universität waren ihre Vorgesetzte, Rektorin Dr. Mechthild Jauch, und ihre namenlose Führungsoffizierin von der Stasi gewesen. Beide Damen hielt sie für weit unter sich stehend, sowohl was ihre intellektuellen Fähigkeiten als auch was ihre Integrität als Humanistinnen und Kommunistinnen betraf. Ein Sieg im Spiel gegen die beiden rückte für ein paar Minuten die Welt wieder zurecht. Frau Prof. Jirtler spielte, um die Moral zu retten, Ruhm und Ehre interessierten sie nicht. Dieses Motiv ist rein. Es verleiht dem Spieler die Kälte und Unbarmherzigkeit eines seelenlosen Wesens; verwandelt den Spieler selbst gleichsam in eine Figur. Er wird immun gegen Irritationen von außen, deren gefährlichste Antipathie und Sympathie für den Gegner sind. Ich hatte versucht, in mir den Impetus des Kriminellen mit dem der Biologin zu vereinigen. Meine Recherchen ergaben, dass Bobby Fischer, der Muhammad Ali des Schachs, ähnlich tickte. Er spielte für das Gute in der Welt, indem er gegen den Kommunismus spielte, und er spielte in die eigene Tasche, nur dass sein Mammon Ruhm hieß. Ich studierte Fischers Partien, lernte einige auswendig, suchte in ihnen jene Momente, in denen seine Gegner in die Siegerspur hätten einfädeln können, analysierte zum Beispiel die Partie gegen Reuben Fine von 1963 – Fischer war gerade zwanzig – oder die dritte, fünfte, sechste und einundzwanzigste Partie der Weltmeisterschaft 1972 gegen Boris Spasski. Ein Handicap hatte ich: Ich musste so tun als ob. Denn ich besaß weder eine Moral, für die ich fechten wollte, noch war aus meiner Gegnerin Geld herauszuholen. Dennoch: Am Ende hatte ich Frau Prof. Jirtler, die Schachmeisterin der Humboldt-Universität zu Berlin der Jahre 1978, 1979, 1980 und 1981, besiegt. Sie hielt mich für ein As, für moralisch integer und für einen Philosophen in der Nachfolge des Sokrates …

Als ich in kurzer Zeit zehn Spiele in Serie gewonnen hatte, beschloss ich, Sebastian mein Leben zu erzählen. Ich wollte bezahlen. Für Kost, Logis und Liebe. Mehr als mein Leben hatte ich nicht zu bieten.

Animiert durch das Schachspiel, begann ich bei jenem Nachmittag, als ich zum Bewusstsein erwacht war – als ich nach dem Mittagsschlaf die Augen geöffnet hatte und Moma nicht mehr da gewesen war, nicht in der Küche, nicht im Schlafzimmer, nicht in ihrem Arbeitszimmer; als ich Wasser aus dem Brunnen in der Küche trank und das Brot mit den Fingern aushöhlte; als ich die Blumentöpfe von den Fensterbrettern fegte und mit der Erde Straßen und Städte baute; als ich die Wohnung in der Báthory utca Nummer 23 verwüstete und zum ersten Mal mein Gesicht in dem geschliffenen Spiegel im Badezimmer erkannte.

In der ersten Nacht erzählte ich bis in den Sommer 1956, als Mama, Papa, Moma, Opa und ich Ungarn verlassen hatten und in der freien Welt unter freiem Himmel lagen, Lieder sangen und dazu tanzten und die Salamiwurst vom Fleischhauer Radványi, den Brotlaib vom Bäcker Szegedi, die Tomaten, Paprika und Karotten von Tante Marthas Schrebergarten und die Reste vom gefüllten Kraut gerecht untereinander aufteilten und uns den Mund mit den Händen und die Hände im Gras abwischten.

7

Früher waren im Café Museum die Schachspieler in einem Hinterzimmer gesessen. Inzwischen war das Lokal renoviert worden, das Schachzimmer existierte nicht mehr. Als ich in der Boltzmanngasse im Studentenheim der Theologen gewohnt hatte, war ich manchmal in die Stadt gefahren, um den Spielern zuzuschauen. Ich weiß nicht, warum mir nie eingefallen war, einen von ihnen herauszufordern. Ich bewunderte die zerknitterten Männer mit den flachen A3 im Mundwinkel, die durch den Rauch hindurch ihr Gegenüber anblinzelten, als wär er ein Stück Holz. Sie hatten viele Tricks auf Lager. Sie spielten nur um Geld. Der Einsatz musste vor der Partie von beiden Spielern unter dem Brett deponiert werden, nur Scheine. – Ich fragte den Kellner, ob er wisse, wohin die Schachspieler gezogen seien. Er nannte mir ein Kaffeehaus im 3. Bezirk.

Den neuen Vorschriften gemäß, teilte sich das Lokal in ein Nichtraucher- und ein Raucherteil auf. Im Raucher saßen sie. Es waren neun

Tische, jeder groß genug, um zwei Getränken, einem Aschenbecher, der Schachuhr und dem Brett Platz zu bieten. Es gab Sesshafte und Wanderer. Etliche Sesshafte lebten vom Spiel.

Ich trug neue Sachen. Die mir Sebastian spendiert hatte. Ich wusste, wie ich aussah: wie einer, der Geld hatte und bereit war, es für ein intelligentes Vergnügen auszugeben. Ich hatte Geld, nicht sehr viel, aber genug, um es zu vermehren. Ich hatte es aus Sebastians Barreserve genommen, die in einer Blechbüchse hinter Büchern verwahrt war. Das Geld war selbstverständlich nur geliehen.

Auf einen wie mich hatte man hier gewartet. Ich spielte den Russen. Попытка – не пытка. Damit war ich doppelt interessant. Erstens stehen die Russen seit jeher im Ruf, gute Schachspieler zu sein; zweitens stehen die Russen seit neuestem im Ruf, viel Geld zu haben.

Erst beobachtete ich die Spieler, dann die Beobachter. Ein Trick ging so: Zwei Sesshafte spielten gegeneinander, einer von ihnen tat, als wäre er ein Wanderer, ein Deutscher zum Beispiel, ein Tourist. Die beiden lieferten eine anständige Partie ab, keine besonders gute, aber auch keine schlechte. Der vermeintliche Tourist gewann und kassierte, gab Revanche, gewann und kassierte. Das sollte einen Beobachter ermuntern, es ebenfalls zu probieren. Wenn sich einer fand, ließ ihn der Sesshafte ebenfalls zwei- oder dreimal hintereinander bei relativ geringem Einsatz gewinnen. Ab dem dritten Mal wurde der Wanderer »gewurzt«. Wenn er aufhören wollte, wurde ihm deutlich – sehr deutlich! – mitgeteilt, dass es in Wien üblich sei, eine Revanche zu geben.

Die Wanderer wurden in Touristen und Gäste unterschieden. Touristen wurden »ausgewurzt«, das heißt, ihnen wurde möglichst an einem Abend abgenommen, was sie bei sich hatten. Den Gästen hingegen sollte die Laune nicht endgültig verdorben, die Hoffnung nicht endgültig genommen werden. Beim Heranzüchten einer Spielsucht muss man mit Geduld vorgehen; der Antrieb auch dieser Sucht ist die Hoffnung, eines Tages die nicht mehr überbietbare Befriedigung gewährt zu bekommen.

Ich suchte mir den Sesshaften aus, den ich für den schwächsten Spieler hielt. Ich urteilte nach dem Gesicht, nicht nach den Partien, die er spielte, die konnten geblufft sein – zum Beispiel, um jemandem wie mir weiszumachen, er sei der schwächste Spieler. Er hatte ein tiefes

Grübchen im Kinn, in dem sich schwarze Barthaare vor dem Rasierapparat versteckten. Ich glaubte, um die Stirn eine Spur von Verzagtheit zu erkennen, einen Kummer. Kummer lenkt ab. Er blickte auch immer wieder auf sein Handy, schrieb immer wieder ein SMS. Wie erwartet, ließ er mich gewinnen. Er hatte brav gespielt, jeder Zug hinter mir her, auf mich reagierend, hatte kein einziges Mal die Initiative übernommen. Ich kassierte zehn Euro und gab Revanche. Er änderte seine Taktik nicht, blieb ebenso phantasielos zahm wie beim ersten Spiel. Auch ich verließ mit keinem Zug ein konventionelles Muster. Ich gewann und kassierte fünfzehn Euro. Beim dritten Match zog er an, eröffnete mit einem Gambit, das ich prompt annahm, ich wollte ihn zwingen zu gewinnen. Er stellte sich dumm und verlor abermals. Ich sagte, ich hätte genug. Ich rechnete damit, dass er Revanche verlangte. Und endlich würde es losgehen. Keine Reaktion. Er nickte, zahlte ohne ein Wort, erhob sich, begab sich in den Nichtraucherteil, tippte während des Gehens eine Nummer in sein Handy. Ein anderer nahm seinen Platz ein. Zwei Spiele ließ er mich gewinnen, dann machte er mich fertig. Ich verlor alles. Es war so schnell gegangen, dass ich mir den Ablauf der Partien nicht gemerkt hatte.

Ich war zuversichtlich, dass Sebastian nicht auffiel, wenn drei, vier, fünf Hunderter fehlten. Ich wusste nicht, woher das Geld in seiner Reserve stammte, ob von Vorlesungen, bei denen ihm die Gage schwarz bezahlt worden war, oder ob er es korrekt von der Bank abgehoben hatte, um Bares im Haus zu haben. Ich glaubte nicht, dass er nachzählte. Wenn er einen Taxifahrer mit einem großen Schein bezahlte, steckte er das Wechselgeld ohne einen Blick darauf ein. Er besaß keine Geldbörse, verteilte Scheine und Münzen in Hosentaschen, Jackentaschen, Manteltaschen. Er war sehr vertrauensvoll mir gegenüber. Er hatte mir die Blechbüchse gezeigt und gesagt, wenn ich etwas brauche, solle ich es mir einfach herausnehmen. Ich hatte geantwortet, das würde ich tun, würde aber einen Zettel mit dem Betrag und dem Verwendungszweck in die Büchse legen. Ehe ich den Satz zu Ende gesprochen hatte, war jedes Interesse an diesem Thema bei ihm erloschen.

Ich ärgerte mich, weil ich die Spieler nicht ernst genommen hatte. Sie waren Professionelle, die jeden Abend vier, fünf, sechs Stunden spielten, die ihre Miete damit verdienten, Alimente für ihre Kinder und Unterhalt für ihre Frau von dem Geld bezahlten, das sie Idioten wie mir abknöpften. Die Arroganz ihrer Kunden war Teil ihres Kapitals. Ich setzte mich tagsüber vor den Computer und lud mir aus dem Internet die Partien herunter, die ich vor vielen Jahren auswendig gelernt hatte, und spielte sie nach. Eine Woche lang saß ich acht Stunden pro Tag vor dem Brett und spielte gegen mich selbst. Ich nahm mir noch einmal Geld aus der Blechbüchse und besuchte noch einmal das Kaffeehaus im 3. Bezirk. Ich wollte wenigstens so viel Geld einspielen, um Sebastians Kasse in ihre alte Ordnung zu bringen.

Ich verlor alles.

Irgendwann war ich wieder im Café. Früher als sonst. Es war ein trockener, staubiger Tag im August. Ich hatte die Partie von Ruslan Ponomariov vs. Ivan Sokolov vom vergangenen Jahr vorbereitet und wollte meinen Gegner zwingen, dem Vorbild wenigstens bis zum neunten Zug, der kleinen Rochade von Weiß, zu folgen. Selbstverständlich würde er die Partie kennen. Ich aber, so mein Plan, würde auf die Rochade verzichten und stattdessen den Läufer auf g5 ziehen und damit den schwarzen Springer bedrohen, der die Dame abdeckte, was für meinen Gegner zwar keine unmittelbare Gefahr darstellte, ihn aber – vielleicht – irritierte, weil er dahinter einen raffinierten Plan befürchtete … Befürchtete er nicht, nach acht weiteren Zügen war ich matt. Mein Gegner rieb sich das glänzende Kinn, holte so tief Luft, dass die Brusttasche seines Hemdes sich über die Zigarettenpackung spannte, und grinste. Seine Maulspalte reichte bis zu den Ohren.

Ich geriet aus dem Konzept, wechselte zu einem anderen Sesshaften, verlor auch gegen ihn, wechselte zu einem dritten, verlor auch gegen ihn, zu einem vierten, verlor auch gegen ihn, sah ein, dass ich gar kein Konzept hatte, nie eines gehabt hatte, wechselte abermals den Gegner, verlor wieder, fuhr mit dem Rest des Geldes im Taxi nach Hause, griff ein zweites Mal an diesem Abend in die Blechbüchse und räumte sie diesmal leer. Um drei in der Nacht marschierte ich ohne einen Cent in der Tasche quer durch den 3. und den 4. Bezirk zur Heumühlgasse zurück. In Wahrheit hatte ich gegen die Riege der Sesshaften nie die geringste Chance gehabt. Ich fühlte mich betrogen. Erst hatten sie mich wie einen Touristen behandelt, dann wie einen Gast, inzwischen gingen sie mit mir um wie mit einem Freund. Sie lobten mein Spiel, aber sie wurzten mich.

Ich hoffte, Sebastian nicht anzutreffen.

Ich beobachtete ihn in den nächsten Tagen. Entweder er ließ sich nichts anmerken, oder er wusste tatsächlich nichts. Tagsüber war ich zu Hause und saß am Computer, und er war irgendwo draußen. Er spazierte stundenlang in der Umgebung von Wien durch Wälder und über Felder. Entweder er dachte nach, oder er versuchte, nicht nachzudenken. Wir trafen uns zum Abendessen und zum Frühstück, aber selten. Zwischen ihm und Evelyn war einiges gut geworden. Eine versöhnliche Traurigkeit schwebte über ihren Gesprächen. Die meisten Nächte verbrachte er bei ihr. Er hatte mich gefragt, ob es mich störe, allein in der Wohnung zu sein. Ich stellte mich darauf ein, mich heimlich aus dem Staub zu machen. Wollte vorher seine Jacken und Hosen nach Geld absuchen. War voll dumpfen Gleichmuts, eigensinnig und dumm wie der gemeinste Erdensohn.

Ich hatte Glück. Die Sesshaften fanden Gefallen an mir. Und hatten Verwendung für mich. Das heißt, sie fanden Gefallen an dem Russen. Sie meinten, ein vornehmer Russe locke Kundschaft an. Sie überließen mir einen eigenen Tisch. Und sie gaben mir Kredit. Sie saßen wie Spinnen in ihren Netzen und warteten auf Beute. Nachdem sie mich bis auf die Knochen gewurzt hatten, verwendeten sie mich als Investition. Im Sommer kamen die Touristen in die Stadt. In einem der Fenster des Lokals lehnte ein Schild, auf dem stand »Schachcafé«. Darunter wurde nun ein Streifen geklebt mit der Aufschrift: »Zur Zeit zu Besuch: ein russischer Großmeister«.

Ich spielte nicht so gut wie die Sesshaften, und es würde über die Spanne meines Lebens hinaus dauern, sie einzuholen. Aber das war nicht nötig. Die meisten Wanderer, die im Café auftauchten, waren mittelmäßige Schachspieler, die in ihren Clubs ohne Zweifel als Cracks galten, aber hier sehr schnell alt aussahen. Ich verlor gegen die Sesshaften, gegen die Wanderer gewann ich allemal. Die Sesshaften waren überqualifiziert. Sie hatten nicht einmal mehr Freude an ihrem Können, so groß war ihr Können. Sie waren trainiert für den Himmel der Schachspieler, der bestimmt ähnlich aussah wie das Raucherabteil des

Cafés, nur größer, und wo die Sesshaften Namen hatten wie Adolf Anderssen, Paul Morphy, Wilhelm Steinitz, Johannes Hermann Zukertort, José Raúl Capablanca und Bobby Fischer, der erst vor wenigen Wochen in Reykjavík gestorben war.

Über den Sommer brachte ich so viel Geld zusammen, dass ich nicht nur die Schulden bei Sebastian zurückbezahlen konnte, sondern darüber hinaus ein ordentliches Bündel in die eigene Blechbüchse – bildlich gesprochen – stecken durfte. Die Schachtouristen waren wild darauf, gegen den russischen Großmeister zu spielen. Während sie darauf warteten, an seinem Tisch Platz nehmen zu dürfen, spielten sie, um sich die Zeit zu verkürzen, gegen die anderen – und wurden gewurzt. Ich freute mich nicht mehr über meine Siege und ergötzte mich nicht mehr an den Niederlagen jener, die sich bis zu diesem Abend für große Talente gehalten hatten und nun mit bitterem und unversöhnlichem Hochmut auf uns herabblickten, weil sie uns aus irgendwelchen Gründen nicht für würdig hielten – wenn man einem Gegner nicht gewachsen ist, verdächtigt man seine Motive –, es aber auch nicht über sich brachten, einfach zu gehen, stattdessen vorne im Café eine Kleinigkeit aßen und nicht wussten, was wir wussten, nämlich dass ihre Verliererdepression schon bald in Euphorie umschlagen würde und sie keinen größeren Wunsch hätten, als uns, den Verachteten, ihr allerletztes Geld zu überlassen.

Nach der Sperrstunde wurde der Profit zusammengelegt und geteilt. Ich war ein Sesshafter. Dass ich kein Russe war, verriet ich meinen Kollegen nicht.

An einem Sonntag lud ich Sebastian und Evelyn zum Abendessen in die Innenstadt ein. Groß. In die *Cantinetta Antinori* in der Jasomirgottstraße. Die Kellner kannten den Schriftsteller und behandelten ihn mit Respekt. Eine Frau trat an unseren Tisch und bat ihn, eines seiner Bücher für sie zu signieren – »für Caroline, bitte, mit lieben Grüßen, oder so« –, sie habe das Buch bei sich, nicht zufällig, sondern weil sie nicht anders könne, als ununterbrochen darin zu lesen, sie habe Sorge, was aus ihrem Leben werde, wenn sie damit fertig sei. Sebastian freute sich sehr.

In dieser Nacht schlief Evelyn allein in ihrer Wohnung. Sebastian und ich aber saßen in der Küche in der Heumühlgasse, und ich erzählte weiter aus meinem Leben. Es war die zweite Nacht. Tausendundeine würden es nicht werden. Ein Dutzend aber schon.

So verging der Sommer, und es wurde Herbst. Der Freund behielt mich bei sich; nie haben wir gestritten; meistens habe ich ihm die Wahrheit gesagt. Die beiden verreisten für ein paar Tage, nach Triest und Venedig, ich habe sie dazu überredet. Ich passte auf Sebastians Wohnung auf, goss die Tomaten auf dem Dach, passte auf Evelyns Wohnung auf, fütterte und spielte mit der Katze Pnin. Ich tat dies und das, drückte mich in der Nationalbibliothek herum und auf Ämtern und brachte heraus, dass Moma 1994 im Alter von einundachtzig Jahren im Sanatorium Döbling gestorben war. Ich suchte auf dem Döblinger Friedhof nach ihrem Grab, fand es aber nicht. Ich war nicht traurig. Sie war bei mir gewesen, bevor ich Ich sagen konnte. Das bedeutet sehr viel, denke ich. Über unsere letzte Begegnung im *Café Landtmann* habe ich im Präsens geschrieben. Das ist mein *Chapeau!* an sie.

Ich habe nicht das große Geld verdient, aber das kleine. Wie Quique Jiménez gesagt hatte: Auf das große Geld kann man getrost ein Leben lang warten, das kleine braucht man immer, und immer braucht man es sofort.

8

Am frühen Nachmittag des 15. Oktober 2008 – ein stürmischer, regnerischer Tag, ich kam vom Naschmarkt und den umliegenden Läden, in beiden Händen Plastiksäcke voll mit Lebensmitteln, Putzmitteln und Toilettenartikeln, stemmte mich gegen den Wind, sperrte das Tor auf – spürte ich einen Stich in der Brust, ich hüstelte ihn weg, dachte, ich hätte mir etwas an den Bronchien geholt, drückte auf den Knopf beim Lift, stieg in die Kabine, und als sich die Tür geschlossen und der Lift in Bewegung gesetzt hatte, war das Stechen wieder da, und beim nächsten Atemzug war es ein Schmerz, so vernichtend, dass ich meinte, in die Knie zu gehen. Es hätte nicht der detaillierten Beschreibungen der Mittwochabendrunde im *Wickerl* bedurft, um mir klarzumachen, dass ich einen Herzinfarkt hatte.

Ich besaß kein Handy. Sebastian war nicht zu Hause. Es hatte keinen Sinn, ganz nach oben zu fahren, dort gab es niemanden, der mir helfen könnte. Ich drückte auf den Knopf im zweiten Stock. Aspirin musste ich schlucken. Jemand musste die Rettung rufen.

Ich stieg aus, die Plastiksäcke mit meinem Einkauf zog ich aus dem Lift. Damit der Lift nicht blockiert wäre, wenn die Rettung käme.

Ich klingelte bei der Tür gegenüber und bei der Tür links hinten, und bei der Tür rechts hinten klingelte ich auch.

Niemand öffnete.

Der Schmerz ließ ein wenig nach.

Ich ging langsam über die Stiege hinunter, wollte bei den Wohnungen im ersten Stock klingeln. Auf halbem Weg setzte das Gefühl der Enge wieder ein, auch der Drang zu hüsteln, es war, als zwängte sich mein Herz durch ein Nadelöhr. Ich hockte mich auf die Stufen nieder.

Der Schmerz war so heftig, dass ich meinte, jetzt müsse ich sterben.

»Aspirin, bitte, und die Rettung«, sagte ich.

Ich konnte nicht abschätzen, wie laut ich sprach. Ich wiederholte es nach dem nächsten Atemzug und wiederholte es immer wieder.

Ich versuchte aufzustehen, hielt mich am Geländer fest.

In der Brust schwoll ein heißes Brennen an, meine Lunge schien zu schrumpfen, so dass ich nur kleine Züge nehmen konnte.

Ich hörte eine Stimme über mir. Eine Frau fragte, ob hier jemand sei.

Ich sagte: »Bitte! Aspirin, bitte, die Rettung.«

Dann sah ich die Frau, sie stand auf dem Stiegenabsatz und hatte ihr Handy am Ohr.

Ich verlor das Bewusstsein nicht, taumelte aber zurück, fing mich am Geländer und setzte mich wieder auf die Stufen. Sie setzte sich neben mich.

Nach wenigen Minuten war die Rettung vor dem Haus.

Ein Mann sprühte mir eine Flüssigkeit in den Mund. Es war Nitroglyzerin. Die Wirkung war prompt. Ich fühlte mich frei und leicht in der Brust und optimistisch und unternehmungslustig und glaubte, man erwarte etwas Witziges von mir. Ich sagte, ich wolle selber bis zum Rettungswagen auf der Straße gehen. Die Sanitäter erlaubten es nicht, sie trugen mich auf einer Bahre nach unten. Ich bat die Frau, Sebastian zu verständigen, und bedankte mich bei ihr. Sie hatte auf der

Stiege meine Hand gehalten. Sie hatte mit mir gesprochen, aber ich hatte ihr mit dem besten Willen nicht zuhören können.

Das Rote Kreuz brachte mich ins Allgemeine Krankenhaus. Wir fuhren mit Horn und Blaulicht. Ich wurde sofort in einen OP geschoben. Ich tauschte meine Kleider gegen ein langes weißes Hemd, das hinten offen war. Währenddessen nahm eine Schwester meine Daten auf. Ich sagte, ich sei Privatpatient. Ich sagte, ich sei Gast des Schriftstellers Sebastian Lukasser.

Ein Mann, an dessen Mantelrevers ein Schildchen mit »Dr. Patrick Williams« geheftet war, begrüßte mich lächelnd. Er sei Engländer, lebe aber schon seit vierundzwanzig Jahren in Wien, habe eine Wiener Frau und drei Wiener Kinder. Lächelnd begrüßte mich auch seine Assistentin, Schwester Ruth.

Ich legte mich, ihren Anweisungen folgend, auf den Tisch.

Dr. Williams erklärte mir, er werde sich nun mit einer Sonde meine Herzkranzgefäße ansehen. Die Sonde werde er in der Leiste am Oberschenkel einführen. Er vereiste die Stelle und spritzte ein lokales Betäubungsmittel. Er schnitt die Schlagader auf. Es hörte sich rauh und körnig an. Er werde nun ein Ventil in die Wunde setzen, kommentierte er weiter. Er schob den Führungsdraht in die Arterie und ging dabei sehr flott vor. Als die Spitze das Herz erreicht hatte, spritzte er ein Kontrastmittel, damit er über den Röntgenapparat den Vorgang beobachten konnte. Das bewirkte, dass mir warm in der Brust wurde. Das Gefühl sei unangenehm, sagte Dr. Williams. Es war nicht unangenehm.

Schwester Ruth fragte mich, ob ich mir über Monitor den Eingriff ansehen wolle. Ich nickte. Sie drehte den Bildschirm über meinem Kopf und erklärte mir, was ich sah.

Das Kontrastmittel musste immer wieder gespritzt werden, weil es sich schnell im Blutstrom auflöste. Das Netz der Blutgefäße schimmerte mattweiß auf und erlosch gleich wieder, bis der nächste Stoß folgte.

Die kritische Stelle könne man deutlich erkennen, sagte Dr. Williams. Das Gefäß sei zu fünfundneunzig Prozent verengt. Er diktierte seiner Assistentin in den Laptop und gab mir Anweisungen. Ich solle die Luft anhalten, solle ausatmen, solle den Kopf zur rechten Seite legen, solle ihn zu linken Seite legen. Eine andere Stelle sei zu etwa dreißig Prozent verengt. Außerdem seien Wandunregelmäßigkeiten festzustellen. Er werde mir einen Stent setzen, sagte er. Warum nicht zwei, fragte ich, wenn zwei Stellen verengt seien. Die mit dreißig Prozent liege an einer unwesentlichen Stelle. Diese Stenose lasse man, wie sie ist. Der Plaque löse sich mit ein wenig Glück durch die Therapie auf.

»Das Gefühl des Infarkts«, sagte er, »wissen Sie, das interessiert mich, die Patienten sprechen große Dinge darüber. Dass der Tod an den Knochen klopft, sagen sie. Einer hat das so formuliert. Ich nehme an, er hat das Sternum gemeint. Dass der Tod an das Sternum klopft, das Brustbein, also direkt über dem Herzen. Ein anderer hat gesagt, dass er selbst an die Himmelstür geklopft habe. Aber das ist, denke ich, nur wegen diesem Song von Bobby Dylan, was meinen Sie? Haben Sie an die Himmelstür geklopft, Mister« – er blickte auf meinen Aufnahmeschein – »Mister Spazierer? Haben Sie?«

»Nein«, sagte ich.

»Hat der Tod an Ihr Sternum geklopft?«

»Die Frage ist doch«, sagte, bevor ich antworten konnte, Schwester Ruth mit einem einvernehmlichen Blick zu Dr. Williams, »ob der Tod überhaupt Knöchel hat, mit denen er klopfen könnte.«

»Er besteht nur aus Knochen«, sagte Dr. Williams. »So haben wir es gelernt. Wir kennen die Bilder. Der Tod tritt immer als das reine Knochengerüst auf.« Und fragte mich: »Kennen Sie ein anderes Bild?«

»Nein«, sagte ich.

»Aber wie kann er sich bewegen?«, sagte Schwester Ruth. »Wenn er klopft, muss er sich bewegen. Also braucht er Muskeln und Sehnen.«

»Und ein Gehirn«, ergänzte Dr. Williams, »das die Bewegung steuert.«

»Und eine Haut«, sagte Schwester Ruth, »damit das Gehirn nicht austrocknet.«

»Richtig«, rief Dr. Williams. »Völlig richtig! Das heißt, er sieht aus wie wir! Sicher wird er nicht nackt gehen. Er wird Hemd und Hose tragen, einen Sweater, der Jahreszeit entsprechend einen leichten Mantel, Wildlederstiefel. Also könnte jeder, der uns begegnet, der Tod sein. Sogar der Arzt, der Sie operiert, Mister Spazierer.«

Er werde, erklärte mir Dr. Williams, nun über die Sonde einen Ballon einführen und ihn in die verengte Stelle schieben und die verengte Stelle aufdehnen, indem er den Ballon aufpumpe. Bei dieser Prozedur werde das Gefäß für wenige Augenblicke vollständig verschlossen sein. Ich solle mich also darauf einstellen, dass gleich noch einmal das Infarktgefühl auftrete, sogar schlimmer als beim Infarkt selbst. Anschließend werde er einen Stent setzen. Der verhindere, dass sich die Stelle wieder verschließe.

Dr. Williams zeigte mir, was ein Stent ist. Auf dem Schreibtisch stand ein Muster der Firma. Es war in Glas eingeschweißt – ein etwa zwei Zentimeter langes, zwei Millimeter dickes Rohr, das aus einem zusammengerollten Netz aus einer speziellen Metalllegierung bestehe, das mit einem Medikament beschichtet sei. Eine Erfindung, sagte Dr. Williams, wie von einem Kind ausgedacht. Der Erfinder sei Zahnarzt und ein Landsmann von ihm gewesen, Charles Stent. Es habe aber hundert Jahre gedauert, bis man dahintergekommen sei, was man mit seiner Erfindung alles anfangen könnte.

Während er mit mir in seinem leicht oxfordfarbenen Deutsch plauderte, schob er den Ballon und den Stent über den Katheter zu meinem Herzen.

»Bitte«, sagte er, »merken Sie sich den Schmerz genau. Darf ich Sie darum bitten? Es bedeutet mir sehr viel, zu wissen, wie der Tod sich ankündigt. Verstehen Sie, was ich meine?«

»Ja«, sagte ich.

»Verstehen Sie es wirklich?«

»Ja«, sagte ich.

Während sich der Tod ankündigte, redete Dr. Williams weiter: »Jeden Tag kämpfe ich gegen ihn, und ich weiß nicht, wer er ist. Es ist nicht nur wissenschaftliche Neugier. Der Sinn meines Lebens hat zwei Teile, das Leben und den Tod. Alle reden nur vom Leben. Aber über das Leben gibt es nicht viel zu reden, das hat man. Man hat es vor sich, oder man hat es hinter sich. Leben ist immer und überall. Der Tod ist einmalig. Aber wenn sich ein Arzt nicht nur für das Leben, sondern auch für den Tod interessiert, gilt er als rücksichtslos.«

Der Stent war implantiert, Dr. Williams zog sein Handwerkszeug aus meinem Körper und drückte den Daumen mit Kraft auf die Wunde in meiner Leiste.

Schwester Ruth stand mit einem Pflaster und einem Sandsack bereit.

»Wie ist es?«, fragte er.

»Weiß nicht«, sagte ich.

»Das sagen alle«, seufzte er. »Alle sagen, sie wissen es nicht. Erst erzählen sie einem, der Tod klopft an die Knochen oder sie selbst klopfen an die Himmelstür oder ähnliche Geschichten. Und dann sagen sie, sie wissen es nicht. Eigenartig. Aber alle haben es gern, wenn wir darüber sprechen.«

Er nahm den Daumen von der Wunde, Schwester Ruth reichte ihm das Pflaster, er verklebte die Stelle, und sie legte den Sandsack darauf. Ein Pfleger schob mich aus dem OP. Dr. Williams und Schwester Ruth winkten mir nach.

Im Überwachungsraum warteten fünf Patienten, Frauen und Männer. Und ein Kind. Bei dem Kind saßen Mutter und Vater. Es waren Türken. Der Vater trug einen Bart, die Mutter ein Kopftuch. Ich schloss die Augen und hörte ihnen zu. Ihr Gespräch drehte sich um Schönheit und Liebreiz, um Locken auf dem Kopf, um Süße im Mund, um enge schwarze Hosen, um die Brille und um die Idee von Kontaktlinsen, um das Schneiden der Fingernägel und um Schwalben.

Nachts saß Sebastian an meinem Bett. Sehr ernst war er. Mit dem Arzt hatte er gesprochen. Mit einem befreundeten Kardiologen hatte er auch gesprochen. Der wollte mich in den nächsten Tagen sehen. Die Blutuntersuchung hatte ergeben, dass ich einen exorbitant hohen Cholesterinspiegel hatte, bei niedrigem HDL und hohem LDL. Ich hatte mich nie einer Vorsorgeuntersuchung unterzogen. Weil ich schlank war und mich hauptsächlich von Obst und Gemüse ernährte, schob man die Schuld an diesen Werten der Veranlagung zu. Ich bekam ein cholesterinsenkendes Medikament, einen Betablocker und ein leichtes Aspirin verschrieben. Mein Blutdruck war niedrig und bildete keinen Risikofaktor. Ich solle mich, sagte die diensthabende Ärztin, zur Rehabilitation entweder ambulant in ein Studio oder in ein Sanatorium begeben, aber wenigstens für vier Wochen, darunter habe es keinen Sinn und sei nur rausgeschmissenes Geld. Sebastian, sehr blass, nickte, er werde sich um alles kümmern. Ich sagte, eine Kasernierung käme für mich nicht in Frage. Daran habe er auch nicht gedacht, beruhigte er mich. Er hatte sich auch darum gekümmert, dass ich in einem Einzelzimmer untergebracht worden war, und hatte mir Bananen mitgebracht. Die Ärztin spritzte mir ein Schlafmittel.

Sebastian sei lange an meinem Bett sitzen geblieben, teilte mir die Stationsschwester am Morgen mit.

9

Zwei jüdische Attentäter warten an einer Straßenecke auf Adolf Hitler, sie wollen ihn mit einer Bombe in die Luft sprengen. Der Führer besucht ihre Stadt, die Zeremonie ist von der Partei bis ins Kleinste geplant. Auf die Minute genau sollte der Mercedes, in dem er, stehend, den Arm ausgestreckt, das Volk grüßt, jene Straßenecke passieren. Die Attentäter blicken nervös auf ihre Uhr. Bereits eine Minute über dem Termin! Eine weitere Minute darüber! Gar eine dritte Minute darüber! Sagt der eine: »Wo er nur bleibt?« Sagt der andere: »Es wird ihm doch nichts passiert sein.«

Robert Lenobel führte aus, dass dieser Witz zweifellos lustig sei und dass auch über ihn lache, wer von der Geschichte des Judentums keine große Ahnung habe; dass die tiefere Bedeutung des Witzes aber nur erfasse, wer die Tora gelesen und dort im Besonderen die Geschichte Abrahams und die Opferung seines Sohnes Isaak studiert habe. An keiner anderen Stelle des Tanachs werde die Thematik von Mord und Mitleid auf so schonungslose Weise, allerdings in der Form einer Geschichte, zur Diskussion gestellt. Und ebendiese schonungslose Weise greife der Witz auf, in der Form einer Verdrehung, was aber gerade das Herrliche an dem Witz sei – in einem religiösen Sinn – und das Heroische an dem Witz sei – in einem aufgeklärten Sinn.

»Gott«, referierte Robert Lenobel und ging dabei vor uns auf und ab, »Gott stellt Abraham auf die Probe und befiehlt ihm, Isaak, den einzigen, über alles geliebten Sohn, auf den Abraham und seine Frau Sara so lange gewartet hatten, auf einen Berg zu führen, ihn dort zu töten und ihm als Brandopfer darzubringen. Das heißt, der Vater soll seinem Sohn die Kehle durchschneiden und anschließend die Leiche verbrennen. Dies der Befehl Gottes. Und Abraham? Er reagiert mit mechanischer Unterordnung. Er lehnt sich nicht auf. Er fragt nicht einmal nach. Er weint nicht. Er hat keine schlaflose Nacht. Jedenfalls wird nicht davon berichtet. Es heißt: Er selbst nahm Feuer und Messer in die Hand und führte seinen Sohn auf den Berg. Nach einer Weile sagt Isaak, der noch ein Knabe ist, ein Kind: Vater, hier ist Feuer und Holz. Wo aber ist das Lamm für das Brandopfer? Und Abraham lügt. Er lügt, indem er die Wahrheit sagt. Er sagt: Gott wird sich das Opferlamm aussuchen, mein Sohn. Das ist einerseits die Wahrheit, andererseits ist es eine Lüge. Die Lüge liegt im Tempus. Gott *hat* sich das Opferlamm bereits ausgesucht. Der Text ist von unübertrefflicher Schlichtheit und Kälte. Es heißt: Als sie an den Ort kamen, den ihm Gott genannt hatte, baute Abraham den Altar, schichtete das Holz auf, fesselte seinen Sohn Isaak und legte ihn auf den Altar, oben auf das Holz. Der Mord an seinem Sohn erscheint Abraham als eine Notwendigkeit, der zu widersprechen ebenso sinnlos wäre, wie einem Naturgesetz zu widersprechen. Gott schafft die Gesetze, alle Gesetze. Mitleid wäre unbotmäßig und dumm. Gott ist der Täter. Schuldgefühle wären unbotmäßig und dumm. Doch wie geht es weiter? Abraham streckt seine Hand aus und nimmt das Messer, um seinen Sohn zu schlachten, und in ebendieser Sekunde ruft der Engel des Herrn vom Himmel herab, er solle dem Kind nichts zuleide tun. Gott ist der Täter, und der Täter hat Mitleid. Abraham ist nur das Werkzeug. In dem Witz von den beiden Attentätern verhält es sich ähnlich – und doch diametral anders. Die beiden Juden sind zweifellos Werkzeug. Sind sie auch die Täter? Ich sage: nein. Der Täter ist die Moral. Gut, das kann man immer sagen. Aber in diesem Fall sollten wir genauer hinsehen. In unserer modernen Welt fallen Moral und Gesetz nicht notwendig in eines. Es wird manches als unmoralisch empfunden, was vom Gesetz nicht geahndet, und manches vom Gesetz geahndet, was nicht als unmoralisch empfunden wird. Zu Abrahams Zeiten waren Moral und Gesetz eines, und dieses Eine ging von Gott aus. Dieses Eine war Gott. In moderner Zeit gilt Mord sowohl als unmoralisch als auch als ungesetzlich. Auch zur Zeit des Nationalsozialismus gab es Gesetze, und Mord stand unter Strafe. Jedoch, wie wir wissen, nicht jeder Mord. Nicht der Mord an sechs Millionen Juden, nicht der Mord an Sinti und Roma, an Homosexuellen und an Geisteskranken. Um diesen Mord zu verurteilen, war also eine Moral nötig, die über dem

Gesetz stand und sich gegen das Gesetz richtete. Und was sagte diese Moral? Sagte sie, du darfst nicht töten, und zwar keinen Menschen darfst du töten, auch keinen Juden, auch keinen Zigeuner, keinen Homosexuellen und keinen Idioten? Nein, das sagte diese Moral nicht. Sie sagte: Du darfst keinen Menschen töten, nur den Tyrannen darfst du töten. Und zu den beiden jüdischen Attentätern sagte sie: Ihr *müsst* den Tyrannen töten! Diese Moral befiehlt ihnen den notwendigen Mord. Wie Gott dem Abraham den notwendigen Mord befohlen hat. Diese Moral ist der Täter. Wie Gott der Täter ist. Die beiden Juden sind das Werkzeug der Moral. Wie Abraham das Werkzeug Gottes ist. In der Geschichte aus dem Bereschit überfällt Gott ein unbotmäßiges Mitleid mit Isaak – merkwürdigerweise nicht mit Abraham und Sara –, und der Engel des Herrn – in Stellvertretung Gottes, vielleicht weil der sich schämte – befiehlt, das Kind leben zu lassen. Im Witz sorgt sich einer der Attentäter um Hitler. ›Es wird ihm doch nichts passiert sein.‹ Aber was heißt das? Was könnte dem Führer passiert sein? Dass er von anderen Attentätern getötet wurde, bevor die beiden Juden zum Zug kamen? Dann würde der Erfinder des Witzes die Sorge des Attentäters anders ausgedrückt haben. Nein. Gemeint ist die sogenannte höhere Gewalt, ein Unfall oder ein Infarkt oder ein Hirnschlag – in so einem Fall sagt man: Es wird ihm doch nichts passiert sein. Aber wer wäre schuld an einem Unfall, einem Infarkt? Eine über dem Menschen stehende Instanz, die höhere Gewalt eben. Gott eben. Und das ist das Kuriose an diesem Witz, das ist das Witzige an diesem Witz: Vor dem Gedanken, Gott könnte Hitler zum Beispiel mit Hilfe eines Infarktes hinweggerafft haben, zeigen sich die Attentäter solidarisch und mitleidig mit dem Tyrannen. Nun geht es nicht mehr um Unterdrückte versus Tyrann, Juden versus Hitler, höhere Moral versus nationalsozialistische Gesetzgebung, sondern um Mensch versus Gott. Insofern ist dieser Witz die Fortführung der Abraham-Isaak-Geschichte hinein in die aufgeklärte Zeit, in der, wie wir wissen, selbst der Beruf des Generals keinen ausreichenden Schutz mehr bietet …«

Ich liebte die Abende bei den Lenobels! Es gab reichlich gutes Essen; ich fühlte mich aufgenommen; erst war ich nur mit Hanno per du – ich habe ihm die Freundschaft angeboten, als wir gemeinsam die Zündung an seinem BMW reparierten –, bald auch mit Klara – in der fremden Sprache war es leichter als in Deutsch –, schließlich mit Hanna; und zuletzt mit Robert, was unsere an Artigkeit überladene Kommunikation beendete, von nun an spielte ich gern seinen Verbündeten, in welchem Wortkampf auch immer.

Einmal gelang es uns, Evelyn zu überreden mitzugehen. Sie hat nicht viel zur Unterhaltung beigetragen. Robert aber hat aufgegeigt. Hanna war eifersüchtig. Und Sebastian war genervt.

Wir saßen nach dem Essen im Wohnzimmer, das zugleich Roberts Arbeitszimmer und die Bibliothek war. Hanna zündete das vorbereitete Holz im Kamin an; Evelyn und ich setzten uns nebeneinander auf das Sofa; Robert goss das Kaffeewasser in der Küche auf, Sebastian leistete ihm Gesellschaft. Über dem Sofa hing eine alte Reklametafel aus Blech, zwei Meter mal einen Meter fünfzig. Darauf war *Joseph Schlitz Brewing Company* in Wisconsin abgebildet – »The beer that made Milwaukee famous«; detailgenau auf cremegrünem Grund gemalt: Wagen, die abgeladen und aufgeladen werden; Männer mit Schiebermützen, die Fässer vor sich her rollen; Pferde, die angeschirrt und abgespannt, zur Tränke geführt, gestriegelt und beschlagen werden; der Brauereibesitzer, Mr. Schlitz jr. persönlich, in schwarzem Anzug mit Zylinder, der gerade aus seinem Automobil steigt und mit kumpelhaftem Mützenschwenk von den Arbeitern begrüßt wird; aus dem Seitenfenster des Wagens schaut die behandschuhte Hand der Lady. Im Zentrum des Bildes prangen die mit Klinker gemauerten Gebäude der Brauerei, durch deren Fenster man die Kupferkessel sehen kann. Daneben steht der Verwaltungstrakt mit kleinen Balkonen – auf einem sind zwei Männer zu sehen, beide ohne Jackett, Ärmelschoner über den Ellbogen, auf der Stirn ein grüner Lichtschutz, sie rauchen Zigaretten und winken ihrem Boss zu. Im Hintergrund erstreckt sich freies Land, auf dem schon Bagger warten und Kräne aufgestellt werden, um neue Fabrikhallen zu errichten. Jedes Ding, jede Person hatte eine Nummer, am Rand des Bildes stand die Legende. An manchen Stellen blätterte Farbe ab, darunter blühte der Rost. Ich konnte nicht genug haben von dem Bild, wünschte mich hinein, dort war jedem eine sinnvolle Rolle zugewiesen, und alles gehörte jedem ein bisschen.

»Wie geht es dir?«, fragte Evelyn.

»Du meinst, seit dem Infarkt?«

»Du kannst genauso gut und genauso lange leben, als hättest du keinen gehabt.«

»Danke, dass du das sagst. Aber vielleicht sieht das Leben nach dem Tod ja so aus wie das Leben auf diesem Bild.«

Ich bat Evelyn, mit mir gemeinsam das Bild näher zu betrachten. Wir zogen uns die Schuhe aus und stiegen auf die Couch. Bisher hatte ich es nur aus einer Entfernung von mindestens zwei Metern betrachtet; nun sah ich in der rechten oberen Ecke eine Szene, die mir bisher entgangen war, auch weil das Licht der Lampe nicht bis hinauf reichte. Man musste sehr nahe herangehen, um die Einzelheiten unterscheiden zu können. Evelyn war zu klein, und wenn sie von unten heraufblickte, verzerrte sich ihr Winkel, so dass sie wahrscheinlich nur verwischte Farben und Formen wahrnahm. Es war eine Personengruppe dargestellt, Männer und Frauen. Vor ihnen am Boden waren zwei Vögel, ein Falke und eine Taube. Die Taube lag unter dem Falken, ihre Beine standen in die Höhe, sie lag auf dem Rücken, der Kopf war zur Seite gedreht. Ihr Hals war aufgerissen, Blut floss über die Federn auf ihre Brust. Der Falke pickte Fetzen aus ihr heraus. Die Männer und Frauen waren in Aufruhr, einige bückten sich, andere holten aus, wieder andere warfen mit Steinen, die sie vom Boden aufgelesen hatten. Da sah ich, dass auch der Falke blutete. Die Männer und Frauen steinigten den Falken. Einer der Männer blickte mich direkt an, er hatte den Arm erhoben, in der Hand hielt er einen Bierkrug, sein Mund war weit geöffnet. Er schien mir zuzurufen, die Sache sei erledigt, und damit konnte er nichts anderes meinen als, der Falke sei erledigt. Und tatsächlich, als ich mir den Falken genauer ansah, bestand kein Zweifel, dass er im Niedersinken begriffen war, dass er gleich sterben würde, und ich sah, dass sich die Taube unter seinen Krallen zu regen begann, dass der Gruß des Biertrinkers also auch heißen konnte, die Sache sei erledigt, die Taube sei befreit.

Das Bild hatten Hanna und Robert von ihrer Hochzeitsreise mitgebracht, erzählte uns Sebastian, als wir in der Nacht bei dichtem Schneefall durch die Stadt nach Hause gingen; sie seien zwei Monate mit einem Wohnmobil quer durch die USA gereist, es vergehe kein Besuch, bei dem sie nicht von diesem Abenteuer erzählten. Mir hatten die beiden nie davon erzählt. Als wir auf der Couch gestanden waren, hatte mich Evelyn gefragt, was es oben rechts auf dem Bild zu sehen gebe. »Ein paar Leute bei einem Picknick«, hatte ich geantwortet. »Es soll gezeigt werden, wozu das Produkt der Joseph Schlitz Brewing Company aus Wisconsin verwendet werden kann. Zum Trinken und Zuprosten nämlich.«

Dreimal in der Woche absolvierte ich meine Rehabilitation. Sie bestand aus einem einstündigen Vortrag, alternierend zu Fragen der Ernährung oder zu Fragen der Psyche oder zu Themen der Herzmedizin, ferner einer Stunde Gymnastik und schließlich einer Stunde Ausdauertraining auf einem Fahrrad, das kein Fahrrad war. Nach eineinhalb Monaten war ich durch. Geraten wurde, weiter vier- bis fünfmal in der Woche je eine Stunde auf dem Hometrainer die Pedale zu treten oder zu laufen, auf jeden Fall, bei dem einen wie bei dem anderen, einen Herzfrequenzmesser zu benutzen.

Ich nahm das Schachspiel wieder auf. Die Sesshaften saßen, kauerten, hockten wie die Nebelkrähen, Smart Export, rote Gauloises, gelbe Parisienne, Marlboro und Camel in ihren Schnäbeln. Sie gaben mir meinen Platz wieder frei. Das Geld reichte, um für Sebastian und mich und gelegentlich für Evelyn Essen und Trinken zu besorgen.

An den Mittwochabenden besuchte ich das Gasthaus *Wickerl*. Niemand stellte eine Frage. Keiner wollte wissen, wie die Fauna und Flora in Mexiko beschaffen seien. Florian, der Kraftfahrer, war nicht mehr dabei, er sei nach Simmering gezogen, weit in den Osten des Bezirks, er arbeite inzwischen auch dort, der Weg in die Stadt sei ihm zu weit. Zwei Neue waren hinzugekommen: Dipl.-Ing. Heinz Werner, ehemaliger Vorstandsdirektor der ÖBB Personenverkehr AG und der Postbus AG, pensioniert, Hinterwandinfarkt, einen Bypass; und Armin Gatterer, Angestellter in einem Beratungsunternehmen, zwei Stents, Hypertoniker und Diabetiker, depressiv. Dipl.-Tzt. Gert Manger nahm nicht mehr an den Treffen teil, er habe im Sommer einen zweiten Infarkt erlitten, Näheres wusste man nicht. Minister Wolfram hatte anderes zu tun, als sich zusammen mit ehemaligen Leidensgenossen zu besaufen oder nicht zu besaufen; das sah jeder ein.

Ich erzählte, ich würde an einem Buch schreiben. Nicht korrekt war daran das Tempus. Ich schrieb *noch* nicht. Aber ich nahm mir vor, es zu tun. Sebastian hatte mir dazu geraten. Schlicht: Ich solle mein Leben aufschreiben, hatte er mir geraten. Er werde mir dabei helfen. Falls ich es wünschte. Der Großwildjäger redete mir zu. Seine Frau, sagte er, wolle ebenfalls ein Buch schreiben, einen Kriminalroman; seit sie diesen Entschluss gefasst habe, sei sie glücklich, wirklich glücklich. Alle redeten mir zu. »Wenn sie glücklich geworden ist, warum nicht auch du, Joe!« Und alle waren der Meinung, mein Buch solle unbedingt mit etwas Lustigem beginnen. Mit einem Witz.

Und dann bin ich auf und davon. Habe Sebastians Geld aus der Blechbüchse genommen. Habe mich nicht von ihm verabschiedet. Einen Zettel habe ich auf den Küchentisch gelegt. Dass ich mich bei ihm melden werde. Bin auf und davon – in die Abgeschiedenheit.

10

Ich gerate in meiner Geschichte durcheinander. Ich muss mich disziplinieren. Ich werde mich disziplinieren, ich verspreche es, nur einen Augenblick noch … – Sebastian, du hast gesagt, ein Buch sei ein mäandernder Fluss. Wenn das so ist, dann sind meine Gedanken und Erinnerungen seine Arme. Es gelingt mir nicht immer, sie zu bändigen. Eine Geschichte ist ein Krake, ein Krake, ja. Verzeih, wenn ich in den Zeiten springe, vor – zurück – und wieder vor. In Wahrheit ist ja alles Gegenwart. Die Vergangenheit ist die Gegenwart eines Gedankens, das hat schon Augustinus gesagt. Der Mensch in der Abgeschiedenheit lebt ohnehin in der Ewigkeit – so habe ich Meister Eckhart verstanden. Für die Welt ist dieser Mensch tot. Marithér wollte so gern wissen, was in Mexiko geschehen war. Sie war neugierig, hat immer wieder danach gefragt, gierig war sie. Ungehalten war sie. Ich war plötzlich in ihrem Leben aufgetaucht, war aus Mexiko gekommen – sie wollte alles wissen. Aber ich wollte ihr nicht erzählen. Dir will ich erzählen, nur dir, Sebastian.

Von San Juanito waren wir weiter mit dem Bus in Richtung Creel gefahren, über einen Pass, wo die Straße aus dem Fels gesprengt worden war, durch eine enge Klamm, über der Schneewechten hingen, an Flussbänken vorbei, denen man vom Busfenster aus nicht ansah, ob sie mit weißem Sand oder mit Schnee bedeckt waren, auf einer Fotografie hätte niemand sagen können, ob Winter war bei minus zehn Grad oder der mexikanische Sommer in der Sierra Madre Occidental, der die Flüsse und die Augäpfel austrocknen ließ. Schon dreimal in den vorangegangenen Jahren waren Janna und ich hier gewesen. Wir saßen unter Männern, die sich Decken um die Schultern, manche über den Kopf gezogen hatten und darunter Zigarillos rauchten. Tarahumara-Frauen in ihren bunten voluminösen Faltenröcken waren in den hinteren Teil des Busses verwiesen worden, ihre Ponchos hatten sie abgelegt, darunter trugen sie weiße Blusen. Sie hatten kleine Kohleöfen vor sich, wie Laternen sahen die aus. Zweimal seit Fahrtbeginn hatten sie uns bereits angebettelt und waren dafür vom Fahrer angebrüllt worden. Vorne, wo für Touristen reserviert war, saßen kanadische Hippies. Auch wir saßen vorne. Die Kanadier waren etwa in unserem Alter, zwischen vierzig und sechzig, sie hatten lange verfilzte Haare, trugen Tarahumaraponchos oder US-Parkas. Die Fixer, hatte mir Janna erklärt, erkenne man an den roten Stirnbändern. Die Fixer kamen hierher, weil sie gelesen hatten, die Tarahumaras wüssten über einen Kaktus Bescheid, der alle Drogenprobleme löse, so oder so. Manche spritzten sich ungeniert während der Fahrt, zu ihnen sagte der Fahrer nichts. Ich nickte ein, wachte auf, weil mich jemand in die Seite stieß. Einer der Hippies, bärtig, blöder Blick, am Ärmel seines Parkas die kanadische Flagge, schnauzte mich an: »Tell the spectre at your side not to unload its snot on my sleeve!« Janna hatte Fieber. Sie war nach links gerutscht und von der Bank gefallen. Jetzt blickte sie um sich, als wüsste sie nichts, gar nichts, nicht, wo sie war, nicht, warum sie hier war, nichts von dem, was in den letzten Jahren geschehen war – als stünde sie wieder im Bahnhof von Kopenhagen neben ihrer blauen Leiter. Ich half ihr auf und nahm sie in den Arm. Steckte ihr Gesichtchen unter meinen Jackenaufschlag, legte meine Hand auf ihren Hinterkopf. Diesen bösen Kanadier aber packte ich am Ohrläppchen und riss ihn nahe an meinen Mund heran, dass er aufheulte, und flüsterte in seine Muschel hinein: »And you: No more word, until we're out of sight, or else I will not only rip off your ear but tear your heart out as well.« In Bocoyna stiegen Janna und ich aus dem Bus. Hier gab es aber keinen Arzt. Zu Fuß gingen wir durch den Schnee nach Vista del Sol, einem Vorort von Creel, das waren zehn Kilometer. Der Arzt dort ließ uns nicht über die Schwelle seiner Ordination. Draußen auf der Straße sagte Janna – vor der Tür der Arztes sagte sie es, drei Schritte von mir entfernt, eingehüllt in Schneeflocken, die dicht und leise und gleichmäßig vom Himmel fielen –, sie wolle nun nicht mehr leben. Ich lud mir unsere Rucksäcke auf, die waren nicht schwer, alle Kleider hatten wir angezogen. Man hatte uns gewarnt, im November bereits könne es in der Sierra zu drastischen Temperaturstürzen, sogar zu Schneestürmen kommen. Wir stiegen hinauf in die Berge.

Du glaubst, ich sei ein Fall höchstrangiger Unerlöstheit. Das glaubst du, Sebastian, ja. Ein Philosoph – ich weiß nicht mehr seinen Namen, ich habe in deiner Bibliothek ein Buch aus dem Regal genommen –, der sagt: Die Verderbtheit unserer Natur werde von der Scham gefangen gehalten und durch ein böses Beispiel in die Freiheit gesetzt. »Dieser da«, hat der Staatsanwalt ausgerufen und dabei mit weit ausgestrecktem Arm auf mich gezeigt, »eignet sich nicht als *Präzedenzfall.*« Etwas Vergleichbares wie mich hätte es nie gegeben, gebe es nicht und werde es nicht geben; die Menschheit wäre gut beraten, sich nicht an mich zu erinnern. Das war sicher übertrieben und muss mit seiner Erregung entschuldigt werden. Du warst im Saal gesessen, und ich nehme an, du hast wie ich diesen Begriff damals zum ersten Mal gehört.

Als ich Janna begraben wollte, unterhalb eines Felsen, den die Tarahumaras *La Cabeza en el Cielo* nennen, da stand eine Weile der Gott neben unseren Rucksäcken und sah mir zu, wie ich mit den bloßen Händen und einem steinernen Faustkeil und einem Stock, den ich mir von einem Ast gebrochen hatte, die Grube aushob; was mich verzweifeln ließ, weil der Boden so steinig war und der Schnee sich mit Regen mischte und ich nass war bis auf die Haut und schmutzig war wie ein Tier, das er selbst aus Erde geknetet hatte. Er bückte sich und wollte die Mütze heben, die ich über Jannas Gesicht und Ohren gezogen hatte. Ich sagte, nein, mir wäre es lieber, wenn er das nicht tun würde.

»No hagas eso! Tun Sie das bitte nicht!«, sagte ich.

Er sagte, es wäre angemessener, wenn Erde und Steine ihr Gesicht berührten. Nicht etwas, das Menschen gemacht haben. Staub zu Staub.

Ich sagte, gut, dann aber wolle ich ihr die Mütze abnehmen, ich und niemand anderer.

Er sagte, nun sei doch alles gut, alles sei mir verziehen.

»Was denn?«, fragte ich ihn. »Was ist mir verziehen? Wer hat mir verziehen? ¿Me has perdonado?«

Da war er auch schon verschwunden.

ZEHNTES KAPITEL

… welches an das vorletzte, nämlich achte Kapitel anschließt, und zwar weitgehend wörtlich an dessen Schluss; was es dem Leser erleichtern soll, noch einmal in der Zeit zu springen, diesmal zurück – in eine Zeit, die es nicht mehr gibt, in ein Land, das es nicht mehr gibt, in Empfindungen, die es nicht mehr gibt, in eine Abgeschiedenheit, die dem Meister Eckhart, dem Prediger solcher Verfasstheit, aber nicht gefallen hätte, denke ich …

1

Die Grenzbeamtin starrte auf meinen Pass und fragte, ob ich tatsächlich mit Vornamen Ernst-Thälmann heiße.

Ich sagte: »Gewiss, Ernst-Thälmann, wie der große Arbeiterführer. Er war mein Großvater. Ich bitte um Asyl in der Deutschen Demokratischen Republik.«

»Wieso Asyl?«, antwortete sie – nach einer sehr langen, sehr stillen Pause. »Wollen Sie nicht einfach so reinkommen, Herr Dr. Koch?«

Das fand ich auffallend freundlich.

Am 20. Januar 1979, einem kalten, sonnigen Sonnabend, nachmittags gegen vier, betrat ich also die Deutsche Demokratische Republik. Ich trug einen teuren kakaobraunen Anzug, dreiteilig, ein weißes Hemd, eine fröhliche Krawatte mit verschlungenem Blumenmuster, in dem Blau dominierte, bequeme knöchelhohe, gefütterte Wildlederschuhe, einen Kamelhaarmantel, lederne Fingerhandschuhe und einen dunkelblauen Hut mit hellem Band. Ich glaube, ich sah gut aus. Ich hätte ein Geschäftsmann sein können oder ein Dirigent. Im Spiegelbild des Zugfensters war mir mein bartloser Kopf mit den kurzen Haaren fremd gewesen, zart sah er aus. Mein Gesicht war jung, frisch, der Bart hatte es über etliche Jahre hinweg vor manchem abgeschirmt.

Die Beamtin der Grenzübergangsstelle Probstzella behielt meinen Pass und forderte mich auf, mit ihr zu kommen. Sie hob den Pass über ihre Schulter, als wäre er etwas Kostbares, das vor fremdem Zugriff bewahrt werden müsse. Sie führte mich aus dem Zug, durch das Spalier der Mitmenschen, weiter am Bahnsteig entlang, über aufgerissene Betonplatten, vorbei an dem alten Klinkerbahnhof; ließ meinen Arm nicht los, hielt ihn mit sanftem, aber entschlossenem Griff; führte mich weiter zu einem vierstöckigen Betonbau, schob mich behutsam vor sich her über die Stiege hinauf und durch einen langen Gang. Ein schwaches Licht schimmerte durch die Milchglasfenster über den Türen, die auf beiden Seiten abgingen. Dahinter waren Stimmen zu hören. Die Beamtin vermied es, mich anzusehen. Einige Schritte hinter uns ging ihr Kollege, ein junger Mann in grüner Uniform, den ich durch den Mund atmen hörte, er hatte einen saftigen Schnupfen, seine Nase und seine Oberlippe waren gerötet. Ich fragte ihn, ob er ein Taschentuch wolle. Ich reichte ihm ein Päckchen Tempo, er bedankte sich. Er hatte ein Sturmgewehr geschultert und Patronentaschen am Gürtel.

Die Beamtin öffnete eine Tür am Ende des Korridors und bat mich, einzutreten und mich zu setzen. Das tat ich gern. Hier waren eine Pritsche, ein schmaler, langer Tisch und vier Stühle, ein Waschbecken und unter dem Fenster ein gusseiserner Heizkörper. Ich dürfe sie nicht missverstehen, sagte sie, sie werde mich nun allein lassen und den Raum absperren, das sei Vorschrift. Ich sagte, ich sei mit allem einverstanden, sie solle sich bitte keine Gedanken machen, ich sei sehr glücklich. Sie gab mir wieder einen langen Blick, und zum ersten Mal sah ich ihr Gesicht von vorne. Es war breit und hell und von einer rührenden Reinheit. Sie war etwa in meinem Alter, höchstens dreißig, die Haare hatte sie zu einem Rossschwanz gebunden, der die Mütze hinten ein wenig hob, so dass sie ihr vorne in die Stirn rutschte. In ihrem Blick glaubte ich Dankbarkeit, Erstaunen zu erkennen. Am Oberarm ihrer Uniformjacke war ein Stoffwappen aufgenäht, das einen Hundekopf im Profil zeigte. Ich fragte sie danach. Sie antwortete, sie sei eigentlich Diensthundführerin, aber auch im Grenzdienst bei den Passkontrolleinheiten tätig, man müsse flexibel sein. Ich sagte, ich sei ein

Freund des Hundes, überhaupt ein Freund des Tieres. Ich wusste nicht, was sie davon hielt. Sie nickte mir zu, lächelte und ging. Sie bemühte sich, den Schlüssel möglichst harmlos im Schloss zu drehen.

Es roch nach Tannennadeln und Desinfektionsmittel, nicht unangenehm. Ich rückte den Sessel an den Heizkörper heran, der war zu heiß, um die nackten Hände daraufzulegen. Vor einem Monat hatte ich als der schwarze Mann im Kohlenkeller vom Hotel *Panhans* am Semmering nicht weit von Wien gehaust und hatte mein Loch für das Paradies gehalten, weil es dort Würste gab und Käse, Wein und Schnaps. Aber dieses Zimmerchen hier war hundertmal schöner als der Keller. Sonnenschein fiel durch das Milchglas. Ich brauchte nicht zu fürchten, entdeckt zu werden, ich war offiziell und ohne Heimlichkeit hierhergeführt worden. Ich saß auf der Pritsche, überließ mich dem dämmernden Tag und dachte nichts.

Nach fünfzehn Minuten wurde die Tür aufgesperrt, und die Diensthundführerin und der verkühlte Soldat traten wieder ein, diesmal in Begleitung einer Frau ohne Mütze, dafür mit sonnenblondem Lockenkopf und in einer Uniform mit gelb umrahmten Schulterklappen, auf die drei gelbe Rauten gestickt waren. Auch sie trug eine Pistole am Gürtel. Sie schaltete das Licht an, ich stand auf, lächelte, wie ich es kann, und streckte ihr meine Hand entgegen. Sie wurde nicht genommen.

»Oberleutnant Erika Stabenow von der Grenzbrigade 13. Willkommen in der Deutschen Demokratischen Republik«, sagte die Soldatin, und ich begriff, dass es im Gegenteil eine Form der Höflichkeit war, wenn sie mir nicht die Hand gab, weil die Berührung eines Zivilisten durch einen Soldaten immer als ein Übergriff verstanden werden musste. »Bitte«, fuhr sie in entsprechend unbeteiligtem Ton fort, »erzählen Sie, Herr Dr. Koch! Ich hoffe, es stört Sie nicht, wenn wir Ihre Aussage auf Tonband aufnehmen. Wollen Sie einen Kaffee oder einen heißen Tee? Ich zum Beispiel nehme einen Tee.«

Die Diensthundführerin holte aus einer Schublade des Tischs ein Tonbandgerät und ein Mikrofon hervor. Sie legte ein Band ein und startete die Maschine. Der junge Soldat brachte den Tee. Ich erzählte. Und ich erzählte gern.

Meine Großmutter, Helena Ortmann, stammte aus Italien, sie war Kommunistin und gehörte der Partei seit deren Gründung an. Sie war die Sekretärin von Amadeo Bordiga gewesen, bis dieser von den Faschisten verhaftet wurde. 1923 wurde sie von der Partei als Delegierte zu einem Treffen des Exekutivkomitees der Kommunistischen Internationale nach Moskau entsandt, wo der V. Weltkongress der Komintern vorbereitet werden sollte. Helena Ortmann war fünfundzwanzig Jahre alt, sie war in Bozen in Südtirol aufgewachsen, studierte in Rom Ägyptologie, sprach perfekt Deutsch und Italienisch. Außerdem sprach sie praktikabel Französisch und Englisch und befriedigend Russisch sowie Latein und Altgriechisch und war in der Lage, altägyptische Hieroglyphen zu lesen.

Am 1. Mai nahm Helena Ortmann auf dem Tagnaskaja-Platz im Rogoshsko-Simonowski-Stadtbezirk an einer Freundschaftskundgebung mit Moskauer Arbeitern teil. Sie stand auf der Ehrentribüne zwischen dem sowjetischen Volkskommissar für Bildungswesen Anatoli Wassiljewitsch Lunatscharski und einem Abgesandten der Kommunistischen Partei Deutschlands, einem stämmigen Mann mit der typischen Hamburger Schiebermütze, dem sogenannten Fleetenkieker. Lunatscharski, der aus der Zeit seines Schweizer Exils Deutsch konnte, gratulierte dem deutschen Genossen zu seiner bezaubernden Begleitung, worauf Helena Ortmann klarstellte, dass sie ihren Nebenmann noch gar nicht kennen gelernt habe. – Also der Genosse Lunatscharski, der vom Genossen Lenin persönlich in die Funktion als Chef des Narodny Kommissariat Prosweschtschenija berufen worden war, war es gewesen, der meine Großmutter und Ernst Thälmann einander vorgestellt hatte …

Ich benötigte für meine Geschichte eine knappe Stunde. Im Zug von Wien hatte ich sie mehrere Male in meinem Kopf durchgespielt und mit meiner Uhr auf diese Länge getrimmt. In den Tagen vor meiner Abreise aus der alten Welt war ich in der Badewanne meiner Suite im Hotel *Imperial* gelegen (damit sich der letzte Ruß aus den Poren meiner Haut löse) und hatte in *Ernst Thälmann. Ein Beitrag zu einem politischen Lebensbild* von Willi Bredel gelesen und versucht, mir ein *privates Lebensbild* meines zukünftigen Großvaters zu malen. Vor allem hatte ich nach blinden und losen Stellen in seiner Biographie geforscht, in die eine mögliche Geschichte meiner möglichen Vorfahrin eingefügt werden könnte. Ich rechnete damit, weitergereicht zu werden, und zwar nach oben weitergereicht zu werden. Wer würde sich selbst so ohne weiteres als befugt erklären, über das private Leben des größten Helden des Landes zu befinden? Ich rechnete ferner damit, dass sich meine Position von Erzähltermin zu Erzähltermin festigte, nämlich, weil jeder Vorgesetzte, von seiner eigenen Wichtigkeit überzeugt, voraussetzte, seine Untergebenen reichten nur Wichtiges an ihn weiter; und je höher der Vorgesetzte säße, desto mehr Gewicht – und Glaubwürdigkeit! – würde einer Sache zugestanden, sonst hätte sie es ja nicht bis hierherauf geschafft. Ich hielt mich für sehr klug. Ich meinte, nichts übersehen zu haben. Und dennoch hatte ich etwas übersehen – und keine Kleinigkeit. Heute scheint mir diese Dummheit, die ich mir, als sie herauskam, als unverzeihlich vorwarf, gar nicht mehr als eine solche, sondern als ein Lehrbeispiel für die fatale Verhakung von Identifikation und Verdrängung zu sein – aber genug der Anspielungen! Ich will mein Pulver nicht auf einmal verschießen.

Leutnant Erika Stabenow von der Grenzbrigade 13 hörte zu, ohne mich zu unterbrechen. Wenn das Band gewechselt wurde, machte ich eine Pause. Der Soldat schenkte uns Tee nach. Die Diensthundführerin sah mich immerzu an, während ich sprach; anders als ihre Vorgesetzte, in deren Augen ich nichts zu lesen fand, sah sie mich mit Sympathie an. Sie rückte mit ihrem Sessel zurück zur Wand, so dass sie außerhalb des Blickfeldes ihrer Vorgesetzten war. Sie trug zwar auch eine Waffe, ich vermutete aber, dass diese nicht geladen war.

Als meine Erzählung ans Ende gekommen war, stand Oberleutnant Stabenow auf und entschuldigte sich, dass ich, wenn auch nur für kurze Zeit, hier eingesperrt worden sei. Sie sei, fuhr sie mit gleichbleibend emotionsloser Stimme fort, tief bewegt von meiner Geschichte. Sie sei jedoch nicht befugt, eine Entscheidung zu treffen. Man werde mich nach Erfurt bringen, wo ein weiteres Gespräch mit mir geführt werde. Zum Abschied gab sie mir dann doch die Hand, was ich dahingehend interpretierte, dass sich ihre Funktion ausschließlich über ihre Arbeit definierte, dieselbe aber mit dem Ende ihrer Befragung – die eigentlich nur aus Zuhören bestanden hatte – eingestellt war und sie nun für einen Augenblick wenigstens »persönlich« sein durfte. Auch die Diensthundführerin gab mir zum Abschied die Hand. Diese blieb in der meinen um eine Sekunde länger liegen, als für eine übliche oder eine von der Vorschrift empfohlene Höflichkeit nötig gewesen wäre.

2

In Erfurt wurde ich im Hotel *Zum Bären* untergebracht. Die Fenster meines Zimmers waren vergittert, vor der Tür postierten sich zwei Volkspolizisten. Es stand mir frei, einen Spaziergang durch die Stadt zu unternehmen, allerdings in Begleitung meiner Bewacher; was mir das angenehme Gefühl gab, man halte mich für eine wertvolle Person. Nach dem Spaziergang lud ich die beiden Polizisten in mein Zimmer ein. Sie machten es sich auf dem Bett kommod, ich setzte mich zu ihnen, und sie zeigten mir, wie man Skat spielt. Ich gewann ein paar Münzen, die leichter waren als Luft. Sie boten mir Zigaretten an und ein Medikament, falls ich Probleme hätte einzuschlafen. Hatte ich nicht, ich schlief wie ein Bär im Winter (im Hotel *Zum Bären*), schlief zehn Stunden, frühstückte um Mittag, schlief den Sonntagnachmittag durch, aß mit den Polizisten zu Abend, spielte mit ihnen Karten und legte mich wieder hin. Ich träumte verkehrte Welt. Ich träumte, ich wäre ein Bär und schlüge die Polizisten tot und schleppte sie in meine Höhle und verzehrte sie dort mitsamt ihren Kleidern. Die Hälfte kotzte ich aus und wälzte mich darin und rieb mir mein Fell ein, damit die anderen Bären es röchen und von meinem großen Fang erführen und sich wunderten, wie mir, dem Neuen, solches Jagdglück hätte widerfahren können. Die Köpfe meiner Beute waren wie Bälle, ich spielte mit ihnen, schubste sie zwischen meinen Pranken hin und her, und als ich keinen Sinn mehr dafür hatte, schmetterte ich sie gegen die Wand.

Am Montagmorgen um neun wurde ich von meiner Leibgarde in das Büro der Sozialistischen Einheitspartei Deutschlands geführt, wo mich Hannelore Fischer, die Stellvertreterin von Alois Bräutigam, dem Ersten Sekretärs der SED Bezirksleitung Erfurt, begrüßte und mir erklärte, dass der Genosse Bräutigam wegen eines Krankheitsfalls in der

Familie leider verhindert sei, sie ihn aber gern und, wie sie hoffe, zu meiner Zufriedenheit vertreten werde. Sie wies mir einen Fauteuil zu und ermunterte mich, meine Geschichte noch einmal zu erzählen, noch einmal auf Tonband.

Ich erzählte. Und wieder erzählte ich gern.

Eines Tages waren die Delegierten des Exekutivkomitees der Kommunistischen Internationale, darunter Ernst Thälmann und meine Großmutter, zu einer Feier in eine Militärschule eingeladen, wo sie der berühmte Reitergeneral der Roten Armee, Semjon Michailowitsch Budjonny, begrüßte. Der General hielt eine Rede – die von meiner Großmutter übersetzt wurde –, in der er auch auf Ernst Thälmann zu sprechen kam. Dieser habe als Führer des glorreichen Hamburger Arbeiteraufstandes der Welt gezeigt, dass der Mensch für die Freiheit bestimmt sei und dass die Ausbeuter und ihre Vasallen vor einer entschlossenen Faust erzitterten, und habe damit den Unterdrückten in den Städten und auf dem Land Trost und Hoffnung gegeben. Ein Orden wurde überreicht und eine Urkunde, aus der hervorging, dass ein Regiment der ruhmreichen Roten Armee künftig den Namen Ernst-Thälmann-Regiment tragen werde. Als sie am Abend wieder allein waren, fragte Ernst Thälmann meine Großmutter, ob sie ihn trotzdem liebhabe. Es sei ihm wichtig gewesen, dass er nicht als eingebildet gelte. Er nannte sie liebkosend »meine Nelke«.

In dieser Nacht ließen sie ihrer revolutionären Phantasie freien Lauf. Der Papst, begeisterte sich Ernst Thälmann, verkünde zu Ostern den Segen *urbi et orbi* in den Sprachen aller Katholiken der Welt, warum sollte es der Komintern nicht möglich sein, eine vergleichbare Formel in den Sprachen aller Kommunisten der Welt zu entwickeln. Meine Großmutter schlug vor, dass sie gemeinsam eine ähnliche Formel erarbeiteten. Fünf lebende und zwei bis drei tote Sprachen könne sie beisteuern. Bei dieser Gelegenheit wolle sie ihm ein wenig Italienisch beibringen. Die deutsche Sprache, sagte sie, klinge, als würden vertrocknete Äste zerbrochen, Italienisch dagegen sei weich und geschmeidig wie Mozzarella Burrata.

Ernst Thälmann und Helena Ortmann verbrachten im Mutterland der Großen Sozialistischen Oktoberrevolution eine unbeschwerte, glückliche Zeit miteinander – während die kapitalistische Welt von einer kataklystischen Finanzkrise erschüttert wurde: Im August betrug der Wert einer Goldmark 1 Million, im September 23 Millionen, im Oktober 6 Milliarden und im November 522 Milliarden Mark. Sie spazierten durch die Parks, er wunderte sich über die Platanen, ihre Rinde sehe aus, als würde der Baum Selbstmord begehen. Sie sagte, er sei ein Clown. Er sagte, ja, aber sie dürfe es niemandem weitererzählen. Sie wohnten im Hotel Lux, dem Gästehaus der Komintern. Sie hatten zwei getrennte Zimmer, in der Nacht schlichen sie zueinander. Das missfiel ihnen, sie waren schließlich keine Backfische mehr.

Über Weihnachten fuhr Ernst Thälmann zu seiner Frau nach Hamburg. Helena Ortmann blieb in Moskau. Sie mietete eine kleine Wohnung in Samoskworetschje, im Zentrum von Moskau, und richtete sie nach ihrem Geschmack ein. Sie fühlte sich unwohl, wenn in ihrer Bleibe keine Bilder an der Wand hingen, das war schon immer so gewesen. Ihr war, als würde sie im nächsten Moment abgeholt und die Wände würden sie nicht festhalten und beschützen, warum auch, sie hatten ja nichts mit ihr zu tun. Aber es gab keine Geschäfte mit Bilderrahmen in Moskau, nicht eines, und es gab auch keine Bilder. Sie suchte die Stadt nach einer Schreinerei ab und wurde schließlich dem Heizer von dem neuen Schulungsheim für junge Elektrotechniker hinter dem Sadowoje-Ring vorgestellt, der habe sich im Keller eine kleine Werkstatt eingerichtet, weil immer dies und das anfalle. Er verkaufte ihr ein paar dünne Holzlatten. Die sägte sie mit dem Brotmesser zurecht, geschickt war sie, und bastelte Bilderrahmen in verschiedenen Größen daraus. Sie strich sie mit Schuhcreme ein, die sie im Hotel Lux bei einem Genossen aus Rumänien erstand. Sie schnitt aus der *Prawda* Artikel aus, die schön gesetzt waren, oder spannte ein Stück Stoff ein, das ein interessantes Muster hatte, oder riss von einer Broschüre der Komintern das Titelbild, das den Genossen Lenin zeigte, wie er gerade scharf nachdachte, und heftete es in den entsprechenden Rahmen. Anfang Januar kehrte ihr Geliebter zurück. Er war begeistert. Ein Rahmen war übrig geblieben, den hielt er sich vors Gesicht und stellte sich damit vor den einzigen leeren Fleck an der Wand. Er dürfe nur nicht wackeln, sagte sie, dann würde man ihn von den anderen Bildern nicht unterscheiden können. – Nun lebten sie zusammen wie Mann und Frau, arbeiteten gemeinsam für die Revolution und saßen am 21. Januar 1924 gemeinsam am Tisch in ihrer kleinen Küche, als die Welt erfuhr, dass Wladimir Iljitsch Lenin gestorben war.

Ernst Thälmann habe sich erlaubt zu weinen, erzählte meine Großmutter. Eine Stunde lang habe er an ihrer Brust geweint, und sie habe ihn getröstet wie einen Buben, dessen Vater in den Klassenkämpfen sein Leben gelassen hatte. In der Nacht waren sie aufgebrochen, um die Genossen zu treffen, die voll Hoffnung als Delegierte der Komintern aus aller Herren Länder in die Hauptstadt der Sowjetunion gekommen und nun bis ins Mark verzweifelt waren, als wäre der Tod dieses einzigartigen Menschen ein Betrug der Natur, eine gebrochene Verheißung. Ernst Thälmann versuchte, den Trost weiterzugeben, den er von meiner Großmutter erfahren hatte. Sie übersetzte.

In der Nacht des 24. Januar hielten sie gemeinsam von 0:00 bis 0:30 an Lenins Totenbahre die Ehrenwache. Auf dem Nachhauseweg in der beißenden Kälte hat sich – und das ist die Wahrheit und nichts als die Wahrheit! – Ernst Thälmann zu meiner Großmutter niedergebeugt und ihr durch die Kapuze ihres Mantels und durch die Daunenmütze darunter ins Ohr geflüstert: Lenin sei der einzige Gottesbeweis, den er gelten lasse. In derselben Nacht, aufrecht im Bett sitzend, während sie sich an ihn schmiegte, entwarf er den Text einer Resolution, die von der Kommunistischen Partei Deutschlands an die Kommunistische Partei Russlands/Bolschewiki gesandt werden sollte und worin die große Bruderpartei aufgefordert wurde, dafür zu sorgen, dass die Schriften Lenins raschest dem deutschen Proletariat zugänglich gemacht werden, wobei strengstens darauf zu achten sei, dass in der Übersetzung kein Wort verloren, kein Jota verändert werde.

Ernst Thälmann zog für die Kommunistische Partei in den Deutschen Reichstag ein. Auch meine Großmutter übersiedelte nach Berlin. Im Sommer besuchte sie einen Genossen Arzt, der ihr bestätigte, was sie in sich fühlte: dass sie schwanger war.

Nachdem mir die Stellvertreterin des Ersten Sekretärs der SED Bezirksleitung von Erfurt, Hannelore Fischer, nicht weniger aufmerksam zugehört hatte als Oberleutnant Erika Stabenow von der Grenzbrigade 13, sagte auch sie, sie sei tief bewegt von meiner Geschichte, jedoch nicht befugt, eine Entscheidung zu treffen. Sie führte ein langes Telefongespräch. Währenddessen wartete ich im Vorraum. Ihren Assistenten und Chauffeur, der mir Gesellschaft leisten sollte – und der mich unentwegt entgeistert anstarrte, als würde nicht ich lächeln, sondern mein Hut –, beauftragte sie, alle Termine für diesen Tag abzusagen. Wir müssten mit größter Wahrscheinlichkeit nach Berlin ins Ministerium fahren.

Wir fuhren nach Berlin – in einer *Wartburg 311*-Luxus-Limousine, viertürig, zweifarbig, beige und weiß, ein wirklich properer Wagen, der ein wenig stotterte, weswegen ich Genossin Fischer mitten auf der baumgesäumten Landstraße fragte, ob ich mir den Motor ansehen dürfe; was sie erlaubte. Unter den staunenden und in vielerlei Hinsicht ängstlichen Ausrufen des Genossen Chauffeur behob ich mir nichts, dir nichts mit nichts anderem als einem Zehnpfennigstück aus Aluminium (das ich beim Skatspiel gewonnen hatte) den Schaden, indem ich den Verteilerkopf von Ablagerungen reinigte. In bester Stimmung fuhren wir weiter und kamen am Abend in der Hauptstadt der DDR an. Ich wurde im Gästehaus des Ministeriums für Staatssicherheit in Berlin-Lichtenberg untergebracht. Zwei Zimmer standen mir zur Verfügung und ein geräumiges Bad. Das Deckenlicht im Badezimmer ließ sich dimmen. Das war mir besonders angenehm, als ich in der Wanne lag.

Wieder träumte ich. – Ich habe schon sagen hören, jene Träume, die einem in der ersten Nacht in einem neuen Bett kommen, die solle man sich merken, denn mit ihnen habe es so ihre Bewandtnis. Aus diesem Nachtmärchen erwachte ich mit heißen Händen.

Wieder träumte ich von Tieren. In der ersten Nacht im Bett des Gästehauses des Ministeriums für Staatssicherheit in Berlin durchstreifte ich die Windungen meines Gehirns als ein Löwe und streifte zugleich durch die Savanne, war satt und ein bisschen müde und suchte ein Weibchen, mit dem ich mich paaren wollte. Ich lebte in Afrika, das in dem Traum ein überschaubares Ländchen war. Der Löwe zeigte sich mit der Entwicklung seiner Heimat sehr zufrieden. Niemals, sagte er sich, während er über das Gras trottete, niemals hätte Afrika all die Schicksalsschläge überlebt, die belgische Handabhackerei, die deutsche Volksvernichtung durch Hunger und Durst, die holländische, englische, französische Ausbeutung und Unterdrückung, die arabische Sklavenhatz, die menschenfressenden Diktaturen und die korrupten Kaiser, wenn es nicht der DDR einverleibt und auf deren Grenzen eingeschrumpft worden wäre. Alles war dadurch intensiver geworden und reiner. Wie wenn man Fruchtsaft zu Sirup einkocht. Die Gräser dufteten mehr nach Gras, das Wasser löschte den Durst auf eine befriedigende Weise, die man im alten großen Afrika nicht für möglich gehalten hätte, das Fleisch der Gazellen war saftiger, das Blut würziger, und der Geschlechtsverkehr mit den Löwinnen war mit dem Sex, wie man ihn bis dahin gehabt hatte, nicht zu vergleichen. Und wie ich über das weiche Gras schlenderte, kam mir ein Rudel Hyänen entgegen. Ihr Rücken fiel nach hinten ab zu den kurzen Hinterläufen, zottig und zerrauft war ihr Fell, schwarz getüpfelt bis zu den Hängebäuchen. Runde kinderfreundliche Ohren saßen an ihrem Kopf, aber ihre Schnauzen waren schwarz von verkrustetem Blut, und ihre Lefzen waren nass und tropften. Sie umzingelten mich und versuchten, mich in ein Gespräch zu ziehen. Sie schnürten im Kreis um mich herum, sie erhoben sich auf ihre Hinterläufe, sie waren ausgestattet mit Baseballschlägern und Ketten. Ich war ein Löwe, und Löwen können Absichten riechen, und ich konnte ihre Absicht riechen: Sie wollten töten. Wie sie mit mir sprachen, aus den Fragen, die sie mir stellten, schloss ich, dass sie Philosophen oder sogar Theologen waren. Sie hatten sich tiefe Gedanken über den Tod gemacht und waren sich einig: Er ist ein Skandal. Ein Leben lang, so erklärten sie mir ihre Theorie, ein unberechenbares, quälend unsicheres Leben lang hat man Angst vor dem Tod, immer denkt man, wie erwischt es mich, was wird sein, wenn ich niedersinke, wann wird es sein, wo wird es sein, was wird mir durch den Kopf gehen, wer wird bei mir ausharren – und wenn es endlich so weit ist, treffen Leben und Tod in einem Punkt aufeinander. Erst Leben, dann Tod. Ein – aus. Kürzer als eine Sekunde. Die kürzeste Zeitdauer, die sich denken lässt. Das ist enttäuschend, sagten die Hyänen. Bedenke! Wenn es tatsächlich ähnlich abläuft, waren das Bangen und Hoffen, das Grübeln und Spekulieren umsonst. Was hätte man mit dieser Zeit alles anfangen können! Der Skandal besteht darin, dass wir das Leben als unser einziges Haus erst erkennen und erst schätzen, wenn wir den Tod als Dach darüber denken. Aber der Tod, der ist immer in der Zukunft. Und plötzlich tritt er ein, und das Leben ist weg und mit dem Leben die Zeit, die wir bräuchten, um es zu erkennen. Ein – aus. Ein – aus. Muss sich da einer nicht betrogen vorkommen? Wäre ein langer Tod nicht wünschenswert? Wir Hyänen sind der Meinung, erst ein langer Tod gibt uns ein intensives Leben, nicht nur die Vorstellung eines intensiven Lebens, sondern das Leben selbst: Wir wissen, jetzt kommt er, aber wir leben noch. Er rückt näher, aber wir leben noch. Gleich berührt er uns, aber wir leben noch. Ich rieche schon seinen Atem, aber ich lebe noch. Kann man sich ein intensiveres Leben vorstellen? Wir Hyänen meinen: Nein, kann man nicht. – So ähnlich sprachen sie zu mir, dem Löwen, während sie um mich herumgingen und ihre Kreise immer enger zogen. Sie schwangen ihre Baseballschläger und ihre Ketten, und sie zeigten ihr Gebiss, das dem Gebiss des Löwen in nichts nachsteht. Ja, sagte ich, ihr habt recht. Darum wollt ihr mich zu Tode quälen. Weil ihr wollt, dass der Tod lange dauert. Das wollen wir, sagten sie. Damit die falschen Gefühle und falschen Gedanken in deinem Leben nicht für die Katz waren. Verstehst du das? Darum wollen wir dich langsam zu Tode quälen. Das verstehe ich, sagte ich, aber das ist hier nicht üblich, es ist hier nicht mehr üblich. Es ist im neuen Afrika nicht mehr üblich, sagte ich und riss mein Sturmgewehr von der Schulter und schoss. Da waren es auf einmal viel mehr Hyänen, als ich zuerst geschätzt hatte. Aber das spielte keine Rolle, ich hatte genug Munition im Gürtel, und dass die Waffe in meiner Pfote heiß wurde, empfand ich als angenehm. Ich schoss, und sie fielen.

3

Im Frühling 1925 brachte meine Großmutter ein Mädchen zur Welt. Sie hätte es gern Rosa getauft, nach Rosa Luxemburg, aber das wollte Ernst Thälmann nicht – aus verständlichen Gründen: Seine Frau hieß so.

Meine Mutter, Elise-Marie Ortmann, wuchs in Berlin auf. Ernst Thälmann bemühte sich, sein Töchterchen wenigstens manchmal zu sehen. Er arbeitete viel, war oft unterwegs, besuchte Versammlungen, hielt Reden, die Verantwortung lastete schwer auf ihm. Und der Konflikt in seinem Herzen zermürbte ihn; in Hamburg wartete seine Frau auf ihn. Aber er war ein liebevoller Vater; wenn er kam, so erzählte meine Mutter, wurde es im Winter wärmer und im Sommer kühler, die Limonade schmeckte süßer, und der Braten war fetter.

Als die Nazis die Macht an sich rissen, riet Ernst Thälmann meiner Großmutter, mit dem Kind nach Österreich zu übersiedeln. – Die beiden sahen ihn nie wieder.

Jeden Abend vor dem Einschlafen erzählte Helena Ortmann ihrer Tochter von dem großen Arbeiterführer, der ihr Vater war und der irgendwo weit oben in Berlin gegen das Böse kämpfte. Nach dem Krieg erfuhren sie, dass Ernst Thälmann auf persönlichen Befehl Hitlers am 18. August 1944 im KZ Buchenwald von dem SS-Oberführer Pister als Kommandanten, dem SS-Sturmbannführer Schobert als 1. Schutzhaftlagerführer, dem SS-Obersturmführer Schmidt als Adjutanten des Kommandanten, dem SS-Sturmbannführer Bender als Lagerarzt, dem SS-Sturmscharführer Helbig als Kommandoführer des Krematoriums und dem SS-Oberscharführer Otto als Stabsscharführer ermordet und seine Leiche mitsamt den Kleidern verbrannt worden war, was Zeugen daraus schlossen, dass der Rauch dunkel gewesen sei; da haben sie in Tulln im Garten ihres Häuschens, der bis zur Donau hinunterreichte, eine Laterne aufgestellt, in der immer eine Kerze brannte.

Meine Mutter heiratete den Automechaniker Johann Koch, er war ein Riese von einem Mann, auf seinen Kopf passte kein gewöhnlicher Hut. Als ich zur Welt kam, nannten mich meine Eltern in ehrendem Andenken an meinen Großvater: Ernst-Thälmann. Meine Mutter erzählte mir oft von dem Land, das Deutsche Demokratische Republik hieß und in dem mein Großvater der größte Held sei.

Ein Dutzend Mal habe ich meine Geschichte erzählt oder öfter, und sie wurde wieder und wieder aufgenommen, es müssen Kilometer von Tonbändern gewesen sein. Außer an die genannten Zuhörerinnen erinnere ich mich an: zwei Genossen vom Ministerium für Staatssicherheit (beide in zementfarbenem Anzug und dunkelbrauner Krawatte wie der Genosse Staatsratsvorsitzende Erich Honecker, der hinter ihnen an der Wand hing); die Gattin des Chefs der Militärakademie *Friedrich Engels* (die sich als »Frau Generalmajor« vorstellte und ein Blech Streuselkuchen mitbrachte und meine Sommersprossen lobte und mir schöne Augen machte); die Büroleiterin des Politbüros des Zentralkomitees der SED (dieses Gespräch fand im Haus am Werderschen Markt statt, einem pompösen Gebäude, durch das ich in Begleitung von acht ernsten Männern in Uniform geführt wurde, vier rechts, vier links von mir, was ich als Ehrerweisung mir gegenüber interpretierte – zu Recht, wie mir die Genossin Büroleiterin später in tadelndem Ton bestätigte, als ermahne sie mich dringend um mehr Respekt vor meinem Blut); ein Ehepaar – er, Leiter der Hauptabteilung VI des Ministeriums für Staatssicherheit, Passkontrolle, Tourismus, Interhotel – sie, Leiterin des Restaurants *Zille Stube* im Interhotel Stadt Berlin (die beiden überreichten mir einen Blumenstrauß und waren sehr verlegen, als ich sagte, ich verfüge leider über keine Vase; die Frau wühlte daraufhin in ihrer Handtasche und überreichte mir – mit Blick auf ihren Mann, der, anstatt zu nicken, mit gebändigter Ungeduld einmal die Lider senkte und wieder öffnete – eine in durchsichtigem Plastik eingeschweißte »Sondergenehmigung, betreffend den kostenlosen Gebrauch sämtlicher Einrichtungen der Hotelkette Interhotel«); zuletzt eine Frau, die ihren Namen und ihre Funktion oder Stellung in diesem Land nicht nannte und mit einem schwarzen Schleier vor dem Gesicht mit mir sprach (und während meiner Erzählung, die auf ihre Anweisung hin in einem abgedunkelten Raum stattfand, in meinem Rücken saß und eine Zigarette nach der anderen qualmte und mir solidarisch lachend eine über die Schulter reichte, als ich sie fragte, ob ich mithalten dürfe – amerikanische Philip Morris, wie ich im Schein der Streichholzflamme über dem Filter las). – An die anderen Erzählstunden und deren Zuhörer und Zuhörerinnen erinnere ich mich zu wenig oder gar nicht mehr.

Immer bin ich freundlich behandelt worden, das möchte ich ausdrücklich festhalten. Immer hieß es, man sei tief bewegt von meiner Geschichte. Aber immer hieß es auch, man sei nicht befugt, eine Entscheidung zu treffen. Wobei ich auf die Frage, welche Entscheidung denn eigentlich anstehe, nur hörte, auch dies zu beantworten sei man nicht befugt. Wer denn befugt sei, fragte ich und bat, mich dieser Person doch bitte vorzuführen. Es folgte bedauerndes Achselzucken. Alle versprachen, sich für meine Sache einzusetzen. Was denn genau meine Sache sei, fragte ich. Ich wusste es nämlich nicht mehr. Aber die Herrschaften waren schon im Weggehen begriffen, sie drehten sich noch einmal um und winkten mir.

Und dann wollte niemand mehr meine Geschichte hören.

Ich war allein.

Ich fürchtete, das Sprechen zu verlernen. Wenn ich auf der Straße ging, sah man mir nach. Aber man sprach mich nicht an. Auch nicht, wenn ich nickte. Man ging an mir vorüber. Dann drehte man sich um und sah mir nach. Aber während man an mir vorüberging, sah man mich nicht an. Man sah zu Boden.

Ich begegnete einem Jungen, der hatte ein schmutziges Gesicht, in der Brusttasche seines Hemdes steckte eine Zigarette. Ich sagte: »Hallo!«

Er sagte: »Hallo!«

Ich sagte: »Du bist der erste, der zu mir hallo sagt.«

Er blickte sich um, stieg auf die Zehenspitzen, als wolle er sehen, ob sich hinter mir einer versteckte, und sagte: »Der will ich nicht sein.«

Und lief davon.

Am nächsten Tag traf ich ihn wieder. Ich sagte: »Hallo!«

Er sagte: »Hallo.«

»Warum läufst du heute nicht weg?«, fragte ich.

»So halt.«

»Wie alt bist du?«

»Neun Jahre und drei Monate.«

»Fang auf!«

Ich warf ihm ein Feuerzeug zu. Es war das letzte von denen, die ich aus Wien mitgebracht hatte. Ich hatte sonst nichts bei mir, was ich ihm hätte schenken können. Er probierte es aus, bedankte sich und schlenderte davon, schlurfte durch das Laub, das knöchelhoch auf dem Gehsteig lag. Leider bin ich ihm nicht mehr begegnet.

Das Ministerium für Staatssicherheit zog sich über ein ganzes Stadtviertel hin, es bestand aus mehreren Gebäudekomplexen, hunderte, tausende Menschen verdienten sich hier ihr Brot. Aber denen begegnete ich nicht. Das Gästehaus lag abseits und war durch eine Fläche von den anderen Gebäuden getrennt.

Ich war allein – und war nicht allein.

Ich dachte darüber nach, was der Mensch meint, wenn er von seinesgleichen als »man« spricht. Ich kam zur Auffassung, er meint das nichtfremde Fremde. Wo immer ich mich aufhielt, wohin immer ich mich bewegte, über die Straßen, auf den Plätzen, zwischen den Blocks, zwischen den Schienensträngen des Güterbahnhofs nicht weit von meinem Zuhause, wo in der Frühlingssonne zarte mannshohe Birken grünten, oder wenn ich in einem Restaurant zu Mittag aß (mit Vorliebe nach einem langen Spaziergang an der Spree entlang in einem der Restaurants des neuen Palasthotels neben dem Berliner Dom, nicht nur weil ich nach Vorzeigen meiner Sondergenehmigung nichts zu bezahlen brauchte, sondern weil dort nur alte Männer und alte Frauen saßen, die schlecht hörten und sich so laut miteinander unterhielten, dass ich lauschen konnte) – immer und überall sah ich »man«. Und »man« sah mich. Ich würde in diesem Land in dieser Zeit nicht verlorengehen, so viel war gewiss. Dabei taten meine Begleiter erst gar nicht so, als würden sie mich *nicht* begleiten. Sie spielten mir nichts vor. *Sie waren keine Lügner.* Sie grüßten mich mit Kopfnicken. Zu lächeln gestatteten sie sich nicht – ich nahm an, aus den gleichen Gründen, über die ich ausführlich gemutmaßt habe, als ich von Oberleutnant Erika Stabenow von der Grenzbrigade 13 erzählte. Ich war der, in dessen Adern heiliges Blut floss. Ich sollte beschützt, aber nicht belästigt werden. Auch ein Lächeln kann belästigen – wenn »man« lächelt.

Einmal war ich von einem Funktionär, ich weiß seinen Namen nicht mehr, gefragt worden: »Aber Herr Dr. Koch, Herr Dr. Ernst-Thälmann Koch, verzeihen Sie, warum, das würde uns wirklich sehr interessieren, warum steht in Ihrem Pass, Sie seien Theologe von Beruf? Es ist, ehrlich gesagt, in einem Land wie dem unsrigen nicht unbedingt vorteilhaft, an Gott zu glauben.«

»Das kann ich gut verstehen«, habe ich geantwortet, »und ich will mich gern erklären. Meine Großmutter, wissen Sie, hat in ihrer Berliner Zeit, wie erwähnt, an der Universität Ägyptologie studiert. Sie hat an einer wissenschaftlichen Studie über den Pharao Echnaton gearbeitet, den größten antiken Revolutionär vor Spartakus. Leider hat sie wegen der Nazis ihre Arbeit nicht zu Ende bringen können, wie es der Wunsch von Ernst Thälmann, meinem Großvater, gewesen war, der wie alle wahren Sozialisten großen Wert auf Wissenschaft und Bildung legte. Und meine Mutter war eine vielbeschäftigte Frau, die in dem kleinen Betrieb meines Vaters mitarbeiten musste, weil er sich einen Angestellten für die Buchhaltung nicht leisten konnte. Es ist ihr leider nicht gelungen, den Faden der Wissenschaft aufzunehmen. So lag es an mir, dieses Erbe anzutreten. Ich habe die Arbeit meiner Großmutter über den Pharao Echnaton, den Erfinder der Moral, abgeschlossen und sie als Dissertation eingereicht. Der Lehrstuhl im Fachbereich Ägyptologie war zu dieser Zeit in Wien aber vakant, weil sich der Professor einige sehr unerfreuliche Dinge hat zuschulden kommen lassen. So habe ich, aufbauend auf den Vorarbeiten meiner Großmutter, eben bei den Theologen promoviert. Die Ehre der beiden Buchstaben mit dem Punkt vor meinem Namen gebührt mir also nur zu Hälfte – oder eigentlich nur zu einem Drittel, denn dass diese Arbeit auch in der dritten Generation nicht aufgegeben wurde, verdankt sie letztendlich niemand anderem als Ernst Thälmann. Als Enkel des größten Helden der Deutschen Demokratischen Republik glaube ich natürlich nicht an den Gott. Ich würde nicht einmal an ihn glauben, wenn er mir unter einer Straßenlaterne begegnete.«

4

Nach dem Frühstück verließ ich das Gästehaus – das Frühstück stand jeden Morgen vor meiner Tür auf einem Tablett, eine Kanne Filterkaffee, Brötchen, Butter, rote oder gelbe Marmelade (ich wusste nicht, wer sich um mich kümmerte) – und spazierte ziellos durch die Straßen. Ein kleiner wohltuend ungepflegter Park war in der Nähe, die Bäume trieben schon kräftig aus. Ich drückte die Nase gegen die Rinde einer Ulme. Gierig war ich nach Frühlingsduft. Ist er nicht das überzeugendste Argument für das Leben?

Ich setzte mich auf eine Bank, grau und grün von Algen war sie, suchte die Sonnenstrahlen, streckte die Beine von mir, verschränkte die Finger über dem Nabel.

Die Tage vergingen – vergehen ist ein diplomiertes Wort dafür.

Es wird geraten, in die neue Welt nichts aus der alten mitzunehmen, auch die alten Tage nicht und nicht ihre Geschwindigkeit. Auch nicht die alten Sentenzen meines Meisters. Auch nicht, wenn sie so treffend meine Abgeschiedenheit beschrieben: *Die zieht den Menschen in Lauterkeit und von der Lauterkeit in Einfältigkeit und von der Einfältigkeit in Unwandelbarkeit …*

Im Gästeaufenthaltsraum des Gästehauses des Ministeriums für Staatssicherheit lagen in einem lindgrün lackierten Drahtgestell geographische Zeitschriften aus, jeden Morgen klemmte ich mir eine andere unter den Arm, las darin im Park, blätterte darin. Ich entdeckte einen Tatsachenbericht über die Durchquerung der Wüste Gobi (im Sommer sind dort Temperaturen bis zu +50 Grad, im Winter bis zu –65 Grad möglich). Eine Reportage im folgenden Heft erzählte von einer Expedition nach Nordaustlandet. Dort lebte niemand.

Wenn ich schon sehr früh unterwegs war, sah ich durch ein Fenster auf der westlichen Seite des Parks eine Familie am Frühstückstisch sitzen, Vater, Mutter, Tochter, Sohn. Die Kinder verließen wenige Minuten später das Haus, sie trugen ihre Schulranzen auf dem Rücken, das Mädchen einen mit Fell überzogenen, sie schubsten einander oder gingen schweigend nebeneinanderher oder stritten sich. Bald darauf sah ich den Vater in die andere Richtung davoneilen, den Jackenkragen hochgestellt, die Hände in den Hosentaschen. Die Mutter öffnete das Küchenfenster und streifte die Krümel aufs Fensterbrett. Irgendwann kamen die Vögel. Das war eine Zeitlang mein täglicher Fortsetzungsroman.

Ich fragte mich, für wen der emsige Vater wohl Sorge trage als einzigen Menschen in seinem Leben. Für seine Frau? Für seine Tochter? Für seinen Sohn? Oder für keinen von diesen? Hatte er eine Geliebte? Vielleicht für einen seiner Untergebenen im Büro. Oder für seinen Chef. Oder für seinen irrsinnigen Bruder. Oder seine unansehnliche Schwester? Für seinen grüblerischen Vater? Für seine Mutter? Oder hatte er den Menschen noch gar nicht kennen gelernt, der ihm anvertraut war? – Alles Alte sollte vergessen werden, rät Meister Eckhart. *Will ich auf eine Wachstafel schreiben, dann kann nichts so edel sein, was auf der Tafel bereits geschrieben steht, dass es mich nicht behindert und ich nicht selber darauf schreiben kann; will ich aber doch schreiben, so muss ich alles das tilgen und auslöschen, was bereits auf der Tafel steht. Denn die Tafel schickt sich mir nimmer so wohl zum Schreiben, wie wenn gar nichts auf der Tafel steht.*

Einmal setzte sich eine ältere Frau zu mir. Sie hatte sich ein Wurstbrot mitgebracht. Es roch köstlich. Wenn sie mir einen Bissen angeboten hätte, ich hätte ihn genommen. Sie beugte sich zu mir herüber, hob die Augenbrauen, linste in mein Heft und fragte, wo ich meine Schuhe gekauft hätte. Ich sagte, ich sei aus dem Westen und in diesen Schuhen hierhergekommen. Sie nickte, aß fertig und ging. Das Papier, in dem sie ihre Jause eingewickelt hatte, knüllte sie mit einer Hand zusammen und ließ es fallen. Ich schloss die Augen und versuchte, mich zu erinnern, wie sie ausgesehen hatte, was sie getragen, wie ihre Stimme geklungen hatte. Nichts mehr fiel mir ein. Ich wertete das als: ein gutes Zeichen.

Ich bin langsam geworden, sagte ich mir.

Und dachte: Wenn eine Amtsperson daherkäme und mir den Auftrag erteilte, diesen kleinen Park sauber zu halten – nicht übermäßig zu pflegen, nur sauber zu halten, das Papier aufzulesen, die Flaschen einzusammeln, die Zigarettenkippen zusammenzukehren –, ein frischer, neuer Mensch würde aus mir werden, und nicht ein Jahr würde in dieses Land ziehen, und ich hätte meine Vergangenheit, nein, vergessen wohl nicht, aber zu den fremden Dingen geschoben wie die Handvoll Morde, die ich begangen hatte. Und meine Schuhe hätten sich dem neuen Boden angeglichen. Wir entstehen aus dem Staub des Weges, den wir gehen, heißt es. Als ich diesen Spruch zum ersten Mal hörte, sagte ich: Sollte es nicht heißen, wir *be*-stehen aus dem Staub? Aber mir wurde versichert, es heiße *ent*-stehen. Nämlich: wenn wir aufhörten, unseren Weg zu gehen, wenn wir auf der Stelle verharrten, wirbelten wir keinen lebensspendenden Staub auf und würden logischerweise vergehen. Oder anders: Vielleicht sind wir Licht, nur Licht, das sich ins Leere verströmte, wenn da nichts wäre, auf das es scheinen könnte. Ich habe mich mit Sebastian darüber unterhalten. Er mag diese Art von Philosophie nicht. Wahrscheinlich, weil sie seine Art zu leben beschreibt. Das ist eine philosophische Anwandlung und keine Philosophie, sagt er und vergisst, dass ohne philosophische Anwandlungen der Mensch nie auf die Idee gekommen wäre, Philosophie oder gar Theologie zu betreiben. Sebastian führt ein gehendes Leben. Wer geht, schaut immer ein Stück weit vor seinen Schritt; sein Auge, sein Herz, sein Sinn sind immer in der Zukunft. Und die Vergangenheit wird nach Maßgabe der Zukunft geschrieben. »Wenn ich zurückblicke«, sagte er einmal (ich habe es an anderer Stelle in indirekter Rede zitiert), »treffe ich an jeder Station auf jemanden, den ich in enervierender Arbeit erst umschreiben muss, um ihn Ich zu nennen.« Wie ist das, wenn man in solchem Geist lebt? Ich weiß es nicht. Mir ist die Zukunft ein leerer Schacht, und weil er leer ist, enthält er weder Bangen noch Hoffen. Die Vergangenheit aber zeigt sich mir nicht weniger gegenwärtig als die Gegenwart selbst. Ich »treffe« mich dort nicht, *ich bin dort*. Und ich bin dort nicht anders, als ich hier und jetzt bin. Die Vergangenheit ist die Gegenwart eines Gedankens. Ich bin von ihr nicht getrennt durch Stunden, Tage, Jahre. Ich habe keine zählende Seele nötig, um mich durch die Zeit zu bewegen. Und doch denke ich mir immer wieder: Was jetzt ist, was jetzt passiert, war vor einer Stunde, vor einem Jahr, vor zwanzig Jahren die Zukunft gewesen. Und dieser Gedanke ist nicht so banal, wie er erscheint. Denn entgegen aller Vernunft sagt mein Empfinden: Sie war in der damaligen Gegenwart enthalten. Warum hast du sie nicht gesehen?

In den Ruhepausen unserer mexikanischen Vergeblichkeiten würde ich Janna von diesen Vormittagen in dem kleinen, wohltuend ungepflegten Park erzählen. Diese Geschichten hörte sie sehr gern. Am liebsten hörte sie Geschichten, in denen nichts passierte; in denen niemand einen Namen hatte und die irgendwann nirgendwann irgendwo nirgendwo spielten. In denen ein Mann auf einer Parkbank sitzt und durch ein Fenster Vater, Mutter, Tochter, Sohn beim Frühstück beobachtet. In denen nichts passiert als: Butter und Marmelade werden aufs Brot geschmiert, Kaffeewasser wird aufgegossen, Kaffee mit Milch wird getrunken, ins Brot wird gebissen. Und nicht einmal das passiert, sondern nur das Beobachten passiert. Und nicht etwa ein interessiertes

Beobachten passiert, sondern ein nachlässiges, schon am Morgen wieder müdes, alles gleichgültig hinnehmendes Beobachten. Nur solche Geschichten ertrug sie. Die beruhigten sie. Da würde ich Janna in Wien wiedergefunden haben, ein enges kurzes Jäckchen aus rosa Kunstleder hatte sie übergezogen, darunter nur ein T-Shirt, und einen kurzen Rock aus rotem Samt oder einem ähnlichen Material, gute vierzig und gute fünfzig Jahre alt würden wir beide inzwischen geworden sein; ich: geflohen aus dem Paradies nahe der chinesischen Grenze, sie: abgemagert, grau unter den schwarz überfärbten Haaren. Auf den letzten Strich ging sie, um sich ihr Gift zu finanzieren. In einer aufgelassenen Garage würde ich sie finden, wo sie ihre Freier empfing. Draußen krachten die Waggons der Güterzüge aufeinander. Ein Mann war gerade bei ihr, als ich die Tür aufstieß, der hatte sie als Draufgabe um einen kleinen Schuss gebeten, seinen ersten, er wollte es einfach auch einmal ausprobieren, er war Rechtsanwalt oder Rechtsanwaltsanwärter, hatte Geld, arbeitete in einer Kanzlei in der Innenstadt an Wirtschaftsfällen, wollte ein bisschen von der anderen Welt naschen, mehr wollte er nicht, nicht wollte er die alte Schrift auf der Wachstafel löschen. Jungverheiratet war er, und es hat ihn umgehauen, ein Viertel der Spritze hat ihn bereits umgehauen. Die Nadel steckte noch in der Vene unterhalb des Handgelenks, da hat sie sich über seine Geldbörse hergemacht. Ich sagte, lass das, Janna, lass es doch! Ich hol dich weg von hier. Lass ihn! Er ist ein armes Schwein, nicht besser dran als du. Aber Geld hat er, hat sie gesagt, hatte seine Brieftasche in der Hand, die voll Scheinen war. Da wachte er auf, griff ihr mit voller Verzweiflung und voller Faust in den Mund hinein, wollte ihr die Wange aus dem Gesicht herausreißen. Sie schrie. Schrie um meine Hilfe. Ich habe ihm den Inhalt der Spritze in den Arm gedrückt, alle drei Viertel auf einmal, so dass er niedersank und in den Gliedern zuckte. Ich nahm Janna bei der Hand und führte sie aus diesem Leben hinaus. Geld habe ich doch auch, Janna, sagte ich, viel Geld, sehr viel Geld, ich habe es gespart. Du wirst dich erkälten, Janna, sagte ich, es hat Minusgrade draußen. Nein, nein, sagte sie, sie habe zwei Strumpfhosen übereinander an. Schau doch, wie sie glänzen! Das ist das Beste an mir. Nein, nein, sagte ich, du bist das Beste. Da hat sie gelacht. Meine einzige Konkurrenz ist also meine Strumpfhose, rief sie, und wir lachten beide und dachten nicht an den Mann, der in der Garage geblieben war. Du willst mich hier herausholen, fragte sie. Das willst du? Ja, das will ich, habe ich gesagt. Dann möchte ich nach Mexiko, sagte sie, sonst nirgendwohin. Ein Freund von ihr sei dort gewesen, die Städte hätten Namen wie Chihuahua, San Juanito, Bocoyna. Irgendetwas heiße Valle de los Hongos, sie wisse nicht, ob eine Stadt oder ein Dorf oder eine Schlucht oder ein See, aber es klinge so gut, sie spreche es vor dem Einschlafen vor sich hin, jede Nacht, Valle de los Hongos, Valle de los Hongos, immer wieder. Und so hatten wir uns auf die Reise gemacht … – Um Janna im Flugzeug zu beruhigen, würde ich ihr von den Vormittagen in dem wohltuend ungepflegten Park erzählen, weit weg in einer untergegangenen Zeit in einem untergegangenen Land, als ich ein Beobachter gewesen war und weiter nichts und ich mir nichts anderes denken konnte, als dass diese sozialistische Idylle im Schutz der Staatssicherheit bis an mein Ende währte.

Die neue Welt, in der ich seit über einem Jahr, seit den kalten Wintertagen des beginnenden Jahres 1979, lebte, schien nur aus Gegenwart zu bestehen. Die Helden dieses Landes waren tot, aber wenn ihr Geburtstag gefeiert wurde, wurden sie neu geboren; wenn der Tag gefeiert wurde, an dem sie den Vorsitz der Kommunistischen Partei Deutschlands übernommen hatten, übernahmen sie von neuem den Vorsitz der Kommunistischen Partei Deutschlands; wenn der Stunde gedacht wurde, als der Held den feigen mörderischen Vasallen des Großkapitals ausgeliefert worden war, stand *jetzt* der Schweiß auf seiner Stirn, umarmte er *jetzt* die Freunde, griff er *jetzt* an den Gürtel nach dem Genossen Mauser, um sich zu wehren, reckte er *jetzt* die Faust in den Himmel zum Zeichen, dass der Kampf weitergehe und sich die Kommunisten dieser Welt nicht entmutigen lassen dürften, was immer auch mit ihrem Führer geschehen mochte, auch wenn man ihn verbrennt mitsamt seinen Kleidern, um seinen Namen zu tilgen und alle Erinnerung an ihn auszulöschen.

Angenommen, einer von uns würde auf einem fremden Planeten abgesetzt; er wäre dort allein, ein Einsamer, aber es fehlte ihm an nichts; er würde sehen, aber nicht gesehen werden, er würde hören, aber nicht gehört werden, und das Essen schmeckte ihm wie daheim. Alles wäre gleich, aber nichts wäre seinesgleichen. Eines Tages sähe er einen Mann auf der anderen Straßenseite stehen, und von diesem Mann würde er gesehen, gehört und gegrüßt. Dieser Mann hätte einen falschen Bart aufgeklebt, oder er hätte sich die Haare schwarz gefärbt, vielleicht trüge er einen Hut, der sein Äußeres veränderte. Das spielte keine Rolle: Dieser Mann wäre seinesgleichen. Aber der Mann würde die Straße nicht überqueren, er würde nur schauen, nur hören, nur grüßen, nicht lächeln. Und angenommen, von diesem Tag an würde der Einsame immer wieder andere seinesgleichen entdecken, bald wären es drei, bald ein Dutzend. Nun wüsste er, er ist auf diesem Planeten nicht allein, er wird begleitet von nichtfremden Fremden. »Man« begleitet ihn. Ich wurde begleitet. Ich wurde beobachtet. Meine Gastgeber, die Genossen vom Ministerium für Staatssicherheit, begleiteten und beobachteten mich – wie ich später erfuhr: ein Genosse der Hauptabteilung II, Spionageabwehr; zwei Genossen der Hauptabteilung VI, Passkontrolle, Tourismus, Interhotels; ein Genosse der Hauptabteilung Personenschutz; zwei Genossen der Arbeitsgruppe XVII, Büro für Besuchs- und Reiseangelegenheiten, und drei Genossen der Hauptabteilung Aufklärung Arbeitsgruppe 1, Sektor Wissenschaft und Technik. Sie begleiteten und beobachteten mich, sie grüßten mich und nickten mir zu und lächelten nicht. Sie waren meinesgleichen, sie waren nichtfremde Fremde. Ich war allein und war nicht allein.

Das Westgeld, das mir beim Eintritt in die Deutsche Demokratische Republik abgenommen worden war, wurde mir zurückgegeben. Nicht ein Schein fehlte – 5000 Schilling, 5000 D-Mark, 5000 amerikanische Dollar. Ich wollte den Überbringern ein Trinkgeld geben. Sie lehnten ab.

5

Mir wurde ein Diener zugewiesen. Von wem? Das wusste ich nicht. Es war ein Mann aus Vietnam. Eines Tages klopfte er an meine Tür und stellte sich vor. Ich verstand seinen Namen nicht recht und vergaß ihn gleich wieder. War ich ein Herr? Ich hatte einen Diener! Also war ich ein Herr.

Mein Diener brachte mir zu essen, wenn ich zu Hause essen wollte. Er machte mir Komplimente, sagte, ich solle mich drehen, zupfte mir die Ärmel und ruckte mir die Schultern zurecht, sagte, ich sähe superb aus, riet mir aber auch bisweilen zu einem anderen Hemd. Er richtete meine Wäsche, bügelte, nähte Knöpfe an, bürstete aus, überzog alle drei Tage mein Bett frisch, füllte den Kühlschrank auf, putzte meine Schuhe. Er sagte, ich hätte einen erlesenen Geschmack. Er trug stets einen dunklen Anzug und eine Krawatte. Er wohnte mir gegenüber auf der anderen Seite des Flurs. Wir waren die einzigen auf dem Stockwerk. Die Stockwerke über uns waren verschlossen. Seine Wohnung betrat ich nie, er besaß einen Schlüssel zu meiner.

Wenn ich allein sein wollte, hatte er nichts dagegen und bezog es nicht auf sich. Er begleitete mich, wenn ich Lust hatte, in die Stadt zu gehen, und dabei begleitet werden wollte. Wenn ich mir ein Hemd kaufte oder Socken und einmal eine Mütze, weil der Wind so scharf und kalt von der Mark Brandenburg hereinblies, bezahlte er, und er bezahlte, wenn wir uns am Nachmittag in dieser vorzüglichen Konditorei in der Pappelallee Kaffee und Kuchen und Cognac gönnten.

In allem war er mir ein wenig voraus – außer im Schach. Er führte mich, ohne dass ich das Gefühl hatte, hinter ihm herzugehen.

Ich konnte sein Alter nicht schätzen. Ich fragte ihn, und er lächelte. Manchmal sah er aus wie fünfzig, manchmal jünger als ich, manchmal wie ein Knabe und manchmal wie ein sterbender Greis. Sein Haar war gescheitelt und immer etwas feucht, manchmal schimmerte es wie schwarzer Lack, manchmal silbern.

Am Abend gingen wir einen trinken. Meistens in eine der Kneipen am Prenzlauer Berg. Wir setzten uns nicht, blieben am Tresen stehen und unterhielten uns mit den Männern. Die Witze habe ich alle vergessen. Schade. Manche habe ich nicht verstanden. Vielleicht würde ich sie heute verstehen. Wir tranken Bier. Ich war hinterher betrunken. Mein Diener nie. Wenn mir das Hemd hinten heraushing, machte er mich darauf aufmerksam. Als ich einmal auf dem Nachhauseweg in Hundescheiße trat, bat er mich vor der Haustür, ihm die Schuhe zu geben. Am nächsten Morgen standen sie blitzsauber und geruchsneutral auf der Matte. Die meiste Zeit unterhielten wir uns französisch.

Nguyen Quoc Hung hieß er, und er war bewaffnet. Er trug eine Pistole Marke *Makarow* in einem Schulterhalfter unter seinem Jackett. Es war eine sowjetische Ordonnanzwaffe mit zwölf Schuss. Ohne seine Waffe ging er nicht aus, und auch wenn er mich in meiner Wohnung besuchte, hatte er sie bei sich. Er besaß auch einen Schalldämpfer. Er fettete das Gewinde ein und drehte ihn auf den Lauf.

Wir hatten nichts zu tun. Wir warteten. Wir spielten Schach. Und warteten. Bis Februar war fast kein Tag vergangen, ohne dass ich abgeholt worden war, um an irgendeinem Ort vor irgendjemandem meine Geschichte zu erzählen. Im März waren die Termine seltener geworden. Im April wartete ich. Im Mai wartete ich. Wenn ich von »warten« spreche, meine ich ein Versinken in einem zeitlosen Zustand. Ich habe das schon immer gekonnt: sitzen und nichts denken, nichts betrachten, auf nichts hören, der Atem verlangsamt sich, der Blutdruck sinkt, die Herzfrequenz verlangsamt sich. Das habe ich immer schon gekonnt. Nun hatte ich in dieser Disziplin einen Meister gefunden: Monsieur Nguyen Quoc Hung. Er zeigte mir ein paar Tricks, die es mir ermöglichten, schneller und tiefer in die Losigkeit (seine Wortschöpfung) einzutauchen – zum Beispiel das sogenannte »blöde Gesicht«: Man lässt die Gesichtsmuskeln erschlaffen, bis der Unterkiefer herabsinkt und Spucke über die Lippe rinnt.

Hung legte Wert darauf, dass wir nicht zweimal in dieselbe Kneipe gingen. Aber wenn ich mich einmal gut unterhalten hatte, wollte ich es doch wieder, und längst nicht in jeder Kneipe unterhält man sich gut, und als ich mich einmal besonders gut unterhalten hatte, hörte ich nicht auf ihn und stellte mich am nächsten Abend an denselben Tresen. Da kam der, mit dem ich mich am Vorabend so besonders gut unterhalten hatte, auf mich zu, aber statt sich zu freuen, wie ich mich freute, klopfte er mit dem Knöchel gegen meine Brust, und wie er es tat, kam es mir unfreundlich vor.

»Ich sag dir was«, sagte er, »es hat aber nichts zu bedeuten, ich erzähl nur weiter, was ich gehört habe von einem, der es auch gehört hat. Es war einmal in einer Kneipe, nicht in dieser, nein, nein, in einer drei Blocks weiter, da hatten die so einen Brauch. Weil da manchmal Spitzel aufgetaucht sind.«

»Spitzel?«

»Ja, ja, das kommt schon manchmal vor. Und weißt du, was man mit denen gemacht hat?«

»Nein«, sagte ich.

»Die sind gefragt worden, ganz höflich. Weißt du, was die gefragt worden sind?«

»Nein.«

»Die sind gefragt worden: Bist du ein Spitzel?«

»Und weiter!«

»Was weiter? Bist du ein Spitzel?«

»Wie? Ich? Ob ich ein Spitzel bin? Nein. Was für ein Spitzel sollte ich denn sein?«

»Ich red ja nicht von dir, ich erzähl ja nur, was die in der Kneipe drei Blocks weiter so gefragt haben. Und genau das haben die gefragt. Da sind nämlich manchmal Sachen passiert.«

»Was für Sachen sind da passiert?«

Zuerst hatte er nur an meine Brust geklopft, nun wickelte der den Zeigefinger in mein Hemd, noch eine Drehung und noch eine Drehung, bis mir der Kragen eng wurde. »So Sachen eben sind da passiert. Dass eine Mütze geklaut wurde oder ein Handschuh oder eine Jacke oder dass ein Schlaumeier mit einem Lappen dahergekommen ist und einer Kundschaft, schwupp, den Lappen unter den Hintern gelegt hat.«

»Das kommt vor? Komisch.«

»Ja, komisch, nicht? Aber weißt du, was noch viel komischer ist? Und zwar noch viel, viel komischer?«

»Nein, weiß ich nicht.« Ich bekam kaum noch Luft. Es war ein starker Mann. Ich schaute zu Hung hinüber, ob er vielleicht Anstalten machte, mir zu helfen. Der aber schaute überallhin, nur nicht zu mir.

»Viel komischer ist, was die in der Kneipe drei Blocks von hier mit einem Spitzel machen. Was dort sozusagen Mode ist. Da kommst du nie drauf. Willst du's wissen?«

»Eigentlich nicht.« Ich versuchte, ihn von mir wegzudrücken. Aber er stemmte sich mit dem Rücken am Tresen ab und hatte mich nun ganz nah vor seinem Gesicht.

»Natürlich willst du es wissen. Ich sag's dir. So ein Spitzel wird verglasert. Das machen die. Weißt nicht, was das heißt, gell?«

»Nein.«

»Dann will ich dir das auch noch erklären. Weil du's bist. Also, hör zu! Da fällt in so einer Kneipe doch immer wieder altes Glas an, wo einen Sprung hat oder wo der Henkel ab ist und so. Das wirft man nicht weg, das spart man sich auf, das tut man in eine Kiste. Kann man irgendwann brauchen. Und wozu kann man diesen alten Scherbenhaufen brauchen? Zum Vergläsern eben. Du weißt ja, wie es zur Zeit von unserem ehemaligen Heiland war, da hat man eine Ehebrecherin gesteinigt, kannst du in der Bibel nachlesen, und heute wird ein Spitzel vergläsert. So haben sich die Zeiten geändert. Man führt ihn hinaus in den Hof, und dann wird nach ihm mit Scherben geworfen, bis er keinen Mucks mehr macht. Das nennt man in der Kneipe drei Blocks von hier vergläsern.«

Auf dem Heimweg fragte ich Hung, warum er mir nicht geholfen habe. Wozu er denn eine Waffe bei sich trage? Es sei ja nichts passiert, sagte er, sah mich dabei aber nicht an.

An den Wochenenden, wenn niemand im Ministerium war, jedenfalls niemand, den wir bemerkten, schossen wir im Keller auf einen Papierkorb, bis nur mehr Fetzen von ihm übrig waren. Hung brachte mir bei, wie man richtig schießt, nämlich, indem man die Waffe mit beiden Händen hält, die Ellbogen durchstreckt und in eine leichte Grätsche und eine leichte Kniebeuge geht. Er sagte, wenn man schieße, egal auf was, dürfe man nie denken, es lebe. Man dürfe niemals – »Jamais!« – auf etwas Lebendiges schießen. Wer auf etwas Lebendiges schieße, verliere seine Seele. Deshalb müsse man, bevor man schieße, das Ziel im Kopf zu etwas Leblosem umbauen. – »Tu ne tueras point!« – Man müsse den Krieg meiden, aber wenn man ihn führe, dann gegen einen Feind, der bereits tot sei. Nur dann wisse man, man werde gewinnen.

»Sie müssen sich vorstellen«, führte Hung aus, »Sie leben weit in der Zukunft und blicken zurück. Sie leben in Frieden und blicken zurück. Wie Pol Pot in seinem Dschungel. Sie können sich kaum mehr daran erinnern, was damals geschehen war. Sie sind der Älteste hier. Sie haben alle überlebt. Die anderen sind tot. Sie arbeiten ein bisschen im Garten, in der Nacht betrachten Sie ein bisschen die Sterne, und zum Zeitvertreib schießen Sie ein bisschen auf Tote. Und wenn die Toten sich bewegen – na und? Wenn sie brüllen, Befehle geben, wenn sie rennen – na und? Sie schießen auf Schattenbilder. Sie schießen auf Erinnerungen. Auf seine eigenen Erinnerungen darf der Mensch schießen!«

Hung führte mich auch in die vietnamesische Sprache ein. Vietnamesisch zu lernen ist wie ein Musikinstrument zu lernen. Man muss üben und zuhören. Bei manchen Silben entscheidet die Tonhöhe über die Bedeutung. Es gibt bis zu sechs unterschiedliche Tonhöhen im Vietnamesischen, stellen Sie sich vor! Eigentlich wird diese Sprache nicht gesprochen, sondern gesungen. Im Vergleich zur Sprache seiner Heimat, meinte Hung, seien das Deutsche und das Französische rohe Mitteilungssysteme. Die Vietnamesen verfügten über die unterschiedlichsten Anreden, etwa der Eltern für ein Kind oder für die jüngeren Geschwister durch die älteren oder für die älteren Geschwister durch die jüngeren oder für eine unverheiratete Frau oder für eine Frau ab dreißig oder für eine Frau ab fünfzig oder für einen Mann ab fünfzig und so weiter.

Ich lernte in vier Monaten immerhin genug Vietnamesisch, um Hung die deutschen demokratischen Fernsehnachrichten in seine Sprache übersetzen zu können. Herbst war geworden, und südwestlich vom Kap der Guten Hoffnung hatten Israel und Südafrika gemeinsam eine Atombombe getestet, eine Gruppe von Studenten hatte in Teheran die US-Botschaft besetzt und die Mitarbeiter als Geiseln genommen, der Psychoanalytiker, Astrologe und Angstforscher Fritz Riemann, geboren in Chemnitz, inzwischen Karl-Marx-Stadt, war gestorben, und in der Berliner Wuhlheide war durch die Ministerin für Volksbildung, Genossin Margot Honecker, der Pionierpalast *Ernst Thälmann* eingeweiht worden – es war dies die 323. öffentliche Einrichtung in diesem Land (Straße, Platz, Denkmal, Schule, Stadion, Schwimmbad, Schießstand, Kanal, Elektrizitätswerk, Kaserne, Industriekombinat, Bibliothek, Lesezirkel und so weiter), die den Namen meines Großvaters trug.

6

Im Winter belegten Hung und ich gemeinsam einen Russischkurs. Jeden Dienstag-, Mittwoch- und Donnerstagabend ab 18:30 saßen wir in der Juristischen Hochschule in Potsdam zusammen mit zwanzig Männern und Frauen verschiedenen Alters und verschiedener Berufe in Schulbänken und büffelten unter dem Diktat von Magistra Galina Komarowa die Sprache unseres besten Freundes. In einem senffarbenen *Mosquitsch* 408, Baujahr 1968, chauffierte uns Hung hin und zurück.

Oh, das waren schöne Abende! Hung und ich lernten und bummelten, fragten einander ab oder philosophierten auf der Hinfahrt und Heimfahrt, versuchten, ohne Brett und Figuren, rein aus dem Kopf, Schach zu spielen, während er das Lenkrad in den Händen hielt, und versprachen, Freunde zu bleiben und uns nicht aus den Augen zu verlieren. Solche Sätze lassen sich in einer Sprache, die man nur wenig beherrscht, unbekümmerter sagen als in der eigenen.

Er: »Ich werde bald nach Vietnam zurückkehren. Я скоро вернется во Вьетнам. Werden Sie mich in meiner Heimat besuchen? Будете ли вы навестить меня в моем доме?«

Ich: »Wenn Sie es wünschen. Если вы этого хотите.«

Er: »Ich kann Ihnen einige Tricks beibringen. Я могу научить вас некоторым трюкам. Sie werden staunen. Вы будете поражены.«

Er sehe, sagte er, dass eine Sehnsucht in mir sei. »Que voulez-vous?«, fragte er.

»Je veux un corps de femme«, antwortete ich wahrheitsgemäß.

»Tout est en mon pouvoir«, sagte er. Alles stehe in seiner Macht.

Ich erzählte ihm von der freundlichen Diensthundführerin in Probstzella. Ich sagte, sie gehe mir nicht aus dem Sinn; nun schon seit einem Jahr gehe sie mir nicht aus dem Sinn. Ich sagte das einfach so dahin. Aus dem Grund, weil ich Hung nicht enttäuschen wollte. Hätte ich ihm geantwortet, er irre sich, in mir sei keine Sehnsucht, nicht die Spur davon, hätte er geglaubt, ich zweifle an seiner Menschenkenntnis, und wie ich ihn einschätzte, hielt er sich der höchsten fernöstlichen Empathie für fähig und hätte meinen Zweifel nicht als echt gelten lassen, sondern darin eine Mutwilligkeit gesehen, einen Ausdruck von Eifersucht womöglich, und im Pingpong hätte sich ein Missverständnis an das andere gereiht, schneller, als man es für möglich hält, bis wir zuletzt in Feindschaft geschieden wären. Ich wusste, ich durfte meine westlichen Grobschlächtigkeiten in diesem Land und gegenüber diesem an feiner Lebensart uns Europäern überlegenen Menschen nicht frei schießen lassen – wobei im konkreten Fall, dessen war ich mir natürlich bewusst, mit Grobschlächtigkeit die Wahrheit gemeint war. Nein, es stimmte nicht, dass mir die Diensthundführerin seit einem Jahr nicht mehr aus dem Sinn ging. Ich hatte sie vergessen. Sie war mir im Moment eingefallen. Aber da sie mir nun einmal eingefallen war, fiel mir auch ihr hübscher Hals ein, und fiel mir ein, dass sich ihre Oberlippe auf einer Seite etwas mehr spannte als auf der anderen, wenn sie lächelte, und dass sich auf ihrem Oberlid ein dünnes Fältchen bildete, wenn sie die Brauen hob, und der aufgenähte Hundekopf am Ärmel ihrer Uniform fiel mir auch wieder ein. Und plötzlich stand sie in meiner Einbildung so lebhaft vor mir, dass ich die Hand nach ihr ausstreckten hätte wollen.

Hung sagte, er werde sehen, was sich machen lässt. »Je vais voir ce que nous pouvons faire. Я посмотрю, что мы можем сделать.« Er sei dazu da, meine Wünsche zu erfüllen.

Am nächsten Tag fuhren wir nach dem Russischunterricht nicht nach Berlin zurück, sondern in die andere Richtung, nach Süden. Ein heftiger Wind blies und Schnee fiel, die Scheinwerfer des *Mosquitsch* waren vom Matsch so trüb, dass sie die nächtliche Fahrbahn nur wenig erleuchteten. Ich fragte Hung nicht, was er vorhabe, wohin wir unterwegs seien; mein Herz schlug, und ich versuchte, mich zu erinnern und zu vergleichen, ob es ähnlich aufgebracht war wie damals, als ich im Café *Altwien* in der Bäckerstraße auf Allegra gewartet hatte.

Wir fuhren über holprige Landstraßen, vorbei an halogenhellen Industriekombinaten und durch nur von Küchenlampen markierte Dörfer, durch die Stadt Wittenberg fuhren wir, über Felder, durch Wälder; mitten in der kahlen Nacht hielten wir an einer Ampel, die nach einer Viertelstunde grün wurde, ohne dass etwas geschehen wäre, an der Elbe entlang fuhren wir, bis wir, es war schon bald Mitternacht, in der kleinen Ortschaft Pretzsch ankamen.

Hung lenkte nicht in den Ort hinein, der still und dunkel vor uns lag, sondern bog auf einen Sandweg ab, der zu einem Gebäude führte, das im schwachen schwankenden Schein wie ein Schloss aussah. Dahinter erhob sich als eine himmelhohe schwarze Mauer ein Park. Hung schaltete das Licht ab und parkte den Wagen neben einer Hecke. Wir stiegen aus. Regen und Schnee fielen, böiger Wind schlug uns Nässe ins Gesicht, der Boden war glitschig. Hung holte aus dem Kofferraum Gummistiefel und Regencapes für uns beide und eine schwarze Ledertasche. Wir stapften durch den Wald, wobei er mich bat, dicht hinter ihm zu bleiben, er kenne den Weg. Er reichte mir seine freie Hand, und ich nahm sie, sie war trocken und warm und klein.

Nach einer Weile sahen wir vor uns einen Lichtschein. Wir hörten Hunde bellen. Ich müsse mich nicht fürchten, sagte Hung, der Wind blase in unsere Richtung, außerdem seien die Hunde mit Gehorchen beschäftigt und zu gehorchen sei für sie eine größere Lust als zu jagen. Wir hörten eine Stimme, es war eine Frauenstimme. Vor uns tat sich eine Lichtung auf, sie war von Scheinwerfern umstellt, die auf einen runden Platz gerichtet waren. Dort hockten Schäferhunde im Schneeregen, ich zählte fünfzehn. Vor ihnen ging eine Frau in Uniform auf und ab. In der einen Hand hielt sie eine Gerte, die andere steckte in einer dick wattierten Hülle, die bis zum Oberarm reichte. Über die Mütze auf ihrem Kopf war ein durchsichtiges Nylon gezogen. Sie rief einen Befehl, den ich nicht verstehen konnte. Einer der Hunde erhob sich und rannte auf sie zu. Bevor er sie erreichte und zum Sprung auf ihren gepolsterten Unterarm ansetzte, rief sie wieder einen Befehl, sofort hielt er inne und legte sich vor sie in den Schlamm. Und der nächste Hund kam an die Reihe.

Hung öffnete die Ledertasche und reichte mir ein Gerät, das er mir flüsternd als Nachtsichtgerät erklärte. Nun sah ich dicht vor mir die Diensthundführerin aus Probstzella. Ich sah die Schönheit ihres Halses, ihrer Oberlippe, ihres Augenlids und das Abzeichen auf ihrer Uniformjacke. Hung deutete mir an, er lasse mich für ein paar Minuten allein, dann aber müssten wir zurück.

Ich setzte mich auf den weichen Waldboden, kauerte mich in das Regencape und schaute. Ein Hund sah in meine Richtung und sah mir mitten ins Okular, so dass ich erschrak und meinte, er müsse mich bemerkt haben. Nachdem die Diensthundführerin einen nach dem anderen geprüft hatte, rief sie alle Hunde zu sich und streifte ihren Armschutz ab. Die Tiere drängten sich um sie, drückten die Köpfe gegen die durchnässte Uniform, jaulten und bellten und schnappten nach den kleinen Hundekuchen, die sie jedem einzelnen zuwarf, nachdem sie seinen Hals gekrault, über seinen Kopf gestreichelt, seine Flanke getätschelt hatte. Ich erinnerte mich, wie sie mit ihrem Sessel nach hinten gerutscht war, damit ihre Vorgesetzte Oberleutnant Stabenow von der Grenzbrigade 13 nicht in ihre Augen sehen konnte. Warum hatte sie das getan? Ich betrachtete das ebenmäßige, etwas breite Gesicht durch das Nachtsichtgerät, und es schien mir durchaus möglich, dass hier eine Angelegenheit war, die gut für mich ausgehen könnte.

Da stand Hung hinter mir und legte mir seine Hand auf die Schulter.

»Kann ich nicht zu ihr hinübergehen?«, flüsterte ich.

Er schüttelte den Kopf.

»Warum nicht?«

»Die Hunde würden Sie zerfleischen«, flüsterte er mir ins Ohr.

Ich merkte, dass er unruhig war. Er nahm mir das Nachtsichtgerät ab und zog mich mit sich fort. Als wir beim Auto angekommen waren, hörten wir die Hunde hinter uns bellen. Es war ein böses Bellen. Sie hatten Gehorchen geübt, nun wollten sie jagen.

7

Mein Leben verlor an Eindeutigkeit. Ich schlief schlecht, hatte keinen Appetit, verbog mitten auf der Straße meinen Körper, als hätte ich Bauchkrämpfe, und hielt keinen Fernsehfilm durch, und in der Nacht streifte ich als Löwe oder Bär durch meine Träume und richtete Blutbäder unter meinen Feinden an. Ich konnte mich nicht auf die russischen Vokabeln konzentrieren, nicht auf die kyrillische Schrift und nicht auf die russische Grammatik; sah keinen Sinn darin, in die Welt hinaus zu denken, wo mir schon jeder Schritt vor die Tür schwerfiel. Hung brachte mir fast jeden Tag etwas mit, das ich an die Wand hängen oder auf den Schreibtisch oder neben die Spüle stellen sollte, um meine Wohnung zu verschönern. Nachdem wir alle Menschen seien und in jedem Augenblick Mensch seien, müssten wir uns von Zeit zu

Zeit von den Menschen erholen, sagte er, und wenn es uns schon nicht gelänge, unser Denken vollständig auf die Dinge zu fokussieren, was bestimmt gesünder und interessanter wäre, sollten wir uns wenigstens mit einigen schönen Dingen umgeben. Ich nahm Schönheit offensichtlich nicht wahr. Er lud mich zu einem Konzert in das Haus am Gendarmenmarkt ein, Mendelssohn-Bartholdy und Schubert. Mir war zumute wie in einer leeren Schachtel. Ich saß auf dem mit Plüsch überzogenen Sitz, umgeben von Menschen, die zur Elite dieses Landes gehörten, in deren Gesichtern, deutlich wie auf Propagandaplakaten, geschrieben stand: Gebt uns Sinn, mehr Sinn, dreimal so viel Sinn! Niemand kannte mich, niemand erkannte mich. Ich war unglücklich und hatte Sehnsucht. Oder bildete ich mir ein, unglücklich zu sein und Sehnsucht zu haben? Alles war uneindeutig geworden.

Hung sagte wieder, er werde sehen, was sich machen lässt. »Je vais voir ce que nous pouvons faire. Я посмотрю, что мы можем сделать.« Schließlich sei er dazu da, meine Wünsche zu erfüllen. Aber ich müsse etwas Geduld haben.

»Geduld? Etwas Geduld muss ich haben?«, brach es aus mir heraus, und diesmal nahm ich keine Rücksicht auf irgendwelche fernöstlichen Empfindlichkeiten, und ob sich ein Missverständnis an das andere reihen könnte, war mir egal, ich wollte laut werden, selbst wenn wir am Ende in Feindschaft geschieden wären. »Ich habe Geduld! Seit einem Jahr habe ich Geduld! Bin ich denn auf der Welt, nur um zu warten? Warum fragt mich niemand mehr nach meiner Geschichte? Warum bin ich nicht längst Mitglied der Deutschen Demokratischen Republik? Ich bin das Kindeskind von Ernst Thälmann! Ist Ernst Thälmann in diesem Land in Ungnade gefallen? Zählt sein Name nicht mehr? War der Pionierpalast in Wuhlheide die letzte Würdigung, die ihm zuerkannt werden sollte? Warum bin ich zur Eröffnung nicht eingeladen worden? In meinen Adern fließt das Blut des Helden! Oder beschränkt sich das Andenken an meinen Großvater inzwischen auf ein rotes und ein blaues Kinderhalstuch? Braucht der Kommunismus keine Helden mehr? Marx? Weg! Engels? Weg! Lenin? Weg! Dserschinski? Wer ist Dserschinski? Lunatscharski? Wer ist Lunatscharski? Hat die Konterrevolution gesiegt, während Sie, Monsieur Nguyen, und ich Russisch lernten und seelenruhig am Prenzlauer Berg Bier tranken?«

Er werde sich erkundigen, sagte Hung und neigte den Kopf vor mir.

Am nächsten Tag meldete er, wobei er wieder mit gesenktem Kopf zu mir sprach, leise und ruhig, wie immer, Ernst Thälmann sei in der Deutschen Demokratischen Republik *nicht* in Ungnade gefallen, sein Andenken habe man *nicht* vergessen und es sei *nicht* beschränkt auf ein rotes oder blaues Kinderhalstuch. Der Pionierpalast in Wuhlheide sei *nicht* die letzte Würdigung für ihn gewesen, eine Brücke über die Unstrut in der Nähe von Laucha werde im kommenden Jahr eröffnet und auf den Namen Ernst Thälmanns getauft. Die Konterrevolution habe *nicht* gesiegt und ich sei – dies seine persönliche Meinung, gewiss aber auch die Meinung der Damen und Herren Genossen bis hinauf ins Politbüro – *nicht* auf der Welt, nur um zu warten. Selbstverständlich brauche der Kommunismus Helden, keine Rede könne davon sein, dass Marx, Engels, Lenin, Stalin, Dserschinski und Lunatscharski vergessen seien oder je vergessen werden könnten. Das Gleiche gelte für den Genossen Breschnew und – er erlaube sich hinzuzufügen – auch für den Genossen Ho Chi Minh. Bereits im Februar, also vor nun mehr als neun Monaten, sei eine Arbeitsgruppe innerhalb des Ministeriums für Staatssicherheit eingerichtet worden, die im Juli zu einer Kommission aufgewertet worden sei, die sich ausschließlich mit meinem Fall beschäftige, und im Oktober habe der Minister persönlich dieses Gremium seiner Obhut unterstellt und habe zur Eile gemahnt, damit, ehe Väterchen Frost komme, sämtliche Aspekte meines Falles geprüft seien, so dass ich vor Jahreswechsel der letzten Instanz gegenübergestellt werden könne, deren Urteil entscheide, ob ich Mitglied der Deutschen Demokratischen Republik würde oder nicht.

»Eine letzte Instanz?«, fragte ich. »Wer ist diese letzte Instanz?«

Hung hob den Kopf und sah mich zum ersten Mal an diesem Tag an, sein Blick war verständnisvoll misstrauisch. »Aber Herr Dr. Koch, können Sie sich das nicht denken?«

»Nein, ich kann es mir nicht denken!«

Hung lächelte, aber es war kein Lächeln.

»Warum lächeln Sie, Genosse Nguyen? Bitte sagen Sie mir, warum Sie lächeln! Und sagen Sie mir, wer die letzte Instanz ist!«

Hung lächelte und wischte einen Fussel von meinem Kragen und nickte wissend und rückte meinen Krawattenknopf exakt in die Mitte unterhalb meines Adamsapfels. »Alles wird wissenschaftlich untersucht«, sagte er. »Le sang parle à la fin. Кровь говорит в конце. Am Ende spricht das Blut.«

»Was heißt das wieder?«

»Ihr Kummer ist mein Kummer, Herr Dr. Koch«, sagte er. Er werde mich seinen Brüdern vorstellen. Die seien darauf spezialisiert, Dinge zu regeln. Es seien die tapfersten Männer. Sie seien vietnamesische Agenten in Kampuchea gewesen, als die Khmer Rouge den Satan spielten – »wie ihr Christen wohl sagen würdet«; sie hätten Pol Pot, dem größten Verräter des Marxismus/Leninismus, der je auf unserer Erde gelebt habe, in die Augen gesehen und ihn erkannt, obwohl Pol Pot sich als Bauer verkleidet habe, weil er unerkannt vor der vietnamesischen Armee in die Urwälder an der thailändischen Grenze fliehen wollte, eben nicht nur ein Verräter, sondern auch ein Dieb, denn er habe die Seele eines anderen gestohlen, und das sei das widerwärtigste Verbrechen, das sich denken lässt … – Die Tränen liefen über sein Gesicht. Ich fragte, ob es echte Tränen seien. Ich hatte in einem der Geographiehefte gelesen, das vietnamesische Volk habe auf hundert Jahre hinaus keine Tränen mehr. Er schüttelte den Kopf. Nein, es seien natürlich keine echten Tränen. Es seien meine Tränen. Die Liebe und die Lüge schlügen die schmerzhaftesten Wunden. Er wisse, was in mir vorgehe. »Tôi nhìn vào trái tim của bạn.«

Am nächsten Tag, früh am Morgen, es war der Sonntag vor Weihnachten, Schnee lag über der Stadt, die Sonne warf violette Schatten, es war sehr kalt, klopfte es an meiner Tür, und draußen standen Hung und seine Brüder.

Sie schüttelten meine Hand, boten mir Konfekt an und gaben mir Feuer aus bunten Feuerzeugen, lachten lautlos wie Mao Tse-tung auf den Fotografien aus der Zeit des Langen Marsches, die ich in einem anderen geographischen Heft gesehen hatte. Sie hatten keine Ähnlichkeit mit meinem Diener, der schlank, fast zierlich war, während sie, wie ich an ihren Hälsen sehen konnte, mit Muskeln bepackt waren. Die Haut ihres Gesichts schien aus einem anderen Material als Fleisch zu bestehen. Beide waren sie bewaffnet, sie knöpften ihre Mäntel auf und ihre Jacketts und zeigten mir die Knäufe in den Halftern unter ihren

Achseln, die nicht anders aussahen als der Knauf im Halfter ihres Bruders Hung.

Hung sagte, seine Brüder hätten alles in meinem Sinn organisiert, sie seien glücklich, mir einen Gefallen tun zu dürfen.

»Was haben sie organisiert?«, fragte ich.

Wir fuhren im *Mosquitsch*, Hung lenkte, ich saß neben ihm, die Brüder saßen hinten. Ich sah ihre Gesichter im Rückspiegel. Ich hätte nicht sagen können, wer der ältere und wer der jüngere war, welcher beinahe den Massenmörder erschossen und welcher des Bruders Seele gerettet hatte. Irgendwann hielt Hung den Wagen an, und einer der beiden stieg aus. Wir fuhren weiter, und nach einer Weile stieg auch der andere Bruder aus. Wir fuhren weiter, und wieder nach einer Weile parkte Hung den Wagen neben einem Maschendrahtzaun, hinter dem die Reste eines abgerissenen Gebäudes lagen, Betonplatten, aus denen Wehreisen ragten, übrig gebliebene Mauern, Schutthaufen, nach Material getrennt. Hung ließ den Motor laufen, wir warteten im Auto. Er wisse nicht, wie lange es dauern werde, sagte er. Man wisse nicht, wo sie übernachtet habe, es bestünden zwei Möglichkeiten, einmal übernachte sie hier, einmal dort. Ein Bruder stehe vor dem einen Haus, der andere vor dem anderen. Sobald sie auftauche, melde sich entweder der eine Bruder oder der andere.

»Sobald wer auftaucht?«, fragte ich.

Hung antwortete nicht.

Ich schätzte, etwa zwei Stunden saßen wir im Auto bei laufendem Motor. Die Brüder hatten Sprechfunkgeräte, über die sie sich mit Hung verständigten. Auf Vietnamesisch. Ich verstand kein Wort. Alle paar Minuten meldeten sie sich.

Endlich sagte Hung: »Ich erfahre gerade, sie hat das Objekt Nummer 1 verlassen.«

Er legte den Gang ein und fuhr los.

»Wer?«, fragte ich. »Wer hat das Objekt Nummer 1 verlassen?«

»Ich erfahre gerade, sie geht auf dem Trottoir der Brogmannstraße in Richtung Thürnagelstraße. Sie hat es nicht eilig. Wir werden rechtzeitig dort sein.«

»Wer geht?«, fragte ich. »Wer hat es nicht eilig?«

Nach wenigen Minuten hielten wir wieder an.

»Wir warten, ob sie abbiegt«, sagte Hung.

»Wer! Bitte, wer!«

»Wenn sie nicht abbiegt, bekommen wir eine Meldung. Wenn sie abbiegt, müssen wir ein Stück fahren. Aber sie wird nicht abbiegen, sagt mein Bruder.«

Wieder knatterte die Stimme eines der Brüder aus dem Walkie-Talkie. »Sie ist nicht abgebogen«, übersetzte Hung. »Also los!« Er beugte sich über mich und öffnete die Wagentür auf meiner Seite. »Gehen Sie geradeaus, dann treffen Sie auf sie. Wir schätzen etwa zwanzig Meter nach der Kreuzung Parrisiusstraße wird es sein. Bonne chance!«

Ich ging geradeaus, und nach wenigen Minuten sah ich sie.

Sie trug einen hellen Mantel mit Kapuze und hohe Stiefel und Handschuhe mit Norwegermuster. Wir erkannten einander im gleichen Moment.

»Ich habe mit großer Wahrscheinlichkeit damit gerechnet, dass ich Sie hier treffe«, sagte ich.

»Woher wussten Sie das?«, fragte sie, aber natürlich erwartete sie keine Antwort. Ich an ihrer Stelle hätte gedacht: Er möchte charmant sein und drückt sich dabei ungeschickt aus, und meine Ungeschicktheit wäre mir noch charmanter vorgekommen. Ich an ihrer Stelle wäre gerührt gewesen. Ich sah ihr an, dass sie gerührt war. Hätte ich charmant sein wollen, ich hätte mich für Ungeschicktheit entschieden und unser Gespräch mit ebendiesem Satz begonnen. So habe ich ihn gesagt, weil ich mir vorgenommen hatte, diese Frau nicht anzulügen. Ich spürte mit Sorge, Stolz, Erstaunen, Trauer und Freude, dass ich im Begriff war, ein neuer Mann zu werden. Jemanden niemals anlügen zu wollen, auf diesen Gedanken war ich bisher nicht gekommen – jedenfalls nicht, dass ich wüsste.

Sie hieß Elsbeth Kramer. Nach ihrer Ausbildung zur Diensthundführerin bei den Grenztruppen hatte sie neben ihrer Arbeit begonnen, in Berlin Jura zu studieren. Deshalb sei sie mit ihren Prüfungen und Seminaren so spät dran und mit Ende zwanzig immer noch ohne ihren Doktor. Sie wolle Richterin werden. Sie wohnte bei ihren Eltern, das sei einfacher und billiger. Sie sei kein bisschen erstaunt, mich auf der Straße zu treffen. Nicht dass sie – wie ich – gewusst hätte, mich zu treffen, habe sie dennoch fest daran geglaubt, dass sie mir eines Tages wiederbegegnen würde. Berlin sei kleiner als die Welt, das sei bewiesen. Ein wunderbarer Zufall sei es dennoch.

»Was für ein wunderbarer Zufall!«

Wir spazierten durch die Straßen und Alleen bis hinunter zum Müggelsee, und als wir dort ankamen, hatte sie mir ihr Leben erzählt. Der See war zugefroren, Kinder ließen Steine über das Eis flitzen, die Väter brachen Steine aus dem hart gefrorenen Ufer. Elsbeth Kramer wich nicht zurück, als ich sie küsste. Deshalb beschloss ich, keine Geduld mehr zu haben, und fragte sie, ob sie meine Frau werden wolle.

Sie sagte ja.

8

Viele ihrer freien Stunden nützten wir, um spazieren zu gehen, mit Vorliebe am Ufer des Müggelsees; wir liefen wie Teenager, uns an der Hand haltend, durch den Spreetunnel zur Kämmereiheide und wieder zurück in den Park, frische Luft und Licht und Erdduft, wenn es in der Sonne taute, der tiefe Atem, das befriedigende Spannen in den Muskeln von Oberschenkeln und Waden. Die Platanen liebe sie besonders, sagte sie, diesbezüglich halte sie es mit meiner Großmutter – und nicht nur diesbezüglich, viele Gemeinsamkeiten habe sie entdeckt. Sie fuhr mit der Hand über den fleckigen Stamm, zupfte die feinen Schichten der Rinde mit ihren Fingernägeln ab. Ja, es sehe tatsächlich so aus, als ob die Natur Selbstmord begehe, sagte sie. (Wieder dachte ich – wie schon als Neunjähriger –, was für ein blöder Gedanke das sei, und ich warf mir vor, ihn unter die Leute dieses Landes gebracht zu haben, immerhin war ein gutes Dutzend Tonbänder mit meiner Erzählung im Umlauf.) Die Geschichte von Helena Ortmann und Ernst Thälmann habe sie tief getroffen, sagte sie. Sie bewundere meine Großmutter. Sie gebe zu, sie habe unerlaubterweise meine Erzählung auf ihren Kassettenrekorder überspielt (ein gutes Dutzend plus eins). Sie habe nicht gewusst, dass der größte Held der Deutschen Demokratischen Republik ein komischer Mann gewesen sei, das beruhige sie so ungemein, das könne ich mir gar nicht vorstellen, das ganze Land sollte das wissen, es wäre eine solche Erleichterung. Weil eigentlich sei es ein blöder Gedanke, dass die Natur Selbstmord begehe; wenn jedoch ein Clown das sage, bekomme dieser Gedanke eine dialektische Bedeutung. (Das könnte sein!) Sie habe sich immer einen komischen Mann gewünscht. Es tue ihr so leid, dass der Kommunismus noch nicht voll und ganz verwirklicht sei und dass es nach Einschätzung nicht nur der Genossen vom Politbüro der SED, sondern auch der Genossen vom Politbüro der KPdSU länger dauere, als bisher angenommen, zwischen 1980 und dem Jahr 2000.

»Darf ich dich etwas fragen?«, sagte sie.

»Was denn?«

»Aber lach mich nicht aus!«

»Ein Clown lacht aber.«

»Er lacht nicht, er bringt zum Lachen. Das ist ein Unterschied.«

»Sag doch!«

»Es ist mir peinlich.«

»Sag's einfach!«

»Du darfst mich dabei aber nicht anschauen.«

»Ich drück die Augen zu.«

»Und dreh dich weg.«

»Also?«

»Würde es dich stören, wenn du mir einen Kosenamen gibst?«

»Gar nicht. Soll ich mir einen ausdenken?«

»Nein, du sollst dir keinen ausdenken. Würde es dich stören, wenn du mich nennst, wie Ernst Thälmann deine Großmutter genannt hat?«

»Nelke?«

»Ja, Nelke.«

Elsbeth erzählte mir von ihren Eltern, von ihren beiden Brüdern, die Soldaten waren wie sie, erzählte, dass der jüngere mit einer Hasenscharte zur Welt gekommen sei, die man ihm operiert habe, unter seinem Schnauzbart sehe man rein gar nichts, und der leichte Sprachfehler wirke drollig, sein Sohn, ihr Neffe, vier inzwischen, habe den gleichen Sprachfehler, obwohl keine Hasenscharte. Von Liebhabern oder Beziehungen, die sie gehabt hatte, erzählte sie nichts.

Ich fühlte mich sehr wohl. Weil alles Bedeutung war, hatte nichts Bedeutung – ich meine: nichts Einzelnes. Der Mensch war nicht angehalten, etwas Bedeutendes zu tun; sein Leben war auch lebenswert, ohne dass er ihm Bedeutung gab. Man stelle sich diese Erleichterung vor! Weil die Zukunft wissenschaftlich garantiert war wie der Wärmetod des Universums als Endprodukt der Entropie, durfte man sich getrost in die Gegenwart zurücklehnen. *Man war einfach!* Und alles war irgendwie wurscht. Allerdings wollte mir nicht aus dem Kopf, was Hung, wahrscheinlich unbedacht, herausgerutscht war, als wir im *Mosquitsch* gesessen und auf die Direktiven seiner Brüder gewartet hatten, nämlich: dass es zwei Objekte gebe, die als Elsbeths Übernachtungsstätten in Frage kämen, die Wohnung ihrer Eltern – und? Wie hätte ich Elsbeth danach fragen sollen, ohne unseren »wunderbaren Zufall« zu entzaubern? Sie sprach so gern von diesem »wunderbaren Zufall«, und wie sie dabei ihre Oberlippe hob und, begleitet von einem leeren Blick, noch wenige Sekunden, nachdem die beiden Worte ausgesprochen waren, oben behielt, daraus wollte ich schließen, der Zufall sei für sie etwas Ähnliches wie für mich der Gott, zuständig nicht nur für die Erschaffung der Welt, sondern auch für die Details darin, mit dem traurigen Unterschied eben, dass sich mit dem Zufall kein Disput führen lässt, mit dem Gott aber schon.

Das Wort »wunderbar« irritierte mich. Gegen den »Zufall« hatte ich nichts. In Elsbeths Welt war der Zufall die Normalität. Und nichts anderes als Normalität wollte ich für Elsbeth sein. Nicht Wunder, ja nicht Wunder! Allmählich hässlich werden wollte ich mit ihr an ihrer Seite, Bierbauch und Moos ansetzen und ohne Ambition und Ehrgeiz und ohne eigene Bedeutung in einem Meer von Bedeutung und Bestimmung treiben – und irgendwann ade! Um einen solchen Entschluss zu fassen, braucht man sich nicht länger zu kennen als ein paar Tage.

Schließlich gab ich mir einen Ruck und fragte Hung nach dem ominösen Objekt 2.

»Es ist die Wohnung ihres Freundes«, antwortete er, ohne zu zögern, als teilte er mir nichts Unerwartetes mit – was auch der Fall war.

»Sie hat einen Freund?«, fragte ich dennoch.

»Ja.«

»Liebt sie ihn?«

»Ein bisschen.«

»Warum will sie *mich* heiraten?«

»Weil er sie nie gefragt hat.«

Seit Elsbeth öfter in meiner Wohnung im Ministerium für Staatssicherheit übernachtete (wofür mir Hung eine vom Minister persönlich unterschriebene Genehmigung besorgte), hatte sich der Kontakt zu meinem Diener, Finanzier und Freund nicht reduziert, aber mehr auf die Vormittage und Nachmittage verschoben, wenn sie bei ihrer Arbeit war. Hung und ich besuchten nicht mehr die Kneipe am Prenzlauer Berg, um dort Bier zu trinken und die Gäste zu verwirren. Ich wusste nicht, wie er nun die Abende verbrachte. Zusammen mit seinen Brüdern?

Erst hatte ich ein schlechtes Gewissen – das ist ja alles andere als vornehm, wenn man seine Geliebte bespitzeln lässt –, dann aber war ich froh, es kam nämlich nichts heraus. Elsbeths ehemaliger Liebhaber war ein Oberwachtmeister bei der Volkspolizei, der immer wieder unter Depressionen litt und tagelang kein Wort von sich gab. Darunter, meldete mir Hung, habe Elsbeth sehr gelitten. Schließlich zu viel gelitten. Sie hatte die Beziehung zu ihm abgebrochen, gerade einen Tag bevor unser »wunderbarer Zufall« geschehen war – womöglich deshalb auch ein so wunderbarer Zufall.

»Wie hat sie es gemacht?«, fragte ich Hung.

»Unkompliziert. Sie hat einfach zu ihm gesagt: Ich will nicht mehr.«

»Und er?«

»Er hat es akzeptiert.«

Elsbeth fand es gemütlich, wenn wir uns ins Bett kuschelten und den Fernseher einschalteten. Dabei war ihr nicht wichtig, was lief, sie hatte es einfach gern, wenn noch andere Stimmen im Raum waren. Und gern duschte sie sich ausgiebig. Bei ihr zu Hause reiche eine Wasserladung gerade für einen halben Menschen. Sie wollte den Wolfsgeruch aus der Haut kriegen. Das leiste die Seife des Ministeriums für Staatssicherheit besser, sagte sie. Ihre Sexualität war unkompliziert. Am schönsten in meiner Wohnung fand sie die Dinge, die mir Hung geschenkt hatte – eine Vase, eine Buchstütze, eine afrikanische Maske.

»Warum eine Vase, wenn keine Blumen darin stehen«, sagte sie. »Warum eine Buchstütze ohne ein Buch, warum eine Maske, wenn nichts darum herumhängt!«

Sie besorgte Blumen und Bilderrahmen, plünderte die geographischen Hefte im Gästeraum, machte es wie meine Großmutter in der kleinen Wohnung im Stadtteil Samoskworetschje in Moskau 1924. Sie brachte auch einige Bücher mit – *Der Graf von Monte Christo*, *Anna Karenina* und *Der stille Don* von Michail Scholochow. Ich sagte, aller berechenbarer Wahrscheinlichkeit nach würden wir nicht mehr lange hier wohnen, es rentiere sich nicht, etwas hübsch aussehen zu lassen.

Sie nahm mein Gesicht zwischen ihre Hände, ähnlich, wie es Allegra oft getan hatte, indem sie die Finger abspreizte und die Handflächen so fest auf meine Wangen presste, dass sich meine Lippen zu einem Schnabel verformten. »Ich verstehe dich nicht«, sagte sie in ihrem Berliner Dialekt, der zu ihrem Mund, zu ihrer Nase, ihrer Stirn, den Augen, den Ohren, zu allem an ihr passte, als wäre sie der Prototyp dieser Tonart. »Du bist der bestangezogene Mann, der mir je untergekommen ist, der bestangezogene und der bestaussehende und der bestriechende. Diese Goldpunkte auf deiner Stirn, schau doch, aber du kannst sie ja nicht sehen. Es würde sich schon rentieren, dich zu nehmen, bloß um mit dir anzugeben. Aber es existiert auch eine Schönheit außerhalb von dir.«

»Ja«, sagte ich, »du.«

Das hat ihr gefallen. Ich erzählte Hung davon und fragte ihn nach seiner Meinung. Er sagte, er beobachte an mir eine gewisse Vereinfachung, die er bedauere, umso mehr, als er befürchte, dass ich ebendiese anstrebe; wo mein Interesse an der Philosophie geblieben sei; im Übrigen nehme er an, es habe ihr tatsächlich gefallen.

»Aber sicher sind Sie sich nicht.«

»Nein, sicher bin ich mir nicht. Wenn Sie es wünschen, werde ich es herausbekommen.«

»Ich wünsche es«, sagte ich.

Es hatte ihr gefallen.

Ich würde gern näher auf unseren unkomplizierten Sex eingehen, aber ich habe Hemmungen. Nicht moralischer Natur sind sie – ha, was für eine gelungene Kombination: Moral und Natur! Ich fürchte auch nicht, geschmacklos zu werden. Es ist nur, weil Sebastian einmal zu mir sagte, es gebe für einen Schriftsteller kein schwierigeres Thema als Sex. Liebe sei ein Klacks dagegen. Sex lasse sich wahrheitsgemäß nicht beschreiben.

9

Nach Neujahr 1980, an einem Sonntag, holten mich zwei Männer aus meiner Wohnung im MfS ab. Nguyen Quoc Hung und seine Brüder waren ausgerechnet zu dieser Stunde nicht bei mir. Die Männer stellten sich nicht vor, sie packten mich an den Oberarmen, einer rechts, einer links, zogen, halb hoben mich durch die Gänge des Ministeriums nach draußen, legten eine Hand auf meinen Kopf und schoben mich auf den Rücksitz eines *Barkas'*, dessen Scheiben von außen mit Reklameschildern verklebt waren. Sie verrieten mir nicht, wohin sie mich brachten, und nicht, wer mit mir sprechen wolle oder ob überhaupt jemand mit mir sprechen wolle. Wenn ich fragte, sagten sie, ich solle das Maul halten. Ich schloss nicht aus, dass ich erschossen werden sollte. Oder gefoltert wie mein Großvater. Ich konnte mir zwar nicht vorstellen, dass ich auf allen vieren um einen Schreibtisch kriechen und dabei wie ein Hund bellen würde, aber was weiß man, wozu man fähig ist, wenn etwas sehr weh tut? Ich hoffte, man würde mir nicht in die Kniescheibe bohren. Solche Methoden der Wahrheitsfindung waren aber eher in Ungarn, Rumänien und Bulgarien üblich, wie ich von Major Hajós wusste.

Als ich in dem Lieferwagen saß, vor mir die Hinterköpfe der deutschen Kollegen von Major Hajós, erinnerte ich mich an ihn und an unsere Zugfahrt nach Oostende. Ich war neun Jahre alt gewesen, als er, der in der ÁVH der »Marder« genannt worden war, mich in die Details seines ehemaligen Berufs eingeführt hatte – während wir an diesem herrlichen Julimorgen auf die Mosel schauten und auf die Weinberge, zwischen denen sie dahinfloss. Ich gebe zu, die Technik des Quälens hatte mich interessiert. Im Idealfall, so hatte Major Hajós referiert, sollte sich zwischen dem Verhörten und dem Verhörungsbeamten eine an der Sache interessierte Beziehung entwickeln; als ob sich zwei Historiker über zwei historische Gestalten unterhielten, so sollte es sein. Bei den Moskauer Prozessen gegen Sinowjew, Kamenew, Bucharin, Radek und die anderen, das wisse er schon, sei immer wieder genau diese als Ideal gepriesene gelassene, quasi wissenschaftliche, diese geradezu geschäftsmäßige Atmosphäre gelobt worden, auch vom Ausland; aber das sei eben der Prozess gewesen, der Prozess, das Endprodukt. Die Verhöre des Generalstaatsanwalts Wyschinski seien ja auch nur sogenannte Verhöre gewesen; die eigentlichen Verhöre hätten nicht im ehrwürdigen Oktobersaal des Gewerkschaftshauses stattgefunden, sondern in den Kellern der Lubjanka. Vor Gericht habe sich ein Sinowjew durchaus gesittet benommen und in unaufgeregten Sätzen seine Schuld eingestanden, während sich derselbe über Wochen vorher bei den Verhören gegenüber den Genossen des NKWD wie die Sau aufgeführt habe, unwürdig, einfach unwürdig, sich auf den Boden geworfen habe und auf allen vieren um den Schreibtisch gekrochen sei, dieser fette Jude, und um sein Leben gebettelt und am Ende *Höre Israel, unser Gott ist der einzige Gott* angestimmt habe, einfach geschmacklos, lächerlich, zum Lachen eben – weswegen Stalin ja auch fast gestorben sei vor Lachen, als ihm sein Leibgardist, der begnadete Parodist Karl Wiktorowitsch Pauker, die Szene vorgespielt habe.

Die Fenster im Fond des Wagens waren durch die Reklameaufkleber verdunkelt, so dass ich draußen nur Schemen wahrnehmen konnte. Wir fuhren nach Potsdam an die Akademie für Rechts- und Staatswissenschaften – eben dorthin, wo Hung und ich unsere Russischkurse nahmen. Bevor wir ausstiegen, wurden mir Handschellen angelegt und ein schwarzer Jutesack über meinen Kopf gezogen.

Im Untergeschoss des Gebäudes erwartete uns eine Frau. Sie sagte, es sei übertrieben, mir einen Sack über den Kopf zu ziehen, Handschellen und eine dezente Augenbinde wären Pflichterfüllung genug gewesen, ihrer Meinung nach hätte man überhaupt auf all diesen Zierat verzichten können. Sie befreite mich und schickte die Männer hinaus.

Ich war mit ihr allein. Mit ihr und dem obligaten Tonbandgerät. Diesmal nur zu »protokollarischen Zwecken«.

Auch sie nannte mir ihren Namen nicht. Sie hatte schwarzes Haar, streng nach hinten gekämmt und im Nacken zu einem Knoten gespannt. Markant waren ihre Augen, schwarz unter dicken Balken schwarzer Brauen. Sie trug ein schwarzes Kostüm, darunter ein Männerhemd mit einer schmalen schwarzen Krawatte. Sie wies mir den Sessel auf der anderen Seite ihres Schreibtischs zu. Auf ihrer Oberlippe schimmerte ein blauschwarzer Flaum.

»Sie sind also der Enkel.«

Ich antwortete nicht.
»Der angebliche Enkel.«
Ich antwortete nicht.
»Ernst-Thälmann Koch also.«
Ich sagte nichts.
»Doktor der Theologie.«
Ich antwortete wieder nicht.
»Die Tatsache, dass Thälmanns Enkel ein Theologe ist, hat uns sehr verwundert – wenn es denn eine Tatsache ist. Aber zugegeben: In der Theologie liegt viel Interessantes.«

Auch dazu sagte ich nichts. Ich war gekränkt wegen der Behandlung, die dem Nachfahren des größten Helden der DDR widerfahren war; das heißt, ich schätzte meine Lage so ein, dass es für mich günstig wäre, gekränkt zu wirken.

»Ich verstehe Sie«, sagte sie prompt. »Wäre ich Thälmanns Enkelin, würde ich mich wie Sie über meine Fragen empören.«

Sie wartete eine Weile, nickte mir aufmunternd zu, und als von meiner Seite nichts kam, redete sie mit ihrer angenehm tiefen, vertrauenerweckenden Stimme weiter.

Die meisten, die auf meinem Sessel säßen, würden nicht mehr aufhören wollen zu reden. Das habe sie nie verstanden. Ob ich das verstünde?

Ich sah sie an. Sagte nichts.

Sie sei dankbar, dass ich schwiege. Das meine sie ohne Ironie. Das zeichne mich aus. Das Individuum in Panik verwechsle sich gern mit dem Gemeinwesen und dessen Bedeutung. Es gebe nichts Peinlicheres, als jemandem zuzuhören, der glaube, er müsse um sein Leben reden. Jeder Verdächtige eine Scheherazade! Wo käme man hin! Als ob der Staat für jeden tausendundeine Nacht zur Verfügung hätte! Soll sich einmal einer ausrechnen, welche Masse an Zeit bei sechzehneinhalb Millionen Einwohnern zusammenkomme! Aber um von meinem Fall zu sprechen, deswegen sei ich schließlich hierhergebracht worden: Sie habe also meine Geschichte gehört, sechzehn Mal sogar. Fazit: Sie glaube mir nicht. Was die anderen – sie suchte auf ihrem Schreibtisch nach einem Papier, fand es, setzte ihre Brille auf und las herunter – (ich zitiere wörtlich aus der Abschrift des Tonbandprotokolls) »namentlich die Genossin Oberleutnant Erika Stabenow von der Grenzbrigade 13, die Genossin Hannelore Fischer, Stellvertreterin des Ersten Sekretärs der SED-Bezirksleitung von Erfurt, die Genossen Frank Eisenhuth und Helmut Müller vom Wachregiment *Feliks Dzierzynski*, die Genossin Erika Geyer-Herrnstadt, Gattin von Generalmajor Walfried Geyer, Chef der Militärakademie *Friedrich Engels*, die Genossin Gudrun Ernst, Büroleiterin des Politbüros des ZKs der SED, der Genosse Horst Heinrich Laube, Leiter der Hauptabteilung VI des MfS, und dessen Gattin Vera Laube, Leiterin des Restaurants *Zille Stube* im Interhotel Stadt Berlin, die Genossen Gert Jobst, Werner Jarowsky und Henning Babel von den Ministerien für Justiz, Wissenschaft und Technik sowie Kultur, weiters die Genossinnen Martha Liebenau, Esther Raab und Margarethe Scheer vom Außenministerium, vom Finanzministerium und vom Ministerium der bewaffneten Organe, die Genossen Günter Schabowski, Chefredakteur der Tageszeitung *Neues Deutschland*, Karl-Eduard von Schnitzler, Kommentator und Moderator der Fernsehsendung *Der schwarze Kanal*, Gregor Lenz, Religionsphilosoph mit einem Lehrstuhl für Marxismus-Leninismus an der Ernst-Moritz-Arndt-Universität Greifswald, und schließlich die Genossin Gretel Bertuleit, stellvertretende Vorsitzende des Ministerrats und als solche zuständig für Fragen des Bildungswesens, die darum gebeten hatte, anonym zu bleiben, was aber abgelehnt wurde, weil in diesem Falle keine Rücksicht auf Zickigkeiten genommen werden dürfe, wo es, wie im engsten Kreis der Mitglieder des Politbüros diskutiert und definiert wurde, um nichts Geringeres gehe als um die revolutionäre Idee der Errichtung einer sozialistischen Transzendenz, oder radikaler ausgedrückt: um eine kommunistische Metaphysik, aber ich verrate wohl etwas, was ich nicht verraten darf, pst, pst!« (Ende des Zitats) – also nochmals: was die aufgeführten Genossinnen und Genossen als ein Indiz für die Wahrheit meiner Geschichte werteten, nämlich, dass sich die verschiedenen Versionen höchstens durch verschieden lange Pausen und Husten hier und Schniefen dort, Wassertrinken an dieser Stelle, Zigarettenanzünden an jener unterschieden, das sei für sie nachgerade der Beweis dafür, dass ich lüge. Wobei sie klarstellen wolle, dass sie nicht zu jenen gehöre, die der Wahrheit einen übertriebenen Stellenwert einräumten. Was Wahrheit genannt werde und was Lüge, unterscheide den, der Macht habe, von dem, der keine habe – in der Welt, im Staat, im Betrieb, in der Familie, im Bett. Wahre Macht gebiete über Tod und Leben. Man müsse Verständnis dafür haben, dass niemand tot sein möchte, wenn es sich vermeiden lasse.

Ich sagte auch dazu nichts.

Sie wartete, nickte mir wieder aufmunternd zu und war zufrieden, dass ich nichts sagte.

Ich sei ohne Zweifel ein exzellenter Menschenkenner, aber eben nicht exzellent genug, um sie zu täuschen. Von den feinen Fäden, die sich zwischen den Menschen spinnen, von alleine spinnen, ohne irgendein Zutun von außen, von diesen Fäden hätte ich keine Ahnung. Keine Ahnung hätte ich von der Physik der Seelen. Aber sie habe davon Ahnung, das dürfe ich ihr glauben.

Ob sie die letzte Instanz sei, fragte ich.

»Nein, um Himmelchristi willen, die bin ich nicht«, antwortete sie. »Ich bin die Advocata Diaboli. Sie sind hier sozusagen in der Hölle. In meinem Büro gibt es keine Fenster. Die Beleuchtung stammt von Diaprojektoren. Ich betrachte den ganzen Tag und oft noch die halbe Nacht hindurch Gesichter und suche in ihnen nach Spuren von Schuld. Draußen dreht sich währenddessen die Welt weiter – jawohl, sie dreht sich, und damit dies nicht angezweifelt und der Mensch nicht erneut in die Unmündigkeit gezwungen wird, hat der Weltgeist nach dem großen Genossen Galileo Galilei einige kleinere wie mich auf die Erde gesandt. Der Mann fährt mit der Straßenbahn, die Frau stopft Wäsche in die Waschmaschine, das Kind borgt sich von der Freundin ein Fahrrad aus. Nichts von all dem wäre möglich ohne das Gesetz. Aber das Gesetz – das wollen die Menschen draußen nicht wahrhaben –, das Gesetz beruht auf der Kenntnis der Schuld und auf nichts anderem. Aus der Krümmung eines Barthaares ziehe ich meine Schlüsse. Ich vermesse die Pupillen und setze sie in ein Verhältnis zur Höhe der Oberlippe. Ich decke den Mund ab und studiere die Augen, ich decke die Augen ab und studiere den Mund. So komme ich der Lüge auf die Schliche, ohne dass ich gleich die komplette Wahrheit kennen muss. Ich habe Zugriff auf das umfangreichste Archiv von Gerüchen. Eine riesige Halle, Regal an Regal und in jedem Regal ein Einweckglas neben dem anderen und in jedem Einweckglas ein einsamer Handschuh, aus einer Kneipe geklaut, oder eine Mütze, ebenfalls aus einer Kneipe geklaut, meistens aber schlichte graue Tüchlein, vollgefurzt oder nicht, hinten riecht der Mensch eben am deutlichsten. Was denken Sie, worauf Sie gerade sitzen? Schauen Sie ruhig nach! Ich habe nichts dagegen. Sehen Sie: ein schlichtes graues Tüchlein. Nach unserem Gespräch werde ich es mit einer sterilen Zange vom Sitz lösen und in einem Einweckglas luftdicht verschließen. Noch nach Jahren werden unsere Spezialhunde, die von unseren Spezialausbildern und Spezialausbilderinnen ausgebildet werden, Sie unter Tausenden erkennen. Vierzig Millionen Karteikarten stehen mir zur Verfügung, das ist nicht nichts, denke ich. Ich brauche die Menschen nicht zu verstehen, es genügt mir, wenn ich sie bezeichnen kann: Faschisten und Nazis, Schwarzhemden und Braunhemden, Revanchisten und Reaktionäre, Adelige, Grundherren, Kapitalisten, Burshui und Petrinisten, Kulaken und Spekulanten, Imperialisten und Zionisten, Provokateure und amerikanische Spione, Dekadente und Diversante, Zeugen Jehovas, muslimische Terroristen, Bakunisten, Liberale, Blutsauger, Parasiten, Saboteure, Weißgardisten, Trotzkisten, Halbtrotzkisten, Vierteltrotzkisten, Achteltrotzkisten, Schwarzhunderte, Katholiken, Protestanten, Banditen, Beatniks, Rocker, Aufwiegler, Pogromisten, Relativisten und Hedonisten, Hooligans und arbeitsscheue Elemente, korrupte Elemente und Konterrevolutionäre, Neinsüchtige, Linksradikale, Doppelzüngler, kleinbürgerliche Anarchisten, hinterhältige Syndikalisten, Revisionisten und Renegaten, Formalisten und hetzerische ideologische Abweichler und selbstverliebte selbstzufriedene Bürokraten, arrogant bürgerliche Intellektuelle, wurzellose Kosmopoliten, Ärzte als Saboteure, Ärzte als Mörder, Unkraut und sozialer Müll, Abschaum, der einem den hehren Entwurf verdirbt, stumpfsinnige Steinärsche und sonstige Schädlinge, Volksfeinde und Ehemalige und vor allem Individualisten, die umherschweifen, feig, gelangweilt, verleumderisch wie ein brüllender Löwe, der sucht, wen er verschlingen könnte – plus all deren Angehörige. Und es gibt Unschuldige. Für die meisten bin ich die Stradivari unter den Arschgeigen. So what! Wie die amerikanischen Genossen sagen. Wenn ich den Daumen nach oben richte, Herr Dr. Koch, oder wie immer Sie heißen mögen, werden Sie als Enkel unseres größten Helden in den Himmel unserer Republik aufgenommen. Wenn ich den Daumen nach unten drehe, werden Sie die Sonne nicht mehr wiedersehen. Ich danke, dass Sie mich nicht unterbrochen haben, es tut gut, einmal alles sagen zu dürfen. Wollen Sie Musik hören?«

»Muss nicht sein.«

»Früher, wenn der Plattenspieler eingeschaltet wurde, hat man gewusst, jetzt ist das Verhör bald zu Ende. Ich werde sagen, ich sehe keine Schuld an ihm. Ich werde sagen, er ist mir sympathisch. Mir ist selten jemand sympathisch, das ist hier allerorts wohlbekannt. Ich mag es, wenn man sich vor mir fürchtet. Aber – unter uns – es rührt mich, wenn sich jemand *nicht* vor mir fürchtet. Fürchten Sie sich vor mir?«

»Nein.«

»Wissen Sie, dass dies Ihr erstes Nein war in unserem Gespräch? Auch das werde ich erwähnen. Positiv! Positiv!«

Ich wurde zurück nach Berlin ins Gästehaus des MfS gebracht. Dieselben Männer, die mich abgeholt hatten, brachten mich auch wieder zurück. Nun waren sie besser gelaunt. Sie entschuldigten sich, weil sie unhöflich zu mir gewesen waren. Sie wüssten nicht, sagten sie, was in sie gefahren sei. Wahrscheinlich Überarbeitung. Sie stellten sich nun auch vor: Major Allenhöfel und Oberst Klein. Ich dürfe ganz über sie verfügen. (In den folgenden Tagen brachten sie Speck, Wurst, Bohnenkaffee, Wein, Wodka und andere leckere Sachen vorbei, dazu eine Sporttasche voll Zigarettenschachteln, lauter westliche Sorten, *Marlboro, Philip Morris*, HB, *Stuyvesant, Gauloises*.) Auf das Armaturenbrett in ihrem Wagen hatten sie ihr Motto geklebt:

Ein Fluss, dem die Brücken fehlen, ist etwas Erhabenes,
Eine Brücke ohne Fluss ist lächerlich.

Zu Hause wartete Elsbeth. Sie hatte sich um mich gesorgt. Sie hob die Bettdecke, und ich schlüpfte zu ihr.

10

Ich hatte mich für sehr klug gehalten. Hatte gemeint, nichts übersehen zu haben. Immer war ich stolz darauf gewesen und hatte in der Schule Bewunderung damit ausgelöst, dass ich flotter als die anderen lesen und obendrein das Gelesene bis in die kleinsten Details hinein mir merken konnte, und zwar nicht nur für ein paar Stunden wie die Vokabelgenies, sondern für immer. Ohne mich brüsten zu wollen, darf ich sagen, ich verfüge über ein außerordentliches Gedächtnis und zudem über ein jeden Intelligenzforscher Staunen machendes Talent, blitzschnell die verschiedensten Dinge ineinander zu verhäkeln – mit einer Einschränkung: Gedächtnis und Assoziationsfähigkeit funktionieren nur, wenn sie im Dienst meiner Interessen stehen. Dinge, für die ich mich nicht sonderlich interessiere, merke ich mir schlecht; an Personen, von denen ich mir nichts verspreche, erinnere ich mich nicht; Schlussfolgerungen, die mir nicht nützen, bringe ich nicht zu Ende. Ich bin ein gesegneter – Egoist. Ich hatte die Biographie über Ernst Thälmann genau studiert; es war ein leichtes Stückchen, mir eine Großmutter auszuhecken und sie in jene Spannen einzusetzen, die im wirklichen Leben Thälmanns nicht oder nur wenig dokumentiert waren, so in die Monate um den V. Weltkongress der Komintern in Moskau oder in die Zeit, in der er als Reichstagsabgeordneter in Berlin lebte. Ich meinte, nichts übersehen zu haben. Für Thälmanns Familie in Hamburg hatte ich mich nicht interessiert. Dumm! Sehr dumm! Ein Lehrbeispiel für die fatale Verhakung von Identifikation und Verdrängung. Als ob man die Konkurrenz loswird, indem man die Augen vor ihr verschließt! Ich habe für meine erfundene Großmutter gehandelt und gedacht. Es wäre für sie schwer zu ertragen gewesen, wenn sie sich als Zweite hätte fühlen müssen, ein dominanter Charakter wie sie. Und deshalb hat sie die Frau ihres Geliebten mehr oder weniger ignoriert. Und eben nicht nur die Frau. Sondern auch – die Tochter.

Irma Thälmann. Geboren 1919 (also sechs Jahre vor meiner – fiktiven – Mutter). Sie hatte den Nationalsozialismus und den Krieg überlebt und hatte sich 1945 in der sowjetisch besetzten Zone niedergelassen. – Sie war die *letzte Instanz*.

Ich begegnete ihr nur einmal: bei unserer feierlichen Gegenüberstellung. Oder sollte ich sagen: bei meiner Inthronisation?

Sie war Anfang sechzig, trug einen wuchtigen, das Bäuchlein betonenden dunkelblauen Rock und eine weiße Bluse, deren Ausschnitt von einer goldenen Brosche zusammengehalten wurde. Ihr Haar war schwarz gefärbt und in eine Dauerwelle gelegt, ihre Augen hatten etwas Mongolisches, worauf sie – wie mir Hung zuflüsterte – stolz sei, weil einmal einer gesagt habe, sie glichen den Augen Lenins. Unser Zusammentreffen fand in einem kleinen Saal in dem erst vor kurzem eröffneten Pionierpalast *Ernst Thälmann* statt – wo sonst. Eigentlich war ein Vorgespräch zwischen und mit Tochter und Enkel geplant gewesen, bei der wir die Zeremonie hätten absprechen sollen. Frau Gabel-Thälmann aber hatte sich geweigert, mich zu treffen, und hatte auch angekündigt, sie werde mir nicht die Hand geben, weswegen ich gebeten wurde, ihr meine Hand nicht entgegenzustrecken.

Etwa fünfzig Personen waren geladen, darunter einige Minister – selbstverständlich der berühmte Erich Mielke, der Hausherr des Ministeriums für Staatssicherheit, in dessen Gästehaus ich seit über einem Jahr wohnte. Er begrüßte mich mit offenen Armen und drückte mich an sich, als ob wir alte Freunde wären, wobei ich sein Ohr auf meinem Brustbein spürte, so klein war er, immerhin hat er mein Herz schlagen hören. Aber auch der Minister für Verkehrswesen, ein gewisser Otto Arndt, und der Minister für Kultur, ein gewisser Hans-Joachim Hoffmann, waren anwesend. Und, was der Sache ein Gewicht jenseits des normal Wägbaren gab: gekommen waren auch der Staatsratsvorsitzende und Generalsekretär des Zentralkomitees der Sozialistischen Einheitspartei Deutschlands, Genosse Erich Honecker, und seine Frau, Genossin Margot Honecker, Ministerin für Volksbildung.

Wir standen, die *letzte Instanz* saß. Vorne links saß sie.

Erich Honecker, im Dunkelblauen mit hohem Revers, hielt eine kleine Ansprache, in der viermal das Wörtchen »Geheimnis« vorkam – »Geheimnis«, das zu lüften er nicht befugt sei, »Geheimnis«, das über die Wissenschaft hinausweise, »Geheimnis«, das den Reiz des Lebens ausmache, und »Geheimnis«, das auch im Leben unseres größten Helden seinen Platz gehabt habe.

Zu meiner Rechten stand Hung. Er war in den vorangegangenen

Tagen der Bote zwischen dem Zentralkomitee und mir gewesen. Er drückte mir heimlich die Hand. Ich glaube, er war mehr aufgeregt als ich. An meine linke Seite schob sich die Advocata, auch sie drückte meine Hand. Ich solle mich nicht fürchten, flüsterte sie mir zu, alles sei gut und alles werde gut.

Ein junger Mann, schlaksig, mit langen, nach hinten gekämmten blonden Haaren, trat ans Mikrophon. Er sei einer von Honeckers Sekretären, steckte mir Hung, und zwar der, dem ein Draht zur Jugend und zu den Kirchen nachgesagt werde. Der Mann, jünger als ich, erzählte erst ein paar Anekdoten aus seiner Kindheit, die mit Ernst Thälmann zu tun hatten, und verkündete endlich, dass »ein rätselhafter Mann in unserer Republik aufgetaucht ist, der behauptet, ein Prinz zu sein« – Lachen. – »Ja, es ist tatsächlich wie im Märchen«, sagte er leise und nahe am Mikrophon. – Pause. – Und etwas lauter: »Von alters her waren es weise Frauen, die an uns die Botschaften der Märchen, die größere Geister als ich die Philosophie des Volkes genannt haben, an uns weitergaben. Und so soll es auch heute Abend sein. Ich bitte unsere hochverehrte Genossin Irma Gabel-Thälmann zu mir!«

Kräftiger Applaus.

Die Tochter meines Großvaters erhob sich von ihrem Fauteuil, zwei Herren waren ihr dabei behilflich, was bestimmt nicht nötig war, aber zum Attribut der weisen Märchenfrau passte, und ging tapsigen Schritts zum Mikrophon. In der Hand hielt sie ein Blatt Papier. Sie setzte die Brille auf, die an einer Schnur um ihrem Hals hing, räusperte sich, wie nicht zu überhören war, mit Absicht und Zorn und las, ohne Grußwort an die Anwesenden, ohne einen Blick auf sie, immer wieder stockend vor, was auf dem Manuskript stand:

»Genossinnen und Genossen. Nichts ist der sozialistischen Idee … ferner als der Gedanke, aus Erbschaft könnte Vorteil … Vorteil gezogen werden. Die Zeiten des Adels sind längst vorbei. Auch die Zeiten, als der Fabrikherr die Macht über die … über die … Produktionsmittel … an seinen Sohn weitergab, sind vorbei. Und vorbei sind auch die Zeiten, in denen die politische Macht in diesem Land allein in den Händen … den Händen der Bourgeoisie … lag. Die Politiker, die Wirtschaftsfachleute, die Wissenschaftler und Wissenschaftlerinnen in unserem Land kommen … zum größten Teil … aus der Arbeiterklasse.

Sie haben sich durch eigene Kraft emporgearbeitet, und ihren Töchtern und Söhnen stehen die gleichen Wege offen wie allen anderen Töchtern und Söhnen … dieses Landes. Aber der Mensch braucht Vorbilder. Vorbilder formen den Menschen zu einem besseren Menschen. In alten Zeiten waren die Götter Vorbilder … oder die Heiligen. Das war einmal. Das größte Vorbild … das größte Vorbild, das unser kleines Land hervorgebracht hat, ist mein Vater Ernst Thälmann. Tausende Kinder haben das rote Halstuch getragen, und es hat sie daran erinnert, was dieser Mann für uns getan hat. Im Gegensatz zu … zu … im Gegensatz zu Adelsprädikaten und Fabriken kann und soll dieses Vorbild vererbt werden. Vom Vater auf die Tochter und auf den Enkel. Dabei muss nicht immer der Weg … der bürgerlichen … also der sogenannten … Anständigkeit genommen werden.« – Sie erzählte von der Einsamkeit des großen Mannes in Moskau und Berlin, erzählte von der Kraft der Liebe und der proletarischen Anständigkeit und bat am Ende mich, den Enkel von Ernst Thälmann, zu sich ans Mikrophon. »Ja«, versuchte sie (wie im Manuskript gefordert) auszurufen, »mein Vater war ein großer Arbeiterführer. Aber er war auch ein Mann! Es ist mir eine Ehre, Ihnen Dr. Ernst-Thälmann Koch vorstellen zu dürfen.«

Sie blickte mich nicht an, gab mir nicht die Hand und ging zu ihrem Sessel zurück.

Das war so nicht geplant. Nun erwarteten die Gäste, dass auch ich etwas sagte. Ich sollte eigentlich nichts sagen. Ich sollte – nach der Regie von Minister Mielke – eine »pure Erscheinung« sein, so hatte mich Hung instruiert.

Ich sagte nur einen Satz, leise und gefasst sprach ich: »In der Nacht«, sagte ich, »in der Nacht von gestern auf heute ist mir mein Großvater im Traum erschienen, er hat meine Hand genommen und die Finger zu einer Faust gefaltet und hat gesagt: Beter inne wiede Welt as in'n engen Buch, see de Jung un lött een fleegen.«

Ich lächelte ins Publikum. Lange war es still. Ich sah, wie Erich Honecker nickte und wie seine Augen schimmerten und wie Erich Mielkes Unterkiefer zitterte. Und sie zeigten allen Anwesenden ihr Nicken und Schimmern und ihr Zittern des Unterkiefers. Daraufhin erhob sich tosender Applaus.

Beim anschließenden Umtrunk raunte mir die Advocata zu – ohne sich allzu sehr um fremde Ohren zu kümmern –, Irmas Rede sei im Politbüro redigiert worden und basiere auf ihrem Entwurf. Sie habe den Daumen nach oben gerichtet. Jetzt sei ich in den Himmel unserer Republik aufgenommen. Wie ich mich hier einrichte, sei mir überlassen. Niemand außer Irma Gabel-Thälmann glaube, dass ich tatsächlich Thälmanns Enkel sei. Die liebe alte Irma glaube es und sei beleidigt. Aber darauf könne leider keine Rücksicht genommen werden. Die Genossen im Politbüro seien der Meinung, der Sozialismus trete in eine neue Phase ein, in der es nicht in erster Linie darauf ankomme, Macht und Glorie zu erobern, sondern Macht und Glorie zu bewahren, nicht die Zukunft zu verklären, sondern der Vergangenheit Glanz zu verleihen. Dass also dem Erbe nicht nur wie bisher praktische und propagandistische Funktion zukomme, sondern eine in einem dialektischen Sinn mythische Erhebung zuzumuten sei. Unter diesem Aspekt betrachtet, eigne sich ein junger, strahlender, intelligenter Mann wie ich tausendmal besser, das Erbe Ernst Thälmanns weiterzutragen, als eine liebe alte Tante, die in einem lieben alten Büchlein liebe alte Anekdötchen erzähle und damit auf einer lebenslangen Tournee durch die Republik reise und die Jugend zu Tode langweile.

Was soll ich sagen – von nun an war ich ein begehrter Mann. Genosse Minister Mielke schlug vor, ich solle ihn Erich nennen. Tat ich. Ich sagte »Erich«, blieb aber beim Sie. Das kam an. Die ideale Mischung aus Nähe und Distanz. Wer die trifft, weiß, was Charisma ist. Wer ein Erbe zu tragen hat, der ist mit Charisma breit ausgestattet. Ich wurde von den Honeckers zu Kaffee und Kuchen eingeladen, am Sonntagnachmittag. Wir saßen auf der Terrasse. War sehr nett.

Und ich wurde auch von anderen eingeladen.

Zum Beispiel vom Genossen Generalmajor Walfried Geyer und dessen Frau Erika. Sie hatten eine Tochter. Zweiundzwanzig Jahre alt. Pummelig, was mir gefiel. Traurige Mundwinkel. Ihren Namen habe ich vergessen. Ihre Mutter bestand darauf, mich nach dem Abendessen mit dem Wagen in die Stadt zu fahren. Ich wohnte damals noch im Ministerium. Auf dem Parkplatz im Mondschein schaltete sie den Motor ab. Sie wolle nicht herumreden, sagte sie. Sie und ihr Gatte hätten großes Interesse, dass ich ihr Schwiegersohn würde. Ein Thälmann in der Familie, das wär etwas! Ich solle es mir überlegen. Wenn ich zusage, sei mir eine militärische Karriere bis hinauf zum Rang ihres Mannes garantiert. Oder höher. In einem Land wie der DDR genieße der Soldat großes Ansehen, es lebe sich zufrieden als ein Soldat höheren Ranges, eine günstigere Situation als den Kalten Krieg lasse sich für einen Soldaten höheren Ranges nicht denken, und der Kalte Krieg werde ohne weiteres weitere hundert Jahre dauern, der Kalte Krieg sei Krieg und Frieden gleichzeitig in einem, jedes Bedürfnis werde bedient, warum solle so ein Zustand enden. – Ich sagte, ich wolle mir ihr Angebot überlegen. Frau Geyer gab mir einen Kuss auf die Wange.

Eingeladen wurde ich auch von der Genossin Gudrun Ernst, der Büroleiterin des Politbüros des ZKs der SED. Sie war eine geschiedene Frau um die fünfzig mit einer Tochter um die dreißig. Ruth sehe »umwerfend« aus – Werbetext ihrer Mutter, da hatte ich ihre Tochter noch nicht gesehen –, sie sei groß und habe lange glatte Haare »wie eure Françoise Hardy und auch so einen Mund«. Genossin Gudrun Ernst war eng befreundet mit der Genossin Margot Honecker, und sollte es zu einer Heirat zwischen mir und ihrer Tochter kommen und sollte daraus Nachwuchs entstehen, würde Margot die Taufpatin sein, Margot und Erich, beide. Was das bedeute, könne ich mir denken. Erich Honecker sei ein grundanständiger, herausragender deutscher Politiker, das werde inzwischen auch vom westlichen Ausland bestätigt, aber er sei nicht der Gesündeste. Es sei keine haltlose Spekulation: Bereits der nächste SED-Chef und somit auch der nächste Staatsratsvorsitzende könnte Dr. Ernst-Thälmann Koch heißen. – Ich sagte, ich wolle darüber nachdenken.

Die dritte Einladung führte mich ins Haus der Genossin Gretel Bertuleit, der stellvertretenden Vorsitzenden des Ministerrats und dort zuständig für Fragen des Bildungswesens. Sie bot mir von ihren *Philip Morris* an, und wir qualmten um die Wette. Ihr Mann Hagen war ein hohes Organ der Außenhandelsstelle der DDR, mindestens einmal pro Monat fuhr er in den Westen, in die Bundesrepublik, nach Frankreich, Holland, Dänemark, Finnland, Italien, aber auch nach Österreich und selbstverständlich in die sozialistischen Bruderländer wie Polen und Ungarn, geplant seien Reisen nach Mosambik, in die Volksrepublik Jemen und den Irak. Nebenbei handelte er mit Antiquitäten, allerdings nur in eine Richtung, von Ost nach West, nie umgekehrt. Viele DDR-Bürger seien der Meinung, dass eine neue Gesellschaft auch nach neuen Möbeln verlange, und sie wollten deshalb ihre alten Dinger aus der Kaiserzeit oder der Hitlerzeit loswerden. Die Tochter hieß Clara. Nach Clara Zetkin, der Revolutionärin und persönlichen Freundin von Ernst Thälmann. Das würde schon einmal passen, fänden sie. Wenn ich mich entschlösse, Clara zu heiraten, könne man mir eine Karriere an der Universität anbieten. Professor. Etwas Besseres gebe es nicht. Ein Wissenschaftler habe so ziemlich jede Freiheit und so ziemlich keine Verantwortung. Natürlich gehe man davon aus, dass der Sozialismus ewig dauere, aber angenommen, nur einmal angenommen, er dauere nicht ewig, dann dauere auch eine Karriere als Parteifunktionär oder als Generalmajor nicht ewig. Wissenschaftler aber sei Wissenschaftler. Wissenschaftler würden in jedem System gebraucht. Ich solle nur an den Nazi Wernher von Braun denken, der gleich nach dem Krieg in den USA eine blendende Karriere hingelegt habe.

Ich bat um Bedenkzeit.

ELFTES KAPITEL

1

Ich entschied mich für Clara, die Tochter von Gretel und Hagen Bertuleit.

Schwer fiel es mir, Elsbeth zu erklären, dass ich nun doch nicht sie, sondern eine andere heiraten würde. Und nicht weniger anstrengend war es, sie zu überreden, deshalb nicht mit mir Schluss zu machen. Beides gelang mir.

Was gab es drei Jahre später, im Sommer 1983, zu vermelden: über die Welt, über die Deutsche Demokratische Republik und über mich? – Nach dreihundertfünfzig Jahren rehabilitiert die katholische Kirche unter dem polnischen Papst Karol Józef Wojtyła, genannt Johannes Paul II., den Genossen Galileo Galilei; Larry Holmes, Gärtnersohn, Linksausleger, ehemaliger Sparringpartner von Muhammad Ali, verteidigt zweimal den Weltmeistertitel im Schwergewicht, gegen Tim Witherspoon und gegen Scott Frank; die sowjetische Luftwaffe schießt bei Sachalin eine Passagiermaschine der südkoreanischen Luftlinie ab, 269 Menschen sterben; ein Sprengstoffanschlag einer terroristischen Moslemgruppe zerstört die US-Botschaft in Beirut, 66 Tote; Hitlers Tagebücher werden entdeckt, Hitlers Tagebücher werden als Fälschung entlarvt; der westdeutsche Politiker Franz Josef Strauß, Vorsitzender der Christlich Sozialen Union, CSU, und Bayerischer Ministerpräsident, vermittelt einen Milliardenkredit an die Deutsche Demokratische Republik, was in seiner Partei und darüber hinaus in ganz Westdeutschland sowie beim US-amerikanischen Verbündeten und in weiten Kreisen der Europäischen Wirtschaftsgemeinschaft auf heftigen Protest stößt; der frühere KGB-Chef Juri Andropow, während des Aufstands 1956 sowjetischer Botschafter in Ungarn, wird Generalsekretär der KPdSU und als Vorsitzender des Präsidiums des Obersten Sowjets Staatsoberhaupt der Sowjetunion; und Dr. Ernst-Thälmann Koch wird nach zweijähriger Assistententätigkeit bei Prof. Gregor Lenz im August zum Professor ernannt – mit einunddreißig Jahren der jüngste Inhaber eines Lehrstuhls in der akademischen Geschichte der DDR (András Fülöp, András Šrámek, Andres Philip und Joel Spazierer waren vierunddreißig Jahre alt) – und bekommt die Leitung des neu gegründeten *Instituts für wissenschaftlichen Atheismus* an der Humboldt-Universität zu Berlin übertragen.

Ich war noch immer mit Clara, geborene Bertuleit, verheiratet (und bin es genau genommen bis heute). Unsere Tochter Dorothea, »Dortchen« genannt, wurde am 21. Februar 1982 geboren, sie war blond, hatte blaue Augen und hing sehr an mir – sie nannte mich »Babbale« und borgte sich mein Rasierwasser für die Haare ihrer Puppe aus, die sie ebenfalls »Babbale« nannte. Auch Elsbeth hatte eine Tochter zur Welt gebracht: Helena, »Lenchen«, genannt nach meiner Großmutter, geboren am 9. März 1982, nur wenige Tage nach ihrer Halbschwester.

Ich genoss mehr als einige Privilegien. Innerhalb der sozialistischen Bruderländer durfte ich ohne Beschränkung reisen. Ich besuchte gemeinsam mit der schwangeren Clara und ihren Eltern in Prag die Oper und in der gleichen Besetzung in Tallinn ein Konzert des Staatlichen Symphonieorchesters Estlands. Ich fuhr mit der Eisenbahn von Moskau nach Jekaterinburg aus keinem anderen Grund als dem, es getan zu haben; flog auf Kosten der Universität für vier Tage nach Ulan-Bator, wo ich rein nichts tat. Ich reiste zusammen mit der schwangeren Elsbeth in einem parteieigenen Wartburg Coupé 355 mit Renaultmotor drei Wochen durch Polen, die Ukraine und Rumänien (wir aßen den besten Urda in Maramures, tranken den besten Wodka in der kleinen Stadt Zabłudów bei Białystok, schliefen miteinander am Rand der Karpaten unweit von Lemberg im Feld neben dem Auto). Nachdem die Kinder zur Welt gekommen waren, zog es mich nirgendwo hin.

Clara und Elsbeth wussten voneinander. Claras Eltern hatte ich schon bei unserem zweiten Gespräch während eines sehr konventionellen Abends in deren Küche unmissverständlich dargelegt, dass ich mich nicht von Elsbeth trennen würde und dass dies akzeptiert werden müsse, sonst könne ich in die Heirat mit ihrer Tochter nicht einwilligen.

Herr Bertuleit war sofort einverstanden. Seine Frau hingegen weinte. Clara selbst sah in meiner Treue zu Elsbeth kein Hindernis für eine Verbindung, sie hatte einen Freund, von dem sie sich ebenfalls nicht trennen wollte.

Der Freund, ein Ingenieur und Freizeitboxer mit stramm trainierten Muskeln, der bei der Planung und Errichtung des Kernkraftwerks Greifswald mitarbeitete, war allerdings nicht damit einverstanden. – Sebastians Anständigkeit gehorchend, möchte ich an ihn erinnern, wenigstens über die Strecke eines Absatzes. – Nach einem halben Jahr unserer Ehe trennte er sich von Clara. Um auch mir seinen Entschluss mitzuteilen, forderte er mich zu einem Spaziergang »durch sein Revier« auf. Hung riet mir davon ab. Ich wollte nicht feig und unedel erscheinen. Daraufhin verkabelte er mich mit Mikrophon und Sender und sicherte mir Geleitschutz zu. Seine Brüder würden, ohne dass wir es merkten, in der Nähe sein und sofort eingreifen, falls »der Enttäuschte« handgreiflich würde. Der Ingenieur hatte meinen Respekt, und er war mir sympathisch. Das sagte ich ihm auch. Er sagte, er habe in seiner Kindheit nichts mehr gehasst als die zwei Nachmittage pro Woche bei den Thälmann-Pionieren, und allein der Gedanke, Clara lasse sich den Schwanz von einem Thälmann zum Zweck der Produktion weiterer Thälmanns in die Muschi stecken, erfülle ihn mit einem solchen Ekel, dass er sich nichts mehr wünsche, als bis an sein Lebensende ununterbrochen kotzen zu dürfen. Nach wenigen Minuten war unser Spaziergang beendet.

Clara und ich hatten ein paar Mal miteinander geschlafen, mehr aus Ratlosigkeit denn aus Leidenschaft und gewiss nicht, um uns fortzupflanzen, obwohl nichts anderes – hier hatte der Ingenieur natürlich recht – der Plan unserer Verbindung war; der schließlich ja auch erfüllt wurde. Wir wussten im Grunde nicht, was wir miteinander anfangen sollten. In unserer Wohnung in der Marienburgerstraße (vier Blocks vom Ernst-Thälmann-Park entfernt) hatten wir jeder ein eigenes Schlafzimmer. Es kam vor, dass ich mich zu ihr schlich oder sie sich zu mir, in der Dunkelheit, ohne ein Wort. Wir sprachen nie darüber; wussten wir doch, diese Manöver galten weder ihr noch mir, sondern nur Wärme und Haut. Das Oxymoron einer Josefsehe führten wir, verlogen-wahr, wahr-verlogen. (Prof. Gregor Lenz hatte in Zusammenhang der Begriffsbildung »wissenschaftlicher Atheismus« von einem Oxymoron gesprochen; das Wort hatte mir auf Anhieb gefallen, und ich hatte es gleich nachgeschlagen.)

Clara litt unter dem Verlust ihres Freundes. Aber sie litt nicht lange, sie hatte immer wieder Affären. Sie tat sich leicht bei Männern. Obwohl sie nicht besonders anziehend aussah, fand ich. Sie hatte zu dünne Haare, Glupschaugen, zu sportliche Schultern, eine zu laute Stimme. Aber sie war immer heiter gelaunt und ohne Geheimnis, jedenfalls bei Tag. Es störte sie weiterhin nicht, dass ich eine Geliebte hatte – nein, Geliebte beschreibt meine Beziehung zu Elsbeth nicht: eine zweite Frau. In Wahrheit eine erste Frau.

Eine Geliebte hatte ich nämlich auch bald – Ruth Ernst. Sie erinnern sich: die Tochter der Büroleiterin des Politbüros der SED, die mit den »langen glatten Haaren wie eure Françoise Hardy«.

Ruth litt. Sie litt an allem, und vor allem litt sie an ihrer Mutter, von der sie bis in die Frisur hinein tyrannisiert wurde – viel lieber hätte sie das Haar kurz getragen. Clara verheimlichte ich, dass auch Elsbeth eine Tochter von mir hatte. Sie tolerierte die Beziehung, ein Kind hätte sie nicht toleriert; ihre Eltern wohl auch nicht. Ruth aber erzählte ich alles. Sie hätte auch gern ein Kind von mir gehabt. Sie versprach mir, sie würde keine Ansprüche stellen und niemandem verraten, wer der Vater sei. Ich hatte großes Vertrauen in sie und großes Verlangen nach ihr. Aber sie wurde nicht schwanger. Wir bemühten uns – »mit gebührendem Ernst«. Sie ging zum Arzt, der fand nichts. Ich ging ebenfalls zum Arzt, er fand nichts. Ihr Leid war erregend. Man sollte so etwas nicht aussprechen, das brauchen Sie mir nicht zu sagen, das weiß ich selbst. Das lässt einen Mann schlecht dastehen. Ich halte schon deshalb von der Wahrheit nicht allzu viel, weil sie einen in den meisten Fällen schlecht dastehen lässt. Ich sagte zu ihr, sie sei mir die Liebste. Wenn ich neben ihr lag, war es keine Lüge. Wenn ich neben ihr lag, im Bett ihrer besten Freundin, die uns ihre Wohnung an zwei Nachmittagen in der Woche für ein Viertel Kilo *Jacobs Kaffee* aus dem Intershop zur Verfügung stellte, wenn vor dem Fenster die Amseln sangen und in den Rohrleitungen das Wasser gurgelte, wenn sie den Kopf in meine Achselhöhle drückte oder ich meinen in ihre und über uns Kinder hüpften, so dass die Lampe wackelte, und unter uns ein Radio spielte, dann wurde ich ruhig, sehr ruhig, atmete ruhig ein und aus, meine Kiefer lösten sich voneinander, und Ruth wurde auch ruhig, sie atmete ruhig ein und aus, und uns scherte nicht, ob Monsieur Nguyen oder ein anderer Führungsoffizier seine Spione ausgesandt hatte, um unsere Gespräche und unsere Liebesgeräusche aufzunehmen mit dem Befehl, die Bänder an die Advocata für ihr Archiv weiterzuleiten, das große Archiv der menschlichen Regungen und ihrer Erscheinungsformen.

Ruth sagte, sie lebe im falschen Leben. Alles um sie herum sei falsch. Sie wusste, auf welche Weise ich Professor und Leiter meines Instituts geworden war, und sie wusste, dass auch aus der DDR nie etwas Richtiges werden würde, etwas, das einer umwerfend schönen Dreißigjährigen ein umwerfend schönes Leben bieten könnte. Als Tochter der Büroleiterin des Politbüros der SED hatte sie, was die wirtschaftliche Situation unseres Landes betraf, keine Illusionen. Das erste, was sie sagte, als bekannt wurde, dass Franz Josef Strauß die Milliarde Westmark für uns aufgetrieben hatte, war: »Das wird nicht reichen.« Und damit hatte sie recht. Ein Jahr später folgte die zweite Milliarde. Wie heute jeder weiß, hat auch die nicht gereicht. Ruth wusste es damals schon.

Die Beziehung zu Ruth Ernst dauerte ein bisschen länger als zwei Jahre.

Elsbeth und die kleine Helena bewohnten nette drei Zimmer, zehn Gehminuten von meinem ehelichen Zuhause entfernt. Die Miete war so gering, dass Elsbeth meinte, es rentiere sich nicht, wenn ich mich daran beteiligte. Ich konterte mit den gleichen Worten, schließlich betrug mein Universitätsprofessorensalär das Dreifache ihres Gehalts. Montag, Mittwoch und Freitag brachte ich Helena zu Bett – nachdem wir miteinander zu Abend gegessen hatten, Vater, Mutter und Kind. Meistens blieb ich bis zum Morgen. Manchmal übernachtete ich im Institut in meinem Büro auf dem Sofa. Elsbeth verstand, dass ich hin und wieder allein sein wollte. Lenchen schlief bei offener Tür, weil sie Mama und Papa gern reden hörte. Wir beide hatten interessante Gespräche. Das sage ich, obwohl ich mich nicht an ein einziges erinnere.

Es war einerlei, worüber wir sprachen, es war angenehm, *dass* wir miteinander sprachen. Eines der drei Zimmer war eine geräumige Wohnküche, in der eine gepolsterte Liege stand. Wir unterhielten uns, erzählten von unserem Tag, klammerten aus, was uns traurig oder ärgerlich stimmen könnte; zogen uns aus, legten die Kleider sorgfältig über die Stuhllehne, krochen in Unterhemd und Unterhose unter eine Plüschdecke mit Leopardenmuster, schalteten den Fernseher ein, schliefen miteinander, ohne unsere Unterhaltung groß zu unterbrechen oder den Blick länger vom Bildschirm abzuwenden. Elsbeth duschte ausgiebig und ließ sich dabei von mir abreiben. Sie verriet mir, dass sie inzwischen Hunde nicht mehr leiden könne. Die Hunde würden das merken und seien darüber verzweifelt. Verzweifelte Tiere seien gefährlich. Sie wolle sich versetzen lassen, sagte sie, ob ich ihr dabei helfen könne. Ich sagte, ich würde mit Honecker persönlich sprechen, wenn sie nichts dagegen habe, er liebe solche kleinen Dinge, er sei ein rundum liebenswürdiger Mann, so hätte ich ihn kennen gelernt, sein Traum sei es, das Kleine zum Großen zu erheben, das Land nicht weniger gemütlich zu gestalten als eine Wohnküche mit Fernseher und Leopardendecke.

Als Lenchen etwas älter war, spielten wir zu dritt Mensch-ärgere-dich-nicht. Sie war ein vifes Mädchen, das sich jeden Tag darauf freute, mir am Abend zu irgendeiner Sache die Meinung zu sagen. Dabei verschob sie ihr Mündchen in die rechte Backe und hielt das Köpfchen schief.

Ich war übrigens nie überrascht gewesen, Vater zu sein. Das erzählen Väter doch. Sie erzählen, sie seien Vater geworden, und dann, nach Wochen, plötzlich, wie ein Schmerz in der Brust: Ich bin Vater, ich bin Vater! Die Besoffenen in den Kneipen am Prenzlauer Berg hatten das erzählt, und dabei waren die Tränen über ihr Schnapsgesicht gelaufen. Bei mir war es anders gewesen. Ich habe mich nicht gewundert, ich war im Kreissaal und half mit beim Atmen. Es hatte sich so ergeben. Wie sich mein ganzes Leben so ergeben hatte. Wie kann ein Mensch anders denken? Es gibt doch nichts, was für mich gemacht worden wäre, extra nur für mich! Ich habe es erobert oder habe es weggestoßen, habe mich davon abgewandt oder habe es ignoriert. Letzteres schien mir die adäquateste Reaktion gegenüber den meisten Phänomenen.

Meister Eckhart sagt: *Gesetzt, ein Mensch wollte sich in sich selbst zurückziehen mit allen seinen Kräften, den inneren und den äußeren, und er stände in diesem Zustand überdies auch noch so da, dass es in seinem Inneren weder irgendeine Vorstellung noch irgendeinen ihn zwingenden Antrieb gäbe und er solchergestalt ohne jedes Wirken, inneres oder äußeres, dastände: – da sollte man dann gut darauf achten, ob es den Menschen in diesem Zustand nicht von selber zum Wirken hindrängt. Ist es aber so, dass es den Menschen zu keinem Werk zieht und er nichts unternehmen mag, so soll man sich gewaltsam zwingen zu einem Werk, sei's ein inneres oder ein äußeres – denn an nichts soll sich der Mensch genügen lassen, wie gut es auch scheint oder sein mag –, damit er sich unter hartem Druck oder Einengung seiner selbst so befindet, dass man eher den Eindruck gewinnen kann, dass der Mensch dabei gewirkt* werde, *als dass er wirke, der Mensch dann mit seinem Gott mitzuwirken lerne.*

Apropos »mitzuwirken lernen«: Als das kleine Land nicht mehr existierte, erfuhr ich, Claras Ingenieur sei am Tag nach unserem Spaziergang durch »sein Revier« festgenommen, in die Stasi-Untersuchungshaftanstalt Berlin-Hohenschönhausen gebracht, mit Schlafentzug, Schlägen und Erbrechen hervorrufenden Speisen gequält, vor Gericht gestellt, nach § 106 wegen staatsfeindlicher Hetze und nach § 220 wegen öffentlicher Herabwürdigung der staatlichen Ordnung verurteilt und für zweieinhalb Jahre eingesperrt worden. In der Akte war mein Name aufgeführt: IM (Inoffizieller Mitarbeiter) – Dr. Ernst-Thälmann Koch.

2

Nach der Heirat mit Clara Bertuleit stellte mich meine Schwiegermutter Herrn Prof. Gregor Lenz vor. Er lehrte, wie gesagt, an der Ernst-Moritz-Arndt-Universität Greifswald Marxismus/Leninismus, war ein lustiger Geselle mit schütterem weißen Bart und unterschiedlich langen Haaren auf dem Kopf. Er hatte, wie er gleich bei unserer ersten Begegnung augenzwinkernd bemerkte, ab seinem fünfzigsten Lebensjahr etwas Pastorenhaftes in seinen Charakter einziehen lassen. Um dagegen anzukämpfen, habe er sich mit den Kollegen Hans Lutter und Olof Klohr zum Forschungskollektiv *wissenschaftlicher Atheismus* zusammengetan. Ich mochte ihn gern, er lachte viel, seine ofenringgroße Hornbrille und seine langen gelben Zähne machten ihn zum Ausstellungsstück der Philosophischen Fakultät in Greifswald. An einem Tag in der Woche war er in Berlin und hielt bei den Theologen »eine atheistische Vorlesung«, wie er sagte; das meine etwas anderes als eine Vorlesung über Atheismus – woraufhin er das wunderbare Wort *Oxymoron* in meinen Wortschatz einführte.

Ich argwöhnte zuerst, er würde mich verächtlich behandeln oder einfach ignorieren, wenn nicht sogar subversiv bekämpfen; er wusste natürlich, dass ich ihm von oben als sein Assistent aufs Auge gedrückt worden war. Aber er begegnete mir herzlich. Zu meiner Begrüßung im Institut hatte seine Frau eine Torte gebacken; ihre Torten seien als besonders fett und süß bekannt, ich solle lieber erst probieren, sagte er, bohrte mit dem Zeigefinger in das sahneweiße Kunstwerk und ließ mich seinen Finger ablecken.

Nachdem die stellvertretende Vorsitzende des Ministerrats und ebendort zuständig für Fragen des Bildungswesens, Genossin Schwiegermutter Bertuleit, gegangen war, lockerte Prof. Lenz seine Krawatte und fragte mich ohne Umschweife, ob ich an Gott glaubte.

»Nein«, antwortete ich, »ich glaube nicht, ich weiß.«

Natürlich kannte er das Zitat von C.G. Jung. Ich setzte ihm auseinander, dass er mich und wohl auch C.G. Jung falsch verstehe. Ich meine es wörtlich, sagte ich. »Ich weiß, dass es ihn gibt. Aber ich glaube es nicht.«

Es könne nicht sein, lachte er kopfschüttelnd, und wie ich in seinen plötzlich unsteten Augen zu sehen glaubte, ein wenig verdattert, aber auf eine sympathische Art darüber verdattert, dass der Mensch etwas wisse, es aber zugleich nicht glaube – nicht anders als etliche Jahre zuvor die theologische Studentenschar in der Teeküche des Studentenwohnheims zum Heiligen Fidelis in der Boltzmanngasse im 9. Wiener Gemeindebezirk. Wenn man etwas wisse, so Prof. Lenz weiter, bedeute das, wenigstens an einer philosophischen Fakultät, es sei auch bewiesen. Damit aber sei der Glaube vom Tisch.

Ich sagte: »Ich habe ihn gesehen. Er ist mir begegnet. Er stand unter einer Laterne. Er hat mit mir gesprochen.«

Da schluckte der Professor.

Ich probierte nichts Neues aus, hielt mich an Bewährtes: Ich ließ eine Spanne Zeit frei, in der ich nach links unten blickte und sonst nichts, und zitierte schließlich Meister Eckhart, tat aber wieder so, als wäre es von mir: »Unter der Erde versteht man die Finsternis, unter dem Himmel das Licht.«

Er war erschüttert. Erwartungsgemäß.

Am selben Tag suchte ich in der Bibliothek nach Büchern meines Meisters und fand eine Ausgabe der Predigten (aus dem Mittelhochdeutschen übersetzt, herausgegeben und eingeleitet von Friedrich Schulze-Maizie, Insel Verlag Leipzig, 1938). Ich nahm den Band an mich, zupfte das Registrierschildchen ab und riss die Seite mit der eingestempelten Registriernummer heraus. Ich freute mich und war erleichtert, als wäre eine entlaufene Katze zu mir zurückgekehrt.

Sie werden sich fragen, wie kann jemand, dessen theologische Lektüre sich auf eine schmale Auswahl des Eckhart'schen Werks beschränkte, auch nur eine einzige Lehrveranstaltung an einer Universität bestreiten. Die Frage liegt nahe; sie ist aber unintelligent, weil sie gezeugt und geboren wurde, um der negativen Antwort zu dienen. (Merken Sie sich bitte diese Formulierung!)

Ich erkläre Ihnen, wie ich's gemacht habe:

Bei meiner ersten Vorlesung – es waren ungefähr fünfzig Studenten gekommen – saß ich vorne auf dem Podium, gekleidet wie ein französischer Existentialist, nach »Babbale«-Rasierwasser duftend, blickte ins Auditorium und ließ die Zuhörer warten. Es wurde ruhig, blieb lange ruhig, wurde unruhig und wieder ruhig, unruhig und wieder ruhig und endlich still wie unter der Erde.

Ich fragte: »Wer glaubt an den Gott?«

Niemand.

Ich fragte: »Wer glaubt nicht an den Gott?«

Niemand.

Ich fragte: »Was ist so ungewöhnlich an diesen beiden Fragen, dass keiner antworten will?«

Ein Student zeigte auf, blickte sich erst grinsend um und sagte: »Der Artikel, Herr Professor.«

Eine Studentin präzisierte: »Warum sagen Sie *der* Gott?«

»Anstatt wie?«, fragte ich.

»Anstatt einfach Gott.«

»Was ist der Unterschied?«, fragte ich.

»*Der* Gott könnte meinen, es gibt noch einen anderen.«

»Im Gegenteil«, widersprach ein dritter. »Der bestimmte Artikel behauptet ja gerade, dass es nur einen gibt. Sonst müsste man sagen: *ein* Gott.«

Ein vierter behauptete: »Von einem artikellosen Gott kann nur ein gottgläubiger Mensch sprechen.«

Dazu ein fünfter: »Das hieße, Gott, mit dem bestimmten Artikel davor, wird von einem Atheisten verwendet, der nur einen Gott meint?«

Ein sechster kommentierte lästernd: »Also von einem monotheistischen Atheisten.«

So ging es weiter. Anfänglich mischte ich mich noch ein, indem ich manchmal eine Frage stellte. Bald war mein Beitrag nicht mehr nötig. Die Diskussion lief von selber ab. Zu einem Gegenstand, über den niemand etwas weiß, hat jeder etwas beizutragen. Ich lehnte mich auf meinem sperrigen Sessel zurück, überlegte, wie ich es anstellen könnte, von der Universitätsleitung eine anständige Sitzgelegenheit zugeteilt zu bekommen; überlegte, ob ich mich bei dieser Gelegenheit gleich dafür einsetzen sollte, dass das Rauchen während der Vorlesungen erlaubt sei, ich hätte mir nämlich gern eine *Philip Morris* angezündet; überlegte, was ich meinem Lenchen zu ihrem zweiten Geburtstag schenken sollte, ein Kettchen, an das sie verschiedene Anhänger heften könnte, oder eine Schlafdecke aus Daunen mit aufgestickten Tieren, wie sie Elsbeth und ich im Intershop gesehen hatten, *Made in Belgium*. Als die zwei Stunden vorüber waren, ließ ich drei Arbeitsgruppen zu je vier Studenten bilden, die bis zur nächsten Veranstaltung je ein Referat vorbereiten sollten zu diesen Themen: Gott mit bestimmtem Artikel, Gott mit unbestimmtem Artikel, Gott ohne Artikel. Damit waren meine zweite und dritte Vorlesung gerettet – und wie sich bald herausstellte, alle Vorlesungen bis ans Ende des Semesters, denn jeder Gedanke brachte mindestens zwei weitere Gedanken hervor, die sich in Arbeitsgruppen behandeln und in Referate verwandeln ließen.

Mein Motto lautete: *Jede Frage, die gezeugt und geboren wird, um einer positiven Antwort zu dienen, ist erlaubt, und nur solche Fragen.* Das hob, erstens, die Laune. Gab, zweitens, Mut. Animierte, drittens, die Studenten, ihre Spekulationen ungehemmt wuchern zu lassen; wohinter ich, viertens, meine völlige Unkenntnis der Materie prächtig verstecken konnte.

Ich habe nichts anderes getan, als zu fragen – zum Beispiel: »Könnte der Gott, angenommen, es gibt ihn, die Zeit erschaffen haben?« – »Findet einer von Ihnen ein Buch in der Bibliothek, in dem zu diesem Thema etwas gesagt wird?« – »Was sagt Augustinus zum Thema Zeit?« – »Warum beantwortet Augustinus nicht die Frage, ob Gott die Zeit erschaffen hat?« – »Warum ist es üblich, das Wort *Mensch* mit einem Artikel, bestimmt oder unbestimmt, zu versehen und nicht ohne?« – »Gäbe es den Gott, hätte er Ohren und Augen? Oder würde er, falls er über die Zeit gebietet, Ohren und Augen nicht nötig haben?«

Zur Halbzeit des Semesters mussten wir in einen größeren Hörsaal umziehen, weil inzwischen so viele Studenten meine Vorlesung hören wollten – und nicht nur Studenten, auch Kollegen vom Lehrkörper wollten mich hören, sogar Hung besuchte die eine oder andere Veranstaltung, Parteifunktionäre kamen, und auch, wie Prof. Lenz mir in seiner unvergleichlich neidfreien Art versicherte, »ganz einfache Menschen von der Straße, die erfahren haben, dass hier eine Gelegenheit geboten wird zu denken, einfach zu denken, zu denken, zu denken, einfach nur zu denken«. Und: Margot Honecker, die Ministerin für Volksbildung, ließ keine meiner Vorlesungen aus. Hinterher tranken wir manchmal einen Kaffee in der Cafeteria bei den Theologen. Ihre Freundlichkeit, in die eine ordentliche Portion mütterliche Erregung gemischt war, machte es mir leicht, über mich zu plaudern; ich hatte nicht das Gefühl, sie wolle mich aushorchen. Ihre Hände waren immer kalt, ich bettete sie zwischen meine. »Sie hat uns der Himmel geschickt«, sagte sie. »Da wir hier bei den Theologen sind, darf ich mich so ausdrücken.«

Das Samstagsfeuilleton vom *Neuen Deutschland* (ND, 10. März

1984) brachte ein zweispaltiges Porträt von mir. Unter der Überschrift *Ein Sokrates unserer Zeit* schrieb ein anonymer Autor unter anderem: »Das Leben ist uns geschenkt worden. Dem widerspricht der Marxismus nicht. Selbstverständlich kommt der im Sinne des historischen Materialismus erzogene Mensch nicht auf den Gedanken, die Natur zu personifizieren. Aber dass wir der Natur dankbar sind, versteht sich ebenfalls von selbst. Der zu Bewusstsein erwachte Mensch sieht in diesem Geschenk einen Auftrag: Er soll sein Leben mit Sinn erfüllen. Der Sinn nämlich wird uns nicht geschenkt. Wir Kommunisten glauben nicht an Gott, wir glauben an den Menschen und seine Schöpferkraft. Den Sinn des Lebens muss der Mensch sich selbst geben. Nichts anderes will uns der Philosoph Ernst-Thälmann Koch sagen. Wir verneigen uns vor der Natur, die uns in diesem jungen Gelehrten ein schlagendes Beispiel der Darwin'schen Gesetze liefert, indem sie den Enkel des größten Helden unserer Republik mit solcher Weisheit ausgestattet hat. Die großen Geister unserer Zeit sind sich einig, wir sind im Begriff, in ein neues Stadium der Geschichte einzutreten. Vielleicht gelingt es Ernst-Thälmann Koch, eine sozialistische Transzendenz, eine kommunistische Metaphysik zu entwerfen …«

Nachdem ich als sicher annehmen durfte, dass der Artikel höchsten Orts nicht nur abgesegnet worden war, sondern von dort selbst als ein Hinweis an mich verstanden werden wollte, gab ich meiner Vorlesung im folgenden Sommersemester den Titel:

Sozialistische Transzendenz, kommunistische Metaphysik – Oxymoron oder dialektische Aufhebung des Äußersten.

Die Veranstaltung musste ins Auditorium Maximum verlegt werden, so gewaltig war der Ansturm.

Zu Beginn bat ich jene Anwesenden, deren Vornamen und Nachnamen mit dem gleichen Buchstaben begännen, zu mir auf das Podium. Es waren acht, etwa ein Prozent der Anwesenden. Ein Angestellter der Universität brachte Sitzgelegenheiten, wir reihten uns zu einem Halbkreis. Meine Wiener Anzüge passten mir noch vorzüglich, ich trug den hellen, dazu schwarze Lackschuhe, burgunderrote Socken, ein Wams in der gleichen Farbe und eine jadegrüne Krawatte. Wieder blickte ich ins Auditorium und ließ die Zuhörer warten. Es wurde ruhig und unruhig und wieder ruhig, unruhig und wieder ruhig und still wie unter der Erde.

Und nun sagte ich den einzigen Satz der gesamten Vorlesungsreihe, der *nicht* in Frageform gehalten war:

»Jeder – Mensch – ist – ein – Philosoph.«

Tosender Applaus. Der tatsächlich erst endete, als ich meine Arme ausbreitete.

Nun stellte ich meine erste Frage an die acht Studenten und Studentinnen, die mit mir auf dem Podium saßen: »Was ist das Äußerste?«

Und los ging die Diskussion!

Von Termin zu Termin überließ ich es einem anderen Zufall, welche Studenten auf dem Podium sitzen und mit mir – also zu meinen Fragen – diskutieren durften. Zum Beispiel: alle Studenten, deren Matrikelnummer mit einer 8 endete, oder: alle Studenten, die zwei jüngere Geschwister hatten, oder: alle, denen im vorangegangenen halben Jahr ein Antibiotikum verschrieben worden war, und so weiter. Als mir nichts mehr einfiel, fragte ich das Plenum nach Auswahlkriterien. Daraus ergaben sich die heitersten halben Stunden, die das ehrwürdige Audimax erlebt hatte, hierin waren sich alle einig.

Schon vor der ersten Veranstaltung des Kolloquiums hatte ich eine Arbeitsgruppe zusammengestellt, bestehend aus Studenten höherer Semester, die Protokoll führen sollten. Eine weitere Arbeitsgruppe formte über die Ferien aus den mitgeschriebenen Diskussionsbeiträgen ein Buch. Das Buch wurde unter meinem Namen dem Verlag *Wissen und Volk* vorgelegt. In einem Vorwort wies Prof. Lenz darauf hin, dass die Publikation im Kollektiv, also auf bewährt sozialistische Art und Weise, aber unter meiner Leitung entstanden sei. Das Buch trug den Titel: *Was ist das Äußerste?* Keine Publikation des, zugegeben kleinen, Wissenschaftsverlags hatte sich je besser verkauft.

Nach einem Jahr bereits war ich der bekannteste, beliebteste und meistdiskutierte Professor der Humboldt-Universität zu Berlin.

3

»Die Wirklichkeit ist ein endloses Gewebe von Sinnhaftem und Sinnfremdem. Ersteres adeln wir mit dem einsamen Begriff Wahrheit, für letzteres haben wir unzählige Worte zur Verfügung.« – Ich weiß nicht, wer das geschrieben hat. Als ich in der theologischen Bibliothek nach Meister Eckhart suchte, zog ich irgendein Buch aus dem Regal, schlug es auf und las diesen Satz. Ich schrieb ihn mit Bleistift auf die Rückseite meines Schonkostausweises für die Mensa und übertrug ihn zu Hause auf die Titelseite der *Predigten*. Und lernte ihn auswendig.

Den zweiten Satz – »Alles, was Erinnerung ist, gerät unter das Regime der narrativen Transformation« – habe ich mir auf ähnliche Weise angeeignet.

Wie am Ende des ersten Kapitels angedeutet, habe ich mit diesen beiden Zitaten ordentlich Eindruck geschunden. Zuvorderst bei Kurt Hager, dem Chefideologen der SED und maßgeblichen Kulturpolitiker unserer Republik. Ein zynischer Emporkömmling war der. Einer von der knieschlotternden Sorte. Einer von denen, die überall hinaufklettern, aber sich unter dem Gipfel ins Biwak verkriechen. Weil an der Spitze oben der Charakter sichtbar würde. Vorausgesetzt, man hat einen. Einen guten oder einen schlechten. Wenn man keinen Charakter hat, weder einen guten noch einen schlechten, würde natürlich nichts sichtbar werden. Aber das wäre auch etwas. – Wie Sie richtig vermuten, handelt es sich bei dieser Wertung nicht um mein Urteil. Ich urteile über Menschen nicht.

Erich Honecker hat das über Kurt Hager gesagt. Zu mir hat er es gesagt. Das war bei meinem zweiten Besuch in Wandlitz im Bungalow des Staatsratsvorsitzenden und der Ministerin gewesen. Die Einladung war für einen Sonntagnachmittag im Mai ausgesprochen worden, zwölf Leute (mich nicht mitgerechnet) waren gekommen, herrlichster Sonnenschein, windstill, günstigste Bedingungen für ein kleines Federballturnier, wir standen oder saßen im Garten und haben Thüringer Bratwürste über glühenden Kiefernzapfen brutzeln lassen und Bier aus der *Diamant* Brauerei Magdeburg getrunken. Kurt Hager, der – wie ich – eine Professur an der Humboldt-Universität innehatte, aber längst keine Vorlesungen mehr hielt (»Worüber auch, bitte!« – Margot Honecker), habe, wie mir Erich Honecker später versicherte, ihn gedrängt, uns beide zusammenzuführen und einander vorzustellen. Zu den Feierlichkeiten anlässlich des Zusammentreffens des Thälmann-Nachwuchses war Hager nämlich nicht eingeladen worden. Man wollte sich die »Freude durch ein zweites bitteres Gesicht nicht verderben lassen, Irmas Flunsch hat völlig genügt« (Margot Honecker). Jedenfalls kam er in einem schlechtsitzenden, gelblich beigen Einreiher auf mich zu, streckte die Hand aus und krallte sie, just als ich sie nehmen wollte, zur Faust zusammen, stellte den Daumen auf und deutete über seine Schulter, als wollte er mir zeigen, wo der Zimmermann das Loch gemacht hat, und sagte: »Heraus damit, Professorchen, wie sieht die Wirklichkeit aus!« Und ich: den ersten der beiden oben zitierten Sprüche. Und zwar wie aus der Pistole geschossen. Der Laden ist ihm heruntergefallen. »Weil nichts dem ehemaligen Arbeiterbub mehr weh tut, als wenn er nicht der Klassenprimus ist« (Margot Honecker). Aber er fasste sich rasch, »der mit allen Wassern Gewaschene«, nuschelte etwas, was niemand verstand, lachte, als hätte es jeder verstanden, haute mir auf die Schultern und sagte: »Sehr gelungen, sehr gelungen, wirklich sehr gelungen, erinnert mich an mich selbst …«; worauf ich, in hartem Schnitt, die zweite oben angeführte Sentenz nachschob. Er: wie Eis oder Stein, etwas Hartes, Unbelebtes jedenfalls. Besiegt. Dritter Anlauf nicht möglich. – Eine Glücksgelegenheit! In einem einzigen Wortwechsel die zwei schlausten Zitate, die man auf Lager hat, loszuwerden! Ich hätte um den Grill tanzen wollen! Margot Honecker lächelte ihr unvergleichlich sparsames Lächeln – hübsch war sie an diesem Abend! – und applaudierte mir mit ihren beiden Zeigefingern. Erich Honecker sog die Wangen ein, was, wie mir später mehrfach bestätigt wurde, alles besage. Erich Mielke aber, dieser »großväterliche Barbar« (Margot Honecker), breitete – nun schon zum zweiten Mal – die Arme aus und schloss mich in dieselben, drückte sein Ohr auf mein Brustbein, lauschte kurz meinem Herzschlag und rief in die Runde und gab damit das Motto unseres frühlingsfröhlichen Grillfestes aus: »Mein Mann, meine Herrschaften, mein Mann! Hat ein Jahr in meinem Haus gewohnt! Ja, was denn sonst! Stoßen wir auf ihn an, dass uns der Schaum um die Ohren fliegt und ihr anderen auch was von ihm abkriegt!«

Gegen neun Uhr hatten sich die Gäste vertrollt. Erich und Margot Honecker und ich saßen auf der Terrasse bei einem Glas Wein und schauten in den letzten hellen Streifen über unserer kleinen Republik. Die Bediensteten hatten abgeräumt und die Spüle saubergewischt und sich nach Hause verabschiedet. Wir waren allein.

Und warteten auf Elsbeth.

Ich hatte Margot meine verwickelte Geschichte erzählt – ja, ich habe es dann doch getan –, und sie hatte sie an ihren Mann weitergereicht, beide waren gerührt gewesen wegen des Vertrauens, das ich ihnen schenkte. Sie meinten, ich hätte mich richtig entschieden. Was für ein Jammer, wenn ein Mann wie ich der Wissenschaft entgangen wäre. Und welche Güte, dass ich trotzdem mein Herz nicht verraten hätte. Wie Thälmann, eben wie Thälmann – und hatten angeboten, dass Elsbeth, wenn die anderen gegangen seien, vorbeischauen solle. Elsbeth hat von ihrer Arbeit mit den Hunden erzählt. Sie konnte witzig erzählen. Margot brachte Decken, weil wir draußen bleiben wollten, eine sternenklare Nacht. Elsbeth half Margot in der Küche, sie richteten Brötchen und etwas Süßes und Likör, und Margot kam mit einem Silbertablett. »Das hat uns Annekathrin Bürger geschenkt«, sagte sie. »Sie war oft bei uns, kommt überraschend, wenn sie Zeit hat, ist dicke im Geschäft am Theater, und einmal hat sie gesagt: Bei euch bringt man die Brötchen und den Kaffee immer so mit der Hand auf die Terrasse. Darum das Tablett. Und jetzt tun wir einmal vornehm.«

Der Abend ging gut aus. Elsbeth bekam von Erich Honecker eine Stelle in dessen Büro versprochen – und sein Versprechen hat er gehalten: Gleich am folgenden Tag, Montag, Punkt fünf nach neun kam ein Anruf von einer seiner Sekretärinnen, und am Nachmittag war bei der Grenzwache gekündigt und der neue Arbeitsvertrag unterschrieben. Die Bezahlung war besser, die Arbeitszeit moderater, kein Außendienst, keine Hunde. Elsbeth war sehr erleichtert, und Lenchen auch: kein Hundegeruch an der Jacke ihrer Mama, keine angeknabberten Hundekuchen in den Taschen. Die Honeckers versprachen mir obendrein Diskretion. Freundschaft zu den Bertuleits hin oder her, über Elsbeth und mich werde niemand ein Sterbenswörtchen von ihnen erfahren. Und dass ich dem Kurt Hager die Flügel gestutzt hätte, das würden sie mir nie vergessen. Der sei ja fast noch schlimmer als der arrogante Fatzke Markus Wolf, der vor jeder Versammlung, und sei's vor dem Taubenzüchterverband Oberprotzenburg an der Knatter, auf seinen Kosenamen »Mischa« hinweise, nur um den Anschein von Beliebtheit zu erwecken, wo doch jeder in der Republik wisse, dass er einen Gummischlauch statt eines Rückgrats unter dem Hemd habe.

Draußen vor der Datsche wartete Hung neben seinem *Mosquitsch*. Er unterhielt sich mit Major Bernd Brückner, dem Leibwächter Erich Honeckers, der nun auch von seinem Chef die Erlaubnis bekam, sich zurückzuziehen. Hung fuhr Elsbeth und mich nach Berlin zurück, bald war Mitternacht. Lenchen schlief bei ihrer Oma.

Sehr gut verstand ich mich mit Erich Mielke. Ich will Ihnen von einem gemeinsamen Nachtspaziergang durch die Hauptstadt der DDR berichten. – Ich nannte ihn übrigens bald, seinem Wunsch entsprechend, Emil, das war sein dritter Vorname. Mich nannte er András. Er wusste alles. Ein Mann, der mehr als ein Mann sei, komme schwerlich mit einem Namen aus, knurrte er anerkennend. Er misstraue jedem, der behaupte, nur einen Namen zu haben. Wie dieser Kurt Hager, diese Plastiktüte voll Rotz und Wichse, der Tag werde kommen, wo er diesem Dreckschwein die Fresse dreimal um den Kopf wickle. »Hab Dank, Jungchen, dass du dem die Arroganz weggeputzt hast! Und das mit zwei Sätzen, du meine Güte! Du bist ein Genie! An deiner Stelle würde ich meinen Studenten diese beiden Sätze eintrichtern, eintrichtern, eintrichtern. Damit sie irgendwann im Leben einen ähnlichen Auftritt hinlegen können wie du. Mehr kann man von Bildung nicht erwarten. Kein Mensch hat verstanden, was du gesagt hast, am wenigsten der Hager. Das war reinster Tschekismus! Zuschlagen, und der Feind weiß nicht, war es die Faust oder der Stiefel oder ein Schlagring. Wenn du ihn wieder triffst, sag mir vorher Bescheid. Wär ich gern wieder dabei.« Er selbst habe schon Fritz Leissner geheißen und Richard Hebel, sei Spanier und Lette gewesen. Fast ein Dutzend Namen habe er gehabt. Irgendwie schade, dass diese Zeit vorbei sei. Bei seiner berühmten Rede vor der Volkskammer, seiner ersten und letzten 1989 (als er ausrief: »Ich liebe alle Menschen!«) – das war sechs Jahre nach unserem Nachtspaziergang durch die Hauptstadt gewesen –, hatte er auch angedeutet, er habe »einen hohen Kontakt mit allen werktätigen Menschen«, und ist dafür ausgelacht worden. Nun, einige Kontakte mit Werktätigen kann ich bestätigen. – Er hatte sich für unseren Spaziergang Westturnschuhe und weite Bluejeans mit Hosenträgern angezogen, darüber einen Kunstlederblouson. Und eine Perücke hatte er sich übergestülpt, gelblich blond und hinter die Ohren gebürstet, eine Baseballmütze obendrauf, um eventuelle Unglaubwürdigkeiten abzuschwächen, an Kinn und Oberlippe hatte er Barthaare geklebt und auf die Nase eine dicke, dunkel gerahmte Brille mit gelblich getöntem Glas gesetzt. Hinter diesem Mann hat man niemanden erkannt. Er hatte mich vorher gebeten, ich möge mich bitte nicht in meinem gewohnt eleganten Outfit ihm anschließen, und hat über einen Boten vom MfS ein paar Klamotten schicken lassen. (Mein Manko: Ich sehe in allem elegant aus.) Wir zogen also durch die Kneipen, und er hörte sich an, was die Werktätigen zu erzählen hatten. Er kannte eine Bar abseits vom Prenzlauer Berg, wo er grölend begrüßt und mit »Wille« angesprochen wurde und wo es eine ordentlich durchgesalzene Fischsoljanka gab, Bier dazu. Wir aßen stehend am Tresen, und der Wirt erzählte uns Witze. Emil hat auch geredet, nicht nur zugehört, hat auf die Stasi geschimpft, hat heimlich eine Mütze eingesteckt, ich hab's gesehen, hat in der Nase gebohrt und den Popel gefressen und hat mir auf dem Heimweg morgens um halb zwei ein paar Tipps gegeben, was man beim Töten von Menschen beachten müsse. Der schlimmste Feind des Tschekisten, erklärte er mir, sei das schlechte Gewissen. Tschekisten seien keine gewöhnlichen Killer wie aus amerikanischen Spielfilmen. Tschekisten seien hochmoralische Männer und Frauen mit heißem Herzen, kühlem Kopf und sauberen Händen. Wenn man sich das Gewissen eines einfachen Menschen getrost als Ratte vorstellen dürfe, so sei das Gewissen des Tschekisten ein Löwe. Aus diesem Grund habe Feliks Edmundowitsch Dzierzynski, der Vater des mächtigsten Geheimdienstes, den die Welt je gesehen habe, schon 1919, bald nach der Revolution, eine Arbeitsgruppe, bestehend aus Psychologen und Theologen – jawohl, auch Theologen! – zusammengerufen und diesen Fachleuten den Auftrag erteilt, etwas zu finden, was dem Tschekisten das schlechte Gewissen beim Töten nehme. Heraus kam die ebenso simple wie geniale Idee, den Kandidaten in ihrer Ausbildung die Fähigkeit anzutrainieren, in jedem beliebigen lebendigen Menschen jederzeit einen Toten zu sehen, wenn die anstehende Aufgabe es erfordere. Auf Tote zu schießen, das lasse der Löwe gelten.

»Das, mein Jungchen«, sagte er, »ist *das Äußerste* an Moral, wozu der Mensch fähig ist: sich eine Welt vorzustellen, in der er der einzige ist, der lebt.« Woraus sich logisch ergebe: Der Tschekist sei immer in der Minderheit, deshalb greife er nach dem erstbesten Stück, brülle wie ein Löwe und schlage mit der Kraft des Bären zu. Entschlossenheit, Brutalität und Überraschung ließ einen Tschekisten in jeder Situation den Stärkeren sein.

»In jeder Situation!«

Er legte wieder sein Ohr an meine Brust und lauschte auf meinen Herzschlag. »Natürlich«, sagte er und blieb eine Weile in der Umarmung, »gibt es Kollateralschäden. Sind wir Roboter oder was! Nein, sind wir nicht. Oder hast du etwa Billardkugeln in deinem Sack? Nee? Wusste ich's doch, das ist Fleisch und Blut. Und wär ich eine schwule Tunte, nichts lieber würde ich tun, als einem Hübschen wie dir die Nüsse zu kraulen. Kann ich aber nicht dienen in dieser Hinsicht. War einmal ein Genosse, ein treuer Tschekist von der Glatze bis zu den Käsfüßen, der kommt früher als geplant von einer Geschäftsreise nach Hause und sieht durchs Küchenfenster den Liebhaber seiner Frau im Garten, worauf er den Genossen Mauser aus der Arschfalte zieht und die Sau abknallt. Der Frau blieb nichts anderes übrig, als vor der Polizei seine Version zu bestätigen, nämlich dass da ein Einbrecher gewesen sei. Lange hat die Ehe nicht mehr gehalten. Und ich musste als sein Chef diesen Unglücksraben rügen. Hab ich auch getan. Mit Augenzwinkern, versteht sich. Oder hätte ich ihn mit einem Aufgesetzten über den Jordan schicken sollen? Bin ich ein Unmensch? Bin ich nicht.«

Hob die Hand zum Gruß und ging über die im Regen schimmernde Gasse davon, ohne sich umzudrehen.

Hung war immer in unserer Nähe gewesen. Den Abend über und bis in die Nacht hinein. Das war mir angenehm. Ich sah ihn auf der anderen Straßenseite stehen, ich wurde von ihm gesehen, gehört und gegrüßt. Er lächelte nicht. Ich wusste, ich war auf diesem Planeten nicht allein, ich wurde begleitet von einem nichtfremden Fremden. Dieses Land – war es nicht wie Momas Salon in der Báthory utca, als ich an jenem Tag aus meinem Mittagsschlaf erwacht und allein gewesen war? Ich, der einzige Bewohner, hatte Straßen aus Blumentopferde gebaut, hatte entlang der Fahrbahn Zuschauer aufgestellt, die mein Werk aus Kissenknopfaugen betrachteten, ich war mit einer roten Limousine aus Blech und einem roten Feuerwehrauto über meine Straßen gefahren. Ich hatte die Straßen vernichtet und zu Städten zusammengeknetet, weil ich es beschlossen hatte. Ich hatte für die Ernährung gesorgt, indem ich das Weiche aus dem Brotleib pulte, hatte für die Bewässerung gesorgt, indem ich den Wasserhahn aufdrehte. Ich hatte meine Zudecke mit den aufgestickten Tieren um mich gelegt wie einen Königsmantel und hatte mich im Spiegel erkannt. Ich war der König gewesen, der Staatsratsvorsitzende, der Generalsekretär, der Minister für Staatssicherheit. Es gab keine Menschen. Entweder es gab sie nicht, oder sie waren tot.

4

Dortchen und Lenchen kannten einander. Sie spielten miteinander und wussten nicht, dass sie denselben Papa hatten. Und ihre Mütter wussten nicht, dass sie einander kannten. Elsbeth hätte wahrscheinlich nichts dagegen gehabt, Clara schon. Ihre beiden Mädchen sahen aus wie Geschwister. Dortchen war fester und puppenhafter, Lenchen dünn wie eine Flunder. Ich zeigte Ruth Fotos von den beiden, darauf haben sie ähnliche Kleidchen an mit hoher Taille, und sie strecken ihr Bäuchlein heraus – was Dortchen leichter fiel, worum sich Lenchen aber umso mehr bemühte –, und beide halten etwas in den Händen, das sie beschäftigt, Lenchen einen Füllhalter, Dortchen eine Seifenschale mit Deckel, sie schürzen ihre Lippen, und in diesem Moment der Konzentration sehen sie einander tatsächlich ähnlich wie Zwillinge. (Während ich das schreibe, liegen die Bilder vor mir.) Ruth war gerührt, und sie sagte, sie finde es ganz, ganz furchtbar, dass die Verhältnisse so seien, dass sich diese beiden Engelchen nicht kennen lernen dürften. Und am folgenden Tag, als wir uns wieder in der Wohnung ihrer Freundin trafen (die wir inzwischen öfter frequentierten als die Freundin selbst, sie hatte einen neuen Freund – so viel Westkaffee aus dem Intershop konnte sie gar nicht trinken, wie ich in ihrer Küche deponierte, ich nehme an, sie betrieb einen kleinen Handel damit), unterbreitete sie mir einen Vorschlag, wie er selbstloser nicht sein konnte: Sie, meine Geliebte, meine Nelke (ja, auch sie), die sich nichts mehr als eben ein solches Kind von mir wünschte, werde sich bei meinen beiden Frauen als Kindermädchen bewerben, ich müsse ihr dabei nur ein bisschen behilflich sein, und dann werde sie Dortchen und Lenchen auf den Spielplatz begleiten und ihnen eine Stunde oder zwei beim Spielen zusehen und auf sie aufpassen, mehr nicht, das schwöre sie, oder sie werde die beiden zu einem Eis einladen und sich mit ihnen auf ein Mäuerchen setzen.

Ich fragte Clara, ob sie einverstanden sei, wenn wir uns für zwei oder drei Tage in der Woche für zwei oder drei Stunden am Nachmittag ein Kindermädchen leisteten. Sie war sofort damit einverstanden. Sie hatte zwar nichts zu tun, fühlte sich aber überlastet, und mit Dortchen konnte sie nicht viel anfangen, die Kleine war eine dauernde Quelle der Enttäuschung für sie, schien mir – erwartet worden war ein Thälmann, eine Thälmännin ist es geworden, damit hatte es schon einmal angefangen. Außerdem gebot Clara zu dieser Zeit sogar über zwei Liebhaber, sie würde flexibler disponieren können.

Elsbeths neue Arbeit in Honeckers Büro war interessant, wie sie mir versicherte, aber im Staatsratsgebäude befand sich kein betriebseigener Kindergarten, weswegen jeden Tag eine aufwendige Organisation nötig war, damit immer jemand ein Auge auf unsere Tochter hatte – so am Schnürchen, wie man sich das im Westen vorstellte, lief die Ganztagskinderbetreuung in der DDR nun doch nicht. Auch Elsbeth war froh über ein Kindermädchen.

Also holte die schöne Ruth an zwei bis drei Nachmittagen in der Woche Dortchen von der Marienburgerstraße und Lenchen von ein paar Blocks weiter ab. Immer brachte sie ihnen eine Winzigkeit mit, einen Fingerring oder einen Fingerhut, eine Haarspange oder einen Luftballon, wenn es Luftballons gab, saure Drops oder ein Glöckchen für das Handgelenk. Wobei sie Wert darauf legte, nicht gerecht zu sein. »Einmal bekommt Lenchen mehr, einmal Dortchen etwas Schöneres. Wenn sich die eine bevorzugt fühlt, darf sich die andere dafür umso mehr auf das nächste Mal freuen. Es tut mir leid, das sagen zu müssen, aber Gerechtigkeit ist für Geschenke nicht geeignet.«

Manchmal schlich ich ihnen nach und beobachtete aus der Ferne, wie meine Töchter zwischen den Rutschen und Schaukeln herumtollten, wie sie einander Bälle zuwarfen, wie sie sich schubsten und knufften und wie sie sich, scheinbar ohne jeden Grund, plötzlich umarmten und Küsse tauschten. Ich sah, wie Ruth eine Zigarette rauchte, und hätte gewettet, dass keine Frau in unserer Republik mit solcher Nonchalance ziehen und inhalieren konnte wie meine Geliebte. Ich war glücklich, dass meinen Töchtern auf diese Weise Eleganz vorgelebt wurde. Sie durften mich nicht sehen, sonst wäre alles aufgeflogen, sie wären mit ausgebreiteten Ärmchen auf mich zu gerannt, hätten »Vati!« und »Babbale!« gerufen und hätten gewiss sofort verstanden, dass beides das Gleiche und den Gleichen meinte.

Lenchen war die Wissbegierige, Dortchen das Schmusekätzchen.

Zu fragen und Antwort zu kriegen war für Lenchen wie Küssen und Küsschen kriegen. Der Samstag war unser »voller Tag«, das hieß, wir beide waren von morgens bis abends zusammen. Elsbeth besuchte ihre Eltern oder ihre Brüder oder fuhr mit Freundinnen und Freunden auf dem Fahrrad um den See. Lenchen und ich frühstückten – ich musste ihr erklären, warum Brot Brot heißt und warum Brot nicht etwas Ähnliches ist wie Holz, wo es doch ähnlich wie Holz aussieht. Sie strich Butter auf die Stuhllehne, dorthin, wo der Lack abgesprungen war, und tupfte mit ihrem Fingerchen rote Marmelade darauf, aber hineinbeißen wollte sie nicht, dass sollte ich tun. Außerdem wollte sie wissen, ob die Kaffeetasse aus dem Zahn von einem sehr großen Tier gemacht worden sei. Irgendwie, meinte sie, sehe die Tasse aus wie ein Zahn von mir, nur größer. »Oder ein Zahn von dir«, sagte ich. Ich hob sie zum Badezimmerspiegel empor, und sie hielt die Tasse neben ihr Gesicht und fletschte die Zähne.

Weil sie empfindlich auf den Ohren war, musste sie auch im Sommer eine Mütze überziehen, wenn nur der leiseste Wind ging. Sie ballte ihr warmes feuchtes Händchen zu einer Faust und legte sie in meine Hand und drehte sie darin, so bummelten wir, wohin uns gerade die Laune schickte, und ich erzählte ihr die Geschichte von den beiden Ohren, die einen verlorenen Bruder hatten, der wie eine Faust aussah und sich in einer Hütte aus Fingern versteckte.

»Vati«, fragte sie, »bist du die Hütte?«

»Nicht alles an mir ist die Hütte«, antwortete ich. »Nur meine Finger sind die Hütte.«

»Und was ist das andere?«

»Baumstämme zum Beispiel. Die Beine sind Baumstämme zum Beispiel.«

»Und die Nase?«

»Die Nase ist ein verzauberter Vogel.«

»In was ist der Vogel verzaubert?«

»In eine Nase.«

Wir setzten uns unten bei der Spree vor einer Wurstbude auf die Plastiksessel, ich holte uns zwei Flaschen Zitronenlimonade mit Strohhalmen, und manchmal aßen wir zusammen eine Bockwurst, mehr als eine halbe brachte Lenchen nicht hinunter. Wir schluckten und kauten, und Lenchen ließ mich nicht aus den Augen. Ich denke, sie entdeckte immer wieder etwas Neues in meinem Gesicht, es war eine Wonne für mich zu sehen, wie vernarrt sie in mein Gesicht war. Wenn ich sie auf den Arm nahm, tupfte sie mit ihrer Fingerkuppe sanft auf meine Stirn und sagte: »Da ist einer, da ist einer, da ist noch einer« und meinte meine Sommersprossen und war dabei so ernst, als zähle sie nach, ob auch keine verlorengegangen wäre, seit ich sie zuletzt auf dem Arm getragen hatte.

Dortchen dagegen hatte wenig übrig für frische Luft. Sie mochte am liebsten zu Hause auf der Couch liegen und sich ihr Kopfkissen auf den Bauch drücken, einen Kissenzipfel mit der Hand umklammern, mit dem Daumen an der Spitze des Zipfels zupfen und den anderen Daumen in den Mund stecken. Und Schokolade und Kekse essen. Von mir bekam Dortchen keine Schokolade. Sie hatte auch schon geweint deswegen und oft gequengelt. Aber ich glaube, es war nicht wegen der Schokolade, sondern weil sie fürchtete, ich hätte sie nicht lieb und schenkte ihr deshalb keine Schokolade. Von allen anderen bekam sie Schokolade geschenkt. Dafür konnte ich schöner Geschichten erzählen als alle anderen.

In den Geschichten spielten Dortchens Puppen die Hauptrolle. Sie besaß nur eine Puppe. Ihr Großvater, Hagen Bertuleit, hatte nämlich auf einer seiner Geschäftsreisen in einem Hotel in Köln eine Fernsehsendung gesehen, in der ein Psychiater die Behauptung aufstellte, Kinder unter fünf Jahren würden sich bei gesunder Phantasie mit ihrem Spielzeug identifizieren, und je mehr Spielzeug ein Kind habe, desto unglücklicher sei es, weil es keine geschlossene Identität finden könne. Hagen hatte so eindringlich von dieser Sendung erzählt, dass Clara beschloss, Dortchen dürfe nicht mehr als eine Puppe besitzen. Damit glaubte sie, einen hinreichenden Beitrag zur Erziehung ihrer Tochter geleistet zu haben. Dortchen war zufrieden. Sie tat, als wäre ihre Puppe mehrere Puppen. Eine hieß Poms, die zweite Bernarda, wie die Putzfrau der Bertuleits; die liebste aber hieß Babbale wie ich.

Dortchens Lieblingsgeschichte handelte von Poms', Bernardas und Babbales Reise nach Putzteufelanien. Putzteufelanien ist ein Land, in dem nicht ein einziger Fussel an einem Mantel hängt, nicht eine einzige Staubflocke in einer Zimmerecke hockt, kein hartes Abtrockentuch auf der Spüle liegt, kein angebissener Apfel braun wird und in jedem Zimmer mindestens ein Besen und ein Staubsauger, ein Kehrwisch mit Schaufel und eine Schuhbürste nebeneinander aufgereiht an der Wand stehen. Poms ist ein ordentlicher Saubär, immer lässt sie ihre Sachen liegen. Sie fühlt sich nicht wohl in Putzteufelanien. Bernarda dagegen findet es herrlich, einfach sich hinsetzen und anschauen, wie schön sauber es hier ist. Babbale kann machen, was er will, er kann mit den Straßenschuhen herumgehen, nichts wird schmutzig, er schwebt nämlich, er berührt nichts, nur die Luft berührt er …

»Ruth, meine Nelke, magst du meine Zweichen?«

»Und wie ich sie mag! Ich hasse Gott! Lass dir das gesagt sein, du Scheißtheologe! Ich sehe aus wie Françoise Hardy, und ich kann singen wie Françoise Hardy, und in diesem Land ist es jedem egal, ob ich aussehe wie Françoise Hardy, und jedem ist es egal, ob ich singen kann wie Françoise Hardy. Warum nimmst du nicht mich? Warum hast du nicht von Anfang an mich genommen?«

Ruth weinte. Sogar wenn ihre Scheißtränen flossen, war sie schöner als Clara und Elsbeth.

Ich ging ihr von nun an aus dem Weg. Bei unserem letzten Besuch in der Wohnung ihrer Freundin vergaß ich ein T-Shirt, das königsblaue. Das blieb dort liegen.

5

Und schon hatten wir 1986! – Das hieß: Ich begann mein achtes Jahr in der Deutschen Demokratischen Republik. Acht Jahre! So lange war ich im Gefängnis gesessen! Und mein Empfinden: als wäre nichts geschehen und ich immer noch vier, wie Lenchen und Dortchen; oder neun, wie der weizenblonde Bub, der manchmal Dortchen und mich, manchmal Lenchen und mich auf dem Spielplatz beobachtete und in dessen Augen ich lesen konnte, dass er mich durchschaute, dass er genau wusste, er hatte einen betrügerischen doppelten Vater vor sich.

Ja! Schon war 1986, mein letztes Jahr im Sozialismus; das Jahr, das wie kein anderes des Erzählens wert ist (und an dessen Ende auch das Erzählen zu Ende sein wird) – nicht nur, aber hauptsächlich, weil ich von zwei Reisen ins Ausland berichten kann.

Vor den Semesterferien im März fragte mich mein Schwiegervater Hagen Bertuleit, ob ich ihn auf »einer Tour nach jenseits des Rheins« begleiten wolle. Er schürzte die Lippen zu einem Lächeln, entspannte sie, schürzte wieder – Andeutungen, denen ich nicht traute, was immer sie auch heißen mochten. Er war ein angenehm unkompliziert aussehender Mann, womit ich meine, man glaubte ihn immer gut aufgehoben, in den Verhältnissen, wie sie waren, und in seiner eigenen Haut. Er aß kräftig und blieb schlank, er trieb keinen Sport und war dennoch muskulös, er bekleidete neben seiner Arbeit im Ministerium Funktionen in der Partei und verschiedenen Verbänden und Vereinen und sah stets erholt und ausgeschlafen aus; in seiner Stimme schien ein Instrument zur Erzeugung eines ironischen Tonfalls eingebaut zu sein, der bei jedem Thema mitschwang, ohne dass sich die ironische Absicht im einzelnen ohne weiteres hätte nachweisen lassen. Ich konnte mir vorstellen, wie er und seine Frau Sex hatten.

Wir würden, schwärmte er, nach Paris fliegen, dort ein Auto mieten, weiter in die Bretagne fahren, hinein in den Frühling bei offenem Verdeck, würden unter blühenden Apfelbäumen Weißbrot in Olivenöl tunken und dazu einen Côtes du Rhône trinken oder einen ordinären Cidre.

»Wovon redest du eigentlich?«, rief seine Frau.

Beim Werbegespräch um seine Tochter hatte er Frankreich als eines jener Länder genannt, in denen er ein und aus gehe; nun stellte sich heraus, dass er nie dort gewesen war. Er sagte »Fronkreisch, Fronkreisch« und bewegte den Kopf im Rhythmus der Marseillaise, die ich erkannte, ohne dass er die Melodie andeutete. Ich hatte über Hagen bisher nur einmal nachgedacht und war augenblicklich zu mir zurückgekehrt: So einer wird aus mir werden, wenn ich dem Pferd nicht in die Mähne greife und es herumreiße. Und hatte zugleich gedacht: Was wäre schlimm daran? Hat er nicht jeden Tag drei Mahlzeiten vor sich stehen, mittags und abends sogar warm? Lebt er nicht in einem Haushalt mit genügend warmem Wasser, um jeden Tag baden zu können? Er fädelte Geschäfte ein, über die er mit jedermann sprach, also waren es keine krummen Geschäfte, obwohl es mit Sicherheit krumme Geschäfte waren. Er hatte keine Launen, und man sah ihm an und hörte ihm an, man konnte es an seinen Kleidern riechen, dass er einer sein wollte, der keine Launen hatte.

Er habe, weihte er mich ein, von der Außenhandelsstelle den Auftrag erhalten, Kontakte zu landwirtschaftlichen Betrieben zu knüpfen, und zwar zu Kleinbetrieben, im Westen so genannten Nischenbetrieben, die sehr im Kommen seien, begünstigt durch das ökologische Denken drüben. Zum Beispiel, das hätten ihm seine Verbindungsleute in euphorischen Telefonaten versichert, erlebe der gute alte Rübenzuckersirup eine Renaissance; bretonische Bauern hätten bereits ihre Felder von Weizen auf Rüben umgestellt, so groß sei die Nachfrage. Die Idee nun sei, in unserer Republik ebenfalls Rüben anzubauen und in Zukunft den Franzosen auf dem Markt Konkurrenz zu bieten, womöglich auch den Kanadiern mit ihrem Ahornsirup. Gespräche mit westfälischen Bauern habe es auch schon gegeben, so dass »eine übernationale, gesamtdeutsche Antwort auf die Sirupfrage – und das ist bei Gott ein Novum!« – denkbar wäre.

»Und was kann ich dazu beitragen?«, fragte ich.

Er spreche so wenig Französisch, dass es nicht einmal dafür reiche, im Hotel einzuchecken. Meine Schwiegermutter widersprach ihm. Was ein Kompliment hätte sein können. Man hätte denken können, sie traue ihrem Mann mehr zu als er sich selbst. Tat sie aber nicht. Die

Wahrheit hat einen Hang zur Nörgelei, das wusste sie und nahm sich zusammen.

Vom Flughafen Paris Orly fuhren wir in eine trostlose Zwei-Sterne-Absteige am Fuß des Montmartre, schrieben uns als Gäste ein, während das Taxi mit unserem Gepäck draußen wartete, und ließen uns anschließend in das Hôtel Scribe mit den fünf Sternen in der Nähe der Opéra Garnier bringen, eines der vornehmsten Häuser der Stadt. Dort waren zwei sonnendurchflutete Suiten für uns reserviert. Ich fragte Hagen nicht, wer das bezahlte, ich vermutete, dieselbe Stelle, die auch die Rechnung für das billige Hotel übernahm, auch eine Art doppelter Buchführung.

»Geht es dir zu schnell?«, fragte er nur.

»Ein bisschen schnell, ja«, sagte ich.

Seit ich den Koffer für die Reise gepackt hatte, waren erst wenige Stunden vergangen. Am Vormittag war ich noch auf dem Podium gestanden, um meine letzte Vorlesung vor den Semesterferien zu halten. Sie wäre beinahe in einen Tumult ausgeartet. Ich hatte nämlich, spontan und ohne tiefere Überlegung, angekündigt, der Titel meiner nächsten Vorlesung werde sein *Gott ist nicht und deshalb ist er* – eine Formulierung, die ich auf die bewährte Weise nach dem Zufallsprinzip aus einem Buch abgeschrieben hatte, einem Buch über den mittelalterlichen Philosophen Johannes Scotus Eriugena, der mir bis dahin nie begegnet war. Torsten Grimm, mein Assistent, hatte vor dem Plenum angekündigt, ich würde im Sommersemester nur eine begrenzte Anzahl Studierender zulassen. Nach der Vorlesung waren die Studenten auf ihn losgestürmt, jeder wollte, dass er seine Anmeldung entgegennehme. Ich hatte mich davongeschlichen. Während ich zu Hause Hemden, Pullover und Unterwäsche in den Koffer stapelte, überlegte ich, welche Bücher ich nach Paris mitnehmen sollte, um mich wenigstens ein bisschen in das Thema – in dem ich in Wahrheit nichts anderes als eine Absurdität sah – einzulesen. In meinem Regal standen zwei fleckige braune Bände, die ich mir schon vor längerer Zeit aus der Bibliothek ausgeliehen hatte – Johann Eduard Erdmann: *Grundriss der Geschichte der Philosophie* aus dem Jahr 1866. Ich hatte nie einen Blick hineingeworfen; sie standen neben dem stattlichen grünen Band mit der geprägten Goldschrift über die Österreichisch-Ungarischen Nordpol-Expedition. Und da entschied ich mich für diesen – und für Joel Spazierer, der in seinen Buchdeckeln schlummerte. Was von meinem Westgeld übrig geblieben war – von den D-Mark wenig, Schilling und Dollar dagegen hatte ich nicht angerührt –, steckte ich in die Ledertasche, die ich mir am Beginn meiner universitären Karriere besorgt hatte, um nicht blank zu meinen Vorlesungen zu erscheinen; meine Notizhefte packte ich dazu. Mein Transistorradio ließ ich zurück – mit schlechtem Gewissen. Ich blickte mich in meinem Zimmer um, in dem nichts war, was ich ausgesucht hatte, und dachte, wer weiß, ob ich all das je wiedersehen werde. Lenchen und Dortchen waren inzwischen vier Jahre alt. Das Gute, das seine Wurzeln bis in ihre Herzen treiben könnte, hatte ich ihnen gegeben. Böse war ich nie zu ihnen gewesen. Bestimmt würde das Böse sich nicht abhalten lassen, es lässt sich niemals abhalten, also: Wenn ich jetzt gehe, dachte ich, wird das Böse nicht durch mich über sie kommen, wenigstens bei diesen beiden nicht. Ich ließ die Bände über die mittelalterliche Philosophie im Regal stehen und verstaute die Nordpolexpedition im Koffer.

Unsere Reise war auf sechzehn Tage geplant. Die erste Woche verbrachten wir in Paris. Wir frühstückten gemeinsam in der Konditorei des Hotels, nahmen den süßen Duft in unseren Kleidern mit in den Tag hinaus, trafen uns vor dem Abendessen in der Bar, den Rest ging jeder seiner Wege. Ich habe Hagen nicht oft mit Franzosen reden hören, aber wenn, dann bestand kein Zweifel, dass er um Stadienlängen mehr Französisch konnte, als zum Einchecken in einem Hotel nötig war. Warum hatte er so gedrängt, dass ich ihn begleitete? Ich rechnete damit, dass er etwas Großes, womöglich Unwiderrufliches vorhatte, zu dessen Durchführung er mich brauchte, und sei es nur, um seinen Mut zu schüren.

Ich ließ mir in der Empfangshalle die Adresse der österreichischen Botschaft geben. Ich befreite mit einem Messerchen Joel Spazierers amtliche Identität aus dem Buchdeckel der *Österreichisch-Ungarischen Nordpol-Expedition,* fuhr zur Ambassade d'Autriche in der Avenue Pierre 1er de Serbie, einem Palais mit Balkongeländern aus gehäkeltem Gusseisen, und bat die Dame am Empfang, den Pass zu verlängern. Er war seit zwei Jahren abgelaufen. Im Gefängnis hatte ich gelernt, dass es weniger kompliziert sei, einen Pass – gemeint war einen gestohlenen oder gefälschten – im Ausland zu verlängern als in der Heimat des in dem Dokument genannten Besitzers. Ich kann das bestätigen. Die Dame fragte mich, wohin ich von Paris aus aufbreche; falls in die USA, würde sie mir in einem Aufwasch das Visum besorgen, ein lieber Freund von ihr arbeite bei der US-Botschaft. Ich fand das sehr aufmerksam und sagte, tatsächlich wolle ich in die Staaten reisen, nach Vicksburg, Mississippi, dort wolle ich einen Freund besuchen. Wir unterhielten uns auf Deutsch; sie sei Tirolerin, vertraute sie mir an, habe in Wien, Istanbul und Rom studiert. Ich sagte ein paar Sätze auf Türkisch und ein paar Sätze auf Italienisch. Sie wurde rot vor Freude. Ich wurde auch rot. Zum ersten Mal in meinem Leben merkte ich, das ich über die Blutzufuhr in meinem Gesicht bestimmen konnte, dass ich rot werden konnte, wenn ich es wollte. Das war, als hätte ich eine weitere Sprache gelernt.

Den Pass holte ich nach zwei Tagen ab. Seine Gültigkeit war um zehn Jahre verlängert worden, bis zum März 1996, da würde Joel Spazierer siebenundvierzig Jahre alt sein.

Anstatt zu frühstücken, spazierte ich zur Seine hinunter und setzte mich am Beginn des Boulevard Saint-Michel in ein Straßencafé, trank einen großen Café noir und aß ein Croissant dazu, rauchte eine von Gretel Bertuleits *Philip Morris,* die sie mir fürsorglich auf meinen Koffer gelegt hatte, blätterte im *Figaro,* las ohne allzu wache Aufmerksamkeit vom französischen Wahlkampf, der anscheinend gerade seinen Höhepunkt erreichte, und war frohgemut, weil meiner Nase viel Riechenswertes geboten wurde – bacon and eggs, geröstete Kaffeebohnen, unbekanntes Damenparfüm, Deux-chevaux-Auspuffgase, Frischgebackenes verschiedener Art, Flieder, obwohl das eigentlich nicht sein konnte Mitte März. Ich unterhielt mich mit einem Ehepaar am Nebentisch, Touristen aus den Ardennen, über den besonders milden Frühling in diesem Jahr, der nach den Bauernregeln ihrer Heimat einen ebenso milden Herbst verspreche. Die beiden waren etwa in meinem Alter, sie hatten drei Kinder, die sie über ihren Urlaub nach Reims zur Mutter des Mannes gebracht hatten, insofern günstig, weil Reims auf halbem Weg zwischen Charleville und Paris liege. Ich rückte den Korbsessel so, dass ich das Gesicht in der Sonne hatte, die erst einen Daumen breit über Notre-Dame stand, streckte die Beine aus und faltete die Finger über meinem Hemd. Die beiden taten es mir nach, unsere drei Beinpaare ragten auf den Gehsteig, sie und er trugen amerikanische Bluejeans, ich eine graue Wollhose von Spengler & Fürst, der ersten Adresse für Maßkonfektionsschneiderei in unserem Land.

Im Café lief das Radio, eine Frauenstimme sang zu elektronisch erzeugten Rhythmen und Klängen:

Et puis Johnny, Johnny serre le vide dans ses bras,
Quand Johnny, Johnny s'éveille, ne la trouve pas.
Et Johnny, Johnny s'égare, ne comprend pas,
Non Johnny, Johnny cette femme n'est plus à toi.

Ich kaufte mir an der Theke eine Packung Zigaretten, gelbe Gitanes, und machte mich auf den Weg zum Eiffelturm.

6

Ich wusste nicht, was Hagen zwischen Petit Déjeuner und Dîner erlebte; ob er tatsächlich Ökobauern aus der Bretagne traf und mit der kanadischen Konkurrenz pokerte oder ob er wie ich durch die Stadt pilgerte, zu Mittag in einer Brasserie ein leckeres Ratatouille aß, die Weißbrotstange brach und hinterher im Weitergehen ein Himbeereis schleckte oder ein Minzeeis (ampelgrün, wie ich bis dahin nie eines geschleckt hatte), ob er sich am Seineufer die Schuhe putzen ließ oder ob er den Enten beim großen Brunnen im Jardin du Luxembourg zuschaute, die, Männchen hinter Weibchen, über die Steinbrüstung marschierten, ins Wasser hüpften und unter dem Schleier der Fontäne hindurchschwammen. Er war bestens gelaunt. Er aß langsam und mit seligem Appetit und mit einem Erstaunen im Gesicht, als entdeckte er auf seinem Teller von Bissen zu Bissen etwas Neues. Und redselig war er. Ohne aufdringlich zu sein. Er respektierte meine gelegentliche Trägheit und hielt es lässig aus, über ein langes Abendessen im Hotel oder in einem der Restaurants am Boulevard Haussmann oder am

Montparnasse mir gegenüberzusitzen und mit mir zu schweigen, ohne mich mit Peinlichkeit zu strafen. Meistens aber plapperten wir, morgens wie abends, er mehr als ich, kommentierten, was wir sahen, schmeckten, hörten, was wir gerade in der Zeitung lasen – er hatte nicht die geringsten Schwierigkeiten, französische Zeitungen zu lesen. Über unsere Leute zu Hause sprachen wir nicht und auch nicht über unser Land, und dass er mein Schwiegervater war, der Vater meiner Frau, wenngleich der mir aus Staatsräson beigestellten Frau, der Großvater meines molligen Dortchens, das fiel mir nur einmal ein, da hatten wir uns nachts um eins im Lift des Hotels verabschiedet, vom zweiten in den vierten Stock reichte der Gedanke an seine tatsächliche Rolle in meinem Leben. Bald fragte ich mich auch nicht mehr, was wohl der Grund sei, warum er mich eingeladen hatte, ihn nach Frankreich zu begleiten. Wir, die wir uns in Berlin kaum je gesehen haben, waren hier Kumpels, zwischen denen das allermeiste ausgesprochen war und deren Verbundenheit keine Sensationen nötig hatte.

Am Ende unserer ersten Woche teilte mir Hagen beim Frühstück mit, dass er heute ein Auto mieten und in die Bretagne fahren wolle.

»Ich bin dir nicht böse, wenn du in Paris bleibst«, sagte er.

Zum ersten Mal blickten wir uns etwas länger in die Augen, länger als man es tut, wenn In-die-Augen-Blicken kein eigener Akt sein soll. Keiner von uns hatte die Ambition, über den anderen mehr wissen zu wollen, als der andere mitzuteilen bereit war.

Hagen besorgte sich über die Rezeption des Hotels einen schwarzen *Mercedes* 600, Baujahr 1985, mit automatischer Zentralverriegelung, Klimaanlage und weißen Ledersitzen. Er ließ mich eine Runde durch die Stadt fahren. In La Défense stieg ich aus. In acht Tagen würden wir wieder gemeinsam in der Konditorei vom Scribe frühstücken.

»Acht Uhr?«

Wir gaben uns die Hand, und ich fuhr mit der Metro zurück ins Quartier Latin und er weiter nach Westen – oder nach Süden – oder nirgendshin.

Ich überließ mich »der Schwerkraft der Großstadt«. Wo hatte ich diesen Ausdruck gelesen? Ein Flaneur war ich, frei, und ich sagte das Wort vor mich hin, wenn ich unten an der Seine entlangging. Ich tat, als wäre ich ein anderer und spräche über einen anderen. »Er«, sagte ich, »ist ein Flaneur, er überlässt sich der Schwerkraft der Großstadt.« Man kann, dachte der Professor für wissenschaftlichen Atheismus an der Humboldt-Universität zu Berlin, man kann getrost ein einzelner unter vielen sein, ohne mit den vielen mehr zu teilen als den aufrechten Gang, die fünf Sinne und noch einiges Erdgebundenes. Ich brauche keinen Verein, keine Partei, kein Land, keine Gesinnung. Ich gewinne nicht dadurch, dass ich die anderen überrage, ich verliere nicht dadurch, dass ich weniger scheine als sie. Wenn alle gleich sind, nämlich eigentlich nichts sind, ist die Freiheit jedes einzelnen unendlich. Hütet euch davor, etwas zu erfinden, wofür es sich zu leben lohnt, denn dafür lohnt es sich auch zu sterben und zu töten. – Eine These wollte ich am Beginn meiner Vorlesung dem Plenum vorgeben (mit leiser Stimme gesprochen, nahe am Mikrophon): *Die Welt besteht größtenteils aus nichts; insofern lässt sich schwerlich sagen, ob sie eher dem Himmel oder der Hölle gleicht.* Ich schrieb diesen Satz in mein Heft. Konnte sein, dass er von mir stammte, konnte sein, dass er nicht von mir stammte – einerlei! –, ich traute ihm zu, eine Diskussion in Gang zu setzen, die über ein Semester anhielt, so dass ich für ein weiteres halbes Jahr aus dem Schneider war.

Ich verließ das Hotel, bevor die Sonne über den Dächern war. Bei der Place de la Concorde überquerte ich in den ersten Sonnenstrahlen die Seine und trank in einem Bistro am Quai auf der anderen Seite meinen Kaffee, schlenderte in einem großen Bogen zum Invalidendom, setzte mich im Park auf eine Bank und lobte einen scheckigen Hund, was mir ein liebes Lächeln seiner Besitzerin einbrachte und mein erstes Gespräch des Tages. Ich war nicht neugierig, nicht zielstrebig, nicht wählerisch, war nicht Jäger, nicht Unternehmer, nicht Schmied. Über Hunde sprachen wir, die Dame und ich, sie gab gern Antwort, ich fragte gern, und dass ich es verstand, kompetent über Hunde zu fragen, nahm sie als Kompliment; mehr erwartete sie nicht, es war mehr, als sie erwartet hatte. Dies schien mir die höchste Kultur des Daseins: nichts zu erwarten, auf nichts zu hoffen, nicht zu bangen; zu betrachten, was einem gefällt, ohne sich von anstrengenden Begehrlichkeiten den Tag versauen zu lassen, die Sorgen so harmlos wie möglich zu halten und Hässlichkeiten so lange zu ignorieren, bis sie sich einem zwischen die

Wimpern klemmen, und die Augen sich nicht mehr vor ihnen verschließen lassen. Ich wollte sein: das Gegenbild dessen, in dem zweitausend Teufel steckten – und wäre jeder dieser Teufel ein Genie: Keinen würde ich bitten, des halben Glanzes wegen Glanz und Elend mit mir zu teilen. Ich wollte unnütz sein wie eine Lilie auf dem Felde, die nicht arbeitet und nicht spinnt, und ich brauchte auch nicht schöner gekleidet zu sein als Salomon in seiner Herrlichkeit.

Ich holte Joel Spazierers Pass in der österreichischen Botschaft ab. Meinen Koffer hatte ich bei mir, denn Joel Spazierer fuhr von der Avenue Pierre 1er de Serbie mit dem Taxi gleich weiter zum Flughafen Charles-de-Gaulle. In seiner Ledertasche hatte er ein One Way Ticket nach New York. Als die Maschine ihre Flughöhe erreicht hatte, bat er die Stewardess um etwas zum Schlafen, sie gab ihm zwei Tabletten von den ihren, sagte, er solle lieber erst eine nehmen, er nahm beide, trank einen dreifachen Johnnie Walker und zwei Biere dazu und schlief bis zur Landung am John F. Kennedy Airport, döste durch den Zoll und döste im Taxi auf dem Weg nach Manhattan. In einem Hotel in der Madison Avenue stieg er ab, das hatte ihm der Taxifahrer empfohlen. Er duschte ausgiebig, zog sich etwas Dunkles an und trat mit wackeligen Beinen auf die lärmende Straße. Sein Magen war noch nicht eingerenkt. Es regnete leicht und war kühl. Er wich den schillernden Pfützen aus. Er ging bis zur Grand Central Station. Der Spaziergang tat ihm gut. Seine Haare waren nass, ebenso die Schultern seines Anzugs. Er war hungrig und durstig. Er sah in der Halle des Bahnhofs ein Schild, das zur Oyster Bar wies. Er bestellte einen Fischeintopf, dazu ein Glas Weißwein und Mineralwasser. Er wusste nicht, wie spät es war. Er kam mit einem Mann und einer Frau ins Gespräch, sie amüsierten sich über sein Englisch, er war den beiden sympathisch, sie luden ihn zu einer Party ein. Er fragte, wann Abend sei. Sie lachten und stießen sich in die Seite. Er sah ihnen an, dass sie es für eine Superidee hielten, ihn eingeladen zu haben. Sie gaben ihm ihre Karte. Am Abend war er träge, er hatte sich umgezogen, um bei der Party etwas herzumachen, aber unten in der Hotellobby überlegte er es sich anders, setzte sich in die Bar und betrank sich mit Bourbon und Martini. Er trank, bis er nichts mehr denken konnte und nicht mehr gehen konnte. Der Keeper rief einen Boy, der brachte ihn hinauf in sein Zimmer, half ihm,

Jacke und Hose auszuziehen, und wartete geduldig, bis er ein Trinkgeld bekam. Am nächsten Morgen erwachte er um halb fünf. Sein Magen war hohl vor Hunger, ihm war schwindelig. Er spazierte wieder die Madison Avenue hinunter, um die Grand Central Station herum zur 40. Straße und auf der 40. Straße nach Westen zum Times Square. Es war wenig los, die meisten Autos waren gelb. Der Geruch, fand er, war es wert, früh aufzustehen. Immer noch regnete es, aber es war eher ein Zerstäuben als ein Fallen. Eine Frau kam ihm entgegen und fragte, ob er ihr letzter Kunde der Nacht sein wolle. Er war sich nicht sicher, ob er sie verstanden hatte. Er sagte: »The first one I want to be.« Sie verstand ihn nicht. Er sagte: »I want to be the first man in your day.« Sie überlegte und lachte. Er versuchte es auf Spanisch. Sie antwortete ihm spanisch. Er sagte, er würde gern mit ihr frühstücken. Ob er sie zu einem Frühstück einladen dürfe, sie würde ihn sehr glücklich machen. Sie fuhren mit dem Taxi nach Brooklyn. Sie hieß Nina. Er wollte das Taxi bezahlen, sie protestierte. Er drückte dem Fahrer ein Bündel Scheine in die Hand und gab ihm Zeichen loszufahren. Sie zankten sich, bis sie im Haus waren, wie zwei Verliebte zankten sie sich. Es war hübsch bei ihr. Die Sessel hatten großflächige Blumenmuster. Nina lebte mit zwei Freundinnen zusammen, Elvira und Veta. Sie waren auch gerade erst nach Hause gekommen. Sie legten eine Schallplatte auf. Eine Frauenstimme sang zu elektronisch erzeugten Rhythmen und Klängen:

A man can tell a thousand lies
I've learned my lesson well
Hope I live to tell
The secret I have learned, 'till then
It will burn inside of me

Die Frauen deckten den Tisch, Tellerchen, Becherchen, falteten Servietten. Zweimal setzten sie Kaffee auf. Orangensaft gab es aus einem Fünf-Liter-Ballon. Er war sehr durstig. Sie legten sich eine nach der anderen schlafen, und er schlich sich aus dem Haus, das baufällig war und eine Veranda mit eingebrochenen Dielen hatte. Die Gegend war heruntergekommen, er war der einzige auf der Straße, auch in den

Nachbarhäusern war niemand zu sehen, Autos fuhren keine, kein Bus fuhr, keine Subway-Station war zu sehen. Er wusste nur, dass er östlich des East River war. Er musste also darauf achten, die Sonne im Rücken zu haben. Aber die Sonne war noch gar nicht richtig da, außerdem war es bewölkt. Er fror. Irgendwann erreichte er eine breite Straße, er setzte sich in einen Bus und fuhr nach Manhattan zurück.

Am nächsten Tag und am übernächsten gewöhnte er sich an einige Wege – hinunter zur Grand Central Station, hinauf zum Central Park, hinüber zur Rockefeller Plaza –, aß im gleichen Restaurant zu Mittag und zu Abend, wurde mit »Joe!« begrüßt, grüßte mit »Max!« zurück, kaufte zweimal im gleichen Deli seine *Philip Morris*. Am dritten Tag kam er gegen Mittag in der 56. Straße an einem Büro der Air France vorbei. Er trat ein und fragte, wann der nächste Flug nach Paris abgehe, und bekam zur Antwort, in drei Stunden. Ein Angestellter bot sich an, mit ihm zum Hotel zu fahren und seine Sachen abzuholen, er fliege mit derselben Maschine. Er bezahlte das Ticket bar. Zwölf Stunden später war ich wieder im Hôtel *Scribe* in Paris. Ich drückte Joel Spazierers Pass in die ausgeschabte Vertiefung im Buchdeckel der Österreichisch-Ungarischen Nordpol-Expedition, klebte das Deckblatt darüber, legte mich ins Bett, und als ich aufwachte, war es morgens um halb acht, und ich war hungrig und durstig. In der Konditorei saß Hagen Bertuleit und wartete auf mich. Er sei gestern Nacht von der Bretagne zurückgekehrt, sagte er. Es sei schon sehr spät gewesen. Er habe überlegt, bei mir anzuklopfen und zu fragen, ob wir gemeinsam einen Schlaftrunk nähmen. Aber er sei dann doch zu müde gewesen.

Ich sagte: »Hast du gute Geschäfte eingefädelt?«

Er sagte: »Das wird sich weisen.«

Ich sagte: »Hast du den Mercedes noch?«

»Er steht in der Hotelgarage.«

An diesem Tag fuhren wir – ich am Steuer – aus Paris hinaus und in der Gegend herum. Hagen zahlte. Ich hatte außer Ostmark kein Geld mehr. Es war unser letzter Tag, bevor es zurück in die Heimat ging.

7

These und Frage:

Die Welt besteht größtenteils aus Nichts. Ist sie eher dem Himmel oder eher der Hölle zuzurechnen? (Prof. Ernst-Thälmann Koch)

Diskussion:

– Gott, der Ewige, der Vollkommene, ist verliebt in die Materie. Deshalb, weil sie vergänglich und unvollkommen ist. Die Materie macht ihm seinen Platz nicht streitig. Sie definiert seinen Platz.

– Gott kann sich selbst nur erfahren in Abgrenzung gegen das, was er nicht ist. Er ist nicht die Welt. Darum hat er die Welt erschaffen. Als die Negation seiner selbst.

– Für Gott ist die Welt nicht.

– Für den Menschen aber ist *die Welt.*

– Deshalb ist für den Menschen Gott nicht. *Deshalb hat jener Mensch recht, der sagt:* Gott existiert nicht. *Ergo hat Johannes Scotus Eriugena recht, wenn er sagt:* Gott existiert nicht.

– Gott wühlt gern im Materiellen.

– Gott ist unveränderlich. Die Materie aber ist in ständiger Veränderung begriffen.

– Fleisch unter der Marter verändert sich. Man kann es verändern bis hin zum Tod. Darum hat Gott das Unmögliche möglich gemacht und einen Sohn gezeugt, und zwar allein aus dem Grund, um ihn zu quälen.

– Die einzig mögliche Form eines Gottessohnes ist der Mensch.

– Gott wollte erfahren, wie es ist, die Negation seiner selbst zu sein.

– Der Mensch ist Inhalt und Fülle.

– Inhalt ist immer Materie.

– Gott ist reine Form und Leere.

– Gott lässt sich in Wahrheit nur mathematisch beschreiben. Gott lässt sich als eine Gleichung beschreiben.

– Eine Gleichung aber ist immer tautologisch. Gott sagt: Ich bin, der ich bin.

– Die letzte Reduktion jeder Gleichung lautet: 0 = 0.

– Ergo hat Johannes Scotus Eriugena recht: Gott existiert nicht.

– Ergo: Weil die Welt zum größten Teil aus Nichts besteht (Prof. E.-Th. Koch), kann Gott im größten Teil der Welt gefunden werden.
– Der Rest ist das Böse.

So weit ein Auszug aus dem Protokoll meiner Vorlesung im Sommersemester 1986: *Gott ist nicht und deshalb ist er.*

Das Protokoll wurde von der Stasi einbehalten, bevor es an die Studenten verteilt werden konnte. Hung hat mir eine Kopie davon angefertigt und das Original anschließend an die Advocata für ihr Archiv weitergeleitet. Es handelte sich dabei nicht etwa um die Mitschrift von Aussagen, die ich getätigt hatte. Das Protokoll umfasst eine lose Sammlung von Sätzen jener Studenten, die vorne im Halbkreis saßen und diskutierten, sowie Beiträge aus dem Plenum. Ich habe mich an meinen Vorsatz gehalten und nichts gesagt. Ich habe tatsächlich nicht ein Wort gesagt. Mein minimalistisches Einleitungsstatement – *These und Frage* – hat Thorsten Grimm vorgelesen, mich dabei imitierend, leise, nahe am Mikrophon. Er hat auch einen ausführlichen Kommentar dazu verfasst, hat ihn vervielfältigt und als Diskussionsgrundlage an die Studenten verteilt. Mein Beitrag bestand einzig darin, vorne in der Mitte des Halbkreises zu sitzen und während der Diskussion von einem zum anderen zu schauen. Ich war ein Avantgardist. Ich provozierte Erwartungen und erfüllte Erwartungen. Nur: In meiner Absicht stand weder das eine noch das andere.

Das Semester war nicht zur Hälfte um, da wurde meine Vorlesung abgesetzt. Von der Universitätsleitung. Den Aushang hatte die Rektorin, Dr. Mechthild Jauch, unterschrieben. Angeführte Begründung: Die Veranstaltung sprenge den akademischen Rahmen.

Ich wurde freigestellt. Bei vollen Bezügen, versteht sich. Ende Sommer würde man weitersehen.

Mir war das sehr recht. Die Diskussionen hatten mich zu langweilen begonnen; die hysterische Aufgeregtheit und die schieläugige Hingabe der Diskutanten waren mir unheimlich. Ich verstand bei den meisten Diskussionsbeiträgen nicht einmal, worum es ging. Nachdem ich genügend Selbstbewusstsein besaß, um nicht zu glauben, dass ich der Dümmste im Saal sei, nahm ich an, dass ein Großteil der Anwesenden ebenfalls nicht wusste, worum es ging, nicht einmal bei ihren eigenen

Wortmeldungen. Umso mehr erstaunte mich, dass sich manche Redner und manche Rednerin in Emotionen hineinsteigerten, als gehe es nicht nur um ihr Leben, sondern obendrein um den Sinn desselben – welcher unter Umständen sogar mehr sei als das Leben selbst, wie ich etlichen Beiträgen entnahm. Ich saß vorne, rechts von mir vier Studenten, links von mir vier Studenten, vor mir auf Textilfühlung zwanzig Studenten, und sagte nichts. Wenn ich nur die Brauen hob, ging ein Raunen durch den Saal. Wenn ich mich räusperte, wurde es augenblicklich still. Und alle warteten. Und ich schwieg. Hätte ich irgendetwas gesagt, und wär's der Weisheit letzter Schluss gewesen, es hätte nicht die Wirkung getan wie mein Schweigen. Sie dürfen mir glauben, es ist sehr, sehr anstrengend, zweieinhalb Stunden stumm auf einem unbequemen Sessel zu sitzen und dabei so ausdruckslos zu bleiben, wie es geformtem Fleisch eben möglich ist. Bei nur zwanzig Minuten Pause. – Ja, ich war den Genossen vom ZK der SED wirklich sehr dankbar, dass sie Rektorin Dr. Jauch den Auftrag erteilt hatten, meine Vorlesung abzusetzen. Ich bat Erich »Emil« Mielke, dies den Genossen mitzuteilen.

Ich hatte Ferien!

Das hieß, ich konnte mich Dortchen und Lenchen widmen. Ich baute Schiffchen. Ich weiß nicht, wie ich darauf gekommen war, auf einmal packte mich eine Lust, Schiffchen zu bauen. Ich wachte früher auf als gewöhnlich und setzte mich im Schlafanzug hin und schnitt aus, faltete und klebte. Meine beiden Mädchen, das Knuddele und das Fädchen, waren begeistert, und es vergingen selten mehr als zehn Minuten, und sie kamen, sich die Äuglein reibend, aus ihren Bettchen geschlichen, schmatzten die letzte Müdigkeit hinunter und setzten sich zu mir, reichten mir, was ich brauchte, als wär ich ein Chirurg und sie meine Assistenzärztinnen. Wenn Clara oder Elsbeth endlich aufstanden und wir gemeinsam frühstückten, aßen Dortchen oder Lenchen und ich unser Marmeladebrot und verzogen dabei unser Gesicht, als wären wir Schwerstarbeiter.

Es wurde ein herrlicher Sommer. An meinen Fingern klebten Heftpflaster, weil ich mich oft genug mit dem Teppichmesser schnitt, an den Ärmeln meiner Hemden krümelten sich Reste von Klebstoff, und überall lagen Werkteile herum, die irgendwann einmal gebraucht würden und deshalb nicht angerührt werden durften. Die sonnigen Tage verbrachte ich am Wasser, entweder mit dem knuddeligen Dortchen oder mit dem fadendünnen Lenchen. Wir nahmen eine Decke mit, Kopfkissen, Proviant, einen Sonnenschirm und Sonnencreme. Wenn es regnete, bastelte ich, entweder am Küchentisch in der Marienburgerstraße mit Dortchen oder bei Elsbeth zu Hause mit Lenchen. Die Schiffchen baute ich aus Papier, das wir gemeinsam anmalten. Am Schluss machte ich sie mit mehreren Schichten Bootslack wasserdicht und steif.

Über Hung wurde mir mitgeteilt, man rate mir aus verschiedenen Gründen dringend ab, mich in der Universität blicken zu lassen, darum bat ich den treuen Thorsten Grimm, mir einige Lexikonbände aus der Bibliothek zu bringen. Von nun an bauten wir Schiffe nicht mehr aus der Phantasie, sondern nach Vorlage der Bilder, die wir uns gemeinsam heraussuchten, Bilder von Segelschiffen, von Dampfern mit einem, zwei, drei Kaminen. Den größten Ehrgeiz verlangte uns ein Mississippiraddampfer ab. Kleine Kunstwerke waren das. Vier Stück standen in Lenchens Kinderzimmer auf dem Fensterbrett und auf dem Heizkörper, vier Stück in Dortchens Kinderzimmer auf dem Puppenregal, zwischen ihnen Babbale, der aufpasste, dass sie nicht von Piraten gekapert wurden. Ein Schiff war im Schlafzimmer von Vati und Mutti, eines im Schlafzimmer von Babbale und Mama. Weil sich Dortchen so gern dehnte, wenn sie vom Schlaf aufstand, nannte ich sie in meinem Kopf Dehnchen, auch weil sie sich dann auf ihre Schwester reimte, und zu Lenchen sagte ich in meinem Kopf Hierchen, was gut zu Dortchen passte. So hatte ich die beiden in Wirklichkeit und hatte sie obendrein noch im Kopf.

An den Abenden las ich vor – Dortchen aus einem Märchenbuch, Lenchen aus einem der lustigen Atze-Hefte, die Elsbeth für sie abonniert hatte.

Lästig waren die Studenten, die mir auf der Straße oder unten am See auflauerten, im harmlosesten Fall, um mich um ein Autogramm zu bitten, meistens aber, um mir ihre Empörung darüber mitzuteilen, dass meine Vorlesung verboten worden sei, und mich über geplante Proteste zu informieren oder mich zu irgendwelchen Versammlungen in irgendwelche Kirchen einzuladen. Manche standen einfach nur da, mundoffen, bis sie der Mut verließ und sie kehrtmachten.

Ich wurde ins Ministerium für Staatssicherheit beordert und trank mit dem Genossen Minister einen Kaffee in dessen Arbeitszimmer. In Gegenwart der Sekretärin siezten wir uns. Allein mit uns waren wir die beiden Nachtvögel, Kumpane.

»Was wollen diese Arschgeigen von dir?«, fragte Emil. »Schnorren sie dich an?«

»Nein«, sagte ich, »das tun sie nicht. Oder eigentlich tun sie es doch, ja.«

Er sagte: »Ich lass jetzt einen Scherz ab, Lachen erlaubt, aber dir ist schon klar, dass es Zeiten gab, in denen hätte man auch dir den Kopf abgehackt, mein Junge.«

»Nicht einem Thälmann«, konterte ich und drohte ihm scherzend. »Pass auf, was du sagst!«

»Ah, ich habe den wahren Thälmann persönlich gekannt«, gab er mir zurück. »Seien wir froh und froher, dass ihn sonst niemand in unserem gutgläubigen Republikchen persönlich gekannt hat. Ein Einser war der keiner. Und mit Philosophie und dem Arschwisch, mit dem du die Leute verrückt machst, hat der so etwas von nichts am Hut gehabt. Warum tust du das, András? Warum um Himmelchristi willen! Wen interessieren denn deine sogenannten letzten Fragen? Uhhh, was ist das Leben? Uhhh, was ist der Tod? Uhhh, der Tod ist das Nicht-Sein. Schon, schon, Genosse, nur: Was ist gewonnen mit dieser Einsicht, wenn vor dir eine Leiche liegt.«

»Aber ich habe doch gar nichts gesagt«, verteidigte ich mich. »Ich will doch gar nicht wissen, was das Leben ist, und auch nicht, was der Tod ist. Nicht ein Wort habe ich gesagt.«

»Nichts sagen, mein Lieber, ist eine sehr heikle Methode! Unsere Leute arbeiten lange, bis sie diese Methode beherrschen. Aber nur wenige beherrschen sie wirklich. Dzierzynski hat sie beherrscht, Genrich Jagoda war nicht schlecht darin, Jeschow war auch auf diesem Gebiet eine Flasche und Berija war sowieso ein Schwätzer, der konnte nie das Maul halten, der Eierkopf, der polierte. Diese Fragerei, ich sage dir! Ich durfte ja einmal zuschauen, war eine Ehre für einen wie mich damals, kannst dir vorstellen. Aber dann diese endlose Fragerei! Wie kann man aus einer spannenden Sache wie einem Verhör so etwas Langweiliges machen! Weil er sich in seinem georgischen Untermenschenhirn eingebildet hat, dass bei allem, was der Mensch tut, der Mensch einen Zweck damit verfolgt. Das Böse einer Tat liegt im Zweck der Tat, so seine Rede. Ja, schon, ja, schon. Aber dann geht's los: Warum bist du gerannt? Um den Bus zu kriegen. Warum wolltest du den Bus kriegen? Weil ich in die Apotheke wollte, bevor sie zumacht. Was hast du, blödes Arschloch, in der Apotheke gewollt? Zahnpasta kaufen. Wozu Zahnpasta? Um die Zähne zu putzen. Warum willst du dir deine Scheißzähne putzen? Weil ich schön und gesund bleiben will. Warum will ein Furz wie du schön und gesund bleiben? Um das Leben zu genießen. Verstehst du, András, spätestens an dieser Stelle müsste das Verhör zu Ende sein. Ab mit ihm in das Bagno, wo ihm einzig sein Elend beweist, dass er noch existiert! Aber Berija muss weiterfragen, immer weiterfragen, wie ein Fünfjähriger, dieser Eierkopf hat einfach keinen Sinn für Proportionen gehabt.«

Emil schlug vor, ich solle, wenn ich unten am Wasser die Schiffchen ausprobierte, mich ein wenig verkleiden, und schon wäre ich die Aufwiegler los. Er schickte mir ein paar Sachen, Schnauzbart, Perücke, einen breiten Backenbart gegen meine Sommersprossen, eine gelbe Brille mit gelben Gläsern, einen Hut, der mich älter machte – man glaube nicht, wie viel allein mit einem Hut auszurichten sei. Ich sah sehr fesch aus. Zu Dortchen und Lenchen sagte ich, so sähen Kapitäne aus, die über den Atlantischen Ozean nach Amerika fuhren. Sie glaubten mir nicht, wollten sich aber ebenfalls verkleiden. Lenchen ging als Pippi Langstrumpf, Dortchen als eine Marktfrau mit Kopftüchlein und Schürze. Als Emil davon Bericht bekam, war er so gerührt, dass er unbedingt auch einmal – zweimal – zum See mitgehen wollte. Er verkleidete sich als Opa und teilte sich gerecht auf Lenchen und Dortchen auf. Sie mochten ihn und lachten sich schief, wenn er Arsch, Furz und Scheiße sagte.

Im September fuhren Elsbeth, Lenchen und ich an die Ostsee nach Warnemünde. Aus der Uni war nicht mehr zu erfahren, als dass »mein Fall noch in der Schwebe« sei.

Und er schwebte und schwebte und schwebte.

8

Im selben Jahr unternahm ich eine zweite längere Reise, im Oktober nämlich, diesmal ins sozialistische Ausland, in die Sowjetunion – bei welcher Gelegenheit ich Dr. Birgit Jirtler kennen lernte. Sie war Professorin für Biologie an meiner Universität. Zu Hause in Berlin lagen unsere Büros nur ein paar Flure auseinander, und dennoch waren wir uns nie über den Weg gelaufen. Wer weiß, ob wir uns je begegnet wären, wenn uns nicht ein Leningrader Abenteuer aufeinander gestoßen hätte.

Und wollte ich – angenommen, der Gott forderte irgendwann Abrechnung – alles verschweigen und hineinstopfen in die Höhlen und Kammern und Börsen meiner Lügenexistenz, dieses Abenteuer müsste ich ihm doch erzählen müssen, wahrheitsgetreu.

Ich war zusammen mit Gregor Lenz nach Leningrad gereist – Sie erinnern sich: mein akademischer Mentor. Er war von der russischen Akademie der Wissenschaften eingeladen worden, auf einem internationalen Kongress einen Vortrag über das Frühwerk von Karl Marx zu halten. Gregor hatte mich gebeten, ihn zu begleiten, weil er nur »bröckchenweise« Russisch spreche und verstehe, unter den Kollegen als Folge weit zurückliegender jugendlicher Angeberei aber als einer gelte, der diese Sprache aus dem Effeff meistere; weswegen ihm von den Behörden in Berlin kein Dolmetscher zugeteilt wurde. Meine Reisegenehmigung nach Leningrad besorgte Hung.

Bei den Gesprächen mit den russischen Kollegen, die zwischen den Seminaren stattfanden, diente ich Gregor als Übersetzer – übrigens auch bei den Gesprächen mit den französischen, italienischen und spanischen Kollegen. Seinen Vortrag hielt er auf Deutsch, er wurde synchron in die Kopfhörer der nicht Deutsch sprechenden Teilnehmer übersetzt. Ich war inzwischen gut in Russisch. Ich las jeden Tag in der *Prawda* und an den Wochenenden in der *Literaturnaja Gaseta;* nicht, weil mich die Artikel interessierten, das war sehr selten der Fall, sondern um mich in der Sprache zu schulen. Hung und ich unterhielten uns nur noch entweder auf Russisch oder auf Vietnamesisch. Außerdem belegte ich Kurse in Spanisch und Französisch, damit ich auch in diesen Zungen geschmeidig bliebe – Muße hatte ich ja –, und beschäftigte mich im Selbststudium mit der englischen Sprache, was mir ästhetischen Genuss, aber auch Schwierigkeiten bereitete, weil keine Buchhandlung in Berlin Lernmaterial zur Verfügung hatte und die Universität überraschend mau ausgestattet war.

Zur gleichen Zeit wie die philosophische Tagung fand die Schachweltmeisterschaft zwischen Anatoli Karpow und Garri Kasparow statt. Frau Prof. Jirtler war als Meisterin des Schachclubs der Humboldt-Universität zu Berlin von der akademischen Fraktion des Leningrader Schachclubs Michail Botwinnik eingeladen worden, um eventuell für deutsche Fachzeitschriften Kommentare zu schreiben. Sie wohnte im selben Hotel wie Gregor und ich am Zagorodny Prospekt. Die Weltmeisterschaft hatte im Juli in London begonnen und sich über zumeist unentschiedene, enervierend zähe Partien hingezogen. Ich hatte das Turnier mit halber Aufmerksamkeit in der Presse verfolgt und die eine oder andere Partie nachgespielt. Die Begegnung war dank Kasparow vielversprechend originell gestartet, drohte inzwischen aber zu einer der langweiligsten in der Geschichte dieses Sports zu werden. Frau Prof. Jirtler, die mit uns im Hotel frühstückte und mit der ich mich gern über Schach unterhielt und einige Partien ohne Figuren und Brett gespielt und allesamt mit Pauken und Trompeten verloren hatte, fragte mich – nur mich –, ob ich Lust hätte, mir eine Begegnung anzusehen, sie verfüge über vierzig Karten, die sonst in den Gully wanderten. Gregor antwortete, Schach sei auf alle Fälle besser, als von den Kollegen bei schlechtem Russisch erwischt und zu Hause womöglich angeschwärzt zu werden.

Frau Prof. Jirtler war Anfang fünfzig und ledig, sie hatte ein fahles Gesicht, fadige, zu Inseln gebündelte Haare, zwischen denen die Kopfhaut hervorschimmerte, nikotinbraune Finger und nikotinbraune, schiefe Zähne, ein Schneidezahn war in der Hälfte abgebrochen. Sie war groß mit hohem, in den Hüften breitem Hintern, hatte lange dünne Beine und Arme, einen hageren Oberkörper und einen dürren Hals, bei dem wohl die Hälfte der Menschheit ans Würgen denken mochte. Sie redete nicht viel, war misstrauisch, verschluckte Silben, verschlampte Endwörter. Sie hielt Gregor für ein bisschen blöd und amüsierte sich über ihn auf eine hinterhältig schadenfrohe Art, wie ich fand. Und Gregor fürchtete sich vor ihr – vor ihrem möglichen Spott, vor ihrer möglichen cholerischen Hochfahrenheit, vor ihren möglichen Verbindungen, wer weiß wohin; vor dem Konjunktivischen dieser horrend hässlichen Person fürchtete er sich und verhielt sich in ihrer Gegenwart wie ein Hänsel im Käfig der Hexe. Der Gedanke, sie könnte mich ihm wegnehmen, beunruhigte ihn.

Wir hatten uns in der Lobby des Hotels verabredet. Gregor und ich warteten, Frau Prof. Jirtler verspätete sich. Gerade als sie die Treppe herunterkam, fiel Gregor ein, dass es wohl besser wäre, eine Mütze mitzunehmen, die Abende waren empfindlich kalt. Er lief nach oben, wechselte auf den Stufen ein paar Worte mit Frau Prof. Jirtler und winkte mir zu. Das Taxi, das der Portier bestellt hatte und das uns zum Turnier bringen sollte, wartete bereits vor der Tür. Frau Prof. Jirtler brummelte etwas wie, Prof. Lenz sei ein sehr sprunghafter Charakter, er habe ihr auf der Treppe zu verstehen gegeben, er wolle kein Schach sehen, er habe es sich anders überlegt, wir sollten allein fahren. Ich sagte, das könne ich nicht glauben. Sie: Dann solle ich eben auch hierbleiben, sie jedenfalls werde bestimmt nicht länger warten. Ich: Gregor und ich hätten auf sie gewartet, nicht sie auf uns. Sie: Sie hasse solche unfruchtbaren Diskussionen. Sie ging voraus, stieg in den Wagen, ließ die Tür aber offen. Ich folgte ihr. Als das Taxi abfuhr, sah ich Gregor über die Treppe heruntereilen, seine Fellmütze auf dem Kopf, den breiten Fellkragen über den Schultern, sein ratloses Gesicht.

Ihr sei nun ebenfalls die Lust auf Schach vergangen, sagte Frau Prof. Jirtler, ich solle den Taxifahrer anweisen, uns zu einer urigen Kneipe zu fahren, wo man keine Schachtouristen antreffe. Ich sagte, ich bezweifelte, ob es in Leningrad das gebe, was sie unter einer urigen Kneipe verstehe. Aber ich versuchte, das Wort dem Fahrer zu übersetzen, und der gab Gas. Ich war mir nicht sicher, ob er mich richtig verstanden hatte.

Es war erst vier Uhr nachmittags, aber die Stadt zeigte sich nur mehr in Schatten und Umrissen. Zunächst rasten wir über breite Boulevards, wenige Autos waren unterwegs, Fußgänger sah ich keine. Dann bog der Fahrer ab, die Häuser rückten näher heran, und die Fahrbahn wurde so löchrig, dass wir im Schritttempo fahren mussten. Der Fahrer griff nach hinten und drückte die Zäpfchen an den Türen hinunter.

Frau Prof. Jirtler schlotterte neben mir. Sie fragte, ob sie sich an meinen Mantel drücken dürfe. Ich legte den Arm um sie. Okay, sagte sie, sie gestehe, sie habe Prof. Lenz ausgebremst, und klapperte dabei mit den Zähnen. Sie roch nach ihren selbstgedrehten Zigaretten. Ich ekelte mich nicht vor ihr. Ich hob die Beine, und sie schob die ihren unter mich, so bekam sie ein bisschen Wärme von meinem sensationellen Mantel.

Der Fahrer hatte mich verstanden und missverstanden. Es war eine Kneipe. Sie war urig, und sie war geheizt. Sie war überheizt sogar. Es war eine Spielerkneipe, ein aus Sperrholzplatten zusammengenagelter Kasten ohne Fenster unter der Halle eines Bahnhofs. Schach wurde gespielt. Männer und Frauen in Mänteln oder nur in Hemden standen eng beieinander, kein Lippenpaar ohne Zigarette, kein Mund mit zweiunddreißig Zähnen. Angeschaut hat uns keiner. An den Tischen saßen die Spieler, über ihren Rücken beugten sich die Kiebitze. Wenn Frau Prof. Jirtler gesagt hatte, sie habe keine Lust auf Schach, so konnte das richtig und falsch sein und beides zugleich. Lust auf Schach kannte sie nämlich nicht; sie war süchtig nach Schach. Und es war für sie unmöglich, nur zuzusehen, wenn gespielt wurde. Zu essen gab es eine rötlich graue dicke Suppe, dazu gelblich graues Brot und Wodka. Mit viel Pfeffer wäre die Suppe besser gewesen. Aber Pfeffer gab es nicht.

Nach einer Viertelstunde bereits saß Frau Prof. Jirtler vor einem Schachbrett. Sie spielte und verlor, und ich zahlte. Sie spielte und verlor wieder, und wieder zahlte ich. Die Spieler waren nun sehr interessiert an uns. Ich nahm an, für den Taxifahrer fiel ein Kleines ab, wenn er Kundschaft wie uns brachte. Sattes Geschäft während der Schachweltmeisterschaft, bei der ein Russe gegen einen Armenier spielte. Frau Prof. Jirtler verlor auch die dritte Partie und verlor auch die vierte. Und ich zahlte.

Nach der fünften verlorenen Partie blickte sie vom Brett auf in die Gesichter und präsentierte die gravitätische Hässlichkeit ihres Mundes. Ohne mich anzusehen, fragte sie, ob ich noch Geld hätte. Nicht mehr viel, sagte ich. Sie nickte, klatschte in die Hände und erhob sich. Sie tat, als ob sie aufhören wollte. Sie wurde gelobt – ich übersetzte –, sie wurde ermutigt, ihr wurde geschmeichelt – ich übersetzte und bekam dafür einen Wodka spendiert. Also spielte Frau Prof. Jirtler eine sechste Partie, und die gewann sie. Alle waren glücklich und applaudierten. Und jeder dachte, ihr Gegner habe sie gewinnen lassen. Und das hatte er wahrscheinlich auch. Schnaps für sie und mich. Man fragte uns, woher wir kommen.

»Hat er Sie gefragt, woher wir kommen?«

»Hat er.«

»Sagen Sie, aus Österreich.«

Ich sagte, wir kommen aus Österreich. »Мы из Австрии.«

Frau Prof. Jirtler spielte und verlor. Sie spielte, bis unser letztes Geld draußen war. Dann erst drehte sie den Spieß um.

Sie machte es wie die Spieler im Café Museum in Wien. Ein Trick, den jeder Schachspieler in jeder Schachkneipe der Welt kennt. Aber warum sollte nicht jeder Schachspieler in jeder Schachkneipe der Welt darauf hereinfallen? Ein Könner, der einen Nichtkönner spielt, ist von einem tatsächlichen Nichtkönner nicht zu unterscheiden, jedenfalls nicht, wenn es ein wirklicher Könner ist.

Sie gewann alles zurück. Das Geld steckte ich ein.

Ich sagte, sie solle es gut sein lassen. Aber ein Mensch wie Frau Prof. Jirtler will sich zu jeder Zeit ihres wachen Tages – von ihren Träumen weiß ich nichts – an jedem Menschen rächen. Deshalb kann sie nie, niemals etwas gut sein lassen. Sie war eine Kommunistin, radikaler als Lenin und dessen Bolschewiki, in denen sie Verräter an der Revolution und dem »Edeltum« des Menschen sah. In ihrem Arbeitszimmer in der Universität – das zeigte sie mir nach unserem russischen Abenteuer – hing ein Bild von Fanny Kaplan an der Wand, jener Anarchistin und Sozialrevolutionärin, die 1918 ein Attentat auf Lenin verübt hatte, eben weil sie ihn für einen Verräter an der Revolution und dem Edeltum des Menschen hielt. Das Bild zeigt eine junge, traurige Frau in einem schwarzweiß karierten Jäckchen mit einer Spange im Haar; sie bietet uns ihr Profil dar und scheint mehr zu wissen, als gut ist, um je glücklich zu sein. Wenn jemand Frau Prof. Jirtler fragte, wer diese Frau sei, antwortete sie, ihre Schwester.

Schließlich spielte sie gegen zwei gleichzeitig. Dann gegen drei. Zuletzt simultan gegen vier, da war es schon über Mitternacht. Damit war unsere betrügerische Absicht erwiesen: Eine Großmeisterin hatte sich eingeschlichen, eine aus dem reichen Westen obendrein, um armen russischen Menschen das Geld aus dem Sack zu spielen. Sie und ihr Einpeitscher. Ihr Zuhälter, der die Bank verwaltete. Ich wurde öfter angesehen als Frau Prof. Jirtler. Man hielt mich für den Anstifter, für den Schlimmeren. Auch weil ich schöner war als sie. Schachspieler sind Menschen mit Minderwertigkeitskomplexen. Hässliche Menschen haben es bei Schachspielern leichter. Schöne Menschen – was haben die hinter einem Schachbrett verloren! Darum war Kasparow nicht beliebt. Und Bobby Fischer mochte man erst, als er älter war und der Wahnsinn sein Antlitz sichtbar im Griff hatte. Aber ein Schöner, der nichts anderes tut, als hinter der hässlichen Meisterin zu stehen, erst zu locken und dann abzukassieren, dem würde man gern das Gesicht korrigieren.

»Gehen wir«, sagte ich. »Sofort!«

Und war schon draußen. Frau Prof. Jirtler lief hinter mir her. Als ich mich umdrehte, sah ich, dass drei Männer sie niederrangen. Ich rannte durch die leere Bahnhofshalle, zog den Reißverschluss an der Manteltasche zu, damit das Geld nicht herausfiel. Es war ein Kopfbahnhof, aber keine Züge standen hier. Auch keine Menschen waren hier, oder ich nahm sie nicht wahr. Ich wurde zu Boden gerissen.

9

Sie stießen uns in einen Laster, schlugen die Tür hinter uns ins Schloss und fuhren los. Drinnen war es dunkel, über einen Lautsprecher dröhnte Rockmusik. Nach einer Weile wurde die Musik abgeschaltet. Es dauerte, bis die Ohren wieder feiner hörten. Ich hörte das Motorengeräusch. Ich hörte Wimmern. Ich fragte laut nach Frau Prof. Jirtler. Sie antwortete mit klarer Stimme. Ich fragte, ob sie verletzt sei. Sie habe einen Tritt in den Rücken bekommen, sagte sie. Wir beide waren in dem Laster nicht allein. Die Augen konnten sich nicht anpassen wie die Ohren. Es war absolut dunkel. Wir saßen in einer Art Möbelwagen, glaubte ich, in einem Container aus gewelltem Stahl. Die Wände waren aus Stahl, der Boden und die Decke ebenso. Wenn ich aufstand und den Arm ausstreckte, erreichte ich die Decke. Aus dem Motorengeräusch schloss ich, dass der Wagen langsam fuhr. Aus den Bewegungen schloss ich, dass wir über unebenes Gelände fuhren. Ich vermutete, wir fuhren über weiches Gelände, über eine Wiese, über Lehmboden, über Sand. Ich fragte nach den anderen, erhielt aber keine Antwort. Ich kam mit ihnen in Berührung. Wenn ich den Arm um mich kreisen ließ, kam ich mit ihnen in Berührung. Erst dachte ich, es seien Tiere. Nämlich, weil ich Haare ertastete. Ich ertastete haarige Arme und haarige Köpfe. Ich dachte, es sind Tiere, die schlafen. Ich fragte Frau Prof. Jirtler, ob sie auch den Eindruck habe, dass wir nicht allein seien. Sie hatte auch den Eindruck. Ich sagte, ich würde mich gern neben sie setzen, es wäre besser, wenn wir beieinander blieben. Ich saß hinten bei der Tür, sie vorne beim Fahrerhaus. Ich sagte, ich wolle versuchen, mich zu ihr durchzutasten. Es gelang mir nicht. Nämlich, weil der Laster voll mit Lebewesen war. Ich hätte auf sie drauftreten müssen. Ich sage Lebewesen und nicht Menschen, weil ich nicht wusste, ob es tatsächlich Menschen waren.

Ich glaube, wir fuhren viele Stunden, und es hörte sich immer an, als führen wir über Weiches, weicher als gewöhnlicher Grasboden, moorig weich. Ich müsste vor jeden Satz stellen: Ich glaube. Denn nichts kann ich mit Sicherheit behaupten. Zwischendurch rief ich nach Frau Prof. Jirtler, oder sie rief nach mir. Mehr, als uns gegenseitig zu versichern, dass wir noch lebten, konnten wir nicht tun. Am Anfang, das habe ich vergessen zu erwähnen, hatte es nach Apotheke gerochen, dieser Geruch war bald nicht mehr. Sehr kalt war es. Ich in meinem Mantel hatte es gut. Der Wagen blieb stehen, ich bildete mir ein, draußen Stimmen zu hören. Sicher bin ich mir nicht und war mir nicht sicher. Nach wenigen Minuten ging die Fahrt weiter. Vielleicht war Kraftstoff nachgefüllt worden. So verrückt es klingt: Ich schlief ein.

Ich schlief sehr tief.

Ich wachte auf, weil ich am Kragen aus dem Laster gerissen wurde und draußen auf den Seitenholm der Rampe fiel und mir dabei den Unterarm brach. Ich war der erste, der herausgeholt wurde, weil ich mit dem Rücken an der Tür gesessen war. Ich rappelte mich hoch und wollte mich umdrehen, um zu sehen, wer mich stieß, wurde aber zwischen die Schulterblätter geschlagen. Ich versuchte es nicht mehr. Man hielt mir eine Pistole an die Schläfe. Niemand schrie. Das war seltsam.

Es wäre eine typische Situation, in der man schreit, dachte ich. Ich schrie aber auch nicht. Hinter mir hörte ich die anderen. Ich wollte nach Frau Prof. Jirtler rufen. Ließ es aber.

Ich konnte Umrisse erkennen. Es sah aus, als wären wir in einem Stollen. Mit Stollen meine ich eine langgezogene Höhle. An manchen Stellen waren die Wände glatt, als wären sie betoniert, an manchen Stellen sah es aus, als wären sie aus bloßem Fels. Ich vermutete, es handelte sich um einen in Bau befindlichen Straßentunnel oder um einen Eisenbahntunnel, der stillgelegt und vergessen worden war. Alle paar Meter brannte Glut in Blechtonnen. Dann sah ich vor mir Lampen. Sie waren schwach, ihr Licht war gelb. Sie hingen über Käfigen.

Man sperrte uns in die Käfige, jeder bekam einen eigenen. Es war wenig Platz. Wir konnten nur mit eingezogenen Beinen liegen. Mein linker Unterarm war verdreht und hing nach unten. Ich band ihn mit dem Gürtel meines Mantels an den Bauch. Ich nahm an, Elle und Speiche waren gebrochen. Der Schmerz trat hinter die Angst zurück. Das verbesserte meine Lage.

Einige von uns bekamen Kübel für die Notdurft. Zu essen gab es gekochte Rüben. Es gab nur gekochte Rüben zu essen, Rüben mit wenig Salz. Zu trinken bekamen wir Milch. Die hatte einen bitteren Geschmack. Viel Milch bekamen wir. Manchmal war sie sauer. Sauer schmeckte sie besser. Gesprochen wurde nicht mit uns. Die meiste Zeit schlief ich. Mir war jedenfalls so.

Der in dem Käfig neben mir war ein dicker Blonder in einem langen hellen Mantel. Ich hatte keine Orientierung, ob Tag oder Nacht war, ich ordnete die Zeit zu einem Rhythmus, wohl wissend, dass es wahrscheinlich ein falscher Rhythmus war, in dieser Welt war zwischen Tag und Nacht nicht zu unterscheiden, ich tat es nur mir zuliebe. Nach meinem Rhythmus wurde der dicke Blonde in der dritten Nacht geschlachtet. Man holte ihn dazu nicht aus dem Käfig. Man machte ihn im Käfig tot. Man stieß ihm die Klinge in den Hals, drückte ihn in die Knie, beugte ihn, während seine Glieder zuckten, über eine kleine Wanne und ließ ihn ausbluten. Sie brachen ihm die Goldzähne heraus, schnitten mit drei schnellen, sicheren Streichen ihrer Krallen, die wie Klingen waren, die Schwarte an Stirn und Schläfen auf, rissen den Schopf über den Schädel zurück und klaubten darunter die Knochenkuppel ab, als ob auch sie Edelmetall enthalten könnte. Man schnitt ihm die Kleider vom Leib, knotete ihm ein Seil um einen Knöchel und schleppte ihn fort. Sein weißer fetter Körper schimmerte. In den anderen Käfigen hörte ich Kotzen. Was ging dort vor sich? Ich hörte Frau Prof. Jirtler nach mir rufen. Ich antwortete nicht, ich wollte mich nicht verraten. Wobei ich nicht wusste, was man über mich hätte erfahren können, wenn ich geantwortet hätte. Ich glaubte auch nicht, dass man mich vorgereiht hätte, wenn ich irgendwie aufgefallen wäre. Am folgenden Abend – Abend nach meinem Rhythmus, meine ich – hackte man mir den kleinen Finger der rechten Hand ab. Nun war ich an beiden Händen eingeschränkt, und es bereitete mir große Qual, die Wunde mit einem Hemdfetzen zu verbinden. Aber ich brachte es fertig, ich habe scharfe Zähne und einen kräftigen Unterkiefer.

Die Rübenmahlzeit wurde verdoppelt, die Milchrationen verdreifacht. In den Käfig neben mir steckte man einen jungen Kerl, nicht älter als sechzehn, schätzte ich. Erst hatte er wilde Augen, bald nicht mehr. Man zwang ihn, einen großen Eimer Milch zu trinken. Man schüttete sogar Zucker in die Milch. Wir wurden gemästet. Für Frau Prof. Jirtler und mich bedeutete es wahrscheinlich einen Vorteil, dass wir schlank beziehungsweise hager waren, einen Überlebensvorteil. Als Nächste wurde eine Frau geschlachtet. Ich hatte mir schon die ganze Zeit gedacht, sie wird die Nächste sein. Wegen ihrer großen Brüste habe ich es mir gedacht. Man zerhackte sie an Ort und Stelle. Zum Glück waren zwischen ihrem Käfig und meinem drei weitere Käfige, und, wie gesagt, die Beleuchtung war schlecht, so dass ich wenig sehen konnte. Ihr Fleisch wurde gebraten und unter Gesang und Alkoholeinfluss verzehrt. Am meisten setzten mir wieder die Kotzgeräusche aus den anderen Käfigen zu, weil ich fürchtete, man werde es früher oder später auch mit mir so weit treiben. Was würde man mit mir so weit treiben? Was mussten die sehen, was ich nicht sah? Was gab man ihnen zu essen oder zu trinken?

Ich bekam Wundfieber. Meine rechte Hand schwoll zu einem blauroten Klumpen an, mein linker Unterarm ebenso. Der Stummel, wo mein kleiner Finger gewesen war, hatte zu riechen begonnen, der Hemdfetzen war klebrig vom Eiter, ein fauler Geruch, aber ich roch immer wieder daran. Als ich aufwachte, war der Bursche neben mir weg. In seinem Stall waren Haare, Knochen, Blut, Speichel, ein Fetzen Gewand, ein Schuh, eine Fotografie, ein Taschenspiegel, eine abgebrochene Messerklinge, eine Plastikblume. Das Angenehme am Fieber war, dass ich träumte. Ich meinte, dass ich träumte, in Wahrheit war ich wach und beobachtete. Wer kann unterscheiden. Und das war das Angenehme daran. Ich hätte auch meinen Tod geträumt oder meinen Tod beobachtet. Links von mir fing es an, von rechts kam Antwort, und bald war hüben und drüben Hyänengeheul aus den Mäulern zu hören, die Meute hielt einen zähen Ton, wie Gähnen war der, man hätte verzweifeln wollen bei dem Gedanken, wer denn die Verdammten seien, sie oder wir. *Ich bin ein Tier, in Menschenhaut gefangen, bald werde ich erlöst.*

Am sechsten Tag, gezählt nach meinem Rhythmus – wobei ich zugeben muss, dass es nicht einmal mehr ein Rhythmus war, sondern inzwischen willkürliche Zerteilung der Zeit, einmal sagte ich zu mir Abend, einmal Morgen, einmal Dienstag –, wurde ich durch Schüsse geweckt. Ich dachte erst, man habe von Messern auf Maschinenpistolen umgestellt, weil das Töten dadurch einfacher und sauberer vonstattenginge und mit weniger Mühe und weniger Blut verbunden wäre. Ich sah eine Erleichterung darin, weil nun unser ohnehin nur noch kleiner Weg schneller an sein Ende kommen würde.

So war es aber nicht.

Unsere Höhle wurde überfallen.

Die Tür zu meinem Käfig wurde aufgebrochen. Hung stand vor mir und nahm mich in seine Arme. Er weinte und streichelte meine Wangen, küsste mich auf die Stirn und auf den Mund. Währenddessen schossen seine Brüder.

Ich sagte: »Ich will auch.«

Hung nickte und drückte mir seine Maschinenpistole in die Hand. Das tat sehr weh. Mit meinem gebrochenen Unterarm konnte ich die Waffe nicht halten. Ich klemmte sie zwischen Ellbogen und Rippen. Die rechte Hand, an der das Stück Finger fehlte, pumpte und zuckte, als ob im Rhythmus des Herzschlags kochendes Wasser darübergegossen würde, ich fürchtete, die Hand könnte mir abfallen. Ich rief nach Frau Prof. Jirtler, bekam aber keine Antwort. Ich rief noch einmal. Meine Stimme reichte nicht aus. Ich bat Hung, er solle sie suchen, sie gehöre zu mir. Er gab seinen Brüdern Befehl. Ich schob den Zeigefinger vor den Abzug und schoss.

Zu Hung sagte ich – ich denke, das sagte ich, oder ich dachte, ich sagte es: »Ich brauche mir nicht einzubilden, dass sie tot sind. Es geht auch so. Sehen Sie doch, Hung! Es sind Hyänen. Sehen Sie denn nicht die kleinen runden Ohren? Die scheckigen Hängebäuche? Es sind Tiere. Auf Tiere kann man getrost schießen, ohne denken zu müssen, sie seien tot. Es sind Hyänen, sehen Sie doch!«

»Es sind tatsächlich Tiere«, bestätigte er mir und stellte sich hinter mich und half mir beim Töten. Er hatte genügend Munition bei sich und lud für mich nach, wenn es nötig war. Das Praktische an einer Maschinenpistole: Man muss nicht genau zielen. Dass die Waffe in meiner Hand heiß wurde, empfand ich als angenehm. Ich schoss, und sie fielen.

Einige ließen die Brüder übrig. Einen verhörten sie. Der schrie, und sie stimmten in sein Geschrei ein. Er saß am Boden, die Beine waren ihm der Länge nach zerschossen worden, mit Garben aus den Maschinenpistolen, auf und nieder, auf und nieder. Lang saß er da, lehnte mit dem oberen Rücken an der Wand, die Hosenrohre flach, als wären sie leer, eingetaucht in Blut. Ich konnte kein Wort verstehen. Hyänen haben bekanntlich keine Worte. Aber Hungs Brüder berichteten, nachdem sie den Gefangenen mit einem Kopfschuss hingerichtet hatten, sie hätten einiges herausgefunden. Ich hatte kein Interesse daran.

Auch Frau Prof. Jirtler war ein kleiner Finger abgehackt worden. Sie weigerte sich, etwas zu sagen. Sie blickte mich kurz an, schüttelte kaum merklich den Kopf, sonst nichts. Ihr Gesicht war schwarz von dem Ruß am Boden.

Die Befreiten wurden auf verschiedene Wagen aufgeteilt. Frau Prof. Jirtler und ich fuhren mit Hung und einem seiner Brüder in einem Lieferwagen. Bestimmt wurden wir bevorzugt. Vor Fahrtantritt bekamen wir eine Tetanusspritze und Antibiotika. Auch ein Beruhigungsmittel wurde uns gespritzt. Und während der Fahrt reinigte Hung unsere Wunden, strich sie mit Jod ein und verband sie.

Wenn ich davonkomme, dachte ich, werde ich gehen, gehen, gehen. Ich dachte an Gehen wie an Wassertrinken. Ich werde ein Jahr lang gehen, dachte ich. Ich versprach mir, ein Jahr lang zu gehen. Noch besser: zwei Jahre, drei Jahre, vier Jahre. Zum Glück ist die Welt groß und hat viele Wege. War ich nicht am glücklichsten gewesen, als ich über die Felder ging oder an den Waldrändern entlang oder durch Matschels an der Ill entlang oder nachts über den Gürtel in Wien oder über den Strand in Oostende oder über die Gassen am Prenzlauer Berg oder durch die Straßen von Paris oder New York? Ich brauche auch keine Worte mehr. Will bellen lernen wie die Hunde, kichern wie die Hyänen, fauchen wie Luchs und Kuder, keckern wie Fuchs und Fähe. Weiß nun, dachte ich, dass der Mensch nur allein sein kann, wenn er geht. Will er allein sein, darf er nicht verweilen. Und ich will allein sein. So wie ich geworden bin. Er habe viele Schriften gelesen, sagt Meister Eckhart, sowohl der heidnischen Meister wie der Propheten des Alten und des Neuen Testaments, und er habe mit Ernst und Eifer danach gesucht, welches die höchste und beste Tugend sei, mit der sich der Mensch am meisten und am allernächsten Gott verbindet. *So finde ich nichts anderes, als dass lautere Abgeschiedenheit alles übertreffe, denn alle Tugenden haben irgendein Absehen auf die Kreatur, während Abgeschiedenheit losgelöst von aller Kreatur ist.* Abgeschiedenheit, dachte ich, kann ich nur finden, wenn ich gehe. Wenn ich davonkomme, dachte ich, werde ich gehen, gehen, gehen.

Als Frau Prof. Jirtler und ich erwachten, lagen wir nebeneinander in sauberen Betten in einem sauberen, hellen Zimmer, durch dessen Fenster wir in einen Garten sehen konnten. Leider hatten die Bäume kein Laub mehr. Aber gut, es war später Herbst. Dass ich die Jahreszeit als späten Herbst klassifizieren konnte, verdankte ich einer Schlussfolgerung: im Oktober waren wir gekommen, höchstens einen Monat waren wir geblieben; wenn länger, wären die Wunden besser verheilt. Und dass ich schlussfolgern konnte, daraus schloss ich: Es geht aufwärts mit mir. Wir waren gewaschen, trugen gestärkte, geplättete, nach Reinheit duftende Spitalskittel, in unseren Armen steckten Infusionsnadeln. Mein gebrochener Arm war eingegipst, unsere verstümmelten Hände waren fachmännisch versorgt und eingebunden. Nicht einen Schmerz registrierte ich, nirgends.

Frau Prof. Jirtler sagte einmal zu mir, in der Nacht sagte sie es, als nur ein Schein von irgendwoher durch das Fenster zu uns drang: »Ich fürchte mich so sehr vor dem Sterben und vor dem Tod auch, und was habe ich für ein trostloses leeres Leben geführt!«

Ich sagte, sie solle es so sehen, dass die Gedanken an den Tod nichts Gutes sind, sondern dass sie das Urteil über das Leben, das man geführt hat, verfälschen. Das solle sie bedenken.

Nach einem weiteren Monat fuhren wir mit der Eisenbahn nach Hause. Hung hatte alles für uns erledigt. Wir wurden vor unserer Abreise von niemandem befragt. Niemand verlangte unterwegs unsere Papiere. Drei Tage und zwei Nächte dauerte die Fahrt. Frau Prof. Jirtler und ich hatten jeder ein eigenes Abteil zur Verfügung, darin befanden sich ein schmales Bett, zwei Sessel, ein Tischchen und ein kleiner, aber wohl ausgestatteter Waschraum. In einem dritten Abteil war Hung untergebracht. Nie schlief ich ein, ohne dass mir Hung eine gute Nacht gewünscht hätte. Das Essen wurde uns serviert. Wir nahmen es gemeinsam ein, abwechselnd in Frau Prof. Jirtlers oder in Hungs oder in meinem Abteil. Unsere Wunden waren verheilt, die Knochen in meinem Unterarm zusammengewachsen. Den kleinen Finger an der rechten Hand hat man weniger nötig, als man glaubt. Wir sind günstig davongekommen, wenn man bedenkt, dass es auch der Daumen hätte sein können. Außerdem war nur das oberste Glied abgehackt worden. Meistens hält man die Hand leicht geballt, niemandem fällt etwas auf. Und wenn jemandem etwas auffällt, fragt er nicht nach. Und wenn doch jemand nachfragt, sag einfach: »Ach, diese Geschichte erzähl ich dir ein andermal.«

Hinter Frankfurt an der Oder setzte sich Frau Dr. Jirtler zu mir in mein Abteil. Sie brachte in einer Kanne Tee und in einer Dose Kekse mit. Die Kekse waren mürb und mit roter Marmelade gefüllt und an einer Hälfte in Schokolade getunkt und mit buntem Hagelzucker bestreut. Wir sprachen miteinander, über dies und das sprachen wir, in unserer Krankenstation hatten wir kaum miteinander geredet, über Schach zum Beispiel sprachen wir, probierten sogar eine Partie ohne Figuren und Brett, brachen sie aber bald ab, lachten auch schon wieder. Ich hatte sie im Verdacht, unser Abenteuer bereits vergessen zu haben. Na, dachte ich, das kann ich doch auch, das kann ich doch auch. Ich kann es wahrscheinlich besser als sie. Also vergaß auch ich unser

Abenteuer. Nein, ich muss genau sein: Ich konnte jederzeit so tun, als hätte ich es vergessen. Das ist etwas anderes, läuft aber auf das Gleiche hinaus. Ist nicht Lüge, aber mit der Lüge verwandt.

Ich ließ mir wieder die Haare und den Bart wachsen.

10

Weihnachten verbrachte ich mit meinen Frauen und meinen Töchtern – den Abend des 24. Dezember zu Hause in der Marienburgerstraße bei Clara und Dortchen, dafür den vollen ersten Feiertag, vom Frühstück bis zur Nacht, zusammen mit Elsbeth und Lenchen.

Elsbeth hatte ein phänomenales Talent für Gemütlichkeit. Wenn in anderen Haushalten Kaffee aufgegossen wird, riecht es nach Kaffee, und das ist schon alles, was sich dazu bemerken lässt. Bei Elsbeth wehten mit dem Kaffeeduft Erinnerungen in die Küche, über die niemand sagen konnte, woher sie kamen, als wären es allgemeine Erinnerungen, an denen jeder Mensch Anteil hat. Als Theologe – Anti-Theologe – sage ich: In Elsbeths Küche war es leicht, sich an das Paradies zu erinnern. Lenchen und ich rollten Murmeln. Wir lagen bäuchlings auf dem Linoleum des Küchenbodens und sahen uns durch die Beine ihrer Mutter, meiner Liebsten, die immer wieder unseren Blick querten, in die Augen. Das Spiel bestand darin, uns gegenseitig gleichzeitig je eine Murmel zuzurollen und darauf zu achten, dass sie unterwegs nicht gegeneinanderstießen. Manchmal lenkte sie ein Brotkrümel ab, manchmal blieb eine an Elsbeths Absatz hängen und wurde weit ins Feld katapultiert, und wir hörten über uns im Himmel der Küche eine Entschuldigung, so friedlich, dass ich mir nichts anderes wünschen konnte, als immer hierzubleiben, für immer von der Universität beurlaubt zu sein, Hausmann zu sein; mich mit Lenchen in eine Ecke zu verkriechen, wenn Mutti bei der Arbeit im Büro des Staatsratsvorsitzenden war, das Weiche aus dem Laib Vollkornbrot zu pulen und kleine Pyramiden daraus zu quetschen, sie vor uns aufzureihen und abwechselnd zu verspeisen. Die Murmeln hatte mir Lenchen zu Weihnachten geschenkt. Ich dachte, nie schönere Gegenstände gesehen zu haben. Bunte, sich in der Mitte aufblähende Spiralen durchzogen die einen, die anderen waren opak, und erst wenn man sie gegen das Licht hielt, gaben sie ihre Tintenbläue oder ihr Purpur preis, wieder andere waren golden und umbrabraun gesprenkelt wie Tigeraugen. Nie verließ ich das Haus, ohne mindestens eine Murmel in der Hosentasche zu tragen. Ich sagte, nichts Schöneres sei auf der Welt, als eine Murmel in der Hand zu drehen. Ich borgte Lenchen zwei, und so schlenderten wir am Morgen zum Bäcker, beide in Hosen, beide den Unterkörper etwas vorgeschoben, beide die Hände in den Hosentaschen, und drehten unsere Murmeln und trugen auf dem Rückweg unser geliebtes Vollkornbrot im Einkaufsnetz.

Zwischen Neujahr und Dreikönig – strahlender Sonnenschein, Temperatur knapp unter null – lud mich Kurt Hager ein. Inoffiziell, wie er sagte. Was bedeutete: nicht mit der Parteispitze abgesprochen. Eine private Einladung sei es aber auch wieder nicht. Er hielt mich nicht für seinen Freund. Männer mit außergewöhnlichen Fähigkeiten hätten ihn schon immer interessiert, sagte er. Professoren, die über Gott reden und dabei nachweislich nicht ein Wort sagen, aber zweitausend Studenten mehr begeistern können als andere, die hundert Bücher schreiben und reden wie Danton – solche Professoren interessieren ihn. Und eben nicht nur ihn. Dass es Gott nicht gebe, sei erwiesen, aber dass der Mensch über Fähigkeiten verfüge, die weit übers Brotbacken hinausreichten, das sei auch bewiesen. Er sprach in Andeutungen. Er hatte das Wohnzimmer in seinem Bungalow in Wandlitz leer räumen lassen. Statt der privaten Möbel waren hier ein Tischchen mit einem Stuhl davor und im Halbkreis darum herum ein Dutzend Sessel, vor den meisten Stehaschenbecher.

Mein Platz war am Tisch. Darauf standen ein Glas und eine Karaffe Wasser, mehr nicht.

Geladen waren außer mir: Günter Mittag, Mitglied des Politbüros und des Zentralkomitees der SED sowie des Nationalen Verteidigungsrates und leitender Funktionär der Abteilung Kommerzielle Koordinierung im Ministerium für Außenhandel; Horst Sindermann, Mitglied des Nationalen Verteidigungsrates und Präsident der Volkskammer; der erst im Mai auf eigenen Wunsch beurlaubte Generaloberst Markus Mischa Wolf, ehemals Leiter des Außenpolitischen

Nachrichtendienstes und ehemaliger 1. Stellvertreter des Ministers für Staatssicherheit. Diese Männer waren in Zivilkleidung gekommen. Die anderen, ich zählte neun, waren in Uniform, darunter ein Oberst und ein Major der Nationalen Volksarmee, ein Generalmajor der Deutschen Volkspolizei und ein Generalleutnant der NVA, der für die militärische Aufklärung zuständig sei. Die Funktionen der anderen Herren wurden mir nicht genannt.

Hager sprach: »Ohne Umschweife!« Man glaube zu wissen, was ich in der Sowjetunion gemacht habe. Genauer gesagt: Man wisse es. Ich müsse ihm keine Antwort geben. Wenn ich mit meinem Wort gebunden sei, müsse ich ihm keine Antwort geben. Frau Prof. Jirtler und Oberst Nguyen Quoc Hung hätten gestanden. Sie hätten sich gesträubt, aus falsch verstandener Loyalität hätten sie sich erst gesträubt, aber am Ende hätten sie bestätigt, was man ohnehin schon lange wisse. Ich dürfe getrost sein, meinen Freunden sei nichts zugestoßen und werde auch nichts zustoßen, großartige Menschen, rundweg großartige Menschen. Man habe mich, trotz höchster Hochschätzung, wahrscheinlich unterschätzt. Er, Hager, habe mich unterschätzt.

»Was weiß man?«, fragte ich.

»Alles.«

»Was weiß man?«

»Alles lässt sich nicht steigern.« Und daran anschließend, ohne auch nur Luft zu holen: »Können Sie in die Zukunft sehen, Herr Professor Koch?« Er schaute triumphierend in die Runde, meinte, mich überrumpelt zu haben, er, das Naturtalent eines Verhörtechnikers, der es nicht nötig hatte, bei den Genossen Mielke, Dzierzynski, Jagoda, Jeschow und Berija in die Schule zu gehen.

»Weiß nicht«, antwortete ich.

»Heißt ›Weiß nicht‹ in Ihrer Sprache ja?«

»Weiß nicht.«

»Es heißt also ja.«

»Weiß nicht.«

»Er kann also in die Zukunft sehen.«

Das löste größte Aufregung aus. – Weil ich so viel Wasser getrunken hatte, musste ich auf die Toilette.

Günter Mittag meldete sich zu Wort, freundschaftlich: »In medias res!« Auch in unserem Land sei man an gewissen Forschungen interessiert. Auch in unserem Land wisse man, dass gewisse psychokinetische und parapsychologische Phänomene zu untersuchen nicht im Widerspruch zum historischen Materialismus stehe. Warum ich mich denn nicht den entsprechenden Stellen hier anvertraut hätte. Man sei hier diesbezüglich nicht schlechter präpariert als in der Sowjetunion. Und auch er in einem harten Schnitt: »Können Sie Gedanken lesen, Herr Professor Koch?«

Ich antwortete nicht.

»Können Sie?«

Ich antwortete nicht.

»Können Sie!«

Ich antwortete nicht.

Das löste noch größere Aufregung aus. Die Militärs schirmten ihre Augen vor mir ab.

Weil ich wieder so viel Wasser getrunken hatte, musste ich wieder auf die Toilette. In der Garderobe hingen die Mäntel der Herren, Privatmäntel und Mäntel der Nationalen Volksarmee. In jedem fand ich eine Brieftasche, berstend von Valuta. Ich räumte ab und kehrte mit vollen Taschen, Hose wie Jacke, zurück.

Horst Sindermann meldete sich zu Wort: »Bleiben wir sachlich!« Die Frage, die uns bewege, gewiss auch den Genossen Professor Koch, laute: Wie können parapsychologische Fähigkeiten in den Dienst von Humanität und Sozialismus gestellt werden? Die Forschungen von Bechterew und Wassiliew aus den zwanziger Jahren seien in unserem Land ebenso wenig vergessen wie die großartigen Versuche von Wolf Gregorewitsch Messing in den dreißiger Jahren unter dem Schutz von Stalin, der, wie allgemein bekannt, großes Interesse an der Parapsychologie gehabt habe, eben aus den in der Frage angesprochenen Gründen. Immerhin habe Messing den Zweiten Weltkrieg vorausgesagt und auch den glorreichen Sieg der Sowjetunion – und dann noch, wenn er das erzählen dürfe, diese köstliche Anekdote, als Messing ungehindert in Stalins Büro marschiert sei, weil er die Gedanken der Wachen beeinflusst habe und diese ihn für Lawrenti Berija hielten.

Die Herren von Partei und Armee lachten. Noch draußen in der Toilette hörte ich sie lachen.

Dann fragten sie mich weiter aus. Sie fragten Dinge wie: ob der Sozialismus bald untergehe; wann er untergehe; wie er untergehe; was danach komme; wie man sich darauf vorbereiten solle; ob man sich darauf überhaupt vorbereiten könne; ob er doch nicht untergehe; ob doch noch alles gut werde. Ich antwortete nach Belieben mit »Ja«, »Nein« und »Weiß nicht«.

Am Ende erhob sich Markus Mischa Wolf, er hatte sich bisher nicht zu Wort gemeldet. Er vollführte mit den Händen eine Bewegung, als wolle er uns beruhigen. Dabei war es ruhig in Kurt Hagers Wohnzimmer.

»Ich darf du zu dir sagen?«, begann er.

»Ja«, antwortete ich.

»Und es stört dich wirklich nicht?«

»Nein.«

»Und du möchtest zu mir ebenfalls du sagen?«

»Weiß nicht.«

Dieser große, schlanke, gutaussehende, alte, graue, etwas zitternde, von Rückenschmerzen gebeugte, charmante, immer gelassen lächelnde Mann: »Wir haben große Hoffnungen in dich gesetzt. Und tun es noch immer. Inzwischen sogar noch größere Hoffnungen. Ein Thälmann ist zu uns gekommen. Sollte ich sagen: ist zu uns herabgestiegen? Gut, ich sage: herabgestiegen. Und? Schau dich um! Grinst hier einer wegen dieses Ausdrucks? Grinst der Genosse Hager, der Genosse Mittag, der Genosse Sindermann, grinsen die Herren der Partei und der Armee? Nicht einer. Wir sind wahrlich ein abgebrühter Haufen. Wir wissen alles. Und glauben nichts. Jeder hier weiß über die Huren und Strichbuben des anderen Bescheid, über die unterirdischen Geldflüsse, über jedes hier anwesende Leben, über die Privilegien, die Konten auf Schweizer Banken, Arztbesuche, Operationen, Süchte, das Gutsein, das Bösesein. Wir wissen. Aber wir glauben nicht. Nur, ob wir alten Männer glauben oder nicht glauben, spielt keine Rolle mehr. So lautet der Befund. Und da sind wir am Punkt, mein lieber junger Freund. Alt und müde geworden sind wir über der Arbeit am besseren Menschen. Aber an den besseren Menschen muss man glauben. Das haben wir zu spät begriffen. Die Arbeit am besseren Menschen besteht wenigstens zur Hälfte darin, an ihn zu glauben. Das haben wir zu spät begriffen. Wenn man nicht an ihn glaubt, wird er nicht. Ein bisschen materialistische

Religion hätten wir nötig, nur ein kleines bisschen! Ist das zu viel verlangt? Hier einen materialistischen Heiligen, da einen, mehr doch nicht. Ist das wirklich zu viel verlangt? Einen Thälmann, den man nicht nur begreift, sondern an den man auch glauben kann, auch wenn man ihn nicht immer versteht. Sonst laufen wir Gefahr, dass uns alle Dinge als ihre eigene Parodie erscheinen und wir nur mehr höhnisch grinsen, weil wir uns im Besitz des letzten Geheimnisses wähnen, nämlich dass nichts einen Sinn hat. Das wollen wir doch nicht! Das wollten wir nie! Zum Gegenteil dessen sind wir angetreten. Und dann kamst du. Wir waren verwirrt, und wir sind es immer noch. Eben weil wir dich nicht verstehen. Nimm es als Beweis unseres höchsten Vertrauens, dass ich auf diese Weise mir dir spreche. Der Weltgeist ist auf unserer Seite, daran besteht kein Zweifel. Aber wir sehen ihn nicht. Und warum nicht? Weil wir nur geradeaus schauen. Du setzt dich vor zweitausend Leute hin, sagst kein Wort, und die zweitausend glauben an dich, und es ist, als wären sie besessen von dir. Es hätte nur gefehlt, dass du deine Wunden zeigst. Aber du hast ja keine Wunden. Genährt und gepflegt, mit zwei Familien und dem Gehalt eines Universitätsprofessors ausgestattet, lebst du in unserer Republik wie Gott in Frankreich. Der Sozialismus tritt in eine neue Phase. Und es ist deutscher Boden, auf dem dies zuerst begriffen werden wird. Davon sind wir, die wir uns hier versammelt haben, überzeugt. Noch haben wir es nicht ganz begriffen. Noch nicht ganz, verstehst du? Hilf uns dabei! Hilf uns! Hilf uns! Hast du uns etwas mitzuteilen, kleiner Thälmann? Eine Botschaft. Etwas nur für uns. Etwas, das wir mit niemandem teilen müssen. Möglich, dass wir die Botschaft nicht gleich verstehen. Einerlei. Möglich, dass du sie auch nicht verstehst. Umso besser. Das wäre doch bei Botschaften dieser Art umso besser, oder? Bitte! Denk nach!«

Ich dachte nach. Sehr lange dachte ich nach. Es war wie im Hörsaal. Erst wurde es ruhig, blieb lange ruhig, wurde unruhig und wieder ruhig, unruhig und wieder ruhig und endlich still wie unter der Erde. – Darin besteht übrigens der ganze Trick. Mehr ist nicht dahinter. Probieren Sie es aus! Es funktioniert immer.

Dann sagte ich: »Es war einmal ein Hund und ein Spatz, die waren Freunde. Da kam ein Fuhrwerk, und der Fuhrmann sagte zum Hund, ich fahre über dich drüber, wenn du nicht zur Seite gehst. Der Spatz sagte zum Fuhrmann: Tu's nicht, du wirst es nicht überleben. Aber der Fuhrmann fuhr über den Hund, und der Hund war tot. Da setzte sich der Spatz zwischen die Ohren des einen Pferdes und sagte: Du wirst es nicht überleben, du wirst es nicht überleben. Der Fuhrmann schlug mit dem Stecken nach dem Spatz und traf das Pferd, und das Pferd war tot. Da setzte sich der Spatz zwischen die Ohren des zweiten Pferdes und sagte: Du wirst es nicht überleben, Fuhrmann, du wirst es nicht überleben. Und der Fuhrmann schlug mit dem Stecken auch sein zweites Pferd tot und musste nun zu Fuß nach Hause gehen. Zu Hause schloss er Türen und Fenster, aber der Spatz hackte mit seinem Schnabel gegen die Scheibe und sagte: Du wirst es nicht überleben. Da nahm der Fuhrmann das Beil und schlug die Scheibe ein, und der Spatz flatterte herein und sagte seinen Spruch, und der Fuhrmann schlug um sich, bis das Haus in Trümmern lag, aber schließlich erwischte er den Spatz, steckte ihn in den Mund und schluckte ihn hinunter. Der Spatz aber flatterte durch den Hals hinauf und schaute aus dem Mund des Fuhrmanns und sagte: Du wirst es nicht überleben, Fuhrmann. Da gab der Fuhrmann das Beil seiner Frau und schrie: Erschlag ihn! Die Frau holte aus und spaltete dem Mann den Schädel. Der Spatz flog davon und sang: Du hast es nicht überlebt, Fuhrmann, du hast es nicht überlebt.«

Die Geschichte hatte ich aus Dortchens Märchenbuch, es war dort eine unserer Lieblingsgeschichten, und natürlich hatten wir zum Spatz gehalten, mein Knuddele und ich, gegen den Fuhrmann.

Eine weitere Sitzung bei Kurt Hager zu Hause fand nicht statt und auch nicht anderswo.

In den Nächten schlief ich schlecht, das gebe ich zu. Wenn ich sage, ich gebe es zu, meine ich, es gelang mir in diesem Punkt nicht, mich zu belügen. Ich träumte nicht, aber Phantasien und Erinnerungen kamen zu mir, wenn ich wach lag, und so traute ich mich auch in der Dunkelheit nicht, die Augen zu schließen. Ich dachte, ähnlich muss sich Janna gefühlt haben, als sie auf ihrem Entzug war: eingesperrt und zugleich zum Laufen angetrieben. Und wusste doch nicht, was ihr noch bevorstand, was uns noch bevorstand. Als wir nach der vergeblichen Suche nach dem wahren Volk der Tarahumaras, wie es der Franzose in seinem Buch beschrieben hatte, im Winter zu Fuß über die Berge der Sierra zum dritten Mal in die Stadt Creel zurückkehren würden, erschöpft, nass und klamm gefroren, ausgehungert und der letzten Illusion beraubt, nachdem Janna einem dänischen Touristenpärchen einen Schuss abgebettelt hatte und gar nicht mehr versuchte, mich anzulügen, würde sie sagen, jetzt habe sie genug vom Laufen im Käfig. Jetzt habe ich genug vom Laufen im Käfig. Die Nadel war verdreckt gewesen oder das Gift war verdreckt gewesen, am Mittag bekam sie Fieber, aber der Arzt wollte sie nicht aufnehmen. Wenn er sich auch noch um die Touristen kümmern soll, schrie er mich an, nachdem ich eine Stunde lang an seine Tür gehämmert hatte, müsse er zehn weitere Ärzte anstellen und trotzdem Tag und Nacht arbeiten; warum denn alle Idioten der Welt so verrückt danach seien, ausgerechnet hier in der Barranca del Cobre an ihren Drogen zu sterben. Was haben wir euch getan, wimmerte er, als ob er der Patient wäre und nicht Janna. Er bat uns dann doch herein, aber nur in den Flur, nicht in die Ordination. Nur, um uns aufzuwärmen. Ich legte die Hände auf den Ofen. Er konnte nichts tun. Er wunderte sich, dass wir so alt waren. Normalerweise sei seine internationale Kundschaft zwischen zwanzig und dreißig. Wir zogen wieder ab, und weil wir kein Geld mehr hatten für ein Hotel, stiegen wir auf den Berg über der Bahnlinie, dort kannten wir eine Hütte, in die verkrochen wir uns, ich drückte Janna an mich und rieb ihre Schultern und ihre Oberarme. Ich versuchte, ein Feuer zu machen, aber es gelang mir nicht, und dann hatte ich keine Streichhölzer mehr … – Wenn ich bei Elsbeth schlief, kuschelte ich mich in ihren Rücken. Sie rekelte sich, sagte etwas Nettes, drückte mir ihren Hintern entgegen und half mir, in sie einzudringen, und schlief wieder ein.

Von den Meinen fragte nur Hagen Bertuleit, nur er. Ich erzählte ihm unsere Erklärung. Nämlich jene, die Hung, Frau Prof. Jirtler und ich uns zurechtgelegt hatten. Hung, der über Konstruktion und Architektur von Unwahrheit gut Bescheid wusste, hatte geraten, die Erklärung eingängig zu halten. Ich hatte dagegen gemeint, je komplizierter eine Darstellung, desto glaubwürdiger sei sie. Nicht in diesem Fall, war seine Einschätzung, man dürfe die Menschen erst gar nicht auf die Idee bringen zu fragen, Lüge durch Ablenkung sei in unserem Fall nicht ratsam. Also waren wir aufs Land hinter Leningrad eingeladen worden und dort weiter eingeladen worden und ein drittes Mal eingeladen worden, nicht anders ist das in Russland auf dem Land, und so sind zwei Monate zusammengekommen, und kein Telefon war in der Nähe. Nicht eine Sekunde glaubte ich, dass Hung und Frau Prof. Jirtler jemals in ihrem Leben eine andere Version erzählen würden. Kurt Hager hatte mich angelogen. Er hatte Oberst Nguyen Quoc Hung und Frau Prof. Jirtler verhört und nichts herausbekommen. Ich hatte ihm nicht eine Sekunde geglaubt.

»Und dein Finger?«, fragte Hagen Bertuleit.

»Ach«, sagte ich, »die Geschichte habe ich nun schon so oft erzählt.«

Dortchen war in meiner Abwesenheit traurig geworden. Ich glaube, sie war die einzige, die sich wirklich große Sorgen um mich gemacht hatte. Manchmal mitten am Tag kam sie gelaufen, schlang ihre molligen Ärmchen um mich und flüsterte in mein Ohr hinein: »Babbale, Babbale!« und weinte bitterlich, und ich weiß nicht, was mich mehr erschütterte, ihr Weinen oder dass sie meinen Kosenamen flüsterte. Es gab niemanden, der mich hätte trösten können.

»Hast du manchmal an mich gedacht, Janna?«

»Bist du gekränkt, wenn ich ehrlich bin?«

»Du hast nie an mich gedacht?«

»Ein- oder zweimal.«

»Und was hast du gedacht?«

»Wer war der, der mir damals Ostern 1978 hat helfen wollen, in dem komischen Heim, das so komisch gerochen hat.«

»Das hast du gedacht?«

»Ja. Und warum hat er mir helfen wollen.«

»Du hast dir nicht helfen lassen, Janna.«

»Das verstehst du nicht.«

»Inzwischen verstehe ich es.«

»Denkst du?«

»Ich glaube schon. Denkst du wirklich, ich verstehe es?«

»Inzwischen verstehst du es vielleicht.«

»Was gibt es dabei zu verstehen, Janna?«

»Gar nichts. Du wolltest mir helfen, und du willst mir helfen, und ich konnte mir nicht helfen lassen, und ich kann mir nicht helfen lassen.«

»Wir versuchen es noch einmal, Janna.«

»Siehst du, du verstehst es nicht.«

»Nein, ich verstehe es nicht.«

»Und du? Hast du oft an mich gedacht?«

»Manchmal habe ich an dich gedacht, Janna. Mit dir, habe ich gedacht, mit dir hätte ich sprechen können. Über das, was mir zugestoßen ist.«

»Du glaubst, ich hätte dich trösten können?«

»Ja, das habe ich geglaubt, Janna.«

»Hast du niemanden gehabt?«

»Doch. Viele hätten mich gern getröstet.«

»Viele?«

»Niemand hat viele, die ihn trösten können. Aber einige.«

»Wie viele?«

»Zwei oder drei.«

»Ich hätte dich getröstet. Das hätte ich. Das hätte ich gern. Das hätte ich sehr gern. Du tröstest mich ja auch. Aber jetzt habe ich genug davon. Wir versuchen es nicht noch einmal. Versprich mir, dass wir es nicht noch einmal versuchen.«

»Ich verspreche es dir, Janna.«

»Willst du mir jetzt sagen, wer du bist.«

»Ja, das will ich, Janna.«

ZWÖLFTES KAPITEL

Am 8. Januar 1987, einem Donnerstag, packte ich meine Sachen, mein Buch und mein Radio, und nahm den Weg unter die Beine, verließ das Ländchen, sparte Gehens nicht und kehrte nirgends ein, sondern wanderte, bis ich … – Der Rest ist erzählt.

DANK

Marco Agostinelli, Jörg Albert, Manuela Auer, Charly Bonat, Péter Esterházy, Andreas Fend, Tamás Ferkay, Vinicio Fioranelli, Oliver Friedrich, Günter Hagen, Walfried Hauser, Judith Hecht, Lorenz Helfer, Kate Högenauer, Klemens Högenauer, Udo Jesionek, Annika Kräutler, Michael Krüger, Undine Loeprecht, Peter Monauni, Sabine Muhar, George Nussbaumer, Marcel Ruf, Gilbert Storck.

Besonderen Dank Monika Helfer.